中國古典文學基本叢書

辛棄疾詞編年箋注

上册

〔宋〕辛棄疾 著
辛更儒 箋注

中華書局

圖書在版編目(CIP)數據

辛棄疾詞編年箋注:典藏本/(宋)辛棄疾著;辛更儒箋注. —北京:中華書局,2018.9
(中國古典文學基本叢書)
ISBN 978-7-101-13405-6

Ⅰ.辛… Ⅱ.①辛…②辛… Ⅲ.宋詞-注釋
Ⅳ.I222.844

中國版本圖書館 CIP 數據核字(2018)第 195137 號

責任編輯:張 耕

中國古典文學基本叢書
辛棄疾詞編年箋注(典藏本)
(全三册)
〔宋〕辛棄疾 著
辛更儒 箋注
*
中華書局出版發行
(北京市豐臺區太平橋西里 38 號 100073)
http://www.zhbc.com.cn
E-mail:zhbc@ zhbc.com.cn
北京市白帆印務有限公司印刷
*
850×1168 毫米 1/32 · 43 印張 · 8 插頁 · 1200 千字
2018 年 9 月北京第 1 版 2018 年 9 月北京第 1 次印刷
印數:1-3000 册 定價:288.00 元

ISBN 978-7-101-13405-6

辛棄疾畫像，上有題跋，録明人浦源所作《像贊》：“勃然其氣，若縛張邵而奮英勇也。肅然其容，若開宋主而陳九議也。毅然其色，若平江寇而深謀决策也。惻然其意，若江西救荒而立法通變也。是皆一節所施，所不得施者，歷四十年而不至大用，爲可恨也。贊曰：朱綬貂蟬，冰玉其顔。凛凛英氣，見者膽寒。胡不將相，卒老於閒。期思之居，山横水環。退而畎畝，有稼斯軒。笑歌詞章，清氣莫攀。”後題清嘉慶壬申後裔敬述，未確認贊語之作者。今藏於鉛山縣紫溪西山辛村。

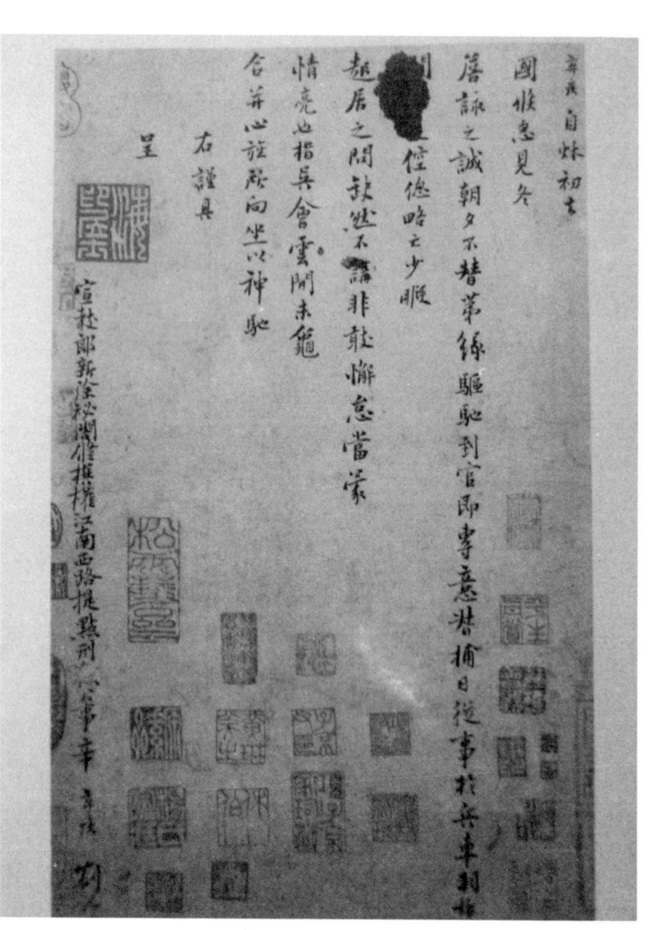
棄疾自秋初去
國倏忽見冬
詹詠之誠朝夕不替第緣驅馳到官即專意督捕日從事於兵車羽檄
間
倥偬略亡少暇
起居之問缺然不講非敢懈怠當蒙
情亮也指吳會雲間未龜
合并心旌所向坐以神馳
右謹具
呈
宣教郎新除秘閣修撰權江南西路提點刑獄公事辛棄疾

辛稼軒手跡，今藏北京故宮博物院

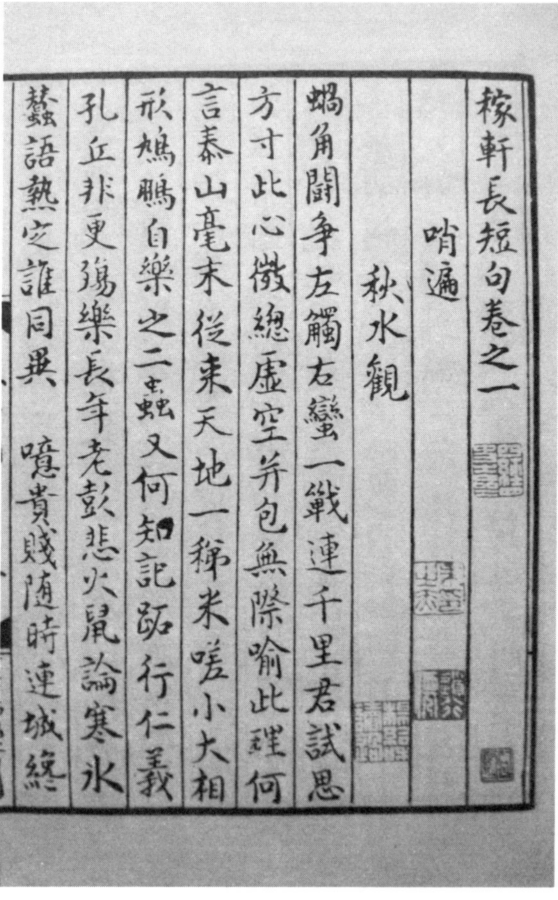

元大德三年己亥廣信書院本《稼軒長短句》書影

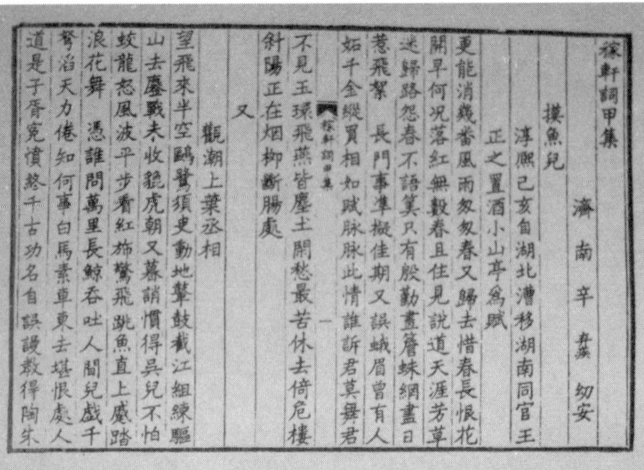

稼軒詞甲集

濟南辛棄疾幼安

摸魚兒

淳熙己亥自湖北漕移湖南同官王正之置酒小山亭爲賦

更能消幾番風雨匆匆春又歸去惜春長恨花開早何況落紅無數春且住見説道天涯芳草迷歸路怨春不語算只有殷勤畫簷蛛網盡日惹飛絮 長門事準擬佳期又誤蛾眉曾有人妬千金縱買相如賦脉脉此情誰訴君莫舞君不見玉環飛燕皆塵土閒愁最苦休去倚危樓斜陽正在烟柳斷腸處

稼軒詞甲集　一

又

觀潮上葉丞相

望飛來半空鷗鷺須臾動地鼙鼓截江組練驅山去鏖戰未收貔虎朝又暮誚慣得吴兒不怕蛟龍怒風波平步看紅旆驚飛跳魚直上蹙踏浪花舞 憑誰問萬里長鯨吞吐人間兒戲千弩滔天力倦知何事白馬素車東去堪恨處人道是子胥冤憤終千古功名自誤謾教得陶朱

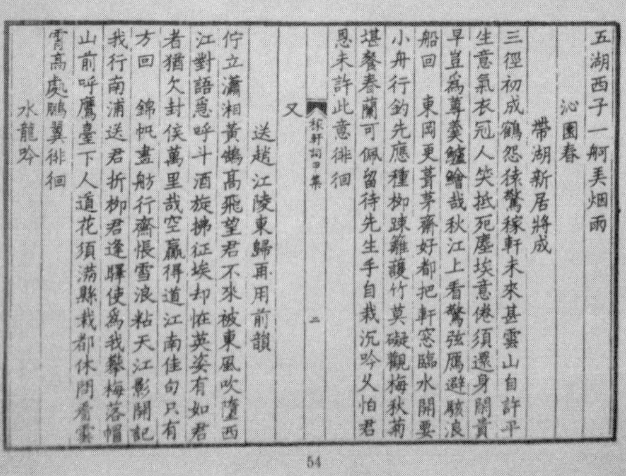

五湖西子一舸弄烟雨

沁園春

帶湖新居將成

三徑初成鶴怨猿驚稼軒未來甚雲山自許平生意氣衣冠人笑抵死塵埃意倦須還身閒貴早豈爲蓴羹鱸鱠哉秋江上看驚弦鴈避駭浪船回 東岡更葺茅齋好都把軒窻臨水開要小舟行釣先應種柳疏籬護竹莫礙觀梅秋菊堪餐春蘭可佩留待先生手自栽沉吟久怕君恩未許此意徘徊

稼軒詞甲集　二

又

送趙江陵東歸再用前韻

佇立瀟湘黄鵠高飛望君不來被東風吹墮西江對語急呼斗酒旋拂征埃却怪英姿有如君者猶欠封侯萬里哉空贏得道江南佳句只有方回 錦帆畫舫行齋悵雪浪粘天江影開記我行南浦送君折柳君逢驛使爲我攀梅落帽山前呼鷹臺下人道花須滿縣栽都休問看雲霄高處鵬翼徘徊

水龍吟

清人景抄宋刻本《稼軒詞》甲集書影

論愛國詞人辛棄疾及其稼軒詞

一、南宋史上傑出愛國志士的一生

八百七十四年前的五月十一日，在山東東路濟南府歷城縣的一個歷代做官的士大夫家庭中，辛棄疾這位我國南宋史上著名的愛國志士、傑出的愛國詞人誕生了。

靖康之變之後的第二年，即宋建炎二年十二月，金兵攻濟南府，守臣劉豫出降，山東兩路淪陷。到辛棄疾誕生，山東被女真人統治已經八年。宋金之間的戰争，主要集中在河南、兩淮乃至荆襄、川陝一帶，山東反而甚少波及。到紹興十年，宋金之間軍力長期較量的結果是漸趨平衡，金國都元帥兀朮雖然控制着戰争的主動權，但逐漸增强戰鬥力的南宋御前諸軍，在韓世忠、張俊、岳飛、吴玠諸大將的統率下，反而在戰場上多獲勝利。可是，宋高宗與其宰相秦檜，却執意與金人媾和，爲此不惜自毁長城，於明年十一月與金人簽訂了紹興和議，除了割讓土地、繳納歲幣外，還向金國皇帝稱臣，極盡喪權辱國之能事。一代名將岳飛且成爲這場交易的犧牲品。

辛棄疾的少年時代，大體上是隨同做官的祖父辛贊在山東、河南一帶的宦遊生涯而度過的。他曾在七歲時師從亳州的塾師劉瞻，其同學就有後來成爲金國一代文人的党懷英、酈權等人，又曾向金朝的著名詞人蔡松年投獻温卷之類，請求指教。這些雖不足以使其在科舉中登第，却也影響到他後來的歌詞創作。

南宋紹興三十一年，金國海陵帝完顏亮在雙方罷兵二十年後再次發動入侵南宋的戰爭。戰前他在國内實施的戰爭動員，包括簽發兵員、籌集軍事物資等横徵暴斂行爲，嚴重破壞了中原和山東人民的和平生活和社會安定，前所未有地激發了各地民衆的反抗怒火。山東人民既痛恨「山東常首天下之禍」，又欲「逞夫平日悒快勇悍之氣」〔一〕，故反抗彌烈，起義獨大。耿京、開趙起義於齊魯腹地，魏勝取海州於沿邊。其聲勢俱較河北王任、王友直起義遠爲强大。辛棄疾幼秉家教，以天下事爲己任，欲報國恥，以圖恢復。此際他糾集起義士兵兩千人，毅然參與耿京起義軍，並担當了掌書記一職，以士大夫身份參與起義軍的機謀密計，如同北宋開國名臣趙普所擔任的職務，實準備席卷山東回歸南宋。

在辛棄疾參軍之後，山東起義軍的兩個戰略決策，顯然都與辛棄疾的參與有關。一是配合南宋水軍的膠州灣之戰，另一個即是起義軍的決策南向。正如舊志所載，他在起義軍中，「斬寇取城，報功行在」〔二〕，爲促使金軍由南侵失敗走向滅亡做出了重要貢獻。

辛棄疾同起義軍諸將領一道奉表南歸，在建康府覲見巡視來此的宋高宗。並「陳大計八條，上偉其忠」〔三〕。不料，在他首次南渡期間，起義軍的叛徒張安國密謀殺害了義軍首領、已被南宋任命爲天平軍節度使的耿京，投降了金人。辛棄疾得此信息，不勝激憤，遂約集起義軍舊部王世隆等人北上，深入金地數百里，在濟州五萬軍中將張安國活捉，縛置馬上，疾馳南下。「束馬銜枚，間關西奏淮，至通晝夜不粒食」。在回到南宋境内後解送張安國於臨安，就地正法，伸張了正義和民族氣節。他的這一行動，「壯聲英慨，懦士爲之興起，聖天子一見三歎息」〔四〕，極大地鼓舞了愛國軍民的鬥志。這一年，辛棄疾只有二十三歲。

失去了軍中職務以後，辛棄疾先是被任命爲江陰軍簽判，接着任廣德軍通判、建康府通判等軍州級倅貳。肩負着抗金救國的神聖使命，懷抱着建功立業的遠大理想，在南渡初年，他不顧職位卑微，向宋孝宗及其宰執大臣張浚、虞允文等人連續進獻了有關抗金恢復的建議，其中就有現仍流傳於世的奏議《美芹十論》和《九議》等論著。憑藉他對宋金兩朝形勢的深刻瞭解，提出反對和議，堅持對峙，加强自治，提高實力，抓住機遇，出兵奪取山東，進而收復全部失地的計劃。顯示了卓越的軍事戰略思想和非凡的組織實施能力。但是，南宋的當權者，無論高宗、孝宗還是歷任宰相執政，從來都不具備戰略遠見和恢復漢唐舊境的宏大志向，無論辛棄疾等愛國志士怎樣貢獻「萬字平戎策」，却總被束之高閣。隆興二年冬，南宋當局又一次同金人簽訂和議，以放棄海、泗、唐、鄧四州爲代價，與金國結成叔侄國。自完顏亮南侵以來南宋出現的抗金大好局面再度被葬送，愛國志士的滿腔熱情和全部理想遂都化作子虛烏有。

從辛棄疾南渡的第二個十年起，他開始擔任南宋各路的知州、提刑、轉運、安撫使，足跡遍及吴楚大地。所到之處，他都力求發展生産，減輕農民負擔，維護安定環境，加强軍事鬥争準備。而南宋當局每遇地方上棘手的問題，即派他去做應急處理，而他也能一展其理政施政之才，不負所託。誠如舊志所言，「屢任安撫，輒建偉績」〔五〕。

乾道八年，辛棄疾任淮南東路滁州的知州。滁州自紹興末年和隆興初年被兵之後，迄未得到恢復治理，城郭蕩然爲墟，市民編茅結葦爲室。辛棄疾到任後，採取果斷措施，寬徵薄賦，鼓勵生產。貸民以錢，使新其屋。招集流亡，振興商旅。短短一年有餘，即使滁州面貌大變。以致行旅者至此，亦不能不感歎「荒陋之氣一洗而空矣」〔六〕。

淳熙二年，一個長期困擾南宋政府的内部矛盾突然升級。以賴文政爲首的販賣走私茶葉的商人軍，在湖北常德府武陵再次舉起武裝反抗的大旗。他們由湖北進入湖南，一舉殲滅湖南軍，隨即進入江西，又在江西戰敗官軍。且欲由江西入廣東，打開茶葉南銷的渠道。辛棄疾危急之中受命，擔任江西提刑，節制諸軍，討捕茶商武裝。他吸取正規軍不利山地作戰的教訓，以地方武裝爲主組織敢死隊，挫敗其鋒，層層包圍，迫使茶商軍接受招降，最終解除了南宋當局的心頭大患。在平息茶商軍之變的過程中，辛棄疾應急處變和長於治軍的能力得到了南宋統治階層的賞識和肯定。

自淳熙四年起，辛棄疾先後擔任湖北、湖南、江西等路安撫使以及京西路的轉運判官、湖南北兩路的轉運副使。時間長達四五年之久。他曾在江西和湖南興修水利，注意發展生產。在湖南整頓鄉社，創置學校，教養峒民。在江西舉辦荒政，救濟災民。他曾在湖北嚴肅綱紀，查私緝奸，峻法禁止向金國走私耕牛戰馬和茶葉，欲從根本上杜絶茶商軍一類事變的産生。在湖南，他堅決反對湖南安撫使王佐貪腐殘暴，在激起各族民衆的反抗後，又以殘酷的殺戮鎮壓起義軍的行徑。爲此，他在王佐派兵剿殺陳峒起義時主張及時恢復湖南的農業生産，在王佐平定起義後賦詞對其加以嘲諷。並向朝廷匯報湖南人民遭受科斂殘害因而屢次爆發農民起義的原因所在。這篇奏札就是著名的《淳熙己亥論盜賊札子》。另一方面，爲了維護國家統治的穩定，同時積蓄力量，以對付北方的强敵，他在湖南創建了一支地方武裝，即湖南飛虎軍。這支軍隊，後來在歷次内外作戰中均立功績，成爲江上一支勁旅。

辛棄疾爲鞏固南宋政權和加强軍事實力的舉措和努力，並没有受到嘉獎，反而成了腐敗反動的南宋統治階層彈劾的藉口。淳熙八年十二月，辛棄疾被調任浙西提刑，南宋政府藉機罷免他的職名和差遣，放歸田畝。有人以爲，辛棄疾很可能因其自身存在貪腐問題，才招致彈劾。其實，王佐在湖南數年，貪殘凶暴，不但不受斥責，反而進職升遷。而辛棄疾却因在湖南有所作爲，遭致言官的論劾。

辛棄疾南歸二十年，正當年輕有爲之日，如劉克莊所言：「以孝皇之神武，及公盛壯之時，行其説而盡其才，縱未封狼胥，豈遂置中原於度外哉？」〔七〕然而，南宋當局却認爲他「憑淩上司」、「奸貪凶暴」〔八〕，因而加以排擯摧抑，使之投閑置散。

淳熙九年，辛棄疾四十三歲。從這一年到他六十八歲在鉛山去世還有二十五年。中間只在紹熙三年至五年，起廢爲監司，任福建路提刑、太府卿、知福州兼福建安撫使。嘉泰三年至開禧元年知紹興府兼浙東安撫使、知鎮江府。前後共五年，爲南宋當局所用。其餘二十年，則被南宋當局所拋棄，放置在上饒的帶湖新居和鉛山的瓢泉居住，任其優遊其間。如朱熹所謂「及至如今一坐坐了，又更不問著，便如終廢」，「及至廢置，又不敢收拾而用之」〔九〕。

在使用辛棄疾的問題上，南宋統治階層的確如朱熹所言，知其議論精深，規劃遠大，而能力出羣，是可以担當恢復重任的人物，却又不敢真正用他。

紹熙四年，辛棄疾自福建提刑任被召。他在朝見光宗時，乘機奏進了一篇《論荆襄上流爲東南重地》的札子，除了建議合荆襄爲一路，使之專任上流責任外，還分析天下離合大勢，激勵光宗居安思危，有所作爲。當時朝臣提議加其侍從職位以帥閩地，但最終還是在紹熙四年秋，僅進其職爲集英殿修撰〔一〇〕。

嘉泰間，執政的韓侂胄集團，爲了建立蓋世功名，以達到長久擅政的目的，在解除實施了五六年的不得人心的僞學黨禁之後，起用被禁錮的黨人和愛國志士，辛棄疾也在重點起用之列。爲争取一個實現恢復的機會，辛棄疾放棄恩怨，毅然出山。嘉泰四年，辛棄疾朝見宋寧宗，分析敵國形勢，有「金國必亂必亡」之語。又表示「願付之元老大臣，預爲倉猝可以應變之計」。於是有人遂認爲這是他晚年變節，附會韓侂胄用兵。故侂胄聞此「大喜」〔一一〕。豈不知他雖有亂亡之言，却認爲這是一個過程，金國之亡還在二十年後〔一二〕，而所謂元老，乃指國之老舊名臣，非侂胄也〔一三〕。侂胄武人不知書，難以理解這一進言的深刻寓意。此後二年間，辛棄疾雖被命守京口重鎮，但他的際遇，却仍同於在孝宗和光宗朝，只要他稍有積極備戰之舉措，如在紹興、鎮江府向金國派出間諜，偵伺敵情，招募土丁創建新軍等等，便立即招來讒毁彈擊，以致開禧元年秋，他再出僅及兩年，又因言官的奏劾而遭到罷免。

開禧二年夏，即辛棄疾自鎮江府罷歸的明年，韓侂胄迫不及待地發動了對金的北伐戰争。結果正如辛棄疾所預料的，宋軍在出兵不久就一敗塗地。北伐戰事的失利，迫使韓侂胄不得不改變對辛棄疾的態度。但仍拖延至開禧三年的秋九月，才任命辛棄疾爲樞密都承旨，即力主對金用兵和實際指揮北伐作戰的蘇師旦曾任的職務，欲藉重辛棄疾的威望和才能力挽狂瀾。然而，飽受內部壓迫和反覆摧抑的辛棄疾這時已經病危，在極度悲憤中，他大呼「殺賊，殺賊」數聲之後，溘然離世〔一四〕。這位南宋歷史上傑出的愛國志士爲抗金而生，爲抗金而死。

二、三次建軍的實踐和統一中國的軍事構想

在《朱子語類》卷一一〇《論兵》的顯著位置，刊載着朱熹就辛棄疾軍事思想發表的一段談話：

辛棄疾頗諳曉兵事，云：「兵老弱不汰可慮。向在湖南收茶寇，令統領揀人，要一可當十者。押得來便看不得，盡是老弱。問何故如此，云：只揀得如此。間有稍壯者，諸處借事去。州郡兵既弱，皆以大軍可恃，又如此。爲今之計，大段著揀汰，但所汰者又未有頓處。」

朱熹言兵，力主兵政之先務，在於恢復宋太祖的兵法，即揀汰故軍，訓練精兵，方可恢復中原。其《論兵》一章，所談兵政之弊，即冗兵庸將。故多稱許辛棄疾汰兵之論，謂其諳曉兵事，遂於論兵之始，開宗明義而論述之。

《朱子語類》這段話，是朱熹弟子葉賀孫於紹熙二年辛亥以後所聞。應當是紹熙三年辛棄疾赴閩憲任途中會見朱熹往後的談話。作爲南宋的理學大師，朱熹對當世人物甚少許可，却於此處高度評價辛棄疾諳曉兵事。而稍後，即紹熙四年，朱熹又對其弟子們說：

近世如汪端明，專理會民。如辛幼安，却是專理會兵，不管民。他這理會兵，時下便要驅以塞海，其勢可畏〔一五〕。

言談之間，完全是一種極力推崇的話語，而絶無些許批評之意。可知在朱熹心目中，辛棄疾確是當世深知兵事的軍事理論家。

作爲從抗金第一線走出來的軍事家，辛棄疾雖深知南宋軍政的種種弊端，却只因其所擔任的都是地方官員，無從著力去整頓南宋的軍隊，實施其大段揀汰冗兵的設想。又目睹南宋正規軍隊的腐敗和戰鬥力的低下，他在負責各路軍政職務時，便因利乘便，亟欲有所興建。於是，才有了三次建軍的實踐。一是創立湖南的飛虎軍，二是福建計劃中的招軍，三是鎮江備戰時的招募土丁。後兩次努力都失敗了，而飛虎軍的建成，雄踞上游，四十年間彈壓地方，備禦邊境，使金人亦頗爲畏憚。朱熹在飛虎軍建成之初，亦多有疑問，謂當時自應整理親軍，亦自可用。但後來還是認可了辛棄疾在整頓軍政方面的成績，謂之「唯賴此軍以壯聲勢」、「一路賴之以安」〔一六〕。

相比於一生創建軍隊的努力，辛棄疾在軍事上的貢獻，主要還是在戰略決策和軍事理論方面。《美芹十論》和《九議》等著作，就是其平生韜略的總結，而對我國軍事理論的發展尤具有特殊意義。

辛棄疾論兵的主要特點，是善於把古代兵學的抽象理論同宋金戰爭的具體實踐結合起來，形成具有鮮明時代特徵的軍事理論，也是把古代兵學推向現代軍事理論的標志。其表現有以下三點：

一是辛棄疾十分重視人民羣衆參與和支持民族戰爭。他認爲，「自古天下離合之勢，常繫乎民心」〔一七〕。抗金戰爭是正義事業，必將得到人民羣衆的支持和廣泛參與。在南宋境内，爲了支持抗金，「官任其費，不責之民，緩急雖小取之，不至甚病，雖病而民心未變也」〔一八〕。而金國人民心向宋朝，「簞壺迎降，民心自固」〔一九〕。一旦我兵出山東，「山東之民必叛虜以爲我應」〔二〇〕。「吾逾淮而往，民可襁負而至，城可使金湯而守，斷其手足，病其腹心，此吾之所長，彼之所短也」〔二一〕。這些論述，已經超越了同時代人的認識水平，更是産生《孫子》兵法的時代所不可想象的。

其二是辛棄疾倡導進攻戰略。翻看宋金戰史，自金人斡離不率數千騎兵直趨汴京，「使古之兵皆盡廢而不可用」以來〔二二〕，從來都是女真侵略者進攻南宋，而南宋統治階層一貫奉行消極防禦的戰略。辛棄疾却反其道而行之，提倡對金發動戰略進攻，攻山東，取河北，使燕山塞南門而守，恢復漢唐舊境。其言曰：「兵法有九地，皆因其地而爲之勢。不詳其地，不知其勢者，謂之浪戰。故地有險易，有輕重，先其易者，險有所不攻；破其重者，輕有所不取。今日中原之地，其形易，其勢重者果安在哉？曰山東是也。不得山東，則河北不可取。不得河北，則中原不可復。」〔二三〕他在《十論·詳戰》篇中言及：「明知天下之必戰，則出兵以攻人，與坐而待人之攻也，孰爲利？戰人之地，與退而自戰其地者，孰爲得？均之不免於戰，莫若先出兵以戰人之地。」又認爲宋金之間雖强弱不同，但作爲不對稱戰爭，「是謂小謀大，寡遇衆，弱擊强，以情言之，則其大可裂也，其衆可蹶也，其强可折也」〔二四〕。所謂以弱擊强的關鍵就在於集中優勢兵力。「故凡强大之所以見敗於小弱者，强大者分而小弱者專也。知分與專，則吾之所與戰者寡矣。所與戰者寡，則吾之所以勝者必矣」〔二五〕。所有這些精彩的論述，都體現了其軍事戰略的超前意識。在他南渡之後，曾先後四次向南宋決策者宋高宗、孝宗、張浚和虞允文提出，而不被採納。他所設計的統一中國的戰略構想之不能實現，只能歸罪於南宋統治集團中人的平庸和無所作爲，歸罪於傳統軍事理論的影響力是如何强勢。

三，擊其首則死，斬首理論的提出。《孫子·九地》篇曾比喻用兵如常山之蛇，擊其首則尾至，擊其尾則首至，擊其中則首尾俱至。辛棄疾諳詳古代兵法，在經過深思熟慮之後，對其論述之不夠嚴謹科學提出質疑，進而提出全新的思想。他説：

臣竊笑之。夫擊其尾則首應，擊其身則首尾俱應，固也。若夫擊其首，則死矣，尾雖應，其庸有濟乎？〔二六〕

按照辛棄疾的論證，擊其首是以進攻敵方巢穴爲目標的癱瘓攻擊，斬首攻擊，即使其所屬各部有所反應，亦已無濟於事。所以，在這種思想的指導下，他接著闡述了南宋對金所應采取的進攻策略，即兵出山東，以震河北，徑由河北直趨燕山。然後南北夾擊，解決關中、洛陽、京師之敵。辛棄疾最初是在南渡之始，即向時任江淮宣撫使的張浚提出這一主張的，其後在《美芹十論》和《九議》中又再三向宋孝宗及其宰相虞允文提出這一主張。可知這是在批判地繼承傳統兵家理論的基礎上，結合宋金戰争的具體實踐而發展了的兵學理論。雖然冷兵器時代和現代戰争的特點有所不同，但辛棄疾這一觀點的形成，早於西方在第一次世界大戰後期所提出的斬首理論近八百年。

綜上所言，辛棄疾不但是南宋史上傑出的愛國志士，且在發展古代軍事理論方面做出卓越貢獻，因此，我們完全有理由稱之爲南宋時期的軍事戰略家。

三、稼軒詞是我國傳統文化的瓌寶

辛棄疾雖以愛國志士和軍事戰略家著稱於世，但他對後世和當代影響最大的還是他的稼軒詞。正如《宋史》本傳所言，「棄疾雅善長短句，悲壯激烈」，他是中國文學史上富有愛國主義思想的傑出詞人。同文學史上許多各有所長的偉大作家一樣，辛棄疾把創作的熱情和精力投注於歌詞的寫作中，成爲唐宋以來以長短句爲主要載體的代表作家。而他的歌詞，除了兼擅一般詞人的傳統内容外，更以殺敵報國、恢復失地爲主題，集中反映人民羣衆盼望祖國統一和民族强盛的願望，表達了高昂的戰鬥精神。

辛棄疾痛憤女真貴族對中原的殘暴統治，不能容忍南北分裂、山河破碎的社會現實，他用自己的詞作表達矢志不渝的愛國情懷，發抒恢復失地、統一祖國的願望。在《水龍吟·甲辰歲壽韓南澗尚書》（天馬南來闕）、《賀新郎·用前韻贈金華杜仲高》（細把君詩説闋）等詞中，嚴厲斥責金人的入侵，深刻反映中原淪陷胡騎縱横帶給國家的災難、人民的痛苦。唱出了「平戎萬里」、「西北洗胡沙」的時代最强音〔二七〕。愛國志士「何日去，定天山」、「了却君王天下事」、「好都取山河獻君王」的信念和理想〔二八〕，在他的筆下得到充分展現。稼軒詞中到處顯現的愛國精神，和他的前所未見的宏偉詞篇，被後人譽爲「自有蒼生以來所無」〔二九〕。

我國人民向來就有保家衛國的優良傳統。面對外部勢力的入侵，爲保衛民族的經濟文化不受蹂躪、摧殘以至毀滅，通過武裝鬥争和巨大犧牲，予以奮起反抗，是堅定的愛國主義思想的集中體現。辛棄疾就是十二世紀宋金對立鬥争時期湧現的傑出愛國者。他既以這樣的身份活躍於抗金事業中，同時又以詞人的身份站在南宋詞壇的制高點上，振臂一呼，影響深遠。英雄其人與悲壯激烈的歌詞完美地結合在一起，形成了我國文學史上前所未有的一種「天地奇觀」〔三〇〕，是歷史所造就的英雄詩史，也是來自天地間的「萬古一清風」〔三一〕。

南渡以來，辛棄疾從最初的滿懷恢復的希望，到符離之戰後的失望，再到乾道備戰重新燃起的希望，走過了起伏跌宕的情感歷程。「生怕見花開花落，朝來塞雁先還」〔三二〕，是南歸之初，打回老家去的豪邁願望的另一種表示；「花徑裏，一番風雨，一番狼藉」〔三三〕，是寫於符離戰敗之後的沉痛表述；「聞道清都帝所，要挽銀河仙浪，西北洗胡沙」〔三四〕，是對宋孝宗於乾道間改絃更張、決策敗盟的高度贊揚；「袖裏珍奇光五色，他年要補天西北。且歸來談笑護長江，波澄碧」〔三五〕，對此期間所有有利於備戰的措施，辛棄疾都給予有力的支持。

淳熙改元以後，虞允文病死，宋孝宗壯志闌珊，辛棄疾憂愁抗金事業半途而廢，遂寫下一首《菩薩蠻·書江西造口壁》詞：

鬱孤臺下清江水，中間多少行人淚？西北望長安，可憐無數山。　青山遮不住，畢竟東流去。江晚正愁余，山深聞鷓鴣。

詞人凝視着人民羣衆的深重苦難，對故國山河無限神往。然而，儘管恢復艱難，前途迷茫莫測，却無法動摇詞人百折不撓的抗金信念。

辛棄疾以抗金爲己任，即使在退閑之際，也枕戈待旦，盼能統率千軍萬馬，親自去收復失地。故爾在山林之間，「檢校長身十萬松」〔三六〕。他常以歷史上抗擊匈奴、突厥的英雄李廣、薛仁貴自比，有「漢開邊功名萬里」、「却笑將軍三羽箭」這樣的詞句〔三七〕。晚年則景仰於三國時期敢於對抗曹操的孫權，有「天下英雄誰敵手」的慨歎，又向往兩次北伐、消滅南燕後秦的劉裕，有「金戈鐵馬，氣吞萬里如虎」的贊譽〔三八〕。他還時時回憶起少年時期的戎馬生涯、峥嶸歲月，「醉裏挑燈看劍，夢回吹角連營」。「壯歲旌旗擁萬夫，錦襜突騎渡江初」〔三九〕。稼軒詞這種積極向上、「以激揚奮厲爲主」的特徵〔四〇〕，在我國古代詩歌史上，是首屈一指的。

辛棄疾放歸林下既久之後，一次獨宿永豐縣博山王氏草庵，心有感懷，爲賦《清平樂》詞：

繞牀飢鼠，蝙蝠翻燈舞。屋上松風吹急雨，破紙窗間自語。平生塞北江南，歸來華髮蒼顔。布被秋宵夢覺，眼前萬里江山。

詞人在深秋的一個風雨交加的夜晚獨宿王氏小屋，荒廢、淒凉、殘破的環境和一個人驚醒時的身世孤立之感，却被眼前祖國萬里河山所賦予志士的神聖使命所壓倒，以至憶念平生，枯坐待明。詞人偉大高尚的愛國情操，躍然紙上。

南宋統治集團一貫不遺餘力地摧抑抗金人士的鬥志，辛棄疾對此深爲痛惜。他的詞作如《滿江紅》（倦客新豐闋）、《八聲甘州·夜讀李廣傳不能寐》（故將軍飲罷夜歸來闋）、《賀新郎·同父見和再用韻答之》（老大那堪説闋）、《瑞鷓鴣·乙丑奉祠舟次餘干賦》（江頭日日打頭風闋）對此大加譴責，再見詞人錚錚硬骨，獵獵雄風。稼軒詞對黑暗的社會現實一再予以揭露、嘲諷，「英雄感愴，有在常情之外」[四一]。

慶元黨禁期間，辛棄疾反對黨争，反對壓制不同意見，風骨凛然。他曾藉東晉孟嘉九日龍山的故事，表達對韓侂胄侮慢知識分子的不滿，及對某些士大夫人士投靠權貴以求富貴的鄙薄。《念奴嬌·重九席上》詞的「誰與老兵共一笑？落帽參軍華髮。莫倚忘懷，西風也解，點檢尊前客」諸語，被時人理解爲指斥孟嘉投靠老兵桓温，「故西風落其帽以貶之」[四二]。類似這樣冷嘲熱諷的詞作，在這一時期的稼軒詞中，並非一二見。

慶元、嘉泰間，辛棄疾雖已居處鉛山山中，竟也無法躲避政治的迫害。此間，他多以陶淵明自比自期，有《賀新郎·邑中園亭僕皆爲賦此詞》之作：

一尊搔首東窗裏，想淵明《停雲》詩就，此時風味。江左沉酣求名者，豈識濁醪妙理？回首叫雲飛風起。

他的《千年調·蔗庵小閣名曰卮言》（卮酒向人時闋）、《賀新郎·用韻題趙晉臣敷文積翠巖》（拄杖重來約闋）等詞作，展示了他不畏壓迫及敢於議論時政的性格。

辛棄疾一生寫下了六百二十多首詞，以上所論，只是詞中涉及主旋律的作品。他還有大量詞作，內容廣泛，及於農村生活的豐富多彩、江南山光水色的秀美多姿，及人生經歷和情感的展示。他的詞，不但數量爲兩宋詞人之冠，其質量也是出類拔萃。

稼軒詞具有很高的藝術成就。不但善於創造生動鮮活的藝術形象，善於運用傳統詩中的比興手法句法，善於用典，活用詩文中的成語，善於提煉民間口頭的語彙運用到詞中，使之成爲南北宋歌詞藝術的集大成者，還對詞體進行了大量多樣化、規範化的革新，創造出獨具一格的稼軒體詞。

運用神奇想象，表現富有生命活力的形象，原爲辛詞所擅長。《沁園春·靈山齊庵賦》以奔馳回旋的萬馬比喻靈山的重巒疊嶂，以十萬待命出征的壯士比喻偃湖之松。他寫山，多用跳躍靈動的筆法，如「疇昔此山安在？應爲先生見晚，萬馬一時來」〔四三〕、「巨海拔犀頭角出，來向此山高閣。尚依舊争前又却」〔四四〕，把静止狀態下的羣山寫得活靈活現。稼軒詞還多綺麗的想象，達到浪漫誇張的效果。《賀新郎·題趙兼善龍圖東山園小魯亭》的「下馬東山路。恍臨風周情孔思，悠然千古。寂寞東家丘何在？縹緲危亭小魯。試重上巖巖高處」，藉用孔子登泰山的故實來寫東山，是陷入到懷古的想象境界中。《水調歌頭·趙昌父七月望日用東坡叙太白東坡事見寄》的「我志在寥闊，疇昔夢登天。摩挲素月，人世俛仰已千年。有客驂鸞並鳳，云遇青山赤壁，相約上高寒」，把懷友和懷古結合起來，是征服自然的幻想。

辛詞還運用詩的比興象徵手法，表達詞人的思想感受。典型之作如《摸魚兒·淳熙己亥自湖北漕移湖南》，其上片爲：

更能消幾番風雨？匆匆春又歸去。惜春長怕花開早，何况落紅無數！春且住！見説道天涯芳草無歸路。怨春不語，算只有殷勤，畫簷蛛網，盡日惹飛絮。

詞人以半闋筆墨，反復詠歎春歸。藉用幾番風雨、天涯芳草、蛛網飛絮等闌珊迷亂景物刻畫其惜春、傷春的情懷，表達他對南宋國勢和恢復事業的關注、憂傷、憤婉。陳廷焯稱其「詞意殊怨，極沉鬱頓挫之感」，「起句從千回萬轉後倒折出來，真是有力如虎」〔四五〕。《賀新郎·賦琵琶》等詞，運用狀物寫志的手段，集中唐開元全盛至其衰敗的典故，表達逸豫亡國的興亡之感。採用象徵借喻的寫法，自是繼承了《詩經》、《離騷》以來詩的優秀傳統，也開拓了詞的藝術表現力。

前人稱辛詞爲「稼軒體」，見諸范開的《稼軒詞甲集序》。此即指辛詞借鑒各體詩的創作理論和表現形式，進一步拓展詞的内容。同時借鑒辭賦和散文等多種文體的創作方法，豐富和擴大了詞的創作手段和表現能力。以文爲詞，以賦爲詞，是辛棄疾對詞的藝術手段力加豐富革新所取得的輝煌成果，在宋詞發展史上，是前所未有的創新。

稼軒詞又是一個融匯了多種形式多種藝術風格的組合體，它雖以悲壯激烈爲主，却能在「激揚奮厲」之外，時時「昵狎温柔，銷魂意盡」〔四六〕，呈現出不主故常、摇曳多姿的面貌。「蓋曲者曲也，固當以委曲爲體。然徒狃於風情婉孌，則亦不足以啓人意。」陳模《懷古録》卷中的這段話，是就詞的傳統風格論辛詞。若以風格論，則辛詞既有豪放沉鬱，又不乏穠纖綿密、淡雅嫵媚之作。而其鎔鑄語言，無論文白兼顧還是兼採經史百家，或者多用當時口語，無不驅斥如意。

以上所論，當然是稼軒詞最主要的精華部分，受到歷代讀者的一致推崇。其少數詞作，亦不免凡庸平淡，姑此置之不論。但總括而言，辛棄疾的愛國歌詞，在其之前，有李綱、岳飛、張元幹、張孝祥等爲之前導，雖適應時代變化，影響却不甚大。在其同時或其後，則有陳亮、陸游、劉過、劉克莊等爲之後勁，其筆力的遒勁相似，其格調的豪邁又復從同，惜諸人風采魅力皆有所不逮。因而，就南宋詞壇或中國文學史而言，辛棄疾是獨一無二的愛國詞作家。他的歌詞包括北宋的蘇軾在内也無法比擬，確實是我國傳統文化中十分珍貴的瓌寶。

辛更儒　二〇一四年三月六日寫於哈爾濱市泰山小區寓所

〔一〕《美芹十論・詳戰》。

〔二〕〔三〕〔五〕《菱湖辛氏族譜》卷首《鉛山縣志事跡》。

〔四〕洪邁《稼軒記》，祝穆《古今事文類聚》前集卷三六。

〔六〕崔敦禮《宫教集》卷六《代嚴子文滁州奠枕樓記》。

〔七〕〔三九〕劉克莊《後村先生大全集》卷九八《辛稼軒集序》。

〔八〕〔九〕〔一五〕《朱子語類》卷一三二《中興至今日人物》下。

〔一〇〕陳傅良《止齋集》卷二三《直前札子》：「彼辛棄疾召爲大卿，即去爲帥，至欲以次對寵其行。」次對即侍從官。

〔一一〕《建炎以來朝野雜記》乙集卷一八《丙寅淮漢蜀口用兵事目》。

〔一二〕袁桷《清容居士集》卷四六《跋朱文公與辛稼軒手書》：「先生盛年以恢復爲最急議，晚歲則曰：『用兵當在數十年後。』辛公開禧之際亦曰：『更須二十年。』閲歷之深，老少議論自有不同焉。」

〔一三〕趙昇《朝野類要》卷二以「老舊名臣」釋元老。

〔一四〕康熙《濟南府志》卷三五《辛棄疾傳》。

〔一六〕朱熹《朱文公文集》卷二一《乞撥飛虎軍隸湖南安撫司札子》。

〔一七〕《美芹十論·觀釁》。

〔一八〕〔二二〕〔二四〕《九議》之三。

〔一九〕《美芹十論·守淮》。

〔二〇〕〔二三〕〔二六〕《美芹十論·詳戰》。

〔二一〕葉適《水心別集》卷一五《外稿·終論》三。

〔二五〕《九議》之六。

〔二七〕《水龍吟·甲辰歲壽韓南澗尚書》（渡江天馬闋）、《水調歌頭·壽趙漕介庵》（千里渥洼種闋）。

〔二八〕《破陣子·爲陳同甫賦壯詞以寄之》（醉裏挑燈看劍闋）、《洞仙歌·壽葉丞相》（江頭父老闋）。

〔三〇〕〔四一〕劉辰翁《須溪集》卷六《辛稼軒詞序》。

〔三一〕陳模《懷古録》卷中。

〔三二〕《漢宮春・立春日》（春已歸來闋）。

〔三三〕《滿江紅・暮春》（家住江南闋）。

〔三四〕《水調歌頭・壽趙漕介庵》（千里渥洼種闋）。

〔三五〕《滿江紅・建康史帥致道席上賦》（鵬翼垂空闋）。

〔三六〕《沁園春・靈山齊庵賦》（疊嶂西馳闋）。

〔三七〕《八聲甘州・夜讀李廣傳》（故將軍飲罷夜歸來闋）。

〔三八〕《南鄉子・登京口北固亭有懷》（何處望神州闋）、《永遇樂・京口北固亭懷古》（千古江山闋）。

〔三九〕《破陣子・爲陳同甫賦壯詞以寄之》（醉裏挑燈看劍闋）、《鷓鴣天・有客慨然談功名》（壯歲旌旗擁萬夫闋）。

〔四〇〕〔四六〕徐釚《詞苑叢談》卷一。

〔四二〕羅大經《鶴林玉露》甲編卷一《落帽》條。

〔四三〕《水調歌頭・題張晉英提舉玉峰樓》（木末翠樓出闋）。

〔四四〕《賀新郎・用韻題趙晉臣敷文積翠巖》（拄杖重來約闋）。

〔四五〕陳廷焯《白雨齋詞話》卷一。

凡例

一、本書共收詞六百二十九首。

二、因《稼軒集》早佚，致其總卷數及詞集卷數莫考。今既編其全部詞作，乃以辛稼軒各個時期詞作爲序，編成詞集十卷。

三、宋人文集往往收入作者年譜，以考見其一生行事，於理解作品大有助焉。辛稼軒年譜之作，清代以來，辛啓泰、梁啓超、鄧廣銘及諸位前輩時賢多所編成。就中獨以鄧譜編寫較晚，得以參考《宋會要輯稿》等史書記載，於辛棄疾事跡搜羅詳備，考證精確。然其晚年所出增訂本《辛稼軒年譜》，則因倉猝而成，失於審核，於運用史料、糾正早年著作誤失方面皆有不如人意之處。前此余出版《辛棄疾集編年箋注》時特意重著年譜，列於全集之後。雖未能盡善盡美，然因多見新近發現之紀事資料，於考證處亦多有發明，或可謂差强人意。然附之於全集則可，施之於長短句之專集，則因全譜字數幾達二十餘萬字，不欲喧賓奪主，乃全部捨去，不録入本書。故請欲參考稼軒一生行事者，取《辛棄疾集編年箋注》觀之。異日或出年譜之單行本，亦無不可也。

四、稼軒詞集自南宋以後即廣泛流傳於世。自宋至清，獨以十二卷之元大德廣信書院所刊本《稼軒長短句》最爲流行。明清其他刻本抄本，無論十二卷系列還是四卷本系列，皆以廣信本爲祖本。景宋抄本四卷之《稼軒詞》雖結集最早，尚在辛稼軒在世之際，然其面世，却已在上世紀之二十年代。兩系統本之源流、優劣，本書附録四《舊本稼軒詞序跋文》所收黄丕烈、梁啓超、趙萬里、鄧廣銘諸跋文均有所論述，此不復贅。然二本各收稼軒詞五百四十七首和四百四十二首不等，兩本相加，去掉重複，爲詞五百六十六首。尚有數十首未被二本所收。在此二本之外，南宋以來，尚有《稼軒集》本，應爲稼軒詞之足本，惜此系列本俱無所傳，僅部分詞作散見於南宋以來詞選及各種類書中。今詞集以廣信書院本與四卷本爲底本，參以王詔校刊本、《六十名家詞》本、四印齋印本及總集、詞選、類書所收詞。其中，廣信本與四卷本共有之詞爲四百二十二首，二本互校，以從廣信本居多，亦時以四庫本改廣信本，而其他諸本則爲參校本。其校改原則，則大體遵從《稼軒詞編年箋注》。

五、本書雖稱編年箋注，但在箋注中，却取消編年欄目，所有關於背景所及之時地人物事件及寫作具體時間之考證闡述，皆置於題解。爲使讀者閲讀之始，即知本詞寫作之時地及相關大意，避免把衆多詞作串併而又失於具體考求，以至有時序季節各異之作匯集於同一時期之弊。

六、本書箋注范圍，包括時代、事件、人物、地理、風俗、典章制度、名物及古今故實、詞語。稼軒詞素稱難解。以增訂本《稼軒詞編年箋注》之精詳，仍不免多有疑文剩義，蓋由於注釋求簡而至簡陋之弊。故此根據稼軒詞本身之特點，於箋注本事故實之時，引文力求稍詳稍全，經典且多引原注。如本書《水調歌頭·淳熙丁酉自江陵移早隆興》（我飲不須勸闕）詞中有「余髮種種如是，此事付渠儂」句，一九七八年版《稼軒詞編年箋注》僅引《左傳·昭三年》注余髮：「齊侯田於莒，盧蒲嫳見，泣且請曰：『余髮如此種種，余奚能爲？』」余在增訂時即感到此條注釋簡略，讀者難明其意，遂於增訂本增補《左傳》原

注：「嫳，慶封之黨，襄二十八年放之於境。種種，短也。自言衰老，不能復爲害。」可知前此余助鄧廣銘先生增訂此書時，即有增補之意在。

七、辛稼軒雖爲詞中巨擘，然遣詞造句，極善學習前人甚至同時人之名言傑句。稼軒詞中多引用北宋人以至南宋同時代人之著作，以往之箋注多未及之。今次亦重點予以增補，以見其對傳統文學之繼承。運用俗語，亦稼軒詞之一大特色，本書據詞作本意而考訂其義，凡與舊解及《詩詞曲語辭匯釋》等書有所不同之處，則引宋人語録諸書以證明之。

八、本書改入附録多種，圍繞作者生平及稼軒詞，將多種資料匯爲一編，其中頗多近年來新發現之資料，除文獻資料外，尚有出土資料及族譜資料等。

九、本書爲辛棄疾全部詞作之修訂整理本，依習慣命名爲《辛棄疾詞編年箋注》。

辛棄疾詞編年箋注目次

論愛國詞人辛棄疾及其稼軒詞……一
凡　例……一
辛棄疾詞編年箋注卷一
漢宮春　立春日……一
滿江紅……四
又　暮春……六
又……九
又　中秋寄遠……一四
又　中秋……一七
綠頭鴨　七夕……一九
念奴嬌　謝王廣文雙姬詞……二三
生查子　和夏中玉……二四
菩薩蠻　和夏中玉……二五
念奴嬌　贈夏成玉……二六
漁家傲　湖州幕官作舫室……二八
一剪梅……二九
又……三〇
賀新郎　和吴明可給事安撫……三〇
水調歌頭　壽趙漕介庵……三三
浣溪沙　贈子文侍人，名笑笑……三七
滿江紅　建康史帥致道席上賦……三八
念奴嬌　登建康賞心亭，呈史留守致道……四二
千秋歲　金陵壽史帥致道。時有版築役……四六
太常引　建康中秋夜爲吕叔潛賦……四八
品令……五一
江城子　戲同官……五三

惜奴嬌　戲同官……五三
念奴嬌　三友同飲，借赤壁韻……五四
好事近　西湖……五六
青玉案　元夕……五七
滿江紅　題冷泉亭……六〇
又　再用前韻……六三
感皇恩　滁州壽范倅……六六
又　壽人七十……六八
聲聲慢　滁州旅次，登奠枕樓作，和李清宇韻……六九
木蘭花慢　滁州送范倅……七三
西江月　爲范南伯壽……七六
水調歌頭……七八
菩薩蠻　金陵賞心亭爲葉丞相賦……八一
一剪梅　游蔣山呈葉丞相……八二
菩薩蠻……八五
新荷葉　和趙德莊韻……八六
又　再和前韻……八九
水龍吟　登建康賞心亭……九一
八聲甘州　壽建康帥胡長文給事。時方閱折紅梅之舞，且有錫帶之寵……九五
洞仙歌　壽葉丞相……九八
酒泉子……一〇一
念奴嬌　西湖和人韻……一〇二
摸魚兒　觀潮上葉丞相……一〇五
滿江紅　贛州席上呈太守陳季陵侍郎……一〇九
菩薩蠻　書江西造口壁……一一三

辛棄疾詞編年箋注卷二

水調歌頭　和王正之右司吴江觀雪見寄……一一九
又　和馬叔度游月波樓……一二三
霜天曉角　赤壁……一二八
烏夜啼　戲贈籍中人……一三〇

眼兒媚　妓……一三一
如夢令　贈歌者……一三二
水調歌頭　淳熙丁酉，自江陵移帥隆興。到官之三月被召，司馬監、趙卿、王漕餞別，司馬賦《水調歌頭》，席間次韻。時王公明樞密薨，坐客終夕爲興門户之歎，故前章及之……一三三
鷓鴣天　離豫章，別司馬漢章大監……一三九
念奴嬌　書東流村壁……一四〇
霜天曉角　旅興……一四四
鷓鴣天　和張子志提舉……一四五
又……一四七
又　代人賦……一四九
又　送人……一五〇
又　和陳提幹……一五一
謁金門　和陳提幹……一五二
水調歌頭　鞏采若壽……一五三
臨江仙　爲岳母壽……一五六
水調歌頭　舟次揚州，和楊濟翁、周顯先韻……一五七
滿江紅　江行，簡楊濟翁、周顯先……一六三
南鄉子……一六五
又　舟行記夢……一六六
南歌子……一六七
西江月　江行采石岸，戲作漁父詞……一六七
破陣子　爲范南伯壽。時南伯爲張南軒辟宰盧溪，南伯遲遲未行，因作此詞勉之……一六九
摸魚兒　淳熙己亥，自湖北漕移湖南，同官王正之置酒小山亭，爲賦……一七二
水調歌頭　淳熙己亥，自湖北漕移湖南，周總領、王漕、趙守置酒南樓，席上留別……一七六
阮郎歸　耒陽道中爲張處父推官賦……一八〇
滿江紅　賀王帥宣子平湖南寇……一八二
又……一八八

賀新郎 ……一九三
滿江紅 ……一九六
霜天曉角 ……一九七
減字木蘭花 長沙道中，壁上有婦人題字，若有恨者，用其意爲賦 ……一九八
水調歌頭 和趙景明知縣韻 ……一九九
滿江紅 ……二〇二
又 暮春 ……二〇三
又 席間和洪景盧舍人，兼簡司馬漢章大監 ……二〇五
滿庭芳 和洪丞相景伯韻 ……二〇九
又 和洪丞相景伯韻，呈景盧内翰 ……二一三
又 遊豫章東湖，再用韻 ……二一五
祝英臺近 晚春 ……二一八
又 ……二二一
惜分飛 春思 ……二二三
戀繡衾 無題 ……二二四
糖多令 ……二二六
南鄉子 贈妓 ……二二七
鷓鴣天 ……二二八
又 ……二二九
賀新郎 賦滕王閣 ……二二九
昭君怨 豫章寄張守定叟 ……二三三
木蘭花慢 席上送張仲固帥興元 ……二三四
沁園春 帶湖新居將成 ……二三八
又 送趙景明知縣東歸，再用前韻 ……二四三
蝶戀花 和趙景明知縣韻 ……二四七
菩薩蠻 ……二四八
西河 送錢仲耕自江西漕移守婺州 ……二四九
六幺令 用陸氏事，送玉山令陸德隆侍親東歸吴中 ……二五三

辛棄疾詞編年箋注卷三

六幺令 再用前韻 ……二五九

水調歌頭　盟鷗……二六一
又　湯朝美司諫見和，用韻爲謝……二六三
蝶戀花　和楊濟翁韻，首句用丘宗卿書中語……二六七
又　繼楊濟翁韻，餞范南伯知縣歸京口……二七〇
又　席上贈楊濟翁侍兒……二七二
水調歌頭　嚴子文同傅安道和前韻，因再和謝之……二七三
踏莎行　賦稼軒，集經句……二七八
太常引　壽韓南澗尚書……二八〇
水調歌頭　九日遊雲洞，和韓南澗尚書韻……二八三
又　再用韻，呈南澗……二八七
又　再用韻，答李子永提幹……二九〇
又　提幹李君索余賦《秀野》、《緑繞》二詩。余詩尋醫久矣，姑合二榜之意，賦《水調歌頭》以遺之。然君才氣不減流輩，豈求田問舍而獨樂其身耶……二九四
滿江紅　遊南巖，和范廓之韻……二九六
賀新郎　賦水仙……三〇一
又　賦海棠……三〇四
又　賦琵琶……三〇七
滿江紅　送湯朝美司諫自便歸金壇……三一〇
小重山　席上和人韻，送李子永提幹……三一四
臨江仙　即席和韓南澗韻……三一六
洞仙歌　開南溪初成賦……三一七
唐河傳　效花間體……三一九
水調歌頭　席上用王德和推官韻，壽南澗……三二〇
鷓鴣天　送范廓之秋試……三二四
又　鵝湖寺道中……三二六
破陣子　爲陳同甫賦壯詞以寄之……三二九
清平樂　爲兒鐵柱作……三三一
水龍吟　甲辰歲，壽韓南澗尚書……三三三

滿江紅　送李正之提刑入蜀……………………………………………………………………………三三八
蝶戀花　用趙文鼎提舉送李正之提刑韻，送鄭元英……………………………………………………三四三
鷓鴣天　徐衡仲惠琴，不受………………………………………………………………………………三四四
又　用前韻，和趙文鼎提舉賦雪…………………………………………………………………………三四八
蝶戀花　客有「燕語鶯啼人乍遠」之句，用爲首句………………………………………………………三五〇
出塞　春寒有感…………………………………………………………………………………………三五一
踏莎行　春日有感………………………………………………………………………………………三五二
好事近　春日郊遊………………………………………………………………………………………三五二
又　………………………………………………………………………………………………………三五三
江神子　和人韻…………………………………………………………………………………………三五三
又　和人韻………………………………………………………………………………………………三五四
又　和人韻………………………………………………………………………………………………三五六
又　博山道中書王氏壁…………………………………………………………………………………三五七
醜奴兒　書博山道中壁…………………………………………………………………………………三五九
點絳唇　留博山寺，聞光風主人微恙而歸，時春漲斷橋………………………………………………三六〇
又　………………………………………………………………………………………………………三六一
水龍吟　次年，南澗用前韻爲僕壽，僕與公生日相去一日，再和以壽南澗……………………………三六二
醜奴兒　…………………………………………………………………………………………………三六五
又　書博山道中壁………………………………………………………………………………………三六五
菩薩蠻　乙巳冬，南澗舉似前作，因和之………………………………………………………………三六六
水調歌頭　和信守鄭舜舉蔗庵韻………………………………………………………………………三六七
千年調　蔗庵小閣名曰巵言，作此詞嘲之………………………………………………………………三七一
南歌子　獨坐蔗庵………………………………………………………………………………………三七三
杏花天　無題……………………………………………………………………………………………三七四
臨江仙　…………………………………………………………………………………………………三七五
又　………………………………………………………………………………………………………三七六
又　………………………………………………………………………………………………………三七八
又　………………………………………………………………………………………………………三七九

朝中措 …… 三八〇
醜奴兒 醉中有歌此詩以勸酒者，聊櫽括之 …… 三八一
又 …… 三八一
醜奴兒近 博山道中，效李易安體 …… 三八二
清平樂 博山道中即事 …… 三八五
又 獨宿博山王氏庵 …… 三八五
鷓鴣天 博山寺作 …… 三八七
一剪梅 中秋無月 …… 三八八
又 …… 三八八
念奴嬌 和韓南澗載酒見過雪樓，觀雪 …… 三八九

辛棄疾詞編年箋注卷四

滿江紅 送信守鄭舜舉被召 …… 三九三
又 病中，俞山甫教授訪別，病起寄之 …… 三九六
又 和廓之雪 …… 三九九
洞仙歌 紅梅 …… 四〇一
鷓鴣天 元溪不見梅 …… 四〇三
水龍吟 題雨巖，巖類今所畫觀音補陀。巖中有泉飛出，如風雨聲 …… 四〇四
山鬼謠 雨巖有石，狀怪甚，取《離騷·九歌》，名曰《山鬼》，因賦摸魚兒，改今名 …… 四〇八
生查子 獨遊雨巖 …… 四一〇
蝶戀花 月下醉書雨巖石浪 …… 四一一
又 用前韻，送人行 …… 四一二
又 …… 四一四
又 …… 四一五
鷓鴣天 春日即事，題毛村酒壚 …… 四一七
又 …… 四一九
又 …… 四二〇
又 敗棋，罰賦梅雨 …… 四二二
又 戲題村舍 …… 四二三
清平樂 …… 四二三

又……四二四

西江月　春晚……四二五

定風波　用藥名，招婺源馬荀仲遊雨巖。馬善醫……四二六

又　再和前韻，藥名……四二八

最高樓　醉中，有索四時歌者，爲賦……四三〇

又　和楊民瞻，席上用前韻，賦牡丹……四三二

菩薩蠻　雪樓賞牡丹席上，用楊民瞻韻……四三四

念奴嬌　賦白牡丹，和范廓之韻……四三六

水調歌頭　慶韓南澗尚書七十……四三八

鷓鴣天　鵝湖歸，病起作……四四一

西江月　賦丹桂……四四五

聲聲慢　嘲紅木犀。余兒時嘗入京師禁中凝碧池，因書當時所見……四四六

鷓鴣天　重九席上作……四四九

又　重九席上再賦……四五一

念奴嬌　賦雨巖，效朱希真體……四五三

又　雙陸，和陳仁和韻……四五四

洞仙歌　訪泉於奇師村，得周氏泉，爲賦……四五八

清平樂　檢校山園，書所見……四六〇

烏夜啼　山行，約范廓之不至……四六〇

又　廓之見和，復用前韻……四六一

定風波　大醉，自諸葛溪亭歸，窗間有題字令戒飲者，醉中戲作……四六二

蝶戀花　戊申元日立春，席間作……四六四

臨江仙　探梅……四六七

水龍吟　題瓢泉……四六八

又　用瓢泉韻，戲陳仁和，兼簡諸葛元亮，且督和詞……四七〇

減字木蘭花　宿僧房有作……四七三

菩薩蠻　席上分賦，得櫻桃……四七四

鷓鴣天　代人賦……四七六

又 …… 四七七

又　送歐陽國瑞入吴中 …… 四七八

定風波 …… 四七九

一落索　閨思 …… 四八〇

踏歌 …… 四八一

生查子　山行，寄楊民瞻 …… 四八二

又　民瞻見和，復用前韻 …… 四八四

八聲甘州　夜讀《李廣傳》，不能寐，因念晁楚老、楊民瞻約同居山間，戲用李廣事，賦以寄之 …… 四八五

昭君怨　送晁楚老遊荆門 …… 四八七

又 …… 四八九

小重山　茉莉 …… 四九〇

鵲橋仙　爲人慶八十，席上戲作 …… 四九一

又　慶岳母八十 …… 四九三

水龍吟　寄題范南伯家文官花。花先白，次緑，次緋，次紫。《唐會要》載學士院有之 …… 四九四

好事近 …… 四九八

破陣子　贈行 …… 五〇〇

滿江紅　稼軒居士花下與鄭使君惜别，醉賦，侍者飛卿奉命書 …… 五〇一

水調歌頭　送鄭厚卿赴衡州 …… 五〇四

鷓鴣天　鄭守厚卿席上謝余伯山，用其韻 …… 五〇七

又　和人韻，有所贈 …… 五〇九

蝶戀花　送祐之弟 …… 五一一

鵲橋仙　和范廓之，送祐之弟歸浮梁 …… 五一三

臨江仙　醉宿崇福寺，寄祐之弟。祐之以僕醉先歸 …… 五一四

又　再用韻，送祐之弟歸浮梁 …… 五一六

菩薩蠻 …… 五一七

又 …… 五一八

又　送祐之弟歸浮梁 …… 五一九

滿江紅　和楊民瞻送祐之弟還侍浮梁 …… 五二〇
朝中措　崇福寺道中歸，寄祐之弟 …… 五二三
又 …… 五二三
浪淘沙　山寺夜半聞鐘 …… 五二三
南歌子　山中夜坐 …… 五二五
鷓鴣天 …… 五二六
又　席上再用韻 …… 五二七
水調歌頭　送信守王桂發 …… 五二八
江神子　和陳仁和韻 …… 五三一
又　和陳仁和韻 …… 五三三
沁園春　戊申歲，奏邸忽騰報，謂余以病掛冠，因賦此 …… 五三四
又　崇壽院 …… 五三九
賀新郎　陳同父自東陽來過余，留十日，與之同遊鵝湖。且會朱晦庵於紫溪，不至，飄然東歸。既別之明日，余意中殊戀戀，復欲追路，至鷺鷥林，則雪深泥滑，不得前矣。獨飲方村，悵然久之，頗恨挽留之不遂也。夜半投宿吳氏泉湖四望樓，聞鄰笛悲甚，爲賦《乳燕飛》以見意。又五日，同父書來索詞，心所同然者如此，可發千里一笑 …… 五四一
西江月　贈友人話別 …… 五四六
賀新郎　同父見和，再用韻答之 …… 五四七

辛棄疾詞編年箋注卷五

水調歌頭　元日投宿博山寺，見者驚歎其老 …… 五五一
賀新郎　用前韻，贈金華杜仲高 …… 五五五
永遇樂　送陳仁和自便東歸。陳至上饒之一年，得子，甚喜 …… 五五九
定風波　施樞密聖與席上賦 …… 五六三
最高樓　送丁懷忠教授入廣。渠赴調都下，久不得書，或謂從人辟置，或謂徑歸閩中矣 …… 五六五

沁園春　期思舊呼奇獅，或云碁師，皆非也。余考之荀卿書云：「孫叔敖，期思之鄙人也。」期思屬弋陽郡，此地舊屬弋陽縣。雖古之弋陽、期思，見之圖記者不同，然有弋陽則有期思也。橋壞復成，父老請余賦，作《沁園春》以證之……五六九

又　答余叔良……五七三

又　答楊世長……五七五

江神子　賦梅，寄余叔良……五七七

又　聞蟬蛙，戲作……五七八

菩薩蠻　雙韻賦摘阮……五七九

又　贈張醫道服爲别，且令餽河豚……五八一

漁家傲　爲余伯熙察院壽。信之讖云：「水打烏龜石，三台出此時。」伯熙舊居城西，直龜山之北，溪水齧山足矣，意伯熙當之耶？伯熙學道有新功，一日語余云：「溪上嘗得異石，有文隱然，如記姓名，且有長生等字。」余未之見也。因其生朝，姑摭二事爲詞以壽之……五八二

鵲橋仙　壽余伯熙察院……五八四

卜算子　尋春作……五八五

又　爲人賦荷花……五八六

又　聞李正之茶馬訃音……五八七

柳梢青　和范廓之席上賦牡丹……五八八

謁金門　和廓之五月雪樓小集韻……五八九

又……五九一

定風波　席上送范廓之遊建康……五九一

醉翁操　頃予從廓之求觀家譜，見其冠冕蟬聯，世載勳德。廓之甚文而好修，意其昌未艾也。今天子即位，覃慶中外，命國朝勳臣子孫之無見任者官之。先是，朝廷屢詔甄録元祐黨籍家，合是二者，廓之應仕矣。將告諸朝，行有日，請予作歌以贈。屬予避謗，持此戒甚力，

不得如廓之請。又念廓之與予遊八年，日從事詩酒間，意相得歡甚，於其別也，何獨能恝然？顧廓之長於楚詞，而妙於琴，輒擬《醉翁操》，爲之詞以叙別。異時廓之綰組東歸，僕當爲買羊沽酒，廓之爲鼓一再行，以爲山中盛事云……五九三

御街行　山中問盛復之提幹行期……五九六

又……五九八

朝中措　九日小集，時楊世長將赴南宫……六〇〇

又……六〇一

又……六〇二

清平樂　憶吴江賞木樨……六〇二

鵲橋仙　己酉山行，書所見……六〇三

菩薩蠻　送鄭守厚卿赴闕……六〇四

又　送曹君之莊所……六〇六

滿江紅　送徐撫幹衡仲之官三山，時馬會叔侍郎帥閩……六〇七

歸朝歡　寄題三山鄭元英巢經樓。樓之側有尚友齋，欲借書者就齋中取讀，書不借出……六一一

玉樓春　寄題文山鄭元英巢經樓……六一四

聲聲慢　送上饒黄倅秩滿赴調……六一六

玉樓春　席上贈別上饒黄倅。龍從，雨巖堂名。通判雨，當時民謡。吏垂頭，亦渠攝郡時事……六一八

水調歌頭　送楊民瞻……六一九

又……六二一

尋芳草　調陳莘叟憶内……六二四

虞美人　壽趙文鼎提舉……六二五

又　送趙達夫……六二六

又……六二八

又　賦荼蘼……六二九

浣溪沙　黄沙嶺……六三〇

又 漫興作 …… 六三二
鷓鴣天 黄沙道中即事 …… 六三三
水龍吟 盤園任帥子嚴，掛冠得請，取執政書中語，以高風名其堂。來索詞，爲賦《水龍吟》。薌林，侍郎向公告老所居，高宗皇帝御書所賜名也，與盤園相並云 …… 六三四
卜算子 齒落 …… 六三九
踏莎行 庚戌中秋後二夕，帶湖篆岡小酌 …… 六四〇
又 賦木犀 …… 六四一
清平樂 賦木樨詞 …… 六四一
又 再賦 …… 六四二
醉花陰 …… 六四三
西江月 夜行黄沙道中 …… 六四四
清平樂 題上盧橋 …… 六四五
東坡引 …… 六四六
醉太平 春晚 …… 六四七
烏夜啼 …… 六四八
如夢令 賦梁燕 …… 六四八
水調歌頭 送施樞密聖與帥江西。信之讖云：「水打烏龜石，方人也大奇。」方人也，實施字 …… 六四九
好事近 中秋席上和王路鈐 …… 六五一
又 送李復州致一席上和韻 …… 六五二
又 和城中諸友韻 …… 六五三
東坡引 閨怨 …… 六五四
又 …… 六五五
憶王孫 秋江送别，集古句 …… 六五五
念奴嬌 瓢泉酒酣，和東坡韻 …… 六五六
又 再用前韻，和洪莘之通判丹桂詞 …… 六五九
瑞鶴仙 壽上饒倅洪莘之，時攝郡事，且將赴漕舉 …… 六六二
清平樂 壽信守王道夫 …… 六六四

一落索　信守王道夫席上，用趙達夫賦金林檎韻……六六六
金菊對芙蓉　重陽……六六七
賀新郎　吉席……六六八
生查子　有覓詞者，爲賦……六七〇
又　獨遊西巖……六七〇
又　獨遊西巖……六七一
又　重葉梅……六七二

辛棄疾詞編年箋注卷六

好事近　席上和王道夫賦元夕立春……六七五
念奴嬌　和信守王道夫席上韻……六七六
又……六七八
最高樓　慶洪景盧内翰七十……六八二
水調歌頭　題永豐楊少游提點一枝堂……六八四
浣溪沙　壬子春，赴閩憲，别瓢泉……六八八
臨江仙　和信守王道夫韻，謝其爲壽。時僕作閩憲……六九〇
賀新郎　三山雨中遊西湖，有懷趙丞相經始……六九二
感皇恩……六九七
鷓鴣天　三山道中……六九九
水調歌頭　三山用趙丞相韻，答帥幕王君，且有感於中秋近事，併見之末章……七〇一
又　壬子三山被召，陳端仁給事飲餞席上作……七〇四
水龍吟　過南劍雙溪樓……七〇七
西江月　癸丑正月四日，自三山被召，經從建安，席上和陳安行舍人韻……七一一
又　用韻，和李兼濟提舉……七一三
賀新郎　和前韻……七一四
水調歌頭　題張晉英提舉玉峰樓……七一九
瑞鶴仙　南劍雙溪樓……七二二
西江月　三山作……七二三
滿江紅　和盧國華……七二四

菩薩蠻　和盧國華提刑……七二七
定風波　三山送盧國華提刑，約上元重來……七二八
又　再用韻。時國華置酒，歌舞甚盛……七二九
又　自和……七三一
滿江紅　盧國華由閩憲移漕建安，陳端仁給事同諸公餞別，余爲酒困，卧青涂堂上，三鼓方醒。國華賦詞留別，席上和韻。青涂，端仁堂名也……七三三
鷓鴣天……七三四
又　用韻賦梅。三山梅開時，猶有青葉甚盛，余時病齒……七三五
又……七三七
又……七三八
瑞鶴仙　賦梅……七三九
念奴嬌　戲贈善作墨梅者……七四一
又　題梅……七四三
行香子　三山作……七四四
好事近……七四六
添字浣溪沙　三山戲作……七四七
最高樓　吾擬乞歸，犬子以田産未置止我，賦此罵之……七四八
滿江紅……七五一
清平樂　壽趙民則提刑。時新除，且素不喜飲……七五二
一枝花　醉中戲作……七五三
賀新郎　又和……七五五
鷓鴣天……七五八
小重山　三山與客泛西湖……七五九
柳梢青　三山歸途，代白鷗見嘲……七六〇
沁園春　再到期思卜築……七六一
浣溪沙　席上趙景山提幹賦溪臺，和韻……七六五
又……七六七

蘇武慢　雪……………………七六八

辛棄疾詞編年箋注卷七

祝英臺近　與客飲瓢泉，客以泉聲喧静爲問。余醉，未及答，或者以「蟬噪林逾静」代對，意甚美矣。翌日，爲賦此詞以褒之……………………七七一
水龍吟　用些語再題瓢泉，歌以飲客，聲韻甚諧，客皆爲之釂……………………七七三
鷓鴣天　送元濟之歸豫章……………………七七六
江神子　送元濟之歸豫章……………………七七八
行香子……………………七八〇
浣溪沙　别成上人，併送性禪師……………………七八一
又　種梅菊……………………七八三
浪淘沙　賦虞美人草……………………七八四
虞美人　賦虞美人草……………………七八六
玉樓春……………………七八七
又……………………七八八
添字浣溪沙……………………七八九
又　與客賞山茶，一朵忽墮地，戲作……………………七九〇
又　答傅巖叟酬春之約……………………七九一
又　用韻謝傅巖叟瑞香之惠……………………七九三
菩薩蠻……………………七九四
又　贈周國輔侍人……………………七九五
蘭陵王　賦一丘一壑……………………七九六
卜算子　飲酒不寫書……………………七九九
又　飲酒成病……………………八〇一
又　飲酒敗德……………………八〇一
醜奴兒……………………八〇二
水龍吟　愛李延年歌、淳于髡語，合爲詞，庶幾《高唐》、《神女》、《洛神賦》之意云……………………八〇三
賀新郎　和徐斯遠下第謝諸公載酒相訪韻……………………八〇五
西江月……………………八一〇
添字浣溪沙　簡傅巖叟……………………八一三

又　用前韻謝傅巖叟饋名花鮮蕈……八一三
歸朝歡　靈山齊庵菖蒲港，皆長松茂林，獨野櫻花一株，山上盛開，照映可愛。不數日，風雨催敗殆盡。意有感，因效介庵體爲賦，且以《菖蒲緑》名之。丙辰歲三月三日也……八一四
沁園春　靈山齊庵賦。時築偃湖未成……八一七
又　弄溪賦……八一九
又　將止酒，戒酒杯使勿近……八二一
水調歌頭　將遷居不成，有感，戲作。時以病止酒，且遣去歌者，末章及之……八二四
杏花天……八二七
又　嘲牡丹……八二八
謁金門……八二九
鵲橋仙　贈人……八三〇
又　送粉卿行……八三一
西江月　題阿卿影像……八三三
臨江仙　侍者阿錢將行，賦錢字以贈之……八三三
又　諸葛元亮席上見和，再用韻……八三四
又　再用圓字韻……八三六
鷓鴣天……八三七
玉樓春　客有遊山者，忘攜具，而以詞來索酒，用韻爲答。余時以病不往……八三八
又　再和……八四〇
沁園春　城中諸公載酒入山，余不得以止酒爲解，遂破戒一醉，再用韻……八四一
臨江仙　和葉仲洽賦羊桃……八四四
又……八四七
玉樓春　戲賦雲山……八四八
又　用韻答傅巖叟、葉仲洽、趙國興……八四八
又……八五〇
又……八五一
漢宮春　即事……八五二

驀山溪　趙昌父賦一丘一壑，格律高古，因效其體 …… 八五四
清平樂　呈趙昌甫。時僕以病止酒。昌甫日作詩數篇，末章及之 …… 八五七
又 …… 八五八
浣溪沙　瓢泉偶作 …… 八五八
南歌子　新開池，戲作 …… 八五九
鷓鴣天　登一丘一壑偶成 …… 八六〇
又 …… 八六一
臨江仙　昨日得家報，牡丹漸開，連日少雨多晴，常年未有。僕留龍安蕭寺，諸君亦不果來，豈牡丹留不住爲可恨耶？因取來韻，爲牡丹下一轉語 …… 八六二
念奴嬌　和趙國興知録韻 …… 八六四
木蘭花慢　題上饒郡圃翠微樓 …… 八六六
又　寄題吴克明廣文菊隱 …… 八六八

又　中秋飲酒將旦，客謂前人詩詞，有賦待月，無送月者，因用《天問》體賦 …… 八七〇
永遇樂　檢校停雲新種杉松，戲作。時欲作親舊報書，紙筆偶爲大風吹去，末章因及之 …… 八七三
聲聲慢　隱括淵明停雲詩 …… 八七六
玉樓春　隱湖戲作 …… 八七七
驀山溪　停雲竹徑初成 …… 八七八
又 …… 八七九
浣溪沙　種松，竹未成 …… 八八一
鷓鴣天　和章泉趙昌父 …… 八八二
滿庭芳　和章泉趙昌父 …… 八八四
臨江仙 …… 八八六
鷓鴣天　寄葉仲洽 …… 八八七
踏莎行　和趙國興知録韻 …… 八八八
水調歌頭　席上爲葉仲洽賦 …… 八九〇
最高樓　閏前岡周氏旌表有期 …… 八九二

辛棄疾詞編年箋注卷八

滿江紅　山居即事……八九五
又　壽趙茂嘉郎中。前章記兼濟倉事……八九七
南鄉子　慶前岡周氏旌表……九〇〇
鷓鴣天　睡起即事……九〇二
又……九〇三
又　有感……九〇五
又　讀淵明詩不能去手，戲作小詞以送之……九〇六
又……九〇八
又　不寐……九〇九
又　戊午拜復職奉祠之命……九一〇
賀新郎　題趙兼善龍圖東山園小魯亭……九一一
沁園春　和吴子似縣尉……九一五
清平樂……九一八
鷓鴣天　尋菊花無有，戲作……九一八
又　席上吴子似諸友見和，再用韻答之……九一九
菩薩蠻　晝眠秋水……九二〇
水調歌頭　醉吟……九二一
又　賦松菊堂……九二三
新荷葉　上巳日，吴子似謂古今無此詞，索賦……九二五
又　徐思上巳乃子似生日，因改定……九二七
鷓鴣天　和吴子似山行韻……九二七
清平樂　書王德由主簿……九二八
沁園春　壽趙茂嘉郎中。時以置兼濟倉賑濟里中，除直秘閣……九二九
水調歌頭　題吴子似縣尉瑱山經德堂。堂，陸象山所名也……九三三
哨遍　秋水觀……九三五
又　用前韻……九三九
六州歌頭　屬得疾，暴甚，醫者莫曉其狀。小

愈，困臥無聊，戲作以自釋……九四三
添字浣溪沙 病起，獨坐停雲……九四六
水調歌頭 趙昌父七月望日用東坡韻敘太白、東坡事見寄，過相褒借，且有秋水之約。八月十四日，余臥病博山寺中，因用韻爲謝，兼寄吴子似……九四七
蘭陵王 己未八月二十日夜，夢有人以石研屏見餽者，其色如玉，光潤可愛。中有一牛，磨角作鬥狀，云：「湘潭里中有張其姓者，多力善鬥，號張難敵。一日，與人搏，偶敗，忿赴河而死。居三日，其家人來視之，浮水上，則牛耳。自後併水之山，往往有此石，或得之，里中輒不利。」夢中異之，爲作詩數百言，大抵皆取古之怨憤變化異物等事，覺而忘其言。後三日，賦詞以識其異……九五〇
西江月 木樨……九五三
又 遣興……九五四
玉樓春 樂令謂衛玠：「人未嘗夢搗虀餐鐵杵，乘車入鼠穴。」以謂世無是事故也。余謂世無是事而有是理。樂所謂無，猶云有也。戲作數語以明之……九五五
賀新郎 題傅巖叟悠然閣……九五六
又 用前韻再賦……九五九
水調歌頭 賦傅巖叟悠然閣……九六一
念奴嬌 賦傅巖叟香月堂兩梅……九六三
又 余既爲傅巖叟兩梅賦詞，傅君用席上有請云：「家有四古梅，今百年矣，未有以品題，乞援香月堂例。」欣然許之，且用前篇體制戲賦……九六五
滿江紅 和傅巖叟香月韻……九六八
最高樓 客有敗棋者，代賦梅……九七〇
又 用韻答趙晉臣敷文……九七一
永遇樂 賦梅雪……九七三

又 戲賦辛字，送茂嘉十二弟赴調 …………九七四
鷓鴣天 壽吴子似縣尉，時攝事城中 …………九七八
又 過硤石，用韻答吴子似 …………九七九
又 吴子似過秋水…………九八〇
破陣子 硤石道中有懷吴子似縣尉 …………九八二
菩薩蠻 題雲巖 …………九八三
行香子 雲巖道中 …………九八四
水調歌頭 即席和金華杜仲高韻，並壽諸友，惟醻乃佳耳 …………九八七
浣溪沙 偕杜叔高、吴子似宿山寺，戲作 …………九八九
又 …………九九〇
又 …………九九一
錦帳春 席上和杜叔高韻 …………九九二
婆羅門引 別杜叔高。叔高長於楚辭 …………九九三
又 用韻別郭逢道…………九九四
又 用韻答傅先之。時傅先之宰龍泉歸 …………九九六
又 用韻答趙晉臣敷文…………九九七
上西平 送杜叔高 …………九九九
浣溪沙 別杜叔高 …………一〇〇〇
玉蝴蝶 追別杜仲高 …………一〇〇〇
又 杜仲高書來戒酒，用韻 …………一〇〇二
武陵春 …………一〇〇四
又 …………一〇〇五
感皇恩 讀《莊子》，聞朱晦庵即世…………一〇〇五
南鄉子 送趙國宜赴高安户曹。趙乃茂嘉之子。茂嘉嘗爲高安幕官，題詩甚多…………一〇〇七
浣溪沙 壽内子…………一〇〇九
玉樓春 效白樂天體 …………一〇一二
又 用韻答葉仲洽 …………一〇一三
又 用韻答吴子似縣尉…………一〇一四
生查子 簡吴子似縣尉 …………一〇一五
賀新郎 題傅君用山園 …………一〇一六

又　用韻題趙晉臣敷文積翠巖，余謂當築陂於其前……一〇一八
又　韓仲止判院山中見訪，席上用前韻……一〇二〇
夜游宫　苦俗客……一〇二五
雨中花慢　登新樓，有懷趙昌甫、徐斯遠、韓仲止、吴子似、楊民瞻……一〇二七
又　吴子似見和，再用韻爲别……一〇二九
浪淘沙　送吴子似縣尉……一〇三一
江神子　别吴子似，末章寄潘德久……一〇三三
念奴嬌　重九席上……一〇三四
又　用韻答傅先之提舉……一〇三六

辛棄疾詞編年箋注卷九

西江月　壽祐之弟，時新居落成……一〇四一
菩薩蠻　趙晉臣席上。時張菩提葉燈，趙茂嘉扶病攜歌者……一〇四三
婆羅門引　趙晉臣敷文張燈甚盛，索賦，偶憶舊遊，末章因及之……一〇四四
粉蝶兒　和趙晉臣敷文賦落梅……一〇四七
定風波　賦杜鵑花……一〇四八
又　再用韻和趙晉臣敷文……一〇五〇
卜算子　用莊語……一〇五一
又　漫興三首……一〇五三
又……一〇五四
又……一〇五五
又　用韻答趙晉臣敷文。趙有真得歸、方是閑二堂……一〇五六
又……一〇五八
水調歌頭　題趙晉臣敷文真得歸、方是閑二堂……一〇五九
柳梢青　辛酉生日前兩日，夢一道士，話長年之術，夢中痛以理折之，覺而賦八難之辭……一〇六二
江神子　侍者請先生賦詞自壽……一〇六四

卜算子　齒落……………………………………一〇六五
喜遷鶯　謝趙晉臣敷文賦芙蓉詞見壽，用韻爲謝……………………………………一〇六六
新荷葉　再題傅巖叟悠然閣……………………………………一〇六八
又　趙茂嘉、趙晉臣和韻，見約初秋訪悠然，再用韻……………………………………一〇六九
菩薩蠻　重到雲巖，戲徐斯遠……………………………………一〇七〇
洞仙歌　趙晉臣和李能伯韻，屬余同和。趙以兄弟皆有職名爲寵，詞中頗叙其盛，故末章有「裂土分茅」之句……………………………………一〇七二
江神子　和李能伯韻，呈趙晉臣……………………………………一〇七四
西江月　和晉臣登悠然閣……………………………………一〇七六
又　和趙晉臣敷文賦秋水瀑泉……………………………………一〇七七
念奴嬌　趙晉臣敷文十月望生日，自賦詞，屬余和韻……………………………………一〇七八
太常引　壽趙晉臣敷文。彭溪，晉臣所居……………………………………一〇八一
又　賦十四絃……………………………………一〇八三
鷓鴣天　和傅先之提舉賦雪……………………………………一〇八五
歸朝歡　題趙晉臣敷文積翠巖……………………………………一〇八六
鷓鴣天　和趙晉臣敷文韻……………………………………一〇八八
生查子　和趙晉臣敷文春雪……………………………………一〇八八
鷓鴣天　有客慨然談功名，因追念少年時事，戲作……………………………………一〇八九
行香子　山居客至……………………………………一〇九三
又　博山戲呈趙昌甫、韓仲止……………………………………一〇九四
鵲橋仙　席上和趙晉臣敷文……………………………………一〇九五
滿江紅　呈趙晉臣敷文……………………………………一〇九六
又　遊清風峽，和趙晉臣敷文韻……………………………………一〇九八
鷓鴣天　祝良顯家牡丹一本百朵……………………………………一一〇〇
又　賦牡丹。主人以謗花，索賦解嘲……………………………………一一〇一
又　再賦……………………………………一一〇二
又　再賦牡丹……………………………………一一〇三

臨江仙 …… 二〇四
又 簪花屢墮戲作 …… 二〇五
又 壬戌生日書懷 …… 二〇六
賀新郎 別茂嘉十二弟。鵜鴂杜鵑實兩種，見《離騷補注》 …… 二〇六
洞仙歌 浮石山莊，余友月湖道人何同叔之別墅也。山類羅浮，故以名。同叔嘗作《遊山次序榜》，示余，且索詞，爲賦《洞仙歌》以遺之。同叔頃遊羅浮，遇一老人，龐眉幅巾，語同叔云：「當有晚年之契。」蓋仙云 …… 二一一
千年調 開山徑得石壁，因名曰蒼壁。事出望外，意天之所賜邪？喜而賦 …… 二一六
臨江仙 蒼壁初開，傳聞過實。客有來觀者，意其如積翠、清風、巖石、玲瓏之勝，既見之，乃獨爲是突兀而止也，大笑而去。主人戲下一轉語，爲蒼壁解嘲 …… 二一八

賀新郎 邑中園亭，僕皆爲賦此詞。一日獨坐停雲，水聲山色，競來相娛，意溪山欲援例者，遂作數語，庶幾彷彿淵明思親友之意云 …… 二二〇
又 再用前韻 …… 二二三
又 嚴和之好古博雅，以嚴本莊姓，取蒙莊、子陵四事，曰濮上，曰濠梁，曰齊澤，曰嚴瀨，爲四圖，屬余賦詞。余謂蜀君平之高，揚子雲所謂「雖隋和何以加諸」者，班孟堅獨取子雲所稱述爲《王貢諸傳序引》，不敢以其姓名列諸傳，尊之也。故余以謂和之當併圖君平像，置之四圖之間，庶幾嚴氏之高節備焉。作《乳燕飛》詞使歌之 …… 二二五
水龍吟 別傅先之提舉。時先之有召命 …… 二二九
又 …… 二三一
哨遍 趙昌父之祖季思學士，退居鄭圃，有亭名魚計，宇文叔通爲作古賦。今昌父之弟成父，於所居鑿池築亭，榜以舊名。昌父爲成父

作詩，屬余賦詞，余爲賦《哨遍》。莊周論「於蟻棄知，於魚得計，於羊棄意」，其義美矣。然上文論蝨託於豕而得焚，羊肉爲蟻所慕而致殘，下文將併結二義，乃獨置豕蝨不言，而遽論魚，其義無所從起。又間於羊蟻兩句之間，使羊蟻之義離不相屬，何耶？其必有深意存焉，顧後人未之曉耳。或言「蟻得水而死，羊得水而病，魚得水而活」，此最穿鑿，不成意趣。余嘗反復尋繹，終未能得。意世必有能讀此書而了其義者，他日倘見之而問焉。姑先識余疑於此詞云爾 …… 一三三

品令　族姑慶八十，來索俳詞 …… 一四〇

感皇恩　慶嬸母王恭人七十 …… 一四〇

破陣子　趙晉臣敷文幼女縣主覓詞 …… 一四二

感皇恩　壽鉛山陳丞及之 …… 一四四

臨江仙　戲爲期思詹老壽 …… 一四五

鵲橋仙　贈鷺鷥 …… 一四六

河瀆神　女城祠，效花間體 …… 一四七

鷓鴣天　石門道中 …… 一四八

西江月　示兒曹，以家事付之 …… 一五〇

醜奴兒　和鉛山陳簿韻二首 …… 一五一

又 …… 一五二

辛棄疾詞編年箋注卷一〇

浣溪沙　常山道中即事 …… 一五三

漢宮春　會稽蓬萊閣觀雨 …… 一五四

又　會稽秋風亭懷古 …… 一五九

又　答李兼善提舉和章 …… 一六二

又　答吴子似總幹和章 …… 一六五

上西平　會稽秋風亭觀雪 …… 一六七

滿江紅 …… 一六九

生查子 …… 一七〇

又　題京口郡治塵表亭 …… 一七二

南鄉子　登京口北固亭有懷……一一七四

瑞鷓鴣　京口有懷山中故人……一一七七

又　京口病中起登連滄觀，偶成……一一七八

又……一一八一

永遇樂　京口北固亭懷古……一一八二

玉樓春　乙丑京口奉祠西歸，將至仙人磯……一一八九

瑞鷓鴣　乙丑奉祠，舟次餘干賦……一一九一

臨江仙……一一九四

又　停雲偶作……一一九五

瑞鷓鴣……一一九六

玉樓春　有自九江以石中作觀音像持送者，因以詞賦之……一一九八

歸朝歡　丁卯歲寄題眉山李參政石林……一二〇〇

洞仙歌　丁卯八月病中作……一二〇四

辛棄疾詞編年箋注附録

頌韓詞三首非辛稼軒所作考……一二〇七

有關辛稼軒生平事歷之文……一二一六

舊本稼軒詞序跋文……一二四六

稼軒詞版本源流再探索……一二七〇

稼軒詞廣信書院本和四卷本原目次及補遺詞目次……一二八七

辛棄疾詞編年箋注卷一

按：本卷詞作共四十八首。起紹興三十二年壬午（一一六二），迄淳熙二年乙未（一一七五），爲南渡後仕宦東南之作。

漢宮春　立春日①〔一〕

春已歸來，看美人頭上，裊裊春幡〔二〕。無端風雨，未肯收盡餘寒。年時燕子，料今宵夢到西園〔三〕。渾未辦黄柑薦酒，更傳青韭堆盤〔四〕？　却笑東風從此，便薰梅染柳，更没些閑〔五〕。閑時又來鏡裏，轉變朱顔〔六〕。清愁不斷，問何人會解連環〔七〕？生怕見花開花落〔八〕，朝來塞雁先還。

【校】

①「日」，廣信書院本此字闕，此據四卷本丙集補。

【箋注】

〔一〕題，右詞爲辛稼軒南渡開篇之作。鄧廣銘先生定爲稼軒詞之首篇，且言因詞中有「年時燕子，料今宵夢到西園」句，「知其違别故鄉濟南僅及一年，知即作於其南渡之第一個立春日」（見增訂本《稼軒詞編年箋注·增訂三版題記》）。今以其言甚當，從之。《宋會要輯稿·運曆》二之二七載，紹興三十二年十二月二十四日立春。此應即稼軒南渡所遭逢之第一個立春日，尚在隆興元年元日之前。因係早春，故春雖已歸來，却僅可從細君插頭之春幡上看出，而寒氣依舊，惟料去年之燕子，或已擬故鄉西園之歸。然鄧先生又謂：「稼軒南歸之後，與較早來歸之范邦彦同寓京口，且與范邦彦之女成婚。因係燕爾新婚，故家中設備簡陋，餐桌上只能是草草杯盤，既無黄柑酒，也無五辛盤。」（此大意，原文見《辛稼軒歸附南宋的初衷和奏進美芹十論的主旨》，收《鄧廣銘治史叢稿》中）然按詞中所言，稼軒之未辦立春之酒肴，與春歸之匆遽有關，即因其自身南歸之匆遽有關，不能因此謂之新婚伊始所致。故不取此説。蓋因鄧先生生前未能見到《菱湖辛氏族譜》，不知范氏與稼軒之成婚，爲乾道末至淳熙改元時之事。當稼軒南渡之初，受命爲江陰軍簽判之時，其在北方之髮妻趙氏與其二子辛稹、辛秬皆已先期抵達江陰軍。趙氏原即江陰人也。則作此詞時，稼軒固早已有妻有子，與范氏並無任何瓜葛也。

〔二〕「看美」二句，《歲時風土記》：「立春之日，士大夫之家，剪綵爲小旛，或懸於家人之頭，或綴於花枝之下。」幡者，小綵旗。按宋人習俗，立春日，朝廷皆賜文武百官春幡勝。《建炎以來繫年要録》卷四〇：「建炎四年十有二月己巳朔，……詔自今立春日賜百官春幡勝權免，俟邊事寧息如舊。」另據同書卷一四八，紹興十三年始復賜百官春幡勝。《武林舊事》卷二《立春》：「是日，賜百官春幡勝。宰執、親王以金，餘以金裹銀，及羅帛爲之。係文思院造進，各垂於襆頭之左入謝。」右詞中之「美人」，應指稼軒之妻趙氏。

〔三〕「年時」二句，「年時」謂年前，指去年。西園，應指稼軒濟南歷城之家園。

〔四〕「渾未」二句，黄柑薦酒，青韭堆盤，蘇軾《立春日小集呈李端叔》詩：「辛盤得青韭，臘酒是黄柑。」王十朋注引趙次公曰：「故事：立春日作五辛盤。黄柑以釀酒，乃洞庭春色也。」《荊楚歲時記》謂五辛盤即大蒜、小蒜、韭菜、雲臺、胡荽是也。《古今合璧事類備要》前集卷一五：「東晉李鄂，立春日命以蘆菔、芹菜爲菜盤相饋貺。唐立春日，春餅春菜號春盤。」《南史》卷三四《周顒傳》：「文惠太子問顒：『菜食何味最勝？』顒曰：『春初早韭，秋末晚菘。』」黄柑薦酒，謂進以黄柑所造酒。蘇軾《洞庭春色》詩序曰：「安定郡王以黄柑釀酒，謂之洞庭春色，色香味三絶。」渾未辦，還不能。未辦，即未能，宋人常用語。《世説新語·假譎》載：「愍度道人過江，與一傖道人爲侶。謀曰：『用舊義，在江東恐不辦得食。』便共立心無義。」謂以佛家舊説傳法江東，恐不能混飯。不辦即未辦。更傳，更，豈能，何況。傳，傳送。此二句言，既未能以黄柑釀酒，又豈能傳送堆滿青韭之春盤？

〔五〕「便薰」二句，薰梅染柳，李賀《瑶華樂》詩：「瓊鍾瑶席甘露文，玄霜絳雪何足云？薰梅染柳將贈君。」吴正子注云：「瓊鍾，酒鍾也。《漢武内仙傳》：『上藥有玄霜絳雪。』」更没些，更，再也。

〔六〕「閑時」二句，白居易《醉歌》詩：「腰間紅綬繫未穩，鏡裏朱顔看已失。」秦觀《千秋歲·謫虔州作》：「日邊清夢斷，鏡裏朱顔改。」

〔七〕會解連環，《莊子·天下》：「今日適越而昔來，連環可解也。」《戰國策·齊策》六：「秦昭王嘗遣使遺君王后玉連環，曰：『齊多智，而解此環不？』君王后以示羣臣，羣臣不知解。君王后引錐椎破之，謝秦使曰：『謹以解矣。』」君王后，即齊襄王之后，太史敫之女。見《史記》卷四六《田敬仲完世家》。會，能。

〔八〕生怕見，只怕，最怕。見，語助。

滿江紅〔一〕

點火櫻桃，照一架荼蘼如雪〔二〕。春正好見龍孫穿破，紫苔蒼壁〔三〕。乳燕引雛飛力弱〔四〕，流鶯喚友嬌聲怯〔五〕。問春歸不肯帶愁歸？腸千結〔六〕。　層樓望，春山疊。家何在？煙波隔。把古今遺恨，向他誰説〔七〕？蝴蝶不傳千里夢，子規叫斷三更月〔八〕。聽聲聲枕上勸人歸，歸難得。

【箋注】

〔一〕題，右詞無題，廣信書院本置於同調詞之第四首，然作年甚早，實爲渡江之後同調詞之首。蓋詞中充滿難以平息之春愁，無可傾訴之懷念家山之怨，而其所面臨，又是一條煙波浩淼之大江，似此，皆與其居官江陰之境況看看相近。因知右詞，或係隆興元年春間之作，故謹次於《漢宫春》詞之後，以表明稼軒南渡之初兩次條奏恢復大計之際，其心胸之間，愛國熱情之高漲，乃其自北來南素所藴含之理想信念所使然，非因景生情，偶爾激發者也。」

〔二〕一架荼蘼如雪，王安石《池上看金沙花數枝過酴醾架盛開二首》：「酴醾一架最先來，夾水金沙次第栽。濃緑扶疏雲對起，醉紅撩亂雪争開。」李壁注：「謂花可以比雪之輕盈，非專指其色也。」

〔三〕「春正」二句，龍孫，謂笋。僧贊寧《笋譜雜説》：「俗聞呼笋爲龍孫。若然者，龍未聞化竹，竹化爲龍，豈宜言龍孫？今詳理，實竹爲龍，龍且不生笋，故嘉言巧論，呼爲龍孫耳。」紫苔蒼壁，《海録碎事》卷二二下《緑錢》：「賓階緑錢滿，客位紫苔生。」緑錢、紫苔，皆謂苔蘚。僧惠洪《冷齋夜話》卷六《僧清順十竹林下詩》：「西湖僧清順怡然清苦，多佳句。嘗賦《十竹》詩云：『城中寸土如寸金，幽軒種竹只十个。春風慎勿長兒孫，穿我階前緑苔破。』」稼軒二句亦謂竹笋生命力極强，穿破青壁紫苔而生。

〔四〕乳燕引雛，杜甫《少年行二首》詩：「巢燕引雛渾去盡，江花結子也無多。」白居易《東南行一百韻寄通州元九侍御等》詩：「幾見林抽笋，頻驚燕引雛。」

〔五〕「流鶯」句，李之儀《踏莎行》詞：「紫燕啣泥，黄鶯唤友，可人春色暄晴晝。」按：右二句中，飛力弱，嬌聲怯，皆尋常口語入詞。

〔六〕腸千結，郭祥正《憶别》詩：「佳人萬里别，一念腸千結。」康與之《滿江紅·杜鵑》詞：「聲一唤，腸千結。閩嶺外，江南陌。」

〔七〕「向他」句，他誰，張相《詩詞曲語辭匯釋》謂「他誰，猶云誰人也」。並舉稼軒此詞爲例。按：「他」者，語助也。故向他誰說，即向誰說，用誰義。

〔八〕「蝴蝶」二句，蝴蝶夢，《莊子·齊物論》：「昔者莊周夢爲蝴蝶，栩栩然蝴蝶也。自喻適志與，不知周也。俄然覺，則蘧蘧然周也。不知周之夢爲蝴蝶與，蝴蝶之夢爲莊周也？」崔塗《春夕旅懷》詩：「水流花謝兩無情，送盡東風過楚城。蝴蝶夢中家萬里，杜鵑枝上月三更。故園書動經年絶，華髮春唯兩鬢生。自是不歸歸便得，五湖煙景有誰爭？」子規，即杜鵑。羅願《爾雅翼》卷一四《子嶲》：「子嶲出蜀中，今所在有之。其大如鳩，以春分先鳴，至夏尤甚，日夜號深林中，口爲流血，至章陸子熟乃止。……其鳴聲若歸去，故《爾雅》爲嶲，《説文》爲子雋，《太史公書》爲秭鳺，《高唐賦》爲秭歸，《禽經》爲子規，……亦曰望帝，亦曰杜宇，亦曰杜鵑。」

又

暮春①

家住江南，又過了清明寒食〔一〕。花徑裏一番風雨，一番狼藉。紅粉暗隨流水去②，園林漸覺清陰密〔二〕。算年年落盡刺桐花③，寒無力〔三〕。　庭院静，空相憶。無説處，閒愁極。怕流鶯乳燕，得知消息。尺素如今何處也〔四〕？彩雲依舊無蹤跡〔五〕。謾教人羞去上層樓〔六〕，平蕪碧〔七〕。

【校】

①題，廣信書院本原無，兹據四卷本乙集補。②「紅粉暗隨流水去」，四卷本作「流水暗隨紅粉去」，此從廣信書院本。③「剌」，廣信書院本作「拆」，此據四卷本。

【箋注】

〔一〕「家住」二句，稼軒自紹興三十二年正月奉表南歸，閏二月深入北方，擒叛徒張安國再次南渡，獻俘行在，宋廷改授稼軒江陰軍簽判（清明爲三月節，應即在是年閏二月中）。其到江陰軍任上，必已至是年夏季，遂即家於江陰。其南歸第一個清明，當爲次年即隆興元年。右詞暮春，蓋稼軒在江陰軍簽判任上所作。鄧廣銘先生曾言：「隆興元年夏，宋孝宗採納張浚之建議，對金發動軍事進攻，在初戰小捷之後，金方以重兵反擊，符離之役，宋師全軍潰退。據此詞前片起句，知其作於南歸後之第二個暮春。其下之『一番風雨，一番狼藉』，蓋即暗指符離之慘敗而言。」按：符離之役，起於隆興元年五月七日李顯忠復靈壁，迄於是月二十一日李顯忠、邵宏淵軍大潰於符離。失利後，主持此戰之張浚惶懼不知所措，而宋孝宗此後恢復之志亦大爲衰減。滿地落花，遭人踐踏，一片狼藉淩亂景象，若以爲暗喻時局，此解釋不爲無理。故引用如上，所言應從之。因知此詞的應作於隆興二年之暮春也。

〔二〕「紅粉」二句，紅粉謂紅白兩色落花，暗隨流水，〔雍正〕《江西通志》卷一六〇《雜記》二載：「萍鄉縣宣風鎮驛壁間有留題曰：『奴本蜀郡越王之裔，一年良人登第，二年邵陽獄吏，三年輒學衛世子之夭，遂挈遺孤還故里。舉目無親，投此何地？作小詩以書於壁，士君子莫誚焉。清和季華書，男秀郎捧硯。』其詩曰：『淚痕拭盡懶梳妝，遥倚西風憶故鄉。昨夜夢魂留不住，暗隨流水下錢塘。』」按：此卷所載均爲宋代事，惟不知題詩者爲何時人也。秦觀《望海潮·洛陽懷古》詞：「無奈歸心，暗隨流水到天涯。」清陰密，王安中《進和御製芸館二詩》：「清陰密覆林間石，翠色寒摇水底雲。」

〔三〕「算年」二句，刺桐花，吴處厚《青箱雜記》卷六：「刺桐花，深紅，每一枝數十蓓蕾，而葉頗大，類桐，故謂之刺桐。」謝維新《古今合璧事類備要》别集卷三三：「刺桐皆夏初開花也。……其樹高大而枝葉蔚茂，初夏開花，極鮮紅。如葉先萌芽而其花後花，則五穀豐熟。丁謂《刺桐花》詩：『聞説鄉人説刺桐，花如後發始年豐。我今到此憂民切，只愛青青不愛紅。』」按：各書均謂刺桐夏初開花，而稼軒詞却言刺桐花於清明日已落盡，蓋傷刺桐花之早開，以喻諸事不如意也。

〔四〕尺素，古樂府詩《飲馬長城窟行》：「客從遠方來，遺我雙鯉魚。呼童烹鯉魚，中有尺素書。」

〔五〕彩雲，李白《古風》詩：「天空彩雲滅，地遠清風來。」白居易《簡簡吟》：「大都好物不堅牢，彩雲易散琉璃脆。」

〔六〕謾，空也。

〔七〕平蕪，平原荒草。江淹《江文通集》卷一《去故鄉賦》：「窮陰匝海，平蕪帶天。於是泣故關之已盡，傷故國之無際。」

又〔一〕

倦客新豐〔二〕，貂裘敝征塵滿目〔三〕。彈短鋏青蛇三尺，浩歌誰續〔四〕？不念英雄江左老〔五〕，用之可以尊中國〔六〕。歎詩書萬卷致君人〔七〕，翻沉陸①〔八〕！休感慨②，澆醽醁③〔九〕。人易老，歡難足。有玉人憐我，爲簪黄菊〔一〇〕。且置請纓封萬户〔一一〕，竟須賣劍酬黄犢〔一二〕。甚當年寂寞賈長沙④，傷時哭〔一三〕？

【校】

①「翻」，四卷本乙集作「番」，此從廣信書院本。②「慨」，四卷本作「歎」。③「澆醽醁」，四卷本作「年華促」。④「甚」，四卷本作「歎」。

【箋注】

〔一〕題，右詞無題，作年甚早，無可確考。然以詞中激烈振盪、悲憤呼天之情緒觀之，似當作於符離之戰後宋金再次議和至南北再簽和約之際。稼軒於紹興三十二年曾向張浚進言極論恢復，又於隆興二年秋進奏《美芹十論》，力主攻金，皆不爲君相所用，而朝廷遂與金人結盟罷兵，置恢復大業於不顧，傷害愛國志士之心，故作此詞以抒悲憤。時稼軒蓋江陰簽判任滿，尚未任廣德軍通判，因以棄官之馬周、進言不從之蘇秦、初爲幕賓之馮諼自擬，疑此詞爲隆興二年秋冬所作。

〔二〕倦客新豐，《舊唐書》卷七四《馬周傳》：「馬周字賓王，清河茌平人也。少孤貧，好學，尤精詩傳，落拓不爲州里所敬。武德中補博州助教，日飲醇酎，不以講授爲事。刺史達奚恕屢加咎責，周乃拂衣遊於曹、汴，又爲浚儀令崔賢所辱。遂感激，西遊長安，宿於新豐。逆旅主人唯供諸商販，而不顧待。周遂命酒一斗八升，悠然獨酌，主人深異之。至京師，舍於中郎將常何之家。貞觀五年，太宗令百寮上書言得失，何以武吏不涉經學，周乃爲何陳便宜二十餘事，令奏之，事皆合旨。太宗怪其能，問何，何答曰：『此非臣所能，家客馬周具草也。每與臣言，未嘗不以忠孝爲意。』太宗即日召之，未至，間遣使催促者數四。及謁見，與語甚悅，令直門下省。」按：新豐，地在臨潼縣東十五里。

〔三〕「貂裘」句，《戰國策·秦策》：「蘇秦始將連橫説秦惠王。……説秦王書十上，而説不行。黑貂之裘敝，黄金百斤盡，資用乏絶。去秦而歸，羸縢履蹻，負書擔囊，形容枯槁，面目黧黑，狀有愧色。」鮑彪注：「貂，鼠屬，大而黄黑，出丁零國。」

〔四〕「彈短」二句，《戰國策·齊策》四：「齊人有馮諼者，貧乏不能自存，使人屬孟嘗君，願寄食門下。孟嘗君曰：『客何好？』曰：『客無好也。』曰：『客何能？』曰：『客無能也。』孟嘗君笑而受之，曰：『諾。』左右以君賤之也，食以草具。居有頃，倚柱彈其劍，歌曰：『長鋏歸來乎，食無魚！』左右以告，孟嘗君曰：『食之，比門下之客。』」《吴郡圖經續記》卷下：「長鋏巷一名彈鋏巷，在吴縣東北二里。巷有馮煖宅。煖客在齊孟嘗君之門，彈長鋏而歌者也。」鋏謂劍之柄也。青蛇三尺，郭元振《古劍歌》：「精光黯黯青蛇色，文章片片緑龜鱗。」白居易《鵶九劍》詩：「劍成未試十餘年，有客持金買一觀。誰知閉匣長思用，三尺青蛇不肯蟠。」

〔五〕江左，謂江東。東晉建都建康，以建康之東爲江左。

〔六〕「用之」句，尊中國，宋儒論《左傳》之旨，皆一以尊中國而攘外夷爲言。如孫覺《春秋經解》卷六：「中國諸侯相滅亡，有能救之者，則《春秋》善之。齊威會盟侵伐四十餘年，攘夷狄，尊中國，存亡繼絶者，不可勝數。死未逾年，而諸侯伐之，戰至於敗，狄不忍而救之，《春秋》書曰：狄救齊，蓋傷中國爾。」吕本中《春秋集解》卷三〇：「故内京師外諸夏，尊天王也；内諸夏外外裔，尊中國也。」中國，上古華夏民族生存活動於黄河流域，以其地爲天下中心，故稱爲中國，外有四方四夷，故以中國爲我國之稱。

〔七〕詩書萬卷致君人，范仲淹《寄安素高處士》詩：「吏隱南陽味日新，幕中文雅盡交賓。滿軒明月清譚夜，共憶詩書萬卷人。」致君，杜甫《奉贈韋左丞丈二十二韻》詩：「致君堯舜上，再使風俗淳。」

〔八〕沉陸，《莊子·則陽》：「孔子之楚，舍於蟻丘之漿。其鄰有夫妻臣妾登極者。子路曰：『是稷稷何爲者耶？』仲尼曰：『是聖人僕也。是自埋於民，自藏於畔，其聲銷，其志無窮，其口雖言，其心未嘗言。方且與世違，而心不屑與之俱，是陸沉者也。』」郭象注：「所言者皆世言，心與世異，人中隱者，譬無水而沉也。」

〔九〕澆醽醁，李劉《四六標準集》卷二五《通湖南楊提刑楫啓》之「不知醽醁之前有賈生否」句下，孫雲翼注：「《説文》：『醽，長沙縣也，从邑霝聲。今衡州。』按字書，醽醁，湘東地名，有醽淥酒。又醽醁，酒名。郭仲堅《湘中記》：『衡陽縣東二十里有醽湖，周二十里，深八尺，湛然緑色。土人取以釀酒，其味醇美。晉武帝吴，始薦醽酒於太廟。』《吴録》：『湘東有醽水酒，有名。』左思《吴都賦》：『飛輕軒而酌淥醽。』盛弘之《荆州記》：『淥水出豫章康樂縣，其間烏程鄉有酒官，取水爲酒，極甘美。與湘中醽湖酒，年嘗獻之，世稱醽淥酒。』」澆，飲也。《世説新語·任誕》：「阮籍胸中壘塊，故須酒澆之。」

〔一〇〕「有玉」二句，蘇軾《千秋歲·湖州暫來徐州重陽作》詞：「美人憐我老，玉手簪黄菊。」

〔一一〕「且置」句，《漢書》卷六四《終軍傳》：「終軍字子雲，濟南人也。……當發使使匈奴，軍自請曰：『軍無横草之功，得列宿衛。食禄五年，邊境時有風塵之警。臣宜被堅執鋭，當矢石，啓前行。』……上奇軍對，擢爲諫大夫。南越與漢和親，迺遣軍使南越，説其王，欲令入朝，比内諸侯。軍自請，願受長纓，必羈南越王而致之闕下。軍遂往説越王，越王聽許，請舉國内屬，天子大説。」按：此句謂暫且擱置請纓擊敵而封萬户侯之事，亦即放棄功名之念。

〔一二〕「竟須」句，《漢書》卷八九《龔遂傳》：「龔遂字少卿，山陽南平陽人也。以明經爲官。……上以爲勃海太守，時遂年七十餘。……乘傳至勃海界，郡聞新太守至，發兵以迎。遂皆遣還，移書敕屬縣，悉罷逐捕盜賊吏。諸持鉏鉤田器者，皆爲良民，吏毋得問。持兵者乃爲盜賊。……民有帶持刀劍者，使賣劍買牛，賣刀買犢，曰：『何爲帶牛佩犢？』」竟須，就應當。

〔一三〕「甚當」二句，《漢書》卷四八《賈誼傳》：「賈誼，洛陽人也。年十八，以能誦詩書屬文稱於郡中。……文帝召以爲博士。是時，誼年二十餘，最爲少，每詔令議下，諸老先生未能言，誼盡爲之對。……天子議以誼任公卿之位，絳、灌、東陽侯、馮敬之屬盡害之。……天子後亦疏之，不用其議，以誼爲長沙王太傅。……爲梁懷王太傅。……是時匈奴彊，侵邊。天下初定，制度疏闊，諸侯王僭儗，地過古制。淮南、濟北王皆爲逆誅。誼數上疏陳政事，多所欲匡建。其大略曰：『臣竊惟事勢，可爲痛哭者一，可爲流涕者二，可爲長太息者六。』……梁王勝墜馬死，誼自傷爲傅無狀，常哭泣。後歲餘，亦死。」甚，此或可作正解，謂此正是賈誼當年爲時局而痛哭者也。又或可爲疑問語，謂何以賈誼當年爲時局而痛哭？

【附録】

岳珂肅之記事一則

稼軒論詞

是時，潤有貢士姜君玉瑩中，嘗與余遊，偶及此。次日，攜康伯可《順庵樂府》一袠相示，中有《滿江紅》作於婺女潘子賤席上者，如「歎詩書萬卷致君人，番沉陸」、「且置請纓封萬户，徑須賣劍酬黃犢」、

「慟當年寂寞賈長沙，傷時哭」之句，與《稼軒集》中詞全無異。伯可蓋先四五十年。君玉亦疑之。然余讀其全篇，則它語却不甚稱，似不及稼軒出一格律。所擕乃板行，又故本，殆不可曉也。（《桯史》卷三）

又

中秋寄遠①〔一〕

快上西樓，怕天放浮雲遮月②。但平聲。喚取玉纖橫管③，一聲吹裂〔二〕！誰做冰壺涼世界④〔三〕？最憐玉斧修時節〔四〕。問嫦娥孤令有愁無⑤〔五〕？應華髮。雲液滿〔六〕，瓊杯滑。長袖舞⑥〔七〕，清歌咽。歎十常八九〔八〕，欲磨還缺。但願長圓如此夜⑦〔九〕，人情未必看承別〔一〇〕。把從前離恨總成歡⑧，歸時説。

【校】

①題，四卷本甲集原闕，兹從廣信書院本。②「放」，《六十名家詞》本作「教」。③「但喚」句及小注，廣信書院本小注闕，此據四卷本甲集補。「管」，四卷本作「笛」。④「涼」，四卷本作「浮」，此從廣信書院本。⑤「令」，四卷本作「冷」，《六十名家詞》本作「處」。⑥「舞」，四卷本作「起」。⑦「但願」，四卷本作「若得」。⑧「成歡」，王詔校刊《稼軒長短句》本與《六十名家詞》本作「包藏」。

【箋注】

〔一〕題，右《滿江紅》詞於廣信書院本居同調詞第二首，知作年甚早。詞題謂「寄遠」者，即寄内也。稼軒南歸，於隆興二年江陰軍簽判任滿，繼即改任廣德軍通判。而其夫人趙氏，原爲江陰軍人，南渡後歸其故里，後即卒於江陰軍。稼軒官廣德時，趙氏或未及同時赴任，故稼軒因中秋思家，遂有《寄遠》之作，則右詞或即作於乾道元年之秋。

〔二〕「快上」四句，放，即教也，任也。《莊子·馬蹄》：「一而不覺，命曰天放。」《疏》：「若有心治物，則乖彼天然，直置放任，則物皆自足，故名曰天放也。」放教連用，宋人常語。《宋名臣言行録》外集卷九《尹焞》：「語人曰：『放教虛閑，自然見道。』」黄庭堅《次韻李士雄子飛獨遊西園折牡丹憶弟子奇二首》詩：「更欲開花比京洛，放教姚魏接山丹。」玉纖謂纖纖玉手，横管謂笛。一聲吹裂，蘇軾《同柳子玉遊鶴林招隱醉歸呈景純》詩：「巖頭足練兼天静，泉底真珠濺客忙。安得道人攜笛去，一聲吹裂翠崖岡。」王十朋注引趙次公曰：「按《國史補》載，李舟好事，嘗得村舍煙竹，截以爲笛，堅如鐵石，以遺李謩。謩吹笛天下第一，月夜泛江吹之。俄有客立於岸，呼船共載。既至，請笛而吹，其聲精壯，山石可裂。謩未嘗見也。」按：右記事見《唐國史補》卷下。又，蘇軾《與梁左藏會飲傅國博家》詩：「試教長笛傍耳根，一聲吹裂階前石。」何薳《春渚紀聞》卷七《穿雲裂石聲》：「東坡先生《和崗字》詩云：『一聲吹裂翠崖崗。』薳家藏公墨本，詩後注云：『昔有善笛者，能爲穿雲裂石之聲。』別不用事也。」

〔三〕冰壺涼世界，杜甫《寄裴施州》詩：「金鍾大鏞在東序，冰壺玉鑑懸清秋。」蘇軾《贈潘谷》詩：「布衫漆黑手如龜，未害冰壺貯秋月。」涼世界，禪宗有清涼世界説，見《五燈會元》卷五《道吾智禪師法嗣》。

〔四〕「最憐」句，段成式《酉陽雜俎》前集卷一：「太和中，鄭仁本表弟，不記姓名，嘗與一王秀才遊嵩山，捫蘿越澗，境極幽敻，遂迷歸路。將暮，不知所之，徙倚間忽覺叢中鼾睡聲，披榛窺之，見一人布衣甚潔白，枕一襆物，方眠熟。即呼之曰：『某偶入此徑迷路，君知向官道否？』其人舉首，略視不應，復寢。又再三呼之，乃起坐，顧曰：『來此。』二人因就之，且問其所自。其人笑曰：『君知月乃七寶合成乎？月勢如丸，其影日爍其凸處也。常有八萬二千户修之，予即一數。』因開襆，有斤鑿數事，玉屑飯兩裹，授與二人曰：『分食此，雖不足長生，可一生無疾耳。』乃起二人，指一支徑：『但由此自合官道矣。』言已不見。」王安石《題畫扇》詩：「玉斧修成寶月團，月邊仍有女乘鸞。」最憐，謂最愛也。

〔五〕嫦娥孤令，《海録碎事》卷一：「姮娥奔月，是爲蟾蜍。張衡《靈憲記》。」李白《把酒問月》詩：「白兔搗藥秋復春，嫦娥孤棲與誰鄰？」孤令，同孤零。

〔六〕雲液，元盛如梓《庶齋老學叢談》卷下：「《整暇集》：『思酒舊名雲液。』坡詩：『揚州雲液却如酥。』後名瓊花露。」白居易《對酒閑吟贈同老者》詩：「雲液灑六腑，陽和生四肢。」陸蒙龜《自遣》詩：「醖得秋泉似玉容，比於雲液更應濃。」

〔七〕長袖，《韓非子・五蠹篇》：「鄙諺曰：『長袖善舞，多錢善賈。』此言多資之爲工也。」

〔八〕十常八九，黄庭堅《用明發不寐有懷二人爲韻寄李秉彝德叟》詩：「人生不如意，十事常八九。」

〔九〕「但願」句，蘇軾《水調歌頭》詞：「但願人長久，千里共嬋娟。」

〔一〇〕「人情」句，看承，宋人常用語，猶如看重、照管。陳直《壽親養老新書》卷一：「老人衰倦，無所用心，若只令守家孤坐，自成滯悶。今見所好之物，自然用心於物上，日自看承戲玩，自以爲樂。」陳自明《婦女大全良方》卷一八《産後將護法》：「不可令多卧，如卧多，看承之人宜頻喚醒。」《獨醒雜志》卷四亦謂「有疾病者，立使差人看承醫療」。稼軒句之「看承」，有照管義。二句言，只願夜夜月圓如此，因知人們未必特照管離別也。郭應祥《鷓鴣天·中秋後一夕宴修成之富正甫作》詞：「萬里澄空没點雲，素娥依舊駕冰輪。自緣人意看承别，未必清輝減一分。」言雖至中秋後一夕，而月圓依舊，乃因特别看重人間離别也。張相《詩詞曲語辭匯釋》解稼軒此二句云：「此看待意，言月能長圓，人情看待未必與中秋有異也。」鄧廣銘先生釋此云：「看承别，别樣看待。」作「看待」解，均未能確解詞意，故不取也。

又

中秋〔一〕

美景良辰，算只是可人風月〔二〕。况素節揚輝長是〔三〕，十分清徹。着意登樓瞻玉兔〔四〕，何人張幕遮銀闕？倩飛廉得得爲吹開①〔五〕，憑誰説？　弦與望，從圓缺。今與昨，何區别？羨夜來手把②，桂花堪折〔六〕。安得便登天柱上〔七〕？從容陪伴酬佳節。更如今不聽塵談清〔八〕，愁如髮〔九〕。

【校】

①「得得」，《六十名家詞》本作「特得」，此從廣信書院本。按：特得，特地。與「得得」意同。②「手把」，《六十名家詞》本作「把手」。

【箋注】

〔一〕題，右詞置於廣信書院本同調詞前列，知作年甚早，疑亦乾道元年秋季所作，所表達者，亦孤零無儔、思念親友之義，故附於《中秋寄遠》詞之後。

〔二〕「美景」二句，《文選》卷三〇載謝靈運《擬魏太子鄴中集詩序》：「建安末，余時在鄴宮。朝遊夕讌，究歡愉之極。天下良辰美景，賞心樂事，四者難並。今昆弟友朋，二三諸彦共盡之矣。」《北史》卷五四《段孝言傳》：「孝言雖黷貨無厭，恣情酒色，然舉止風流，招致名士，美景良辰，未嘗虛棄。」算，作應當解。可人，合人。可人風月，風月令人滿意。

〔三〕「況素」句，素節，秋節。《初學記》卷三《秋》：「節曰素節、商節。」按：此條又出自《太平御覽》卷二五，謂引自梁元帝《纂要》。

〔四〕玉兔，《太平御覽》卷四：「傅玄《擬天問》曰：『月中何有？玉兔擣藥。』」

〔五〕「倩飛」句，魏張揖《廣雅》卷九《異聞》：「風師謂之飛廉。」《漢書》卷六《武帝紀》：「二年冬十月，行幸雍祠。……還作甘泉通天臺、長安飛廉館。」應劭注：「飛廉，神禽，能致風氣者也。」得得，特地。僧貫休《入蜀》詩：「一瓶一鉢垂垂老，萬水千山得得來。」

〔六〕手把桂花堪折，葉夢得《避暑録話》卷下：「世以登科爲折桂，此謂郤詵對策東堂，自云：『桂林一枝也。』自唐以來用之。温庭筠詩云：『猶喜故人新折桂，自憐羈客尚飄蓬。』其後以月中有桂，故又謂之月桂，而月中又言有蟾，故又改桂爲蟾，以登科爲登蟾宫。」

〔七〕登天柱，唐皇甫枚《三水小牘》卷上《趙知微雨夕登天柱峰翫月》條：「九華山道士趙知微，乃皇甫玄真之師。……好奇之士多從之。……玄真曰：自吾師得道，人不見其惰容。常云：分杯結霧之術，化竹釣鯔之方，吾久得之，固耻爲耳。去歲中秋，自朔霖霪，至於望夕。玄真謂同門生曰：『甚惜良宵而值苦雨。』語頃，趙君忽命侍童曰：『可備酒果。』遂遍召諸生，謂曰：『能昇天柱峰，翫月否？』諸生雖强應，而竊議以爲濃陰馱雨如斯，若果行，將有墊巾角折屐齒之事。少頃，趙君曳杖而出，諸生景從，既闢荆扉，而長天廓清，皓月如晝。捫蘿援篠，及峰之巔。趙君處玄豹之茵，諸生藉芳草列侍，俄舉巵酒，詠郭景純遊仙詩數篇。諸生有清嘯者、步虚者、鼓琴者，以至寒蟾隱於遠岑，方歸山舍。既各就榻，而凄風苦雨，暗晦如前，衆方服其奇致。」

〔八〕麈談清，《世説新語·容止》：「王夷甫容貌整麗，妙於談玄。恒捉白玉柄麈尾，與手都無分別。」

〔九〕愁如髮，黄庭堅《招戴道士彈琴》詩：「春愁如髮不勝梳，酒病緜緜困未蘇。」

緑頭鴨　七夕〔一〕

歎飄零，離多會少堪驚〔二〕。又争如天人有信？不同浮世難憑〔三〕。占秋初桂花散彩，向夜久銀漢無聲〔四〕。鳳駕催雲〔五〕，紅帷卷月，泠泠一水會雙星〔六〕。素杼冷臨風休織，深訴隔年誠〔七〕。飛光淺青童語款，丹鵲橋平〔八〕。看人間争求新巧〔九〕，紛紛女伴歡迎。避燈時采絲未整，拜月處蛛網先成〔一〇〕。誰念監州〔一一〕，蕭條官舍，燭摇秋扇坐中庭！笑此夕金釵無據，遺恨滿蓬瀛〔一二〕。欹高枕梧桐聽雨，如是天明〔一三〕。

【箋注】

〔一〕題，右詞作年雖難詳考，然詞中有「誰念監州，蕭條官舍，燭摇秋扇坐中庭」語，當作於稼軒通判廣德軍之時。廣德地僻事簡，正與官舍蕭條相符。厥後再通判建康，則同官友朋甚多，與此七夕獨坐情景不相侔矣。以無法確定在乾道元年或二年，故附次於《滿江紅·寄遠》詞之後。

〔二〕離多會少，張耒《七夕歌》詩：「但令一歲一相逢，七月七夕橋邊渡。别多會少知奈何？却憶從前歡愛多。」

〔三〕「又争」二句，謂牛、女雖一年一會，然終有憑準，不似人世之反覆無常。

〔四〕銀漢無聲，蘇軾《陽關詞三首·中秋月》詩：「暮雲收盡溢清寒，銀漢無聲轉玉盤。」

〔五〕鳳駕，梁何遜《七夕》詩：「仙車駐七驤，鳳駕出天潢。」

〔六〕泠泠一水，蘇軾《臂痛謁告作三絶句示四君子》詩：「祇愁戲瓦閒童子，却作泠泠一水看。」

〔七〕「素杼」二句，陳耀文《天中記》卷二：「小説云：天河之東有織女，天帝之子也。年年機杼勞役，織成雲錦天衣，容貌不暇整理。天帝憐其獨處，許嫁河西牽牛郎。嫁後遂廢織紝，天帝怒焉，責令歸河東，但使其一年一度相會。」

〔八〕「飛光」二句，《風俗通》：「織女七夕當渡河，使鵲爲橋。《爾雅翼》：涉秋七日，鵲首無故皆髡。相傳是日河鼓與織女會於漢東，役烏鵲爲梁以渡，故毛皆脱去。」劉鑠《七夕詠牛女》詩：「沉情未申寫，飛光已飄忽。」青童，謂牽牛。

〔九〕争求新巧，《荆楚歲時記》：「是夕人家婦女結綵縷，穿七孔針，或以金銀鍮石爲針，陳几筵酒脯時菓於庭中，以乞巧。有蟢子網於瓜上則以爲符應。」周處《風土記》：「七月七日，其夜灑掃於庭，露施几筵，設酒脯時果，散香粉於河鼓織女。言此二星神當會。守夜者咸懷私願，或云見天漢中有奕奕正白氣，有耀五色，以此爲徵應。見者便拜，而願乞富乞壽，無子乞子，唯得乞一，不得兼求。」

〔一〇〕「避燈」二句，陶宗儀《元氏掖庭記》：「九引堂臺七夕，乞巧之所。至夕，宫女登臺，以五綵絲穿九尾鍼，先完者爲得巧，遲完者謂之輸巧。各出資以贈得巧者焉。」《開元天寶遺事·蛛絲卜巧》：「帝與貴妃每至七月七日夜，在華清宫遊宴，時宫女輩陳瓜花酒饌，列於庭中，求恩於牽牛織女星也。又各捉蜘蛛於小合中，至曉開視蛛網稀密，以爲得巧之候。密者言巧多，稀者言巧少，民間亦效之。」

〔一一〕監州，謂諸州通判。《文獻通考》卷六三《職官考》：「按藝祖之設通判，本欲懲五季藩鎮專擅之弊，而以儒臣臨制之，號稱監州。蓋其官雖郡佐，而其人間有出於朝廷之特命，不以官資之崇庳論，如野處所言是也。其與後來之泛泛以半刺稱者不侔矣。」

〔二〕「笑此」二句，白居易《長恨歌》：「含情凝涕謝君王，一别音容兩渺茫。昭陽殿裏恩愛絶，蓬萊宫中日月長。回頭下望人寰處，不見長安見塵霧。唯將舊物表深情，鈿合金釵寄將去。釵留一股合一扇，釵擘黄金合分鈿。……七月七日長生殿，夜半無人私語時。在天願作比翼鳥，在地願爲連理枝。天長地久有時盡，此恨綿綿無絶期。」

〔三〕「敧高」二句，温庭筠《更漏子》詞：「梧桐树，三更雨，不道離情正苦。一葉葉，一聲聲，空階滴到明。」

念奴嬌　謝王廣文雙姬詞〔一〕

西真姊妹，料凡心忽起，共辭瑶闕〔二〕。燕燕鶯鶯相並比，的當兩團兒雪〔三〕。合韻歌喉，同茵舞袖，舉措脱體别①〔四〕。江梅影裏〔五〕，迥然雙蕊奇絶。　還聽别院笙歌，倉皇走報，笑語渾重疊。拾翠洲邊攜手處，疑是桃根桃葉〔六〕。並蒂芳蓮，雙頭紅藥〔七〕，不意俱攀折。今宵鴛帳，有同對影明月〔八〕。

【校】

①「脱體」，《彊村叢書》本《稼軒詞補遺》作□□，朱孝臧謂作此二字誤。此從《稼軒集抄存》。

【箋注】

〔一〕題，王廣文，名未詳。稼軒簽判江陰軍、通判廣德軍時兩地教授今見載於地方志，未有王姓者，〔光緒〕《廣德州志》卷二五且不載宋代教授名表，故不得而考知。然此詞作年甚早，故附於通判廣德軍之後。

〔二〕「西真」三句，曾慥《類説》卷四六引《續清瑣高議》之《賢雞君傳》：「賢雞君魯敢，西城道上遇青衣曰：『君東齋客伺久矣。』歸步庭除，見女子揉英弄蕊，映身花陰，君疑狐妖，正色遠之。女亦徐去，月餘飛空而來曰：『奴西王母之裔，家於瑶池西真閣。』恍如夢中，引君同跨彩麟，在寒光碧虚中，臨萬丈絶壑，陟蟠桃嶺，西顧瓊林，爛若金銀世界，曰：『此瑶池也。』……命君升西真閣曰：『嘗見紫雲娘誦君佳句。』語未畢，見千萬紅妝，珠珮丁當，星眸丹臉，霞裳人面，特秀麗，豔發其旁。西真曰：『此吾西王母也。』……須臾，觥籌遞舉，霞衣吏請奏《鸞鳳和鳴曲》，又奏《雲雨慶先期曲》。酒酣，復入一洞，碧桃豔杏，香凝如霧。西真曰：『他日與君人間還，雙棲於此。』君乃辭歸。」

〔三〕「燕燕」二句，王楙《野客叢書》卷二九：「張子野晚年多愛姬，東坡有詩曰：『詩人老去鶯鶯在，公子歸來燕燕忙。』正均用張家故事也。按：唐有張君瑞遇崔氏女於蒲，崔小名鶯鶯。元稹與李紳語其事，作《鶯鶯歌》。漢童謡曰：『燕燕尾涎涎，張公子時相見。』又曰：『張祜妾名燕燕。』其事跡與夫對偶精切如此。鶯鶯對燕燕，已見於杜牧之詩曰：『緑樹鶯鶯語，平沙燕燕飛。』」的當，恰當。

〔四〕脱體，猶言裸體。向子諲《採桑子》詞：「人如濯濯春楊柳，徹骨風流，脱體温柔，牽繫多情儘未休。」

〔五〕江梅，范成大《梅譜》：「江梅，遺核野生不經栽接者，又名直腳梅。或謂之野梅。凡山間水濱，荒寒清絶之趣，皆此本也。花稍小而疏瘦，有韻，香最清，實小而硬。」

〔六〕「拾翠」二句，拾翠洲，歐陽炯《花間集序》：「今衛尉少卿字弘基，以拾翠洲邊，自得羽毛之異；織綃泉底，獨殊機杼之功。廣會衆賓，時延佳論。因集近來詩客曲子詞五百首，分爲十卷。」按：弘基即趙崇祚。拾翠洲在南海縣南三十里，見〔雍正〕《廣東通志》卷一〇。桃根桃葉，李商隱《燕臺詩四首·冬》：「當時歡向掌中銷，桃葉桃根雙姊妹。」張敦頤《六朝事跡編類》卷上《桃葉渡》條：「桃葉者，晉王獻之愛妾名也，其妹曰桃根。」

〔七〕「並蒂」二句，並蒂芳蓮，杜甫《進艇》詩：「俱飛蛺蝶元相逐，並蒂芙蓉本自雙。」雙頭芍藥，甚常見，稼軒即有《和趙茂嘉雙頭芍藥二首》，見本書卷二。

〔八〕對影明月，李白《月下獨酌》詩：「舉杯邀明月，對影成三人。」

生查子　和夏中玉〔一〕

一天霜月明，幾處砧聲起？客夢已難成，秋色無邊際。　旦夕是重陽，菊有黄花蕊〔二〕。只怕又登高，未飲心先醉〔三〕。

【箋注】

〔一〕夏中玉，楊冠卿《客亭類稿》卷一四《水調歌頭·贈維揚夏中玉》詞：「形勝訪淮楚，騎鶴到揚州。春風十里簾幕，香靄小紅樓。樓外長江今古，誰是濟川舟檝？煙浪拍天浮。喜見紫芝宇，儒雅更風流。氣吞虹，才倚馬，爛銀鉤。功名年少餘事，鵰鶚幾横秋。行演絲綸天上，環侍玉皇香案，仙袂揖浮丘。落筆驚風雨，潤色焕皇猷。」夏中玉既爲維揚士子，僅見於此，其名、事跡若何，俱無可考。楊詞有「功名年少餘事」句，未知夏氏是否已登進士第。右詞作年無考，然稼軒南渡之初，於江陰軍簽判、廣德軍通判任滿皆在秋季，又嘗遊吴地。稼軒詞中，屢見吟詠。以下諸詞，或均賦於此一時期。然其時甚早。其兩和夏中玉詞或即廣德軍罷任時所作。

〔二〕「菊有」句，《禮記·月令》：「季秋之月，……鞠有黄花。」鄭氏注：「鞠，木，又作菊。」

〔三〕「只怕」二句，《荆楚歲時記》：「九月九日，四民並藉野飲宴。按：杜公瞻云：『九月九日宴會，未知起於何代。然自漢至宋未改。今北人亦重此節，佩茱萸，食餌，飲菊花酒云。』……《續齊諧記》云：『汝南桓景隨費長房游學，長房謂之曰：九月九日，汝家中當有災厄，急令家人縫囊，盛茱萸，繫臂上，登山飲菊花酒，此禍可消。景如言，舉家登山，夕還，見雞犬牛羊一時暴死。長房聞之曰：此可代也。今世人九日登高飲酒，婦人帶茱萸囊，蓋始於此。』」

菩薩蠻

和夏中玉〔一〕

與君欲赴西樓約，西樓風急征衫薄。且莫上蘭舟，怕人清淚流。臨風横玉管，聲散江天滿。一夜旅中愁，蛩吟不忍休。

【箋注】

〔一〕題，右二詞雖詞調不同，然皆和夏中玉，見法式善自《永樂大典》所輯者，四卷本及廣信書院本俱未收入。其作年當依上闋所考。

念奴嬌

贈夏成玉〔一〕

妙齡秀發，湛靈臺一點〔二〕，天然奇絶。萬壑千巖歸健筆〔三〕，掃盡平山風月〔四〕。雪裏疏梅，霜頭寒菊，迥與餘花別。識人青眼〔五〕，慨然憐我疏拙。　遐想後日蛾眉，兩山横黛，談笑風生頰〔六〕。握手論文情極處，冰玉一時清潔〔七〕。掃斷塵勞，招呼蕭散，滿酌金蕉葉〔八〕。醉鄉深處，不知天地空闊。

【箋注】

〔一〕夏成玉，事跡無考。應爲揚州夏中玉之昆仲。

〔二〕「妙齡」二句，妙齡秀發，蔡松年《望月婆羅門·送陳詠之自遼陽還汴水》詞：「妙齡秀發，韻清冰玉洗羅紈。」靈臺，《莊子·庚桑楚》：「不足以滑成，不可内於靈臺。靈臺者有持，而不知其所持，而不可持者也。」郭注：「靈臺者，心也。清暢故憂患不能入。」《古今事文類聚》前集卷四一載裴度《自題寫真贊》：「爾才不長，爾貌不揚。胡爲將？胡爲相？一片靈臺，丹青莫狀。」

《唐文粹》卷二三引此文，一片作一點。

〔三〕萬壑千巖，《世說新語·言語》：「顧長康從會稽還，人問山川之美，顧云：『千巖競秀，萬壑爭流，草木蒙籠其上，若雲興霞蔚。』」

〔四〕平山風月，《方輿勝覽》卷四四《淮東路·揚州》：「平山堂在州城西北大明寺側。慶曆八年二月，歐陽公來牧是邦，爲堂於大明寺庭之坤隅。江南諸山拱列簷下，若可攀取，因目之曰平山堂。沈括爲記。洪邁撰《平山堂後記》云：『揚爲州最古，……迷樓九曲，珠簾十里。二十四橋風月，登臨氣概，政以突兀今古。兹堂最後出，前志謂江南諸峰植立簷户，且肩摩領接，若可扳取。山川既佳，而又歐陽實張之，故聲壓宇宙，如揭日月。』」

〔五〕識人青眼，《晉書》卷四九《阮籍傳》：「籍又能爲青白眼。見禮俗之士，以白眼對之。及嵇喜來弔，籍作白眼，喜不懌而退。喜弟康聞之，乃齎酒挾琴造焉。籍大悦，乃見青眼。由是禮法之士，疾之若讎。」

〔六〕風生頰，鄭俠《賦公悦席上事送周如京》詩：「坐中賓客皆豪傑，凜凜清風生頰舌。」

〔七〕「冰玉」句，《晉書》卷三六《衛玠傳》：「玠字叔寶，年五歲，風神秀異。……總角乘羊車入市，見者皆以爲玉人。……玠妻父樂廣，有海内重名，議者以爲婦公冰清，女婿玉潤。」

〔八〕「掃斷」三句，掃斷塵勞，《佛祖歷代通載》卷一一玄奘《奉謝表》：「衣以降煩惱之魔，佩以斷塵勞之網。」金蕉葉，酒杯。可參本書卷五《謁金門》詞（山吐月闋）箋注。

漁家傲　湖州幕官作舫室〔一〕

風月小齋模畫舫，緑窗朱户江湖樣〔二〕。酒是短橈歌是槳。和情放，醉鄉穩到無風浪〔三〕。　自有拍浮千斛釀，從教日日蒲桃漲〔四〕。門外獨醒人也訪〔五〕。同俯仰，賞心却在鴟夷上〔六〕。

【箋注】

〔一〕題，湖州，《輿地紀勝》卷四《兩浙西路·安吉州》：「上，舊曰湖州，吴興郡昭慶軍節度。……唐於烏程縣置湖州。……皇朝錢氏納土地歸版圖，改昭慶軍，屬兩浙西路，改湖州爲安吉軍（寶慶二年）。」湖州幕官爲誰不詳。舫室，室肖舫，因號舫室。稼軒平生未嘗在湖州爲官，右詞之作，當在吴地時爲湖州幕官所賦，因附次於此。

〔二〕緑窗朱户，蘇軾《大雪青州道上有懷東武園亭寄交代孔周翰》詩：「蓋公堂前雪，緑窗朱户相明滅。」

〔三〕「醉鄉」句，李煜《烏夜啼》詞：「醉鄉路穩宜頻到，此外不堪行。」

〔四〕「自有」二句，拍浮，《世説新語·任誕》：「畢茂世云：一手持蟹螯，一手持酒杯，拍浮酒池中，便足了一生。」蒲桃漲，宋祁《蝶戀花》詞：「雨過蒲萄新漲緑。」蘇軾《武昌西山》詩：「春江緑漲蒲萄醅，武昌官柳知誰栽？」從教，任使。

〔五〕獨醒，《楚辭·漁父》：「舉世皆濁我獨清，衆人皆醉我獨醒。」

〔六〕鴟夷，揚雄《揚子雲集》卷六《酒箴》：「子猶瓶矣，觀瓶之居。居井之眉。處高臨深，動常近危。……身提黄泉，骨肉爲泥。自用如此，不如鴟夷。鴟夷滑稽，腹大如壺。盡日盛酒，人復借酤。」

一剪梅〔一〕

塵灑衣裾客路長〔二〕。霜林已晚，秋蕊猶香。别離觸處是悲涼。夢裏青樓，不忍思量〔三〕。天宇沉沉落日黄。雲遮望眼，山割愁腸〔四〕。滿懷珠玉淚浪浪。欲倩西風，吹到蘭房〔五〕。

【箋注】

〔一〕題，右詞及下闋無題，蓋早年仕宦名利場中之作，因次於此。

〔二〕客路長，程俱《送蔣主簿入都赴試一首》詩：「東南貢吏紫髯郎，一馬駸駸客路長。」

〔三〕「夢裏」二句，陶翰《柳陌聽早鶯》詩：「玉勒留將久，青樓夢不成。」

〔四〕「雲遮」二句，雲遮望眼，王安石《登飛來峰》詩：「不畏浮雲遮望眼，自緣身在最高層。」山割愁腸，柳宗元《與浩初上人同看山寄京華親故》詩：「海畔尖山似劍鋩，秋來處處割愁腸。」

〔五〕蘭房，《藝文類聚》卷一五載陳江總《爲陳六宫謝表》：「乃可桂殿迎春，蘭房侍寵。」詩詞中，非僅後宫，凡婦女所居，皆可謂爲蘭房。

又

歌罷尊空月墜西。百花門外，煙翠霏微。絳紗籠燭照于飛〔一〕。歸去來兮，歸去來兮。

酒入香顋分外宜。行行問道：「還肯相隨？」嬌羞無力應人遲：「何幸如之〔二〕！」

【箋注】

〔一〕于飛，《詩·邶風·燕燕》：「燕燕于飛，差池其羽。之子于歸，遠送于野。」

〔二〕何幸如之，《文苑英華》卷五七〇許敬宗《百官賀朔旦冬至表》：「臣等生屬壽昌，累逢祉福。至於今慶，曠古無儔，何幸如之？」如之，如此也。

賀新郎

和吴明可給事安撫〔一〕

世路風波惡〔二〕。喜清時邊夫袖手，猛將帷幄①。正值春光二三月，兩兩燕穿簾幕。又怕箇江南花落。與客攜壺連夜飲，任蟾光飛上闌干角。何時唱，從軍樂〔三〕？歸歟已賦居巖壑。悟人世正類春蠶，自相纏縛。眼畔昏鴉千萬點，猶欠歸來野鶴〔四〕。都不戀黑頭黄閣〔五〕。一詠一觴成底事〔六〕？慶康寧天賦何須藥？金盞大，爲君酌。

【校】

①「猛」字原闕，徑補。下文「猶欠」之「猶」亦以意補。

【箋注】

〔一〕題，吴明可給事安撫，《宋史》卷三八七《吴芾傳》：「吴芾字明可，台州仙居人。舉進士第，遷秘書正字，與秦檜舊故，至是，檜已專政，芾退然如未嘗識。公坐旅進，揖而退，檜疑之，風言者論罷，通判處、婺、越三郡，知處州。……何溥薦芾材中御史，除監察御史。時金將敗盟，芾勸高宗專務修德，痛自悔咎。……遷殿中侍御史。……知婺州。孝宗初即位，陛辭。……權刑部侍郎，遷給事中，改吏部侍郎。以敷文閣直學士知臨安府。……遷禮部侍郎，力求去，提舉太平興國宫。時芾與陳俊卿俱以剛直見忌，未幾，俊卿亦引去。中書舍人閻安中爲孝宗言，二臣之去，非國之福。起知太平州，……知隆興府。芾前後守六郡，各因其俗爲寬猛，吏莫容姦，民懷惠利。再奉太平祠，屢告老，以龍圖閣直學士致仕。後十年卒，年八十。……晚退閑者十有四年，自號湖山居士。」按：《宋會要輯稿·選舉》三四之一七：「乾道元年六月十九日，詔尚書禮部侍郎吴芾除敷文閣直學提舉江州太平興國宫。」同書《選舉》三四之二二：「乾道五年四月九日，詔敷文閣直學士知太平州吴芾除徽猷閣直學士，差知隆興府。」右詞作於乾道五年春，當爲吴芾自知太平州被召赴行在途中過建康府時所賦。《姑蘇志》卷二二：「府院在子城内東南廳事西，有簡乎堂。紹興十一年録事參軍吴芾作。乾道五年，芾入對過吴，題詩廳壁。録參王康彦以入石，並刻前記爲此廳盛事。」可知吴芾確於乾道五年春自太平州經建康府過平江入對。吴芾《湖山集》卷六有《元夕用胡經仲所寄韻呈辛倅及諸僚友》詩：「星斗潛移下九天，滿城如畫酒如泉。當時行樂陪千騎，今日重來恰十年。燈燭光中春更好，綺羅叢裏月争妍。諸君莫惜長鯨量，要向尊前中聖賢。」即作於乾道五年春。詩中憶及紹興三十二年正月稼軒奉表南歸復帥千騎南渡，獻俘臨安府事。時吴芾兩次皆與稼軒相識晤面。至乾道五年將近十年矣。則右詞之作，亦必在乾道五年春間。

〔二〕世路風波惡，白居易《除夜寄微之》詩：「家山泉石尋常憶，世路風波子細諳。」宋祁《僑居二首》：「世路風波惡，天涯日月遒。」

〔三〕從軍樂，《藝文類聚》卷五九：「梁劉孝儀《從軍行》詩曰：『冠軍親挾射，長平自合圍。木落彫弓燥，氣秋征馬肥。賢王皆屈膝，幕府復申威。何謂從軍樂？往反速如飛。』」《太平御覽》卷一七：「隋薛道衡《歲窮應教》詩曰：『故年隨夜盡，初春逐晚生。方驗從軍樂，飲至入西京。』」

〔四〕「眼畔」二句，《漁隱叢話》後集卷三三《秦太虚》條引《藝苑雌黄》云：「『寒鴉萬點。流水繞孤村』之句，人皆以爲少游自造此語，殊不知亦有所本。予在臨安，見《平江梅知録》云：隋煬帝詩云：『寒鴉千萬點，流水繞孤村。』少游用此語也。」杜甫《野望》詩：「獨鶴歸何晚，昏鴉已滿林。」

〔五〕黑頭黄閣，《世説新語·識鑑》：「諸葛道明初過江左，自名道明，名亞王庾之下。先爲臨沂令，丞相謂曰：『明府當爲黑頭公。』」即黑頭爲公之意。黄閣，見《滿江紅》詞（鵬翼垂空闋）箋注。

〔六〕「一詠」句，《晉書》卷八〇《王羲之傳》引《蘭亭序》：「一觴一詠，亦足以暢叙幽情。」

水調歌頭

壽趙漕介庵〔一〕

千里渥洼種，名動帝王家〔二〕。金鑾當日奏草，落筆萬龍蛇〔三〕。帶得無邊春下，等待江山都老，教看鬢方鴉〔四〕。莫管錢流地，且擬醉黄花〔五〕。　唤雙成，歌弄玉，舞麗華〔六〕。一觴爲飲千歲，江海吸流霞〔七〕。聞道清都帝所，要挽銀河仙浪，西北洗胡沙〔八〕。回首日邊去，雲裏認飛車〔九〕。

【箋注】

〔一〕題，趙漕介庵，韓元吉《南澗甲乙稿》卷二一《直寶文閣趙公墓志銘》：「吾友趙德莊將葬於饒州餘干縣某山之原。……德莊諱彦端，德莊其字也。於宣祖皇帝爲八世孫。……年十七應進士舉，南城亦鎖其廳，試進士，父子俱爲國子監第一，遂同登紹興八年禮部第。主臨安府錢塘縣簿，公卿貴人争識之，聲名藉甚，爲建州觀察推官。丁外艱，釋服，得軍事判官於秀州。……從吏部選，知饒州餘干縣。爲政簡易而辦治，故德莊謀居邑中，而邑人至今稱之。……隆興改元召對。……權樞密院檢詳諸房文字。……請外，除知江州。不數月召爲檢詳文字，遷右司員外郎。而葉公既相，德莊爲言人材巨細，可用不可用，大抵稱人之善，以助朝廷之選。始德莊父子甚貧，客四方，祖妣與其昆弟及妻子喪皆藁葬未厝。德莊曰：『吾得去畢此，幸矣。』既諸公留之不可，除直顯謨閣，爲江南東路計度轉運副使。……移福建路計度轉運副使。過闕，請久任淮南郡守，休興築以安邊民，乞放池州被水人户夏税，故徽州折帛錢俾輸本色，皆極一路利害。上遣中貴人諭旨，留爲左司郎中。……其所爲文，類之爲十卷，自號《介庵居士集》云。」《景定建康志》卷二六《轉運司題名》：「趙彦端，左朝散郎直顯謨閣，副使，乾道三年十一月一日到任。王秬，右通直郎直寶文閣，副使，乾道四年十月初四日到任。」另據丘崈爲趙彦端所賦壽詞《水調歌頭》，下片有云：「記長庚，曾入夢，恰而今。棖黄橘緑，可人風物是秋深。九日明朝佳節，得得天教好景，供與醉時吟。從此壽千歲，一歲一登臨。」（見《丘文定公詞》）則知趙氏生辰當在九月九日之前，此與右詞「且擬醉黄花」句所記符同。稼軒於乾道四年底通判建康府，此詞之作，必在乾道五年九月初，蓋稼軒作此詞未久，趙氏即因疾奉祠歸饒州餘干矣。

〔二〕「千里」二句，千里馬出自渥洼。《漢書》卷六《武帝紀》：「元鼎四年六月，得寶鼎后土祠旁。秋，馬生渥洼水中，作《寶鼎天馬之歌》。」李斐注：「南陽新野有暴利長，當武帝時遭刑，屯田燉煌界，數於此水旁見羣野馬中有奇異者，與凡馬異，來飲此水。利長先作土人持勒靽於水旁，後馬玩習，久之，代土人持勒靽收得其馬獻之，欲神異此馬，云從水中出。」杜甫《遺興》詩：「君看渥洼種，態與駑駘異。」名動帝王家，謂其得宋孝宗賞識。《直寶文閣趙公墓志銘》：「隆興改元，召對，上迎謂曰：『聞卿俊才久矣。』」

〔三〕「金鑾」二句，金鑾殿，唐代長安龍首山坡有殿曰金鑾，在學士院之左，見程大昌《雍録》卷四。當日奏草，指趙彦端於隆興元年符離之役後召見言事，見《直寶文閣趙公墓志銘》。落筆萬龍蛇，温庭筠《秘書省有賀監知章草題詩筆力遒健風尚高远拂塵尋玩因此有此作》詩：「出羣鸞鶴辭遼海，落筆龍蛇滿壞牆。」

〔四〕「帶得」三句，言趙氏自右司員外郎出爲江東運副，江山已老而人未老。帶得，猶言帶來。《朱子語類》卷二九《論語》：「如老者安之，是他自帶得安之理來；朋友信之，是他自帶得信之理來；少者懷之，是他自帶得懷之理來。」得與來對舉，意亦同。教看，此處作應看解。

〔五〕「莫管」二句，莫管句謂休管公事。唐劉晏字士安，曹州南華人，代宗時領東都、河南、江淮轉運租庸鹽鐵常平使，善理財。《新唐書》卷一四九《劉晏傳》：「諸道巡院皆募駛足，置驛相望。四方貨殖低昂，及它利害，雖甚遠，不數日即知，是能權萬貨重輕，使天下無甚貴賤，而物常平。自言『如見錢流地上』。每朝謁，馬上以鞭算，質明視事，至夜分止，雖休澣不廢事。」醉黄花，趙氏生日在重陽之前。

〔六〕「喚雙」三句，雙成，西王母侍女。《漢武帝内傳》：「命侍女董雙成吹雲和之笙。」弄玉，《列仙傳》卷上：「蕭史者，秦穆公時人也，善吹簫，能致孔雀白鶴於庭。穆公有女字弄玉，好之，公遂以女妻焉。日教弄玉作鳳鳴，居數年，吹似鳳聲，鳳凰來止其屋，公爲作鳳臺，夫婦止其上不下數年，一旦皆隨鳳凰飛去。」緑華，陶弘景《真誥》卷一：「萼緑華者，自云是南山人，不知是何山也。女子年可二十，上下青衣，顔色絶整。以升平三年十一月十日夜降羊權，自此往來，一月之中輒六過來耳。」按：此以三仙女喻趙氏諸家姬。趙彦端有《鷓鴣天》十首，前有小序云：「羊城天下最號都會，風軒月館，豔姬角妓，倍於他所，人以羣仙目之，因賦十闋。」其後每姬各賦一詞，見其汲古閣本《介庵詞》。然趙氏平生仕宦足跡未至羊城廣州，清人葉申薌作《本事詞》，則改爲京口，亦不知出處。惟趙氏家中歌妓必多，以此三句可得而知。

〔七〕吸流霞，王充《論衡·道虚》：「曼都好道學仙，委家亡去，三年而返。家問其狀，曼都曰：『去時不能自知，忽見若卧形，有仙人數人將我上天，離月數里而止，見月上下幽冥。幽冥不知東西，居月之旁，其寒悽愴，口飢欲食，仙人輒飲我以流霞一杯。每飲一杯，數月不饑。』」

〔八〕「聞道」三句，清都帝所，《列子·周穆王》：「以爲清都紫微，鈞天廣樂，帝之所居。」挽銀河仙浪，杜甫《洗兵馬》：「安得壯士挽天河，浄洗甲兵長不用。」洗胡沙，李白《永王東巡歌》：「但用東山謝安石，爲君談笑浄胡沙。」按：宋孝宗於隆興二年與金議和之後，心生悔意，遂於乾道二三年間積極備戰，意在再舉以圖恢復。乾道四年，蔣芾拜左僕射，《宋史》卷三八四《蔣芾傳》：「明年拜右僕射，同中書門下平章事兼樞密使。會母疾卒，詔起復，拜左僕射。芾力辭。有密旨：『欲今歲大舉。』手詔廷臣議，或主和，或主恢復，使芾决之。」可知本年宋廷備戰已非秘密，故右詞有「聞道」云云。

〔九〕「回首」二句，日邊謂行在所。飛車，《博物志》卷二：「奇肱民善爲拭扛，以殺百禽。能爲飛車，從風遠行。湯時西風至吹其車至豫州。」

浣溪沙

贈子文侍人，名笑笑〔一〕

儂是嶔崎可笑人，不妨開口笑時頻〔二〕。有人一笑坐生春〔三〕。　歌欲顰時還淺笑，醉逢笑處却輕顰。宜顰宜笑越精神〔四〕。

【箋注】

〔一〕題，本書卷八有《水調歌頭·嚴子文同傅安道和前韻因再和謝之》詞，子文即嚴焕，稼軒通判建康府時同官。《琴川志》卷八：「嚴焕字子文，縣人，嘗與同里錢南試，聖人以人占天賦出場問，破題押何字。南押占字，焕曰：『余奪魁，君第二。』果以首薦登紹興十二年進士第。調徽州、臨安教官，通判建康府，知江陰軍，遷太常丞，出爲福建市舶。終於朝奉大夫。焕長於書，筆法尤精。」《景定建康志》卷二四《通判廳東廳壁記》：「嚴焕，左承議郎，乾道三年六月十八日到任，五年六月二十五日任滿。」同志卷三二《建康府貢院記》，有乾道四年十一月「左承議郎通判建康府事姑蘇嚴焕書，左朝請郎直顯謨閣權發遣江南東路計度轉運副使公事浚儀趙彦端書額」之題署。笑笑既爲嚴子文侍女，故稼軒所贈詞每句皆着一笑字。

〔二〕「儂是」二句，嶔崎可笑人，《晉書》卷七四《桓彝傳》：「桓彝字茂倫，譙國龍亢人。……少與庾亮深交，雅爲周顗所重。顗嘗歎曰：『茂倫嶔崎歷落，固可笑人也。』」開口笑，《莊子·盜跖》：「人上壽百歲，中壽八十，下壽六十，除病瘦死喪憂患，其中開口而笑者，一月之中，不過四五日而已矣。」杜牧《九日齊山登高》詩：「塵世難逢開口笑，菊花須插滿頭歸。」《重修玉篇》卷三：「儂，奴冬切，吴人稱我是也。」按：琴川即常熟，嚴焕爲平江府常熟縣人，笑笑當亦吴人，故以吴語爲詞。

〔三〕一笑坐生春，韓愈《醉中留别襄州李相公》詩：「銀燭未消窗送曙，金釵半醉座添春。」蘇軾《贈蔡茂先》詩：「赤腳長鬚俱好事，新詩軟語坐生春。」

〔四〕宜顰宜笑，李白《玉壺吟》：「西施宜笑復宜嚬，醜女效之徒累身。」

滿江紅

建康史帥致道席上賦①〔一〕

鵬翼垂空〔二〕，笑人世蒼然無物。又還去九重深處②，玉階山立〔三〕。袖裏珍奇光五色，他年要補天西北〔四〕。且歸來談笑護長江，波澄碧。　佳麗地，文章伯。金縷唱，紅牙拍〔五〕。看尊前飛下，日邊消息。料想寶香黄閣夢③，依然畫舫青溪笛④〔六〕。待如今端的約鍾山，長相識〔七〕。

【校】

①「史帥致道」，四卷本甲集作「史致道留守」，兹從廣信書院本。　②「又還」，四卷本作「還又」。　③「黄」，《六十

名家詞》本作「薰」。 ④「青」，廣信書院本原作「清」，據四卷本改。

【箋注】

〔一〕題，史致道即史正志。《嘉定鎮江志》卷一九：「史正志字志道，丹陽人，賦籍揚之江都。紹興二十一年趙逵榜，歷徽州歙縣東尉，差監行在省倉上界。丞相陳康伯薦於朝，除樞密院編修官兼樞密院檢詳諸房文字，兼措置浙西海道所主管文字。高宗視師江上，命扈從至鎮江，改宣教郎，尋除司農寺丞。以扈從勞績轉奉議郎。孝宗即位，覃恩轉承奉郎，命往江上計議軍事，催築塢，置轉般倉，還朝除度支員外郎。隆興初，元遷吏部員外郎，求補外，除江西運判，召爲户部員外郎，尋除福建運判，再召户部員外郎。丐外，除江東運判，未赴改江西。秩滿召赴行在，除左司兼權檢正。轉朝奉郎，除檢正兼權吏部侍郎。明年，權刑侍兼吏侍，又兼兵侍，改吏侍。請郡，除集英殿修撰知建康府。轉朝散郎，以職事修舉，進敷文閣待制，賜金帶，除知成都府。改除户侍、江浙京湖淮 廣福建等路都發運使，檢察諸路財賦。未幾，乞守本官致仕，詔答不允，仍舊巡歷。遣中使宣諭，再入户侍，忤時相意，以散官謫永州。尋復原官，提舉隆興府玉隆萬壽觀。除右文殿修撰知静江府，未赴而罷。再奉祠，轉朝請大夫，賜爵文安縣開國男，轉朝議大夫。知寧國府，改贛州，又知廬州。既至數月，以疾終，年六十。正志自初被命計議軍事，及爲大漕，不受饋遺。其奉祠家居也，治圃所居之南，號樂閑居士、柳溪釣翁，藏書至數萬卷。正志議論精確，切中事機。受知兩朝如此，而或者乃以口才訾之，過矣。」《景定建康志》卷一四：

「乾道三年九月二十四日，左朝奉郎充集英殿修撰史正志知府事，兼沿江水軍制置使兼提舉學事。……五年六月二十六日，正志除敷文閣待制。六年二月二十二日，正志改知成都府。」《宋史全文》卷二五上：「乾道六年三月，詔復都大發運使，以史正志爲户部侍郎、江浙京湖淮廣福建等路都大發運使，江州置司。……十二月癸酉，詔史正志職專發運，奏課誕謾，廣立虚名，徒擾州郡。責授楚州團練副使，永州安置。其發運司可立近限結局。」右詞爲稼軒乾道五年所作。

〔二〕「鵬翼」句，《莊子·逍遥遊》：「北冥有魚，其名爲鯤。鯤之大，不知其幾千里也。化而爲鳥，其名爲鵬。鵬之背，不知其幾千里也，怒而飛，其翼若垂天之雲。」

〔三〕「又還」二句，九重，《楚辭·九辯》：「豈不鬱陶而思君兮？君之門以九重。」《禮記·玉藻》：「立容辨卑，毋讇，頭頸必中，山立。」注：「不摇動也。」《正義》：「以山立者，若住立則嶷如山之固，不摇動也。《樂記》云：『總干而山立。』不動摇也。」

〔四〕「袖裏」二句，《補史記·三皇本紀》：「諸侯有共工氏，任智刑以强，霸而不王，以水乘木，乃與祝融戰，不勝而怒，乃頭觸不周山崩。天柱折，地維缺。女媧乃鍊五色石以補天，斷鼇足以立四極，聚蘆灰以止淫水，以濟冀州。於是地平天成，不改舊物。」《淮南子·天文訓》：「昔者共工與顓頊争爲帝，怒而觸不周之山，天柱折，地維絶，天傾西北，故日月星辰移焉；地不滿東南，故水潦塵埃歸焉。」《晉書》卷一二《天文志》：「惠帝元康二年二月，天西北大裂。」賀鑄《載病東歸山陰酬别京都交舊》詩：「可須印綬懷中出？ 幸有珠璣袖裹攜。」按：史正志素有大志，其居朝時屢上奏疏，極論當今急務，及防秋、沿江守禦，曾進《兵鑑》十篇，《恢復要覽》五篇。高宗視師江上時，曾論三國六朝形勢與今不同，要當無事則都錢塘，有事則幸建康爲東西都，其議論多與稼軒合，皆見《嘉定鎮江志》傳中小注。

〔五〕「佳麗」四句，謝朓《入朝曲》：「江南佳麗地，金陵帝王州。」杜甫《暮春陪李尚書李中丞過鄭監湖亭汎舟得過字》詩：「海内文章伯，湖邊意緒多。」金縷唱，杜牧《金縷衣曲》：「勸君莫惜金縷衣，勸君惜取少年時。」紅牙拍，《宋史》卷四八〇《吴越錢氏世家》：「俶貢……紅牙樂器二十二事。」俞文豹《吹劍續録》：「東坡在玉堂日，有幕士善謳，因問：『我詞比柳詞何如？』對曰：『柳郎中詞，只好十七八女孩兒，按執紅牙拍，唱楊柳外曉風殘月。學士詞，須關西大漢，執鐵板，唱大江東去。』公爲之絶倒。」

〔六〕「料想」二句，黄閣，《漢舊儀》卷上：「丞相……聽閣曰黄閣。」黄朝英《靖康緗素雜記》卷一《黄閣》：「天子禁門曰黄闥，……天子之與三公禮秩相亞，故黄其閣以示謙。《漢舊儀》云：『丞相聽事門曰黄閣。』」青溪笛，《晉書》卷八一《桓伊傳》：「王徽之赴召京師，泊舟青溪側。素不與徽之相識，伊於岸上過，船中客稱伊小字曰：『此桓野王也。』徽之便令人謂伊曰：『聞君善吹笛，試爲我一奏。』伊是時已貴顯，素聞徽之名，便下車，踞胡床爲作三調，弄畢便上車去，客主不交一言。」《景定建康志》卷一八：「青溪，吴大帝赤烏四年鑿。東渠名青溪，通城北塹潮溝，闊五丈，深八尺，以洩玄武湖水，發源鍾山而南流，經京，出今青溪閘口，接於秦淮。及楊溥城金陵，青溪始分爲二。在城外者自城壕合於淮，今城東竹橋西北接後湖者，青溪遺跡固在。但在城内者，悉皆堙塞，惟上元縣治南迤邐而西，循府治東南出至府學牆下，皆青溪之舊曲。水通秦淮，而鍾山水源久絶矣。」

〔七〕「待如」二句，鍾山，《景定建康志》卷一七：「鍾山一名蔣山，在城東北一十五里，周迴六十里，高一百五十八丈。東連青龍山，西接青溪，南有鍾浦，下入秦淮，北接雉亭山。漢末有秣陵尉蔣子文逐盜死事於此，吳大帝爲立廟，封曰蔣侯。大帝祖諱鍾，因改曰蔣山。按《丹陽記》：京師南北並連山嶺，而蔣山岧嶤嶷異，其形象龍，實作揚都之鎮。諸葛亮云：『鍾山龍盤。』蓋謂此也。」端的，真的。

念奴嬌　登建康賞心亭，呈史留守致道①〔一〕

我來弔古，上危樓贏得②，閒愁千斛〔二〕。虎踞龍盤何處是〔三〕？只有興亡滿目③。柳外斜陽，水邊歸鳥，隴上吹喬木。片帆西去，一聲誰噴霜竹〔四〕？　却憶安石風流，東山歲晚，淚落哀箏曲。兒輩功名都付與，長日惟消棋局〔五〕。寶鏡難尋，碧雲將暮，誰勸杯中緑〔六〕？江頭風怒，朝來波浪翻屋〔七〕。

【校】

①題，「史留守致道」，四卷本甲集作「史致道留守」，此從廣信書院本。《中興絶妙詞選》卷三作「登賞心亭」。②「贏」，廣信書院本原作「羸」，此從四卷本改。③「興亡」，王詔校刊本作「江山」。

【箋注】

〔一〕題，賞心亭，《景定建康志》卷二一：「賞心亭在下水門之城上，下臨秦淮，盡觀覽之勝。丁晉公謂建。」《方輿勝覽》卷一四《江東路·建康府》：「白鷺亭在府城上，與賞心亭相接，下瞰白鷺洲。」陸游《渭南文集》卷四四《入蜀記》：「下至建康，故江左有變，必先固守石頭，真控扼要地也。自新河入龍光門，城上舊有賞心亭、白鷺亭，在門右。」右詞亦進史正志者，頗論及南宋時局，知在乾道五年。

〔二〕「我來」三句，弔古，蘇軾《是日至下馬磧憩於北山僧舍有閣曰懷賢南直斜谷西臨五丈原諸葛孔明所從出師也》詩：「客來空弔古，清淚落悲笳。」閒愁千斛，徐俯《念奴嬌》詞：「對影三人聊痛飲，一洗閒愁千斛。」一斛十斗。

〔三〕「虎踞」句，《太平御覽》卷一五六《吴主遷都建業》條引《吴録》：「蜀主曾使諸葛亮至京口，覩秣陵山阜，歎曰：『鍾山龍盤，石頭虎踞，帝王之宅。』」李商隱《詠史》詩：「北湖南埭水漫漫，一片降旗百尺竿。三百年間同曉夢，鍾山何處有龍盤？」

〔四〕「一聲」句，黄庭堅有《念奴嬌》詞，題云：「八月十七日，同諸生步自永安城樓，過張氏小園待月。偶有名酒，因以金荷酌衆客。客有孫彥立，善吹笛，援筆作樂府長短句，文不加點。」其詞下片有云：「老子平生，江南江北，最愛臨風曲。孫郎微笑，坐來聲噴霜竹。」

〔五〕「却憶」五句，《南齊書》卷二三《王儉傳》：「儉常謂人曰：『江左風流宰相，唯有謝安。』蓋自比也。」《晉書》卷七九《謝安傳》：「謝安字安石……寓居會稽，與王羲之及高陽許詢、桑門支遁游處，出則漁弋山水，入則言詠屬文，無處世意。……安雖放情丘壑，然每游賞必以妓女從。既累辟不就，……及萬黜廢，安始有仕進志，時年已四十餘矣。……時苻堅强盛，疆場多虞，諸將敗退相繼。安遣弟石及兄子玄等應機征討，所在剋捷。拜衛將軍、開府儀同三司，封建昌縣公。堅後率衆號百萬，次於淮肥，京師震恐，加安征討大都督。……玄等既破堅，有驛書至，安方對客圍棊，看書既竟，便攝放牀上，了無喜色，棊如故。客問之，徐答云：『小兒輩遂已破賊。』……安雖受朝寄，然東山之志，始末不渝，每形於言色。及鎮新城，盡室而行，造泛海之裝，欲須經略粗定，自江道還東。雅志未就，遂遇疾篤。」同書卷八一《桓伊傳》：「伊字叔夏，……善音樂，盡一時之妙，爲江左第一，有蔡邕柯亭笛，常自吹之。……時謝安女婿王國寶專利無檢行，安惡其爲人，每抑制之。及孝武末年，嗜酒好内，而會稽王道子昏醟尤甚，惟狎昵諂邪，於是國寶讒諛之計稍行於主相之間。而好利險詖之徒，以安功名盛極而構會之，嫌隙遂成。帝召伊飲讌，安侍坐，帝命伊吹笛，伊神色無忤，即吹爲一弄。乃放笛云：『臣於箏分乃不及笛，然自足以韻合歌管，請以箏歌，並請一吹笛人。』帝善其調達，乃敕御妓奏笛。伊又云：

『御府人於臣必自不合，臣有一奴，善相便串。』帝彌賞其放率，乃許召之。奴既吹笛，伊便撫箏而歌怨詩曰：『爲君既不易，爲臣良獨難。忠信事不顯，乃有見疑患。周旦佐文武，金縢功不刊。推心輔王政，二叔反流言。』聲節慷慨，俯仰可觀。安泣下沾衿，乃越席而就之，捋其鬚曰：『使君於此不凡。』帝甚有愧色。」唐張固《幽閒鼓吹》：「宣宗坐朝，次對官趨至，必待氣息平均，然後問事。令狐相進李遠爲杭州，宣宗曰：『比聞李遠詩云：長日唯銷一局棋。豈可以臨郡哉？』對曰：『詩人之言不足有實也。』」

〔六〕「寶鏡」三句，寶鏡，當指明月。《太平廣記》卷二三〇王度《古鏡記》：「胡僧謂勣曰：『檀越家似有絶世寶鏡也，可得見耶？』勣曰：『法師何以得知之？』僧曰：『貧道受明録秘術，頗識寶氣。檀越宅上每日常有碧光，連日絳氣，屬月，此寶鏡氣也。』」呂從慶《對月有感》詩：「天開懸寶鏡，皓魄滿欄杆。」碧雲將暮，江淹《擬休上人怨別》詩：「日暮碧雲合，佳人殊未來。」柳永《洞仙歌》詞：「傷心最苦，竚立對碧雲將暮。」誰勸杯中緑，白居易《和夢得遊春詩一百韻》：「行看鬢間白，誰勸杯中緑？」

〔七〕「江頭」二句，杜甫《觀李固請司馬弟山水圖》詩：「高浪垂翻屋，崩崖欲壓牀。」蘇軾《次韻劉景文登介亭》詩：「濤江少醞藉，高浪翻雪屋。」龍衮《江南野史》卷八：「史虛白者，山東人。……嗣主幸南昌，既至星子渚，復使召至，問曰：『處士隱居，必有所得乎？』對曰：『近得漁父一聯。』乃命誦之。虛白曰：『風雨揭却屋，全家醉不知。』嗣主聞之，爲之變色，賜粟帛遣還。」按：翻，意指江水泛濫。程俱《秋雨三首》詩：「邇來未旬浹，三見急雨寒。黃流抹河草，連檣度平瀾。良苗有佳色，未覺千畝寬。時暘亦須早，無使江湖翻。」自注：「頃年吳江大水斷長橋，吳人相傳爲太湖翻。」周密《癸辛雜識》續集卷上《湖翻》：「庚寅五月，連雨四十日，浙西之田盡没無遺，農家謂尤甚於丁亥歲，雖景定辛酉亦所不及也。幸而不没者，則大風駕湖水而來，田廬頃刻而盡，村落名之曰湖翻。」

千秋歲

金陵壽史帥致道。時有版築役①〔一〕

塞垣秋草，又報平安好〔二〕。尊俎上，英雄表〔三〕。金湯生氣象，珠玉霏譚笑〔四〕。春近也，春花得似人難老〔五〕。

莫惜金尊倒，鳳詔看看到〔六〕。留不住，江東小〔七〕。從容帷幄去②，整頓乾坤了〔八〕。千百歲，從今盡是中書考〔九〕。

【校】

①題，四卷本甲集作「爲金陵史致道留守壽」。《中興絶妙詞選》卷三作「建康壽史致道」。　②「去」，《中興絶妙詞選》、《六十名家詞》本作「裏」。

【箋注】

〔一〕題，稼軒同官兼友人丘崈有《水龍吟·爲建康史帥志道壽》詞，下片有云：「新築沙堤，暫占熊夢，恰經長至。過佳辰獻壽，雙旌便好，作朝天計。」據知史正志生日在冬至之後。右題稱「時有版築役」，查史正志任留守期間，於建康府興役建造事甚多，其重要者皆見於《景定建康志》，如卷一六載：「飲虹橋一名新橋，在鳳臺坊。……乾道五年史公正志重建，上爲大屋數十楹，極其壯麗，與鎮淮橋並新。」卷二〇《建康府城》：「乾道五年留守史正志因城壞復加修築，增立女牆。」卷二二：「忠孝亭在天慶觀西，……乾道四年，史公正志與轉運判官韓公元吉益新之。」同卷：「二水亭在下水門城上，下臨秦淮，……乾道五年秋，留守史公正志，因修築城壁重建。」右詞既有「塞垣秋草」句，又有「金湯生氣象」語，知所謂「時有版築役」，即指起於乾道五年秋之修築城壁事。《宋會要輯稿·運曆》二之二八載：「乾道五年……十一月二十五日冬至。」則右詞作於乾道五年十一月當無疑義。

〔二〕「又報」句，唐段成式《酉陽雜俎》續集卷一〇《童子寺竹》：「衛公言，北都惟童子寺有竹一窠，纔長數尺，相傳其寺綱維每日報竹平安。」按：平安好，唐宋敕書書尾常用語，如「卿比平安好，遣書指不多及」之類。張九齡《曲江集》卷八《敕西州都督張待賓書》：「夏初漸熱，卿及將士官寮百姓已下，並平安好，遣書指不多及。」宋人敕書亦多套用此語。

〔三〕英雄表，蘇軾《張安道樂全堂》詩：「我公天與英雄表，龍章鳳姿照魚鳥。」

〔四〕「珠玉」句，此謂言談如吐珠玉。《莊子·秋水》：「子不見夫唾者乎？噴則大者如珠，小者如霧。」《晉書》卷五五《夏侯湛傳》：「咳唾成珠玉，揮袂出風雲。」又，同書卷四九《胡毋輔之傳》：「彦國吐佳言如鋸木屑，霏霏不絶。」李白《妾薄命》：「咳唾落九天，隨風生珠玉。」

〔五〕得似，怎似。

〔六〕「莫惜」二句，金尊倒，歐陽修《漁家傲》詞：「是處瓜華時節好。金尊倒，人間綵縷争祈巧。」鳳詔，《白孔六帖》卷五八：「鳳詔，丹鳳封五色詔。」看看，猶俗語轉眼也，即將也。

〔七〕江東小，《史記》卷七《項羽本紀》：「烏江亭長檥船待，謂項王曰：『江東雖小，地方千里，衆數十萬人，亦足王也。』」

〔八〕「從容」二句，從容帷幄，《後漢書》卷八七《謝弼傳》：「不知陛下所與從容帷幄之内，親信者爲誰？」張孝祥《水調歌頭・凱歌上劉恭父》詞：「聞道璽書頻下，看即沙堤歸路，帷幄且從容。」整頓乾坤了，杜甫《洗兵馬》：「二三豪傑爲時出，整頓乾坤濟時了。」

〔九〕中書考，《宋史全文》卷三：「雍熙四年三月庚辰，詔天下知州通判，先給御前印紙，令書課績。凡決大獄幾何，凡政有不便於時，改而更張，人獲其利者幾何，及公事不治，曾經殿罰，皆具書其狀，令同僚共署，毋得隱漏，罷官日上中書考校。」按：主中書考者乃宰相職也。《舊唐書》卷一二〇《郭子儀傳》謂天下「以其身爲安危者殆二十年，校中書令考二十有四」。蘇軾《聞林夫當徙靈隱寺寓居戲作》詩：「能與冷泉作主一百日，不用二十四考書中書。」

太常引　建康中秋夜爲吕叔潛賦①〔一〕

一輪秋影轉金波，飛鏡又重磨〔二〕。把酒問姮娥：被白髮欺人奈何〔三〕？乘風好去，長空萬里，直下看山河。斫去桂婆娑，人道是清光更多〔四〕。

【校】

①題，廣信書院本「叔潛」作「潛叔」，據四卷本丙集乙正。四卷本「夜」字闕。

【箋注】

〔一〕題，吕叔潛，名大虬。陳巖肖《庚溪詩話》卷下：「所至驛舍旅邸，留題壁間，亦多有可取者。見李南仲丙言，臨安旅邸壁間一絶，……又言建州崇安分水驛壁一絶，……又吕叔潛大虬言，鎮江丹陽玉乳泉壁間一絶云：『騎馬出門三月暮，楊花無奈雪漫天。客情最苦夜難度，宿處先尋無杜鵑。』三詩皆可喜，然皆不著名氏。」汪應辰《文定集》卷一五《與吕叔潛書》：「魏公再相，雖出獨斷，不知能行其志否？……兩月之間，並未見其施設，必有所甚重者，徒令善類歎息瞻仰而已。季文竟去，亦失於見幾不早爾。舍人恩澤事，僅得季文書，魏公欣然以爲當還，切須及時料理也。伯恭今安在？兩日前作書託韓無咎附便，亦只是報此。」張魏公再相，指張浚隆興元年十二月拜右僕射事。而汪書作於隆興二年二月，則爲張浚視師至鎮江時。按：吕大虬始末，周煇《清波雜志》卷六《元祐諸公日記》條載「向於吕申公之後大虬家，得曾文肅子宣日記數巨帙」語，申公即夷簡，《宋史》卷三一一有傳。另據吕祖謙《東萊集》卷一四《東萊公家傳》及吕祖儉所作《祖謙壙記》，大虬乃夷簡之曾孫好問之孫，好問五子，即本中、揆中、弸中、用中、忱中，九孫，大虬爲其中之一，惟不知爲何人之子。而祖謙則弸中之孫，大器之子，大虬當爲其從父也。前引書「舍人恩澤」，當指將以吕好問恩澤蔭補大虬也。據金華武義縣明招山發現之吕氏家族墓地，新近出土之墓志，有《吕用中壙志》載云：「宋故右朝奉大夫直秘閣主管台州崇道觀吕公諱用中，字孰智，世爲東萊人。……曾祖公著。……祖諱希哲。……父諱好問。……以〔紹興〕三十二年六月二十八日終於男大麟常州武進令治所。……男四人，長大鳳，右從事郎監潭州南嶽廟，未授室而卒。次大原，早夭。次大麟，右宣教郎知常州武進縣。次大虬，右從政郎充措置兩浙節制軍馬準備差遣。」另有《吕用中妻韓氏壙志》載云：「夫人韓氏，……年十八，歸我先君。子男四人，長大鳳，從事郎。次大原，皆早世。次大麟，右承議郎江南東路轉運司主管文字。次大虬，右文林郎總領淮西江東軍馬錢糧所準備差遣。……乾道六年十一月二十一日，以疾終於建康府江東轉運司主管文字官舍，享年七十。」據此二《壙志》，知吕大虬乃好問之孫，用中之四子。當乾道六年稼軒通判建康府時，其正在治所在建康府之淮西總領任幕職官，故能與稼軒相識且於中秋日相與唱和。至是年十一月，則以丁内艱而去官矣。大虬平生仕歷僅見如上，故得與稼軒新近相識且獲賦詞相贈也。

〔二〕「一輪」二句，一輪秋影轉金波，晏殊《中秋月》詩：「一輪霜影轉庭梧，此夕羈人獨向隅。」楊億《上元夜會慎大詹西齋分題得歌字》詩：「坐聽禁城傳玉漏，起看河漢轉金波。」徐寅《日月無情》詩：「三足靈烏金借耀，一輪飛鏡水饒清。」飛鏡重磨，謂月再圓也。

〔三〕「把酒」二句，把酒問姮娥，李白有《把酒問月》詩。姮娥即月也。白髮欺人，薛能《春日使府寓懷二首》詩：「青春背我堂堂去，白髮欺人故故生。」黄庭堅《出城送客過故人東平侯趙景珍墓》詩：「朱顏苦留不肯住，白髮政爾欺得人。」

〔四〕「斫去」二句，杜甫《一百五日夜對月》詩：「斫却月中桂，清光應更多。」韓愈《月蝕詩效玉川子作》詩：「依前使兔操杵臼，玉階桂樹閑婆娑。」

品　令〔一〕

迢迢征路，又小舸金陵去。西風黄葉，淡煙衰草〔二〕，平沙將暮。回首高城〔三〕，一步遠如一步。　江邊朱户。忍追憶分攜處。今宵山館，怎生禁得，許多愁緒？辛苦羅巾，揾取幾行淚雨。

【箋注】

〔一〕題，右詞無題，乃官建康府時送别所愛者之作，故繫於通判建康府諸作之後。

〔二〕淡煙衰草，唐無名氏詩：「今日江邊容易别，淡煙衰草馬頻嘶。」

〔三〕「回首」句，高城，當指建康府城。陸游《老學庵筆記》卷一：「建康城，李景所作，其高三丈，因江山爲險固。」韓駒《十絶爲亞卿作》詩：「妾願爲雲逐畫檣，君言十日看歸航。恐君回首高城隔，直倚江樓過夕陽。」

江城子　戲同官〔一〕

留仙初試砑羅裙〔二〕，小腰身，可憐人。江國幽香，曾向雪中聞〔三〕。過盡東園桃與李，還見此，一枝春。　庾郎襟度最清真〔四〕，挹芳塵，便情親。南館花深，清夜駐行雲。拚却日高呼不起，燈半滅，酒微醺。

【箋注】

〔一〕題，右詞及下一首《惜奴嬌》詞，疑皆作於建康。其時建康府同僚如嚴煥、丘崈輩皆風流不羣，故多行樂之作。以不得确切作年，乃均附於此。

〔二〕「留仙」句，伶玄《趙飛燕外傳》：「帝於太液池作千人舟，號合宫之舟。起瀛洲廣榭，后歌《歸風送遠之曲》。……帝令左右持其裙，久之風止，裙爲之皺。后曰：『帝恩我，使我仙去不得。』他日宫姝或襞裙爲縐，號留仙裙。」《類説》卷二九引《麗情集》：「薛瓊瓊，開元宫中第一箏手。清明日，上令宫妓踏青，狂生崔懷寶竊窺瓊瓊，悦之，因樂供奉楊羔潛班中得之，羔令崔小詞，方得見薛。崔作詞云：『平生無所願，願作樂中箏。得近玉人纖手子，砑羅裙上放嬌聲。便死也爲榮。』」此合二典爲一。

〔三〕「江國」二句，鄧注謂諸句均指梅言，或同官之侍者以梅爲姓或以梅爲名也，此所言是。

〔四〕庾郎，南齊之庾杲之也。《南齊書》卷三四《庾杲之傳》：「庾杲之字景行，新野人也。……杲之少而貞立，學涉文義，起家奉朝請，巴陵王征西參軍。郢州舉秀才，除晉熙王鎮西外兵參軍、世祖征虜府功曹、尚書駕部郎。清貧自業，食唯有韭葅、瀹韭、生韭雜菜。或戲之曰：『誰謂庾郎貧？食鮭常有二十七種。』言三九也。」三九，謂三種韭也。

惜奴嬌

戲同官

風骨蕭然，稱獨立，羣仙首。春江雪一枝梅秀。小樣香檀，映朗玉纖纖手〔一〕。未久，轉新聲泠泠山溜。曲裏傳情，更濃似，尊中酒。信傾蓋相逢如舊〔二〕。別後相思，記敏政堂前柳〔三〕。知否？又拚了一場消瘦。

【箋注】

〔一〕「小樣」二句，《十國春秋》卷五六《歐陽炯傳》：「則有綺筵公子，繡幌佳人。遞葉葉之花牋，文抽麗錦；舉纖纖之玉指，拍按香檀。不無清絶之辭，用助嬌嬈之態。」此香檀指樂器。虞世南《琵琶賦》有「剖文梓而縱分，割香檀而横列」語。小樣，小型。

〔二〕「信傾」句，《史記》卷八三《鄒陽列傳》：「白頭如新，傾蓋如故。」

〔三〕敏政堂，《永樂大典》卷七二三六堂字韻引《温州府志》及《撫州羅山志》，謂兩地皆有敏政堂，然二地恐皆非此處所言之敏政堂。

念奴嬌

三友同飲，借赤壁韻〔一〕

論心論相，便擇術滿眼，紛紛何物〔二〕？踏碎鐵鞋三百緉〔三〕，不在危峰絶壁。龍友相逢，窪尊緩舉，議論敲冰雪〔四〕。何妨人道。聖時同見三傑〔五〕？　自是不日同舟〔六〕，平戎破虜〔七〕，豈由言輕發？任使窮通相鼓弄，恐是真□難滅〔八〕。寄食王孫，喪家公子，誰握周公髮〔九〕？冰□皎皎，照人不下霜月。

【箋注】

〔一〕題，疑此三友，乃稼軒通判建康府時友人丘密、嚴焕。赤壁韻即蘇軾所賦「大江東去」。

〔二〕「論心」三句，《荀子·非相》：「故相形不如論心，論心不如擇術。形不勝心，心不勝術。術正而心順之，則形相雖惡而心術善，無害爲君子也；形相雖善而心術惡，無害爲小人也。」按，術，謂道術也。何物，什麽。詳參本書卷九《蝶戀花》（何物能令公怒喜闋）箋注。

〔三〕「踏碎」句，《宋詩紀事》卷九〇載夏元鼎《絶句》有云：「崆峒訪道至湘湖，萬卷詩書看轉愚。踏破鐵鞋無覓處，得來全不費功夫。」其後注云：「《蓬萊鼓吹》附録：『元鼎博極羣書，屢試不第。應賈、許二帥幕，出入兵間，至上饒，夜感異夢，棄官入道。至南岳祝融峰，過赤城周真人，求其指示，乃大悟，因題詩云云。所著有《陰符經講義》三卷、《圖説》一卷、《崔公藥鏡箋》一卷，今永嘉有夏仙里云。』」按：元方回《桐江續集》卷三一《送汪復之歸小桃源序》，謂「元鼎温州人，寶慶中以小武官歷事山陽應純之五帥，僞撰《西江月》十二首，爲平叔作，其後死於色欲，近人尚或識之」。則其年輩晚於稼軒，所謂「踏破鐵鞋無覓處，得來全不費功夫」諸語，當非右詞出處。然稼軒既有此句，則知是語必早流傳於民間，故爲稼軒所採用耳。

〔四〕「龍友」三句，龍友，《三國志·魏志》卷一三《華歆傳》注引《魏略》：「歆與北海邴原、管寧俱遊學，三人相善，時人號三人爲一龍。歆爲龍頭，原爲龍腹，寧爲龍尾。」窪尊，《嘉泰吴興志》卷一八《烏程縣》：「石罇在烏程縣峴山。唐開元中，李適之爲湖州別駕，每視事之餘，攜所親登山恣飲，望帝鄉時有一醉。後適之爲相，土人因呼爲李相石罇。大曆中刺史顔真卿及門生弟姪多攜壺榼楫以浮，乃作《李相石罇晏集聯句》。」顔真卿《登峴山觀李左相石尊聯句》：「李公登飲處，因石爲窪尊。」

〔五〕三傑，司馬貞《史記索隱》卷二九《漢興已來將相名臣年表》：「高祖初起，嘯命羣雄。天下未定，王我漢中。三傑既得，六奇獻功。」三傑謂張良、韓信、蕭何。

〔六〕「自是」句，同舟，《後漢書》卷九八《郭太傳》：「游於洛陽，始見河南尹李膺，膺大奇之，遂相友善，於是名震京師。後歸鄉里，衣冠諸儒送至河上，車數千兩，林宗唯與李膺同舟而濟，衆賓望之以爲神仙焉。」

〔七〕平戎破虜，平戎，《左傳·僖公十二年》：「冬，齊侯使管夷吾平戎於王。」注：「平，和也。前年晉救周伐戎，故戎與周晉不和。」破虜，韓嬰《韓詩外傳》卷四：「今有堅甲利兵，不足以施敵破虜。」

〔八〕「任使」二句，《莊子·外物》：「古之得道者，窮亦樂，通亦樂，所樂非窮通也。道德於此，則窮通爲寒暑風雨之序矣。」鼓弄，猶鼓動也。

〔九〕「寄食」三句，寄食王孫謂韓信。《史記》卷九二《淮陰侯列傳》：「信釣於城下，諸母漂，有一母見信饑，飯信，竟漂數十日。信喜，謂漂母曰：『吾必有以重報母。』母怒曰：『大丈夫不能自食，吾哀王孫而進食，豈望報乎？』」喪家公子謂張良。《史記》卷五五《留侯世家》：「留侯張良者，其先韓人也。大父開地，相韓昭侯、宣惠王、襄哀王，父平相釐王、悼惠王。悼惠王二十三年平卒，卒二十歲，秦滅韓，良年少，未宦，事韓，韓破，良家僮三百人，弟死不葬，悉以家財求客，刺秦王，爲韓報仇，以大父、父五世相韓故。」「誰握」句指蕭何，蓋何能薦韓信，以成漢業，故用周公語。《史記》卷三三《魯周公世家》：「周公戒伯禽曰：『我文王之子，武王之弟，成王之叔父，我於天下亦不賤矣。然我一沐三握髮，一飯三吐哺，起以待士，猶恐失天下之賢人。』」

好事近　西湖〔一〕

日日過西湖，冷浸一天寒玉〔二〕。山色雖言如畫，想畫時難邈〔三〕。前絃後管夾歌鐘，纔斷又重續。相次藕花開也，幾蘭舟飛逐〔四〕。

【箋注】

〔一〕題，乾道六年稼軒自建康府通判任上被召，其被召之月份雖不可考，然據右詞所寫時序，當在是年夏季，疑其被召在五六月間。右詞記夏夜之西湖，因次於此。

〔二〕「冷浸」句，秦觀《臨江仙》詞：「微波澄不動，冷浸一天星。」周紫芝《念奴嬌·秋月》詞：「素光如練，滿天空掛寒玉。」

〔三〕「想畫」句，難邈，即難描畫。杜甫《丹青引贈曹將軍霸》詩：「先帝天馬玉花驄，畫工如山貌不同。……即令漂泊干戈際，屢貌尋常行路人。」清胡鳴玉《訂譌雜録》卷四《貌一讀莫》：「貌音漠，描畫人物，類其狀也，與形貌音義不同。」韓愈《楸樹》詩：「不得畫師來貌取，定知難見一生中。」《别本韓文考異》卷九注：「貌或作邈。方云：此猶少陵『貌得山僧及童子』之『貌』。今按貌音邈。」

〔四〕「相次」二句，相次，依次、陸續也。幾蘭舟飛逐，謂有多少蘭舟之追逐。幾，多少也。李頻《出送新安少府》詩：「日亂看江樹，身飛逐楚檣。」

青玉案

元夕〔一〕

東風夜放花千樹〔二〕。更吹落，星如雨〔三〕。寶馬雕車香滿路〔四〕。鳳簫聲動，玉壺光轉，一夜魚龍舞〔五〕。　蛾兒雪柳黄金縷〔六〕，笑語盈盈暗香去。衆裏尋他千百度，驀然迴首，那人却在，燈火闌珊處。

【箋注】

〔一〕題，右詞爲稼軒都城元夕觀燈所作。宋人元夕放燈，自正月十四日夜始，十六日夜結束，皇宫、官署、貴臣府第皆得製鼇山，懸燈火，雜陳百戲，縱遊人士女觀賞。《説郛》卷一一七上引曾忬《靈異小録》載：「正月十五日夜，許三夜夜行，金吾巡禁，察其寺觀及前後街巷。……盛造燈籠燒燈，光明若晝。山堂高百餘尺，神龍已後，復加嚴飭。士女無不夜遊，罕有居者。車馬塞路，有足不躡地，被浮行數十步者。王公之家，皆數百騎行歌。」此詞乃稼軒賦於乾道七年正月司農寺簿任上者。

〔二〕「東風」句，王仁裕《開元天寶遺事》卷四《百枝燈樹》：「韓國夫人置百枝燈樹，高八十尺，豎之高山，上元夜點之，百里皆見，光明奪月色也。」蘇味道《正月十五日夜》詩：「火樹銀花合，星橋鐵鎖開。」

〔三〕「更吹」二句，如雨之落星，謂燈毬。孟元老《東京夢華録》卷六《十六日》：「諸營班院，於法不得夜遊，各以竹竿出燈毬於半空，遠近高低，望之如飛星然。」吴自牧《夢粱録》卷一《元宵》：「諸酒庫亦點燈毬，喧天鼓吹。……諸營班院，於法不得與夜遊，各以竹竿出燈毬於半空，遠覩若飛星。」《左傳·莊公七年》：「四月辛卯夜，恒星不見，夜中，星實如雨。」

〔四〕「寶馬」句，秦韜玉《天街》詩：「寶馬競隨朝暮客，香車多輾古今塵。」郭利貞《上元》詩：「九陌連燈影，千門度月華。傾城出寶騎，匝路轉香車。」《東京夢華録》自序：「雕車競駐於天街，寶馬争馳於御路。」駱賓王《詠美人在天津橋》詩：「美女出東鄰，容與上天津。整衣香滿路，移步襪生塵。」

〔五〕「鳳簫」三句，蕭史吹簫引來鳳凰，故稱鳳簫。玉壺，燈也。《武林舊事》卷二《元夕》：「燈之品極多，每以蘇燈爲最。……其後福州所進，則純用白玉，晃耀奪目。如清冰玉壺，爽徹心目。」魚龍謂百戲。《漢書》卷九六《西域傳贊》：「設酒池肉林，以饗四夷之客。作巴俞都盧海中碭極漫衍、魚龍角抵之戲，以觀視之。」注：「魚龍者，爲含利之獸，先戲於庭極畢，乃入殿前，激水化成比目魚，跳躍漱水，作霧障日。畢，化成黄龍八丈，出水敖戲於庭，炫燿日光。」

〔六〕「蛾兒」句，《武林舊事》卷二《元夕》：「元夕節物，婦人皆帶珠翠、鬧蛾、玉梅、雪柳、菩提葉、燈毬、銷金合，蟬貂袖，項帕，而衣多尚白，蓋月下所宜也。遊手浮浪輩，則以白紙爲大蟬，謂之夜蛾。」《大宋宣和遺事》亨集：「宣和六年正月十四日夜，去大内門直上一條紅綿繩上，飛下一個仙鶴兒來，口内銜一道詔書，有一員中使得展開：『奉聖旨宣萬姓。』有快行家，手中把着金字牌，喝道宣萬姓。少刻，京師民有似雲浪，盡頭上帶着玉梅、雪柳、鬧蛾兒，直到鼇山下看燈。」黄金縷，疑亦頭飾。李商隱《謔柳》詩：「已帶黄金縷，仍飛白玉花。」又可作歌舞衣解。李白《贈裴司馬》詩：「翡翠黄金縷，繡成歌舞衣。」

滿江紅

題冷泉亭①〔一〕

直節堂堂，看夾道冠纓拱立〔二〕。漸翠谷羣仙東下②，珮環聲急〔三〕。誰信天鋒飛墮地③？傍湖千丈開青壁〔四〕。是當年玉斧削方壺〔五〕，無人識。　山水潤，琅玕濕。秋露下，瓊珠滴。向危亭橫跨，玉淵澄碧〔六〕。醉舞且搖鸞鳳影，浩歌莫遣魚龍泣〔七〕。恨此中風物本吾家④，今爲客〔八〕。

【校】

①題，廣信書院本原無，據四卷本甲集補。②「東」，《六十名家詞》本作「來」。③「誰信」，四卷本甲集作「聞道」。④「物」，四卷本作「月」。

【箋注】

〔一〕題，《咸淳臨安志》卷二三：「冷泉亭在飛來峰下，唐刺史河南元藇建，刺史白居易記，刻石亭上。」〔萬曆〕《杭州府志》卷四四：「冷泉亭在靈隱寺外，面飛來峰石門澗之上，唐刺史元藇建，舊在水中，今依澗而立，亭扁冷泉二字，乃唐白居易書，亭字乃蘇軾續書，字亦無矣。」白居易《白氏長慶集》卷四三《冷泉亭記》：「東南山水，餘杭郡爲最。就郡言，靈隱寺爲尤。由寺觀言，冷泉亭爲甲。亭在山下水中央，寺西南隅。高不倍尋，廣不累丈，而撮奇得要，地搜勝概，物無遁形。……山樹爲蓋，巖石爲屏，雲從棟生，水與階平。」《錢塘遺事》卷一《冷泉亭》：「冷泉亭正在靈隱寺之前，一泓極爲清泚，流出飛來峰下，過九里松而入西湖。」右詞爲乾道七年秋所賦，據下闋作於乾道八年正月可知。

〔二〕「直節」二句，直節謂竹，冠纓爲松。王安石《華藏院此君亭》詩：「人憐直節生來瘦，自許高材老更剛。」此言冷泉亭前道旁所植松竹，至今猶存古貌，舊跡仿佛可見。然古今以來以冠纓拱立喻松者，未見。

〔三〕「漸翠」二句，柳宗元《柳河東集》卷二九《至小丘西石潭記》：「從小丘西行百二十步，隔篁竹，聞水聲，如鳴珮環。心樂之，伐竹取道，下見小潭，水尤清冽。」趙彦衛《雲麓漫鈔》卷五：「張君房辨錢塘，引《十三州記》云：『杭州武林山，高九十二丈，周回三十里，在錢塘縣西南十二里，靈隱寺正坐其山。寺之東西，瀵二水，東龍源，横過寺前，即龍溪也。冷泉亭在其上。西曰錢源，其流洪大，下山二里八十步，過横坑橋，入於錢湖，蓋錢源之聚滀也。』」〔萬曆〕《杭州府志》卷二三：「冷泉在靈隱寺外，面飛來峰，即石門澗浦。先時深廣可通舟楫。……紹興間有善堪輿之術者，言靈隱火山也，得水可以禳災，乃建石閘以蓄水。」按：據白居易《冷泉亭記》及地方志記載，唐宋以來，冷泉亭建在飛來峰下溪流中，此溪或稱龍溪，或稱石門澗浦，今稱冷泉溪。憑欄遠眺，則溪流自山中奔湧而出，丁冬作響如鳴環佩，頗似羣隊女仙自空谷而下，故有此二句及「向危亭横跨，玉淵澄碧」諸語。舊亭遺址久無存者，明萬曆之前移建道旁，已失却當年稼軒所見之景觀矣。

〔四〕「誰信」二句,《咸淳臨安志》卷二三《飛來峰》條引晏元獻公《輿地志》云:「晉咸和元年,西天僧慧理登茲山,歎曰:『此是中天竺國靈鷲山之小嶺,不知何年飛來。佛在世日,多爲仙靈所隱,今此亦復爾邪?』因掛錫造靈隱寺,號其峰曰飛來。」《西湖遊覽志》卷一〇《北山勝跡》:「飛來峰界乎靈隱天竺兩山之間,蓋支龍之秀演者。高不踰數十丈,而怪石森立,青蒼玉削。若駭豹蹲獅,筆卓劍植。衡從偃仰,益玩益奇。上多異木,不假土壤。根生石外,矯若龍蛇。鬱鬱然丹葩翠蕤,蒙羃聯絡。冬夏常青,煙雨雪月,四景尤佳。其下巖扃窈窕,屈曲通明。壁間布鐫佛像,皆元嘉木揚喇勒智所爲也。晉咸和元年,西僧慧理登而歎曰:『此乃中天竺國靈鷲山之小嶺,不知何以飛來?仙靈隱窟,今復爾否?』因樹錫結庵名曰靈隱,命其峰曰飛來。」

〔五〕方壺,《列子·湯問》:「渤海之東,不知幾億萬里,有大壑焉。實惟無底之谷,其下無底名曰歸墟。……其中有五山焉,一曰岱輿,二曰員嶠,三曰方壺(一曰方丈),四曰瀛洲,五曰蓬萊。」

〔六〕「向危」二句,此指冷泉亭。蓋亭在水中,横跨溪澗,即白居易《記》所謂「水與階平」者也。

〔七〕「醉舞」二句,唐人《驪山感懷》詩:「鸞鳳影沉歸萬古,歌鐘聲斷夢千秋。」陳師道《大風梁山泊》詩:「摧殘蒲葦盡,簸蕩魚龍泣。」莫遣,應使也。莫不當作不解。

〔八〕「恨此」二句,稼軒故鄉濟南,有大明湖之勝概,風景不減此地。惜稼軒萬里南渡,竟成客寓江南之勢,故見冷泉亭風物,而發此慨歎也。

又 再用前韻〔一〕

照影溪梅，悵絶代佳人獨立①〔二〕。便小駐雍容千騎②，羽觴飛急〔三〕。琴裏新聲風響珮，筆端醉墨鴉棲壁〔四〕。是使君文度舊知名③〔五〕，今方識④。 高欲臥，雲還濕。清可漱，泉長滴⑤〔六〕。快晚風吹贈⑥〔七〕，滿懷空碧。寶馬嘶歸紅旆動，龍團試水銅瓶泣⑦〔八〕。怕他年重到路應迷，桃源客〔九〕。

【校】

①「佳」，四卷本甲集作「幽」，此從廣信書院本。 ②「便」，四卷本作「更」。 ③「使」，廣信書院本作「史」，此從四卷本。「度」，王詔校刊本、《六十名家詞》本、四印齋本俱作「雅」。 ④「今方」，四卷本作「方相」。 ⑤「高欲」四句，四卷本後兩句與前兩句顛倒。 ⑥「贈」，廣信書院本原作「帽」，此從四卷本改。 ⑦「龍團」句，「龍團」，四卷本作「團龍」。「水」，四卷本作「碾。」

【箋注】

〔一〕題，右詞用前臨安泠泉亭詞韻，然絶非作於一時者。蓋前詞作於乾道七年秋，有「秋露下，瓊珠滴」語，而此詞首句便爲「照影溪梅」，其後又有「小駐雍容千騎」句，顯爲明年即乾道八年正月自司農寺簿出守滁州途經某地之語。知稼軒自和之作，有非作於同時者，因次於滁州諸作之前。《稼軒詞編年箋注》編次於淳熙五年，顯誤。

〔二〕「照影」二句，《漢書》卷九七上《外戚傳》：「孝武李夫人，本以倡進。初，夫人兄延年性知音，善歌舞。……延年侍上起舞，歌曰：『北方有佳人，絶世而獨立。』」杜甫《佳人》詩：「絶代有佳人，幽居在空谷。」

〔三〕「便小」二句，雍容千騎，《樂府詩集》卷二八載古詩《陌上桑》，載秦氏女羅敷自誇其夫，以拒五馬使君共載之邀，其詩云：「使君自有婦，羅敷自有夫。東方千餘騎，夫婿居上頭。……三十侍中郎，四十專城居。」按：古者諸侯千乘，後之太守即古之諸侯也，故太守出擁千騎，後皆以千騎喻指專城居之郡守。按：宋代郡守赴州郡，均有侍從儀仗甚盛。羽觴飛急，《李太白文集》卷二六《春夜宴從弟桃花園序》：「開瓊筵以坐花，飛羽觴而醉月。不有佳詠，何伸雅懷？」方干《陪王大夫泛湖》詩：「密炬燒殘銀漢昃，羽觴飛急玉山傾。」按：《明一統志》卷一二載：「辛棄疾爲淮東帥，以吏事聞。每出，於車前張二旗，書云：『撫軍恤民，斬賊配吏。』」查稼軒一生未爲帥淮東，惟一一次出仕淮東，即此次知滁州。右志謂稼軒出於車前張旗，頗與稼軒性格相合，又正與稼軒出知滁州時意氣風發適相符合，因附次其事於此，以爲參考。

〔四〕「琴裏」二句，新聲，前引《漢書·外戚傳》：「延年性知音，善歌舞。武帝愛之，每爲新聲變曲，聞者莫不感動。」響珮，見前闋箋注。鴉棲壁，蘇軾《次韻王鞏南遷初歸二首》詩：「平生痛飲處，遺墨鴉棲壁。」蘇轍《高郵別秦觀三首》詩：「筆端大字鴉棲壁，袖裏新詩句琢冰。」

〔五〕使君文度舊知名，《晉書》卷七五《王坦之傳》：「坦之字文度，弱冠與郗超俱有重名，時人爲之語曰：『盛德絶倫郗嘉賓，江東獨步王文度。』嘉賓，超小字也。……温薨，坦之與謝安共輔幼主，遷中書令，領丹陽尹。俄授都督徐、兖、青三州諸軍事，北中郎將，徐兖二州刺史，鎮廣陵。」

〔六〕「高欲」四句，杜甫《游龍門奉先寺》詩：「天闕象緯逼，雲卧衣裳冷。」蘇軾《棲賢三峽橋》詩：「垂瓶得清甘，可嚥不可漱。」

〔七〕晚風吹贈，孟郊《楚竹吟酬盧虔端公見和湘絃怨》詩：「握中有新聲，楚竹人未聞。識音者謂誰？清夜吹贈君。」

〔八〕「寶馬」二句，寶馬嘶歸，許渾《同韋少尹傷故衛尉李少卿》詩：「香街寶馬嘶殘月，暖閣佳人哭曉風。」黄庭堅《送蘇太祝歸石城》詩：「僕夫結束庛死催，馬翻玉勒嘶歸鞅。」秦觀《金明池·春遊》詞：「縱寶馬嘶風，紅塵拂面，也則尋芳歸去。」按：右詞既作於乾道八年，上距稼軒南歸僅十一年，以情理推之，當年跟隨稼軒起義南歸之老馬猶應存活，知主人北上而喜，以爲歸鄉有日，故而長嘶不已，此詞遂有「寶馬嘶歸」云云，乃以紀實抒寫詞人終身不渝之恢復情節，因知此處不當以尋常語看待也。龍團試水銅瓶泣，熊蕃《宣和北苑貢茶録》：「慶曆中，蔡君謨將漕，創造小龍團以進，旨仍歲貢之。」葉夢得《石林燕語》卷八：「建州歲貢大龍鳳團茶各二斤，以八餅爲斤。仁宗時，蔡君謨知建州，始别擇茶之精者，爲小龍團十斤以獻。」蘇軾《岐亭五首》詩：「醒時夜向闌，唧唧銅瓶泣。」《記纂淵海》卷八二：「銅瓶爲飲器。」

〔九〕「怕他」二句，《陶淵明集》卷五有《桃花源記》，寫晉太元中，武陵人捕魚，至桃花源，遇不知有漢、無論魏晉之人，乃當年避秦亂至其地者。既出，雖處處志之，再往則遂迷，不復得路。其題下注謂：「桃源山在縣南一十里，西北乃沅水，曲流而南，有障山，東帶鈔鑼溪，周回三十有二里，所謂桃花源也。」

感皇恩　滁州壽范倅①〔一〕

春事到清明，十分花柳〔二〕。喚得笙歌勸君酒。酒如春好，春色年年依舊②。青春元不老，君知否？　席上看君，竹清松瘦。待與青春鬥長久〔三〕。三山歸路，明日天香襟袖〔四〕。更持金盞起③，爲君壽④。

【校】

①題，四卷本甲集作「爲范倅壽」，此從廣信書院本。②「依」，四卷本作「如」。③「更持」句，「持」，《詩淵》第四五七四頁引此詞作「待」。「金」，四卷本作「銀」。④「爲」，《詩淵》作「祝」。

【箋注】

〔一〕題，周孚《蠹齋鉛刀編》卷二三《滁州奠枕樓記》：「乾道八年春，濟南辛侯幼安自司農寺簿來守滁。」〔光緒〕《滁州志》卷四之二：「辛棄疾字幼安，齊歷城人，乾道八年正月以右宣教郎出知滁州。」同書卷四之一《通判》：「范昂，乾道六年任。燕世良，乾道八年任。」《宋會要輯稿·職官》一〇之九：「乾道八年正月十四日，詔滁州州縣官到任任滿，依次邊舒州州縣官推賞。先是，權通判滁州范昂陳請，故有是詔。」此范倅必范昂無疑，惟其字籍生平皆無可考。而〔雍正〕《廣西通志》卷三七載：「灌陽縣學，隋大業十三年建在縣治東，宋崇寧中，以其地隘，遷於西門外，去城一里許。建炎三年，司教范昂仍遷於縣治東，熊詢有記。」《咸淳毗陵志》卷一〇《知武進縣》：「范昂，紹興三十二年八月，右通直郎。」此二處出現之范昂，或與此爲倅之范昂同爲一人。

〔二〕十分花柳，花柳皆開，已至極盛，此謂之十分。

〔三〕「竹清」二句，門，比也。此二句謂松與竹之清瘦，與范昂有一比也。何所比？比青春之長久也。

〔四〕「三山」二句，三山謂海上蓬萊、方壺、瀛洲。《東觀漢紀》卷一〇《竇章》：「竇章時謂東觀爲老氏藏室。」按：《范書》本傳：太僕鄧康聞其名，請欲與交，章不肯往，康以此益重焉。是時學者稱東觀爲老氏藏室、道家蓬萊山。康遂薦章入東觀爲校書郎。」此以蓬萊等三仙山喻指館閣之始也。唐宋人語言皆如此。劉禹錫《鶴歎》詩小序：「友人白樂天，去年罷吴郡，挈雙鶴雛以歸余，相遇於揚子津間。……今年春，樂天爲秘書監，不以鶴隨，置之洛陽第。一旦予入門，問訊其家人，鶴軒然來睨。……因作《鶴歎》以贈樂天。」詩云：「一院春草長，三山歸路迷。」主人朝謁早，貪養汝南雞。」此詞所言三山歸路，蓋謂范昂將來歸朝，應以館閣爲其歸宿也。天香襟袖，蘇軾《和子由除夜元日省宿致齋三首》詩：「朝回兩袖天香滿，頭上銀幡笑阿咸。」又，《浣溪沙・有贈》詞：「上殿雲霄生羽翼，論兵齒頰帶風霜。歸來衫袖有天香。」

又

壽人七十①〔一〕

七十古來稀，人人都道，不是陰功怎生到〔二〕？松姿雖瘦，偏耐雪寒霜曉②。看君雙鬢底③，青青好。　樓雪初晴，庭闈嬉笑。一醉何妨玉壺倒？從今康健，不用靈丹仙草。更看一百歲④，人難老〔三〕。

【校】

①題，四卷本乙集、《詩淵》第四五七四頁作「壽范倅」，廣信書院本無題。《永樂大典》卷二二六一八老字韻作「壽人七十」，因據改。　②「偏耐」句，四卷本、《永樂大典》卷一一六一八引《壽親養老新書》「雪寒霜曉」作「雪寒霜冷」，《詩淵》此句作「偏奈歲寒霜操」。　③「看君」句，《詩淵》作「但看雙髮底」。　④「看」，《詩淵》、《壽親養老新書》作「有」。

【箋注】

〔一〕題，四卷本此詞以「壽范倅」爲題，不知何據。右詞有「雪寒霜曉」、「樓雪初晴」諸語，知所壽者生辰在冬季，與「滁州壽范倅」之同調詞「春事到清明」者季節時令明顯不合，知二者絶非一人。因知此詞所與者已無可考知，廣信本作無題蓋得之矣，元鄒鉉續編之《壽親養老新書》卷二引此詞，謂「辛稼軒『壽人七十』感皇恩」云云，亦不作「壽范倅」，因作年無考，故附於前詞之後。

〔二〕「七十」三句，杜甫《曲江二首》詩：「酒債尋常行處有，人生七十古來稀。」《分門古今類事》卷一九《元植及物》：「陳元植者，粗有家道，好行陰隲。……一日晝坐，袖中一物，投地化爲緋衣人，長二尺，謂之曰：『君壽本不逾四十，爲有陰功，是以倍延。』」

〔三〕人難老，《詩·魯頌·泮水》：「既飲旨酒，永錫難老。」王嘉《拾遺記》卷一〇：「瀟湘洞庭之樂，聽者令人難老，雖咸池九韶，不得比焉。」

聲聲慢

滁州旅次，登奠枕樓作，和李清宇韻①〔一〕

征埃成陣，行客相逢，都道幻出層樓〔二〕。指點簷牙高處〔三〕，浪湧雲浮②。今年太平萬里，罷長淮千騎臨秋〔四〕。憑欄望，有東南佳氣，西北神州〔五〕。　千古懷嵩人去，還笑我身在③，楚尾吳頭〔六〕。看取弓刀陌上④，車馬如流〔七〕。從今賞心樂事，剩安排酒令詩籌〔八〕。華胥夢，願年年人似舊游〔九〕。

【校】

①題，四卷本甲集、《六十名家詞》本作「旅次登樓作」，《中興絶妙詞選》卷三作「滁州作奠枕樓」。此從廣信書院本。

②「湧」，四卷本作「擁」。　③「還」，四卷本作「應」。　④「看取」，《中興絶妙詞選》作「見説」。

【箋注】

〔一〕題，奠枕樓，《宋史》卷四〇一《辛棄疾傳》：「遷司農寺主簿，出知滁州。州罹兵燼，井邑凋殘。棄疾寬征薄賦，招流散，教民兵，議屯田，乃創奠枕樓、繁雄館。」崔敦禮《宫教集》卷六《代嚴子文滁州奠枕樓記》：「郡之酤肆，舊頹廢不治，市區寂然，人無以爲樂。侯乃易而新之，曰：『凡邸館所以召和氣，作民之歡心也，非直曰程課入云爾。』即館之傍，築逆旅之邸。宿息屏蔽，罔不畢備。……既又揭樓於邸之上，名之曰奠枕，使其民登臨而歌舞之。面城邑之清明，俯閭閻之繁夥，荒陋之氣一洗而空矣，樓成而落之。」周孚《蠹齋鉛刀編》卷二三《滁州奠枕樓記》：「侯乃以公之餘錢，取材於西南山，役州之閒兵，創客邸於其市，以待四方之以事至者。既成，又於其上作奠枕樓，使民以歲時登臨之。」旅次，即旅舍也。《易·旅》：「六二，旅即次。」《正義》：「寄旅必爲主君所安，故得次舍。」李清宇，應即滁州屬官李揚。滁州琅琊山清風亭有稼軒乾道九年摩崖題字，其滁州知州通判以下，即有名李揚者，可參本書卷五箋注。《蠹齋鉛刀編》卷二五《送李清宇序》：「延安李君清宇，予始識之於滁，與之語歡甚，視其所去取與所趨避，鮮有不與予同者。蓋其疾猶予也。是以出宦十年，而窮愈甚。予嘗以是問之，則曰：『吾何憂焉？』此汲長孺之戇而朱游之直也。」按：乾道八年，稼軒聘友人周孚爲滁州教授，故與李清宇交遊。《蠹齋鉛刀編》中多與李清宇唱和者，如卷一三《送李清宇因寄滁陽舊遊》詩，有「君行還過永陽郡，忽憶老夫嘗賦詩。庶子泉頭納涼處，醉翁亭上送秋時。」而章甫《自鳴集》卷三、五亦有《戲簡李清宇》、《送李清宇》二詩。

〔二〕「征埃」三句，成陣，黄庭堅《過家》詩：「乾葉落成陣，燈花何故喜。」陳師道《和富中容朝散值雨感懷》詩亦有「風撩雨腳俄成陣，雪閣雲頭欲結花」句。詳「成陣」詞義，蓋指陣列隊列也。幻出，猶言變幻而出。

〔三〕簷牙，《唐文粹》卷一載杜牧《阿房宫賦》：「五步一樓，十步一閣。廊腰縵迴，簷牙高啄。」

〔四〕「今年」二句，按：隆興二年宋金和議，相約南宋不在淮北屯駐大軍。《宋史全文》卷二四下：「乾道三年秋七月癸丑，諫議陳良祐奏：『……今遣二三萬人過江，敵人探知，却恐便成釁隙。』上曰：『若臨淮則不可，在内地亦何害？』」同書卷二五上載乾道六年四月，陳俊卿爲相，奏於揚州、和州各屯三萬萬弩手，使大兵屯要害必争之地，待敵至而決戰。孝宗以爲然，然竟爲衆論所持，不及其成。可知稼軒所謂「今年太平萬里，罷長淮千騎臨秋」云云，豈止乾道八年如此，蓋自乾道改元以後，宋廷即不敢在淮南屯駐大軍，惟恐挑成釁端。稼軒此二句，固明知有此等情事，乃欲以此暗諷當局者，亦適見稼軒於乾道間時時關注抗金事業也。

〔五〕東南佳氣，西北神州，《後漢書》卷一下《光武帝紀論》：「後望氣者蘇伯阿爲王莽使，至南陽，遥望見春陵郭，唶曰：『氣佳哉，鬱鬱葱葱然！』」張方平《縣齋懷京都》詩：「東南古縣介江皋，西北神州倚斗杓。」

〔六〕「千古」三句，懷嵩謂李德裕懷嵩樓。《南畿志》卷五九《滁州》：「懷嵩樓，在州治後，即贊皇樓也。唐元和中，李德裕刺滁州建，取懷歸嵩洛之意。」〔光緒〕《滁州志》卷三之七：「懷嵩樓，在州治後統軍池上。唐刺史李德裕建，後改名懷嵩，一名北樓。」《李衛公别集》卷七《懷嵩樓記》：「懷嵩，思解組也。元和庚子歲，予獲在内庭，同僚九人，丞弼者五，數十年間零落將盡。……余憂傷所侵，疲薾多病。常驚北叟之福，豈忘東山之歸？此地舊隱曲軒，傍施埤堄。竹樹陰合，簷檻晝昏。喧雀所依，涼飈罕至。余盡去危堞，敞爲虚樓。剪榛木而始見前山，除密篠而近對嘉樹。延清輝於月觀，留愛景於寒榮。晨憩宵遊，皆有殊致；周視原野，永懷嵩峰。肇此佳名，且符夙尚。盡庾公不淺之意，寫仲宣極望之心。貽於後賢，斯乃無愧。丙辰歲丙辰月，銀青光禄大夫守滁州刺史李德裕記。」吴頭楚尾，《方輿勝覽》卷一九《江西路・隆興府》：「《職方乘》記豫章之地，爲吴頭楚尾。」潘自牧《記纂淵海》卷一一《興國軍》：「分野界於吴頭楚尾之間，《禹貢》揚州之域。」後人亦稱江東淮北一帶爲吴頭楚尾，蓋亦吴楚分野之地也。如汪藻《浮溪集》卷二三《上常州錢舍人啓》有「吴頭楚尾，客途獲終歲之安」語，葉適《送劉德修時在京口》詩有「吴頭楚尾何時極？拈就前詩併展開」語，滁州在常州、京口北，故亦可稱吴頭楚尾。

〔七〕「看取」二句，弓刀陌上，黄庭堅《寄上叔父夷仲三首》詩：「弓刀陌上望行色，兒女燈前語夜深。」《昌黎集》卷二一《送鄭權尚書序》：「府帥必戎服，左握刀，右屬弓矢。」車馬如流，《後漢書》卷一〇上《馬皇后傳》：「見外家問起居者，車如流水，馬如游龍。倉頭衣緑褠，領袖正白。顧視御者不及遠矣。」

〔八〕「從今」二句，賞心樂事，見本卷《滿江紅・中秋》詞（美景良辰閟）箋注。剩，多也。

〔九〕「華胥」二句，《列子・黄帝》：「三月不親政事，晝寢而夢遊於華胥氏之國。華胥氏之國，在弇州之西，台州之北，不知斯齊國幾千萬里，蓋非舟車足力之所及，神遊而已。其國無帥長，自然而已；其民無嗜欲，自然而已。……黄帝既寤，怡然自得。」稼軒之所謂舊遊，當指其少年時兩次遊歷汴京也。稼軒《九議》之五載：「某頃遊北方，見其治大臣之獄，往往以礬爲書，觀之如素楮然，置之水中則可讀。交通内外，類必用此。」此中「治大臣之獄」所指，乃紹興十一年，亦即金天德二年四月金主完顔亮屠殺其汴京行臺左丞相兼左副元帥撤離喝之事，時稼軒年僅十一歲，蓋隨其祖父辛贊居官於行臺尚書省。稼軒詞中，亦有「嘲紅木犀，余兒時嘗入京師禁中凝碧池，因書當時所見」之《聲聲慢》詞記其時事，爲同一時之作。其後，又於紹興三十一年前隨辛贊任開封府尹，再次居汴京。其所以發此感慨，當以稼軒南渡之後，知滁州乃首次出爲次邊之州守也。北宋淪喪後，南宋官吏士人百姓懷念故國舊京繁華，常以夢遊華胥相比擬。孟元老著《東京夢華録》，於序中自言「古人有夢遊華胥之國，其樂無涯者。僕今追念，回首悵然，豈非華胥之夢覺哉」諸語，蓋與稼軒之所感慨無以相異也。

木蘭花慢

滁州送范倅①〔一〕

老來情味減，對别酒，怯流年②〔二〕。况屈指中秋③，十分好月，不照人圓。無情水都不管，共西風只管送歸船④。秋晚蓴鱸江上，夜深兒女燈前〔三〕。征衫便好去朝天。玉殿正思賢〔四〕。想夜半承明⑤，留教視草，却遣籌邊〔五〕。長安故人問我，道愁腸殢酒只依然⑥〔六〕。目斷秋霄落雁，醉來時響空絃⑦〔七〕。

【校】

①調，廣信書院本原闕「慢」字，據各本補。題，《中興絶妙詞選》卷三作「送滁州范倅」。②「怯」，《中興絶妙詞選》作「惜」。③「況」，《中興絶妙詞選》作「更」。④「管」，四卷本甲集、《中興絶妙詞選》作「等」。⑤「承明」，《中興絶妙詞選》作「恩綸」。⑥「愁腸殢酒」，四卷本作「尋常泥酒」。⑦「響」，四卷本作「嚮」。

【箋注】

〔一〕題，〔光緒〕《滁州志》既載范昂於乾道六年任滁州通判。燕世良於乾道八年繼任通判，而右詞有「屈指中秋」、「征衫便好去朝天」等句，則明爲乾道八年中秋前送別范昂任滿歸鄉時所作。

〔二〕「老來」三句，老來情味減，韋驤《瘦驢嶺》詩：「自是老來情味減，欲圖靡盬可安居。」怯流年，蘇軾《江城子·冬景》詞：「相逢不覺又初寒，對尊前，惜流年。」

〔三〕「秋晚」二句，蓴鱸江上，《世説新語·識鑑》：「張季鷹辟齊王東曹掾，在洛，見秋風起，因思吴中菰菜羹、鱸魚膾，曰：『人生貴得適意爾，何能羈宦數千里，以要名爵？』遂命駕便歸。俄而齊王敗，時人皆謂其見機。」《晉書》卷九二《張翰傳》作「乃思吴中菰菜、蓴羹、鱸魚膾」。夜深兒女燈前，見前《聲聲慢·滁州旅次登奠枕樓作和李清宇韻》詞（征埃成陣闋）箋注。

〔四〕「征衫」二句，朝天，王建《寄賀田侍中東平功成》詩：「唐史上頭功第一，春風雙節好朝天。」正思賢，《五百家播芳大全文粹》卷八七《上傅守生辰詩》載孫復佚句：「九重明主正思賢。」

〔五〕「想夜」三句，承明，謂漢承明廬。《漢書》卷六四上《嚴助傳》：「賜書曰：制詔會稽太守，君厭承明之廬，勞侍從之事。」張晏注：「承明廬在石渠閣外，直宿所止曰廬。」《文選》卷一載班固《西都賦》：「又有承明金馬，著作之庭。大雅宏達，於茲爲羣。元元本本，殫見洽聞。啓發篇章，校理秘文。」視草，《漢書》卷四四《劉安傳》：「常召司馬相如等視草乃遣。」顏師古注：「草謂爲文之藁草。」《舊唐書》卷四三《職官志》二《翰林院》條：「玄宗即位，張説、陸堅、張九齡、徐安貞、張洎等召入禁中，謂之翰林待詔。王者尊極，一日萬幾，四方進奏，中外表疏批答或詔從中出，宸翰所揮，亦資其檢討，謂之視草。」籌邊，《白孔六帖》卷一〇：「籌邊樓，李德裕建籌邊樓，召習邊事者與之商訂，凡虜之情僞盡知之。」《古今合璧事類備要》後集卷八《籌邊》：「李德裕建籌邊樓，以身扞難，功流社稷。」

〔六〕愁腸殢酒，韓偓《有憶》詩：「愁腸殢酒人千里，淚眼倚樓天四垂。」一本「殢」作「泥」，二者義同。

〔七〕「目斷」二句，《戰國策·楚策》四：「更嬴與魏王處京臺之下，仰見飛鳥。更嬴謂魏王曰：『臣爲王引弓虛發而下鳥。』魏王曰：『然則射可至此乎？』更嬴曰：『可。』有間，雁從東方來，更嬴以虛發而下之。魏王曰：『然則射可至此乎？』更嬴曰：『此孽也。』王曰：『先生何以知之？』對曰：『其飛徐而鳴悲，飛徐者，故瘡痛也。鳴悲者，久失羣也。故瘡未息而驚心未去也，聞絃音引而高飛，故瘡隕也。』」蘇軾《次韻王雄州送侍其涇州》詩：「聞道名城得真將，故應鷩羽落空絃。」

西江月　爲范南伯壽①〔一〕

秀骨青松不老，新詞玉珮相磨〔二〕。靈槎準擬泛銀河，剩摘天星幾箇？南伯去歲七月生子②〔三〕。

奠枕樓頭風月③，駐春亭上笙歌〔四〕。留君一醉意如何？金印明年斗大〔五〕。

【校】

①題，廣信書院本作「壽范南伯知縣」，此從四卷本丁集。按：稼軒乾道末淳熙初識范南伯，其時范未爲知縣，廣信本題殆後來所追加。《中興絶妙詞選》卷三闕。②小注，四卷本闕。此從廣信書院本。③「頭」，四卷本、《中興絶妙詞選》作「東」。

【箋注】

〔一〕題，劉宰《漫塘集》卷三四《故公安范大夫及夫人張氏行述》：「公諱如山，字南伯，邢臺人。……父諱邦彦，皇任左宣教郎添差通判鎮江府。……歲辛巳，率豪傑開蔡城以迎王師，因盡室而南。公幼力學，亦再舉於鄉。敵之法，文臣任子以武，而公以通判蔭入任。本朝視本秩換授，故公墮右選，非志也。……及通判試令湖之長興，公以旁無兼侍，就注添差監湖州都酒務。中間或仕或不仕，惟親是依。通判没，太夫人年高須養，復注監真州都酒務。南軒先生張公帥荆南，志在經理中原，以公北土故家，知其豪傑，熟其形勢，辟差辰州瀘溪令，改攝江陵之公安，實欲引以自近。公治官猶家，拊民若子，人思之至今。……女弟歸稼軒先生辛公棄疾。辛與公皆中州之豪，相得甚。辛詞有『萬里功名莫放休』之句，蓋以屬公。公賦詩自見，亦曰：『伊人固可笑，歷落復崎嶔。略無資身策，而有憂世心。窮途每爲慟，抱膝空長吟。』其志尚可想。床頭常置淵明詩一編，開誦至『傾壺無餘瀝，窺竈不見煙』，輒拊卷曰：『是中自有樂地，惟此翁知之。』所居不蔽風雨，或笑其陋，曰：『天壤甚寬，公顧欲以七尺之軀自局於尋丈間耶？』既病，戒其子：『我死，必以深衣斂。』蓋終始一以儒者自處。……公歲晚居貧而好客，客至輒飭家人趣治具，無則典衣繼之，須盡乃白。……公以慶元二年五月七日卒，得年六十有七，官終忠訓郎。」據此，范如山何時與稼軒相識，仍不可考。然右詞既有「奠枕樓頭」二句，疑乾道八九兩年稼軒知滁州時，其自鎮江來訪，乃爲二人相識之始。淳熙元年稼軒爲江東帥參，又再次訪晤，遂有右詞之作。而南伯生日何時，則一無所知。

〔二〕「秀骨」二句，秀骨，李白《贈張相鎬二首》詩：「秀骨象山嶽，英謀合鬼神。」珮相磨，韓愈《石鼓歌》：「大開明堂受朝賀，諸侯劍珮鳴相磨。」

〔三〕「靈槎」二句及小注，準擬，打算。泛銀河，《博物志》卷一〇：「天河與海通，近世有人居海濱者，年年八月有浮槎去來，不失期。人有奇志，立飛閣於槎上，多齎糧乘槎而去。十餘日中，猶觀星月日辰，自後芒芒忽忽，亦不覺晝夜。」天星，《古今事文類聚》前集卷四四《天星孕秀》：「蕭何昴星精，張良感弧星生，樊噲感狼星生，李白之生母夢長庚星。」剩摘，多摘也。又按：此小注謂南伯乾道九年七月生一子，而《故公安范大夫及夫人張氏行述》謂范炎爲南伯長子，范炎之生在淳熙十年之後，其並非小注所記之子明甚，則此子必早夭者可知。

〔四〕奠枕樓，在滁州，稼軒建。見《宋史》本傳。駐春亭，《景定建康志》卷二四：「鎮青堂在府廨之東北，其上爲鍾山樓。其後爲青溪道院。木犀亭曰小山，菊亭曰晚香，牡丹亭曰錦堆，芍藥亭曰駐春，皆在堂之左，疊石成山。」

〔五〕「金印」句，《世説新語·尤悔》：「王大將軍起事，丞相兄弟詣闕謝。周侯深憂，諸王始入，甚有憂色。丞相呼周侯曰：『百口委卿。』周直過不應，既入，苦相存救。既釋，周大説，飲酒。及出，諸王故在門，周曰：『今年殺諸賊奴，當取金印如斗大，繫肘後。』」按：周侯即周顗，而丞相即王導。周顗救王導而反言之，王導不知，反怨周顗，以致因此被殺，事又見《晉書》卷六九《周顗傳》。

水調歌頭〔一〕

落日古城角，把酒勸君留。長安路遠，何事風雪敝貂裘〔二〕？散盡黄金身世，不管秦樓人怨，歸計狎沙鷗〔三〕。明夜扁舟去，和月載離愁①。　功名事，身未老，幾時休？詩書萬卷，致身須到古伊周〔四〕。莫學班超投筆，縱得封侯萬里，憔悴老邊州〔五〕。何處依劉客，寂寞賦登樓〔六〕！

【校】

①「月」，《花草粹編》卷一八引此詞作「風」。四卷本此詞闕。

【箋注】

〔一〕題，右詞無題，所送者似爲赴邊州欲立功名之士子。吴則虞謂「當是送人入長安之作，長安已陷爲敵國矣」。彼既已陷金，何能輕入其境？此詞下片已明言莫學班超「憔悴老邊州」，則所送者身爲入邊州幕府之士子身份已極明顯。鄧注《稼軒詞編年箋注》於此詞編年中謂「據『依劉客』語，疑是作於任江東安撫司參議官時。蓋此後稼軒所任多爲方面大吏，似不得再以此自稱矣」。所言是，故從之。

〔二〕「長安」二句，長安路遠，《晉書》卷六《明帝紀》：「幼而聰哲，爲元帝所寵異。年數歲，嘗坐置膝前，屬長安使來，因問帝曰：『汝謂日與長安孰遠？』……明日宴羣僚，又問之，對曰：『日近。』元帝失色曰：『何乃異間者之言乎？』對曰：『舉目則見日，不見長安。』」敝貂裘，《戰國策·秦策》一：「蘇秦始將連横説秦惠王。……説秦王書十上，而説不行，黑貂之裘敝，黄金百斤盡，資用乏絶，去秦而歸。」杜甫《暮秋將歸秦留别湖南幕府親友》詩：「北歸衝雨雪，誰憫敝貂裘？」

〔三〕「散盡」三句，散盡黄金，李白《魏郡别蘇少府因北遊》詩：「洛陽蘇季子，劍戟森詞鋒。六印雖未佩，軒車若飛龍。黄金數百鎰，白璧有幾雙？散盡空掉臂，高歌賦還邛。」蘇軾《王齊萬秀才寓居武昌縣劉郎狀正與伍洲相對伍子胥奔吴所從渡江也》詩：「傾家取樂不論命，散盡黄金如轉燭。」秦樓人，本指弄玉，然弄玉無怨。李白《憶秦娥》詞：「簫聲咽，秦娥夢斷秦樓月。」始有怨秦樓語。狎沙鷗，《列子·黄帝》：「海上之人有好漚鳥者，每旦之海上，從漚鳥游。漚鳥之至者百住而不止。其父曰：『吾聞漚鳥皆從汝游，汝取來吾玩之。』明日之海上，漚鳥舞而不下也。」漚與鷗音同。彭汝礪《溪畔》詩：「懶逐山林羣野鹿，欲歸江漢狎沙鷗。」

〔四〕「詩書」二句，詩書萬卷，杜甫《奉贈韋左丞丈二十二韻》詩：「讀書破萬卷，下筆如有神。……致君堯舜上，再使風俗淳。」致君，《九家集注杜詩》卷一謂「使是君爲堯舜之君」。古伊周，商之伊尹與周之周公旦，乃商周之開國輔政者。

〔五〕「莫學」三句，《東觀漢紀》卷一六《班超傳》：「班超字仲升，扶風安陵人。……家貧，恒爲官傭寫書以供養。久勞苦，嘗輟業投筆，歎曰：『大丈夫無他志略，猶當效傅介子、張騫，立功異域，以取封侯，安能久事筆研間乎？』超行詣相者，曰：『祭酒布衣諸生爾，而當封侯萬里之外。』超問其狀，相者曰：『生燕頷虎頭，飛而食肉，此萬里侯相也。』永平中，竇固擊匈奴，超爲假司馬，將兵别擊伊吾。戰於蒲類海，多斬首虜。固又遣與從事郭恂俱使西域。……建初八年，稱超爲將兵長史，假鼓吹黄麾。……超定西域五十餘國，乃以漢中郡南鄭之西鄉户千封超爲定遠侯。超自以久在絶域，年老思土，上疏曰：『臣常恐年衰，奄忽僵仆，不敢望到酒泉郡，但願生入玉門關。』……超在西域三十一歲，還洛陽，拜射聲校尉。」按：據《後漢書》卷七七《班超傳》，班超歸漢後即卒，年七十一。

〔六〕「何處」二句，《文選》卷一一載王粲《登樓賦》。李善注：「盛弘之《荆州記》曰：富陽縣城樓，王仲宣登之而作賦。」劉良注：「王粲，山陽高平人。少而聰慧，有大才，仕爲侍中。時董卓作亂，仲宣避難荆州依劉表，遂登江陵城樓，因懷歸而有此作，述其進退危懼之情也。」

菩薩蠻

金陵賞心亭爲葉丞相賦①〔一〕

青山欲共高人語〔二〕，聯翩萬馬來無數。煙雨却低回，望來終不來。人言頭上髮，總向愁中白。拍手笑沙鷗，一身都是愁〔三〕。

【校】

①題，「金陵」，四卷本闕。此據廣信書院本。當淳熙元年正月稼軒辟江東安撫司參議官時，葉衡爲知建康府兼行宫留守，丞相之稱，殆編集時所追改。

【箋注】

〔一〕題，賞心亭已見。葉丞相，《宋史》卷三八四《葉衡傳》：「葉衡字夢錫，婺州金華人。紹興十八年進士第，調福州寧德簿，攝尉，以獲鹽寇改秩知臨安府於潛縣……治爲諸邑最，郡以政績聞。即召對，上曰：『聞卿作縣有法。』遣還任，擢知常州。……除太府少卿。……丁母憂，起復知廬州，未行除樞密都承旨，奏馬政之弊。……有言江淮兵籍僞濫，詔衡按視，賜以袍帶鞍馬弓矢，且命衡措置民兵，咸稱得治兵之要。訖事赴闕，上御便殿閱武士，召衡預觀，賜酒灑宸翰賜之。知荆南、成都、建康府，除户部尚書，除簽書樞密院事，拜參知政事。……拜右丞相兼樞密使。」《景定建康志》卷一四《建康表》：「淳熙元年正月二十六日，敷文閣學士左朝散大夫葉衡知府事，提舉學事兼管内勸農營田使。……二月召赴行在。」而稼軒赴江東任，據周孚《送辛幼安》詩「祇今參佐須孫楚，何日公卿屬范雲？節物關心那可別，斷紅疏緑正春分」句（《蠹齋鉛刀編》卷一〇），稼軒到任在是年春分前後。另據《宋會要輯稿·運曆》一之二九，淳熙元年夏至爲五月二十二日，上推得知，是年春分爲二月十一日。不知稼軒到任日，葉衡是否已經離任赴召。惟本詞下片有「煙雨」云云，疑此次稼軒到建康時未曾得與葉衡相見話别，故獨登賞心亭而寄愁懷也。

〔二〕「青山」句，蘇軾《越州張中舍壽樂堂》詩：「青山偃蹇如高人，常時不肯入官府。高人自與山有素，不待招邀滿庭户。」李洪《贈思溪覺悟寺浄因師》詩：「蒲葵喜接高人語，茗盌能消旅客愁。」

〔三〕「人言」四句，白居易《白鷺》詩：「人生四十未全衰，我爲愁多白髮垂。何故水邊雙白鷺，無愁頭上亦垂絲？」

一剪梅

游蔣山呈葉丞相①〔一〕

獨立蒼茫醉不歸〔二〕。日暮天寒，歸去來兮。探梅踏雪幾何時〔三〕？今我來思，楊柳依依〔四〕。　白石岡頭曲岸西②。一片閒愁，芳草萋萋〔五〕。多情山鳥不須啼。桃李無言，下自成蹊〔六〕。

【校】

①題，四卷本乙集闕，此從廣信書院本。然當淳熙元年葉衡自建康府赴召時，尚未爲丞相，題中所稱，殆編集時所追改。②「岡」，四卷本乙集作「江」。

【箋注】

〔一〕題，蔣山即鍾山。《景定建康志》卷一七：「鍾山一名蔣山，在城東北一十五里，周迴六十里，高一百五十八丈。東連青龍山，西接青溪，南有鍾浦，下入秦淮，北接雉亭山。漢末有秣陵尉蔣子文逐盜，死事於此，吴大帝爲立廟，封曰蔣侯。大帝祖諱鍾，因改曰蔣山。按：《丹陽記》：『京師南北並連山嶺，而蔣山岧嶤嶷異，其形象龍，實作揚都之鎮。』諸葛亮云：『鍾山龍盤。』蓋謂此也。」另據前詞箋注，稼軒到建康任既在淳熙元年二月春分前後，其時葉衡已被召，二人未得晤面。而此詞乃獨遊蔣山時所賦，詞中有「楊柳」、「芳草」云云，時令蓋已至春深矣。

〔二〕「獨立」句，杜甫《樂遊園歌》：「此身飲罷無歸處，獨立蒼茫自詠詩。」

〔三〕「探梅」句，蘇軾《次韻楊公濟奉議梅花十首》詩：「穠李争春猶辦此，更教踏雪看梅花。」按：乾道間，葉衡與稼軒同官於建康府，二人意氣相得，友誼頗篤。此句蓋回憶與葉衡於嚴冬踏雪尋梅情節。

〔四〕「今我」二句，《詩·小雅·采薇》：「昔我往矣，楊柳依依；今我來思，雨雪霏霏。」

〔五〕「白石」三句，白石岡，《景定建康志》所載，有白土岡、石子岡、白石山，未見白石岡。然王安石詩屢見白石岡，如《中書即事》詩：「何時白石岡頭路，度水穿雲取次行？」《出金陵》詩：「白石岡頭草木深，春風相與散衣襟。」李壁《王荆公詩注》卷四八注云：「白土岡在城東，……江寧縣城南一十五里有石子岡，……溧水縣北二十里有白石山。三處名皆不同，不知此所指何地。又，《世説》：『孫興公爲庾公參軍，共游白石山。』疑即白石岡也。」按：白石岡即李壁所注白石山，此説應是。《景定建康志》卷一七：「白石山在溧水縣北二十里，高一十丈，周迴十一里。」按：白石岡必稼軒與葉衡同遊之地。據《景定建康志》卷二六《總領所題名》，葉衡於乾道二年十一月任淮西江東總領，乾道六年正月十六日除權尚書户部侍郎。稼軒乾道四年至六年任建康府通判，故回憶前此送别葉衡赴召至白石岡頭情景，而遂有「踏雪探梅幾何時」之句，正與葉衡前次被召時季相符。一片閒愁，柳永《尾犯》詞：「夜雨滴空階，孤館夢回，情緒蕭索。一片閒愁，想丹青難貌。」一片，猶言許多也。芳草萋萋，胡宿《津亭》詩：「層城渺渺人傷别，芳草萋萋客倦遊。」

〔六〕「桃李」二句，《史記》卷一〇九《李將軍列傳贊》：「《傳》曰：『其身正，不令而行；其身不正，雖令不從。』其李將軍之謂也。余睹李將軍，悛悛如鄙人，口不能道辭，及死之日，天下知與不知，皆爲盡哀。彼其忠實心誠信於士大夫也。諺曰：『桃李不言，下自成蹊。』此言雖小，可以論大也。」

菩薩蠻〔一〕

江摇病眼昏如霧①，送愁直到津頭路〔二〕。歸念樂天詩：「人生足別離〔三〕。」 雲屏深夜語，夢到君知否？ 玉筯莫偷垂〔四〕，斷腸天不知。

【校】

①「摇」，《六十名家詞》本作「山」，此從廣信書院本。四卷本此詞闕。

【箋注】

〔一〕題，廣信書院本《稼軒長短句》右詞置於同調「書江西造口壁」詞之前，知作於淳熙二年之前。據詞中「江摇」二句，亦重歸建康府時送人所作。

〔二〕「江摇」二句，病眼昏如霧，彭汝礪《送君時東歸夜宿城外並橋上》詩：「病眼昏昏常似霧，不堪頻淚欲分襟。」津頭路，黄庭堅《寄頓二主簿時在縣界首部夫鑿石塘河》詩：「已令訪問津頭路，行約青簾共一尊。」

〔三〕「歸念」句，唐韋縠《才調集》卷八載于武陵《勸酒》詩，有「花發多風雨，人生足別離」句，《全唐詩》卷五九五所載同此，而同書卷六〇〇此詩署作者爲武瓘。所書作者雖有不同，然均無署白居易者，知稼軒蓋誤以爲樂天詩。

〔四〕玉筯，《白孔六帖》卷七：「玉筯，王昭君之淚如玉筯。」李白《代贈遠》詩：「啼流玉筯盡，坐恨金閨切。」《閨情》詩：「玉筯夜垂流，雙雙落朱顔。」

新荷葉　和趙德莊韻〔一〕

人已歸來，杜鵑欲勸誰歸〔二〕？緑樹如雲，等閒付與鶯飛①〔三〕。兔葵燕麥，問劉郎幾度沾衣〔四〕！翠屏幽夢，覺來水繞山圍〔五〕。有酒重攜，小園隨意芳菲。往日繁華，而今物是人非〔六〕。春風半面，記當年初識崔徽〔七〕。南雲雁少，錦書無箇因依〔八〕。

【校】

①「付」，四卷本甲集作「借」。

【箋注】

〔一〕題，趙德莊原詞作於退歸饒州時。本卷《水調歌頭·壽趙漕介庵》詞（千里渥洼種闋）已載其爲江東轉運判官之前事跡。再查韓元吉《南澗甲乙稿》卷二一《直寶文閣趙公墓志銘》：「吾友趙德莊，將葬於饒州餘干縣某山之原。……德莊諱彦端，德莊其字也。……始德莊父子甚貧，客四方，祖妣與其昆弟及妻子喪皆藁葬未厝。德莊曰：『吾得去畢此幸矣。』既諸公留之不可，除直顯謨閣爲江南東路計度轉運副使，即冒大雪走餘干，畢喪而後還。……移福建路計度轉運副使，過闕，……留爲左司郎中。假户部尚書館伴大金賀正使。前是宗室無出疆爲伴使者，自德莊始。遷太常少卿，復丐外，除直寶文閣知建寧府。……改提點浙東路刑獄，坐衢州賑歷稽期，削兩秩。德莊恬弗辯，以小疾得主管台州崇道觀。餘干號佳山水，所居最勝，日與賓客觴詠自怡，好事者以爲有曠達之風。……官至朝奉大夫，享五十有五歲，卒以淳熙二年七月四日。」右詞當作於淳熙元年趙氏家居時。《宋會要輯稿·選舉》三四之二四：「乾道六年六月六日，詔太常少卿趙彦端直寶文閣知建寧府。」（原閣字誤作殿）其任浙東提刑，《寶慶會稽續志》卷二《提刑》：「趙彦端，乾道九年九月以左朝奉大夫直寶文閣到任，淳熙元年三月宫觀。」可知趙德莊歸後一年有餘即因病棄世。趙德莊原詞無題，雖有「曾幾何時，故山疑夢還非」與「可人懷抱，晚期蓮社相依」語，知爲退閒期間所作，然亦無紀年可考。據稼軒和章「人已歸來」、「有酒重攜，小園隨意芳菲。往日繁華，而今物是人非」數語，則知爲稼軒淳熙元年春夏間再歸建康官時所作，而趙德莊原唱亦必作於其歸閒之初。

〔二〕「人已」二句，吴曾《能改齋漫録》卷四《子規》：「鮑彪《少陵詩譜論》引陳正敏曰：『飛鳥之族，所在名呼不同，有所謂脱了布穀，東坡云：北人呼爲布穀。誤矣，此鳥晝夜鳴，土人云：不能自營巢，寄巢生子，細詳其聲，乃是云不如歸去。此正所謂子規也。今人往往認杜鵑爲子規。杜鵑一名杜宇，子美亦言其寄巢生子，此蓋禽鳥性有相類者。』」餘可參本卷《滿江紅》詞（點火櫻桃閿）箋注。

〔三〕「緑樹」二句，緑樹如雲，釋道潛《送錢持王主簿西歸》詩：「回塘官柳行，千樹如雲屯。」鶯飛，《文選》卷四三丘遲《與陳伯之書》：「暮春三月，江南草長。雜花生樹，羣鶯亂飛。見故國之旗鼓，感生平於疇日，撫絃登陴，豈不愴恨？」等閒，此作總是解。

〔四〕「兔葵」二句，唐孟棨《本事詩》：「劉尚書自屯田員外左遷朗州司馬，凡十年始徵還。方春，作贈看花諸君子詩曰：『紫陌紅塵拂面來，無人不道看花回。玄都觀裏桃千樹，盡是劉郎去後栽。』其詩一出，傳於都下。有素嫉其名者，白於執政，又誣其有怨憤。他日見時宰，與坐，慰問甚厚。既辭，即曰：『近者新詩未免爲累，奈何？』不數日出爲連州刺史。其自叙云：『貞元二十一年春，余爲屯田員外。時此觀未有花。是歲，出牧連州，至荆南，又貶朗州司馬。居十年，詔至京師，人人皆言：有道士手植仙桃滿觀，盛如紅霞，遂有前篇，以記一時之事。旋又出牧，於今十四年，始爲主客郎中。重遊玄都，蕩然無復一樹，唯兔葵燕麥，動摇春風耳。因再題二十八字，以俟後再遊。時太和二年三月也。』詩曰：『百畝庭中半是苔，桃花凈盡菜花開。種桃道士今何在？前度劉郎今獨來。』」按：劉郎謂劉禹錫。稼軒於乾道四年通判建康府，淳熙元年再歸建康，猶爲帥司參議，二者皆帥府閑職，故詞中不免有「人已歸來」及「劉郎幾度沾衣」諸語，寄寓鬱鬱之氣耳。

〔五〕「覺來」句，蘇軾《又送鄭户曹》詩：「水繞彭祖樓，山圍戲馬臺。」《永遇樂·彭城夜宿燕子樓夢盼盼因作此》詞：「夜茫茫，重尋無覓處，覺來小園行遍。」黄庭堅《次韻石七三七首》詩：「欲行水繞山圍，但聞鵾化鵬飛。」覺來謂睡醒。

〔六〕物是人非，《文選》卷四二曹丕《與朝歌令吴質書》：「天氣和暖，衆果具繁，時駕而遊。北遵河曲，從者鳴笳以啓路，文學託乘於後車。節同時異，物是人非，我勞如何？」

〔七〕「春風」二句，半面，《南史》卷一二《元徐妃傳》：「元帝徐妃諱昭佩，東海郯人也。……妃無容質，不見禮，帝三二年一入房，妃以帝眇一目，每知帝將至，必爲半面妝以俟，帝見則大怒而出。」石延年《小桃》詩：「母家昇上瑶池品，先得春風半面妝。」初識崔徽，元稹《崔徽歌》題下注：「崔徽，河中府娼也。裴敬中以興元幕使蒲州，與徽相從累月。敬中使還，崔以不得從爲恨，因而成疾。有丘夏善寫人形，徽托寫真寄敬中曰：『崔徽一旦不及畫中人，且爲郎死。』發狂卒。第八句缺。」詩云：「崔徽本不是娼家，教歌按舞娼家長。使君知有不自由，坐在頭時立在掌。有客有客名丘夏，善寫儀容得恣把。爲徽持此謝敬中，以死報郎爲□□。」按：詞中崔徽，疑寓指趙德莊家妓某人。

〔八〕「南雲」二句，明顧起元《説略》卷一四：「指雲思親乃陸機事，今人但知始於狄仁傑也。士衡治洛，而親在華亭，故其思親賦有云『指南雲而寄歎，望歸風而效誠』是也。後梁公仕并州法曹，親在河陽，登太行山，反顧白雲孤飛，曰：『吾親舍其下。』又江總詩『心逐南雲去』、杜甫詩『江東日暮雲』、又《憶弟》『看雲白日眠』，是東雲、南雲、看雲，亦可施之兄弟朋友也。」無箇，無此。因依，憑依。按：此思趙德莊語也。

又

再和前韻①

春色如愁，行雲帶雨纔歸〔一〕。春意長閒，游絲盡日低飛。閒愁幾許？更晚風特地吹衣〔二〕。小窗人静，棋聲似解重圍。光景難攜，任他鶗鴂芳菲〔三〕。細數從前②，不應詩酒皆非。知音絃斷，笑淵明空撫餘徽〔四〕。停杯對影，待邀明月相依〔五〕。

【校】

①題，四卷本甲集作「再和」，此從廣信書院本。②「從前」，《六十名家詞》本作「前愆」。四卷本同廣信書院本。

【箋注】

〔一〕行雲帶雨，賀鑄《芳心苦》詞：「返照迎潮，行雲帶雨，依依似與騷人語。」

〔二〕「更晚」句，特地，故意也。

〔三〕「光景」二句，難攜，晁以道《復次韻寄子我四首》詩：「夜寒青女難攜手，海闊麻姑肯寄書？」鶗鴂芳菲，《離騷》：「恐鵜鴂之先鳴兮，使夫百草爲之不芳。」王逸《楚辭章句》卷一：「鵜鴂一名鷤鴂，常以春分日鳴也。言我恐鵜鴂以先春分鳴，使百草華英摧落，芬芳不得成也。以諭讒言先至，使忠直之士蒙罪過也。」《漢書》卷八七上《揚雄傳》載揚雄《反離騷》：「徒恐鷤搗之將鳴兮，顧先百草爲不芳。」顔師古注：「鷤鴂鳥一名買鵤，一名子規，一名杜鵑，常以立夏鳴，鳴則衆芳皆歇。」

〔四〕「知音」二句，《晉書》卷九四《陶潛傳》：「性不解音，而畜素琴一張，絃徽不具。每朋酒之會，則撫而和之，曰：『但識琴中趣，何勞絃上聲？』」岳飛《小重山》詞：「知音少，絃斷有誰聽？」

〔五〕「停杯」二句，李白《月下獨酌四首》詩：「舉杯邀明月，對影成三人。」

【附録】

趙彦端德莊原詞

新荷葉

欲暑還涼，如春有意重歸。春若歸來，任他鶯老花飛。輕雷澹雨，似晚風欺得單衣。簷聲驚醉，起來新緑成圍。　回首分攜，光風冉冉菲菲。曾幾何時，故山疑夢還非。鳴琴再撫，將清恨都入金徽。永懷橋下，繫船溪柳依依。（《介庵詞》）

又

雨細梅黄，去年雙燕還歸。多少繁紅，盡隨蝶舞蜂飛。陰濃緑暗，正麥秋猶衣羅衣。香凝沉水，雅宜簾幕重圍。　繡扇仍攜，花枝塵染芳菲。遥想當時，故交往往人非。天涯再見，悦情話景仰清徽。可人懷抱，晚期蓮社相依。（同上）

水龍吟

登建康賞心亭①〔一〕

楚天千里清秋，水隨天去秋無際〔二〕。遥岑遠目②，獻愁供恨，玉簪螺髻〔三〕。落日樓頭，斷鴻聲裏〔四〕，江南遊子。把吴鈎看了〔五〕，欄干拍遍，無人會，登臨意〔六〕。　休説鱸魚堪鱠，儘西風季鷹歸未③〔七〕？求田問舍，怕應羞見，劉郎才氣〔八〕。可惜流年，憂愁風雨，樹猶如此〔九〕！倩何人唤取，紅巾翠袖④〔一〇〕，揾英雄淚？

【校】

①題，《中興絶妙詞選》卷三作「賞心亭」。《六十名家詞》本作「旅次登樓作」。②「目」，四卷本甲集作「日」。此從廣信書院本。③「歸」，《中興絶妙詞選》作「來」。④「紅巾」，四卷本作「盈盈」。

【箋注】

〔一〕題，賞心亭已見。稼軒平生兩度官建康。鄧廣銘《稼軒詞編年箋注》謂「右詞充滿牢騷憤激之氣，且有『樹猶如此』語，疑非首次官建康時所作。蓋當南歸之初，自身之前途功業如何，尚難測度；嗣後乃仍復沉滯下僚，滿腹經綸，迄無所用，迨重至建康，登高眺遠，胸中積鬱乃不能不以一吐爲快矣」。其所論斷，言有至理，當從之。

〔二〕「楚天」二句，千里清秋，柳永《曲玉管》詞：「立望關河蕭索，千里清秋。」秋無際，寇準《喜吉上人至》詩：「楚水秋無際，巴猿夜有聲。」

〔三〕「遥岑」三句，遥岑遠目，韓愈孟郊《城南聯句》詩：「遥岑出寸碧，遠目增雙明。」供恨，《太平廣記》卷四九一《非煙傳》載趙象贈非煙詩：「薄於蟬翼難供恨，密似蠅頭未寫心。」玉簪螺髻，韓愈《送桂州嚴大夫》詩：「江作青羅帶，山如碧玉簪。」皮日休《縹緲峰》詩：「似將青螺髻，撒在明月中。」

〔四〕「落日」二句，落日樓頭，杜甫《越王樓歌》：「樓下長江百丈清，山頭落日半輪明。」斷鴻聲裏，柳永《玉蝴蝶》詞：「斷鴻聲裏，立盡斜陽。」

〔五〕把吴鈎看了，《吴越春秋》卷二《闔閭内傳》：「闔閭既寶莫耶，復命於國中作金鈎，令曰：『能爲善鈎者，賞之百金。』吴作鈎者甚衆，而有人貪王之重賞也，殺其二子，以血釁金，遂成二鈎，獻於闔閭，詣宫門而求賞。王曰：『爲鈎者衆，而子獨求賞，何以異於衆夫子之鈎乎？』作鈎者曰：『吾之作鈎也，貪而殺二子，釁成二鈎。』王乃舉衆鈎以示之：『何者是也？』王鈎甚多，形體相類，不知其所在。於是鈎師向鈎而呼二子之名：『吴鴻、扈稽，我在於此，王不知汝之神也！』聲未絶於口，兩鈎俱飛，著父之胸。吴王大驚曰：『嗟乎，寡人誠負於子。』乃賞之百金，遂服而不離身。」沈括《夢溪筆談》卷一九：「唐人詩多有言吴鈎者。吴鈎，刀名也，刀彎，今南蠻用之，謂之葛黨刀。」杜甫《後出塞》詩：「少年别有贈，含笑看吴鈎。」李賀《南園十三首》詩：「男兒何不帶吴鈎，收取關山五十州？」

〔六〕「欄干」三句，王闢之《澠水燕談録》卷五：「劉孟節概，青州壽光人。少師种放，篤古好學，酷嗜山水，而天姿絶俗，與世相齟齬，故久不得仕。……富韓公之鎮青也，知先生久欲其閒，爲築室泉上，爲詩並序以餞之曰：『先生已歸隱，山東人物空。』且言先生有志於名，不幸無位，不克施於時。著書以見志，謂先生雖隱，其道與日月雷霆相震耀。其後范文正公、文潞公皆優禮之，欲薦之朝廷，先生懇祈，亦不敢强，以成其高。先生少時，多寓居龍興僧舍之西軒，往往憑欄静立，懷想世事，吁唏獨語，以手拍欄干，嘗有詩曰：『讀書誤我四十年，幾回醉把欄干拍。』」釋文瑩《湘山野録》卷上：「金陵賞心亭，丁晉公出鎮日重建也。秦淮絶致，清在軒檻。取家篋所寶袁安卧雪圖，張於亭之屏，乃唐周昉絶筆。凡經十四守，雖極愛而不敢輒覬。偶一帥遂竊去，以市畫蘆雁掩之。後君玉王公琪復守是郡，登亭留詩曰：『千里秦淮在玉壺，江山清麗壯吴都。昔人已化遼天鶴，舊畫難尋卧雪圖。冉冉流年去京國，蕭蕭華髮老江湖。殘蟬不會登臨意，又噪西風入座隅。』此詩與江山相表裏，爲貿畫者之蕭斧也。」韓偓《倚醉》詩：「分明窗下聞裁剪，敲遍闌干喚不應。」

〔七〕「休説」二句，張季鷹思吴中鱸魚鱠，本卷《木蘭花慢·滁州送范倅》詞有箋注可參。儘，任也。

〔八〕「求田」三句，《三國志·魏志》卷七《陳登傳》：「陳登者，字元龍，在廣陵有威名，又犄角吕布有功，加伏波將軍，年三十九卒。後許汜與劉備並在荆州牧劉表坐，表與備共論天下人。汜曰：『陳元龍湖海之士，豪氣不除。』備謂表曰：『許君論是非？』表曰：『欲言非，此君爲善士，不宜虚言，欲言是，元龍名重天下。』備問汜：『君言豪，寧有事邪？』汜曰：『昔遭亂過下邳，見元龍，元龍無客主之意，久不相與語。自上大牀卧，使客卧下牀。』備曰：『君有國士之名，今天下大亂，帝主失所。望君憂國忘家，有救世之意，而君求田問舍，言無可采，是元龍所諱也，何緣當與君語？如小人，欲卧百尺樓上，卧君於地，何但上下牀之間邪？』」六朝及唐人多稱劉姓帝主爲劉郎。如逆旅傴稱宋武帝爲劉郎，見《宋書》卷二七《符瑞傳》，李賀《金銅仙人辭漢歌》稱漢武帝爲「茂陵劉郎秋風客」，皆是。

〔九〕「可惜」三句，憂愁風雨，蘇軾《滿庭芳》詞：「思量，能幾許？憂愁風雨，一半相妨。」樹猶如此，《世説新語·言語》：「桓公北征，經金城，見前爲琅邪時種柳，皆已十圍，慨然曰：『木猶如此，人何以堪！』攀枝執條，泫然流淚。」《藝文類聚》卷八八：「庾信《枯樹賦》曰：『……況復風雲不感，羈旅無歸。既傷摇落，彌嗟變衰。』《淮南》云：『木葉落，長年悲。』斯之謂矣。乃爲歌曰：『建章三月火，黄河千里槎。若非金谷滿園樹，即是河陽一縣花。』桓大司馬聞而歎曰：『昔年移柳，依依漢南；今看摇落，悽愴江潭。樹猶如此，人何以堪！』」

〔一〇〕紅巾翠袖，李白《擣衣篇》：「摘盡庭蘭不見君，紅巾拭淚坐氤氲。」杜甫《佳人》詩：「天寒翠袖薄，日暮倚修竹。」

八聲甘州

壽建康帥胡長文給事。時方閲折紅梅之舞，且有錫帶之寵①〔一〕

把江山好處付公來，金陵帝王州〔二〕。想今年燕子，依然認得，王謝風流〔三〕。只用平時尊俎，彈壓萬貔貅〔四〕。依舊鈞天夢〔五〕，玉殿東頭。　看取黄金横帶，是明年準擬，丞相封侯。有紅梅新唱，香陣卷温柔〔六〕。且畫堂通宵一醉②，待從今更數八千秋〔七〕。公知否？邦人香火，夜半纔收。

【校】

①題，「壽建康帥胡長文給事」，四卷本作「爲建康胡長文留守壽」。此從廣信書院本。　②「畫」，四卷本作「華」。

【箋注】

〔一〕題，胡長文給事，《吴郡志》卷二七：「胡元質字長文，長洲人。……少穎悟，年未冠遊太學，紹興十八年進士高第。……壽皇即政，以薦者入爲太學正，歷秘書省正字、校書郎、禮部兼兵部，遷右司，侍經帷，直史筆，參掌内外制，給事黄門，知貢舉。帝眷特厚，爲書王褒《聖主得賢臣頌》及親製論以賜。……出守當塗、建業、成都，皆有政績。舊得程公闢光禄南園故居之址，既歸，杜門却掃，園林池館，日以成趣。扁表其堂曰招隱，優游自遂，奉祠逾六七年，以正奉大夫敷文閣學士吴郡侯致其仕而卒，年六十三。……每自謂於人無怨惡，其心休休然。好善樂施，家貲多推予諸弟，未始較，人皆義之。」《紹興十八年同年小録》：「胡元質，一甲第十人，字長文，小名慶孫，小字華年。年二十二，十月初三日生。」《景定建康志》卷一四《建康表》：「淳熙元年五月十一日，朝議大夫充龍圖閣待制胡元質知府事，六月四日召赴行在奏事，七月除敷文閣直學士回府，十二月十一日召赴行在。」據此，知稼軒爲江東帥司參議官，正值胡元質爲帥。右詞應即作於淳熙元年十月胡元質生辰。題中折紅梅之舞，見詞中箋注。錫帶，建康府爲江上重鎮，當乾道淳熙初孝宗備戰之際，不時有人主張移蹕建康，故江東帥多由有名望之臣擔任，且時賜金帶，以示褒奬。如乾道五年十一月，御札奬諭史正志職務振舉，遣中使賜金帶。亦見《景定建康志》卷一四。胡元質賜帶事則失載。

〔二〕「把江」二句，江山好處，黄庭堅《宋楙宗知命寄夔州五十詩三首》詩：「方今臺閣稱多士，且傍江山好處吟。」金陵帝王州，謝脁《入朝曲》：「江南佳麗地，金陵帝王州。」諸葛亮謂金陵帝王之宅，見本卷《念奴嬌·登建康賞心亭呈史留守致道》詞（我來弔古關）箋注。來，語助詞。

〔三〕「想今」三句，劉禹錫《烏衣巷》詩：「朱雀橋邊野草花，烏衣巷口夕陽斜。舊時王謝堂前燕，飛入尋常百姓家。」《景定建康志》卷一六：「烏衣巷在秦淮南。晉南渡王謝諸名族居此，時謂其子弟爲烏衣諸郎。今城南長干寺北有小巷曰烏衣，去朱雀橋不遠。」蘇軾《王晉叔所藏畫跋尾五首·徐熙杏花》詩：「江左風流王謝家，盡攜書畫到天涯。」

〔四〕「只用」二句，徐陵《徐孝穆集箋注》卷六《陳公九錫文》：「論兵於廟堂之上，決勝於尊俎之間。」尊俎謂酒席也。文彦博《次韻答平涼龍圖王諫議素》詩：「凛然威望讋西戎，十萬貔貅節制中。」

〔五〕鈞天夢，《史記》卷四三《趙世家》：「趙簡子疾，五日不知人。大夫皆懼，醫扁鵲視之。……居二日半，簡子寤，語大夫曰：『我之帝所甚樂，與百神游於鈞天，廣樂九奏萬舞，不類三代之樂，其聲動人心。』」

〔六〕「有紅」二句，《吴郡志》卷一四：「紅梅閣在小市橋，天聖中殿中丞吴感所居。吴有姬曰紅梅，因以名閣。又作《折紅梅》詞，傳於一時。蔣堂亦有《吴殿丞新葺兩圃》詩，有『深鎖煙光在樓閣，旋移春色入門牆』之句。吴死，閣爲林少卿家所得。」《中吴紀聞》卷一《紅梅閣》條：「吴感字應之，以文章知名，天聖二年省試爲第一，又中天聖九年書判拔萃科，仕至殿中丞。居小市橋，有侍姬曰紅梅，因以名其閣。嘗作《折紅梅》詞曰：『……大家留取倚闌干，問有花堪折，勸君須折。』其詞傳播人口，春日郡宴，必使倡人歌之。」按：此用吴中典故。《稼軒詞編年箋注》謂此舞「一如唐明皇之所謂風流陣，故云香陣卷温柔也」。此歌舞用女子，當無可疑，然所謂「香陣」云云，蓋謂舞隊也。

〔七〕更數八千秋，《莊子·逍遥遊》：「上古有大椿者，以八千歲爲春，八千歲爲秋。」

洞仙歌　壽葉丞相①〔一〕

江頭父老，説新來朝野，都道今年太平也。見朱顔緑鬢，玉帶金魚，相公是，舊日中朝司馬〔二〕。　遥知宣勸處②，東閤華燈，别賜仙韶接元夜〔三〕。問天上幾多春？只似人間，但長見精神如畫〔四〕。好都取山河獻君王〔五〕。看父子貂蟬，玉京迎駕〔六〕。

【校】

①題，四卷本甲集作「爲葉丞相作」。此從廣信書院本。　②「處」，《中興絶妙詞選》卷三作「後」。

【箋注】

〔一〕題，《紹興十八年同年小録》：「第五甲第百十八人，葉衡字夢錫，小名俊哥，小字邦彦，年二十七，正月十九日生。……本貫婺州金華縣大雲鄉安期里。」按：據《宋史》卷二一三《宰輔表》四，葉衡於淳熙元年四月除端明殿學士簽書樞密院事，六月除參知政事，十一月自兼知樞密院事、參知政事除右丞相。右詞壽葉衡，而有「江頭」云云，知稼軒時尚在建康府。淳熙元年正月稼軒尚未抵江東參議任，二年正月，葉衡已除丞相，而稼軒尚稽留建康府，則右詞必淳熙二年正月在建康遥祝其五十四歲生辰時所賦也。

〔二〕「見朱」四句，朱顔緑鬢，玉帶金魚，康與之《喜遷鶯·丞相生日》詞：「師表，方眷遇，魚水君臣，須信從來少。玉帶金魚，朱顔緑鬢，占斷世間榮耀。」中朝司馬，《宋史》卷三三六《司馬光傳》：「凡居洛陽十五年，天下以爲真宰相，田夫野老，皆號爲司馬相公。婦人孺子，亦知其爲君實也。帝崩，赴闕臨，衛士望見，皆以手加額曰：『此司馬相公也。』所至民遮道聚觀，馬至不得行，曰：『公無歸洛，留相天子活百姓。』」《宋史全文》卷一二下：「元豐八年三月甲午朔，初，司馬光不敢赴闕，會神宗崩聞，孫固、韓維皆集闕下。時程顥在洛，亦勸光行，乃從之。衛士見光，皆以手加額曰：『此司馬相公也。』民爭擁光馬，呼曰：『公毋歸洛，留相天子活百姓。』所在數千人聚觀之，光懼，遂徑歸洛。」

〔三〕「遥知」三句，宣勸，《宋史》卷一一三《禮志》一六：「大觀三年，議禮局上集英殿春秋大宴儀。……皇帝三舉酒，四舉酒，皆如上儀。若宣示盞，即隨所向，閤門官以下揖稱宣示盞，躬贊就坐。若宣勸，即立席後，躬飲訖，贊再拜。」范成大《寓直玉堂拜賜御酒》詩：「慚愧君恩來甲夜，殿頭宣勸紫金杯。」《玉海》卷七五《淳熙後苑觀射》條：「淳熙二年二月庚辰，宣引輔臣使相至後苑觀步軍司弓弩手射。……宴羣臣於淩虚閣下，丞相葉衡等席於左，少保士輵等席於右。酒三行，衡率羣臣以次上壽，再拜退，詔宣勸在列，已而舞劍者進，其技精絶。上曰：『此軍中之樂。』衡乞獨班再奉萬年之觴，上喜，飲釂，命以琉璃鍾酌丞相，徧及羣臣，仍各第其量以賜。上曰：『猶恨不得與卿欸曲。』衡奏：『是乃祖宗賞花釣魚故事。』越二日，選德殿奏謝，上曰：『兹有典故。』」以上可見當時葉衡深得孝宗信賴，君臣相得。稼軒所賦，蓋皆寫實也。東閣者，謂丞相府第也。《漢書》卷五八《公孫弘傳》：「弘自見爲舉首，起徒步，數年至宰相封侯，於是起客館，開東閤以延賢人。」仙韶，《舊唐書》卷一七《文宗紀》下：「開成三年四月己酉，改法曲爲仙韶曲，仍以伶官所處爲仙韶院。……十月甲午，慶成節，命中人以酒酺仙韶樂賜羣臣宴於曲江亭。」此三句謂元夜東閤當賜御酒仙韶也。

〔四〕「問天」三句，王安石《御柳》詩：「人間今日春多少？祇看東方北斗杓。」一本作「欲知四海春多少，先向天邊問斗杓」。

〔五〕「好都」句，杜甫《散愁二首》詩：「司徒下燕趙，收取舊山河。」王維《奉和聖製十五夜燃燈繼以酺宴應制》詩：「願將天地壽，同以獻君王。」

〔六〕「看父」二句，貂蟬，《爾雅翼》卷一一：「秦漢以來武冠也。侍中、中常侍則加金璫貂蟬之飾，謂之趙惠文冠。」父子貂蟬事不詳。玉京，《北魏書》卷一一四《釋老傳》：「道家之原，出於老子。其自言也，先天地生，以資萬類。上處玉京，爲神王之宗；下在紫微，爲飛仙之主。」《洞玄靈寶玉京山步虚經》：「玄都玉京山，在三清之上，無上大羅天中，上有玉京金闕七寶玄臺紫微上宮，太上無極虛皇天尊之治也。」《永樂大典》卷七七〇二京字韻引李白詩句：「天上白玉京，十二樓五城。」注：「齊賢《五星經》：『天上白玉京，黄金闕。』」按，白詩題爲《經亂離後天恩流夜郎憶舊遊書懷贈江夏韋太守良宰》。玉京迎駕事亦不詳。

酒泉子①〔一〕

流水無情，潮到空城頭盡白，離歌一曲怨殘陽〔二〕。斷人腸。　　東風官柳舞雕牆〔三〕。三十六宮花濺淚，春聲何處說興亡〔四〕？燕雙雙。

【校】

①題，《六十名家詞》本作「無題」，此從廣信書院本。

【箋注】

〔一〕題，右詞無題目本事可考，以其有「潮到空城」、「三十六宮」、「説興亡」諸語，知必作於金陵，姑定爲稼軒再官建康府時所作。

〔二〕「流水」三句，流水無情，李白《送殷淑三首》詩：「流水無情去，征帆逐吹開。」白居易《過元家履信宅》詩：「落花不語空辭樹，流水無情自入池。」潮到空城，劉禹錫《金陵五題·石頭城》詩：「山圍故國周遭在，潮打空城寂寞回。」離歌一曲，李適《餞許州宋司馬赴任》詩：「離歌一曲罷，愁向勿悽悽。」

〔三〕東風官柳,孔武仲《送望聖監南嶽廟》詩:「老境不堪論契闊,東風官柳亂堤橋。」

〔四〕「三十」二句,唐張鷟《朝野僉載》卷六:「駱賓王文,好以數對,如『秦地重關一百二,漢家離宮三十六』,時人號爲算博士。」杜甫《春望》詩:「感時花濺淚,恨別鳥驚心。」周邦彦《西河·詠金陵》詞:「燕子不知何世,入尋常巷陌人家,相對如説興亡,斜陽裏。」

念奴嬌①

西湖和人韻〔一〕

晚風吹雨,戰新荷聲亂,明珠蒼璧〔二〕。誰把香奩收寶鏡?雲錦周遭紅碧②〔三〕。飛鳥翻空,游魚吹浪,慣趁笙歌席③〔四〕。坐中豪氣,看君一飲千石④〔五〕。遥想處士風流,鶴隨人去,已作飛仙伯⑤〔六〕。茆舍竹籬今在否⑥〔七〕?松竹已非疇昔。欲説當年,望湖樓下,水與雲寬窄〔八〕。醉中休問,斷腸桃葉消息〔九〕。

【校】

①調,《中興絶妙詞選》卷二、《咸淳臨安志》卷三三引此詞作「酹江月」。此從廣信書院本。②「周遭紅碧」,四卷本甲集作「紅涵湖碧」。此從廣信書院本。③「趁」,《中興絶妙詞選》、《咸淳臨安志》、《永樂大典》卷二二六五湖字韻作「聽」。④「君」,四卷本、《永樂大典》作「公」。⑤「已作」句,「已」,四卷本作「老」。「伯」,《中興絶妙詞選》、《咸淳臨安志》、《六十名家詞》本、王詔校刊本作「客」。⑥「竹」,《中興絶妙詞選》、《咸淳臨安志》、《六十名家詞》本作「疏」。

【箋注】

〔一〕題，淳熙二年夏，稼軒在倉部郎中任上賦此詞。其年秋，即出爲江西提刑。據右詞所寫時序，當在是年夏季。據詞中「欲説當年」諸語，不但言蘇軾，疑亦其自道也。知其爲賦此詞，乃在再次居官行在期間。《稼軒詞編年箋注》定於乾道六年或七年稼軒首次官行在時所作，當誤。其所和何人之韻已無可考。

〔二〕「晚風」三句，戰，疑戰抖義。言急雨打荷葉，其響如敲擊明珠玉璧。顧敻《玉樓春》詞：「話别情多聲欲戰，玉筯痕留紅粉面。」亦以戰抖象聲，可爲佐證。蒼璧，章如愚《羣書考索》卷四四釋「蒼璧禮天」，謂「以冬至祭天皇大帝在北極者於地上之圜丘。蒼璧者，天之色，圓璧圜丘皆象天體，以禮神者，必象其類也」。

〔三〕「誰把」二句，香奩收寶鏡，擬寫日暮西沉情景。雲錦，狀寫殘照下之荷花。韓愈《奉酬盧給事雲夫四兄曲江荷花行見寄並呈上錢七兄閣老張十八助教》詩：「問言何處芙蓉多？撑舟昆明渡雲錦。」《五百家注昌黎文集》卷七：「漢武帝元符三年穿昆明池，在長安西南，周回四十里。」雲錦言芙蓉之盛，如雲與錦也。李璟《遊後湖賞蓮花》詩：「滿目荷花千萬頃，紅碧相雜敷清流。」

〔四〕「慣趁」句，言魚鳥欲入席次。慣趁，趁謂赴笙歌宴席也。

〔五〕一飲千石，《述異志》卷上：「吴王夫差築姑蘇之臺，三年乃成，周旋詰屈，横亘五里。崇飾土木，殫耗人力。宫妓數千人，上别立春宵宫，爲長夜之飲，造千石酒鍾。夫差作天池，池中造青龍舟，舟中盛陳妓樂，日與西施爲水嬉。吴王於宫中作海靈館、館娃閣，銅溝玉檻，宫之楹檻，皆珠玉飾之。」蘇轍《欒城集》卷一七《黄樓賦》：「可以起舞，相命一飲千石。遺棄憂患，超然自得。」

〔六〕「遥想」三句，處士謂林逋，字君復，錢塘人。結廬西湖孤山，自號西湖處士。沈括《夢溪筆談》卷一〇：「林逋隱居杭州孤山，常畜兩鶴，縱之則飛入雲霄，盤旋久之，復入籠中。逋常泛小艇遊西湖諸寺，有客至逋所居，則一童子出，應門延客坐，爲開籠縱鶴，良久逋必櫂小船而歸，蓋常以鶴飛爲驗也。」飛仙伯，《海内十洲記》：「蓬丘，蓬萊山是也，對東海之東北岸，周迴五千里。外别有圓海繞山，……蓋太上真人所居，唯飛仙有能到其處耳。」胡應麟《少室山房筆叢》正集卷二七：「三清九宫並有僚屬。……又有仙伯、仙丞、仙監、仙郎等。」

〔七〕「茆舍」句，《咸淳臨安志》卷二三《孤山》：「和靖林處士廬，有巢居閣，今基並在西太一宫。處士墓，……咸淳四年，大風拔木，祠幾毁，官爲重建。是年太傅平章魏國賈公領客來遊，視蓁莽中有石隱起，命搜取視之，則熙寧七年福唐陳襄等九人竹閣題名也。」《武林舊事》卷五：「孤山舊有柏臺、竹閣、四照閣、巢居閣、林處士廬，今皆不存。」

〔八〕「欲説」三句，望湖樓，《咸淳臨安志》卷三二：「望湖樓在錢塘門外一里，一名看經樓，乾德五年錢忠懿王建。」《西湖遊覽志》卷八：「望湖樓在昭慶寺前，錢王所作，一名先得樓。潘閬詩：『望湖樓上立，竟日懶思還。聽水分他界，看雲過别山。孤舟依岸静，獨鳥向人閒。回首重門閉，蛙聲夕照間。』」蘇軾《六月二十七日望湖樓醉書五首》詩：「黑雲翻墨未遮山，白雨跳珠亂入船。捲地風來忽吹散，望湖樓下水如天。」按：錢塘門在臨安城西，爲紹興十八年重建之城西四門之一，其地在今杭州湖濱路與慶春路口，面西湖，新建亦有望湖樓。可參徐吉軍著《南宋都城臨安》。自孤山林和靖舊居，至斷橋，南行即此樓也。水與雲，程俱《春日與會要同舍會對飲西園》詩：「漾舟入天境，不辨水與雲。」

〔九〕「斷腸」句，桃葉，《樂府詩集》卷四五《桃葉歌三首》題下注引《古今樂録》：「《桃葉歌》者，晉王子敬之所作也。桃葉，子敬妾名，緣於篤愛，所以歌之。《隋書·五行志》曰：『陳時江南盛歌王獻之《桃葉詞》云：桃葉復桃葉，渡江不用檝。但渡無所苦，我自迎接汝。』」餘參本卷《念奴嬌·謝王廣文雙姬》詞箋注。

摸魚兒

觀潮上葉丞相〔一〕

望飛來半空鷗鷺，須臾動地鼙鼓〔二〕。截江組練驅山去，鏖戰未收貔虎〔三〕。朝又暮，誚慣得吴兒不怕蛟龍怒①〔四〕。風波平步，看紅旆驚飛，跳魚直上，蹙踏浪花舞〔五〕。　憑誰問，萬里長鯨吞吐，人間兒戲千弩〔六〕。滔天力倦知何事？白馬素車東去。堪恨處，人道是屬鏤怨憤終千古②〔七〕。功名自誤〔八〕。謾教得陶朱，五湖西子，一舸弄煙雨〔九〕。

【校】

①「悄」，四卷本甲集作「誚」，此從廣信書院本。　②「人道」句，「屬鏤怨」，四卷本作「子胥冤」。「終」，《六十名家詞》本作「足」。

【箋注】

〔一〕題，《宋兵部侍郎賜紫金魚袋稼軒公歷仕始末》：「知滁州，江東帥參軍，倉部員外郎、倉部郎中，後爲江西提點刑獄。」然稼軒何時自江東參議被召，史書無載。以有關詞作考索，當在淳熙二年春夏之間。右詞乃稼軒爲錢江觀潮而作，當在是年七月初除提點江西刑獄去行在所之前。《宋會要輯稿·職官》七二之一三：「淳熙二年六月十一日，新江西路提刑方師尹别與差遣，坐老耄畏怯，聞江西茶賊竊發，畏避遷延，不敢之官故也。」《宋史》卷三四《孝宗紀》二：「淳熙二年六月辛酉，以倉部郎中辛棄疾爲江西提刑，節制諸軍，討捕茶寇。」辛酉爲六月十二日。稼軒與臨安友人札子亦云：「棄疾自秋初去國。」錢江大潮，以七八月最爲可觀。疑右詞爲稼軒受命江西憲使之後，臨别觀潮所作。

〔二〕「望飛」二句，飛來鷗鷺，《文選》卷三四枚乘《七發》：「客曰：將以八月之望，與諸侯遠方交遊，兄弟並往，觀濤乎廣陵之曲江。……江水逆流，海水上潮。……衍溢漂疾，波涌而濤起。其始起也洪淋淋焉，若白鷺之下翔。」鄒浩《寄上方安老》詩：「偶此詩成更吟詠，飛來鷗鷺亦欣然。」動地鼙鼓，白居易《長恨歌》：「漁陽鼙鼓動地來，驚破霓裳羽衣曲。」

〔三〕「截江」二句，組練，《左傳·襄公三年》：「春，楚子重伐吴。……使鄧廖帥組甲三百、被練三千以侵吴。」注：「組甲被練，皆戰備也。組甲，漆甲成組文，被練，練袍。」驅山，范仲淹《和運使舍人觀潮次韻》詩：「破浪功難敵，驅山力可並。」蘇軾《催試官考較戲作》詩：「八月十八潮，壯觀天下無。鯤鵬水擊三千里，組練長驅十萬夫。」貔虎，《列子·黄帝》：「黄帝與炎帝戰於阪泉之野，帥熊羆狼豹貙虎爲前驅，鵰鶡鷹鳶爲旗幟，此以力使禽獸者也。」范仲淹前題詩：「勢雄驅島嶼，聲怒戰貔貅。」

〔四〕「悄慣」句，悄慣得，《稼軒詞編年箋注》謂「直縱容得之意」，余謂其意即悄然經久，習以爲常。悄有全然之義。此當爲習練既久之稱謂，恐非「縱容」之義。《續資治通鑑長編》卷四四七載：「見今作過揚晟臺等手下兵丁，雖止五六千人，然種族蟠踞溪峒，衆極不少。晟臺桀黠，屢經背叛，慣得姦便。加以山溪重複，道路嶮絶，漢兵雖有精甲利械，勢無所施。」卷四六五亦有「加以邊將慣得厚賞，樂於生事邀功」語，悄慣得，即養成習慣也。吴兒謂弄潮兒。蘇軾《八月十五日看潮五絶》詩：「吴兒生長狎濤淵，冒利輕生不自憐。」蛟龍怒，杜甫《乾元中寓居同谷縣作七首》詩：「長淮浪高蛟龍怒，十年不見來何遲？」

〔五〕「看紅」三句，吴自牧《夢粱録》卷四《觀潮》：「杭人有一等無賴不惜性命之徒，以大綵旗或小清涼傘、紅緑小傘兒，各繫繡色緞子滿竿，伺潮出海門，百十爲羣，執旗泅水上，以迓子胥。弄潮之戲，或有手脚執五小旗，浮潮頭而戲弄。」

〔六〕「憑誰」三句，憑，向也。憑誰問句乃質疑也。長鯨吞吐，羅願《爾雅翼》卷二九《鰌》：「《水經》曰：海中鰌長數千里，穴居海底。入穴則海溢爲潮，出穴則潮退，出入有節，故潮水有期。」梁元帝《金樓子》卷五：「鯨鯢一名海鰌，穴居海底。鯨入穴則水溢爲潮來，鯨出穴則水入爲潮退。鯨鯢既出入有節，故潮水有期。」《文選》卷五左思《吳都賦》：「於是乎長鯨吞航，修鯢吐浪。」兒戲千弩，《宋史》卷九七《河渠志》七：「浙江通大海，日受兩潮。梁開平中，錢武肅王始築捍海塘，在候潮門外。潮水晝夜衝激，版築不就，因命彊弩數百以射潮頭，又致禱胥山祠。既而潮避錢塘，東擊西陵，遂造竹器積巨石，植以大木。堤岸既固，民居乃奠。」蘇軾《八月十五日看潮五絶》詩：「安得夫差水犀手，三千强弩射潮低。」

〔七〕「滔天」四句，白馬素車，枚乘《七發》：「其少進也，浩浩溰溰，如素車白馬帷蓋之張。」《太平廣記》卷二九一《伍子胥》條：「伍子胥累諫，吳王賜屬鏤劍而死。臨終戒其子曰：『懸吾首於南門，以觀越兵來。以鮧魚皮裹吾尸，投於江中，吾當朝暮乘潮以觀吳之敗。』自是，自海門山潮頭洶高數百尺，越錢塘漁浦方漸低小。朝暮再來，其聲震怒，雷奔電走百餘里。時有見子胥乘素車白馬，在潮頭之中，因立廟以祠焉。」屬鏤怨憤，《史記》卷三一《吳太伯世家》：「十一年復北伐齊，越王勾踐率其衆以朝吳，厚獻遺之，吳王喜，唯子胥懼曰：『是棄吳也。』……吳王不聽，使子胥於齊。子胥屬其子於齊鮑氏，還報吳王，吳王聞之大怒，賜子胥屬鏤之劍以死。將死，曰：『樹吾墓上以梓，令可爲器；抉吾眼置之吳東門，以觀越之滅吳也。』」《集解》：「屬鏤，劍名。賜使自刎。」又：「王愠曰：『孤不使大夫得有見。』乃盛以鴟夷，投之江也。」《正義》：「吴俗傳云：子胥亡後，越從松江北開渠至横山東北，築城伐吴。子胥乃與越軍夢，令從東南入破吴，越王即移向三江口岸，立壇殺白馬祭子胥，杯動酒盡，越乃開渠，子胥作濤，盪羅城東開入滅吴。」

〔八〕功名自誤，李白《經亂離後天恩流夜郎憶舊遊書懷贈江夏韋太守良宰》詩：「空名適自誤，迫脅上樓船。」王安石《寄吴沖卿》詩：「虚名終自誤，謬恩何見蹙。」按：此言非功名誤人，乃遇人不淑而自誤也。

〔九〕「謾教」三句，謾教得，空教得，謂伍子胥之沉江，未能救吴，徒使范蠡警醒也。陶朱，《史記》卷四一《越王勾踐世家》：「勾踐以霸，而范蠡稱上將軍，還反國。范蠡以爲大名之下，難以久居，且勾踐爲人可與同患，難與處安，爲書辭勾踐。……乃裝其輕寶珠玉，自與其私徒屬乘舟浮海以行，終不反。……范蠡浮海出齊，變姓名，自謂鴟夷子皮。……行以去，止於陶，以爲此天下之中，交易有無之路通，爲生可以致富矣，於是自謂陶朱公。」五湖西子，世傳范蠡獻西施於吴王，吴滅，蠡取西施，同舟泛五湖而去。此見杜牧《杜秋娘》詩：「西子下姑蘇，一舸逐鴟夷。」蘇軾《次韻代留别》詩：「他年一舸鴟夷去，應記儂家舊姓西。」

滿江紅

贛州席上呈太守陳季陵侍郎①〔一〕

落日蒼茫〔二〕，風纔定片帆無力。還記得眉來眼去，水光山色〔三〕。倦客不知身遠近②，佳人已卜歸消息。便歸來只是賦行雲，襄王客〔四〕。些箇事〔五〕，如何得？知有恨，休重憶。但楚天特地，暮雲凝碧〔六〕。過眼不如人意事，十常八九今頭白〔七〕。笑江州司馬太多情，青衫濕〔八〕。

【校】

①題，四卷本甲集作「贛州席上呈陳季陵太守」，此從廣信書院本。②「遠近」，四卷本作「近遠」。

【箋注】

〔一〕題，贛州，《輿地紀勝》卷三二《江南西路》：「贛州，南康郡昭信軍節度。……隋平陳，罷南康郡，爲虔州。唐平江左，再置虔州。……中興以來，以爲管内安撫使，尋罷，復爲江南西路兵馬鈐轄兼督南安軍南雄州甲兵司，隸江南西道。自虔卒造變，議臣請改虔州爲贛州，取章貢二水合流之義。」太守陳季陵，〔嘉慶〕《寧國府志》卷二一七：「陳天麟字季陵。幼穎悟，口誦數千言。紹興戊辰進士，調廣德簿。……召對稱旨，除太平州教授。未幾，以國子正召，累官集英殿修撰，由饒州改知襄陽。修治樓堞，募忠義軍，浚古習河，察覺城中奸細誅之。朝旨嘉獎，改知贛州。時茶商寇贛吉間，預爲守備，民恃以安。江西憲臣辛棄疾討賊，天麟給餉補軍，棄疾所俘獲送贛獄者，治其魁，餘黨並從末減。事平，棄疾奏：『今成功，實天麟方略也。』治郡不用威刑，訟亦清簡。未幾罷，尋復集英殿修撰卒。」《宋會要輯稿·職官》七二之一二：「淳熙二年三月二十九日，知贛州陳天麟除敷文閣待制、知平江府韓彦古除敷文閣待制並寢罷成命，以天麟贛州之政未有過人，彦古奪服爲郡，亦難冒處，故寢是命。」同書《職官》七二之一六：「淳熙三年十月八日，前知贛州陳天麟罷宫觀，以臣僚言天麟政以賄成，罪以貸免，寄居宣州，交通關節，靡所不有，故有是命。」按：題中稱陳天麟爲侍郎，查其於乾道二年二月十三日，以吏部侍郎請祠，遂以集英殿修撰知饒州，見《宋會要輯稿·選舉》三四之一三，故有此稱。又按：贛州爲江西提刑司所在。陳天麟之罷知贛州，當在淳熙三年春夏間，稼軒右詞，疑即其罷任席間所作。

〔二〕「落日」句，羅隱《湖南春日懷古》詩：「空闊遠帆遮落日，蒼茫密樹礙歸雲。」朱松《贈范直夫》詩：「鄉關落日蒼茫外，尊酒寒花寂歷中。」

〔三〕「還記」二句，眉來眼去，王觀《卜算子》詞：「水是眼波横，山是眉峰聚。欲問行人去那邊，眉眼盈盈處。」水光山色，陶伯宗《如歸亭》詩：「今日吴江亭上望，水光山色却如歸。」吴坰《五總志》：「山谷云：『新婦磯頭眉黛愁，女兒浦口眼波秋。驚魚錯認月沉鈎。青箬笠前無限事，緑莎衣底一時休。西風吹雨轉船頭。』東坡視之，謂所親曰：『黄九以山光水色代却玉肌花貌，自以爲得漁父家風，然才出新婦磯，又入女兒浦，此漁父無乃太瀾浪乎？』」

〔四〕「便歸」二句，《文選》卷一九宋玉《高唐賦》：「昔者楚襄王與宋玉遊於雲夢之臺，望高唐之觀，其上獨有雲氣崪兮直上，忽兮改容。須臾之間，變化無窮。王問玉曰：『此何氣也？』玉對曰：『所謂朝雲者也。』王曰：『何謂朝雲？』玉曰：『昔者先王嘗遊高唐，怠而晝寢，夢見一婦人，曰妾巫山之女也，爲高唐之客，聞君遊高唐，願薦枕席。王因幸之。去而辭曰：妾在巫山之陽，高丘之岨。旦爲朝雲，莫爲行雨。朝朝莫莫，陽臺之下。旦朝視之如言，故爲立廟，號曰朝雲。』」注：「朝雲行雨，神女之美也。」

〔五〕些箇，猶言此等，乃宋人尋常口語。《朱子語類》多有此詞，如卷四一《顔淵》篇上：「或問非禮勿視聽言動，曰：『目不視邪色，耳不聽淫聲，如此類工夫却易，視遠惟明才不遠，便是不明。聽德惟聰才非德，便是不聰。如此類工夫却難。視聽言動，但有些箇不循道理處，便是非禮。』」

〔六〕「但楚」二句，特地，此處作依然解。暮雲凝碧，柳永《兩同心》詞：「鴛鴦阻夕雨朝飛，錦書斷暮雲凝碧。」

〔七〕「過眼」二句，《晉書》卷三四《羊祜傳》：「會秦涼屢敗，祜復表曰：『吴平，則胡自定，但當速濟大功耳。』而議者多不同。祜歎曰：『天下不如意，恒十居七八，故有當斷不斷，天與不取，豈非更事者恨於後時哉？』」

〔八〕「笑江」二句，白居易《琵琶引》：「元和十年，予左遷九江郡司馬，明年秋，送客湓浦口，聞舟中夜彈琵琶者。聽其音，錚錚然有京都聲，問其人，本長安倡女，……是夕始覺有遷謫意，因爲長句歌以贈之。凡六百一十二言，命曰琵琶行。」結句有云：「座中泣下誰最多？江州司馬青衫濕。」劉攽《中山詩話》：「江州琵琶亭，前臨江左，枕湓浦，地尤勝絶。……又有葉氏女（名桂女，字月流），詩曰：『樂天當日最多情，淚滴青衫酒重傾。明月滿船無處問，不聞商女琵琶聲。』」

菩薩蠻　書江西造口壁〔一〕

鬱孤臺下清江水〔二〕，中間多少行人淚〔三〕？西北望長安①，可憐無數山〔四〕。　青山遮不住，畢竟東流去②〔五〕。江晚正愁余，山深聞鷓鴣〔六〕。

【校】

①「西北望」，四卷本作「東北是」，《六十名家詞》本作「西北是」，此從廣信書院本、《中興絶妙詞選》卷三。

②「東」，廣信書院本、四卷本作「江」，此從《中興絶妙詞選》、《六十名家詞》本。王詔校刊本、四印齋本亦俱作「東」。

【箋注】

〔一〕題，造口，又稱皂口。〔光緒〕《吉安府志》卷三《萬安縣》：「皂口江在縣南六十里，源出贛縣三龍，經上造、下造入贛江。」按：皂口江發源於贛州，經今萬安南夏造鎮於皂口入贛江。皂口今位於贛州北一百二十餘里，萬安縣東南六十里處。又，稼軒右詞題爲「書江西造口壁」，查《吉安府志》卷二《萬安縣》，皂口有山曰金船嶺，稼軒此詞或即題寫於山間。右詞歇拍有「聞鷓鴣」語，鷓鴣鳴叫大都在春末，此詞當作於淳熙三年。

〔二〕「鬱孤」句，《輿地紀勝》卷三二《江南西路・贛州》：「鬱孤臺，在郡治，隆阜鬱然，孤起平地數丈。冠冕一郡之形勝，而襟帶千里之山川。登其上者，若跨鼇背而升方壺。唐李勉爲虔州刺史，登臨北望，慨然曰：『余雖不及子牟，而心在魏闕也。』改鬱孤爲望闕。」《讀史方輿紀要》卷八八《江西·贛州府》：「賀蘭山，府治西北隅，其右隆阜特起，爲文筆峰綿亘而東，《白家嶺志》云：『山即鬱孤臺。昔人因高築臺爲登眺處，以鬱然孤起而名，後夷爲平地。明朝正德十一年培之使高，爲郡形勝。』」按：稼軒所云「鬱孤臺下清江水」，《稼軒詞編年箋注》謂「江西袁州與贛江合流處，舊亦稱清江。此處當指贛江言」。然查所謂清江，據《讀史方輿紀要》卷八七《江西·清江縣》所載：「清江在府城（臨江府）南，即贛袁二江之合流也。」知地理意義上之清江，專指贛江會合袁江之一段而言，清江非贛江之謂也。稼軒行部至皂口賦此詞時，清江尚遥在北方。而贛江乃章、貢二水於贛州合流之後至入鄱陽湖全段之稱。故此清江水雖指贛水，却用以形容江水之清徹，應非以中游之清江代指贛水也。

〔三〕「中間」句，《讀史方輿紀要》卷八八《江西·贛州府》：「贛水在府城北，其上源爲章貢二水。……北流三百里，至吉安府萬安縣，其間有九灘，……俱屬贛縣。又經九灘，乃至萬安，所謂十八灘也。江在縣境者，一百八十里，灘之怪石如精鐵，突兀廉厲，錯峙波面。……蓋郡恃贛石爲險云。」行人淚，當指贛水雖甚清徹，然急流險灘，行人到此而淚下。本卷另有《西河·送錢仲耕自江西漕移守婺州》詞，首四句即爲「西江水，道是西江人淚。無情却解送行人，月明千里」，可知「行人淚」云云，乃江西贛州人之歌謡，蓋極盡贛水行旅之艱辛也。

〔四〕「西北」二句，望長安，用李勉北望典故，見前引《輿地紀勝》。李白《秋浦歌十七首》：「正西望長安，下見江水流。」《經亂後將避地剡中留贈崔宣城》詩：「四海望長安，嚬眉寡西笑。」杜甫《小寒食舟中》詩：「雲白山青萬餘里，愁看直北是長安。」劉邠《九日》詩：「可憐西北望，白日遠長安。」「可憐」句，贛水上游多山，山遮北望眼，故有可惜無數山之語。孟浩然《下贛石》詩：「贛石三百里，沿洄千嶂間。」

〔五〕「青山」二句，遮不住，宋人口語，即攔不住。楊萬里常用，如其《送清江王守赴召》詩：「又聞一節喚歸去，父老攔街遮不住。」《送趙吉州判院器之移路提刑》詩：「使星一照天西去，白鷺青原遮不住。」東流去，謂長江。贛水北經鄱陽湖入長江。杜甫《成都府》詩：「大江東流去，游子去日長。」

〔六〕「江晚」二句，正愁余，《楚辭·九歌·湘夫人》：「帝子降兮北渚，目眇眇兮愁余。」蘇軾《和邵同年戲贈賈收秀才三首》詩：「莫向洞庭歌楚曲，煙波渺渺正愁予。」聞鷓鴣，朱翌《猗覺寮雜記》卷上：「退之《杏花》云：『鷓鴣鉤輈猿叫歇。』《本草》『鷓鴣鳴云：鉤輈格磔』。……以今所聞之聲，不與四字合，若云『行不得也哥哥』，不知《本草》何故爲此聲。鷓鴣非啼於木上，止啼於草茅中。……段成式則云：『鳴云但南不北。』」按：《鶴林玉露》謂稼軒「聞鷓鴣之句，謂恢復之事行不得也」。《稼軒詞編年箋注》於附録中言：「羅大經謂『聞鷓鴣之句謂恢復之事行不得也』，殊爲差謬。稼軒一生奮發有爲，其恢復素志、勝利信心，由壯及老，不曾稍改，何得在南歸未久即生恢復之事行不得之念哉！」

【附録】

羅大經景綸記事

辛幼安詞

其題江西造口詞云：「鬱孤臺下清江水，中間多少行人淚。西北是長安，可憐無數山。青山遮不住，畢竟東流去。江晚正愁予，山深聞鷓鴣。」蓋南渡之初，金人追隆祐太后御舟至造口，不及而還。幼安自此起興，「聞鷓鴣」之句，謂恢復之事行不得也。（《鶴林玉露》甲編卷一）

按：南宋後期廬陵人羅大經所著《鶴林玉露》，釋稼軒造口詞之後專釋云：「蓋南渡之初，虜人追隆祐太后御舟至造口，不及而還。幼安因此起興。」《稼軒詞編年箋注》引此於附録，然後有大段文字辨駁金人未嘗追隆祐太后御舟至造口。按：《三朝北盟會編》卷一三五《隆祐太后進幸虔州》條載建炎三年十一月二十三日：「隆祐皇太后離吉州至生米市，有人見金人已到市中者，乃解維夜行，質明至太和縣，又進至萬安縣。兵衛不滿百人，滕康、劉珏、楊維忠皆竄山谷中，唯有中官何漸、使臣王公濟、快行張明而已。金人追至太和縣，太后乃自萬安縣至皂口，捨舟而陸，遂幸虔州。」《宋史》卷二四三《后妃傳》亦同此記載。而《鶴林玉露》甲編卷三《幸不幸》條又載：「吉水縣江濱有石材廟。隆祐太后避虜，御舟泊廟下。一夕，夢神告曰：『速行，虜至矣。』太后驚寤，即令發舟指章貢。虜果躡其後，追至造口，不及而還。事定，特封廟神剛應侯。」舊本《贛州府志》以及吉州之《南安縣志》所附此事，雖均有金人「追至造口，不及而還」之記載，然而其所依據皆爲《鶴林玉露》，更無其他地方資據。因知金人追至太和縣而止，史書皆未云追至皂口。皂口地名見於史籍，亦僅此而已，羅大經以稼軒題詞於皂口，附會隆祐太后被追事，遂有此説，不足爲定論，鄧先生所駁均是也。

辛棄疾詞編年箋注卷二

按：本卷詞作共五十八首。起淳熙三年丙申（一一七六），迄淳熙八年辛丑（一一八一），爲仕宦東南之作。

水調歌頭　和王正之右司吴江觀雪見寄〔一〕

造物故豪縱①，千里玉鸞飛〔二〕。等閒更把，萬斛瓊粉蓋玻瓈②。好卷垂虹千丈，只放冰壺一色，雲海路應迷〔三〕。老子舊遊處，回首夢耶非〔四〕？　謫仙人，鷗鳥伴，兩忘機〔五〕。掀髯把酒一笑，詩在片帆西。寄語煙波舊侶：聞道蓴鱸正美，休裂芰荷衣③〔六〕。上界足官府，汗漫與君期〔七〕。

【校】

①「物」，《六十名家詞》本、四印齋本俱作「化」。此從廣信書院本。②「玻瓈」，四卷本甲集作「頗黎」。③「裂」，四卷本作「製」。

【箋注】

〔一〕題，王正之右司，《寶慶四明志》卷八《王説傳》附：「正己字正之，勳長子也。……以叔祖珩任爲豐城主簿，連帥張澄俾對易理曹。時相姻黨王鈇家豫章，冢舍亡瑞香花，與一富民有他憾，因誣之，帥諷理曹文致其罪，正己直之，忤帥意，稱疾尋醫以歸。孝宗聞之，既踐阼，詔以不畏彊禦節概可嘉，自泰州海陵縣召對，改合入官。淳熙初訪求廉吏，參政葉衡舉正己辭賻事以聞，召對。……凡四典郡，六爲部使者，終太府卿秘閣修撰致仕，年七十八卒。」按：王正己舊名慎言，字正之，名以避孝宗諱改，又改字伯仁父，以舊字行，明州鄞縣人。樓鑰《攻媿集》卷九九有《朝議大夫秘閣修撰致仕王公墓志銘》，詳記其平生事跡，尤推許其不畏强禦之節概。其有關王正之除右司郎中前後事歷，《墓志銘》載：「授婺州司法參軍。詔舉縣令，會稽郡王史公浩爲司封郎，以公姓名進，知泰州海陵縣。張忠獻公浚募萬弩手，官吏畏怖，奔走恐後。公獨以邑民方脱兵火之酷，募既難從，聚亦無用，陳利害以獻。旁觀爲之股栗，公亦謁告以俟。忠獻以書遜謝，慰勉安職，人始服公有守，而歎忠獻之樂善也。隆興改元正月，對垂拱殿，上意嚮納，改宣教郎幹辦行在諸軍糧料院。乾道二年，詔薦監司郡守，丞相魏公杞在瑣闥，薦對祥曦殿，權司農寺主簿，知江陰軍。在任得旨：沿江郡籍民爲兵，防江守城，爲大軍聲援。公抗疏列上徒擾良民無益備禦者七條，且言舊嘗爲山水寨，騷動兩淮，競進圖冊，謂得勝兵數十萬，完顔亮深入，乃無一人爲用，敵退起焚官寺，聲言欲燒棄山水寨案牘，以絶後害，此最深切著明者。公以此罷，而他郡亦徒擾如公言。起知饒州，改嚴州，復改饒州，以事忤憲司，劾罷，主管台州崇道觀。以葉丞相之薦，除尚書吏部員外郎，權右司郎官，遂爲真。葉公去國，公亦遭論，再奉祠。」稼軒右詞爲和王正之吴江觀雪之作。吴江即松江。《吴郡志》卷一八：「松江在郡南四十五里，《禹貢》三江之一也。……松江南與太湖接，吴江縣在江濆，垂虹跨其上，天下絶景也。」淳熙二年之前，王正之未嘗仕宦於吴地。而其仕宦以來，惟乾道四年底五年初罷知江陰軍南歸鄞縣時得經吴江，此後知饒州與起爲右司郎官，皆無須過吴。查王正己於乾道四年以右通直郎知江陰軍，見〔道光〕《江陰縣志》卷一一。其因反對沿江籍民爲兵而罷任，當在是年底或明年初。查《朱文公文集》卷九六《少師觀文殿大學士致仕魏國公贈太師謚正獻陳公（俊卿）行狀》，其時有關籍民兵一事爲：「以乾道四年十月制授尚書右僕射同中書門下平章事兼樞密使。……以兩淮備禦未設，民無固志，萬一寇至，倉卒渡兵，恐不及事，奏於揚州、和州各屯三萬人，預爲定計，仍籍民家三丁者取其一，以爲義兵，授之弓弩，教以戰陣。……使民兵各守其城，相爲犄角，以壯聲勢。……因循憚改作之人，皆以擾民爲詞。天下之事欲成其大，安能無小擾？但守臣得人，公心體國，不憚勞苦，善加拊循，則教習有方，自不至大擾矣。上意亦以爲然，詔即行之。然竟爲衆論所持，公尋亦去位，不能及其成也。」所謂爲「衆論所持」者，王正己當爲其中之一，而其罷江陰軍守臣，則必在是年底或明年初，故能於歸鄉之際，南遊吴江而觀雪也。又，王正己罷右司郎官，在淳熙二年閏九月，見《宋會要輯稿・職官》七二之二。而右詞下片，語及王正己罷官後情景，知其罷歸之後，以舊詞寄似，而稼軒從而和之，其時當在淳熙三年初也。

〔三〕「造物」二句，造物故豪縱，蘇軾《同正輔表兄游白水山》詩：「偉哉造物真豪縱，攫土摶沙爲此弄。」「玉鸞飛，《後漢書》卷一一〇《邊讓傳》載其所作《章華賦》，有「若緑繁之垂幹，忽飄飄以輕逝兮，似鸞飛於天漢」句，然以「玉鸞」擬大雪飛舞，乃自右詞始。

〔三〕「好卷」三句，垂虹，《吴郡圖經續記》卷中：「吴江利往橋，慶曆八年縣尉王廷堅所建也。東西千餘尺，用木萬計，縈以修欄，甃以浄甓，前臨具區，横截松陵，湖光海氣，蕩漾一色，乃三吴之絶景也。橋成，而舟楫免於風波，徒行者晨暮往歸，皆爲坦道矣。橋有亭曰垂虹。杜子美嘗有詩云：『長橋跨空古未有，大亭壓浪勢亦豪。』」《吴郡志》卷一七：「利往橋即吴江長橋也。慶曆八年，縣尉王廷堅所建，有亭曰垂虹，而世併以名橋。《續圖經》云：『東西千餘尺，前臨太湖洞庭三山，横跨松江，爲海内絶景。』」冰壺，鮑照《代白頭吟》：「直如朱絲繩，清如玉壺冰。」歐陽修《喜雪示徐生》詩：「貯潔瑩冰壺，量深埋玉尺。」雲海路應迷，韓愈《雜詩》：「蒼蒼雲海路，晚歲將無獲。」陳與義《留别心老》詩：「他時訪生死，林深路應迷。」

〔四〕「老子」二句，此言吴江爲稼軒之舊遊。查稼軒於紹興三十二年閏二月擒張安國獻俘行在，然後除簽判江陰軍，因家於是。其赴簽判任，最早當在是年夏。而其任滿，當在隆興二年秋冬至歲杪之間。其後，稼軒改除廣德軍通判。其赴任之前，當有遊歷吴江之事。右詞回首舊遊疑爲夢境，蓋即憶舊遊也。不僅此詞，後來稼軒歸寓上饒之後，曾作詞《六幺令》，有「江上吴儂問我，一一煩君説」諸語，又有憶吴江賞木樨之《清平樂》詞，足以證實其皆早年南歸之初事。

〔五〕「謫仙」三句，謫仙人，《新唐書》卷二〇二《李白傳》：「至長安，往見賀知章。知章見其文，歎曰：『子謫仙人也。』」鷗鳥伴，李綱《送秦楚材還永嘉》詩：「顧我留爲鷗鳥伴，羨君歸赴鵷鴻期。」兩忘機，羅隱《覽晉史》詩：「惆悵中途無限事，與君千載兩忘機。」蘇軾《和子由四首·送春》詩：「芍藥櫻桃俱掃地，鬢絲禪榻兩忘機。」此兩忘機謂海上之人與鷗鳥。可參本書卷一《水調歌頭》（落日古城角闋）詞箋注。

〔六〕「寄語」三句，煙波舊侶，謂與稼軒舊遊吴江之友人，不知是否包括王正己在内。尊鱸正美，參本書卷一《木蘭花慢·滁州送范倅》詞（老來情味減闋）箋注。裂芰荷衣，《離騷》：「進不入以離尤兮，退將復修吾初服。製芰荷以爲衣兮，集芙蓉以爲裳。」《文選》卷四三孔稚珪《北山移文》：「焚芰製而裂荷衣，抗塵容而走俗狀。」吕炎濟注：「芰製荷衣，隱者之服。言皆焚裂之，舉騁塵俗之容狀。」

〔七〕「上界」二句，上界足官府，韓愈《奉酬盧給事雲夫四兄曲江荷花行見寄並呈上錢七兄閣老張十八助教》詩：「上界真人足官府，豈如散仙鞭笞鸞鳳終日相追陪？」《五百家注昌黎文集》卷七：「上界真人謂仙人也，仙人猶有官府之事，不如雲夫爲地上散仙，終日嬉遊也。」蘇軾《盧山五詠·盧敖洞》詩：「上界足官府，飛昇亦何益？」汗漫期，《淮南子·道應訓》：「盧敖游乎北海，經乎太陰，入乎玄闕，至於蒙穀之上，見一士焉，深目而玄鬢，淚注而鳶肩，豐上而殺下。……盧敖與之語，……若士者齤然而笑曰：『……吾與汗漫期於九垓之外，吾不可以久駐。』若士舉臂而竦身，遂入雲中。盧敖仰而視之，弗見乃止。」高誘注：「汗漫，不可知之也。」

又

和馬叔度遊月波樓〔一〕

客子久不到，好景爲君留。西樓著意吟賞，何必問更籌〔二〕？喚起一天明月，照我滿懷冰雪，浩蕩百川流〔三〕。鯨飲未吞海，劍氣已横秋〔四〕。野光浮，天宇迥，物華幽。中州遺恨，不知今夜幾人愁〔五〕？誰念英雄老矣，不道功名蕞爾〔六〕，决策尚悠悠〔七〕。此事費分説，來日且扶頭〔八〕。

【箋注】

〔一〕題，馬叔度，喻良能《香山集》卷九有《賢良馬叔度和周内翰送予倅越詩見貽次韻奉酬》、《叔度賢良再用游字韻見貽復次韻謝之》、《次韻馬叔度再用前韻見寄》三首七言律詩。賢良，謂嘗應舉賢良方正能直言極諫科。北宋嘗設此制科，南渡後，紹興元年春正月，詔復賢良方正能直言極諫科，見《建炎以來朝野雜記》甲集卷一三《制科》及同卷《乾道制科本末恩數》、《制六科題淳熙再試科制本末》條。馬叔度何時應制科，《宋會要輯稿·選舉》一一之三二載：「淳熙三年九月二十五日，吏部侍郎趙粹中，舉亳州布衣馬萬頃堪應賢良方正能直言極諫科。詔粹中繳進詞業。四年三月八日，吏部尚書韓元吉等言，舊制，賢良詞業繳進，送兩省侍從參考，分爲三等，文理優長爲上等，次優爲中等，平凡爲下等，考試訖繳奏，次優以上召赴閣職，臣等衆參考，得李塾、姜凱、鄭建德、馬萬頃詞業爲優爲次優。詔並令中書召試。……八月十九日，詔以二十五日引試應賢良方正能言極諫科李塾、姜凱、鄭建德、馬萬頃，命中書舍人錢良臣爲制舉考試官，……武學諭王藺爲對讀官。」《文獻通考》卷三三《選舉考》六《賢良方正》亦載：「先是，翰林學士汪應辰，以眉山布衣李垕應詔，上覽其文稱獎，命依格召試，會有沮之者，不果試。是歲，宰相虞允文爲上言之，始依元祐獨試故事，命翰林學士王曮、起居舍人李彦穎考試參詳，垕六論凡五通，上喜曰：『繼自今其必有應詔者矣。』十一月，上親策於集英殿，有司考入第四等，復御殿引見，賜制科出身，授節度推官，其策依正奏名第一甲例謄寫爲册進御。……淳熙四年，李垕之弟塾復舉賢良方正，而近習又恐制科之攻己，共摇沮焉。會台州趙汝愚舉姜凱，信守唐仲友舉鄭建德，吏部侍郎趙粹中舉馬萬頃應詔。上問輔臣：『召試賢良，故事有黜落者否？』對曰：『昨李垕止獨試，若數人須分優劣。』既而監察御史潘緯言制科不過三事，一繳進詞業，二試六論，三對制策，而進卷率皆宿著，廷策豈無素備？惟六論一場謂之過閣，人以爲難。若罷注疏而復以四通爲合格，則與應進士舉一場、試經義五篇者何異？乃詔增爲五通。其年始命官糊名謄録如故事。所試六論後二日，試院言文卷多不知題目所出，及引用上下文不盡，有僅及二通者。上命賜束帛罷之。舉者周必大等皆放罪。」據此，知馬叔度應即亳州人馬萬頃。而此次應舉賢良方正能直言極諫科之四人包括馬萬頃後來皆罷之，故《文獻通考》下又謂「自李垕之後制科無合格者」，馬萬頃雖未合格，然喻良能仍以賢良稱之。馬萬頃經此黜落後，諸書册皆不載其名，蓋自此竟以布衣終其身矣。周必大《益國文忠公集》卷一二四《舉李塾賢良不應格待罪札子》末有自注：「九月三日，奉御筆放罪。」喻良能《和周必大同馬叔度送予倅越》詩，當即作於本年秋，在馬氏罷舉之後。其詩有云：「一鳴一息幾千秋，風翼端宜汗漫游。筆底珠璣誰得似？胸中雲夢復何求。談餘正始人加勝，詩比黄初語更遒。西笑定應參儤直，東游聊復伴遨頭。」月波樓，嘉興有此樓，《至元嘉禾志》卷九：「月波樓在郡治西北二里城上，下瞰金魚池。」淮安亦有月波樓，〔雍正〕《江南通志》卷二二：「月波樓在府治舊通判廳。」史浩於鄞縣亦創月波樓，見〔雍正〕《浙江通志》卷二三〇。稼軒右詞送其遊月波樓，據詞首二句，或在湖北黄岡。〔光緒〕《黄州府志》卷四：「月波樓，在府治西城上，與竹樓相通。」王禹偁《小畜集》卷一七《黄州新建小竹樓記》：「黄岡之地多竹，大者如椽，……子城西北隅，雉堞圮毁，榛莽荒穢，因作小樓二間，與月波樓通。遠吞山光，平挹江瀨，幽閴遼敻，不可具狀。」同書卷一《月波樓詠懷》詩，小序：「月波之名，不知得於誰氏，圖綴故老皆無聞焉，因作古詩一章，凡六百八十字，陷於樓壁，庶使兹樓之名與詩不泯也。」詩長，有句「兹樓最軒豁，曠望西北陬。武昌地如掌，天末入雙眸。平遠無林木，一望同離婁。山形如八字，會合勢相勾」云云。稼軒右詞，當作於馬氏應舉失利之後，西遊黄岡之時。以稼軒淳熙四年知江陵府兼湖北安撫，故編次於此。

〔二〕「何必」句，蔡襄《清暑堂會同年》詩：「莫問更籌須劇醉，四翁同籍亦難俱。」范純仁《八月十六日張伯常見訪賞月四首》詩：「我亦官閒少拘檢，留連寧復問更籌！」更籌用以報時，《新唐書》卷四六《百官志》有「晝題時刻，夜題更籌」語。

〔三〕「照我」二句，滿懷冰雪，張孝祥《念奴嬌·過洞庭》詞：「應念嶺海經年，孤光自照，肝膽皆冰雪。」百川流，孟郊《投贈張端公》詩：「君子量不極，胸吞百川流。」

〔四〕「鯨飲」二句，鯨飲吞海，含曦《酬盧仝見訪不遇題壁》詩：「鯨吞海水盡，露出珊瑚枝。」蘇軾《答海上翁》詩：「海水豈容鯨飲盡，然犀何處覓瓊枝？」劍氣橫秋，賀鑄《易官後呈交舊》詩：「當年筆漫投，説劍氣橫秋。」

〔五〕「中州」二句，明田汝成《西湖遊覽志餘》卷二五《委巷叢談》：「吴歌惟蘇州爲佳。杭人近有作者，往往得詩人之體。如云：『月子灣灣照幾州？幾人歡樂幾人愁？幾人高樓行好酒？幾人飄蓬在外頭？』此賦體也。」《警世通言》卷一二《范鰍兒雙鏡團圓》入話：「吴歌云：『月子彎彎照幾州？幾家歡樂幾家愁？幾家夫婦同羅帳，幾家飄散在他州？』此歌出自南宋建炎間，述民間離亂之苦。只爲宣和失政，奸佞專權，延至靖康，金虜凌城，擄了徽欽二帝北去。康王泥馬渡江，棄了汴京，偏安一隅，改元建炎。其時東京一路百姓，懼怕韃虜，都跟隨車駕南渡。又被虜騎追趕，兵火之際，東逃西躲，不知拆散了幾多骨肉。」

〔六〕蕞爾，《左傳·昭公七年》：「抑諺曰：蕞爾國，而三世執其政柄，其用物也弘矣。」注：「蕞，小貌。」

〔七〕「決策」句，此決策，蓋指孝宗之規恢遠略。然自乾道六年始遣泛使使金以來，其即屢因受挫，壯志漸次消沉。淳熙以後，孝宗以王淮爲宰相，益務内治，不復以恢復爲意。樓鑰《攻媿集》卷八七《少師觀文殿大學士魯國公致仕贈太師王公行行狀》載：「淳熙三年，中議使湯邦彦使回，上怒金人無禮，公奏天下爲度，惟當講自治之策。」四年六月，遂除王淮爲參知政事，時宰位久虚，即行相事。《行狀》復載：「孝宗皇帝以不世出之資，直欲鞭笞四夷，以遂大有爲之志。一時進用，多趨事赴功之人。淳熙以來，益務内治，選任儒雅厚重經遠好謀之士，而公爲之稱首。」此句所言，適當其時，感念時局，不免有「悠悠」之歎也。

〔八〕扶頭，酒也。白居易《早飲湖州酒寄崔使君》詩：「一榼扶頭酒，泓澄瀉玉壺。」

霜天曉角

赤壁〔一〕

雪堂遷客，不得文章力〔二〕。賦寫曹劉興廢，千古事，泯陳迹〔三〕。　望中磯岸赤，直下江濤白〔四〕。半夜一聲長嘯，悲天地，爲予窄〔五〕。

【箋注】

〔一〕題，此所詠之赤壁，爲東坡賦寫前後《赤壁賦》之黄州赤壁，當作於稼軒淳熙四年帥湖北任上。范成大《吴船録》卷下：「黄岡岸下，素號不可泊舟，行旅患之。余舟亦移泊一灣渚中。蓋江爲赤壁一磯所攖，流轉甚駛，水紋有暈，散亂開合全如三峽，郡議欲開澳以歸宿客舟，未决。」

〔二〕「雪堂」二句，雪堂遷客，《東坡全集》卷首《東坡先生年譜》：「元豐五年壬戌，先生年四十七。在黄州，寓居臨皋亭，就東坡築雪堂，自號東坡居士。以東坡圖考之，自黄州門南至雪堂四百三十步，《雪堂記》云：『蘇子得廢圃於東坡之脅，號其正曰雪堂，以大雪中爲之，因繪雪於四壁之間，無容隙。』其名蓋起於此。先生自書東坡雪堂四字以榜之。」按蘇軾以元豐二年七月貶黄州。不得文章力，《年譜》引《上文潞公書》，載其因文章致禍有云：「某始就逮赴獄，有一子稍長，徒步相隨，其餘守舍皆婦女幼稚。至宿州，御史符下，就家取書，州郡望風，遣吏發卒，圍船搜取。長幼幾怖死。既去，婦女恚駡曰：『是好著書，書成，何所得？而怖我如此。』悉取焚之。」劉禹錫《郡齋書懷寄江南白尹兼簡分司崔賓客》詩：「一生不得文章力，百口空爲飽煖家。」

〔三〕「賦寫」三句，《東坡全集》卷三三《赤壁賦》：「西望夏口，東望武昌，山川相繆，鬱乎蒼蒼，此非孟德之困於周郎者乎？方其破荆州，下江陵，順流而東也，舳艫千里，旌旗蔽空，釃酒臨江，横槊賦詩，固一世之雄也，而今安在哉？」

〔四〕「望中」二句，赤壁磯景象，《渭南文集》卷四六《入蜀記》可參：「循小徑，繚州宅之後至竹樓，規模甚陋，不知當王元之時，亦止此邪？樓下稍東即赤壁磯，亦茆岡爾。略無草木，故韓子蒼待制詩云：『豈有危巢與棲鶻？亦無陳迹但飛鷗。』此磯《圖經》及傳者皆以爲周公瑾敗曹操之地，然江上多此名，不可考質。」

〔五〕「半夜」三句，一聲長嘯，《東坡全集》卷三三《後赤壁賦》：「劃然長嘯，草木震動，山鳴谷應，風起水涌。予亦悄然而悲，肅然而恐，凛乎其不可留也。」悲天地，爲予窄，杜甫《送李校書二十六韻》詩：「每愁悔吝作，如覺天地窄。」

烏夜啼　戲贈籍中人〔一〕

江頭三月清明，柳風輕。巴峽誰知還是洛陽城〔二〕！　春寂寂，嬌滴滴，笑盈盈。一段烏絲闌上記多情〔三〕。

【箋注】

〔一〕題，右詞及以下二詞，皆仕途言及花月草露之詞。宋代官妓類多能歌善舞，參與宴飲，逢場作戲，故詞人筆下亦時詠入歌詞。三詞本無作年可考，以右詞有及巴峽語，故連類次於稼軒帥湖北所作之後。

〔二〕「巴峽」句，蘇軾《臨江仙》詞有小序：「龍丘子自洛之蜀，載二侍女，戎裝駿馬。至溪山佳處輒留，見者以爲異人。後十年，築室黄岡之北，號静安居士，作此記之。」詞上片有云：「細馬遠馱雙侍女，青巾玉帶紅鞾。溪山好處便爲家，誰知巴峽路，却見洛城花！」右詞爲稼軒在湖北安撫使任上，行部至峽州（今湖北宜昌）時，見江上景物頗似洛陽，故有此句。蓋稼軒少年在北方曾到洛陽，其第二子辛秬乳名爲嵩，應即生於其地。嵩山在洛陽東南登封之北，故可知也。

〔三〕「一段」句，袁文《甕牖閒評》卷六：「黄素細密，上下烏絲織成欄，其間用朱墨界行，此正所謂烏絲欄也。」方以智《通雅》卷三二：「烏絲箋之畫欄者也。自六朝即用欄墨，後或以花爲欄。《霍小玉傳》：『越州姬烏絲欄，素段三尺，授李生，生授筆成章。』李肇曰：『宋亳間有織成界道絹素，謂之烏絲欄、朱絲欄。』許渾有烏絲欄手書詩，見《海岳書史》。《廣川跋》云：『翟湛嘗以烏絲欄求魯直書蘇子瞻《淵明》詩。』」一段，猶言一幅。

眼兒媚

妓

煙花叢裏不宜他，絶似好人家〔一〕。淡妝嬌面，輕注朱唇，一朵梅花。　相逢比着年時節，顧意又争些〔二〕。來朝去也，莫因別箇，忘了人咱。

【箋注】

〔一〕「煙花」二句，煙花原喻紅顔易逝。南唐後主周后逝，後主哀傷，賦詩曰：「失却煙花主，東君自不知。清香更何用？猶發去年枝。」見馬令《南唐書》卷六《昭惠后傳》。前蜀後主所作豔體詩亦曰《煙花集》。宋代始以煙花喻妓院，柳永《鶴沖天》詞有「煙花巷陌，依約丹青屏障」語。故下句好人家謂良家也。王明清《揮麈後録》卷七：「錢忱伯誠妻瀛國夫人唐氏，正肅公介之孫，既歸錢氏，隨其姑長公主入謝欽聖向后於禁中。時紹聖初也。先有戚里婦數人在焉，俱從后步過受釐殿。同行者皆仰視，讀釐爲離。夫人笑，於旁曰：『受禧也，蓋取宣室受釐之義耳。』后喜，回顧主曰：『好人家男女終是別。』蓋后亦以自謂也。」

〔二〕「顧意」句，顧意，顧惜之意。争些，差些。

如夢令　贈歌者

韻勝仙風縹緲，的皪嬌波宜笑〔一〕。串玉一聲歌〔二〕，占斷多情風調。清妙，清妙，留住飛雲多少〔三〕？

【箋注】

〔一〕「的皪」句，《史記》卷一一七《司馬相如列傳》引《上林賦》：「皓齒粲爛，宜笑的皪。」《索隱》：「郭璞曰：鮮明貌也。」

〔二〕「串玉」句，白居易《寄明州于駙馬使君三絶句》詩：「何郎小妓歌喉好，嚴老呼爲一串珠。」自注：「嚴尚書與于駙馬詩云：『莫損歌喉一串珠。』」

〔三〕「留住」句，《列子·湯問》：「秦青弗止，餞於郊衢，撫節悲歌，聲振林木，響遏行雲。」留住飛雲，即響遏行雲。

水調歌頭

淳熙丁酉，自江陵移帥隆興。到官之三月被召，司馬監、趙卿、王漕餞別，司馬賦《水調歌頭》，席間次韻。時王公明樞密薨，坐客終夕爲興門户之歎，故前章及之①〔一〕

我飲不須勸，正怕酒尊空〔二〕。别離亦復何恨？此別恨匆匆。頭上貂蟬貴客，花外麒麟高冢②，人世竟誰雄〔三〕？ 一笑出門去③，千里落花風〔四〕。 孫劉輩，能使我，不爲公〔五〕。余髮種種如是，此事付渠儂〔六〕。 但得平生湖海，除了醉吟風月，此外百無功〔七〕。 毫髮皆帝力，更乞鑑湖東〔八〕。

【校】

①題，「三」，四卷本乙集作「二」。 ②「花」，廣信書院本原作此字，以墨筆改爲「苑」。四印齋本作「苑」。四卷本、王詔校刊本、《六十名家詞》本同廣信書院本。 ③「一笑出門」，王詔校刊本、《六十名家詞》本、四印齋本作「出門一笑」。四卷本同廣信書院本。

【箋注】

〔一〕題，丁酉爲淳熙四年，是年秋冬間，稼軒以論江陵統制官率逢原縱部曲毆百姓，坐徙豫章。周必大《益國文忠公集》卷六二《龍圖閣學士宣奉大夫贈特進程公大昌神道碑》：「四年八月兼給事中，江陵統制官率逢原縱部曲毆百姓，守帥辛棄疾謂曲在軍人，坐徙豫章。」此右題之「淳熙丁酉，自江陵移帥隆興」之事也。稼軒移帥隆興府，時已至是年年底。《益國文忠公集》卷一〇八《賜新除端明殿學士知江陵府姚憲乞除一在外宫觀不允詔》，小注謂在是年十二月二日。知江陵之代者於十二月初尚未到任。稼軒在江西安撫使任三月被召，當在淳熙五年三月。右《水調歌頭》詞，乃賦别筵席上所作。其中涉及司馬監、趙卿、王漕三人。司馬監即司馬倬，本卷後有《鷓鴣天·離豫章别司馬漢章大監》詞，洪邁《夷堅丁志》卷一六《浙西提舉》條載「司馬漢章倬，紹興二十七年自浙西提舉常平罷」語，《容齋四筆》卷一五《歲陽歲名》條亦載：「司馬倬跋温公《潛虚》，……以歲名施於月日，尤爲不然，漢章不自爲事，殆是僚寀强解事者所作也。」乃司馬朴之子，朴傳附於《宋史》卷二九八《司馬池傳》之後。傳言：「欽宗思朴之言，以爲兵部侍郎。二帝將北遷，又貽書請存立趙氏，金人憚之，挾以北去，且悉取其孥。開封儀曹趙鼎爲匿其長子倬於蜀，故得免。」其仕宦集中於紹興、隆興、乾道初。如《建炎以來繫年要録》各卷、《宋史全文》及《宋會要輯稿》所載，知其曾知房州、德安府、襄陽府，早年曾僑寓會稽，干撓郡政，爲臣僚所論，見《要録》卷一七五。乾道元年十月，以户部員外郎、江西、京西、湖北總領言事，見《宋會要輯稿・職官》四一之五二。然其乾道中及淳熙後事歷史書絶無可考，蓋其時已掛冠退居於家。稼軒於詞中稱其爲監、大監，惟其何時曾任軍器監或將作監，史亦無考。其晚年退歸寓居之地，則應爲隆興府。本卷《滿庭芳・和洪丞相景伯韻》詞（傾國無媒闋）所附洪适原唱，有題稱「景廬有南昌之行，用韻惜别，兼簡司馬漢章」一闋，末句爲：「珠簾暮捲，山雨拂崇碑。」下有小注：「漢章作山雨樓，景廬爲之記。」景廬即洪适之弟洪邁。而趙善括亦有《醉蓬萊・壽司馬大監生日》詞，詞中有云：「正百花堂下，山雨樓前。……名遂功成，自然長久。」善括嘗通判隆興府，與稼軒多有唱和。洪适原詞作於淳熙八年，在稼軒作此詞之後三年，此亦可證司馬必晚年寓居於隆興府者。題中趙卿，亦爲僑寓隆興府之官員，當即趙子英。然趙子英字無考，據《宋會要輯稿・崇儒》、《選舉》諸門記載，乾道間曾知西外宗正事，除福建路計度轉運副使。此書《選舉》三四之二八載：「乾道八年十月十四日，詔宗正少卿趙子英除秘閣修撰、主管隆興府玉隆萬壽觀，任便居住。」其所居地，或在隆興府。在此之前，任卿少之趙姓者，則有趙沂、趙彦操、趙彦端等，皆非寓豫章者，可知也。王漕，則應爲其時見任官、江西路轉運副使王希吕。《宋史》卷三八八《王希吕傳》：「王希吕字仲行，宿州人。渡江後，自北歸南，既仕，寓居嘉興府。乾道五年登進士科，孝宗奬用西北之士，六年，召試授秘書省正字，除右正言。……出知廬州。淳熙二年，除吏部員外郎，尋除起居郎兼中書舍人。……加直寶文閣江西轉運副使。五年，召爲起居郎，除中書舍人、給事中。」增訂本《陳亮集》卷二七《與吕伯恭正字祖謙書》：「辛幼安、王仲衡俱召還。」仲衡與仲行皆希吕之字。據知王希吕與稼軒同官於隆興府，又於本年先後召歸。司馬倬原詞已佚。又，題中稱「王公明樞密薨，坐客終夕爲興門户之歎」，王公明名炎，《宋史》無傳，蓋亦寓居於隆興府。《朱子語類》卷一三三《盜賊》：「乘時喜功名、輕薄巧言之士則欲復讎。彼端人正士，豈故欲忘此讎？蓋度其時之不可，而不足以激士心也。如王公明炎、虞斌父之徒，百方勸用兵，孝宗盡被他説動。」據知公明爲王炎之字，而斌父乃虞允文字。《建炎以來繫年要録》卷一六三謂「炎，陽安人，競弟也。」《宋宰輔編年録》卷一七：「乾道九年正月己丑，王炎罷樞密使，觀文殿學士提舉臨安府洞霄宫。炎自乾道四年二月除簽書樞密院事，五年二月除參知政事，七年七月拜樞密使，依前四川宣撫使。是年正月罷，執政凡五月。淳熙元年十二月，以觀文殿學士太中大夫知潭州。二年五月，臣僚論蔣芾、王炎、張説欺君之罪，並詔落職居住。炎落觀文殿學士，袁州居住。三年七月，上宣諭龔茂良等曰：『有一事，累日欲與卿言。昨湯邦彦論蔣芾、王炎、張説三人者，朕思之，王炎似無大過，非二人之比。』茂良等奏：『仰見聖明洞照。邦彦所論王炎事，多非其實，人皆能言之。宜蒙聖恩寬貸。』上曰：『未欲便與差遣，且令自便。』三年十二月，中大夫新知荆南府王炎復資政殿大學士，以赦恩檢舉也。後以通議大夫致仕，贈銀青光禄大夫。」此所及湯邦彦即虞允文之黨，時任左司諫。王炎寄居豫章，《益國文忠公集》卷五有《寄題王公明樞使豫章佚老堂》詩，自注爲淳熙元年甲午作，據此可知。故當稼軒被召時，乃聞其薨逝消息。又，王炎與宰相虞允文不和，乾道五年秋以宣撫使入蜀後（王炎入蜀，見《建炎以來朝野雜記》乙集卷一七《紹興至淳熙四川宣撫司錢帛數》條），又與四川安撫制置使晁公武不和，見諸載籍，此即右詞題所謂「門户之歎」，實即當時黨與派別之争。王炎罷蜀政，即由虞允文排擠而致。《宋史》卷三四《孝宗紀》二：「乾道六年三月乙丑，以晁公武、王炎不協，罷四川制置司歸宣撫司。」《益國文忠公集》卷一四《王炎除樞密使御筆跋》：「乾道七年七月二十六日，國忌假，薄莫，快行忽宣鎖。既至院，御藥甘澤齎御札來，除王炎爲樞密使，依舊宣撫。又出方寸紙載如將帥足財用及招軍買馬等事，傳旨云：『晚不及召對，令諭褒用炎之意。』澤退，吏匆匆擬熟狀進入。徐念向來未有中大夫爲樞密使者，别具奏，乞轉大中，奉御批依，不然，遂失故事矣。初，炎與宰相虞允文不相能，屢乞罷歸。允文薦權吏部侍郎王之奇爲大議，除待制，充四川制置使。允文欲進雜學士，上擬太超躐，此月十三日，乃先除之奇侍郎，上猶難之。嘗令學士院取侍從入蜀例，俱無以對。暨宣炎制，宰相以下皆莫測云。」皆可見。

〔二〕「正怕」句，蘇軾《月夜與客飲酒杏花下》詩：「洞簫聲斷月明中，惟憂月落酒杯空。」

〔三〕「頭上」三句，貂蟬，《宋史》卷一五二《輿服志》四：「朝服一曰進賢冠，二曰貂蟬冠，三曰獬豸冠，皆朱衣朱裳。……貂蟬冠一名籠巾，織藤漆之，形正方如平巾幘，飾以銀，前有銀花，上綴玳瑁蟬，左右爲三小蟬，銜玉鼻，左插貂尾。三公親王侍祠大朝會，則加於進賢冠而服之。」麒麟高冢，杜甫《曲江二首》詩：「江上小堂巢翡翠，苑邊高冢卧麒麟。」竟誰雄，蘇轍《望嵩樓（在汝州）》詩：「連山郭吾北，二室分西東。東山幾何高？不爲太室容。……試問山中人，二室竟誰雄？雄雌久已定，分别徐亦空。」按：前二句皆指王炎之卒。王炎之競争者虞允文已卒於淳熙元年二月，至是，王炎亦卒，恩怨消泯，故稼軒作此感慨。

〔四〕「一笑」二句，一笑出門去，李白《南陵别兒童入京》詩：「仰天大笑出門去，我輩豈是蓬蒿人？」黄庭堅《王充道送水仙花五十枝欣然會心爲之作詠》詩：「坐對真成被花惱，出門一笑大江横。」落花風，唐彦謙《詠馬二首》詩：「騎過玉樓金轡響，一聲嘶斷落花風。」李之儀《菩薩蠻》詞：「一陣落花風，雲山千萬重。」

〔五〕「孫劉」三句，《三國志・魏志》卷二五《辛毗傳》：「時中書監劉放、令孫資見信於主，制斷時政，大臣莫不交好，而毗不與往來。毗子敞諫曰：『今劉、孫用事，衆皆影附，大人宜小降意，和光同塵，不然必有謗言。』毗正色曰：『主上雖未稱聰明，不爲闇劣。吾之立身，自有本末，就與劉、孫不平，不過令吾不作三公而已，何危害之有焉？有大丈夫欲爲公而毀其高節者邪？』」孫、劉輩，所指應即淳熙間用事弄權之近習佞幸曾覿、王抃等人，稼軒遭其毒手，始於淳熙四年冬以率逢原事件徙隆興府。

〔六〕「余髮」二句，余髮種種如是，《左傳·昭公三年》：「齊侯田於莒，盧蒲嫳見，泣且請曰：『余髮如此種種，余奚能爲？』」注：「嫳，慶封之黨，襄二十八年放之於境。種種，短也，自言衰老，不能復爲害。」渠儂，元高德基《平江記事》：「嘉定州去平江一百六十里，鄉音與吴城尤異，其並海去處，號三儂之地。蓋以鄉人自稱曰吾儂、我儂，稱他人曰渠儂、你儂。」

〔七〕「但得」三句，平生湖海，王安石《寄曾子固二首》詩：「平生湖海士，心迹非無素。」黄庭堅《奉答固道》詩：「平生湖海漁竿手，强學來操製錦刀。」醉吟風月，蘇頌《又和次中答莘老見招》詩：「老見交朋尤眷戀，醉吟風月好躊躇。」范純仁《和孔宗翰郎中見寄》詩：「惠政謳謡騰楚甸，醉吟風月滿江天。」百無功，蘇軾《秀州報本禪院鄉僧文長老方丈》詩：「師已忘言真有道，我除搜句百無功。」

〔八〕「毫髮」二句，毫髮皆帝力，《漢書》卷三二《張耳陳餘傳》：「四年夏，立耳爲趙王。五年秋耳薨，謚曰景，王子敖嗣立爲王，尚高祖長女魯元公主爲王后。七年高祖從平城過趙，趙王旦暮自上食，體甚卑，有子婿禮。高祖箕踞駡詈，甚慢之。趙相貫高、趙午年六十餘，故耳客也，怒曰：

『吾王孱王也。』説敖曰：『天下豪桀並起，能者先立。今王事皇帝甚恭，皇帝遇王無禮，請爲王殺之。』敖齧其指出血曰：『君何言之誤！且先王亡國，賴皇帝得復國，德流子孫，秋毫皆帝力也，願君無復出口。』」乞鑑湖，《新唐書》卷一九六《隱逸·賀知章傳》：「天寶初病，夢遊帝居，數日寤，乃請爲道士，還鄉里。詔許之，以宅爲千秋觀，而居又求周宫湖數頃爲放生池，有詔賜鏡湖剡川一曲。」蘇軾《次韻子由使契丹至涿州見寄四首》詩：「那知老病渾無用，欲問君王乞鏡湖。」〔雍正〕《浙江通志》卷一五《紹興府》：「鏡湖，在城南三里，一名鑑湖。」

鷓鴣天

離豫章，别司馬漢章大監

聚散匆匆不偶然，二年歷遍楚山川①〔一〕。但將痛飲酬風月，莫放離歌入管絃〔二〕。　縈緑帶，點青錢，東湖春水碧連天〔三〕。明朝放我東歸去，後夜相思月滿船〔四〕。

【校】

①「二年」句，「二」，《六十名家詞》本作「三」。「歷遍」，四卷本丙集作「遍歷」，俱從廣信書院本。

【箋注】

〔一〕「聚散」二句，聚散匆匆，歐陽修《浪淘沙》詞：「聚散苦匆匆，此恨無窮。」楚山川，《南史》卷一五《徐君蒨傳》：「爲梁湘東王鎮西諮議參軍，頗好聲色，……盡日酣歌，每遇歡譙，則飲至斗。有時載伎肆意游行，荆楚山川，靡不畢踐。」張孝祥《夜讀五公楚東酬唱輒書其後呈龜齡》詩：

「同是清都紫府仙，帝教彈壓楚山川。」按：稼軒自淳熙三年起，以江西提刑調京西運判，四年差知江陵府兼湖北安撫，其年底遷知隆興府兼江西安撫，至五年三月被召，二年之間所到之處皆楚地，故有「歷遍楚山川」語。

〔二〕「莫放」句，白居易《寄明州于駙馬使君三絶句》詩：「吴越聲邪無法用，莫教偷入管絃中。」歐陽修《别滁》詩：「我亦且如常日醉，莫教絃管作離聲。」莫放，猶不教也。

〔三〕「縈緑」三句，縈緑帶，楊系《小苑春望宫池柳色》詩：「拂地青絲嫩，縈風緑帶輕。」點青錢，杜甫《絶句漫興九首》詩：「糁徑楊花鋪白氈，點溪荷葉疊青錢。」東湖，《輿地紀勝》卷二六《江南西路·隆興府》：「東湖，在郡東南，周廣五里。後漢永平中太守張躬築塘，謂之南塘。……雷次宗《豫章記》云：『水清至潔，而衆鱗肥美。』又《續職方乘》云：『豫章之南湖，猶錢塘之西湖也。』」春水碧於天，韋莊《菩薩蠻》詞：「春水碧於天，畫船聽雨眠。」

〔四〕「後夜」句，陳師道《過杭留别曹無逸朝奉》詩：「後夜相思隔煙水，夢魂空寄過江船。」白居易《贈江客》詩：「愁君獨向沙頭宿，水繞蘆花月滿船。」

念奴嬌

書東流村壁①〔一〕

野棠花落②，又匆匆過了，清明時節〔二〕。剗地東風欺客夢，一夜雲屏寒怯③〔三〕。曲岸持觴，垂楊繫馬④〔四〕，此地曾輕别⑤。樓空人去，舊遊飛燕能説〔五〕。聞道綺陌東頭，行人曾見⑥，簾底纖纖月〔六〕。舊恨春江流不斷⑦，新恨雲山千疊〔七〕。料得明朝，尊前重見，鏡裏花難折〔八〕。也應驚問，近來多少華髮〔九〕？

【校】

①調，《中興絶妙詞選》卷三作「酹江月」，題，作「春恨」。此從廣信書院本。②「棠」，王詔校刊本、《六十名家詞》本、四印齋本作「塘」。③「一夜」句，「夜」，四卷本甲集、《中興絶妙詞選》、《六十名家詞》本、四印齋本作「枕」。「雲」，《中興絶妙詞選》作「銀」。④「繫」，《中興絶妙詞選》作「立」。⑤「輕」，《中興絶妙詞選》作「經」。⑥「曾」，四卷本作「長」。⑦「斷」，《中興絶妙詞選》作「盡」。

【箋注】

〔一〕題，東流，《輿地紀勝》卷二二《江南東路·池州》：「東流縣，在州西一百八十里，本江州彭澤縣地，唐會昌中置東流場，南唐保大中去場置縣，隸江州。國朝太平興國中隸池州。」鄧廣銘增訂本《稼軒詞編年箋注》解此詞，引趙蕃《重九前一日東流道中》詩、韓淲《歸舟過東流丘簿清足軒》詩，其後有云：「據諸詩語意，知東流爲其時江行泊駐之所，且富遊觀之勝，故趙、韓二氏均覽物興感而有所賦詠。其必爲池州之東流縣，當無可疑。玩此詞各語，亦江行途中所作，則東流村壁者，乃指東流縣境内之某村，非村以東流名也。梁啓超於《韻文與情感》中解釋此詞，謂東流爲『徽、欽二帝北行所經之地』，蓋誤。」所考甚確，蓋稼軒此詞涉及兒女情感，或有所經歷之本事在内，然無可踪跡。雖有警句綺語，非影射北宋亡國之恨，蓋甚明也（宋人稱金人遷徽、欽二帝爲「北狩」，無人以「東流」稱之）。求之過深，反致曲解。而核之時季，當在此次被召行程途中，故並將大致相同之詞作亦彙録於後。

〔二〕「野棠」三句，野棠花落，高似孫《剡録》卷九《海棠》：「《草木記》曰：『木之奇者，會稽之海棠。』沈立《海棠記》曰：『德裕言，花中帶海者，從海外來。』……海棠以蜀本爲第一。今山間所有，多野棠。」沈約《早發定山》詩：「野棠開未落，山英發欲然。」李嘉祐《自蘇臺泛舟至望亭驛因寄從弟紓》詩：「野棠自發空流水，江燕實歸不見人。」吴處厚《青箱雜記》卷五：「公（晏殊）之佳句，宋莒公皆題於齋壁，若『無可奈何花落去，似曾相識燕歸來』、……『已定復摇春水色，似紅如白野棠花』之類。莒公常謂此數聯，使後之詩人無復措詞也。」過了清明時節，《東坡全集》卷一〇一《志林・夢寐》條：「昨夜夢參寥師攜一軸詩見過，覺而記其《飲茶》詩兩句云：『寒食清明都過了，石泉槐火一時新。』」

〔三〕「剗地」二句，剗地，依舊也。欺客夢，李白《江上寄巴東故人》詩：「東風吹客夢，西落此中時。」雲屏，《後漢書》卷六三《鄭弘傳》：「元和元年，代鄧彪爲太尉。時舉將第五倫爲司空，班次在下，每正朔朝見，弘曲躬而自卑。帝問知其故，遂聽置雲母屏風，分隔其間。」注：「以雲母飾屏風也。」寒怯，怯寒也。

〔四〕「曲岸」二句，《夢粱録》卷二《三月》：「三月三日，上巳之辰，曲水流觴故事起於晉時。唐朝賜宴曲江，傾都禊飲踏青，亦是此意。」蘇軾《漁家傲・感舊》詞：「薄倖只貪遊冶去，何處？垂楊繫馬恣輕狂。」

〔五〕「樓空」二句，白居易《燕子樓三首》詩前有長序：「徐州故尚書張，有愛妓曰盼盼，善歌舞，雅多風態。予爲校書郎，時遊徐泗間，張尚書宴予，酒酣出盼盼以佐歡，歡甚，予因贈詩云：『醉嬌勝不得，風嫋牡丹花。』盡歡而去。邇後絶不相聞，迨兹僅一紀矣。昨日司勳員外郎張仲素續之訪予，因吟新詩，有《燕子樓》三首，詞甚婉麗。詰其由，爲盼盼作也。續之從事武寧軍累年，頗知盼盼始末云。尚書既没，歸葬東洛，而彭城有張氏舊第，第中有小樓名燕子，盼盼念舊愛而不嫁，居是樓十餘年，幽獨塊然，於今尚在。」蘇軾《永遇樂·夜宿燕子樓夢盼盼因作此詞》：「燕子樓空，佳人何在？空鎖樓中燕。」

〔六〕「聞道」三句，綺陌，韓愈《同宿聯句》：「鵷行參綺陌，雞唱聞清禁。」《五百家注昌黎文集》卷八：「綺陌言阡陌相錯，如綺繡然。」按：此言城市道路也。纖纖月，以初月喻美人。鮑照《玩月城西門廨中》詩：「始見西南月，纖纖如玉鉤。」增訂本《稼軒詞編年箋注》此二句考釋云：「蘇軾《江城子》詞：『門外行人，立馬看弓彎。』龍沐勳《東坡樂府箋》云：『弓彎，謂美人足也。稼軒詞聞道綺陌東頭，行人曾見，簾底纖纖月，疑從坡詞脱化。』按：蘇詞『弓彎』應指新月，不指美人足。辛詞『簾底』句當係指簾裏美人。」所考釋應從。然周密《浩然齋雅談》卷下亦載：「辛幼安嘗有句云：『聞道綺陌東頭，行人曾見，簾底纖纖月。』則以月喻足，無乃太媟乎？」此蓋龍氏所本也。按：稼軒纖纖月，謂簾下佳人，周密以爲喻足，則大誤。

〔七〕「舊恨」二句，春江流不斷，李煜《虞美人》詞：「問君能有幾多愁？恰似一江春水向東流。」雲山千疊，杜甫《舟泛洞庭》詩：「雲山千萬疊，底處上仙槎？」

〔八〕「料得」三句，料得明朝，歐陽修《漁家傲》詞：「料得明年秋色在，香可愛，其如鏡裹花顔改。」鏡裹花，《維摩詰所説經》卷下：「有以夢幻影、鏡中像、水中月、熱時焰，如是等喻而作佛事，諸所施爲，無非佛事。」黄庭堅《沁園春》詞：「鏡裹拈花，水中捉月，覷著無由得近伊。」花難折，謂所心儀者已不能親近。

〔九〕「近來」句，蘇軾《念奴嬌·赤壁懷古》詞：「多情應笑我，早生華髮。」

霜天曉角　旅興①〔一〕

吴頭楚尾，一櫂人千里〔二〕。休説舊愁新恨，長亭樹，今如此〔三〕！　宦游吾倦矣，玉人留我醉〔四〕。明日落花寒食②，得且住，爲佳耳〔五〕。

【校】

①題，廣信書院本原無，此據四卷本甲集、王詔校刊本、《六十名家詞》本、四印齋本補。《中興絶妙詞選》卷三作「惜别」。　②「落」，四卷本作「萬」。

【箋注】

〔一〕題，右詞雖名爲旅興，然考詞意，殆稼軒淳熙五年離豫章赴召時所作。

〔二〕「吳頭」二句，吳頭楚尾，本書卷一《聲聲慢·滁州旅次登樓作和李清宇韻》詞（征埃成陣闋）有箋注，可參。人千里，蘇軾《蝶戀花·過漣水贈趙晦之》詞：「傾蓋相逢拚一醉，雙鳧飛去人千里。」

〔三〕「長亭」二句，樹猶如此，見本書卷一《水龍吟·登建康賞心亭》詞（楚天千里清秋闋）箋注。

〔四〕「宦游」二句，《史記》卷一一七《司馬相如傳》：「會梁孝王卒，相如歸而家貧，無以自業，素與臨邛令王吉相善。吉曰：『長卿久宦遊不遂，而來過我。』於是相如往舍都亭。……卓王孫有女文君，……文君夜亡奔相如。……昆弟諸公更謂王孫曰：『有一男兩女，所不足者非財也。今文君已失身於司馬長卿，長卿故倦游，雖貧，其人材足依也。且又令客獨，奈何相辱如此？』」

〔五〕「明日」三句，張侃《張氏拙齋集》卷五《跋揀詞》：「辛待制《霜天曉角》詞云：『吳頭楚尾，……』用顔魯公《寒食帖》：『天氣殊未佳，汝定成行否？寒食只數日間，得且住，爲佳耳。』」按：此帖今存《顔魯公集》卷一一，稱《寒食帖》，楊慎《詞品》卷一謂爲晉人帖：「『天氣殊未佳，汝定成行否？寒食近，且住爲佳爾。』此晉無名氏帖中語也。辛稼軒融化作《霜天曉角》詞云：『吳頭楚尾，……』晉人語本入妙，而詞又融化之如此，可謂珠璧相照矣。」

鷓鴣天

和張子志提舉〔一〕

別恨妝成白髮新①，空教兒女笑陳人〔二〕。醉尋夜雨旗亭酒，夢斷東風輦路塵〔三〕。騎騄駬，籋青雲②，看公冠佩玉階春〔四〕。忠言句句唐虞際，便是人間要路津〔五〕。

【校】

①「恨」，王詔校刊本、《六十名家詞》本、四印齋本俱作「後」。此從廣信書院本。②「籋」，《六十名家詞》本作「荷」。

【箋注】

〔一〕題，張子志提舉，名歷皆未詳。據右詞「夢斷」句，知爲稼軒居朝時所和。然遍考載籍，稼軒於乾道七年任司農寺簿、淳熙元、二年任倉部郎中及淳熙五年爲大理少卿三次立朝期間，南宋各路張姓提舉常平官，惟有淳熙六年湖南提舉張仲梓。然據《攻媿集》卷一〇四《知復州張公墓志銘》，仲梓字才卿，與此不合。此外惟淳熙三年任淮西提舉之張士元。《宋會要輯稿·職官》六二之二〇：「淳熙三年三月二十七日，詔直秘閣淮南運判兼淮西提舉張士元除直秘閣，以士元教集淮西民兵整肅故也。」因疑右詞即張士元於淳熙五年歸朝時所作。然士元字籍皆難詳考。僅周必大《益國文忠公集》卷六五《淮西帥高夔神道碑》載：「淳熙元年二月，……會幕官章騆訴本路漕張士元奪其愛妾，下君究實，當路右士元，君直之，坐易施州。」其他事歷則無考矣。

〔二〕「別恨」二句，別恨，當作休恨解。別作不要解，口語也。妝成，謂女子化妝完成。陳人，舊人。蘇軾《述古以詩見責屢不赴會復次前韻》詩：「肯對紅裙辭白酒，但愁新進笑陳人。」

〔三〕「醉尋」二句，旗亭酒，《史記》卷一一《三代世表》：「與方士考功會旗亭下。」《正義》：「《西京賦》曰：『旗亭五里。』薛綜曰：『旗亭，市樓也。立旗於上，故取名焉。』」輦路塵，徐鉉《和旻道人見寄》詩：「引領梁園雪，揚鞭輦路塵。」

〔四〕「騎騄」三句，騄駬，《史記》卷五《秦本紀》：「造父以善御幸於周繆王，得驥、温驪、驊騮、騄耳之駟。」《集解》：「《紀年》云：『北唐之君來見，以一驪馬，是生緑耳。』八駿皆因其毛色以爲名號。」籋青雲，彭蟾《賀鄧璠使君正拜袁州》詩：「新添畫戟門增峻，舊躡青雲路轉平。」李咸用《與劉三禮陳孝廉言志》詩：「皆期早躡青雲路，誰肯長爲白社人？」籋同躡。玉階春，鄭谷《早入諫院二首》詩：「玉階春冷未催班，暫拂塵衣就笏眠。」

〔五〕「忠言」二句，唐虞際，杜甫《同元使君春陵行》：「致君唐虞際，純樸憶大庭。」要路津，《古詩十九首》：「何不策高足，先據要路津？」杜甫《奉贈韋左丞丈二十二韻》詩：「自謂頗挺出，立登要路津。致君堯舜上，再使風俗淳。」

又

尊俎風流有幾人？當年未遇已心親〔一〕。金陵種柳歡娱地，庾嶺逢梅寂寞濱〔二〕。尊似海，筆如神，故人南北一般春。玉人好把新妝樣，淡畫眉兒淺注脣〔三〕。

【箋注】

〔一〕「尊俎」二句，尊俎風流，秦觀《滿庭芳・詠茶》詞：「碎身粉骨，功合上凌煙。尊俎風流戰勝，降春睡開拓愁邊。」已心親，杜甫《寄李十二白二十韻》詩：「乞歸優詔許，遇我宿心親。」韓愈《昌黎集》卷一五《答楊子書》：「故不待相見，相信已熟。既相見，不要約，已相親。」白居易《贈別崔五》詩：「朝送南去客，暮迎北來賓。孰云當大路，少遇心所親。」

〔二〕「金陵」二句，金陵種柳，《南史》卷三一《張緒傳》：「劉悛之爲益州，獻蜀柳數株，枝條甚長，狀若絲縷。時舊宫芳林苑始成，武帝以植於太昌靈和殿前，常賞玩咨嗟。」《景定建康志》卷二一：「齊靈和殿，在臺城内。考證：齊武帝時益州刺史劉悛獻蜀柳，帝命植於靈和殿下，三年柳成，枝條柔弱，狀如絲縷。」庾嶺逢梅，《明一統志》卷五八《南安府》：「大庾嶺在府城西南二十五里，磅礴高聳，南接南雄。初，嶺路峻阻，唐張九齡開鑿新路，兩壁峭立，中塗坦夷。其上多梅，又名梅嶺。嶺表有關曰梅關，置官兵守之。或傳梅福嘗隱於此嶺。上有寺，有婦人題云：『妾幼侍父任英州司寇，既代還，以大庾有梅嶺之名而反無梅，遂植三十本於道。因題詩云：英江今日掌刑回，上得梅山不見梅。輟俸買將三十本，清香留與雪中開。』」寂寞濱，《昌黎集》卷一六《答崔立之書》：「猶將耕於寬閒之野，釣於寂寞之濱。」王安石《送李秘校南歸》詩：「江湖勝事從今數，肯但悲歌寂寞濱？」

〔三〕「玉人」二句，蘇軾《成伯席上贈所出妓川人楊姐》詩：「坐來真箇好相宜，深注唇兒淺畫眉。」

好把，要把。按：此既謂新妝樣，則南北宋之不同，在於塗脣之深淺耳。

又

代人賦①

撲面征塵去路遥，香篝漸覺水沉銷②〔一〕。山無重數周遭碧，花不知名分外嬌〔二〕。　人歷歷，馬蕭蕭〔三〕，旌旗又過小紅橋。愁邊剩有相思句，摇斷吟鞭碧玉梢〔四〕。

【校】

①題，廣信書院本原闕，此據四卷本甲集補。《中興絶妙詞選》卷三作「東陽道中」。②「銷」，《中興絶妙詞選》作「消」。

【箋注】

〔一〕「香篝」句，右詞代某一郡守赴任所作，寫行旅情景，故此香篝當指帳中薰籠而言，篝火將熄，香氣亦漸銷散。水沉，疑指水沉香也。

〔二〕「山無」二句，王之望《雜詩四首》：「經山無重數，過郡不知幾。」陸游《好事近·次宇文卷目韻》詞：「夢裏鏡湖煙雨，看山無重數。」蘇軾《惠州近城數小山類蜀道春與進士許毅野步會意處飲之且醉作詩以記……》詩：「花曾識面香仍好，鳥不知名聲自呼。」按：稼軒詞仿此。李曾伯《轎中午困啜茶偶成》詩：「山無重數幾何路？花不知名俱可人。」亦仿稼軒詞。

〔三〕「人歷」二句，人歷歷，白居易《遊悟真寺詩一百三十韻》詩：「却顧來時路，縈紆映朱欄。歷歷上山人，一一遥可觀。」馬蕭蕭，《詩·小雅·車攻》：「蕭蕭馬鳴，悠悠旆旌。」

〔四〕「愁邊」二句，愁邊，杜甫《又雪》詩：「愁邊有江水，焉得北之朝？」剩有，尚有也。吟鞭碧玉梢，牟融《春遊》詩：「笑拂吟鞭邀好興，醉欹烏帽逞雄談。」曹唐《小遊仙詩九十八首》：「白龍蹀躞難迴跋，争下紅綃碧玉鞭。」

又

送人①

唱徹《陽關》淚未乾，功名餘事且加餐〔一〕。浮天水送無窮樹，帶雨雲埋一半山〔二〕。今古恨，幾千般，只應離合是悲歡②〔三〕。江頭未是風波惡，别有人間行路難〔四〕。

【校】

①題，廣信書院本原闕，此據四卷本甲集補。　②「應」，王詔校刊本、《六十名家詞》本、四印齋本作「今」。

【箋注】

〔一〕「唱徹」二句，唱徹《陽關》，《樂府詩集》卷八〇：「《渭城》一曰《陽關》，王維之所作也。本送人使安西詩，後遂被於歌。劉禹錫《與歌者》詩云：『舊人唯有何戡在，更與慇懃唱渭城。』白居易《對酒詩》云：『相逢且莫推辭醉，聽唱陽關第四聲。』陽關第四聲，即『勸君更盡一杯酒，西出陽關無故人』也。《渭城》、《陽關》之名，蓋因辭云。王維詩云：『渭城朝雨浥輕塵，客舍青青柳色新。勸君更盡一杯酒，西出陽關無故人。』」李商隱《贈歌妓二首》詩：「紅綻櫻桃含白雪，斷陽聲裏唱陽關。」且加餐，王維《酌酒與裴迪》詩：「世事浮雲何足問，不如高卧且加餐。」

〔二〕「浮天」二句，許渾《酬郭少府先奉使巡澇見寄兼呈裴明府》詩：「江村夜漲浮天水，澤國秋生動地風。」楊徽之《嘉陽川》詩：「浮花水入瞿塘峽，帶雨雲歸越雋州。」

〔三〕「只應」句，蘇軾《水調歌頭・丙辰中秋歡飲達旦大醉作此篇兼懷子由》詞：「人有悲歡離合，月有陰晴圓缺，此事古難全。」

〔四〕「江頭」二句，風波惡，《咸淳臨安志》卷九三：「潘閬居錢唐，今太學前有潘閬巷（俗呼爲潘郎）。閬工唐風，歸自富春，有『漁浦風波惡，錢塘燈火微』之句，識者稱之。」別有人間行路難，僧齊己《行路難》：「下浸與高盤，不爲行路難。是非真險惡，翻覆作峰巒。」駱賓王《從軍中行路難二首》：「行路難，岐路幾千端。無復歸雲憑短翰，空餘望日想長安。」白居易《太行路》詩：「左納言，右納史。朝承恩，暮賜死。行路難，不在水，不在山，只在人情反覆間。」按：「別有」句謂有另類行路難也。杜甫《將赴成都草堂途中有作先寄嚴鄭公五首》詩：「三年奔走空皮骨，信有人間行路難。」

又

和陳提幹〔一〕

剪燭西窗夜未闌〔二〕，酒豪詩興兩聯綿。香噴瑞獸金三尺，人插雲梳玉一灣〔三〕。　傾笑語，捷飛泉，觥籌到手莫留連〔四〕。明朝再作東陽約，肯把鸞膠續斷絃〔五〕？

【箋注】

〔一〕題，陳提幹名字籍里皆無考。提幹即提舉諸路茶鹽司幹官之簡稱。右詞及《謁金門》一詞均爲和陳提幹之作，當皆同時賦於赴行在之江行途中。右詞有「明朝再作東陽約」句，而下一詞有「山共水，美滿一千餘里」語，則稼軒右詞所和之陳某，必爲治所在池州之江東路提舉常平茶鹽司幹官無疑。《輿地紀勝》卷二二《江南東路・池州》：「提舉司，《池陽志》不載置提舉司始末，第云：『提舉常平茶鹽衙在望京門東舊崇福觀。』别無所考。」象之謹按：《中興小曆》：『紹興十五年王鈇言常平一司錢穀斂散宜專使領之，乞復置諸路提舉官，詔以爲提舉常平茶鹽事。』恐置司在此時。」稼軒於淳熙五年三月自知隆興府任上被召，江行赴行在。前所編已有《念奴嬌・書東流村壁》詞，東流縣在池州西南一百八十里，右詞當作於其後抵池州時。

〔二〕「剪燭」句，李商隱《夜雨寄北》詩：「何當共翦西窗燭，却話巴山夜雨時。」

〔三〕「香噴」二句，羅隱《寄前宣州竇常侍》詩：「噴香瑞獸金三尺，舞雪佳人玉一圍。」

〔四〕「觥籌」句，黄庭堅《西江月・老夫既戒酒不飲遇宴集獨醒其傍坐客欲得小詞援筆爲賦》詞：「杯行到手莫留殘，不道月斜人散。」

〔五〕「明朝」二句，東陽，《景定建康志》卷一六：「東陽鎮在句容縣西北六十里，《郡國志云》：『楚漢之際，改秣陵爲東陽郡。』因爲名，有館驛。」按：句容縣在建康府東九十里，而東陽鎮在府東北大江上，故其鎮有館驛。稼軒自池州江行，東陽爲必經之地。鸞膠，《海内十洲記》：「鳳麟洲在西海之中央，地方一千五百里。……亦多仙家，煮鳳喙及麟角，合煎作膏，名之爲續絃膠。或名連金泥，此膠能續弓弩已斷之絃，刀劍斷折之金。更以膠連續之，使力士掣之，他處乃斷，所續之際終無斷也。」

謁金門 和陳提幹

山共水，美滿一千餘里。不避曉行並早起，此情都爲你。　不怕與人尤殢〔一〕，只怕被人調戲。因甚無箇阿鵲地？没工夫説裹〔二〕！

【箋注】

〔一〕尤殢，尤雲殢雨之省稱，即男女歡合。

〔二〕「因甚」二句，阿鵲，象聲，噴嚏聲。裹同哩，語氣詞。云何以無噴嚏，未嘗被你説起故也。

水調歌頭 鞏采若壽〔一〕

泰嶽倚空碧，汶水卷雲寒①〔二〕。萃兹山水奇秀，列宿下人寰。八世家傳素業，一舉手攀丹桂，依約笑談閒〔三〕。賓幕佐儲副，和氣滿長安〔四〕。　分虎符，來近甸，自金鑾〔五〕。政平訟簡無事，酒社與詩壇。會看沙隄歸去，應使神京再復，款曲問家山〔六〕。玉佩揖空闊，碧霧翳蒼鸞。

【校】

①「水」，原作「文」，徑改。

【箋注】

〔一〕題，鞏采若名湘。楊萬里《誠齋集》卷一八有《石灣雨作得鞏帥采若書約觀燈》詩，時萬里平沈師之亂，班師獻俘廣州，而其時知廣州者即鞏湘也。明鄭柏《金華賢達録》卷八：「鞏庭芝字德秀，東平須城人。建炎寓居武義，遂爲縣人。以文學馳聲，人稱爲山堂先生。登紹興進士第，累官太平州録事參軍。隆興中贈太中大夫。子湘登進士，歷官直龍圖閣知廣州。孫豐、嶸、峻俱登進士。」查〔萬曆〕《金華府志》卷一八，鞏湘爲紹興十二年壬戌陳誠之榜進士。而鞏豐爲庭芝之孫，鞏法之子，乃鞏湘之侄，非其子也，見《水心集》卷二二《鞏仲至墓志銘》。鞏湘生辰無考。據右詞「賓幕佐儲副」語，知稼軒爲作壽詞時，鞏湘正在明州長史任上，即應淳熙五年春夏間，稼軒召爲大理少卿，就近壽其生辰也。

〔二〕「泰嶽」二句，泰嶽即泰山。倚空碧，錢起《賦得青城山歌送楊杜二郎中赴蜀軍》詩：「青城嶔岑倚空碧，遠壓峨嵋吞劍壁。」汶水，《明一統志》卷二三《兖州府》：「汶水源發泰安州，西南流至本府，經寧陽、平陰、汶上縣界，又西至東平州界，注濟河故道，東北流經東阿縣界，又東北至濟南府界入海。」按：南宋時，汶水至東平府須城南入梁山泊，經清河入海。

〔三〕「八世」三句，謂鞏家學業傳家，父子連登進士第。按：鞏庭芝登紹興八年進士，鞏湘登次舉十二年進士。舊以登第爲攀桂，周紫芝《千秋歲·葉審言生日》詞：「手攀天上桂，書奏蓬萊殿。」依約，隱約也。

〔四〕「賓幕」二句，佐儲副，《乾道四明圖經》卷一二《太守題名》：「皇子魏王，永興成德軍節度使、雍州牧、開府儀同三司兼沿海制置使。淳熙元年十二月十七日到，七年二月初七日薨背。」《嘉泰吴興志》卷一四《郡守題名》：「鞏湘，朝奉大夫，淳熙三年四月到，轉朝散大夫，四年十二月除明州長史。曾逮，朝請郎集英殿修撰，淳熙五年五月到。」《宋會要輯稿·職官》四八之三：「淳熙四年六月十二日，詔明州長史鞏湘除直敷文閣。以皇子魏王愷言，湘贊佐有補，故也。」按：《宋會要輯稿》紀年當有舛誤，鞏湘既然以淳熙四年十二月除明州長史，是年六月尚在知湖州任上，焉能在此時便得到魏王愷之嘉獎而除職？或者《宋會要輯稿》所標之四年應爲五年之誤。據《宋史》卷二四六《宗室魏王愷傳》，魏惠憲王愷爲孝宗嫡長子太子愭同母弟，愭薨，愷以次當立，孝宗以恭王惇英武類己，竟立之（恭王即後來即位之光宗），加愷兩鎮節度使，判寧國府，另以長史、司馬專司錢穀訟牒。淳熙改元，徙判明州，亦如是。是鞏湘佐治明州時，魏王愷雖未有儲副之名，其地位實與儲副無異，故稼軒直以儲副稱之。和氣滿長安，柳宗元《酬韶州裴曹長使君寄道州吕八大使因以見示二十韻一首》詩：「德風流海外，和氣滿人寰。」

〔五〕「分虎」三句，虎符，《史記》卷一〇《孝文本紀》：「九月初，與郡國守相爲銅虎符、竹使符。」《集解》：「銅虎符第一至第五，國家當發兵，遣使者至郡合符，符合，乃聽受之。竹使符，皆以竹箭五枚，長五寸，鐫刻篆書第一至第五。」《索隱》：「《漢舊儀》：銅虎符發兵，長六寸；竹使符，出入徵發。」近甸，謂吴興。湖州與臨安府爲鄰郡。金鑾，見本卷《水調歌頭·壽趙漕介庵》詞（千里渥洼種闋）箋注。

〔六〕「會看」三句，沙隄，《唐國史補》卷下：「凡拜相禮，絶班行，府縣載沙填路，自私第至子城東街，名曰沙堤。」問家山，方干《寄嘉興許明府》詩：「勤苦字人酬帝力，從容對客問家山。」款曲，委曲也。

臨江仙　爲岳母壽〔一〕

住世都知菩薩行①〔二〕，仙家風骨精神。壽如山岳福如雲。金花湯沐誥，竹馬綺羅羣②〔三〕。　更願昇平添喜事，大家禱祝殷勤。明年此地慶佳辰。一杯千歲酒，重拜太夫人。

【校】

①「知」，四卷本乙集作「無」，此從廣信書院本。　②「羣」，王詔校刊本、《六十名家詞》本、四印齋本作「裙」。

【箋注】

〔一〕題，稼軒岳母，即其再娶之夫人范氏之母趙氏夫人。劉宰《漫塘集》卷三四《故公安范大夫及夫人張氏行述》：「夫人張氏，家鉅鹿，少以同郡結姻，禀資孝敬。姑趙夫人，皇叔士經女，貴重。

夫人事之惟謹，甚暑不敢挾扇。有以姑命至，必拱立而聽。」張氏乃范南伯夫人，故趙氏爲稼軒岳母。據右詞「明年此地」句，知爲親至祝壽者。范南伯家於鎮江，稼軒仕宦期間，當無緣離次前往祝壽。而淳熙五年秋間，稼軒自大理少卿除湖北轉運副使，得乘舟經鎮江入長江，上行而至湖北鄂州治所。因知此詞必途次京口時所作。次首《水調歌頭》詞解題已考其所經行之地，而詞後所附録之楊炎正原詞，即登京口多景樓之作，亦可證實其必曾在京口有所逗留也。

〔二〕菩薩行，「行」依詞律當作仄聲字。此應爲去聲，讀如杏。《康熙字典》申集下《行部》：「行，……《賡韻》：『下孟切，胻，去聲。』《玉篇》：『行迹也。』」

〔三〕「金花」二句，金花湯沐誥，宋敏求《春明退朝録》卷中：「凡官告之制，……宗室婦，常使金花羅紙七張，法錦褾袋。宗室女，素羅紙七張，法錦褾袋。國夫人，銷金團窠五色羅紙七張，暈錦褾袋。郡夫人，常使金花羅紙七張，法錦褾袋。」《後漢書》卷一〇上《鄧皇后紀》：「永初元年，爵號太夫人爲新野君，萬户，供湯沐邑。」注：「湯沐者，取其賦税以供湯沐之具也。」蘇軾《送程建用》詩：「會看金花詔，湯沐奉朝請。」竹馬，《後漢書》卷六一《郭伋傳》：「有童兒數百，各騎竹馬於道次迎拜。」

水調歌頭

舟次揚州，和楊濟翁、周顯先韻①〔一〕

落日塞塵起，胡騎獵清秋②〔二〕。漢家組練十萬，列艦聳層樓③〔三〕。誰道投鞭飛渡？憶昔嗚髇血污④〔四〕，風雨佛貍愁〔五〕。季子正年少，匹馬黑貂裘〔六〕。今老矣，搔白首，過揚州。倦游欲去江上，手種橘千頭〔七〕。二客東南名勝，萬卷詩書事業，嘗試與君謀〔八〕。莫射南山虎，直覓富民侯〔九〕。

【校】

①題，四卷本甲集作「舟次揚州和人韻」，此從廣信書院本。又，諸本「揚」作「楊」，徑改。②「騎」，《六十名家詞》本作「馬」。③「層」，四卷本作「高」④「髇」，《六十名家詞》本作「鏑」。

【箋注】

〔一〕題，淳熙五年，稼軒自大理少卿出爲湖北轉運副使。以稼軒此行途次推之，當自運河北上，自鎮江、揚州入長江。故舟次揚州賦詞。楊濟翁，稼軒友人，何時相識不詳，所著《西樵語業》所存與稼軒唱和之詞頗多。《宋詩紀事》卷五七載：「楊炎正字濟翁，廬陵人。」其下注云：「炎正工詞，有《西樵語業》一卷，毛氏汲古閣刊本誤作楊炎號止濟翁，予見抄本作楊炎正濟翁，是炎正其名，濟翁其字也。今考《武林舊事》有楊炎正詩，《全芳備祖》有楊濟翁詞，即是一人，毛氏之誤可見矣。」按：楊炎正爲建炎三年怒斥金帥兀朮而死節之建康府通判楊邦乂子郁文之子，楊萬里之族弟。予注楊萬里《誠齋集》，於其家鄉吉安吉水得其《忠節楊氏總譜》，於《楊莊延規公克弼幼子亨支系圖》中查其事歷爲：「郁文，邦乂公子，行二，字文昌。以父蔭任迪功郎、江西安撫司準備差遣。生一子，炎正，行小大，字濟翁。年五十二，以《書》經與從弟夢信同登慶元丙辰進士，授大理司直，承議郎兼瓊管安撫使。終朝請大夫。有文集四十卷，名《無編集》。又撰《西樵語業》一卷。」此傳爲他書不載，楊炎正一生事歷，可據此補足。周顯先，名籍無考，疑其與楊炎正同爲稼軒入幕之賓，或亦廬陵周必大之族人。按：稼軒以本年暮春自江西安撫使被召入朝，其在朝數月即出使兩湖，而其將漕湖北之時日，史册無載。稼軒諸詞亦皆不著時季。惟其《和周顯先韻》詩之第二首有「更惜秋風一帆足，南樓更在遠山西」語，知其將至鄂州必已入秋矣，稼軒右詞及以下江行所賦，其時序均可因此而定。

〔二〕「落日」二句，紹興三十一年秋，金海陵帝完顏亮以舉國之力南侵，欲一舉滅宋。兵敗，自斃於揚州。而稼軒亦當年參與抗擊金兵南侵軍事行動之一人。故舟行過揚州，回憶往事，遂作此詞。右詞上片所寫，均與此年秋宋金之戰及其所經歷之戰事有關。蘇頌《和富谷館書事》詩：「迢迢歸馭指榆津，日日西風起塞塵。」徐陵《關山月二首》：「羌兵燒上郡，胡騎獵雲中。將軍擁節起，戰士夜鳴弓。」

〔三〕「漢家」二句，組練，見上卷《摸魚兒·觀潮上葉丞相》詞（望飛來半空鷗鷺闋）箋注。「列艦」句，南宋采石磯戰勝，水軍立功。《建炎以來繫年要録》卷一九四：「紹興三十一年十一月丙子，中書舍人督視江淮軍馬府參謀軍事虞允文督舟師拒金主亮於東采石，却之。……允文即與俊等謀，整步騎陳於江岸，而以海鰍及戰船截兵駐中流擊之。……金主亮自執小紅旗麾舟，自楊林口尾尾相銜而出，……官軍以海鰍船衝敵舟，舟分爲二，官軍呼曰：『王師勝矣。』遂併擊金人。……丁丑旦，虞允文、盛新引舟師直楊林河口，……敵望見舟師，遽却。其上岸者，悉陷泥中斃，官軍復於上流以火焚其餘舟。允文再具捷奏。」所注引王明清《揮麈三録》，亦有「金主築臺江岸，……自執紅旗麾諸軍渡江，行至中流，爲采石戰艦迎敵」語。按：采石之役，宋人實以海鰍船獲勝，海鰍即車船，乃紹興初湖湘民兵楊么之遺製。而所謂「列艦聳層樓」者，乃指所謂蒙衝戰艦，采石之役宋人兩艘戰艦始終未出戰，見以上同書所載。

〔四〕「誰道」二句，投鞭飛渡，《晉書》卷一一四《苻堅載記》下：「堅曰：『吾聞武王伐紂，逆歲犯星，天道幽遠，未可知也。……吳孫皓因三代之業，龍驤一呼，君臣面縛。雖有長江，其能固乎？以吾之衆旅，投鞭於江，足斷其流。』」同書卷三四《杜預傳》：「又遣牙門管定、周旨、伍巢等率奇兵八百泛舟夜渡。……吳都督孫歆震恐，與伍延書曰：『北來諸軍，乃飛渡江也。』」鳴髇血污，《史記》卷一一〇《匈奴列傳》：「匈奴單于曰頭曼。……有所愛閼氏，生少子，而單于欲廢冒頓，而立少子。乃使冒頓質於月氏，冒頓既質於月氏，而頭曼急擊月氏，月氏欲殺冒頓，冒頓盜其善馬騎之亡歸，頭曼以爲壯，令將萬騎。冒頓乃作爲鳴鏑，習勒其騎射，令曰：『鳴鏑所射，而不悉射者，斬之。』行獵鳥獸，有不射鳴鏑所射者，輒斬之。……從其父單于頭曼獵，以鳴鏑射頭曼，其左右亦皆隨鳴鏑而射，殺單于頭曼。」髇，讀如肖，《重修玉篇》卷七：「髇，呼交切。髇，箭。」《類篇》卷一一：「髇、髇，虛交切，鳴鏑也。或作髇。」蘇軾《人日獵城南會者十人以身輕一鳥過槍急萬人呼爲韻軾得鳥字》詩：「忽發兩鳴髇，相趁飛鼯小。」

〔五〕「風雨」句，佛貍，即北魏太武帝小字。《宋書》卷九五《索虜傳》：「子燾字佛貍代立。……二十七年，燾自率步騎十萬寇汝南。……燾自彭城南出，十二月，於盱眙渡淮，破胡崇之等軍，留尚書韓元興數千人守盱眙，自率大衆南向。中書郎魯秀出廣陵，高梁王阿斗埿出山陽，永昌王於壽陽出横江，凡所經過，莫不殘害。燾至瓜步，壞民屋宇，及伐蒹葦於滁口，造箄筏，聲欲渡江。……二十八年正月朔，燾會於山上，並及土人，會竟，掠民户，燒邑屋而去。」其南侵情景與完顔亮相似，惟完顔亮於紹興三十一年十一月甲午，被殺於揚州瓜洲之龜山寺，見《繫年要録》卷一九四。

〔六〕「季子」二句，季子，蘇秦字，見《史記》卷六九《蘇秦列傳》之《索隱》。《戰國策·趙策》一：「李兑送蘇秦明月之珠，和氏之璧，黑貂之裘，黄金百鎰，蘇秦得以爲用，西入於秦。」高適《别孫訢（時俱客宋中）》詩：「離人去復留，白馬黑貂裘。」按：稼軒紹興三十一年於家鄉歷城起義兵，與耿京聚衆二十五萬人，以圖恢復。斬寇取城，報功行在。金主亮南侵敗亡，稼軒亦擒叛賊張安國南歸。時年僅二十三歲，故以意氣風發之蘇季子自比也。

〔七〕「倦游」二句，倦游，見本卷《霜天曉角·旅興》詞（吴頭楚尾闋）箋注。種橘，《説郛》卷五八上習鑿齒《襄陽耆舊傳》：「吴李衡字叔平，襄陽人，習竺以女英習配之。漢末爲丹陽太守，衡每欲治家事，英習不聽。後密遣客十人，往武陵龍陽泛洲上作宅，種橘千株。臨死敕兒曰：『汝母每怒吾治家事，故窮如是，然吾州里有千頭木奴，不責汝食，歲上匹絹，亦當足用爾。』衡既亡，後二十餘日，兒以白，英習曰：『此當是種柑也。汝家失十客來七八年，必汝父遺爲宅。汝父恒稱太史公言，江陵千樹橘，當封君家云。士患無德義，不患不富，若貴而能貧，方好爾，用此何爲？』」按：此稼軒後來營建帶湖新居之初衷也。

〔八〕「二客」三句，東南名勝，《資治通鑑》卷一一二《晉紀》：「豈可云無佳勝？直是不能信之耳。」胡三省注：「江東人士，其名位通顯於時者，率謂之佳勝名勝。」嘗試，言曾經也。

〔九〕「莫射」二句，射南山虎，《史記》卷一〇九《李將軍列傳》：「廣家與故潁陰侯孫屏野居藍田南山中，射獵。……天子乃召拜廣爲右北平太守。……廣出獵，見草中石，以爲虎而射之，中石没鏃，視之石也。……廣所居郡，聞有虎，嘗自射之。及居右北平射虎，虎騰傷廣，廣亦竟射殺之。」莫射，應射。謂應效李廣爲民除害也。富民侯，《漢書》卷九六《西域傳》下：「上既悔遠征伐，……由是不復出軍，而封丞相車千秋爲富民侯，以明休息，思富養民也。」直覓，有就做之意。

【附録】

楊濟翁炎正原詞

水調歌頭　登多景樓

寒眼亂空闊，客意不勝秋。强呼斗酒，發興特上最高樓。舒卷江山圖畫，應答龍魚悲嘯，不暇顧詩愁。

風露巧欺客，分冷入衣裘。忽醒然，成感慨，望神州。可憐報國無路，空白一分頭。都把平生意氣，只做如今顛頷，歲晚若爲謀？此意仗江月，分付與沙鷗。（《西樵語業》）

滿江紅

江行，簡楊濟翁、周顯先①

過眼溪山，怪都似舊時曾識②。還記得夢中行遍③，江南江北〔一〕。佳處徑須攜杖去，能消幾緉平生屐〔二〕？笑塵勞三十九年非④，長爲客〔三〕。吴楚地，東南坼⑤。英雄事，曹劉敵〔四〕。被西風吹盡，了無塵跡⑥。樓觀纔成人已去⑦，旌旗未卷頭先白〔五〕。歎人間哀樂轉相尋⑧〔六〕，今猶昔。

【校】

①題，四卷本甲集作「江行和楊濟翁韻」，此從廣信書院本。《中興絶妙詞選》卷三作「感興」。②「似」，《六十名家詞》本作「是」。③「還記」句，四卷本作「是夢裏尋常行遍」。④「勞」，四卷本作「埃」。⑤「坼」，廣信書院本、四卷本作「拆」，此從《六十名家詞》本。⑥「塵」，四卷本、《中興絶妙詞選》作「陳」。⑦「纔」，王詔校刊本、《六十名家詞》本、四印齋本作「甫」。⑧「間」，王詔校刊本、《六十名家詞》本、四印齋本作「生」。

【箋注】

〔一〕「過眼」四句，舊時曾識，李清照《聲聲慢》詞：「雁過也，正傷心，却是舊時相識。」夢中行遍，江南江北，岑參《春夢》詩：「枕上片時春夢中，行盡江南數千里。」鄭文寶《江表志》卷一：「讓皇居太州永寧宫，常賦詩曰：『江南江北舊家鄉，三十年來夢一場。吴苑宫園今冷落，廣陵臺榭亦荒涼。』」《江南野史》卷一謂此即李煜作也。黄庭堅《念奴嬌·八月十八日同諸生步自永安城樓》詞：「老子平生，江南江北，最愛臨風笛。」

〔二〕「佳處」二句，攜杖去，蘇軾《出峽》詩：「新灘阻風雪，村落去攜杖。」幾緉屐，《世説新語·雅量》：「祖士少好財，阮遥集好屐，並恒自經營，同是一累，而未判其得失。人有詣祖，見料視財物，客至屏當未盡，餘兩小簏著背後，傾身障之，意未能平。或有詣阮，見自吹火蠟屐，因歎曰：『未知一生當著幾緉屐。』神色閒暢，於是勝負始分。」按：祖士少名約，阮遥集名孚。消，同銷，謂銷磨也。

〔三〕「笑塵」二句，塵勞，《佛説無量壽經》卷上：「散諸塵勞，壞諸欲塹。」義疏謂：「五欲境界，比能塵坌。勞亂衆生，名曰塵勞。」三十九年非，《淮南子·原道訓》：「凡人中壽七十歲，然而趨舍指湊，日以月悔也，以至於死。故蘧伯玉年五十而知四十九年非，何者？先者難爲知，而後者易爲攻也。」王安石《省中》詩：「身世自知還自笑，悠悠三十九年非。」按：稼軒是年恰爲三十九歲，故有此語。長爲客，謂一生多半銷磨於客遊中。

〔四〕「吴楚」四句，吴楚地，東南坼，杜甫《登岳陽樓》詩：「吴楚東南坼，乾坤日夜浮。」英雄事，曹劉敵，《三國志·蜀志》卷二《先主劉備傳》：「先主未出時，獻帝舅車騎將軍董承辭，受帝衣帶中密詔，當誅曹公，先主未發。是時曹公從容謂先主曰：『今天下英雄，惟使君與操耳，本初之徒，不足數也。』先主方食，失匕箸。」按：曹操自謂天下惟劉可與己爲敵，不知與曹、劉爲敵者，乃孫權也。

〔五〕「樓觀」二句，樓觀纔成人已去，蘇軾《送鄭户曹》詩：「樓成君已去，人事固多乖。」頭先白，王令《歲暮言懷呈諸友》詩：「功名未立頭先白，貧病相仍氣尚粗。」范仲淹《依韻和并州鄭宣徽見寄二首》詩：「仁君未報頭先白，故老相看眼倍青。」

〔六〕哀樂轉相尋，李昭玘《樂静集》卷八《祭晁次膺文》：「哀樂相尋，曾不踰月。感忽之間，星流電滅。」

南鄉子〔一〕

隔户語春鶯〔二〕，纔掛簾兒斂袂行。漸見淩波羅韈步〔三〕，盈盈，隨笑隨顰百媚生。着意聽新聲，盡是司空自教成〔四〕。今夜酒腸難道窄①〔五〕，多情，莫放紗籠蠟炬明②。

【校】

①「難」，四卷本乙集作「還」。此從廣信書院本。　②「紗籠」，四卷本作「籠紗」。

【箋注】

〔一〕題，右詞爲廣信書院本置於次首「舟行記夢」詞之前，乃仕宦期間調笑歌伎之作，作年難考，故仍其序，編次於此。

〔二〕「隔户」句，語春鶯，北宋駙馬都尉王詵有歌者囀春鶯，蓋以聲音宛轉而得名，此則謂隔户聞歌者其聲也。

〔三〕「漸見」句，《曹子建集》卷三《洛神賦》：「體迅飛鳧，飄忽若神。凌波微步，羅襪生塵。」

〔四〕「盡是」句，范攄《雲溪友議》卷中《中山悔》條：「昔赴吴臺，揚州大司馬杜公鴻漸爲余開宴，沉醉歸驛亭。稍醒，見二女子在旁，驚非我有也。乃曰：『郎中席上與司空詩，特令二樂伎侍寢。』且醉中之作，都不記憶。明旦，修狀啓陳謝，杜公亦優容之，何施面目也？余以郎署州牧，輕忤三司，豈不過哉？詩曰：『高髻雲鬟宫樣妝，春風一曲杜韋娘。司空見慣尋常事，斷盡蘇州刺史腸。』」

〔五〕「今夜」句，酒腸，見本書卷二《佚詩一聯》箋注。難道，疑作難言解。

又

舟行記夢①

欹枕艣聲邊，貪聽咿啞聒醉眠〔一〕。夢裏笙歌花底去②，依然，翠袖盈盈在眼前。　别後兩眉尖。欲説還休夢已闌。只記埋冤前夜月③〔二〕，相看，不管人愁獨自圓。

【校】

①題，「行」，四卷本甲集作「中」，此從廣信書院本。　②「夢裏」，四卷本作「變作」。　③「只記」句，「記埋冤」，《歷代詩餘》卷三三作「怪無情」。

【箋注】

〔一〕「欹枕」二句，欹枕艣聲邊，蘇軾《祝英臺近·惜別》詞：「酒病無聊，欹枕聽鳴艣。」咿啞聒醉眠，陳摶《歸隱》詩：「愁聞劍戟扶危主，悶聽笙歌聒醉人。」咿啞，櫓聲。韓偓《南浦》詩：「應是石城艇子來，兩槳咿啞過花塢。」

〔二〕埋冤，即埋怨。

南歌子

萬萬千千恨，前前後後山。傍人道我轎兒寬，不道被他遮得望伊難。　今夜江頭樹，船兒繫那邊，知他熱後甚時眠，萬萬不成眠後有誰扇〔一〕？

【箋注】

〔一〕「知他」二句，熱後、眠後之後，均爲語助詞，同了。又，此萬萬，當作萬一解，與首句之萬萬千千作億萬解不同。

西江月

江行采石岸，戲作漁父詞①〔一〕

千丈懸崖削翠，一川落日鎔金〔二〕。白鷗來往本無心，選甚風波一任〔三〕？　別浦魚肥堪鱠，前村酒美重斟。千年往事已沉沉，閒管興亡則甚〔四〕！

【校】

①題，四卷本甲集作「漁父詞」，此從廣信書院本。

【箋注】

〔一〕題，采石，《輿地紀勝》卷一八《江南東路·太平州》：「采石山，在當塗縣北二十餘里，牛渚北一里。《江源記》云：『商旅於此取石，因名采石山，北臨江有磯曰采石，曰牛渚。』……《元和郡縣志》：『采石戍在當塗縣西三十五里，西接烏江，北連建業城，在牛渚山上，與和州横江渡相對，隋師伐陳，賀若弼從此渡。』……《中興小曆》：『紹興三十一年逆亮入寇，欲由采石渡江。』」右詞爲稼軒淳熙五年秋江行過采石磯所作。

〔二〕「一川」句，廖世美《好事近·夕景》詞：「落日水鎔金，天淡暮煙凝碧。」李清照《永遇樂·元宵》詞：「落日鎔金，暮雲合璧。」賀鑄《九日懷京都舊遊》詩：「一川落日隨潮下，萬里西風送雁來。」川爲平地，一川，一片或滿地也。

〔三〕「選甚」句，趙善璙《自警編》卷二：「唐質肅公爲御史，因張堯佐以侄女有寵於仁宗，驟除宣徽、節度、景靈、郡牧使。唐公力争不已，上怒，貶公英州别駕。公之南遷，挈家渡淮，至中流，大風波濤泛濫，舟人恐不免飼魚鼈，公兀坐舟中，吟詩云：『聖宋非狂楚，清淮異汨羅。平生仗忠信，今日任風波。』夕濟南岸，衆亦欣然。」質肅即唐介。「選甚」，反詰詞，猶言管什麽。選，有選擇義。此謂不管或任憑風波肆虐也。一任，任憑也。

〔四〕「閒管」句，蘇軾《臨安三絶·將軍樹》詩：「不會世間閒草木，與人何事管興亡？」則甚，做什麽。

破陣子

爲范南伯壽。時南伯爲張南軒辟宰盧溪，南伯遲遲未行，因作此詞勉之①〔一〕

擲地劉郎玉斗，掛帆西子扁舟〔二〕。千古風流今在此，萬里功名莫放休。君王三百州〔三〕。

燕雀豈知鴻鵠？貂蟬元出兜鍪〔四〕。却笑盧溪如斗大，肯把牛刀試手不〔五〕？壽君雙玉甌。

【校】

①題，「辟」，《六十名家詞》本作「拜」。「盧」，四卷本丁集作「瀘」。「作」，四卷本作「賦」，俱從廣信書院本。

【箋注】

〔一〕題，范南伯見本卷《西江月·爲范南伯壽》詞（秀骨青松不老閿）箋注。張南軒即張栻，字敬夫，又字欽夫，丞相張浚長子，寓居潭州。南宋理學家，南軒其自號也。《宋史》卷四二九《道學》三《張栻傳》：「以蔭補官，辟宣撫司都督府書寫機宜文字，除直秘閣。時孝宗新即位，……栻時以少年，内贊密謀，外參庶務，其所綜畫，幕府諸人皆自以爲不及也。……除左司員外郎。……明年出栻知袁州。……家居累年，孝宗念之，詔除舊職知静江府，經略安撫廣南西路。……尋除秘閣修撰、荆湖北路轉運副使，改知江陵府，安撫本路。」據《南軒集》卷三《静江歸舟中讀書》

詩中「吾歸及新涼，所歷慰心目」語，知其自静江府受命湖北運副，途中改知江陵府，時在淳熙五年初秋。其辟范南伯爲盧溪令，必在其受命之後。右詞題又有「南伯遲遲未行」語，則必已至本年冬季矣。《輿地紀勝》卷七五《荆湖北路·辰州》：「盧溪縣，在州西一百三十里。……按：唐武德四年平蕭銑，則三年置縣，尚在蕭銑有國之時也。《舊唐志》亦云在武德三年分沅陵縣置。」盧溪今爲湖南省湘西土家族苗族自治州所屬縣。

〔二〕「擲地」二句，擲地劉郎玉斗，《史記》卷七《項羽本紀》：「沛公旦日，從百餘騎來見項王，至鴻門。……項王即日因留沛公與飲。項王項伯東嚮坐，亞父南嚮坐。亞父者，范增也。……范增數目項王，舉所佩玉玦以示之者三，項王默然不應。……須臾，沛公起如厠。……於是遂去。乃令張良留謝。……張良入謝曰：『沛公不勝桮杓，不能辭，謹使臣良奉白璧一雙，再拜獻大王足下。玉斗一雙，再拜奉大將軍足下。』……項王則受璧，置之坐上。亞父受玉斗，置之地，拔劍撞而破之，曰：『唉，豎子不足與謀。奪項王天下者，必沛公也，吾屬今爲之虜矣。』」西子扁舟，《吴越春秋》卷九《勾踐陰謀外傳》：「越王使相工索國中，得苧蘿山鬻薪之女曰西施、鄭旦，獻於吴王。」注引《十道志》：「勾踐索美女以獻吴王，得之諸暨苧蘿山，賣薪女也，西施山下有浣紗石。」《嘉泰會稽志》卷一一：「西施石，在若耶溪，一名西子浣紗石。……宋之問云：『越女顔如花，越王聞浣紗。國微不自寵，獻作吴宫娃。一行霸勾踐，再笑傾夫差。一朝還舊都，豔妝驚若耶。』杜牧詩云：『西子下姑蘇，一舸逐鴟夷。』……《吴越春秋》云：『吴亡，西子被殺。』如宋之問詩中所述，則西子平吴後還會稽也，説不同，俱存之。」按：此處則以擲劉邦玉斗於地之范增、平吴後將西子以遊五湖之范蠡二事切范南伯之姓氏，且敦促其接受南軒之薦舉，不當逍遥於江湖。

〔三〕君王三百州，北宋自開國以來，至宣和之際，全境有京四，府三十，州二百五十四，監六十三，合計爲府州監三百五十一，見《宋史》卷八五《地理志》一。此所謂三百州，則不僅包括南宋之領土，蓋以宋全盛時疆土而言，語蓋激勵范氏應以天下事爲己任，不以遠地做官爲難事也。

〔四〕「燕雀」二句，燕雀豈知鴻鵠，《史記》卷四八《陳涉世家》：「陳涉少時嘗與人傭耕，輟耕之壟上，悵恨久之，曰：『苟富貴，無相忘。』傭者笑而應曰：『若爲傭耕，何富貴也？』陳涉太息曰：『嗟乎，燕雀安知鴻鵠之志哉？』」貂蟬元出兜鍪，《南齊書》卷二九《周盤龍傳》：「領東平太守。盤龍表年老才弱，不可鎮邊，求解職，見許。還爲散騎常侍、光禄大夫。世祖戲之曰：『卿著貂蟬，何如兜鍪？』盤龍曰：『此貂蟬從兜鍪中出耳。』」按：貂蟬、兜鍪，謂文武官。據劉宰所作《故公安范大夫及夫人張氏行述》，謂南伯南歸後任武官，有云：「公幼力學，亦再舉於鄉。敵之法，文臣任子以武，而公以通判蔭入任，本朝視本秩换授，故公墮右選，非志也。」故有貂蟬元出兜鍪之慰藉語。

〔五〕「却笑」二句，如斗大，《南史》卷七七《吕文顯傳》：「宗慤爲豫州，吴喜公爲典籤。慤刑政所施，喜公每多違執。慤大怒曰：『宗慤年將六十，爲國竭命，政得一州如斗大，不能復與典籤共臨。』喜公稽顙流血乃止。」牛刀試手，《論語·陽貨》：「子之武城，聞絃歌之聲，夫子莞爾而笑曰：『割雞焉用牛刀！』」

摸魚兒

淳熙己亥，自湖北漕移湖南，同官王正之置酒小山亭，爲賦①〔一〕

更能消幾番風雨？匆匆春又歸去〔二〕。惜春長怕花開早②，何况落紅無數！春且住，見説道天涯芳草無歸路③〔三〕。怨春不語，算只有殷勤，畫簷蛛網〔四〕，盡日惹飛絮。　長門事，準擬佳期又誤〔五〕。蛾眉曾有人妒〔六〕。千金縱買相如賦④，脈脈此情誰訴〔七〕？君莫舞。君不見玉環飛燕皆塵土〔八〕！閒愁最苦。休去倚危欄⑤，斜陽正在，煙柳斷腸處〔九〕。

【校】

①題，《中興絶妙詞選》卷三作「暮春」。《草堂詩餘》卷四作「春晚」。此從廣信書院本。②「怕」，四卷本甲集作「恨」。③「無」，四卷本、《草堂詩餘》作「迷」。④「縱」，《六十名家詞》本作「曾」。⑤「欄」，四卷本作「樓」。

【箋注】

〔一〕題，己亥爲淳熙六年。是年春晚，稼軒自湖北轉運副使移湖南，時湖北轉運判官王正己置酒送别，遂賦此詞。王正己，本卷《水調歌頭·和王正之右司吴江觀雪見寄》詞已有箋注，惟未及淳熙三年以後事歷，今再考如下。《攻媿集》卷九九《朝議大夫秘閣修撰致仕王公墓志銘》：「除嚴州，改婺州，内引奏事，尤加褒納，至漏下數刻。治婺數月，改荆湖北路轉運判官，移知湖州，未半年罷。」《嘉泰吴興志》卷一四《郡守題名》：「王正己，朝散郎，淳熙六年十二月到任。」小山亭，在鄂州。《輿地紀勝》卷六六《荆湖北路·鄂州》：「荆湖北路轉運司，……紹興二年復置，始治鄂州，有副使、判官東西二衙，在州之清遠門内，即舊江夏縣及縣丞廳也。」又：「小山，在東漕衙之乖崖堂，有池曰清淺。」按：乖崖堂、小山亭皆應在轉運副使衙即東衙内。

〔二〕「更能」二句，向子諲《滿江紅·奉酬曾端伯使君兼簡趙若虚監郡》詞：「雁陣横空，江楓戰幾番風雨。」消，謂消受，即經得起之意。此二句言風雨摧春，春已不堪其更多摧殘，匆匆歸去。

〔三〕「見説」句，見説，聞聽。道，語助。釋靈一《留别忠州故人》詩：「芳草迷歸路，春流滴淚痕。」蘇軾《點絳唇》詞：「歸不去，鳳樓何處？芳草迷歸路。」又，《蝶戀花·春景》詞：「枝上柳綿吹又少，天涯何處無芳草？」

〔四〕「畫簷」句，蘇軾《虚飄飄三首》詩：「虚飄飄，畫簷蛛結網，銀漢鵲成橋。」

〔五〕「長門」二句，《文選》卷一六司馬相如《長門賦序》：「孝武皇帝陳皇后，時得幸，頗妒，别在長門宫，愁悶悲思。聞蜀郡成都司馬相如天下工爲文，奉黄金百斤，爲相如文君取酒，因於解悲愁之辭。而相如爲文以悟主上，陳皇后復得親幸。」《漢書》卷九七上《外戚傳》：「孝武陳皇后，長公主嫖女也。……初，武帝得立爲太子，長主有力，取主女爲妃。及帝即位，立爲皇后，擅寵驕貴十餘年，而無子。聞衛子夫得幸，幾死者數焉。上愈怒，后又挾婦人媚道，頗覺。元光五年，上遂窮治之，……使有司賜皇后策……其上璽綬，罷退居長門宫，……後數年，廢后乃薨。」

按：史無因司馬相如爲賦重召事，故言準擬佳期又誤。

〔六〕「蛾眉」句，《離騷》：「衆女嫉余之蛾眉兮，謡諑謂余以善淫。」

〔七〕「千金」二句，千金買賦，蘇軾《眉子石硯歌贈胡誾》詩：「書生性命何足論？坐費千金買消渴。」脈脈此情誰訴，柳永《鵲橋仙》詞：「傷心脈脈誰訴？但黯然凝佇。」

〔八〕「君莫」二句，莫，或作應、能解，或作休解，言君雖能舞，或言君休狂舞均可。玉環飛燕皆塵土，玉環，《楊太真外傳》卷上：「楊貴妃小字玉環，弘農華陰人也。後徙居蒲州永樂之獨頭村。……二十八年十月，玄宗幸温泉宫，……册太真宫女道士楊氏爲貴妃，半后服用。」《新唐書》卷七六《后妃傳》：「玄宗元獻皇后楊氏，華州華陰人。……幼養叔父家。始爲壽王妃，開元二十四年，武惠妃薨後，廷無當帝意者，或言妃姿質天挺，宜充掖廷。遂召内禁中，異之，即爲自出妃意者，丐籍女官，號太真，更爲壽王聘韋昭訓女。而太真得幸，善歌舞，邃曉音律，且智算警穎，迎意輒悟，帝大悦，遂專房宴，宫中號娘子，體與皇后等，天寶初進册貴妃。……禄山反，以誅國忠爲名，且指言妃及諸姨罪。帝欲以皇太子撫軍，因禪位。……及西幸至馬嵬，陳玄禮等以天下計誅國忠，已死，軍不解，帝遣力士問故，曰：『禍本尚在。』帝不得已，與妃訣，引而去，縊路祠下，裹尸以紫茵，瘞道側，年三十八。」飛燕，《漢書》卷九七下《外戚傳》：「孝成趙皇后，本長安宫人。初生時，父母不舉，三日不死，乃收養之。及壯，屬陽阿主家，學歌舞，號曰飛燕。……成帝嘗微行出過陽阿主，作樂。上見飛燕而説之，召入宫，大幸。有女弟復召入，俱爲倢伃。……乃立倢伃爲皇后。……皇后既立，後寵少衰，而弟絶幸，爲昭儀居昭陽舍。……姊弟顓寵十餘年，卒皆無子。……成帝崩，……哀帝爲太子，亦頗得趙太后力，遂不竟其事。……哀帝崩，王莽白太后，詔有司曰：『前皇太后與昭儀俱侍帷幄，姊弟專寵錮寢，執賊亂之謀，殘滅繼嗣以危宗廟。誖天犯祖，無爲天下母之義。』貶皇太后爲孝成皇后，徙居北宫，後月餘，……廢皇后爲庶人，就其園，是日自殺，凡立十六年而誅。」蘇軾《孫莘老求墨妙亭詩》：「短長肥瘦各有態，玉環飛燕誰敢憎？」皆塵土，《趙飛燕外傳》之《伶玄自叙》：「伶玄字子于，潞水人，學無不通。……哀帝時，子于老休，買妾樊通德。通德，嫕之弟子不周之子也。有才色，知書，慕司馬遷《史記》，頗能言趙飛燕姊弟故事。子于閑居，命言，厭厭不倦。子于語通德曰：『斯人俱灰滅矣，當時疲精力、馳騖嗜欲蠱惑之事，寧知終歸荒田野草乎？』」

〔九〕「休去」三句，危欄、斜陽，蘇舜欽《春日晚晴》詩：「誰見危欄外，斜陽盡眼平。」煙柳斷腸，韋莊《江外思鄉》詩：「更被夕陽江岸上，斷腸煙柳一絲絲。」

【附録】

趙無咎善括和詞

摸魚兒　和辛幼安韻

喜連宵四郊春雨，紛紛一陣紅去。東君不愛閒桃李，春色尚餘分數。雲影住，任繡勒香輪，且阻尋芳路。

農家相語，漸南畝浮青，西江漲緑，芳沼點萍絮。　西成事，端的今年不誤。從他蝶恨蜂妒。鶯啼也怨春多雨，不解與春分訴。新燕舞，猶記得雕梁舊日空巢土。天涯勞苦，望故國江山，東風吹淚，渺渺在何處？（《應齋雜著》卷六）

羅大經記事一則

辛幼安詞

辛幼安晚春詞云：……詞意殊怨。「斜陽煙柳」之句，其與「未須愁日暮，天際乍輕陰」者異矣。使在漢唐時，寧不賈種豆種桃之禍哉？愚聞壽皇見此詞頗不悦，然終不加罪，可謂盛德也已。（《鶴林玉露》甲編卷一。「未須」二句，乃唐李涉《春晚遊鶴林寺寄使君諸公》詩句）

水調歌頭

淳熙己亥，自湖北漕移湖南，周總領、王漕、趙守置酒南樓，席上留别①〔一〕

折盡武昌柳，掛席上瀟湘〔二〕。二年魚鳥江上〔三〕，笑我往來忙。富貴何時休問，離别中年堪恨〔四〕，憔悴鬢成霜。絲竹陶寫耳，急羽且飛觴〔五〕。　序蘭亭，歌赤壁，繡衣香〔六〕。使君千騎鼓吹，風采漢侯王〔七〕。莫把離歌頻唱②，可惜南樓佳處，風月已淒涼〔八〕。「在家貧亦好」，此語試平章〔九〕。

【校】

①題，「淳熙己亥」、「周」、「漕」，四卷本甲集闕，此據廣信書院本。　②「離歌」，四卷本作「驪駒」。

【箋注】

〔一〕題，右詞亦淳熙六年春晚在鄂州所作。題中周總領，即周嗣武。《八閩通志》卷六四《建寧府》：「周嗣武字功甫，浦城人。因之孫，祖蔭補官，知臨川縣，賑饑有方，催科不急，赴闕，奏利民三事，擢主管官告院。除太府丞，提舉江西常平事。江西民輸役錢，官司規其羨，變省陌爲足陌，嗣武奏復舊，改湖北提刑，以平蠻徭功進直敷文閣。召對，除度支郎官，命使蜀，籍考財計。奏乞停成都潼川兩路科買一年，以寬民力。又奏蠲興元茶息錢引二十萬。入對，除太府少卿湖廣總領。召爲户部侍郎，尋卒。」《宋史全文》卷二六上：「淳熙四年，是年……差度支郎周嗣武點磨四川總所。」同書卷二六下：「淳熙五年閏六月丁酉，湖廣總領周嗣武奏蜀爲今日根本之地。」《名賢氏族言行類稿》卷三一：「周嗣武，武仲之從孫，椿年之子也。用祖因蔭補官，……使蜀，稽考財計，還入對，上勞之曰：『往來萬里，宣力甚多。』除太府少卿，總餉湖廣，居職最久，陞太府卿，召除户侍卒。」王漕，即王正己，上闋《摸魚兒》詞箋注已見。趙守，即趙善括。《宋會要輯稿・職官》七二之二五：「淳熙六年九月二十七日，知鄂州趙善括放罷。以總領周嗣武、漕臣陳延年言趙善括增起税務，課額至十倍，多添民間賃地錢，令拍户沽買私酒，白納利錢，侵都統司課額故也。」楊萬里《誠齋集》卷八四《應齋雜著序》：「淳熙季年，海内英傑森布。……孝宗皇帝一日御垂拱殿，顧見廷臣，天顔怡愉。因問左右宗子在廷者爲誰，凡若干人，皆謹對曰：『無之。』帝蹇然喟曰：『……今吾聖子神孫，枝葉扶疏，俊乂無寡，獨無一武誕寘左右，是謂靈囿無麟太液無鵠也，可乎？』……而應齋居士趙无咎，是時方高卧南州，狎東湖之鷗，弄西山之雲，遠追徐孺，近訪山谷。賦詩把酒，與一世相忘，訖不求諸公之舉，而諸公亦無求无咎者，君子至今恨之。……予自乾道辛卯在朝列，時无咎爲蘇州别駕，已聞其名。後十八年，予再補外，過豫章，始識之。至其家，見門巷蕭然，槐柳蔚然，知爲幽人高士之廬也。而其人老矣。无咎……諱善括，嘗知鄂州，終官朝請大夫。撥煩决疑，所至名跡焯焯云。」南樓，在鄂州郡治正南黄鵠山頂。

〔二〕「折盡」二句，折盡武昌柳，《晉書》卷六六《陶侃傳》：「嘗課諸營種柳，都尉夏施盜官柳植之於己門。侃後見，駐車問曰：『此是武昌西門前柳，何因盜來此種？』施惶怖謝罪。」古人折柳送行。李賀《致酒行》：「主父西遊困不歸，家人折斷門前柳。」掛席上瀟湘，杜甫《將適吴楚留别章使君留後兼幕府諸公》詩：「隨雲拜東皇，掛席上南斗。」葉夢得《送光上人還湖南光丞相吴元忠之母弟舊名惇字元常以進士入官已而棄家祝髮云》詩：「十載復相見，掛帆上瀟湘。」

〔三〕「二年」句，蘇軾《常潤道中有懷錢塘寄述古五首》詩：「二年魚鳥渾相識，三月鶯花付與公。」《留别雩泉》詩：「二年飲泉水，魚鳥亦相親。」

〔四〕「富貴」二句，富貴何時，《漢書》卷六六《楊惲傳》：「惲宰相子，少顯朝廷，一朝以晻昧語言見廢，内懷不服。報會宗書曰：『……人生行樂耳，須富貴何時？』」離别中年堪恨，《世説新語·言語》：「謝太傅語王右軍曰：『中年傷於哀樂，與親友别，輒作數日惡。』王曰：『年在桑榆，自然至此，正賴絲竹陶寫，恒恐兒輩覺，損欣樂之趣。』」

〔五〕「急羽」句，方干《陪王大夫泛湖》詩：「密炬燒殘銀漢昃，羽觴飛急玉山傾。」

〔六〕「序蘭」三句，序蘭亭，王羲之作《蘭亭序》。歌赤壁，蘇軾有《赤壁賦》，《前赤壁賦》有「此非孟德之困於周郎者乎」語。用此以切周瑜、王羲之二姓。周嗣武是否擅文能書，無記載可考。而王正之則詩文俱佳。《攻媿集》卷九九《朝議大夫秘閣修撰致仕王公墓志銘》載：「詩文似其爲人。少嗜山谷詩，造詣已深，爲紫微王公洋所擊賞。晚又以杜少陵、蘇長公爲標準，石湖參政范公見公近詩，喟曰：『不惟把降幡，殆將焚筆硯矣。』」則前二句必切周、王也。繡衣香，岑參《送許員外江外置常平倉》詩：「詔置海陵倉，朝推畫省郎。還家錦服貴，出使繡衣香。」按：漢武帝時置繡衣直指官，衣繡衣持斧，分部討奸治獄。宋代總領、提刑、轉運皆諸路之使，有廉察彈治之權。則此「繡衣香」謂周、王二使。

〔七〕「使君」二句，使君謂趙善括。千騎鼓吹，即郡守儀仗。「千騎」詞源，已見本書卷一《滿江紅·再用前韻》詞（照影溪梅闋）箋注。吳則虞《辛棄疾詞選集》謂「千騎非制，蓋官騎之誤文」，想當然耳。《後漢書》卷三六《百官志》一載順帝之大將軍賜官騎三十人及鼓吹。《三國志·吳志》卷四《士燮傳》：「燮兄弟並爲列郡，雄長一州，偏在萬里，威尊無上。出入鳴鐘磬，備具威儀。笳簫鼓吹，車騎滿道。」趙善括以宋宗室守武昌大郡，如在漢代，即諸侯王耳。

〔八〕「莫把」三句，離歌，四卷本作「驪駒」，《漢書》卷八八《儒林·王式傳》：「歌《驪駒》。」注：「逸

《詩》篇名也，見《大戴禮》。客欲去歌之。……其辭云：『驪駒在門，僕夫具存。驪駒在路，僕夫整駕也。』」知《驪駒》亦離歌也。南樓佳處，《晉書》卷七三《庾亮傳》：「亮在武昌，諸佐吏殷浩之徒，乘秋夜往共登南樓。俄而不覺亮至，諸人將起避之，亮徐曰：『諸君少住，老子於此處，興復不淺。』」南樓佳處，指此。

〔九〕「在家」二句，在家貧亦好，戎昱《長安秋夕》詩：「遠客歸去來，在家貧亦好。」《直齋書録解題》卷一六：「《戎昱集》五卷，唐虔州刺史扶風戎昱撰。其侄孫爲序，言弱冠謁杜甫於渚宫，一見禮遇。集中有《哭甫》詩。世所傳『在家貧亦好』之句，昱詩也。」平章，評論也。

阮郎歸

耒陽道中爲張處父推官賦①〔一〕

山前燈火欲黄昏②〔二〕。山頭來去雲。鷓鴣聲裏數家村。瀟湘逢故人〔三〕。　揮羽扇，整綸巾，少年鞍馬塵〔四〕。如今憔悴賦招魂，儒冠多誤身〔五〕。

【校】

①題，四卷本甲集作「耒陽道中」，此據廣信書院本。　②「燈火」，四卷本作「風雨」。

【箋注】

〔一〕題，《輿地紀勝》卷五五《荆湖南路·衡州》：「耒陽縣，中，在州東南一百三十五里。《元和郡縣志》云：本秦耒縣，因耒水爲名。」張處父名不詳。宋代州府及軍中均有推官，疑張氏爲衡州推官。右詞應爲淳熙六年稼軒在湖南轉運副使任上，前往軍前應對湖南帥臣王佐鎮壓郴州陳峒起義行部至耒陽所作。查《宋會要輯稿·職官》六二之一九，淳熙二年九月稼軒平茶商軍，江西運副錢佃即以軍前提督運糧有勞而進職。亦可推知稼軒此行亦必與王佐平陳峒之軍事有關。考其時季，或在是年夏秋。

〔二〕「山前」句，趙鼎臣有詩題爲：「是日晚次晉祠，日已暮矣，有客呼門甚急，問之，則陽曲尉高履伯祥也。不鄙謂余置酒叙别，感其志意，以詩贈之。」詩云：「匹馬青衫忽叩門，山前燈火已黄昏。」

〔三〕「鷓鴣」二句，數家村，蘇頌《過土河》詩：「白草悠悠千嶂路，青煙裊裊數家村。」瀟湘逢故人，梁柳惲《江南曲》：「洞庭有歸客，瀟湘逢故人。」

〔四〕「揮羽」三句，羽扇，綸巾，蘇軾《念奴嬌·赤壁懷古》詞：「遥想公瑾當年，小喬初嫁了，雄姿英發。羽扇綸巾，談笑間，强虜灰飛煙滅。」鞍馬塵，秦觀《春日寓直有懷參寥》詩：「文書几上鬚髯變，鞍馬塵中歲月銷。」按：此三句言及少年鞍馬，疑張處父之爲故人，乃同自北方起義南歸者。

〔五〕「如今」二句，賦《招魂》，《楚辭》有宋玉哀屈原所作《招魂》章。儒冠多誤身，杜甫《奉贈韋左丞丈二十二韻》詩：「紈袴不餓死，儒冠多誤身。」按：稼軒此次移湖南，心境不佳。蓋自淳熙六年春，即聞知湖南陳峒之變，湖南帥王佐征調地方軍予以剿滅。稼軒對湖南連續爆發農民起義事件深感憂慮。稍後其所奏進《淳熙己亥論盜賊札子》即言：「民者，國之根本，而貪濁之吏迫使爲盜。今年剿除，明年掃蕩。譬之木焉，日刻月削，不損則折。臣不勝憂國之心。」其反對地方官吏不減輕農民負擔，專事鎮壓之立場十分明晰。故此賦詞與張處父，深爲此次赴軍前，重招少年鞍馬之魂，而行使鎮壓之職責歉疚。

滿江紅

賀王帥宣子平湖南寇①〔一〕

笳鼓歸來〔二〕，舉鞭問何如諸葛？人道是匆匆五月，渡瀘深入〔三〕。白羽風生貔虎譟②，青溪路斷鼪鼯泣③〔四〕。早紅塵一騎落平岡，捷書急〔五〕。　三萬卷，龍頭客④。渾未得，文章力〔六〕。把詩書馬上〔七〕，笑驅鋒鏑。金印明年如斗大，貂蟬却自兜鍪出〔八〕。待刻公勳業到雲霄⑤，浯溪石〔九〕。

【校】

①題，「帥」，四卷本甲集、《中興絶妙詞選》卷三闕，此據廣信書院本。②「白羽」句，廣信書院本「羽」原作「虎」，據四卷本改。「風生」，王詔校刊本、《六十名家詞》本、四印齋本作「生風」。「譟」，《中興絶妙詞選》作「嘯」。③「鼪」，四卷本、《中興絶妙詞選》作「猩」。④「頭」，四卷本作「韜」。⑤「到雲霄」，《中興絶妙詞選》「到」作「等」，四卷本作「到□雲」。

【箋注】

〔一〕題，淳熙六年，湖南郴州宜章縣民陳峒起義，爲湖南安撫使王佐調軍鎮壓，事平，稼軒作此詞賀之。有關王佐及陳峒起義，陸游《渭南文集》卷三四《尚書王公墓志銘》記載詳盡。其記載如下：「公諱佐，字宣子，會稽山陰人。……補太學生，二十有一，以南省高選，奉廷對爲第一。……高宗皇帝喜動玉色，授承事郎簽書平江軍節度判官廳公事，未赴，召爲秘書省校書郎。……以直寶文閣知宣州，徙知建康府、行宫留守。……徙知平江、隆興二府，未赴，會知上元縣李允升坐賄，前事未作，已丐尋醫去，而讒者謂公縱有罪，坐削官居建昌軍。……起爲福建路轉運判官，徙知潭州，連進秘閣修撰、集英殿修撰。」其平陳峒起義事爲：「淳熙六年正月，郴州宜章縣民陳峒竊發，俄破道州之江華，桂陽軍之藍山、臨武，連州之陽山縣。旬日有衆數千，郴、道、連、永、桂陽軍皆警。公奏乞荆鄂精兵三千，未報，公度不可待，而見將校無可用者，流人馮湛適在州。……遂檄湛帶元管權湖南路兵馬鈐轄，統制軍馬，即日令湛自選潭州厢禁軍及忠義寨凡八百人，即教場誓師遣行。……湛以四月二十三日移屯何卑山。……五月朔日詰旦，分五路進兵。賊初詐降，實欲繕治寨栅，阻險以抗官軍。公得其情，督兵甚峻。及馳入隘口，賊果立寨栅未及成，聞官軍至，狼狽出戰。既敗，又退失所憑，乃皆潰走。……湛遂誅陳峒，函首來獻。」

〔二〕笳鼓歸來，《南史》卷五五《曹景宗傳》：「天監五年，魏中山王英攻鍾離，圍徐州刺史昌義之。武帝詔景宗督衆軍援義之。……景宗振旅凱入，帝於華光殿宴飲連句，令左僕射沈約賦韻。景宗不得韻，意色不平，啓求賦詩。帝曰：『卿伎能甚多，人才英拔，何必止在一詩？』景宗已醉，求作不已。詔令約賦韻。時韻已盡，唯餘競病二字，景宗便操筆，斯須而成。其辭曰：『去時兒女悲，歸來笳鼓競。借問行路人，何如霍去病？』帝歎不已。」

〔三〕「舉鞭」三句，舉鞭問，《晉書》卷四三《山簡傳》：「簡每出遊嬉，多之池上。置酒輒醉，名之曰高陽池。時有童兒歌曰：『山公出何許？往至高陽池。日夕倒載歸，酩酊無所知。時時能騎馬，倒著白接䍦。舉鞭向葛彊，何如并州兒？』彊家在并州，簡愛將也。」五月渡瀘，《三國志·蜀志》卷五《諸葛亮傳》：「五年，率諸軍北駐漢中。臨發，上疏曰：『……先帝知臣謹慎，故臨崩寄臣以大事也。受命以來，夙夜憂歎，恐託付不效，以傷先帝之明。故五月渡瀘，深入不毛。』」

〔四〕「白羽」二句，白羽風生，蘇軾《與歐育等六人飲酒》詩：「忽驚春色二分空，且看樽前半丈紅。苦戰知君便白羽，此去江淮東復東。記取六人相會處，引杯看劍坐生風。」《東坡詩集注》卷一七注白羽云：「縯：『諸葛亮綸巾羽扇，指揮三軍。』次公：『白羽言於苦戰之下，則子路云赤羽若日，白羽若月。蓋言箭羽也，故不憚苦戰，則便之，非謂白羽扇也。』」《施注蘇詩》卷二三亦云：「《家語》子路曰：『赤羽若日，白羽若月。』按赤白羽，指箭羽也。」按：《文選》卷八引司馬相如《上林賦》，「有彎蕃弱，滿白羽。」注，「蕃弱，夏后氏良弓之名。引弓盡箭鏑爲滿，以白羽爲箭，故言白羽也。」青溪路斷，《尚書王公墓志銘》載：「又私念湛有善戰名，賊必遁入廣南，思得勁兵遏其衝。而廣南非所部，未有以爲計。會受命節制討賊軍馬，而前一日又奉詔會合諸路兵，乃合二命爲一，稱節制會合諸路兵馬，檄廣南摧鋒軍兵官黄進、張喜分屯要害。賊知湛至，而廣南守備已嚴，乃驅載所掠輜重，由間道歸宜章。」青溪，未知所指，當是廣南摧鋒軍截斷陳峒南入廣東之溪水。《輿地紀勝》卷五七《荆湖南路·郴州》載「清溪水，在郴縣，源出靈壽水」，不知即此否。貔虎謂宋軍，貔貙謂陳峒，陳峒起義軍多湖南少數民族人，《宋史》卷四九三《蠻夷傳》一《西南溪峒諸蠻》上：「狌貙之性，便於跳梁。或以饑隙相尋，或以饑饉所逼，長嘯而起。」狌、猩，同鼪。《莊子·徐無鬼》：「夫逃虚空者，藜藋柱乎鼪鼬之徑，踉位其空，聞人足音跫然而喜矣。」鼪貙，鼬鼠。

〔五〕「早紅」二句，杜牧《過華清宫絶句三首》詩：「一騎紅塵妃子笑，無人知是荔枝來。」《尚書王公墓志銘》：「湛遂誅陳峒，函首來獻。已而李晞以下，誅獲無遺。宥其脅從，發倉粟，振貸安輯之，案功行賞，悉如初令。且上其事於朝，振旅而還。」

〔六〕「三萬」四句，三萬卷，《南史》卷五一《宗室》一《蕭勵傳》：「聚書至三萬卷，披翫不倦。」龍頭客，謂王佐爲紹興十八年進士第一人。華歆爲龍頭，見《三國志·魏志》卷一三《華歆傳》注引《魏略》：「歆與北海邴原、管寧俱遊學，三人相善。時人號三人爲一龍，歆爲龍頭，原爲龍腹，寧爲龍尾。」渾未得，文章力，劉禹錫《郡齋書懷寄江南白尹兼簡分司崔賓客》詩：「一生不得文章力，百口空爲飽煖家。」按：王佐雖係進士第一人，却對其狀元身份頗爲忌諱。《建炎以來繫年要録》卷一五七紹興十八年四月庚寅賜王佐等進士及第出身條載，是年殿試，原第一人董德元、第二人陳孺皆因有官，遂取王佐爲狀元。《要録》於此條下有注語云：「按紹興二十三年十一月，鄭仲熊劾王佐章疏稱『佐曩緣大樹，本非廷魁。以上三人皆係有官，遂致僥冒。』按此舉第四人乃莫伋，當求他書參考。」據此，蓋《要録》亦不知王佐原爲第幾人，殆因其策論美化秦檜和議，遂自第四人之外躐擢第一，然猶爲秦黨鄭仲熊論劾罷官，故深忌他人語及其曾爲掄魁事。

〔七〕把詩書馬上，《史記》卷九七《陸賈列傳》：「陸生時時前説稱詩書，高帝罵之曰：『乃公居馬上而得之，安事詩書！』陸生曰：『居馬上得之，寧可以馬上治之乎？』」

〔八〕「金印」二句，金印如斗大，見本書卷一《西江月·爲范南伯壽》詞（秀骨青松不老闋）箋注。韋應物《送孫徵赴雲中》詩：「匈奴破盡看君歸，金印酬功如斗大。」（按：此詩作者，一作韓翃。）貂蟬出兜鍪，見本卷《破陣子·爲范南伯壽》詞（擲地劉郎玉斗闋）箋注。按：據《齊東野語》卷七《王宣子討賊》條，稼軒作此詞賀王佐，佐見下半闋，疑爲諷己，意頗銜之。於後來尹京時與執政書云：「佐本書生，歷官處自有本末，未嘗得罪清議。……終身之累，孰大於此。」（參本詞附録）周密此條記事，謂王佐誤解稼軒此詞用意。然細考此詞，當確有諷刺之意在焉。蓋稼軒與王佐之間，在如何認識及對待陳峒起義問題上確有齟齬。王佐久任湖南帥臣，爲政苛暴，致此大變，本應對陳峒起義負主要責任。而義軍方起，王佐即一意以屠殺爲事。當湖南與廣東對陳峒已形成合圍之勢後，湖南轉運司即主張適時恢復生産。《尚書王公墓志銘》載：「賊知湛至，而廣南守備已嚴，乃驅載所掠輜重由間道歸宜章。轉運司聞之，即移諸州，以爲賊已窮蹙，自守巢穴，毋以備禦妨農。公得報曰：『是不獨害捕寇，且必惑朝廷。』乃檄轉運司及諸州，以爲賊未嘗敗，何謂窮蹙？其巢穴旁接三路七郡，林菁深阻，出入莫測，何謂自守？復奏言遣馮湛之後事方有緒，若遽弛備，賊必更猖獗。愚民且有附和而起者，非細事也。因堅乞前所請荆鄂軍，從之。」稼軒與王佐之間，蓋釁隙已成。《尚書王公墓志銘》又載王佐晚年語：「一日，嘗語某曰：『里中或謂僕以誅殺衆，故多難，不知僕爲人除害也。湖湘鄉者盜相踵，今遂掃迹者二十年，綿地數州，深山窮谷之氓，得以滋息，而僕以一身當禍讟，萬萬無悔。』」王佐掠湖湘之安定爲己功，此亦稼軒所不能同意者。故稼軒於王佐移帥後，即上《論湖南盜賊札子》，備述湖南民衆屢遭官吏貪求，去而爲盜情景，殆有所針對而發也。

〔九〕「待刻」二句，《輿地紀勝》卷五六《荆湖南路·永州》：「浯溪，在祁陽縣南五里。唐上元中，元結居此，所以著《中興頌》刻之崖石，顔真卿書之。」元結《次山集》卷六《大唐中興頌》：「湘江東西，中直浯溪。石崖天齊，可磨可鐫。刊此頌焉，何千萬年！」

【附録】

周密公謹記事一則

王宣子討賊

王佐宣子帥長沙日，茶賊陳豐嘯聚數千人，出没旁郡。朝廷命宣子討之。時馮太尉湛謫居在焉，宣子乃權宜用之。諜知賊巢所在，乘日晡放飯少休時，遣亡命卒三十人，持短兵以前，湛自率百人繼其後，徑入山寨。豐方抱孫獨坐，其徒皆無在者。卒覩官軍，錯愕不知所爲，亟鳴金嘯集，已無及矣。於是成擒，餘黨亦多就捕。宣子乃以湛功聞於朝，於是湛以勞復元官，宣子增秩。辛幼安以詞賀之，有云：「三萬卷，龍頭客。渾未得，文章力。把詩書馬上，笑驅鋒鏑。金印明年如斗大，貂蟬元自兜鍪出。」宣子得之，疑爲諷己，意頗銜之。殊不知陳後山亦嘗用此語送蘇尚書知定州云：「枉讀平生三萬卷，貂蟬當復作兜鍪。」幼安正用此。然宣子尹京之時，嘗有書與執政云：「佐本書生，歷官處自有本末，未嘗得罪於清議，今乃蒙置諸士大夫所不可爲之地，而與數君子接踵而進。除目一傳，天下士人視佐爲何等類？終身之累，孰大於此？」是亦宣子之本心耳。（《齊東野語》卷七）

又〔一〕

漢水東流，都洗盡髭胡膏血〔二〕。人盡説君家飛將〔三〕，舊時英烈。破敵金城雷過耳，談兵玉帳冰生頰〔四〕。想王郎結髮賦從戎〔五〕，傳遺業。　腰間劍，聊彈鋏〔六〕。尊中酒，堪爲別。況故人新擁，漢壇旌節〔七〕。馬革裹屍當自誓，蛾眉伐性休重説〔八〕。但從今記取楚樓風，裴臺月①〔九〕。

【校】

①「但從」二句，王詔校刊本、《六十名家詞》本作「楚臺風，庾樓月」。此從廣信書院本。上海古籍出版社二〇〇七年版定本《稼軒詞編年箋注》徑改「裴臺」爲「庾臺」，且新增鄧廣銘先生生前所補訂之校語約二百字，詳述徑改爲「庾臺」之原因，其説皆非是。可參本詞箋注。

【箋注】

〔一〕題，右詞無題，本事無考。然據詞意，係稼軒自湖南送友人出使湖北或赴襄陽爲軍帥者。其人父祖輩當於漢水流域與女真人久經鏖戰且多獲戰功，被稱爲飛將、英烈。稼軒於下片有「故人新擁，漢壇旌節」語，更勉勵其誓死報國，休念舊怨。以此考察稼軒居官潭州時人物，則有淳熙六七年知襄陽府之郭杲，與此頗相似。按：據《宋會要輯稿·兵》六之二，郭杲於淳熙五年八月以鎮江武鋒軍都統制兼知揚州言事。而楊冠卿《客亭類稿》卷七《鳳山紀行爲中隱作》有「淳熙戊戌，予自維揚入覲，叨除羽衛」語，知郭杲淳熙五年入行在三衙任職。未久即出知襄陽府。《宋史全文》卷二六下載淳熙六年秋七月癸亥進呈荆鄂副都统郭杲言事。《宋史》卷九七《河渠志》七載淳熙八年襄陽府守臣郭杲言事。卷一七六《食貨志》上四則載淳熙十年鄂州江陵府駐札副都統制郭杲言襄陽屯田事。可知郭杲出爲荆鄂副都统兼知襄陽府在淳熙六年。疑其赴任途中行經潭州，稼軒因作此詞送行。

〔二〕「漢水」二句，漢水東流，錢起《秋夜送趙洌歸襄陽》詩：「欲知別後思今夕，漢水東流是寸心。」陳羽《襄陽過孟浩然舊居》詩：「襄陽城郭春風起，漢水東流去不還。」髭胡膏血，盧襄佚題詩：「多病吴中一腐儒，新來鉛水照髭鬚。」張元幹《石州慢·己酉秋吴興舟中》詞：「欲挽天河，一洗中原膏血。」

〔三〕飛將，《史記》卷一〇九《李將軍列傳》：「廣居右北平，匈奴聞之，號曰漢之飛將軍，避之數歲，不敢入右北平。」按：史稱飛將者，如後漢之吕布、北周之韓果、唐初之單雄信，皆有此稱，然惟李廣名最著，故唐宋人所稱漢之飛將皆指李廣也。王昌齡《出塞》詩：「但使龍城飛將在，不教胡馬度陰山。」又按：郭杲祖郭浩，《宋史》卷三六七有傳，曾徙知利州，金人以步騎十餘萬破和尚原，進窺川口，浩抵殺金平，與吴玠大破之。徙知金州。金州爲京西路，在漢水上游。

〔四〕「破敵」二句，金城，玉帳，《北齊書》卷四五《顔之推傳》：「曾撰《觀我生賦》，文致清遠。其詞曰：……『驚北風之復起，慘南歌之不暢。守金城之湯池，轉絳宮之玉帳。』」《説郛》卷二八上張淏《雲谷雜記·玉帳》：「杜子美《送嚴公入朝》云：『空留玉帳術，愁殺錦城人。』又《送盧十四侍御》云：『但促銅壺箭，休添玉帳旗。』王洙於玉帳術句注云：『兵書也。後來增釋者不過曰：《唐藝文志》有《玉帳經》一卷而已。……按顔之推《觀我生賦》云：守金城之湯池，轉絳宮之玉帳。又袁卓《遁甲專征賦》曰：或倚直使之遊宮，或居貴神之玉帳。蓋玉帳乃兵家厭勝之方位，謂主將於其方置軍帳，則堅不可犯，猶玉帳然。』」（按：此條今四卷本《雲谷雜記》失載。）雷過耳，洪朋《夜雨》詩：「疾雷過耳不及掩，澍雨翻盆何自來？」冰生頰，蘇軾《浣溪沙·有贈》詞：「上殿雲霄生羽翼，論兵齒頰帶風霜。」

〔五〕「想王」句，李益《赴邠寧留别》詩：「身承漢飛將，束髮即言兵。」李廣自言結髮與匈奴大小七十餘戰，見《李將軍列傳》。《海録碎事》卷一九《從軍詩》：「王仲宣有《從軍》詩五首，時漢相曹操征張魯，粲作詩以美其事。」

〔六〕「腰間」二句，《戰國策·齊策》四：「齊人有馮諼者，貧乏不能自存，使人屬孟嘗君，願寄食門下。

孟嘗君曰：『客何好？』曰：『客無好也。』曰：『客何能？』曰：『客無能也。』孟嘗君笑而受之曰：『諾。』左右以君賤之也，食以草具。居有頃，倚柱彈其劍，歌曰：『長鋏歸來乎！食無魚。』」

〔七〕漢壇旌節，《漢書》卷一《高帝紀》：「於是漢王齋戒，設壇場，拜信爲大將軍。」信謂韓信。

〔八〕「馬革」二句，馬革裹屍，《後漢書》卷五四《馬援傳》：「方今匈奴、烏桓尚擾北邊，欲自請擊之。男兒要當死於邊野，以馬革裹屍還葬耳，何能卧牀上，在兒女子手中邪？」蛾眉伐性，《吕氏春秋·本生》：「靡曼皓齒，鄭衛之音，務以自樂，命之曰伐性之斧。」《文選》卷三四枚乘《七發》：「皓齒娥眉，命曰伐性之斧。甘脆肥膿，命曰腐腸之藥。」《宋史》卷二四七《趙彦逾傳》有「郭杲嘗被誣」語。

〔九〕「但從」二句，楚樓、裴臺皆在潭州，故稼軒此詞作於湖南潭州無疑。鄧廣銘先生於增訂本、定本《稼軒詞編年箋注》中注楚樓、裴臺，有注語七百餘字，考二者皆在江陵，所考皆誤。其考楚樓，引項安世《平庵悔稿》卷一〇《宋帥移厨就市樓併飯胡黎州》詩，謂詩有「小隊行厨下楚樓」句，遂作考語：「在宋孝宗光宗寧宗三朝，亦即項安世在世之年，湖北帥無宋姓者，故可斷言此詩題中『宋』字爲『辛』之誤。」以爲稼軒在江陵宴客之證，此言非是。查《平庵悔稿》卷三有《宋帥招李大著陳提刑同飯》詩，自注：「宋帥，台州人。」卷四有《九日喜陳一之提刑至龍山》詩，詩中自注：「宋帥新開府。」同卷又有《和宋帥出示所送李大著》詩，可知宋帥絶非辛帥之誤，更非稼軒。查《嘉定赤城志》卷三三：「宋之瑞，天台人，字伯嘉。歷宗正、秘書丞、吏部司封郎官、都大提點坑冶、吏部郎官、樞密院檢詳文字、大理少卿、提舉福建常平，陞提點刑獄。秘書少監、中書舍人。知寧國府，華文徽猷閣待制知江陵府。龍圖閣待制、寶謨閣直學士。」知項安世詩中之宋帥實爲宋之瑞（宋之瑞爲秘書少監在慶元元年，見《南宋館閣續録》卷七，其知江陵當在嘉泰間），與淳熙初知江陵府之辛稼軒毫無關係。項安世詩中之楚樓蓋以市井酒樓泛言楚地之樓，非直名爲楚樓也。江陵有雄楚樓，李曾伯《可齋雜稿》卷二六有《和吴居父江陵雄楚樓韻》詩，亦非潭州之楚樓。查《方輿勝覽》卷二三《湖南路·潭州》：「楚樓，在郡城上。」真德秀《西山文集》卷九《潭州奏復税酒狀》：「乾道二年，劉珙討平郴寇，增置新兵，又乞屯軍郴桂，一時調度百出，亦不敢輕變税法。但增置糯米場，添創南、北、楚三樓，量從官賣，稍分醖户之利而已。」知楚樓即在潭州。增訂本《稼軒詞編年箋注》又謂：「唐裴胄曾任荆南節度使，持身簡儉，常賦之外無横斂，有政聲。新舊《唐書》本傳均載其事。因疑裴臺即指裴胄在江陵所建臺榭。」又推斷裴臺或即荆臺之誤，皆非是。定本删去此段注釋，而於校語中言：「近承湖北沙市修志館中友人告知，明末清初人孔伯靡（渠本明宗室，入清，因避禍，改姓名爲孔自來，字伯靡）編撰之《江陵志餘》載，江陵城東五里故堤内有庾信臺，注云：『今庾信樓基也，或即其宅。』今按：此條似較爲可信，故即據以徑改裴臺爲庾臺，冀以息數百年之紛紜。」此二説亦均誤。〔嘉慶〕《長沙縣志》卷三〇：「楚秀亭，《通志》：『在縣西北，唐乾符間裴休鎮長沙時建，一名裴公臺。』」范成大《石湖詩集》卷一五《泊長沙楚秀亭》詩：「雨從湘西來，波動南楚門。不知春漲高，但怪江水渾。舟行風打頭，陸行泥没鞍。且登裴公臺，半日心眼寬。」而寓居潭州之張栻

《和吴伯承》詩：「一葦湘可航，風濤逮春深。裴臺咫尺地，勇往復雨淫。」（見《南軒集》卷一）又有《二月十日野步城南晚與吴伯承諸友飲裴臺分韻得江字》詩（同書卷四），吴伯承名銓，寓居潭州人也。趙蕃《和折子明丈閑居雜興十首》詩：「遐思挹湘水，高興擬裴臺。」（折子明亦寓居潭州）均直書爲裴臺。似此，皆可證知楚樓、裴臺之存在於長沙，與江陵的無關聯，應據之以正本清源，還廣信書院本之舊，亦可以平息鄧先生人爲所生之糾紛也。

賀新郎〔一〕

柳暗淩波路①。送春歸猛風暴雨，一番新緑〔二〕。千里瀟湘葡萄漲〔三〕，人解扁舟欲去。又檣燕留人相語〔四〕。艇子飛來生塵步，唾花寒唱我新番句〔五〕。波似箭，催鳴艣。黄陵祠下山無數〔六〕。聽湘娥泠泠曲罷〔七〕，爲誰情苦？行到東吴春已暮，正江闊潮平穩渡〔八〕。望金雀觚稜翔舞〔九〕。前度劉郎今重到，問玄都千樹花存否〔一〇〕？愁爲倩，么絃訴〔一一〕。

【校】

①「淩」，四卷本乙集作「清」，此從廣信書院本。

【箋注】

〔一〕題，右詞無題，詳詞意，當是在長沙送人歸行在之作，則應在淳熙七年春。吴則虞以爲淳熙六年春間作，又謂移漕前似曾赴行在所，若果如是，則爲自送之作矣。然據本卷《摸魚兒》（更能消幾番風雨闋），題中明言自湖北漕移湖南，則此説不能成立，仍應以七年春作爲是也。

〔二〕「柳暗」三句，淩波，見本卷《南鄉子》詞（隔户語春鶯闋）箋注。一番新緑，宋庠《新歲雪霽到西湖作三首》詩：「芳草不須縁短夢，一番新緑滿塘生。」

〔三〕「千里」句，李白《襄陽歌》：「遥看漢水鴨頭緑，恰似葡萄初醱醅。」蘇軾《武昌西山》詩：「春江緑漲蒲萄醅，武昌官柳知誰栽？」葉夢得《賀新郎》詞：「江南夢斷横江渚。浪黏天葡萄漲緑，半空煙雨。」

〔四〕「又檣」句，杜甫《發潭州》詩：「岸花飛送客，檣燕語留人。」

〔五〕「艇子」二句，艇子，《舊唐書》卷二九《音樂志》：「石城有女子名莫愁，善歌謡。《石城樂和》中復有莫愁聲，故歌云：『莫愁在何處？莫愁石城西。艇子打兩槳，催送莫愁來。』」生塵步，向子諲《七娘子》詞：「而今不見生塵步，但長江無語東流去。」餘見本卷《南鄉子》詞（隔户語春鶯闋）箋注。唾花，《趙飛燕外傳》：「后與其婕妤坐，后誤唾婕妤袖。婕妤曰：『姊唾染人紺碧，正似石上花。假令尚方爲之，未必能若此衣之華。』以爲石華廣袖。」新番同新翻。

〔六〕黄陵祠，《水經注》卷三八《湘水》：「北徑黄陵亭西，右合黄陵水口。其水上承大湖，湖水西流，徑二妃廟南，世謂之黄陵廟也。言大舜之陟方也，二妃從征，溺於湘江，神遊洞庭之淵，出入瀟湘之浦，……故民爲立祠於水側焉。」《方輿勝覽》卷二三《湖南路・潭州》：「黄陵廟在湘陰北八十里。韓愈作廟碑云：『湘旁有廟曰黄陵，自前古立，以祠堯之二女，舜二妃者。』庭有古碑，乃晉太康九年，其額曰：『虞帝二妃之碑。』」徐積《送李昂長官》詩：「日斜葉落黄陵祠，月明風起清湘竹。」

〔七〕「聽湘」句，《後漢書》卷一一〇下《邊讓傳》，載讓作《章華賦》，有「於是招宓妃，命湘娥，齊倡列，鄭女羅，揚激楚之清宫兮，展新聲而長歌。」湘娥，堯之二女娥皇、女英，湘水之神也。

〔八〕「正江」句，王灣《次北固山下》詩：「客路青山外，行舟緑水前。潮平兩岸闊，風正一帆懸。」

〔九〕「望金」句，《文選》卷一班固《西都賦》：「周廬千列，徼道綺錯。輦路經營，修除飛閣。自未央而連桂宫，北彌明光而亘長樂。淩隥道而超西墉，掍建章而連外屬。設璧門之鳳闕，上觚稜而棲金爵。」按：建章宫闕上有銅鳳皇，金爵即銅鳳也。六臣注：「鳳闕，闕名也。南有璧門，觚稜，闕角也。角上棲金爵，金爵，鳳也。」翔舞，《史記》卷二《夏本紀》：「羣后相讓，鳥獸翔舞。」蘇軾《春貼子詞·皇太妃閤五首》：「雪殘烏鵲喜，翔舞下觚稜。」

〔一〇〕「前度」二句，見本書卷一《新荷葉·和趙德莊韻》詞（人已歸來閑）箋注。

〔一一〕么絃訴，劉禹錫《賓客文集》卷一九《澈上人文集紀》：「世之言詩僧，多出江左。靈一導其源，護國襲之；清江揚其波，法振沿之。如么絃孤韻，瞥入人耳，非大樂之音。」蘇軾《減字木蘭花·贈小鬟琵琶》詞：「琵琶絶藝，年記都來十一二。撥弄么絃，未解將心指下傳。」么絃應即琵琶絃。清淩廷堪《燕樂考原》卷五：「燕樂七羽一均，即琵琶之第四絃也。分爲七調，此絃最細，得宫絃之半，名爲七羽，實太簇之清聲，故其調名多與七宫相應。……楚人以小爲么，羽絃最小，故聲之繁急者則謂之么絃，側調也。」宋祁《見寄》詩：「瘢逢美玉終能治，曲訴么絃久未平。」

滿江紅〔一〕

敲碎離愁，紗窗外風摇翠竹〔二〕。人去後吹簫聲斷，倚樓人獨〔三〕。滿眼不堪三月暮，舉頭已覺千山緑〔四〕。但試把一紙寄來書①，從頭讀。　相思字，空盈幅。相思意，何時足？滴羅襟點點淚珠盈掬〔五〕。芳草不迷行客路，垂楊只礙離人目。最苦是立盡月黄昏，欄干曲。

【校】

①「把」，四卷本乙集作「將」，此從廣信書院本。

【箋注】

〔一〕題，右詞無題，據詞中「吹簫」句，知爲寄内作。廣信書院本置右詞於帥湖南所作賀王宣子詞及送人赴湖北詞之後，因據其編排次於此。然不知因何事别離而相思之苦若此。稼軒夫人范氏能文，於此詞可以見之。

〔二〕風摇翠竹，秦觀《滿庭芳》詞：「西窗下，風摇翠竹，疑是故人來。」

〔三〕「人去」二句，吹簫聲斷，此用蕭史弄玉故事，見本書卷一《水調歌頭・壽趙漕介庵》詞（千里渥洼種闋）箋注。倚樓，《唐摭言》卷七《知己》：「杜紫微覽趙渭南卷《早秋》詩云：『殘星幾點雁横塞，長笛一聲人倚樓。』吟味不已，因目嘏爲趙倚樓。」按：趙嘏詩題《長安晚秋》。

〔四〕千山緑，歐陽修《春日西湖寄謝法曹歌》：「雪消門外千山緑，花發江邊二月晴。」蘇轍《黄州陪子瞻遊武昌西山》詩：「山行得一飽，看盡千山緑。」

〔五〕淚珠盈掬，梅堯臣《得陳天常屯田斑邛竹二枚》詩：「及其悲慟時，豈不霑盈掬？」郭祥正《怨别二首》詩：「空將盈掬淚，和粉灑羅衣。」

霜天曉角〔一〕

暮山層碧，掠岸西風急。一葉軟紅深處，應不是①，利名客〔二〕。　玉人還佇立〔三〕，緑窗生怨泣。萬里衡陽歸恨，先倩雁，寄消息〔四〕。

【校】

①「應」，《六十名家詞》本闕此字，此從廣信書院本。文淵閣《四庫全書》本《稼軒詞》作「莫」，未知所本。然「莫」之本意，蓋即「應」也。

【箋注】

〔一〕題，右詞亦無題，據「衡陽歸恨」句，疑作於湖南。

〔二〕「一葉」三句，軟紅，蘇軾《次韻蔣潁叔錢穆父從駕景靈宫二首》詩：「半白不羞垂領髮，軟紅猶戀屬車塵。」小注：「前輩戲語，有西湖風月，不如東華軟紅香土。」釋惠洪《冷齋夜話》卷三《詩説煙波縹緲處》：「予自并州還故里，館延福寺。寺前有小溪，風物類斜川，予兒童時戲劇處也。嘗春深獨行溪上，作小詩曰：『小溪倚春漲，攘我釣月灣。……整約背落中，一葉軟紅間。』」利名客，柳永《歸朝歡》詞：「往來人，隻輪隻槳，盡是利名客。」李吕《題破石鋪》詩：「僕僕利名客，不知行路難。」

〔三〕「玉人」句，《詩·邶風·燕燕》：「之子於歸，遠於將之。瞻望弗及，佇立以泣。」

〔四〕「萬里」三句，衡陽，《輿地紀勝》卷五五《荆湖南路·衡州》：「衡州，上，衡陽郡軍事。……隸荆湖南路，治衡陽。」倩雁寄消息，同書：「回雁峰，在州城南。或曰：雁不過衡陽。或曰：峰勢如雁之回。徐靈期《南嶽記》曰：『南嶽周回八百里，回雁爲首，嶽麓爲足。』」高適《送李少府貶峽中王少府貶長沙》詩：「巫峽啼猿數行淚，衡陽歸雁幾封書？」杜甫《歸雁二首》詩：「萬里衡陽雁，今年又北歸。」白居易《蘇州李中丞以元日郡齋感懷詩寄微之及予輒依來篇七言八韻走筆奉答兼呈微之》詩：「憑鶯傳語報李六，倩雁將書與元九。」黄滔《寄南海黄尚書》詩：「西望清光寄消息，萬重煙水一封書。」

減字木蘭花

長沙道中，壁上有婦人題字，若有恨者，用其意爲賦①〔一〕

盈盈淚眼，往日青樓天樣遠〔二〕。秋月春花〔三〕，輸與尋常姊妹家。　水村山驛。日暮行雲無氣力。錦字偷裁，立盡西風雁不來。

【校】

①題，四卷本甲集作「記壁間題」。

【箋注】

〔一〕題，右詞檃括長沙道中某驛壁婦人題字之意而作，據知往日爲青樓女，流落市廛，有所屬意，企望而未得音信者。

〔二〕天樣遠，汪應辰《送陳德潤赴惠州》詩：「聞説惠州天樣遠，幾時音問落人間？」

〔三〕「秋月」句，李煜《虞美人》詞：「春花秋月何時了，往事知多少？」

水調歌頭　和趙景明知縣韻〔一〕

官事未易了，且向酒邊來〔二〕。君如無我，問君懷抱向誰開〔三〕？但放平生丘壑，莫管傍人嘲罵，深蟄要驚雷〔四〕。白髮還自笑①，何地置衰頽！　五車書，千石飲，百篇才〔五〕。新詞未到，瓊瓌先夢滿吾懷〔六〕。已過西風重九，且要黄花入手，詩興未闌梅〔七〕。君要花滿縣，桃李趁時栽〔八〕。

【校】

①「笑」，《六十名家詞》本作「嘯」。此從廣信書院本。

【箋注】

〔一〕題，趙景明知縣，名奇暐，淳熙六年知江陵縣。項安世嘗自會稽送其赴任。《平庵悔稿》卷一《送趙令奇暐赴江陵》詩：「平生所聞趙景明，太阿出匣百壬死。不令赤手縛可汗，亦合麻鞋見天子。霜風獵獵鬢毛斑，萬里水縣菰蒲間。妻兒稱屈大夫笑，閉閤正用蘇麻頑。邊頭有兵人要籍，邊頭有萊人要鬭。名佳實惡君勿信，塞下吏民須蕩佚。檢民如葦身如絃，有時白眼對世賢。正爾忽憶諸梁篇，稍事細謹無流連（葉正則《送行詩》有細謹等語）。」而《水心集》卷六亦有《送趙景明知江陵縣》詩：「吾友趙景明，材絶世不近。疏通無流連，豪俊有細謹。尤精人間事，照見肝膈隱。忽然奮鬚髯，萬事供指準。漢士興伐胡，唐軍業誅鎮。久已受褒封，誰能困嘲擯？四十七年前，時節憂患盡。去作江陵公，風雨結愁慍。昔稱長官貴，今歎服勞窘。夜光儻無因，早晦行自引。田園多遁夫，未必抱奇藴。勉發千鈞機，一射强寇殞。」其三年任滿則在淳熙八年，項安世是年又賦詩送其東歸。見《平庵悔稿》卷一〇《江陵送趙知縣二首》：「萬壑千巖相送時，靈星小雪上豐頤。南雲北夢重分首，撲漉繁霜滿瘦髭。功業向來真自許，頭顱今日遂如斯。英雄老大無人識，足扣雙舷只自知。（其一）别離底處最堪憐？君上吴船我蜀船。從此相思真萬里，重來何止又三年！司州刺史髭如戟（浙漕丘宗卿），國子先生瘦似椽（太學正葉正則）。二子有情須問訊，爲言重九向西川。（其二）」據此知趙景明名奇暐，浙東會稽人。稼軒於淳熙八年在隆興府，與任滿東歸之趙景明會晤。本卷《沁園春·送趙景明知縣東歸再用前韻》詞中有「佇立瀟湘，黄鵠高飛，望君未來。被東風吹墮，西江對語」，以及「記我行南浦，送君折柳」諸語，據知淳熙六年春稼軒在湖北轉運副使任上，嘗送趙景明知江陵縣。南浦在鄂州江夏縣，詳見《沁園春》詞箋注。而同年稼軒移漕湖南，改帥任，趙氏蓋有詞來，則此詞必淳熙七年秋九月，稼軒在湖南安撫任上接趙氏來詞時之和章也。

〔二〕「官事」二句，官事未易了，《晉書》卷四七《傅咸傳》：「駿弟濟，素與咸善，與咸書，曰：『江海之流混混，故能成其深廣也。天下大器，非可稍了，而相觀每事欲了。生子癡，了官事，官事未易了也。了事正作癡，復爲快耳。左丞總司天臺，維正八坐，此未易居。以君盡性而處未易，居之任益不易也，想慮破頭，故具有白。』」宋祁有《懷舊隱》詩：「官事未易了，田家胡不歸？」且向酒邊開，張綱《浣溪沙・安人生日》詞：「眼眩豈堪花裏笑，眉攢聊向酒邊開。」

〔三〕「問君」句，杜甫《奉侍嚴大夫》詩：「身老時危思會面，一生襟袍向誰開。」《蘇端薛復筵簡薛華醉歌》詩：「千里猶殘舊冰雪，百壺且試開懷抱。」

〔四〕「但放」三句，但放，猶言任憑擱置。《朱子語類》卷五九《告子》上：「仁義之心，人所固有。但放而不知求，則天之所以與我者，始有所汩没矣。」此放亦擱置義。平生丘壑，《漢書》卷一〇〇上《叙傳》：「嗣雖修儒學，然貴老嚴之術。桓生欲借其書，嗣報曰：『若夫嚴子者，絕聖棄智，修生保真，清虚澹泊，歸之自然。獨師友造化，而不爲世俗所役者也。漁釣於一壑，則萬物不奸其志；棲遲於一丘，則天下不易其樂。不絓聖人之罔，不鼰驕君之餌，蕩然肆志，談者不得而名焉，故可貴也。』」按：《漢書》所謂老嚴，指老莊，嚴子即莊子也。漢明帝名莊，故避諱稱莊子爲嚴子。「莊」「嚴」義近。祖無擇《遊真陽石室》詩：「平生丘壑心，與道共湮鬱。難進而易退，終當守儒術。」莫管傍人嘲罵，蘇軾《定惠院寓居月夜偶出》詩：「但當謝客對妻子，倒冠落佩從嘲罵。」深蟄要驚雷，《莊子·天運》：「蟄蟲始作，吾驚之以雷霆。」

〔五〕「五車」三句，五車書，《莊子·天下》：「惠施多方，其書五車。」千石飲，見本書卷一《念奴嬌·西湖和人韻》詞（晚風吹雨闋）箋注。百篇才，杜甫《飲中八仙歌》：「李白一斗詩百篇，長安市上酒家眠。」

〔六〕「瓊瓌」句，《左傳·成公十七年》：「初，聲伯夢涉洹，或與己瓊瓌食之，泣而爲瓊瓌，盈其懷。從而歌之曰：『濟洹之水，贈我以瓊瓌。歸乎歸乎，瓊瓌盈吾懷乎？』」按：瓊玉瓌珠，注謂「淚下化爲珠玉，滿其懷」。蘇軾《送鄭户曹》詩：「遲君爲坐客，新詩出瓊瓌。」

〔七〕「詩興」句，杜甫《和裴迪登蜀州東亭送客逢早梅相憶見寄》詩：「東閣官梅動詩興，還如何遜在揚州。」

〔八〕「君要」二句，《白孔六帖》卷七七《河陽花》：「潘岳爲河陽令，樹桃李花，人號曰河陽一縣花。」王禹偁《送河陽任長官》詩：「醉眼且看花滿縣，愁顏莫望果盈車。」

滿江紅〔一〕

風捲庭梧，黄葉墜新涼如洗。一笑折秋英同賞，弄香挼蕊〔二〕。天遠難窮休久望，樓高欲下還重倚。拚一襟寂寞淚彈秋〔三〕，無人會。　今古恨，沉荒壘。悲歡事，隨流水。想登樓青鬢，未堪憔悴。極目煙橫山數點，孤舟月淡人千里。對嬋娟從此話離愁，金尊裏〔四〕。

【箋注】

〔一〕題，右詞無題，廣信書院本次於「敲碎離愁」之同調詞後，因依其次第附置於此，蓋在湖南送別之作也。

〔二〕「弄香」句，晁端禮《並蒂芙蓉》詞：「弄香嗅蕊，願君王壽與南山齊比。」

〔三〕寂寞淚彈秋，白居易《長恨歌》：「玉容寂寞淚闌干，梨花一枝春帶雨。」《楊家南亭》詩：「此院好彈秋思處，終須一夜抱琴來。」馮延巳《菩薩蠻》詞：「殘日尚彎環，玉箏和淚彈。」

〔四〕「對嬋」二句，《文選》卷一八成公綏《嘯賦》：「藉皋蘭之猗靡，蔭修竹之嬋娟。」注：「嬋娟，竹美貌。」朱翌《猗覺寮雜記》卷上：「嬋娟，美貌。」張耒《泊楚州鎖外六首》詩：「流落相逢二十年，羞將白髮對嬋娟。如何見我都依舊，添得尊前一惘然。」

又

暮春〔一〕

可恨東君，把春去春來無跡〔二〕。便過眼等閑輸了，三分之一〔三〕。晝永暖翻紅杏雨，風晴扶起垂楊力①。更天涯芳草最關情，烘殘日。　湘浦岸，南塘驛〔四〕。恨不盡，愁如織②〔五〕。算年年辜負③，對他寒食。便恁歸來能幾許〔六〕？風流早已非疇昔④。憑畫欄一綫數飛鴻〔七〕，沉空碧。

【校】

①「晴」，《六十名家詞》本作「清」，此從廣信書院本。②「織」，四卷本甲集作「積」。③「寺」，四卷本作「孤」。④「早已」，四卷本作「已自」。

【箋注】

〔一〕題，據「湘浦岸，南塘驛」二句，知右詞作於淳熙八年春，時知隆興府兼江西安撫任上。稼軒蓋自淳熙七年底於知潭州兼湖南安撫使任上移帥江西。

〔二〕「可恨」二句，東君，洪興祖《楚辭補注》卷二：「東君，《博雅》曰：『朱明耀靈，東君，日也。』」《漢書》卷二五上《郊祀志》「東君」注：「服虔曰：『東君以下皆神名也。』師古曰：『東君，日也。』」春去春來，羅隱《寄南城韋逸人》詩：「羨他南澗高眠客，春去春來任物華。」

〔三〕「便過」二句，《景定建康志》卷二三《羅江亭》：「《古今詩話》云：李煜作羅江亭，四面栽紅梅，作豔曲歌之。韓熙載和云：『桃李不須誇爛漫，已輸了春風一半。』時淮南已歸國。」

〔四〕南塘驛，南塘在豫章。《永樂大典》卷二二六二湖字韻引《豫章志》：「東湖在郡東南，周廣五里。酈元云：『東湖，十里一百二十六步，北與城齊，回折至南塘。』本通大江，增減與江水同。漢永平中，太守張躬築堤，以通南路，謂之南塘。以瀦水，冬夏不增減。水至清深，魚甚肥美。……唐宣宗時，塘東有三亭，曰孺子，曰碧波，曰涵虚。」

〔五〕愁如織，李流謙《次韻楊師仁見贈》詩：「天寒翠袖愁如織，應念塵侵季子裘。」張孝祥《滿江紅》詞：「但長洲茂苑草萋萋，愁如織。」

〔六〕「算年」三句，他，語助。便恁，縱使，即此也。張相《詩詞曲語辭匯釋》卷一釋「便」，謂：「便猶雖也；縱也，就使也。」引稼軒此詞「便恁」二句，謂「便字與已自字相應。……大抵此種作縱字解或就使解之便字，多用於開合呼應句」。便恁歸來，指再帥江西也。能幾許，稼軒於淳熙四年冬自江陵移帥隆興府，五年春間被召。至此重來，已經二三年矣，故下文有「非疇昔」語也。

〔七〕數飛鴻，蘇軾《東坡全集》卷三八《大悲閣記》：「吾將使世人左手運斤，而右手執削，目數飛雁而耳節鳴鼓，首肯傍人而足識梯級，雖有智者有所不暇矣。」《古今事文類聚》前集卷三五引此文，飛雁作飛鴻。

又

席間和洪景盧舍人，兼簡司馬漢章大監①〔一〕

天與文章，看萬斛龍文筆力〔二〕。聞道是一詩曾换②，千金顔色〔三〕。欲説又休新意思，强啼偷笑真消息。算人人合與共乘鸞，鑾坡客〔四〕。　傾國豔，難再得〔五〕。還可恨，還堪憶。看書尋舊錦，衫裁新碧〔六〕。鶯蝶一春花裏活〔七〕，可堪風雨飄紅白？問誰家却有燕歸梁，香泥濕〔八〕！

【校】

①題，「舍人」、「大監」，四卷本甲集俱闕，此從廣信書院本。　②「换」，四卷本作「賜」。

【箋注】

〔一〕題，洪景盧舍人，《宋史》卷三七三《洪皓傳》：「子适、遵、邁。……邁字景盧，皓季子也。……紹興十五年始中第，授兩浙轉運司幹辦公事，入爲敕令所删定官。……除樞密檢詳文字。……三十二年春，金主褎遣左監軍高忠建來告登位，且議和，邁爲接伴使，知閤門張掄副之。……三月丁巳，詔侍從臺諫各舉可備使命者一人。初邁之接伴也，既持舊禮，折伏金使，至是慨然請行，於是假翰林學士充賀登位使。……既而金鎖使館，自旦及暮，水漿不通，三日乃得見，金人語極不遜。大都督懷忠議欲質留，左丞相張浩持不可，乃遣還。七月邁回朝，則孝宗已即位矣。殿中侍御史張震以邁使金辱命，論罷之。明年，起知泉州，乾道二年復知吉州。入對，遂除起居舍人。……三年，遷起居郎，拜中書舍人兼侍讀，直學士院，仍參史事。父忠宣，兄适、遵，皆歷此三職，邁又踵之。……六年，除知贛州。……尋知建寧府。……十一年知婺州。」按：《洪邁傳》剪裁失當，書寫無法。其罷贛州，在乾道九年。《南宋館閣録》卷七《少監·乾道以後》載，陳騤以乾道九年十月知贛州。乃代洪邁也。其淳熙以後仕歷，爲起知建寧府，淳熙七年五月罷。《宋會要輯稿·職官》七二之二八：「淳熙七年五月二十一日，知建寧府洪邁放罷，以求瓊花事故也。」右詞作於淳熙八年春，據其長兄洪适《盤洲文集》卷八〇《滿庭芳》詞，題有「景盧有南昌之行」語，其何事自鄱陽至南昌則不詳，洪邁原唱已闕佚。司馬漢章大監已見。

〔二〕「天與」二句，天與文章，陳舜俞《謝楊都官見惠金雞》詩：「珍禽流品可褒題，天與文章五色齊。」萬斛龍文筆力，《史記》卷四三《趙世家》：「十八年，秦武王與孟説舉龍文赤鼎，絶臏而死。」韓愈《病中贈張十八》詩：「龍文百斛鼎，筆力可獨扛。」

〔三〕「聞道」二句，一詩曾换千金顔色，張耒《和陳器之謝王澠池牡丹》詩：「十首新詩换牡丹，故邀春色入深山。」《直齋書録解題》卷一五：「《瓊野録》一卷，學士洪邁園池記述題詠，其曰瓊野者，從維揚得瓊花，植之而生，遂以名圃。」《四朝聞見録》甲集《洪景盧》條：「歸鄱陽，與兄丞相适酬唱觴詠於林壑，甚適。偶得史氏瓊花，種之别墅，名曰瓊野，樓曰瓊樓，圃曰瓊圃。史氏欲祈公異姓恩澤，不從，史氏遂訐公以瓊瑶者，天子之所居，非臣子所宜稱。公不爲動，則伏闕進詞，其詣臺訴事，因爲言者所列。文人稍欲吟詠題品，而人即毁之。」按：洪邁因覓瓊花罷知建寧府，其事不詳，是否如《四朝聞見録》所載，無可考。疑稼軒此句，即以此爲本事，蓋爲洪邁分疏也。

〔四〕「算人」二句，人人，親昵者。歐陽修《蝶戀花》詞：「翠被雙盤金縷鳳，憶得前春，有箇人人共。」乘鸞，蕭史弄玉乘鸞飛去，已見。《太平御覽》卷七〇二：「古詩曰：『綾扇如團月，出自機中素。畫作秦女形，乘鸞入煙露。』」鑾坡，謂洪邁於乾道三年以中書舍人兼直學士院。《文獻通考》卷五四《學士院》：「宋翰林學士掌内制，制誥、赦敕、國書及宫禁所用之文辭。凡后妃親王公主宰相節度使除拜，則學士草詞，授待詔書訖以進。赦降德音則先進草，大詔命及外國書則具本稟奏，得畫亦如之。凡拜宰相或事重者，宣召面諭旨，則給筆札，書所得旨，稟奏歸院，具辭以進。餘遣内侍授中書省熟狀，亦如之。……故事，學士掌内庭書詔，指揮邊事，曉達機謀，天子機事密命在焉，不當豫外司公事，蓋防纖微間或漏省中語，故學士院常在金鑾殿側，號爲深嚴。」注語謂：「前朝因金鑾坡以爲門名，與翰林院相接，故爲學士者稱金鑾以美之。」《容齋隨筆》卷一六《兄弟直西垣》條：「紹興二十九年，予仲兄始入西省，至隆興二年，伯兄繼之。乾道三年，予又繼之。相距首尾九歲。予作謝表云：『父子相承，四上鑾坡之直；弟兄在望，三陪鳳閣之游。』比之前賢，實爲遭際。」此二句，蓋指洪邁未罷之前，親昵者無不欲與之合乘鸞車而爲之客也。

〔五〕「傾國」二句，《漢書》卷九七上《外戚傳》：「孝武李夫人本以倡進。初，夫人兄延年性知音，善歌舞，武帝愛之，每爲新聲變曲，聞者莫不感動。延年侍上起舞，歌曰：『北方有佳人，絶世而獨立。一顧傾人城，再顧傾人國。寧不知傾城與傾國，佳人難再得。』」

〔六〕「看書」二句，猶言尋舊錦書，裁新碧衫。柳永《燕歸梁》詞：「織錦裁篇寫意深，字值千金。」文同《翡翠》詩：「天人裁碧霞，爲爾縫衣裳。」蘇軾《次韻王郎子立風雨有感》詩：「爲君裁春衫，高會開桂籍。」

〔七〕「鶯蝶」句，李賀《秦宫》詩：「皇天厄運猶曾裂，秦宫一生花底活。」《後漢書》卷六四《梁冀傳》：「封冀妻孫壽爲襄城君，兼食陽翟租，歲入五千萬，加賜赤紱，比長公主。壽色美，而善爲妖態。作愁眉啼粧、墮馬髻、折腰步、齲齒笑，以爲媚惑。……冀愛監奴秦宫，官至太倉令，得出入壽所。壽見宮輒屏御者，託以言事，因與私焉。」按：又據此傳，後梁冀敗，與壽皆自殺死，所連公卿、列校、刺史、二千石，死者數十人，故吏賓客免黜者三百餘人，秦宮不知所終。

〔八〕「問誰」二句，薛道衡《昔昔鹽》詩：「暗牖懸蛛網，空梁落燕泥。」《太平御覽》卷五九一：「煬帝善屬文而不欲人出其右。司隸薛道衡由是得罪，後因事誅之，曰：『更能作空梁落燕泥否？』」按：洪适《滿庭芳·景盧有南昌之行用韻惜别兼簡司馬漢章》詞有小注：「漢章作山雨樓，景盧爲之記。」此二句蓋指司馬漢章新作山雨樓而言。

滿庭芳

和洪丞相景伯韻①〔一〕

傾國無媒，入宮見妒，古來顰損蛾眉〔二〕。看公如月，光彩衆星稀〔三〕。袖手高山流水，聽羣蛙鼓吹荒池〔四〕。文章手，直須補衮，藻火粲宗彝〔五〕。　癡兒公事了，吴蠶纏繞〔六〕，自吐餘絲。幸一枝粗穩，三徑新治〔七〕。且約湖邊風月，功名事欲使誰知？都休問，英雄千古，荒草没殘碑。

【校】

①題，四卷本丙集作「和洪景伯丞相韻」，此從廣信書院本。

【箋注】

〔一〕題，洪丞相景伯，《宋史》卷三七三《洪皓傳》：「子适、遵、邁。……适字景伯，皓長子也。……

皓使朔方，适年甫十三，能任家事，以皓出使恩補修職郎，紹興十二年與弟遵同中博學宏詞科。……除敕令所删定官，後三年，弟邁亦中是選，由是三洪文名滿天下。改秘書省正字，甫數月，皓歸忤秦檜，出知饒州，适亦出爲台州通判。……隆興二年二月，召貳太常，兼權直學士院。……乾道元年五月，遷翰林學士，仍兼中書舍人。……六月，除端明殿學士簽書樞密院事，上諭參政錢端禮、虞允文曰：『三省事與洪适商量。』東西府始同班奏事。八月，拜參知政事。……十二月，拜尚書右僕射同中書門下平章事兼樞密使。未幾春霖，适引咎乞退，林安宅抗疏論适，既而臺臣復合奏。三月，除觀文殿學士，提舉江州太平興國宫。尋起知紹興府、浙東安撫使，再奉祠，淳熙十一年薨，年六十八，謚文惠。适以文學聞望，遭時遇主，自兩制一月入政府，又四閲月居相位，又三月罷政。然無大建明以究其學，家居十有六年，兄弟鼎立，子孫森然，以著述吟詠自樂。」據洪适《盤洲文集》卷八〇所載《滿庭芳》詞題，知其原唱爲淳熙八年辛丑春日作。洪邁赴南昌在是年春末，前《滿江紅·席間和洪景盧舍人兼簡司馬漢章大監》詞已有「可堪風雨飄紅白」語，知稼軒所見洪适原唱及諸和章，皆經洪邁轉示，故稼軒此詞及再和、三和之作，亦必賦於是年暮春。

〔二〕「傾國」三句，傾國無媒，韓愈《縣齋有懷》詩：「悠悠指長道，去去策高駕。誰爲傾國媒，自許連城價。」蛾眉見妒，語出《離騷》，可參本卷《摸魚兒·淳熙己亥自湖北漕移湖南同官王正之置酒小山亭爲賦》詞（更能消幾番風雨闋）箋注。入宫見妒，《史記》卷八三《鄒陽列傳》：「故女無美惡，入宮見妒；士無賢不肖，入朝見嫉。」《駱丞集》卷四《代李敬業討武氏檄》：「入門見嫉，蛾眉不肯讓人；掩袂工讒，狐媚偏能惑主。」

〔三〕「看公」二句，釋皎然《杼山集》卷九《蘇州支硎山報恩寺法華院故大和尚碑》：「入室數子，皆弘我經。安公如月，遠公如星。」曹操《短歌行》：「月明星稀，烏鵲南飛。」

〔四〕「袖手」二句，袖手，《晉書》卷五〇《庾敳傳》：「時越府多儁異，敳在其中，常自袖手。」高山流水，《列子·湯問》：「伯牙善鼓琴，鍾子期善聽。伯牙鼓琴，志在登高山，鍾子期曰：『善哉，峩峩兮若泰山。』志在流水，鍾子期曰：『善哉，洋洋兮若江河。』」羣蛙鼓吹，《南齊書》卷四八《孔稚珪傳》：「不樂世務，居宅盛營山水，憑几獨酌，傍無雜事。門庭之內，草萊不剪，中有蛙鳴。或問之曰：『欲爲陳蕃乎？』稚珪笑曰：『我以此當兩部鼓吹，何必期效仲舉？』」

〔五〕「直須」二句，補袞，《詩·大雅·烝民》：「袞職有闕，維仲山甫補之。」注：「有袞冕者，君上之服也。仲甫補之，善補過也。」藻火粲宗彝，《尚書·益稷》：「予欲觀古人之象，日月星辰，山龍華蟲，作會宗彝，藻火粉米，黼黻絺繡，以五采彰施於五色，作服。」注：「會，五采也。以五成此畫焉。宗廟彝樽，亦以山龍華蟲爲飾。」又注：「天子服日月而下，諸侯自龍袞而下至黼黻，士服藻火。」

〔六〕「癡兒」二句，癡兒公事了，《晉書》卷四七《傅咸傳》：「駿弟濟素與咸善，與咸書曰：『江海之流混混，故能成其深廣也。天下大器，非可稍了，而相觀每事欲了。生子癡，了官事，官事未易了也。了事正作癡，復爲快耳。』」吳蠶纏繞，梅堯臣《送徐無黨歸婺州》詩：「吳蠶吐柔絲，越女織美紈。」黄庭堅《演雅》詩：「桑蠶作繭自纏裹，珠蝥結網工遮邏。」

〔七〕「幸一」二句，一枝粗穩，《莊子·逍遥遊》：「鷦鷯巢於深林，不過一枝；偃鼠飲河，不過滿腹。」三徑，《陶淵明集》卷五《歸去來兮辭》：「三徑就荒，松菊猶存。」按：趙岐《三輔決録》卷一：「蔣詡字元卿，舍中三徑，惟羊仲、求仲從之遊。二仲皆推廉逃名之士。」又：「求仲、羊仲，不知何許人，皆治車爲業，挫廉逃名。蔣元卿之去兖州，還杜陵，荆棘塞門，舍中有三徑，不出，惟二人從之遊，時人謂之二仲。」蘇轍《汝南遷居》詩：「客居汝南城，未覺吾廬非。忽聞鵲反巢，坐使鳩驚飛。三繞擇所安，一枝粗得依。」詞中三徑新治，謂稼軒營建帶湖新居。

【附録】

洪景伯适原詞

滿庭芳　辛丑春日作

華髪蒼頭，年年更變，白雪輕犯雙眉。六旬過四，七十古來稀。問柳尋花興懶，拈笻杖閑繞園池。尊中有，青州從事，無意唤瓊彝。　人生何處樂？樓臺院落，吹竹彈絲。奈壯懷銷鑠，病費醫治。漫道琴絃緑綺，遊魚聽、山水誰知？盤洲怨，盟鷗間闊，瘞鶴立新碑。（《盤洲文集》卷八〇）

又

和洪丞相景伯韻，呈景盧内翰①

急管哀絃，長歌慢舞，連娟十樣宫眉〔一〕。不堪紅紫，風雨曉來稀②。惟有楊花飛絮，依舊是萍滿方池③〔二〕。酴醾在〔三〕，青虬快剪〔四〕，插遍古銅彝。誰將春色去？鸞膠難覓，絃斷朱絲④〔五〕。恨牡丹多病，也費醫治。夢裏尋春不見，空腸斷怎得春知⑤？休惆悵，一觴一詠，須刻右軍碑〔六〕。

【校】

①題，四卷本甲集作「和洪丞相韻呈景廬舍人」，此從廣信書院本。②「來」，原作「稀」，據四卷本改。③「方」，四卷本、王詔校刊本、《六十名家詞》本、四印齋本俱作「芳」。④「朱」，王詔校刊本、《六十名家詞》本、四印齋本俱作「蛛」。⑤「腸斷」，王詔校刊本、《六十名家詞》本、四印齋本俱作「斷腸」。

【箋注】

〔一〕「急管」三句，急管哀絃，劉敞《劉永年部署清燕堂》詩：「椎牛釃酒捐長日，急管哀絃舞豔姝。」長歌慢舞，白居易《長恨歌》：「緩歌慢舞凝絲竹，盡日君王看不足。」連娟十樣宮眉，《文選》卷一九宋玉《神女賦》：「眉聯娟以蛾揚兮，朱脣的其若丹。」同書卷八司馬相如《上林賦》：「長眉連娟，微睇緜藐。」《說郛》卷七七下宇文氏《妝臺記》：「五代宮中畫眉，一曰開元御愛眉，二曰小山眉，三曰五岳眉，四曰三峰眉，五曰垂珠眉，六曰月稜眉，又名却月眉，七曰分梢眉，八曰涵煙眉，九曰拂雲眉，又名橫煙眉，十曰倒暈眉。東坡詩：『成都畫手開十眉，橫煙却月爭新奇。』」晏幾道《鷓鴣天》詞：「皇洲又奏圜扉靜，十樣宮眉捧壽觴。」

〔二〕「惟有」二句，蘇軾《水龍吟·次韻章質夫楊花》詞：「不恨此花飛盡，恨西園落紅難綴。曉來雨過，遺蹤何在？一池萍碎。」

〔三〕酴醿，《嘉定赤城志》卷三六：「酴醿，一名木香，有花大而獨出者，有花小而叢生者。叢生者尤香。舊傳洛京歲貢酒，其色如之。江西人採以爲枕衣。黄魯直詩，所謂『風流徹骨成春酒，夢寐宜人入枕囊』是也。」

〔四〕青虬快剪，《楚辭·九章·涉江》：「駕青虬兮驂白螭。」注謂虬螭皆神獸，宜於駕乘。《淮南子·覽冥訓》注，謂龍無角爲虬。據此二句詞意，似以青虬爲剪刀。白居易有《折劍頭》詩云：「拾得折劍頭，不知折之由。一握青蛇尾，數寸碧峰頭。」清《分類字錦》卷四一引此詩，則作「青虬尾」。杜甫《戲題畫山水圖歌》：「焉得并州快剪刀，剪取吴松半江水。」存此待考。

〔五〕「誰將」三句，誰將春色去，韓愈《晚春》詩：「誰收春色將歸去，慢緑妖紅半不存。」鸞膠，絃斷，《海内十洲記》：「鳳麟洲在西海之中央。……洲上多鳳麟數萬，各爲羣。又有山川池澤及神藥百種，亦多仙家，煮鳳喙及麟角，合煎作膏，名之爲續絃膠，或名連金泥。此膠能續弓弩已斷之絃，刀劍斷折之金。更以膠連續之，使力士掣之，他處乃斷，所續之際終無斷也。」陶穀《相思好》詞：「琵琶撥盡相思調，知音少。待得鸞膠續斷絃，是何年？」

〔六〕「一觴」二句，《晉書》卷八〇《王羲之傳》引其所撰《蘭亭序》：「雖無絲竹管絃之盛，一觴一詠，亦足以暢敘幽情。」

【附録】

洪景伯适原詞

滿庭芳　答景盧遺懷

蝴蝶夢魂，芭蕉身世，幾人得到龐眉？十分如意，天賦古今稀。晝日猥叨三接，摩鵬翼曾化鯤池。槐陰下，深慚房魏，那敢作封彝？　雁行争接翅，北門炬燭，西掖綸絲。幸歸來半世，園路先治。漁唱樵歌不到，鶯燕語、何畏人知？編花史，修篁千畝，封植具穹碑。（《盤洲文集》卷八〇）

又

遊豫章東湖，再用韻①〔一〕

柳外尋春，花邊得句，怪公喜氣軒眉〔二〕。《陽春白雪》，清唱古今稀〔三〕。曾是金鑾舊客，記鳳凰獨繞天池〔四〕。揮毫罷，天顔有喜，催賜尚方彝。公在詞掖，嘗拜尚方寶彝之賜②〔五〕。　只今江海上③，鈞天夢覺〔六〕，清淚如絲。算除非痛把，酒療花治。明日五湖佳興，扁舟去、一笑誰知〔七〕？溪堂好，且拚一醉，倚杖讀韓碑。堂記公所製〔八〕。

【校】

①題，四卷本甲集闕，此從廣信書院本。《永樂大典》卷二二六六湖字韻引此詞作「遊東湖」。②小注，「尚」，四卷本作「上」。「彝」，四卷本、《永樂大典》作「鼎」。③「江海上」，廣信書院本「海」原作「遠」，據四卷本及《永樂大典》改。王詔校刊本、《六十名家詞》本、四印齋本俱作「江山遠」。

【箋注】

〔一〕題，右詞爲稼軒與洪邁同遊豫章東湖，再次洪适原唱所作。故詞中所涉及皆洪邁舊事與見在事。

〔二〕「怪公」句，《文選》卷四三孔稚珪《北山移文》：「爾乃眉軒席次，袂聳筵上，焚芰製而裂荷衣，抗塵容而走俗狀。」六臣注：「軒，舉也，舉眉，謂喜也。」

〔三〕「陽春」二句，《文選》卷四五宋玉《對楚王問》：「客有歌於郢中者，其始曰《下里巴人》，國中屬而和者數千人。其爲《陽阿》《薤露》，國中屬而和者數百人。其爲《陽春》《白雪》，國中屬而和者數十人。引商刻羽，雜以流徵，國中屬而和者不過數人而已。是其曲彌高，其和彌寡。」

〔四〕「曾是」二句，金鑾舊客，見前《滿江紅·席間和洪景廬舍人兼簡司馬漢章大監》詞（天與文章閿）箋注。鳳凰獨繞天池，《文獻通考》卷五一《中書省》：「魏晉以來，中書監令掌贊詔命，記會時事，典作文書。以其地在樞近，多承寵任，是以人因其位，謂之鳳凰池焉。荀勖守中書監侍中，參贊朝政。及遷尚書令，勖久在中書，專管機事，失之甚悒。人有賀者，勖怒曰：『奪我鳳凰池，諸公何賀焉？』」

〔五〕「揮毫」三句及小注，天顏有喜，杜甫《紫宸殿退朝口號》：「晝漏稀聞高閣報，天顏有喜近臣知。」尚方彝，洪适《滿庭芳·酬趙泉》詞，有「皇華喜，争添泉貨，不鑄尚方彝」句。《漢書》卷一九《百官公卿表》：「尚方御府。」注：「尚方，主作禁器物。御府，主天子衣服也。」洪邁受尚方寶彝之賜，其事無載。

〔六〕釣天夢，見本書卷一《八聲甘州·壽建康帥胡長文給事》詞（把江山好處付公來闋）箋注。

〔七〕「明日」三句，五湖佳興及扁舟，見本卷《破陣子·爲范南伯壽》詞（擲地劉郎玉斗闋）箋注。

〔八〕「溪堂」三句及小注，〔乾隆〕《山東通志》卷九：「鄆州溪堂詩碑，在東平州。唐韓愈撰，牛僧孺書。」《昌黎集》卷一四《鄆州溪堂詩序》：「憲宗之十四年，始定東平，三分其地，以華州刺史禮部尚書兼御史大夫扶風馬公爲鄆曹濮節度觀察等使，鎮其地。……鄆爲虜巢且六十年。……天子以公爲尚書右僕射，封扶風縣開國伯以褒嘉之。公亦樂衆之和，知人之悦，而侈上之賜也，於是爲堂於其居之西北隅，號曰溪堂，以饗士大夫，通上下之志。……雖然，斯堂之作，意其有謂而喑無詩歌，是不考引公德而接邦人於道也。乃使來請其詩。」按：此溪堂，當指司馬漢章所作山雨樓及洪邁所作記。

【附録】

洪景伯适原詞

滿庭芳　景盧有南昌之行，用韻惜别，兼簡司馬漢章

雨洗花林，春回柳岸，窗間列岫横眉。老來光景，生怕聚談稀。何事扁舟西去，收杖屨、契闊魚池。流觴近，詩筒暫歇，焉用虎文彝？　良辰懷舊事，海棠花下，笑摘垂絲。歎五年一别，萬病難治。幾處繡衣塵跡？歌舞地、烏鵲曾知。君今去，珠簾暮捲，山雨拂崇碑。漢章作山雨樓，景盧爲之記。（《盤洲文集》

卷八〇）

趙善括和章

滿庭芳　用洪景盧韻

蝶粉蜂黄，桃紅李白，春風屢展愁眉。曉來雨過，應漸覺紅稀。滿徑柔茵似染，新晴後皺緑盈池。休孤負，幕天席地，逸飲酹金彝。　東君真好事，絳唇歌雪，玉指鳴絲。念長卿多病，非藥能治。試假瑶琴一弄，清音轉、便許心知。從今去，園林好在，休學峴山碑。（《應齋雜著》卷六）

祝英臺近　晚春①〔一〕

寶釵分，桃葉渡②〔二〕，煙柳暗南浦〔三〕。怕上層樓③，十日九風雨。斷腸片片飛紅④，都無人管，更誰勸啼鶯聲住⑤？　鬢邊覷，試把花卜歸期⑥，才簪又重數〔四〕。羅帳燈昏，哽咽夢中語⑦。是他春帶愁來，春歸何處，却不解帶將愁去⑧〔五〕？

【校】

①調，四卷本甲集「近」作「令」。題，《中興絶妙詞選》卷三、《草堂詩餘》卷二、《花草粹編》卷一五作「春晚」，此從廣信書院本。　②「渡」，《中興絶妙詞選》作「度」。　③「怕」，《草堂詩餘》、《花草粹編》作「陌」。　④「片片」，《中興絶妙詞選》、《草堂詩餘》、《花草粹編》俱作「點點」。　⑤「更誰」句，「更」，《中興絶妙詞選》、《花草粹編》作「倩」。　⑥「試」，廣信書院本原作「應」，此據四卷「勸」，《花草粹編》作「唤」。「啼」，四卷本、《中興絶妙詞選》作「流」。

本、《中興絶妙詞選》本改。「歸」，四卷本作「心」。⑦「哽」，四卷本、《中興絶妙詞選》本作「嗚」。⑧「却」，《中興絶妙詞選》本作「又」。「帶將愁去」，四卷本作「和愁將去」。

【箋注】

〔一〕題，右詞爲閨中怨别懷人之作，上片送人，男送女；下片懷人，女懷男。雖有桃葉渡、南浦等地名，然大致爲虚擬，故寫作時地已無從考知。張端義《貴耳集》卷下：「吕婆即吕正己之妻，淳熙間姓名亦達天聽。蘇養直家孫女曰蘇婆，其嚴毅不可當。三五十年朝報奏疏，琅琅口誦，不脱一字。舊京畿有二漕，一吕揩，一吕正己。揩家諸姬甚盛，必約正己通宵飲。吕婆一日大怒，踰牆相詈，揩之子一彈碎其冠。事徹孝皇，兩漕即日罷。今止除一漕，自此始。吕婆有女事辛幼安，因以微事觸其怒，竟逐之。今稼軒桃葉渡詞，因此而作。」按：此事真僞難辨，疑出不實傳聞。吕揩即吕頤浩第四子，見《景定建康志》卷四八《吕頤浩傳》。而吕正己始末則不詳。據〔雍正〕《浙江通志》卷一一五，知字穆叔，當爲會稽人。《咸淳臨安志》卷五〇載乾道九年吕揩與吕正己同任兩浙轉運判官。而《宋會要輯稿·職官》七二之一二則載：「淳熙二年二月二十二日，兩浙轉運副使吕揩、吕正己並放罷。以言者論二人僥求進用，勢既相軋，互相攻擊故也。」則同爲副使。《職官》七二之二三又載：「淳熙五年八月二十六日，浙東提刑傅自得、浙西提刑吕正己並放罷。……正己閨門之内，醜聲著聞，每所居官，政由内出。昨守鎮江，致禁囚越獄竄逸，乃歸過於司理以自免，故有是命。」至吕正己之妻蘇氏，《渭南文集》卷三五《夫人孫氏墓志銘》亦載：「夫人孫氏，會稽山陰人。……考綜，宣義郎致仕，母同郡梁氏。……既笄，歸今文林郎寧海軍節度推官蘇君瑑。……推官女兄，實朝議大夫直顯謨閣吕公正己之夫人，性堅正，善持家法。凡家人，必責以法度，不知者以爲過嚴，至夫人能事之，則終身怡怡，未嘗少忤。」又《南澗甲乙稿》卷二〇《故中散大夫致仕蘇公墓志銘》：「男三人，長玭也，今爲承議郎新通判明州。璉早世。瑑某官。女四人，長適朝請大夫直顯謨閣吕正己。」據此，鄧廣銘先生於《稼軒詞編年箋注》此詞編年中謂：「是則《貴耳集》所記吕正己之仕歷及其夫人之嚴毅性行，並不誣罔。然吕氏身爲顯宦，而謂其有女事稼軒，事甚難解。」此言甚是。今既無法證實其說之必無，亦無法證實其說之必有。姑存其說，且附其詞於淳熙八年春。

〔二〕「寶釵」二句，寶釵分，唐宋之際，情人言别，有分釵之制。江洵《燈下閑談》：「吕用之在維揚日，佐渤海王擅政害人。……中和四年秋，有商人劉損挈家乘巨船自江夏至揚州，用之凡遇公私往來，悉令損覘行止。劉妻裴氏有國色，用之以陰事取其裴氏，劉下獄，獻金百兩免罪。雖脱非横，然亦憤惋，因成詩三首曰：『寶釵分股合無緣，魚在深淵日在天。得意紫鸞休舞鏡，斷蹤青鳥罷銜箋。……』」王明清《玉照新志》卷四：「紹興己卯，張安國爲右史，明清與仲信兄、左鄯舉善、郭世模從范、李大正正之、李泳子永，多館於安國家。春日，諸友同遊西湖，至普安寺，於窗户間得玉釵半股，青蚨半文，想是遊人歡洽所分授，偶遺之者。各賦詩以紀其事，歸以録示安國，安國云：『我當爲諸公考校之。』明清云：『淒涼寶鈿初分際，愁絶清光欲破時。』安國云：『仲言宜在第一。』」《藝文類聚》卷三二：「梁陸罩詩曰：『自憐斷帶日，偏恨分釵時。』」桃葉渡，《至大金陵新志》卷四下：「桃葉渡在秦淮口。桃葉本王獻之愛妾名，其妹曰桃根。獻之詩曰：『桃葉復桃葉，渡江不用楫。』謂横波急也。遂歌以送之，此渡因名。」餘參本書卷一《念奴嬌·西湖和人韻》詞（晚風吹雨闋）箋注。

〔三〕「煙柳」句，《文選》卷一六江淹《别賦》：「春草碧色，春水渌波。送君南浦，傷如之何？」六臣注：「《楚辭》曰：『子交手兮東行，送美人兮南浦。』……送君送夫也，南浦，送别之處。」按：《楚辭》「送美人兮南浦」，語出《九歌·河伯》。王逸注謂「願河伯送己南至江之涯，歸楚國也」，均未言南浦之具指何地也。王安石《晚歸》詩：「岸迴重重柳，川低渺渺河。不愁南浦暗，歸伴有姮娥。」

〔四〕「試把」二句，花卜，鄧注謂「花卜之法未詳，當是以所簪花瓣之單雙，占離人歸信之準的，故云才簪又重卜也」。今按：劉過《賀新郎·春思》詞下片云：「佳人無意拈針綫。繞朱闌六曲徘徊，爲他留戀。試把花心輕輕數，暗卜歸期近遠。奈數了依然重怨。」當以花蕊之數卜歸，非以花瓣也。然亦可見宋時人確有以花卜歸期之法。吴則虞謂：「古無以花卜者，此花爲燈花之省。元郭鈺《送遠曲》：『歸期未定須寄書，誤人莫誤燈花卜。』當是。」此言誤。

〔五〕「是他」三句，帶將愁去，李邴《洞仙歌·柳花》詞：「又恐伊家忒疏狂，驀地和春，帶將愁去。」不解，謂不能也。陳鵠《耆舊續聞》卷二：「辛幼安詞：『是他春帶愁來，春歸何處，却不解帶將愁去。』人皆以爲佳，不知趙德莊《鵲橋仙》詞云：『春愁元自逐春來，却不肯隨春歸去。』蓋德莊又體。李漢老《楊花》詞：『驀地便和春，帶將歸去。』大抵後之作者，往往難追前人。」劉克莊《後村先生大全集》卷一七三《詩話》前集：「雍陶《送春》詩云：『今日已從愁裏去，明年更莫共愁來。』稼軒詞云：『是他春帶愁來，春歸何處，却不解帶將愁去。』雖用前語而反勝之。」黄昇《詩人玉屑》卷二一引《中興詞話》：「『寶釵分，……』此辛稼軒詞也。風流嫵媚，富於才情，若不類其爲人矣。」

又〔一〕

緑楊堤，青草渡，花片水流去〔二〕。百舌聲中，唤起海棠睡〔三〕。斷腸幾點愁紅？啼痕猶在，多應怨夜來風雨〔四〕。別情苦。馬蹄踏遍長亭，歸期又成誤。簾捲青樓，回首在何處？畫梁燕子雙雙，能言能語，不解説相思一句。

【箋注】

〔一〕題，右詞無題，作年不詳。然其所寫豔情別情，終與前闋相似，故附次於此。

〔二〕「花片」句，元稹《古豔詩》二首：「深院無人草樹光，嬌鶯不語趁陰藏。等閑弄水流花片，流出門前賺阮郎。」

〔三〕「百舌」二句，百舌，羅願《爾雅翼》卷一四《反舌》：「反舌春始鳴，至五月止，能變其舌，反易其聲，以效百鳥之鳴，故名反舌，又名百舌。《淮南子》曰：『人有多言者，猶百舌之聲。人有少言者，猶不脂之户。謂多言而不得其要，徒爲譊譊耳。』」海棠睡，釋惠洪《冷齋夜話》卷一《詩出本處》條：「上皇登沉香亭，詔太真妃子。妃子時卯醉未醒，命力士從侍兒扶掖而至。妃子醉顔殘妝，鬢亂釵横，不能再拜。上皇笑曰：『豈是妃子醉？真海棠睡未足耳。』」謂出《楊太真外傳》，然《説郛》卷一一一樂史《楊太真外傳》未載。

〔四〕夜來風雨，孟浩然《春曉》詩：「春眠不覺曉，處處聞啼鳥。夜來風雨聲，花落知多少？」

惜分飛

春思①〔一〕

翡翠樓前芳草路，寶馬墜鞭暫駐②〔二〕。最是周郎顧，尊前幾度歌聲誤③〔三〕？　望斷碧雲空日暮，流水桃源何處〔四〕？聞道春歸去，更無人管飄紅雨〔五〕。

【校】

①題，廣信書院本、四卷本乙集俱闕，此從王詔校刊本、《六十名家詞》本、四印齋本補入。②「暫」，四卷本作「曾」，此從廣信書院本。③「尊前」，原闕，據四卷本補。

【箋注】

〔一〕題，本闋以下詞六首，作年無本事可考。玩其語意，似均在中年遊宦之時，故又多調笑歌妓之作。無能確定編年，姑均彙編於《祝英臺近》二詞之後。

〔二〕「翡翠」二句，翡翠樓，江南確有此樓否未詳。據唐人詩作，或泛言之耳。喬知之《梨園亭子侍宴》詩：「年光陌上發，香輦禁中遊。草緑鴛鴦殿，花紅翡翠樓。」李商隱《擬意》詩：「妙選茱萸帳，平居翡翠樓。雲屏不取暖，月扇未遮羞。上掌真何有？傾城豈自由？」墜鞭，《太平廣記》卷四八四《李娃傳》：「抵長安，居於布政里。嘗遊東市，還自平康東門，入，將訪友於西南，至鳴珂曲，見一宅，門庭不甚廣而室宇嚴邃，闔一扉，有娃方憑一雙鬟青衣立，妖姿要妙，絶代未有。生忽見之，不覺停驂久之，徘徊不能去。乃詐墜鞭於地，候其從者敕取之。累眄於娃，娃回眸凝睇，情甚相慕，竟不敢措辭而去。」

〔三〕「最是」二句，《三國志·吴志》卷九《周瑜傳》：「瑜少精意於音樂，雖三爵之後，其有闕誤，瑜必知之，知之必顧。故時人謡曰：『曲有誤，周郎顧。』」

〔四〕「望斷」二句，碧雲日暮，見本卷《念奴嬌·登建康賞心亭呈史留守致道》詞（我來弔古闋）箋注。流水桃源，參本書卷一《滿江紅·再用前韻》詞（照影溪梅闋）箋注。

〔五〕飄紅雨，李賀《將進酒》：「況是青春日將暮，桃花亂落如紅雨。」歐陽修《桃源憶故人》詞：「鶯愁燕苦春歸去，寂寂花飄紅雨。」

戀繡衾　無題

夜長偏冷添被兒①。枕頭兒移了又移。我自是笑别人底，却元來當局者迷〔一〕。　如今只恨因緣淺，也不曾抵死恨伊②〔二〕。合下手安排了③，那筵席須有散時〔三〕。

【校】

①「夜長」，王詔校刊本、《六十名家詞》本、四印齋本作「長夜」，此從廣信書院本。②「抵」，廣信書院本原作「底」，此從王詔校刊本、《六十名家詞》本、四印齋本改。③「下手」，王詔校刊本、《六十名家詞》本、四印齋本作「手下」。

【箋注】

〔一〕當局者迷，《舊唐書》卷一〇二《元行沖傳》引其所著《釋疑》：「客曰：『當局稱迷，旁觀見審。累朝銓定，故是周詳，何所爲疑，不爲申列？』」

〔二〕抵死，到死，謂始終，總是也。

〔三〕「合下」二句，合下手，便應着手去做。《朱子語類》卷一二一《訓門人》：「或問：某欲克己而患未能。曰：此更無商量。人患不知耳，既已知之，便合下手做，更有甚商量？爲人由己，而由人乎哉？」《宋元語言詞典》謂應作「合手下」，又釋爲此時、當下，恐不確。筵席有散時，陳世崇《隨隱漫録》卷三：「四明倪君奭臨終，賦《夜行船》詞云：『年少疏狂今已老，筵席散，雜劇打了，生向空來，死從空去。』」林希逸《莊子口義》卷六：「此以下數句，曲盡人情。有合則有離，所謂世間無不散筵席也。」明陳桷《石山醫案》附録《先考府君古朴先生行狀》：「以生脉湯進，公却之，曰：『壽比吾父已多八年，世無不散筵席，何以藥爲？』」按：陳世崇、林希逸俱南宋理宗以後人，晚於稼軒，故知記載「世無不散筵席」之民間俗語者，最早即此詞也。

糖多令

淑景鬥清明〔一〕，和風拂面輕。小杯盤同集郊坰。着箇簪兒不肯上，須索要〔二〕，大家行。

行步漸輕盈，行行笑語頻。鳳鞋兒微褪些根〔三〕。忽地倚人陪笑道：真箇是，腳兒疼。

【箋注】

〔一〕「淑景」句，鬥，此同陡。蘇軾《寒食與器之游南塔寺寂照堂》詩：「城南鐘鼓鬥清新，端爲投荒洗瘴塵。」言陡然也。

〔二〕須索，强求也。《新唐書》卷一三九《李泌傳》：「泌請天下供錢歲百萬給宫中，勸不受私獻。凡詔旨須索，即代兩税，則方鎮可以行法，天下紓矣。」《宋史》卷二七七《鄭文寶傳》：「嘗出手札密戒，令邊事與僚屬計議，勿得過有須索，重擾於下。」《老學庵筆記》卷二：「王聖美子韶，元祐末以大蓬送北客至瀛，賜宴罷，有振武都頭卒，不堪一行人須索，忽操白刃入斫聖美。」以上三例，均唐宋人用語，可證也。

〔三〕「鳳鞋」句，朱淑真《憶秦娥·正月初六夜月》詞：「彎彎曲，新年新月鈎寒玉。鈎寒玉，鳳鞋兒小，翠眉兒蹙。」劉過《沁園春·美人足》詞：「銷金樣窄，載不起盈盈一段春。嬉遊倦，笑教人款捻，微褪些跟。」《説郛》卷二〇下周遵道《豹隱紀談》：「阮郎中《贈妓》詞云：『東風捻就，腰肢纖細，繫的粉裙兒不起。從來只慣掌中看，忍教在燭花影裏。更闌應是，酒紅微褪，暗蹙損眉兒嬌翠。夜深着輛小鞋兒，靠那箇屏風立地。』」據此，知宋代歌舞妓，慣著窄小尖鞋，以便於舞蹈旋轉。然此種舞鞋不便行走，故此女遂褪出足跟，將鞋後跟踩在脚下，趿拉而行，此「微褪些根」之義也。

南鄉子　贈妓①

好箇主人家，不問因由便去嗏〔一〕。病得那人妝晃子②〔二〕，巴巴〔三〕，繫上裙兒穩也哪。別淚没些些，海誓山盟總是賒〔四〕。今日新歡須記取，孩兒，更過十年也似他。

【校】

①題，四卷本乙集原闕，據《稼軒集抄存》補。　②「子」，原作「了」，據《稼軒集抄存》改。

【箋注】

〔一〕「不問」句，龍潛庵《宋元語言詞典》：「嗏，語氣詞。辛棄疾《南鄉子》詞：『好個主人家，不問因由便去嗏。』《董西厢》卷一：『被你風魔了人也嗏！風魔了人也嗏！』吴弘道《金字經》曲：『海棠秋千架，洛陽官宦家，燕子堂深竹映紗。嗏！路人休問他，夕陽下，故宫鶯落花。』《清平山堂話本·楊温攔路虎傳》：『這漢要共李貴使棒？嗏！你如何贏得他！』」按：書證中嗏多爲語氣詞，然稼軒此詞嗏當有實義。以上所引四例，後二例真語氣詞，與右詞非一類，董解元《西廂記》則與右詞用法同。殆右所謂「便去嗏」，疑嗏同叉，有遣送、開除之意，與《董西厢》顛狂潦倒之義近，皆落魄之形容也。

〔二〕「病得」句，病得，意即害得、弄得。妝晃子，意即扮樣子，像酒招子一樣，懸於竿上者。此句言人很瘦，不禁風。

〔三〕巴巴，謂那人站立不穩，有勉强站立之意。

〔四〕總是睬，睬謂奢望。

鷓鴣天

一片歸心擬亂雲〔一〕，春來諳盡惡黄昏。不堪向晚簷前雨〔二〕，又待今宵滴夢魂。　爐燼冷，鼎香氛，酒寒誰遣爲重温？何人柳外横雙笛，客耳那堪不忍聞。

【箋注】

〔一〕「一片」句，翁承贊《漢上登舟憶閩》詩：「一片歸心隨去櫂，願言指日拜文翁。」程垓《念奴嬌·秋夜》詞：「排悶人間，寄愁天上，終有歸時節。如今無奈，亂雲依舊千疊。」

〔二〕「不堪」句，《五燈會元》卷一四《大洪預禪師法嗣》：「臨江軍慧力悟禪師，上堂：『一切聲是佛聲，簷前雨滴響泠泠。一切色是佛色，覿面相呈諱，不得便恁麽？若爲明碧天，雲外月華清。』」

又

困不成眠奈何？情知歸未轉愁多。暗將往事思量遍，誰把多情惱亂他？些底事，誤人哪，不成真箇不思家〔一〕。嬌癡却妒香香睡，喚起醒鬆説夢些〔二〕。

【箋注】

〔一〕不成，不至於也。《詩詞曲語辭匯釋》解作「難道」，爲反詰詞，余以爲其程度尚輕，故作此解。

〔二〕「嬌癡」二句，香香，秦觀《迎春樂》詞：「早是被曉風力暴，更春共斜陽俱老。怎得香香深處，作箇蜂兒抱？」香香，一本作花香。《稼軒詞編年箋注》解香香爲稼軒侍女名，恐非是。或指某種香花香木，昏睡不醒，而已却困不成眠，故欲喚起醒鬆説夢也。醒鬆説夢，周邦彦《望江南》詞：「惺鬆言語勝聞歌，何況會婆娑！」毛滂《最高樓》詞：「小睡還驚覺，略成輕醉早醒鬆。」醒鬆，清醒也。

賀新郎 賦滕王閣①〔一〕

高閣臨江渚〔二〕。訪層城空餘舊跡，黯然懷古。畫棟朱簾當日事②，不見朝雲暮雨。但遺意西山南浦③〔三〕。天宇修眉浮新緑〔四〕，映悠悠潭影長如故④。空有恨，奈何許？　王郎健筆誇翘楚。到如今落霞孤鶩，競傳佳句〔五〕。物换星移知幾度？夢想珠歌翠舞〔六〕。

爲徙倚闌干凝竚〔七〕。目斷平蕪蒼波晚，快江風一瞬澄襟暑。誰共飲？有詩侶。

【校】

①題，四卷本丁集闕，此從廣信書院本。②「朱」，四卷本作「珠」。③「意」，《六十名家詞》本作「下」。④「長」，《六十名家詞》本作「恨」。

【箋注】

〔一〕題，《輿地紀勝》卷二六《江南西路·隆興府》：「滕王閣，在郡城之西，唐高祖之子滕王元嬰所建也。夾以二亭，南曰壓江，北曰挹秀。自唐至今，名士留題甚富。王勃記。」范成大《驂鸞録》：「四日，泛江至隆興府，泊南浦亭。五日，登滕王閣，其故基甚侈，今但於城上作大堂耳。榷酤又借以賣酒，佩玉鳴鸞之罷久矣。其下江面極闊，雲濤浩然。西山相去既遠，遂不能一至。」按：范氏於乾道八年底赴廣西帥任，途經隆興府得登滕王閣，與稼軒淳熙八年帥江西時隔九年耳，其所見必與稼軒所賦者同。據末句，右詞作於淳熙八年夏。

〔二〕「高閣」句，此句及詞中多引王勃《滕王閣》詩。其全詩爲：「滕王高閣臨江渚，珮玉鳴鸞罷歌舞。畫棟朝飛南浦雲，朱簾暮捲西山雨。閑雲潭影日悠悠，物换星移幾度秋。閣中帝子今何在，檻外長江空自流。」

〔三〕「但遺」句，《輿地紀勝》同卷：「西山，在新建西，大江之外，高二千丈，周三百里，壓豫章數縣之地。《寰宇記》云：『又名南昌山。』」《方輿勝覽》卷一七《江西路·隆興府》：「西山，余安道記：在縣西四十里。巖岫四出，千峰北來，嵐光染空，高二千丈，屬連三百里。」《輿地紀勝》同卷又載：「南浦亭，在廣潤門外，下瞰南浦，往來舟艤於此，在唐固已有之。」

〔四〕「天宇」句，韓愈《南山》詩：「天宇浮修眉，濃緑畫新就。」黄庭堅《念奴嬌·八月十八日同諸生步自永安城樓過張寬夫園待月偶有名酒因以金荷酌衆客客有孫彦立善吹笛援筆作樂府長短句文不加點》詞：「斷虹霽雨，净秋空，山染修眉新緑。」

〔五〕「王郎」三句，王郎健筆，落霞孤鶩，傳佳句，《新唐書》卷二〇一《文藝》上《王勃傳》：「初，道出鍾陵。九月九日，都督大宴滕王閣，宿命其婿作序以誇客。因出紙筆徧請，客莫敢當。至勃，沆然不辭。都督怒，起更衣，遣吏伺其文輒報，一再報，語益奇。乃矍然曰：『天才也。』請遂成文，極歡罷。」《唐摭言》卷五：「王勃著《滕王閣序》，時年十四。都督閻公不之信，勃雖在座，而閻公意屬子婿孟學士者，爲之已宿構矣。及以紙筆延讓賓客，勃不辭讓。公大怒，拂衣而起，專令人伺其下筆，第一報云：『南昌故郡，洪都新府。』公曰：『亦是老生常談。』又報云：『星分翼軫，地接衡廬。』公聞之沉吟，不言。又云：『落霞與孤鶩齊飛，秋水共長天一色。』公矍然而起曰：『此真天才，當垂不朽矣。』遂亟請宴所，極歡而罷。」翹楚，《詩·周南·漢廣》：「翹翹錯薪，言刈其楚。」箋：「楚雜薪之中，尤翹翹者。」

〔六〕珠歌翠舞，周邦彦《尉遲杯·離别》詞：「治葉倡條俱相識，仍慣見珠歌翠舞。」

〔七〕徙倚闌干，趙師使《水調歌頭·萬載煙雨樓》詞：「雲林城市，層列知有幾重重。更上危亭高處，徙倚闌干虛敞，象緯逼璇穹。」

昭君怨

豫章寄張守定叟①〔一〕

長記瀟湘秋晚，歌舞橘洲人散〔二〕。走馬月明中，折芙蓉〔三〕。　今日西山南浦，畫棟珠簾雲雨〔四〕。風景不爭多〔五〕，奈愁何？

【校】

①題，四卷本甲集「守」字闕，此從廣信書院本。

【箋注】

〔一〕題，張守定叟，《宋史》卷三六一《張浚傳》：「子二人，栻、杓，栻自有傳。杓字定叟，以父恩授承奉郎，歷廣西經略司機宜，通判嚴州。方年少，已有能稱。浙西使者薦所部吏，而不及杓，孝宗特令再薦。召對，差知袁州。戢豪彊，弭盜賊。尉獲盜上之州，杓察知其枉，縱去，莫不怪之。未幾，果獲真盜。改知衢州，兄栻喪，無壯子，請祠以營葬事，主管玉局觀。遷湖北提舉常平。奏事，帝大喜，諭輔臣曰：『張浚有子如此。』……進端明殿學士，復知建康府。以疾乞祠卒。杓天分高爽，吏材敏給，遇事不凝滯，多隨宜變通，所至以治辦稱。南渡以來論尹京者，以杓爲首。」據《朱文公文集》卷八九《右文殿修撰張公神道碑》，張栻卒於淳熙七年二月甲申，碑載：「淳熙七年春二月甲申，秘閣修撰荆湖北路安撫廣漢張公卒於江陵之府舍。其弟衡州使君杓，護其柩以歸葬於潭州衡陽縣楓林鄉龍塘之原。」按：據〔正德〕《袁州府志》卷六，張杓於淳熙四年知袁州，明年仍在任内，彭龜年《止堂集》卷一三有《上袁州張守啓》，題下自注「戊戌夏」，即淳熙五年夏。其任滿改知衡州當在淳熙六年。《宋史》本傳謂其改知衢州，「衢」當爲「衡」之誤。然未及到任，即因其兄張栻之卒而奉祠，故終未到衡州任。此《永樂大典》卷八六四七衡字韻引《衡州府圖經志》之《郡守題名》，載李椿淳熙六年六月到，九月罷，而趙彦恂淳熙七年八月到，八年九月罷，其淳熙六年九月至淳熙七年八月間並未載張杓任衡州守臣之故。稼軒所稱張守，當指其新任衡州守臣而言。稼軒右詞作於淳熙八年，其時張杓當仍奉祠家居於潭州。

〔二〕「長記」二句，《方輿勝覽》卷二三《湖南路·潭州》：「橘洲，《類要》：在長沙西南四十里湘江中。四洲曰橘洲，曰直洲，曰誓洲，曰白小洲。江中水泛，惟此不没，上多美橘，故名。」張浚自紹興末年寓居潭州，卒後即葬於衡山。而張栻兄弟亦居於潭州，故張栻卒，張杓請祠以營葬事，即家居於此。當淳熙七年稼軒知潭州兼湖南安撫使時，張杓得從遊於瀟湘橘洲之上。

〔三〕「走馬」二句，走馬月明中，王安石《送吴顯道五首》詩：「落拓舊遊應記得，插花走馬月明中。」

〔四〕「今日」二句，見前《賀新郎·賦滕王閣》詞（高閣臨江渚閱）箋注。

折芙蓉，徐夤《尚書筵中詠紅手帕》詩：「無事把將纏皓腕，爲君池上折芙蓉。」

〔五〕不争多，宋人口語，謂差不多。《朱子語類》卷一二五《老氏》：「問孟子與莊子同時否？

曰：莊子後得幾年，然亦不争多。」卷一三四《歷代》：「吴越國勢人物亦不争多，越尚着許多氣力。今敵何止於吴？」風景不争多，謂豫章與潭州風景差不多。此義《詩詞曲語辭匯釋》皆不曾道得。

木蘭花慢

席上送張仲固帥興元①〔一〕

漢中開漢業〔二〕，問此地，是耶非？想劍指三秦，君王得意，一戰東歸〔三〕。追亡事今不見②，但山川滿目淚沾衣〔四〕。落日胡塵未斷，西風塞馬空肥〔五〕。　一編書是帝王師③。小試去征西〔六〕。更草草離筵，匆匆去路，愁滿旌旗。君思我回首處，正江涵秋影雁初飛〔七〕。安得車輪四角？不堪帶減腰圍〔八〕。

【校】

①調，廣信書院本原闕「慢」字，據各本補。題，四卷本甲集「送」作「呈」。《中興絶妙詞選》卷三無「席上」二字。此從廣信書院本。　②「追」，《六十名家詞》本作「興」。　③「編」，廣信書院本、《六十名家詞》本作「篇」，此從四卷本、《中興絶妙詞選》本改。

【箋注】

〔一〕題，張仲固名堅，綱子，鎮江人。劉宰《京口耆舊傳》卷七：「堅字仲固，郊恩補承務郎，再擢紹興甲戌進士第，監臨安府新城税、楚州鹽場、鎮江榷貨務門。……湯公鵬舉爲御史中丞，薦爲臺簿，父綱亦以耆德召，父子聯舟東上，時以爲榮。引嫌改國子監簿。會綱晉參大政，遂畀祠禄。……連丁大艱，率禮無違，服闋，除將作監丞，改添差通判常州。秩滿，差提舉福建市舶。……進直寶文閣知泉州，兼提舉舶司。……以目眚丐祠，除江南路轉運判官。時方救荒，擇所部廉明吏爲局官，講明於上，俾局官各擇所知，奉行於上，故所行無非實政。又以爲議所以予之，不若寬所以取之，蠲所部租以石計四十三萬二千，錢帛稱之。民持布帛竹木果實入市，並除其稅。居一歲，興元擇牧，難其人，遂畀帥節。在興元……民甚德之，而堅以勤瘁得疾，八月除户部郎中四川總領，視事甫旬日卒。」按：堅「除江南路轉運判官」之後，原有小注：「《容齋三筆》云：『余於江西見轉運判官張堅衣緋，張嘗知泉州，紫袍矣。』」是書載堅除江南路轉運判官，在知泉州之後，正與《容齋三筆》合，江西蓋屬江南路。」《南宋館閣續録》卷五《進詩》：「淳熙五年九月，恭和御製《秋日幸秘書省》近體詩，……直寶文閣新江南西路轉運判官張堅，……各一首。……十月内，蒙朝廷降付本省，編類成册，藏於秘閣。」其時進和詩者，除在臨安任職之官員外，還包括新除之諸路官員，據此知張堅當時尚未到江西漕任職。《宋會要輯稿・瑞異》二之二五載：「淳熙八年七月十七日詔，去年諸路州軍有旱傷去處，其監司守臣修舉荒政，民無浮殍，各與除職轉官。既而……江西運副錢佃、知興元府張堅、知隆興府辛棄疾……各轉一官。」鄧廣銘先生據此認爲：「張仲固之帥興元應始於七年，且淳熙七年江西運副錢佃即有『修舉荒政』事，而於八年與張堅等同時被奬轉官，則張、錢之交代江西漕運事當有淳熙六年秋。」

據上舉有關張堅諸事推考，其赴江西任，當在淳熙七年。《朱文公文集》卷七九《江西運司養濟院記》：「淳熙五年，判官開封趙公某，復以私錢百四十萬買田東關羅舍。病者又得以食。七年，……是年春，趙公亦以吏部侍郎召。」此中趙公即趙汝愚，自淳熙五年至七年春，任江西轉運判官。江西運判既有人，張堅任此官須待闕。其接趙汝愚運判，應即在淳熙七年春之後。而其卸任，當在淳熙八年秋。蓋淳熙七年諸路旱傷，而八年春致大饑，遂有救荒之事。鄧先生謂張堅乃有與錢佃交代江西漕運事則大誤，江西轉運司除運副、運判各一人，張堅乃運判，安得與副使錢佃交代？知其編年必誤。而《京口耆舊傳》謂張堅居官一歲，改除興元牧，則其帥興元，自當在淳熙八年。《宋會要》所載因淳熙七年修舉荒政而所轉一官之江西官員中，張堅所標舉之知興元府職務，必其新任官，淳熙八年七月其受奬時當尚未赴任。其自隆興府赴興元，應即在淳熙八年秋日。右詞爲稼軒在江西安撫使任上所設送別宴席中之賦詠。興元府，《輿地紀勝》卷一八三《利州路》：「興元府，次府，梁州、漢中郡，山南西道節度，利州路安撫使，利州東西兩路十七郡皆屬焉。……秦伐蜀，取南鄭。秦敗楚師於丹陽，取漢中郡。項羽封漢高帝爲漢王，都於此。……唐末歸於岐，二蜀王氏、孟氏繼有其地，國朝平蜀地，歸版圖，鑄興元尹印，分益梓利夔四路，興元府爲利州路，利路帥治興元，後分利州東西路，而興元爲利東路。」

〔二〕「漢中」句，《史記》卷七《項羽本紀》：「分天下，立諸將爲侯王。項王、范增疑沛公之有天下，……故立沛公爲漢王，王巴、蜀、漢中，都南鄭。」南鄭即漢中。漢王蓋因漢中以成就帝業。

〔三〕「想劍」三句，《史記》卷八《高祖本紀》：「至南鄭，諸將及士卒多道亡歸，士卒皆歌思東歸。……八月，漢王用韓信之計，從故道還，襲雍王章邯。邯迎擊漢陳倉，雍兵敗，還走。止戰好時，又復敗，走廢丘。漢王遂定雍地，東至咸陽。」同書卷九二《淮陰侯列傳》：「信再拜賀曰：『……今大王誠能反其道，任天下武勇，何所不誅？以天下城邑封功臣，何所不服？以義兵從思東歸之士，何所不散？且三秦王爲秦將，將秦子弟數歲矣，所殺亡不可勝計。……今大王舉而東，三秦可傳檄而定也。』於是漢王大喜，自以爲得信晚，遂聽信計，部署諸將所擊。八月，漢王舉兵東出陳倉，定三秦。」三秦，同書卷七《項羽本紀》：「三分關中，王秦降將以距塞漢王，項王乃立章邯爲雍王，王咸陽以西，都廢丘。長史欣者故爲櫟陽獄掾，嘗有德於項梁，都尉董翳者，本勸章邯降楚，故立司馬欣爲塞王，王咸陽以東至河，都櫟陽。立董翳爲翟王，王上郡，都高奴。」

〔四〕「追亡」二句，追亡，《史記》卷九二《淮陰侯列傳》：「信數與蕭何語，何奇之。至南鄭，諸將行道亡者數十人。信度何等已數言上，上不我用，即亡。何聞信亡，不及以聞，自追之。人有言上曰：『丞相何亡。』上大怒，如失左右手。居一二日，何來謁上，上且怒且喜，駡何曰：『若亡何也？』何曰：『臣不敢亡也，臣追亡者。』上曰：『若所追者誰？』何曰：『韓信也。』上復駡曰：『諸將亡者以十數，公無所追，追信，詐也。』何曰：『諸將易得耳，至如信者，國士無雙。王必欲長王漢中，無所事信，必欲争天下，非信無所與計事者，顧王策安所決耳。』」山川滿目淚沾衣，李嶠《汾陰行》：「山川滿目淚沾衣，富貴榮華能幾時？不見祇今汾水上，惟有年年秋雁飛。」

〔五〕「西風」句，杜審言《贈蘇味道》詩：「雲静妖星落，秋深塞馬肥。」陸游於淳熙四年作於成都之《關山月》詩亦云：「和戎詔下十五年，將軍不戰空臨邊。朱門沉沉按歌舞，廄馬肥死弓斷絃。」

〔六〕「一編」二句，一編書是帝王師，《史記》卷五五《留侯世家》：「良嘗閑從容步游下邳圯上，有一老父衣褐，至良所，直墮其履圯下，顧謂良曰：『孺子，下取履。』良愕然，欲毆之，爲其老，彊忍下取履。父曰：『履我。』良業爲取履，因長跪履之，父以足受，笑而去。良殊大驚，隨目之。父去里所復還，曰：『孺子可教矣。』……出一編書，曰：『讀此，則爲王者師矣。』旦日視其書，乃《太公兵法》也。」小試，同書卷六五《孫子列傳》：「闔廬曰：『子之十三篇，吾盡觀之矣，可以小試勒兵乎？』」

〔七〕江涵秋影雁初飛，杜牧《九日齊安登高》詩：「江涵秋影雁初飛，與客攜壺上翠微。」

〔八〕「安得」二句，車輪四角，陸龜蒙《古意》詩：「君心莫淡薄，妾意正棲託。願得雙車輪，一夜生四角。」帶減腰圍，杜甫《傷秋》詩：「嬾慢頭時櫛，艱難帶減圍。」

沁園春　帶湖新居將成①〔一〕

三徑初成，鶴怨猿驚〔二〕，稼軒未來〔三〕。甚雲山自許，平生意氣；衣冠人笑，抵死塵埃〔四〕？意倦須還，身閑貴早②，豈爲蓴羹鱸鱠哉〔五〕？秋江上，看驚弦雁避，駭浪船回〔六〕。東岡更葺茅齋③，好都把軒窗臨水開〔七〕。要小舟行釣，先應種柳；疏籬護竹，莫礙觀梅。秋菊堪餐，春蘭可佩〔八〕，留待先生手自裁〔九〕。沉吟久，怕君恩未許，此意徘徊。

【校】

①題，《中興絶妙詞選》卷三、《草堂詩餘》卷四、《花草粹編》卷二四作「退閑」，此從廣信書院本。②「貴」，《中興絶妙詞選》、《草堂詩餘》、《花草粹編》作「要」。③「岡」，《草堂詩餘》作「崗」。

【箋注】

〔一〕題，稼軒有《新居上梁文》，據其中「稼軒居士，生長西北，仕宦東南。頃列郎星，繼聯卿月。兩分帥閫，三駕使軺」諸語，知《上梁文》作於淳熙六年七月自湖南轉運副使改知潭州兼湖南安撫使之前。其所上梁，即稼軒於上饒帶湖所營建之新居，謂之稼軒者。帶湖，形狀如腰帶，位於上饒城北。《永樂大典》卷八〇九三城字韻引明初《廣信府志》載：「本府舊城，南抵信河，北自古城嶺，過帶湖之南至東門，周回七里五十步，高二丈一尺，闊二丈，下闊三丈。宋皇祐二年爲大水破壞，知州晉陵張公復築城垣九千尺。至南宋，改築於帶湖之北，北廣舊城一里許。庚子年歸附。國朝，復築於帶湖之南，因帶湖以爲北壕。」此爲目前所見最早之《廣信府志》，所載兩宋城池情況皆爲後來續修諸志所不詳，因可考知：南宋時期，稼軒帶湖新居建在信州北城內，故洪邁《稼軒記》有「郡治之北可里許，故有曠土存，三面傅城」語，則帶湖南距郡治一里許，其北端距北城亦一里許。所謂郡治即宋之信州州衙也。而新居之南，圍繞北宋舊城如帶之帶湖，至明之後，改爲廣信府北城壕。元人戴表元所撰《稼軒書院興造記》，亦明言：「岡巒回環，長湖寶帶橫其前，重關華表翼其後。」是元代之帶湖仍在北城之南而靈山門在其北之明證，稼軒舊居與帶湖呈倒「丁」字形。蓋元仍南宋舊制，北城尚未改回帶湖南也。明清舊志對此均無所知，因稼軒舊址後改爲稼軒書院，遂有〔雍正〕《江西通志》卷二二《廣信府》所載「帶湖書院，在府城北靈山門外。宋淳熙間，辛棄疾讀書所」云云。〔乾隆〕《廣信府志》卷七載云：「上饒帶湖書院，在府城北靈山（門）外，宋淳熙間辛棄疾讀書所，因燬，遷鉛山之期思鄉。」記載籠統，後人遂不知帶湖所在何地。今查稼軒所居地有伎山，見本書卷三《洞仙歌・開南溪初成賦》（婆娑欲舞閑），稼軒爲築集山樓，其地應即在今龍牙亭村一帶，而帶湖在其南，《稼軒記》所謂「前枕澄湖如寶帶」，其位置今尚可仿佛也。韓淲《澗泉集》載帶湖詩多篇，如卷一《同尹一遊茶山齊賢繼來》詩：「同吟方齋人，禪老相送迎。隔城帶湖光，更約暢叙情。」卷六《聞民瞻久歸一詩寄之》詩：「我居溪南望城北，最高園臺竹樹碧。眼前帶湖歌舞空，耳畔茶山陸子宅。」元人戴表元《剡源集》卷一《稼軒書院興造記》謂：「廣信爲江閩二浙往來之交，異時中原賢士大夫南徙多僑居焉。濟南辛侯幼安居址闞地最勝，洪内翰所爲記稼軒者也。」皆證實南宋及元代，帶湖與茶山隔城相望，正在上饒城北。右詞謂帶湖新居將成，殆即作於稼軒上梁之後，應爲淳熙八年秋季所作也。

〔二〕「三徑」二句，三徑，見本卷《滿庭芳・和洪丞相景伯韻》詞（傾國無媒閑）詞箋注。蘇軾《次韻周邠》詩：「南遷欲舉力田科，三徑初成樂事多。」鶴怨猿驚，《文選》卷四三孔稚珪《北山移文》：「至於還飈入幕，寫霧出楹。蕙帳空兮夜鶴怨，山人去兮曉猿驚。」

〔三〕稼軒，帶湖新居建有稼軒，洪邁《稼軒記》載：「既築室百楹，……乃荒左偏以立圃。……意他日釋位而歸，必躬耕於是，故憑高作屋下臨之，是爲稼軒。」據知稼軒築於伎山之篆岡之上，下臨帶湖。因其爲帶湖新居之主要建築，故遂以稼軒居士自號。

〔四〕「甚雲」四句，甚，何以。抵死，至死，極言久困不返也。此二句蓋言平生雖以意氣雲山自許，而他人却笑衣冠久困於塵埃不改，故二句之前又以何以反詰之。《鶴林玉露》甲編卷五：「蘇養直，……紹興間與徐師川同召，師川赴，養直辭。師川造朝，便道過養直，留飲甚歡。二公平日對奕，徐高於蘇。是日養直拈一子，笑視師川曰：『今日須還老夫下此一着。』師川有愧色。游誠之《跋養直墨跡》云：『後湖胸中本無軒冕，是以風神筆墨，皆自蕭散，非慕名隱居者比也。士生斯世，苟無利及人，區區奔走，老死塵埃，不如學蘇養直。』」

〔五〕「豈爲」句，蓴羹鱸膾，見本書卷一《木蘭花慢·滁州送范倅》詞（老來情味減闋）箋注。

〔六〕「看驚」二句，驚弦雁避，《戰國策·楚策》四：「更羸與魏王處京臺之下，仰見飛鳥。更羸謂魏王曰：『臣爲王引弓虛發而下鳥。』……有間，雁從東方來，更羸以虛發而下之。魏王曰：『然則射可至此乎？』更羸曰：『此孽也。』王曰：『先生何以知之？』對曰：『其飛徐而鳴悲。飛徐者故瘡痛也，鳴悲者，久失羣也，故瘡未息而驚心未去也，聞絃音引而高飛，故瘡隕也。』」《庾開府集》卷一〇《周大將軍襄城公鄭偉墓志銘》：「麋興麗箭，雁落驚絃。」駭浪船回，《三國志·魏志》卷二二《徐宣傳》：「從至廣陵，六軍乘舟，風浪暴起，帝船回倒。」按：稼軒於淳熙宦遊晚期，已屢感仕途艱危，淳熙六年所上《論盜賊札子》已言及：「臣生平剛拙自信，年來不爲衆人所容，顧恐言未脱口而禍不旋踵。」至此，又在詞中明言其危機感。

〔七〕「東岡」二句，東岡，應即篆岡。伎山之東，今上饒北門龍牙亭路之東有高岡甚平坦，或即當年稼軒遺址，下臨帶湖，今已湮塞。茅齋謂稼軒。洪邁《稼軒記》：「築室百楹，度財占地什四，乃荒左偏以立圃，稻田泱泱，居然衍十弓。意他日釋位來歸，必躬耕於是，故憑高作屋下臨之，是爲稼軒。……東岡西阜，北墅南麓。」好，應也，即也。軒窗臨水開，陸游《老學庵筆記》卷六：「會稽鏡湖之東，地名東關，有天花寺。吕文靖嘗題詩云：『賀家湖上天花寺，一一軒窗向水開。不用閉門防俗客，愛閑能有幾人來？』」按：吕夷簡此詩僅見於此。蘇軾《送賈訥倅眉二首》詩：「父老得書知我在，小軒臨水爲誰開？」《再和楊公濟梅花十絶》詩：「白髮思家萬里回，小軒臨水爲花開。」

〔八〕「秋菊」二句，《離騷》：「扈江離與辟芷兮，紉秋蘭以爲佩。……朝飲木蘭之墜露兮，夕餐秋菊之落英。」

〔九〕手自栽，白居易《題别遺愛草堂兼呈李十使君》詩：「砌水親開決，池荷手自栽。」王安石《書湖陰先生壁二首》詩：「茅簷長掃静無苔，花木成畦手自栽。」蘇軾《沈諫議召遊湖不赴明日得雙蓮於北山下作一絶持獻沈既見和又别作一首因用其韻》詩：「湖上棠陰手自栽，問公更得幾回來？」

【附録】

趙善括無咎和詞

沁園春　和辛帥

虎嘯風生，龍躍雲飛，時不再來。試憑高望遠，長淮清淺；傷今懷古，故國氛埃。壯志求伸，匈奴未滅，早以家爲何謂哉？多應是，待著鞭事了，税駕方回。　稼軒聊爾名齋，笑學請樊遲心未開。似南陽高卧，莘郊自樂；磻磎韜略，傅野鹽梅。植杖亭前，集山樓下，五桂三槐次第栽。功名遂，向急流勇退，肯恁徘徊？（《應齋雜著》卷六）

又

問舍東湖，招隱西山，惠然肯來。有閟香蘭桂，無窮幽趣，隔溪車馬，何處輕埃？微利虚名，朝榮暮辱，笑爾焉能浼我哉！　閑欹枕，被幽禽唤覺，午夢驚回。　無言獨坐南齋，好唤取芳尊相對開。待醒時重醉，疏簾透月；醉時還醒，畫角吹梅。無用千金，休懸六印，荆棘誰能滿地栽？人間世，任遊鵾獨運，斥鷃低佪。（同上）

又

送趙景明知縣東歸，再用前韻①〔一〕

佇立瀟湘，黄鵠高飛，望君未來②〔二〕。被東風吹墮③，西江對語〔三〕；急呼斗酒，旋拂征埃④。却怪英姿，有如君者，猶欠封侯萬里哉〔四〕！空贏得，道江南佳句，只有方回〔五〕。　錦帆畫舫行齋，悵雪浪粘天江影開〔六〕。記我行南浦，送君折柳；君逢驛使，爲我攀梅〔七〕。落帽山前，呼鷹臺下，人道花須滿縣栽〔八〕。都休問，看雲霄高處，鵬翼徘徊〔九〕。

【校】

①題，四卷本甲集「景明知縣」作「江陵」，此從廣信書院本。②「未」，四卷本作「不」。③「被」、「墮」，廣信書院本、《六十名家詞》本原作「快」、「斷」，此從四卷本改。④「征」，廣信書院本原作「塵」，此從四卷本改。

【箋注】

〔一〕題，趙景明知縣已見前《水調歌頭·和趙景明知縣韻》詞（官事未易了閡）箋注。趙景明江陵知縣任滿在淳熙八年秋，右詞爲景明東歸過豫章相會時所作。前韻指帶湖新居將成詞。

〔二〕「佇立」三句，趙景明於淳熙六年初赴江陵知縣任，淳熙七年秋，稼軒在湖南安撫任上，與趙氏有詞作相往來，其時之和章已見於前《水調歌頭·和趙景明知縣韻》詞。此三句，蓋寫當時亟盼相會之情景。黄鵠高飛，《楚辭·惜誓》：「黄鵠之一舉兮，知山川之紆曲；再舉兮，睹天地之圜方。」蘇轍《次韻劉貢父和韓康公憶其弟持國二首》詩：「赤松作伴誰當見，黄鵠高飛未易招。」望君未來，《楚辭·九歌·湘君》：「望夫君兮未來，吹參差兮誰思？」

〔三〕「被東」二句，言淳熙七年接奉景明所寄《水調歌頭》詞，遂有唱和之作，即隔西江而對語也。西江謂贛江，見本卷《西河·送錢仲耕自江西漕移守婺州》詞（西江水闋）箋注。《魏書》卷八〇《賀拔岳傳》：「岳以輕騎數十，與菩薩隔水交言。岳稱揚國威，菩薩自言彊盛，往復數返。菩薩乃自驕，令省事傳語，岳怒曰：『我與菩薩言，卿是何人，與我對語？』」

〔四〕「有如」二句，有如君者，《新唐書》卷一七五《竇羣傳》：「羣往見叔文，曰：『事有不可知者。』叔文曰：『奈何？』曰：『去年李實伐恩恃權，震赫中外。君此時逡巡路傍，江南一吏耳。人君又處實之勢，豈不思路傍復有如君者乎？』」封侯萬里，見本書卷一《水調歌頭》詞（落日古城角闋）箋注。

〔五〕「道江」二句，黃庭堅《寄賀方回》詩：「少游醉卧古藤下，誰與愁眉唱一杯？解道江南斷腸句，只今惟有賀方回。」《吴郡志》卷五〇：「賀鑄字方回，本越人，後徙居吴之醋坊橋，作《吴趨曲》，甚能道吴中古今景物。方回有小築在盤門外十里橫塘，嘗扁舟往來，作《青玉案》詞，黃太史所謂『解道江南斷腸句，如今只有賀方回』，即此詞也。」解道，能言也。

〔六〕「悵雪」句，王安石《舟還江南阻風有懷伯兄》詩：「白浪黏天無限斷，玄雲垂野少晴明。」彭汝礪《離贛上》詩：「大聲振地潛魚躍，白浪黏天高岸摧。」

〔七〕「記我」四句，我行南浦，此追憶淳熙六年春在湖北鄂州送趙景明赴江陵縣令任時情景，時稼軒任湖北轉運副使。南浦在鄂州。《太平寰宇記》卷一一二《鄂州·江夏縣》：「南浦在縣三里。《離騷》云：『送美人兮南浦。』其源出京首山，西入江。春冬涸歇，秋夏泛漲，商旅往來皆於浦停泊，以其在郭之南，故曰南浦。」君逢驛使，此追憶淳熙七年趙景明屢有書札詞章相問候事。《太平御覽》卷一九引《荆州記》：「陸凱與范曄爲友，在江南寄梅花一枝詣長安與曄，並贈詩云：『折梅逢驛使，寄與隴頭人。江南無所有，聊贈一枝春。』」

〔八〕「落帽」三句，落帽山，《陶淵明集》卷五《晉故西征大將軍長史孟府君傳》：「君諱嘉，字萬年，江夏鄂人也。……爲安西將軍庾翼府功曹，再爲江州别駕、巴丘令、征西大將軍譙國桓温參軍。君色和而正，温甚重之。九月九日，温游龍山，參佐畢集，四弟二甥咸在坐。時佐吏並著戎服，有風吹君帽墮落，温目左右及賓客勿言，以觀其舉止。君初不自覺，良久如厠，温命取以還之。」《讀史方輿紀要》卷七八《湖廣·江陵縣》：「龍山在城西北十五里，桓温九日登山，孟嘉落帽處也。」呼鷹臺，《東坡詩集注》卷七《人日獵城南會者十人以身輕一鳥過槍急萬人呼爲韻軾分得鳥字》詩注引《襄陽耆舊傳》：「劉表任荆州刺史，築臺名呼鷹，仍作《野鷹來曲》。」又引養淳《襄沔記》：「劉表呼鷹臺在縣東七里，高三丈，周七十丈。」《輿地紀勝》卷八二《京西南路·襄陽府》：「《寰宇記》：『在鄧城東南一里。』坡詩：『莫上呼鷹臺，平生笑劉表。』表有《野鷹來曲》。又李豸詩云：『呼鷹復何用，卧龍獨不顧。』」按：稼軒引龍山落帽故事，甚切景明知江陵典故，而引襄陽呼鷹臺典故，則不知何謂。疑景明嘗爲縣於襄陽，然此事於史已無可考知。花須滿縣栽，已見前《水調歌頭·和趙景明知縣韻》詞（官事未易了闋）箋注。

〔九〕鵬翼，已見本書卷一《滿江紅·建康史帥致道席上賦》詞（鵬翼垂空闋）箋注。

【附録】

丘崈宗卿和詞

沁園春　景明告行，頗動懷歸之念。得帥卿詞，因次其韻。前闋奉送，後闋以自見云

雨趣輕寒，風作秋聲，燕歸雁來。動天涯羈思，登山臨水；驚心節物，極目煙埃。客裏逢君，纔同一笑，何遽言歸如此哉？別離久，算不應興盡，却櫂船回。　主人下榻高齋，更點檢笙歌頻宴開。便留連不到，迎春見柳；也須小駐，度臘觀梅。花上盈盈，閨中脈脈，應念胡麻正好栽。從教去，正危闌望斷，小倚徘徊。（《文定公詞》）

又

匏繫彌年，江北江南，羨君去來。笑山横南浦，朝來致爽；文書堆案，胸次生埃。放曠如君，拘縻如我，試問人生誰樂哉？真難學，是得留且住，欲去須回。　何時竹屋茅齋，去相傍爲鄰三徑開。撰小窗臨水，危亭當巘；隨宜有竹，著處須梅。坐讀黄庭，手援紫藟，一寸丹田時自栽。當餘暇，更與君來往，林下徘徊。（同上）

蝶戀花　和趙景明知縣韻①〔一〕

老去怕尋年少伴。畫棟珠簾，風月無人管。公子看花朱碧亂〔二〕，新詞攪斷相思怨。　涼夜愁腸千百轉。一雁西風，錦字何時遣〔三〕？畢竟啼烏才思短，喚回曉夢天涯遠。

【校】

①題，四卷本乙集作「和江陵趙宰」，此從廣信書院本。

【箋注】

〔一〕題，據詞中「畫棟珠簾」句，知右詞亦作於淳熙八年。此趙景明别後再和其韻時所賦。

〔二〕「公子」句，《能改齋漫録》卷六《看朱成碧》條：「李太白前有《尊酒行》云：『催絃拂柱與君飲，看朱成碧顔始紅。』按梁王僧孺《夜愁示諸賓》詩云：『誰知心眼亂，看朱忽成碧。』又云：『看朱成碧思紛紛，憔悴支離爲憶君。不信比來長下淚，開箱看取石榴裙。』武則天詩也。見郭茂倩《樂府》。」明周嬰《巵林》卷五《朱碧》：「《餘冬序録》曰：『古詩看朱忽成碧，言醉眼昏花也。』」

〔三〕「一雁」二句，《詩話總龜》卷六：「張迴少年苦吟，未有所得，夢五色雲自天而下，取一團吞之，遂精雅道。有《寄遠》詩曰：『錦字憑誰達，閑庭草又枯。夜長燈影滅，天遠雁聲孤。』」

菩薩蠻〔一〕

稼軒日向兒童説：帶湖買得新風月①。頭白早歸來，種花花已開〔二〕。　功名渾是錯〔三〕，更莫思量着。見説小樓東，好山千萬重〔四〕。

【校】

①「新」，《中興絶妙詞選》卷三作「閑」，此從四卷本甲集，廣信書院本無此首。

【箋注】

〔一〕題，右詞亦當作於淳熙八年帶湖新居落成之際。

〔二〕「頭白」二句，頭白早歸來，杜甫《不見》詩：「匡山讀書處，頭白好歸來。」蘇軾《送表弟程六知楚州》詩：「功成頭白早歸來，共藉梨花作寒食。」種花，《山堂肆考》卷一九七《太守閑栽》條：「宋文與可詩：『可笑陵陽太守家，閑無一事只栽花。已開漸落並纔發，長作庭中五色霞。』」按：文同詩題作《可笑口號七章》。

〔三〕「功名」句，陳慥《無愁可解》詞：「何曾道歡遊勝如名利？道即渾是錯，不道如何即是。」

〔四〕「見説」二句，小樓，應即洪邁《稼軒記》所載「集山有樓，婆娑有堂」之集山樓。然稼軒詩詞中始終未見其名，而僅有雪樓一名而已，疑雪樓即集山樓，亦即佉山樓也。按：今臨其地東望，並無「好山千萬重」，此必稼軒未嘗親至其地，而僅據傳聞而言。淳熙九年稼軒歸帶湖以後所作詞，亦再無「千萬重」語也。

西　河

送錢仲耕自江西漕移守婺州①〔一〕

西江水，道是西江人淚②〔二〕。無情却解送行人，月明千里〔三〕。從今日日倚高樓，傷心煙樹如薺〔四〕。　會君難，别君易。草草不如人意。十年著破繡衣茸，種成桃李〔五〕。問君可是厭承明？東方鼓吹千騎〔六〕。　對梅花更消一醉。看明年調鼎風味③〔七〕。老病自憐憔悴。過吾廬定有幽人，相問歲晚，淵明歸來未？

【校】

①題，四卷本甲集「移守」作「赴」。此從廣信書院本。　②「江」，四卷本作「風」。　③「看」，四卷本作「有」。

【箋注】

〔一〕題，錢仲耕，名佃。《重修琴川志》卷八：「錢佃字仲耕，弱冠入太學，登紹興十五年進士第。嚴州分水尉、池真二州教授。改秩，除諸王宫教授，選大宗正丞，通判太平州。太子尹臨安，擇寮采，佃獨以外庸在選中。擢吏部郎中，對便殿言三事，上稱善。累遷左右司檢正兼催吏兵工三侍郎，出爲江西轉運副使。時盜賴文正起武陵，朝廷調兵討之，佃餽餉不乏。繼使福建，再使江西，奏蠲諸郡之逋。婺州饑，闕守，上曰：『錢某可。』郡薦饑，禱雨，鬚髮爲白。勸分移粟，所活口七十餘萬，政甲一路。朱文公時爲倉使，與陳亮書云：『婺人得錢守，比之他郡，事體殊不同。』又記江西漕司養濟院，謂其嘗奏免贛吉麻租二千四百五十九斛，兩州人尤歌舞之。今知婺州，救饑之政亦爲諸郡最。所以稱譽者蓋若此。……卒年六十二，終於中奉大夫秘閣修撰。有《易解》十卷、《詞科類要》二十卷、文集二十卷，誠齋楊萬里志其墓。」按：今《誠齋集》中無志墓之文。錢佃守婺州，《宋會要輯稿·食貨》五八之一五載淳熙八年十二月十二日，新知婺州錢佃言事（按：原文中於淳熙八年四五月記事之後，夾雜九年記事，故此條亦被置於淳熙九年記事中，應誤。）而增訂本《陳亮集》卷二八《壬寅夏答朱元晦秘書書》載婺州救荒事亦有「婺州亦復大疫，……錢守雖有愛民之心，而把事稍遲。……春來錢守奏乞」云云，壬寅即淳熙九年，可證其九年初必已到婺州任上。蓋稼軒於淳熙八年年底即被劾罷江西安撫，歸寓上饒，故其送錢佃守婺必在是年入冬之後，罷免之前也。右詞有「對梅花」語，因知右詞作於此年之十二月初。時丘崈爲江西轉運判官，因得與稼軒同時賦詞送其守郡也。

〔二〕「西江」二句，《輿地紀勝》卷三二《江南西路・贛州》：「贛水，《章貢志》：蓋章貢二水之會。……象之謹按：蔣之奇《鬱孤臺》詩曰：『貢水在東章在西，鬱孤臺與白雲齊。』則可以見今日二水之東西矣。」按：贛江由東江貢水、西江章水合流而成，此處西江，當指贛州以下之贛江而言。西江人淚，此或當時民間所流傳語。《輿地紀勝》同卷又載余靖《贛石》詩：「萬堆頑碧聳嶕嶢，壅遏江流氣勢驕。鐵馬陣橫秋戰苦，水犀軍亂夜聲囂。吕梁謾記莊篇嶮，灩澦休誇蜀道遥。怒激波聲猶可避，中傷榮路不相饒。」可見贛水行舟之風險。餘參本書卷一《菩薩蠻・書江西造口壁》詞（鬱孤臺下清江水闋）箋注。

〔三〕「無情」二句，却解送行人，却解，却能也。謂江水無情，却能送人。月明千里，《藝文類聚》卷一謝莊《月賦》：「美人邁兮音塵闕，隔千里兮共明月。」

〔四〕「傷心」句，《顏氏家訓》卷上：「《羅浮山記》云：『望平地，樹如薺。』故戴暠詩云：『長安樹如薺。』又鄴下有一人《詠樹》詩云：『遥望長安薺。』」孟浩然《秋登萬山寄張五》詩：「天邊樹若薺，江畔洲如月。」

〔五〕「十年」二句，錢佃自淳熙初出爲江西運副，《宋會要輯稿·職官》六二之一九，載淳熙二年九月，江西運副錢佃與憲臣稼軒並除秘閣修撰事。至淳熙八年底，以江西運副改知婺州，七八年間所任均爲諸路使節，故有「著破繡衣」語。繡衣已見。種成桃李，謂拔擢後進，有恩於地方多矣。韓嬰《韓詩外傳》卷七：「夫春樹桃李，夏得陰其下，秋得食其實。」《資治通鑑》卷二〇七：「仁傑對曰：『前薦柬之，尚未用也。』太后曰：『已遷矣。』對曰：『臣所薦者，可爲宰相，非司馬也。』乃遷秋官侍郎，久之，卒用爲相。仁傑又嘗薦夏官侍郎姚元崇、監察御史曲阿桓彦範、太州刺史敬暉等數十人，率爲名臣。或謂仁傑曰：『天下桃李，悉在公門矣。』」《能改齋漫録》卷六《桑榆桃李》條：「前輩稱李絢《和杜祁公》詩：『收得桑榆歸物外，種成桃李滿人間。』……《談藪》：王泠然《上裴耀卿書》曰：『拾遺補闕，寧有種乎？僕不佞，亦相公一株桃李也。』」

〔六〕「問君」二句，可是，豈是也。厭承明，見本書卷一《木蘭花慢·滁州送范倅》詞（老來情味減闋）箋注。東方鼓吹千騎，謂錢佃東移婺州守。千騎鼓吹，見本卷《水調歌頭·淳熙己亥自湖北漕移湖南周總領王漕趙守置酒南樓席上留别》詞（折盡武昌柳闋）箋注。

〔七〕「對梅」二句，《尚書·説命》下：「若作和羹，爾惟鹽梅。」按：商高宗夢，得説，使百工求諸野，得諸傅巖，爰立作相，置諸左右，作《説命》三篇。鹽鹹梅醋，羹須鹹醋以和之。

【附録】

丘密宗卿和詞

西河　餞錢漕仲耕移知婺州奏事，用幼安韻

清似水，不了眼中供淚。今宵忍聽唱陽關。暮雲千里。可堪客裏送行人，家山空老春薺。　道别去，如許易。離合定非人意。幾年回首望龍門，近纔御李。也知追詔有時來，匆匆今見歸騎。　整弓刀，徒御喜。舉離觴飲釂無味。端的慰人愁悴。想天心，注倚方深，應是日日傳宣公來未。（《文定公詞》）

六幺令

用陸氏事，送玉山令陸德隆侍親東歸吴中①〔一〕

酒羣花隊，攀得短轅折〔二〕。誰憐故山歸夢，千里蓴羹滑〔三〕。便整松江一櫂，點檢能言鴨②〔四〕。故人歡接。醉懷霜橘③，墮地金圓醒時覺〔五〕。　長喜劉郎馬上，肯聽詩書説〔六〕。誰對叔子風流？直把曹劉壓〔七〕。更看君侯事業，不負平生學〔八〕。離觴愁怯④。送君歸後，細寫《茶經》煮香雪〔九〕。

【校】

①題，四卷本甲集無「侍親」以下語。此從廣信書院本。　②「點檢」，《六十名家詞》本作「檢點」。四卷本同廣信書

院本。　③「霜」，四卷本作「雙」。　④「鷊」，《六十名家詞》本作「腸」。四卷本同廣信書院本。

【箋注】

〔一〕題，玉山令陸德隆，見於〔同治〕《玉山縣志》卷六上之宋代玉山令甚簡略，有陸翼言，在紹熙五年司馬迈之前，未有在任年月。然汪應辰《文定集》卷九《昭烈廟記》載：「玉山東嶽之行祠，舊創於普寧寺之西。……淳熙乙未春，南安張珉等十三人復辦供器來獻，以備歲時供奉之需。自是水旱盗疫無禱不應。邦人咸輸財戮力立祠於行嶽之東……以答神庥，不但兹邑而已。邑令陸翼年，遂更名賜福。」不作翼言，而作翼年。查《永樂大典》卷二三六八蘇字韻引《蘇州府志》之《選舉志》，載陸翼年爲乾道二年進士。此則與右詞東歸吴中之語合，知《縣志》所載必誤。陸德隆應即名翼年，蓋取義於年劭德隆也。然乙未爲淳熙二年。稼軒右詞，《稼軒詞編年箋注》編爲寓居上饒帶湖之初所作，即淳熙八年，陸氏任縣令，不可能自淳熙初至此七八年方離任，此與淳熙二年任玉山令之陸翼年不合者一。若謂其有同産兄弟名翼言者繼其兄爲同縣令，事之奇特無出於此，然史無記載，此不合者二也。查曾丰《緣督集》卷八有《別陸德隆黄叔萬》詩，小序曰：「歲在辛丑，始識陸德隆、黄叔萬於江西帥辛大卿坐上，握手論交而去。戊申又會於中都，德隆得倅夔，叔萬得宰公安，言别次韻贈之。」詩有「辛丑隨浮梗，鍾陵得盍簪。潛蕃門若市，斂板客如林。氣宇黄陂闊，詞源陸海深。二豪談正劇，一坐口俱瘖。……荆江隨地卷，蜀道與天侵。通守諸侯土，專彈百里琴。長才優撫字，暇日少登臨。隱士隆中卧，纍臣澤畔吟」

等語。黄叔萬名人傑，南城人，乾道二年進士，即淳熙二年任萍鄉主簿者，見彭龜年《止堂集》卷一二《論解彦祥敗茶寇之功書》（詳見本書所附《年譜》）。辛丑即淳熙八年。疑黄人傑與陸德隆均於其主簿及縣令任滿後，受聘於稼軒湖南、江西帥幕，黄人傑《滿江紅》自壽詞（老子生朝闋）有「謾一官如水過稱呼，諸侯客」語（《詩淵》第四五四八頁）。而陸翼年於玉山令任滿後亦入稼軒幕下，故仍以玉山令稱之。《東萊集》書後《附録》三載門下士黄人傑之《挽詩》四首，其第四首有句云：「萍跡來京闕，逾涯辱意隆。……豈謂十旬别，俄成千歲終。」自注：「夏四月十九日别先生，至秋七月二十九日先生没，恰一百日。」吕祖謙卒於本年七月二十九日。而曾丰作别詩時，或在本年春，即黄人傑告别赴京闕之時。其自隆興府赴行在，途經婺州，訪其師吕祖謙。而陸德隆之别稼軒東歸吴中，或當在本年十二月稼軒被劾罷江西帥之前。據本闋結句「煮香雪」及次闋再用前韻詞可知。《稼軒詞編年箋注》此詞編年謂《六幺令》二首，均爲淳熙九年作，且引曾丰《别陸德隆黄叔萬》詩句，謂「陸氏於此後即去爲玉山令。陳亮於淳熙十年致書稼軒，有『去年東陽一宗子來自玉山，具説辱見問甚詳，且言欲幸臨教之』等語，知稼軒該年有玉山之行，當是其時適值陸氏之去，因賦此詞以送之也」，其謂陸德隆淳熙八年後方爲玉山令，所言恐非是。而次闋乃陸氏别後有和詞見貽，稼軒再用其韻，則已至淳熙九年初春也。

〔二〕「酒羣」二句：酒羣，言酒友。前人無此語，此始創也。花隊，《宋史》卷一四二《樂志》一七：「隊舞之制，其名各十，小兒隊凡七十二人。……八曰菩薩獻香花隊，衣生色窄砌衣，戴寶冠，執香花盤。」短轅折，《宋書》卷九二《陸徽傳》：「陸徽字休猷，吴郡吴人也。……元嘉十四年爲始興太守，明年仍除使持節交廣二州諸軍事，綏遠將軍，平越中郎將，廣州刺史。清名亞王鎮之，爲士民所愛詠。上表薦士曰：『臣聞陵雪褒穎，貞柯必振；尊風賞流，清原斯挹。是以衣囊揮譽於西京，折轅延高於東帝。』」按：此詞全用書册陸姓史事，疑此句用陸徽語。短轅車，王導所駕。蘇軾《蔡景繁官舍小閣》詩有「戲嘲王叟短轅車」語。

〔三〕「誰憐」二句，故山歸夢，錢起《長安落第作》詩：「故山歸夢遠，新歲客愁多。」李商隱《歸墅》詩：「故山歸夢喜，先入讀書堂。」千里蓴羹，《世説新語·言語》：「陸機詣王武子，武子前置數斛羊酪，指以示陸曰：『卿江東何以敵此？』陸云：『有千里蓴羹，但未下鹽豉耳。』」

〔四〕「便整」二句，陸龜蒙《甫里文集》卷二〇《附録》引《楊文公談苑》：「相傳龜蒙多智數，狡獪。居笠澤，有内養自長安使杭州，舟出舍下，小童奴以小舟驅羣鴨出，内養彈其一緑頭雄鴨，折頸。龜蒙遽從舍出，大呼云：『此緑鴨有異，善人言，適將獻狀本州，貢天子，今持此死鴨以詣官自言耳。』内養少長宫禁，不知外事，信然，甚驚駭，厚以金帛遺之，龜蒙乃止。因徐問龜蒙曰：『此鴨何言？』龜蒙曰：『常自呼其名。』巧捷多類此。」松江即吴江，見《元豐九域志》卷五《平江府》。

〔五〕「醉懷」二句，懷霜橘，《後漢書》卷六一《陸康傳》：「子績，仕吴爲鬱林太守，博學善政，見稱當時。幼年曾謁袁術，懷橘墮地者也。」《三國志·吴志》卷一二《陸績傳》：「陸績字公紀，吴人也。父康，漢末爲廬江太守。績年六歲，於九江見袁術，術出橘，績懷三枚去。拜辭墮地，術謂曰：『陸郎作賓客而懷橘乎？』績跪答曰：『欲歸遺母。』術大奇之。」金圓，金丸也，謂金橘。

〔六〕「長喜」二句，此用陸賈説稱詩書事，見本卷《滿江紅·賀王帥宣子平湖南寇》詞（笳鼓歸來闋）箋注。劉郎，漢高帝也。

〔七〕「誰對」二句，謂對羊叔子之流風餘韻，惟有陸抗可以相抗衡，更不消説壓倒曹劉。叔子風流事，多見於《晉書》卷三四《羊祜傳》：「羊祜字叔子，泰山南城人也。……爲都督荆州諸軍事，假節散騎常侍、衛將軍如故。祜率營兵出鎮南夏，開設庠序，綏懷遠近，甚得江漢之心，與吴人開布大信，降者欲去，皆聽之。……祜在軍，常輕裘緩帶，身不被甲。鈴閤之下，侍衛者不過十數人。……吴西陵督步闡舉城來降，吴將陸抗攻之甚急，詔祜迎闡，祜率兵五萬出江陵。……每與吴人交兵，尅日方戰，不爲掩襲之計。將帥有欲進譎詐之策者，輒飲以醇酒，使不得言。……每會衆江沔，游獵常止晉地，若禽獸先爲吴人所傷，而爲晉兵所得者，皆封還之。於是吴人翕然悦服，稱爲羊公，不之名也。祜與陸抗相對，使命交通，抗稱祜之德量，雖樂毅、諸葛孔明不能過也。抗嘗病，祜饋之藥，抗服之無疑心，人多諫抗，抗曰：『羊祜豈酖人者？』時談以爲華元、子反復見於今日。抗每告其戍曰：『彼專爲德，我專爲暴，是不戰而自服也。各保分界而已，無求細利。』孫皓聞二境交和，以詰抗，抗曰：『一邑一鄉，不可以無信義，况大國乎？臣不如此，正是彰其德，於祜無傷也。』」曹、劉，謂魏與蜀也。

〔八〕「不負」句，《舊唐書》卷一三九《陸贄傳》：「贄以受人主殊遇，不敢愛身。事有不可，極言無隱。朋友規之，以爲太峻，贄曰：『吾上不負天子，下不負吾所學，不恤其他。』」

〔九〕寫《茶經》，《唐才子傳》卷八《陸羽傳》：「陸羽字鴻漸，不知所生。初，竟陵禪師智積得嬰兒於水濱，育爲弟子，及長，耻從削髮，以《易》自筮，得蹇之漸，曰：『鴻漸於陸，其羽可用爲儀。』以爲姓名。……羽嗜茶，著《茶經》三卷，言茶之原之法之具，時號茶仙，天下益知飲茶矣。」

辛棄疾詞編年箋注卷三

按：本卷所載詞共六十六首。起淳熙九年壬寅（一一八二），迄淳熙十三年丙午（一一八六），家居上饒帶湖所作。

六幺令

再用前韻[一]

倒冠一笑，華髪玉簪折[二]。《陽關》自來淒斷，却怪歌聲滑[三]。放浪兒童歸舍，莫惱比鄰鴨[四]。水連山接。看君歸興，如醉中醒夢中覺[五]。江上吴儂問我，一一煩君説[六]。坐客尊酒頻空①，剩欠真珠壓②[七]。手把漁竿未穩，長向滄浪學[八]。問愁誰怯？可堪楊柳，先作東風滿城雪[九]！

【校】

①「坐客」，廣信書院本原闕，此據四卷本甲集補。王詔校刊本、《六十名家詞》本、四印齋本俱作「忍使」。②「真」，王詔校刊本、《六十名家詞》本、四印齋本俱作「珍」。

【箋注】

〔一〕題，前韻，即同調《用陸氏事送玉山令陸德隆侍親東歸吴中》詞（酒羣花隊閿），見本書卷二，爲淳熙八年底所作。右詞爲陸德隆東歸吴中後，稼軒再和寄示之作。據詞中下半闋「可堪楊柳，先作東風滿城雪」句，知即作於淳熙九年春寓居帶湖之時。

〔二〕「倒冠」二句，倒冠，杜牧《樊川文集》卷一《晚晴賦》：「若予者則謂何如？倒冠落珮兮與世闊疏，敖敖休休兮真徇其愚而隱居者乎？」玉簪折，錢起《送畢侍御謫居》詩：「崇蘭香死玉簪折，志士吞聲甘徇節。忠藎不爲明主知，悲來莫向時人説。滄浪之水見心清，楚客辭天淚滿纓。」

〔三〕「陽關」二句，陽關淒斷，蘇軾《送頓起》詩：「臨行挽衫袖，更賞折殘菊。佳人亦何念？淒斷《陽關》曲。」《陽關》曲，謂王維《送人使安西》詩。歌聲滑，强至《寒食安厚卿具酒饌邀數君子游壓沙寺觀梨花》詩：「林間把盞誰我侑，鳥歌聲滑如溜珠。」

〔四〕「放浪」二句，王安石《和惠思歲二日二絶》詩：「爲嫌歸舍兒童聒，故就僧房借榻眠。」杜甫《將赴成都草堂途中有作先寄嚴鄭公五首》詩：「休怪兒童延俗客，不教鵝鴨惱比鄰。」

〔五〕「如醉」句，蘇軾《東坡全集》卷九四《桂酒賦》：「誰其傳者疑方平，教我常作醉中醒。」《江城子》詞：「夢中了了醉中醒，只淵明，是前生。」

〔六〕「江上」二句，吴儂，《東坡詩集注》卷二七《書林逋詩後》詩「吴儂生長湖山曲，呼吸湖光飲山緑」句注：「吴儂，吴語也，自稱及彼皆曰儂。」陸德隆爲吴縣人，故煩請其代答近況。稼軒南渡仕宦之初，所任官之處如江陰軍、廣德軍、建康府，莫非吴地，且遊歷吴江頗久，故其仕途之友亦多吴儂，此於稼軒詞中屢次涉及之也。

〔七〕「坐客」二句，尊酒空，《後漢書》卷一〇〇《孔融傳》：「及退閑職，賓客日盈其門。常歎曰：

『坐上客常滿，尊中酒不空，吾無憂矣。』」真珠壓，謂釀酒。羅隱《江南行》：「水國多愁又有情，夜槽壓酒銀船滿。」李賀《將進酒》：「琉璃鍾，琥珀濃，小槽酒滴真珠紅。」本書卷一一《臨江仙》詞（冷雁寒雲渠有恨闋）有「多病近來渾止酒，小槽空壓新醅」句，劉過《寓公坊》詩亦有「小槽壓酒硃紅滴，新飯炊粳雪白香」句。趙彦衛《雲麓漫鈔》卷一〇：「李太白詩：『吴姬壓酒唤客嘗。』説者以謂工在『壓』字上，殊不知乃吴人方言，至今酒家有『旋壓酒子相待』之語。」剩欠，謂屢缺也。

〔八〕「手把」二句，此言掛冠之初，尚未能習慣於賦閑生涯。手把漁竿，《錦繡萬花谷》前集卷二二：「吕蒙正微時，於洛陽龍門利涉院，與温仲舒讀書，有詩曰：『八灘風急浪花飛，手把漁竿傍釣磯。』」滄浪，《楚辭·漁父》：「漁父莞爾而笑，鼓枻而去，歌曰：『滄浪之水清兮，可以濯吾纓。滄浪之水濁兮，可以濯吾足。』」

〔九〕「可堪」二句，滿城雪，謂楊花柳絮也。

水調歌頭

盟鷗〔一〕

帶湖吾甚愛，千丈翠奩開。先生杖屨無事①，一日走千回〔二〕。凡我同盟鷗鷺②，今日既盟之後，來往莫相猜③〔三〕。白鶴在何處？嘗試與偕來。　破青萍，排翠藻，立蒼苔〔四〕。窺魚笑汝癡計，不解舉吾杯〔五〕。廢沼荒丘疇昔，明月清風此夜，人世幾歡哀〔六〕？東岸緑陰少，楊柳更須栽〔七〕。

【校】

①「杖屨無事」，《中興絶妙詞選》卷三作「無事杖屨」，此從廣信書院本、四卷本甲集。　②「鷗鷺」，四卷本作「鷗鳥」。　③「相」，《中興絶妙詞選》作「嫌」。

【箋注】

〔一〕題，盟鷗者，與鷗鷺結盟也。《左傳·隱公元年》：「三月，公及邾儀父盟於蔑。」《正義》：「諸侯俱受王命，各有寰宇，上事天子，旁交鄰國。天子不信諸侯，諸侯自不相信，則盟以要之。凡盟禮，殺牲歃血，告誓神明，若有背違，欲令神加殃咎，使如此牲也。」稼軒以淳熙八年十二月二日爲監察御史王藺論列，罷新浙西提刑，並鐫秘閣修撰之職。其歸信州帶湖新居，當在九年春間。右詞應即初寓帶湖時所作。詞中有「幾歡哀」之句，蓋哀者從此告别做官生涯，喜者，往後可與帶湖之鷗鷺多相親近也。有感於此，故仿春秋會盟，爲作盟鷗詞。黄庭堅《登快閣》詩：「萬里歸船弄長笛，此心吾與白鷗盟。」

〔二〕「先生」二句，先生杖屨，蘇軾《寄題刁景純藏春塢》詩：「白首歸來種萬松，待看千尺舞霜風。年抛造物陶甄外，春在先生杖屨中。」一日千回，杜甫《三絶句》詩：「門外鸕鷀久不來，沙頭忽見眼相猜。自今已後知人意，一日須來一百回。」《百憂集行》：「庭前八月梨棗熟，一日上樹能千回。」

〔三〕「凡我」三句，《左傳·僖公九年》：「秋，齊侯盟諸侯於葵丘，曰：『凡我同盟之人，既盟之後，言歸於好。』」三句仿此。莫相猜，張元幹《臨江仙·送宇文德和被召赴行在所》詞：「泛宅浮家遊戲去，流行坎止忘懷。江邊鷗鷺莫相猜。」陳鵠《耆舊續聞》卷五：「余謂近日辛幼安作長短句，有用經語者。《水調歌》曰：『凡我同盟鷗鷺，今日既盟之後，來往莫相猜。』亦爲新奇。」

〔四〕「破青」三句，以上俱寫鷗鷺窺魚情景。青萍、翠藻、蒼苔等，水邊常見植物也。韓愈《華山女》詩：「廣張罪福資誘脅，聽衆狎恰排浮萍。」陸龜蒙《白鷺》詩：「雪然飛下立蒼苔，應伴江鷗拒我來。」

〔五〕「窺魚」二句，窺魚，白居易《久雨閑悶對酒偶吟》詩：「鷺臨池立窺魚笥，隼傍林飛拂雀羅。」黄庭堅《劉邦直送早梅水仙花三首》詩：「鴛鴦浮弄嬋娟影，白鷺窺魚凝不知。」不解，不能也。

〔六〕「廢沼」三句，帶湖新居開闢前，原爲上饒北城内之廢沼荒丘。洪邁《稼軒記》：「郡治之北可里所，故有曠土存，三面傅城，前枕澄湖如寶帶。……而前乎相攸者皆莫識其處，天作地藏，擇然後予。」明月清風，白居易《閑卧有所思二首》詩：「偶因明月清風夜，忽想遷臣逐客心。」

〔七〕「東岸」二句，杜甫《舍弟占歸草堂檢校聊示此詩》：「東林竹影薄，臘月更須栽。」按：稼軒上饒所居，南枕長湖如帶，因有帶湖東岸之稱。

又

湯朝美司諫見和，用韻爲謝①〔一〕

白日射金闕，虎豹九關開〔二〕。見君諫疏頻上，談笑挽天回②〔三〕。千古忠肝義膽，萬里蠻煙瘴雨，往事莫驚猜〔四〕。政恐不免耳，消息日邊來〔五〕。笑吾廬，門掩草，徑封苔。未應兩手無用，要把蟹螯杯〔六〕。説劍論詩餘事③，醉舞狂歌欲倒，老子頗堪哀〔七〕。白髮寧有種〔八〕？一一醒時栽。

【校】

①題，「湯朝美司諫」，四卷本甲集作「湯坡」，此從廣信書院本。按：宋人以諫議大夫爲大坡，司諫爲小坡。②「談笑」，四卷本作「高論」。③「餘」，《六十名家詞》本作「余」。

【箋注】

〔一〕題，湯朝美司諫，劉宰《京口耆舊傳》卷八：「湯鵬舉字致遠，金壇人。……邦彦，鵬舉孫，字朝美，以祖蔭入官。主崑山簿，未上，中乾道壬辰博學宏詞科。丞相虞允文一見如舊，除樞密院編修官。允文宣撫四川，辟充大使司幹辦公事。明年允文薨。方允文之入蜀也，以恢復自任，所攜賞功之告，自節察防團以下無慮數百，金帛稱是。比其薨也，守護慎密，以達於朝，邦彦實主之。時孝宗鋭意遠略，邦彦自負功名，論議英發，上心傾向之。除秘書丞、起居舍人兼中書舍人，擢左司諫兼侍講。論事風生，權幸側目。上手書以賜，稱其『以身許國，志若金石；協濟大計，始終不移』。及其他聖意所疑，輒以諏問。御筆具藏於家。使金還，坐貶。淳熙末，復故官，歸鄉里。其才益老，朝廷將收用之，未幾卒。」關於湯邦彦被貶事，《宋史全文》卷二六上詳載云：「初，湯邦彦敢爲大言，虞允文深器之。允文出爲四川宣撫也，辟邦彦以行。允文没，邦彦還朝，爲右司諫，奉詔充申議使使敵，求陵寢地。邦彦至燕，敵人拒不納。既旬餘，乃命引見，夾道皆控絃露刃之士，邦彦大怖，不能措一詞而出。上大怒，詔流新州。……邦彦既一斥不復，自是河南之議始息，不復遣泛使矣。」《宋會要輯稿·職官》五一之二六載：「淳熙二年二月十七日，詔左司諫湯邦彦假翰林學士知制誥、朝議大夫提舉佑神觀兼侍讀，充奉使金國申議使，閤門舍人陳雷假昭信軍承宣使知閤門事兼客省四方館事副之。既而三年四月，詔邦彦送新州，雷永州居住。以臣僚言其奉使虜庭，頗乖使指，驅車亟還，又於虜庭輒有所受。……後詔邦彦、雷並編管。」按：湯邦彦謫居新州之後，當於淳熙六年九月以明堂大赦（宋廷行明堂禮，事見《宋史》卷三五《孝宗紀》三），量移信州居住。韓元吉《南澗甲乙稿》卷一《送湯朝美還金壇》詩有云：「湯公涉南荒，歲月猶轉轂。幾年卧新州，寧肯事雞卜？身安一瓢飲，志大五車讀。朅來靈山隈，跫然慰虚谷。」可證。而劉宰《漫塘集》卷一九《頤堂集序》謂湯邦彦「一謫八年，乃始得歸」。則其自信州歸鎮江，又在淳熙十年矣。右詞爲稼軒淳熙九年歸寓信州帶湖後，以盟鷗詞獲友朋和章，其中即有量移信州之湯邦彦見和之作，故用韻以和之。

〔二〕「白日」二句，射金闕，瞿曇悉達《唐開元占經》卷一一三：「《續漢書》云：『靈帝光和中，洛陽男子，以弓箭射闕。北史收考問辭，居貧負責，無所聊生，因買弓箭以射闕，近射妖也。』」稼軒「白日射金闕」之義，當指其正當行使司諫之權，彈劾不避權幸，非職官術語之選人無出身者參部射闕、以求差遣之法也。虎豹九關，《楚辭·招魂》：「魂兮歸來，君無上天些。虎豹九關，害下人些。」

〔三〕「見君」二句，挽天回，謂湯邦彦在諫垣，論事風生，以致天意挽回事。《新唐書》卷一〇三《張玄素傳》：「魏徵名梗挺，聞玄素言，歎曰：『張公論事，有回天之力，可謂仁人之言哉。』」《頣堂集序》：「頣堂先生司諫湯公，……薄舉子業不爲，去試博學宏詞科。一上即中選，同時之士，亦有與公文相軋者，而公意氣激昂，議論忼慨，獨穎脱而出。故貴名之起，如轟雷霆。虞丞相允文又於上前力薦之，即以其年六月擢樞密院編修官，而公之志雅欲以勳業自見，故立朝未幾即出，從虞公於宣幕，既宣帥勞還，公亦復歸舊著。時淳熙甲午秋七月，而以明年秋八月出使，又明年三月以使事謫，中間立螭坳，登諫垣，演綸鳳閣，勸講金華，君臣之間，氣合道同，言聽諫行，僅期月耳。」餘可參《京口耆舊傳》。

〔四〕「萬里」二句，萬里蠻煙瘴雨，指湯邦彦編管新州。《方輿勝覽》卷三七《廣東路》：「新州，新興，古南越之地。……梁武改置新州，立新興縣，屬信安郡。唐又置新州。……國朝因之。」莫驚猜，郭祥正《暗竹園》詩：「網羅無入處，豺虎莫驚猜。」按：稼軒於乾道末寓居鎮江，於時湯邦彦出佐虞允文。淳熙初，湯邦彦爲左司諫，劾罷宰相葉衡。其後湯邦彦謫居新州，及移信州，始與稼軒相識。乾道間，稼軒曾作《九議》批評虞允文遺使，淳熙初，受葉衡舉薦。至此，虞允文已卒，葉衡已自謫居地自便歸寓金華，恩怨早自泯滅，故有「往事莫驚猜」語也。

〔五〕「政恐」二句，恐不免耳，《世説新語·排調》：「初，謝安在東山，居布衣時，兄弟已有富貴者，翕集家門，傾動人物。劉夫人戲謂安曰：『大丈夫不當如此乎？』謝乃捉鼻曰：『但恐不免耳。』」消息日邊來，謂召歸之消息當自行在來也。日邊來，《世説新語·夙慧》：「不聞人從日邊來，居然可知。」

〔六〕要把蟹螯杯，《世説新語·任誕》：「畢茂世云：『一手持蟹螯，一手持酒杯，拍浮酒池中，便足了一生。』」

〔七〕「説劍」三句，説劍論詩，《周禮·桃氏》注：「《樂記》曰：『武王克商，裨冕搢笏，而虎賁之士説劍。』……彼不言勇力之士用劍，而言勇力士者以《樂記》説劍之事。」又《莊子》有《説劍》篇。蘇軾《與梁左藏會飲傅國博家》詩：「將軍破賊自草檄，論詩説劍俱第一。」醉舞狂歌，白居易《戲問牛司徒》詩：「不知詔下懸車後，醉舞狂歌有例無？」老子頗堪哀，《後漢書》卷二四《馬援傳》：「諸曹時白外事，援輒曰：『此丞掾之任，何足相煩？頗哀老子，使得遨遊。』」

〔八〕白髮寧有種，黄庭堅《次韻裴仲謀同年》詩：「白髮齊生如有種，青山好去坐無錢。」

蝶戀花

和楊濟翁韻，首句用丘宗卿書中語①〔一〕

點檢笙歌多釀酒②〔二〕。蝴蝶西園，暖日明花柳〔三〕。醉倒東風眠永晝③，覺來小院重攜手〔四〕。　可惜春殘風雨又④。收拾情懷，閑把詩僝僽⑤〔五〕。楊柳見人離别後，腰肢近日和他瘦。

【校】

①題，四卷本甲集無首句以下語。此從廣信書院本。②「點檢」，《六十名家詞》本作「檢點」。③「永晝」，廣信書院本原作「晝錦」，此從四卷本改。王詔校刊本作「晝錦」。④「雨又」，廣信書院本及王詔校刊本諸本原作「又雨」，此從四卷本。⑤「閑」，四卷本作「長」。

【箋注】

〔一〕題，楊濟翁名炎正，江西廬陵人。本書卷七《水調歌頭·舟次揚州和楊濟翁周顯先韻》詞有箋注。淳熙五年秋，稼軒自大理少卿出領湖北漕，楊濟翁即與周顯先隨稼軒前往鄂州到任。楊濟翁之《西樵語業》中《滿江紅·壽稼軒》詞（壽酒如澠闋）有「便御風乘興入京華，班卿棘」句，知其從稼軒遊，蓋自淳熙五年春稼軒入爲大理少卿始。楊炎正詞集中又有《賀新郎·寄辛潭州》詞（夢裏驂鸞馭闋）、《水調歌頭·呈辛隆興》詞（杖屨覓春色闋），知數年間楊炎正多隨稼軒帥幕徙移。至稼軒移居帶湖，炎正除作此闋外，猶有《鵲橋仙·壽稼軒》詞（築成臺榭闋）、《洞仙歌·壽稼軒》詞（帶湖佳處闋）等詞作爲稼軒作壽，故鄧廣銘先生有言：「疑楊氏曾在隆興任帥屬，迨稼軒罷官歸廣信，楊氏亦隨同前往，客居甚久，故得一同餞送范氏並接讀丘宗卿來書也。」丘宗卿名崈，《宋史》卷三九八《丘崈傳》：「丘崈字宗卿，江陰軍人，隆興元年進士。爲建康府觀察推官，丞相虞允文奇其才，奏除國子博士，孝宗諭允文舉自代者，允文首薦崈。……時方遣范成大使金祈請陵寢，崈言泛使亟遣無益大計，徒以驕敵。……遷太常博士，出知秀州華亭縣。……除直秘閣知平江府。……召除户部郎中，遷樞密院檢詳文字，被命接伴金國賀生辰使。……峦不禮金使，予祠，起知鄂州，移江西轉運判官，提點浙東刑獄，進直徽猷閣知平江府。」查稼軒淳熙八年知隆興府時，丘宗卿正在江西轉運判官任上。《寶慶會稽續志》卷二《浙東提刑》：「丘峦，淳熙十年七月以朝奉大夫直秘閣到任，淳熙十一年十二月初二日改知平江府。」《宋會要輯稿·職官》六一之二九載淳熙九年十二月五日，江西運判兼提刑丘峦請將妻吴氏所得封號回授其母事。知丘峦來書問候時尚在江西運判任上。右詞及以下二闋，均應賦於淳熙九年暮春。

〔二〕「點檢」句，柳永《尾犯》詞：「除是恁點檢笙歌，訪尋羅綺消得。」點檢即檢閲、檢查，韓愈《贈劉師服》詩：「丈夫命存百無害，誰能點檢形骸外。」

〔三〕「蝴蝶」二句，西園，在帶湖新居之西，稼軒詞中屢見。而洪邁《稼軒記》則僅有「東岡西阜，北墅南麓」語，戴表元《稼軒書院興造記》（見《剡源集》卷一）亦僅有「問湖上門，曰：是舊塗，自西循湖南東來」語，知帶湖在新居之南，而新居臨湖，北墅之西當爲西園也。明花柳，蘇軾《送孔郎中赴陝郊》詩：「十里長亭聞鼓角，一川秀色明花柳。」

〔四〕「覺來」句，黄庭堅《兩同心》詞：「記攜手小院，回廊月影花陰。」

〔五〕「收拾」二句，收拾，拾掇義。把詩僝僽，僝僽本意有折磨、煩惱、擺布等義，此處謂以詩消遣也。

【附録】

楊炎正濟翁原詞

蝶戀花　稼軒坐間作，首句用丘六書中語

點檢笙歌多釀酒。不放東風，獨自迷楊柳。院院翠陰停永晝，曲欄隨處堪垂手。　昨日解酲今夕又。消得情懷，長被春僝僽。門外馬嘶人去後，亂紅不管花消瘦。（《西樵語業》）

又

繼楊濟翁韻，餞范南伯知縣歸京口①〔一〕

淚眼送君傾似雨。不折垂楊，只倩愁隨去。有底風光留不住？煙波萬頃春江艣〔二〕。　老馬臨流癡不渡。應惜障泥，忘了尋春路〔三〕。身在稼軒安穩處，書來不用多行數〔四〕。

【校】

①題，「知縣」，范南伯前知瀘溪公安，此時家居，猶以知縣稱之。四卷本無此詞。

【箋注】

〔一〕題，范南伯，見本書卷一《西江月·爲范南伯壽》詞（秀骨青松不老閿）箋注。《漫塘集》卷三四《故公安范大夫及夫人張氏行述》：「公諱如山，字南伯，……公以通判蔭入任。本朝視本秩换授，故公墮右選，非志也。……添差監湖州都酒務。……復注監真州都酒務。南軒先生張公帥荆南，志在經理中原，以公北土故家，知其豪傑，熟其形勢，辟差辰州瀘溪令，改攝江陵之公安，實欲引以自近。公治官猶家，拊民若子，人思之至今。……公歲晚居貧而好客，客至，輒飭家人趣治具，無則典衣繼之。……公以慶元二年五月七日卒，得年六十有七，官終忠訓郎。」知范南伯攝公安縣之後，即家居以待終，故以知縣稱之。右詞應爲范南伯聞知稼軒退閑信州後，自京口來訪，餞别時所賦詞。京口即鎮江。《輿地紀勝》卷七《兩浙西路》：「鎮江府，潤州丹陽郡，鎮江軍節度。……東漢末年，吴王孫權初鎮丹徒，謂之京城，今州是也。後遷建業，於此置京口鎮。」

〔二〕「有底」二句，「有底」，如此也。言帶湖風光甚美，然而何以留南伯不得，非要歸去。增訂本《稼軒詞編年箋注》釋作「所有」，意即所有風光留不住，雖亦通，然不如作如許語佳。煙波萬頃，《漁隱叢話》前集卷四八引《冷齋夜話》云：「山谷南遷，與余會於長沙，留碧湘門一月。李子光以官舟借之，爲憎疾者腹誹，因攜十六口買小舟。余以舟迫窄爲言，山谷笑曰：『煙波萬頃，水宿小舟，與大厦千楹，醉眠一榻，何所異？道人繆矣。』即解縴去。」此條十卷本《冷齋夜話》失載。春江，謂玉溪，信江也。

〔三〕「老馬」三句，言不能渡水送范南伯也。《世説新語·術解》：「王武子善解馬性，嘗乘一馬，着連錢障泥，前有水，終日不肯渡。王云：『此必是惜障泥。』使人解去，便徑渡。」蘇軾《與周長官李秀才遊徑山二君先以詩見寄次其韻二首》詩：「癡馬惜障泥，臨流不肯渡。」障泥，披於馬鞍旁者，用於蔽泥。《西京雜記》卷二：「後得貳師天馬，帝以玫瑰石爲鞍，鏤以金銀鍮石，以緑地五色錦爲蔽泥。」按：稼軒乾道八年出守滁州時所賦《滿江紅·再用前韻》詞（照影溪梅闋）有「寶馬嘶歸紅旆動，龍團試水銅瓶泣」句，可證知其馬即自北方南來者，至此又一十年，蓋稼軒南歸已二十年。而稼軒謂之「老馬臨流」，此老馬或即彼時之寶馬者，跟隨稼軒一生之馬也。

〔四〕「書來」句，黄庭堅《新喻道中寄元明用觴字韻》詩：「但知家裏俱無恙，不用書來細作行。」

【附録】

楊炎正濟翁原詞

蝶戀花　别范南伯

離恨做成春夜雨。添得春江，劃地東流去。弱柳繫船都不住，爲君愁絶聽鳴艣。　君到南徐芳草渡。想得尋春，依舊當年路。後夜獨憐回首處。亂山遮隔無重數。（《西樵語業》）

又　席上贈楊濟翁侍兒

小小年華才月半①〔一〕。羅幕春風，幸自無人見。剛道羞郎低粉面〔二〕，傍人瞥見回嬌盼。　昨夜西池陪女伴〔三〕。柳困花慵〔四〕，見説歸來晚。勸客持觴渾未慣，未歌先覺花枝顫②〔五〕。

【校】

①「年華」，四卷本甲集作「華年」，此從廣信書院本。　②「枝」，《六十名家詞》本作「頭」。四卷本同廣信書院本。

【箋注】

〔一〕「小小」句，月半謂其年僅十五歲。

〔二〕「剛道」句，元稹《元氏長慶集補遺》卷六《鶯鶯傳》：「自從消瘦減容光，萬轉千回懶下牀。不爲傍人羞不起，爲郎憔悴却羞郎。」剛道，纔道也。

〔三〕西池，戴表元《剡源集》卷一《稼軒書院興造記》：「岡巒回環，榆柳掩鬱。長湖寶帶横其前，重闕華表翼其後。……問桑圃官池，曰：『是稼軒所耕釣，今表而出之也。』」可與此詞西池相參。

〔四〕柳困花慵，晁補之《鬥百花》詞：「柳困花慵，盈盈自整羅巾，須勸倒金盞。」

〔五〕花枝顫，張先《減字木蘭花》詞：「舞徹伊州，頭上花枝顫未休。」《能改齋漫録》卷一七：「此陳濟翁《蓦山溪詞》也。舍人張孝祥知潭州，因宴客，妓有歌此，至『金杯酒，君王勸，頭上宫花顫。』其首自爲之摇動者數四。坐客忍笑，指目者甚多，而張竟不覺也。」

水調歌頭

嚴子文同傅安道和前韻，因再和謝之①〔一〕

寄我五雲字，恰向酒邊開②〔二〕。東風過盡歸雁，不見客星回〔三〕。聞道瑣窗風月③，更着詩翁杖屨，合作雪堂猜。子文作雪齋，寄書云：「近以旱，無以延客。」④〔四〕歲旱莫留客，霖雨要渠來〔五〕。　短燈檠⑤，長劍鋏，欲生苔〔六〕。雕弓掛壁無用，照影落清杯〔七〕。多病關心藥餌，小摘親鉏菜甲，老子政須哀〔八〕。夜雨北窗竹，更倩野人栽〔九〕。

【校】

①題，四卷本乙集作「嚴子文同傅安道和盟鷗韻，和以謝之」。此從廣信書院本。②「開」，四卷本作「來」。③「聞」，廣信書院本原作「均」，此從四卷本。④小注，四卷本闕。⑤「燈檠」，四卷本作「檠燈」。

【箋注】

〔一〕題，嚴子文，見本書卷一《浣溪沙·贈子文侍人名笑笑》詞箋注。《琴川志》卷八：「嚴煥字子文，縣人，……通判建康府，知江陰軍，遷太常丞，出爲福建市舶。」據〔雍正〕《江南通志》卷四五載：「乾明廣福寺在江陰縣。初本二院，……乾道九年，知軍嚴煥請於朝，始併爲一寺。」〔乾隆〕《福建通志》卷二一《提舉市舶司》：「虞似良、蘇峴、韓康卿、彭椿年、嚴煥、林劭、潘冠英、胡長卿、張遜，俱淳熙間任。」《福建金石志》卷九載司馬伋等《九日山題名》：「淳熙十年，歲在昭陽單閼閏月廿有四日，郡守司馬伋同典宗趙子濤、提舶林劭、統軍韓俊，以遣舶，祈風於延福寺通遠善利廣福王祠下。」據此，林劭提舉市舶司既在淳熙十年，知淳熙九年任福建提舶者必嚴煥也。福建提舶司治所在泉州，故祈風於九日山。傅安道，名自得，泉州人。《朱文公文集》卷九八《朝奉大夫直秘閣主管建寧府武夷山沖佑觀傅公行狀》：

「公諱自得，字安道，……定居於泉州。……補承務郎，三監潭州南嶽廟，乃爲福建路提點刑獄司幹辦公事。……今少傅福國陳公入爲吏部尚書，雅知公之爲人，則與侍從官數人露章，薦公事親孝，居官廉，博學能文，興化之政，庭無留訟，而所坐初非其辜，遂再除知興化軍。……改除兩浙西路提點刑獄公事，時公年已六十餘矣。……公性高簡，不妄與人交。居泉五十年，杜門自守，讀書奉親外，無他爲。……居閑益無事，唯讀書不輟。客至觴酒論文道説古今，唱酬詩什，以相娱樂。蒼顔白髮，意氣偉然。……既病，則屏却藥餌，獨飲水以待終。……時淳熙十年秋八月也，年六十有八。」李心傳《建炎以來朝野雜記》乙集卷八《傅安道不見曾覿》條，亦特載曾覿以節鉞奉内祠，而自得不見之事，謂其性復高簡。按：據《宋會要輯稿·職官》七二之二二，傅自得於淳熙五年八月罷浙東提刑，此後即家居泉州，終老其身。稼軒與傅安道交誼，不見諸書册記載。右詞乃稼軒於淳熙九年春賦盟鷗詞後，寄似在泉州爲官之舊友嚴焕，焕與在泉州寓居之傅安道並有和章，遂再和以謝。既謂再和，其賦詞時當在和湯朝美司諫之後，應已至是年夏季也。

〔二〕「寄我」二句，五雲字，《新唐書》卷一二二《韋安石傳》附《韋陟傳》：「常以五采牋爲書記，使侍妾主之以裁答，受意而已。皆有楷法，陟唯署名，自謂所書陟字，若五朵雲，時人慕之，號郇公五雲體。」郇公，韋陟父安石卒所贈，韋陟襲其封號，故稱郇公。恰向酒邊開，張綱《浣溪沙·安人生日》詞：「眼眩豈堪花裏笑，眉攢聊向酒邊開。」

〔三〕「東風」二句，過盡歸雁謂春盡。客星，切嚴煥。《後漢書》卷一一三《嚴光傳》：「因共偃卧，光以足加帝腹上。明日，太史奏客星犯御座甚急，帝笑曰：『朕故人嚴子陵共卧耳。』」

〔四〕「聞道」三句及小注，詩翁亦指嚴煥。〔雍正〕《江南通志》卷一六五：「繆侃字叔正，常熟人，博雅工書，好蓄法書古器。弟佚，亦能詩善畫。同邑嚴煥字子文，以進士終朝奉大夫，文章整健，詩學尤邃。」煥作雪齋，未見書册記載，僅見於此。《方輿勝覽》卷五〇《湖北路·黄州》：「雪堂在州治東百步，蜀人蘇子瞻謫居黄三年，故人馬正卿爲守，以故營地數十畝與之，是爲東坡。以大雪中築室，名曰雪堂。繪雪於堂之壁。西有小橋，堂下有暗井。七年移汝州，去黄之日，遂以雪堂付潘大臨兄弟居焉。崇寧壬午，黨禁既興，堂遂毁。」

〔五〕「歲旱」二句，《尚書·説命》上：「説築傅巖之野，惟肖。爰立作相，王置諸其左右，命之曰：『朝夕納誨，以輔台德。若金，用汝作礪；若濟巨川，用汝作舟楫。若歲大旱，用汝作霖雨。』」按：用傳説事以况傅自得。而歲旱事，見於《宋史》卷三五《孝宗紀》三，淳熙九年七月以後，屢有賑濟江西、兩浙，且蠲諸路旱傷州軍事。知是年大旱，乃爲紀實。渠，其也。王安石《再次前韻寄楊德逢》詩：「渠來那得度，南蕩今已白。」又按：上片所言，蓋邀嚴、傅來信上作客而終不見至也。

〔六〕「短燈」三句，短燈檠，韓愈《短燈檠歌》：「太學儒生東魯客，二十辭家來射策。夜書細字綴語言，兩目眵昏頭雪白。此時提攜當案前，看書到曉那能眠。一朝富貴還自恣，長檠高張照珠翠。

吁嗟世事無不然，牆角君看短檠棄。」長劍鋏，見本書卷二《滿江紅》詞（漢水東流闋）箋注。生苔，指燈檠長劍生苔。白居易《酬盧秘書二十韻》詩：「杜陵書積蠹，豐獄劍生苔。」

〔七〕「雕弓」二句，應劭《風俗通義》卷九《世間多有見怪驚怪以自傷者》條：「予之祖父郴爲汲令，以夏至日見主簿杜宣，因賜酒。時北壁上有懸赤弩，照於杯，形如蛇，宣畏惡之，然不敢不飲。其日便得胸腹痛切，妨損飲食，大用羸露。攻治萬端，不爲愈。後郴因事過至宣家闚視，問其變故，云：『畏此蛇，蛇入腹中。』郴還廳事，思惟良久，顧見懸弩，曰：『必是也。』則使門下史將鈴下侍，徐扶輦載宣於故處設酒，杯中故復有蛇。因謂宣：『此壁上弩影耳，非有他怪。』宣遂解，甚夷懌，由是瘳平。」《晉書》卷四三《樂廣傳》：「嘗有親客，久闊不復來，廣問其故，答曰：『前在坐，蒙賜酒，方欲飲，見杯中有蛇，意甚惡之。既飲而疾。』於時河南廳事壁上有角漆畫作蛇，廣意杯中蛇即角影也，復置酒於前處，謂客曰：『酒中復有所見不？』答曰：『所見如初。』廣乃告其所以，客豁然意解，沉痾頓愈。」蘇轍《書廬山劉顗宫苑屋壁三絶》詩：「雕弓掛壁耻言動，出入樵漁便作羣。」

〔八〕「多病」三句，關心藥餌，杜甫《酬郭十五判官》詩：「藥裹關心詩總廢，花枝照眼句還成。」小摘菜甲，《有客》詩：「自鋤稀菜甲，小摘爲情親。」老子須哀，見前同調《湯朝美司諫見和用韻爲謝》詞（白日射金闕闋）箋注。

〔九〕「夜雨」二句，李白《尋陽紫極宫感秋作》詩：「何處聞秋聲，翛翛北窗竹。」白居易《思竹窗》

詩：「不憶西省松，不憶南宫菊。惟憶新昌堂，蕭蕭北窗竹。窗間枕簟在，來後何人宿？」葉夢得《避暑録話》卷下：「種竹須當五六月，雖烈日無害。小瘁，久之復蘇。世言五月十三日爲竹醉可移。不必此日，凡夏皆可種也。杜子美詩云：『西窗竹影薄，臘月更須栽。』余舊用其言，每以臘月種，無一竿活者，此亦余信書之弊而見事遲也。」

踏莎行

賦稼軒，集經句〔一〕

進退存亡，行藏用舍〔二〕。小人請學樊須稼〔三〕。衡門之下可棲遲，日之夕矣牛羊下〔四〕。去衛靈公，遭桓司馬〔五〕。東西南北之人也〔六〕。長沮桀溺耦而耕，丘何爲是棲棲者〔七〕？

【箋注】

〔一〕題，稼軒，《宋史》卷四〇一《辛棄疾傳》：「嘗謂人生在勤，當以力田爲先。北方之人，養生之具不求於人，是以無甚富甚貧之家，南方多末作以病農，而兼併之患興，貧富斯不侔矣。故以稼名軒。」洪邁《稼軒記》：「既築室百楹，度財占地什四，乃荒左偏以立圃，稻田泱泱，居然衍十弓。意他日釋位而歸，必躬耕於是，故憑高作屋下臨之，是爲稼軒。」右詞集經句以賦稼軒，雖無作年可考，然必在躬耕之初，故附次於淳熙九年夏。

〔二〕「進退」二句，進退存亡，《易·乾·文言》：「亢之爲言也，知進而不知退，知存而不知亡，知得而不知喪。其唯聖人乎？知進退存亡而不失其正者，其唯聖人乎？」行藏用舍，《論語·述而》：「子謂顔淵曰：『用之則行，舍之則藏，惟我與爾有是夫！』」

〔三〕「小人」句，《論語·子路》：「樊遲請學稼，子曰：『吾不如老農。』請學爲圃，曰：『吾不如老圃。』樊遲出，子曰：『小人哉，樊須也！上好禮，則民莫敢不敬；上好義，則民莫敢不服；上好信，則民莫敢不用情。夫如是，則四方之民，襁負其子而至矣，焉用稼？』」《史記》卷六七《仲尼弟子列傳》：「樊須字子遲，少孔子三十六歲。」

〔四〕「衡門」二句，衡門之下可棲遲，《詩·陳風·衡門》：「衡門之下，可以棲遲。泌之洋洋，可以樂饑。」《傳》：「衡門，横木爲門，言淺陋也。棲遲，遊息也。」日之夕矣牛羊下，《詩·王風·君子於役》：「日之夕矣，羊牛下來。」

〔五〕「去衛」二句，去衛靈公，《論語·衛靈公》：「衛靈公問陳於孔子，孔子對曰：『俎豆之事則嘗聞之矣，軍旅之事未之學也。』明日遂行。在陳絶糧，從者病，莫能興。」遭桓司馬，《孟子·萬章》上：「孔子不悦於魯衛，遭宋桓司馬，將要而殺之，微服而過宋。是時，孔子當阨。」

〔六〕「東西」句，《禮記·檀弓》上：「孔子既得合葬於防，曰：『吾聞之，古也墓而不墳。今丘也，東西南北之人也，不可以弗識也。』」

〔七〕「長沮」二句，長沮桀溺耦而耕，《論語·微子》：「長沮、桀溺耦而耕，孔子過之，使子路問津焉。……問於桀溺，桀溺曰：『子爲誰？』曰：『爲仲由。』曰：『是魯孔丘之徒與？』曰：『是也。』曰：『滔滔者天下皆是也，而誰以易之？且而與其從辟人之士也，豈若從辟士之士哉？』

耰而不輟。」丘何爲是棲棲者，同書《憲問》：「微生畝謂孔子曰：『丘何爲是棲棲者與？無乃爲佞乎？』孔子曰：『非敢爲佞也，疾固也。』」

太常引

壽韓南澗尚書①〔一〕

君王着意履聲間〔二〕，便合押②，紫宸班〔三〕。今代又尊韓，道吏部文章泰山〔四〕。一杯千歲，問公何事，早伴赤松閑〔五〕？功業後來看，似江左風流謝安〔六〕。

【校】

①題，四卷本甲集作「壽南澗」，此從廣信書院本。②「合」，四卷本作「令」。

【箋注】

〔一〕題，韓南澗，即韓元吉，本爲乾道四年稼軒通判建康府時任江東轉運判官之友人，淳熙改元之七年，先於稼軒寓居於上饒信江南岸之南澗，至此，稼軒於淳熙九年掛冠之後，始爲之作壽詞。元吉《宋史》無傳，生日亦在五月。〔乾隆〕《上饒縣志》卷一一《寓賢》：「韓元吉字無咎，開封人維之子，仕至吏部尚書、龍圖閣學士，封潁川公。嘗師尹焞，吕祖謙其婿也。師友淵源，爲諸儒所推重。徙居上饒，所居之前有澗水，號南澗。澗南有園，築亭竹間，號蒼筤，與兄元隆俱登甲第，卒葬城東。所著有《愚戇録》、《周易繫辭》等書。」陸心源《宋史翼》卷一四《韓元吉傳》：「韓元吉字無咎，開封雍丘人，門下侍郎維之玄孫。……徙居信州之上饒，所居之前有澗水，號南澗。詞章典麗，議論通明，爲故家翹楚。嘗赴詞科不利，以蔭爲處州龍泉縣主簿。……乾道三年除江東轉運判官。……四年以朝散郎入守大理少卿，權中書舍人，八年權吏部侍郎。……九年權禮部尚書賀金國生辰使。……淳熙元年以待制知婺州，於郡西南隅創貢院，工築方興，明年移知建安。……旋召赴行在，以朝議大夫試吏部尚書，進正奉大夫，除吏部尚書。五年乞州郡，除龍圖閣學士復知婺州，罷爲提舉太平興國宫。爵至潁川郡公。……與葉夢得、陸游、沈明遠、趙蕃、張浚相唱和，政事文章爲一代冠冕。朱子稱其詩有中原和平之舊，無南方啁哳之音。著有《易繫辭解》、《焦尾集》、《南澗甲乙稿》。」按：《縣志》謂韓元吉登第，不確。南澗，當在信江南岸南屏山。據趙蕃《淳熙稿》卷一一之《挽南澗先生三首》詩，其中有「寂寞溪南路，於今忍重經？……屏山空矗矗，澗水暗泠泠」諸語，屏山，即南屏山。〔乾隆〕《上饒縣志》卷二：「南屏山，在城東南五里，從狼牙山發脈，拱抱府治如屏，又以形如奔騎，一名天馬山。」因知韓元吉之寓居地即所謂南澗，在信江南岸之南屏山。

〔二〕「君王」句，《漢書》卷七七《鄭崇傳》：「鄭崇字子游，本高密大族，世與王家相嫁娶。……哀帝擢爲尚書僕射，數求見諫争，上初納用之，每見曳革履，上笑曰：『我識鄭尚書履聲。』」

〔三〕「便合」二句，李攸《宋朝事实》卷一二《儀注》二：「國初，因唐與五代之制，文武官每日赴文明殿（即文德殿）正衙常參，宰相一人押班。五日起居，即崇德、長春二殿（崇德即紫宸，長春即垂拱），中書門下爲班首。」按：宋代宰相執政，多由御史中丞、翰林學士、六部尚書中揀選，故有

「便合押」云云，謂其本應位至宰相執政也。

〔四〕「今代」二句，石介《徂徠集》卷七有《尊韓》篇，《黄氏日鈔》卷四五讀《諸儒書》之《石徂徠文集》評曰：「《尊韓》略云：孔子爲聖人之至，吏部爲賢人之卓。孔子之《易》、《春秋》，自聖人來未有也。吏部《原道》、《原人》、《原毁》、《行難》、《禹問》、《佛骨表》、《諍臣論》，自諸子以來未有也。」《新唐書》卷一七六《韓愈等傳贊》：「自愈没，其言大行，學者仰之，如泰山北斗云。」歐陽修《贈王介甫》詩：「翰林風月三千首，吏部文章二百年。」韓愈嘗官吏部侍郎。

〔五〕「一杯」三句，一杯千歲，宋元口語。楊萬里有詩，題爲「七月二十三日南極老人星歌，上叔父十三致政一杯千歲之壽」詩，韓玉《念奴嬌》詞有「壽日稱觴，一杯千歲，應見蟠桃熟」句，本書卷二《臨江仙·爲岳母壽》詞（住世都知菩薩行闋）亦有「一杯千歲酒，重拜太夫人」句。伴赤松，《史記》卷五五《留侯世家》：「留侯乃稱曰：『家世相韓，及韓滅，不愛萬金之資，爲韓報讎彊秦，天下振動。今以三寸舌爲帝者師，封萬户，位列侯，此布衣之極，於良足矣。願棄人間事，欲從赤松子遊耳。』」《唐摭言》卷一〇：「羅隱梁開平中累徵夕郎不起，羅衮以小天倅大秋，姚公使兩浙，衮以詩贈隱曰：『平日時風好涕流，讒書雖盛一名休。寰區歎屈瞻天問，島嶼聞詩過海求。向夕便思青瑣拜，近年尋伴赤松遊。』」又，宋人魏野亦有《獻王旦》詩句：「西祀東封俱已畢，可能來伴赤松遊？」見《青箱雜記》卷一。

〔六〕「功業」二句，據《晉書》卷七九《謝安傳》，謝安有仕進意已四十餘，其執國政及淝水破前秦，俱後來之事，卒時年六十六。《南齊書》卷二三《王儉傳》：「儉常謂人曰：『江左風流宰相，惟有謝安。』」

水調歌頭　九日遊雲洞，和韓南澗尚書韻①〔一〕

今日復何日，黄菊爲誰開〔二〕？淵明謾愛重九②，胸次正崔嵬〔三〕。酒亦關人何事，政自不能不爾，誰遣白衣來〔四〕？醉把西風扇，隨處障塵埃〔五〕。　爲公飲，須一日，三百杯〔六〕。此山高處東望③，雲氣見蓬萊〔七〕。翳鳳驂鸞公去，落佩倒冠吾事，抱病且登臺〔八〕。歸路踏明月④，人影共徘徊〔九〕。

【校】

①題，四卷本甲集「尚書」二字闕，此從廣信書院本。　②「謾」，四卷本作「漫」。　③「山」，《六十名家詞》本作「心」。　④「踏」，四卷本作「有」。

【箋注】

〔一〕題，韓元吉有同調《雲洞》詞，知爲淳熙九年重九日與韓元吉同遊雲洞時次韻之作。雲洞，〔嘉靖〕《廣信府志》卷三《上饒》：「雲洞，縣西三十里，在開化鄉，天欲雨則興雲，故名雲洞。」清〔乾隆〕、〔同治〕《廣信府志》及《上饒縣志》均同此。按：開化鄉在縣西，其地在今上饒西楓嶺頭鎮西部。今其地有月巖，雲洞或在其西北。〔乾隆〕《上饒縣志》卷一六《藝文》載韋莊《經月巖山》詩，有序曰：「信州西三十里，山名仙人城，下有月巖山，其狀秀拔，中有石門如滿月之狀，余因行役過其下，聊賦是詩。」詩中有云：「驅車過閩越，路出饒陽西。仙山翠如畫，簇簇生虹蜺。羣峰若侍從，衆阜如嬰提。巖巒互吞吐，嶺岫相追攜。中有月輪滿，皎潔如圓珪。」（按：此詩作者，《全唐詩》作韓翃。）〔嘉靖〕《府志》同卷載洪芻《遊信州巖峒記》載：「信之山大抵皆岫也。出葛溪門二十五里，西遊至月巖，自石梁望之，正如半月形。……巖之背，繚西北而北轉有大山，……由山後口過一大山，其底洞透。……既出穴，循山行又數百步，至一山崦，……又循山同行，深入一源，路窮處得幽巖，余所名也。巖有泉溜，泠泠然。出山循道行二里許，隔大田望遠巖極峻，上有棺，正猶人間所用匣也。又二里至雲洞，山形截然如城，世謂之仙人城，相傳仙人蛻骨葬於此，有三棺，或壞，因大風雨雷電則復完如初，疑有鬼神云。復出大道十里，稍南至靈巖。」本詞所附韓元吉原詞，有「仙人跨海休問，隨處是蓬萊」句，且注「洞有仙骨巖」。而《輿地紀勝》卷二一《江南東路·信州》之《月巖》條未載雲洞，而另立《雲洞》條，謂在州南二十餘里，然《幽巖》條又記載「幽巖在上饒月巖雲洞側」，則知此雲洞必與月巖相近無疑，蓋與洪芻所述者相符。〔乾隆〕《上饒縣志》卷一二《寺觀》：「雲洞院，在開化鄉三十六都，宋大中祥符間建，巖穴瓌奇，梵宇幽爽，有天泉、九仙、一綫天諸巖，多題詠。」韓元吉《雲洞》詩：「揮策度窮谷，撐空見樓臺。丹崖幾千仞，中有佛寺開。老僧如遠公，應門走蒿萊。下馬問所適，褰衣指崔嵬。飛闌倚石磴，曠蕩無纖埃。坐久意頗愜，爽氣生尊罍。仙棺是何人，蛻骨藏莓苔。舉酒一酌之，慨然興我懷。丹砂固未就，白鶴何時來？不如生前樂，長嘯且銜杯。」（此詩原載《南澗甲乙稿》卷一，謂據《廣信府志》補。首句作「揮策度絶壑」，即據〔嘉靖〕《廣信府志》改。）今經著者親身探察，雲洞在上饒西楓嶺頭鎮泉塘之丁家村山上。

〔二〕「今日」二句，今日復何日，蘇軾《遊浄居寺》詩：「今日復何日，芒鞋自輕飛。」《和郭主簿二首》詩：「今日復何日，高槐布初陰。」黄菊爲誰開，李嘉祐《答泉州薛播使君重陽日贈酒》詩：「欲强登高無力去，籬邊黄菊爲誰開？」蘇軾《九日尋臻闍黎遂泛小舟至懃師院二首》詩：「白足赤髭迎我笑，拒霜黄菊爲誰開？」

〔三〕「淵明」二句，淵明愛重九，《陶淵明集》卷二《九日閑居》詩序：「余閑居，愛重九之名。秋菊盈園而持醪靡由，空服九華，寄懷於言。」詩有「世短意常多，斯人樂久生。日月依辰至，舉俗愛其名」句。湯漢《陶靖節先生詩注》云：「魏文帝書云：『九爲陽數，而日月並應，俗嘉其名，以爲宜於長久。』」謾，徒然也。胸次崔嵬，黄庭堅《次韻子瞻武昌西山》詩：「平生四海蘇太史，酒澆不下胸崔嵬。」晁補之《次韻蘇公翰林贈同職鄧温伯懷舊作》詩：「漫浪飲處空有跡，無酒可沃胸崔嵬。」崔嵬，本指山巔。此二句謂陶淵明胸次中所積累之嵬磊不平，非其愛生之念所能消除。

〔四〕「酒亦」三句，闗人何事，黄庭堅《題〈陽闗圖〉二首》詩：「渭城柳色闗何事，自是離人作許悲。」政自不能不爾，《晉書》卷七九《謝安傳》：「既見温，坦之流汗沾衣，倒執手板，安從容就席。坐定，謂温曰：『安聞諸侯有道，守在四鄰，明公何須壁後置人邪？』温笑曰：『正自不能不爾耳。』遂笑語移日。」遣白衣，《太平御覽》卷三二引《續晉陽秋》：「陶潛九月九日無酒，宅邊東籬下，菊叢中，摘盈把，坐其側。未幾，望見白衣人至，乃王弘送酒也，即便就醉而後歸。」

〔五〕「醉把」二句，《世説新語·輕詆》：「庾公權重，足傾王公。庾在石頭，王在冶城坐，大風揚塵，王以扇拂塵曰：『元規塵污人。』」《晉書》卷六五《王導傳》：「時亮雖居外鎮，而執朝廷之權，既據上流，擁彊兵，趣向者多歸之。導内不能平，常遇西風塵起，舉扇自蔽，徐曰：『元規塵污人。』」元規，庾亮字。

〔六〕「須一」二句，李白《襄陽歌》：「百年三萬六千日，一日須傾三百杯。」《將進酒》：「烹羊宰牛且爲樂，會須一飲三百杯。」《南史》卷六一《陳暄傳》：「鄭康成一飲三百杯，吾不以爲多。」

〔七〕「雲氣」句，《史記》卷二八《封禪書》：「自威、宣、燕昭使人入海求蓬萊、方丈、瀛州，此三神山者，其傳在勃海中，去人不遠，患且至，則船風引而去。……未至，望之如雲，及到，三神山反居水下。」《漁隱叢話》前集卷五五引《王直方詩話》云：「『璧門金闕倚天開，五見宫花落古槐。明日扁舟滄海去，却將雲氣望蓬萊。』此劉貢甫詩也，自館中出知曹州時作。舊云『雲裏』，荆公改作『雲氣』。」

〔八〕「翳鳳」三句，翳鳳驂鸞，杜甫《寄韓諫議》詩：「玉京羣帝集北斗，或騎麒麟翳鳳凰。」《送重表侄王砅評事使南海》詩：「或驂鸞騰天，聊作鶴鳴皋。」張孝祥《水調歌頭·舟過金山寺》詞：

「揮手從兹去，翳鳳更驂鸞。」落佩倒冠，已見本卷《六幺令·再用前韻》詞（倒冠一笑關）箋注。抱病且登臺，杜甫《九日五首》詩：「重陽獨酌杯中酒，抱病起登江上臺。」

〔九〕「歸路」二句，歸路踏明月，蘇軾《同王勝之遊蔣山》詩：「歸來踏人影，雲細月娟娟。」人影共徘徊，李白《月下獨酌四首》詩：「月既不解飲，影徒隨我身。暫伴月將影，行樂須及春。我歌月徘徊，我舞影淩亂。」

【附録】

韓元吉無咎原詞

水調歌頭　雲洞

今日俄重九，莫負菊花開。試尋高處，攜手躡屐上崔嵬。放目蒼巖千仞，雲護曉霜成陣，知我與君來。古寺倚修竹，飛檻絶纖埃。　笑談間，風滿座，酒盈杯。仙人跨海，休問隨處是蓬萊。洞有仙骨巖。落日平原西望，鼓角秋聲悲壯，戲馬但荒臺。細把茱萸看，一醉且徘徊。（《南澗甲乙稿》卷七）

又

再用韻，呈南澗

千古老蟾口，雲洞插天開〔一〕。漲痕當日，何事洶湧到崔嵬〔二〕？攫土摶沙兒戲，翠谷蒼崖幾變，風雨化人來〔三〕。萬里須臾耳，野馬驟空埃〔四〕。　笑年來，蕉鹿夢，畫蛇杯〔五〕。

黄花憔悴風露，野碧漲荒萊〔六〕。此會明年誰健？後日猶今視昔，歌舞只空臺〔七〕。愛酒陶元亮，無酒正徘徊〔八〕。

【箋注】

〔一〕「千古」二句，老蟾口，蘇軾《留題延生觀後山上小堂》詩：「不慚弄玉騎丹鳳，應逐嫦娥駕老蟾。」《鶴林玉露》丙編卷六：「孫仲益《山居上梁文》云：『老蟾駕月，上千崖紫翠之間；一鳥呼風，嘯萬木丹青之表。』……奇語也。」杜牧《題壽安縣甘棠館御溝》詩：「水殿半傾蟾口澀，爲誰流下蓼花中。」。二句言山上眺望，雲洞形狀似虾蟆張口仰面向天。

〔二〕「漲痕」二句，此既言雲洞中留有漲水之痕，且斷言昔日高山曾爲川海，則可見稼軒於自然現象多有觀察，有所謂滄海桑田之認識耳。按洞中今仍有溪流。

〔三〕「攫土」三句，攫土摶沙，蘇軾《同正輔表兄遊白水山》詩：「偉哉造物真豪縱，攫土摶沙爲此弄。擘開翠峽走雲雷，截破奔流作潭洞。」翠谷蒼崖，杜光庭《廣成集》卷一〇《莫庭乂青城甲申本命周天醮詞》有「丹崖蕩日，翠谷呀雲」語。幾變，用《詩·小雅·十月之交》中「百川沸騰，山冢崒崩。高岸爲谷，深谷爲陵」語意。箋云：「崒者，崔嵬。」化人來，《列子·周穆王》：「周穆王時，西極之國有化人來。」注：「化幻人也。」蘇軾《和黄龍清老三首》詩：「静嘿堂中有相憶，清江或遣化人來。」按：此詩或謂黄庭堅作，見《山谷内集詩注》卷二〇。

〔四〕「萬里」二句，萬里須臾，阮籍《詠懷八十二首》詩：「雙翮臨長風，須臾萬里逝。」野馬空埃，《莊子・逍遥遊》：「野馬也，塵埃也，生物之以息相吹也。」《莊子集解》卷一注：「司馬云：野馬，春月澤中游氣也。成云：青春之時，陽氣發動，遥望藪澤，猶如奔馬，故謂之野馬。成云：揚土曰塵，塵之細者曰埃。」

〔五〕蕉鹿夢，畫蛇杯，《列子・周穆王》：「鄭人有薪於野者，遇駭鹿，御而擊之，斃之，恐人見之也，遽而藏諸隍中，覆之以蕉，不勝其喜。俄而遺其所藏之處，遂以爲夢焉。順塗而詠其事。傍人有聞者，用其言而取之。既歸，告其室人曰：『向薪者夢得鹿，而不知其處，吾今得之，彼直真夢者矣。』室人曰：『若將是夢見薪者之得鹿邪？詎有薪者邪？今真得鹿，是若之真夢邪？』夫曰：『吾據得鹿，何用知彼夢我邪夢？』」《戰國策・齊策》二：「楚有祠者，賜其舍人卮酒。舍人相謂曰：『數人飲之不足，一人飲之有餘，請畫地爲蛇，先成者飲酒。』一人蛇先成，引酒且飲之，乃左手持卮，右手畫蛇，曰：『吾能爲之足。』未成，一人之蛇成，奪其卮曰：『蛇固無足，子安能爲之足？』遂飲其酒。爲蛇足者，終亡其酒。……戰無不勝而不知止者，身且死，爵且後歸，猶爲蛇足也。」

〔六〕「野碧」句，野碧謂野水也。荒萊，荒田也。《三國志・魏志》卷二七《王昶傳》：「昶斫開荒萊，勤勸百姓，墾田特多。」《宋書》卷五《文帝紀》：「自頃農桑惰業，遊食者衆。荒萊不闢，督課無聞。」

〔七〕「此會」三句，此會明年誰健，杜甫《九日藍田崔氏莊》詩：「明年此會知誰健？醉把茱萸子細看。」《補注杜詩》卷一九注：「阮瞻元日會親友，曰：『人生如風中燭，尊酒何必拒其滿。不知明年今日再開此會，誰是强健。』」後日猶今視昔，《晉書》卷八〇《王羲之傳》引《蘭亭序》：「固知一死生爲虚誕，齊彭殤爲妄作，後之視今，亦猶今之視昔，悲夫！」歌舞空臺，張琰《銅雀臺》詩：「君王冥寞不可見，銅雀歌舞空徘徊。」

〔八〕「愛酒」二句，愛酒陶元亮，蘇軾《乘舟過賈收水閣收不在見其子三首》詩：「愛酒陶元亮，能詩張志和。」

又

再用韻，答李子永提幹①〔一〕

君莫賦《幽憤》，一語試相開〔二〕。長安車馬道上，平地起崔嵬〔三〕。我愧淵明久矣，猶借此翁湔洗②，素壁寫《歸來》〔四〕。斜日透虚隙，一綫萬飛埃〔五〕。斷吾生，左持蟹，右持杯〔六〕。買山自種雲樹，山下劚煙萊〔七〕。百鍊都成繞指，萬事直須稱好，人世幾輿臺〔八〕？劉郎更堪笑，剛賦看花回〔九〕。

【校】

①題，「答」，廣信書院原闕，據四卷本甲集補。四卷本「提幹」二字闕。②「猶」，四卷本作「獨」。

【箋注】

〔一〕題，趙蕃《淳熙稿》卷一三《贈李子永泳》詩：「漫刺平生不妄投，不知我者謂何求。平生願作李君御，問事況聞他秩抽。驛舍夜涼陪麈尾，野田風晚從遨頭。可嗟鞅掌催成去，未盡登臨山水幽。」《中興以來絶妙詞選》卷五：「李子大名洪，家世同登桂籍，躋膴仕，號淮甸儒族。子大其弟漳、泳、泩、淛，皆以文鳴，有《李氏花萼詞》五卷，其姪直倫爲之序，廬陵人。」又載：「李子永名泳。」《直齋書録解題》卷二一：「《李氏花萼集》五卷，廬陵李氏兄弟五人，洪子大、漳子清、泳子永、泩子召、淛子秀，皆有官閥。」葛萬里《别號録》卷一載：「蘭澤李泳子永。」然既謂之「淮甸儒族」，又以爲廬陵人，豈不有誤？查樓鑰《攻媿集》卷五二《檗庵居士文集序》：「江都李氏，名族也。紹興間名之從民者，尚多俊茂。余生晚，猶及識將作監端民平叔及其子泳，皆有聲詩。」則李泳實即揚州李端民之子，「廬陵」者，蓋廣陵之訛誤。《嘉泰會稽志》卷六《餘姚縣》載：「緒山廟在縣西二百五十步，祀典始於東晉咸康中。有江都李泳者作記，謂徽宗皇帝嘗夢禁中火，有神人撲滅，已雨。奏曰：『臣越之餘姚緒山神。』黎明内廷果火，會雨而止，上異之，有旨下本道訪求，遂賜應夢之號。泳字子永，御史中丞定之曾孫，諸父仕多通顯，其説宜不敢妄云。」據知其確爲揚州人。右題謂之提幹者，蓋坑冶司幹辦公事官之稱。《南澗甲乙稿》卷五有《次韻李子永見慶新居》詩，首聯即爲「旋移桐樹占高岡，更喜松筠翠作行」。韓元吉移居上饒南澗，在淳熙七年。《南澗甲乙稿》卷二三《安人盧氏墓志銘》載：「淳熙改元之七年，予始居南澗。」知李子永爲坑冶司幹官，分局信州，最晚在淳熙七年。趙詩有「驛舍夜涼」、「野田風晚」諸語，此正李氏爲坑冶司屬官之證。淳熙九年稼軒退居帶湖之時，李泳尚未離任，故能借韓元吉

《遊雲洞》詞韻相唱和，而稼軒遂有此作也。

〔二〕「君莫」二句，賦《幽憤》，《晉書》卷四九《嵇康傳》：「東平呂安，服康高致，每一相思，輒千里命駕，康友而善之。後安爲兄所枉訴，以事繫獄，辭相證引，遂復收康。康性慎言行，一旦縲紲，乃作《幽憤詩》。」陳策《摸魚兒·仲宣樓賦》詞：「憑高試問。問舊日王郎，依劉有地，何事賦幽憤？」一語試相開，《三國志·吳志》卷三《孫亮傳》：「布拜表叩頭，休答曰：『聊相開悟耳，何至叩頭乎？』」蘇軾《減字木蘭花·送別》詞：「一語相開，匹似當初本不來。」

〔三〕「長安」二句，長安車馬道上，孟郊《感别送從叔校書簡再登科東歸》詩：「長安車馬道，高槐結浮陰。下有名利人，一人千萬心。」平地起崔嵬，梅堯臣《疊石》詩：「惟愁作險説，平地起崑崙。」《詩話總龜》卷二四引《唐賢抒情》：「李朱厓平泉莊佳景可愛，洛中士人詫於汪遵。……汪過楊相宅，有詩曰：『倚伏從來事不遥，無何平地起青霄。纔到青霄却平地，門對古槐空寂寥。』」按：此二句喻仕途之意外風波。

〔四〕「我愧」三句，愧淵明，蘇轍《追和陶淵明詩引》：「吾真有此病，而不早自知，平生出仕，以犯世患，此所以深愧淵明，欲以晚節師範其萬一也。」湔洗，《新唐書》卷一三六《烏承玼傳》：「有如束身本朝，湔洗前污，此反掌功耳。」素壁寫《歸來》，陶潛之《歸去來兮辭》，見《陶淵明集》卷五。《古今事文類聚别集》卷一三《草堂碑》條：「王子敬過戴安道草堂，飲酣，安道求子敬文。子敬攘臂大言曰：『我詞翰不及古人，與君一掃素壁。』今山陰《草堂碑》是也。」

〔五〕「斜日」二句，《景德傳燈録》卷一三《終南山圭峰宗密禪師》條：「著《禪源諸詮》，寫録諸家所述，詮表禪門根源道理。……其都序略曰：『……微細習情，起滅彰於静慧；差别法義，羅列現於空心。虚隙日光，纖埃擾擾；清潭水底，影像昭昭。』」蘇軾《和雜詩十一首》詩：「斜日照孤隙，始知空有塵。」

〔六〕「斷吾」三句，斷吾生，杜甫《曲江三章章五句》：「自斷此生休問天，杜曲幸有桑麻田。」斷，了也。「左持」二句，《晉書》卷四九《畢卓傳》：「右手持酒杯，左手持蟹螯。」餘見本卷《水調歌頭·湯朝美司諫見和用韻爲謝》詞（白日射金闕）箋注。

〔七〕「買山」二句，買山，《世説新語·排調》：「支道林因人就深公買印山，深公答曰：『未聞巢由買山而隱。』」斸煙萊，蘇轍《城南訪張恕》詩：「此中真有醇風在，一畝何年斸草萊。」

〔八〕「百鍊」三句，百鍊成繞指，《北堂書鈔》卷五八《金蟬右貂》條，注引應劭《漢官儀》：「金取堅剛，百鍊不耗。」劉琨《重贈盧諶》詩：「何意百鍊剛，化爲繞指柔。」萬事稱好，《世説新語·言語》之「南郡龐士元聞司馬德操」條注引《司馬徽别傳》：「徽字德操，潁川陽翟人，有人倫鑑識。居荆州，知劉表性暗，必害善人，乃括囊不談議時人。有以人物問徽者，初不辨其高下，每輒言佳。其婦諫曰：『人質所疑，君宜辨論，而一皆言佳，豈人所以咨君之意乎？』徽曰：『如君所言，亦復佳。』其婉約遜遁如此。」黄庭堅《次韻任道食荔支有感三首》詩：「一錢不直程衛尉，萬事稱好司馬公。」輿臺，《左傳·昭公七年》：「天有十日，人有十等。故王臣公，公臣大夫，大夫臣士，士臣皂，皂臣輿，輿臣隸，隸臣僚，僚臣僕，僕臣臺。」

〔九〕「劉郎」二句，見本書卷一《新荷葉·和趙德莊韻》詞（人已歸來）箋注。剛，偏也。

又

提幹李君索余賦《秀野》、《緑繞》二詩。余詩尋醫久矣，姑合二榜之意，賦《水調歌頭》以遺之。然君才氣不減流輩，豈求田問舍而獨樂其身耶①〔一〕

文字覷天巧〔二〕，亭榭定風流。平生丘壑，歲晚也作稻粱謀〔三〕。五畝園中秀野，一水田將緑繞，穲稏不勝秋〔四〕。飯飽對花竹②，可是便忘憂〔五〕？　吾老矣，探禹穴〔六〕，欠東遊。君家風月幾許，白鳥去悠悠③〔七〕。插架牙籤萬軸，射虎南山一騎，容我攬鬚不〔八〕？更欲勸君酒，百尺卧高樓〔九〕。

【校】

①題，「幹」、「秀野」，《六十名家詞》本作「朝」、「野秀」，此從廣信書院本。「其」，《六十名家詞》本闕。　②「飯飽」，《六十名家詞》本作「飽飯」。　③「鳥」，《六十名家詞》本作「馬」。

【箋注】

〔一〕題，秀野、緑繞，當爲李泳江都居第内亭名。然查清各年代之《揚州府志》皆未見載。李泳之索求稼軒賦詩，亦應在淳熙九年。自淳熙五年之後，稼軒仕宦於湖北、江西、湖南及行在臨安之四五年間，極少有詩作。可見本書卷一所載各體詩。此即右題中所謂「余詩尋醫久矣」。蘇軾

《七月五日二首》詩：「避謗詩尋醫，畏病酒入務。」其何以如此，是否因避謗則無可考知。求田問舍，見本書卷一《水龍吟·登建康賞心亭》詞（楚天千里清秋闋）箋注。李泳本具才氣，却以秀野、緑繞爲亭名，故稼軒謂其不當因求田問舍而獨樂其身。

〔二〕「文字」句，韓愈《答孟郊》詩：「規模背時利，文字覷天巧。人皆餘酒肉，子獨不得飽。」天巧，巧奪天工也。

〔三〕稻粱謀，杜甫《同諸公登慈恩寺塔》詩：「君看隨陽雁，各有稻粱謀。」

〔四〕「五畝」三句，五畝園秀野，蘇軾《司馬君實獨樂園》詩：「青山在屋上，流水在屋下。中有五畝園，花竹秀而野。」《貴耳集》卷上：「獨樂園，司馬公居洛時建。」一水田將緑繞，王安石《書湖陰先生壁二首》詩：「茆簷長掃静無苔，花木成畦手自栽。一水護田將緑繞，兩山排闥送青來。」《詩人玉屑》卷七《不可參以異代》條：「荆公詩用法甚嚴，尤精於對偶。嘗云：『用漢人語，止可以漢人語對，若參以異代語，便不相類。』如『一水護田將緑繞，兩山排闥送青來』之類，皆漢人語也。」穲稏，稻名也。

〔五〕「飯飽」二句，花竹，已見蘇軾詩句。可是，何至、怎能也。便忘憂，李德裕《思登家山林嶺》詩：「登巒未覺疾，泛水便忘憂。」

〔六〕探禹穴，《史記》卷一三〇《太史公自序》：「二十而南游江淮，上會稽，探禹穴。」

〔七〕「君家」二句，君家風月，黄庭堅《從陳季張求竹竿引水入厨》詩：「能令官舍庖厨潔，未減君家風月清。」稼軒此語之君家謂李白。歐陽修《贈王介甫》詩：「翰林風月三千首，吏部文章二百年。」翰林即指李白，故謂之君家風月。白鳥悠悠，切白字。

〔八〕「插架」三句，插架牙籤萬軸，韓愈《送諸葛覺往隨州讀書》詩：「鄴侯家多書，插架三萬軸。一一懸牙籤，新若手未觸。」此鄴侯即宰相李泌也。射虎南山，見本書卷二《水調歌頭·舟次揚州和楊濟翁周顯先韻》詞（落日塞塵起閿）箋注。容我攬鬚，謝安嘗捋桓伊之鬚，出《晉書》卷八一《桓伊傳》，見本書卷一《念奴嬌·登建康賞心亭呈史留守致道》詞（我來弔古閿）箋注。蘇軾《次韻答邦直子由四首》詩：「瀟灑使君殊不俗，尊前容我攬鬚不？」

〔九〕「更欲」二句，勸君酒，《太平廣記》卷二《張生》條引《纂異記》：「有張生者，家在汴州中牟縣東北赤城坂，以饑寒，一旦别妻子遊河朔，五年方還。……忽於草莽中見燈火熒煌，賓客五六人方宴飲次。……見有長鬚者，持杯請措大夫人歌。……於是張妻又歌曰：『勸君酒，君莫辭。落花徒繞枝，流水無返期。莫恃少年時，少年能幾時？』」百尺卧高樓，見本書卷一《水龍吟·登建康賞心亭》詞（楚天千里清秋閿）箋注。

滿江紅

遊南巖，和范廓之韻①〔一〕

笑拍洪崖，問「千丈翠巖誰削」〔二〕？依舊是西風白鳥②，北村南郭。似整復斜僧屋亂〔三〕，欲吞還吐林煙薄。覺人間萬事到秋來，都摇落〔四〕。　呼斗酒，同君酌。更小隱③，尋幽約〔五〕。且丁寧休負，北山猿鶴〔六〕。有鹿從渠求鹿夢，非魚定未知魚樂〔七〕。正仰看飛鳥却應人，回頭錯〔八〕。

【校】

①題，「廓」，廣信書院本作「先」，蓋宋原刻本避寧宗諱所改。此從四卷本甲集回改。②「鳥」，四卷本作「馬」。③「更」，四卷本闕。

【箋注】

〔一〕題，南巖，《輿地紀勝》卷二一《江南東路·信州》：「南巖，《寰宇記》云：『在上饒縣十餘里，巖傍巨石，儼然北向，其下寬平，可坐千人，士女遊賞之處。』晁補之、韓無咎皆有詩。」《永樂大典》卷九七六六巖字韻引《廣信府志》：「南巖一在上饒縣南一十里，又名盧家巖。」〔同治〕《廣信府志》卷一之二《上饒》：「南巖，府治西南十里，朱子曾讀書處。谺然空嵌，可容數百人。巖下朱子祠及僧舍十數楹，不假瓦覆，雖大雨無簷漏聲。有文公祠、大義石、一滴泉、千人室、五級峰、百丈壁、開鑑塘、濯纓井八景。名流多題詠焉。」其後即引稼軒此詞。〔光緒〕《江西通志》卷一二四《廣信府》：「南巖院，在上饒開化鄉，又名廣福院，唐有僧名草衣住此，宋宣和間重建。」又引宋陸漸《重建南巖廣福院佛殿記略》：「信上饒南之半舍，有古刹焉，地湧崇岡，旁連翠麓。山之半裂爲邃竇，可容千夫，是爲南巖。據巖而舍，是爲廣福院。」范廓之，即稼軒門下士，淳熙十五年戊申元日爲《稼軒詞》甲集作序之范開。〔民國〕《台州府志》卷九九《寓賢》：「范開字先之，河陽人。爲洪邁、辛棄疾所器重，嘉定中寓居於台。」按：范開當原字廓之，寧宗名擴，即位之後，爲避寧宗嫌名，遂改字爲先之。廣信書院本編刊於寧宗在位期間，故廣信本「廓之」一律作「先之」，而四卷本甲集成書於孝宗淳熙末，於時尚存范開之本字而未改也。河陽宋屬孟州，近洛陽界，唐曾隸河南府洛陽，故《至元嘉禾志》卷二〇載竹洞翁《白龍潭記》，有「洛人范開久客錢門，遠陪東閣，目擊勝事」諸語。鄧廣銘先生嘗作《稼軒詞甲集序文作者范開家世小考》，力證其爲范祖禹之後裔、范沖之曾孫，所考皆有根據可信（見其《鄧廣銘治史叢稿》一書）。右詞據韓淲《訪南巖一滴泉》詩，爲淳熙九年所作。其時與會南巖者，尚有其父韓元吉、辭免江西路提刑南歸之朱熹，以及上饒人徐安國。另據戴表元《剡源文集》卷一〇《遊南巖詩序》所載，知此會爲淳熙九年九月二十八日，可參本詞所附節録及本書《年譜》所附戴氏全文。稼軒右詞之作，亦必在此日或其稍後。

〔二〕「笑拍」二句，拍洪崖，郭璞《遊仙詩七首》：「左挹浮丘袖，右拍洪崖肩。」《太平廣記》卷四《衛叔卿》條引《神仙傳》：「衛叔卿者，中山人也，服雲母得仙。……帝即遣使者與度世共之華山，求尋其父。……乃齋戒獨上，未到其嶺，於絶巖之下，望見其父與數人博戲於石上。……度世曰：『不審向與父並坐是誰也？』叔卿曰：『洪崖先生、許由、巢父、火低公、飛黄子、王子晉、薛容耳。』」千丈翠巖誰削，謂此地巖洞誰人削成。

〔三〕「似整」句，杜牧《臺城曲二首》：「整整復斜斜，隨旗簇晚沙。」

〔四〕「覺人」二句，《楚辭·九辯》：「悲哉秋之爲氣也，蕭瑟兮草木摇落而變衰。」

〔五〕「更小」二句，小隱，王康琚《反招隱》詩：「小隱隱陵藪，大隱隱朝市。」幽約，陳與義《同楊運幹黄秀才村西買山藥》詩：「屠門幾許快，夜語尋幽約。」

〔六〕北山猿鶴，見本書卷二《沁園春·帶湖新居將成》詞（三徑初成闋）箋注。

〔七〕「有鹿」二句，求鹿夢，見本卷《水調歌頭·再用韻呈南澗》詞（千古老蟾口闋）箋注。知魚樂，《莊子·秋水》：「莊子與惠子遊於濠梁之上，莊子曰：『儵魚出游從容，是魚樂也。』惠子曰：『子非魚，安知魚之樂？』莊子曰：『子非我，安知我不知魚之樂？』」

〔八〕「正仰」二句，杜甫《漫成二首》詩：「江皋已仲春，花下復清晨。仰面貪看鳥，迴頭錯應人。」仇兆鼇《杜詩詳注》卷一〇：「看鳥錯應，寫出應接不暇之意。朱子《或問》引謂心不在焉之證，亦斷章取義耳。」按：朱熹《四書或問》卷二：「惟是此心之靈，既曰一身之主，苟得其正而無不在，是則耳目鼻口四肢百骸，莫不有所聽命以供其事。……如其不然，則身在於此而心馳於彼，血肉之軀無所管攝，其不爲『仰面貪看鳥，回頭錯應人』者，幾希矣。」

【附録】

韓淲仲止詩

訪南巖一滴泉

僧逃寺已摧，惟餘舊堂殿。顛倒但土木，彷佛昔所見。山寒少陽焰，崖冷盡冰綫。曾無五六年，驟覺荒涼變。遺基尚可登，一滴泉自濺。憶昨淳熙秋，諸老所閑燕。晦庵持節歸，行李自畿甸。來訪吾翁廬，翁出成飲餞。因約徐衡仲，西風過遊衍。辛帥倏然至，載酒具殽饍。四人語笑處，識者知歎羡。摩挲題字在，苔蘚忽侵徧。壬寅到庚申，風景過如箭。驚心半存没，歷覽步徐轉。回思勸耕地，嘗着郡侯宴。今亦不能來，草木漫葱蒨。人間之廢壞，物力費營繕。不如姑付之，猿鳥自啼囀。（《澗泉集》卷二）

戴表元帥初文

遊南巖詩序（節録）

余既棄故業，以文學掾至信州。蓋老而遠行，意惻然不自聊。頗聞州之南有危巖空寬，僧廬其中，林泉瀏清，禽鳥往來，幸而一遊，得以發鬱積、舒固滯。然至官四閲月，不能遂也。乃季秋二十有八日，高春約朋客出關，駕輕舟西浮，可七八里所，捨舟遵小徑，益南，坡壠高下起伏。又三里所，得巖形如剖瓠，穰實懸綴，飛層仰積，横嶂旁豁。崩湍欲窮，未半倏湧。居者緣其餘隙，礱坐床，斲步道，曲會人意。巖東有泉，時時出一滴石罅中。地宜拒霜花，於時暄晴，光彩穠澤可愛。滿巖鐫來游人名氏，前漫後缺，獨朱晦翁、辛幼安題蹤儼然。數之，適百二十年，歲月日與今游皆相同，良爲奇事。（《剡源文集》卷一〇）

鄭真千之文

游南巖詩序（節録）

洪武乙丑三月初四日，上饒文學掾會稽徐仲告、教導廣信歐陽君薈二先生，招予過巖。遂與周先生宗文出南門，渡浮橋，蛇行十五里，山徑曲折，巖崖峭絶。諸峰羅列，狀如覆盂。一洞深豁，可容千人。仰而盼之，其勢若壓。唐僧大義建寺已數百年，洊經兵難，而殿宇舊制尚存，豈神明護持力耶？宋元豐至景德、咸淳及元大德、至治間諸公，若辛稼軒、朱考亭、韓無咎，暨四明鄉先達宦遊者趙子溁英叟、汪□□□、樓□□□、程先生敬叔，多刻名石上，寤懷先哲，有往者莫作之歎。（《滎陽外史集》卷九一）

賀新郎

賦水仙〔一〕

雲卧衣裳冷〔二〕。看蕭然風前月下，水邊幽影。羅襪生塵淩波去①，湯沐煙波萬頃②〔三〕。愛一點嬌黄成暈〔四〕。不記相逢曾解佩，甚多情爲我香成陣〔五〕。待和淚，收殘粉③。靈均千古《懷沙》恨。記當時匆匆忘把④，此仙題品⑤〔六〕。煙雨淒迷僝僽損，翠袂摇摇誰整⑥？謾寫入瑶琴《幽憤》〔七〕。絃斷《招魂》無人賦，但金杯的皪銀臺潤〔八〕。愁殢酒，又獨醒⑦〔九〕。

【校】

①「生塵」，四卷本甲集、《全芳備祖》前集卷二一作「塵生」。此從廣信書院本。②「波」，四卷本作「江」。③「收」，《全芳備祖》作「搵」。④「記」，四卷本闕，《全芳備祖》作「恨」。⑤「仙」，《全芳備祖》、《翰墨大全》後戊集卷五引此詞作「花」。⑥「摇摇」，《翰墨大全》作「輕輕」。⑦「獨」，《全芳備祖》作「還」。

【箋注】

〔一〕題，右賦水仙，與同調海棠、琵琶三賦，雖作年無確考，然廣信書院本均置於此調詞之前四首（另一首爲賦滕王閣，已見本書卷七），知作年甚早。三賦所詠，皆寄寓身世家國之感，幽怨哀憤，或作於帶湖閑居期内，今姑彙編於淳熙九年諸詞之後。右詞用賦洛神、江妃、屈原諸水中仙子以狀水仙花之形神。

〔二〕「雲卧」句，杜甫《遊龍門奉先寺》詩：「天闕象緯逼，雲卧衣裳冷。」

〔三〕「羅襪」二句，羅襪生塵淩波，黄庭堅《王充道送水仙花五十枝欣然會心爲之作詠》詩：「淩波仙子生塵襪，水上輕盈步微月。是誰招此斷腸魂，種作寒花寄愁絶。」按：「羅襪生塵，淩波微步」，語出曹植《曹子建集》卷三《洛神賦》。可參本書卷二《南鄉子》詞（隔户語春鶯）箋注。煙波萬頃，已見本卷《蝶戀花·繼楊濟翁韻餞范南伯知縣歸京口》詞（淚眼送君傾似雨）箋注。湯沐，可參卷二《臨江仙·爲岳母壽》詞（住世都知菩薩行）箋注。

〔四〕「愛一」句，陳師道《西江月·詠丁香菊》詞：「淺色千重柔葉，深心一點嬌黄。」秦觀《迎春樂》詞：「雨晴紅粉齊開了，露一點嬌黄小。」《許彦周詩話》：「寫生之句取其形似，故辭多迂弱。趙昌畫黄蜀葵，東坡作詩云：『檀心紫成暈，翠葉森有芒。』揣摸刻骨，造語壯麗，後世莫及。」

〔五〕「不記」二句，解佩，《列仙傳》卷上《江妃二女》條：「江妃二女者，不知何所人也。出遊於江漢之湄，逢鄭交甫，見而悦之，不知其神人也。……願請子之佩。二女曰：『橘是柚也，我盛之以筥；令附漢水，將流而下，我遵其旁，採其芝而茹之。』遂手解佩與交甫。交甫悦受，而懷之中當心，趨去數十步，視佩，空懷無佩，顧二女，忽然不見。」甚，何以。香成陣，晏幾道《蝶戀花》詞：「卷絮風頭寒欲盡，墜粉飄紅，日日香成陣。」

〔六〕「靈均」三句，靈均千古《懷沙》恨，《離騷》：「名余曰正則兮，字余曰靈均。」《史記》卷八四《屈原賈生列傳》：「使上官大夫短屈原於頃襄王，頃襄王怒而遷之。屈原至於江濱，被髮行吟澤畔，顔色憔悴，形容枯槁。……乃作《懷沙》之賦。……於是懷石，遂自投汨羅以死。」王嘉《拾遺記》卷一〇：「屈原以忠見斥，隱於沅湘。……被王逼逐，乃赴清泠之淵。楚人思慕，謂之水仙。」屈原所作諸辭，皆未詠及水仙花。

〔七〕「煙雨」三句，僝僽損，張相《詩詞曲語辭匯釋》卷五：「《梅苑》九，王逐客《浪淘沙》詞《楊梅》：『莫將荔子一般看，色淡香消僝僽損，才到長安。』僝僽損，猶云憔悴煞。辛棄疾《賀新郎》詞《水仙》：『煙雨淒迷僝僽損，翠袂摇摇誰整？』義同上。」誰整，謝逸《臨江仙》詞：「露染宫黄庭菊淺，茱萸煙拂紅輕。尊前誰整醉冠傾？」整，謂整理也。謾，空，徒然，已見。瑶琴《幽憤》，《初學記》卷一六：「琴操曰古琴曲……又有十二操，……十一曰《水仙操》，伯牙所作。」《晉書》卷四九《嵇康傳》：「康性慎言行，一旦縲紲，乃作《幽憤》詩。」

〔八〕「絃斷」二句，《招魂》，《漢魏六朝百三家集》卷二〇載漢《王逸集·題詞》：「屈原在楚平王時以忠被疏，作《離騷經》，頃襄王立，放之江南，復作《九歌》、《天問》、《九章》、《遠遊》、《卜居》、

《漁父》、《大招》，自沉汨羅。其後楚宋玉作《九辯》、《招魂》。」金杯、銀臺，楊萬里《誠齋集》卷二九《千葉水仙花》詩，有小序：「世以水仙爲金盞銀臺，蓋單葉者，其中真有一酒盞，深黄而金色。至千葉水仙，其中花片捲皺密蹙，一片之中，下輕黄而上淡白，如染一截者，與酒杯之狀殊不相似，安得以舊日俗名辱之？要之，單葉者當命以舊名，而千葉者乃真水仙云。」的皪，《漢書》卷五七上《司馬相如傳》注：「皪，音歷，的皪，光貌也。」

〔九〕殢酒、獨醒，韓偓《寄友人》詩：「夫君亦是多情者，幾處將愁殢酒家。」《楚辭·漁父》：「舉世皆濁我獨清，衆人皆醉我獨醒。」

又　賦海棠

著厭霓裳素。染臙脂苧羅山下，浣沙溪渡〔一〕。誰與流霞千古醞，引得東風相誤？從臾入吴宫深處〔二〕。鬢亂釵横渾不醒，轉越江剗地迷歸路〔三〕！煙艇小，五湖去〔四〕。　當時倩得春留住。就錦屏一曲，種種斷腸風度〔五〕。纔是清明三月近〔六〕，須要詩人妙句。笑援筆殷懃爲賦。十樣蠻牋紋錯綺〔七〕，粲珠璣淵擲驚風雨〔八〕。重唤酒，共花語。

【箋注】

〔一〕「著厭」三句，霓裳，《楚辭·九歌·東君》：「靈之來兮蔽日，青雲衣兮白霓裳。」染臙脂，《酉陽雜俎》續集卷三：「白衣人送酒歌曰：『絳衣披拂露盈盈，淡染胭脂一朵輕。自恨紅顔留不住，莫怨春風道薄情。』」王安石《木芙蓉》詩：「水邊無數木芙蓉，露染燕脂色未濃。」苧羅山、浣沙溪，《嘉泰會稽志》卷九：「土城山在縣東六里。《吴越春秋》：『越王使相者求美女於國中，得之苧羅山鬻薪之女西施、鄭旦，飾以羅縠，教以行步，習於土城，教於都巷。三年學服而獻吴王。』《舊經》引《州僚記》云：『越王作土城以貯西施即此。山下有浣紗石。』」

〔二〕「誰與」三句，流霞，見本書卷一《水調歌頭·壽趙漕介庵》詞（千里渥洼種）箋注。從臾，即慫恿。此言西施受人鼓動而入吴宫，故有「東風相誤」語。

〔三〕「鬢亂」二句，鬢亂釵横渾不醒，《冷齋夜話》卷一《詩出本事》條：「《太真外傳》曰：上皇登沉香亭，詔太真妃子。妃子時卯醉未醒，命力士從侍兒扶掖而至。妃子醉顔殘妝，鬢亂釵横，不能再拜。上皇笑曰：『豈是妃子醉？直海棠睡未足耳！』」「轉越江」句，世傳西施自越王平吴後，爲范蠡所取，泛舟五湖而去。姚寬《西溪叢語》卷上：「《吴越春秋》云：『吴國西子被殺。』杜牧之詩云：『西子下姑蘇，一舸逐鴟夷。』東坡詞云：『五湖聞道，扁舟歸去，仍攜西子。』予問王性之，性之云：『西子自下姑蘇，一舸自逐范蠡。遂爲兩義，不可云范蠡將西子去也。』嘗疑之，别無所據，因觀《唐景龍文館記》，宋之問《分題得浣紗篇》云：『越女顔如花，越王聞浣紗。國微不自寵，獻作吴宫娃。山藪半潛匿，苧羅更蒙遮。一行霸勾踐，再笑傾夫差。豔色奪常人，效顰亦相誇。一朝還舊都，靚妝尋若耶。鳥驚入松蘿，魚畏沉荷花。始覺冶容妄，方悟羣心邪。』此詩云復還會稽，又與前不同，當更詳考。」剗地，《稼軒詞編年箋注》謂作無端、反而解，此張相《詩詞曲語辭匯釋》之説也。按：此句上承前句，謂西子雖歸，仍因沉醉未醒，反致迷失歸路，竟遊五湖而不知所終。故此處之「剗地」似應釋爲「以致」也。迷歸路，僧靈一《留别忠州故人》詩：「芳草迷歸路，春流滴淚痕。」

〔四〕「煙艇」二句，張元幹《水調歌頭·丁卯春與鍾離少翁張元鑑登垂虹》詞：「長羨五湖煙艇，好是秋風鱸鱠，笠澤久蓬蒿。」按：上片皆用西子事，緣花有西府海棠，故以西子爲賦。

〔五〕斷腸風度，《瑯嬛記》卷中引《採蘭雜志》：「昔有婦人思所歡不見，輒涕泣，恒灑淚於北牆之下，後灑處生草，其花甚媚，色如婦面，其葉正緑反紅，秋開，名曰斷腸花，又名八月春，即今秋海棠也。」

〔六〕清明三月近，劉子翬《海棠花》詩：「初種直教圍野水，半開長是近清明。」

〔七〕十樣蠻箋，《益部談資》卷中：「蜀箋，古已有名，至唐而後盛，至薛濤而後精。據《譜》云：箋之名不一，有曰玉版，曰麥光，曰貢餘，曰經屑，或布紋，或繞綺紋，或人物花木蟲魚鼎彝紋。唐韓浦詩云：『十樣蠻箋出益州，寄來新自浣溪頭。』則又倍多矣。濤製更有小而僅可書一詩者，乃今蜀藩所造，僅純白一種，清瑩光細，長餘五六尺，寬僅二三尺，亦無諸花紋，遠讓古昔多矣。十箋者，曰深紅，曰粉紅，曰杏紅，曰明黄，曰深青，曰淺青，曰深緑，曰淺緑，曰銅緑，曰淺雲。」

〔八〕「粲珠」句，珠璣，擬海棠詩也。粲，明粲也。淵擲，謂詩人之作如珠璣擲於深淵，有驚動風雨鬼神之意。驚風雨，杜甫《寄李十二白二十韻》詩：「筆落驚風雨，詩成泣鬼神。」

又　賦琵琶①

鳳尾龍香撥〔一〕。自開元霓裳曲罷，幾番風月〔二〕？最苦潯陽江頭客，畫舸亭亭待發〔三〕。記出塞黄雲堆雪〔四〕。馬上離愁三萬里，望昭陽宮殿孤鴻没②〔五〕。絃解語〔六〕，恨難説。遼陽驛使音塵絶〔七〕。瑣窗寒輕攏慢撚③〔八〕，淚珠盈睫④。推手含情還却手，一抹《梁州》哀徹⑤〔九〕。千古事雲飛煙滅。賀老定場無消息⑥，想沉香亭北繁華歇〔一〇〕。彈到此，爲嗚咽〔一一〕。

【校】

①題，「賦」，四卷本乙集作「聽」，此從廣信書院本。②「望昭」句，《渚山堂詞話》卷二作「認孤鴻没處分胡越」。③「慢」，《六十名家詞》七作「㨸」。④「淚珠」，王詔校刊本、《六十名家詞》本、四印齋本作「珠淚」。⑤「徹」，廣信書院本作「澈」，此據四卷本改。⑥「場」，《六十名家詞》本作「傷」。

【箋注】

〔一〕「鳳尾」句，鄭嵎《津陽門》詩：「玉奴琵琶龍香撥，倚歌促酒聲嬌悲。」自注：「貴妃妙彈琵琶，其樂器聞於人間者，有邏沙檀爲槽，龍香柏爲撥者。」玉奴，楊貴妃太真小字。蘇軾《宋叔達家聽琵琶》詩：「數絃已品龍香撥，半面猶遮鳳尾槽。」

〔二〕「自開」二句，開元霓裳，白居易《法曲歌》：「法曲法曲舞霓裳，政和世理音洋洋。開元之人樂且康。」自注：「《霓裳羽衣曲》，起於開元，盛於天寶也。」《長恨歌》序：「進見之日，奏《霓裳羽衣曲》以導之。」幾番風月，陳舜俞《題碧蘚亭》詩：「十載雪霜林色改，幾番風月酒尊空。」

〔三〕「最苦」二句，潯陽江頭客，白居易《琵琶行》序：「元和十年，予左遷九江郡司馬。明年秋，送客湓浦口，聞舟中夜彈琵琶者。聽其音，錚錚然有京都聲。問其人，本長安娼女。嘗學琵琶於穆、曹二善才，年長色衰，委身爲賈人婦。……予出官二年，恬然自安，感斯人言，是夕始覺有遷謫意。」詩云：「潯陽江頭夜送客，楓葉荻花秋瑟瑟。……忽聞水上琵琶聲，主人忘歸客不發。」畫舸亭亭，《漁隱叢話》前集卷二四《唐人雜記》：「《蔡寬夫詩話》云：『亭亭畫舸繫寒潭，直到行人酒半酣。不管煙波與風雨，載將離恨過江南。』嘗有人客舍壁間見此詩，莫知誰作，或云鄭兵部仲賢也，然集中無有。」

〔四〕出塞黄雲堆雪，權德輿《送張閣老中丞持節册弔回鶻》詩：「金章玉節鳴騶遠，白草黄雲出塞寒。」歐陽修《明妃曲和王介甫作》詩：「纖纖女手生洞房，學得琵琶不下堂。不識黄雲出塞路，豈知此聲能斷腸。」朱敦儒《醉落魄・泊舟津頭有感》詞：「海山翠疊，夕陽殷雨雲堆雪。」

〔五〕「馬上」二句，馬上離愁，《西晉文集》卷一〇傅玄《琵琶賦序》：「世本不載作者，聞之故老云：漢遣烏孫公主嫁昆彌，念其行道思慕，使工人知音者載琴箏筑箜篌之屬，作馬上之樂。觀其器，……以方語目之，故云琵琶。」《文选》卷二七石崇《王明君辭》序：「昔公主嫁烏孫，令琵琶馬上作樂，以慰其道路之思。其送明君，亦必爾也。」李商隱《王昭君》詩：「馬上琵琶行萬里，漢宮長有隔生春。」昭陽宮殿孤鴻没，《三輔黄圖》卷二：「未央宮有增城、昭陽殿。」黄庭堅《秋懷二首》詩：「湖水無端浸白雲，故人書斷孤鴻没。」

〔六〕絃解語，解語，能語也。杜甫《詠懷古跡五首》詩：「千載琵琶作胡語，分明怨恨曲中論。」

〔七〕「遼陽」句，遼陽，《太平寰宇記》卷四四《遼州》：「遼州樂平郡，今理遼山縣。……漢於此置陽阿縣，屬上黨郡，晉改爲轑陽。……隋開皇十年置遼山縣，屬并州，十六年屬遼州。」唐人樂府以爲極北戍邊之地。沈佺期《獨不見》詩：「九月寒砧催木葉，十年征戍憶遼陽。白狼河北音書斷，丹鳳城南秋夜長。」李益《送遼陽使還軍》詩：「征人歌且行，北上遼陽城。」司空圖《偶題三首》詩：「遼陽音信近來稀，縱有虛傳逼節歸。」江總《折楊柳》詩：「萬里音塵絶，千條楊柳結。」

〔八〕「瑣窗」句，《琵琶行》：「低眉信手續續彈，説盡心中無限事。輕攏慢撚抹復挑，初爲《霓裳》後《六么》。」

〔九〕「推手」二句，推手、却手，劉熙《釋名》卷七《釋樂器》：「枇杷本出於胡中，馬上所鼓也。推手前曰枇，引手却曰杷，象其鼓時，因以爲名也。」歐陽修《明妃曲和王介甫作》詩：「推手爲琵却手琶，胡人共聽亦咨嗟。」一抹《梁州》哀徹，王灼《碧雞漫志》：「《涼州曲》，《唐史》及傳載，稱天寶樂曲，皆以邊地爲名，若《涼州》、《甘州》之類，曲遍聲繇名入破，又詔道調法曲，與胡部聲合作。明年，安禄山反，涼伊甘皆陷。……元微之詩云：『逡巡大遍梁州徹。』又云：『梁大遍最豪嘈。』」元稹詩即《連昌宮詞》。一抹，亦琵琶彈奏手法。蘇軾《約公擇飲是日大風》詩：「紫衫玉帶兩部全，琵琶一抹四十絃。」

〔一〇〕「賀老」二句，賀老定場，元稹《連昌宮詞》：「夜半月高絃索鳴，賀老琵琶定場屋。」自注：「唐開元中，賀懷智善琵琶。」沉香亭北，李白《清平調詞三首》：「解釋春風無限恨，沉香亭北倚闌干。」《長安志》卷九：「南内興慶宮，距外郭城東垣宮之正門，……西南隅曰勤政務本樓，……北有龍池，池東有沉香亭。」

〔一一〕「彈到」二句，陳霆《渚山堂詞話》卷二：「辛稼軒詞，或議其多用事，而欠流便。予覽其琵琶一詞，則此論未足憑也。《賀新郎》詞云：『鳳尾龍香撥。……』此篇用事最多，然圓轉流麗，不爲事所使，稱是妙手。」按：右詞多用典以抒幽憤，固也。賦體於堆砌若干典故之後，曲終奏雅。此篇結句以盛唐繁華雲飛煙滅爲言，頗與北宋滅亡情景相近，但如直言哀傷徽、欽北狩，如陳廷焯《白雨齋詞話》卷八所謂「發二帝之幽怨」者，則恐傷於索解過深矣。

滿江紅

送湯朝美司諫自便歸金壇①〔一〕

瘴雨蠻煙，十年夢尊前休説〔二〕。春正好、故園桃李，待君花發〔三〕。兒女燈前和淚拜，雞豚社裏歸時節〔四〕。看依然舌在齒牙牢〔五〕，心如鐵。　活國手②，封侯骨〔六〕。騰汗漫，排閶闔〔七〕。待十分做了〔八〕，詩書勳業。當日念君歸去好③，而今却恨中年别〔九〕。笑江頭明月更多情，今宵缺。

【校】

①題，四卷本甲集作「送湯朝美自便歸」，此從廣信書院本。　②「活」，四卷本作「治」。　③「當」，四卷本作「常」。

【箋注】

〔一〕題，左司諫湯邦彦朝美，於淳熙三年四月以出使辱命，送新州編管，數年後量移信州。淳熙九年，稼軒爲作《水調歌頭·湯朝美司諫見和用韻爲謝》詞（白日射金闕），其事跡見本卷該詞之箋注。其再遇赦自便歸其金壇寓所，當在淳熙九年以後。《宋史》卷三五《孝宗紀》三：「淳熙九年九月辛巳，大享明堂，大赦。」右詞作於淳熙十年春，知即其遇明堂大赦還家之時也。劉宰《頤堂集序》亦有「一謫八年，乃始得歸」語。《輿地紀勝》卷七《兩浙西路·鎮江府》：「金壇縣，在府東南一百三十里。」

〔二〕「瘴雨」二句，湯邦彦所謫新州，爲古南越之地，在廣州西南，爲廣南東路州郡，即今廣東新興，故謂之瘴雨蠻煙。然邦彦在新州僅數年，非詞中「十年夢」所得形容，蓋籠統舉其被謫歲月而言也。

〔三〕「春正」二句，《唐語林》卷六《補遺》：「韓退之有二妾，一曰絳桃，一曰柳枝，皆能歌舞。初使王庭湊，至壽陽驛絶句云：『風光欲動别長安，春半邊城特地寒。不見園花兼巷柳，馬頭惟有月團團。』蓋有所屬也。柳枝後踰垣遁去，家人追獲。及鎮州初歸詩曰：『别來楊柳街頭樹，擺弄春風只欲飛。還有小園桃李在，留花不放待郎歸。』自是專寵絳桃矣。」

〔四〕「兒女」二句，兒女燈前拜，范公偁《過庭録》：「謝景武師直，與王存正仲友善。謝仕襄陽，王遠至，夜叫門見之，師直屣履出迎，率子侄行家人禮，慷慨道舊，喜而有詩，云：『倒著衣裳迎户外，盡呼兒女拜燈前。』」按：《後山集》卷二三《詩話》：「謝師厚廢居於鄧，王左丞存，其妹婿也，奉使荆湖，便道過之。夜至其家，師厚有詩云：『倒著衣裳迎户外，盡呼兒女拜燈前。』」作謝師厚。雞豚社，韓愈《南溪始泛三首》詩：「願爲同社人，雞豚燕春秋。」陳師道《若拙弟説汝州可居已約卜一丘用韻寄元東》詩：「盍簪共結雞豚社，一笑相從萬事休。」

〔五〕舌在齒牙牢，《説苑·敬慎》：「常摐有疾，老子往問焉，……摐曰：『過喬木而趨，子知之乎？』老子曰：『過喬木而趨，非謂敬老耶？』常摐曰：『嘻，是已。』張其口而示老子，曰：『吾舌存乎？』老子曰：『然。』『吾齒存乎？』老子曰：『亡。』常摐曰：『子知之乎？』老子曰：『夫舌之存也，豈非以其柔耶？齒之亡也，豈非以其剛耶？』常摐曰：『嘻，是已，天下之事已盡矣，無以復語子哉！』」蘇軾《送劉攽倅海陵》詩：「君不見阮嗣宗臧否不掛口，莫誇舌在齒牙牢。」

〔六〕「活國」二句，活國手，《南史》卷四六《王廣之傳》：「子珍國字德重，仕齊爲南譙太守，有能名。時郡境苦饑，乃發米散財，以賑窮之。高帝手敕云：『卿愛人活國，甚副吾意。』」郭印《再用前韻》詩：「一展活國手，疾危救在肓。」《京口耆舊傳》卷八《湯邦彦傳》：「邦彦性開爽，善談論，樂施與。少時頗有積穀，盡散以拯鄉黨之饑。平時周人之急，惟力是視。南歸坐貧，自譬乾義井云。」封侯骨，《漢書》卷八四《翟方進傳》：「方進年十二三失父，孤學，給事太守府爲小史，號遲頓不及事，數爲掾史所詈辱。方進自傷，乃從汝南蔡父相問己能所宜，蔡父大奇其形貌，謂曰：『小史有封侯骨，當以經術進。』」

〔七〕「騰汗」二句，《淮南子·道應訓》：「若士者齤然而笑曰：『……吾與汗漫期於九垓之外，吾不可以久駐。』若士舉臂而竦身，遂入雲中。」同書《原道訓》：「昔者馮夷、大丙之御也。乘雲車，入雲蜺，游微霧，鶩怳忽，……經紀山川，蹈騰崑崙，排閶闔，淪天門。」

〔八〕十分做了，謂完全做成。十分，全部也。

〔九〕中年别，用《世説新語》中年傷於哀樂意，見本書卷二《水調歌頭·淳熙己亥自湖北漕移湖南》詞（折盡武昌柳閿）箋注。李益《贈内兄盧綸》詩：「世故中年别，餘生此會同。」陳師道《送杜擇之》詩：「曠懷亦苦中年别，歸翼仍愁行路難。」

【附録】

韓元吉無咎詩

送湯朝美還金壇

騰駒輕卧駝，野蔓欺落木。舉頭便干霄，春至亦重緑。人生百年内，萬事紛過目。得爲蠖步伸，失作蠨頸縮。古來曠達士，一視等蠻觸。功名本時命，用舍豈榮辱。湯公涉南荒，歲月猶轉轂。幾年卧新州，寧肯事雞卜。身安一瓢飲，志大五車讀。朅來靈山隈，跫然慰虚谷。濯足山下泉，愛我泉上竹。相從一長笑，忍效阮生哭。胸中經濟略，欲語動驚俗。誰知天意回，歸櫂如許速！春風正浩蕩，江水清可掬。海濤拍千峰，掛席下浮玉。遥欣倚門念，三徑歡僮僕。送君得無恨，我步嗟局促。要看萬里途，更試箭雲足。家山幸毋留，吾皇思陳牘。（《南澗甲乙稿》卷一）

小重山　席上和人韻，送李子永提幹①〔一〕

旋製離歌唱未成，《陽關》先畫出，柳邊亭〔二〕。中年懷抱管絃聲。難忘處，風月此時情〔三〕。　夜雨共誰聽？儘教清夢去，兩三程〔四〕。商量詩價重連城〔五〕。相如老，漢殿舊知名〔六〕。

【校】

①題，四卷本甲集「提幹」二字闕，此從廣信書院本。

【箋注】

〔一〕題，李泳既以淳熙七年爲坑冶司提幹官，分局信州，至淳熙九年底當任滿去。《南澗甲乙稿》卷五有《送李子永赴調改秩》詩云：「晚驥騫騰十二閑，追風那復駐轅間。向來官況誠留滯，此去詩情記往還。會課未妨更美秩，趣班聊喜近天顔。荆雞莫費千牛刃，奏賦金門入道山。」知李泳别信上，蓋入行在改秩赴調也。宋人所謂改秩，乃以選人官階，入行在，同班入對，授以京秩，再赴吏部改差遣也。鄧廣銘先生謂「子永離信後蓋即入爲朝官也」，非是。李泳入朝改秩當在淳熙十年春，改秩後授知建康府溧水縣。《景定建康志》卷二七《溧水縣廳壁記》：「李泳，淳熙十四年三月初六日到。」是其改官後即返揚州舊居待闕，四年後方到知縣任上。趙蕃《淳熙稿》卷一四《挽李子永二首》詩云：「靈山山下初逢處，溧水水邊重見時。草草猶傳出山句，勤勤更枉送行詩。……半世作官纔六考，他年垂世有千篇。篋中酬唱都無恙，天外音書不復傳。」知其一生仕途坎壈，故稼軒於《水調歌頭》詞中頗致其不平也。

〔二〕「旋製」二句，離歌唱，强至《送人還闕》詩：「莫辭别酒傾秦地，且聽離歌唱渭城。」《陽關》畫出，蘇軾《書林次中所得李伯時歸去來陽關二圖後二首》詩：「不見何戡唱渭城，舊人空數米嘉榮。龍眠獨識慇懃處，畫出陽關意外聲。」《蘇詩補注》卷三〇：「附李伯時原作一首：『畫出離筵已愴神，那堪真别渭城春。渭城柳色休相惱，西出陽關有故人。』此詩從《聲畫集》采出，原題云：『小詩並畫卷，奉送汾叟同年機宜奉議赴熙河幕府。』」餘參本書卷二《鷓鴣天・送人》詞（唱徹陽關淚未乾闋）箋注。

〔三〕「中年」三句，「中年」句，見本書卷二《水調歌頭・淳熙己亥自湖北漕移湖南周總領王漕趙守置酒南樓席上留别》詞（折盡武昌柳闋）箋注。風月此時情，蔡伸《南歌子》詞：「此時風月此時情，擬倩藍橋，歸夢見雲英。」

〔四〕「夜雨」三句，夜雨共誰聽，蘇軾《送劉寺丞赴餘姚》詩：「中和堂後石楠樹，與君對牀聽夜雨。」兩三程，尤袤《台州秩滿而歸》：「送客漸稀城漸遠，歸途應減兩三程。」

〔五〕「商量」句，楊傑《余卿新第》詩：「章水營居不日成，皇華詩價敵連城。」晁以道《通叟年兄視以柳侯廟詩三首輒亦有作所謂增來章之美也》詩：「高文興舊學，詩價重東坡。」王之道《再和董令升雪二首》詩：「新詩價重連城璧，敢比靈犀獨駭雞。」《史記》卷八一《廉頗藺相如列傳》：「趙惠文王時，得楚和氏璧，秦昭王聞之，使人遺趙王書，願以十五城請易璧。」商量，估計、準備也。

〔六〕「相如」二句，《史記》卷一一七《司馬相如列傳》：「相如既奏《大人》之頌，天子大説，飄飄有淩雲之氣，似游天地之間意。相如既病免，家居茂陵，天子曰：『司馬相如病甚，可往從悉取其書，若不然，後失之矣。』使所忠往。」

臨江仙　即席和韓南澗韻①〔一〕

風雨催春寒食近，平原一片丹青。溪頭喚渡柳邊行②。花飛蝴蝶亂，桑嫩野蠶生〔二〕。　緑野先生閑袖手〔三〕，却尋詩酒功名。未知明日定陰晴。今宵成獨醉，却笑衆人醒〔四〕。

【校】

①題，四卷本乙集作「和南澗韻」，此從廣信書院本。　②「頭」，四卷本作「邊」。

【箋注】

〔一〕題，右詞所和韓南澗原韻未見，作年亦難考。以其有「風雨催春」句，姑次於淳熙十年春送李泳詞作之後。

〔二〕「花飛」二句，蝴蝶亂，韓琦《登廣教院閣》詩：「花去春叢蝴蝶亂，雨匀朝圃桔槔閑。」野蠶生，《唐開元占經》卷一二〇《野蠶成繭》：「《後漢書》曰：『光武建武元年六月己未，即皇帝位，大赦天下。野蠶生麻尤盛，野蠶成繭，被於山阜，民獲其利非一。』」

〔三〕「緑野」句，《舊唐書》卷一七〇《裴度傳》：「度以年及懸輿，王綱版蕩，不復以出處爲意。東都立第於集賢里，築山穿池，竹木叢萃，有風亭水榭、梯橋架閣，島嶼迴環，極都城之勝概。又於午橋創別墅，花木萬株，中起涼臺暑館，名曰緑野堂，引甘水貫其中，釃引脉分，映帶左右。度視事之隙，與詩人白居易、劉禹錫酣晏終日，高歌放言，以詩酒琴書自樂。」《昌黎集》卷二三《祭柳子厚文》：「不善爲斲，血指汗顔。巧匠旁觀，縮手袖間。」

〔四〕「今宵」二句，《楚辭·漁父》：「舉世皆濁我獨清，衆人皆醉我獨醒，是以見放。」

洞仙歌　開南溪初成賦①〔一〕

婆娑欲舞，怪青山歡喜，所居仗山，爲仙人舞袖形。分得清溪半篙水〔二〕。記平沙鷗鷺，落日漁樵，湘江上，風景依然如此。東籬多種菊〔三〕，待學淵明，酒興詩情不相似。十里漲春波，一櫂歸來，只做箇五湖范蠡。是則是一般弄扁舟，争知道他家，有箇西子〔四〕！

【校】

①題，四卷本丁集作「所居伎山爲仙人舞袖形」，今移至第二句後，爲小注。題從廣信書院本。

【箋注】

〔一〕題，南溪，當是在稼軒新居之南，流向帶湖之溪。四卷本之題具有極高考證價值。「伎」，原作「伎」，字書無載，當是伎之别寫。稼軒謂所居山名伎山，有仙人舞袖形。仙人舞袖，當謂山形如浪，宛轉起伏之勢。而今上饒舊北門（即原明清之靈山門）之北，有古城嶺坡地，岡巒宛然。又有村名龍牙，龍牙之名如狀山巒起伏多齒，似與仙人舞袖形之伎山相近，稼軒於此建集山樓，取其同音也。稼軒所開之南溪或在山南，入帶湖。右詞有「湘江上風景」、「東籬多種菊」諸語，《稼軒詞編年箋注》謂此詞爲閑居帶湖初年所作。「其時離湘未久，故湘江風景猶依稀未忘。今兹定爲淳熙十年者，以其有東籬種菊句，是必已曾於帶湖度一春秋矣。」今依此考，編次右詞於淳熙十年春。

〔二〕「婆娑」三句及小注，婆娑欲舞，《詩·陳風·東門之枌》：「子仲之子，婆娑其下。」《正義》：「歌舞於市井者，婆娑是也。」半篙水，蘇軾《和鮮于子駿鄆州新堂月夜二首》詩：「池中半篙水，池上千尺柳。」

〔三〕「東籬」句，陶潛《飲酒二十首》詩：「採菊東籬下，悠然見南山。」

〔四〕「一櫂」句至此，一櫂歸來，五湖范蠡，可參本卷《賀新郎·賦海棠》詞（莫厭霓裳素闋）箋注。

是則是，猶謂雖則是。争知道，怎知道也。

唐河傳　效花間體①〔一〕

春水，千里，孤舟浪起。夢攜西子〔二〕。覺來村巷夕陽斜。幾家，短牆紅杏花。晚雲做造些兒雨〔三〕。折花去，岸上誰家女？太狂顛②，那邊③，柳綿④，被風吹上天。

【校】

①題，「體」，四卷本丙集作「集」，此從廣信書院本。②「狂顛」，廣信書院本原作「顛狂」，據四卷本改。③「那邊」，四卷本作「那岸邊」。④「綿」，《六十名家詞》本作「綫」。

【箋注】

〔一〕題，花間體，謂《花間集》之詞體也。《直齋書録解題》卷二一：「《花間集》十卷，蜀歐陽炯作序，稱衛尉少卿字宏基者所集，未詳何人。其詞自温飛卿而下十八人，凡五百首，此近世倚聲填詞之祖也。詩至晚唐五季，氣格卑陋，千人一律，而長短句獨精巧高麗，後世莫及，此事之不可曉者，放翁陸務觀之言云爾。」《四庫全書總目》卷一九九《花間集提要》則載：「《花間集》十卷，後蜀趙崇祚編。」右詞作年莫考，以與開南溪初成詞意近，故附次於淳熙十年春。

〔二〕「春水」四句，孤舟浪起，蘇軾《次韻王定國南遷回見寄》詩：「相逢爲我話留滯，桃花春漲孤舟起。」夢攜西子，王銍《黄州棲霞樓蘇翰林所賦小舟横截春江是也曾竑父罷郡畫爲圖求詩》：

「銅雀不得鎖二喬，春江亦夢攜西子。」

〔三〕些兒雨，張德瀛《詞徵》卷三：「兒，少意也。……辛稼軒詞：『晚雲造做些兒雨。』」

水調歌頭　席上用王德和推官韻，壽南澗①〔一〕

上界足官府，公是地行仙〔二〕。青氈劍履舊物，玉立近天顏②〔三〕。莫怪新來白髮，恐是當年柱下，《道德》五千言〔四〕。南澗舊活計，猿鶴且相安〔五〕。歌秦缶，寶康瓠〔六〕，世皆然。不知清廟鐘磬，零落有誰編〔七〕？莫問行藏用舍③，畢竟山林鐘鼎④，底事有虧全〔八〕。再拜荷公賜，雙鶴一千年。公以雙鶴見壽⑤〔九〕。

【校】

①題，四卷本乙集作「和德和上南澗韻」，此從廣信書院本。廣信書院本「王」原作「黃」，徑改。②「近」，四卷本作「待」。③「莫問」，四卷本作「堪笑」。④「畢竟」，四卷本作「試問」。⑤小注，四卷本闕。

【箋注】

〔一〕題，右詞步信州推官王寧詞韻，爲南澗祝壽者。《建炎以來朝野雜記》乙集卷二〇《龍州蕃部寇邊》條載「慶元二年、六年，連寇清川、平郊二寨，興州都統制郭杲調大軍擊之，則已去矣。會杲與總賦官王寧德和不叶，徒久戍以困之」。知王德和名寧。《兩朝綱目備要》卷六亦載「慶元末，司農少卿江陰王寧總領四川財賦」，知爲江陰人。〔乾隆〕《上饒縣志》卷一三載王寧《修學記》：「淳熙癸卯，吴越錢侯象祖爲廣信且代矣，一日，下令大新學宫。兵馬都監趙善執治其役，上饒主簿江徹司其計，而以軍事推官王寧總其凡。」癸卯爲淳熙十年。此王寧爲信州推官之具證也。韓元吉有《送王德和赴調改秩》詩：「尊酒盤蔬語夜闌，三年猶得幾追歡。海棠半折春方好，楊柳都青社正寒。籌畫定應瞻武帳，文華端合待金鑾。割雞底用磨天刃，遲日湖山滿意看。」則淳熙十一年春王寧以改秩赴闕時，當其信州推官三年任期已滿。右詞淳熙十年所作也。王寧改秩後，嘗任縣令。袁説友《東塘集》卷一有《和王德和知縣謁蕭東巖韻二首》詩，又嘗任淮東提舉，見《白石道人詩集》卷下。《止齋集》卷一四有紹熙四年十二月《大理寺主簿王寧除太府寺丞制》。〔光緒〕《江陰縣志》卷一六《鄉賢》：「王寧字德和，三魁鄉薦，乾道丙戌中乙科，終中奉大夫直徽猷閣。逮事三朝，凡所敭歷，綽有休聞。有《笑庵集》十卷。」

〔二〕「上界」二句，上界足官府，韓愈《奉酬盧給事雲夫四兄曲江荷花行見寄並呈上錢七兄閣老張十八助教》詩：「上界真人足官府，豈如散仙鞭笞鸞鳳終日相追陪？」地行仙，蘇軾《樂全先生生日以鐵拄杖爲壽二首》詩：「先生真是地行仙，住世因循五百年。」《大佛頂首楞嚴經》卷八：「復有從人，不依正覺修三摩地，別修妄念，存想固形，遊於山林人不及處，有十種仙。阿難，彼諸衆生，堅固服餌而不休息，食道圓成，名地行仙。」

〔三〕「青氈」二句，青氈劍履舊物，《晉書》卷八〇《王獻之傳》：「夜卧齋中，而有偷人入其室，盜物都盡。獻之徐曰：『偷兒，青氈我家故物，可特置之。』羣偷驚走。」《史記》卷五三《蕭相國世家》：「乃令蕭何賜帶劍履上殿，入朝不趨。」玉立，《藝文類聚》卷四八：「山濤《啓事》曰：『尚書令李胤遷處缺，宜得其人。征南將軍羊祜，體儀玉立，可以肅整朝廷。』」《册府元龜》卷七四《命相》：「至於玉立巖廊，風行號令，端若植表，爲時指南，開予胸襟，廣我視聽，實賴人傑。」按：王寧家世無考，故此二句所寓事跡亦皆不詳。

〔四〕「恐是」二句，《史記》卷九六《張丞相列傳》：「秦時爲御史，主柱下方書。」《索隱》：「周秦皆有柱下史，爲御史也，所掌及侍立，恒在殿柱之下，故老聃爲周柱下史。」《道德》五千言，即《老子》是也。

〔五〕「南澗」二句，南澗，韓元吉自號。據《南澗甲乙稿》卷一，元吉知建寧府時，城南鄭氏居南澗，山水甚幽，元吉愛之，爲賦五詩。後居上饒，卜宅玉溪之南，前有澗水，後有蒼筤亭，因自號南澗。見〔乾隆〕《上饒縣志》卷一二。然信江以南近城有琅琊山、南屏山、道觀山，韓元吉《悼老瓊》詩：「南屏山下風吹土，猶作蕭蕭暮雨垂。」其子淲《對雪思山居之時》詩：「煙迷南屏山，凍壓竹落澗。」南澗當在南屏山。活計，宋人口語，猶言生計也。饒節《和不愚兄庵頌三首》詩：「年來活計渾成就，猿鶴安棲定不驚。」

〔六〕「歌秦」二句，歌秦缶，《史記》卷八七《李斯列傳》：「夫擊甕叩缶，彈箏搏髀，而歌呼嗚嗚快耳者，真秦之聲也。」《索隱》：「缶，瓦器也，秦人鼓之以節樂。」同書卷八一《廉頗藺相如列傳》：「藺相如前曰：『趙王竊聞秦王善爲秦聲，請奉盆缶秦王，以相娱樂。』……秦王不懌，爲一擊缶。」《集解》：「《風俗通義》曰：『缶者，瓦器，所以盛酒漿。』秦人鼓之以節歌也。」竇康瓠，同書卷八四《屈原賈生列傳》：「斡棄周鼎兮，而寶康瓠。」《索隱》：「康謂大瓠，瓠也。」

〔七〕「不知」二句，《稼軒詞編年箋注》原無注，余增訂時據《宋史》卷一二六《樂志》一補如下語：「北宋之樂凡六改作，至徽宗時製大晟樂，金部樂器有景鐘鎛鐘編鐘等，石部有特磬編磬。迨靖康之難，樂器皆亡。南渡之後，大抵用先朝之舊，而不詳古今製作之本原。」故稼軒有「零落」語。蘇軾《和田國博喜雪》詩：「歲豐君不樂，鐘磬幾時編？」張孝祥《龜齡攜具同景盧嘉叟餞別於薦福即席再用韻賦四客》詩：「一笑番陽逢歲熟，問公鐘磬幾時編？」

〔八〕「莫問」三句，行藏用舍，本卷《踏莎行・賦稼軒集經句》詞（進退存亡閿）有箋注。山林鐘鼎，杜甫《清明二首》詩：「鐘鼎山林各天性，濁醪麤飯任吾年。」張綱《緑頭鴨・次韻陳季明》詞：「細追想山林鐘鼎，從古罕兼全。」底事，此事也。此句不作問語。

〔九〕「再拜」二句及小注，稼軒與韓元吉生日相去一日，見右詞後《水龍吟》（玉皇殿閣微涼閿）詞題。故稼軒賦此詞時，元吉以雙鶴爲壽。

【附録】

韓元吉無咎和詞

水調歌頭　席上次韻王德和

世事不須問，我老但宜仙。南溪一曲，獨對蒼翠與孱顔。月白風清長夏，醉裏相逢林下，欲辯已忘言。

無客問生死，有竹報平安。　少年期，功名事，覓燕然。如今憔悴，蕭蕭華髮抱塵編。萬里蓬萊歸路，一醉瑤臺風露，因酒得全天。笑指雲階夢，今夕是何年？（《南澗甲乙稿》卷七）

鷓鴣天

送范廓之秋試①〔一〕

白苧新袍入嫩涼，春蠶食葉響迴廊〔二〕。禹門已準桃花浪，月殿先收桂子香〔三〕。　鵬北海，鳳朝陽。又攜書劍路茫茫〔四〕。明年此日青雲上，却笑人間舉子忙〔五〕。

【校】

①題，「范廓之」，廣信書院本「廓」作「先」，此從四卷本乙集。又，「范」字亦據廣信書院本補。

【箋注】

〔一〕題，右詞送范開應秋試而作。范開既於稼軒退居帶湖之後即從其遊，則應秋試當在淳熙十年八月。以淳熙十一年爲禮部試之年，其年四月賜禮部進士衛涇以下進士及第出身，見《宋史》卷三五《孝宗紀》三。

〔二〕「白苧」二句，白苧新袍入嫩涼，梅堯臣《二月五日雪》詩：「二月狂風雪，寒威曉更加。省闈輕妒粉，苑樹暗添花。有夢皆蝴蝶，逢袍只紵麻。凍吟誰料我，相與賭流霞（聞永叔謂子華曰：明日聖俞若無詩，修輸一杯酒）。」《漁隱叢話》前集卷三一：「《王直方詩話》云：『聖俞在禮部考校，時和歐公春雪詩云：有夢皆蝴蝶，逢袍只紵麻。諸人不復措手，蓋韻惡而能用事如此，可貴也。』《苕溪漁隱》曰：『余閱《宛陵集》，聖俞此《雪》詩，即非和歐公韻，乃是倡首此詩。聖俞自注云：聞永叔謂子華曰：明日聖俞若無詩，修輸一杯酒。歐公集中亦有《和聖俞春雪》詩，皆在禮部時唱和，以此可見矣。王直方不切術審細，遂妄有韻惡而能用事之語，蓋其《詩話》中似此者甚衆，吾故辨證之。』」宋代舉子所服白襴袍皆苧麻。廖行之《如新牆宿於劉叟逆旅》詩：「一雨洗殘暑，初秋生嫩涼。」春蠶食葉響迴廊，歐陽修《禮部貢院閱進士就試》詩：「無譁戰士銜枚勇，下筆春蠶食葉聲。」

〔三〕「禹門」二句，禹門桃花浪，《埤雅》卷一：「河津一名龍門，兩傍有山，魚莫能上。大魚薄集龍門，上則爲龍，不得上輒暴鰓水次，故曰暴鰓龍門，垂耳轅下。善爲魚者不求爲龍，望禹門輒逝，是以無暴鰓點額之患。」《歲時廣記》卷一《桃花水》：「《水衡記》：『黄河水二月三月名桃花水。』」月殿桂子香，米芾《送大郎尹仁應舉》詩：「緒餘驚世須魁選，歸帶蟾宫桂子香。」按：宋代秋試例於八月中舉行，得解亦正木犀飄香時節。

〔四〕「鵬北」三句，鵬北海，《莊子·逍遥遊》：「北冥有魚，其名爲鯤，鯤之大，不知其幾千里也，化而爲鳥，其名爲鵬。」注：「北冥，海也。」鳳朝陽，《詩·大雅·卷阿》：「鳳凰鳴矣，於彼高岡。梧桐生矣，於彼朝陽。」攜書劍，許渾《别劉秀才》詩：「三獻無功玉有瑕，更攜書劍客天涯。」龍衮《江南野史》卷八：「孟賓于，湖湘連上人。……遷淦陽令，因黷貨，以贓罪當死，會昉還翰林學士，聞其縲絏，以詩寄賓于云：『幼攜書劍别湘潭，金榜標名第十三。昔日聲名喧洛下，近年詩價滿江南。』」

〔五〕「明年」二句，青雲上，《史記》卷七九《范雎蔡澤列傳》：「不意君能自致於青雲之上。」舉子忙，《南部新書》卷二：「長安舉子，自六月以後落第者不出京，謂之過夏，多借静坊廟院及閑宅居住，作新文章，謂之夏課。亦有十人五人醵率酒饌，請題目於知己，朝達，謂之私試。七月後，投獻新課，並於諸州府拔解，人爲語曰：『槐花黄，舉人忙。』」

又

鵝湖寺道中①〔一〕

一榻清風殿影涼，涓涓流水響回廊②〔二〕。千章雲木鉤輈叫，十里溪風䆉稏香〔三〕。衝急雨，趁斜陽，山園細路轉微茫〔四〕。倦途却被行人笑：只爲林泉有底忙〔五〕？

【校】

①題，廣信書院本「寺」字闕，此從四卷本甲集補。　②「響」，四卷本作「嚮」。

【箋注】

〔一〕題，鵝湖寺，《輿地紀勝》卷二一《江南東路·信州》：「鵝湖在鉛山縣西南十五里。《鄱陽記》云：山上有湖，多生蓮荷，同名荷湖山，今以鵝湖著。按《舊經》謂昔有龔氏居山傍，所蓄鵝逸於山，長育成羣，復飛而下，因謂之鵝湖。俗傳唐僧大義禪師結庵，仙鵝自波而出者妄矣。道傍長松參翠，枝榦權奇，延袤十餘里，大義所種。有仁壽院。淳熙初年，東萊吕公、晦庵朱公、象山陸公曾相會講道於此院，謂之鵝湖之會。」按：〔同治〕《鉛山縣志》卷三《山川》載：「鵝湖山，在縣東北，周回四十餘里，其影入於縣南。西湖諸峰聯絡若獅象犀猊，最高者峰頂三峰挺秀，……唐大曆中，大義智浮禪師植錫山中，雙鵝復還。山麓有仁壽院，禪師所建，今名鵝湖寺」。其餘〔康熙〕、〔乾隆〕《鉛山縣志》及各本《廣信府志》所載均同，未有謂鵝湖在鉛山西南十五里者。宋代鉛山縣治即今鉛山永平鎮，鵝湖山在鎮東北，其仁壽院後改爲鵝湖書院，在山之東北麓，其間有十里山路，即此題所謂鵝湖寺道。喻良能《香山集》卷八有《鵝湖寺》詩，題下自注：「在鉛山縣，舊名仁壽院，以鵝湖山得名。」詩云：「長松夾道搖蒼煙，十里絶如靈隱前。不見素鵝青嶂裏，空餘碧水白雲邊。氛埃斗脱三千界，瀟灑疑通十九泉。五月人間正炎熱，清涼一覺北窗眠。」可與右詞相參。右詞與送范廓之秋試詞同韻，據「穲稏香」句，知爲同時所作。稼軒首次遊鵝湖，在於何時，稼軒詞集無考。《稼軒詞編年箋注》次於淳熙十三年。且考證右二詞作年云：「右同韻《鷓鴣天》二首，次閿既收入甲集，知均作於淳熙十五年前。查宋代科舉，例以子午卯酉爲解試年分，辰戌丑未爲省試年分，據知此二詞非淳熙十年癸卯所作，定即十三年丙午之作。范廓之於九年方來從遊，距十年解試之期過近，其與試當在次舉，因推定二詞作年如右。」然查稼軒《題鵝湖壁》詩：「昔年留此苦思歸，爲憶啼門玉雪兒。鸞鵠飛殘梧竹冷，只今歸興却遲遲。」此詩作於淳熙十五年，爲懷念辛釄夭折所作。辛釄卒於淳熙十一年，詩中既有「昔年留此苦思歸」語，則所憶必爲淳熙十年初遊鵝湖事，其正辛釄尚無事之時。因知稼軒之送范廓之秋試，亦必在淳熙十年秋，而非淳熙十三年。

〔二〕「一榻」二句，一榻清風，蘇軾《佛日山榮長老方丈五絶》詩：「食罷茶甌未要深，清風一榻抵千金。」涓涓流水響回廊，李彭《遊雲居四首》詩：「冉冉山雲低度牆，涓涓流水響長廊。」張嵲《自鉛山如鵝湖》詩：「長松十里曉冥冥，行盡松林到法城。悄悄虚廊無客語，陰陰衆緑有鶯聲。」

〔三〕「千章」二句，雲木鈎輈叫，歐陽修《歸田録》卷下：「處士林逋，居於杭州西湖之孤山。逋工筆畫，善爲詩，如『草泥行郭索，雲木叫鈎輈』，頗爲士大夫所稱。」沈括《夢溪筆談》卷一四《藝文》：「歐陽文忠嘗愛林逋詩『草泥行郭索，雲木叫鈎輈』之句。文忠以爲語新而屬對親切。鈎輈，鷓鴣聲也。李羣玉詩云：『方穿詰曲崎嶇路，又聽鈎輈格磔聲。』」十里溪風，鵝湖山下有小溪東北匯入一大溪，西北流，自鵝湖鎮入信江。與鵝湖山路相並。稼軒《壽趙茂嘉郎中》詩有「鵝湖山下湛溪湄」之句，陳文蔚《賀趙及卿黄定甫主賓聯名登第》詩亦有「人傑須知本地靈，鵝峰挺拔湛溪清」之句，不知即指此溪否。穲稏香，杜牧《郡齋獨酌》詩：「罷亞百頃稻，西風吹半黄。尚可活鄉里，豈惟滿囷倉？」自注：「稻名。」

〔四〕「衝急」三句，衝急雨，范純仁《君實邀遊南園雨止》詩：「名園選勝許參陪，游騎俄衝急雨回。」山園細路，杜甫《山寺》詩：「野寺殘僧少，山園細路高。」

〔五〕有底忙，杜甫《寄邛州崔録事》詩：「久待無消息，終朝有底忙？」李彭《遊雲居四首》詩：「不緣抱病關髙冷，早賦式微緣底忙？」

破陣子

爲陳同甫賦壯詞以寄之①〔一〕

醉裏挑燈看劍，夢回吹角連營〔二〕。八百里分麾下炙②，五十絃翻塞外聲〔三〕。沙場秋點兵。　馬作的盧飛快，弓如霹靂絃驚〔四〕。了却君王天下事，赢得生前身後名。可憐白髮生〔五〕！

【校】

①題，四卷本丁集作「爲陳同父賦壯語以寄」，此從廣信書院本。②「炙」，原作「炰」，據四卷本改。二字同。

【箋注】

〔一〕題，陳同甫名亮，婺州永康人，才氣超邁，喜談兵，論議風生，下筆數千言立就。隆興初，與金人約和，天下忻然幸得蘇息，獨亮持不可。婺州方以解頭薦，因上《中興五論》，奏入不報。已而退修於家，學者多歸之，益力學著書者十年。嘗六上孝宗皇帝書，皆不報。光宗策進士，問以禮樂刑政之要，亮以君道師道對。奏名第三，御筆擢第一。授簽書建康府判官廳公事，未至官，一夕卒。《宋史》卷四三六《儒林》六有傳。陳亮淳熙十年春嘗致稼軒書，除慰相思之情外，亦問起居，且言「往往寄詞與錢仲耕，豈不能以一紙見分乎」？見增訂本《陳亮集》卷二九《與辛幼安殿撰書》，可知稼軒與陳亮友誼之篤也。右詞《稼軒詞編年箋注》附於淳熙十五年送陳亮相訪之《賀新郎》諸詞後。今既考二人交往甚久，陳亮書來求詞，能無以答乎？乃以爲淳熙十年春夏接奉陳亮來函之後所寄奉，故編次於是年詞作之後。

〔二〕「醉裏」二句，挑燈看劍，劉斧《青瑣高議》前集卷三《高言》條：「高言字明道，京師人。好學，倜儻豪傑，不守小節。……遊中牟，干友人，作詩曰：『昨夜陰風透膽寒，地爐無火酒瓶乾。男兒慷慨平生事，時復挑燈把劍看。』」吹角，《武經總要》前集卷六《漏刻》條：「法曰：行軍於外，日出日没時，撾鼓吹角爲嚴警。凡鼓三百六十五槌爲一通，角一十二變爲一疊。鼓音止，角音動，凡鼓三通，角三疊，晝夜足矣。」《虎鈐經》卷七《蠡角》：「黄帝戰蚩尤，吹角，長六尺，聲甚嗚。後有涿鹿之敗，帝問曰：『所吹何物？』蚩尤曰：『角也。吹之則風霧俱集。』後以六尺曰角，五尺曰蠡。」

〔三〕「八百」三句，八百里，《世説新語・汰侈》：「王君夫有牛，名八百里駮，常瑩其蹄角。王武子語君夫：『我射不如卿，今指賭卿牛，以千萬對之。』君夫既恃手快，且謂駿物無有殺理，便相然可，令武子先射。武子一起便破的，却據胡牀，叱左右：『速探牛心來。』須臾炙至，一臠便去。」蘇軾《約公擇飲是日大風》詩：「要當啖公八百里，豪氣一洗儒生酸。」陳師道《秋懷十首》詩：「壯哉八百里，一割探其心。」謝薖《次韻李成德謝人惠墨牛》詩：「君不見八百里誇王氏駮，常敕家童瑩蹄角。」皆以八百里謂牛。程大昌《演繁露》卷一《牛車》條：「八百里駮，駮亦牛也。言其色駮而行速，日可八百里也。」《晉書》卷八〇《王羲之傳》謂「時重牛心炙」。五十絃，《史記》卷一二《孝武本紀》：「泰帝使素女鼓五十絃瑟，悲，帝禁不止，故破其瑟爲二十五絃。」李賀《上雲樂》詩：「三千宮女列金屋，五十絃瑟海上聞。」點兵，謂集兵也。《北史》卷五四《斛律金傳》：「張華原以簿帳歷營點兵，莫有應者。」《續資治通鑑長編》卷一三六：「數年以來，點兵不絕，諸路之民半爲兵矣。」

〔四〕「馬作」二句，的盧，《太平御覽》卷一八六引《襄沔記》：「蜀先主之依劉表，起至厠，見髀裏生肉，慨然流涕。還坐，表怪問之，對曰：『平常身不離鞍，髀肉皆消，今不復騎，髀裏肉生，日月若馳，老將至矣，而功業不建，是以悲耳。』表雖重先主，因此欲害之。先主覺，僞如厠，潛遁出，所乘馬名的盧，從襄陽城西檀溪水中而渡，被溺不出。備既急，乃曰：『的盧，今日危矣，可不努力乎？』的盧乃一踴三丈，遂得過溪而去。」《世説新語·德行》之「庾公乘馬有的盧」條注引《相馬經》：「馬白額入口至齒者，名曰榆雁，一名的盧。奴乘客死，主乘棄市，凶馬也。」霹靂，《梁書》卷九《曹景宗傳》：「景宗謂所親曰：『我昔鄉里，騎快馬如龍，與年少輩數十騎，拓弓弦作霹靂聲，箭如餓鴟叫，平澤中逐麞，數肋射之，渴飲其血，饑食其肉，甜如甘露漿，覺耳後風生，鼻頭出火，此樂使人忘死，不知老之將至。』」

〔五〕「了却」三句，了却君王天下事，劉禹錫《送唐舍人出鎮閩中》詩：「了却人間婚嫁事，復歸朝右作公卿。」身後名，陶潛《怨詩楚調示龐主簿鄧治中》詩：「吁嗟身後名，於我若浮煙。」

清平樂

爲兒鐵柱作〔一〕

靈皇醮罷，福禄都來也〔二〕。試引鵷鶵花樹下①，斷了驚驚怕怕〔三〕。　從今日日聰明，更有潭妹嵩兄。看取辛家鐵柱，無災無難公卿〔四〕。

【校】

①「鵶」，《中興絶妙詞選》卷三作「鶴」。

【箋注】

〔一〕題，兒鐵柱，應即稼軒第三子之乳名。稼軒《哭⿷匚贊十五章》詩，其中有「汝方遊浩蕩，萬里挾雄鐵」句，用楚王夫人抱鐵柱而産一鐵之典故，知鐵柱即辛⿷匚贊是也。右詞謂鐵柱「更宜潭妹嵩兄」，嵩、⿷匚贊、潭皆當爲稼軒少年時期及仕宦東南期間所得子女。查《菱湖辛氏族譜》之《濟南派下支分期思世系》，辛嵩必即稼軒第二子辛秬。而辛秬生於紹興二十九年，即稼軒二十歲時。是年下距稼軒祖父辛贊卒於開封尹任上僅一年而已，則其時稼軒必隨其祖父在開封，嵩山則在開封西二百五十里河南府登封境内，其因事而至嵩洛，生子遂名嵩，應是情理中事。稼軒南渡前僅有稹、秬二子，其妻趙氏則卒於南渡之初江陰。而所謂潭妹，蓋稼軒續娶之范氏夫人所生，以稼軒淳熙六七兩年居官湖南，遂以潭而命名也。辛⿷匚贊居於嵩、潭之間，必淳熙二三年稼軒任江西提刑時所得之第三子，蓋亦范夫人所生。稼軒第四子辛稏生於淳熙八年四月。是年底，稼軒罷官，退居上饒帶湖，以稼名軒，所生子當不能再以地爲名，遂以禾字爲偏旁，以示爲稼軒之子女。而其長次子及辛稏以下亦俱改從禾字，潭妹則亦改名辛⿰禾昷。辛⿷匚贊則因早夭，未及改從一律也。《菱湖譜》録自舊譜，未詳其故，遂謂辛⿷匚贊爲稼軒第九子，早卒，蓋沿襲舊誤也。右詞作於淳熙十一年辛⿷匚贊病卒之前，當在淳熙十年，乃病中爲其祈福禳災而作也。錢大昕《十駕齋養新録》卷一九《小名鐵柱》：「北方小兒乳名多稱柱兒，或稱鐵柱兒。予讀辛稼軒《清平樂》詞爲兒鐵柱作，……則鐵柱之名，宋時已有之矣。」

〔二〕「靈皇」二句，靈皇，元周南瑞《天下同文集》卷一一盧摯《華陰清華觀碑銘》有「醮靈皇玄祖，奠師真也」語。范梈《鍾陵夜宿聞鐘》詩亦有「中年江海夢靈皇，夜半聞鐘似上陽」句。皆用靈皇事。疑靈皇即《雲笈七籤》卷一〇一《金門皓靈皇老君紀》所載之靈皇，爲靈鳳之子，開光元年，元始天尊錫西方七寶金門皓靈皇老君號。宋人爲兒童祈福醮靈皇，僅見此語。

〔三〕「試引」二句，《爾雅翼》卷一三《鳳》：「鳳有五多，赤色者乃鳳，多黃色者鵷雛。」按鳳非梧桐不棲，非竹實不食，則所謂花樹，謂竹花桐樹也。元人郝經《新館春日書懷》詩：「鵷雛繞竹花，翡翠巢蘭苕。」王惲《題筠菊亭》詩：「餐菊制頹齡，種竹來鵷雛。」然如何引鵷雛於花樹之下，以爲兒童祛除驚恐之症，其法無考。稼軒《哭𤳲十五章》詩亦有「昨宵北窗下，不敢高聲語。悲深意顛倒，尚疑驚著汝」語，蓋辛𤳲由驚嚇而至疾，其早夭或亦因此。

〔四〕「無災」句，蘇軾《洗兒》詩：「人皆養子望聰明，我被聰明誤一生。惟願孩兒愚且魯，無災無難到公卿。」

水龍吟

甲辰歲，壽韓南澗尚書①〔一〕

渡江天馬南來，幾人真是經綸手〔二〕？長安父老，新亭風景〔三〕，可憐依舊。夷甫諸人，神州沉陸〔四〕，幾曾回首？ 算平戎萬里，功名本是，真儒事〔五〕，公知否②？ 況有文章山斗，對桐陰滿庭清晝〔六〕。當年墮地，而今試看，風雲奔走〔七〕。緑野風煙，平泉草木，東山歌酒〔八〕。待他年整頓，乾坤事了〔九〕，爲先生壽！

【校】

①題，四卷本甲集作「爲韓南澗尚書壽甲辰歲」，《中興絶妙詞選》卷三、《花草粹編》卷一一作「壽韓南澗」，此從廣信書院本。②「公」，四卷本、《中興絶妙詞選》、《草堂詩餘》卷四、《花草粹編》卷一一作「君」。

【箋注】

〔一〕題，甲辰，淳熙十一年，時韓元吉六十七歲，稼軒四十五歲。黄蓼園《蓼園詞評》評此詞：「幼安忠義之氣，由山東間道歸來，見有同心者，即鼓其義勇。辭以頌美，實句句是規勵，豈可以尋常壽詞例之？」

〔二〕「渡江」二句，渡江天馬南來，《晉書》卷六《元帝紀》：「始秦時，望氣者云五百年後，金陵有天子氣。……孫盛以爲始皇逮於孫氏四百三十七載，考其曆數，猶爲未及元帝之渡江也，乃五百二十六年，真人之應，在於此矣。……天意人事，又符中興之兆。太安之際，童謡云：『五馬浮渡江，一馬化爲龍。』……是歲王室淪覆，帝與西陽、汝南、南頓、彭城五王獲濟，而帝竟登大位焉。」張耒《于湖曲》：「浮江天馬是龍兒，蹙踏揚州開帝里。」張孝祥《滿江紅・于湖懷古》詞：「蹙踏揚州開帝里，渡江天馬龍爲匹。」楊冠卿《水龍吟・金陵作》詞：「渡江天馬龍飛，翠華小駐興王地。」經綸手，葉夢得《題萬象亭》詩：「元戎小試經綸手，萬象都歸指顧中。」

〔三〕「長安」二句，長安父老，《晉書》卷九八《桓温傳》：「温遂統步騎四萬發江陵，水軍自襄陽入均口，至南鄉，步自淅川，以征關中。……温進至霸上，健以五千人深溝自固，居人皆安堵復業，持牛酒迎温於路者十八九。耆老感泣曰：『不圖今日復見官軍！』」新亭風景，《世説新語·言語》：「過江諸人，每至美日，輒相邀新亭，藉卉飲宴。周侯中坐而歎曰：『風景不殊，正自有山河之異。』皆相視流淚。唯王丞相愀然變色曰：『當共戮力王室，克復神州，何至作楚囚相對？』」周侯即周顗，王丞相即王導。新亭，《景定建康志》卷二二：「新亭，亦曰中興亭，去城西南十五里，近江渚。」注：「洛陽四山圍伊洛，瀍澗在中。建康亦四山圍秦淮，直瀆在中，故云風景不殊，舉目有江河之異。」

〔四〕「夷甫」二句，夷甫，王衍字。《晉書》卷九八《桓温傳》：「温自江陵北伐，行經金城，……於是過淮泗，踐北境，與諸寮屬登平乘樓，眺矚中原，慨然曰：『遂使神州陸沉，百年丘墟，王夷甫諸人不得不任其責。』」平乘樓，大船之樓，見《資治通鑑》卷一〇〇小注。王夷甫當國家危急之際，思自全之計，不恤國事，以至毀家亡國，爲國家罪人。《晉書》卷四三《王衍傳》：「衍既有盛才美貌，明悟若神，常自比子貢。兼聲名藉甚，傾動當世，妙善玄言，唯談老莊爲事。……拜尚書令、司空、司徒。衍雖居宰輔之重，不以經國爲念，而思自全之計。……及石勒、王彌寇京師，以衍都督征討諸軍事，持節假黄鉞以拒之。……時洛陽危逼，多欲遷都以避其難，而衍獨賣牛車以安衆心。……俄而擧軍爲石勒所破。勒呼王公，與之相見，問衍以晉故，……衍自説少不豫事，欲求自免，因勸勒稱尊號。勒怒曰：『君名蓋四海，身居重任，少壯登朝，至於白首，何得言不豫世事邪？破壞天下，正是君罪。』……使人夜排牆填殺之。」

〔五〕「算平」三句，算，此用於句首之語詞，如蓋、殆之類。真儒，宋人謂熟知道義學術之儒，惟真儒能了功名之事。語出揚子《法言·問明》：「孔子用於魯，齊人章章，歸其侵疆。魯不用真儒故也，如用真儒，無敵於天下，安得削？」《宋史》卷三九一《周必大傳》：「除秘書少監兼直學士院，兼領史職。鄭聞草必大制，上改竄其末，引漢宣帝事。必大因奏曰：『陛下取漢宣帝之言，親制贊書，明示好惡。臣觀西漢，……至於公孫弘、蔡義、韋賢，號曰儒者，而持禄保位，故宣帝謂俗儒不達時宜。使宣帝知真儒，何至雜伯哉？願平心察之，不可有輕儒名。』上喜其精洽。」卷四二七《道學》一《程顥傳》：「其弟頤序之曰：『周公没，聖人之道不行。孟軻死，聖人之學不傳。道不行，百世無善治；學不傳，千載無真儒。』」

〔六〕「況有」二句，文章山斗，見本卷《太常引·壽韓南澗尚書》詞（君王着意履聲間闋）箋注。桐陰，《直齋書録解題》卷七：「《桐陰舊話》十卷，吏部尚書潁川韓元吉無咎撰，記其家世舊事。以京師第門有桐木，故云。元吉，門下侍郎維之四世孫也。」《四庫全書總目》卷六一：「《桐陰舊話》一卷，宋韓元吉撰。元吉字無咎，宰相維之玄孫。……蓋全書久佚，從諸書鈔撮成編也。書中所記韓億、韓綜、韓絳、韓繹、韓維、韓縝雜事共存十三條，皆其家世舊聞。以京師第門有桐木，故云《桐陰舊話》。蓋北宋兩韓氏並盛，世以桐木韓家别於魏國韓琦云。」

〔七〕「當年」三句，墮地，謂出生也。《後漢書》卷二七《五行志》有「西門外女子生兒，……墮地棄之」語。風雲奔走，《後漢書》卷四一《劉玄傳》：「聖公靡聞，假我風雲。」注：「言聖公初起，無所聞知，借我中興風雲之便。」聖公，劉玄字。同書卷五二《傳論》曰：「中興二十八將，前世以爲上應二十八宿，未之詳也。然咸能感會風雲，奮其智勇。」蘇軾《和張昌言喜雨》詩：「二聖憂勤忘寢食，百神奔走會風雲。」葛勝仲《次韻林茂南祀喜雪二首》詩：「膜拜同祈海岸仙，風雲奔走會諸天。」

〔八〕「緑野」三句，緑野風煙，見本卷《臨江仙·即席和韓南澗韻》詞（風雨催春寒食近閼）箋注。平泉草木，《唐語林》卷七：「平泉莊在洛城三十里，卉木樹臺甚佳，有虚檻引泉水，縈迴穿鑿，像巴峽、洞庭十二峰，九派迄於海門。……平泉即徵士韋楚老拾遺别墅。楚老風韻高邈，好山水，衛公爲丞相，以白衣擢升諫官，後歸平泉，造門訪之，楚老避於山谷。衛公題詩云：『昔日徵黄綺，余慚在鳳池。今來招隱逸，恨不見瓊枝。』莊周圍十餘里，臺榭百餘所，四方奇花異草與松石靡不置。」按：衛公即李德裕。《舊唐書》卷一七四《李德裕傳》：「東都於伊闕南置平泉别墅，清流翠篠，樹石幽奇。初未仕時，講學其中。及從官藩服，出將入相三十年，不復重遊，而題寄歌詩，皆銘之於石，今有花木記、歌詩篇録二石存焉。」東山歌酒，《晉書》卷七九《謝安傳》：「寓居會稽……雖放情丘壑，然每游賞，必以妓女從。……中丞高崧戲之曰：『卿累違朝旨，高卧東山，諸人每相與言：安石不肯出，將如蒼生何？』」

〔九〕「待他」二句，整頓乾坤，見本書卷一《千秋歲·金陵壽史帥致道》詞（塞垣秋草闋）箋注。

滿江紅

送李正之提刑入蜀①〔一〕

蜀道登天，一杯送繡衣行客〔二〕。還自歎中年多病，不堪離別〔三〕。東北看驚諸葛表②，西南更草相如檄〔四〕。把功名收拾付君侯，如椽筆〔五〕。兒女淚，君休滴。荆楚路，吾能識〔六〕。要新詩準備〔七〕，廬山山色③。赤壁磯頭千古浪，銅鞮陌上三更月〔八〕。正梅花萬里雪深時，須相憶〔九〕。

【校】

①題，四卷本甲集「入蜀」二字闕，此據廣信書院本。②「驚」，《六十名家詞》本作「謄」。③「山色」，四卷本作「江色」。

【箋注】

〔一〕題，李正之，名大正，建安人。〔民國〕《建甌縣志》卷二六載：「李大正字正之，乾道中尉遂昌，去爲會稽令。念遂民不忘，求知其邑事。既至，判滯案，均賦税。淳熙中由提點知南安軍，理賦税，計利害，皆窮源別末，所蒞事判决如流，毫髮快人心。」建甌、建安均建寧府附郭邑，故二縣志均載李大正事跡，然亦均此數語而不加詳。今查王明清《玉照新志》卷四載：「紹興乙卯，張安國爲右史，明清與仲信兄在，左鄗舉善、郭世模從范、李大正正之、李泳子永多館於安國家。」乙卯爲紹興二十九年，時張孝祥安國爲中書舍人，李大正爲安國之客。紹興三十一年李大正爲遂昌尉，見《揮麈餘話》卷一《辛巳歲顔亮寇淮》條。洪适乾道初帥浙東，舉薦會稽令李大正「吏材治績爲八邑之冠」，見《盤洲集》卷四六《自劾札子》。乾道八年十二月二十六日，其以右宣教郎除江淮荆浙福建廣南路提點坑冶鑄錢公事，見《宋會要輯稿·職官》四三之一六七。淳熙元年至廣西巡歷，見《夷堅志》丙卷八《希韓大正》條及《桂勝》卷二《壺天觀題名》。淳熙五年知南安軍，見〔雍正〕《江西通志》卷一三。淳熙八年復爲提點諸路坑冶鑄錢公事，見〔乾隆〕《鉛山縣志》卷一二韓元吉《膽泉銘》：「淳熙之八年，天子復命建安李公大正爲諸道坑冶鑄錢使。」此文《南澗甲乙稿》失收。李大正既於淳熙八年復爲諸路鑄錢司提舉，其除利州路提刑當在其任滿之後。《南澗甲乙稿》卷一九有《右朝請大夫知虔州贈通議大夫李公墓碑》，所志墓主即李大正之父李文淵，碑文謂李文淵於紹興十六年九月己酉卒於嘉禾之寓舍。而墓碑之作，則在後四十年，即淳熙十二年，碑文載：「蓋其年十二月甲申也。二子，大卞，今爲朝散郎知澧州。大正，朝散郎潼州府路提點刑獄。」潼州府路（當是潼川府路）或爲誤書，或命爲潼川路之後，又改爲利州路。周必大《益國文忠公集》卷一九七有《與利路李憲大正書》，題下注爲淳熙十二年，内有「某竊以霜冬晴凛，共惟提刑判院，按部雍容」諸語，知李大正必爲淳熙十一年冬始自信州赴利路提刑任。《宋會要輯稿·職官》七二之四四亦載淳熙十三年三月二十四日利州路提刑李大正劾罷知洋州李師夔一事。是則稼軒之送其入蜀，自當在淳熙十一年冬，右詞有「梅花萬里雪深時」句，正其時之事也。

〔二〕「蜀道」二句，蜀道登天，李白《蜀道難》：「蜀道之難，難於上青天。」繡衣，指李大正所任提刑官。提刑，見本書卷二《水調歌頭·淳熙己亥自湖北漕移湖南周總領王漕趙守置酒南樓席上留別》詞（折盡武昌柳闋）箋注。

〔三〕「還自」二句，亦見本書卷二《水調歌頭·淳熙己亥自湖北漕移湖南》詞（折盡武昌柳闋）箋注。

〔四〕「東北」二句，看驚諸葛表，諸葛亮北伐曹魏，臨行上表。《三國志·蜀志》卷五《諸葛亮傳》：「三年春，亮率衆南征，其秋悉平，軍資所出，國以富饒。乃治講武，以俟大舉。五年，率諸軍北駐漢中，臨發上疏。」按：疏末云：「臨表涕零，不知所言。」故名之爲《出師表》。李大正仕宦東南期間有何涉及北伐中原之上疏，不詳。相如檄，司馬相如有《喻巴蜀檄》。《史記》卷一一七《司馬相如列傳》：「相如爲郎數歲。會唐蒙使略通夜郎西僰中，發巴蜀吏卒千人，郡又多爲發轉漕萬餘人，用興法誅其渠帥，巴蜀民大驚恐。上聞之，乃使相如責唐蒙，因喻告巴蜀民，以非上意。」其所爲檄見於傳中。

〔五〕「把功」二句，收拾，蘇軾《單同年求德興俞氏聚遠樓詩三首》：「賴有高樓能聚遠，一時收拾與閑人。」如椽筆，《晉書》卷六五《王恂傳》：「珣夢人以大筆如椽與之，既覺，語人曰：『此當有大手筆事。』俄而帝崩，哀册謚議皆珣所草。」

〔六〕「荆楚」二句，韓愈《題臨瀧寺》詩：「潮陽未到吾能説，海氣昏昏水拍天。」陸游《紫溪驛》詩：「嘉陵棧道吾能説，略似黄亭到紫溪。」（按：《紫溪驛》二首，見載《劍南詩稿》卷一一。〔嘉靖〕《鉛山縣志》卷一三《藝文志》引録，誤爲稼軒作。近人亦有以爲稼軒作者。）又，《題廬陵蕭彦毓秀才詩卷後》詩：「君詩妙處吾能識，正在山程水驛中。」按：荆楚路皆稼軒仕宦期所至之地，故有此句。

〔七〕新詩準備，蘇軾《和張昌言喜雨》詩：「秋來定有豐年喜，剩作新詩準備君。」

〔八〕「赤壁」二句，赤壁磯，即蘇東坡所賦前後《赤壁賦》之湖北黄岡地，又賦《念奴嬌·赤壁懷古》詞，有「大江東去，浪淘盡，千古風流人物」語。銅鞮陌，《隋書》卷一三《樂志》：「初，武帝之在雍鎮，有童謡云：『襄陽白銅蹄，反縛揚州兒。』識者言白銅蹄謂馬也，白金色也，及義師之興，實以鐵騎，揚州之士皆面縛，果如謡言，故即位之後，更造新聲，帝自爲之詞三曲。」〔雍正〕《湖廣通志》卷七七《襄陽府·襄陽縣》：「銅鞮坊在縣山南東道樓左，楚人好唱《白銅鞮》詞，因以名坊。李太白詩：『襄陽行樂處，歌舞白銅鞮。江城回緑水，花月使人迷。』」雍陶《送客歸襄陽舊居》詩：「惟有白銅鞮上月，水樓閑處待君歸。」張耒《于湖曲》：「君不見銅駝陌上塵沙起，鐵騎春來飲瀍水。」

〔九〕「正梅」二句，杜甫《寄楊五桂州譚》詩：「五嶺皆炎熱，宜人獨桂林。梅花萬里外，雪片一冬深。聞此寬相憶，爲邦復好音。」

蝶戀花

用趙文鼎提舉送李正之提刑韻，送鄭元英①〔一〕

莫向樓頭聽漏點②，説與行人，默默情千萬〔二〕。總是離愁無近遠，人間兒女空悲怨〔三〕。
錦繡心胸冰雪面〔四〕，舊日詩名，曾道空梁燕〔五〕。傾蓋未償平日願，一杯早唱《陽關》勸〔六〕。

【校】

①題，四卷本乙集作「送鄭元英」，《中興絶妙詞選》卷三作「別意」，此從廣信書院本。②「樓」，四卷本、《中興絶妙詞選》作「城」。

【箋注】

〔一〕題，趙文鼎提舉，《中興絶妙詞選》卷四：「趙文鼎名善扛，號解林居士，詩詞甚富，蓋趙德莊之流也。」按：趙善扛寓居上饒，然各《廣信府志》及《上饒縣志》均不載其事跡出處，故今所能補充者極少。據《宋史》卷二三一《宗室世系表》一七，趙善扛爲商王份六世孫，武德郎不陵之子。有詞作一卷，見《中興絶妙詞選》卷四，其中《感皇恩》詞云：「七十古來稀，吾生已半。」自注：「乙未生朝作。」乙未淳熙二年，則可推知其生於紹興十一年，至淳熙二年三十五歲。寓居信州之韓元吉、趙蕃多與其唱和。趙蕃三稿涉及其人詩作尤多。有《呈趙蘄州善扛》、《奉寄斯遠兼屬文鼎處州子永提屬五首》詩，《寄趙文鼎》詩有「殷勤寄謝湖州牧，五馬誰能鬢未斑」句，知其嘗守蘄州、處州、湖州。然蘄州、處州地方志未載，不知曾到任否。《懷趙蘄州文鼎》詩云：「李今作州大如斗，公更蘄春方待守。幾宵春雨落連明，南池水滿春草生。」疑其未嘗到任。《南澗甲乙稿》卷二三《安人盧氏墓志銘》載：「淳熙改元之七年，予始居南澗。有腰經候於門而以書見者，徐姓文卿。……而處州趙使君文鼎，嘗與俱來，道其力學習文之善。」知趙善扛知處州，淳熙七年尚未到任。而《嘉泰吴興志》卷一四載趙善扛以朝散郎於淳熙九年二月知湖州，八月以憂去職（扛原誤作杜）。則淳熙十一年冬稼軒送李正之赴利路提刑任時，趙善扛尚居憂閑住上饒家中。至其何時何路任提舉，已不可考。趙蕃《章泉稿》卷四有《哀文鼎》詩：「晦日書來四月收，報余新失趙湖州。祇今交友如渠幾，一展來書一淚流。」知趙善扛此後未再出仕，一生終於湖州守臣矣。而其何年病卒則無考。鄧廣銘先生於《虞美人·送趙達夫》詞之編年中有云：「韓元吉卒於淳熙十四年夏，而《南澗甲乙稿》卷五有《挽趙文鼎》之七律一首，知趙文鼎之卒必在十四年之前。」查《甲乙稿》原文，其詩題作《挽主奉路分趙公詞（文鼎公）》。「文鼎公」三字爲小字注於題下。而同卷又有《挽故鈐轄趙公彦遠詞（子直父）》詩、《故致政宣義葉公挽詞（葉山父）》詩，皆於題下標明某人之父，知「文鼎公」，必文鼎父之誤書，而所謂主奉路分，正趙善扛父武德郎不陵之武官，而非善扛之文官職務名稱，此詩所哀挽者非趙善扛，乃其父也，因知鄧先生據此考證趙善扛卒於淳熙十四年前已全誤矣。鄭元英，本書卷五有《歸朝歡》詞，題爲「寄題三山鄭元英巢經樓。樓之仙有尚友齋，欲借書者就齋中取讀，書不借出」。又有《玉樓春·寄題文山鄭元英巢經樓》詞。據知其人爲福州懷安縣文山人。而其名則無考。據右詞推考，鄭元英當係從李大正同行赴蜀中仕宦者，故稼軒順便賦詞以相送也。

〔二〕「默默」句，李之儀《蝶戀花》詞：「覓得歸來臨几硯，盡日相看，默默情無限。」

〔三〕「總是」二句，無近遠，錢易《夢越州小江》詩：「精魂渡江水，適去無近遠。」兒女空悲怨，韓愈《聽潁師彈琴》詩：「昵昵兒女語，恩怨相爾汝。」

〔四〕「錦繡」句，《太白文集》卷二六《冬日於龍門送從弟京兆參軍令問之淮南覲省序》：「兄心肝五藏皆錦繡耶？不然何開口成文，揮翰霧散。」李彌遜《小重山·學士生日》詞：「星斗心胸錦綉腸，厭隨塵土，客逐炎涼。」謝薖《雨中漫成四首》詩：「當時一笑冰雪面，曾動揚州詩興來。」

〔五〕「舊日」二句，薛道衡《昔昔鹽》詩：「暗牖懸蛛網，空梁落燕泥。」劉餗《隋唐嘉話》卷上：「煬帝善屬文，而不欲人出其右。司隸薛道衡由是得罪，後因事誅之，曰：『更能作空梁燕泥否？』」

〔六〕「傾蓋」二句，傾蓋，《説苑·尊賢》：「孔子之郯，遭程子於塗，傾蓋而語，終日有間。顧子路曰：『取束帛一以贈先生。』子路不對，……孔子曰：『由，《詩》不云乎：野有蔓草，零露漙兮。有美一人，清揚婉兮。邂逅相遇，適我願兮。今程子天下之賢士也，於是不贈，終身不見也。大德毋踰閑，小德出入可也。』」《陽關》，屢見。

鷓鴣天　徐衡仲惠琴，不受①〔一〕

千丈陰崖百丈溪，孤桐枝上鳳偏宜〔二〕。玉音落落雖難合②，橫理庚庚定自奇。山谷《聽摘阮歌》云：「玄璧庚庚有横理。」③〔三〕人散後，月明時，試彈《幽憤》淚空垂〔四〕。不如却付騷人手，留和《南風》解慍詩〔五〕。

【校】

①題，廣信書院本名下有「撫幹」二字，四卷本乙集無。按：徐衡仲任撫幹，乃後來之事。②「音」，廣信書院本、《六十名家詞》本原作「香」，此從四卷本。③小注，四卷本闕。

【箋注】

〔一〕題，徐衡仲，名安國。〔同治〕《廣信府志》卷九之五《孝友》：「上饒徐安國字衡仲，號西窗。紹興壬子進士，榜姓龔，幼育於龔，後事龔氏父母，養生送死，克供子職。年逾五十，爲岳州學官，遷連山令。有感於正本明宗之義，言於朝，願歸徐姓，詔可，遂别爲龔氏立後，而身歸於徐。時徐氏之父母俱存，兄安仁、安蹈、弟安通皆無故，相與孝養二老，名所居之堂曰一樂，張南軒爲之記，以爲義正而恩得焉。」按：〔同治〕《上饒縣志》所載與此全同。兩志皆謂徐安國爲紹興二年壬子進士，大誤。〔雍正〕《江西通志》卷五〇《選舉表》中，既載其爲紹興二年壬子張九成榜進士，上饒人，又載其爲隆興元年癸未木待問榜進士，貴溪人。貴溪亦爲信州屬縣。查紹興二年徐安國年僅數歲，其非是年進士極爲明顯。《稼軒詞編年箋注》疑紹興爲紹熙，益誤，徐安國仕宦皆在孝宗朝，焉得在光宗朝登第？今考吕祖謙《東萊集》附録三有「持服徐安國」之哀詩二首，其尾聯爲「續燈身後事，先是有同年」。吕祖謙爲隆興元年進士，見是書附録一所載其弟祖儉所作《年譜》。是則徐安國與呂祖謙皆爲隆興元年進士，此既證實《通志》載其以貴溪人登隆興元年第信息之正確，亦可糾正《府志》、《縣志》之誤。張栻《南軒集》卷一三《一樂堂記》載：「上饒徐衡仲，幼育於龔氏，爲龔氏後，長讀書取科第，事龔氏父母，養生送終，克共其子事。年踰五十矣，遊宦四方，求友訪道，有感於昔人正本明宗之義，惕懼不敢寧，乃言於朝，願歸徐姓。詔可其請。方是時，衡仲之父母俱存，合百有五十六春秋，而其伯氏某仲氏某及其季某亦皆無故。……它日，伯氏取《孟子》所謂一樂者以名其居之堂，而衡仲求予爲記。予惟念往歲道岳陽，衡仲適爲其州學官，相與語於洞庭之野，愴然及茲事。予蓋嘉其志，贊其決而憂其爲世俗之論所移也。今衡仲中誠懇惻，卒能成就其志，又爲龔氏調護，立之後人，所以處之者蓋有餘味，義正而恩得，天實相之。……衡仲名安國，今爲連山令。」徐安國爲岳州學官在乾道八年。《永樂大典》卷三五二五門字韻引《岳陽志》，載王樞《重建譙門記》一文，署名：「乾道八年正月庚辰，……左迪功郎充岳州州學教授龔安國書。」《朱子語類》卷一二六《釋氏》有「信州人新鄂州教官龔安國，聞李德遠過郡，見之」語，惟在何時無考。其任廣東連州連山令，則應在淳熙中。蓋張栻卒於淳熙七年，呂祖謙卒於淳熙八年，徐安國在連山令任上遇親喪，故有居艱之事，其事當在淳熙八年。此後徐安國即家居於上饒。李復《潏水集》書後，載錢端禮於乾道九年癸巳所作跋文，其後又載錢端禮孫錢象祖所作跋文，有云：「先祖帥會稽時，欲刊先生之集，期以行遠。未幾奉祠歸，不克就。象祖今於上饒郡齋刊之，從先志也。淳熙癸卯十月既望，郡守錢象祖書。」癸卯即淳熙十年。此文之後又載徐衡仲《題濡水集後》詩一首：「濡水先生道可宗，清詩華藻亦云工。欲知派别從何出，具載邦君大集中。」蓋《濡水集》之刊成，必徐安國受錢象祖委託，總成其事也。至淳熙十一年底稼軒賦此詞時，徐安國或在持服中，或持服已了而尚未入闕謀求差遣，故與稼軒有所來往，惠琴於稼軒也。又，南宋當時人，有一富陽人，亦名徐安國，仕宦比此徐安國較優，嘗知廣西横州，慶元間爲廣東提舉，非同一人也。

〔二〕「千丈」二句，千丈陰崖百丈溪，岑參《天山雪歌送蕭治歸京》詩：「晻靄寒氛萬里凝，闌干陰崖千丈冰。」蘇轍《荆門惠泉》詩：「下爲百丈溪，冷不受魚鼈。」孤桐、鳳，《詩·大雅·卷阿》：「鳳凰鳴矣，於彼高岡。梧桐生矣，於彼朝陽。」《箋》：「鳳凰之性，非梧桐不棲，非竹實不食。」《尚書·禹貢》：「羽畎夏翟，嶧陽孤桐。」《傳》：「嶧山之陽，特生桐，中琴瑟。」

〔三〕「玉音」二句及小注，落落難合，《後漢書》卷四九《耿弇傳》：「羣臣大會，帝謂弇曰：『……將軍前在南陽，建此大策，常以爲落落難合，有志者事竟成也。』」横理庚庚，《史記》卷一〇《孝文本紀》：「代王報太后，計之，猶與未定。卜之龜卦，兆得大横，占曰：『大横庚庚，余爲天王，夏啓以光。』」注：「庚，横貌也。」黄庭堅《聽宋宗儒摘阮歌》：「君言此物傳數姓，玄璧庚庚有横理。」定自奇，張孝祥《贈王茂升》詩：「句法能如此，胸中定自奇。」

〔四〕「試彈」句，《幽憤》詩，見本卷《水調歌頭·再用韻答李子永提幹》詞（君莫賦《幽憤》闋）箋注。

〔五〕「不如」二句，騷人，謂徐安國。徐安國有《西窗集》。《誠齋集》卷二三《題徐衡仲西窗詩編》

詩：「江東詩老有徐郎，語帶江西句子香。秋月春花入牙頰，松風澗水出肝腸。居仁衣鉢新分似，吉甫波瀾併取將。嶺表舊遊君記否，荔枝林裏折桄榔。」右詩作於淳熙十四年，時楊萬里居官行在爲秘書少監，必其時徐安國赴闕求差遣，得與楊萬里會於臨安也。可參拙作《楊萬里集箋校》。徐安國爲詩應屬江西詩派，與楊萬里出於同派也。《南風》解愠詩，《文選》卷一八嵇康《琴賦》並序引《尸子》：「舜作五絃之琴，以歌南風：『南風之薰兮，可解吾民之愠。』」是舜歌也。」《孔子家語》卷八《辯樂》：「昔者舜彈五絃之琴，造《南風》之詩。其詩曰：『南風之薰兮，可以解吾民之愠兮。南風之時兮，可以阜吾民之財兮。』」此解字，消解也。

又

用前韻，和趙文鼎提舉賦雪①〔一〕

莫上扁舟訪剡溪②，淺斟低唱正相宜〔二〕。從教犬吠千家白，且與梅成一段奇〔三〕。香暖處，酒醒時，畫簷玉筯已偷垂③〔四〕。笑君解釋春風恨，倩拂蠻牋只費詩〔五〕。

【校】

①題，四卷本乙集作「和趙文鼎雪」，此從廣信書院本。②「訪」，四卷本作「向」。③「筯」，廣信書院本原作「箸」，此據四卷本改。

【箋注】

〔一〕題，前韻，指同調《徐衡仲惠琴不受》詞（千丈陰崖百丈溪），作於淳熙十一年底，此則十二年之正月所賦也。

〔二〕「莫上」二句，扁舟訪剡溪，《世説新語·任誕》：「王子猷居山陰，夜大雪，眠覺開室，命酌酒，四望皎然。因起彷徨，詠左思《招隱詩》，忽憶戴安道。時戴在剡，即便夜乘小船就之，經宿方至。造門，不前而返。人問其故，王曰：『吾本乘興而行，興盡而返，何必見戴？』」淺斟低唱，柳永《鶴沖天》詞：「忍把浮名，换了淺斟低唱。」蘇軾《趙成伯家有姝麗僕忝鄉人不肯開尊徒吟春雪謹依元韻以當一笑》詩：「試問高吟三十韻，何如低唱兩三杯。」自注：「世傳陶穀學士買得党太尉家故妓，遇雪，陶取雪水烹團茶，謂妓曰：『党家應不識此。』妓曰：『彼麄人，安有此景？但能於銷金暖帳下淺斟低唱，喫羊羔兒酒耳。』陶默然，媿其言。」

〔三〕「從教」二句，從教，自使，能讓也。犬吠千家白，柳宗元《河東集》卷三四《答韋中立論師道書》：「屈子賦曰：『邑犬羣吠，吠所怪也。』……前六七年，僕來南，二年冬，幸大雪，踰嶺，被南越中數州。數州之犬，皆蒼黄吠噬，狂走者累日，至無雪乃已。」一段奇，段，表示種類之量詞，謂一種奇觀也。

〔四〕「畫簷」句，《錦繡萬花谷》後集卷一五：「魏甄后面白，淚雙垂如玉筯也。《六帖》。」按此條今本《白孔六帖》未見。此玉筯，未知指簷下冰溜抑或指佳人之淚。

〔五〕「笑君」二句，李白《清平調詞三首》：「解釋春風無限恨，沉香亭北倚闌干。」蠻牋，見本卷《賀新郎》詞（著厭霓裳素闋）箋注。陳耀文《天中記》卷三八《紙》：「蠻紙，唐中國未備，多取於外夷，故唐人詩中多用蠻箋字。」解釋，化解也。

蝶戀花

客有「燕語鶯啼人乍遠」之句，用爲首句〔一〕

燕語鶯啼人乍遠，却恨西園，依舊鶯和燕。笑語十分愁一半，翠圍特地春光暖〔二〕。只道書來無過雁，不道柔腸，近日無腸斷〔三〕。柄玉莫摇湘淚點，怕君唤作秋風扇〔四〕。

【箋注】

〔一〕題，朱敦儒《念奴嬌》詞：「别離情緒，奈一番好景，一番悲戚。燕語鶯啼人乍遠，還是他鄉寒食。」稼軒之客蓋用朱敦儒詞句於詞中，稼軒以爲其自作，故用爲首句。右詞寫作時次與前詞相去不遠，或作於淳熙十二年春，故附於其後。

〔二〕「笑語」二句，笑語十分愁一半，謂所有笑語中，當有一半爲愁懷也。翠圍，文同《成都楊氏江亭》詩：「汀洲煙雨卷輕霏，遥望軒窗隱翠圍。」楊炎正《謝周益公》詩：「翠圍侍女擁紅幢，霞臉調朱笑額黄。」特地，特别也。

〔三〕「只道」三句，書來無過雁，杜甫《贈王二十四侍御契四十韻》詩：「書成無過雁，衣故有懸鶉。」無腸斷，蘇軾《臨江仙·送王緘》詞：「坐上别愁君未見，歸來欲斷無腸。」秦觀《題郴陽道中一古寺壁二絶》詩：「行人到此無腸斷，問爾黄花知不知？」

〔四〕「柄玉」二句，柄玉，趙彦端《謁金門·題扇》詞：「鵝溪涼意足，手香霑柄玉。」湘淚，《述異記》

卷上：「湘水去岸三十里許，有相思宫、望帝臺。昔舜南巡，而葬於蒼梧之野。堯之二女，娥皇女英，追之不及，相與慟哭，淚下沾竹，竹文上爲之斑斑然。」秋風扇，《文選》卷二七班婕妤《怨歌行》：「裁爲合歡扇，團團似明月。出入君懷袖，動摇微風發。常恐秋節至，涼風奪炎熱。棄捐篋笥中，恩情中道絶。」李益《雜曲》：「愛如寒爐火，棄若秋風扇。」

出塞①　春寒有感〔一〕

鶯未老，花謝東風掃〔二〕。鞦韆人倦綵繩閑，又被清明過了。　日長減破夜長眠，别聽笙簫吹曉。錦箋封與怨春詩，寄與歸雲縹緲〔三〕。

【校】

①調，《稼軒集抄存》原作《謁金門·出塞》，朱孝臧《稼軒詞補遺》改爲「□□□出塞」，並作校語：「原作謁金門，誤。」查《全唐詩》卷八九二於韋莊《謁金門》詞調下注：「一名花自落，一名垂楊碧，一名出塞。」《花草稡編》卷六所注亦有「謁金門一名出塞」語，知《出塞》即《謁金門》之别名，故單用《出塞》爲調名。

【箋注】

〔一〕題，右詞與以下三詞，皆《稼軒集抄存》録自《永樂大典》者，他本無載，作年亦無所考證。然詳各詞詞意，不外春日遊冶之旨。故彙總於淳熙十二年春諸作中。

〔二〕「鶯未」二句，黄庭堅《憶帝京·黔州張倅生日》詞：「更莫問，鶯老花謝。」

〔三〕「寄與」句，范祖禹《望朝元閣》詩：「鶴駕不歸雲縹緲，鳳簫空斷目分明。」

踏莎行　春日有感

萱草齊階〔一〕，芭蕉弄葉，亂紅點點團香蝶。過牆一陣海棠風，隔簾幾處梨花雪？　愁滿芳心，酒嘲紅頰，年年此際傷離別。不妨横管小樓中，夜闌吹斷千山月！

【箋注】

〔一〕「萱草」句，黄庭堅《考試局與孫元忠博士竹間對窗夜聞元忠誦書聲調悲壯戲作竹枝歌三章和之》詩：「去時燈火正月半，階前雪消萱草齊。」

好事近　春日郊遊

春動酒旗風，野店芳醪留客。繫馬水邊幽寺，有梨花如雪。　山僧欲看醉魂醒，茗椀泛香白。微記碧苔歸路，裊一鞭春色〔一〕。

【箋注】

〔一〕「裊一」句，王之道《和子厚弟春日見寄三首》詩：「一鞭春色去迢迢，溪上紅妝笑語嬌。」《詩人玉屑》卷六《一字用意》條：「錢内翰希白《晝景》詩云：『雙蜂上簾額，獨鵲裊庭柯。』裊一字，最其所用意處，然韋蘇州《聽鶯曲》：『有時斷續聽不了，飛去花枝猶裊裊。』已落第二矣。」

又

花月賞心天，抬舉多情詩客〔一〕。取次錦袍須貰〔二〕，愛春醅浮雪。黄鸝何處故飛來？點破野雲白。一點暗紅猶在，正不禁風色。

【箋注】

〔一〕「抬舉」句，程大昌《演繁露》續集卷六《李娟》條：「李義山詩曰：『隨宜教李娟。』《樂天集》二十《霓裳》詩曰：『妍媸優劣寧相遠，大都只在人抬舉。李娟張態君莫嫌，亦擬隨宜教歌舞。』注：『娟、態，蘇妓也。』」

〔二〕「取次」句，李白《送韓侍御之廣德令》詩：「昔日繡衣何足榮，今宵貰酒與君傾。」按：司馬相如嘗以所著鷫鸘裘就市人陽昌貰酒，見《西京雜記》卷二。取次，隨便也。

江神子

和人韻〔一〕

梅梅柳柳鬥纖穠。亂山中，爲誰容〔二〕？試着春衫，依舊怯東風。何處踏青人未去，呼女伴，認驕驄。兒家門户幾重重〔三〕？記相逢，畫樓東①。明日重來，風雨暗殘紅。可惜行雲春不管，裙帶褪，鬢雲鬆。

【校】

①「樓」，四卷本甲集作「橋」，此從廣信書院本。

【箋注】

〔一〕題，右詞與其後二首題皆相同，不知所和何人之韻。且前兩首收入四卷本甲集，第三首與第二首又用同韻，知爲同時所作。後二首於廣信書院本均編於博山道中書壁詞之前，因據以編年，次於淳熙十二年春遊博山寺諸詞之先。此詞乃寫山鄉風情，涉及相約重逢及歡愛情景也。

〔二〕「梅梅」三句，梅梅柳柳，雙指，既謂山間梅柳，又稱山鄉少女也。鬥，争也，比也。爲誰容，王勃《銅雀妓二首》詩：「君王歡愛盡，歌舞爲誰容。」蘇軾《和王晉卿送梅花次韻》詩：「江梅山杏爲誰容，獨笑依依臨野水。」《戰國策·趙策》一有「士爲知己者死，女爲悦己者容」之語。

〔三〕「兒家」句，蔣維翰《春女怨》：「白玉堂前一樹梅，今朝忽見數花開。兒家門户重重閉，春色因何入得來。」

又　和人韻

剩雲殘日弄陰晴〔一〕。晚山明，小溪横。枝上綿蠻，休作斷腸聲〔二〕。但是青山山下路〔三〕，春到處①，總堪行。　當年彩筆賦《蕪城》。憶平生，若爲情〔四〕？試把靈槎②，歸路問君平〔五〕。花底夜深寒較甚③，須拚却，玉山傾〔六〕。

【校】

①「春」，廣信書院本、《六十名家詞》本原作「青」，據四卷本甲集改。②「把」，四卷本作「取」。③「較甚」，四卷本作「色重」。

【箋注】

〔一〕弄陰晴，蘇舜欽《初晴遊滄浪亭》詩：「夜雨連明春水生，嬌雲濃暖弄陰晴。」

〔二〕「枝上」二句，綿蠻，《詩·小雅·緜蠻》：「緜蠻黄鳥，止於丘阿。」《傳》：「緜蠻，小鳥貌。」休作斷腸聲，釋文珦《時當末伏暑氣愈隆老者殊不能堪而舊業荒殘清涼石室無由歸隱因賦是詩》：「東鄰弄羌管，休作斷腸聲。」

〔三〕但是，只要是。

〔四〕「當年」三句，賦《蕪城》，《六臣注文選》卷一一鮑照《蕪城賦》題下注：「沈約《宋書》云：『鮑照，東海人也。至宋孝武帝時，臨海王子頊鎮荆州，明遠爲其下參軍，隨至廣陵。子頊叛逆，照見廣陵故城荒蕪，乃漢吴王濞所都，濞亦叛逆，爲漢所滅，照以子頊事同於濞，遂感爲此賦以諷之。』」若爲情，言是何情。

〔五〕「試把」二句，《博物志》卷一〇：「天河與海通，近世有人居海濱者，年年八月有浮槎去來不失期。人有奇志，立飛閣於槎上，多齎糧，乘槎而去。十餘日中，猶觀星月日辰，自後芒芒忽忽，亦不覺晝夜。去十餘日，奄至一處，有城郭狀，屋舍甚嚴。遥望宫中，多織婦，見一丈夫牽牛渚次飲之，牽牛人乃驚問曰：『何由至此？』此人具説來意，並問此是何處，答曰：『君還至蜀郡，訪嚴君平則知之。』」

〔六〕「花底」三句，寒較甚，言甚寒冷也。楊萬里《霰》詩：「方訝一冬暄較甚，今宵敢歎卧如弓。」玉山傾，《世説新語·容止》：「嵇叔夜之爲人也，巖巖若孤松之獨立。其醉也，傀俄若玉山之將崩。」

又　和人韻①

梨花着雨晚來晴。月朧明②〔一〕，淚縱横。繡閣香濃，深鎖鳳簫聲〔二〕。未必人知春意思，還獨自，繞花行。　酒兵昨夜壓愁城。太狂生〔三〕，轉關情。寫盡胸中，磈磊未全平〔四〕。却與平章珠玉價，看醉裏，錦囊傾〔五〕。

【校】

①題，廣信書院本原闕，此從四卷本乙集補。　②「朧」，原作「籠」，此據四卷本改。

【箋注】

〔一〕月朧明，元稹《嘉陵驛二首篇末有懷》詩：「仍對牆南滿山樹，野花撩亂月朧明。」

〔二〕鳳簫聲，見本書卷二《滿江紅·席間和洪景盧舍人兼簡司馬漢章大卿》詞（天與文章闕）箋注。

〔三〕「酒兵」二句，酒兵，《南史》卷六一《陳暄傳》：「酒猶兵也，兵可千日而不用，不可一日而不備；酒可千日而不飲，不可一飲而不醉。」蘇軾《景貺履常屢有詩督叔弼季默唱和已許諾矣復以此句挑之》詩：「君家文律冠西京，旋築詩壇按酒兵。」壓愁城，李覯《夏日雨中》詩：「酒退愁城外，吟興憤涌中。」周邦彥《滿路花・冬景》詞：「簾烘淚雨乾，酒壓愁城破。」太狂生，謂太狂也，生爲語助。

〔四〕「寫盡」二句，寫同瀉。《世説新語・任誕》：「阮籍胸中壘塊，故須酒澆之。」磈磊未平，《册府元龜》卷五九六《謚法》：「房式卒，左散騎常侍博士陸亘請謚曰傾，吏部郎中韋乾度駁曰：『詳觀貞元之末，西蜀之事，逆豎劉闢搆難之初，凶邪叶謀，嗷嘯相聚，年深事遠，十不記一。然而磈磊不平，鋒刺釁深者藏在骨髓，請舉其梗概一二焉。』」《爾雅注疏》卷九《釋木》：「枹遒木魁瘣。」注：「謂樹木叢生，根枝節目，盤結磈磊。」疏：「魁瘣讀若磈磊，謂根節盤結處也。」黄庭堅《次韻答張沙河》詩：「胸中磈磊政須酒，東海可攬北斗斟。」

〔五〕錦囊，李賀《昌谷集》書後附李商隱《李長吉小傳》：「恒從小奚奴，騎蹇驢，背一古破錦囊，遇有所得，即書投囊中。及暮歸，太夫人使婢探囊出之，見所書多，輒曰：『是兒要當嘔出心乃已爾。』」

又

博山道中書王氏壁〔一〕

一川松竹任橫斜〔二〕。有人家，被雲遮。雪後疏梅，時見兩三花〔三〕。比着桃源溪上路，風景好，不争些①〔四〕。旗亭有酒徑須賒〔五〕。晚寒咱②，怎禁他〔六〕？醉裏匆匆，歸騎自隨車〔七〕。白髮蒼顔吾老矣，只此地，是生涯。

【校】

①「些」，四卷本甲集作「多」，不叶韻，此從廣信書院本。②「咱」，四卷本作「些」。

【箋注】

〔一〕題，博山，〔同治〕《廣豐縣志》卷一之四《山川》：「博山在縣西北二十餘里，與鶴山對峙，古名通元峰。唐天台韶國禪師建寺於此。」卷二《寺觀》：「博山寺在邑西崇善鄉。本名能仁寺，五代時天台韶國師開山，有繡佛羅漢留傳寺中。宋紹興間悟本禪師奉詔開堂。辛稼軒爲記。明萬曆間大巍禪師重興殿宇，莊嚴叢席，爲天下甲觀。大天曹洞宗風，如靈山法會，少師張瑞圖題曰天下第二叢林。」〔光緒〕《江西通志》卷五三：「博山在廣豐縣西北三十餘里，南臨溪流，遠望如廬山之香爐峰。」按：「三十」當爲二十之誤。按：本卷《清平樂》詞爲獨宿博山王氏庵所賦，本書卷七《江神子·送元濟之歸豫章》詞有句：「更覺桃源，人去隔仙凡。」自注：「桃源乃王氏酒壚，與濟之作別處。」知王氏庵、王氏酒壚皆以桃源爲名，蓋其地頗似陶淵明《桃花源記》所描寫者。右詞或稼軒尋得博山書舍之初所賦寫者，今姑定爲淳熙十二年之作。

〔二〕「一川」句，川，地也，一川，猶一地，滿地。

〔三〕兩三花，皮日休《友人許惠酒以詩徵之》詩：「野客蕭然訪我家，霜威白菊兩三花。」吕本中《寧遠道中》詩：「路轉寒松日欲斜，野梅初吐兩三花。」

〔四〕「比着」三句，桃源溪，《陶淵明集》卷五《桃花源記》：「晉太元中，武陵人捕魚爲業，緣溪行，忘路之遠近。忽逢桃花林，夾岸數百步，中無雜樹，芳草鮮美，落英繽紛，漁人甚異之。復前行，欲窮其林，林盡水源，便得一山，山有小口，髣髴若有光，便捨船從口入。」按：博山南即永豐溪，溪上之路有似桃花源者，王氏酒壚因名曰桃源酒壚。不争些，謂不差些。

〔五〕「旗亭」句，楊萬里《除夕絶句》詩：「紫陌相逢誰不疏，青燈作伴未爲孤。何須家裏作時節，只問旗亭有酒無。」《史記》卷一三《三代世表》：「霍將軍者，本居平陽白燕，臣爲郎時，與方士考功會旗亭下。」注：「《西京賦》曰：『旗亭五里。』薛綜曰：『旗亭，市樓也，立旗於上，故取名焉。』」

〔六〕「晚寒」二句，咱，附語尾之詞。又，或自稱，以咱聯下句讀，言不耐晚寒。

〔七〕「醉裏」二句，韓愈《嘲少年》詩：「直把春償酒，都將命乞花。祇知閑信馬，不覺誤隨車。」

醜奴兒①

書博山道中壁

煙蕪露麥荒池柳②，洗雨烘晴〔一〕。洗雨烘晴，一樣春風幾樣青？　提壺脱袴催歸去〔二〕，萬恨千情。萬恨千情，各自無聊各自鳴〔三〕。

【校】

①調，四卷本甲集作「採桑子」，此從廣信書院本。　②「麥」，《六十名家詞》本作「芰」。

【箋注】

〔一〕「煙蕪」二句，露麥，《拾遺記》卷六：「宣帝地節元年，樂浪之東有背明之國，來貢其方物，言其鄉在扶桑之東，見日出於西方。其國昏昏常闇，宜種百穀。……有含露麥，穟中有露，味甘如飴。」烘晴，宋璟《梅花賦》：「愛日烘晴，明蟾照夜。又如神人，來自姑射。」

〔二〕「提壺」句，提壺、脱袴、催歸去，均爲鳥名，以其鳴聲而命名者。提壺，見本書卷三《南歌子·獨坐蔗庵》詞（玄入參同契闋）箋注。脱袴，蘇軾《五禽言》詩：「南山昨夜雨，西溪不可渡。溪邊布穀兒，勸我脱破袴。」自注：「土人謂布穀爲脱却破袴。」催歸去，杜鵑也。彭乘《墨客揮犀》卷七：「退之有詩贈同遊者：『喚起窗全曙，催歸日未西。……』魯直曰：『余兒時，每哦此詩而了不解其意。自出陝右，吾年五十八矣。時春晚，偶憶此詩，方悟喚起、催歸，二禽名也。……催歸，子規也。喚起，聲如絡緯，圓轉清亮，偏於春晚鳴，江南謂之春喚。』」

〔三〕「各自」句，韓愈《送孟東野序》：「大凡物不得其平則鳴。草木之無聲，風撓之鳴。水之無聲，風蕩之鳴。……是故以鳥鳴春，以雷鳴夏，以蟲鳴秋，以風鳴冬。」

點絳唇

留博山寺，聞光風主人微恙而歸，時春漲斷橋〔一〕

隱隱輕雷，雨聲不受春回護。落梅如許，吹盡牆邊去。　春水無情，礙斷溪南路。憑誰訴？寄聲傳語，没箇人知處。

【箋注】

①題,光風主人,不詳。據詞題「微恙而歸」語,或爲與稼軒同居於博山寺之寓客,因疾病而早歸者也。

又

身後虚名①,古來不换生前醉〔一〕。青鞋自喜,不踏長安市〔二〕。　竹外僧歸,路指霜鐘寺〔三〕。孤鴻起,丹青手裹,剪破松江水〔四〕。

【校】

①「虚」,四卷本丁集作「功」,此據廣信書院本。

【箋注】

〔一〕「身後」二句,稼軒此類語甚多,可參本卷《水龍吟·次年南澗用前韻爲僕壽》詞(玉皇殿閣微涼閿)箋注。

〔二〕「青鞋」二句,晁補之《過大安寺》詩:「君不見少陵翁,昔時亦厭在泥滓。青鞋布襪翁自喜,上關流水入城來。」葛勝仲《疊前韻三首》詩:「却把青鞋踏城市,赤欄山色帶慚看。」

〔三〕霜鐘寺,張繼《楓橋夜泊》詩:「月落烏啼霜滿天,江楓漁火對愁眠。姑蘇城外寒山寺,夜半鐘聲到客船。」

〔四〕「丹青」二句,杜甫《戲題王宰畫山水圖歌》:「焉得并州快剪刀,剪取吴松半江水。」

水龍吟

次年，南澗用前韻爲僕壽，僕與公生日相去一日，再和以壽南澗①〔一〕

玉皇殿閣微涼②，看公重試薰風手③〔二〕。高門畫戟，桐陰閶道④，青青如舊〔三〕。蘭佩空芳，蛾眉誰妒？無言搔首〔四〕。甚年年却有，呼韓塞上，人争問，公安否〔五〕？　金印明年如斗。向中州錦衣行晝⑤〔六〕。依然盛事，貂蟬前後，鳳麟飛走〔七〕。富貴浮雲，我評軒冕，不如杯酒〔八〕。待從公痛飲⑥，八千餘歲，伴莊椿壽⑦〔九〕。

【校】

①題，《中興絶妙詞選》卷三作「再壽韓南澗」，此從廣信書院本。②「殿閣」，《中興絶妙詞選》作「金殿」。③「重」，《中興絶妙詞選》作「一」。④「閶」，四卷本甲集作「閣」。⑤「行」，《中興絶妙詞選》作「如」。⑥「公」，《中興絶妙詞選》作「今」。⑦「椿」，《中興絶妙詞選》作「松」。

【箋注】

〔一〕題，次年，謂淳熙十二年。上年，稼軒曾於五月十一日前後爲韓元吉賦同調詞（渡江天馬南來）作壽，翌年此月韓元吉和前韻爲稼軒壽，因次韻再和。題謂韓元吉生日相去一日，不知爲五月十日抑五月十二日。

〔二〕「玉皇」二句，《舊唐書》卷一六五《柳公權傳》：「文宗夏日與學士聯句，帝曰：『人皆苦炎熱，我愛夏日長。』公權續曰：『薰風自南來，殿閣生微涼。』時丁袁五學士皆屬繼，帝獨諷公權兩句，曰：

『辭清意足，不可多得。』乃令公權題於殿壁。」道教謂太清九宮，皆有僚屬，其最高者稱太皇、紫皇、玉皇。見《太平御覽》卷六五九《道》。薰風，可參見本卷《鷓鴣天・徐衡仲惠琴不受》詞（千丈陰崖百丈溪闋）箋注。趙彥端《鷓鴣天・爲韓漕無咎壽》詞：「幾時一試薰風手？今日桐陰又滿庭。」

〔三〕「高門」三句，高門畫戟，《舊唐書》卷八三《張儉傳》：「唐制，三品已上，門列棨戟。儉兄弟三院門皆立戟，時人榮之，號爲三戟張家。」「桐陰」二句，見本卷同調《甲辰歲壽韓南澗尚書》詞箋注。

〔四〕「蘭佩」三句，蘭佩芳，《李義山文集》卷六《爲裴懿無私祭薛郎中衮文》：「冀桂旌之不遠，降蘭佩之餘芳。」《離騷》：「扈江離與辟芷兮，紉秋蘭以爲佩。」蛾眉妒，見本書卷二《摸魚兒・淳熙己亥自湖北漕移湖南同官王正之置酒小山亭爲賦》詞（更能消幾番風雨闋）箋注。搔首，《詩・邶風・靜女》：「愛而不見，搔首踟躕。」

〔五〕「甚年」四句，呼韓塞，《漢書》卷八《宣帝紀》：「甘露二年冬十二月，匈奴呼韓邪單于款五原塞，願奉國珍朝。」公安否，《宋朝事實類苑》卷八《韓魏公》：「虜人每見漢使，必起立，致恭以問曰：『韓公安否，今在何處？』」按：韓魏公謂韓琦。韓元吉亦於乾道九年權禮部尚書爲賀金主生辰使，故比之韓琦。

〔六〕「金印」二句，金印如斗，見本書卷二《西江月・爲范南伯壽》詞（秀骨青松不老闋）箋注。錦衣行晝，《史記》卷七《項羽本紀》：「心懷思欲東歸，曰：『富貴不歸故鄉，如衣繡夜行，誰知之者？』」故富貴歸鄉謂之繡衣晝行。歐陽修有爲韓琦作《相州晝錦堂記》，見《文忠集》卷四〇。

韓元吉家在潁川，欲錦衣晝行，必恢復河南中州之地方可也。

〔七〕「貂蟬」二句，貂蟬見本書卷一《洞仙歌·壽葉丞相》詞（江頭父老闋）箋注。鳳麟飛走，《舊唐書》卷一八八《孝友傳贊》：「麒麟鳳凰，飛走之類。惟孝與悌，亦爲人瑞。」此三句言韓元吉亦必將光大韓氏門第。

〔八〕「富貴」三句，富貴浮雲，《論語·述而》：「不義而富且貴，於我如浮雲。」軒冕，《漢書》卷二一下《律曆志》：「黄帝氏作火生土，故爲土德。與炎帝之後戰於阪泉，遂王天下，始垂衣裳，有軒冕之服。」注：「軒軒車也，冕冕服也。」《春秋左氏傳》曰：服冕乘軒。」不如杯酒，《世説新語·任誕》：「張季鷹縱任不拘，時人號爲江東步兵。或謂之曰：『卿乃可縱適一時，獨不爲身後名耶？』答曰：『使我有身後名，不如即時一杯酒。』」

〔九〕「八千」二句，大椿以八千歲爲春，八千歲爲秋，見《莊子·逍遥遊》，參本書卷一《八聲甘州·壽建康師胡長文給事》詞（把江山好處付公來闋）箋注。

【附録】

韓元吉無咎原詞

水龍吟　壽辛侍郎

南風五月江波，使君莫袖平戎手。燕然未勒，渡瀘聲在，宸衷懷舊。卧占湖山，樓横百尺，詩成千首。正菖蒲葉老，芙蕖香嫩，高門瑞，人知否？　涼夜光躔牛斗。夢初回、長庚如晝。明年看取，纛旗南下，六贏西走。功畫凌煙，萬釘寶帶，百壺清酒。便留公剩馥，蟠桃分我，作歸來壽。（《南澗詩餘》）

醜奴兒

此生自斷天休問，獨倚危樓〔一〕。獨倚危樓，不信人間別有愁。　君來正是眠時節，君且歸休〔二〕。君且歸休，說與西風一任秋〔三〕。

【箋注】

〔一〕「此生」二句，此生自斷天休問，見本卷《水調歌頭·再用韻答李子永提幹》詞（君莫賦幽憤闋）箋注。獨倚危樓，許渾《送別》詩：「多緣去櫂將愁遠，猶倚危樓欲下遲。」韋莊《三堂早春》詩：「獨倚危樓四望遥，杏花春陌馬聲驕。」

〔二〕「君來」二句，《南史》卷七五《隱逸·陶潛傳》：「貴賤造之者，有酒輒設。潛若先醉，便語客：『我醉欲眠，卿可去。』其真率如此。」

〔三〕一任，全憑，全聽也。

又

書博山道中壁①

少年不識愁滋味〔一〕，愛上層樓。愛上層樓，爲賦新詞强說愁。　而今識盡愁滋味，欲說還休〔二〕。欲説還休，却道「天涼好箇秋」〔三〕！

【校】

①題，廣信書院本闕，此從四卷本丙集補。

【箋注】

〔一〕「少年」句，晏幾道《兩同心》詞：「好意思曾同明月，愁滋味最是黄昏。」黄公度《菩薩蠻》詞：「眉尖早識愁滋味，嬌羞未解論心事。」

〔二〕欲説還休，李清照《鳳凰臺上憶吹簫》詞：「生怕離懷別苦，多少事欲説還休。」

〔三〕「欲説」二句，上片强説愁，下片不説愁。且王顧左右而言他，蓋推開之辭也。

菩薩蠻

乙巳冬，南澗舉似前作，因和之①〔一〕

錦書誰寄相思語？天邊數徧飛鴻數〔二〕。一夜夢千回，梅花入夢來。漲痕紛樹髮〔三〕，霜落沙洲白②。心事莫驚鷗，人間千萬愁〔四〕。

【校】

①題，廣信書院本原作「用前韻」，此據四卷本乙集改。「南澗」，四卷本原作「前間」，此據《稼軒詞編年箋注》徑改。

②「沙洲」，廣信書院本、《六十名家詞》本作「瀟湘」，據四卷本改。

【箋注】

〔一〕題，乙巳，淳熙十二年。廣信書院本題作「用前韻」，四卷本作「前作」，所指乃同調《金陵賞心亭爲丞相賦》詞（青山欲共高人語闋）。當稼軒乾道四年通判建康府時，葉衡爲淮西江東總領，韓元吉爲江南東路轉運判官。三人同官於建康府。至淳熙十二年冬，則稼軒與韓元吉同寓居於上饒，而葉衡於淳熙二年九月罷右丞相，明年責郴州安置，六年八月特與叙復中大夫，在外宫觀。十年四月，依前提舉洞霄宫。五月卒。見《宋宰輔編年録》卷一八。右詞蓋葉衡卒後二年，與韓元吉憶念舊友而賦。舉似，舉以示人也。

〔二〕「錦書」二句，此追述與葉衡之友誼，謂自一别之後，屢盼其書信之至。

〔三〕漲痕紛樹髮，蘇軾《書李世南所畫秋景》詩：「野水參差落漲痕，疏林欹倒出霜根。」葛郯《水調歌頭·回舟烏戍值雨復晴》詞：「帆腹飽天際，樹髮渺雲頭。」按：石苔謂之石髮，樹髮或指樹葉也。紛，亂也。

〔四〕「心事」二句，莫驚鷗，杜甫《題玄武禪師屋壁》詩：「錫飛常近鶴，杯注不驚鷗。」盧象《家叔徵君東溪草堂二首》詩：「已到仙人家，莫驚鷗鳥飛。」千萬愁，曾鞏《一晝千萬思》詩：「一晝千萬思，一夜千萬愁。」

水調歌頭　和信守鄭舜舉蔗庵韻①〔一〕

萬事到白髮，日月幾西東〔二〕？羊腸九折岐路，我老慣經從〔三〕。竹樹前溪風月，雞酒東家父老，一笑偶相逢〔四〕。此樂竟誰覺？天外有冥鴻〔五〕。　味平生，公與我，定無同〔六〕。玉堂金馬〔七〕，自有佳處着詩翁。好鎖雲煙窗户，怕入丹青圖畫，飛去了無蹤〔八〕。此語更癡絶，真有虎頭風〔九〕。

【校】

①題，四卷本甲集「信守」二字闕，此從廣信書院本。

【箋注】

〔一〕題，鄭舜舉，〔光緒〕《青田縣志》卷一〇《儒林》：「鄭汝諧字舜舉，紹興丁丑進士，穎悟貫洽，出入五經，權衡諸史。辛稼軒見之，曰：『老子胸中兵百萬。』丞相洪景伯薦於朝，孝宗書於御屏，曰：『鄭汝諧威而能惠。』授兩浙轉運判官。時浙東苦旱，舉行荒政，轉江西轉運副使。時知袁州黄劭丁母憂不肯離任，倍支棺櫬喪服官錢，汝諧奏鐫一級。入爲大理少卿，持公論釋陳亮。歷官吏部侍郎。既老，以徽猷閣待制致仕。自號東谷居士。居鄉多惠愛，邑人生祠之。卒贈開國伯，祀鄉賢。」鄭汝諧曾孫鄭陶孫《跋論語意原》：「曾大父東谷先生，宋紹熙初，由江南西路提點刑獄遷轉運副使，會帥府諸臺適皆闕官，躬佩五司之印，而總聽之，曾不知其爲煩劇也。暇則詣學，親爲諸生講析疑義。未幾被召，取所著《論語意原》，捐金畀學官鋟板，以便學者之玩繹，蓋豫章此書之自始也。」見朱彝尊《經義考》卷二一九。鄭汝諧之知信州，在淳熙十二年。《宋會要輯稿·食貨》七〇之七四：「淳熙十二年三月二十五日，宰執進呈權發遣信州鄭汝諧，奏前知袁州宜春縣許及之陳述户長之弊。……王淮等奏，鄭汝諧行之信州，百姓甚利。……上曰：『可依户部勘當到事理，並下路州軍仿此隨宜施行。』」趙蕃《章泉稿》卷五亦載余鑄《重修廣信郡學記》，有「淳熙十二年知州事鄭汝諧再撥下新收莊」語，據知鄭汝諧知信州當自淳熙十一年底爲始，而所建居第成，或已至淳熙十二年也。蔗庵，據右詞中「前溪」句，知建在信江溪南之一小山上。稼軒有《和鄭舜舉蔗庵韻》詩，據詩中「當年倒食蔗，笑者空齒冷」句及韓元吉詩中「豈知郡守宅，跬步閟清景」句意（韓詩見《南澗甲乙稿》卷一），所以建此庵於山上，且名蔗庵，蓋謂自山下至山庵，可逐步領略佳風景，殆取其漸至佳境義也。杜旃《癖齋小稿》有《蔗境庵二絶》詩云：「世事多端好備嘗，未能悦口勿輕忘。結交莫厭初年淡，晚節相看味更長。（其一）美惡初終自不同，新人那念舊人容。君知食蔗逢佳境，不念人間有菲葑。（其二）」不知所詠爲此庵否，然所賦命名之意，殆可爲參考。右詞無季節可考，姑次於淳熙十二年冬所作《菩薩蠻》詞之後。

〔二〕「萬事」二句，萬事到白髮，王安石《愁臺》詩：「萬事因循今白髮，一年容易即黄花。」日月幾西東，《大戴禮記·哀公問於孔子》：「公曰：『敢問君子何貴乎天道也？』孔子對曰：『貴其不已，如日月西東，相從而不已也。』」

〔三〕「羊腸」二句，《列子·説符》：「楊子之鄰人亡羊，既率其黨，又請楊子之豎追之。楊子曰：『嘻，亡一羊，何追者之衆？』鄰人曰：『多歧路。』既反，問：『獲羊乎？』曰：『亡之矣。』曰：

『奚亡之？』曰：『歧路之中又有歧焉，吾不知所之，所以反也。』」《晉書》卷六五《王珣傳》：「其崎嶇九折，風霜備經，雖賴明公神鑑，亦識會居之故也。」

〔四〕「雞酒」二句，東家父老，李紳《閭里謡》：「鄉里兒，東家父老爲爾言。」一笑偶相逢，蘇軾《與毛令方尉遊西菩提寺二首》詩：「一笑相逢那易得，數詩狂語不須删。」李之儀《送人》詩：「一笑偶相逢，擊節聊送君。」

〔五〕冥鴻，《揚子雲集》卷一《法言・問明》：「鴻飛冥冥，弋人何篡焉？」

〔六〕定無同，《世説新語・文學》：「阮宣子有令聞，太尉王夷甫見而問曰：『老莊與聖教同異？』對曰：『將無同。』太尉善其言，辟之爲掾，世謂三語掾。」

〔七〕玉堂金馬，《史記》卷一二六《滑稽列傳》：「朔曰：『如朔等，所謂避世於朝廷間者也。古之人乃避世於深山中。』時坐席中，酒酣據地，歌曰：『陸沉於俗，避世金馬門。宫殿中可以避世全身，何必深山之中，蒿廬之下？』金馬門者，宦署門也，門傍有銅馬，故謂之曰金馬門。」《漢書》卷八七下《揚雄傳》：「今子幸得遭明盛之世，處不諱之朝，與羣賢同行，歷金門、上玉堂有日矣。」

〔八〕「好鎖」三句，疑爲鄭汝諧語，稼軒用於詞中者。「飛去」句，用顧愷之事。《世説新語・巧藝》：「説謝太傅云：『顧長康畫，有蒼生來所無。』」注引《續晉陽秋》：「愷之尤好丹青，妙絶於時。曾以一厨畫寄桓玄，皆其絶者，深所珍惜，悉糊題其前。桓乃發厨後取之，好加理復。愷之見封題如初，而畫並不存，直云：『妙畫通靈，變化而去，如人之登仙矣。』」

〔九〕「此語」二句，《六藝之一録》卷三二〇《顧愷之》：「愷之字長康，善書，小字虎頭，三絶：癡、書、畫也。」

千年調

蔗庵小閣名曰卮言，作此詞嘲之①〔一〕

卮酒向人時，和氣先傾倒。最要然然可可，萬事稱好〔二〕。滑稽坐上，更對鴟夷笑〔三〕。寒與熱，總隨人，甘國老〔四〕。　少年使酒，出口人嫌拗〔五〕。此箇和合道理，近日方曉。學人言語，未會十分巧。看他們，得人憐，秦吉了〔六〕。

【校】

①題，廣信書院本「蔗」原作「庶」，據前詞改。王詔校刊本、《六十名家詞》本、四印齋本俱作「蔗」。按：鄭守作蔗庵之意義，已見前詞題箋注揭示，應無可疑，廣信本兩作「庶」字，皆刻本誤也。

【箋注】

〔一〕題，卮言，《莊子·寓言》：「寓言十九，重言十七，卮言日出，和以天倪。」郭象注：「卮，圓酒器也。卮器滿即傾，空則仰，隨物而變，非執一守故者也。施之於言，而隨人從變，己無常主者也。」又注：「日出謂日新也，日新則盡其自然之分，自然之分盡則和也。」右詞爲蔗庵卮言閣作賦，蓋嘲其名，亦自嘲也。與後一詞獨坐蔗庵者作年無確考，因匯録於《水調歌頭》之後。

〔二〕「最要」二句，然然可可，《莊子·寓言》：「言無言，終身言未嘗言。終身不言，未嘗不言。有自也而可，有自也而不可。有自也而然，有自也而不然。惡乎然？然於然。惡乎不然？不然於不然。惡乎可？可於可。惡乎不可？不可於不可。物固有所然，物固有所可。無物不然，無物不可。」萬事稱好，見本卷《水調歌頭·再用韻答李子永提幹》詞（君莫賦幽憤闋）箋注。

〔三〕「滑稽」二句，《漢書》卷九二《游俠傳》：「黄門郎揚雄作《酒箴》以諷諫成帝，其文爲酒客難法度士，譬之於物，曰：『子猶瓶矣，觀瓶之居。……自用如此，不如鴟夷。鴟夷滑稽，腹如大壺。盡日盛酒，人復借酤。』」注：「鴟夷，韋囊，以盛酒。……滑稽，圜轉縱捨無窮之狀。」按：《猗覺寮雜記》卷下謂「崔浩《漢記音義》云：『滑稽，酒器也，轉注吐酒，終日不已。』」

〔四〕甘國老，《神農本草經》卷一：「甘草，味甘平，主五臟六府寒熱邪氣，堅筋骨，長肌肉，倍力，金創尰，解毒，久服輕力延年。」《埤雅》卷一八《苓》：「《本草》云：『一名國老，解百藥毒，安和七十二種石，一千二百種草，故號國老之名。國老者，賓師之稱，蓋藥有一君二臣三佐四使，苓者又其賓師也，故藥罕不用者。』」

〔五〕「少年」二句，少年使酒，張邦基《墨莊漫録》卷八：「政和間，汴都平康之盛，而李師師、崔念月二妓名著一時。晁沖之叔用每會飲，多召侑席。其後十許年，再來京師，二人尚在，而聲名溢於中國。李生者，門第尤峻。叔用追往昔，成二詩以示江子之。其一云：『少年使酒來京華，縱步曾游小小家。看舞霓裳羽衣曲，聽歌玉樹後庭花。』」嫌拗，嫌其執拗也。

〔六〕秦吉了，劉恂《嶺表異録》卷中：「容管廉白州産秦吉了，大約似鸚鵡，嘴腳皆紅，兩眼後夾腦有黄肉冠，善效人言語，音雄大分明於鸚鵡，以熟雞子和飯如棗飼之。或云容州有純白色者，俱未見也。」白居易《秦吉了》詩：「秦吉了，出南中，彩毛青黑花頸紅。耳聰心慧舌端巧，鳥語人言無不通。」范成大《桂海虞衡志》：「秦吉了如鸜鵒，紺黑色，丹味黄距，目上連頂有深黄文，頂毛有縫，如人分髮。能人言，比鸚鵡尤慧。大抵鸚鵡聲如兒女，吉了聲則如丈夫。出邕州溪洞中。《唐書》：『林邑出結遼鳥。』林邑今占城，去邕、欽州但隔交趾，疑即吉了也。」

南歌子

獨坐蔗庵①〔一〕

玄入《參同契》，禪依不二門〔二〕。細看斜日隙中塵②〔三〕，始覺人間何處不紛紛？　病笑春先到③，閑知嬾是真④〔四〕。百般啼鳥苦撩人，除却提壺此外不堪聞〔五〕。

【校】

①題，「蔗」，廣信書院本作「庶」，此從四卷本乙集改。　②「細」，四卷本作「静」。　③「到」，四卷本作「老」。　④「知」，四卷本作「憐」。

【箋注】

〔一〕題，右詞亦詠蔗庵者，據詞中「病笑春先到」句，疑已至淳熙十三年春。

〔二〕「玄入」二句，《參同契》，《郡齋讀書志》後志卷二：「《參同契》三卷，右漢魏伯陽撰。按《神仙傳》，伯陽會稽上虞人，通貫詩律，文辭贍博，修真養志，約《周易》作此書，凡九十篇。徐氏箋注，桓帝時以授同郡淳于叔通，因行於世。彭曉爲之解。隋唐書目皆不載。按唐陸德明解『易』字云：虞翻注《參同契》，言字從日下月，今此書有日月爲易之文，則其爲古書明矣。」不二門，《維摩詰經・入不二法門品》：「如我意者，於一切法無言無説，無示無識，離諸問答，是爲入不二法門。」

〔三〕隙中塵，劉禹錫《有僧言羅浮事因爲詩以寫之》詩：「下視生物息，霏如隙中塵。」

〔四〕「病笑」二句，病笑春先到，劉攽《五行王相詩》：「病笑留侯晚，妙許成子賢。」白居易《何處春先到》詩：「何處春先到，橋東水北頭。」嬾是真，杜甫《漫成二首》詩：「近識峨眉老，知余嬾是真。」

〔五〕提壺，鳥名，鳴若提壺盧。王禹偁《初入山聞提壺鳥（時秋暖此鳥忽聞）》詩：「遷客由來長合醉，不煩幽鳥道提壺。商州未是無人境，一路山村有酒沽。」

杏花天

無題①〔一〕

病來自是於春嬾，但別院笙歌一片〔二〕。蛛絲網遍玻瓈盞，更問舞裙歌扇〔三〕！　有多少鶯愁蝶怨，甚夢裏春歸不管〔四〕。楊花也笑人情淺，故故沾衣撲面〔五〕。

【校】

①題，廣信書院本原闕，據四卷本甲集補。

【箋注】

〔一〕題，右詞乃閑居帶湖期間所賦，以首二句即與《南歌子·獨坐蔗庵》詞（玄入參同契闋）「病笑春先到，閑知嬾是真」句意相合，因附次於是詞之後。本首以下，如《臨江仙》、《醜奴兒》、《一剪梅》諸詞，多無題，或有題目，亦不過歌酒賞月等尋常生活情景而已，皆此一時期閑適之作，因酌情彙録於淳熙十三年春諸作中。

〔二〕「病來」二句，於春嬾，吕本中《虞美人》詞：「梅花自是於春嬾，不是春來晚。」別院笙歌，秦觀《海棠春·春晚》詞：「宿醒未解宮娥報，道別院笙歌宴早。」

〔三〕「蛛絲」二句，蛛絲網遍，吕本中《又作二絶》詩：「蛛絲網遍常行處，猶道奔逃未肯歸。」更問，豈問。晁補之《南歌子·譙園作》詞：「東園搥鼓賞新醅，喚取舞裙歌扇探春回。」

〔四〕「有多」二句，趙鼎《醉桃園·春晚》詞：「鶯愁蝶怨春知否，欲問春歸何處。」

〔五〕故故，頻頻，或作故意、特意。

臨江仙

小靨人憐都惡瘦，曲眉天與長顰〔一〕。沉思歡事惜腰身。枕添離別淚，粉落却深勻〔二〕。

翠袖盈盈渾力薄，玉笙嫋嫋愁新。夕陽依舊倚窗塵。葉紅苔鬱碧，深院斷無人〔三〕。

【箋注】

〔一〕「小曆」二句，《研北雜志》卷下：「周美成有『曲裏長眉翠淺』之句。近讀李長吉《許公子鄭姬歌》中有云：『自從小曆來東道，曲裏長眉少見人。』乃知古人不容易下字也。」按：周邦彥詞調名《秋蕊香》。惡瘦，好瘦。天與，謂天生也。

〔二〕「沉思」三句，惜腰身，王淑英妻劉氏《暮寒》詩：「梅花自爛熳，百舌早迎春。逾寒衣逾薄，未肯惜腰身。」粉落深勻，張先《醉垂鞭》詞：「東池宴，初相見，朱粉不深勻。」

〔三〕「深院」句，李商隱《訪人不遇留別館》詩：「閑倚繡簾吹柳絮，日高深院斷無人。」斷，定也。

又

逗曉鶯啼聲昵昵，掩關高樹冥冥〔一〕。小渠春浪細無聲。井牀聽夜雨，出蘚轆轤青〔二〕。碧草旋荒金谷路，烏絲重記《蘭亭》〔三〕。彊扶殘醉繞雲屏。一枝風露濕，花重入疏櫺〔四〕。

【箋注】

〔一〕「逗曉」二句，逗曉，唐宋人常見語，謂到曉也。聲昵昵，韓愈《聽穎師彈琴》詩：「昵昵兒女語，恩怨相爾汝。」掩關，關門。樹冥冥，秦觀《德清道中還寄子瞻》詩：「夢長天杳杳，人遠樹冥冥。」

〔二〕「小渠」三句，細無聲，杜甫《春夜喜雨》詩：「隨風潛入夜，潤物細無聲。」陸游《開東園路北至山腳因治路傍隙地雜植花草》詩：「春近野梅香欲動，雨餘溝水細無聲。」井牀，井欄。轆轤青，李涉《六歎》詩：「深院梧桐夾金井，上有轆轤青絲索。」戴表元《剡源集》卷一《稼軒書院興造記》：「問新井，曰：『是舊鑿，今得諸涯莽中，修浚而汲之，非新井也。』」按：據今上饒人士介紹，一九五八年在帶湖龍牙村西田野中曾發掘出七八個由磚石砌成之汲水井。見一九九〇年上饒《紀念辛棄疾誕辰八五〇周年國際學術研討會論文集》所收之林友鶴、陳啓典《帶湖考略》一文。惜原文記載簡略，未能確定此即稼軒於帶湖所作右詞提及之井也。

〔三〕「碧草」二句，金谷路，韋應物《雪中聞李儋過門不訪聊以寄贈》詩：「乍迷金谷路，稍變上陽宫。」烏絲記《蘭亭》，陳槱《負暄野録》卷下《論紙品》：「《蘭亭序》用鼠鬚筆書烏絲欄璽紙，所謂璽紙，蓋實絹帛也。烏絲欄即是以墨間白，識其界行耳。」

〔四〕「彊扶」三句，扶殘醉，《武林舊事》卷三《西湖遊幸》：「一日，御舟經斷橋，橋旁有小酒肆，頗雅潔，中飾素屏風，書風入松一詞於上，光堯駐目稱賞久之。宣問何人所作，乃太學生俞國寶醉筆也。其詞云：『……明日重攜殘酒，來尋陌上花鈿。』上笑曰：『此詞甚好，但末句未免儒酸。』因爲改定云：『明日重扶殘醉。』則迥不同矣。」風露濕、花重，杜甫《春夜喜雨》詩：「曉看紅濕處，花重錦官城。」

又

春色饒君白髮了，不妨倚緑偎紅〔一〕。翠鬟催唤出房櫳。垂肩金縷窄，蘸甲寶杯濃〔二〕。睡起鴛鴦飛燕子，門前沙暖泥融〔三〕。畫樓人把玉西東。舞低花外月，唱徹柳邊風〔四〕。

【箋注】

〔一〕「春色」二句，饒君白髮了，白居易《戲答諸少年》詩：「顧我長年頭似雪，饒君壯歲氣如雲。朱顔今日雖欺我，白髮他時不放君。」饒，任也。

〔二〕「翠鬟」三句，出房櫳，梁元帝《巫山高》詩：「無因謝神女，一爲出房櫳。」黄庭堅《清人怨戲效徐庾慢體三首》詩：「主人敬愛客，催唤出房櫳。」垂肩，《續資治通鑑》卷一六七：「先是，宫中尚白角冠梳，人争效之，謂之内樣。其冠名曰垂肩，至有長三尺者，梳長亦踰尺。」蘸甲，《猗覺寮雜記》卷上：「酒斟滿，捧觴必蘸指甲。牧之云：『爲君蘸甲十分飲。』夢得云：『蘸甲須歡便到來。』」

〔三〕「睡起」二句，杜甫《絶句二首》詩：「泥融飛燕子，沙暖睡鴛鴦。」

〔四〕「畫樓」三句，玉西東同玉東西，酒杯也。爲叶韻，故作玉西東。葛勝仲《次韻子充九日建天寧道場罷遂遊堯祠》詩：「悒悒無聊坐學宫，銜杯阻共玉西東。」吴儆《浣溪沙·和前次范石湖韻》詞：「簾額風微紫燕通，樓頭柳暗碧雲重。玉人争勸玉西東。」舞低月、唱徹風，晏幾道《鷓鴣天》詞：「舞低楊柳樓心月，歌盡桃花扇影風。」

又

金谷無煙宫樹緑，嫩寒生怕春風〔一〕。博山微透暖薰籠。小樓春色裏，幽夢雨聲中〔二〕。別浦鯉魚何日到？錦書封恨重重〔三〕。海棠花下去年逢。也應隨分瘦，忍淚覓殘紅〔四〕。

【箋注】

〔一〕「金谷」二句，無煙宫樹緑，《資治通鑑》卷一八〇：「大業元年五月，築西苑，周二百里。其内爲海，周十餘里，爲蓬萊、方丈、瀛洲諸山。……作十六院，門皆臨渠，每院以四品夫人主之。堂殿樓觀，窮極華麗。宫樹秋冬彫落，則剪綵爲華葉，綴於枝條。」元稹《連昌宫詞》：「初過寒食一百六，店舍無煙宫樹緑。」嫩寒怕春風，汪遵《楊柳》詩：「攀折贈君還有意，翠眉輕嫩怕春風。」生怕，只怕。

〔二〕「博山」三句，博山，薰籠，《西京雜記》卷一：「長安巧工丁緩者，……又作九層博山香鑪，鏤爲奇禽怪獸，窮諸靈異，皆自然運動。」方以智《通雅》卷三四《器用》：「牆居，薰籠也，即篝也。篝一名笿，笿音落，《楚辭》：『秦篝齊縷鄭綿絡。』注：『篝，落也，又籠也，可薰衣。』《方言》：『陳楚宋衛謂之牆居。』……《説文》：『篝，笿也，可薰衣。』《史記》篝火注：『以籠覆火也。』」小樓、雨聲，陸游《臨安春雨初霽》詩：「小樓一夜聽春雨，深巷明朝賣杏花。」

〔三〕「别浦」二句，别浦，《杜詩詳注》卷二〇《奉送卿二翁統節度鎮軍還江陵》詩「蕭條别浦清」句注：「别浦用『送别南浦』語。」然鄭谷《登杭州城》詩有句：「潮來無别浦，木落見他山。」「别浦」與「他山」對舉，恐非離别之别浦也，或即某浦之謂。鯉魚、錦書，《飲馬長城窟行》：「客從遠方來，遺我雙鯉魚。呼兒烹鯉魚，中有尺素書。」

〔四〕「也應」二句，隨分，常語，有隨時、相應、經常之義。白居易《重答劉和州》詩：「隨分笙歌聊自樂，等閑篇詠被人知。」王安石《謝郟亶秘校見訪於鍾山之廬》詩：「世事何時逢坦蕩，人情隨分值猜嫌。」此處可作仍舊解。覓殘紅，王建《宮詞一百首》：「樹頭樹底覓殘紅，一片西飛一片東。」

朝中措

緑萍池沼絮飛忙，花入蜜脾香〔一〕。長怪春歸何處，誰知箇裏迷藏〔二〕？　殘雲剩雨，些兒意思，直恁思量〔三〕。不是流鶯驚覺①，夢中啼損紅妝。

【校】

①「流鶯」，四卷本甲集作「鶯聲」，此從廣信書院本。

【箋注】

〔一〕「緑萍」二句，緑萍池沼，劉攽《還王平甫秀才詩稿》詩：「白雪關山來騕褭，緑萍池沼秀芙渠。」蜜脾，《埤雅》卷一〇：「採取百芳釀蜜，其房如脾，今謂之蜜脾。」

〔二〕迷藏，《瑯嬛記》卷中引《致虚雜俎》：「玄宗與玉真恒於皎月之下，以錦帕裹目，在方丈之間，互相捉戲……謂之捉迷藏。」

〔三〕「些兒」二句，些兒，一點兒。直恁，竟如此。

醜奴兒

醉中有歌此詩以勸酒者，聊櫽括之〔一〕

晚來雲淡秋光薄，落日晴天。落日晴天，堂上風斜畫燭煙。　從渠去買人間恨，字字都圓。字字都圓，腸斷西風十四絃〔二〕。

【箋注】

〔一〕題，所謂歌此詩，蓋去掉詞中「落日晴天」及「字字都圓」四句，即一首絶句，當爲席上佐酒者所唱也。

〔二〕「從渠」四句，渠，渠儂之渠，從渠，任其也。十四絃謂箜篌。陸游《長歌行》：「人歸華表三千歲，春入箜篌十四絃。」樓鑰《戲題十四絃》詩：「曲終勸客杯無算，一吐空喉醉不知。」元黄玠《薄薄酒奉别吴季良》詩：「赤手欲探蛟龍淵，曲中箜篌十四絃。」

又

尋常中酒扶頭後〔一〕，歌舞支持。歌舞支持，誰把新詞喚住伊？　臨岐也有傍人笑，笑己争知①？笑己争知，明月樓空燕子飛〔二〕。

【校】

①「己」，廣信書院本原作「巳」。四卷本無此詞。按：古「巳」、「已」、「己」通用。《稼軒詞編年箋注》作「巳」，非是。《六十名家詞》本、《全宋詞》作「己」，從之。下同。

【箋注】

〔一〕「尋常」句，《史記》卷九五《樊酈滕灌列傳》：「項羽既饗軍士中酒。」注：「酒酣也。」扶頭，酒也。白居易《早飲湖州酒寄崔使君》詩：「一榼扶頭酒，泓澄瀉玉壺。」王禹偁《回襄陽周奉禮同年因題紙尾》詩：「扶頭酒好無辭醉，縮項魚多且放饞。」

〔二〕「明月」句，見卷二《念奴嬌·書東流村壁》詞（野棠花落闋）箋注。

醜奴兒近①

博山道中，效李易安體〔一〕

千峰雲起，驟雨一霎兒價②〔二〕。更遠樹斜陽，風景怎生圖畫？青旗賣酒，山那畔别有人家③〔三〕。只消山水光中，無事過這一夏④〔四〕。午睡醒時，松窗竹户，萬千瀟灑。野鳥飛來，又是一般閑暇。覷着人欲下未下〔五〕。舊盟都在，新來莫是，别有説話〔六〕？

【校】

①調，四卷本甲集「近」字闕，此據廣信書院本。②「兒」，四卷本作「時」。③「家」，四卷本作「間」。④「這一

夏」，王詔校刊本、《六十名家詞》本作「者一霎」，四印齋本作「者一夏」。

【箋注】

〔一〕題，李易安，名清照，易安居士其號也。濟南諸城人，禮部郎中李格非之女，知建康府趙明誠之妻。趙明誠著《金石録》，清照筆削其間。明誠病故後，清照坎坷流落江南以終。李易安爲宋詞南渡大家，張端義《貴耳集》卷上：「易安居士李氏，趙明誠之妻，《金石録》亦筆削其間。南渡以來，常懷京洛舊事，晚年賦元宵《永遇樂》詞云：『落日鎔金，暮雲合璧。』已自工緻。至於『染柳煙輕，吹梅笛怨，春意知幾許？』氣象更好。後疊云：『於今憔悴，風鬟霜鬢，怕見夜間出去。』皆以尋常語度入音律。鍊句精巧則易，平淡入調者難。且秋詞《聲聲慢》：『尋尋覓覓，冷冷清清，淒淒慘慘戚戚。』此乃公孫大娘舞劍手。本朝非無能詞之士，未曾有一下十四疊字者。用《文選》諸賦格。後疊又云：『梧桐更兼細雨，到黄昏點點滴滴。』又使疊字，俱無斧鑿痕。更有一奇字云：『守定窗兒，獨自怎生得黑？』黑字不許第二人押。婦人中有此文筆，殆間氣也。有《易安文集》。」稼軒來往於博山道中賦詞效易安體，據詞中所賦夏季景物，與淳熙十一年冬賦博山道諸詞必當又易一二年時光矣。因所賦詞季節之不同，故將右詞及所賦博山道中詞彙録於淳熙十三年夏秋諸詞之中。

〔二〕「千峰」二句，千峰雲起，王維《康陵陪祀》詩：「千峰雲起旌旗影，萬木風多劍槊聲。」一霎兒價，《詩詞曲語辭匯釋》釋價，謂爲估量某種光景之辭，猶云這般或那般，這個樣兒或那個樣兒，且舉此句爲例。按：價同家，俗語，疑當作語助詞。

〔三〕「青旗」二句，王明清《揮麈後録》卷二載宋徽宗宣和間命李質、曹組作《艮嶽百詠》詩，其《杏岫》詩有「分明自有神仙種，不是青旗賣酒村」句。本書卷四有稼軒所作《鷓鴣天》詞（陌上柔桑破嫩芽闋），其中一句即「青旗沽酒有人家」。《容齋續筆》卷一六《酒肆旗望》條：「今都城與郡縣酒務，及凡鬻酒之肆，皆揭大簾於外，以青白布數幅爲之，微者隨其高卑小大，村店或掛瓶瓢，標箒秆，唐人多詠於詩。然其制蓋自古以然矣，《韓非子》云：『宋人有酤酒者，斗概甚平，遇客甚謹，爲酒甚美，懸幟甚高，而酒不售，遂至於酸。』所謂懸幟者，此也。」

〔四〕「無事」句，《景德傳燈録》卷二七：「有僧親附老宿，一夏不蒙言誨，僧歎曰：『只恁麽空過一夏，不聞佛法。』」

〔五〕欲下未下，曹勛《松隱集》卷三六《記施逵事》：「建人施逵字必達，頃在上庠，小才無所成。建炎間，賊葉濃陸梁閩部，逵密佐之。後官兵獲濃，而朝廷以逵書生，偶然相從，宥其死，只從編置。後逃入燕中，改名宜生，就燕登第。……後進用至翰林待制，曾將命本朝，小人之態，方有得色，不愧也。余被旨入金議事，逵又爲館伴，亦不相唯阿，可見賊心。逵少年時，題人《平沙落雁》畫云：『塞鴻横天三兩行，欲下未下先悠揚。平田到處菰蒲美，託身何必來瀟湘。』則南北之意，固已夙萌。」按：陳鵠《耆舊續聞》卷六所載施詩爲六句，與右載不同，「欲下」句作「欲下未下風悠揚」。

〔六〕「舊盟」三句，稼軒寓居帶湖之初，賦《水調歌頭·盟鷗》詞（帶湖吾甚愛闋），有「凡我同盟鷗鷺，今日既盟之後，來往莫相猜」諸語。莫是，應是也。

清平樂　博山道中即事

柳邊飛鞚，露濕征衣重①〔一〕。宿鷺窺沙孤影動②，應有魚鰕入夢。一川明月疏星③，浣紗人影娉婷④。笑背行人歸去，門前稚子啼聲〔二〕。

【校】

①「露」，王詔校刊本、《六十名家詞》本、四印齋本作「霧」，此從廣信書院本。②「窺沙孤影」，四卷本甲集作「鷺窺沙影」。③「明」，四卷本作「淡」。④「紗」，廣信書院本原作「沙」，據四印齋本改。

【箋注】

〔一〕「柳邊」二句：飛鞚，鞚爲馬勒。鮑照《擬古三首》詩：「獸肥春草短，飛鞚越平陸。」杜甫《麗人行》：「黃門飛鞚不動塵，御厨絲絡送八珍。」露濕征衣，孟浩然《高陽池送朱二》詩：「意氣豪華何處在，空餘草露濕征衣。」

〔二〕門前稚子，呂本中《庵居》詩：「堂上老親雙白髮，門前稚子舊青衿。」

又　獨宿博山王氏庵〔一〕

繞牀饑鼠，蝙蝠翻燈舞〔二〕。屋上松風吹急雨〔三〕，破紙窗間自語。平生塞北江南，歸來華髮蒼顏〔四〕。布被秋宵夢覺，眼前萬里江山。

【箋注】

〔一〕題，博山王氏庵，本卷有《江神子·博山道中書王氏壁》詞，句云：「比着桃源溪上路，風景好，不争些。」又有「旗亭有酒徑須賒」句。而本書卷七同調《送元濟之歸豫章》詞有句：「更覺桃源，人去隔仙凡。」自注：「桃源乃王氏酒壚，與濟之作别處。」綜合以上所述，知所謂王氏庵，乃博山寺雨巖之某王姓酒家，本卷《山鬼謡》詞有注：「石浪，庵外巨石也，長三十餘丈。」其所在有溪山之勝，頗似陶淵明筆下桃花源，故以桃源酒家命名。此王氏庵，乃酒家廢屋，以久失修繕，殘破已甚矣。

〔二〕「繞牀」二句，李商隱《夜半》詩：「鬥鼠上牀蝙蝠出，玉琴時動倚窗絃。」

〔三〕松風吹急雨，盧肇《題清遠峽觀音院二首》詩：「風入古松添急雨，月臨虚檻背殘燈。」

〔四〕「平生」二句，塞北江南，郭祥正《芳草渡》詩：「客行無盡草相隨，塞北江南同一色。」稼軒晚年嘗自言：「北方之地，皆棄疾少年所經行者。」見《洺水集》卷二《丙子輪對札子》二。其所至最北之地，爲兩赴燕京，此外，中州、山東皆爲其所經行者。而南歸之後，則歷官兩浙、兩湖、兩江之地，最後寓居江南東路之信州，謂之塞北江南不誣也。華髮蒼顏，周紫芝《太倉稊米集》卷五四《爲人謝同官惠生日詩啓》：「華髮蒼顏，迫衰年之既晚；陽春白雪，顧妙製之難酬。」

鷓鴣天　博山寺作〔一〕

不向長安路上行，却教山寺厭逢迎〔二〕。味無味處求吾樂，材不材間過此生〔三〕。　寧作我，豈其卿〔四〕？人間走遍却歸耕〔五〕。一松一竹真朋友，山鳥山花好弟兄〔六〕。

【箋注】

〔一〕題，〔乾隆〕《廣豐縣志》卷一〇《寓賢》：「辛棄疾，……嘗讀書於永豐西南之博山寺，舊有稼軒書堂。寺中碑記，其手撰也，今尚存。」

〔二〕「不向」二句，長安路上行，王勃《王子安集》卷四《守歲序》：「京兆天中，竦樓臺而徹漢；長安路上，亂車馬而飛塵。」唐無名氏《賀聖朝》詞：「長安道上行客，依舊利深名切。」厭逢迎，梁簡文帝《蒙華林園戒》詩：「非爲樂肥遁，特是厭逢迎。」

〔三〕「味無」二句，味無味，《老子》：「爲無爲，事無事，味無味。」《晉書》卷九四《索襲傳》：「先生棄衆人之所收，收衆人之所棄。味無味於慌惚之際，兼重玄於衆妙之内。」材不材，《莊子·山木》：「明日，弟子問於莊子曰：『昨日山中之木，以不材得終其天年。今主人之雁，以不材死。先生將何處？』莊子笑曰：『周將處夫材與不材之間。材與不材之間，似之而非也，故未免乎累。』」

〔四〕「寧作」二句，寧作我，《世説新語·品藻》：「桓公少與殷侯齊名，常有競心。桓問殷：『卿何如我？』殷云：『我與我周旋久，寧作我。』」豈其卿，揚子《法言·問神》：「或曰：『君子病没世而無名，盍勢諸名卿，可幾也。』曰：『君子德名爲幾，梁、齊、趙、楚之君，非不富且貴也，惡乎成名。谷口鄭子真，不屈其志，而耕乎巖石之下，名震於京師，豈其卿？豈其卿？』」

〔五〕「人間」句，蘇軾《江城子·陶淵明以正月五日遊斜川……乃作長短句以〈江城子〉歌之》詞：「夢中了了醉中醒，只淵明，是前生。走遍人間，依舊却躬耕。」

〔六〕「山鳥」句，杜甫《岳麓山道林二寺行》：「一重一掩吾肺腑，山鳥山花共友于。」友于，兄弟也。

一剪梅　中秋無月

憶對中秋月桂叢，花在杯中，月在杯中。今宵樓上一尊同〔一〕。雲濕紗窗，雨濕紗窗。渾欲乘風問化工，路也難通，信也難通。滿堂惟有燭花紅〔二〕。杯且從容，歌且從容。

【箋注】

〔一〕一尊同，皇甫曾《過劉員外長卿別墅》詩：「江湖千里別，衰老一尊同。」蘇軾《與秦太虚參寥會於松江而關彦長徐安中適至分韻得風字二首》詩：「人笑年來三黜慣，天教我輩一尊同。」

〔二〕「滿堂」句，朱翌《喜雪》詩：「客坐暖浮茶乳白，夜堂春動燭花紅。」

又

記得同燒此夜香，人在回廊，月在回廊。而今獨自睚昏黄，行也思量，坐也思量。錦字都來三兩行〔一〕，千斷人腸，萬斷人腸。雁兒何處是仙鄉？來也悽惶，去也悽惶。

【箋注】

〔一〕「錦字」句，《晉書》卷九六《列女傳》：「竇滔妻蘇氏，始平人也。名蕙，字若蘭，善屬文。滔苻堅時爲秦州刺史，被徙流沙，蘇氏思之，織錦爲回文旋圖詩以贈滔，宛轉循環以讀之，詞甚悽惋，凡八百四十字。」都來，僅僅也。《稼軒詞編年箋注》釋作總共，亦可。

念奴嬌

和韓南澗載酒見過雪樓，觀雪①〔一〕

兔園舊賞，悵遺蹤，飛鳥千山都絶〔二〕。縞帶銀杯江上路，惟有南枝香別〔三〕。萬事新奇，青山一夜，對我頭先白〔四〕。倚巖千樹，玉龍飛上瓊闕〔五〕。莫惜霧鬢雲鬟②，試教騎鶴，去約尊前月。自與詩翁磨凍硯，看掃《幽蘭》新闋〔六〕。便擬明年③，人間揮汗，留取層冰潔④〔七〕。此君何事，晚來曾爲腰折⑤〔八〕？

【校】

①題，四卷本甲集「韓」字闕，此據廣信書院本。②「雲」，四卷本作「風」。③「明年」，四卷本闕此二字。④「取」，《六十名家詞》本作「斫」。⑤「曾爲」，四卷本作「還易」。

【箋注】

〔一〕雪樓，或即洪邁《稼軒記》中所謂「集山有樓」者。按：稼軒在帶湖，所居有伎山，如仙人舞袖形，故以伎山之名命樓爲集山，後來殆又改爲雪樓，雪樓之名遂盛於一時。韓元吉載酒雪樓觀雪，不知爲何時事，然必在淳熙十四年夏病歿之前，故次於淳熙十三年冬。

〔二〕「兔園」三句，兔園舊賞，《西京雜記》卷二：「梁孝王好營宮室苑囿之樂，作曜華之宮，築兔園。園中有百靈山，山有膚寸石、落猿巖、棲龍岫，又有雁池，池間有鶴洲、鳧渚，其諸宮觀相連延亘數十里，奇果異樹，瓌禽怪獸畢備。王日與宮人賓客弋釣其中。」《文選》卷一三謝惠連《雪賦》：「歲將暮，時既昏，寒風積，愁雲繁。梁王不悦，遊於兔園。乃置旨酒，命賓友，召鄒生，延枚叟。相如末至，居客之右。俄而微霰零，密雪下，王乃歌《北風》於《衛詩》，詠《南山》於《周雅》。」遺踪飛鳥千山都絶，柳宗元《江雪》詩：「千山鳥飛絶，萬徑人蹤滅。孤舟蓑笠翁，獨釣寒江雪。」

〔三〕「縞帶」二句，縞帶銀杯，韓愈《詠雪贈張籍》詩：「隨車翻縞帶，逐馬散銀杯。」南枝，《白孔六帖》卷九九《梅》：「南枝，大庾嶺上梅，南枝落，北枝開。」香別，謂別樣香也。

〔四〕「青山」二句，陳瓘《青玉案·雪》詞：「珠簾纔捲，美人驚報，一夜青山老。」劉禹錫《蘇州白舍人寄新詩有歎早白無兒之句因以贈之》詩：「雪裹高山頭白早，海中仙果子生遲。」餘參本書卷二《滿江紅·江行簡楊濟翁周顯先》詞（過眼溪山闋）箋注。

〔五〕玉龍，《耆舊續聞》卷六：「華山狂子張元，天聖間坐累終身，嘗作《雪》詩云：『七星仗劍攪天池，倒捲銀河落地機。戰退玉龍三百萬，斷鱗殘甲滿天飛。』」

〔六〕「看掃」句，《漢魏六朝百三家集》卷二司馬相如《美人賦》：「臣之東鄰，有一女子，雲髮豐豔，蛾眉皓齒。顔盛色茂，景曜光起。恒翹翹而西顧，欲留臣而共止。登垣而望臣，三年於茲矣。……臣排其户而造其堂，芳香芬烈，黼帳高張。有女獨處，婉然在牀。奇葩逸麗，淑質豔光。……遂設旨酒，進鳴琴，臣遂撫琴，爲《幽蘭白雪》之曲。女歌曰：『日獨處室兮廓無依，思佳人兮情傷悲。有美人兮來何遲，日既暮兮華色衰，敢託身兮長自私。』」杜甫《醉歌行》：「詞源倒流三峽水，筆陣獨掃千人軍。」《九家集注杜詩》卷一：「掃千人軍，謂筆之快利也。」

〔七〕「便拟」三句，言藏此冰雪以待明年揮汗時節也。蘇轍《詩集傳》卷八：「古者藏冰發冰以節陽氣之盛。陽氣之在天地，譬猶火之著於物也，故常有以解之。十二月陽氣藴伏，錮而未發，其盛在下，則納冰於地中，故曰日在北陸而藏冰。」北宋建隆二年置藏冰署，見《宋史》卷一〇三《禮志》六。其在民間亦然。《寶真齋法書贊》卷二二載蘇養直《與四僧簡帖》：「乳香、藏冰，併荷走寄，感怍何已。極暑，遂得飲冰一快，何喜如之！」《甕牖閑評》卷八則有藏雪之説：「自古藏冰，蓋有用也，見於《周禮》並《詩》。至本朝，始藏雪。唐高宗朝，方士明崇儼取以進，云自山陰得來，蓋是時未知藏雪也。今余鄉亦能藏雪，見説初無甚難，藏雪之處，其中亦可藏酒及柤梨橘柚諸果，久爲寒氣所浸，夏取出，光彩燦然如新，而酒尤香冽。余性喜食果，近得此方，可以娱老，若酒則非余所嗜也。」《楚辭·招魂》：「層冰峨峨，飛雪千里。」

〔八〕「此君」二句，此君謂竹。《世説新語·任誕》：「王子猷嘗暫寄人空宅住，便令種竹。或問：『暫住，何煩爾？』王嘯詠良久，直指竹曰：『何可一日無此君？』」晚來腰折，謂大雪壓竹，使之彎腰也。

中國古典文學基本叢書

辛棄疾詞編年箋注

下册

〔宋〕辛棄疾 著
辛更儒 箋注

中華書局

辛棄疾詞編年箋注卷八

按：本卷收詞共八十首。起慶元四年戊午（一一九八），迄慶元六年庚申（一二〇〇），寓居鉛山瓢泉期間所賦。

滿江紅 山居即事〔一〕

幾箇輕鷗，來點破一泓澄緑。更何處一雙鸂鶒，故來争浴〔二〕？細讀《離騷》還痛飲，飽看修竹何妨肉〔三〕。有飛泉日日供明珠，五千斛①〔四〕。　春雨滿，秧新穀。閑日永，眠黄犢。看雲連麥隴，雪堆蠶簇〔五〕。若要足時今足矣，以爲未足何時足〔六〕。被野老相扶入東園，枇杷熟〔七〕。

【校】

①「五」，四卷本丙集作「三」。此從廣信書院本。

【箋注】

〔一〕題，右詞書山居所見，當在慶元四年春間所賦者。以慶元三年春尚在止酒，而右詞已有「痛飲」句也。

〔二〕「幾箇」四句，點破澄緑，蘇軾《曉至巴口迎子由》詩：「孤舟如鳧鷖，點破千頃碧。」故來争浴，杜甫《春水》詩：「已添無數鳥，争浴故相喧。」鸂鶒，《古今韻會舉要》卷四：「鸂，鸂鶒，水鳥。

《埤雅》作溪鵜云。五色，尾如船柂，小於鴉，性食短狐。在山澤中，無復毒氣。淮賦云：『溪鵜尋邪而逐害，其宿若有敕令，故謂溪鳥，俗作鸂鶒。』」

〔三〕「細讀」二句，細讀《離騷》還痛飲，《世説新語·任誕》：「王孝伯言：『名士不必須奇才，但使常得無事，痛飲酒，熟讀《離騷》，便可稱名士。』」飽看修竹何妨肉，蘇軾《於潛僧緑筠軒》詩：「可使食無肉，不可居無竹。無肉令人瘦，無竹令人俗。」

〔四〕「有飛」二句，周紫芝《念奴嬌·秋月》詞：「此地人間何處有，難買明珠千斛。」此飛泉當指瓢泉。

〔五〕「看雲」二句，雲連麥隴，宋祁《過摩訶池二首》詩：「池邊不見帛闌船，麥隴連雲樹繞天。」蠶簇，供蠶作繭之具。王禎《農書》卷二〇：「簇，用蒿梢叢柴苫席等也。凡作簇，先立簇心，用長椽五莖，上撮一處繫定，外以蘆箔繳合，是爲簇心。仍周圍勻豎蒿梢布。」梅堯臣有《蠶簇》詩：「冰蠶三眠休，作繭當具簇。漢北取蓬蒿，江南藉茅竹。蒿疏無鬱浥，竹净亦森束。競畏風雨寒，露置未如屋。」

〔六〕「若要」二句，《三國志·魏書》卷二七《王昶傳》：「其爲兄子及子作名字，皆依謙實，以見其意。……遂書戒之：『……夫富貴聲名，人情所樂，而君子或得而不處，何也？惡不由其道耳。患人知進而不知退，知欲而不知足，故有困辱之累，悔吝之咎。語曰：如不知足，則失所欲。故知足之足，常足矣。』」白居易《知足吟》：「自問此時心，不足何時足。」《類説》卷四七

《遯齋閑覽·詩人以棄官爲高》條：「詩人類以棄官歸隱爲高。……王易簡公：『青山得去且歸去，官職有來還自來。』是豈能忘情於軒冕耶？嘗於壁間見人題云：『謀身待足何時足，未老得閑方是閑。』與所謂『一日觀除目，三年損道心』異矣。」

〔七〕枇杷熟，鄧深《仲春即事》詩：「嘲弄春晴禽鬥語，揄揚風色柳摇絲。麥苗含穗枇杷熟，却似江南四月時。」

又

壽趙茂嘉郎中。前章記兼濟倉事①〔一〕

我對君侯，怪長見兩眉陰德②。還夢見玉皇金闕③，姓名仙籍〔二〕。舊歲炊煙渾欲斷，被公扶起千人活〔三〕。算胸中除却五車書〔四〕，都無物。山左右，溪南北④；花遠近，雲朝夕。看風流杖屨，蒼髯如戟〔五〕。種柳已成陶令宅，散花更滿維摩室〔六〕。勸人間且住五千年，如金石〔七〕。

【校】

①題，四卷本丁集作「呈茂中，前章記廣濟倉事」，此從廣信書院本。②「怪長」，四卷本作「長怪」。③「還夢」句，四卷本「還夢見」作「更長夢」。《六十名家詞》本「皇」作「堂」。④「山左」二句，四卷本作「溪左右，山南北」。

【箋注】

〔一〕題，趙茂嘉郎中，〔嘉靖〕《鉛山縣志》卷一一：「趙不遏字茂嘉，宋宗室之子。仕至直華文閣。

嘗慕黄兼濟平糴之説，立兼濟倉於邑之天王寺左，州上其事，除直秘閣以旌之。」同書卷七又引徐元傑《羣賢堂贊》：「嘉遁趙公，公名不遏，字茂中。自幼有聲能文。登進士第，初爲清湘令，請以所增之秩封其母，孝廟褒而從之。居鄉無異韋布，不恃氣陵物，不屑意貨殖，訓子弟以禮法，勿撓寓邑。置兼濟倉，冬糴夏糶，糶直損於糴時。閭里德之，繪像勒石祠焉。慶元間，州狀其事於上，詔除直秘閣，以示旌異，繼升華文。年八十餘終於家。贊曰：孝之與誼，惟公獨全。燦燦褕霞，續續炊煙。賀白之文，間平之賢。天錫以壽，嘉遁丘園。」此《傳贊》又見《楳埜集》卷一一，文字以集所載校之。〔雍正〕《江西通志》卷五〇：「隆興元年癸未木待問榜，趙不遏，鉛山人，直華文閣。」按：《縣志》謂趙不遏字茂嘉，而徐元傑《傳贊》謂其字茂中。《宋會要輯稿・儀制》一〇之三七：「乾道二年三月九日，左從政郎趙不遁以進士舉出身，合轉兩官，乞以一官回授所生母尚氏，特依。」而《南軒集》卷三四《跋趙不遁壽昌堂記》：「不遁請以所遷官封其母，上方篤孝愛以錫天下，登聞賜可，是足爲人子之榮矣。」周必大《益國文忠公集》卷六〇《筠州判官廳記》：「官廨在麗樵内，蓋尚書郎趙不遁茂中營造於紹興之庚午，踰五十年敝。」此記爲嘉泰四年二月所作。據此，知趙不遏登第時名不遁，字茂中，後改名，並字亦易矣，遂以嘉遁爲號。趙不遏退歸鉛山之前仕歷，《淳熙嚴州圖經》卷一《知州題名》：「趙不遏，紹熙四年二月初五日權知，五年六月初七日江西提刑。」《攻媿集》卷三九有《趙不遏江西提舉制》。其何時還鉛山無考，當在慶元初。其建兼濟倉事，〔同治〕《鉛山縣志》卷八：「兼濟倉在天王寺之左，直華文閣趙不遏所立。初慕兼濟平糴之意，以穀賤時糴，至明年穀貴，損價以出糴。淳熙十五年米始百斛，歲時增益，後至千斛。意欲自少至多，自近及遠，不爲立額。鄉人德之，慶元五年，狀其事於州，州以聞，詔除直秘閣，以慰父老德之之心。」《永樂大典》卷七五一四倉字韻引《廣信府永平志》趙不遏《兼濟倉文》：「夫兼濟倉者，因張乖崖垂警之言，慕黄兼濟平糴之意。肆爲此舉，初無妄心。始謀粗用於餘糧，逐歲遞增於百斛。從微至著，自邇及遐。庶窮民無艱食之憂，同此身有一飽之樂。大爲編秩，永紀章程。高厚實鑑於本情，毫髮靡容於失度。」據〔同治〕《鉛山縣志》卷一，天王寺在縣北一里。右詞稱趙爲郎中，未及其直秘閣事，知尚在慶元四年。

〔二〕「還夢」二句，《太平廣記》卷一《木公》條引《仙傳拾遺》：「木公亦云東王父，亦云東王公，蓋青陽之元氣，百物之先也。冠三維之冠，服九色雲霞之服，亦號玉皇君，居於雲房之間，以紫雲爲蓋，青雲爲城，仙童侍立，玉女散香。真僚仙官巨億萬計，各有所職，皆禀其命，而朝奉翼衛。故男女得道者，名籍所隸焉。」曹唐《小遊仙詩九十八首》：「外人欲壓長生籍，拜請飛瓊報玉皇。」

〔三〕「舊歲」二句，據《宋史》卷三七《寧宗紀》一，慶元二年三年連遇旱災，慶元二年五月，三年四月，皆以旱禱於天地宗廟社稷。而慶元四年正月，詔有司寬恤兩浙、江淮、荆湖、四川流民。可知「舊歲」云云，乃寫實也。千人活，《漢書》卷九八《元后傳》：「賀字翁孺，爲武帝繡衣御史，逐捕魏郡羣盜堅盧等。黨與及吏畏懦逗遛當坐者，翁孺皆縱不誅。它部御史暴勝之等，奏殺二千石，誅千石以下及通行飲食坐連及者大部，至斬萬餘人。……翁孺以奉使不稱免，歎曰：『吾聞活千人有封子孫，吾所活者萬餘人，後世其興乎？』」

〔四〕五車書，見本書卷二《水調歌頭·和趙景明知縣韻》詞（官事未易了闋）箋注。

〔五〕「看風」二句，風流杖屨，釋道潛《喜不羣不疑見訪》詩：「山中爽氣知多少，半逐風流杖屨來。」蒼髯如戟，見本書卷四《滿江紅·送信守鄭舜舉被召》詞（湖海平生闋）箋注。

〔六〕「種柳」二句，種柳陶令宅，《陶淵明集》卷五《五柳先生傳》：「先生不知何許人也，亦不詳其姓字，宅邊有五柳樹，因以爲號焉。」此喻趙不遏之宅。散花維摩室，見本書卷五《江神子·聞蟬蛙戲作》詞（簟鋪湘竹帳籠沙闋）箋注。

〔七〕「勸人」二句，五千年，《雲笈七籤》卷七五《神仙鍊服雲母秘訣序》：「色青白多黑，名雲母，宜以冬服之，身輕，入火不灼，增壽五千年。」如金石，《古詩十九首》：「人生非金石，豈能長壽考。」白居易《寄楊六》詩：「唯君於我分，堅久如金石。」

南鄉子

慶前岡周氏旌表①〔一〕

無處着春光②，天上飛來詔十行〔二〕。父老歡呼童穉舞，前岡③，千載周家孝義鄉。　草木盡芬芳，更覺溪頭水也香。我道烏頭門側畔，諸郎，準備他年晝錦堂〔三〕。

【校】

①題，四卷本丙集「前岡」二字闕，此從廣信書院本。②「春」，廣信書院本原作「風」，此據四卷本改。③「岡」，四卷本作「江」。

【箋注】

〔一〕題，〔乾隆〕《鉛山縣志》卷七《士行》：「周欽若字彦恭，累世業儒。初有聲三舍間，不就禄仕，積書教子。欽若始願欲其伯仲同居而不異籍，自以身在季不得專，切以爲恨。逮病亟，索紙筆書字戒其四子曰：『吾平日教汝讀書，固不專於利禄，欲汝等知義以興薄俗爾。我病不瘳，汝等盡孝以事母，當以義協居，勿有異志。居舍雖小不足恥，田園雖寡不足慮，不能尊我訓是謂不孝也。不孝不忠，非吾子孫也。』卒後其妻虞氏守義如夫言。子曰藻曰芸曰苾曰芾，亦皆能孝如母言，守遺命同居。至慶元改元，三世矣。四年，州以狀聞，都司奏旌表門閭，長吏致禮，免本家差役，依初品官限田法，詔從之。」以上所記，大半皆出韓元吉《鉛山周氏義居記》，韓記作於淳熙十三年二月。《縣志》「至慶元改元」以下，則所作補充者。據此並參右詞，知宋廷旌表，爲慶元四年春間事。

〔二〕「無處」二句，無處着春光，曹勛《題家園海棠小亭壁》詩：「萬點勻紅上海棠，小亭無處着春光。」天上飛來詔十行，韓愈《憶昨行和張十一》詩：「踐蛇茹蠱不擇死，忽有飛詔從天來。」蘇軾《次韻張昌言喜雨》詩：「遥聞争誦十行詔，無異親巡六尺輿。」

〔三〕「我道」三句，烏頭門，李誡《營造法式》卷二《烏頭門》條：「《唐六典》：『六品以上，仍通用烏頭大門。』唐上官儀《投壺經》：『第一箭入，謂之初箭，再入，謂之烏頭。』取門雙表之義。」同書卷六載：「烏頭門，其名有三，一曰烏頭大門，二曰表楬，三曰閥閲。今呼爲櫺星門。」《演繁録》卷一〇《旌表門閭》條：「石晉天福二年閏七月壬申，尚書户部奏李自倫義居七世，準敕旌表門閭。先有登州義門王仲昭，六代同居，其旌表有廳事步欄，前列屏，樹烏頭正門，閥閲一丈二尺，二柱相去一丈，柱端安瓦桶墨染，號爲烏頭，築雙闕一丈，在烏頭之南三丈七尺，夾街十有五步，槐柳成列。今舉此爲例，則令式不該。詔王仲昭正廳烏頭門等事不載令文，又無敕命，既非故事，難瀆大倫，宜從令式，只表門閭於李自倫所居之前。」晝錦堂，《明一統志》卷二八《彰德府》：「晝錦堂，在府治北。宋韓琦以宰相判鄉郡，建於居第。歐陽修記，蔡襄書，碑刻尚存琦第。」晝錦喻富貴歸故鄉，如衣錦晝行也。

鷓鴣天

睡起即事〔一〕

水荇參差動緑波，一池蛇影噤羣蛙〔二〕。因風野鶴饑猶舞，積雨山梔病不花〔三〕。　名利處，戰争多，門前蠻觸日干戈〔四〕。不知更有槐安國，夢覺南柯日未斜〔五〕。

【箋注】

〔一〕題，以下爲《鷓鴣天》詞六首。《稼軒詞編年箋注》增訂本此六詞後有編年云：「右《鷓鴣天》詞六首，詳詞意當均作於『慶元黨禁』時期，故匯録於此。韓侂胄於慶元元年貶逐趙汝愚之後，復於以後三四年間設置僞學籍，申嚴僞學之禁。稼軒於家居之際亦復爲言路彈擊。稼軒既反對韓黨之專擅，於黨争亦不能超然忘懷，故此數詞譏評時政，語多憤切。」此數語爲余當時所補寫，今猶以爲大旨無誤，故再録於慶元四年。

〔二〕「水荇」二句，水荇參差，《詩・周南・關雎》：「參差荇菜，左右流之。」陸璣《詩疏廣要》卷上之上《參差荇菜》條：「荇，一名接余。白莖，葉紫赤色。正圓，徑寸餘，浮在水上，根在水底，與水深淺等，大如釵股，上青下白，鬻其白莖，以苦酒浸之，肥美可案酒。……鄭注：『今水荇也，蔓鋪水上。』」一池蛇影，即所謂新開池中之水荇，參差如蛇影，使池中羣蛙噤聲不鳴。

〔三〕山梔，《嘉泰會稽志》卷一七：「梔子諸花，少六出者，惟梔子花六出。陶貞白言：『梔子翦花六出，刻房七道，芬香特甚。相傳即西域薝蔔也。』今會稽有二種，一曰山梔，生山谷中，花瘦長，香尤奇絶。」

〔四〕「門前」句，蠻觸，見本書卷七《玉樓春・隱湖戲作》詞（客來底事逢迎晚闋）箋注。

〔五〕「不知」二句，見本書卷六《水調歌頭・題永豐楊少游提點一枝堂》詞（萬事幾時足闋）箋注。

又

自古高人最可嗟，只因疏嬾取名多〔一〕。居山一似庚桑楚，種樹真成郭橐駝〔二〕。　雲子飯，水精瓜①〔三〕，林間攜客更烹茶。君歸休矣吾忙甚，要看蜂兒趁晚衙②〔四〕。

【校】

①「子」，文淵閣本《四庫全書》之《稼軒詞》作「母」。「精」，四卷本丙集作「晶」。此從廣信書院本。②「趁晚」，廣信書院本原作「晚趁」，此據四卷本改。

【箋注】

〔一〕「自古」二句，最可嗟，羅隱《臺城》詩：「潮平遠岸草侵沙，東晉衰來最可嗟。」疏嬾取名多，杜甫《寄張十二山人彪三十韻》詩：「疏嬾爲名誤，驅馳喪我真。」

〔二〕「居山」二句，居山似庚桑楚，《莊子·庚桑楚》：「老聃之役，有庚桑楚者，偏得老聃之道，以北居畏壘之山，其臣之畫然知者去之，其妾之挈然仁者遠之，擁腫之與居，鞅掌之爲使。居三年，畏壘大壤。畏壘之民相與言曰：『庚桑子之始來，吾洒然異之。今吾日計之而不足，歲計之而有餘，庶幾其聖人乎？子胡不相與尸而祝之，社而稷之乎？』」種樹成郭橐駝，柳宗元《河東集》卷一七《種樹郭橐駝傳》：「郭橐駝，不知始何名。病瘻，隆然伏行，有類橐駝者，故鄉人號之駝。駝聞之曰：『甚善，名我固當。』因捨其名，亦自謂橐駝云。其鄉曰豐樂鄉，在長安西。駝業種樹，凡長安豪富人，爲觀遊及賣果者，皆爭迎取養，視駝所種樹，或移徙，無不活，且碩茂蚤實以蕃。他植者雖窺伺傚慕，莫能如也。有問之，對曰：『橐駝非能使木壽且孳也，以能順木之天，以致其性焉爾。』」

〔三〕「雲子」二句，杜甫《與鄠縣源大少府宴渼陂》詩：「應爲西陂好，金錢罄一餐。飯抄雲子白，瓜嚼水精寒。」

〔四〕「君歸」二句，君歸休，見本書卷三《醜奴兒》詞（此生自斷天休問闋）箋注。蜂兒趁晚衙，《埤雅》卷一〇《蜂》條：「蜂有兩衙應潮。其主之所在，衆蜂爲之旋繞如衛，誅罰徵令絶嚴，有君臣之義。」趁晚衙，謂衆蜂晚歸巢景象。

又

有感

出處從來自不齊，後車方載太公歸〔一〕。誰知寂寞空山裏①，却有高人賦采薇②〔二〕。

黄菊嫩，晚香枝，一般同是采花時。蜂兒辛苦多官府，蝴蝶花間自在飛〔三〕。

【校】

①「寂寞空山裏」，四卷本丁集作「孤竹夷齊子」，此從廣信書院本。②「却有高人」，四卷本作「正向空山」。

【箋注】

〔一〕「出處」二句，出處從來自不齊，蘇軾《送歐陽主簿赴官韋城四首》詩：「出處年來恨不齊，一尊臨水記分攜。」後車方載太公歸，《史記》卷三二《齊太公世家》：「太公望吕尚者，東海上人。……本姓姜氏，從其封姓，故曰吕尚。吕尚蓋嘗窮困年老矣，以魚釣奸周西伯。……周西伯獵，果遇太公於渭之陽，與語大説，曰：『自吾先君太公曰：當有聖人適周，周以興。子真是邪？吾太公望子久矣。』故號之曰太公望，載與俱歸，立爲師。」《詩·小雅·緜蠻》：「命彼後車，謂之載之。」《吕氏春秋·舉難》：「甯戚欲干齊桓公。……桓公聞之，撫其僕之手曰：『異哉之歌者，非常人也。』命後車載之。」

〔二〕「誰知」二句，寂寞空山，《江南餘載》卷下：「開寶末，長老法倫夢金陵兵火四起，有書生朗吟曰：『東上波流西上船，桃源未必有真仙。干戈滿目家何在，寂寞空山聞杜鵑。』」賦采薇，《史記》卷六一《伯夷列傳》：「伯夷、叔齊，孤竹君之二子也。……武王已平殷亂，天下宗周。而伯夷、叔齊恥之，義不食周粟，隱於首陽山，采薇而食之。及餓且死，作歌，其辭曰：『登彼西山兮，采其薇矣。以暴易暴兮，不知其非矣。神農、虞、夏忽焉没兮，我安適歸矣。於嗟徂兮，命之衰矣。』遂餓死於首陽山。」

〔三〕「蝴蝶」句，陳鵠《耆舊續聞》卷七載其嘉定十三年庚辰縉雲令林毅夫《贈英華詩集》一編，謂英華姓李，元豐間女子，其警句有《春日述懷二絶》云：「園林簇簇日暉暉，白蝶黄蜂自在飛。公子醉眠芳草岸，柳花片片點春衣。」

又

讀淵明詩不能去手，戲作小詞以送之

晚歲躬耕不怨貧，隻雞斗酒聚比鄰〔一〕。都無晉宋之間事，自是羲皇以上人〔二〕。千載後，百篇存，更無一字不清真〔三〕。若教王謝諸郎在，未抵柴桑陌上塵〔四〕。

【箋注】

〔一〕「晚歲」二句，躬耕不怨貧，陶潛《庚戌歲九月中於西田穫早稻》詩：「人生歸有道，衣食固其端。孰是都不營，而以求自安。開春理常業，歲功聊可觀。晨出肆微勤，日入負耒還。山中饒霜露，風氣亦先寒。田家豈不苦，弗獲辭此難。四體誠乃疲，庶無異患干。盥濯息簷下，斗酒散襟顏。遥遥沮溺心，千載乃相關。但願長如此，躬耕非所歎。」《癸卯歲始春懷古田舍二首》詩：「先師有遺訓，憂道不憂貧。」隻雞斗酒聚比鄰，陶潛《歸園田居六首》詩：「漉我新熟酒，隻雞招近局。」《雜詩十二首》：「得歡當作樂，斗酒聚比鄰。」《陶淵明集》卷首載蕭統《集序》有言：「有疑陶淵明詩篇篇有酒，吾觀其意不在酒，亦寄酒爲跡者也。……語時事則指而可想，論懷抱則曠而且真，加以貞志不休，安道苦節，不以躬耕爲恥，不以無財爲病，自非大賢篤志，與道汙隆，孰能如此乎？」

〔二〕「都無」二句，《稼軒詞編年箋注》釋此二句有云：「『都無』當作『倘無』解。陶淵明生於東晉末年，卒於劉宋初年。其時内多篡弑之禍，而北方則先後分處於十六國統治下。淵明《與子儼等疏》雖云『五六月中北窗下卧，遇涼風暫至，自謂是羲皇上人』，然於《擬古》詩中有『饑食首陽薇，渴飲易水流』句，於《讀山海經》十三首中有『精衛銜微木，將以填滄海』句，皆寓有憤世之意。蓋晉宋之間既世局多故，亦殊不能全然與世相忘。故稼軒作此設詞，以爲若無晉宋之間事，則彼自是羲皇以上人耳。」所釋詞意甚確，然都無二字，釋爲疑問詞倘無，僅於此可通。蓋都無即全無，陶淵明並無晉、宋易代之事横亘在心，故可謂之羲皇以上人也。若用反詰語，謂其不能不關心世局，亦可也。本書卷九另有《鷓鴣天·和趙晉臣敷文韻》詞，前二句即謂「緑鬢都無白髮侵，醉時拈筆越精神」，可與此同，其餘都無皆應作全無解也。

〔三〕「千載」三句，千載後，百篇存，《陶淵明集》存詩一百二十篇。清真，蘇軾《和飲酒二十首》詩：「道喪士失己，出語輒不情。江左風流人，醉中亦求名。淵明獨清真，談笑得此生。身如受風竹，掩冉衆葉驚。俯仰各有態，得酒詩自成。」

〔四〕「若教」二句，王謝諸郎，《南齊書》卷三三《王僧虔傳》：「此是烏衣諸郎坐處，我亦可試爲耳。」《景定建康志》卷一六：「烏衣巷在秦淮南，晉南渡，王謝諸名族居此，時謂其子弟爲烏衣諸郎。」《古今合璧事類備要》前集卷二六《王謝諸郎》條：「晉宋時，江左謂王謝子弟爲烏衣諸郎。」柴桑陌上塵，柴桑爲陶潛居地。《獨醒雜志》卷四：「江州德化縣楚城鄉，乃陶淵明所居之地也。詩中所謂柴桑者，宣和初，部刺史即其地立陶淵明祠。」陶潛《雜詩十二首》：「人生無根蔕，飄如陌上塵。」蘇軾《和歸田園居六首》詩：「昔我在廣陵，悵望柴桑陌。」

又

髮底青青無限春，落紅飛雪謾紛紛①〔一〕。黄花也伴秋光老，何似尊前見在身〔二〕？

書萬卷，筆如神〔三〕，眼看同輩上青雲〔四〕。箇中不許兒童會〔五〕，只恐功名更逼人②。

【校】

①「落」,《六十名家詞》本作「殘」,此從廣信書院本。②「逼」,《六十名家詞》本作「過」。

【箋注】

〔一〕「髮底」二句,無限春,盧仝《人日立春》詩:「春度春歸無限春,今朝方始覺成人。」謾紛紛,王珪《王樟挽章恬齋》詩:「百年公論定,往事謾紛紛。」謾,同漫。

〔二〕何似尊前見在身,見本書卷五《沁園春·戊申歲奏邸忽騰報謂余以病掛冠因賦此》詞(老子平生閱)箋注。何似,何如。

〔三〕「書萬」二句,杜甫《奉贈韋左丞丈二十二韻》詩:「讀書破萬卷,下筆如有神。」

〔四〕「眼看」句,張元幹《隴頭泉》詞:「少年時壯懷,誰與重論?……百鎰黄金,一雙白璧,坐看同輩上青雲。」

〔五〕兒童會,此會爲會意也。

又

不寐〔一〕

老病那堪歲月侵,霎時光景值千金〔二〕。一生不負溪山債,百藥難治書史淫①〔三〕。隨巧拙,任浮沉,人無同處面如心〔四〕。不妨舊事從頭記,要寫行藏入《笑林》〔五〕。

【校】

①「治」，王詔校刊本、《六十名家詞》本作「醫」，此從廣信書院本。

【箋注】

〔一〕題，此詞題爲不寐，殆長夜不眠，以抒再仕再歸幽憤之作，非寫不寐之意也。

〔二〕「老病」二句，歲月侵，宋祁《將道洛先寄太師文相公》詩：「兩鬢蓬飛歲月侵，牧還秘殿上恩深。」王安石《寄陳宣叔》詩：「忽驚歲月侵雙鬢，却喜山川共一杯。」光景值千金，蘇軾《春夜》詩：「春宵一刻值千金，花有清香月有陰。」

〔三〕書史淫，《晉書》卷五一《皇甫謐傳》：「居貧，躬自稼穡，帶經而農，遂博綜典籍百家之言，沉静寡欲。始有高尚之志，以著述爲務，自號玄晏先生。……耽翫典籍，忘寢與食，時人謂之書淫。」

〔四〕「人無」句，《左傳·襄公三十一年》：「子產曰：『人心之不同，如其面焉，吾豈敢謂子面如吾面乎？』」

〔五〕《笑林》，《隋書》卷三四《經籍志》三：「《笑林》三卷，後漢給事中邯鄲淳撰。」劉知幾《史通》卷八《書事》：「自魏、晉已降，著述多門。《語林》、《笑林》、《世説》、《俗説》，皆喜載啁譃小辨，嗤鄙異聞，雖爲有識所譏，頗爲無知所悦，而斯風一扇，國史多同。」

又

戊午拜復職奉祠之命〔一〕

老退何曾説着官？今朝放罪上恩寬。便支香火真祠俸，更綴文書舊殿班〔二〕。扶病腳，洗衰顔，快從老病借衣冠。此身忘世渾容易，使世相忘却自難。

【箋注】

〔一〕題，戊午即慶元四年。復職奉祠，稼軒於紹熙五年秋七月罷知福州。以集英殿修撰主管建寧府武夷山沖佑觀。同年九月，以御史中丞謝深甫論列，降充秘閣修撰。慶元元年十月，又以御史中丞何澹論列，落職。二年九月，又罷武夷山沖佑觀宫觀。至慶元四年之後，始因慶元三年十二月公布逆黨僞學籍，稼軒以非趙、朱一黨，未嘗在籍，故予復職奉祠。所復之職即詞中所及之集英殿修撰，而所奉之祠亦必武夷山沖佑觀也。

〔二〕「便支」二句，香火真祠俸，王安石《北山有懷》詩：「香火因緣寄北山，主恩投老更人間。」李壁《王荆公詩注》卷四二：「香火，謂領真祠。」更綴文書舊殿班，謂文書有貼職可書舊銜。綴，拾也。

賀新郎

題趙兼善龍圖東山園小魯亭①〔一〕

下馬東山路。恍臨風周情孔思〔二〕，悠然千古。寂寞東家丘何在？縹緲危亭小魯〔三〕。試重上巖巖高處〔四〕。更憶公歸西悲日，正濛濛陌上多零雨〔五〕。嗟費却，幾章句。　謝公雅志還成趣②。記風流中年懷抱，長攜歌舞。政爾良難君臣事，晚聽秦箏聲苦〔六〕。快滿眼松篁千畝。把似未垂功名淚，算何如且作溪山主〔七〕。雙白鳥，又飛去〔八〕！

【校】

①題，四卷本丁集「龍圖」二字闕，此從廣信書院本。另，廣信書院本「園」字亦闕，據四卷本補。②「公」，四卷本作「安」。

【箋注】

〔一〕題，趙兼善龍圖，即趙達夫。本書卷五《虞美人·送趙達夫》詞（一杯莫落他人後闋）有箋注。箋注引《絜齋集》卷一八《運判龍圖趙公墓志銘》至「直秘閣福建轉運判官。告老，進直敷文閣，與祠。再告老，陞龍圖閣致其事」而止，其間事歷及告老以後事歷，今再引如下：「通判湖州，守臨汀、嘉禾、吴興三郡，奉祠，起知道州，辭不赴。仍賦祠禄，擢提舉淮東常平茶鹽公事，直秘閣福建轉運判官。告老，進直敷文閣與祠，再告老。……守吴興時，忤時宰之親，遄歸故里，結亭二十有五。放懷巖壑，若將終身。彊而後起，名流多稱慕之。而誠齋楊公，知之最真，有契於心。爾時權姦妄開邊隙，公深言其不然，雖拂其意不恤也。非輕視軒冕，其能爾乎？有樓曰一經，有館曰東塾。子孫滿前，課以學業。……筋力尚彊，謝事而歸，優游自適者，十有三年，人生真樂，何以尚此？嘉定十一年正月丁亥終於正寢，享年八十有五。」據考，趙達夫紹熙四年九月罷知湖州，見〔同治〕《湖州志》卷五。其復起提舉淮東、任福建運判皆在嘉泰以後，至開禧元年再次奉祠歸鉛山直至其去世。因知慶元之六年間趙達夫始終家居於鉛山。右詞既作年無考，故相宜次於慶元四年間。東山，〔乾隆〕《鉛山縣志》卷一：「東山，在縣東三里。翠微間有亭，紹熙五年縣尹蘇堅題曰儁遊。宋春陵守趙充夫治其地爲東園。」《趙公墓志銘》：「宜人孟氏，先公十有五年卒，葬於鉛山縣鵝湖鄉之東山。……諸孤奉其喪，合葬於宜人之墓。」

〔二〕「恍臨」句，《楚辭·九歌·少司命》：「望美人兮未來，臨風怳兮浩歌。」《沈約集·郊居賦》：「揚玉桴，握椒糈，恍臨風以浩唱，折瓊茅而延佇。」恍，失意也。《昌黎集》李漢序：「日光玉潔，周情孔思，千態萬貌。」按：所謂「周情孔思」，蓋賦東山園而思周公、孔子也。《詩·豳風·東山》序：「東山，周公東征也。周公東征，三年而歸，勞歸士大夫美之，故作是詩也。」《孟子·盡心上》：「孟子曰：『孔子登東山而小魯，登太山而小天下。』」

〔三〕「寂寞」二句，東家丘，《三國志·魏書》卷一一《邴原傳》注引原别傳：「及長，金玉其行。欲遠游學，詣安丘孫崧，崧辭曰：『君鄉里鄭君，君知之乎？』原答曰：『然。』崧曰：『鄭君學覽古今，博文彊識，鈎深致遠，誠學者之師模也。君乃舍之，躡屣千里，所謂以鄭爲東家丘者也。君似不知，而曰然者何？』原曰：『先生之説誠可謂苦藥良鍼矣，然猶未達僕之微趣也。人各有志，所規不同。故乃有登山而採玉者，有入海而採珠者，豈可謂登山者不知海之深，入海者不知山之高哉？君謂僕以鄭爲東家丘，君以僕爲西家愚夫邪？』崧辭謝焉。」《六臣注文選》卷四一陳琳《爲曹洪與魏文帝書》「乃輕其家丘」句下引張銑注：「魯人不識孔丘聖人，乃云：『我東家丘者，吾知之矣。』言輕孔丘也。」《稼軒詞編年箋注》謂《孔子家語》有此事，其書實無記載。縹緲危亭，葉夢得《點絳唇·紹興乙卯登絶頂水亭》詞：「縹緲危亭，笑談獨在千峰上。」

〔四〕巖巖高處，《詩·魯頌·閟宫》：「泰山巖巖，魯邦所詹。」

〔五〕「更憶」二句，《詩·豳風·東山》：「我徂東山，慆慆不歸。我來自東，零雨其濛。我東曰歸，我心西悲。」《箋》：「我心則念西而悲。」

〔六〕「謝公」五句，《世説新語·排調》：「謝公在東山，朝命屢降而不動。後出爲桓宣武司馬，將發新亭，朝士咸出瞻送。高靈時爲中丞，亦往相祖。先時多少飲酒，因倚如醉。戲曰：『卿屢違朝旨，高卧東山，諸人每相與言：安石不肯出，將如蒼生何？今亦蒼生將如卿何？』謝笑而不答。」餘參本書卷一《念奴嬌·登建康賞心亭呈史留守致道》詞（我來弔古闋）。中年懷抱，見本書卷二《水調歌頭·淳熙己亥自湖北漕移湖南周總領王漕趙守置酒南樓席上留別》詞（折盡武昌柳闋）箋注。政爾良難，亦見《念奴嬌·登建康賞心亭呈史留守致道》詞（我來弔古闋）箋注。黄庭堅《戲答俞清老道人寒夜三首》詩：「有人夢超俗，去髮脱儒冠。平明視清鏡，政爾良獨難。」秦箏聲苦，岑參《秦箏歌送外甥蕭正歸京》詩：「汝不聞秦箏聲最苦，五色纏絃十三柱。」

〔七〕「把似」二句，把似，與其，假如。算，蓋。溪山主，蘇轍《送文與可知湖州》詩：「連持梁洋印，久作溪山主。」

〔八〕「雙白」二句，《湘山野録》卷中：「輻入洛應書，果中選於甲科第二。方得意，狂放不還。攜一女僕曰青箱，所在疏縱。過華州之蒲城，其宰仍故人，亦醞藉之士，延留久之。一夕，盛暑追涼於縣樓，痛飲而寢，青箱侍之。是夕夢其妻出一詩，爲示怨頗深。詩曰：『楚水平如練，雙雙白鳥飛。』」張嵲《詠水上雙白鳥》詩：「夜雨山水清，朝暉浄崖壁。飛來雙白鳥，未省平生識。」題下自注：「如鵝大，古人謂之白雁。」

沁園春

和吴子似縣尉①〔一〕

我見君來，頓覺吾廬，溪山美哉！悵平生肝膽，都成楚越；只今膠漆，誰是陳雷〔二〕？搔首踟躕，愛而不見，要得詩來渴望梅〔三〕。還知否？快清風入手②〔四〕，日看千回。直須抖擻塵埃。人怪我柴門今始開〔五〕。向松間乍可，從他喝道；庭中切莫，踏破蒼苔〔六〕。豈有文章，謾勞車馬，待唤青芻白飯來〔七〕。君非我，任功名意氣，莫恁徘徊〔八〕。

【校】

①題，四卷本作「和吴尉子似」，此從廣信書院本。②「快」，《六十名家詞》本作「怯」。

【箋注】

〔一〕題，吴子似縣尉，〔同治〕《饒州府志》卷一八《儒林》：「吴紹古，字子嗣，安仁人，陸象山門人。官承直郎、茶鹽幹辦。」〔乾隆〕《鉛山縣志》卷五《名宦》：「吴紹古字子嗣，鄱陽人。慶元五年任鉛山尉，多所建白。有史才，纂《永平志》，條分類舉，先民故實搜羅殆盡。建居養院以濟窮民及旅處之有疾阨者。」卷九《藝文》載趙蕃《劉之道祠記》：「鄱陽吴紹古子嗣來之明年，因諸生請，白於其長而復於學，涓良酎清，告成如禮。慶元五年也。」據此，知吴子似任鉛山縣尉，始於慶元四年，迄慶元六年。本卷《浪淘沙·送吴子似縣尉》詞（金玉舊情懷闋）有「來歲菊花開」語，以此推考，則其慶元四年來任，至六年九月任滿。而右詞應即其任縣尉之後來訪時所賦。

〔二〕「悵平」四句，肝膽都成楚越，《莊子·德充符》：「仲尼曰：『死生亦大矣，而不得與之變。雖天地覆墜，亦將不與之遺，審乎無假，而不與物遷。命物之化，而守其宗也。』常季曰：『何謂也？』仲尼曰：『自其異者視之，肝膽楚越也。自其同者視之，萬物皆一也。』」膠漆陳雷，《後漢書》卷一一一《獨行傳》：「陳重字景公，豫章宜春人也。少與同郡雷義爲友，俱學魯《詩》、顔氏《春秋》。太守張雲舉重孝廉，重以讓義，前後十餘通記，雲不聽。……雷義字仲公，豫章鄱陽人也。初爲郡功曹，嘗擢舉善人，不伐其功。……舉茂才，讓於陳重。刺史不聽。義遂佯狂被髮，走不應命。鄉里爲之語曰：『膠漆自謂堅，不如雷與陳。』三府同時俱辟二人，義遂爲守灌謁者。」

〔三〕「搔首」三句，搔首踟躕，愛而不見，《詩·邶風·静女》：「静女其姝，俟我於城隅。愛而不見，搔首踟躕。」望梅，《世説新語·假譎》：「魏武行役，失汲道，軍皆渴。乃令曰：『前有大梅林，饒子，甘酸可以解渴。』士卒聞之，口皆出水，乘此得及前源。」

〔四〕清風入手，蘇軾《袁公濟和劉景文登介亭詩復次韻答之》詩：「昏昏墮醉夢，奈此六月溽。君詩如清風，吹我朝睡足。」餘參本書卷六《臨江仙·和信守王道夫韻謝其爲壽》詞（記取年年爲壽客閔)箋注。

〔五〕「直須」二句，抖擻塵埃，蘇軾《子由在筠作東軒記……乃追次慎韻》詩：「君到高安幾日回，一時抖擻舊塵埃。」柴門今始開，杜甫《客至》詩：「舍南舍北皆春水，但見羣鷗日日來。花徑不曾緣客掃，蓬門今始爲君開。」

〔六〕「向松」四句，喝道，《説郛》卷七六李商隱《義山雜纂》：「殺風景：花間喝道、看花淚下、苔上鋪席。」踏破蒼苔，《東坡全集》卷一一《書馨公詩後》：「過加禄鎮南二十五里大許店，休馬於逆旅祁宗祥家，見壁上有幅紙，題詩云：『滿院秋光濃欲滴，老僧倚杖青松側。只怪高聲問不應，瞋余踏破蒼苔色。』其後題云：『滏水僧寶馨。』宗祥謂余：『此光、黄間狂僧也，年百三十，死於熙寧十年。既死，人有見之者。』宗祥言其異事甚多，作是詩以識之。馨公本名清戒，俗謂之戒和尚云。」乍可，豈可。

〔七〕「豈有」三句，豈有文章，謾勞車馬，杜甫《有客》詩：「豈有文章驚海内，謾勞車馬駐江干。」青芻白飯，杜甫《入奏行贈西山檢察使竇侍御》詩：「江花未落還成都，肯訪浣花老翁無。爲君酤酒滿眼酤，與奴白飯馬青芻。」

〔八〕「君非」三句，《稼軒詞編年箋注》云：「謂子似當以立功名爲己志，不可如我之徘徊丘壑。恁，如此也。」

清平樂〔一〕

清詞索笑，莫厭銀杯小〔二〕。應是天孫新與巧〔三〕，剪恨裁愁句好。有人夢斷關河，小窗日飲亡何〔四〕。想見重簾不捲，淚痕滴盡湘娥。

【箋注】

〔一〕題，右詞無題，作年無考。據廣信書院本次第，亦應慶元中期所作。

〔二〕「清詞」二句，索笑，杜甫《舍弟觀赴藍田取妻子到江陵喜寄三首》詩：「歡劇提攜如意舞，喜多行作白頭吟。巡簷索共梅花笑，冷蕊疏枝半不禁。」莫厭銀杯小，蘇軾《莫笑銀杯小答喬太博》詩：「請君莫笑銀杯小，爾來歲旱東海窄。」

〔三〕「應是」句，《初學記》卷一《天孫》條：「《漢書》曰：『河鼓大星上將，其北織女。織女，天女孫也。』」《柳河東集》卷一《乞巧文》：「臣竊聞天孫專巧於天，轇轕琁璣，經緯星辰，能成文章。」

〔四〕「小窗」句，日飲亡何，見本書卷四《減字木蘭花·宿僧房有作》詞（僧窗夜雨闋）箋注。

鷓鴣天

尋菊花無有，戲作〔一〕

掩鼻人間臭腐場〔二〕，古來惟有酒偏香①。自從來住雲煙畔②，直到而今歌舞忙。呼老伴〔三〕，共秋光，黃花何處避重陽③？要知爛熳開時節，直待西風一夜霜。

【校】

①「來」，王詔校刊本、《六十名家詞》本、四印齋本作「今」，此從廣信書院本。　②「來」，四卷本丙集作「歸」。　③「處」，四卷本作「事」。

【箋注】

〔一〕題，右詞及次韻一首，應均慶元四年秋間所作。

〔二〕「掩鼻」句，《孟子·離婁下》：「孟子曰：『西子蒙不潔，則人皆掩鼻而過之。』」《韓非子·内儲説》：「魏王遺荆王美人，荆王甚悦之。夫人鄭袖知王悦愛之也，亦悦愛之，甚於王。衣服玩好，擇其所欲爲之。……因謂新人曰：『王甚悦愛子，然惡子之鼻。子見王，常掩鼻，則王長幸子矣。』於是新人從之。每見王，常掩鼻。王謂夫人曰：『新人見寡人常掩鼻，何也？』對曰：『不己知也。』王强問之，對曰：『頃嘗言，惡聞王臭。』王怒曰：『劓之。』」《莊子·知北遊》：「故萬物一也，是其所美者爲神奇，其所惡者爲臭腐。」

〔三〕老伴，白居易《對琴待月》詩：「共琴爲老伴，與月有秋期。」蘇軾《真覺院有洛花花時不暇往四月十八日與劉景文同往賞枇杷》詩：「魏花非老伴，盧橘是鄉人。」皆言老來爲伴者。

又

席上吴子似諸友見和，再用韻答之①

翰墨諸公久擅場②〔一〕，胸中書傳許多香。都無絲竹銜杯樂③，却看龍蛇落筆忙④〔二〕。

閑意思，老風光，酒徒今有幾高陽〔三〕？　黄花不怯西風冷⑤，只怕詩人兩鬢霜。

【校】

①題，四卷本丙集作「席上子似諸公和韻」，此從廣信書院本。　②「公」，四卷本作「君」。　③「都」，四卷本作「苦」。　④「看」，王詔校刊本、《六十名家詞》本、四印齋本作「有」。　⑤「西」，四卷本作「秋」。

【箋注】

〔一〕久擅場，釋皎然《五言因遊支硎寺寄邢端公》詩：「作用方開物，聲名久擅場。」曾鞏《孫少述示近詩兼仰高致》詩：「大句閎篇久擅場，一函初得勝琳琅。」

〔二〕「都無」二句，銜杯樂，杜甫《飲中八仙歌》：「左相日興費萬錢，飲如長鯨吸百川，銜杯樂聖稱世賢。」龍蛇落筆，蘇軾《是日偶至野人汪氏之居……仍用前韻》詩：「已聞龜策通神語，更看龍蛇落筆痕。」都無，全無也。

〔三〕「酒徒」句，見本書卷七《沁園春·城中諸公載酒入山余不得以止酒爲解遂破戒一醉再用韻》詞（杯汝知乎閔）箋注。

菩薩蠻　晝眠秋水〔一〕

葛巾自向滄浪濯，朝來漉酒那堪着〔二〕。高樹莫鳴蟬〔三〕，晚涼秋水眠。　竹牀能幾尺，上有華胥國〔四〕。山上咽飛泉，夢中琴斷絃。

【箋注】

〔一〕題，此秋水，據詞中「山上咽飛泉」句，知即今石塘鄉五堡洲北之秋水觀，與稼軒鄉蔣家峒之瓢泉隔紫溪相對。飛泉，當在瓢泉所在之瓜山。右詞與以下《水調歌頭》二詞，作年皆莫考。核以廣信書院本各詞次第，皆慶元中期之作，故彙編於此。

〔二〕「葛巾」二句，《宋書》卷九三《陶潛傳》：「貴賤造之者，有酒輒設。……郡將候潛，值其酒熟，取頭上葛巾漉酒，畢，還復著之。」滄浪之水可以濯吾纓，見本書卷三《六幺令·再用前韻》詞（倒冠一笑閡）箋注。

〔三〕「高樹」句，《吴越春秋》卷三《夫差内傳》：「夫秋蟬登高樹，飲清露，隨風撝撓，長吟悲鳴，自以爲安。不知螳螂超枝緣條，曳腰聳距而稷其形。」

〔四〕「竹牀」二句，文震亨《長物志》卷六《牀》條：「以宋元斷紋小漆牀爲第一。……永嘉、粤東有摺疊者，舟中攜置亦便。若竹牀及飄簷拔步、彩漆卍字回紋等式，俱俗。近有以柏木琢細如竹者甚精，宜閨閣及小齋中。」華胥國，見本書卷一《聲聲慢·滁州旅次登奠枕樓作》詞（征埃成陣閡）箋注。

水調歌頭

醉吟〔一〕

四座且勿語，聽我醉中吟〔二〕。池塘春草未歇，高樹變鳴禽〔三〕。鴻雁初飛江上，蟋蟀還來牀下，時序百年心〔四〕。誰要卿料理？山水有清音〔五〕。　歡多少，歌長短，酒淺深。而今已不如昔，後定不如今〔六〕。閑處直須行樂，良夜更教秉燭，高會惜分陰〔七〕。白髮短如許，黃菊倩誰簪〔八〕？

【箋注】

〔一〕題，右詞爲集句體，亦慶元中期所賦。

〔二〕「四座」二句，四座且勿語，《古雜詩》：「四座且勿喧，願聽歌一言。」聽我醉中吟，杜荀鶴《與友人對酒吟》：「憑君滿酌酒，聽我醉中吟。」

〔三〕「池塘」二句，謝靈運《登池上樓》詩：「池塘生春草，園柳變鳴禽。」

〔四〕「鴻雁」三句，鴻雁初飛江上，杜牧《九日齊山登高》詩：「江涵秋影雁初飛，與客攜壺上翠微。」蟋蟀還來牀下，《詩·豳風·七月流火》：「十月蟋蟀入我牀下。」時序百年心，杜甫《春日江村五首》詩：「乾坤萬里眼，時序百年心。」

〔五〕「誰要」二句，卿料理，見本書卷七《沁園春·靈山齊庵賦》詞（疊嶂西馳闋）箋注。山水有清音，左思《招隱二首》詩：「非必絲與竹，山水有清音。」

〔六〕「而今」二句，白居易《東城尋春》詩：「今既不如昔，後當不如今。」

〔七〕「閑處」三句，須行樂，杜甫《曲江二首》詩：「細推物理須行樂，何用浮名絆此身。」秉燭，《古詩十九首》：「晝短苦夜長，何不秉燭遊。」惜分陰，《晉書》卷六六《陶侃傳》：「大禹聖者，乃惜寸陰。至於衆人，當惜分陰。豈可逸遊荒醉，生無益於時，死無聞於後？是自棄也。」

〔八〕「白髮」二句，杜甫《春望》詩：「白頭搔更短，渾欲不勝簪。」

又

賦松菊堂〔一〕

淵明最愛菊，三徑也栽松〔二〕。何人收拾，千載風味此山中？手把《離騷》讀遍，自掃落英餐罷，杖屨曉霜濃〔三〕。皎皎太獨立，更插萬芙蓉〔四〕。水潺湲，雲澒洞，石巃嵸〔五〕。素琴濁酒喚客，端有古人風〔六〕。却怪青山能巧，政爾横看成嶺，轉面已成峰〔七〕。詩句得活法，日月有新工〔八〕。

【箋注】

〔一〕題，松菊堂，稼軒著作中無跡象可考。僅據右詞所載，似即在瓜山之建築。

〔二〕「淵明」二句，《陶淵明集》卷五《歸去來兮辭》：「三徑就荒，松菊猶存。」

〔三〕「手把」三句，把《離騷》讀，劉季孫《三高祠詠古三首》詩：「醒將《太玄》解，卧把《離騷》讀。」落英餐，《楚辭·離騷》：「朝飲木蘭之墜露兮，夕餐秋菊之落英。」曉霜濃，劉敞《九日龍華閣寄永叔》詩：「黄花欲落曉霜濃，極目秦川一望中。」

〔四〕「皎皎」二句，韓愈《奉酬盧給事雲夫四兄曲江荷花行見寄並呈上錢七兄閣老張十八助教》詩：「我今官閑得婆娑，問言何處芙蓉多。撑舟昆明度雲錦，脚敲兩舷叫吴歌。太白山高三百里，負雪嵬嵬插花裏。」范成大《次韻馬少伊郁舜舉寄示同游石湖詩卷七首》詩：「鏡面波光倒碧峰，半湖雲錦萬芙蓉。」二詩皆言山峰之倒影，插入水面萬芙蓉之中。稼軒詞中之太獨立者，亦言瓜山松菊堂。

〔五〕「雲湏」二句，雲湏洞，范成大《玉華樓夜醮》詩：「玉華仙宫居上頭，紫雲湏洞千柱浮。」湏洞，謂相連。石巃嵸，杜甫《王兵馬使二角鷹》詩：「悲臺蕭瑟石巃嵸，哀壑杈枒浩呼汹。」巃嵸，嵯峨貌。

〔六〕「素琴」二句，素琴濁酒，《文選》卷四三嵇康《與山巨源絶交書》：「今但願守陋巷，教養子孫，時與親舊叙闊，陳説平生。濁酒一杯，彈琴一曲，志願畢矣。」蘇軾《蔡景繁官舍小閣》詩：「素琴濁酒容一榻，落霞孤鶩共千里。」端有古人風，黄庭堅《寄晁元忠十首》詩：「著書蓬蒿底，端有古人風。」

〔七〕「却怪」三句，能巧，《詩詞曲語辭匯釋》：「能巧，猶云如許巧也。」《稼軒詞編年箋注》：「『能』同『恁』，猶云『如許』或『這樣』。」按：《史記》卷四七《孔子世家》：「良工能巧而不能爲順。」庾肩吾《詠美人看畫》詩：「欲知畫能巧，唤取真來映。」宋祁《詠史》詩：「生能巧作奏，死戒直如絃。」李之儀《和錦繡亭》詩：「山來已謂天能巧，春到方知地更靈。」以上之能巧，皆謂能够巧變，用能、可之本義。而二書以「如許」、「這樣」釋之，反致失其本義。蘇軾《題西林壁》詩：「横看成嶺側成峰，遠近高低各不同。不識廬山真面目，只緣身在此山中。」

〔八〕「詩句」二句，活法，《螢雪叢説》卷上《文章活法》條：「吕居仁嘗序江西宗派詩：『若言靈均自得之，忽然有入，然後惟意所出，萬變不窮，是名活法。』」劉克莊《後村先生大全集》卷九五《江西詩派序·吕紫微》：「紫微公作《夏均父集序》云：『學詩當識活法。所謂活法者，規矩備具，而能出於規矩之外。變化不測，而亦不背於規矩也。是道也，蓋有定法而無定法，無定法而有定法。知是者則可以與語活法矣。』」有新工，黄庭堅《寄杜家父二首》詩：「徑欲題詩嫌浪許，杜郎覓句有新功。」

新荷葉

上巳日，吴子似謂古今無此詞，索賦①〔一〕

曲水流觴，賞心樂事良辰〔二〕。蘭蕙光風，轉頭天氣還新〔三〕。明眸皓齒，看江頭有女如雲〔四〕。折花歸去，綺羅陌上芳塵。　能幾多春？試聽啼鳥殷勤。對景興懷②〔五〕，向來愛樂紛紛。且題醉墨，似蘭亭别叙時人。後之覽者，又將有感斯文〔六〕。

【校】

①題，四卷本丙集「吴」字闕，此從廣信書院本。　②「對景」，四卷本作「覽物」。

【箋注】

〔一〕題，慶元四年上巳，吴子似未抵鉛山，知此詞必慶元五年春所作。

〔二〕「曲水」二句，曲水流觴，吴均《續齊諧記》：「晉武帝問尚書郎摯虞仲治：『三月三日曲水，其義何旨？』答曰：『漢章帝時，平原徐肇以三月初生三女，至三日俱亡，一村以爲怪，乃相與至水濱盥洗，因流以濫觴，曲水之義，蓋自此矣。』帝曰：『若如所談，便非嘉事也。』尚書郎束晳進曰：『摯虞小生，不足以知此。臣請説其始。昔周公成洛邑，因流水泛酒，故《逸詩》云：羽觴隨波流。又秦昭王三月上巳，置酒河曲，見金人自河而出，奉水心劍，曰：令君制有西夏。及秦霸，諸侯乃因此處立爲曲水，二漢相緣，皆爲盛集。』」《漢魏六朝百三家集》卷五九王羲之《蘭亭集序》：「又有清流激湍，映帶左右，引以爲流觴曲水，列坐其次。」賞心樂事良辰，見本書《滿江紅・中秋》詞（美景良辰闋）箋注。

〔三〕「蘭蕙」二句，蘭蕙光風，《楚辭・招魂》：「光風轉蕙，泛崇蘭些。」王逸注：「光風謂雨已日出而風，草木有光也。轉搖也。」《楚辭補注》卷九引五臣注：「日光風氣，轉泛薄於蘭蕙之叢。」轉頭天氣還新，杜甫《麗人行》：「三月三日天氣新，長安水邊多麗人。」畢仲游《次十五里店寄交代楊十七判官》詩：「世事元無定，吾今得已多。轉頭新歲月，開眼舊山河。」

〔四〕「明眸」二句，明眸皓齒，杜甫《哀江頭》：「明眸皓齒今何在，血污遊魂歸不得。」有女如雲，《詩・鄭風・出其東門》：「出其東門，有女如雲。」

〔五〕興懷，《蘭亭集序》：「向之所欣，俛仰之間，已爲陳跡，猶不能不以之興懷。」

〔六〕「且題」四句，《蘭亭集序》：「後之視今，亦猶今之視昔。悲夫！故列叙時人，録其所述，雖世殊事異，所以興懷，其致一也。後之覽者，亦將有感於斯文。」

又

徐思上巳乃子似生日，因改定①

曲水流觴，賞心樂事良辰。今幾千年，風流禊事如新。明眸皓齒，看江頭有女如雲。折花歸去，綺羅陌上芳塵。　絲竹紛紛，楊花飛鳥銜巾〔一〕。争似羣賢，茂林修竹蘭亭。一觴一詠，亦足以暢叙幽情〔二〕。清歡未了，不如留住青春。

【校】

①題，四卷本丁集「上巳」二字闕，「生日」作「生朝」，「因」下有「爲」字，此從廣信書院本。

【箋注】

〔一〕「楊花」句，杜甫《麗人行》：「楊花雪落覆白蘋，青鳥飛去銜紅巾。」

〔二〕「争似」四句，《蘭亭集序》：「永和九年，歲在癸丑，暮春之初，會於會稽山陰之蘭亭，修禊事也。羣賢畢至，少長咸集。此地有崇山峻嶺，茂林修竹。……雖無絲竹管絃之盛，一觴一詠，亦足以暢叙幽情。」争似，怎似。

鷓鴣天

和吴子似山行韻①〔一〕

誰共春光管日華〔二〕，朱朱粉粉野蒿花。閑愁投老無多子，酒病而今較減些〔三〕。　山遠近，路横斜，正無聊處管絃譁。去年醉後猶能記，細數溪邊第幾家。

【校】

①題，四卷本丙集「吴」字闕，此從廣信書院本。

【箋注】

〔一〕題，右詞應爲慶元五年春所賦。

〔二〕「誰共」句，日華，日光也。謝朓《奉和隨王殿下》詩：「月陰洞野色，日華麗池光。」華、光對舉，華即光也。

〔三〕「閑愁」二句，無多子，《羅湖野録》卷二：「饒州薦福本禪師，……訪友謙公於建陽庵中，謙適舉保寧頌五通仙人因緣曰：『無量劫來曾未悟，如何不動到其中。莫言佛法無多子，最苦瞿曇那一通。』」投老，到老。「閑愁」句言老來閑愁不多。較減些，言因酒致疾較舊日已減輕不少。

清平樂　書王德由主簿〔一〕

溪回沙淺，紅杏都開遍。鸂鶒不知春水暖〔二〕，猶傍垂楊春岸。　片帆千里輕船，行人想見欹眠。誰似先生高舉？一行白鷺青天〔三〕。

【箋注】

〔一〕題，王德由主簿，〔同治〕《鉛山縣志》卷一一載宋代鉛山縣主簿甚全，然兩宋王姓主簿僅有王嘉績、王恬、王友元三人，俱不載任職時間。《攻媿集》卷九三《純誠厚德元老之碑》載史浩紹熙五年卒，有孫女十五人，其第五者適修職郎新秀州華亭縣支鹽官王友元，與慶元間任鉛山縣主簿之王友元時間接近，王德由或即名友元者也。

〔二〕「瀏鶒」句，蘇軾《惠崇春江曉景二首》詩：「竹外桃花三兩枝，春江水暖鴨先知。」餘參本卷《滿江紅·山居即事》詞（幾箇輕鷗鬨）箋注。

〔三〕「片帆」四句，杜甫《絶句四首》詩：「兩箇黄鸝鳴翠柳，一行白鷺上青天。窗含西嶺千秋雪，門泊東吴萬里船。」

沁園春

壽趙茂嘉郎中。時以置兼濟倉賑濟里中，除直秘閣①〔一〕

甲子相高，亥首曾疑，絳縣老人〔二〕。看長身玉立，鶴般風度；方頤鬚磔②，虎様精神〔三〕。文爛卿雲，詩淩鮑謝，筆勢駸駸更右軍〔四〕。渾餘事，羡仙都夢覺，金闕名存〔五〕。　門前父老忻忻。焕奎閣新褒詔語温〔六〕。記他年帷幄，須依日月；只今劍履，快上星辰〔七〕。人道陰功，天教多壽，看到貂蟬七葉孫〔八〕。君家裏，是幾枝丹桂，幾樹靈椿〔九〕？

【校】

①題，四卷本丁集「置」作「制置」，「賑濟里中」作「里中賑濟」，此從廣信書院本。《六十名家詞》本此題前有「用邴原事」四字。　②「磔」，廣信書院本作「傑」，此據四卷本改。

【箋注】

〔一〕題，右詞慶趙茂嘉七十三歲生日兼賀其除直秘閣。本卷《滿江紅·壽趙茂嘉郎中前章記兼濟倉事》詞（我對君侯闕）箋注已載其事跡及設兼濟倉事。〔同治〕《鉛山縣志》卷八：「兼濟倉在天王寺之左，直華文閣趙不遏所立。……慶元五年，狀其事於州，州以聞，詔除直秘閣，以慰父老德之之心。」今天王寺猶在永平鎮遐樂街，兼濟倉遺跡已無。右詞應即慶元五年所賦。

〔二〕「甲子」三句，《左傳·襄公三十年》：「三月癸未，晉悼夫人食輿人之城杞者。絳縣人或年長矣，無子，而往與於食。有與疑年，使之年，曰：『臣小人也，不知紀年。臣生之歲，正月甲子朔，四百有四十五甲子矣。其季於今，三之一也。』吏走問諸朝，師曠曰：『魯叔仲惠伯會郤成子於承匡之歲也。是歲也，狄伐魯，叔孫莊叔於是乎敗狄城鹹，獲長狄僑如及虺也、豹也，而皆以名其子，七十三年矣。』史趙曰：『亥有二首六身，下二如身，是其日數也。』士文伯曰：『然則二萬六千六百有六旬也。』」按：甲子相高，自言年長也。李劉《四六標準集》卷一四《代謝生日投詩》「某愧乏辰猷，空踰亥首」句下，孫雲翼箋云：「二亥字，二畫在上，三人在下，故以二爲首，以六爲身。下猶置也，如往也，除下亥上二畫，往置身傍二畫，爲二萬六千六百六旬，此是老人所生至今日之數也。因亥畫似算法，故假之以爲言。而下如二字，亦用算法之義，蓋一甲子爲六十日，總之合有二萬六千六百日，其末之甲子，止得三分之一，故少四十日。」又按：亥之篆書，上爲二字，下爲三人字。

〔三〕「方頤」二句，鬚磔，見本書卷七《水調歌頭·席上爲葉仲洽賦》詞（高馬勿捶面闋）箋注。虎樣精神，謂其精神如虎。

〔四〕「文爛」三句，文爛卿雲，《尚書大傳》卷一：「唐爲虞賓，至今衍於四海。成禹之變，時俊乂百工相和而歌卿雲。帝唱之曰：『卿雲爛兮，禮縵縵兮。日月光華，旦復旦兮。』」此處之卿雲，借指司馬相如長卿及揚雄子雲。詩淩鮑謝，鮑謝謂鮑照、謝朓。杜甫《遣興五首》詩：「吾憐孟浩然，短褐即長夜。賦詩何必多，往往淩鮑謝。」筆勢右軍，《晉書》卷八〇《王羲之傳》：「王羲之字逸少，司徒導之從子也。……尤善隸書，爲古今之冠。論者稱其筆勢，以爲飄若浮雲，矯若驚龍。……既拜護軍，又苦求宣城郡，不許，乃以爲右軍將軍、會稽内史。」騣騣，疾行也。

〔五〕「羨仙」二句，仙都夢，即鈞天夢，可參本書卷一《八聲甘州·壽建康帥胡長文給事》詞（把江山好處付來闋）箋注。金闕，按《十洲記》，蓬萊與方丈、瀛洲爲三神山，在渤海中，黄金白銀爲宫闕。

〔六〕「焕奎」句，焕奎閣，應爲趙茂嘉之閣，殆以制詞中語爲閣名也。

〔七〕「只今」二句，星辰劍履，見本書卷五《聲聲慢·送上饒黄倅秩滿赴調》詞（東南形勝闋）箋注。《宋史》卷一七〇《職官志》一〇有劍履上殿，爲六賜之一。

〔八〕「看到」句，左思《詠史詩八首》：「金張藉舊業，七葉珥漢貂。」

〔九〕「是幾」二句，《宋史》卷二六三《竇儀傳》：「竇儀字可象，薊州漁陽人。……父禹鈞，與兄禹錫，皆以詞學名。……儀學問優博，風度峻整。弟儼、侃、偁、僖，皆相繼登科。馮道與禹鈞有舊，嘗贈詩，有『靈椿一株老，丹桂五枝芳』之句，縉紳多諷誦之。當時號爲竇氏五龍。」按：趙茂嘉兄弟六人相繼登第，故以此相譽。其詳，可參本書卷九《洞仙歌·趙晉臣和李能伯韻屬余同和》詞（舊交貧賤闕）箋注。

水調歌頭

題吴子似縣尉瑱山經德堂。堂，陸象山所名也①〔一〕

唤起子陸子，經德問何如〔二〕？萬鍾於我何有〔三〕？不負古人書。聞道千章松桂，剩有四時柯葉，霜雪歲寒餘〔四〕。此是瑱山境，還似象山無〔五〕？　耕也餒，學也禄〔六〕，孔之徒。青衫畢竟升斗②，此意政關渠③〔七〕。天地清寧高下，日月東西寒暑，何用着工夫〔八〕？兩字君勿惜，借我榜吾廬。

【校】

①題，四卷本丁集「吴子似縣尉」作「子似」，此從廣信書院本。另廣信書院本「所名」作「取名」，則據四卷本改。

②「衫」，王詔校刊本、《六十名家詞》本、四印齋本作「山」。　③「政」，王詔校刊本、《六十名家詞》本、四印齋本作「頗」。

【箋注】

〔一〕題，瑱山經德堂，瑱山即玉真山。〔同治〕《饒州府志》卷二《安仁縣》：「玉真山，在縣治後，左右石趾如鉗，瞰臨錦江。頂有石壁，高數仞，石上有鐫字曰玉真，世傳仙人指書，今尚存。」經德堂，此堂爲陸九淵所名。《象山集》卷一九《經德堂記》：「堂名取諸《孟子》：『經德不回，非以干禄也。』……雲錦吴生紹古，而來從余游，求名其讀書之堂。余既名而書之，且見其説，使歸而求之。《孟子》曰：『古之人修其天爵，而人爵從之。今之人修其天爵，以要人爵。既得人爵，而棄其天爵，則惑之甚者也。』……紹熙元年五月望日，象山翁記。」樓鑰《寄題吴紹古縣尉經德堂》詩：「問舍玉真下，讀書經德中。心期知共遠，臭味許誰同。吹笛夜涼月，舞雩春暮風。直須涵泳熟，毋負象山翁。」陸九淵字子静，撫州金溪人，南宋理學家，自號象山翁，學者稱象山先生。傳見《宋史》卷四三四《儒林》四。

〔二〕「喚起」二句，據《象山集》卷三六所附《年譜》，陸九淵卒於紹熙三年十二月十四日，至稼軒賦此詞時，殆已六七年之久，故有此二句云云。

〔三〕「萬鍾」句，《孟子·告子上》：「一簞食，一豆羹，得之則生，弗得則死。嘑爾而與之，行道之人弗受；蹴爾而與之，乞人不屑也。萬鍾則不辨禮義而受之，萬鍾於我何加焉？」

〔四〕「聞道」三句，陳文蔚《寄題吴子似所居二首·經德堂》：「堂前有松桂，年年長柯枝。生意不自已，何心論報施。請子對佳木，長哦經德詩。」

〔五〕象山，陸九淵《年譜》：「淳熙十四年丁未，先生四十九歲。……登貴溪應天山講學。初，門人彭興宗世昌，訪舊於貴溪應天山麓張氏，因登山遊覽，則陵高而谷邃，林茂而泉清。乃與諸張議結廬以迎先生講學，先生登而樂之，乃建精舍居焉。……淳熙十五年戊申，先生五十歲。……易應天山名爲象山。」〔光緒〕《江西通志》卷八二《貴溪縣》：「宋陸九淵嘗結廬講學於縣南八十里應天山，山形如象。紹定四年，江東提刑袁甫請於朝，遣上舍生洪陽祖改建三峰山下之徐巖。」

〔六〕「耕也」二句，《論語·衛靈公》：「子曰：『君子謀道不謀食。耕也，餒在其中矣；學也，禄在其中矣。君子憂道不憂貧。』」

〔七〕「青衫」二句，《經德堂記》於引《孟子》「古之人修其天爵」諸語之後又云：「後世發策決科，而高第可以文藝取，積資累考而大官可以歲月致，則又有不必修其天爵者矣。生其早辨而謹思之。」按：陸九淵以爲科舉功名無足輕重，然科名畢竟關係士子升斗之計，未可輕言也。青衫，宋代白衣學子，殿試唱名後賜緑服，即可於殿前易服也。《稼軒詞編年箋注》引《經德堂記》上述記載之後謂：「青衫二句當即隱括此段意旨而言。蓋謂陸氏之所致意者，爲科名之無足重輕也。」

〔八〕「天地」三句，天地清寧，《老子》：「天得一以清，地得一以寧。神得一以靈，谷得一以盈。萬物得一以生，侯王得一以爲天下正。」日月東西，《禮記·哀公問》：「公曰：『敢問君子何貴乎天道也？』孔子對曰：『貴其不已，如日月東西，相從而不已也。』」按：陸象山於《經德堂記》中既謂功名無足輕重，而其本人乃科名出身，其弟子吴子似輩亦汲汲以功名爲念。可參本卷《雨中花慢·登新樓有懷趙昌甫徐斯遠韓仲止吴子似楊民瞻》詞。可知陸氏所言之非是。倒是天地日月等宇宙自然界變化之探索，非關自身生計，何必深下功夫哉？此數語皆針對象山之説而言。所謂「喚起子陸子，經德問何如」云云，蓋欲有所致疑而發問也。

哨遍　秋水觀〔一〕

蝸角鬥争，左觸右蠻，一戰連千里〔二〕。君試思，方寸此心微〔三〕。總虚空並包無際。喻此理，何言泰山毫末？從來天地一稊米〔四〕。嗟小大相形①，鳩鵬自樂，之二蟲又何知〔五〕？記跖行仁義孔丘非，更殤樂長年老彭悲〔六〕。火鼠論寒，冰蠶語熱，定誰同異〔七〕？噫。貴賤隨時，連城纔换一羊皮〔八〕。誰與齊萬物〔九〕？莊周吾夢見之。正商略遺篇，翩然顧笑，空堂夢覺題秋水。有客問洪河〔一〇〕，百川灌雨，涇流不辨涯涘。於是焉河伯欣然喜，以天下之美盡在己。渺滄溟望洋東視，逡巡向若驚歎，謂我非逢子。大方達觀之家未免，長見悠然笑耳②〔一一〕。此堂之水幾何其③？但清溪一曲而已〔一二〕。

【校】

①「小大」，四卷本丙集作「大小」，此從廣信書院本。②「悠」，四卷本作「猶」。《莊子·逍遥遊》：「宋榮子猶然笑之。」③「此」，四卷本作「北」。

【箋注】

〔一〕題，徐元杰《楳埜集》卷一一《稼軒辛公贊》：「所居有瓢泉、秋水，諫稿、詞集行於世。贊曰：……秋水瓢泉，清哉斯人。」〔同治〕《鉛山縣志》卷七《寺觀》：「秋水觀，在期思。」右詞有「空堂夢覺題秋水」句。按：稼軒所居五堡洲，爲鉛山河、紫溪所環繞。秋水觀應即在洲上，有廊橋横跨紫溪，與瓢泉相對。爲稼軒居第之重要建築。據次闋「試回頭五十九年非」語，乃知右詞及和詞均作於慶元五年稼軒六十歲時。

〔二〕「蝸角」三句，見本書卷七《玉樓春·隱湖戲作》詞（客來底事逢迎晚闋）箋注。按：當稼軒於鉛山山中高卧秋水觀時，正值慶元黨禁甚嚴之際。蠻觸鬥争，一戰連千里，蓋其時寫照。

〔三〕「方寸」句，《列子·仲尼》：「嘻，吾見子之心矣，方寸之地虚矣。」

〔四〕「何言」二句，《莊子·秋水》：「計中國之在海内，不似稊米之在太倉乎？……此其比萬物也，不似毫末之在於馬體乎？……由此觀之，又何以知毫末之足以定至細之倪，又何以知天地之足以窮至大之域？……以差觀之，因其所大而大之，則萬物莫不大；因其所小而小之，則萬物莫不小。知天地之爲稊米也，知毫末之爲丘山也，則差數覩矣。」《齊物論》：「天下莫大於秋毫之末，而太山爲小。」

〔五〕「鳩鵬」二句，《莊子·逍遥遊》：「鵬之徙於南冥也，水擊三千里，摶扶摇而上者九萬里。……蜩與鷽鳩笑之，曰：『我决起而飛，搶榆枋，時則不至，而控於地而已矣。奚以之九萬里而南爲？』適莽蒼者，三飡而反，腹猶果然；適百里者宿舂糧；適千里者三月聚糧。之二蟲又何知？」

〔六〕「記跖」二句，跖行仁義孔丘非，《莊子·盜跖》：「孔子與柳下季爲友。柳下季之弟名曰盜跖。盜跖從卒九千人，横行天下，侵暴諸侯。……萬民苦之。孔子謂柳下季曰：『……丘請爲先生往説之。』……盜跖大怒，曰：『丘來前！……今子修文武之道，掌天下之辯，以教後世。縫衣淺帶，矯言僞行，以迷惑天下之主，而欲求富貴焉。盜莫大於子，天下何故不謂子爲盜丘，而乃謂我爲盜跖？』」殤樂彭悲，《齊物論》：「莫壽乎殤子，而彭祖爲夭。」

〔七〕「火鼠」三句，火鼠論寒，《初學記》卷二〇《火鼠冰蠶》：「《魏志》：『景初二年二月，西域獻火浣布。』東方朔《神異經》曰：『南荒之外有火山，晝夜火燃，火中有鼠，重百斤，毛長二尺餘，細如絲，可以作布。恒居火中，時時出外而白色，以水逐而沃之，乃死，取緝其毛，織以爲布。』冰蠶語熱，王子年《拾遺記》曰：『冰蠶，長七寸，有鱗角，以雪霜覆之，然後爲繭。其色五彩，織爲文錦，入水不濡，投火不燎。唐堯世，海人獻之，以爲黼黻。』」蘇軾《徐大正閑軒》詩：「冰蠶不知寒，火鼠不知暑。」同異，《莊子·齊物論》：「使同乎若者正之，既與若同矣，惡能正之？使同乎我者正之，既同乎我矣，惡能正之？使異乎我與若者正之，既異乎我與若矣，惡能正之？使同乎我與若者正之，既同乎我與若矣，惡能正之？」

〔八〕「貴賤」二句，貴賤隨時，《莊子·秋水》：「以道觀之，物無貴賤。以物觀之，自貴而相賤。以俗觀之，貴賤不在己。」連城換一羊皮，《史記》卷八一《廉頗藺相如列傳》：「趙惠文王時，得楚和氏璧，秦昭王聞之，使人遺趙王書，願以十五城請易璧。」《劉子·薦賢》：「夫連城之璧，瘞影荆山；夜光之珠，潛輝鬱浦。」《昌黎集》卷三六《送窮文》：「攜持琬琰，易一羊皮。飫於肥甘，慕彼糠糜。」按：琬琰即玉也。《文選》卷八司馬相如《上林賦》：「晁采琬琰，和氏出焉。」又，《史記》卷五《秦本紀》：「繆公聞百里傒賢，欲重贖之，恐楚人不與，乃使人謂楚曰：『吾媵臣百里傒在焉，請以五羖羊皮贖之。』楚人遂許與之。」

〔九〕齊萬物，《莊子》有《齊物論》。《莊子·秋水》：「萬物一齊，孰短孰長？」

〔一〇〕「有客」句，洪河，謂鉛山河與紫溪匯合於五堡洲南女城山，又分繞東西，於洲北再匯合，春夏水流奔湧，故謂之洪河。

〔一一〕「百川」句至此，《莊子·秋水》：「秋水時至，百川灌河，涇流之大，兩涘渚崖之間，不辨牛馬。於是焉河伯欣然自喜，以天下之美爲盡在己。順流而東行，至於北海，東面而視，不見水端，於是焉河伯始旋其面目，望洋向若而歎曰：『野語有之曰：聞道百，以爲莫己若者。我之謂也。且夫我嘗聞少仲尼之聞，而輕伯夷之義者，始吾弗信，今我睹子之難窮也，吾非至於子之門，則殆矣，吾長見笑於大方之家。』」河伯，河神馮夷。若，海神也。

〔一二〕「此堂」二句，幾何其，《新唐書》卷九三《李勣傳》：「姊多病而勣且老，雖欲數進粥，尚幾何其？」猶言幾何也。按：此堂之水即觀前之水，所謂清溪一曲者，即指紫溪也。

又

用前韻

一壑自專，五柳笑人，晚乃歸田里〔一〕。問誰知，幾者動之微〔二〕。望飛鴻冥冥天際〔三〕。論妙理，濁醪正堪長醉，從今自釀躬耕米〔四〕。嗟美惡難齊，盈虛如代〔五〕，天耶何必人知。試回頭五十九年非〔六〕，似夢裏歡娱覺來悲〔七〕。夔乃憐蚿，穀亦亡羊，算來何異〔八〕？嘻。物諱窮時，豐狐文豹罪因皮〔九〕。富貴非吾願，皇皇乎欲何之①〔一〇〕？正萬籟都沉，月明中夜，心彌萬里清如水。却自覺神遊，歸來坐對，依稀淮岸江涘〔一一〕。看一時魚鳥忘情喜，會我已忘機更忘己〔一二〕。又何曾物我相視？非魚濠上遺意②，要是吾非子〔一三〕。但教河伯休慚海若，小大均爲水耳③〔一四〕。世間喜愠更何其，笑先生三仕三已〔一五〕。

【校】

①「皇皇」，《六十名家詞》本作「遑遑」，此從廣信書院本。　②「魚濠上」，四卷本丙集作「會濠梁」。　③「小大」，王詔校刊本、《六十名家詞》本、四印齋本作「大小」。

【箋注】

〔一〕「一壑」三句，一壑自專，《莊子·秋水》：「且夫擅一壑之水，而跨跱埳井之樂，此亦至矣。」《釋文》：「擅，市戰反，專也。」陸雲《陸士龍集》卷一《逸民賦》序：「富與貴，人之所欲也。而古之逸民，或輕天下，細萬物，而欲專一丘之歡，擅一壑之美，豈不以身勝於宇宙而心恬於紛華者哉？」王安石《偶書》詩：「我亦暮年專一壑，每逢車馬便驚猜。」按：此一壑指紫溪，與瓜山相對者。五柳笑人，晚乃歸田里，笑人歸田晚之五柳指陶潛，以其門前有五柳樹，自爲號，作《五柳先生傳》，見《陶淵明集》卷五。

〔二〕「幾者」句，《易·繫辭》：「幾者動之微，吉之先見者也。」注：「幾者，去無入有，理而无形，不可以名尋，不可以形覩者也。」

〔三〕「望飛」句，飛鴻冥冥，見本書卷三《水調歌頭·和信守鄭舜舉蔗庵韻》詞（萬事到白髮闋）箋注。

〔四〕「論妙」三句，妙理濁醪堪長醉，杜甫《晦日尋崔戢李封》詩：「濁醪有妙理，庶用慰沉浮。」自釀躬耕米，《晉書》卷九四《陶潛傳》：「不堪吏職，少日自解歸。州召主簿不就，躬耕自資，遂抱羸疾。復爲鎮軍建威參軍，謂親朋曰：『聊欲絃歌，以爲三徑之資，可乎？』執事者聞之，以爲彭澤令。在縣，公田悉令種秫穀，曰：『令吾常醉於酒，足矣。』妻子固請種秔，乃使一頃五十畝種秫，五十畝種秔。……義熙二年，解印去縣，乃賦《歸去來》。」

〔五〕「嗟美」二句，美惡難齊，《二程遺書》卷二上《元豐己未吕與叔東見二先生語》：「事有善有惡，皆天理也。天理中，物須有美惡，蓋物之不齊，物之情也。」盈虚如代，《東坡全集》卷三三《赤壁賦》：「蘇子曰：『客亦知夫水與月乎？逝者如斯，而未嘗往也；盈虚者如彼，而卒莫消長也。蓋將自其變者而觀之，則天地曾不能以一瞬；自其不變者而觀之，則物與我皆無盡也，而又何羨乎？』」《朱子語類》卷一三〇《自熙寧至靖康人物》：「或問：『東坡言，逝者如斯，而未嘗往也；盈虛者如代，而卒莫消長也。只是老子獨立而不改，周行而不殆之意否？』曰：『……既是逝者如斯，如何不往？盈虛如代，如何不消長？既不往來不消長，却是箇甚底物事？』」

〔六〕「試回」句，《莊子·則陽》：「蘧伯玉行年六十而六十化，未嘗不始於是之，而卒詘之以非也。未知今之所謂是之，非五十九非也。」《寓言》篇亦有相同記載，惟蘧伯玉作孔子。

〔七〕「似夢」句，《莊子·逍遥遊》：「夢飲酒者，旦而哭泣；夢哭泣者，旦而田獵。方其夢也，不知其夢也。夢之中又占其夢焉，覺而後知其夢也。且有大覺，而後知此其大夢也。」按：稼軒句仿此。

〔八〕「夔乃」三句，夔乃憐蚿，《莊子·秋水》：「夔憐蚿，蚿憐蛇，蛇憐風，風憐目，目憐心。夔謂蚿曰：『吾以一足趻踔而行，予無如矣，今子之使萬足，獨奈何？』蚿曰：『不然。子不見夫唾者乎？噴則大者如珠，小者如霧，雜而下者不可勝數也。今予動吾天機，而不知其所以然。』」縠亦亡羊，《莊子·駢拇》：「臧與縠二人相與牧羊，而俱亡其羊。問臧奚事，則挾策讀書。問縠奚事，則博塞以遊。二人者，事業不同，其於亡羊均也。」算來，看來。

〔九〕「物諱」二句，諱窮，《莊子·秋水》：「孔子遊於匡，宋人圍之數匝，而絃歌不輟。子路入見，曰：『何夫子之娱也？』孔子曰：『來，吾語女。我諱窮久矣，而不免，命也。求通久矣，而不得，時也。』」豐狐文豹罪因皮，《莊子·山木》：「夫豐狐文豹，棲於山林，伏於巖穴，靜也。夜行晝居，戒也。雖饑渴隱約，猶且胥疏於江湖之上而求食焉，定也。然且不免於罔羅機辟之患，是何罪之有哉？其皮爲之災也。」

〔一〇〕「富貴」二句，《陶淵明集》卷五《歸去來兮辭》：「已矣乎，寓形宇内復幾時，曷不委心任去留？胡爲乎遑遑兮欲何之？富貴非吾願，帝鄉不可期。」

〔一一〕依稀淮岸江涘，《莊子·秋水》：「秋水時至，百川灌河，涇流之大，兩涘渚涯之間，不辨牛馬。」又：「今爾出於崖涘，觀於大海。」《釋文》：「涘，涯也。……崖，又作涯，亦作厓。」

〔一二〕「看一」二句，魚鳥忘情，《侯鯖録》卷二：「潁昌西湖辰江亭，成公作詩云：『緑鴨東陂已可憐，更因雲竇注新泉。鑿開魚鳥忘情地，展盡江湖極目天。向夕舊灘都浸月，過空新樹便留煙。使君直欲稱漁叟，願賜閑州不記年。』」忘機更忘己，見本書卷二《水調歌頭·和王正之右司吴江觀雪見寄》詞（造物故豪縱闋）箋注。

〔一三〕「非魚」二句，見本書卷三《滿江紅·遊南巖和范廓之韻》詞（笑拍洪崖闋）箋注。

〔一四〕「但教」二句，《莊子·秋水》一篇，大半爲河伯與海若之對話。稼軒以爲秋水之旨，即所謂小大均爲水耳。

〔一五〕「世間」二句，《論語·公冶長》：「令尹子文三仕爲令尹，無喜色。三已之，無愠色。」按：稼軒平生仕宦至此已兩次罷黜，雖非三仕三已，其失而不憂之意已概見矣。吴則虞謂此二句「正指當年帥贛、帥湘、帥閩三仕，却爲王藺、黄艾、何澹所彈劾而三次落職」。所言非是。

六州歌頭

屬得疾，暴甚，醫者莫曉其狀。小愈，困卧無聊，戲作以自釋〔一〕

晨來問疾，有鶴止庭隅〔二〕。吾語汝〔三〕：只三事，太愁余，病難扶。手種青松樹，礙梅塢，妨花徑，纔數尺，如人立，却須鋤。其一。秋水堂前，曲沼明於鏡，可燭眉鬚〔四〕。被山頭急雨，耕壟灌泥塗。誰使吾廬，映污渠①〔五〕？其二。歎青山好，簷外竹，遮欲盡，有還無？删竹去，吾乍可，食無魚，愛扶疏〔六〕。又欲爲山計，千百慮，累吾軀。其三②。凡病此，吾過矣，子奚如③〔七〕？口不能言臆對：雖盧扁藥石難除〔八〕。有要言妙道，事見《七發》④〔九〕。往問北山愚，庶有瘳乎〔一〇〕？

【校】

①「映污渠」，以下分上下片，從四卷本丙集，廣信書院本四疊。②「其一」、「其二」、「其三」，此小注廣信書院本俱闕，此據四卷本補。③「如」，《六十名家詞》本作「知」。④小注，四卷本原在詞末，此從廣信書院本。

【箋注】

〔一〕題，右詞效《鵩鳥賦》體爲詞，如韓愈、柳宗元所作寓言。據前後相關各詞推考，應作於慶元五年秋。

〔二〕「晨來」二句，《文選》卷一三賈誼《鵩鳥賦》並序：「誼爲長沙王傅三年，有鵩鳥飛入誼舍，止於坐隅。鵩似鴞，不祥鳥也。誼既以謫居長沙，長沙卑濕，誼自傷悼，以爲壽不得長，迺爲賦以自廣。其辭曰：單閼之歲兮，四月孟夏。庚子日斜兮，鵩集予舍。止於坐隅兮，貌甚閑暇。異物來萃兮，私怪其故。發書占之兮，讖言其度，曰野鳥入室兮，主人將去。請問於鵩兮，予去何之？」蘇軾《鶴歎》詩：「園中有鶴馴可呼，我欲呼之立坐隅。鶴有難色側睨予，豈欲臆對如鵩乎？」

〔三〕吾語汝，《論語·陽貨》：「子曰：『由，汝聞六言六蔽矣乎？』對曰：『未也。』曰：『居，吾語汝。』」

〔四〕「秋水」三句，秋水堂，在今稼軒鄉即詹家南十一里橫畈，南距瓢泉一里餘。據考，橫畈期思嶺下已圮之吴氏宗祠即稼軒秋水堂遺址，因其廳柱舊有楹聯，謂「立祠由古跡脈接花園問此地名稱閣老」，而當地人即稱稼軒爲辛閣老。右詞有「青山」、「曲沼」諸語，知非在紫溪、鉛山河匯合處之五堡洲中，則秋水堂與秋水觀，蓋非一處也。曲沼明於鏡，劉禹錫《奉和中書崔舍人八月十五日夜玩月二十韻》詩：「曲沼疑瑶鏡，通衢若象筵。」此詞曲沼，應即稼軒新開之池，後世稱之爲蛤蟆塘者，在期思嶺下。

〔五〕映污渠，韓愈《符讀書城南》詩：「二十漸乖張，清溝映污渠。」

〔六〕「删竹」四句，蔡襄《題僧希元禪隱堂》詩：「删竹减庭翠，煮茶生野香。」乍可，寧可。食無魚，見本書卷三《滿江紅》詞（漢水東流闋）箋注。蘇軾《於潛僧緑筠軒》詩：「可使食無肉，不可居無竹。」

〔七〕「吾過」二句，吾過矣，《禮記·檀弓》：「子夏喪其子而喪其明。曾子弔之，曰：『吾聞之也，朋友喪明則哭之。』曾子哭，子夏亦哭，曰：『天乎，予之無罪也！』曾子怒曰：『商，女何無罪也？吾與女事夫子於洙泗之間，退而老於西河之上，使西河之民疑女於夫子，爾罪一也。喪爾親，使民未有聞焉，爾罪二也。喪爾子，喪爾明，爾罪三也。而曰女何無罪與？』子夏投其杖而拜曰：『吾過矣，吾過矣。吾離羣而索居亦已久矣。』」子奚如，《史記》卷七六《平原君虞卿列傳》：「趙王召虞卿曰：『寡人使平陽君爲媾於秦，秦已內鄭朱矣，卿以爲奚如？』」奚如，何如。

〔八〕「口不」二句，口不能言臆對，《鵩鳥賦》：「請問於鵩兮，予去何之？吉乎告我，凶言其災，淹速之度兮，語予其期。鵩迺歎息，舉首奮翼。口不能言，請對以臆。」餘參蘇軾《鶴歎》詩。盧扁，《史記》卷一〇五《扁鵲倉公列傳》：「扁鵲者，渤海郡鄭人也。……扁鵲過齊，齊桓侯客之，入朝，見曰：『君有疾在腠理，不治將深。』桓侯曰：『寡人無疾。』……後五日，扁鵲復見，望見桓侯而退走。桓侯使人問其故，扁鵲曰：『疾之居腠理也，湯熨之所及也。在血脈，鍼石之所及也。其在腸胃，酒醪之所及也。其在骨髓，雖司命無奈之何，今在骨髓，臣是以無請也。』後五日，桓侯體病，使人召扁鵲，扁鵲已逃去，桓侯遂死。」《正義》引《黄帝八十一難》序云：「秦越人與軒轅時扁鵲相類，仍號之爲扁鵲。又家於盧國，因命之曰盧醫也。」

〔九〕「有要」句及小注，《文選》卷三四枚乘《七發》：「客曰：『今太子之病，可無藥石針刺灸療而已，可以要言妙道說而去也。』」

〔一〇〕「往問」二句，北山愚，前予增訂《稼軒詞編年箋注》時，嘗注：「疑即《北山移文》中之北山之友，因其不能如周顒取悦於世，故稱之爲北山愚。」此注或是，當非指《列子·湯問》中挖山不止之北山愚公也。庶有瘳乎，《莊子·人間世》：「回嘗聞之夫子曰：『治國去之，亂國就之，醫門多疾，願以所聞思其則，庶幾其國有瘳乎？』」

添字浣溪沙　病起，獨坐停雲①〔一〕

彊欲加餐竟未佳，只宜長伴病僧齋〔二〕。心似風吹香篆過，也無灰〔三〕。　山上朝來雲出岫②〔四〕，隨風一去未曾回。次第前村行雨了，合歸來〔五〕。

【校】

①題，四卷本丙集作「賦清虚」，此從廣信書院本。　②「上」，廣信書院本原作「下」，此據四卷本改。

【箋注】

〔一〕題，右詞亦慶元中期所作，殆病愈坐停雲堂之作。以《六州歌頭》詞賦疾小愈自釋，故次於其後。

〔二〕「彊欲」二句，彊欲加餐，《後漢書》卷六七《桓榮傳》：「今蒙下列，不敢有辭，願君慎疾加餐，重愛玉體。」伴僧齋，王建《贈溪翁》詩：「伴僧齋過夏，中酒卧經旬。」白居易《詠閑》詩：「朝眠因客起，午飯伴僧齋。」

〔三〕「心似」二句，歇後語，謂未灰心也。

〔四〕「山上」句，《陶淵明集》卷五《歸去來兮辭》：「雲無心以出岫，鳥倦飛而知還。」

〔五〕「次第」二句，次第，《詩詞曲語辭匯釋》謂「望其光景」。又解云：「望其光景，雲到前村行雨事畢，應得歸來也。次第字與合字相應。」不確。《稼軒詞編年箋注》釋云：「此處應爲『待到』之意。」稍近原意。按：此處謂山上雲雖出岫，然被風吹去，一往不歸。故假設其前村行雨之後，或當歸來。則此次第，可作相繼，或作也許解也。

水調歌頭

趙昌父七月望日用東坡韻叙太白、東坡事見寄，過相褒借，且有秋水之約。八月十四日，余卧病博山寺中，因用韻爲謝，兼寄吴子似①〔一〕

我志在寥闊，疇昔夢登天〔二〕。摩挲素月②〔三〕，人世俛仰已千年。有客驂鸞並鳳③，云遇青山赤壁④，相約上高寒〔四〕。酌酒援北斗，我亦蝨其間〔五〕。少歌曰〔六〕：神甚放，形則眠。鴻鵠一再高舉，天地睹方圓〔七〕。欲重歌兮夢覺，推枕惘然獨念⑤，人事底虧全〔八〕？有美人可語，秋水隔嬋娟⑥〔九〕。

【校】

①題，四卷本丁集「兼寄吴子似」作「兼簡子似」，此從廣信書院本。而「余」字原闕，據四卷本補。《六十名家詞》本題作「趙昌父用東坡韻叙太白東坡事見寄過相褒借因用韻爲謝兼寄吴子似」。②「月」，《六十名家詞》本作「用」。

③「驂鸞並鳳」，四卷本「鸞」作「麟」，《六十名家詞》本「並」作「翳」。　④「云」，《六十名家詞》本作「雲」。　⑤「惘」，《六十名家詞》本作「惘」。　⑥「嬋」，四卷本作「娟」。

【箋注】

〔一〕題，此七月望，應即慶元五年七月十五日也。東坡韻，謂《水調歌頭·丙辰中秋歡飲達旦大醉作此篇兼懷子由》詞（明月幾時有闋）。太白、東坡事，謂李白、蘇軾問青天、登青天事。秋水，當指五堡洲之秋水觀。博山寺已見。趙蕃原詞無可考。

〔二〕「我志」二句，我志在寥闊，李白《古風五十九首》：「我志在删述，垂輝映千春。」《宣州謝朓樓餞别校書叔雲》詩：「俱懷逸興壯思飛，欲上青天攬明月。」《遊敬亭寄崔侍御》詩：「獨立窺浮雲，其心在寥廓。」疇昔夢登天，《楚辭·九章·惜誦》：「昔余夢登天兮，魂中道而無杭。」《雲仙雜記》卷一《搔首問青天》條引《搔首集》：「李白登華山落雁峰，曰：『此山最高，呼吸之氣，想通天帝座矣。恨不攜謝朓驚人詩來，搔首問青天耳。』」寥闊，即寥廓，以避寧宗嫌名，故改闊。

〔三〕「摩挲」句，李白《鳴皋歌奉餞從翁清歸五崖山居》詩：「昨憶鳴皋夢裏還，手弄素月清潭間。」

〔四〕「有客」三句，有客驂鸞並鳳，《漢魏六朝百三家集》卷八五江淹《别賦》：「駕鶴上漢，驂鸞騰天。暫遊萬里，少别千年。」有客，謂趙蕃也。云遇青山赤壁，青山爲李白墓所在，赤壁則謂蘇軾所賦，指代李、蘇二人也。上高寒，蘇軾原詞：「我欲乘風歸去，又恐瓊樓玉宇，高處不勝寒。」

〔五〕「酌酒」二句，酌酒援北斗，《楚辭·九歌·東君》：「操余弧兮反淪降，援北斗兮酌桂漿。」蝨其間，韓愈《瀧吏》詩：「得無蝨其間，不武亦不文。」

〔六〕少歌曰，《楚辭·九歌·抽思》：「少歌曰：與美人抽怨兮，並日夜而無正。」洪興祖《楚辭補注》卷四：「《荀子》曰：『其小歌也。』……此章有少歌，有倡有亂，少歌之不足，則又發其意而爲倡，獨倡而無與和也，則總理一賦之終，以爲亂辭云爾。」

〔七〕「鴻鵠」二句，《楚辭補注》卷一一賈誼《惜誓》：「黄鵠之一舉兮，知山川之紆曲；再舉兮，睹天地之圜方。」

〔八〕「欲重」三句，夢覺，蘇軾《水龍吟》詞，題云：「閭丘大夫孝直公顯，嘗守黄州，作棲霞樓，爲郡中勝絶。元豐五年，予謫居於黄。正月十七日，夢扁舟渡江，中流回望，樓中歌樂雜作，舟中人言：『公顯方會客也。』覺而異之，乃作此詞。公顯時已致仕在蘇州。」推枕惘然，此詞下片：「推枕惘然不見，但空江月明千里。」「人事」句，蘇軾原詞：「人有悲歡離合，月有陰晴圓缺，此事古難全。」底，何也。

〔九〕「有美」二句，美人隔秋水，杜甫《寄韓諫議》詩：「美人娟娟隔秋水，濯足洞庭望八荒。」按：稼軒時卧病永豐縣西之博山寺中，而吴紹古則在鉛山，隔永豐溪而相望，故有此語。

蘭陵王

己未八月二十日夜，夢有人以石研屏見饟者，其色如玉，光潤可愛。中有一牛，磨角作鬥狀，云：「湘潭里中有張其姓者，多力善鬥，號張難敵。一日，與人搏，偶敗，忿赴河而死。居三日，其家人來視之，浮水上，則牛耳。自後併水之山，往往有此石，或得之，里中輒不利。」夢中異之，爲作詩數百言，大抵皆取古之怨憤變化異物等事，覺而忘其言。後三日，賦詞以識其異〔一〕

恨之極，恨極銷磨不得。萇弘事人道後來，其血三年化爲碧〔二〕。鄭人緩也泣：吾父，攻儒助墨。十年夢沉痛化余，秋柏之間既爲實〔三〕。　相思重相憶。被怨結中腸，潛動精魄。望夫江上巖巖立〔四〕。嗟一念中變，後期長絶。君看啓母憤所激，又俄頃爲石〔五〕。　難敵。最多力。甚一忿沉淵，精氣爲物，依然困鬥牛磨角。便影入山骨〔六〕，至今雕琢。尋思人世，只合化，夢中蝶〔七〕。

【箋注】

〔一〕題，己未，慶元五年也。右詞記此年八月二十日夢境也。《稼軒詞編年箋注》原於此詞箋注之後附録沈曾植等人三條記事，現録之如下：「（一）沈曾植《稼軒長短句小箋》云：『蘭陵王己未八月二十日。按己未爲慶元五年，是時侂胄方嚴僞學之禁，趙忠簡卒於貶所。萇弘血碧，儒墨相争，託意甚微，非偶然涉筆也。』（二）夏承燾教授云：『此詞首片用二男事，次片用二女事，疑有微意。』（三）梁啓超編《稼軒年譜》釋此詞云：『詞文恢詭宛憤，蓋借以攄其積年胸中磈磊不平之氣。』」沈文見於《詞學季刊》一卷二號。予曩於增訂《箋注》時補證云：「此詞上中片用萇弘、鄭人緩、望夫婦、啓母四人變化之事。萇弘化碧玉，玉自石出；緩化秋柏之實，實石音同；望夫婦、啓母皆化爲石。四例取證古來怨憤變化爲石之事。下片以張難敵雖鬥敗，化爲石而仍作困鬥之狀，贊揚張難敵抵死不屈之精神。則此記夢詞亦託意甚微，藉以抒胸中激憤之氣耳。」今猶以爲諸語尚無不妥，故録用之。石研屏，又作石硯屏，趙希鵠《洞天清禄·研屏辨·山谷烏石硯屏》條：「古有研屏。或銘硯，多鐫於硯之底與側，自東坡、山谷始作硯屏，既勒銘於硯，又刻於屏，以表而出之。山谷有烏石研石屏，今在婺州義烏一士夫家。」即石製硯屏風也。歐陽修《文忠集》卷六五《月石硯屏歌序》：「張景山在虢州時，命治石橋。小版一石，中有月形，石色紫而月白。月中有樹，森森然。其文黑而枝葉老勁，雖世之工畫者不能爲，蓋奇物也。景山南謫，留以遺予。」

〔二〕「萇弘」二句，萇弘、血化爲碧，《莊子·外物》：「萇弘死於蜀，藏其血，三年而化爲碧。」《莊子集解》卷七引成玄英注：「萇弘放歸蜀，自恨忠而遭譖，刳腸而死。蜀人感之，以匱盛其血，三年而化爲碧玉。」《吕氏春秋·孝行覽》：「萇弘死，藏其血，三年而爲碧。」按：《史記》卷二八《封禪書》：「萇弘以方事周靈王，諸侯莫朝周，周力少，萇弘乃明鬼神事，設射狸首。狸首者，諸侯之不來者，依物怪，欲以致諸侯。諸侯不從，而晉人執殺萇弘。」與各書事不同。

〔三〕「鄭人」五句，《莊子·列禦寇》：「鄭人緩也，呻吟裘氏之地，祇三年而緩爲儒。河潤九里，澤及三族。使其弟墨。儒墨相與辯，其父助翟。十年而緩自殺，其父夢之，曰：『使而子爲墨者，予也。闔胡嘗視其良？既爲秋柏之實矣。』」郭象注：「使其弟墨，謂使緩弟翟成墨也。緩怨其父之助弟，故感激自殺，死而見夢，謂己既能自化爲儒，又化弟令墨，弟由己化而不能順己，己以良師而便怨死，精誠之至，故爲秋柏之實。……言何不試視緩墓上，己化爲秋柏之實。」《莊子集解》卷八注：「緩見夢其父，言弟之爲墨，是我之力。何不試視我冢上，所種秋柏已結實矣。冤魂告語，深致其怨。」

〔四〕「被怨」三句，結中腸，阮籍《詠懷》詩：「傾城迷下蔡，容華結中腸。」望夫石，〔乾隆〕《鉛山縣志》卷二：「望夫石，在分水山西，白鶴山之巔。相傳有婦望夫不歸，化爲石。」《二程遺書》卷一八：「若望夫石，只是臨江山有石如人形者，今天下凡江邊有石者，皆呼爲望夫石。」王建《望夫石》詩：「望夫處，江悠悠。化爲石，不回頭。山頭日日風復雨，行人歸來石應語。」

〔五〕「君看」二句，啓母、爲石，《漢書》卷六《武帝紀》：「元封元年冬十月……行幸緱氏，詔曰：『朕用事華山，至於中嶽，獲駮麃，見夏后啓母石。』」注：「啓生而母化爲石。……啓，夏禹子也，其母塗山氏女也。禹治鴻水，通轘轅山，化爲熊，謂塗山氏曰：『欲餉，聞鼓聲乃來。』禹跳石，誤中鼓，塗山氏往見，禹方作熊，慚而去。至嵩高山下，化爲石。方生啓，禹曰：『歸我子。』石破北方而啓生。事見《淮南子》。」

〔六〕山骨，山石。張華《博物志》卷一：「地以名山爲輔佐，石爲之骨。」劉師服《石鼎聯句》：「巧匠斲山骨，刳中事煎烹。」蘇軾《佛日山榮長老方丈五絶》詩：「不堪土肉埋山骨，未放蒼龍浴渥注。」《寄怪石石斛與魯元翰》詩：「山骨裁方斛，江珍拾淺灘。」

〔七〕夢中蝶，見本書卷五《沁園春·期思舊呼奇獅或云碁師皆非也……作〈沁園春〉以證之》詞（有美人兮闋）箋注。

西江月　木樨〔一〕

金粟如來出世，蕊宮仙子乘風〔二〕。清香一袖意無窮，洗盡塵緣千種。　長爲西風作主，更居明月光中。十分秋意與玲瓏，拚却今宵無夢〔三〕。

【箋注】

〔一〕題，右詞詠木樨，與以下題「遣興」之同調詞，據廣信書院本次第，皆爲慶元中期作，故附次於慶元五年秋間諸作之後。

〔二〕「金粟」二句，金粟如來，李白《答湖州迦葉司馬問白是何人》詩：「湖州司馬何須問，金粟如來是後身。」《李太白集注》卷一九楊齊賢注：「《五色綫淨名經義鈔》：『梵語維摩詰，此云淨名，般提之子。母名離垢，妻名金機，男名善思，女名月上。過去成佛，號金粟如來。』」《文選》卷五九王中《頭陀寺碑》：「金粟來儀，文殊戾止。」李善注：「《發跡經》曰：『淨名大士，是往古金粟如來。』」按：金粟如來起義甚早，而以金粟比木樨桂花，則起義甚晚。王洋《東牟集》卷五《竑父出示趙倅木犀詩次韻》詩，似爲詩文首以金粟比木樨者，其詩有云：「漢宮明豔塗嬌額，仙鼎珍丹散漉籬。好趁燈花同報喜，黄間金粟正相宜。」蕊宮仙子，向子諲《滿庭芳·巖桂薌林改張元功所作》詞：「水邊一笑，十里得清香。疑是蕊宮仙子，新妝就嬌額塗黄。」《李太白集分類補注》卷一九《至陵陽山登天柱石酬韓侍御見招隱黄山》詩：「朗詠《紫霞》篇，請開蕊珠宮。」注：「《紫霞》篇即《黄庭内景經》也。《經》曰：『上清紫霞虚皇前太上大道玉宸君，閑居蕊珠。』……《升三天秘要經》云：『仙宮中有寥陽之殿，蕊珠之闕。』」

〔三〕「十分」二句，十分，完全、特别。言秋意與月中桂也。拚却，捨却。二句言通宵賞月，故美夢可棄也。

又　遣興

醉裏且貪歡笑，要愁那得工夫。近來始覺古人書，信着全無是處〔一〕。　昨夜松邊醉倒，問松「我醉何如」？只疑松動要來扶，以手推松曰「去」〔二〕。

【箋注】

〔一〕「近來」二句，《孟子・盡心下》：「盡信書則不如無書。吾於《武成》，取二三策而已矣。仁人無敵於天下，以至仁伐至不仁，而何其血之流杵也？」王令《送僧自總》詩：「雖有可寶資，終以無用捐。吾觀古人書，蓋亦不但然。」

〔二〕「只疑」二句，《漢書》卷七二《龔勝傳》：「後歲餘，丞相王嘉上書，薦故廷尉梁相等。尚書劾奏嘉言事恣意迷國，罔上不道，下將軍中朝者議。左將軍公孫祿、司隸鮑宣、光祿大夫孔光等十四人皆以爲嘉應迷國不道法。勝獨書議，……明旦復會，左將軍祿問勝：『君議亡所據，今奏當上，宜何從？』勝曰：『將軍以勝議不可者，通劾之。』博士夏侯常見勝應祿不和，起至勝前，謂曰：『宜如奏所言。』勝以手推常，曰：『去。』」王安石《自遣》詩：「閉户欲推愁，愁終不肯去。」

玉樓春

樂令謂衛玠：「人未嘗夢搗虀餐鐵杵，乘車入鼠穴。」以謂世無是事故也。余謂世無是事而有是理。樂所謂無，猶云有也。戲作數語以明之①〔一〕

有無一理誰差別〔二〕，樂令區區猶未達②。事言無處未嘗無，試把所無憑理說。　伯夷饑采西山蕨〔三〕，何異搗虀餐杵鐵。仲尼去衛又之陳〔四〕，此是乘車穿鼠穴③。

【校】

①題，四卷本丁集「云」作「之」，「謂世無是事故也余」八字，《六十名家詞》本闕。此從廣信書院本。　②「猶」，四卷

本作「渾」。　③「穿」，四卷本作「入」。

【箋注】

〔一〕題，《世説新語·文學》：「衛玠總角時，問樂令夢，樂云：『是想。』衛曰：『形神所不接而夢，豈是想邪？』樂云：『因也。未嘗夢乘車入鼠穴，擣齏噉鐵杵，皆無想無因故也。』」樂廣字彦輔，南陽淯陽人，嘗補元城令，故稱樂令。《晉書》卷四三有傳。稼軒讀書至此有感，遂作此詞，以作年無考，姑附於不信古人書之《西江月·遣興》詞之後。

〔二〕「誰」，有何。

〔三〕「伯夷」句，見本卷《鷓鴣天·有感》詞（出處從來自不齊闋）箋注。

〔四〕「仲尼」句，《史記》卷四七《孔子世家》：「居衛月餘，靈公與夫人同車，宦者雍渠參乘出，使孔子爲次乘，招摇市過之。孔子曰：『吾未見好德如好色者也。』於是醜之，去衛。過曹，是歲魯定公卒，孔子去曹適宋。與弟子習禮大樹下，宋司馬桓魋欲殺孔子，拔其樹，孔子去。……孔子遂至陳，主於司城貞子家。」

賀新郎　題傅巖叟悠然閣〔一〕

路入門前柳。到君家悠然細説，淵明重九〔二〕。歲晚淒其無諸葛①，惟有黄花入手〔三〕。更風雨東籬依舊。陡頓南山高如許②，是先生拄杖歸來後〔四〕。山不記，何年有？是中不減康廬秀③〔五〕。倩西風爲君喚起④，翁能來否？鳥倦飛還平林去，雲自無心出岫⑤〔六〕。剩準備新詩幾首〔七〕。欲辨忘言當年意，慨遥遥我去羲農久〔八〕。天下事，可無酒〔九〕！

【校】

①「歲晚」，廣信書院本原作「晚歲」，此據四卷本丁集改。②「陡頓」，四卷本作「斗頓」，《六十名家詞》本作「頻顧」。③「康」，文淵閣《四庫全書》本作「匡」。④「君」，《六十名家詞》本作「吾」。⑤「自」，四卷本作「肯」。

【箋注】

〔一〕題，傅巖叟悠然閣，傅巖叟居址在縣南。陳文蔚《克齋集》卷一〇《傅講書生祠堂記》：「霑其惠與得其平者，豈止鄉鄰而已哉？人感之深，即其所居之側玉虚道宫闢室，肖容而表敬焉。」據〔乾隆〕《鉛山縣志》卷一五，玉虚觀在縣南七里，原名宗華觀，治平二年改此名。因知傅巖叟居處亦當在觀之前。查今鉛山縣永平鎮南四里有傅家山，應即巖叟同宗君用之山園，而以下《念奴嬌》詞（是誰調護閿）有「我向東鄰曾醉裏，喚起詩家二老」語，是則巖叟所居，即在傅家山之東，亦即永平南。悠然閣，巖叟用陶淵明詩意所建。《克齋集》卷一四有《題傅巖叟悠然閣三章章八句》詩，詩云：「悠然君之見，不與凡見同。正似東籬下，山忽在眼中。誰昔夜登閣，歌罷飲亦終。恍若有真契，可知不可窮。（其一）悠然閣之名，名從見中起。長哦好仁詩，高山勤仰止。意與口俱到，握井真得水。嗟哉世間人，穿鑿求義理。（其二）悠然君之心，非古亦非今。

忘言猶有詩，無絃安用琴。淵明此時意，千載無知音。但見登閣時，山高白雲深。（其三）」小注：「巖叟命名時，予適同登閣，故首章及之。」此三詩爲嘉泰元年作。《克齋集》卷一四至卷一七爲詩，其詩分古詩律詩體裁分別編年。此三首在慶元六年《送吴子似歸鄱陽》詩之後，《白鹿洞謁先生祠堂》詩之前（此詩稱朱熹爲先師，殆在慶元六年三月朱熹去世之後，爲嘉泰間所作無疑）。詩中追憶巖叟悠然閣建成邀其同登情節，可以考知其建閣時間及稼軒題詞時間，必皆在慶元五年秋。

〔二〕「路入」三句，路入門前柳，陶潛所居門前有五柳樹。悠然，陶詩「采菊東籬下，悠然見南山」，此其《飲酒二十首》詩句。淵明重九，《昭明太子集》卷四《陶淵明傳》：「九月九日，出宅邊菊叢中，坐久之，滿手把菊。忽值弘送酒至，即便就酌，醉而歸。」

〔三〕「歲晚」二句，淒其無諸葛，杜甫《晚登瀼上堂》詩：「淒其望吕葛，不復夢周孔。」黄庭堅《宿彭澤懷陶令》詩：「歲晚以字行，更始號元亮。淒其望諸葛，骯髒猶漢相。」按：稼軒晚年，頗不以諸葛亮行事爲是。淳熙十五年作《賀新郎·送陳同父》詞尚有「把酒長亭説，看淵明風流酷似，卧龍諸葛」句，以爲諸葛未出茅廬前風流猶似淵明也。此則謂「惟有黄花入手」，則恢復中原屢戰無功之諸葛已不在其心中占據位置矣。入手，在手。朱灣《奉使設宴戲擲籠籌》詩：「一朝權入手，看取令行時。」

〔四〕「陡頓」二句，陡頓，突然。南山，廬山也。陶淵明所居柴桑，在江州西南，廬山在其東南，故曰南山。高如許，張繼《明德宮》詩：「摩雲觀閣高如許，長對河流出斷山。」拄杖歸來，指陶潛去彭澤令而歸。按：此處稱頌陶淵明之歸去來也。

〔五〕康廬，廬山即匡山，又名匡廬。宋人以太祖趙匡胤名諱故，往往稱爲康廬。「是中」句指傳家山。

〔六〕「鳥倦」二句，見本卷《添字浣溪沙・病起獨坐停雲》詞（彊欲加餐竟未佳闋）箋注。

〔七〕「剩準」句，見本書卷三《滿江紅・送李正之提刑入蜀》詞（蜀道登天闋）箋注。剩，多也。

〔八〕「欲辨」二句，陶潛《飲酒二十首》詩：「此中有真意，欲辨已忘言。」又：「羲農去我久，舉世少復真。汲汲魯中叟，彌縫使其淳。鳳鳥雖不至，禮樂暫得新。……終日馳車走，不見所問津。若復不快飲，空負頭上巾。」

〔九〕可無酒，可，豈可，不可也。《北史》卷三三《李元忠傳》：「每言：『寧無食，不可使我無酒。』」

又

用前韻再賦

肘後俄生柳〔一〕。歎人生不如意事，十常八九〔二〕。右手淋浪才有用，閑却持螯左手〔三〕。漫贏得傷今感舊。投閣先生惟寂寞，笑是非不了身前後〔四〕。持此語，問烏有〔五〕。　青山幸自重重秀。問新來蕭蕭木落，頗堪秋否〔六〕？總被西風都瘦損，依舊千巖萬岫。把萬事無言搔首。翁比渠儂人誰好？是我常與我周旋久。寧作我，一杯酒〔七〕。

【箋注】

〔一〕「肘後」句，《莊子·至樂》：「支離叔與滑介叔觀於冥伯之丘，崐崘之虚，黄帝之所休。俄而柳生其左肘，其意蹷蹷然惡之。支離叔曰：『子惡之乎？』滑介叔曰：『亡，予何惡？生者假借也，假之而生，生者塵垢也，死生爲晝夜，且吾與子觀化，而化及我，我又何惡焉？』」柳與瘤同音，借字也。

〔二〕「歎人」二句，見本書卷一《滿江紅·贛州席上呈太守陳季陵侍郎》詞（落日蒼茫闋）箋注。

〔三〕「右手」二句，《晉書》卷四九《畢卓傳》：「卓嘗謂人曰：『得酒滿數百斛船，四時甘味置兩頭，右手持酒杯，左手持蟹螯，拍浮酒船中，便足了一生矣。』」餘參本書卷三《水調歌頭·湯朝美司諫見和用韻爲謝》詞（白日射金闕闋）箋注所引《世説新語》（《世説》謂「一手持蟹螯，一手持酒杯」）。

〔四〕「投閣」二句，投閣先生惟寂寞，《漢書》卷八七下《揚雄傳》：「王莽時，劉歆、甄豐皆爲上公。莽既以符命自立，即位之後，欲絶其原，以神前事，而豐子尋、歆子棻復獻之，莽誅豐父子，投棻四裔。辭所連及，便收不請。時雄校書天禄閣上，治獄事使者來，欲收雄，雄恐不能自免，乃從閣上自投下，幾死。莽聞之，曰：『雄素不與事，何故在此？』間請問其故，乃劉棻嘗從雄學作奇字，雄不知情，有詔勿問。然京師爲之語曰：『惟寂寞，自投閣。爰清静，作符命。』」注：「以雄《解嘲》之言譏之也。」是非不了知身前後，按：對揚雄之評價，至南宋之世，聚訟不已。今人鄭騫有《成府談詞》云：「晦庵《綱目》固稱子雲爲『莽大夫』者也。南宋以前，對於子雲之印象與南宋以後不同。南宋以前每以子雲與孟軻、荀卿並提，其後則貶者衆矣。此種不同見解，大抵始於紫陽編《綱目》之時，故稼軒《賀新郎》云：『投閣先生惟寂寞，笑是非不了身前後。』予往者注稼軒詞未及此意，補正時須提出。」（見《詞學》第十輯）

〔五〕問烏有，烏有先生，見本書卷七《水調歌頭·將遷新居不成有感戲作》詞（我亦卜居進闋）箋注。

〔六〕蕭蕭木落，杜甫《登高》詩：「無邊落木蕭蕭下，不盡長江滾滾來。萬里悲秋常作客，百年多病獨登臺。」

〔七〕「翁比」四句，渠儂，見本書卷五《賀新郎·同父見和再用韻答之》詞（老大那堪説闋）箋注。「我常與我周旋，寧作我」，見本書卷三《鷓鴣天·博山寺作》詞（不向長安路上行闋）箋注。

水調歌頭

賦傅巖叟悠然閣〔一〕

歲歲有黄菊，千載一東籬。悠然政須兩字，長笑退之詩〔二〕。自古此山元有〔三〕，何事當時纔見，此意有誰知？君起更斟酒，我醉不須辭。回首處，雲正出，鳥倦飛〔四〕。重來樓上，一句端的與君期〔五〕。都把軒窗寫遍，更使兒童誦得，《歸去來兮辭》。萬卷有時用，植杖且耘耔〔六〕。

【箋注】

〔一〕題，右詞題雖與《賀新郎》詞同，然據詞中「重來」一語，知爲稼軒再登閣時所賦，與前詞非一日事，然相去亦必不甚遠也。

〔二〕「悠然」二句，韓愈《秋懷詩十一首》詠菊云：「鮮鮮霜中菊，既晚何用好。揚揚弄芳蝶，爾生還不早。運窮兩值遇，婉孌死相保。西風蟄龍蛇，衆木日凋槁。由來命分爾，泯滅豈足道。」

〔三〕自古此山元有，《晉書》卷三四《羊祜傳》：「祜樂山水，每風景必造峴山，置酒言詠，終日不倦。嘗慨然歎息，顧謂從事中郎鄒湛等曰：『自有宇宙，便有此山。由來賢達勝士，登此遠望，如我與卿者多矣，皆湮滅無聞，使人悲傷。如百歲後有知魂魄，猶應登此也。』湛曰：『公德冠四海，道嗣前哲，令聞令望，必與此山俱傳。至若湛輩，乃當如公言耳。』」

〔四〕「回首」三句，見本卷《添字浣溪沙・病起獨坐停雲》詞（彊欲加餐竟未佳闋）箋注。可參前《賀新郎・題傅巖叟悠然閣》詞（路入門前柳闋）。

〔五〕「一句」句，此「一句」，即下文之「歸去來兮」。與君期，謂與君約也。《韓非子・内儲説》：「叔向之讒萇弘也，爲書曰：『萇弘謂叔向曰：子爲我謂晉君，所與君期者，時可矣，何不亟以兵來？』因佯遺其書周君之庭，而亟去行。周以萇弘爲賣周也，乃誅萇弘而殺之。」端的，見本書卷一《水調歌頭・壽趙漕介庵》詞（千里渥洼種闋）箋注。

〔六〕「萬卷」二句，萬卷有時用，杜甫《奉贈韋左丞丈二十二韻》詩：「讀書破萬卷，下筆如有神。」王勃《王子安集》卷二《採蓮賦》：「蓮有藕兮藕有枝，才有用兮用有時。」徐鉉《騎省集》卷一九《送武進龔明府之官序》：「才不才在我，用不用有時。」植杖且耘耔，《陶淵明集》卷五《歸去來兮辭》：「懷良辰以孤往，或植杖而耘耔。」

念奴嬌

賦傅巖叟香月堂兩梅①〔一〕

未須草草，賦梅花〔二〕，多少騷人詞客。總被西湖林處士，不肯分留風月。疏影横斜，暗香浮動，把斷春消息②〔三〕。試將花品③，細參今古人物④。看取香月堂前，歲寒相對，楚兩龔之潔〔四〕。自與詩家成一種，不係南昌仙籍〔五〕。怕是當年，香山老子，姓白來江國〔六〕。謫仙人字，太白還又名白〔七〕。

【校】

①題，四卷本丙集作「賦梅花」，此從廣信書院本。②「把斷」，四卷本闕。③「試將」，四卷本作「尚餘」。④「細參」，四卷本作「未忝」。

【箋注】

〔一〕題，傅巖叟香月堂兩梅，《克齋集》卷一四有詩題爲：「徐天錫歸自玉山，昌甫以三詩送之。後二篇有及予與徐子融、傅巖叟之意，且託其轉寄，答其意以謝之。」其詩第二首云：「曾共傅巖孫，同坐傅巖石。紀游未抄寄，雙梅解相憶。天涯思美人，折花陡岑寂。所幸柱上題，如新未陳跡。」小注：「雙梅在巖叟家香月堂，清古可愛。昌甫每與稼軒同領略之，杜爲稼軒題。」按：據此詩在集中編序，知作詩時已在稼軒身後。其後有一詩爲《壬申老人生旦》，壬申爲嘉定五年，可知。自「天涯思美人」句以下，皆追憶稼軒語。慶元五年冬下距嘉定元年以後，有八九年之久，故有「如新未陳跡」語。香月堂兩梅僅見於此。

〔二〕「未須」二句，蘇軾《和秦太虚梅花》詩：「西湖處士骨應槁，只有此詩君壓倒。東坡先生心已灰，爲愛君詩被花惱。……萬里春隨逐客來，十年花送佳人老。去年花開我已病，今年對花還草草。」

〔三〕「總被」五句，西湖林處士，林逋也。《宋史》卷四五七《隱逸・林逋傳》：「林逋字君復，杭州錢塘人。少孤力學，不爲章句。性恬淡，好古，弗趨榮利。家貧，衣食不足，晏如也。初放遊江淮間，久之，歸杭州，結廬西湖之孤山，二十年足不及城市。真宗聞其名，賜粟帛，詔長吏歲時勞問。……既卒，州爲上聞，仁宗嗟悼，賜謚和靖先生，賻粟帛。逋善行書，喜爲詩，其詞澄浹峭特，多奇句。」其《山園小梅二首》詩：「衆芳摇落獨暄妍，占盡風情向小園。疏影横斜水清淺，暗香浮動月黄昏。」毛滂《六月二十日舍賈耘老溪居……過情戲作一首奉報》詩：「别寄釣魚船上曲，要留風月伴煙蓑。」把斷，截斷。《稼軒詞編年箋注》謂作把攬解。黄庭堅《題高節亭邊山礬花二首》詩：「高節亭邊竹已空，山礬獨自倚春風。二三名士開顔笑，把斷花光水不通。」《朱子語類》卷一〇《學》四：「關了門，閉了户，把斷了四路頭。此正讀書時也。」

〔四〕「歲寒」二句，松竹梅號稱歲寒三友，則香月堂前與梅相對者應即松竹也。楚兩龔之潔，《漢書》卷七二《兩龔傳》：「兩龔皆楚人也。勝字君賓，舍字君倩，二人相友，並著名節，故世謂之楚兩龔。」《揚子法言·問明》：「楚兩龔之潔，其清矣乎！」此以松竹比兩龔之潔。

〔五〕「自與」二句，不係南昌仙籍，《漢書》卷六七《梅福傳》：「梅福字子真，九江壽春人也。……爲郡文學，補南昌尉，後去官歸壽春。數因縣道上言變事，求假軺傳，詣行在所，條對急政。……福居家常以讀書養性爲事，至元始中，王莽顓政，福一朝棄妻子，去九江，至今傳以爲仙。」此二句言梅自爲詩人所鍾情，與關心世務之梅福，及後來成仙之梅福者皆非同類也。

〔六〕「香山」二句，《舊唐書》卷一六六《白居易傳》：「會昌中，請罷太子少傅，以刑部尚書致仕。與香山僧如滿結香火社，每肩輿往來，白衣鳩杖，自稱香山居士。」按：據《明一統志》卷二九，香山寺在河南府洛陽香城西南龍門。白居易嘗於元和十年貶江州司馬。「來江國」指此。

〔七〕「謫仙」二句，李白字太白，賀知章嘗謂其爲謫仙人，見《新唐書》卷二〇二《文藝》中《李白傳》。此詞歇拍五句，既引李白、白居易姓名字號，可知香月堂二梅皆白梅，故用此以切其白與香也。

又

余既爲傅巖叟兩梅賦詞，傅君用席上有請云：「家有四古梅，今百年矣，未有以品題，乞援香月堂例。」欣然許之，且用前篇體制戲賦①〔一〕

是誰調護，歲寒枝？都把蒼苔封了〔二〕。茆舍疏籬江上路，清夜月高山小〔三〕。摸索應知，曹劉沈謝，何況霜天曉〔四〕！芬芳一世，料君長被花惱〔五〕。惆悵立馬行人，一枝最愛，竹外橫斜好〔六〕。我向東鄰曾醉裏，喚起詩家二老〔七〕。拄杖而今，婆娑雪裏，又識商山皓〔八〕。請君置酒，看渠與我傾倒。

【校】

①題，「以」，《六十名家詞》本作「一」，此從廣信書院本。

【箋注】

〔一〕題，右詞與賦傅巖叟香月堂兩梅詞爲同時所作。傅君用，除稼軒詞外，未見記載。據以下《賀新郎·題傅君用山園》詞，知即傅家山主，而傅巖叟乃居其東。

〔二〕「是誰」三句，是誰調護，《史記》卷五五《留侯世家》：「及燕，置酒，太子侍，四人從太子，年皆八十有餘，鬚眉皓白，衣冠甚偉。上怪之，問曰：『彼何爲者？』四人前對，各言名姓，曰東園公、甪里先生、綺里季、夏黄公。……上曰：『煩公幸卒調護太子。』」《集解》：「調護，猶營護也。」按：此以四皓喻四梅。蒼苔封，劉滄《經無可舊居兼傷賈島》詩：「落葉墮巢禽自出，蒼苔封砌竹成竿。」

〔三〕「茆舍」二句，江上路，此江應指流經永平之鉛山河。清夜月高山小，《東坡全集》卷三三《後赤壁賦》：「江流有聲，斷岸千尺。山高月小，水落石出。」

〔四〕「摸索」三句，劉餗《隋唐嘉話》卷中：「許敬宗性輕傲，見人多忘之。或謂其不聰，曰：『卿自難記，若遇何、劉、沈、謝，暗中摸索著，亦可識。』」杜甫《蘇端薛復筵簡薛華醉歌》：「何劉沈謝力未工，才兼鮑照愁絶倒。」《杜詩詳注》卷四注：「《梁書》：『何遜文章與劉孝綽並見重於世。』世祖謂著編論之云：『詩多而能者沈約，少而能者謝朓、何遜。』《何氏語林》：『永明末，盛爲文章。吴興沈休文、陳郡謝玄暉，瑯琊王元長，以氣類相推轂。』」據此知何劉沈謝當指南朝之何遜、劉孝綽、沈約、謝朓。而稼軒未查原書，誤記何劉爲曹劉，殆誤南朝之何遜、劉孝綽爲曹魏之曹植、劉楨也。霜天曉，蘇軾《念奴嬌·嶺南太守閭丘公顯致仕居姑蘇……》詞：「爲使君洗盡蠻風瘴雨，作霜天曉。」按：此喻四古梅。既謂暗中摸索應知，自不必言霜天已曉。

〔五〕被花惱，杜甫《江畔獨步尋花七絶句》詩：「江上被花惱不徹，無處告訴只顛狂。」

〔六〕「惆悵」三句，蘇軾《和秦太虚梅花》詩：「西湖處士骨應槁，只有此詩君壓倒。東坡先生心已灰，爲愛君詩被花惱。多情立馬待黄昏，殘雪消遲月出早。江頭千樹春欲闇，竹外一枝斜更好。」

〔七〕「我向」二句，東鄰，謂傅巖叟。《克齋集》卷一二《先君竹林居士壙記》：「不肖孤文蔚泣血書，雙溪傅爲楝篆蓋並書諱。」〔乾隆〕《鉛山縣志》卷一：「雙溪二水，發閩界，循鳶山流入善政鄉。山回溪合，風氣攸止。」又：「黄蘗水，源自雲際，會於葛水，東北達於桐木之水，匯爲雙溪，而北入於河口。」又：「紫溪水北流，注於桐木之水。復北流，會葛水、横溪、響水，西合黄蘗水，繞於縣北，達於河口。」按：黄蘗水於永平西北匯入鉛山河，因於上游納葛水（源於葛仙山），又稱葛水。而横溪乃流經陳家寨之水，於永平東匯入鉛山河，故稱葛水、横溪二水名雙溪。傅巖叟所居，在傅家山東，葛水、横溪二水間，故自稱雙溪人。詩家二老，指稼軒賦香月堂雙梅，曾以李白、白居易相擬。

〔八〕商山皓，即商山四老。《高士傳》卷中《四皓》條：「四皓者，皆河内軹人也，或在汲。一曰東園公，二曰甪里先生，三曰綺里季，四曰夏黄公，皆修道潔己，非義不動。秦始皇時，見秦政虐，乃退入藍田山，……共入商洛，隱地肺山，以待天下定。及秦敗，漢高聞而徵之，不至。」按：此以四皓擬傅君用家四古梅，梅蓋亦白色也。

滿江紅　和傅巖叟香月韻〔一〕

半山佳句，最好是吹香隔屋〔二〕。又還怪冰霜側畔，蜂兒成簇。更把香來薰了月，却教影去斜侵竹。似神清骨冷住西湖，何由俗〔三〕？　根老大，穿坤軸。枝夭嫋，蟠龍斛〔四〕。快酒兵長俊，詩壇高築〔五〕。一再人來風味惡，兩三杯後花緣熟。記五更聯句失彌明，龍銜燭〔六〕。

【箋注】

〔一〕題，右詞或與《念奴嬌·賦傅巖叟香月堂兩梅》詞同時所賦。

〔二〕「半山」二句，王安石《金陵即事三首》詩：「水際柴門一半開，小橋分路入青苔。背人照影無窮柳，隔屋吹香併是梅。」李壁《王荆公詩注》卷四《題半山寺壁二首》題下注：「半山報寧禪寺，公故宅也。由東門至蔣山，此爲半道，故以半山爲名，其地亦名白塘。」

〔三〕「似神」二句，住西湖，謂林逋也。何由俗，蘇軾《書林逋詩後》：「先生可是絶俗人，神清骨冷無由俗。」

〔四〕坤軸、龍斛，李德裕《會昌一品集》别集卷二《大孤山賦》：「未若根連坤軸，終古而長存；跡寄夜川，負之而不去。」《補注杜詩》卷九《南池》詩：「安知有蒼池，萬頃浸坤軸。」注引張華《博物志》：「地下有四柱，廣十萬里，地有三千六百軸，互相牽也。」龍斛，疑即「龍文百斛」之縮寫。韓愈《病中贈張十八》詩：「龍文百斛鼎，筆力可獨扛。」此當指梅樹枝幹蟠繞狀。

〔五〕「快酒」二句，蘇軾《景貺履常屢有詩督叔弼季默唱和已許諾矣復以此句挑之》詩：「君家文律冠西京，旋築詩壇按酒兵。」酒兵，可參本書卷三《江神子·和人韻》詞（梨花着雨晚來晴閲）箋注。長俊，疑即俊邁出衆意。

〔六〕「記五」二句，五更聯句失彌明，《昌黎集》卷二一《石鼎聯句詩序》：「道士倚牆睡，鼻息如雷鳴，二子怛然失色，不敢喘。斯須，曙鼓鼕鼕，二子亦困，遂坐睡。及覺，日已上，驚顧，覓道士不見，即問童奴，奴曰：『天且明，道士起出門，若將便旋然。奴怪久不返，即出，到門覓，無有也。』二子驚惋自責，若有失者。間遂詣余言，余不能識其何道士也，嘗聞有隱君子彌明，豈其人耶？」龍銜燭，《楚辭·天問》：「日安不到，燭龍何照？」王逸注：「言天之西北，有幽冥無日之國，有龍銜燭而照之。」

最高樓

客有敗棋者，代賦梅①〔一〕

花知否？花一似何郎，又似沈東陽〔二〕。瘦稜稜地天然白，冷清清地許多香。笑東君，還又向②，北枝忙〔三〕。着一陣霎時間底雪，更一箇缺些兒底月③〔四〕。山下路，水邊牆。風流怕有人知處④，影兒守定竹旁厢。且饒他，桃李趁⑤，少年場〔五〕。

【校】

①題，《中興絶妙詞選》卷三作「梅花」，此從廣信書院本。②「向」，《中興絶妙詞選》作「趁」。③「更」，《中興絶妙詞選》、《全芳備祖》前集卷一作「着」。④「風流」，《中興絶妙詞選》、《全芳備祖》作「清香」。⑤「影兒」三句，《中興絶妙詞選》作「蒼松側畔竹旁厢，怎禁他，桃與李」。

【箋注】

〔一〕題，右賦梅詞作年本無考，據次首答趙晉臣詞，知爲慶元六年春間所作。

〔二〕「花一」二句，何郎，何晏也。《歷代賦彙》卷一二四宋璟《梅花賦》：「若夫瓊英綴雪，絳萼著霜。儼如傅粉，是謂何郎。」《世説新語·容止》：「何平叔美姿儀，面至白。魏明帝疑其傅粉，正夏月，與熱湯餅，既噉，大汗出，以朱衣自拭，色轉皎然。」注引《魏略》：「晏性自喜，動静粉帛不去手，行步顧影。」沈東陽，沈約。李商隱《韓冬郎即席爲詩相送一座盡驚……因成二絶寄酬兼呈畏之員外》詩：「爲憑何遜休聯句，瘦盡東陽姓沈人。」自注：「沈東陽約，嘗謂何遜曰：『吾每讀卿詩，一日三復，終未能到。』余雖無東陽之才，而有東陽之瘦矣。」《有懷在蒙飛卿》詩：「哀同庾開府，瘦極沈尚書。」按：《南史》卷五七《沈約傳》謂約以隆昌元年除吏部郎，出爲東陽太守。故稱沈東陽。

〔三〕北枝忙，《白孔六帖》卷九九《梅》：「南枝，大庾嶺上梅，南枝落，北枝開。」

〔四〕「着一」二句，着一陣，即下一陣子。更，加也。

〔五〕「且饒」三句，此三句如以意斷句，則應爲：「且饒他桃李，趁少年場。」且饒，任憑也。謂休管桃李豔麗也。趁少年場，謂趁此少年時光也。趁有追逐之意。

又

用韻答趙晉臣敷文①〔一〕

花好處，不趁緑衣郎，縞袂立斜陽〔二〕。面皮兒上因誰白，骨頭兒裏幾多香？儘饒他，心似鐵〔三〕，也須忙。　甚喚得雪來白倒雪，更喚得月來香殺月②。誰立馬，更窺牆〔四〕？將軍止渴山南畔，相公調鼎殿東厢〔五〕。忒高才，經濟地，戰爭場〔六〕。

【校】

①題，四卷本乙集作「答晉臣」，此從廣信書院本。　②「更」，王詔校刊本、《六十名家詞》本、四印齋本作「便」。

【箋注】

〔一〕題，趙晉臣，名不迂，鉛山人。嘗創書樓於上饒，歷任湖南、福建提刑等職。《江西通志》卷九六、《容齋四筆》、《福建通志》均有載。〔乾隆〕《鉛山縣志》卷六：「趙不迂，士礽四子，紹興二十四年甲戌張孝祥榜第四甲，終中奉大夫直敷文閣。」右詞當作於慶元六年初。

〔二〕「不趁」二句，不趁綠衣郎，趁，同襯。謂不依靠綠葉扶持。縞袂立斜陽，蘇軾《次韻楊公濟奉議梅花十首》詩：「月黑林間逢縞袂，霸陵醉尉誤誰何。」

〔三〕心似鐵，皮日休《文藪》卷一《桃花賦序》：「余常慕宋廣平之爲相，貞姿勁質，剛態毅狀，疑其鐵腸石心，不解吐婉媚辭。然覩其文，而有《梅花賦》，清便富豔，得南朝徐庾體，殊不類其爲人也。」蘇軾《章質夫寄惠崔徽真》詩：「爲君援筆賦梅花，未害廣平心似鐵。」

〔四〕「誰立」二句，立馬，蘇軾《和秦太虛梅花》詩：「多情立馬待黄昏，殘雪消遲月出早。」窺牆，《藝文類聚》卷一八宋玉《登徒子好色賦》：「臣東家子，增之一分則太長，減之一分則太短；著粉太白，施朱太赤。眉如翠羽，肌如白雪，腰如束素，齒如含貝。嫣然一笑，惑陽城，迷下蔡。然此女登牆窺臣三年，至今未許也。」

〔五〕「將軍」二句，將軍止渴，見本卷《沁園春·和吴子似縣尉》詞（我見君來闋）箋注。相公調鼎，見本書卷二《西河·送錢仲耕自江西漕移守婺州》詞（西江水闋）箋注。

〔六〕「忒高」三句，忒，太也。經濟，謂經國濟世。戰争，此指相與争鬥也。

永遇樂　賦梅雪〔一〕

怪底寒梅，一枝雪裏，直恁愁絶①〔二〕。問訊無言，依稀似妒，天上飛英白。江山一夜②，瓊瑶萬頃，此段如何妒得〔三〕。細看來風流添得，自家越樣標格〔四〕。晚來樓上③，對花臨鏡，學作半妝宫額④〔五〕。着意争妍，那知却有，人妒花顔色。無情休問，許多般事，且自訪梅踏雪。待行過溪橋夜半，更邀素月。

【校】

①「直」，王詔校刊本、《六十名家詞》本作「只」，此從廣信書院本。②「山」，王詔校刊本、《六十名家詞》本作「上」。③「晚」，四卷本丁集作「曉」。④「宫」，廣信書院本、王詔校刊本、《六十名家詞》本闕，此據四卷本補。

【箋注】

〔一〕題，右詞賦梅雪，作年無考。據廣信書院本次第，在《送茂嘉十二弟赴調》詞之前，因次於此。

〔二〕「怪底」三句，怪底，怪此也。直恁，直如此也。

〔三〕「此段」句，南北朝多言此段。《南史》卷四二《齊高帝諸子傳》：「其年葬簡皇后，使製哀策，文理哀切。帝謂武林侯蕭諮曰：『此段莊陵萬事零落，唯哀册尚有典刑。』」《梁書》卷三九《羊侃傳》：「詔以爲大軍司馬。高祖謂侃曰：『軍司馬廢來已久，此段爲卿置之。』」此段大致可解作此間。宋人文字，用於情感或事物者，大都作此等、此種解。

〔四〕越樣，猶言分外，格外。黄庭堅《兩同心》詞：「一笑千金，越樣情深。曾共結合歡羅帶，終願效比翼紋禽。」趙長卿《水調歌頭·中秋》詞：「姮娥此際底事，越樣好精神。」

〔五〕半妝宮額，《南史》卷一二《后妃傳》：「元帝徐妃諱昭佩，東海郯人也。……妃無容質，不見禮，帝三二年一入房。妃以帝眇一目，每知帝將至，必爲半面妝以俟，帝見則大怒而出。」

又

戲賦辛字，送茂嘉十二弟赴調①〔一〕

烈日秋霜，忠肝義膽，千載家譜〔二〕。得姓何年？細參辛字，一笑君聽取。艱辛做就，悲辛滋味，總是辛酸辛苦。更十分向人辛辣，椒桂搗殘堪吐〔三〕。　世間應有，芳甘濃美，不到吾家門户。比着兒曹，纍纍却有，金印光垂組〔四〕。付君此事，從今直上，休憶對牀風雨〔五〕。但贏得鞾紋縐面，記余戲語〔六〕。

【校】

①題，四卷本丁集「茂嘉」二字闕，「調」作「都」，此據廣信書院本。

【箋注】

〔一〕題，辛茂嘉應即名勣者。《宋故資政殿學士左通議大夫致仕東萊縣開國侯贈左光禄大夫辛公墓志銘》：「男種學，右承議郎。孫助，將仕郎。勵，登仕郎。劼，通仕郎。勸，將仕郎。勮，勮，勛。」其中，「勛」即「勣」之誤識。《菱湖辛氏族譜·肇周大夫甲公後遷居隴西源流之圖》於辛次膺孫輩中列辛勷，然無小傳，僅著爲「種學公長子」。按：《重修玉篇》卷七謂「勷，子亦切，功也」。通作績。唐有李勷，《舊唐書》卷六七《李勷傳》不著其字，僅於傳贊中有「功以懋賞，震主則危」語，《新唐書》卷九三《李勷傳》則直謂「李勷字茂功」。茂與懋亦互通。故知辛茂嘉名勷，自有前代先例在，無可疑也。《咸淳臨安志》卷五一《仁和縣令》載有辛勷，列於何洪、趙時逢、趙善謐、趙善偰之後，鄭域、謝庭玉、趙希醇、李仁方、陳晐、姚師虎之前。其中姚師虎嘉定五年爲令，見《臨安志》卷五六「嘉定五年仁和縣姚師虎築屋廟左」之記載，疑辛勷之爲仁和令，事在嘉泰三年之前。而《閩中金石略》卷七載晉江縣清源山宋人題名九段，其中瑞像巖題名是：「廬陵胡仲方、温陵林廣叔、高密趙東武、萊陽辛懋嘉，慶元三年二月中休來遊。」周必大《益國文忠公集》卷三〇《資政殿學士贈通奉大夫胡忠簡公神道碑》（即胡銓碑）作於紹熙三年，謂其孫胡槻「文林郎，監泉州市舶務」。胡槻字仲方，其所任泉州市舶，或爲待闕之職務。因知胡槻到任，當在其後，故能於慶元三年二月尚在任內。而辛茂嘉既題名於晉江，則必爲泉州之提舉福建市舶司屬官，如幹辦公事之類。其在任當在慶元三年至五年之間。既去任，而歸饒州浮梁，又自浮梁前往行在所赴調，其間當經鉛山，而其時則應在慶元六年初，因次右詞於此。

〔二〕「烈日」三句，烈日秋霜，《新唐書》卷一五三《段顔傳贊》：「雖千五百歲，其英烈言言，如嚴霜烈日，可畏而仰哉！」仲并《浮山集》卷八《上宰相啓》：「烏府抗章，議論悉關於國體；金華勸講，敷陳允契於上心。烈日秋霜，威名共仰。」千載家譜，《菱湖辛氏族譜》卷首載有《肇周大夫甲公後遷居隴西源流之圖》，據傳爲稼軒所手編，列各支分派系圖，至此當已完成，故可與辛茂嘉共觀之也。

〔三〕「更十」二句，辛辣，椒桂搗殘，蘇軾有《次韻曾子開從駕二首》詩，其前一詩押辛字韻。又有《再和》詩：「眼花錯莫鬢霜勻，病馬羸騶只自塵。奉引拾遺叨侍從，思歸少傅羨朱陳。衰年壯觀空驚目，嶮韻清詩苦鬥新。最後數篇君莫厭，搗殘椒桂有餘辛。」按：曾子開名肇，曾鞏、曾布之幼弟，見《宋史》卷三一九《曾鞏傳》所附。《稼軒詞編年箋注》謂「曾布有《從駕》詩二首」，以曾子開爲曾布，大誤。陳巖肖《庚溪詩話》卷下：「元祐間，東坡與曾子開肇同居兩省，扈從車駕赴宣光殿。子開有詩，其略曰：『鼎湖弓劍仙遊遠，渭水衣冠輦路新。』又曰：『階除翠色迷宫草，殿閣清陰老禁槐。』詩語亦佳。坡兩和其斷句辛字韻，皆工。……而《西清詩話》遂改其句云：『讀罷君詩何所似，搗殘椒桂有餘辛。』以謂坡譏唱，首多辣氣，此何理也？坡爲人慷慨，疾惡亦時見於詩，有古人規諷體，然亦詎肯效閭閻以鄙語相詈哉？」按：《西清詩話》，蔡絛撰，右條所引原文，見《類説》卷五七、《漁隱叢話》前集卷三九。十分，全是。

〔四〕「比着」三句，纍纍，金印，見本書卷五《瑞鶴仙·壽上饒倅洪莘之》詞（黄金堆到斗閑）箋注。兒曹，兒輩，謂當時得勢之權貴。比着，比方。

〔五〕「休憶」句，《野客叢書》卷一〇《夜雨對牀》條：「人多以夜雨對牀爲兄弟事用，如東坡與子由詩引此，蓋祖韋蘇州《示元真元常》詩『寧知風雨夜，復此對牀眠』之句也。然韋又有詩《贈令狐士曹》曰：『秋簷滴滴對牀寢，山路迢迢聯騎行。』則是當時對牀夜雨，不特兄弟爲然，於朋友亦然。」《考古質疑》卷四：「對牀聽雨，二蘇兄弟酬答多用之。坡有《東府雨中別子由》詩曰：『對牀定悠悠，夜雨空蕭瑟。』《初秋寄子由》云：『雪堂風雨夜，已作對牀聲。』《在鄭別子由》云：『寒燈相對記疇昔，夜雨何時聽蕭瑟。』《在御史獄》云：『他年夜雨獨傷神。』《李公擇故居》詩：『對牀老兄弟，夜雨聽竹屋。』又《初秋子由與坡相從彭城賦》詩云：『逍遥堂後千章木，長送中宵風雨聲。』『誤喜對牀尋舊約，不知飄泊在彭城。』又子由《使遼在神水館》云：『夜雨從來對榻眠，兹行萬里隔冰天。』子由《舟次磁湖》云：『夜深魂夢先飛去，風雨對牀聞曉鐘。』此其兄弟所賦也，故後人多以爲兄弟事。」按：蘇轍《逍遥堂會宿詩引》：「轍幼從子瞻讀書，未嘗一日相舍。既壯，將遊宦四方，讀韋蘇州詩，至『安知風雨夜，復此對床眠』，惻然感之，乃相約早退爲閑居之樂。故子瞻始爲鳳翔幕府，留詩爲别，曰：『夜雨何時聽蕭瑟。』其後子瞻通守餘杭，復移守膠西，而轍滯留於淮陽、濟南，不見者七年。熙寧十年二月，始復會於澶、濮之間，相從來徐，留百餘日。時宿於逍遥堂，追感前約，爲二小詩記之。」

〔六〕韡紋縐面，歐陽修《歸田録》卷下：「京師諸司庫務，皆由三司舉官監掌，而權貴之家子弟親戚，因緣請託，不可勝數。爲三司使者，常以爲患。田元均爲人寬厚長者，其在三司深厭干請者，雖不肯從，然不欲峻拒之，每温顔强笑以遣之。嘗謂人曰：『作三司使數年，强笑多矣，直笑得面似靴皮。』士大夫聞者，傳以爲笑，然皆服其德量也。」按：面似靴皮，謂皺紋多也。

鷓鴣天

壽吴子似縣尉，時攝事城中①〔一〕

上巳風光好放懷，故人猶未看花回②〔二〕。茂林映帶誰家竹，曲水流傳第幾杯〔三〕？　摛錦繡，寫瓊瑰〔四〕，長年富貴屬多才。要知此日生男好，曾有周公祓禊來〔五〕。

【校】

①題，四卷本丁集「吴」、「縣尉」三字闕，此從廣信書院本。　②「故人」，四卷本作「憶君」。

【箋注】

〔一〕題，吴子似生日既在上巳，右詞又謂其「攝事城中」，其事則當在慶元五、六年之交。其攝縣令爲時既久，故有修圖經、修亭堠諸事，見以下《破陣子·硤石道中有懷吴子似縣尉》詞（宿麥畦中雉鷕鬨）。而右詞應即慶元六年三月所作。

〔二〕「故人」句，看花回，見本書卷一《新荷葉·和趙德莊韻》詞（人已歸來鬨）箋注。此似指吴子似按視縣境未歸。

〔三〕「茂林」二句，見前《新荷葉·上巳日吴子似謂古今無此詞索賦》詞（曲水流觴鬨）箋注。

〔四〕瓊瑰，見本書卷二《水調歌頭·和趙景明知縣韻》詞（官事未易了鬨）箋注。

〔五〕「曾有」句，《事物紀原》卷一〇《流杯》：「束晳對晉武帝問曲水事，曰：『周公卜成洛邑，因流水以泛酒，故逸詩曰：羽觴隨流。晉以來三月三日曲水流杯，即其始也。』《隋大業記》：『煬帝大修水飾，以小舟行觴。及唐豪貴作池亭，引水爲之也。』」

又

過硤石，用韻答吴子似①〔一〕

歎息頻年廩未高，新詞空賀此丘遭〔二〕。遥知醉帽時時落，見説吟鞭步步摇〔三〕。　乾玉唾，秃錐毛，只今明月費招邀〔四〕。最憐烏鵲南飛句，不解風流見二喬〔五〕。

【校】

①題，四卷本丁集作「硤石用前韻答子似」，此從廣信書院本。

【箋注】

〔一〕題，硤石，〔乾隆〕《鉛山縣志》卷一：「峽石，縣西二十里，兩崖對峙，蒼翠壁立，中有水石，疑爲仙境。」〔同治〕《鉛山縣志》卷三：「嵩口，硤石源、暖水塘水由右來會。」按：鉛山楊村河水北流，於永平鎮北入鉛山河。其經楊村北嵩口許家村，硤石源水自東來會，硤石，應即在合水源西，地處永平西南。

〔二〕「歎息」二句，廩未高，《詩·周頌·豐年》：「豐年多黍多稌，亦有高廩。萬億及秭，爲酒爲醴。烝畀祖妣，以洽百禮。」蘇軾《東坡八首》詩：「崎嶇草棘中，欲刮一寸毛。喟焉釋耒歎，我廩何時高。」賀此丘遭，柳宗元《河東集》卷二九《鈷鉧潭西小丘記》：「噫，以兹丘之勝，致之灃鎬鄠杜，則貴游之士争買者，日增千金而愈不可得。今棄是州也，農夫漁父過而陋之，賈四百，連歲不能售。而我與深源克己，獨喜得之，是其果有遭乎？書於石，所以賀茲丘之遭也。」按：稼軒慶元四年奉祠，頻年以來，僅領半俸，故雖愛硤石之風月，奈無力買此，惟賦此詞，空賀茲丘之遭也。

〔三〕「遥知」二句，醉帽，郭祥正《登王知白秀才跂賢亭呈同遊余萬二君》詩：「余君酒量辭斗筲，醉帽墮地垂鬖髾。」吟鞭摇，文同《又五言》詩：「吟鞭摇嶺月，倦枕拂溪雲。」醉帽吟鞭，猶言醉人之帽，詩人之鞭。

〔四〕「乾玉」三句，玉唾，戰國時即有玉唾盂，見《西京雜記》卷六。《拾遺記》卷七載魏文帝美人薛靈芸以玉唾壺承淚。宋人蓋用作潤筆具。黄庭堅《次韻錢穆父贈松扇》詩：「銀鈎玉唾明蠒紙，松箑輕涼並送似。」《和答外舅孫莘老》詩：「尚憐費諫紙，玉唾灑新句。」明月費招邀，李白《月下獨酌》詩：「舉杯邀明月，對影成三人。」

〔五〕「最憐」二句，烏鵲南飛句，曹操《短歌行》：「月明星稀，烏鵲南飛。」不解見二喬，杜牧《赤壁》詩：「東風不與周郎便，銅雀春深鎖二喬。」按：曹操雖有「烏鵲南飛」之詩，惜其終不能得見二喬也。二喬，可參本書卷七《菩薩蠻·贈周國輔侍人》詞（畫樓影蘸清溪水闋）箋注。

又

吴子似過秋水〔一〕

秋水長廊水石間，有誰來共聽潺潺①。羨君人物東西晉，分我詩名大小山〔二〕。窮自樂，嬾方閑②，人間路窄酒杯寬。看君不了癡兒事，又似風流靖長官〔三〕。

【校】

①「潺潺」，四卷本丁集作「潺湲」，此從廣信書院本。②「嬾」，廣信書院本原作「晚」，此據四卷本改。

【箋注】

〔一〕題，此秋水，應即在五堡洲之秋水觀。其廊橋横跨紫溪之上。右詞亦慶元六年作。

〔二〕「羨君」二句，人物東西晉，吴坰《五總志》：「元章既灑落不羣，而冠服多用古制。張大亨嘉甫贊其像曰：『衣冠唐制度，人物晉風流。』議者以爲實録。」詩名大小山，王逸《楚辭章句》卷一二：「《招隱士》者，淮南小山之所作也。昔淮南王安，博雅好古，招懷天下俊偉之士，自八公之徒，咸慕其德而歸其仁，各竭才智，著作篇章，分造辭賦，以類相從。故或稱小山，或稱大山，其義猶詩有小雅大雅也。」羅隱《春日投錢塘元帥尚父》詩：「望高漢相東西閣，名重淮王大小山。」黄庭堅《答余洪範二首》詩：「道在東西祖，詩如大小山。」

〔三〕「看君」二句，不了癡兒事，見本書卷二《水調歌頭·和趙景明知縣韻》詞（官事未易了闋）箋注。靖長官，蘇軾《送范景仁遊洛中》詩：「試與劉夫子，重尋靖長官。」注：「劉几云：『曾見人嵩山幽絶處，眼光如猫，意其爲靖長官也。』」查慎行《蘇詩補注》卷一五：「曾慥《集仙傳》云：『應靖不知何許人，唐僖宗時爲登封令，既而棄官學道，遂仙去，隱其姓，而以名顯，故世謂之靖長官。元祐中，劉几嘗遇於嵩高山中。』又張師正《括異志》：『静長官，真定人，登明經第一，一旦棄妻子，游名山，數年不歸。洛下有靳襲者，於其家常設一榻，枕褥甚潔，云以待静長官。静今隱嵩少間，歲或一再至，靳氏以神仙事之。』靖與静，未知孰是。」

破陣子

碶石道中有懷吴子似縣尉①〔一〕

宿麥畦中雉鷕，柔桑陌上蠶生②〔二〕。騎火須防花月暗，玉唾長攜綵筆行〔三〕。隔牆人笑聲。　莫説弓刀事業，依然詩酒功名。千載圖中今古事，萬石溪頭長短亭。小塘風浪平。時修圖經，築亭堠③〔四〕。

【校】

①「吴」、「縣尉」，四卷本丙集俱闕，此從廣信書院本。　②「鷕」、「柔桑」，王詔校刊本、《六十名家詞》本、四印齋本俱作「雊」、「桑葉」。　③小注，四卷本無。

【箋注】

〔一〕題，此亦慶元六年過碶石所賦。

〔二〕「宿麥」二句，宿麥雉鷕，《爾雅翼》卷一《麥》：「麥比他穀獨隔歲種，故號宿麥。」《詩·邶風·匏有苦葉》：「有瀰濟盈，有鷕雉鳴。」《傳》：「鷕，鴂雉聲也。」柔桑陌上蠶生，蔡襄《四月清明西湖》詩：「芳草堤邊裙帶短，柔桑陌上髻鬟高。」餘參本書《鷓鴣天》（陌上柔桑破嫩芽闋）箋注。

〔三〕「騎火」二句，騎火，韓愈《桃林夜賀晉公》詩：「西來騎火照山紅，夜宿桃林臘月中。」玉唾，見前《鷓鴣天·過硤石用韻答吴子似》詞（歎息頻年廪未高闋）箋注。

〔四〕「千載」三句及小注，吴紹古撰有《永平志》。此圖經即指《永平志》。《克齋集》卷一四《送吴子似歸鄱陽》詩：「讀書亭中不草草，永平人物入深討。」自注：「子似著《永平志》。」今《永樂大典》各卷尚殘存《廣信府永平志》文字十數條，〔嘉靖〕《廣信府志》亦引該志四條，應即其所撰之書。修亭堠事未詳。〔乾隆〕《鉛山縣志》卷一《山川》載吴紹古爲石城洞、石龍洞、玉壺泉諸名勝命名，知其在任期間，頗有所作爲，惜其築亭修堠等業績無考也。

菩薩蠻

題雲巖〔一〕

游人占却巖中屋，白雲只在簷頭宿①〔二〕。啼鳥苦相催〔三〕，夜深歸去來②。　松篁通一徑，噤瘆山花冷〔四〕。今古幾千年，西鄉小有天〔五〕。

【校】

①「在」，四卷本丙集作「向」，此從廣信書院本。　②「啼鳥」二句，四卷本作「誰解探玲瓏，青山十里空」。按：據鉛山縣人考察得知，雲巖之中另有洞穴，極爲深邃，「十里空」云云，蓋紀實也。

【箋注】

〔一〕題，雲巖，〔乾隆〕《鉛山縣志》卷一：「雲巖，縣西十八里峙嵩山之前，松徑數百步，始至其巔。

兩崖崚嶒皆怪石，有蛟螭盤屈狀。其上天窗寶蓋，不可形模。地勢漸高，道人爲橋爲堂爲殿，皆因其次第。一穴可容百人，嘗陰陰若雲氣，滃然而興，則斯須雨降，巖以是得名，遂爲禱祀之所。有疊石室甚隘，相傳初有異物，以黄泥封之，與道人爲界。」按：雲巖在今鉛山葛仙山鄉陳家塢村，與硤石道很近。故稼軒此二詞，當與硤石二詞同時所作。

〔二〕白雲只在簷頭宿，陶潛《擬古九首》詩：「青松夾路生，白雲宿簷端。」李白《尋陽紫極宮感秋作》詩：「白雲南山來，就我簷下宿。」洪芻《再次洪上人雲巢韻》詩：「要須青山頂上行，去伴白雲簷下宿。」按：蘇軾有《和李太白》詩，其叙中引李白《尋陽紫極宮感秋》詩，其中即有上引二句。而《稼軒詞編年箋注》乃以所引詩句爲蘇軾所作，實誤。

〔三〕「嗁鳥」句，黄公度《正月晦日寄宋永兄》詩：「寒東幽花如有待，風延啼鳥苦相催。」

〔四〕噤嘇，或作噤滲，寒戰也。蘇舜欽《頂破二山》詩：「夜堂人噤滲，陰壁風飅飀。」

〔五〕小有天，杜甫《秦州雜詩二十首》：「萬古仇池穴，潛通小有天。」《補注杜詩》卷二〇引《茅君傳》：「大天之内有元中洞三十六所，第一王屋山之洞，周回萬里，名曰小有清虚之天。」

行香子　雲巖道中〔一〕

雲岫如簪，野漲挼藍〔二〕。向春闌緑醒紅酣。青裙縞袂，兩兩三三〔三〕。把麯生禪，玉版局①，一時參〔四〕。　拄杖彎環，過眼嵌巖。岸輕烏白髮鬖鬖〔五〕。他年來種，萬桂千杉。

聽小綿蠻，新格磔，舊呢喃〔六〕。

【校】

①「局」，四卷本丙集作「句」，此從廣信書院本。

【箋注】

〔一〕題，右雲巖道中詞，當與題雲巖之《菩薩蠻》同時所作。陳文蔚《克齋集》卷一七《巖叟用前韻相留踐雲巖之約和韻以謝》詩：「屢陪軒騎過横溪，每想雲巖望眼西。酬約再尋山下路，賦詩留與石間題。」其首句下有注：「横溪，往雲巖路。」按：右横溪，即流經陳家寨西横溪之水，與焦水合流北入於鉛山河。横溪路，自横溪至嵩山雲巖，即雲巖道。

〔二〕野漲挼藍，白居易《春池上戲贈李郎中》詩：「滿池春水何人愛，唯我迴看指似君。直似挼藍新汁色，與君南宅染羅裙。」野漲，春之漲水。

〔三〕「青裙」二句，青裙縞袂，見本書卷四《鷓鴣天·春日即事題毛村酒壚》詞（春入平原薺菜花闋）箋注。兩兩三三，柳永《夜半樂》詞：「岸邊兩兩三三，浣紗遊女。」

〔四〕「把麯」三句，麯生，見本書卷四《菩薩蠻·送曹君之莊所》詞（人間歲月堂堂去闋）箋注。玉版局，釋惠洪《冷齋夜話》卷七《東坡戲作偈語》條：「東坡自海南至虔上，以水涸不可舟，逗留月餘。……又嘗要劉器之，同參玉版和尚。器之每倦山行，聞見玉版，欣然從之。至廉泉寺，燒筍而食，器之覺筍味勝，問此筍何名，東坡曰：『即玉版也。此老師善説法，要能令人得禪悦之味。』於是器之乃悟其戲，爲大笑。東坡亦悦，作偈曰：『叢林真百丈，嗣法有横枝。不怕石頭路，來參玉版師。聊憑柏樹子，與問籜龍兒。瓦礫猶能説，此君那不知。』」《歷代詩餘》卷一一五引《古今詞話》：「子瞻有二韻事，見於《行香子》。秦、黄、張、晁爲蘇門四學士，每來必命取密雲龍供茶，家人以此記之。廖明略晚登東坡之門，公大奇之。一日，又命取密雲龍，家人謂是四學士，窺之，則廖明略也。坡爲賦《行香子》一闋。又嘗約劉器之參玉版和尚，至廉泉寺，燒筍而食，劉問之，東坡指筍曰：『此玉版僧最善説法，使人得禪悦味。』遂有『麯生禪，玉版局，一時參』之句，亦《行香子》也。」按：稼軒此三句只言酒與筍，其詞調雖亦《行香子》，然非東坡所作。《古今詞話》以爲東坡詞，誤也。

〔五〕「拄杖」三句，彎環，王令《寄孫莘老》詩：「溪流渺彎環，山勢屹抱臨。」張耒《夏日七首》詩：「野水彎環夏木森，清蟬晚噪碧雲深。」嵌巖，《李太白集》卷一《明堂賦》：「窪惚恍以洞啓，呼嵌巖而傍分。」王琦注：「《韻會》：『嵌巖，山險貌。』」岸輕烏，王安石《次吴氏女子韻二首》詩：「孫陵西曲岸烏紗，知汝淒涼正憶家。」釋道潛《次韻周開祖大夫泛湖見訪》詩：「高岸烏紗來静院，倒揮白羽傍層欄。」岸，上推。上推紗帽則可見鬖鬖白髮。

〔六〕「聽小」三句，綿蠻，《詩・小雅・緜蠻》：「緜蠻黄鳥，止於丘阿。」格磔，《埤雅》卷七《鷓鴣》：「《本草》曰：『鷓鴣形似母雞，鳴云鉤輈格磔。』」呢喃，燕子語。

水調歌頭　即席和金華杜仲高韻，並壽諸友，惟醻乃佳耳〔一〕

萬事一杯酒，長歎復長歌。杜陵有客，剛賦「雲外築婆娑」〔二〕。須信功名兒輩，誰識年來心事？古井不生波〔三〕。種種看余髮，積雪就中多〔四〕。　二三子，問丹桂，倩素娥〔五〕。平生螢雪，男兒無奈五車何〔六〕。看取長安得意，莫恨春風看盡，花柳自蹉跎〔七〕。今夕且歡笑，明月鏡新磨。

【箋注】

〔一〕題，杜仲高曾於淳熙十五年冬來上饒訪稼軒，稼軒爲作《賀新郎》詞。已見本書《賀新郎·用前韻贈金華杜仲高》詞（細把君詩説閿）箋注。慶元六年春，杜叔高來訪稼軒，稼軒有《同杜叔高祝集觀天保庵瀑布主人留飲兩日且約牡丹之飲》詩，題下自注「庚申歲二月二十八日也」，可以爲證。而杜仲高或亦一同來訪，雖無明確記載，然據廣信書院本次第，右詞即稼軒寓居期思時期之作無疑。因編置於此次和叔高諸詞之前。醻，音醮，盡爵也。

〔二〕「杜陵」二句，杜陵客指仲高，切杜姓也。雲外築婆娑，或係杜仲高原句。疑指山上之建築，如停雲堂等。剛，才。

〔三〕「誰識」二句，蘇軾《臂痛謁告作三絶句示四君子》詩：「心有何求遺病安，年來古井不生瀾。」《出都來陳所乘船上有題小詩八首不知何人作有感余心者聊爲和之》詩：「年來煩惱盡，古井無由波。」孟郊《列女操》：「波瀾誓不起，妾心井中水。」

〔四〕「種種」二句，種種，見本書卷二《水調歌頭・淳熙丁酉自江陵移帥隆興到官之三月被召》詞（我飲不須勸闋）箋注。就中，此中，言白髮。

〔五〕「二三」三句，二三子，《禮記・檀弓上》：「孔子與門人立，拱而尚右，二三子亦皆尚右。」問丹桂，宋人以登科爲折桂。據《新唐書》卷四五《選舉志》，唐代以五月頒格於州縣，應格選人十月會於省。則州縣選舉亦必在八月舉行，正桂子飄香時節也。故《紺珠集》卷一二《摭遺》載：「諫議大夫致仕竇禹鈞有子五人：儀、儼、侃、偁、僖，俱以進士及第，俱歷顯仕，俱著清望。儀、儼尤擅文名於時。馮道贈詩云：『燕山竇十郎，教子有義方。靈椿一株老，丹桂五枝芳。』故號曰竇氏五龍。」至宋，則鄉試在八月，而禮部試則在明年一月矣。素娥，嫦娥也。以月中有桂，故倩嫦娥作答。

〔六〕「平生」二句，螢雪，《晉書》卷八三《車胤傳》：「家貧，不常得油。夏月則練囊盛數十螢火以照書，以夜繼日焉。」《南史》卷五七《孫伯翳傳》：「孫伯翳，太原人。……父康，起部郎。貧，常映雪讀書，清介，交游不雜。」五車，杜甫《柏學士茅屋》詩：「富貴必從勤苦得，男兒須讀五車書。」餘參本書卷二《水調歌頭・和趙景明知縣韻》詞（官事未易了闋）箋注。

〔七〕「看取」三句，《唐詩紀事》卷三五《孟郊》條：「郊下第詩曰：『棄置復棄置，情如刀劍傷。』又再下第詩曰：『兩度長安陌，空將淚見花。』而後及第，有詩曰：『昔日齷齪不足誇，今朝放蕩思無涯。青春得意馬蹄疾，一日看盡長安花。』一日之間，花即看盡，何其速也？果不達。」按：明年即秋試之年，故此三句勸仲高應試。

浣溪沙

偕杜叔高、吴子似宿山寺，戲作①〔一〕

花向今朝粉面匀，柳因何事翠眉顰〔二〕？東風吹雨細於塵〔三〕。自笑好山如好色，只今懷樹更懷人〔四〕。閑愁閑恨一番新。

【校】

①題，四卷本丙集「杜」、「吴」二字俱闕，此從廣信書院本。

【箋注】

〔一〕題，杜叔高名斿，杜氏五兄弟之三也。〔光緒〕《蘭溪縣志》卷五：「杜汝霖字仁翁，紫溪鄉人，從安定胡瑗學，善古文，甚爲李公擇所稱。孫陵克傳家學，有子五：……叔高名斿，嘗問道於朱子，辛棄疾諸人。朱子時遺書啓迪之。博學而困於知遇，故陸游贈詩有云『文章一字無人識，胸次徒勞萬卷蟠』語。端平初，以布衣召入館閣校勘，年已八十有奇。陳亮嘗稱其詩：『如干戈森立，有吞虎食牛之氣，而左右發春妍以輝映。』又云：『仲高之詞，叔高之詩，皆入能品，非獨一門之盛，亦可謂一代之豪矣。』」《南宋館閣續録》卷九《秘閣校勘·紹定以後》：「杜斿字叔高，婺州人。六年十一月，以布衣特補迪功郎差充。端平元年七月，與在外合入差遣。」稼軒詩《同杜叔高祝集觀天保庵瀑布主人留飲兩日且約牡丹之飲》，題下自注：「庚申歲二月二十八日也。」庚申即慶元六年，可知本年二月，杜叔高來訪，右詞即其來訪同遊時所賦。

〔二〕「花向」二句，粉面勻，郭印《和榮安中道中見梅》詩：「春來無奈客愁新，一破衰顏粉面勻。」翠眉顰，羅隱《秋齋後》詩：「浮碧山光冷，月明露點勻。渚蓮丹臉恨，堤柳翠眉顰。」花向，向，偏愛也。

〔三〕「東風」句，劉長卿《硤石遇雨宴前主簿從兄子英宅》詩：「硤石雲漠漠，東風吹雨來。」姚合《寄李羣玉》詩：「石脂稀勝乳，玉粉細於塵。」

〔四〕「自笑」二句，好山如好色，《論語·子罕》：「子曰：『吾未見好德如好色者也。』」蘇軾《自徑山回得呂察推詩用其韻招之宿湖上》詩：「多君貴公子，愛山如愛色。」懷樹更懷人，《南史》卷一《宋高祖紀》：「永初元年夏六月丁卯，皇帝即位於南郊。……封晉帝爲零陵王。……詔曰：『夫微禹之感，歎深後昆。愛人懷樹，猶或勿翦。雖在異代，義無廢絕。』」《文選》卷三六傅亮《爲宋公修楚元王墓教》：「夫愛人懷樹，甘棠且猶勿翦。」李善注引《風俗通》：「召公出爲二伯，止甘棠樹之下，聽訟決獄，後人思其德美，愛其樹而不敢伐也。」按：此所謂更懷人，疑杜仲高也。仲高蓋因事早歸。

又

歌串如珠箇箇勻〔一〕，被花勾引笑和顰。向來驚動畫梁塵〔二〕。　莫倚笙歌多樂事，相看紅紫又拋人〔三〕。舊巢還有燕泥新〔四〕。

【箋注】

〔一〕「歌串」句，白居易《寄明州于駙馬使君三絶句》詩：「何郎小妓歌喉好，嚴老呼爲一串珠。」自注：「嚴尚書與于駙馬詩云：『莫損歌喉一串珠。』」

〔二〕「向來」句，《太平御覽》卷五七二引劉向《别録》：「漢興已來，善歌者魯人虞公，發聲清哀，響動梁塵。受學者莫能及也。」于仲文《侍宴東宫應令》詩：「絃調寶瑟曲，歌動畫梁塵。」向來，適來，又來。

〔三〕拋人，李商隱《景陽宫井雙桐》詩：「今日繁紅櫻，拋人占長簟。」《李義山詩集注》卷二下注：「今惟見紅櫻之繁，任人攜簟其下焉。」晏殊《玉樓春》詞：「緑楊芳草長亭路，年少拋人容易去。」

〔四〕燕泥新，裴度《夏日對雨》詩：「簷疏蛛網重，池濕燕泥新。」

又

父老爭言雨水勾，眉頭不似去年顰。殷勤謝却甑中塵〔一〕。　啼鳥有時能勸客，小桃無賴已撩人。梨花也作白頭新〔二〕。

【箋注】

〔一〕「殷勤」句，《後漢書》卷一一一《獨行·范冉傳》：「范冉字史雲，陳留外黄人也。少爲縣小吏。……桓帝時，以冉爲萊蕪長，遭母憂，不到官。……遭黨人禁錮，遂推鹿車，載妻子，捃拾自資。……結草室而居焉，所止單陋，有時絶粒。窮居自若，言貌無改。閭里歌之曰：『甑中生塵范史雲，釜中生魚范萊蕪。』」

〔三〕白頭新，《漢書》卷五一《鄒陽傳》：「語曰：『有白頭如新，傾蓋如故。』」黄庭堅《次韻奉答文少激推官紀贈二首》詩：「今日相看清眼舊，他年肯作白頭新。」

錦帳春

席上和杜叔高韻①

春色難留，酒杯常淺。更舊恨新愁相間②。五更風，千里夢③，看飛紅幾片，這般庭院〔一〕。

幾許風流，幾般嬌嬾。問相見何如不見〔二〕？燕飛忙，鶯語亂，恨重簾不捲，翠屏平遠。

【校】

①題，廣信書院本「韻」字闕，此據四卷本丙集補。王詔校刊本、《六十名家詞》本作「杜叔高席上」。②「更」，四卷本、《花草粹編》卷一二作「把」。③「千」，廣信書院本作「十」，此據四卷本改。

【箋注】

〔一〕「五更」四句，五更風，王建《宫詞一百首》詩：「樹頭樹底覓殘紅，一片西飛一片東。自是桃花貪結子，錯教人恨五更風。」千里夢，元稹《雪天》詩：「故鄉千里夢，往事萬重悲。」

〔二〕「問相」句，司馬光《西江月》詞：「相見争如不見，有情還似無情。笙歌散後酒微醒，深院月明人静。」此恨別語也。

婆羅門引　別杜叔高。叔高長於楚辭①〔一〕

落花時節，杜鵑聲裏送君歸。未消文字湘纍〔二〕，只怕蛟龍雲雨，後會渺難期〔三〕。更何人念我，老大傷悲〔四〕？　已而已而〔五〕。算此意，只君知。記取岐亭買酒，雲洞題詩〔六〕。争如不見，纔相見便有別離時〔七〕。千里月兩地相思。

【校】

①題，四卷本丙集「杜」字闕，此從廣信書院本。

【箋注】

〔一〕題，右送杜叔高歸金華詞，據首句，知爲慶元六年三月事。以下各送別詞及相關諸作，均爲此一時期所賦。

〔二〕「未消」句，湘纍，見本書《蝶戀花·月下醉書雨巖石浪》詞（九畹芳菲蘭佩好闋）箋注。杜叔高長於《楚辭》，故謂未受《楚辭》文字之累。

〔三〕「只怕」二句，蛟龍雲雨，《三國志·吴書》卷九《周瑜傳》：「劉備以左將軍領荆州牧，治公安。備詣京見權，瑜上疏曰：『劉備以梟雄之姿，而有關羽、張飛熊虎之將，必非久屈爲人用者。愚謂大計宜徙備置吴，盛爲築宫室，多其美女玩好，以娱其耳目。……今猥割土地以資業之，聚此三人，俱在疆埸，恐蛟龍得雲雨，終非池中物也。』」後會渺難期，徐鉉《又題白鷺洲江鷗送陳君》詩：「天涯後會渺難期，從此又應添白髭。」

〔四〕老大傷悲，古詩《長歌行》：「少壯不努力，老大徒傷悲。」

〔五〕已而已而，《論語·微子》：「楚狂接輿，歌而過孔子，曰：『鳳兮鳳兮，何德之衰？往者不可諫，來者猶可追。已而已而，今之從政者殆而。』」

〔六〕「記取」二句，岐亭，信上地名無考。按：此岐亭應在鉛山或上饒，非他地如黃州之岐亭。蘇軾《岐亭五首》詩：「三年黃州城，飲酒但飲濕。我如更揀擇，一醉豈易得。……定應好事人，千石供李白。」雲洞，在上饒西三十里，見本書卷三《水調歌頭·九日遊雲洞和韓南澗尚書韻》詞（今日復何日闋）箋注。

〔七〕「争如」二句，見前《錦帳春·席上和杜叔高韻》詞（春色難留闋）箋注。

又

用韻別郭逢道〔一〕

緑陰啼鳥，《陽關》未徹早催歸。歌珠悽斷纍纍〔二〕，回首海山何處，千里共襟期〔三〕。歎高山流水，絃斷堪悲〔四〕。　中心悵而。似風雨，落花知〔五〕。更擬停雲君去，細和陶詩〔六〕。見君何日，待瓊林宴罷醉歸時。人争看寶馬來思〔七〕。

【箋注】

〔一〕題，郭逢道，稼軒有《和郭逢道韻七絶》二首，其第二首「細思丹桂是天香」句，亦勸其應試。其字籍事歷皆無考，或即從杜叔高同來訪者。

〔二〕「歌珠」句，《尚書·樂記》：「故歌者上如抗，下如隊，曲如折，止如槀木。倨中矩，句中鉤，纍纍乎端如貫珠。」元稹《長慶集》卷二七有《善歌如貫珠賦》。

〔三〕「回首」二句，海山何處，見本書卷六《臨江仙·和信守王道夫韻謝其爲壽時僕作閩憲》詞（記取年年爲壽客闋）箋注。共襟期，杜甫《醉時歌》：「日糴太倉五升米，時赴鄭老同襟期。」

〔四〕「歎高」二句，高山流水，《列子·湯問》：「伯牙善鼓琴，鍾子期善聽。伯牙鼓琴，志在登高山，鍾子期曰：『善哉，峩峩兮若泰山。』志在流水，鍾子期曰：『善哉，洋洋兮若江河。』伯牙所念，鍾子期必得之。伯牙游於泰山之陰，卒逢暴雨，止於巖下，心悲，乃援琴而鼓之。初爲霖雨之操，更造崩山之音，曲每奏，鍾子期輒窮其趣。伯牙乃舍琴而歎曰：『善哉善哉，子之聽夫志！想象猶吾心也，吾於何逃聲哉？』」絃斷，見本書卷一《新荷葉·再和前韻》詞（春色如愁闋）箋注。

〔五〕「中心」三句，中心悵而，陶潛《榮木》詩：「人生若寄，顦顇有時。静言孔念，中心悵而。」風雨落花知，孟浩然《春曉》詩：「夜來風雨聲，花落知多少。」

〔六〕細和陶詩，黄庭堅《跋子瞻和陶詩》：「子瞻謫嶺南，時宰欲殺之。飽喫惠州飯，細和淵明詩。」

〔七〕「待瓊」二句，瓊林宴罷醉歸時，王世禎《分甘餘話》卷二：「今新進士賜燕謂之瓊林宴。瓊林，宋京城四御苑之一。《石林燕語》：『瓊林苑，……進士聞喜燕亦在焉。』……猶唐之題名雁塔也。」《東京夢華録》卷七《駕幸瓊林苑》：「瓊林苑在順天門大街，面北，與金明池相對。」寶馬來思，據《錢塘遺事》卷一〇《置狀元局》條，南宋賜聞喜宴於貢院，宴畢退，進士皆簪花乘馬而歸。故有寶馬云云。《詩·小雅·采薇》：「今我來思，雨雪霏霏。」

又

用韻答傅先之。時傅先之宰龍泉歸①〔一〕

龍泉佳處，種花滿縣却東歸〔二〕。腰間玉若金纍。須信功名富貴，長與少年期〔三〕。悵高山流水，古調今悲〔四〕。　卧龍暫而。算天上，有人知。最好五十學《易》〔五〕，三百篇《詩》。男兒事業看一日，須有致君時。端的了休更尋思②〔六〕。

【校】

①題，四卷本丁集作「用韻答先之」，此從廣信書院本。　②「更」，廣信書院本原作「便」，此據四卷本改。

【箋注】

〔一〕題，傅先之，〔同治〕《鉛山縣志》卷一二《選舉》：「淳熙八年辛丑黄由榜，傅兆，字先之，城北人，湖州通判。」〔乾隆〕《龍泉縣志》卷七《知縣》：「慶元年，傅兆、史宗之。」卷八《政績》：「傅兆，上饒人，慶元初知縣。爲民備荒，出所得俸錢六十萬有奇，會歲豐穀賤，盡以博糴，爲米三百餘斛，置倉别貯。俟農事方殷，舊穀將没，則如其價以出之，至秋復斂，名其倉曰勸儲，擇邑之有行誼者司之。歲率爲常，民懷其惠。」此龍泉爲處州龍泉縣。按：據詞題及首句，傅兆自龍泉歸鉛山，當在賦此詞之前不久。慶元共六年，如其慶元二年知龍泉縣，任滿亦應在慶元四年。右詞既爲次送别杜叔高者，最早亦必在慶元六年春末。因知《縣志》所謂慶元初知縣，或爲再任，傅兆知龍泉縣當至慶元五年也。

〔二〕「種花」句，見本書卷二《水調歌頭·和趙景明知縣韻》詞（官事未易了闋）箋注。

〔三〕「腰間」三句，腰間玉，謂玉具劍，蘇軾《武昌銅劍歌》：「君不見淩煙功臣長九尺，腰間玉具高拄頤。」金纍，謂金印，見本書卷五《瑞鶴仙·壽上饒倅洪莘之時攝郡事且將赴漕舉》詞（黄金堆到斗闋）箋注。長與少年期，《北齊書》卷三《文襄帝紀》：「三年，入輔朝政，加領軍左右京畿大都督。時人雖聞器識，猶以少年期之。」

〔四〕「悵高」二句，見前闋箋注。

〔五〕「最好」句，《論語·述而》：「子曰：『加我數年，五十以學《易》，可以無大過矣。』」

〔六〕「男兒」三句，男兒事業，杜牧《醉贈薛道封》詩：「男兒事業知公有，賣與明君直幾錢。」貫休《送盧舍人三首》詩：「一曰勸君不用登峴首山，讀羊祜碑，男兒事業須自奇。」致君時，見本書卷一《水調歌頭》詞（落日古城角闋）箋注。端的了，了，明白。

又

用韻答趙晉臣敷文〔一〕

不堪鶗鴂，早教百草放春歸〔二〕。江頭愁殺吾纍。却覺君侯雅句，千載共心期〔三〕。便留春甚樂，樂了須悲。　瓊而素而。被花惱〔四〕，只鶯知。正要千鍾角酒，五字裁詩〔五〕。江東日暮，道繡斧人去未多時〔六〕。還又要玉殿論思〔七〕。

【箋注】

〔一〕題，右詞亦慶元六年晚春所作。

〔二〕「不堪」二句，不堪鶗鴂、百草，見本書卷一《新荷葉·再和前韻》詞（春色如愁闋）箋注。放春歸，李光《留春》詩：「秉燭更期尋勝侶，不教容易放春歸。」

〔三〕「江頭」三句，吾纍，不以罪死曰纍，此作吾輩解。共心期，梁武帝《詠笛》詩：「可謂寫自歡，方與心期共。」朱熹《詠巖桂二首》詩：「攀援香滿袖，歎息共心期。」

〔四〕「瓊而」二句，瓊而素而，《詩·齊風·著》：「俟我於著乎而，充耳以素乎而，尚之以瓊華乎而。」據毛詩《疏》，知此三句乃寫士人迎親，妻見夫之衣飾。素即玉，充耳之物。瓊華即美石，服飾也。被花惱，見本書卷三《念奴嬌·余既爲傅巖叟兩梅賦詞》（是誰調護闋）箋注。

〔五〕「正要」二句，千鍾角酒，《孔叢子·儒服》：「平原君與子高飲，强子高酒，曰：『昔有遺諺：堯舜千鍾，孔子百觚，子路嗑嗑，尚飲十榼。』古之聖賢無不能飲也，吾子何辭焉？」裁詩，杜甫《江亭》詩：「故林歸未得，排悶强裁詩。」

〔六〕「江東」二句，江東日暮，杜甫《春日憶李白》詩：「渭北春天樹，江東日暮雲。」繡斧人去，謂趙不迂任諸路提刑尚在不久之前。繡斧，見本書卷二《水調歌頭·淳熙己亥自湖北漕移湖南周總領王漕趙守置酒南樓席上留別》詞（折盡武昌柳闋）箋注。宋代提刑持節，即漢代繡衣使者持斧之遺制。查《容齋四筆》卷二《志文不可冗》條：「東坡爲張文定公作墓志銘，有答其子厚之一書。……坡帖藏梁氏竹齋，趙晉臣鐫石於湖南憲司楚觀。」《克齋集》卷一四《送趙進臣持閩憲節》詩：「湘江之水碧悠悠，使君昔日曾徘徊。於今八州復延頸，洗冤澤物須公來。」而福州鼓山有趙不迂題詩一首，落款：「古汴趙晉臣將男鄭、孫濤、漶，拉徐錫之、江會之來遊，賦以是詩，慶元三禩中伏休務日。」知慶元三年趙不迂正在福建提刑任上。

〔七〕玉殿論思，蘇軾《次韻蔣穎叔》詩：「豈敢便爲雞黍約，玉堂金殿要論思。」

上西平

送杜叔高

恨如新，新恨了，又重新。看天上多少浮雲。江南好景，落花時節又逢君〔一〕。夜來風雨，春歸似欲留人。尊如海，人如玉，詩如錦，筆如神。更能幾字盡殷勤①〔二〕。江天日暮，何時重與細論文〔三〕。緑楊陰裏，聽《陽關》門掩黄昏。

【校】

①「更」，廣信書院本及王詔校刊本、四印齋本闕，此據《六十名家詞》本補。

【箋注】

〔一〕「江南」二句，杜甫《江南逢李龜年》詩：「正是江南好風景，落花時節又逢君。」

〔二〕盡殷勤，陶潛《與殷晉安別》詩：「遊好非久長，一遇盡殷勤。信宿酬清話，益復知爲親。」

〔三〕「江天」二句，杜甫《春日憶李白》詩：「渭北春天樹，江東日暮雲。何時一尊酒，重與細論文。」

浣溪沙　別杜叔高

這裏裁詩話別離，那邊應是望歸期。人言心急馬行遲〔一〕。　去雁無憑傳錦字，春泥抵死污人衣。海棠過了有荼䕷〔二〕。

【箋注】

〔一〕馬行遲，李嘉祐《與從弟正字從兄兵曹宴集林園》詩：「去路歸程仍待月，垂韁不控馬行遲。」

〔二〕「海棠」句，張耒《東園》詩：「一時桃李事已畢，猶有荼䕷數朵在。」洪适《鷓鴣天·席上賞牡丹用景裴韻》詞：「海棠過後荼䕷發，堪歎人間不再生。」

玉蝴蝶　追別杜仲高①〔一〕

古道行人來去，香紅滿樹②，風雨殘花〔二〕。望斷青山，高處都被雲遮。客重來風流觴詠，春已去光景桑麻〔三〕。苦無多，一條垂柳，兩箇啼鴉。　人家。疏疏翠竹，陰陰綠樹，淺淺寒沙。醉兀籃輿，夜來豪飲太狂些〔四〕。到如今都齊醒却〔五〕，只依舊無奈愁何。試聽呵，寒食近也，且住爲佳〔六〕。

【校】

①題，四卷本丙集「仲」作「叔」，此從廣信書院本。　②「紅滿」，《六十名家詞》本作「滿紅」。

【箋注】

〔一〕題，杜仲高，右詞四卷本丙集作杜叔高。《朱文公文集》卷六〇《與杜叔高書》：「辛丈相會，想極款曲。今日如此人物豈易可得？」然不知叔高何時來上饒晤會稼軒。而杜仲高則於淳熙十五年底來上饒相訪，稼軒以和陳亮之《賀新郎》詞贈之。右詞有「客重來」一語，應是杜仲高於慶元六年再次來訪也。且此次來訪，殆同杜叔高偕來，故仍以廣信書院本爲準，回改爲杜仲高。終以廣信書院本爲甚可信也。

〔二〕「古道」三句，古道行人，劉禹錫《荆門道懷古》詩：「馬嘶古道行人歇，麥秀空城野雉飛。」香紅滿樹，顧況《春懷》詩：「園鶯啼已倦，樹樹隕香紅。」《能改齋漫録》卷一六《御詞》條：「徽宗天才甚高，於詩文外，尤工長短句。嘗爲《探春令》云：『簾旌微動，峭寒天氣，龍池冰泮。杏花笑吐香紅淺，又還是，春將半。』」風雨殘花，張孝祥《菩薩蠻·回文》詞：「晚花殘雨風簾捲，捲簾風雨殘花晚。」

〔三〕「春已」句，光景桑麻，王安石《出郊》詩：「風日有情無處著，初回光景到桑麻。」

〔四〕「醉兀」二句，醉兀籃輿，蘇軾《自雷適廉宿於興廉村淨行院》詩：「晨登一葉舟，醉兀十里溪。」

《通雅》卷三五:「笩輿,編輿也。晉以來謂之籃輿。或曰擔子,猶兜子也。」太狂些,太有些張狂。

〔五〕都齊醒却,完全酒醒。

〔六〕「寒食」二句,見本書卷二《霜天曉角·旅興》詞(吴頭楚尾闋)箋注。

又

杜仲高書來戒酒,用韻①〔一〕

貴賤偶然渾似,隨風簾幌②,籬落飛花〔二〕。空使兒曹,馬上羞面頻遮〔三〕。向空江誰捐玉珮,寄離恨應折疏麻〔四〕。暮雲多,佳人何處,數盡歸鴉〔五〕。　儂家。生涯蠟屐,功名破甑,交友摶沙〔六〕。往日曾論,淵明似勝卧龍些。算從來人生行樂③,休更説日飲亡何④〔七〕。快斟呵,裁詩未穩,得酒良佳。

【校】

①題,四卷本丙集「仲」作「叔」,此從廣信書院本。　②「幌」,廣信書院本作「幕」,此從四卷本改。　③「算」,四卷本作「記」。　④「更説」,四卷本作「更問」,《六十名家詞》本作「便説」。

【箋注】

〔一〕題,杜仲高别去之後有書來,以止酒爲勸。故再賦此詞。

〔二〕「貴賤」三句,《南史》卷五七《范縝傳》:「嘗侍子良,子良精信釋教,而縝盛稱無佛。子良問曰：『君不信因果，何得富貴貧賤？』縝答曰：『人生如樹花同發，隨風而墮。自有拂簾幌墜於茵席之上，自有關籬牆落於糞溷之中。墜茵席者，殿下是也。落糞溷者，下官是也。貴賤雖復殊途，因果竟在何處？』子良不能屈。」

〔三〕羞面頻遮，《南齊書》卷三六《劉祥傳》：「劉祥字顯徵，東莞莒人也。……祥少好文學，性韻剛疏，輕言肆行，不避高下。司徒褚淵入朝，以腰扇鄣日，祥從側過，曰：『作如此舉止，羞面見人，扇鄣何益？』淵曰：『寒士不遜。』祥曰：『不能殺袁劉，安得免寒士。』」

〔四〕「向空」二句，捐玉珮，《楚辭·九歌·湘君》：「捐余玦兮江中，遺余佩兮醴浦。」參見本書卷三《賀新郎·賦水仙》詞（雲卧衣裳冷闋）箋注。折疏麻，《九歌·大司命》：「折疏麻兮瑤華，將以遺兮離居。」

〔五〕「暮雲」三句，暮雲、佳人，見本書卷七《蘭陵王·賦一丘一壑》詞（一丘壑闋）箋注。數盡歸鴉，蘇轍《南齋獨坐》詩：「往還真斷絶，一一數歸鴉。」李新《徐安叟郊居》詩：「衰草綴珠看曉露，暮天飛墨數歸鴉。」

〔六〕「儂家」四句，儂家，生涯蠟屐，見本書卷二《滿江紅·江行簡楊濟翁周顯先》詞（過眼溪山闋）箋注。功名破甑，《後漢書》卷九八《孟敏傳》：「孟敏字叔達，鉅鹿楊氏人也。客居太原，荷甑墮地，不顧而去。林宗見而問其意，對曰：『甑已破矣，視之何益？』林宗以此異之。」蘇軾《與周長官李秀才遊徑山二君先以詩見寄次其韻二首》詩：「功名一破甑，棄置何用顧。」文友搏沙，見本書卷七《臨江仙·諸葛元亮席上見和再用韻》詞（夜雨南堂新瓦響闋）箋注。

〔七〕日飲亡何，見本書卷四《減字木蘭花·宿僧房有作》詞（僧窗夜雨闋）箋注。

武陵春①〔一〕

桃李風前多嫵媚，楊柳更溫柔〔二〕。喚取笙歌爛漫遊，且莫管閑愁。　好趁晴時連夜賞②，雨便一春休。草草杯盤不要收，纔曉又扶頭③〔三〕。

【校】

①題，王詔校刊本、《六十名家詞》本、四印齋本作「春興」，此從廣信書院本無題。　②「晴時」，四卷本丙集作「春晴」。　③「曉又」，四卷本作「曉便」，王詔校刊本、《六十名家詞》本、四印齋本作「晚又」。

【箋注】

〔一〕題，右詞無題，然所述季節皆春末景象，後一首「心急馬行遲」且與《浣溪沙·別杜叔高》詞中「這裏裁詩話別離，那邊應是望歸期。人言心急馬行遲」語合，因知爲同時所作。故均次於此。

〔二〕「桃李」二句，桃李風前，鄒浩《次韻答端夫約春遊》詩：「分如松柏老相看，桃李風前共歲寒。」楊柳溫柔，本書卷七《添字浣溪沙·用前韻謝傅巖叟饋名花鮮蕈》詞：「楊柳溫柔是故鄉，紛紛蜂蝶去年場。」

〔三〕「草草」二句，草草杯盤，彭汝礪《寄廣漢》詩：「草草杯盤渾自足，笑談只欠布袍翁。」王安石

《示長安君》詩：「草草杯盤供笑語，昏昏燈火話平生。」扶頭，見本書卷六《西江月·三山作》詞（貪數明朝重九闋）箋注。

又

走去走來三百里，五日以爲期。六日歸時已是疑，應是望多時〔一〕。　鞭箇馬兒歸去也，心急馬行遲。不免相煩喜鵲兒，先報那人知〔二〕。

【箋注】

〔一〕「走去」四句，上饒至婺州爲三百五十里，此謂之三百里，應即二杜之歸程也。《詩·小雅·采綠》：「五日爲期，六日不詹。」詹，至也。

〔二〕「不免」二句，《容齋續筆》卷三《烏鵲鳴》條：「白樂天在江州，答元郎中楊員外喜烏見寄，曰：『南宮鴛鴦地，何忽烏來止。故人錦帳郎，聞烏笑相視。疑烏報消息，望我歸鄉里。我歸應待烏頭白，慚愧元郎誤歡喜。』然則鵲言固不善，而烏亦能報喜也。」那人，指閨中人。

感皇恩　讀《莊子》，聞朱晦庵即世①〔一〕

案上數編書，非《莊》即《老》。會説忘言始知道〔二〕。萬言千句，不自能忘堪笑②。今朝梅雨霽③〔三〕，青天好④。　一壑一丘，輕衫短帽〔四〕。白髮多時故人少。子雲何在，應有

《玄經》遺草〔五〕。江河流日夜，何時了〔六〕？

【校】

①題，四卷本丙集作「讀莊子有所思」，此從廣信書院本。按：必丙集刊刻之時，黨禁未解，故避晦庵即世事。至稼軒重編全集時始復其原題。　②「不自」，四卷本作「自不」。　③「今朝」，四卷本作「朝來」。　④「天」，四卷本作「青」。

【箋注】

〔一〕題，朱晦庵即世，《朱子年譜》卷四下：「慶元六年庚申，七十一歲，三月甲子先生卒。冬十一月壬申，葬於建陽縣唐石里之大林谷。」《宋史》稼軒本傳云：「熹殁，僞學禁方嚴，門生故舊，至無送葬者，棄疾爲文往哭之。」按：甲子爲三月九日，右詞有「今朝梅雨霽」語，蓋稼軒得知朱熹去世，已至四、五月梅雨季節矣。

〔二〕「會説」句，《莊子·外物》：「言者所以在意，得意而忘言。吾安得夫忘言之人，而與之言哉？」《列禦寇》：「莊子曰：『知道易，勿言難。知而不言，所以之天也。知而言之，所以之人也。』」

〔三〕「今朝」句，《歲時廣記》卷二《送梅雨》條：「《埤雅》：『今江湘二浙，四、五月間梅欲黄落，則水潤土溽，柱礎皆汗，蒸鬱成雨，謂之梅雨。自江以南，三月雨謂之迎梅，五月雨謂之送梅。』」

〔四〕輕衫短帽，周邦彦《南鄉子》詞：「誰信歸來須及早？長亭，短帽輕衫走馬迎。」

〔五〕「子雲」二句，《漢書》卷八七下《揚雄傳》：「實好古而樂道，其意欲求文章成名於後世。以爲經莫大於《易》，故作《太玄》，傳莫大於《論語》，作《法言》。」按：揚子雲《太玄》經及《法言》皆完成於生前，求遺書於身後者，乃司馬相如，非揚雄也。然相如爲文學家，故仍以子雲比擬。

〔六〕「江河」二句，謝朓《暫使下都夜發新林至京邑贈西府同僚》詩：「大江流日夜，客心悲未央。」杜甫《戲爲六絶句》詩：「爾曹身與名俱滅，不廢江河萬古流。」何時了，謂江河日夜流，何嘗有停止之時，喻朱熹之學術必將萬古不朽。

南鄉子

送趙國宜赴高安户曹。趙乃茂嘉之子。茂嘉嘗爲高安幕官，題詩甚多①〔一〕

日日老萊衣，更解風流蠟鳳嬉〔二〕。膝上放教文度去，須知，要使人看玉樹枝〔三〕。　剩記乃翁詩，緑水紅蓮覓舊題〔四〕。歸騎春衫花滿路，相期，來歲流觴曲水時。

【校】

①題，四卷本丁集作「送筠州趙司户。茂中之子。茂中嘗爲筠州幕官，題詩甚多」。此從廣信書院本。《六十名家詞》本作「送趙國宜赴高安户曹」。

【箋注】

〔一〕題，趙國宜，名善郚，〔同治〕《鉛山縣志》卷一二《選舉》：「寶慶二年丙戌，王曾龍榜，趙善郚字國宜，叢桂坊人，宣教郎崇安知縣，祀羣賢堂，有傳。」同書卷一五《名臣》：「趙善部，寶慶二年以宣教郎知崇安縣事。政尚嚴明，人號趙鐵面。紹定間汀州寇亂，邑當孔道，供億軍需，不擾而辦，民甚德之，祀羣賢堂。」高安，筠州郡名。《輿地紀勝》卷二七《江南西路》：「瑞州，高安郡，紹興十三年賜郡名高安。……唐即縣地置靖州，……又改爲筠州。……寶慶初，以州名犯今御諱，改爲瑞州。」户曹即户曹參軍，又稱户掾。陳文蔚《克齋集》卷一七《送趙國宜赴筠州户掾》詩：「苦無多路旅程寬，正是江南緑打團。欲濕征衫梅雨細，不成客夢麥秋寒。官閑詩可頻搜句，親近書宜月問安。自笑無才愧之子，明時君禄詎能干。」此詩在集中列置於慶元六年《庚申清明日子融出遊寄示十絶以長句謝之》詩之後，嘉泰元年《和茂嘉郎中催梅》詩之前，知爲慶元六年四月梅雨季節所賦。稼軒右詞亦必作於同時。

〔二〕「日日」二句，老萊衣，《初學記》卷一七引《孝子傳》：「老萊子至孝，奉二親，行年七十，著五綵褊襴衣，弄鶵鳥於親側。」蠟鳳嬉，《南齊書》卷三三《王僧虔傳》：「王僧虔，琅邪臨沂人也。……父曇首，右光禄大夫。曇首兄弟集會諸子孫，弘子僧達下地跳戲。僧虔年數歲，獨正坐採蠟燭珠爲鳳凰。弘曰：『此兒終當爲長者。』」解，能。

〔三〕「膝上」三句，膝上放教文度去，《世説新語·方正》：「王文度爲桓公長史時，桓爲兒求王女，王許咨藍田。既還，藍田愛念文度，雖長大，猶抱著膝上。文度因言桓求己女婚，藍田大怒，排文度下膝，曰：『惡見文度。』」王文度即王坦之，藍田乃其父王述。玉樹枝，《世説新語·言語》：

「謝太傅問諸子侄：『子弟亦何預人事，而正欲使其佳？』諸人莫有言者，車騎答曰：『譬如芝蘭玉樹，欲使其生於階庭耳。』」車騎指謝玄。

〔四〕「緑水」句，見本書卷五《水調歌頭》詞（簪履競晴晝閡）箋注。

浣溪沙

壽内子〔一〕

壽酒同斟喜有餘，朱顔却對白髭鬚〔二〕。兩人百歲恰乘除〔三〕。婚嫁剩添兒女拜，平安頻拆外家書〔四〕。年年堂上壽星圖〔五〕。

【箋注】

〔一〕題，内子，稼軒平生三娶，其續娶之范氏當卒於慶元二年。右詞《稼軒詞編年箋注》置於淳熙十六年，以爲詞中「兩人百歲恰乘除」句，意指夫妻二人均爲五十。此已一改舊版箋注謂稼軒夫妻年齡差在十歲左右之判斷（舊版編年置於紹熙五年稼軒五十五歲時），其實，對「乘除」字義之理解，還應以舊版「截長補短」爲是，作夫妻同年之判斷當失所依附。另據本詞對「婚嫁剩添兒女拜」句之考證，此詞必爲稼軒壽其三娶之夫人林氏之作，其賦詞時間姑定爲慶元六年夏，或不中不遠矣。

〔二〕「壽酒」二句，據「壽酒同斟」語，疑稼軒與其夫人之生日或同在五月，壽酒同斟，喜慶有餘，故有此語。慶元六年，稼軒年六十一，與「白髭鬚」語合。蓋人之衰白，由雙鬢開始，然後才是鬚眉。

稼軒四十九歲所作《沁園春・戊申歲奏邸忽騰報謂余以病掛冠因賦此》詞有「况白頭能幾，定應獨往」語，可以證知其頭鬚盡白，當在六十歲前後。而夫人年齡尚不到四十，謂之朱顔，不爲過分也。

〔三〕「兩人」句，百歲恰乘除，《宋會要輯稿・食貨》六之二八：「淳熙十三年十一月十五日，湖廣總領趙彦逾、京西安撫高夔、運判兼提刑提舉劉敦義言：……本路極邊土曠，民力未裕，開耕鹵莽。計一歲一畝所收，以高下相乘除，不過六七斗。」此宋人所言之乘除，當作截長補短解，與加減並同。故《會要》謂「一歲一畝所收，平均六七斗」，此以總數除以單位畝數所得。而稼軒雖未言夫妻平均年齡爲五十，却言合計年齡爲一百，此以年齡相加而言，可知其中之「乘除」，亦應以截長補短爲是。唐宋人用乘除一詞者雖甚多，然大都與得失相聯，如蘇軾《東坡全集》卷七九《與文與可書》有云：「老兄既不計較，但乍失爲郡之樂，而有桂玉之困，又却不見使者嘴面，得失相乘除，亦略相當也。」即多指多少、大小、得失等相差別之事物，一旦達觀對待，二者便相互抵銷。因之，增訂版中右句作兩人同齡無差別之解釋，似不允當。

〔四〕「婚嫁」二句，剩添，多添，屢添。兒女拜，按：稼軒九子二女，除一子早夭外，餘八子中，前二子爲其南歸前由趙氏夫人所生，至慶元間，年齡已爲四十歲上下（第二子辛秬生於紹興二十九年），不但有子，且已生孫。而其第三子辛稏，生於淳熙八年，至此年二十歲，當已娶妻。而其長女辛稏，乃稼軒所作《清平樂・爲兒鐵柱作》詞下片所云潭妹者（當生於淳熙六、七兩年稼軒居官湖南潭州時，爲辛秬之姊），至此年約爲二十二歲，紹熙間稼軒居官閩地時即許嫁帥幕陳成父。其次女辛穮，即後來嫁與稼軒續娶夫人范氏之兄范如山之子范炎者。范炎年齡雖無確考，然據其仕歷有關情節推算，約生於淳熙五年前後（詳可參拙撰《辛棄疾研究叢稿》，研究出版社），則稼軒次女之出嫁，最晚亦必在慶元間（以上考證皆據《菱湖辛氏族譜》，可參本書所附《年譜》）。右詞上片自言稼軒夫妻之年齡差，頗有自矜之意。而下片言兒女之拜，有「屢添」之語。因知「平安」句之「頻拆外家書」，非指林氏之家書，乃二女與二婿之家書也。

〔五〕壽星圖，《天中記》卷二《壽星圖》條：「嘉祐八年冬十一月，京師有道人遊卜於市，莫知所從來。貌體古怪，不與常類，飲酒無算，未嘗覺醉，都人士異之。相與諠傳，好事者潛圖其狀。後近侍達帝，引見，賜酒一石，飲及七斗。次日，司天臺奏壽星臨帝座。忽失道人所在，仁宗嘉歎久之。閱世之所寫《壽星圖》，不知其幾。不過俯龜狎鶴，松柏參錯，粉飾鮮麗而已。仁宗時天下熙熙，無物不春，宜乎壽星遊戲人間，躬見於帝也。」

玉樓春

效白樂天體〔一〕

少年才把笙歌餞，夏日非長秋夜短①〔二〕。因他老病不相饒，把好心情都做嬾。故人別後書來勸，乍可停杯彊喫飯〔三〕。云何相見酒邊時②，却道達人須飲滿③！

【校】

①「秋」，《六十名家詞》本作「愁」，此從廣信書院本。②「見」，四卷本丁集作「遇」。③「飲」，四印齋本作「引」。

【箋注】

〔一〕題，右詞題效白居易詩體，而下片有「故人別後書來勸，乍可停杯彊喫飯」語，與《玉蝴蝶》詞「杜仲高書來戒酒用韻」之題相合，知即慶元六年夏追述杜仲高之語也。

〔二〕「少年」二句，才，剛也。此二句言少年時節剛一把盞，即沉醉其中，恨夏日不長，秋日更短。

〔三〕「乍可」句，此故人相勸語，乍可，即寧可。

又

用韻答葉仲洽①

狂歌擊碎村醪醆，欲舞還憐衫袖短〔一〕。心如溪上釣磯閑②，身似道旁官堠嬾③。　山中有酒提壺勸，好語憐君堪鮓飯④〔二〕。至今有句落人間，渭水秋風黄葉滿⑤〔三〕。諺云：「饞如鷂子，嬾如堠子。」⑥〔四〕

【校】

①題，四卷本丁集作「用韻呈仲洽」，此從廣信書院本。②「心」，四卷本作「身」。③「身」，四卷本作「心」。④「憐」，四卷本作「多」。⑤「秋」，四卷本作「西」。⑥小注，四卷本闕。

【箋注】

〔一〕「狂歌」二句，狂歌擊碎，謝薖《詠二疏》詩：「壯心雖在逼桑榆，長歌擊碎玉唾壺。」欲舞憐衫袖短，《韓非子·五蠹》：「鄙諺曰：『長袖善舞，多錢善賈。』此言多資之易爲工也。」

〔二〕「山中」二句，提壺勸，見本書卷七《沁園春·城中諸公載酒入山余不得以止酒爲解遂破戒一醉再用韻》詞（杯汝知乎閿）箋注。鮓飯，《釋名》卷四：「鮓，葅也，以鹽米釀之，如葅熟而食之也。」按：《白孔六帖》卷一八《寄鮓》條引《吴録》：「孟仁字恭武，本名宗，爲監魚池司馬。自結網捕魚，作鮓寄母。母還之，曰：『汝爲魚官，以鮓寄母，非避嫌疑也。』」則鮓本魚葅也，雜於米飯中，故稱鮓飯。「堪鮓飯」，應爲葉仲洽相勸語也。憐，愛也。

〔三〕「渭水」句，賈島《憶江上吴處士》詩：「秋風吹渭水，落葉滿長安。」《唐摭言》卷一一：「賈閬仙名島，元和中，元白尚輕淺，島獨變格入僻，以矯浮豔。雖行坐寢食，吟詠不輟。常跨驢張蓋，横截天衢。時秋風正厲，黄葉可掃，島忽吟曰：『落葉滿長安。』志重其衝口直致，求之一聯，杳不可得，不知身之所從也。」

〔四〕小注，鶚子，王夫之《詩經稗疏》卷二：「隼則似鷹而小，……今人但呼爲鶚子。擊鳥必準，故水準之準，从隼。」堠子，韓愈《路傍堠》詩：「堆堆路傍堠，一雙復一隻。迎我出秦關，送我入楚澤。」程大昌《考古編》卷七《後山用僧句意》：「吴僧《錢塘白塔院》詩曰：『到江吴地盡，隔岸越山高。』陳後山《詩話》鄙其語不文，曰：『是分界堠子耳。』」

又

用韻答吴子似縣尉①

君如九醞臺黏𩞾，我似茅柴風味短〔一〕。幾時秋水美人來，長恐扁舟乘興嬾〔二〕。高懷自飲無人勸，馬有青芻奴白飯〔三〕。向來珠履玉簪人，頗覺斗量車載滿〔四〕。

【校】

①題，四卷本丁集作「用韻答子似」，此從廣信書院本。

【箋注】

〔一〕「君如」二句，九醞臺黏𩞾，《西京雜記》卷一：「漢制，宗廟八月飲酎，用九醞、太牢。皇帝侍祠，以正月旦作酒，八月成名，曰酎，一曰九醞，一名醇酎。」《野客叢書》卷三《唐時酒味》條：「三山老人云：『唐人好飲甜酒，殆不可曉。』……僕謂唐人以酒比飴蜜者，大率謂醇乎醇者耳，非謂好飲甜酒也。且以樂天詩驗之曰：『甕頭竹葉經春熟，如錫氣味緑黏臺。』曰：『春攜酒客過，緑錫黏盞杓。』」按：白居易二詩題爲《薔薇正開春酒初熟因招劉十九張大夫崔二十四同飲》、《同諸客攜酒早看櫻桃花》。茅柴風味，《學齋佔畢》卷三《酒價緋魚》條：「客有戲噱者，曰：『太白謂美酒耳，恐杜老不擇飲而醉村店，壓茅柴耳。』坐皆大笑，然亦近理也。」吴聿《觀林詩話》：「東坡『幾思壓茅柴，禁網日夜急』。蓋世號市沽爲茅柴，以其易著易遇。周美成詩云：『冬曦如村釀，奇温止須臾。行行正須此，戀戀忽已無。』非慣飲茅柴，不能爲此語也。」

〔二〕「幾時」二句，秋水美人，杜甫《寄韓諫議》詩：「美人娟娟隔秋水，濯足洞庭望八荒。」扁舟乘興，見本書卷三《鷓鴣天·用前韻和趙文鼎提舉賦雪》詞（莫上扁舟訪剡溪閑）箋注。

〔三〕「馬有」句，見本卷《沁園春·和吳子似縣尉》詞（我見君來閑）箋注。

〔四〕「向來」二句，珠履玉簪人，《史記》卷七八《春申君列傳》：「春申君客三千餘人，其上客皆躡珠履。」《隋書》卷一二《禮儀志》：「王公則服之，通天冠加金博山，附蟬十二首，施珠翠，黑介幘，玉簪，導絳紗袍。」斗量車載，《三國志·吳書》卷二《孫權傳》：「又曰：『吳如大夫者幾人？』咨曰：『聰明特達者，八九十人，如臣之比，車載斗量，不可勝數。』」咨者，趙咨也。

生查子

簡吳子似縣尉①〔一〕

高人千丈崖，太古儲冰雪②。六月火雲時〔二〕，一見森毛髮。　俗人如盜泉，照影都昏濁③。高處掛吾瓢，不飲吾寧渴〔三〕。

【校】

①題，四卷本丁集作「簡子似」，此從廣信書院本。　②「太」，四卷本作「千」。　③「都」，《六十名家詞》本、四印齋本作「成」。

【箋注】

〔一〕題，右詞當作於慶元六年夏。

〔二〕六月火雲，王禹偁《堂前井》詩：「一杯冰溜滿，六月火雲生。」黄庭堅《戲和文潛謝穆父松扇》詩：「張侯哦詩松韻寒，六月火雲蒸肉山。」

〔三〕「俗人」四句，盗泉，《文選》卷二八陸機《猛虎行》：「渴不飲盗泉水，熱不息惡木陰。」注引《尸子》：「孔子至於勝母，暮矣而不宿，過於盗泉，渴矣而不飲，惡其名也。」掛瓢，見本書卷四《水龍吟·題瓢泉》詞（稼軒何必長貧闋）箋注。

賀新郎

題傅君用山園①〔一〕

曾與東山約。爲儵魚從容分得，清泉一勺〔二〕。堪笑高人讀書處，多少松窗竹閣，甚長被遊人占却〔三〕。萬卷何言達時用，士方窮早去聲。與人同樂②〔四〕。新種得，幾花藥〔五〕。

山頭怪石蹲秋鶚。俯人間塵埃野馬，孤撑高攫〔六〕。拄杖危亭扶未到，已覺雲生兩腳〔七〕。更换却朝來毛髮〔八〕。此地千年曾物化，莫呼猿且自多招鶴〔九〕。吾亦有，一丘壑。

【校】

①題，四卷本丁集「傅」字闕，此從廣信書院本。　②小注，廣信書院本原闕，此據四卷本補。

【箋注】

〔一〕題，傅君用山園，即永平鎮西南傅家山。〔乾隆〕《鉛山縣志》卷一五：「龍泉庵，在一都傅家山，淳祐間置。」右詞當作於慶元六年秋。

〔二〕「曾與」三句，東山約，稼軒於慶元中曾爲趙達夫東山園賦同調詞，有「把似渠垂功名淚，算何如且作溪山主」語，即與達夫約，同居於山間，樂爲溪山之主。此再及其事。鯈魚從容，《莊子·秋水》：「莊子與惠子遊於濠梁之上，莊子曰：『鯈魚出游從容，是魚樂也。』惠子曰：『子非魚，安知魚之樂？』莊子曰：『子非我，安知我不知魚之樂？』」

〔三〕「堪笑」三句，高人讀書，蘇軾《遊道場山何山》詩：「高人讀書夜達旦，至今山鶴鳴夜半。」甚，何，怎麽。

〔四〕早與人同樂，《晉書》卷七九《謝安傳》：「安雖放情丘壑，然每游賞，必以妓女從。既累辟不就，簡文帝時爲相，曰：『安石既與人同樂，必不得不與人同憂，召之必至。』」早，本已。

〔五〕「新種」二句，錢起有詩題《山居新種花藥與道士同遊賦詩》。

〔六〕「俯人」二句，塵埃野馬，見本書卷五《水龍吟·盤園任帥子嚴掛冠得請取執政書中語以高風名其堂》詞（斷崖千丈孤松闋）箋注。孤撐，韓愈《南山》詩：「孤撐有巉絶，海浴褰鵬噣。」《城南聯句一百五十韻》詩：「摧抏饒孤撐，囚飛黏網動。」高攫，《文選》卷四四陳琳《檄吳將校部曲文》：「夫鷙鳥之擊，先高攫，鷙之勢也。」

〔七〕雲生兩腳，王十朋《中秋賞月蓬萊閣呈同官》詩：「雲生腳底蛟龍卧，影落人間鼓角催。」

〔八〕「更换」句，《論衡·書虚》：「顔淵與孔子俱上魯泰山，孔子東南望，吴閶門外有繫白馬，引顔淵指以示之，曰：『若見吴閶門乎？』顔淵曰：『見之。』孔子曰：『門外何有？』曰：『有如繫練之狀。』孔子撫其目而正之，因與俱下。下而顏淵髮白齒落，遂以病死。」高適《同觀陳十六史興碑》詩：「我來觀雅製，慷慨變毛髮。」

〔九〕「莫呼」句，鶴怨猿驚，見本書卷二《沁園春·帶湖新居將成》詞（三徑初成闕）箋注。

又

用韻題趙晉臣敷文積翠巖，余謂當築陂於其前①〔一〕

拄杖重來約。對東風洞庭張樂②，滿空簫勺〔二〕。巨海拔犀頭角出，來向此山高閣③〔三〕。尚依舊爭前又却④。老我傷懷登臨際，問何方可以平哀樂〔四〕？唯是酒⑤，萬金藥〔五〕。勸君且作橫空鶚〔六〕。便休論人間腥腐⑥，紛紛烏攫〔七〕。九萬里風斯在下，翻覆雲頭雨腳〔八〕。快直上崑崙濯髮⑦。好卧長虹陂十里⑧，是誰言聽取雙黃鶴〔九〕。推翠影⑨，浸雲壑。

【校】

①題，四卷本丁集「謂當」二字作「欲令」，此從廣信書院本。②「對」，廣信書院本原作「到」，此據四卷本改。③「來向此」，廣信書院本原作「東向北」，此據四卷本改。王詔校刊本、《六十名家詞》本、四印齋本作「東向北」。④「依舊爭前又却」，四卷本作「兩兩三三前却」。⑤「是酒」，四卷本作「酒是」。⑥「便」，王詔校刊本、《六十名家詞》本、四印齋本作「更」。⑦「快」，四卷本作「更」。⑧「十」，《六十名家詞》本作「千」。⑨「推」，王詔校刊本、《六十名家詞》本、四印齋本作「攜」。

【箋注】

〔一〕題，積翠巖，〔乾隆〕《鉛山縣志》卷一：「觀音石，縣西三里，一名七寶山，又名積翠巖，即古之楊梅山。洞中石壁上有石如佛指，因名觀音石。下有平坑，石竅中膽泉湧出，山故多銅，宋人嘗於此採焉。先是，南唐於此置銅場，故名銅寶山。今山崩，銅無所出。按《方輿記》，積翠巖五峰相對，東循斷玉峽二十餘步，有石屹立，名擎天柱，即狀元峰。又一巖天成兩竇，如日月相對，名合璧，上建九仙臺，履之如憑虚御空。其右有雲壑及藏雲洞、玉麒麟，餘可名者尚多。慶元六年，趙不迂闢土建佛堂，自下望之，如在五雲縹緲間。後得拄杖泉，亦足用。」按：積翠巖在今永平鎮西，羣山環抱，尚存舊貌。擎天柱已毀於上世紀。

〔二〕「對東」二句，洞庭張樂，見本書卷四《水龍吟·題雨巖》詞（補陀大士虚空闕）箋注。簫勺，《漢書》卷二二《禮樂志》：「《安世房中歌》十七章，其詩曰：『……行樂交逆，簫勺羣慝。』」注：「簫，舜樂也。勺，周樂也。言以樂征伐也。」

〔三〕「巨海」二句，拔犀，《新唐書》卷一七九《賈餗傳》：「未始遺拔犀之角，擢象之齒。」釋道潛《與神智師話別》詩：「紛紛論議場，頭角出羣雄。」按：此句似指擎天柱。此山高闊，當指趙不迂經營之建築。

〔四〕「老我」二句，傷懷登臨，杜甫《登樓》詩：「花近高樓傷客心，萬方多難此登臨。」平哀樂之方，據下句，當指藥方，不是方位。

〔五〕萬金藥，黄庭堅《寄李次翁》詩：「世緣心已死，儻得萬金藥。」

〔六〕横空鶚，强至《贈杜諮秘校》詩：「氣直横秋鶚，文雄絶漢鵬。」

〔七〕「紛紛」句，《漢書》卷八九《循吏・黄霸傳》：「嘗欲有所司察，擇長年廉吏遣行，屬令周密。吏出，不敢舍郵亭，食於道旁，烏攫其肉。民有欲詣府口言事者，適見之。霸與語道此。後日，吏還謁霸，霸見迎勞之，曰：『甚苦，食於道旁，乃爲烏所盗肉。』吏大驚。」

〔八〕「九萬」二句，九萬里風斯在下，見本書卷四《水調歌頭・慶韓南澗尚書七十》詞（上古八千歲）箋注。翻覆雲頭雨腳，杜甫《貧交行》：「翻手作雲覆手雨，紛紛輕薄何須數。」韓拙《山水純全集・論雲霧煙靄嵐光風雨雪霧》條：「風雖無跡，而草木衣帶之形，雲頭雨腳之勢，無少逆也。」

〔九〕「好卧」二句，《漢書》卷八四《翟方進傳》：「初，汝南舊有鴻隙大陂，郡以爲饒。成帝時，關東數水，陂溢爲害。方進爲相，與御史大夫孔光，共遣掾行視，以爲決去陂水，其地肥美，省隄防費，而無水憂。遂奏罷之。及翟氏滅，鄉里歸惡，言方進請陂下良田不得，而奏罷陂云。王莽時，常枯旱，郡中追怨方進，童謡曰：『壞陂誰？翟子威。飯我豆食羹芋魁。反乎覆，陂當復。誰云者，兩黄鵠。』」注：「託言有神來告之。」按：黄鵠，即黄鶴。謂告民陂當復者，兩黄鶴也。

又

韓仲止判院山中見訪，席上用前韻〔一〕

聽我三章約。用《世説》語。有談功談名者舞，談經深酌〔二〕。作賦相如親滌器，識字子雲投閣〔三〕。算枉把精神費却〔四〕。此會不如公榮者，莫呼來政爾妨人樂〔五〕。醫俗士，苦無藥〔六〕。當年衆鳥看孤鶚。意飄然横空直把，曹吞劉攫〔七〕。老我山中誰來伴①？須信窮愁有脚〔八〕。似剪盡還生僧髮。自斷此生天休問，倩何人説與乘軒鶴〔九〕？吾有志，在丘壑②。

【校】

①「來」，《六十名家詞》本作「是」，此從廣信書院本。②「丘」，四卷本丁集作「溝」。

【箋注】

〔一〕題，韓仲止判院，名淲。韓元吉子，自號澗泉，與趙蕃同以詩稱，人謂之信上二泉。戴復古《石屏詩集》卷四《哭澗泉韓仲止二首》詩：「雅志不同俗，休官二十年。隱居溪上宅，清酌澗中泉。慷慨傷時事，淒涼絶筆篇。三篇遺稿在，當並史書傳。（其一）忍貧長傲世，風節似君稀。死後女方嫁，峽中兒未歸。門人集詩稿，故卒服麻衣。澗上梅花發，吟魂何處飛？（其二）」自注：「聞時事驚心，得疾而死。作所以桃源人、所以商山人、所以鹿門人三詩，此絶筆之詩也。」《東南紀聞》卷一：「韓淲字仲止，上饒人，南澗尚書之子。以蔭補京官，清苦自持。史相當國，羅致之，不少屈。一爲京局，終身不出，人但以韓判院稱。南澗晚年有宅一區，伏臘粗給。至仲止，貧益甚，客至不能具胡床，只木杌子而已。長沙吴某得廣東憲，還至京，擁迓吏甚盛，道候仲止，立馬久之。廳事閴寂無人，未幾，一老嫗啓户出，吏亟以刺狀授之，抵於地，徑入去。吴慚退，訪樟丘文卿，亦故舊也，色尚未和。……次日，吴專狀遣吏送酒錢若干，仲止出問，曰：『你官人交割了也？』吏錯愕曰：『本官方拜見，自此却去上任。』仲止作色云：『便是近來官員，不曾到任，先打動公使庫物色，韓某一生不會受此錢。』使吏領賫去，其清節如此。」劉克莊《後村先生大全集》卷九七《趙庭原詩序》亦盛稱韓淲高節：「上饒郡爲過江文獻所聚，南澗、方齋之文，稼軒之詞皆名世。至章泉、澗泉又各以其詩號爲大家數。然世之所以共尊翊二公，帖然無異論者，豈真以其詩哉？其人皆唾涕榮利，老死閑退，槁而不可榮，貧而不可賄，有陶長官、劉遺民之風，雖無詩亦傳，况其詩自妙絶一世乎？」查韓淲以蔭補官，紹熙末年，供職行在太平惠民藥局，《澗泉集》卷一五有詩，題爲「慶元庚申二月，藥局書滿。七月還澗上」。又《三月下旬藥局書滿》詩，有「賣藥居吴市，人猶識姓名。自驚無遁志，誰信有浮榮」句。右詞以「判院」相稱。方大琮《鐵庵集》卷三五有《判院方公孺人鄭氏壙志》，載方大琮之祖父方萬改授行在太平惠民和劑局，命下而卒，而題則以判院相稱。知所謂判院，應即指判惠民藥局而言。而周文璞《方泉詩集》卷三《送澗泉》詩，亦有「長安賣藥市，堇堇十載强」句。十載所指即自紹熙至慶元六年之十年間。右詞蓋韓淲慶元六年庚申秋自行在還信上訪稼軒於期思山間所作。

〔二〕「聽我」三句及小注，三章約，《世説新語·排調》：「魏長齊雅有體量，而才學非所經。初宦當出，虞存嘲之曰：『與卿約法三章：談者死，文筆者刑，商略抵罪。』魏怡然而笑，無忤於色。」按：《史記》卷八《高祖本紀》：「上召諸縣父老豪傑曰：『父老苦秦苛法久矣，誹謗者族，偶語者棄市。吾與諸侯約，先入關者王之，吾當王關中，與父老約法三章耳。殺人者死，傷人及盜抵罪。』」《兩朝綱目備要》卷四：「慶元二年二月丙辰，禁省闈習僞學。知貢舉葉翥、倪思、劉德秀上言：『僞學之魁，以匹夫竊人主之柄，鼓動天下，故文風未能丕變。乞將《語録》之類盡行除毁。』是科取士，稍涉義理，悉見黜落。《六經》、《語》、《孟》、《中庸》、《大學》之書，爲世大禁矣。」按：稼軒當慶元黨禁時期，爲時所忌，故絶口不言功名，此又言談經深酌，蓋於此深致譴責耳。

〔三〕「作賦」二句，作賦相如，見本書卷五《念奴嬌·瓢泉酒酣和東坡韻》詞（倘來軒冕闋）箋注。識字子雲，見本卷《賀新郎·用前韻再賦》詞（肘後俄生柳闋）箋注。杜甫《醉時歌》：「相如逸才親滌器，子雲識字終投閣。」

〔四〕把精神費却，《漢書》卷八七《揚雄傳》：「歷覽者茲年矣，而殊不寤，亶費精神於此，而煩學者於彼。」按：此有客責難揚雄著《太玄》太艱深之語，見揚雄《解難》文。李白《古風五十九首》：「一曲斐然子，雕蟲喪天真。棘刺造沐猴，三年費精神。」

〔五〕「此會」二句，此會不如公榮者，《世説新語·簡傲》：「王戎弱冠詣阮籍，時劉公榮在坐，阮謂王曰：『偶有二斗美酒，當與君共飲。彼公榮者無預焉。』二人交觴酬酢，公榮遂不得一杯，而言語談戲，三人無異。或有問之者，阮答曰：『勝公榮者不得不與飲酒，不如公榮者不可不與飲酒，惟公榮可不與飲酒。』」妨人樂，《世説新語·排調》：「嵇、阮、山、劉在竹林酣飲，王戎後往。步兵曰：『俗物已復來敗人意。』王笑曰：『卿輩意亦復可敗邪？』」《晉書》卷四九《向秀傳》：

「雅好老莊之學。莊周著内外數十篇，歷世方士雖有觀者，莫適論其旨統也。秀乃爲之隱解，發明奇趣，振起玄風。……始，秀欲注，嵇康曰：『此書詎復須注？正是妨人作樂耳。』」

〔六〕「醫俗」二句，蘇軾《於潛僧緑筠軒》詩：「人瘦尚可肥，士俗不可醫。」苦無藥，《孫公談圃》卷上：「晁堯民端仁嘗得冷疾，苦無藥可治，惟日中炙背，遂愈。」

〔七〕「當年」三句，衆鳥看孤鶚，《後漢書》卷一一〇《文苑·禰衡傳》：「禰衡字正平，平原般人也。少有才辯，而氣尚剛傲，好矯時慢物。……善魯國孔融及弘農楊修，常稱曰：『大兒孔文舉，小兒楊德祖，餘子碌碌，莫足數也。』融亦深愛其才。衡始弱冠，而融年四十，遂與爲交友，上疏薦之曰：『……鷙鳥累伯，不如一鶚。使衡立朝，必有可觀。』」其後載孔融薦於曹操，而衡素相輕疾，借擊鼓裸身而辱之。操懷忿，以其才名不欲殺之，送劉表。復侮慢表，表亦不能容，以江夏太守黄祖性急，送衡與之，遂爲黄祖所殺。横空直把曹吞劉攫，即指其辱慢曹操及劉表而言。黄庭堅《再次韻四首》詩：「聖功典學形歌頌，更覺曹劉不足吞。」《山谷内集詩注》卷七：「曹植、劉楨皆魏文帝時文士。元稹作老杜墓銘序曰：『言奪蘇李，氣吞曹劉。』」按：唐宋人之「氣吞曹劉」，所指爲曹植、劉楨，稼軒借用以指曹操、劉表。

〔八〕「須信」句，《開元天寶遺事》卷四《有脚陽春》條：「宋璟愛民恤物，朝野歸美，人咸謂璟爲有脚陽春，言所至之處，如陽春煦物也。」

〔九〕「自斷」二句，自斷此生天休問，杜甫《曲江三章章五句》：「自斷此生休問天，杜曲幸有桑麻田。」乘軒鶴，《左傳·閔公二年》：「冬十二月，狄人伐衛。衛懿公好鶴，鶴有乘軒者。將戰，國人受甲者皆曰：『使鶴。鶴實有禄位，余焉能戰？』」

【附録】

張鎡功甫和詞

賀新郎　次辛稼軒韻寄呈

邂逅非專約。記當年林堂對竹，豔歌春酌。一笑乘鸞明月影，餘事丹青麟閣。待宇宙長繩穿却。念我中原空有夢，渺風塵萬里迷長樂。愁易老，欠靈藥。　別來幾度霜天鶚。厭紛紛吞腥啄腐，狗偷烏攫。東晉風流兼慷慨，公自陽春有腳。妙悟處不存毫髮。何日相從雲水去，看精神峭緊芝田鶴。書壯語，遍巖壑。（《南湖集》卷一〇）

夜游宫

苦俗客〔一〕

幾箇相知可喜，才厮見説山説水〔二〕。顛倒爛熟只這是。怎奈向①〔三〕，一回説，一回美。　有箇尖新底〔四〕，説底話非名即利②。説得口乾罪過你③〔五〕。且不罪，俺略起，去洗耳〔六〕。

【校】

①「向」，王詔校刊本、《六十名家詞》本、四印齋本作「何」，此從廣信書院本。　②「即」，王詔校刊本、《六十名家詞》

本作「非」。　③「得」，王詔校刊本、《六十名家詞》本、四印齋本作「的」。

【箋注】

〔一〕題，右詞作於慶元六年秋，恰稼軒爲俗客所擾之時，見於詞章者，有《生查子·簡子似》之高人俗人相對而言，又有《賀新郎·韓仲止判院山中見訪》之醫俗士語，因知右詞必與二詞同時所作。

〔二〕「才廝」句，才廝見即才相見。

〔三〕怎奈向，怎奈何。　秦觀《八六子》詞：「怎奈向歡娛漸隨流水，素絃聲斷，翠綃香減。」李之儀《鵲橋仙》詞：「庾郎知有幾多愁？　怎奈向，月明今夜！」

〔四〕尖新底，即某個見解新穎者。

〔五〕罪過你，《五燈會元》卷一一《南院慧顒禪師》：「師却喝曰：『你既惡發，我也惡發。　近前來，我也没量罪過，你也没量罪過，瞎漢參堂去。』」按：罪過你，意即得罪你。　下文「且不罪」，意即且不責過你。

〔六〕洗耳，《高士傳》卷上《許由》：「許由字武仲，陽城槐里人也。　爲人據義履方，邪席不坐，邪饍不食，後隱於沛澤之中。　堯讓天下於許由。　……堯又召爲九州長，由不欲聞之，洗耳於潁水濱。　時其友巢父牽犢欲飲之，見由洗耳，問其故，對曰：『堯欲召我爲九州長，惡聞其聲，是故洗耳。』」略起，稍起，暫起。

雨中花慢

登新樓，有懷趙昌甫、徐斯遠、韓仲止、吴子似、楊民瞻①〔一〕

舊雨常來，今雨不來，佳人偃蹇誰留〔二〕？幸山中芋栗，今歲全收〔三〕。貧賤交情落落，古今吾道悠悠〔四〕。怪新來却見，文《反離騷》②，詩《發秦州》〔五〕。功名只道，無之不樂，那知有更堪憂。怎奈向兒曹抵死，唤不回頭〔六〕！石卧山前認虎，蟻喧牀下聞牛〔七〕。爲誰西望。憑欄一餉，却下層樓〔八〕。

【校】

①題，四卷本丙集「趙」、「徐」、「韓」、「吴」、「楊」字俱闕，此從廣信書院本。②「反」，《六十名家詞》本作「友」。

【箋注】

〔一〕題，新樓，此新樓似在五堡洲中。趙昌甫以下皆信上諸友。右詞既及韓仲止，則必作於慶元六年七月韓淲自行在還信上之後。

〔二〕「舊雨」三句，舊雨、今雨，《杜工部集》卷二五《秋述》：「秋，杜子卧病長安旅次，多雨生魚，青苔及榻。常時車馬之客，舊，雨來，今，雨不來。」偃蹇誰留，《楚辭・離騷》：「余乃下望瑶臺之偃蹇兮，見有娀之佚女。」偃蹇，謂瑶臺之高峻。同書《九歌・湘君》：「君不行兮夷猶，蹇誰留兮中洲。」

〔三〕「幸山」二句，杜甫《南鄰》詩：「錦里先生烏角巾，園收芋栗未全貧。」

〔四〕「貧賤」二句，貧賤交情，見本書卷七《臨江仙·諸葛元亮見和再用韻》詞（夜雨南堂新瓦響闋）箋注。吾道悠悠，杜甫《發秦州》詩：「大哉乾坤内，吾道長悠悠。」

〔五〕「怪新」三句，文《反離騷》，《漢書》卷八七上《揚雄傳》：「先是時，蜀有司馬相如，作賦甚弘麗温雅，雄心壯之，每作賦，常擬之以爲式。又怪屈原文過相如，至不容，作《離騷》，自投江而死。悲其文，讀之未嘗不流涕也。以爲君子得時則大行，不得時則龍蛇，遇不遇命也，何必湛身哉！乃作書，往往摭《離騷》文而反之，自岷山投諸江流，以弔屈原，名曰《反離騷》。」詩《發秦州》，杜甫有《發秦州》詩，自注：「乾元二年，自秦州赴同谷縣紀行。」魯訔《杜工部詩年譜》：「二年己亥，公年四十八，春留東都。……史云：關輔饑，輒棄官去，客秦州，貧，採橡栗自給。有《秦州二十首》曰：『滿目悲生事，因人作遠遊。遲迴度隴怯，浩蕩及關愁。』……冬十月，《發秦州》曰：『我衰更嬾拙，生事不自謀。無食思樂土，無衣思南州。』」按：自慶元黨禁以來，士之素無行者，或爲生計所迫，或爲名利所誘，變節投靠韓侂胄者多有之。故此以「文反《離騷》」、「詩發秦州」爲喻。

〔六〕「怎奈」二句，怎奈向，已見前《夜游宫·苦俗客》詞（幾箇相知可喜闋）箋注。抵死，到底，總是，終歸。唤不回頭，《漁隱叢話》前集卷五七《雪竇》條：「雪竇顯禪師嘗作偈云：『三分光陰二早過，靈臺一點不揩磨。貪生逐日區區去，唤不回頭争奈何。』世人貪着愛境，以妄爲真，迷而弗返，讀此偈者，宜如何哉？」

〔七〕「石卧」二句，石卧山前認虎，《史記》卷一〇九《李將軍列傳》：「廣出獵，見草中石，以爲虎而射之，中石没鏃，視之石也。」蟻喧牀下聞牛，《世説新語·紕漏》：「殷仲堪父病虚悸，聞牀下蟻動，謂是牛鬥。」

〔八〕「爲誰」三句，西望，《左傳·成公十三年》：「及君之嗣也，我君景公，引領西望，曰：『庶撫我乎？』」按：及君指秦桓公，我君景公則晉景公。一餉，即一時也。

又

吴子似見和，再用韻爲别①〔一〕

馬上三年，醉帽吟鞭②，錦囊詩卷長留〔二〕。悵溪山舊管，風月新收〔三〕。明便關河杳杳，去應日月悠悠〔四〕。笑千篇索價，未抵蒲桃，五斗涼州〔五〕。　停雲老子，有酒盈尊，琴書端可銷憂③〔六〕。渾未解傾身一飽④，淅米矛頭〔七〕。心似傷弓塞雁⑤，身如喘月吴牛〔八〕。曉天涼夜⑥，月明誰伴，吹笛南樓〔九〕？

【校】

①題，四卷本丁集「吴」字闕，此從廣信書院本。　②「鞭」，廣信書院本原作「鞍」，此據四卷本改。　③「銷」，《六十名家詞》本作「消」。　④「解」，四卷本作「辨」。　⑤「塞」，廣信書院本原作「寒」，此據四卷本改。　⑥「曉天涼夜」，四卷本作「晚天涼也」。

【箋注】

〔一〕題，吴子似縣尉任滿，應在慶元六年秋八月，右詞略作於其前。

〔二〕「錦囊」句，錦囊，見本書卷三《江神子·和人韻》詞（梨花着雨晚來晴閡）箋注。杜甫《送孔巢父謝病歸遊江東兼呈李白》詩：「詩卷長留天地間，釣竿欲拂珊瑚樹。」

〔三〕「悵溪」二句，黄庭堅《贈李輔聖》詩：「舊管新收幾妝鏡，流行坎止一虚舟。」任淵《山谷内集詩注》卷一五：「舊管、新收，本吏文書中語，山谷取用，所謂以俗爲雅也。」

〔四〕「明便」二句，明便，魏晉間語，明日便之簡文也。《晉書》卷八二《習鑿齒傳》：「鑿齒曰：『君幾誤死。君嘗聞前知星宿，有不覆之義乎？此以戲君，以錢供道中資，是聽君去耳。』星人大喜，明便詣温别，温問去意，以鑿齒言答温。」《法帖釋文考異》卷三《晉王凝之書》：「八月廿九日，告庾氏女，明便授衣，感逝悲歎，念增遠思。」日月悠悠，《詩·邶風·雄雉》：「瞻彼日月，悠悠我思。」

〔五〕「笑千」三句，輯本《三輔決録》卷二：「平陵孟佗字伯郎，靈帝時中常侍張讓專朝，讓監奴典任家計，孟佗盡以家財賂讓家奴，共結親厚。積年，衆奴心慚，問佗所欲。……後以葡萄酒一斗遺讓，即拜涼州刺史。」《三國志·魏書》卷二《明帝紀》：「新城太守孟達反，詔驃騎將軍司馬宣王討之。」注引《三輔決録》：「佗又以蒲桃酒一斛遺讓，即拜涼州刺史。」孟達，即孟佗子。按：一斛爲十斗。此録或謂一斗或謂一斛，稼軒取一斛。杜甫《飲中八仙歌》有「李白斗酒詩百篇」句。稼軒謂千篇詩價即能换酒十斗，亦即一斛。孟佗可以一斛酒换涼州刺史，而吾輩之詩，不抵其半五斗耳，正堪笑也。

〔六〕「停雲」三句，有酒盈尊，琴書銷憂，《陶淵明集》卷五《歸去來兮辭》：「三徑就荒，松菊猶存。攜幼入室，有酒盈尊。引壺觴以自酌，眄庭柯以怡顏。……悦親戚之情話，樂琴書以消憂。」停雲老，陶潛有《停雲》詩，亦自謂也。

〔七〕「渾未」二句，傾身一飽，陶潛《飲酒二十首》詩：「此行誰使然，似爲饑所驅。傾身營一飽，少許便有餘。」未解，未能也。淅米矛頭，《世説新語·排調》：「桓南郡與殷荆州語次，因共作了語。顧愷之曰：『火燒平原無遺燎。』桓曰：『白布纏棺竪旒旐。』殷曰：『投魚深淵放飛鳥。』次復作危語，桓曰：『矛頭淅米劍頭炊。』殷曰：『百歲老翁攀枯枝。』」

〔八〕「心似」三句，傷弓塞雁，見本書卷二《沁園春·帶湖新居將成》詞（三徑初成闋）箋注。《晉書》卷一一二《苻生載記》：「傷弓之鳥，落於虚發。」喘月吴牛，《世説新語·言語》：「滿奮畏風，在晉武帝坐，北窗作琉璃屏，實密似疏。奮有難色，帝笑之。奮答曰：『臣猶吴牛，見月而喘。』」

〔九〕「曉天」三句，見本書卷六《瑞鶴仙·南劍雙溪樓》詞（片帆何太急闋）箋注。

浪淘沙

送吴子似縣尉①〔一〕

金玉舊情懷，風月追陪，扁舟千里興佳哉！不似子猷行半路，却櫂船回〔二〕。來歲菊花開，記我清杯。西風雁過瑱山臺〔三〕，把似倩他書不到，好與同來〔四〕。

【校】

①題，四卷本乙集作「送子似」，此從廣信書院本。

【箋注】

〔一〕題，《克齋集》卷一四《送吴子似歸鄱陽》詩：「憶昔舟泊雲錦溪，溪上故人知爲誰。讀書亭中不草草，永平人物入深討（子似著《永平志》）。生平藉甚梅子真，我乃晚遇情相親。古人事業貴悠久，歸歟訪我同門友（謂姜叔權也）。」

〔二〕「扁舟」三句，見本書卷三《鷓鴣天·用前韻和趙文鼎提舉賦雪》詞（莫上扁舟訪剡溪闋）箋注。

〔三〕瑱山臺，〔乾隆〕《安仁縣志》卷七：「玉真臺，在縣治後，進士柳敬德寓此讀書，刻玉真臺三字於石壁。」餘參本卷《水調歌頭·題吴子似縣尉瑱山經德堂》詞（唤起子陸子闋）箋注。

〔四〕「把似」二句，《詩詞曲語辭匯釋》解云：「此戲言假如倩雁傳書而書不到，則君但記着，於雁來時俱來可也。」把似，假如。好，可也。

江神子

別吴子似，末章寄潘德久①〔一〕

看君人物漢西都。過吾廬，笑談初，便説公卿，元自要通儒。一自梅花開了後，長怕説，賦歸歟〔二〕。　而今別恨滿江湖。怎消除②，算何如？杖屨當時，聞早放教疏〔三〕。今代故交新貴後，渾不寄，數行書〔四〕。

【校】

①題，四卷本丁集「吳」字闕，此從廣信書院本。「章」字廣信書院本原闕，據四卷本補。②「消」，四卷本作「銷」。

【箋注】

〔一〕題，潘德久，〔弘治〕《温州府志》卷一〇：「潘檉字德久，永嘉人。……父文虎，右科第一。檉以父任補右職，繼參戎幕。召試爲閤門舍人。久之，授福建兵馬鈐轄卒。……永嘉言唐詩自檉始。」〔光緒〕《永嘉縣志》卷一七《文苑》：「潘檉字德久，號轉庵。父文虎，右科第一。……檉年十五六，詩律已就，下筆立成，永嘉言詩者多宗之。讀書評文，得古文深處。舉進士不第，用父任右職。繼參戎幕。召試，爲閤門舍人，授福建兵馬鈐轄。其《題釣臺》云：『但得諸公依日月，不妨老子卧林丘。』爲人傳誦。嘗從使節出疆，有北征往來所賦，聲名藉甚。有《轉庵集》。」按：潘檉詩名藉甚，時陳傅良、許及之、袁説友、陸游、葉適、陳造、姜特立、姜夔等人皆與之唱和。

〔二〕「一自」三句，慶元六年爲吳子似在鉛山縣尉任第三年，故「怕説賦歸歟」。《論語·公冶長》：「子在陳，曰：『歸與歸與！吾黨之小子狂簡，斐然成章，不知所以裁之。』」

〔三〕「怎消」四句，聞早，《詩詞曲語辭匯釋》解云：「言横豎别恨難除，不如趁早疏子似之杖屨也。」按：杖屨溪山者，乃稼軒，非吳子似也。聞早，及早。放同教，皆有使之義。蘇軾《送楊奉禮》詩：「更誰哀老子，令得放疏慵。」《滿庭芳》詞：「且趁閑身未老，儘放我些子疏狂。」右四句意爲：此别恨既無法消除，則不如在子似與我杖屨同遊之時，及早疏遠爲好。

〔四〕「今代」三句，故交新貴，蘇軾《醉落魄·蘇州閶門留别》詞：「蒼頭華髮，故山歸計何時決。舊交新貴音書絶，惟有佳人，猶作殷勤别。」不寄數行書，杜甫《寄高三十五詹事》詩：「相看過半百，不寄一行書。」按：《宋會要輯稿·職官》三四之一〇載：「嘉泰元年十二月二十六日，詔今後召試閤門舍人，必擇右科前名之士，及照已降指揮履歷考任應格，方許與郡。……至是，臣僚繳奏閤門舍人戴炬、潘檉不顧格法，僥求郡寄，復有是命。」因知潘檉除閤門舍人，必在慶元間而故人新貴之後，全不寄上幾行書信，亦必慶元末年事。

念奴嬌　重九席上〔一〕

龍山何處？記當年高會，重陽佳節〔二〕。誰與老兵供一笑，落帽參軍華髮〔三〕。莫倚忘懷，西風也解①，點檢尊前客〔四〕。淒涼今古，眼中三兩飛蝶〔五〕。　須信采菊東籬〔六〕，高情千載②，只有陶彭澤。愛説琴中如得趣，絃上何勞聲切〔七〕？試把空杯③，翁還肯道：何必杯中物〔八〕？臨風一笑，請翁同醉今夕。

【校】

①「解」，四卷本丁集作「會」，此從廣信書院本。　②「高情千載」，《六十名家詞》本作「千載之上」。　③「杯」，《六十名家詞》本作「林」。

【箋注】

〔一〕題，右詞未著確切作年。下闋用同韻答傅先之詞，爲其通判吴興之前，因次此詞於慶元六年秋。

〔二〕「龍山」三句，龍山高會，見本書卷二《沁園春・送趙景明知縣東歸再用前韻》詞（佇立瀟湘闋）箋注。龍山在江陵城西北，桓温九日登高，孟嘉落帽處。

〔三〕「誰與」二句，老兵謂桓温。《晉書》卷七九《謝奕傳》：「奕字無奕，……與桓温善，温辟爲安西司馬，猶推布衣好。在温坐，岸幘笑詠，無異常日。桓温曰『我方外司馬』。奕每因酒，無復朝廷禮。常逼温飲，温走入南康主門避之。主曰：『君若無狂司馬，我何由得相見？』奕遂攜酒就聽事，引温一兵帥共飲，曰：『失一老兵，得一老兵，亦何所怪？』温不之責。」落帽參軍，謂孟嘉。誰與，誰爲也。按：此二句言當西風吹墮孟嘉帽時，露出華髮，爲温所嘲笑。

〔四〕「莫倚」三句，莫倚，休倚仗。杜甫《寄題杜二錦江野亭》詩：「莫倚善題鸚鵡賦，何須不著鵕鸃冠。」也解，也能。點檢，檢查，挑選也。謂西風也能從席上衆人中檢選可戲弄之客。蘇軾《常潤道中有懷錢塘寄述古五首》詩：「世上功名何日是，尊前點檢幾人非。」

〔五〕「淒涼」二句，羅大經《鶴林玉露》甲編卷一：「桓温雄猛蓋一時，賓僚相從燕賞，豈應有失禮於前者？孟嘉落帽，恐如禰正平褻服摻撾嫚侮曹瞞之意。陶淵明，嘉之甥也，爲嘉作傳，稱其在朝仗正順，門無雜賓，則嘉亦一時之望，乃肯從温，何也？温嘗從容謂曰：『人不可無勢，我乃能駕馭卿。』亦頗有相靳之意。辛幼安九日詞云：『誰與老兵供一笑？落帽參軍華髮。莫倚忘懷，西風也解，點檢尊前客。凄涼今古，眼中三兩飛蝶。』意謂嘉不當從温，故西風落其帽以貶之，若免冠然。」然《輿地紀勝》卷六五《荆湖北路·江陵府》載：「落帽臺，孟嘉落帽之所，見龍山下。又胡棐《落帽記》曰：『萬年固嘉士，然所事非其人，風伯爲之免冠耳。』」萬年，孟嘉字。大經所言本此。胡棐，胡銓孫，年輩略晚於稼軒者。

〔六〕「須信」句，須信，須知。陶潛《飲酒二十首》詩：「採菊東籬下，悠然見南山。」

〔七〕「愛説」二句，見本書卷一《新荷葉·再和前韻》詞（春色如愁闋）箋注。愛説，喜言，樂言。

〔八〕「試把」三句，把空杯，蘇軾《和飲酒二十首》詩：「偶得酒中趣，空杯亦常持。」杯中物，見本書卷四《滿江紅·送信守鄭舜舉被召》詞（湖海平生闋）箋注。翁，陶淵明也。

又

用韻答傅先之提舉①〔一〕

君詩好處，似鄒魯儒家，還有奇節〔二〕。下筆如神彊押韻②，遺恨都無毫髮〔三〕。炙手炎來，掉頭冷去，無限長安客〔四〕。丁寧黄菊，未消勾引蜂蝶。　天上絳闕清都，聽君歸去〔五〕，我自癯山澤〔六〕。人道君才剛百鍊，美玉都成泥切〔七〕。我愛風流，醉中傾倒③，丘壑胸中物〔八〕。一杯相屬，莫孤風月今夕〔九〕。

【校】

①「提舉」，四卷本丁集無此二字，此從廣信書院本。　②「押」，四卷本作「壓」。　③「傾」，四卷本作「顛」。

【箋注】

〔一〕題，傅先之提舉，傅兆於慶元間方宰龍泉縣歸鉛山，其通判湖州，最早在慶元六年底。《嘉泰吴興志》卷首有傅兆於嘉泰元年臘月所作序。其任提舉不知爲何年事，廣信書院本之提舉，必後來編集所追加。

〔二〕「似鄒」二句，《史記》卷五四《蕭相國世家》：「蕭相國何於秦時爲刀筆吏，碌碌未有奇節。」按：當慶元末年，僞學禁正嚴之際，稼軒却於此大贊鄒魯儒家之奇節，着語乃不顧時忌如此。

〔三〕「下筆」二句，下筆如神彊押韻，杜甫《奉贈韋左丞丈二十二韻》詩：「甫昔少年日，早充觀國賓。讀書破萬卷，下筆如有神。」《南史》卷二二《王筠傳》：「筠又嘗爲詩呈約，約即報書歎詠，以爲後進擅美。筠又能用彊韻，每公宴並作，辭必妍靡。」蘇軾《追作淮口遇風詩戲用其韻》詩：「君看押彊韻，已勝郊與島。」遺恨無毫髮，杜甫《敬贈鄭諫議十韻》詩：「毫髮無遺憾，波瀾獨老成。」

〔四〕「炙手」三句，炙手炎來，《新唐書》卷一六〇《崔鉉傳》：「宣宗初，擢河中節度使，以御史大夫召用。會昌故官輔政，進尚書左僕射兼門下侍郎，封博陵郡公。鉉所善者，鄭魯、楊紹復、段瓌、薛蒙，頗參議論，時語曰：『鄭、楊、段、薛，炙手可熱。欲得命通，魯、紹、瓌、蒙。』」掉頭，《莊子·在宥》：「雲將曰：『天氣不和，地氣鬱結。六氣不調，四時不節。今我願合六氣之精，以育羣生，爲之奈何？』鴻蒙拊脾雀躍，掉頭曰：『吾弗知，吾弗知。』」秦觀《雪浪石》詩：「漢庭卿士如雲屯，結綬彈冠朝至尊。登高履危足在外，神色不變惟伯昏。金華掉頭不肯住，乞身欲老江南村。」無限，無數。長安客，謂求功名者。

〔五〕「天上」二句，絳闕清都，《册府元龜》卷一七二：「許紹初仕隋爲夷陵郡通守，後遣使歸國，拜陝州刺史，封安陸郡公。帝與紹有舊，因下詔曰：『……爰自荆門，馳心絳闕。覽此忠至，彌以慰懷。』」清都，已見本書卷一《水調歌頭·壽趙漕介庵》詞（千里渥洼種闋）箋注。聽，聽憑。

〔六〕「我自」句，《史記》卷一一七《司馬相如列傳》：「天子既美子虚之事，相如見上好仙道，因曰：『上林之事，未足美也，尚有靡者，臣嘗爲《大人賦》。未就，請具而奏之。』相如以爲列仙之傳居山澤間，形容甚臞，此非帝王之仙意也，乃遂就《大人賦》。」

〔七〕「人道」二句，剛百鍊，《埤雅》卷四《貂》條：「因以金璫飾首，前插貂尾，至漢因焉，加以附蟬爲文，侍中插左，常侍插右。應劭《漢官儀》云：『金取堅剛百鍊而不耗，蟬取居高飲露而不食，貂取内勁捍而外温潤，其色紫蔚而不耀。』」劉琨《重贈盧諶一首》詩：「何意百鍊剛，化爲繞指柔。」美玉都成泥切，《海内十洲記》：「流洲在西海中，地方三千里，去東岸十九萬里。上多山川積石，名爲昆吾。冶其石成鐵作劍，光明洞照如水精狀，割玉物如切泥。」

〔八〕「丘壑」句，厲霆《大有堂》詩：「胸中元自有丘壑，盞裏何妨對聖賢。」黄庭堅《題子瞻枯木》詩：「胸中元自有丘壑，故作老木蟠風霜。」

〔九〕「一杯」二句，一杯相屬，韓愈《八月十五夜贈張功曹》詩：「沙平水息聲影絶，一杯相屬君當歌。」風月今夕，《南史》卷六〇《徐勉傳》：「勉居選官，彝倫有序。既閑尺牘，兼善辭令。雖文案填積，坐客充滿，應對如流，手不停筆。又該綜百氏，皆避其諱。嘗與門人夜集，客有虞暠求詹事五官，勉正色答云：『今夕止可談風月，不宜及公事。』故時人服其無私。」

辛棄疾詞編年箋注卷九

按：本卷所收詞，共六十五首。起嘉泰元年辛酉（一二〇一），迄嘉泰二年壬戌（一二〇二），家居鉛山瓢泉期間所賦。

西江月

壽祐之弟，時新居落成①〔一〕

畫棟新垂簾幕，華燈未放笙歌〔二〕。一杯瀲灩泛金波，先向太夫人賀②〔三〕。富貴吾應自有③，功名不用渠多〔四〕。只將緑鬢抵羲娥，金印須教斗大〔五〕。

【校】

①題，四卷本丁集作「壽錢塘弟，正月十六日，時新居成」，此從廣信書院本。②「太夫人」，《六十名家詞》本作「大夫稱」。③「吾」，《六十名家詞》本作「無」。

【箋注】

〔一〕題，辛祐之名助，其事跡已載本書卷五《臨江仙·醉宿崇福寺寄祐之弟》詞（莫向空山吹玉笛闋）箋注。右詞四卷本題作「錢塘弟」，而查《咸淳臨安志》卷五一《錢塘縣令》，辛助任錢塘縣令在程松與蘇朴之間。繼查《宋史》卷三九六《程松傳》：「程松字冬老，池州青陽人。登進士第，調湖州長興尉。章森、吴曦使北，松爲傔從。慶元中，韓侂胄用事，曦爲殿帥。時松知錢塘縣，諂事曦以結侂胄。……守太府寺丞，未閲旬，遷監察御史，擢右正言、諫議大夫。……除同知樞密院事。自宰邑至執政，才四年。」據《宋史》卷二一三《宰輔表》四，程松於嘉泰元年八月除同知。其自錢塘令擢遷自應在慶元三年。辛助既爲程松錢塘令之後任，則其錢塘令任滿，自應在慶元六年。而右詞則作於辛助自錢塘歸饒州浮梁之後。據四卷本詞題，則正應爲嘉泰元年正月也。

〔二〕未放笙歌，白居易《夜歸》詩：「歸來未放笙歌散，畫戟門開蠟燭紅。」《後山集》卷二三《詩話》：「白樂天云：『笙歌歸院落，燈火下樓臺。』又云：『歸來未放笙歌散，畫戟門前蠟燭紅。』非富貴語，看人富貴者也。」

〔三〕「一杯」二句，瀲灩泛，曾覿《朝中措・贈南劍瞿守》詞：「雙溪樓上憑闌時，瀲灩泛金卮。」金波，謂月光。《文苑英華》卷六蔣防《姮娥奔月賦》：「想泛金波，詎假琴高之鯉；將摇桂魄，寧因禦寇之風。」太夫人，即辛次膺之子種學之夫人，辛助之母。本卷有《感皇恩・慶嬸母王恭人七十》詞（七十古來稀闋）。

〔四〕「富貴」二句，富貴吾自有，《史記》卷七九《范睢蔡澤列傳》：「蔡澤者，燕人也。游學干諸侯，小大甚衆，不遇，而從唐舉相。……唐舉孰視而笑曰：『先生曷鼻巨肩，魋顔蹙齃膝攣。吾聞聖人不相，殆先生乎？』蔡澤知唐舉戲之，乃曰：『富貴吾所自有，吾所不知者壽也。』」功名不用多，陳師道《送外舅郭大夫槩西川提刑》詩：「功名何用多，莫作分外慮。」

〔五〕「只將」二句，羲娥，羲和、嫦娥，日月，光陰也。金印斗大，見本書卷一《西江月·爲范南伯壽》詞（秀骨青松不老閡）箋注。

菩薩蠻

趙晉臣席上。時張菩提葉燈，趙茂嘉扶病擕歌者①〔一〕

看燈元是菩提葉，依然會説菩提法〔二〕。法似一燈明，須臾千萬燈〔三〕。　燈邊花更滿，誰把空花散？説與病維摩：而今天女歌②〔四〕。

【校】

①題，四卷本丙集作「晉臣張菩提葉燈席上賦」，此從廣信書院本。　②「天女歌」，此句後四卷本有小注：「趙茂中扶病擕歌者來。」

【箋注】

〔一〕題，右詞爲嘉泰元年上元前後於趙晉臣席上觀燈所作。

〔二〕「看燈」二句，菩提葉，鄭剛中《北山集》卷一九詩題：「廣中菩提樹，取其葉，用水浸之，葉肉盡潰，而脈理獨存，綃縠不足爲其輕也。土人能如蓮花累之，號菩提燈，見而戲爲此絶。」詩云：「初疑雲母光相射，又似秋蟬翼乍枯。智慧有燈千佛供，菩提葉巧一孤燈。」周必大《次韻芮漕國器憶去年上元二首》詩：「古寺看紅葉，蕃街試幻人。」自注：「報恩寺菩提葉燈最佳。」《武林舊事》卷二《燈品》條：「有五色蠟紙，菩提葉，若沙戲影燈，馬騎人物，旋轉如飛。」《西陽雜俎》卷一八《木篇》：「菩提樹出摩伽陀國，在摩訶菩提寺。蓋釋迦如來成道時樹，一名思惟樹。莖榦黄白，枝葉青翠，經冬不凋。至佛入滅日，變色凋落，過已還生。至此日，國王人民，大作佛事，收葉而歸，以爲瑞也。」菩提法，毛滂《東堂集》卷一〇《佛鑑大師語録序》：「自《四十二章》西來，而佛書遍中國。能言之類，無以復加。如經所説山河大地，皆是菩提燈發勞相，譬菩提心，爲一大鏡，而山河大地一切衆生草木，根芽之類，皆清浄本。然中所現物，故隨取隨用，而其取其用皆不外吾鏡中，則其能以無心通達，而一音演説，字有盡而義無窮，能言之類無以加，豈不以此哉。」

〔三〕「法似」二句，《維摩詰所説經·菩薩品》：「諸女問維摩詰：『我等云何止於魔宮？』維摩詰言：『諸姊，有法門名無盡燈，汝等當學。無盡燈者，譬如一燈燃百千燈，冥者皆明，明終不盡。如是諸姊，夫一菩薩開導百千衆生，令發阿耨多羅三藐三菩提心，於其道意亦滅盡，隨斯説法，而自增益一切善法，是名無盡燈也。』」

〔四〕「燈邊」四句，皆用《維摩詰所説經·觀衆生品》故事。可參本書卷五《江神子·聞蟬蛙戲作》詞（簟鋪湘竹帳籠紗閿）箋注。

婆羅門引

趙晉臣敷文張燈甚盛，索賦，偶憶舊遊，末章因及之①〔一〕

落星萬點，一天寶焰下層霄〔二〕。人間疊作仙鼇〔三〕。最愛金蓮側畔，紅粉裊花梢〔四〕。更鳴鼉擊鼓，噴玉吹簫〔五〕。曲江畫橋，記花月可憐宵〔六〕。想見閑愁未了，宿酒纔消。東風摇蕩，似楊柳十五女兒腰〔七〕。人共柳那箇無聊？

【校】

①題，四卷本丙集作「晉臣張燈甚盛，席上索賦，偶憶舊遊，末章因及之」，此從廣信書院本。

【箋注】

〔一〕題，右詞亦嘉泰元年上元在趙晉臣家觀燈所作。

〔二〕「落星」二句，落星，本指元夕所燃燈毬。《東京夢華録》卷六《十六日》條載：「諸營班院，於法不得夜遊，各以竹竿出燈毬於半空，遠近高低，若飛星然。」本書卷六《青玉案·元夕》詞有「東風夜放花千樹，更吹落，星如雨」句，箋注即引此條，謂指燈毬。然此稼軒乾道間在臨安所親見。都城可以如此排場，而鉛山爲信上一縣，趙晉臣乃能燃放燈毬如萬點落星乎？疑此二句當連讀，此處之落星或即寶焰，即燃放煙火之餘焰。南宋記載如《武林舊事》卷二《元夕》條所載：「宫漏既深，如宣放煙火成餘架，於是樂聲四起，燭影縱横，而駕始還矣。」此是否以火藥放焰火，如近代之煙花，尚不詳。至元代，姚燧於《浪淘沙·大德丙午瑞月十四立春巧連夕求西野澹庵月澗同賦》詞中有句：「巧手青絲盤出看，寶焰騰層。」疑已將火藥用於煙花矣。因以爲趙晉臣所放寶焰，若不以火藥燃放，恐無萬點落星之效果也。

〔三〕「人間」句，仙鼇，即指元夕前所立鼇山。

〔四〕「最愛」二句，金蓮，謂燈。《新唐書》卷一六六《令狐綯傳》：「還爲翰林承旨，夜對禁中，燭盡，帝以乘輿金蓮華炬送還。院吏望見，以爲天子來，及綯至，皆驚。」范成大《上元紀吴中節物俳諧體三十二韻》詩：「篔簹仙子洞，菡萏化人城。」自注：「坊巷燈，以連枝竹縛成洞門，多處數十重。蓮花燈最多。」紅粉喻指佳人。

〔五〕「更鳴」二句，鳴鼉擊鼓，《佩文韻府》卷二〇五《鳴鼉》條：「晉安《海物志》：『鼉宵鳴如桴鼓，今江淮間謂鼉鳴爲鼉鼓，其數應更。吴越謂之鼉更。』《侯鯖録》：『醉得意，宜唱醉，將士宜鳴鼉。』黄庭堅詩：『村村擊鼓如鳴鼉，豆田見角穀成螺。』」玉謂玉笛，簫即洞簫。噴玉已見。

〔六〕「曲江」二句，曲江畫橋，兒時經歷也。《汴京遺跡志》卷四：「又因瑶華宫火，取其地作大池，名曲江池。中有堂曰蓬壺，東盡封丘門而止，其西則自天波門橋，引水直西，殆半里，江乃折南，又折北。」按：本詞題中，謂因趙晉臣元夕張燈，乃憶舊遊觀燈情節，且涉及曲江畫橋。查稼軒少年時兩次隨其祖父辛贊居開封，贊以開封府尹之貴，故稼軒得以於元宵縱遊曲江池。其天波門橋不知即稼軒所謂畫橋否。可憐宵，《太平廣記》卷三二六《沈警》條：「沈警字元機，吴興武康人也。美風調，善吟詠，爲梁東宫常侍，名著當時。……後荆楚陷没，入周爲上柱國，奉使秦隴。途過張女郎廟，旅行多以酒餚祈禱，警獨酌水具祝祠。……其詞曰：『命嘯無人嘯，含嬌何處嬌。徘徊花上月，空度可憐宵。』」

〔七〕「似楊」句，杜甫《絶句漫興九首》詩：「隔户楊柳弱嫋嫋，恰似十五女兒腰。誰謂朝來不作意，狂風挽斷最長條。」

粉蝶兒 和趙晉臣敷文賦落梅①〔一〕

昨日春如十三女兒學繡〔二〕，一枝枝不教花瘦。甚無情，便下得，雨僝風僽〔三〕。向園林鋪作地衣紅縐。　而今春似輕薄蕩子難久。記前時送春歸後，把春波，都釀作，一江醇酎②〔四〕。約清愁楊柳岸邊相候。

【校】

①題，四卷本丙集作「和晉臣賦落花」，此從廣信書院本。　②「醇」，四卷本作「春」。

【箋注】

〔一〕題，右詞並以下賦杜鵑花詞及再用韻之《定風波》詞，皆嘉泰元年春與趙晉臣唱和之作，因彙録於此。

〔二〕十三女兒，杜牧《贈别二首》詩：「娉娉裊裊十三餘，荳蔻梢頭二月初。」黄庭堅《驀山溪·贈衡陽妓陳湘》詞：「俜俜裊裊，恰近十三餘。春未透，花枝瘦，正是愁時候。」

〔三〕「甚無」三句，甚，即正也。楊无咎《瑣窗寒》詞：「搔首雙眉鬥，况無似今年一春晴晝。風僝雨僽，直得恁時迤逗。」僝僽，有折磨、擺布意，謂風雨之連番催殘。

〔四〕「把春」三句，一江醇酎，蘇軾《醉蓬萊·重九上君猷》詞：「來歲今朝，爲我西顧，酹羽觴江口。會與州人，飲公遺愛，一江醇酎。」按：《六臣注文選》卷三五張衡《七命八首》引李善注：「《黄石公記》曰：『昔良將之用兵也，人有饋一簞之醪，投河，令衆迎流而飲之。』」李周翰注：「楚與晉戰，或人進王一簞酒，王欲與軍士共之，則少而不徧，乃傾酒於水上源，令衆士飲之。卒皆醉，乃感惠，盡力而戰晉師，大敗之。」

定風波　賦杜鵑花①〔一〕

百紫千紅過了春，杜鵑聲苦不堪聞〔二〕。却解啼教春小住，風雨。空山招得海棠魂〔三〕。

恰似蜀宫當日女②，無數。猩猩血染赭羅巾〔四〕。畢竟花開誰作主？記取。大都花屬惜花人〔五〕。

【校】

①題，四卷本乙集「賦」字闕，此從廣信書院本。　②「恰」，四卷本作「一」。

【箋注】

〔一〕題，杜鵑花，〔乾隆〕《鉛山縣志》卷四《物産》：「杜鵑，一名紅躑躅，一名山石榴，一名映山紅。生山谷，高者四五尺，低者一二尺。枝少花繁，一枝數萼。二月開花，紅紫各異。」

〔二〕「百紫」二句，百紫千紅，王安石《越人以幕養花因遊其下二首》詩：「幕天無日地無塵，百紫千紅占得春。野草自花還自落，落時還有惜花人。」杜鵑聲苦，常璩《華陽國志》卷三《蜀志》：「七國稱王，杜宇稱帝，號曰望帝，更名蒲卑。……會有水災，其相開明决玉壘山，以除水害。

帝遂委以政事，法堯舜禪授之義，遂禪位於開明。帝升西山隱焉。時適二月，子鵑鳥鳴，故蜀人悲子鵑鳥鳴也，巴亦化其教而力農務，迄今巴蜀民，農時先祀杜主君。」《韻語陽秋》卷一六引《成都記》：「杜宇又曰杜主，自天而降，稱望帝。好稼穡，治郫城。後望帝死，其魂化爲鳥，名曰杜鵑。故老杜云：『昔日蜀天子，化爲杜鵑似老烏。』又曰：『古時杜鵑稱望帝，魂作杜鵑何微細。』又曰：『我見常再拜，重是古帝魂。』」《古今事文類聚》後集卷四四引《華陽風俗録》：「杜鵑大如鵲而羽烏，其聲哀而吻有血。土人云：春至則鳴，聞其初聲，則有離别之苦，人惡聞之。惟田家候其鳴則興農事。」

〔三〕「却解」三句，《甕牖閑評》卷七：「浙中海棠開遲，故小詞云：『海棠花謝清明後。』以此知三月始開也。」按：此三句謂杜鵑鳥雖聲苦不堪知聞，却能使春日小住，於空山風雨中，招得滿山海棠花開也。

〔四〕「恰似」三句，蜀宫當日女，司空曙《杜鵑行》：「古時杜宇稱望帝，魂作杜鵑何微細。……口乾垂血轉迫促，似欲上訴於蒼穹。蜀人聞之皆起立，至今相效傳遺風，乃知變化不可窮。豈知昔日居深宫，嬪妃左右如花紅！」猩猩血染，李立《紅花》詩：「紅花顔色掩千花，任是猩猩血未加。染出輕羅莫相貴，古人崇儉誡奢華。」則是以猩猩血染紅輕羅也。

〔五〕「畢竟」三句，花開誰作主，蘇軾《次韻王晉卿惠花栽栽所寓張退傅第中一首》詩：「若問此花誰是主，天教閑客管青春。」大都花屬惜花人，白居易《遊雲居寺贈穆三十六地主》詩：「勝地本來無定主，大都山屬愛山人。」

又　再用韻和趙晉臣敷文

野草閑花不當春，杜鵑却是舊知聞〔一〕。謾道不如歸去住，梅雨。石榴花又是離魂〔二〕。前殿羣臣深殿女〔三〕，異數①。赭袍一點萬紅巾。莫問興亡今幾主②，聽取。花前毛羽已羞人。

【校】

①「異」，廣信書院本原闕，此從文淵閣《四庫全書》本《稼軒詞》補。《六十名家詞》本此二字闕。②「主」，《六十名家詞》本作「許」。

【箋注】

〔一〕「野草」二句，野草閑花不當春，蘇軾《單同年求德興俞氏聚遠樓詩三首》詩：「雲山煙水苦難親，野草閑花各自春。」閑，一本作幽。舊知聞，舊友，舊知音。

〔二〕「梅雨」二句，石榴花，《山堂肆考》卷二〇〇《石榴花》條：「《格物叢話》：『榴花其始來自安石國，故名曰石榴，或曰安榴。亦有來從新羅國者，故又以海榴名之。其花跗萼皆真紅色，如小琴軫樣，花面開寸許，瓣如揆丹，鬚黄粟，密葉修條。盛夏花開，閃爍可愛。』」二句謂至夏四月，又有石榴花續其花魂矣。

〔三〕「前殿」句，前殿羣臣，《漢書》卷九七下《外戚傳》：「孝平王皇后，安漢公太傅大司馬莽女也。……明年春，遣大司徒宫、大司空豐、左將軍建、右將軍甄邯、光禄大夫歆，奉乘輿法駕，迎皇后於安漢公第。宫、豐、歆授皇后璽紱登車，稱警蹕，便時上林延壽門，入未央宫。前殿羣臣就位行禮，大赦天下，益封父安漢公地滿百里。」深殿女，或謂王皇后。

卜算子

用莊語〔一〕

一以我爲牛，一以我爲馬①〔二〕。人與之名受不辭〔三〕，善學莊周者。　江海任虚舟〔四〕，風雨從飄瓦。醉者乘車墜不傷，全得於天也〔五〕。

【校】

①「我」，四卷本丁集作「吾」，此從廣信書院本。

【箋注】

〔一〕題，右詞用莊子語，當爲嘉泰元年所作。可參本調《用韻答趙晋臣敷文趙有真得歸方是閑二堂》詞題及箋注。據下闋「春水」句，因次於嘉泰元年春晚。

〔二〕「一以」二句，《莊子·應帝王》：「齧缺問於王倪，四問而四不知。齧缺因躍而大喜，行以告蒲衣子。蒲衣子曰：『而乃今知之乎？有虞氏不及泰氏，有虞氏其猶藏仁以要人，亦得人矣，而未始出於非人。泰氏其卧徐徐，其覺於於。一以己爲馬，一以己爲牛。其知情信，其德甚真，而未始入於非人。』」成玄英注：「或馬或牛，隨人呼召。」

〔三〕「人與」句，《莊子·天道》：「老子曰：『夫巧知神聖之人，吾自以爲脱焉。昔者子呼我牛也，而謂之牛，呼我馬也，而謂之馬。苟有其實，人與之名而弗受，再受其殃。』」

〔四〕「江海」句，《莊子·山木》：「南子曰：『少君之費，寡君之欲，雖無糧而乃足。君其涉於江而浮於海，望之而不見其崖，愈往而不知其所窮，送君者皆自崖而反，君自此遠矣。……方舟而濟於河，有虚船來觸舟，雖有惼心之人不怒。有一人在其上，則呼張歙之，一呼而不聞，再呼而不聞，於是三呼邪？則必以惡聲隨之，向也不怒，而今也怒。向也虚，而今也實。人能虚己以遊世，其孰能害之？』」

〔五〕「風雨」三句，《莊子·達生》：「夫醉者之墜車，雖疾不死。骨節與人同而犯害與人異，其神全也。乘亦不知也，墜亦不知也。……彼得全於酒而猶若是，而况得全於天乎？聖人藏於天，故莫之能傷也。復讎者不折鏌干，雖有忮心者，不怨飄瓦。是以天下平均，故無攻戰之亂，無殺戮之形者，由此道也。」

又

漫興三首①

夜雨醉瓜廬〔一〕，春水行秧馬〔二〕。點檢田間快活人，未有如翁者。　掃禿兔毫錐②，磨透銅臺瓦〔三〕。誰伴揚雄作《解嘲》？烏有先生也〔四〕。

【校】

①題，廣信書院本、四卷本丁集俱闕，此據王詔校刊本、《六十名家詞》本補。　②「掃禿」，四卷本作「禿盡」。

【箋注】

〔一〕「夜雨」句，瓜廬，《三國志·魏書》卷一五《賈逵傳》注引《魏略》：「沛前後宰歷城守，不以私計介意，又不肯以事責人，故身退之後，家無餘積。治疾於家，借舍從兒，無他奴婢。後占河南夕陽亭，部荒田二頃，起瓜牛廬，居止其中。其妻子凍餓。沛病亡，鄉人親友及故吏民爲殯葬也。」同書卷一一《管寧傳》注引《魏略》：「焦先及楊沛並作瓜牛廬，止其中。以爲瓜當作蝸，蝸牛，螺蟲之有角者也，俗或呼爲黄犢。先等作圜舍，形如蝸牛蔽，故謂之蝸牛廬。」

〔二〕「春水」句，行秧馬，蘇軾《秧馬歌》序：「予昔遊武昌，見農夫皆騎秧馬，以榆棗爲腹，欲其滑，以楸桐爲背，欲其輕。腹如小舟，昂其首尾，背如覆瓦，以便兩髀，雀躍於泥中。繫束藁其首以縛秧，日行千畦。較之傴僂而作者，勞佚相絕矣。」

〔三〕「掃禿」二句，掃禿兔毫錐，李白《醉後贈王歷陽》詩：「書禿千兔毫，詩裁兩牛腰。」銅臺瓦，《春渚紀聞》卷九《銅雀臺瓦》條：「相州魏武故都，所築銅雀臺，其瓦初用鉛丹雜胡桃油擣治火之，取其不滲，雨過即乾耳。後人於其故基，掘地得之，鑱以爲研，雖易得墨而終乏温潤，好事者但取其高古也。下有金錫文爲真，每硯成受水處，常恐爲沙粒所隔，去之則便成沙眼，至難得平瑩者。」

〔四〕「誰伴」二句，見本書卷七《水調歌頭·將遷新居不成有感戲作》詞（我亦卜居者闋）箋注。

又

珠玉作泥沙，山谷量牛馬〔一〕。試上纍纍丘隴看，誰是强梁者〔二〕。水浸淺深簷，山壓高低瓦。山水朝來笑問人：翁早去聲。歸來也①〔三〕？

【校】

①小注，廣信書院本原闕，此據四卷本丁集補。

【箋注】

〔一〕「珠玉」二句，珠玉作泥沙，杜牧《樊川集》卷一《阿房宫賦》：「燕趙之收藏，韓魏之經營，齊楚之精英，幾世幾年，摽掠其人，倚疊如山。一旦不能有，輸來其間，鼎鐺玉石，金塊珠礫，棄擲邐迤。秦人視之，亦不甚惜。嗟乎，一人之心，千萬人之心也。秦愛紛奢，人亦念其家。奈何取之盡錙銖，用之如泥沙。使負棟之柱，多於南畝之農夫；架梁之椽，多於機上之工女。」山谷量牛馬，《漢書》卷九一《貨殖傳》：「烏氏贏畜牧，及衆，斥賣，求奇繒物，間獻戎王。戎王十倍其償，予畜，畜至，用谷量牛馬。」

〔二〕「試上」二句，纍纍丘隴，《古詩三首》：「遥望是君家，松柏冢纍纍。」白居易《同微之贈别郭虚舟鍊師五十韻》詩：「不聞姑射上，千歲冰雪肌。不見遼城外，古今冢纍纍。」强梁者，《老子》：

「人之所教，我亦教之，强梁者不得其死。」

〔三〕「翁早」句，早，本來，已。《稼軒詞編年箋注》作早晚、何時解，恐非是。

又

千古李將軍①，奪得胡兒馬。李蔡爲人在下中，却是封侯者〔一〕。芸草去陳根，筧竹添新瓦〔二〕。萬一朝家舉力田②，舍我其誰也〔三〕？

【校】

①「千古」，王詔校刊本、《六十名家詞》本俱作「漢代」，此從廣信書院本。②「家」，王詔校刊本、《六十名家詞》本、四印齋本作「廷」。

【箋注】

〔一〕「千古」四句，《史記》卷一〇九《李將軍列傳》：「漢以馬邑城誘單于，使大軍伏馬邑旁谷，而廣爲驍騎將軍，領屬護軍將軍。是時單于覺之，去，漢軍皆無功。其後四歲，廣以衛尉爲將軍，出雁門擊匈奴，匈奴兵多，破敗廣軍，生得廣。單于素聞廣賢，令曰：『得李廣，必生致之。』胡騎得廣，廣時傷病，置廣兩馬間，絡而盛卧廣。行十餘里，廣佯死，睨其旁有一胡兒騎善馬，廣暫騰而上胡兒馬，因推墮兒。取其弓，鞭馬南馳數十里，復得其餘軍。因引而入塞。匈奴捕者騎數百追之，廣行取胡兒弓，射殺追騎，以故得脱。……初，廣之從弟李蔡，與廣俱事孝文帝、景帝，時蔡積功勞至二千石，孝武帝時，至代相，以元朔五年爲輕車將軍，從大將軍擊右賢王，有功中率，封爲樂安侯。元狩二年中，代公孫弘爲丞相。蔡爲人在下中，名聲出廣下甚遠，然廣不得爵邑，官不過九卿，而蔡爲列侯，位至三公。」

〔二〕「芸草」二句，去陳根，《齊民要術》卷三《中葵》：「九月收菜後即耕，至十月半，令得三徧，每耕即勞以鐵齒杷耬去陳根，使地極熟，令如麻地，於中逐長。」筧竹，以打通之竹管通水灌溉。方以智《通雅》卷三八：「承霤謂之筧。程大昌曰：『説文：霤，屋水流也。堂中有天井處。』……《老學庵筆記》曰：『臨江蕭氏，五代時祖仕湖南，亡命匿人家霤槽中，江湖謂霤爲筧，世世祠筧頭神。』戴氏筧一作梘，古作建，建瓴是也。」添新瓦，當指接頭處覆以新瓦。

〔三〕「萬一」二句，舉力田，《漢書》卷二《惠帝紀》：「春正月，舉民孝弟力田者，復其身。」同書卷三《高后紀》：「二月，賜民爵户一級，初置孝弟力田二千石者一人。」注：「特置孝弟力田官，而尊其秩，欲以勸厲天下，令各敦行務本。」蘇軾《次韻周邠》詩：「南遷欲舉力田科，三徑初成樂事多。」舍我其誰也，《孟子·公孫丑》下：「夫天未欲平治天下也，如欲平治天下，當今之世，舍我其誰也？」

又

用韻答趙晉臣敷文。趙有真得歸、方是閑二堂①〔一〕

百郡怯登車，千里輸流馬〔二〕。乞得膠膠擾擾身，却笑區區者〔三〕。　野水玉鳴渠，急雨珠跳瓦〔四〕。一榻清風方是閑，真得歸來也②〔五〕。

【校】

①題，四卷本乙集作「答晉臣，渠有方是閑、真得歸二堂」，此從廣信書院本，「二」字原闕，據四卷本補。②「得」，廣信書院本原作「是」，此據四卷本改。

【箋注】

〔一〕題，趙晉臣真得歸、方是閑二堂，當在其居地彭溪。此其慶元六年自江西運判歸鉛山後所建，用以示歸來之樂者，詞或作於嘉泰元年。

〔二〕「百郡」二句，登車，《後漢書》卷九七《范滂傳》：「范滂字孟博，汝南征羌人也。少厲清節，爲州里所服。舉孝廉光禄四行。時冀州饑荒，盜賊羣起，乃以滂爲清詔使按察之。滂登車攬轡，慨然有澄清天下之志。及至州境，守令自知臧污，望風解印綬去。」輸流馬，《三國志·蜀書》卷五《諸葛亮傳》：「十二年春，亮悉大衆由斜谷出，以流馬運。據武功五丈原，與司馬宣王對於渭南。」按：此二句謂晉臣自江西運判任上歸，其在任上又嘗兼攝隆興府。百郡泛指州郡。陸游《感憤》詩：「四海一家天曆數，兩河百郡宋山川。」

〔三〕「乞得」二句，乞得膠膠擾擾身，《莊子·天道》：「堯曰：『膠膠擾擾乎？子天之合也，我人之合也。』」王安石《答韓持國芙蓉堂二首》詩：「乞得膠膠擾擾身，五湖煙水替風塵。」區區者，《左傳·昭公十三年》：「初，靈王卜曰：『余尚得天下。』不吉，投龜詬天而呼曰：『是區區者，而不余畀！』」注：「區區，小天下。」

〔四〕「野水」二句，鳴渠，蘇軾《與王郎昆仲及兒子邁繞城觀荷花登峴山亭晚入飛英寺分韻得月明星稀四首》詩：「昨夜雨鳴渠，曉來風襲月。」急雨珠跳瓦，黃庭堅《謝黃從善司業寄惠山泉》詩：「急呼烹鼎供茗事，晴江急雨看跳珠。」

〔五〕「一榻」二句，一榻清風，見本書《鷓鴣天·鵝湖寺道中》詞（一榻清風殿景涼闋）箋注。方是閑，《古今事文類聚》前集卷三二《徒言退閑》條引《遁齋閑覽》：「余嘗於驛舍見人題壁云：『謀生待足何時足，未老得閑方是閑。』余深味其言，服其精當，而愧未能行也。此與夫『一日看除目，三年損道心』者異矣。」黃庭堅《題歸去來圖二首》詩：「日日言歸真得歸，迎門兒女笑牽衣。宅邊猶有舊時柳，漫向世人言昨非。」

又

萬里籋浮雲①，一噴空凡馬〔一〕。歎息曹瞞老驥詩，伏櫪如公者〔二〕。　山鳥哢窺簷〔三〕，野鼠饑翻瓦。老我癡頑合住山②，此地菟裘也〔四〕。

【校】

①「籋」，《六十名家詞》本作「只」，此從廣信書院本。　②「老我」，文淵閣《四庫全書》本《稼軒詞》作「我老」。

【箋注】

〔一〕「萬里」二句，翕浮雲，《漢書》卷二二《禮樂志》載《郊祀歌十九章》：「太一況，天馬下。霑赤汗，沫流赭。志俶儻，精權奇。翕浮雲，晻上馳。」注：「翕音躡，言天馬上躡浮雲也。」一噴空凡馬，《戰國策·楚策》四：「夫驥之齒至矣，服鹽車而上太行，蹄申膝折，尾湛胕潰，漉汁灑地，白汗交流。中阪遷延，負轅不能上。伯樂遭之，下車攀而哭之，解紵衣以冪之。驥於是俛而噴，仰而鳴，聲達於天，若出金石聲者，何也？彼見伯樂之知己也。」張固《幽閑鼓吹》：「喬彝京兆府解試，……爲《渥洼馬賦》，曰：『校些子。』奮筆斯須而就。警句云：『四蹄曳練，翻瀚海之驚瀾；一噴生風，下胡山之亂葉。』」杜甫《丹青引》：「斯須九重真龍出，一洗萬古凡馬空。」

〔二〕「歎息」二句，曹操《龜雖壽》詩：「老驥伏櫪，志在千里。烈士暮年，壯心不已。」

〔三〕「山鳥」句，梅堯臣《與諸弟及李少府訪廣教文鑑師》詩：「野蜂時入座，巖鳥或窺簷。」呀，鳥吟。

〔四〕「老我」二句，癡頑老子，謂馮道。《新五代史·馮道傳》：「契丹滅晉，道又事契丹……德光誚之曰：『爾是何等老子？』對曰：『無才無德癡頑老子。』」菟裘，見本書卷五《水調歌頭·送楊民瞻》詞（日月如磨蟻闋）箋注。

水調歌頭　題趙晉臣敷文真得歸、方是閑二堂①〔一〕

十里深窈窕，萬瓦碧參差〔二〕。青山屋上，流水屋下綠橫溪〔三〕。真得歸來笑語②，方是閑中風月，剩費酒邊詩。點檢笙歌了③，琴罷更圍棋。王家竹，陶家柳，謝家池〔四〕。知君勳業未了，不是枕流時〔五〕。莫向癡兒説夢〔六〕，且作山人索價〔七〕，頗怪鶴書遲〔八〕。一事定嗔我，已辦《北山移》〔九〕。

【校】

①題，四卷本丁集「趙晉臣敷文」作「晉臣」，此從廣信書院本。②「笑」，《六十名家詞》本作「嘯」。③「笙歌」，四卷本作「歌舞」。

【箋注】

〔一〕題，趙晉臣敷文真得歸、方是閑堂已見《卜算子·用韻答趙晉臣敷文趙有真得歸方是閑二堂》詞箋注。右詞當與之爲同時作。

〔二〕「十里」二句，深窈窕，劉敞《飲郇公園贈章湖州何漢州》詩：「珍館深窈窕，茂林揚芬葩。」洪芻《同陳虚中勸農出郊因遊明水山寺》詩：「松徑深窈窕，軒車紛少留。」碧參差，王安石《即席》詩：「曲沼融融泮盡澌，暖煙籠瓦碧參差。」蘇軾《二十七日自陽平至斜谷宿於南山中蟠龍寺》詩：「起觀萬瓦鬱參差，目亂千巖散紅緑。」

〔三〕「青山」二句，蘇軾《司馬君實獨樂園》詩：「青山在屋上，流水在屋下。」按：緑横溪，指趙晉臣所居地湛溪。

〔四〕「王家」三句，王家竹，王子猷竹，見本書卷三《念奴嬌·和韓南澗載酒見過雪樓觀雪》詞（兔園舊賞閿)箋注。陶家柳,陶潛五柳,見本書卷四《洞仙歌·訪泉於奇師村得周氏泉爲賦》詞(飛流萬壑閿)箋注。謝家池,謝靈運有「池塘生春草」詩句。見本書卷五《鷓鴣天》詞(木落山高一夜霜閿)箋注。

〔五〕「不是」句,見本書卷四《鷓鴣天·重九席上再賦》詞(有甚閑愁可皺眉閿)箋注。

〔六〕「莫向」句,癡兒説夢,楊慎《丹鉛總録》卷九《陶淵明語》條:「癡人前不可説夢,達人前不可言命,宋人《就月録》以爲陶淵明之言,不知何據。」按:此語見耐得翁《就月録》,見《説郛》卷三四上。黄庭堅《山谷集》卷二六《書陶淵明責子詩後》:「觀淵明之詩,想見其人豈弟慈祥,戲謔可觀也。俗人便謂淵明諸子皆不肖,而淵明愁歎見於詩,可謂癡人前不得説夢也。」

〔七〕「且作」句,韓愈《寄盧仝》詩:「少室山人索價高,兩以諫官徵不起。」《東雅堂昌黎集注》卷五:「李渤字濬之,刻志於學,與仲兄涉偕隱廬山。久之,徙少室山。元和元年,以左拾遺召不至,四年,河陽尹遣吏持詔敦促,又不赴。公爲河南令,遺渤書譬説,渤善公言,始出家東都。」

〔八〕鶴書,《文選》卷四三孔稚珪《北山移文》:「及其鳴騶入谷,鶴書赴隴,形馳魄散,志變神動。」注引蕭子良《古今篆隸文體》:「鶴頭書與偃波書,俱詔板所用。在漢則謂之尺一簡,髣髴鵠頭,故有其稱。」

〔九〕「已辦」句,已辦,當作已誦解。可參本書卷六《浣溪沙·壬子春赴閩憲别瓢泉》詞(細聽春山杜宇啼閿)箋注。

柳梢青

辛酉生日前兩日，夢一道士，話長年之術，夢中痛以理折之，覺而賦八難之辭〔一〕

莫鍊丹難〔二〕。黄河可塞，金可成難〔三〕。休辟穀難〔四〕。吸風飲露，長忍饑難〔五〕。勸君莫遠遊難。何處有西王母難〔六〕。休採藥難〔七〕。人沉下土，我上天難〔八〕。

【箋注】

〔一〕題，辛酉，即嘉泰元年也。稼軒生日爲五月十一日，此五月九日作也。八難之辭，《漢書》卷一上《高帝紀》：「食其欲立六國後以樹黨，漢王刻印，將遣食其立之，以問張良，良發八難，漢王輟飯吐哺，曰：『豎儒幾敗乃公事。』令趨銷印。」按：張良所發八難，是何内容，今已無考。此詞以八難爲韻，一韻到底，蓋亦詞之一體。黄庭堅有題爲「效福唐獨木橋體作茶詞」之《阮郎歸》，即一韻到底。然此詞以「莫鍊丹」開頭，其下又有「休辟穀」、「休採藥」等，每句均指述道家一事，蓋即題中所謂「痛以理折之」者。

〔二〕「莫鍊」句，《晉書》卷七二《葛洪傳》：「葛洪字稚川，丹陽句容人也。……究覽典籍，尤好神仙導養之法。從祖玄，吴時學道得仙，號曰葛仙公。以其煉丹秘術授弟子鄭隱，洪就隱學，悉得其法焉。」按：鉛山縣南七十里葛仙山，即葛玄築仙壇之地。

〔三〕「黄河」二句，《漢書》卷二五上《郊祀志》：「康后聞文成死，而欲自媚於上，乃遣欒大入，因欒成侯求見言方。天子既誅文成，後悔其方不盡，及見欒大，大説，大爲人長美，言多方略，而敢爲大言，處之不疑。大言曰：『臣嘗往來海中，見安期、羨門之屬，顧以臣爲賤，不信臣。又以爲康王諸侯耳，不足與方。臣數以言康王，康王又不用臣。臣之師曰：黄金可成，而河决可塞，不死之藥可得，仙人可致也。』」蘇軾《寄吴德仁兼簡陳季常》詩：「東坡先生無一錢，十年家火燒凡鉛。黄金可成河可塞，只有霜鬢無由玄。」

〔四〕「休辟」句，《史記》卷五五《留侯世家》：「願棄人間事，欲從赤松子遊耳。乃學辟穀，導引輕身。」《論衡·福虚》：「世或以辟穀不食爲道術之人，謂王子喬之輩，以不食穀，與恒人殊食，故與恒人殊壽，踰百度世，遂爲仙人，此又虚也。」

〔五〕「吸風」二句，《莊子·逍遥遊》：「藐姑射之山，有神人居焉，肌膚若冰雪，綽約若處子，不食五穀，吸風飲露，乘雲氣，御飛龍，而遊乎四海之外，其神凝，使物不疵癘，而年穀熟，吾以是狂而不信也。」

〔六〕「勸君」二句，《宋書》卷六七《謝靈運傳》載其《撰征賦》，有「嗟文成之却粒，願追松以遠遊。嘉陶朱之鼓櫂，乃語種以免憂」語。知遠遊乃赤松子事。《楚辭·遠遊》，王逸解題以爲屈原所作，「託配仙人，與俱遊戲，周歷天地，無所不到」。《遠遊》有「聞赤松之清塵兮，願乘風乎遺則」語。《楚辭補注》卷五引《列仙傳》：「赤松子，神農時爲雨師，服水玉，教神農，能入火自燒。至崑山上，常止西王母石室，隨風雨上下。炎帝少女追之，亦得仙俱去。」

〔七〕「休採」句，《漢書》卷二五上《郊祀志》：「復遣方士，求神人採藥以千數。」

〔八〕「人沉」二句，《莊子·在宥》：「廣成子曰：『來，余語女。彼其物無窮，而人皆以爲終。彼其物無測，而人皆以爲極。得吾道者，上爲皇而下爲王。失吾道者，上見光而下爲土。』」

江神子

侍者請先生賦詞自壽〔一〕

兩輪屋角走如梭〔二〕，太忙些，怎禁他？擬倩何人，天上勸羲娥〔三〕：何似從容來少住①？傾美酒，聽高歌。　人生今古不消磨②。積教多，似塵沙〔四〕。未必堅牢，剗地事堪嗟③〔五〕。莫道長生學不得④，學得後，待如何！

【校】

①「何似」句，四卷本丁集「少住」作「小住」，此從廣信書院本。《六十名家詞》本「來少住」作「來左右」。②「消」，四卷本作「須」。③「事」，王詔校刊本、《六十名家詞》本、四印齋本作「實」。④「莫」，四卷本作「漫」。

【箋注】

〔一〕題，此即嘉泰元年五月十一日六十二歲生日，爲駁斥長生之説而賦。

〔二〕「兩輪」句，王安石《客至當飲酒二首》詩：「天提兩輪光，環我屋角走。自從紅顔時，照我至白首。」《侯鯖録》卷二：「東坡……嘗不解織烏義，王性之少年博學，問之，乃云：『織烏日也，往來如梭之織。』」

〔三〕「天上」句，羲娥，即羲和、嫦娥，日月之神，即首句之兩輪也。

〔四〕「人生」三句，吕定《望岱岳》詩：「秦樹千年空老大，漢碑終古不消磨。」積教，積累使之。似塵沙，《法苑珠林》卷一三《會數》：「或展轉從三乘弟子邊，聞法得道，亦塵沙無數。不可以一文定，不可以一義局也。」

〔五〕「剗地」句，剗地，依舊。

卜算子

齒落〔一〕

剛者不堅牢，柔底難摧挫①。不信張開口角看②，舌在牙先墮〔二〕。　已闕兩邊廂，又豁中間箇〔三〕。説與兒曹莫笑翁，狗竇從君過〔四〕。

【校】

①「底」，四卷本丁集作「者」，王詔校刊本、《六十名家詞》本、四印齋本作「的」，此從廣信書院本。　②「角」，四卷本、廣信書院本作「了」，此從《六十名家詞》本。

【箋注】

〔一〕題，右詞於廣信書院本同調詞中排列在後，自當作於嘉泰改元六十餘歲之間，次於是年生日賦詞後，頗能吻合。《稼軒詞編年箋注》次於淳熙十六年元日賦投宿博山寺之《水調歌頭》詞之後，以爲詞之首句即「頭白齒牙缺」，故依類附次。然《水調歌頭》爲初始缺牙之時，此既闕兩廂，中間亦豁，豈是五十歲之人哉？

〔二〕「剛者」四句，見本書卷三《滿江紅·送湯朝美司諫自便歸金壇》詞（瘴雨蠻煙闋）箋注。

〔三〕「又豁」句，韓愈《落齒》詩：「去年落一牙，今年落一齒。俄然落六七，落勢殊未已。餘在皆動搖，盡落應始止。憶初落一時，但念豁可恥。及至落二三，始憂衰即死。」

〔四〕「狗竇」句，《世説新語·排調》：「張吴興年八歲，虧齒，先達知其不常，故戲之曰：『君口中何爲開狗竇？』張應聲答曰：『正使君輩從此中出入。』」

喜遷鶯

謝趙晉臣敷文賦芙蓉詞見壽，用韻爲謝①〔一〕

暑風涼月，愛亭亭無數，緑衣持節〔二〕。掩冉如羞，參差似妒〔三〕，擁出芙渠花發②。步襯潘娘堪恨，貌比六郎誰潔〔四〕？添白鷺，晚晴時，公子佳人並列〔五〕。　休説，搴木末。當日靈均，恨與君王别。心阻媒勞，交疏怨極，恩不甚兮輕絶〔六〕。千古《離騷》文字，芳至今猶未歇〔七〕。都休問，但千杯快飲，露荷翻葉〔八〕。

【校】

①題，四卷本丁集「謝趙」、「敷文」四字闕，此據廣信書院本。《中興絶妙詞選》卷三「芙蓉」作「荷花」。　②「渠」，《中興絶妙詞選》作「蓉」。

【箋注】

〔一〕題，右詞應爲嘉泰元年五月答趙晉臣賀稼軒六十歲壽辰而作。

〔二〕「暑風」三句，《周子鈔釋》卷二《愛蓮説》：「水陸草木之花，可愛者甚蕃。……予獨愛蓮之出淤泥而不染，濯清漣而不夭。中通外直，不蔓不枝。香遠益清，亭亭浄植，可遠觀而不可褻玩焉。」緑衣持節，亦指荷花。

〔三〕「掩冉」二句，掩冉，或指香氣濃鬱。蘇軾《李鈐轄坐上分題戴花》詩：「露濕醉巾香掩冉，月明歸路影婆娑。」或謂遮掩狀。蘇軾《和飲酒二十首》詩：「身如受風竹，掩冉衆葉驚。」此用後者。參差，高低狀。

〔四〕「步襯」二句，步襯潘娘，《南史》卷五《齊本紀》下：「又鑿金爲蓮華以帖地，令潘妃行其上，曰：『此步步生蓮華也。』」貌比六郎，見本書卷五《鷓鴣天·席上再用韻》詞（水底明霞十頃光闋）箋注。

〔五〕「添白」三句，杜牧《樊川文集》卷一《晚晴賦》：「姹然如婦，斂然如女。墮蕊黦顔，似見放棄。白鷺潛來兮，邈風標之公子。窺此美人兮，如慕悦其容媚。」

〔六〕「休説」句至此，《楚辭·九歌·湘君》：「采薜荔兮水中，搴芙蓉兮木末。心不同兮媒勞，恩不甚兮輕絶。」

〔七〕「芳至」句，《楚辭·離騷》：「芳菲菲而難虧兮，芬至今猶未沬。」

〔八〕露荷翻葉，狀飲酒也。蘇軾《和連雨獨飲二首》詩小序：「吾謫海南，盡賣酒器以供衣食，獨有一荷葉杯，工製美妙，留以自娱，乃和淵明連雨獨飲。」王維《秋思二首》詩：「一夜輕風蘋末起，露珠翻盡滿池荷。」右句用此。

新荷葉　再題傅巖叟悠然閣〔一〕

種豆南山，零落一頃爲萁〔二〕。歲晚淵明，也吟草盛苗稀〔三〕。風流剗地，向尊前采菊題詩。悠然忽見，此山正繞東籬〔四〕。　千載襟期，高情想像當時〔五〕。小閣横空，朝來翠撲人衣〔六〕。是中真趣，問騁懷遊目誰知〔七〕？無心出岫，白雲一片孤飛〔八〕。

【箋注】

〔一〕題，稼軒慶元六年秋嘗作《賀新郎·題傅巖叟悠然閣》詞（路入門前柳闋）及《水調歌頭·賦傅巖叟悠然閣》詞（歲歲有黄菊闋），見本書卷八。右詞既稱「再題悠然閣」，且全用陶詩意境賦詠，必非與以上二詞同時所作。以下詞有「秋以爲期」語，故次於嘉泰元年夏季諸詞間。

〔二〕「種豆」二句，《漢書》卷六六《楊惲傳》載其《報孫會宗書》：「家本秦也，能爲秦聲，婦趙女也，雅善鼓瑟。奴婢歌者數人，酒後耳熱，仰天拊缶，而呼烏烏。其詩曰：『田彼南山，蕪穢不治。種一頃豆，落而爲萁。人生行樂耳，須富貴何時！』」

〔三〕「歲晚」二句，陶潛《歸田園居六首》詩：「種豆南山下，草盛豆苗稀。」

〔四〕「風流」四句，剗地，依舊。陶潛《飲酒二十首》詩：「采菊東籬下，悠然見南山。」

〔五〕「千載」二句，襟期，杜甫《醉時歌》：「日糴太倉五升米，時赴鄭老同襟期。」高情，陸游《寄姜梅山雷字詩》：「剩約東林投浄社，高情千載有宗雷。」

〔六〕「朝來」句，王銍《徐師川典祀廬山延真觀用送駒父韻餞別四首》詩：「謝公行樂處，山翠撲人衣。」

〔七〕「是中」二句，是中真趣，陶潛《飲酒二十首》詩：「此中有真意，欲辨已忘言。」騁懷遊目，《文選補遺》卷二七王羲之《蘭亭詩序》：「仰觀宇宙之大，俯察品類之盛，所以遊目騁懷，足以極視聽之娱，信可樂也。」

〔八〕「無心」二句，《陶淵明集》卷五《歸去來兮辭》：「雲無心以出岫，鳥倦飛而知還。」

又

趙茂嘉、趙晉臣和韻，見約初秋訪悠然，再用韻①

物盛還衰〔一〕，眼看春葉秋萁。貴賤交情，翟公門外人稀〔二〕。酒酣耳熱，又何須幽憤裁詩〔三〕。茂林修竹〔四〕，小園曲徑疏籬。 秋以爲期〔五〕，西風黄菊開時。拄杖敲門，任他顛倒裳衣②〔六〕。去年堪笑，醉題詩醒後方知。而今東望，心隨去鳥先飛〔七〕。

【校】

①題，四卷本乙集作「初秋訪悠然」，此從廣信書院本。 ②「任」，四卷本作「從」。

【箋注】

〔一〕物盛還衰，《史記》卷三〇《平準書》：「公卿大夫以下，争於奢侈，室廬輿服，僭於上無限度。物盛而衰，固其變也。」

〔二〕「貴賤」二句，見本書卷七《臨江仙・諸葛元亮席上見和再用韻》詞（夜雨南堂新瓦響闋）箋注。

〔三〕「酒酣」二句，酒酣耳熱，見本書卷六《定風波・自和》詞（金印纍纍佩陸離闋）箋注。幽憤裁詩，見本書卷三《水調歌頭・再用韻答李子永提幹》詞（君莫賦幽憤闋）箋注。

〔四〕茂林修竹，王羲之《蘭亭序》：「此地有崇山峻嶺，茂林修竹。」

〔五〕秋以爲期，《詩・衛風・氓》：「將子無怒，秋以爲期。」

〔六〕「拄杖」二句，拄杖敲門，蘇軾《寓居定惠院之東雜花滿山有海棠一株土人不知貴也》詩：「不問人家與僧舍，拄杖敲門看修竹。」顛倒裳衣，《詩・齊風・東方未明》：「東方未晞，顛倒裳衣。」

〔七〕「心隨」句，韓愈《奉使鎮州行次承天行營奉酬裴司空相公》詩：「旋吟佳句還鞭馬，恨不身先去鳥飛。」

菩薩蠻　重到雲巖，戲徐斯遠〔一〕

君家玉雪花如屋，未應山下成三宿〔二〕。啼鳥幾曾催？西風猶未來。　山房連石徑，雲卧衣裳冷〔三〕。倩得李延年，清歌送上天〔四〕。

【箋注】

〔一〕題，雲巖，已見。戲徐斯遠，《朱文公文集》卷六四《答鞏仲至》第六書：「比日秋冷，恭惟幕府燕閑，起處佳福。……近日得昌父、斯遠書，附到書一角，今附往。中有大卷，意必是詩。累年不見斯遠一字，欲發封觀之，又不欲破戒，或看畢，幸轉以見示也。但斯遠省闈不偶，家無内助，嗣續之計亦復茫然，急欲爲謀婚之計，而未有其處，不知親舊間亦有可爲物色處否。想二公書中亦須説及此事。渠來見囑，此間無處可致力，只得並奉浼也。」此書爲朱熹慶元五年所作，其中言及徐斯遠省闈不利事。而慶元五年爲禮部考試之年。書又謂徐斯遠喪妻無子，而此詞前兩句戲語徐斯遠續娶。則此詞或即嘉泰元年夏秋所作，其時稼軒再有雲巖之遊也。

〔二〕「君家」二句，君家玉雪，《能改齋漫録》卷一四《陳後山李氏墓銘》條：「夫人黄氏，先大夫之長女，生重瞳子，眉目如畫，玉雪可念。」按：玉雪可念，語出《昌黎集》卷三三《殿中少監馬君墓志》：「姆抱幼子立側，眉眼如畫，髮漆黑，肌肉玉雪，可念殿中君也。」花如屋，《清波别志》卷一：「海棠富豔，江浙無之。成都燕王宫碧雞坊尤名奇特。客云：碧雞王氏亭館，先中植一株，繼益於四隅。歲久繁盛，衺延如三兩間屋，下瞰覆冒錦繡，爲一城春遊之冠。石湖范至能詞：『碧雞坊裏花如屋。』只爲海棠也。」范成大《醉落魄》詞：「碧雞坊裏花如屋，燕王宫下花成谷。」成三宿，《後漢書》卷三〇下《襄楷傳》：「或言老子入夷狄，爲浮屠。浮屠不三宿桑下，不欲久生恩愛，精之至也。天神遺以好女，浮屠曰：『此但革囊盛血。』遂不盼之。」注：「言浮屠之人寄桑下者，不經三宿，便即移去，示無愛戀之心也。」

〔三〕「雲卧」句，見本書卷三《賀新郎·賦水仙》詞（雲卧衣裳冷闋）箋注。

〔四〕「倩得」二句，李延年，見本書卷二《滿江紅·席間和洪景廬舍人兼簡司馬漢章大監》詞（天與文章闋）箋注。送上天，杜甫《贈獻納使起居田舍人》詩：「揚雄更有河東賦，唯待吹噓送上天。」

洞仙歌

趙晉臣和李能伯韻，屬余同和。趙以兄弟皆有職名爲寵，詞中頗叙其盛，故末章有「裂土分茅」之句①〔一〕

舊交貧賤，太半成新貴。冠蓋門前幾行李？看匆匆西笑②〔二〕，争出山來，憑誰問：小草何如遠志③〔三〕？　悠悠今古事，得喪乘除，暮四朝三又何異〔四〕。任掀天事業④，冠古文章，有幾箇笙歌晚歲？况滿屋貂蟬未爲榮，記裂土分茅⑤，是公家世〔五〕。

【校】

①題，四卷本丁集「趙」字闕，「兄弟」作「弟兄」，此從廣信書院本。廣信書院本「皆」字亦闕，據四卷本補。②「西」，王詔校刊本、《六十名家詞》本、四印齋本作「哂」。③「小」，廣信書院本原作「水」，據四卷本改。④「掀」，廣信書院本原作「軒」，據四卷本改。「事」，四卷本作「勳」。⑤「茅」，廣信書院本原作「封」，據四卷本改。

【箋注】

〔一〕題，李能伯，名處端。《八瓊室金石補正》卷九一載浯溪李處端摩崖殘碑：「李處端能伯，以乾道壬辰□□□□後。」編者謂「右刻在摩崖右。……以意度之，處端於乾道五年曾到浯溪。後復經此，乃有是刻，然不可考矣。……左有行書三行，……當是開禧年所題」。《宋詩紀事補遺》卷五二：「李處端，洛陽人，處全弟。乾道九年江都令，累官簽判鎮江府。」此書載處端《深静堂》詩一首，引自《新城志》。按：《景定建康志》卷四九：「李處全字粹伯，徐州豐縣人，邯鄲公淑之曾孫，後遷居溧陽。……登第，繇宗正寺簿遷太常丞，知沅州，提舉湖北茶鹽。……改舒州，淳熙十六年卒於任，年五十九。」據此，知李處端亦應爲徐州人，南渡居建康之溧陽。謂洛陽人，甚誤。李處端當於嘉泰間過信上，然後至湖南。其間任何官，皆已無考。趙晉臣兄弟皆有職名，見此詞「裂土分茅」句箋注。

〔二〕「看匆」句，桓譚《新論·琴道》：「人聞長安樂，則出門西向而笑。知肉味美，則對屠門而大嚼。」

〔三〕小草何如遠志，《世説新語·排調》：「謝公始有東山之志，後嚴命屢臻，勢不獲已，始就桓公司馬。於時人有餉桓公藥草，中有遠志。公取以問謝：『此藥又名小草，何一物而有二稱？』謝未即答，時郝隆在坐，應聲答曰：『此甚易解。處則爲遠志，出則爲小草。』謝甚有愧色。桓公目謝而笑曰：『郝參軍此過乃不惡，亦極有會。』」注：「《本草》曰遠志，一名棘菀，其葉名小草。」

〔四〕「得喪」二句，得喪乘除，謂得失消長。韓愈《三星行》：「無善名以聞，無惡聲以攘。名聲相乘除，得少失有餘。」暮四朝三，《莊子·齊物論》：「勞神明爲一，而不知其同也，謂之朝三。何謂朝三？曰狙公賦芧，曰：『朝三而暮四。』衆狙皆怒，曰：『然則朝四而暮三？』衆狙皆悦。名實未虧，而喜怒爲用，亦因是也。」

〔五〕「記裂」二句，《歷代職官表》卷六四：「自三代盛王，莫不封建宗室以爲藩屏。後世分王子弟，法制相沿，爲建國之首務。然或泥于古而不知裁制，或襲其名而徒事虚文，流弊不同而其失均也。漢鑑秦孤立之弊，封樹子弟，裂土分茅，諸侯王大者至據名城數十，尾大不掉，遂啓七國之變。」《尚書·禹貢》：「厥貢惟土五色。」《疏》：「傳王者封五色土以爲社，若封建諸侯，則各割其方色土與之，使歸國立社。其上，燾以黄土。燾，覆也。四方各依其方色，皆以黄土覆之。其割上與之時，苴以白茅，用白茅裹土與之。必用白茅者，取其潔清也。」按：右詞題中已有小注，謂「趙以兄弟皆有職名爲寵，詞中頗叙其盛，故末章有『裂土分茅』之句」。查〔乾隆〕《鉛山縣志》卷七：「趙士礽字城甫，宋宗室也。大觀元年鎖試第一。……築居鉛山曰暇樂園，藝花蒔竹，爲歸老計。紹興三十一年詔外宗官以屬籍文臣齒德俱尊者爲之，士礽首預其選。……子八人，皆相繼擢第，或從薦辟，故號所居里曰叢桂。」《宋史》卷二二四《宗室世系表》載其八子：不逸、不迺、朝請大夫直華文閣不逷、中奉大夫直敷文閣不迂、朝請郎不遂、贈通奉大夫不迹、朝請大夫不退、儒林郎不逦。據《鉛山志》卷六，先後登第者爲不迂、不迹、不逷、不遂、不迺、不退、不逦。

江神子

和李能伯韻，呈趙晉臣

五雲高處望西清，玉階升，棣華榮〔一〕。築屋溪頭，樓觀畫難成。長夜笙歌還起問，誰放月〔二〕，又西沉？　家傳鴻寶舊知名〔三〕。看長生，奉嚴宸〔四〕。且把風流，水北畫耆英〔五〕。咫尺西風詩酒社，石鼎句，要彌明〔六〕。

【箋注】

〔一〕「五雲」三句，五雲高處望西清，杜甫《送李八秘書赴杜相公幕》詩：「南極一星朝北斗，五雲多處是三台。」《史記》卷一一七《司馬相如列傳》：「青虯蚴蟉於東箱，象輿婉蟬於西清。」注：「西清，西箱清浄地也。」玉階，《漢書》卷九七下《孝成趙皇后傳》：「其中庭彤朱而殿上髹漆，砌皆銅沓，黄金塗，白玉階，壁帶往往爲黄金釭，函藍田璧，明珠、翠羽飾之。」玉階二句，當謂晉臣召見，兄弟榮之。

〔二〕放月，教月。

〔三〕「家傳」句，《漢書》卷三六《劉向傳》：「上復興神仙方術之事，而淮南有《枕中鴻寶苑秘書》，書言神仙使鬼物爲金之術，及鄒衍重道延命方，世人莫見。而更生父德，武帝時治淮南獄，得其書。」

〔四〕奉嚴宸，曹勛《松隱集》卷一七《端午帖子》：「玉帶輕紗迎令節，五雲深處奉嚴宸。」

〔五〕「水北」句，韓愈《寄盧仝》詩：「水北山人得名聲，去年去作幕下士。水南山人又繼往，鞍馬僕從塞閭里。」《五百家注昌黎文集》卷五：「水北水南，謂洛水之南北也，在洛陽城中。」司馬光《傳家集》卷六八《洛陽耆英會序》：「元豐中，潞國文公留守西都，韓國富公納政在里第，自餘士大夫以老自逸於洛者，於時爲多。潞公謂韓公曰：『凡所爲慕於樂天者，以其志趣高逸也，奚必數與地之襲焉？』一旦悉集士大夫老而賢者於韓公之第，置酒相樂，賓主凡十有一人。既而圖形妙覺僧舍，時人謂之洛陽耆英會。」按：趙不迂家居於鉛山河北石井庵，南距永平鎮五里，前有湛溪，源自鵝湖山。故以水北耆英相比。

〔六〕「石鼎」二句，《昌黎集》卷二一《石鼎聯句》詩序：「衡山道士軒轅彌明，自衡山來，舊與劉師服進士衡湘中相識，將過太白，知師服在京，夜抵其居宿。有校書郎侯喜新有能詩聲，夜與劉説詩，彌明在其側。……指爐中石鼎謂喜曰：『子云能詩，與我共賦此乎？』劉往見衡湘間人説，云年九十餘矣。解捕逐鬼物，拘囚蛟螭虎豹，不知實能否也。見其老，頗貌敬之，不知其有文也。聞此説大喜，即援筆題其首兩句，次傳於喜，喜踊躍，即綴其下。……劉與侯皆已賦十餘韻，彌明應之如響，皆穎脱含譏諷。二子思竭不能續，因起謝曰：『尊師非人也，某等伏矣。願爲弟子，不敢更論詩。』」

西江月　和晉臣登悠然閣①〔一〕

一柱中擎遠碧，兩峰旁聳高寒②〔二〕。橫陳削就短長山③，莫把一分增減〔三〕。　我望雲煙目斷，人言風景天慳。被公詩筆盡追還，重上層樓一覽④〔四〕。

【校】

①題，廣信書院本原作「悠然閣」，此據四卷本丁集改。　②「聳」，四卷本作「倚」。　③「就」，王詔校刊本、《六十名

家詞》本、四印齋本作「盡」。　④「樓」，廣信書院本原作「梯」，此據四卷本改。

【箋注】

〔一〕題，本卷前有《新荷葉》詞二首，一以「再題傅巖叟悠然閣」爲題，一以「趙茂嘉、趙晉臣和韻，見約初秋訪悠然，再用韻」爲題，作於嘉泰元年夏。右詞應即是年秋踐約之作也。

〔二〕「兩峰」句，杜甫《九日藍田崔氏莊》詩：「藍水遠從千澗落，玉山高並兩峰寒。」

〔三〕「莫把」句，《文選》卷一九宋玉《登徒子好色賦》：「東家之子，增之一分則太長，減之一分則太短。」

〔四〕「重上」句，王之渙《登鸛雀樓》詩：「欲窮千里目，更上一層樓。」杜甫《望嶽》詩：「會當淩絶頂，一覽衆山小。」

又

和趙晉臣敷文賦秋水瀑泉〔一〕

八萬四千偈後，更誰妙語披襟〔二〕？紉蘭結佩有同心〔三〕，喚取詩翁來飲。　鏤玉裁冰著句，高山流水知音〔四〕。胸中不受一塵侵，却怕靈均獨醒〔五〕。

【箋注】

〔一〕題，秋水瀑泉，地方志及諸書無記載。據鉛山人實地考察，期思嶺下之吴氏宗祠，應即當年稼軒之秋水堂。堂前有井，當地人稱爲龍井，係自瀑泉，水由地下噴湧而出。今雖已被村民填塞，遺跡猶存，右詞所謂「秋水瀑泉」或即指此。

〔二〕「八萬」二句，八萬四千偈，《佛地經論》卷六：「云何八萬四千心行？謂諸有情八萬四千諸垢塵勞心行差別。此能障礙八萬四千波羅蜜多陀羅尼白三摩地等，如賢劫經，廣説其相。」釋惠洪《冷齋夜話》卷七《東坡廬山偈》條：「東坡遊廬山，至東林，作偈曰：『溪聲便是廣長舌，山色豈非清浄身？夜來八萬四千偈，他日如何舉似人！』」妙語披襟，《藝文類聚》卷一宋玉《風賦》：「楚襄王遊蘭臺之宮，宋玉、景差侍。有風颯然而至，王乃披襟而當之，曰：『快哉，此風寡人與庶人共者耶？』」

〔三〕「紉蘭」句，《楚辭・離騷》：「扈江離與辟芷兮，紉秋蘭以爲佩。」古《來羅》詩：「鬱金黄花標，下有同心草。」

〔四〕「高山」句，見本書卷二《滿庭芳・和洪丞相景伯韻》詞（傾國無媒閟）箋注。

〔五〕「胸中」二句，一塵侵，黄庭堅《次韻蓋郎中率郭郎中休官二首》詩：「世態已更千變盡，心源不受一塵侵。」獨醒，《楚辭・漁父》：「屈原曰：『舉世皆濁我獨清，衆人皆醉我獨醒。』」靈均，《離騷》自謂「字余曰靈均」。

念奴嬌　趙晉臣敷文十月望生日，自賦詞，屬余和韻①〔一〕

看公風骨，似長松磊落，多生奇節〔二〕。世上兒曹都蓄縮，凍芋旁堆秋瓞〔三〕。結屋溪頭，境隨人勝，不是江山別。紫雲如陣〔四〕，妙歌争唱新闋。　尊酒一笑相逢，與公臭味，菊茂蘭須悦②〔五〕。天上四時調玉燭，萬事宜詢黄髮〔六〕。看取東歸，周家叔父，手把元龜説〔七〕。祝公長似，十分今夜明月。

【校】

①題，四卷本丁集「趙」、「敷文」三字闕，此從廣信書院本。②「茂」，《六十名家詞》本作「花」。

【箋注】

〔一〕題，右詞爲趙晉臣賀生辰作，應作於嘉泰元年十月。

〔二〕「看公」三句，《晉書》卷四五《和嶠傳》：「和嶠字長輿，汝南西平人也。……嶠少有風格，慕舅夏侯玄之爲人，厚自崇重，有盛名於世，朝野許其能整風俗，理人倫。襲父爵上蔡伯，起家太子舍人，累遷潁川太守。爲政清簡，甚得百姓歡心。太傅從事中郎庾顗，見而歎曰：『嶠森森如千丈松，雖磥砢多節目，施之大厦，有棟梁之用。』」同書卷五〇《庾敳傳》：「敳有重名，爲搢紳所推。而聚斂積實，談者譏之。都官從事温嶠奏之，敳更器嶠，目『嶠森森如千丈松，雖磥砢多節，施之大厦，有棟梁之用』。」二者所記不同，然皆以長松多節喻之。按：當慶元黨禁期間，舉世皆奔競依附，而趙晉臣獨退歸林下，故以長松奇節譽之。

〔三〕「世上」二句，兒曹蓄縮，《漢書》卷四五《息夫躬傳》：「躬上疏，歷詆公卿大臣，曰：『方今丞相王嘉，健而蓄縮，不可用。御史大夫賈延，墮弱不任職。左將軍公孫禄、司隸鮑宣，皆外有直項之名，内實騃不曉政事。』」注：「蓄縮，謂𠫤於事也。」凍芋旁堆秋瓞，軒轅彌明《石鼎聯句》詩：「秋瓜未落蒂，凍芋强抽萌。」

〔四〕紫雲如陣，《本事詩》：「杜爲御史，分務洛陽時，李司徒罷鎮閑居，聲伎豪華，爲當時第一。洛中名士，咸謁見之。李乃大開筵席，當時朝客高流，無不臻赴。以杜持憲，不敢邀置。杜遣座客達意，願與斯會，李不得已馳書。方對花獨酌，亦已酣暢，聞命遽來。時會中已飲酒，女奴百餘人，皆絶藝殊色。杜獨坐南行，瞪目注視，引滿三巵，問李云：『聞有紫雲者，孰是？』李指示之，杜凝睇良久，曰：『名不虚得，宜以見惠。』李俯而笑，諸妓亦皆迴首破顔。杜又自飲三爵，朗吟而起曰：『華堂今日綺筵開，誰喚分司御史來？忽發狂言驚滿座，兩行紅粉一時迴。』意氣閑逸，傍若無人。」杜，杜牧也。如陣，謂歌妓輩成羣。《史記》卷二七《天官書》：「陣雲如立垣，杼雲類杼。」《索隱》：「兵書云：營上雲氣如織，勿與戰也。」

〔五〕「尊酒」三句，尊酒相逢，蘇軾《與毛令方尉遊西菩提寺二首》詩：「一笑相逢那易得，數詩狂語不須删。」與公臭味，黄庭堅《再答冕仲》詩：「秋堂一笑共燈火，與公草木臭味同。」餘參本書卷五《賀新郎·同父見和再用韻答之》詞（老大那堪説闋）箋注。菊茂蘭悦，庾信《開府集》卷一〇《周大將軍上開府廣饒公鄭常墓志銘》：「悲風夜烈，苦霧晨凝。蘭芬菊茂，終古相成。」

〔六〕「天上」二句，四時調玉燭，《爾雅·釋天》：「四時和謂之玉燭。」宜詢黄髮，《尚書·秦誓》：「雖則云然，尚猷詢兹黄髮，則罔所愆。」《傳》：「今我庶幾以道謀此黄髮賢老，則行事無所過矣。」

〔七〕「看取」三句，《尚書·大誥》：「予不敢閉於天降威用，寧王遺我大寶龜，紹天明即命。」《正義》：「遺我大寶龜者，天子寶藏神龜，疑則卜之，繼天明道，就其命而行之。」按：《大誥》者，周公當武王崩，三監及淮夷俱叛，東征伐叛時所作。元龜即寶龜也，見於《尚書》之《大禹謨》、《西伯戡黎》等篇。

太常引

壽趙晉臣敷文。彭溪，晉臣所居①〔一〕

論公耆德舊宗英〔二〕，吴季子，百餘齡，奉使老於行〔三〕。更看舞聽歌最精〔四〕。　須同衛武，九十入相，菉竹自青青〔五〕。富貴出長生，記門外清溪姓彭〔六〕。

【校】

①題，王詔校刊本、《六十名家詞》本、四印齋本「彭溪晉臣居也」六字在全詞之末，無「所」字，多一「也」字，此從廣信書院本。

【箋注】

〔一〕題，彭溪，〔乾隆〕《鉛山縣志》卷一：「彭溪，縣治北二里，源出龔潭陂，轉彭溪橋，六里至清風峽。橋爲彭姓所造，相傳彭姓籛、鏗之後也。」按：永平鎮北，有一小溪自鵝湖山發源，至永平西北入鉛山河，石井庵在其北，此謂之彭溪。而《克齋集》卷一六《賀趙及卿黄定甫主賓聯名登第》詩云：「人傑須知本地靈，鵝峰挺拔湛溪清。新添九桂叢芳茂，旁發一枝花更榮。」自注：

「叢桂登科至及卿九人。」則彭溪，亦即湛溪也。

〔二〕「論公」句，《漢書》卷一〇〇下《叙傳》：「景十三王，承文之慶。……四國絶祀，河間賢明。禮樂是修，爲漢宗英。」

〔三〕「吴季」三句，《史記》卷三一《吴太伯世家》：「壽夢有子四人，長曰諸樊，次曰餘祭，次曰餘眛，次曰季札。季札賢，而壽夢欲立之，季札讓，不可，於是乃立長子諸樊，攝行事當國。……十三年，王諸樊卒，有命授弟餘祭，欲傳以次，必致國於季札而止，以稱先王壽夢之意，且嘉季札之義。兄弟皆欲致國，令以漸至焉。季札封於延陵，故號曰延陵季子。……四年，吴使季札聘於魯。……去魯，遂使齊。……去齊，使於鄭。……去鄭，適衛。……自衛如晉。……十七年，王餘祭卒，弟餘眛立。……四年，王餘眛卒，欲授弟季札，季札讓，逃去。……乃立王餘眛之子僚爲王。……十三年春吴欲因楚喪而伐之，……使季札於晉，以觀諸侯之變。……公子光竟立爲王，是爲吴王闔廬。闔廬乃以專諸子爲卿，季子至，曰：『苟先君無廢祀，民人無廢主，社稷有奉，乃吾君也，吾敢誰怨乎？哀死事生，以待天命。』」按：自壽夢欲立季札，至王僚十三年，已四十七年，此後未見季札事跡，殆不久即卒。其晚年猶出使於楚，可稱「老於行」也。然史未載季札年齡，謂百餘齡，恐估算之語也。季札行四，而趙晉臣亦行四，故以季子爲比也。

〔四〕「更看」句，《史記》卷三一《吴太伯世家》：「王餘祭……四年，吴使季札聘於魯，請觀周樂。爲歌周南、召南，曰：『美哉，始基之矣，猶未也。然勤而不怨。』歌邶、鄘、衛，曰：『美哉，淵乎，憂而不困者也。』……見舞象箾、南籥者，曰：『美哉，猶有憾。』見舞大武，曰：『美哉，周之盛也其若此乎？』」按：季子遍聽周南、召南、邶、鄘、衛、王風、鄭、齊、豳、秦、魏、唐、小雅、大雅之歌，及觀象箾、南籥、大武、大夏之舞，且皆有精到之評論，皆見於此《世家》。故謂之「看舞聽歌最精」。

〔五〕「須同」三句，《詩・衛風・淇奥》：「瞻彼淇奥，緑竹青青。」《毛詩》序：「《淇奥》，美武公之德也。有文章，又能聽其規諫，以禮自防，故能入相於周，美而作是詩也。」餘參本書卷七《最高樓・慶洪景盧内翰七十》詞（金閨老閱）箋注。

〔六〕「富貴」二句，張萱《疑耀》卷六《伯益之壽》條：「堯之諸臣，壽最高者惟彭籛、皋陶、伯益三人，而皋陶年百有六十，則前聞之。彭籛或云即彭祖，或云非是，獨未聞伯益二百六十歲之説，豈孟子别有所授耶？」陸德明《經典釋文》卷二六《彭祖》條：「名鏗，堯臣，封於彭城，歷虞夏至商，年七百歲，故以久壽見聞。」

又 賦十四絃〔一〕

仙機似欲織纖羅，髣髴度金梭。無奈玉纖何。却彈作清商恨多〔二〕。朱簾影裏，如花半面〔三〕，絶勝隔簾歌。世路苦風波，且痛飲公無渡河〔四〕。

【箋注】

〔一〕題，陸游《劍南詩稿》卷一二《長歌行》：「世上悲歡亦偶然，何時爛醉錦江邊。人歸華表三千歲，春入箜篌十四絃。」因知十四絃者，乃箜篌也。《樂書》卷一二八《箜篌》：「劉熙《釋名》曰：『箜篌，師延所作，靡靡之樂，蓋空國之侯所存也。後出桑間濮上，師涓爲晉平公鼓焉。鄭分其地而有之，因命淫樂，爲鄭衛焉。』或謂漢武帝使樂人侯暉作坎侯，蓋取其聲坎坎以應樂節，後世聲訛爲箜篌爾。……舊説皆如琴制。唐制似瑟而小，其絃有七，用木撥彈之以合二變。故燕樂有大箜篌、小箜篌。……昔有白首翁溺於河，其妻麗玉素善十三絃箜篌，作爲《公無渡河》曲，以寄哀情。」右詞作年無考，以廣信書院本次第，與同調《壽趙晉臣敷文》詞爲同時之作，故附編於此。

〔二〕清商恨多，王昌齡《段宥廳孤桐》詩：「響發調尚苦，清商勞一彈。」楊巨源《雪中聽箏》詩：「玉柱泠泠對寒雪，清商怨徵聲何切。誰憐楚客向隅時，一片愁心與絃絶。」

〔三〕如花半面，見本書卷一《新荷葉·和趙德莊韻》詞（人已歸來闋）箋注。

〔四〕「世路」二句，世路苦風波，郭祥正《偶書》詩：「人間易日月，世路苦風波。」公無渡河，《古今注》卷中《箜篌引》條：「朝鮮津卒霍里子高妻麗玉所作也。子高晨起刺船而櫂，有一白首狂夫，被髮提壺，亂流而渡。其妻隨呼，止之不及，遂墮河水死。於是援箜篌而鼓之，作《公無渡河》之歌。聲甚悽愴，曲終，自投河而死。霍里子高還，以其聲語妻麗玉，玉傷之，乃引箜篌而寫其聲，聞者莫不墮淚飲泣焉。」

鷓鴣天

和傅先之提舉賦雪〔一〕

泉上長吟我獨清，喜君來共雪争明①。已驚並水鷗無色，更怪行沙蟹有聲。添爽氣，動雄情②〔二〕，奇因六出憶陳平〔三〕。却嫌鳥雀投林去，觸破當樓雲母屏〔四〕。

【校】

①「來」，《六十名家詞》本作「未」，此從廣信書院本。②「情」，《六十名家詞》本作「容」。

【箋注】

〔一〕題，稼軒家居鉛山縣時，傅兆僅官湖州通判，其任某路提舉，當在稼軒晚年再出之後。右詞題稱其爲提舉，而詞中有「泉上長吟」語，顯然爲稼軒家居瓢泉時所作，則提舉二字爲後來編集時所加。傅氏於嘉泰二年九月自湖州通判任滿被召，見本卷後《水龍吟·别傅先之提舉時先之有召命》詞（只愁風雨重陽闋）題下箋注。右詞賦雪，則必作於嘉泰元年底或二年初。

〔二〕「添爽」二句，爽氣、雄情，《世説新語·豪爽》：「桓宣武平蜀，集參僚，置酒於李勢殿，巴蜀搢紳莫不來萃。桓既素有雄情爽氣，加爾日音調英發，叙古今成敗由人，存亡繫才，其狀磊落，一坐歎賞。既散，諸人追味餘言，於時尋陽周馥曰：『恨卿輩不見王大將軍。』」

〔三〕「奇因」句，《史記》卷五六《陳丞相世家》：「於是乃詔御史，更以陳平爲曲逆侯，盡食之，除前所食户牖。其後常以護軍中尉從攻陳豨及黥布。凡六出奇計，輒益邑，凡六益封。奇計或頗秘，世莫能聞也。」按：雪花皆六出，故與陳平六出奇計相聯繫。

〔四〕雲母屏，《後漢書》卷六三《鄭弘傳》：「元和元年，代鄧彪爲太尉。時舉將第五倫爲司空，班次在下，每正朔朝見，弘曲躬而自卑，帝問知其故，遂聽置雲母屏風，分隔其間。」注：「以雲母飾屏風也。」

歸朝歡　題趙晉臣敷文積翠巖①〔一〕

我笑共工緣底怒，觸斷峨峨天一柱〔二〕。補天又笑女媧忙，却將此石投閑處〔三〕。野煙荒草路，先生拄杖來看汝。倚蒼苔，摩挲試問〔四〕，千古幾風雨？　長被兒童敲火苦，時有牛羊磨角去〔五〕。霍然千丈翠巖屏，鏘然一滴甘泉乳。結亭三四五，會相暖熱攜歌舞〔六〕。細思量，古來寒士，不遇有時遇〔七〕。

【校】

①題，四卷本乙集「趙」、「敷文」三字闕，此從廣信書院本。

【箋注】

〔一〕題，積翠巖，已見本書卷八《賀新郎·用韻題趙晉臣敷文積翠巖》詞（拄杖重來約闕）箋注。右詞專詠積翠巖擎天柱，應作於其後，亦即嘉泰改元之後。以不能確指，姑次於嘉泰元年冬間諸作中。

〔二〕「我笑」二句，共工觸不周山崩，折天柱，事見《淮南子·天文訓》，可參本書卷一《滿江紅·建康史帥致道席上賦》詞（鵬翼垂空闋）箋注。緣底，緣何，因何。

〔三〕「補天」二句，女媧補天，亦見本書卷一《滿江紅·建康史帥致道席上賦》詞（鵬翼垂空闋）箋注。按：積翠巖有石名狀元峰，又名擎天柱。今積翠巖遺跡猶存，在永平鎮西三里，而擎天柱輒因上世紀地方企業施工而毀。

〔四〕「倚蒼」二句，王安石《謝公墩》詩：「摩挲蒼苔石，檢點屐齒痕。」

〔五〕「長被」二句，韓愈《石鼓歌》：「牧童敲火牛礪角，誰復著手爲摩挲。」

〔六〕「霍然」四句，翠巖屏，謂擎天柱；甘泉乳，謂石竅中膽泉。結亭三四五，〔乾隆〕《鉛山縣志》卷一、〔同治〕《鉛山縣志》卷三均謂積翠巖「一巖天成，兩竇如日月相對，名合壁，上建九仙臺，履之如作憑虛御空。其右有雲壑及藏雲洞、玉麒麟，餘可名者尚多。慶元六年趙不迂上建佛堂，自下望之，如在五雲縹緲間」。右詞既謂「結亭三四五」，必其時趙晉臣已建佛堂於積翠巖之後，非慶元六年明矣。相暖熱，此唐宋人常用俗語，猶言親熱。范成大《石湖詩集》卷三〇《臘月村田樂府十首》詩序：「其五，爆竹行此他郡所同，而吴中特盛，惡鬼蓋畏此聲。古以歲朝，而吴以二十五夜。其六，燒火盆，行爆竹之夕，人家各又於門首燃薪滿盆，無貧富皆爾，謂之相暖熱。」

〔七〕「古來」二句，《藝文類聚》卷三〇載董仲舒《士不遇賦》、司馬遷《悲士不遇賦》。

鷓鴣天　和趙晉臣敷文韻〔一〕

緑鬢都無白髮侵，醉時拈筆越精神。愛將蕪語追前事，更把梅花比那人〔二〕。　回急雪，遏行雲〔三〕，近時歌舞舊時情。君侯要識誰輕重，看取金杯幾許深。

【箋注】

〔一〕題，右詞及以下《生查子》一詞，皆和趙晉臣韻，調笑其侍女者，當爲嘉泰二年正月間所作。

〔二〕「更把」句，那人，指某女。宋人詞中屢以此語謂心儀之女。

〔三〕「回急」二句，回急雪，指雪之急轉飛舞狀，以況舞姿。見本書卷五《水調歌頭》詞（簪履競晴晝闋）箋注。遏行雲，指歌聲高亢，能遏止行雲。見本書卷五《御街行》詞（闌干四面山無數闋）箋注。

生查子　和趙晉臣敷文春雪①〔一〕

漫天春雪來，纔抵梅花半。最愛雪邊人，楚些裁成亂〔二〕。　雪兒偏解歌，只要金杯滿〔三〕。誰道雪天寒？翠袖闌干暖。

【校】

①題，四卷本丙集闕，此從廣信書院本。

【箋注】

〔一〕題，春雪，疑爲趙不迂侍兒名。

〔二〕「楚些」句，《楚辭》之《招魂》，以些字爲韻。《招魂》有「宫庭震驚，發激楚些」語，王逸《楚辭章句》卷九注：「復作激楚清聲，以發其音也。」《離騷》以「亂曰」爲結，《楚辭章句》卷一注：「亂，理也，所以發理詞指，總撮其要也。屈原舒肆憤懣，極意陳詞，或去或留，文采紛華，然後總括一言，以明所起之意也。」

〔三〕「雪兒」二句，雪兒解歌，《太平廣記》卷二〇〇《韓定辭》條引《北夢瑣言》逸文：「唐韓定辭爲鎮州王鎔書記，聘燕帥劉仁恭，舍於賓館，命試幕客馬彧延接。馬有詩贈韓，……彧詩雖清秀，然意在徵其學問，韓亦於座上酬之曰：『崇霞臺上神仙客，學辨癡龍藝最多。盛德好將銀筆述，麗詞堪與雪兒歌。』座内諸賓靡不欽訝，稱妙句。然亦疑其銀筆之僻也。他日，彧復持燕帥之命，答聘常山，亦命定辭接於公館。……彧從容問韓以雪兒、銀筆之事，韓曰：『……雪兒者，李密之愛姬，能歌舞。每見賓僚文章有奇麗入意者，即付雪兒叶音律以歌之。』……由是兩相悦服，結交而去。」偏解，偏能。金杯滿，可參前同調《和趙晉臣敷文韻》詞「君侯要識誰輕重，看取金杯幾許深」語。

鷓鴣天

有客慨然談功名，因追念少年時事，戲作〔一〕

壯歲旌旗擁萬夫，錦襜突騎渡江初〔二〕。燕兵夜娖側角切。銀胡䩮，漢箭朝飛金僕姑〔三〕。

追往事，歎今吾，春風不染白髭鬚〔四〕。却將萬字平戎策①，換得東家種樹書〔五〕。

【校】

①「却」，四卷本丁集作「都」，此從廣信書院本。

【箋注】

〔一〕題，右詞蓋因來客大談功名激發豪情而作。其距慶元六年拒俗客談功名者，既不可同日而語，亦決非同時或相近之事。此必爲嘉泰二年二月，韓侂胄解除僞學禁，長期遭受黨禁禁錮及被牽連之功名之士遂始萌動復出之際所賦。對於稼軒而言，又恰爲紀念其紹興三十二年春自山東南下渡江四十周年而賦也。

〔二〕「壯歲」二句，《宋史》卷四〇一《辛棄疾傳》：「金主亮死，中原豪傑並起。耿京聚兵山東，稱天平節度使，節制山東、河北忠義軍馬。棄疾爲掌書記，即勸京決策南向。……紹興三十二年，京令棄疾奉表歸宋。高宗勞師建康，召見，嘉納之。授承務郎、天平節度掌書記，併以節使印告召京。會張安國、邵進已殺京降金，棄疾還至海州，與衆謀曰：『我緣主帥來歸朝，不期事變，何以復命？』乃約統制王世隆及忠義人馬全福等徑趨金營，安國方與金將酣飲，即衆中縛之以歸。金將追之不及，獻俘行在，斬安國於市，仍授前官，改差江陰簽判，棄疾時年二十三。」稼軒《進美芹十論》：「粵辛巳歲，逆亮南寇，中原之民，屯聚蠭起。臣嘗鳩衆二千，隸耿京，爲掌書記，與圖恢復。共籍兵二十五萬，納款於朝。」洪邁所作《稼軒記》：「余謂侯本以中州雋人，抱忠仗義，章顯聞於南邦。齊虜巧負國，赤手領五十騎，縛取於五萬衆中，如挾毚兔。束馬銜枚，間關西奏淮，至能晝夜不粒食。」此稼軒少年時揮師南渡之大略也。壯歲旌旗擁萬夫，乃自謂在耿京軍中，已是萬夫統帥也。按耿京起義軍，其麾下實自有部曲。如《朱子語類》卷一三二《中興至今日人物》所載：「耿京起義軍，爲天平軍節度使。有張安國者亦起兵，與京爲兩軍。」可知也。稼軒以二千人投耿京，至南渡時殆已發展至萬軍。黄庭堅《送范德孺知慶州》詩：「春風旍旗擁萬夫，幕下諸將思草枯。」黄罃《山谷年譜》卷一九引作「春風旌旗擁萬夫」。錦襜突騎，《後漢書》卷一上《光武帝紀》：「會上谷太守耿況、漁陽太守彭寵，各遣其將吴漢、寇恂等，將突騎來助擊王郎。」注：「突騎，言能衝突軍陣。」《新唐書》卷一八一《李蔚傳》：「前被繡囊錦襜，珍麗精絶。」張孝祥《水調歌頭·凱歌上劉恭父》詞：「少年荆楚客，突騎錦襜紅。」李賀《艾如張》詩：「錦襜褕繡襠，襦强飲啄哺。」《箋註評點李長吉歌詩》卷四注云：「《説文》云：『襜褕，直裾也。』《爾雅》：『衣蔽前謂之襜。』注云：『今蔽膝也。又謂之韠。又謂之袡襦。』《雋不疑傳》云：『衣黄襜褕。』師古注云：『直裾單衣。』」

〔三〕「燕兵」二句，夜娖，《資治通鑑》卷二五三：「又發土團千人赴代州，土團至城北，娖隊不發。」注：「娖，側角翻。言娖，整其隊而不行也。」《類編》卷三五：「娖，一曰善也。」楊萬里《過羅溪南望撫州泉嶺》詩：「蒼蒼總上山頭去，一色前驅娖翠旌。」銀胡䩮，《舊五代史》卷四三《唐明宗紀》：「壬午，藥彦稠進回鶻可汗先送秦王金裝胡䩮，爲党項所掠，至是得之以獻。」《新五代史》卷二二三《王思同傳》：「王思同，幽州人也。其父敬柔，娶劉仁恭女，生思同。思同事仁恭，爲銀胡䩮指揮使。」《資治通鑑》卷二六六：「銀胡䩮都指揮使王思同，帥部兵三千。」注：「胡䩮，箭室也。」金僕姑，《左傳·莊公十一年》：「乘丘之役，公以金僕姑射南宫長萬。」注：「金僕姑，矢名。南宫長萬，宋大夫。」《疏》謂「僕姑其義未聞」。《嫏嬛記》卷中載：「魯人有僕，忽不見，旬日而返。主欲笞之，僕曰：『臣之姑修玄女術，得道，白日上升，昨降於泰山，與臣飲極歡，不覺遂旬日。臨别，贈臣以金矢一乘，曰：此矢不必善射，宛轉中人而復歸於笮。』主人試之果然，竇而寶焉，因以金僕姑名之。自後，魯之良矢皆以此名。」恐小説家言耳。盧綸《和張僕射塞下曲》：「鷲翎金僕姑，燕尾繡蝥弧。」按：二句當言入金營擒張安國事。

〔四〕「春風」句，白居易《代諸妓贈送周判官》詩：「好與使君爲老伴，歸來休染白髭鬚。」歐陽修《聖無憂》詞：「好酒能消光景，春風不染髭鬚。」

〔五〕「却將」二句，平戎策，《新唐書》卷一三三《王忠嗣傳》：「乃營木剌蘭山，諜虚實，因上平戎十八策。」按：宋人上平戎策者甚多。稼軒南渡以後，亦屢獻大計，擬對金軍事攻擊之策，見於文集，尚有《美芹十論》、《九議》等著作。種樹書，《史記》卷六《秦始皇本紀》：「非博士官所職，天下敢有藏詩書百家語者，悉詣守尉雜燒之。……所不去者，醫藥、卜筮、種樹之書。」韓愈《送石處士赴河陽幕》詩：「長把種樹書，人云避世士。」

行香子　山居客至〔一〕

白露園蔬，碧水溪魚，笑先生釣罷還鋤①。小窗高卧，風展殘書。看《北山移》，《盤谷序》，《輞川圖》〔二〕。　白飯青芻，赤腳長鬚〔三〕。客來時酒盡重沽。聽風聽雨，吾愛吾廬〔四〕。笑本無心②，剛自瘦，此君疏〔五〕。

【校】

①「釣罷」，四卷本丙集作「網釣」，此從廣信書院本。　②「笑本」，廣信書院本作「歎苦」，此從四卷本。

【箋注】

〔一〕題，右詞作年，據廣信書院本次第，當在寓居鉛山稍久之後，遂次於同調《博山戲呈趙昌甫、韓仲止》詞之前。

〔二〕「看北」三句，《北山移文》，屢見。《盤谷序》，方崧卿《韓集舉正叙録》：「《送李愿歸盤谷序》，……盤谷在今孟州濟源縣。碑後刻云：『隴西李愿，隱者也，不干譽以求達，每韜光而自晦。跡寄人間，心遊太清。樂仁智於山水之間，信古今一時也。昌黎韓愈，知名之士，高愿之賢，故叙而送之。』」《輞川圖》，《圖畫見聞志》卷五《王維》條：「唐王維右丞字摩詰，少以詞學知名，有高致，信佛理。藍田南置别業，以水木琴書自娱。善畫山水人物，筆蹤雅壯，體涉古今。嘗於清源寺壁畫《輞川圖》，巖岫盤鬱，雲水飛動。」

〔三〕「白飯」二句，見本書卷八《沁園春・和吴子似縣尉》詞（我見君來閿）箋注。

〔四〕「聽風」二句，聽風聽雨，黄庭堅《題竹尊者軒》詩：「平生脊骨硬如鐵，聽風聽雨隨宜説。」吾愛吾廬，陶潛《讀山海經》詩：「衆鳥欣有託，吾亦愛吾廬。」

〔五〕「笑本」三句，李陽冰刊定《説文》「笑」從竹從夭義云：「竹得風，其體夭屈，如人之笑。未知其審。」無心，謂竹内空也。剛自瘦、此君疏，皆謂竹也。

又

博山戲呈趙昌甫、韓仲止①〔一〕

少日嘗聞：富不如貧，貴不如賤者長存〔二〕。由來至樂，總屬閑人。且飲瓢泉，弄秋水，看停雲。　歲晚情親，老語彌真〔三〕。記前時勸我慇懃：都休殢酒，也莫論文〔四〕。把《相牛經》，《種魚法》〔五〕，教兒孫。

【校】

①題，四卷本丁集作「博山簡昌甫仲止」，此從廣信書院本。

【箋注】

〔一〕題，右詞作年，據廣信書院本次第，則爲晚年再出之前所賦。可知稼軒嘉泰間尚猶至永豐之博山寺，且與信上二泉往來唱和也，惜右詞外别無記載。又據歇拍諸語，知與追念少年時事之《鷓鴣天》詞殆同時之作。

〔二〕「富不」二句，《後漢書》卷一一三《逸民·向長傳》：「向長字子平，河内朝歌人也。隱居不仕，……王莽大司空王邑辟之連年，乃至，欲薦之於莽，固辭乃止。潛隱於家，讀《易》至損益卦，喟然歎曰：『吾已知富不如貧，貴不如賤，但未知死何如生耳。』建武中，男女娶嫁既畢，敕斷家事勿相關，當如我死也。於是遂肆意與同好北海禽慶俱遊五嶽名山，竟不知所終。」

〔三〕「歲晚」二句，歲晚情親，杜甫《奉簡高三十五使君》詩：「行色秋將晚，交情老更親。」老語彌真，蘇軾《送邵道士彦肅還都嶠》詩：「少而寡欲顔常好，老不求名語益真。」

〔四〕「記前」三句，二泉前時相勸事，稼軒詞中無記載。殢酒，見本書卷一《木蘭花慢·滁州送范倅》詞（老來情味減闋）箋注。論文，見本書卷八《上西平·送杜叔高》詞（恨如新闋）箋注。

〔五〕相牛經，種魚法，《舊唐書》卷四七《經籍志下》：「《相牛經》一卷，甯戚撰。」裴若訥《江陰絶句》詩：「紫蓴江上是吾家，一葉扁舟一釣車。何必陶公種魚法，雨汀煙渚盡生涯。」蘇軾《雨晴後步至四望亭下魚池上遂自乾明寺前東岡上歸二首》詩：「高亭廢已久，下有種魚塘。」《東坡詩集注》卷三注此：「《齊民要術》有《種魚法》。」

鵲橋仙

席上和趙晉臣敷文〔一〕

少年風月，少年歌舞，老去方知堪羨。歎折腰五斗賦歸來，問走了羊腸幾遍〔二〕？　高車駟馬，金章紫綬，傳語渠儂穩便〔三〕。問東湖帶得幾多春，且看淩雲筆健〔四〕。

【箋注】

〔一〕題，右詞於廣信書院本同調詞中排列最後，知作年甚晚。然下片又問趙晉臣自豫章東湖帶得幾多春來，其必在嘉泰二年春，應無可疑也。

〔二〕「歎折」二句，折腰五斗賦歸來，《宋書》卷九三《隱逸・陶潛傳》：「以爲彭澤令。……郡遣督郵至，縣吏白應束帶見之，潛歎曰：『我不能爲五斗米，折腰向鄉里小人。』即日解印綬去職，賦《歸去來》。」羊腸，《戰國策・西周策》：「即趙羊腸。」注：「羊腸，趙險塞名也。山形屈辟，狀如羊腸，今在太原晉陽之西北也。」

〔三〕「高車」三句，高車駟馬，見本書卷七《玉樓春・用韻答傅巖叟葉仲洽趙國興》詞（青山不解乘雲去闋）箋注。金章紫綬，《通志》卷五六《職官略》：「凡列侯，金印紫綬。」「傳語」句，穩便，穩妥也。言傳語其人，其事穩妥也。即謂功名必可取得也。

〔四〕「問東」二句，東湖，見本書卷二《鷓鴣天・離豫章別司馬漢章大監》詞（聚散匆匆不偶然闋）箋注。淩雲筆健，杜甫《戲爲六絶句》詩：「庾信文章老更成，淩雲健筆意縱横。」

滿江紅　呈趙晉臣敷文〔一〕

老子平生，元自有金盤華屋〔二〕。還又要萬間寒士，眼前突兀〔三〕。一舸歸來輕似葉，兩翁相對清如鵠〔四〕。道如今吾亦愛吾廬①，多松菊〔五〕。　人道是，荒年穀。還又似，豐年玉〔六〕。甚等閑却爲鱸魚歸速〔七〕？野鶴溪邊留杖屨，行人牆外聽絲竹。問近來風月幾篇詩？三千軸〔八〕。

【校】

①「道」，《六十名家詞》本作「到」，此從廣信書院本。

【箋注】

〔一〕題，右詞當亦嘉泰二年春間所賦。

〔二〕金盤華屋，見本書卷四《念奴嬌·賦白牡丹和范廓之韻》詞（對花何似闕）箋注。

〔三〕「還又」二句，杜甫《茅屋爲秋風所破歌》：「安得廣厦千萬間，大庇天下寒士俱歡顏，風雨不動安如山。嗚呼，何時眼前突兀見此屋，吾廬獨破受凍死亦足。」

〔四〕「一舸」二句，一舸歸來輕似葉，趙善璙《自警編》卷五：「唐介既南遷，朝中士大夫以詩送者甚衆。獨李師中待制一篇頗爲傳誦。詩云：『孤忠自許衆不與，獨立敢言人所難。去國一身輕似葉，高名千古重於山。』」兩翁相對清如鵠，蘇軾《別子由三首兼別遲》詩：「遥想茆軒照水開，兩翁相對清如鵠。」

〔五〕「道如」二句，稼軒有松菊堂，本書卷八有《水調歌頭·賦松菊堂》詞（淵明最愛菊闕）。

〔六〕「人道」四句，《世説新語·賞譽》：「世稱庾文康爲豐年玉，穉恭爲豐年穀。庾家論云：是文康稱恭爲荒年穀，庾長仁爲豐年玉。」按：庾文康名亮，庾穉恭名翼，庾長仁名統。

〔七〕「甚等」句，爲鱸魚歸，見本書卷一《木蘭花慢·滁州送范倅》詞（老來情味減閺）箋注。甚，何也。

〔八〕「問近」二句，歐陽修《贈王介甫》詩：「翰林風月三千首，吏部文章二百年。」

又

遊清風峽，和趙晉臣敷文韻〔一〕

兩峽嶄巖，問誰占清風舊築〔二〕？更滿眼雲來鳥去①，澗紅山緑〔三〕。世上無人供笑傲，門前有客休迎肅〔四〕。怕淒涼無物伴君時，多栽竹。　風采妙，凝冰玉。詩句好，餘膏馥〔五〕。歎只今人物，一夔應足〔六〕。人似秋鴻無定住，事如飛彈須圓熟〔七〕。笑君侯陪酒又陪歌，陽春曲〔八〕。

【校】

①「更滿眼」，《六十名家詞》本作「滿眼裏」，此從廣信書院本。

【箋注】

〔一〕題，清風峽，《明一統名勝志·廣信府志勝》卷六《鉛山縣》：「清風峽在縣西北五里。嘉祐中劉煇所居之旁有土山，洗而出石，得巨礱，兩崖嶄巖，寒氣逼人。有讀書巖，古藤皆數十丈，盤結左右。躡級而上，隨形賦勝，若小蓬萊。煇嘗讀書於此。峽長五丈，闊五尺，在裂石間行，覺清風透體，六月如秋。上有留題云：『余藻自閩回，同主人劉煇、邑長方蘋遊，時嘉祐八年九月十五日。』外有石洞，方圓一丈八尺，可安几榻。」〔乾隆〕《鉛山縣志》卷一：「清風峽讀書巖，縣北五里，天成一龕，僅可盤旋。狀元劉煇讀書其中。」〔同治〕《鉛山縣志》卷三：「狀元山，縣西北五里，有清風洞，宋狀元劉煇讀書其中。東即龍窟山，西有清風峽，空嵌嶄巖，寒氣逼人。有讀書巖，天成石龕，煇手書奎星狀元四字於石巖上，水洗之益鮮。古藤數十丈，盤結左右。其下復彙津流爲雙溪。山巔有塔，爲文筆峰。」

〔二〕清風舊築，即出清風峽一側之清風洞，劉煇舊嘗讀書於此。

〔三〕澗紅山緑，韓愈《山石》詩：「山紅澗碧紛爛漫，時見松櫪皆十圍。」

〔四〕「世上」二句，供笑傲，李彌遜《游梅坡席上雜酬》詩：「春風供笑傲，一醉豈人謀。」迎肅，迎拜也。

〔五〕「詩句」二句，《新唐書》卷二〇一《文藝》上《杜甫傳贊》：「至甫，渾涵汪茫，千彙萬狀，兼古今而有之。他人不足，甫乃厭餘。殘膏剩馥，沾丐後人多矣。故元稹謂詩人以來，未有如子美者。」

〔六〕一夔應足，《韓非子·外儲説》左下：「哀公問於孔子，曰：『吾聞夔一足，信乎？』曰：『夔人也，何故一足？彼其無他異，而獨通於聲。堯曰：夔一而足矣。使爲樂正。故君子曰夔有一足，非一足也。』」

〔七〕「人似」二句，人似秋鴻，蘇軾《正月二十日與潘郭二生出郊尋春忽記去年是日同至女王城作詩乃和前韻》詩：「人似秋鴻來有信，事如春夢了無痕。」如飛彈須圓熟，《南史》卷二二《王筠傳》：「謝朓常見語云：『好詩圓美流轉如彈丸。』近見其數首，方知此言爲實。」《詩人玉屑》卷一〇《好詩如彈丸》條引《王直方詩話》：「謝朓嘗語沈約曰：『好詩圓美流轉如彈丸。』故東坡《答王鞏》云：『新詩如彈丸。』及《送歐陽弼》云：『中有清圓句，銅丸飛柘彈。』蓋謂詩貴圓熟也。」

〔八〕陽春曲，楚歌。見本書卷二《滿庭芳・游豫章東湖再用韻》詞（柳外尋春闋）箋注。

鷓鴣天

祝良顯家牡丹一本百朵〔一〕

占斷雕欄只一株〔二〕，春風費盡幾工夫。天香夜染衣猶濕，國色朝酣酒未蘇①〔三〕。　嬌欲語，巧相扶，不妨老榦自扶疏。恰如翠幕高堂上，來看紅衫《百子圖》〔四〕。

【校】

①「酒」，王詔校刊本、《六十名家詞》本、四印齋本作「醉」，此從廣信書院本。

【箋注】

〔一〕題，祝良顯，未詳。稼軒有《與杜叔高祝彦集觀天保庵瀑布主人留飲兩日且約牡丹之飲》詩，祝彦集事歷亦不詳，然皆應是石塘祝氏家族中人。右詞與以下三詞皆賦牡丹，疑皆作於嘉泰二年春夏間。

〔二〕占斷，占據，獨霸也。

〔三〕「天香」二句，李濬《松窗雜録》：「會春暮，内殿賞牡丹花。上頗好詩，因問修己曰：『今京邑傳唱牡丹花詩，誰爲首出？』修己對曰：『臣嘗聞公卿間多吟賞中書舍人李正封詩曰：國色朝酣酒，天香夜染衣。』上聞之，嗟賞移時。楊妃方恃恩寵，上笑謂賢妃曰：『妝鏡臺前宜飲以一紫金盞酒，則正封之詩見矣。』」

〔四〕《百子圖》，王毓賢《繪事備考》卷六《宋》：「徐世榮，善界畫，兼善寫嬰兒。畫之傳世者，《文王百子圖》一。」按：徐世榮生存年代不詳，不知是否在稼軒之前。然與稼軒同時之姜特立《梅山續稿》卷六有《送枕屏竹爐與劉公達致政道室》詩：「不畫椒房《百子圖》，銷金帳下擁流蘇。」則最晚至稼軒之世，《百子圖》一類祝願多子之圖畫已傳布於世矣。

又

賦牡丹。主人以謗花，索賦解嘲

翠蓋牙籤幾百株①，楊家姊妹夜游初。五花結隊香如霧，一朵傾城醉未蘇〔一〕。閑小立，困相扶，夜來風雨有情無？愁紅慘緑今宵看，却似吴宫教陣圖②〔二〕。

【校】

①「幾」，王詔校刊本、《六十名家詞》本、四印齋本作「數」，此從廣信書院本。②「却」，王詔校刊本、《六十名家詞》本、四印齋本作「恰」。

【箋注】

〔一〕「翠蓋」四句，《舊唐書》卷五一《玄宗楊貴妃傳》：「有姊三人，皆有才貌，玄宗並封國夫人之號。長曰大姨，封韓國。三姨封虢國，八姨封秦國，並承恩澤，出入宫掖。勢傾天下。……再從兄銛，鴻臚卿。錡，侍御史，尚武惠妃女太華公主。……玄宗每年十月幸華清宫，國忠姊妹五家扈從，每家爲一隊，著一色衣。五家合隊，照映如百花之焕發，而遺鈿墜舄，瑟瑟珠翠，璨瓓芳馥於路。……十載正月望夜，楊家五宅夜遊，與廣平公主騎從争西市門。」一朵傾城，謂楊貴妃。

〔二〕「愁紅」二句，愁紅慘緑，楊无咎《陽春》詞：「儘顦悴過了清明候，愁紅慘緑。」吴宫教陣，見本書卷四《念奴嬌·賦白牡丹和范廓之韻》詞（對花何似闋）箋注。

又　再賦

濃紫深黄一畫圖①，中間更有玉盤盂②〔一〕。先裁翡翠裝成蓋，更點胭脂染透酥。　香瀲灩，錦模糊〔二〕，主人長得醉工夫③。莫攜弄玉欄邊去④〔三〕，羞得花枝一朵無。

【校】

①「紫」，《全芳備祖》前集卷二作「翠」。「黄」，四卷本丙集作「紅」，此從廣信書院本。　②「有」，四卷本、《全芳備祖》作「著」。　③「主」，《全芳備祖》作「美」。　④「弄玉」，《全芳備祖》作「玉手」。

【箋注】

〔一〕玉盤盂，見本書卷七《臨江仙·昨日得家報牡丹漸開連日少雨多晴常年未有》詞（祇恐牡丹留不住闋）箋注。

〔二〕錦模糊，杜甫《送蔡希魯都尉還隴右寄高三十五書記》詩：「馬頭金匼匝，駞背錦模糊。」

〔三〕弄玉，本書卷四《念奴嬌·賦白牡丹和范廓之韻》詞（對花何似闋）有句：「最愛弄玉團酥，就中一朵，曾入揚州詠。」弄玉，或爲白牡丹名。可參該詞箋注。

又

再賦牡丹①

去歲君家把酒杯②〔一〕，雪中曾見牡丹開。而今紈扇薰風裏，又見疏枝月下梅。　歡幾許，醉方回，明朝歸路有誰催？低聲待向他家道，帶得歌聲滿耳來〔二〕。

【校】

①題，廣信書院本原闕，此據四卷本丁集補。　②「君家」，《六十名家詞》本作「花枝」。

【箋注】

〔一〕「去歲」句，王安石《過外弟飲》詩：「一自君家把酒杯，六年波浪與塵埃。」

〔二〕「帶得」句，得，與來對舉，應即來意。重言帶來歌聲滿耳。

臨江仙〔一〕

醉帽吟鞭花不住〔二〕，却招花共商量。人生何必醉爲鄉？從教斟酒淺，休更和詩忙〔三〕。

一斗百篇風月地，饒他老子當行〔四〕。從今三萬六千場〔五〕。青青頭上髮，還作柳絲長。

【箋注】

〔一〕題，右《臨江仙》詞，無題。據廣信書院本次第，知與《簪花屢墮戲作》一詞同爲晚年再出之前所作。因次於嘉泰二年五月生日書懷一詞之前。

〔二〕花不住，晏殊《鳳銜杯》詞：「留花不住怨花飛，向南園情緒依依。」蘇軾《眉子石硯歌贈胡闇》詩：「毗耶居士談空處，結習已空花不住。」按：此處當指醉中看花，摇動不止狀。

〔三〕「從教」二句，從教，《詩詞曲語辭匯釋》及《稼軒詞編年箋注》皆釋爲任憑。按：從，多與自對舉，應即自義。從教，即自教，謂自斟淺酒，乃不願多飲，非任憑他人斟酒也。而休更，即不再也。此二句可參同調《壬戌生日書懷》詞「從今休似去年時：病中留客飲，醉裏和人詩」。

〔四〕「一斗」二句，一斗百篇，杜甫《飲中八仙歌》：「李白斗酒詩百篇，長安市上酒家眠。」饒他，《稼軒詞編年箋注》：「饒爲任意。」恐不確。此處當釋作管他，上片結句既表示不再爲和詩而忙，故此處應解作：管他老子是不是内行。

〔五〕三萬六千場，見本書卷五《鵲橋仙·壽余伯熙察院》詞（豸冠風采閿）箋注。

又　簪花屢墮戲作

鼓子花開春爛熳，荒園無限思量〔一〕。今朝拄杖過西鄉〔二〕。急呼桃葉渡〔三〕，爲看牡丹忙。不管昨宵風雨横，依然紅紫成行。白頭陪奉少年場〔四〕。一枝簪不住，推道帽簷長。

【箋注】

〔一〕「鼓子」二句，鼓子花，野花，似牽牛花。《格致鏡原》卷七三：「鼓子花一名掛金燈，其花如拳，不放頂幔，如缸鼓式，色微藍。」《能改齋漫録》卷一一《鼓子花開也喜歡》條：「王元之謫齊安郡，民物荒涼，殊無況。營妓有不佳者，公作詩曰：『憶昔西都看牡丹，稍無顔色便心闌。而今寂寞山城裏，鼓子花開亦喜歡。』然唐《杼情集》記朝士在外地觀野花，追思京師舊遊，詩云：『曾過街西看牡丹，牡丹未謝即心闌。如今變作村田眼，鼓子花開也喜歡。』蓋王刊定此詩耳。」

〔二〕「今朝」句，西鄉，〔乾隆〕《鉛山縣志》卷二《宫室》：「西鄉亭，縣治西五里西鄉嶺。弘治初千户徐勝重建。」

〔三〕「急呼」句，桃葉，指侍女。桃葉渡，見本書卷一《念奴嬌・西湖和人韻》詞（晚風吹雨闋）箋注。

〔四〕「白頭」句，白居易《重陽席上賦白菊》詩：「還似今朝歌酒席，白頭翁入少年場。」

又

壬戌生日書懷〔一〕

六十三年無限事，從頭悔恨難追。已知六十二年非〔二〕。只應今日是，後日又尋思。

少是多非惟有酒，何須過後方知？從今休似去年時：病中留客飲，醉裏和人詩。

【箋注】

〔一〕題，壬戌，嘉泰二年也。

〔二〕「已知」句，《淮南子·原道訓》：「蘧伯玉年五十而知四十九年非。何者？先者難爲知，而後者易爲攻也。」

賀新郎

别茂嘉十二弟。鵜鴂杜鵑實兩種，見《離騷補注》〔一〕

緑樹聽鵜鴂，更那堪鷓鴣聲住，杜鵑聲切〔二〕！啼到春歸無尋處，苦恨芳菲都歇〔三〕。算未抵人間離别〔四〕。馬上琵琶關塞黑，更長門翠輦辭金闕〔五〕。看燕燕，送歸妾〔六〕。

將軍百戰身名裂①。向河梁回頭萬里，故人長絶〔七〕。易水蕭蕭西風冷，滿座衣冠似雪〔八〕。正壯士悲歌未徹〔九〕。啼鳥還知如許恨，料不啼清淚長啼血〔一〇〕。誰共我，醉明月？

【校】

①「裂」，四卷本丙集作「列」，《六十名家詞》本作「烈」，此從廣信書院本。

【箋注】

〔一〕題，稼軒與茂嘉詞共二首，前一首《永遇樂》，已見於慶元六年初。右詞乃送别詞。劉過《龍洲集》卷一一《沁園春·送辛幼安弟赴桂林官》詞云：「天下稼軒，文章有弟，看來未遲。正三齊盜起，兩河民散。勢傾似土，國覆如杯。猛士雲飛，狂胡灰滅，機會之來人共知。何爲者？望桂林西去，一騎星馳。離筵不用多悲。唤紅袖佳人分藕絲。種黄柑千户，梅花萬樹；等閑遊戲，畢竟男兒。入幕來南，籌邊如北，翻覆手高來去棋。公餘且畫玉簪珠履，倩米元暉。」此詞所送赴桂林西去之辛幼安弟，應即茂嘉。劉過與稼軒蓋於嘉泰四年方相識於京口，其送茂嘉詞之「入幕來南，籌邊如北，翻覆手高來去棋」諸語，則應理解爲「入幕來南」之事在前，而「籌邊如北」在後，赴桂林官更在開禧改元以後。蓋茂嘉於慶元中在閩地爲官，已見於《永遇樂》詞箋注。其慶元末赴調，即被派往淮東或淮西某地爲官，右詞即嘉泰二年赴任時途經鉛山所作。《稼軒詞編年箋注》謂：「詳此詞語意，蓋即作於籌邊如北之時，則劉詞當亦送茂嘉者。」右詞上片用婦女送别三事，下片用壯士送别二事，激烈悲壯，用於送别茂嘉籌邊甚合，故論斷頗爲準確，因編次於嘉泰二年。然劉過詞雖亦送茂嘉者，乃送其爲桂林官時，其時殆值開禧北伐前夕，故有上片「三齊盜起」及「猛士雲飛」諸語，與稼軒所作，有二三年之區隔，非同時所作也。

〔二〕「緑樹」三句，鵜鴂、鷓鴣、杜鵑，洪興祖《楚辭補注》卷一：「恐鵜鴂之先鳴兮，使夫百草爲之不芳。」注：「按《禽經》云：『嶲周，子規也。江介曰子規，蜀右曰杜宇。』又曰『鶗鴂鳴而草衰』。

注云：『鶗鴂，《爾雅》謂之鵙，《左傳》謂之伯趙，然則子規、鶗鴂，二物也。』《月令》：『仲夏鵙始鳴。』説者云五月陰氣生於下，伯勞夏至應陰而鳴。」鶗與鵜通。按：《漢書》卷八七上《揚雄傳》載揚雄《反離騷》：「徒恐鷤鴂之將鳴兮，顧先百草爲不芳。」顔師古注：「鷤鴂鳥一名買鵤，一名子規，一名杜鵑，常以立夏鳴，鳴則衆芳皆歇。」此謂杜鵑、鵜鴂爲一物，與《楚辭補注》作二物不同。今查杜鵑、鵜鴂無論爲一爲二，而鶗鴂先於春天鳴，杜鵑與鵜鴂則皆於夏至鳴，所謂一鳴則百草衰落，蓋已至秋分。

〔三〕「啼到」二句，啼到春歸無尋處，杜荀鶴《聞子規》詩：「啼得血流無用處，不如緘口過殘春。」芳菲都歇，見前條箋注，餘參本書卷一《新荷葉·再和前韻》詞「光景難攜，任他鵜鴂芳菲」語及箋注。

〔四〕「算未」句，鄧廣銘先生《稼軒詞編年箋注》於一九五六年出版後，截止一九七八年再出新一版，其間讀者紛紛寫信，對《箋注》有關篇章提出具體商榷意見。其中劉永溍先生即有《讀辛稼軒送茂嘉十二弟之賀新郎詞書後》，談言頗中。其云：「談此詞者多以《恨賦》或《擬恨賦》相擬，以予考之，實本之唐人賦得體，與李商隱詠淚之七律尤復相似。唐人集中有一種賦得體，後代沿爲應制詩定例，得某字五言八韻，即五言排律。唐人每用此體贈别。……李商隱詠淚之七律云：『永巷長年怨綺羅，離情終日思風波。湘江竹上痕無限，峴首碑前灑幾多！人去紫臺秋入塞，兵殘楚帳夜聞歌。朝來灞水橋邊過，未抵青袍送玉珂。』此詩題只一『淚』字，實亦賦得淚以送別。詩中列舉古人揮淚六事，句各一事，不相連續，至結二句方表達送別之意，打破前人律詩起承轉合成規。稼軒此詞列舉別恨數事，打破前人前後二闋成規，與之正復相似。又，李詩用『未抵』字以承上作結，辛詞用『未抵』字以承上之啼鳥而起下之別恨；李詩用在列舉典實之後，辛詞用在列舉典實之前，殆所謂擬議以成其變化者歟？」

〔五〕「馬上」二句，馬上琵琶，《文選》卷二七石崇《王明君辭序》：「王明君者，本是王昭君，以觸文帝諱改之。匈奴盛，請婚於漢元帝，以後宮良家子昭君配焉。昔公主嫁烏孫，令琵琶馬上作樂，以慰其道路之思。其送明君，亦必爾也。」李商隱《王昭君》詩：「馬上琵琶行萬里，漢宮長有隔生春。」王洋《明妃曲》：「故鄉阡陌想依然，馬上琵琶向誰語？」關塞黑，杜甫《夢李白二首》詩：「魂來楓林青，魂返關塞黑。」長門翠輦辭金闕，見本書卷二《摸魚兒·淳熙己亥自湖北漕移湖南同官王正之置酒小山亭爲賦》詞（更能消幾番風雨闋）箋注。此言漢武帝陳皇后失寵，別金闕而入長門宮。

〔六〕「看燕」二句，《詩·邶風·燕燕》序：「燕燕，衛莊姜送歸妾也。」《箋》：「莊姜無子，陳女戴嬀生子，名完，莊姜以爲己子。莊公薨，完立而州吁殺之，戴嬀於是大歸。莊姜遠送之於野，作詩見己志。」《古列女傳》卷一《衛姑定姜》條：「衛姑定姜者，衛定公之夫人，公子之母也。公子既娶而死，其婦無子。畢三年之喪，定姜歸其婦，自送之，至於野，恩愛哀思，悲心感慟，立而望之，揮泣垂涕，乃賦詩曰：『燕燕於飛，差池其羽。之子於歸，遠送於野。瞻望弗及，泣涕如雨。』」

〔七〕「將軍」三句，將軍百戰身名裂，《漢書》卷五四《李陵傳》：「陵字少卿，少爲侍中建章監，善騎射，愛人，謙讓下士，甚得名譽。武帝以爲有廣之風，使將八百騎，深入匈奴二千餘里。……陵至浚稽山，與單于相值，騎可三萬，圍陵軍。……虜見漢軍少，直前就營，陵搏戰攻之，千弩俱發，應弦而倒。虜還走上山，漢軍追擊殺數千人。單于大驚，召左右地兵八萬餘騎攻陵。……是時，陵軍益急，匈奴騎多，戰一日數十合，復傷殺虜二千餘人，虜不利欲去，會陵軍候管敢爲校尉所辱，亡降匈奴，具言陵軍無後救，射矢且盡，獨將軍麾下及成安侯校各八百人。……單于得敢，大喜，使騎並攻漢軍，疾呼曰：『李陵、韓延年趣降！』遂遮道急攻陵。……陵與韓延年俱上馬，壯士從者十餘人，虜騎數千追之，韓延年戰死，陵曰：『無面目報陛下。』遂降。……上聞，於是族陵家，母弟妻子皆伏誅，隴西士大夫以李氏爲愧。」河梁，李陵《與蘇武詩三首》：「攜手上河梁，遊子暮何之？」故人長絶，《漢書》卷五四《蘇武傳》：「於是李陵置酒賀武，曰：『今足下還歸，揚名於匈奴，功顯於漢室，雖古竹帛所載，丹青所畫，何以過子卿？……已矣，令子卿知吾心耳。異域之人，壹别長絶。』陵起舞，歌曰：『徑萬里兮度沙幕，爲君將兮奮匈奴。路窮絶兮矢刃摧，士衆滅兮名已隤。老母已死，雖報恩將安歸？』陵泣下數行，因與武決。」

〔八〕「易水」二句，《史記》卷八六《刺客列傳》：「及政立爲秦王，而丹質於秦。秦王之遇燕太子丹不善，故丹怨而亡歸，歸而求爲報秦王者。……太子前頓首，固請毋讓，然後許諾。於是尊荊卿爲上卿，舍上舍。……荆軻怒叱太子曰：『何太子之遣！往而不反者，豎子也。且提一匕首，入不測之彊秦，僕所以留者，待吾客與俱。今太子遲之，請辭决矣。』遂發。太子及賓客知其事者，皆白衣冠以送之。至易水之上，既祖，取道，高漸離擊筑，荆軻和而歌，爲變徵之聲。士皆垂淚涕泣。又前而歌曰：『風蕭蕭兮易水寒，壯士一去兮不復還！』復爲羽聲忼慨，士皆瞋目，髮盡上指冠。於是荆軻就車而去，終已不顧。」

〔九〕悲歌未徹，張元幹《念奴嬌·玩月》詞：「醉裏悲歌歌未徹，屋角烏飛星墜。」

〔一〇〕「啼鳥」二句，還知，倘知，如知也。《埤雅》卷九《杜鵑》條：「杜鵑一名子規，苦啼，啼血不止，一名怨鳥，夜啼達旦，血漬草木。」

洞仙歌

浮石山莊，余友月湖道人何同叔之别墅也。山類羅浮，故以名。同叔嘗作《遊山次序榜》，示余，且索詞，爲賦《洞仙歌》以遺之。同叔頃遊羅浮，遇一老人，龐眉幅巾，語同叔云：「當有晚年之契。」蓋仙云①〔一〕

松關桂嶺，望青葱無路②。費盡銀鉤榜佳處〔二〕。悵空山歲晚，窈窕誰來？須著我，醉卧石樓風雨〔三〕。　仙人瓊海上，握手當年，笑許君攜半山去〔四〕。鬭疊嶂卷飛泉，洞府淒涼，又却怪先生多取③〔五〕。怕夜半羅浮有時還，好長把雲煙，再三遮住。

【校】

①題，四卷本丁集作「浮石莊」，此從廣信書院本。　②「青」，《六十名家詞》本作「菁」。　③「怪」，廣信書院本原作「怕」，此據四卷本改。

【箋注】

〔一〕題，浮石山莊，〔弘治〕《撫州府志》卷三《崇仁縣》：「浮石巖，在縣南十五里。曰浮石，曰巖石，曰玲瓏，奇崛鼎立。中貫一溪，可以容舫。宋尚書何異闢爲山莊，表其勝跡五十餘所，合而名之曰三山小隱。理宗在東宫，書『衮庵』二大字，用資善堂璽賜異，揭於方壺之室。」洪邁《浮石山莊記》：「臨川西南百餘里，其支邑曰崇仁，何卿同叔之居在焉。初，因先大夫故廬，面澄江，俯月湖，既辟道院，建東西庵，有船閣睡寮客，春會於數百步外，作意相望，如行山陰輞川圖畫中，境趣勝矣。猶恨市聲嘈嘈，來人耳邊。去之十五里，遂占浮石山莊，最後復得巖石、玲瓏山，崛奇鼎立。中貫一溪，可容舫遊泳。於是合而字之，曰三山小隱。地有幽谷邃巖、穹峰駭石、龍泓雲洞、釣磯石樓，龜蒙之泉，舞嘯之臺，深密濯纓之亭，巢鳳方壺之室，閣爲無盡藏，溪爲小桃源，路爲腰帶鞓，店爲杏花村，表而出之者，過五十所。開拓剔抉，萬象不能廋遁，此其大略也。」（見〔弘治〕《撫州府志》卷三《崇仁縣》，文據〔光緒〕《撫州府志》卷一一訂正。）月湖道人何同叔，《宋史》卷四〇一《何異傳》：「何異字同叔，撫州崇仁人，紹興二十四年進士。……爲浙西提點刑獄，以太常少卿召，改秘書監兼實録院檢討官，權禮部侍郎，太常寺。太廟芝草生，韓侂胄率百官觀焉。巽謂其色白，慮生兵妖，侂胄不悦。又以劉光祖於巽交密，言者遂以巽在言路不彈丞相留正，及受趙汝愚薦，劾罷之。久乃予祠。起知夔州兼本路安撫。巽以夔民土狹食少，同轉運司糴米樁積，立循環通濟倉。七月丙戌，西北有星，白芒墜地，其聲如雷。巽曰：『戌日酉時，火土交會而妖星自東南衝西北，化爲天狗，蜀其將有兵乎？』」匄祠，以寶謨閣待制提舉太平興國宫。後四年，吴曦果叛。……以寶章閣直學士知泉州，從所乞，予祠，進寶章閣學士，轉一官致仕，卒年八十有一。巽高自標致，有詩名，所著《月湖詩集》行世。」山類羅浮，《太平寰宇記》卷一五七《嶺南道·廣州》：「羅浮山本名蓬萊山，一峰在海中，與羅山合，因名之。山有洞，通句曲，又有璇房、瑶室七十二所。裴淵《廣州記》云：『羅浮二山隱天，唯石樓一路可登矣。』」卷一六〇《嶺南道·惠州》：「羅浮山，《南越志》云：『增城縣有羅浮山，羅水出焉，是爲浮山，與羅山並體，故曰羅浮，非羽化莫有登其極者。』嶮尖之峰四百三十有二，因歸於羅山，上則三峰争竦，各五六千仞，其穴溟水莫測其極，北通句曲之山，即茅君内傳云第七洞，名朱明耀真之天。」《遊山次序》，《直齋書録解題》卷八：「《何氏山莊次序本末》一卷，尚書崇仁何異同叔撰。其别墅曰三山小隱。三山者，浮石山、巖石山、玲瓏山，其實一山也。周回數里，叙其景物次序爲此編，自號月湖，標韻清絶，如神仙中人。膺高壽而終，其山聞今蕪廢矣。」「同叔頃遊羅浮」諸語，《夷堅三志》辛集卷三《何同叔遊羅浮》條：「乾道初，何同叔以廣府節度推官督賦惠州，因遊羅浮。逢一道人，與語良久，殊爲契合，臨去言：『從今日以後，且領取三十年安樂。』授以心腎交感之法。……何退抵沖虛觀，詢道士：『適所見何人，房在何處？』皆曰無此人。已而周行至黃野人祠堂，驚曰：『此是也。』何氣幹瘠緊，本自寡欲。生於甲寅，時年甫三十。既遇黃君，不復有疾苦。慶元丁巳歲，入爲太常少卿，爲同僚言此，且云：『今已三十餘年，來日定無多矣。』同僚曰：『公仙風道骨，瞳子紺碧照人，世間不能侵，壽算未易量也。』大兒以太社令在寺，預聞之，親得其所書如此。」《貴耳集》卷中：「月湖何文昌異，爲廣幕，校文惠州，因遊羅浮。至大石樓，遇黃野人，一見便言做得尚書，年九十。袖出一柑分食之。月湖由是清健無疾，後果如其言。或云：黃野人有云篋，長三尺餘，止一節，授一篋於月湖。問其孫，未嘗有之。」右詞作年無考。然據詞中語意，知作於何異罷歸之後。查《宋史全文》卷二九，載慶元五年八月辛巳，太廟太祖夾室柱生芝。明日，宰相京鏜率百官赴太廟觀芝。何異因太廟生芝言有兵妖，爲韓侂胄一黨所劾罷。則其退歸撫州崇仁，當自以慶元五年秋爲始。其何時起知夔州，《建炎以來朝野雜記》甲集卷六《近歲堂部用闕》條載：「嘉泰二年夏，言者請以嘉興府、……等州十五闕，令中書省再行注籍。……從之。四月辛卯。今監司、帥臣亦有待闕者。今年辛焕柄知夔州，待除何侍郎異闕。」則知嘉泰二年夏何異尚在知夔州任內，而吴曦割據蜀中叛降金人，爲開禧二年事，又知《宋史》本傳之七月，亦必爲嘉泰二年矣。何異在夔州未能久任，其赴任當在嘉泰元年底或明年初。據《建炎以來朝野雜記》甲集卷六《郡守銓量》條，嘉泰元年五月，有旨諸道郡守包括蜀郡守並赴闕朝辭。故何異赴郡前須赴行在，不得徑行自鄱陽湖入長江赴夔州。而信州鉛山正在其自撫州入行在之途中，因知右詞乃何異赴夔州任前入闕經鉛山時所作。序中所謂示稼軒以《遊山次序》及索詞諸事，正應是二人相見時情節。是則右詞若非作於嘉泰元年冬，即應作於嘉泰二年初矣。

〔二〕銀鉤，《法書要録》卷一《南齊王僧虔論書》：「索氏自謂其書，銀鉤蠆尾，談者誠得其宗。」

〔三〕石樓，《輿地紀勝》卷九九《廣南東路・惠州》：「石樓，《南越志》：『羅浮山有聳石如樓，謂之石樓。』」蘇軾《遊羅浮山一首示兒子過》詩：「南樓未必齊日觀，鬱儀自欲朝朱明。」自注：「山有二石樓。今延祥寺在南樓下，朱明洞在沖虚觀後，云是蓬萊第七洞天。」《施注蘇詩》卷三五：「鄒師正《羅浮指掌圖》：『山高三千六百丈，袤直五百里，周三百里。上有大小石樓，相去五里，皆高出雲表，登之可望滄海。』」

〔四〕「仙人」三句，仙人指黄野人。〔光緒〕《惠州府志》卷三《博羅縣》：「黄野人庵，野人葛仙門人也。庵有啞虎守之。」同書卷四四：「黄野人，葛仙弟子，或云葛仙之隸。稚川棲山鍊丹，野人隨之。葛既仙去，留丹柱石間，野人自外至，得一粒服之，爲地行仙。近有人遊羅浮，宿留巖谷間，中夜見一人身無衣而紺毛覆體，意必仙也，乃再拜問道，其人了不顧，但長嘯數聲，響振林木。」瓊海，雍正《廣東通志》卷一三《瓊州府瓊山縣》：「瓊海在城北十里。」「握手」二句，即何異乾道初以廣府節度推官督賦惠州或校文惠州事，《宋史》本傳及諸書記事簡略，不載此經歷。

〔五〕「又却」句，蘇軾《越州張中舍壽樂堂》詩：「笋如玉筯椹如簪，强飲且爲山作主。不憂兒輩知此樂，但恐造物怪多取。」

【附録】

何異同叔詩

浮石巖

天巧不易覷，覷巧不難著。狐裘或反衣，鑄鐵真成錯。此亭對此石，層層水初落。憑高得其要，他景皆可略。滄波繞廬阜，白浪縈衡霍。魚龍出變怪，鱗鬣紛拏攫。初疑海上來，又疑泗濱渡，清潤可磨琢。水石兩奇特，賓主一笑樂。猶想峴山亭，清名與山託。（〔弘治〕《撫州府志》卷三《崇仁縣》）

按：右詩《全宋詩》未收。

千年調　開山徑得石壁，因名曰蒼壁。事出望外，意天之所賜邪？喜而賦①〔一〕

左手把青霓〔二〕，右手挾明月。吾使豐隆前導，叫開閶闔〔三〕。周遊上下，徑入寥天一〔四〕。覽玄圃②〔五〕，萬斛泉，千丈石。　鈞天廣樂，燕我瑶之席〔六〕。帝飲予觴甚樂：「賜汝蒼壁③〔七〕」。璘珣突兀，正在一丘壑〔八〕。余馬懷，僕夫悲〔九〕，下恍惚。

【校】

①題，四卷本丁集「因名曰蒼壁」五字闕，此從廣信書院本。「賦」下，四卷本有「之」字。　②「玄」，四卷本作「縣」，

其下注：「平。」③「壁」，四卷本作「璧」。

【箋注】

〔一〕題，蒼壁，即期思嶺山中石壁，稼軒開山徑所得，命名蒼壁。除右詞及以下《臨江仙》詞外，《鉛山縣志》及諸書皆無記載。然此石壁仍存。自五堡洲北行至横畈，亦即期思渡之西，期思嶺南之花園里中，深入三里，北山中有一石壁，突兀立於山間，斑斕耀目，與山間他石頗異，當地人稱之爲烏石公，高十餘米，與右詞所謂「璘珣突兀，正在一丘壑」頗相似。二〇一二年十月，余在鄉民引領下，披荆棘，分茅草，效稼軒開山徑，在山中訪得此石。可見本書卷首所附照片。稼軒開山徑得蒼壁事，下詞既以巖石、玲瓏之勝對比，可知必始於稼軒爲何異賦浮石山莊之後。其事當在嘉泰二年。

〔二〕青霓，司馬彪《贈山濤》詩：「上凌青雲霓，下臨千仞谷。」孟郊《和皇甫判官遊琅琊溪》詩：「碧瀨漱白石，翠煙含青霓。」

〔三〕「吾使」二句，豐隆前導，《楚辭·離騷》：「吾令豐隆乘雲兮，求宓妃之所在。」王逸注：「豐隆，雷師。」叫開閶闔，《離騷》：「吾令帝閽開關兮，倚閶闔而望予。」注：「閶闔，天門也。」

〔四〕寥天一，《楚辭·離騷》：「及余飾之方壯兮，周流觀乎上下。」《莊子·大宗師》：「且汝夢爲鳥而厲乎天，夢爲魚而投於淵。不識今之言者，其覺者乎？其夢者乎？造適不及笑，獻笑不及排，安排而去化，乃入於寥天一。」郭象注：「乃入於寂寥，而與天爲一也。」

〔五〕玄圃，《楚辭·離騷》：「朝發軔於蒼梧兮，夕余至乎縣圃。」王逸注：「縣圃，神山也，在崑崙之上。」縣圃即玄圃也。

〔六〕「鈞天」二句，鈞天廣樂，《史記》卷四三《趙世家》：「趙簡子疾，五日不知人，大夫皆懼。……居二日半，簡子寤，語大夫曰：『我之帝所甚樂，與百神游於鈞天，廣樂九奏萬舞，不類三代之樂。其聲動人心，有一熊欲來援我，帝命我射之，中熊，熊死。又有一羆來，我又射之，中羆，羆死。帝甚喜，賜我二笥，皆有副。吾見兒在帝側，帝屬我一翟犬，曰：及而子之壯也以賜之。』」

〔七〕「帝飲」二句，見前「鈞天」二句所引《史記・趙世家》。瑤之席，《楚辭・九歌・東皇太一》：「瑤席兮玉瑱，盍將把兮瓊芳？」

〔八〕一丘壑，此指期思嶺與鉛山河。本書卷七《蘭陵王・賦一丘一壑》詞（一丘壑闋）謂指瓜山與紫溪，亦通。

〔九〕「余馬」二句，《楚辭・離騷》：「僕夫悲余馬懷兮，蜷局顧而不行。」

臨江仙

蒼壁初開，傳聞過實。客有來觀者，意其如積翠、清風、巖石、玲瓏之勝，既見之，乃獨爲是突兀而止也，大笑而去。主人戲下一轉語，爲蒼壁解嘲①〔一〕

莫笑吾家蒼壁小，稜層勢欲摩空。相知惟有主人翁。有心雄泰華，無意巧玲瓏〔二〕。天作高山誰得料？《解嘲》試倩揚雄〔三〕。君看當日仲尼窮。從人賢子貢，自欲學周公〔四〕。

【校】

①題，廣信書院本原作「戲爲山園蒼壁解嘲」，此據四卷本丁集。

【箋注】

〔一〕題，積翠、清風巖與峽，皆在縣治西北，二者本書皆見。而巖石、玲瓏二山，即前《洞仙歌》賦詠撫州崇仁縣月湖道人何異之别墅所在。詳可見其箋注。下一轉語，謂另作一他語也。《五燈會元》卷一三《瑞州洞山良价悟本禪師》：「直道本來無一物，猶未合得他衣鉢。汝道甚麽人合得這裏？合下得一轉語，且道下得甚麽語。」

〔二〕「有心」二句，泰華，謂泰山與華山。玲瓏，即崇仁之玲瓏山。

〔三〕「天作」二句，天作高山，《詩·周頌·天作》：「天作高山，大王荒之。」《解嘲》倩揚雄，《漢書》卷八七下《揚雄傳》：「時雄方草《太玄》，有以自守，泊如也。或嘲雄以玄尚白，而雄解之，號曰《解嘲》。」

〔四〕「君看」三句，仲尼窮，《莊子·山木》：「孔子窮於陳、蔡之間，七日不火食。」賢子貢，《論語·子張》：「叔孫武叔語大夫於朝曰：『子貢賢於仲尼。』」又：「陳子禽謂子貢曰：『子爲恭也，仲尼豈賢於子乎？』」從人，任人也。學周公，《論語·述而》：「子曰：『甚矣吾衰也，久矣吾不復夢見周公。』」《山谷集》别集卷五《答王周彦書》：「孔子曰：『吾不復夢見周公。』孔子之學周公，孟子之學孔子，自堯、舜而來，至於三代，賢傑之人，材聚雲翔，豈特周公而已？」

賀新郎

邑中園亭，僕皆爲賦此詞。一日獨坐停雲，水聲山色，競來相娛，意溪山欲援例者，遂作數語，庶幾彷佛淵明思親友之意云①〔一〕

甚矣吾衰矣〔二〕。悵平生交游零落，只今餘幾〔三〕？白髮空垂三千丈，一笑人間萬事〔四〕。問何物能令公喜〔五〕？我見青山多嫵媚，料青山見我應如是〔六〕。情與貌，略相似。一尊搔首東窗裏。想淵明《停雲》詩就，此時風味〔七〕。江左沉酣求名者②，豈識濁醪妙理〔八〕？回首叫雲飛風起〔九〕。不恨古人吾不見，恨古人不見吾狂耳〔一〇〕。知我者，二三子〔一一〕。

【校】

①題，《中興絶妙詞選》卷三作「自述」。《歷代詩餘》卷九四作「獨坐停雲有懷親友」。②「名」，《六十名家詞》本作「明」，此從廣信書院本。

【箋注】

〔一〕題，邑中園亭，僕皆爲賦此詞，見於本卷及前卷，稼軒於鉛山所賦《賀新郎》詞有關鉛山園亭者，有《題趙兼善龍圖東山園小魯亭》、《題傅巖叟悠然閣》二首、《題傅君用山園》、《用韻題趙晉臣敷文積翠巖》等詞。陶潛《停雲》詩序謂「停雲，思親友也」。故右詞下半闋亦借詠停雲堂感慨交游零落，頗似淵明「願言不從，歎息彌襟」之意。稼軒《用韻題趙晉臣敷文積翠巖》詞賦於慶元六年。步其韻有《韓仲止判院山中見訪》詞，韓淲慶元六年秋方自臨安歸信上，右詞之作，當必晚於慶元六年。又，岳珂《桯史》卷三《稼軒論詞》條載：「辛稼軒守南徐，已多病謝客。……稼軒以詞名，每燕必命侍妓歌其所作，特好歌《賀新郎》一詞，自誦其警句曰：『我見青山多嫵媚，料青山見我應如是。』又曰：『不恨古人吾不見，恨古人不見吾狂耳。』每至此，輒拊髀自笑，顧問坐客何如，皆歎譽如出一口。既而又作一《永遇樂》，序北府事。首章曰：『千古江山，英雄無覓孫仲謀處。』」稼軒守京口，即文中之南徐，事在嘉泰四年至開禧元年間，《永遇樂》即作於開禧元年春。因知右詞必距其守京口爲時不遠，故今編次於嘉泰二年。

〔二〕「甚矣」句，語出《論語·述而》，見前《臨江仙·蒼壁初開》詞（莫笑吾家蒼壁小闋）箋注。

〔三〕「悵平」二句，交游零落，蘇頌《國史龍圖侍郎宋次道五首》詩：「人物風流今已矣，交游零落痛何如？」按：自慶元黨禁以來，親友如范如山、陳居仁、王自中、朱熹、洪邁，皆先後棄世。所餘者，信上諸友耳。

〔四〕「白髮」二句，白髮三千丈，李白《秋浦歌十七首》詩：「白髮三千丈，緣愁似箇長。」人間萬事，杜甫《送韓十四江東省覲》詩：「兵戈不見老萊衣，歎息人間萬事非。」

〔五〕「問何」句，見本書卷四《蝶戀花》詞（何物能令公喜闋）箋注。

〔六〕「我見」二句，《新唐書》卷九七《魏徵傳》：「後宴丹霄樓，酒中謂長孫無忌曰：『魏徵、王珪事隱太子巢刺王時，誠可惡。我能棄怨用才，無羞古人。然徵每諫我不從，我發言輒不即應，何哉？』徵曰：『臣以事有不可，故諫。若不從輒應，恐遂行之。』帝曰：『第即應須別陳論，顧不得。』徵曰：『昔舜戒羣臣：爾無面從，退有後言。若面從，可方別陳論，此乃後言，非稷卨所以事堯舜也。』帝大笑曰：『人言徵舉動疏慢，我但見其嫵媚耳。』徵再拜曰：『陛下導臣使言，所以敢然，若不受，臣敢數批逆鱗哉？』」

〔七〕「一尊」三句，《停雲》詩：「有酒有酒，閑飲東窗。願言懷人，舟車靡從。」詳見本書卷七《聲聲慢·檃括淵明停雲》詞（停雲靄靄閟）箋注。

〔八〕「江左」二句，江左沉酣求名者，蘇軾《和飲酒二十首》詩：「道喪士失己，出語輒不情。江左風流人，醉中亦求名。淵明獨清真，談笑得此生。」濁醪妙理，杜甫《晦日尋崔戢李封》詩：「濁醪有妙理，庶用慰沉浮。」

〔九〕「回首」句，《漢書》卷一下《高帝紀》：「上還過沛，留，置酒沛宫，悉召故人父老子弟佐酒。發沛中兒得百二十人，教之歌。酒酣，上擊筑自歌，曰：『大風起兮雲飛揚，威加海内兮歸故鄉，安得猛士兮守四方？』令兒皆和習之。上乃起舞，忼慨傷懷，泣數行下。」

〔一〇〕「不恨」二句，《南史》卷三二《張融傳》：「融善草書，常自美其能。帝曰：『卿書殊有骨力，但恨無二王法。』答曰：『非恨臣無二王法，亦恨二王無臣法。』……常歎云：『不恨我不見古人，所恨古人又不見我。』」

〔一一〕「知我」二句，知我者，《論語·憲問》：「子曰：『不怨天不尤人，下學而上達，知我者，其天乎？』」二三子，《論語·八佾》：「二三子，何患於喪乎？天下之無道也久矣。」《左傳·昭公三年》：「諺曰：『非宅是卜，唯鄰是卜。』二三子先卜鄰矣。」注：「二三子，謂鄰人。」

又

再用前韻

鳥倦飛還矣〔一〕。笑淵明瓶中儲粟，有無能幾〔二〕？蓮社高人留翁語，我醉寧論許事〔三〕？試沽酒重斟翁喜。一見蕭然音韻古，想東籬醉卧參差是〔四〕。千載下，竟誰似！　元龍百尺高樓裏〔五〕。把新詩慇懃問我，停雲情味。北夏門高從拉攞，何事須人料理〔六〕？翁曾道繁華朝起①〔七〕。塵土人言寧可用？顧青山與我何如耳〔八〕！歌且和，楚狂子〔九〕。

【校】

①「曾」，《六十名家詞》本作「會」。此從廣信書院本。

【箋注】

〔一〕「鳥倦」句，《陶淵明集》卷五《歸去來兮辭》：「雲無心以出岫，鳥倦飛而知還。」

〔二〕「笑淵」二句，《歸去來兮辭》序：「余家貧，耕植不足以自給。幼稚盈室，瓶無儲粟。生生所資，未見其術。」《東坡志林》卷七：「予偶讀《歸去來辭》云：『幼稚盈室，瓶無儲粟。』乃知俗傳，信而有徵。使瓶有儲粟，亦甚微矣。此翁平生，只於瓶中見粟也耶？」

〔三〕「蓮社」二句，蓮社高人，見本書卷七《漢宮春·即事》詞（行李溪頭閿）箋注。我醉欲眠，見本書卷三《醜奴兒·書博山道中壁》詞（少年不識愁滋味闋）箋注。寧論許事，宋人口語。周紫芝《太倉稊米集》卷六六《書張待舉詩集後》：「鄉里有張大人者，……滕公元發其友也。嘗爲錢塘守張侯客焉，滕公置酒高會，賓客滿座，飲方酣，即岸幘箕踞，大呼：『滕大，爾復能記共飲長安酒家，昏直而去耶？』坐客爲之失色。公笑曰：『寧論許事？但當痛飲醇酎耳！』」按：即豈論此類事也。

〔四〕「想東」句，東籬醉卧，此合用陶淵明「采菊東籬下」詩句及「我醉欲眠」語也。參差是，白居易《長恨歌》：「中有一人字太真，雪膚花貌參差是。」

〔五〕「元龍」句，見本書卷一《水龍吟·登建康賞心亭》詞（楚天千里清秋闋）箋注。

〔六〕「北夏」二句，北夏門高從拉攞，《世説新語·任誕》：「任愷既失權勢，不復自檢括。或謂和嶠曰：『卿何以坐視元裒敗而不救？』和曰：『元裒如北夏門，拉攞自欲壞，非一木所能支。』」北夏門，即洛陽城北大夏門。《洛陽伽藍記》自叙：「北面有二門，西頭曰大夏門，漢曰夏門，魏晉曰大夏門。嘗造三層樓，去地二十丈。洛陽城門，樓皆兩重，去地百尺，惟大夏門甍棟干雲。」拉攞，余嘉錫《世説新語箋疏》注：「拉，摧也。攞字，……此乃六朝俗字，其義則推物使動也。今通作挪。……蓋愷之必敗，如城門之自壞，非一朝一夕之故矣。」從，聽之任之也。何事須人料理，《世説新語》同卷《簡傲》：「王子猷作桓車騎參軍，桓謂王曰：『卿在府久，比當相料理。』初不答，直高視，以手版拄頰云：『西山朝來，致有爽氣。』」

〔七〕「翁曾」句，陶潛《榮木》詩：「采采榮木，於兹託根。繁華朝起，慨暮不存。貞脆由人，禍福無門。匪道曷依，匪善奚敦？」

〔八〕「塵土」二句，塵土人，畢仲游《靜勝軒》詩：「自怪塵土人，兹焉憩行役。」鄧肅《和謝吏部鐵字韻》詩：「自笑昔爲塵土人，春狂時逐賣符嗔。」寧可用，蔡絛《鐵圍山叢談》卷五：「成君曰：有也。我少年時未識好惡，頃在桂林，與一韓生者游。……韓生曰：『今夕月色難得，我懼他夕風雨，儻夜黑，留此待緩急爾。』衆笑焉。……會天大風，俄日暮，風益亟，燈燭不得張，坐上墨黑，不辨眉目矣。衆大悶，一客忽念前夕事，戲嬲韓生曰：『子所貯月光今安在，寧可用乎？』」顧青山與我何如耳，見本書卷六《滿江紅·盧國華由閩憲移漕建安陳端仁給事同諸公餞別》詞（宿酒醒時闋）箋注。

〔九〕「歌且」二句，《論語·微子》：「楚狂接輿，歌而過孔子曰：『鳳兮鳳兮，何德之衰？往者不可諫，來者猶可追。已而，已而，今之從政者殆而。』」

又

嚴和之好古博雅，以嚴本莊姓，取蒙莊、子陵四事，曰濮上，曰濠梁，曰齊澤，曰嚴瀨，爲四圖，屬余賦詞〔一〕。余謂蜀君平之高，揚子雲所謂「雖隨和何以加諸」者，班孟堅獨取子雲所稱述爲《王貢諸傳序引》，不敢以其姓名列諸傳，尊之也。故余以謂和之當併圖君平像，置之四圖之間，庶幾嚴氏之高節備焉。作《乳燕飛》詞使歌之①〔二〕。

濮上看垂釣〔三〕。更風流羊裘澤畔〔四〕，精神孤矯。楚漢黄金公卿印，比着漁竿誰小②〔五〕？

但過眼纔堪一笑。惠子焉知濠梁樂？望桐江千丈高臺好〔六〕。煙雨外，幾魚鳥！古來如許高人少。細平章兩翁似與，巢由同調〔七〕。已被堯知方洗耳，畢竟塵污人了〔八〕。要名字人間如掃。我愛蜀莊沉冥者，解門前不使徵車到③〔九〕。君爲我，畫三老④〔一〇〕。

【校】

①題，四卷本丁集「余」皆作「予」，「以謂」作「謂」，「高節」後有「者」字，此從廣信書院本。「以謂」之「以」，四卷本原無。②「着」，《六十名家詞》本作「看」。③「車」，四卷本作「書」。④「畫」，《六十名家詞》本作「盡」。

【箋注】

〔一〕題，嚴和之，名及事歷俱未詳。陸游《劍南詩稿》卷五〇《别嚴和之》詩：「器之魂逝已難招，尚有和之慰寂寥。今夜月明空歎息，想君孤櫂泊溪橋。（其一）千里風煙行路難，旅舟應過子陵灘。人間富貴知何物？莫負君家舊釣竿。（其二）」詩中之器之，見於《劍南詩稿》者，皆稱「莊器之賢良」。項安世《平庵悔稿》卷七《與鄭檢法莊賢良往三山訪陸提舉不值》詩題下自注：「莊治器之。」《建炎以來朝野雜記》甲集卷一三《博學宏詞科》條：「淳熙十二年春，……陳天與守池，舉閩人莊治，丘宗卿守平江，舉郡人滕宬，十三年六月召試。二人皆四通，顔侍郎師魯爲考試官，言其文理平常，不應近制，遂罷之。自是制科無復得試者矣。」《宋會要輯稿·選舉》一一之三七載，淳熙十二年十月八日池州守臣陳良祐奏舉福州布衣莊治堪應賢良方正能言極諫科。次頁又載莊治有試卷不合格，詔賜束帛放歸事。張鎡《南湖集》卷一有《莊器之賢良居鏡湖上作吾亦愛吾廬六詩見寄》詩，知器之居紹興會稽。陸游詩作於嘉泰二年春，既並舉嚴和之、莊器之，二人似爲兄弟行，同居會稽。疑和之於會稽訪陸之後，遂前往信上，訪稼軒於期思，因有此作。《史記》卷一一二《平津侯主父列傳》：「趙人徐樂、齊人嚴安，俱上書言世務各一事。」《索隱》：「嚴本姓莊，明帝諱，後並改姓嚴也。」濮上，注見以下。濠梁，見本書卷三《滿江紅・遊南巖和范廓之韻》（笑拍洪崖闋）箋注。齊澤，嚴瀨，注亦見下。莊子爲蒙人，故謂蒙莊。子陵，嚴光也。

〔二〕「余謂」句至此，蜀君平之高，《高士傳》卷中：「嚴遵字君平，蜀人也。隱居不仕，常賣卜於成都市，日得百錢以自給。卜訖，則閉肆下簾，以著書爲事。揚雄少從之遊，屢稱其德。李强爲益州牧，喜曰：『吾得君平爲從事，足矣。』雄曰：『君可備禮與相見，其人不可屈也。』王鳳請交，不許。」「揚子雲」以下三句，《漢書》卷七二《王貢兩龔鮑傳》序：「蜀嚴湛冥，不作苟見，不治苟得。久幽而不改其操，雖隋、和何以加諸？舉兹以旃，不亦寶乎？自園公、綺里季、夏黄公、甪里先生、鄭子真、嚴君平，皆未嘗仕，然其風聲足以激貪厲俗，近古之逸民也。」以上諸語，多取之《揚子法言》。所謂不以嚴君平姓名列於傳中，取尊敬其人之義也。

〔三〕「濮上」句，《莊子・秋水》：「莊子釣於濮水，楚王使大夫二人往先焉，曰：『願以竟内累矣。』莊子持竿不顧，曰：『吾聞楚有神龜，死已三千歲矣。王巾笥而藏之廟堂之上，此龜者寧其死爲留骨而貴乎？寧其生而曳尾於塗中乎？』二大夫曰：『寧生而曳尾塗中。』莊子曰：『往矣，吾將曳尾於塗中。』」

〔四〕羊裘澤畔，《後漢書》卷一一三《逸民·嚴光傳》：「嚴光字子陵，一名遵，會稽餘姚人也。少有高名，與光武同遊學。及光武即位，光乃變名姓，隱身不見。帝思其賢，乃令以物色訪之。後齊國上言，有一男子披羊裘釣澤中，帝疑其光，乃備安車玄纁，遣使聘之，三反而後至，舍於北軍。……車駕即日幸其館，光卧不起。帝即其卧所，撫光腹曰：『咄咄子陵，不可相助爲理邪？』光又眠不應，良久，乃張目熟視，曰：『昔唐堯著德，巢父洗耳。士故有志，何至相迫乎？』帝曰：『子陵，我竟不能下汝邪？』於是升輿歎息而去。……除爲諫議大夫，不屈，乃耕於富春山。後人名其釣處爲嚴陵瀨焉。」

〔五〕「楚漢」二句，楚漢黄金公卿印，荀悦《前漢紀》卷九《孝景紀》：「初，諸侯得自除吏，御史大夫已下官屬，擬於天子國家。惟置丞相，黄金印。自吴楚反之後，奪諸侯權，爲置二千石，去丞相曰相，銀印。」比着漁竿誰小，按：此言楚漢公卿黄金之印，皆比不上濮水、齊澤之漁竿。《湘山野録》卷中：「范文正公謫睦州，過嚴陵祠下。……撰一絶送神曰：『漢包六合網英豪，一箇冥鴻惜羽毛。世祖功臣三十六，雲臺争似釣臺高？』」即此意。

〔六〕「惠子」二句，惠子焉知濠梁樂，指莊子與惠子游於濠梁之上的一段對話，語出《莊子·秋水》。桐江千丈高臺，桐江即富春江。《輿地紀勝》卷八《兩浙西路·嚴州》：「桐廬江，……源出杭州於潛縣天目山，南流至桐廬縣東一里，合浙江。」《太平寰宇記》卷九五《江南東道·睦州》：

「桐溪一名紫溪，水木泉石相映，自桐溪至於潛，有九十六瀨，第二即嚴陵瀨也。」《方輿勝覽》卷五《浙東路・建德府》：「釣臺，在桐廬西南二十九里，東西二臺，各高數百丈。……驚波間馳，秀壁雙峙，上有東漢故人嚴子陵釣臺。孤峰特操，聳立千仞。」

〔七〕「細平」二句，兩翁似與巢由同調，巢父、許由事，見本書卷七《木蘭花慢・寄題吴克明廣文菊隱》詞（路傍人怪問闋）箋注。

〔八〕「畢竟」句，塵污人，見本書卷三《水調歌頭・九日遊雲洞和韓南澗尚書韻》詞（今日復何日闋）箋注。

〔九〕「我愛」二句，蜀莊沉冥，《揚子法言・問明》：「杜陵李彊，素善雄。久之，爲益州牧。喜謂雄曰：『吾真得嚴君平矣。』雄曰：『君備禮以待之，彼人可見而不可得詘也。』彊心以爲不然。及至蜀，致禮與相見，卒不敢言以爲從事。……蜀莊沉冥，蜀莊之才之珍也。不作苟見，不治苟得，久幽而不改其操，雖隋、和何以加諸？舉兹以旃，不亦寶乎？」解門前不使徵車到，解，即能也。能讓徵車不到門。

〔一〇〕三老，謂蒙莊、嚴子陵、嚴君平。

水龍吟

別傅先之提舉。時先之有召命①〔一〕

只愁風雨重陽，思君不見令人老〔二〕。行期定否？征車幾輛，去程多少〔三〕？有客書來，長安却早去聲②。傳聞追詔〔四〕。問歸來何日？君家舊事，直須待，爲霖了〔五〕。從此蘭生蕙長，吾誰與玩兹芳草〔六〕？自憐拙者，功名相避，去如飛鳥〔七〕。只有良朋，東阡西陌，安排似巧。到如今巧處，依然又拙，把平生笑。

【校】

①題，四卷本乙集作「别傅倅先之，時傅有召命」，此從廣信書院本。②小注，四卷本闕。

【箋注】

〔一〕題，右詞應爲送傅兆赴召時所作。四卷本稱爲「傅倅先之」。查《嘉泰吴興志》序即傅兆所作，序中言及《吴興志》之肇始，言及郡守李公郎中及富公寺正，而此書卷一四《郡守題名》則載李景和慶元五年七月到任，嘉泰元年三月召赴行在，富瑨嘉泰元年四月到任。序末自署「嘉泰改元臘月，郡丞廣信傅兆敬序」。按所謂郡丞者，應即通判，爲郡守之副貳，其職略相當於秦漢以來之郡丞、治中、别駕，故傅兆引古制以自稱。蘇轍《欒城集》卷二七《崔仝通判延州告詞》：「至於均賦役，平獄訟，實倉廩，郡丞事也。」可證。傅兆於湖州通判任内被召，必在稼軒嘉泰三年出帥浙東之前，右詞首句既言「風雨重陽」，則應在嘉泰二年九月。此蓋傅兆先歸鉛山，而後自鉛山赴行在，稼軒因有送行之作。其至臨安後，除行在所雜買務雜賣場提轄官，嘉泰三年七月到任，當月丁母憂，見《中興行在雜買務雜賣場提轄官題名》。同調詞（老來曾識淵明闋）於廣信書院本編序中列右詞之後，當爲同時或稍後所作，故亦附次於此後。

〔二〕「只愁」二句，風雨重陽，潘大臨題壁詩句：「滿城風雨近重陽。」見本書卷五《踏莎行·庚戌中秋後二夕帶湖篆岡小酌》詞（夜月樓臺闋）箋注。思君不見令人老，《古詩十九首》：「思君令人老，歲月忽已晚。」李白《峨嵋山月歌》：「夜發清溪向三峽，思君不見下渝州。」

〔三〕「行期」三句，韓愈《昌黎集》卷二一《送楊巨源少尹序》：「予忝在公卿，後遇病不能出，不知楊侯去時，城門外送者幾人？車幾兩？馬幾匹？道邊觀者，亦有歎息知其爲賢以否？」

〔四〕「長安」句，《舊唐書》卷七二《僕固懷恩傳》：「諸道節度使皆懼，非臣獨敢如此。近聞追詔，數人並皆不至。」

〔五〕「君家」三句，君家謂傅說。《尚書·說命上》：「若歲大旱，用汝作霖雨。」此三句言傅家功名，直須做到宰相方了。

〔六〕「從此」二句，蘭、蕙，《困學紀聞》卷一七：「夾漈《草木略》以蘭蕙爲一物，皆今之零陵香也。然《離騷》『滋蘭樹蕙』，《招魂》『轉蕙汜蘭』，是爲二草，不可合爲一。」吾誰與玩兹芳草，《楚辭·九章·思美人》：「惜吾不及古人兮，吾誰與玩此芳草？」

〔七〕「自憐」三句，拙者，《孟子·盡心下》：「拙者雖得規矩之法，亦不能成器也。」去如飛鳥，蘇軾《江上看山》詩：「舟中舉手欲與言，孤帆南去如飛鳥。」

又〔一〕

老來曾識淵明，夢中一見參差是〔二〕。覺來幽恨，停觴不御〔三〕，欲歌還止。白髮西風，折腰五斗，不應堪此。問北窗高卧，東籬自醉，應别有，歸來意〔四〕。須信此翁未死，到如今凛然生氣〔五〕。吾儕心事，古今長在，高山流水〔六〕。富貴他年，直饒未免①，也應無味〔七〕。甚東山何事，當時也道，爲蒼生起〔八〕。

【校】

①「未免」，《六十名家詞》本作「來晚」，此從廣信書院本。

【箋注】

〔一〕題，右詞無題。嘉泰二年二月，韓侂胄爲實現開邊北伐意願，解除黨禁，一時黨人及被困之知名人士陸續起廢進用。稼軒有感於自身將亦不免，遂賦詞以寄懷抱。則右詞亦必此年九月間所作。

〔二〕參差是，見本卷前《賀新郎·再用前韻》詞（鳥倦飛還矣闋）箋注。

〔三〕「覺來」二句，覺來幽恨，本書卷一《新荷葉·和趙德莊韻》詞（人已歸來闋）有「翠屏幽夢，覺來水繞山圍」句，覺來，睡醒也。停觴不御，鮑照《代白紵舞歌詞四首》詩：「秦筝趙瑟挾笙竽，垂璫散佩盈玉除，停觴不御欲誰須？」御，一本作語。按：《左傳·襄公四年》：「匠慶用蒲圃之檟，季孫不御。」注：「御，止也。」

〔四〕「白髮」句至此，本書卷三《水調歌頭·九日遊雲洞和韓南澗尚書韻》詞上片云：「今日復何日，黄菊爲誰開？淵明謾愛重九，胸次正崔嵬。酒亦關人何事，政自不能不爾，誰遣白衣來，醉把西風扇，隨處障塵埃。」可並參其箋注。

〔五〕「須信」二句，《世説新語·品藻》：「庾道季云：『廉頗、藺相如，雖千載上死人，懍懍恒如有生氣。』」

〔六〕高山流水，見本書卷二《滿庭芳·和洪丞相景伯韻》詞（傾國無媒闋）箋注。

〔七〕「富貴」三句，見本書卷三《水調歌頭·湯朝美司諫見和用韻爲謝》詞（白日射金闕闋）箋注。直饒，假如也。

〔八〕「甚東」三句，見本書卷八《賀新郎·題趙兼善龍圖東山園小魯亭》詞（下馬東山路闋）箋注。

哨遍

趙昌父之祖季思學士，退居鄭圃，有亭名魚計，宇文叔通爲作古賦。今昌父之弟成父，於所居鑿池築亭，榜以舊名。昌父爲成父作詩，屬余賦詞，余爲賦《哨遍》〔一〕。莊周論「於蟻棄知，於魚得計，於羊棄意」，其義美矣。然上文論蝨託於豕而得焚，羊肉爲蟻所慕而致殘，下文將併結二義，乃獨置豕蝨不言，而遽論魚，其義無所從起。又間於羊蟻兩句之間，使羊蟻之義離不相屬，何耶？其必有深意存焉，顧後人未之曉耳。或言「蟻得水而死，羊得水而病，魚得水而活」，此最穿鑿，不成意趣。余嘗反復尋繹，終未能得。意世必有能讀此書而了其義者，他日倘見之而問焉。姑先識余疑於此詞云爾①〔二〕

池上主人，人適忘魚，魚適還忘水。洋洋乎，翠藻青萍裏〔三〕。想魚兮無便於此②。嘗試思，莊周正談兩事，一明豕蝨一羊蟻。説蟻慕於羶，於蟻棄知。又説於羊棄意。甚蝨焚於豕獨忘之，却驟説於魚爲得計？千古遺文，我不知言，以我非子〔四〕。噫③。子固非魚，魚之爲計子焉知？河水深且廣，風濤萬頃堪依。有網罟如雲，鵜鶘成陣，過而留泣計應非〔五〕。其外海茫茫，下有龍伯，饑時一啖千里〔六〕。更任公五十犗爲餌，使海上人人厭腥味〔七〕。似鯤鵬變化能幾④〔八〕？東遊入海此計，直以命爲嬉。古來謬算狂圖，五鼎烹死，指爲平地⑤〔九〕。嗟魚欲事遠遊時，請三思而行可矣〔一〇〕。

【校】

①題，《六十名家詞》「爲成父作詩」前闕「昌父」二字，「屬余」後闕「賦詞余爲」四字，此從廣信書院本。②「想」，《六十名家詞》本作「相」。③「噫」，廣信書院本、王詔校刊本此字在「子固非魚」之後，此據《六十名家詞》本、四印齋本改。④「能」，《六十名家詞》本闕。⑤「指」，《六十名家詞》本作「柏」。

【箋注】

〔一〕「趙昌」句至此，劉宰《漫塘文集》卷三二《章泉趙先生墓表》：「先生姓趙氏，諱蕃，字昌父。其先自杭徙汴，由汴而鄭。南渡，居信之玉山。曾祖暘，朝散大夫直龍圖閣，提舉江州太平觀。祖澤，迪功郎海州朐山縣主簿，贈承議郎。父渙，奉議郎通判沅州，贈朝奉郎。龍圖殁葬玉山之章泉，先生因家焉，故世號章泉先生。」周必大《益國文忠公集》卷五〇《跋魚計亭賦》：「蜀人宇文公虚中以政和六年自右史除中書舍人，……宣和二年秋，上思舊人，復還詞掖，方且進用，而公疑不自安。明年，以顯謨閣待制出知陜州，又明年二月，爲滎陽趙公叡作《魚計亭賦》，引物連類，開闔古今，深得東坡、潁濱之筆勢。適有天幸出入侍從，身名俱榮者，值好文之主也。趙公字彦思，熙寧六年進士，當元祐初，英俊聚朝，以奉議郎禮部編修貢籍，首與孫逢吉彦同作《職官分紀序》。後數年，秦觀少游方繼之，才名亦可知矣。尋自秘閣校理遷太常博士，知登、隨、商三州，召爲郎，出提點京東刑獄，攝帥青社。年五十九，奉祠就養，閑居二十五年。其子諱暘，字乂若。紹聖元年甲科。大觀三年爲郎，宣和四年知同州，靖康中除少府監、左右正言、秘書少監。建炎間直龍圖閣，提點江淮路鑄錢。子澤，終朐山簿。簿生涣，終奉議郎，通判沅州。二子蕃，學問過人，恬於進取，連任嶽祠，居以詩名。弟蒧，亦嗜學好修，有子曰适。慶元己未擢第，距熙寧已百年，而家學不絶。今蒧得宇文公墨，刻於兵火之餘，求記本末，於傳有之，五世其昌，並於正卿。又曰：世濟其美，不隕其名。請以是爲祝規。嘉泰二年九月辛亥。」按：右題中季思學士，即趙叡，周必大跋語謂字彦思，或其人字彦思而兄弟中居季，故稼軒謂之季思。乃趙蕃之高祖，稼軒謂之祖，籠統稱之也。於鄭州創魚計亭者，即趙叡也。宇文叔通名虚中，成都府華陽人，登大觀三年進士第。建炎二年出使議和，被留金國。官翰林學士，金人號爲國師。金皇統四年，以謀反罪被殺。宋人以其不忘故國，於淳熙間贈謚肅愍。《宋史》卷三七一、《金史》卷七九俱有傳。虚中所作《魚計亭賦》，今載於〔乾隆〕《玉山縣志》卷三、〔同治〕《玉山縣志》卷一。昌父之弟成父，即周必大跋中之趙蒧。〔同治〕《玉山縣志》卷一〇《雜類》載：「史載趙蕃年八十七，亦不言兄弟。按：昌父弟成父，號定庵，見戴復古《二老歌》、葉水心《魚計亭》詩。《鶴林玉露》云：『章泉趙昌甫兄弟俱隱玉山之下，蒼顏華髮，相從於泉石之間，皆年近九十，真人間至樂之事，亦人間希有之事也。』」魚計亭，同志卷一載：「魚計亭，趙暘父叡居鄭州時所名字，宇文虚中爲之賦，後四世孫葳復作亭於縣之章泉，以舊賦刻石，亦以名亭。」章泉，見本書卷一二《鷓鴣天・和章泉趙昌父》詞（萬事紛紛一笑中閧）箋注。右詞作年，題中未有所得。韓淲《澗泉集》卷一四《題魚計編後》詩有云：「積水閑題魚計名，一亭元自野而清。幾年來往疑無謂，舉世行藏定不驚。鄭圃賦留南渡久，瓢泉曲到老來平。詩編多少臨淵興，徒得旁觀句眼明。」據此亦不能遽定。然據周必大跋文，嘉泰二年趙蕃之弟葳得宇文虚中墨跡，刻於兵火之餘，求記本末，而右詞亦必當時遍求詩詞以紀其事時所作也。

〔二〕「莊周」句至此，《莊子・徐無鬼》：「有暖姝者，有濡需者，有卷婁者。所謂暖姝者，學一先生之言，則暖暖姝姝。而私自説也，自以爲足矣，而未知未始有物也。是以謂暖姝者也。濡需者，豕蝨是也。擇疏鬣，自以爲廣宮大囿；奎蹄曲隈，乳間股腳，自以爲安室利處。不知屠者之一旦鼓臂布草，操煙火，而己與豕俱焦也。此其所謂濡需者也。卷婁者，舜也。羊肉不慕蟻，蟻慕羊肉，羊肉羶也。舜有羶行，百姓悦之，故三徙成都，至鄧之虚，而十有萬家。堯聞舜之賢，舉之童土之地，曰：『冀得其來之澤。』舜舉乎童土之地，年齒長矣，聰明衰矣。而不得休歸，所謂卷婁者也。是以神人惡衆至，衆至則不比，不比則不利也。故無所甚親，無所甚疏。抱德煬和，以順天下，此謂真人。於蟻棄知，於魚得計，於羊棄意。」按：稼軒於題中言：「或言蟻得水而死，羊得水而病，魚得水而活，此最穿鑿，不成意趣。」此見於郭慶藩、孟純《莊子集釋》卷二四所引司馬彪注語：「蟻得水則死，魚得水則生，羊得水則病。」其疏「於蟻棄知」數語有云：「不慕羊肉之仁，故於蟻棄智也。不爲羶行教物，故於羊棄意也。既遺仁義，合乎至道，不傷濡沫，相忘於江湖，故於魚得計。」

〔三〕「洋洋」二句，洋洋乎，《孟子·萬章上》：「昔者有饋生魚於鄭子産，子産使校人畜之池。校人烹之，反命曰：『始舍之，圉圉焉，少則洋洋焉，攸然而逝。』子産曰：『得其所哉，得其所哉！』」翠藻青萍，本書卷三《水調歌頭·盟鷗》詞：「破青萍，排翠藻，立蒼苔。」

〔四〕「我不」二句，不知言，《論語·堯曰》：「子曰：『不知命，無以爲君子也；不知禮，無以立也；不知言，無以知人也。』」以我非子，《莊子·秋水》：「惠子曰：『我非子，固不知子矣。子固非魚也，子之不知魚之樂全矣。』」

〔五〕「有網」三句，網罟，《莊子·胠篋》：「鉤餌網罟罾笱之知，多則魚亂於水矣。」罟亦魚網也。同書《外物》：「魚不畏網而畏鵜鶘。」過而留泣，古樂府《枯魚過河泣》：「枯魚過河泣，何時悔復及。」

〔六〕「下有」二句，《列子·湯問》：「渤海之東，不知幾億萬里，有大壑焉，實惟無底之谷。……龍伯之國有大人，舉足不盈數步，而暨五山之所，一釣而連六鼇，合負而趣歸其國，灼其骨以數焉。

於是岱輿、員嶠二山流於北極，沉於大海，仙聖之播遷者巨億計。」

〔七〕「更任」二句，《莊子·外物》：「任公子爲大鉤巨緇，五十犗以爲餌，蹲乎會稽，投竿東海，旦旦而釣，期年不得魚。已而大魚食之，牽巨鉤陷没而下，騖揚而奮鬐，白波若山，海水震蕩，聲侔鬼神，憚赫千里。任公子得若魚，離而腊之，自浙河以東，蒼梧以北，莫不厭若魚者。」

〔八〕「似鯤」句，《莊子·逍遥遊》：「北冥有魚，其名爲鯤。鯤之大，不知其幾千里也。化而爲鳥，其名爲鵬。鵬之背，不知其幾千里也。」

〔九〕「古來」三句，謬算狂圖，蘇軾《送安惇秀才失解西歸》詩：「狂謀謬算百不遂，惟有霜鬢來如期。」五鼎烹死，《史記》卷一一二《平津侯主父列傳》：「且丈夫生不五鼎食，死即五鼎烹耳。吾日暮途遠，故倒行暴施之。」指爲平地，意即以爲坦途。《論衡·須頌》：「地有丘洿，故有高平。或以钁鍤平而夷之，爲平地矣。」

〔一〇〕三思而行，《論語·公冶長》：「季文子三思而後行，子聞之曰：『再斯可矣。』」

【附録】

宇文虚中叔通

魚計亭賦

惟造化之賦物，各異形於一氣。伊衆魚之甡衍，實有繫於庶類。凡物皆病水之覆溺，而爾獨忘之以生死。視波濤若虚空，是未概之以常理。若乃江河陂澤，潢汙沼沚。依蒲藻以孕轂，散蟻粟與蛟秠。春陽噓以和柔，亦舒中而胖體。迫而視之，則若有若亡，棘端稻芒。羣眩旋以角逐，炯雙目之微光。表裏洞其何有？亦自適而相忘。日月云邁，既漫而長。告添丁於水府，脱阽危於鱎綱。漸鱗鬐之完好，差可别其名狀。於是南嘉丙出，北鮪春登。河腴濁膩，海月因仍。縱頒首於鎬澤，鈞縮頸於襄陵。井谷旁出以距躍，涸轍號呼於斗升。口明珠以酬惠，腹丹書而掛罾。雙鯉贈以修好，三鱣墜爲吉徵。泳梁濠以自得，越山澤而可乘。避城火而勿近，鼓風雷而上征。出北海而秦滅，躍中河而姬興。若其詭狀殊形，目駭心忤。象喙鹿胳，跂行翼翥。擁海若以前驅，擊馮夷之靈鼓。奔騰於決堰之津，冠帶乎燬犀之浦。若石言於晉郊，若星隕於晝雨。溟海善下，蛟龍所舍。呼則流沫千里，吸則萬艘一呀。噴霧則天地昏晝，吐風則星辰蕩夜。伊天地之未徙，跧造物其將化。忽鱗蜕而矯翼，九萬里而風斯在下；嗟山川與古今，曾何異乎塵埃與野馬？夫先生兹之爲計也，將何所取舍乎？將小取於武陽，千針而一舉筋乎？大釣於會稽，十五犗而未飫乎？抑畜之三年，致陶朱之富乎？捄之十千，得長者而悟乎？羊裘澤中，避萬乘之主乎？直釣渭曲，希卜獵之遇乎？先生笑而言曰：「子觀其外，我遊其内。語大則宇宙猶隘，語小則毫末非礙。冥二者於一致，復何疑於變態？悠然一世，埃旋茅靡。挾勢交於翻手，快淫福於盈眥。據累棋以自逸，忽尋橦之危墜。彼且甘心於馳驅，則孰知真樂之所在？此故必曰『於蟻棄知，於羊去意』，然後曰『於魚得計』也。」予於是輾然而喜，釋然而悟曰：「微先生，吾不聞此言，願書紳而志之。」（〔乾隆〕《玉山縣志》卷三）

品令　族姑慶八十，來索俳詞〔一〕

更休説，便是箇住世觀音菩薩〔二〕。甚今年容貌八十歲，見底道纔十八？　莫獻壽星香燭，莫祝靈椿龜鶴①。只消得把筆輕輕去〔三〕，十字上添一撇。

【校】

①「靈椿龜鶴」，四卷本丙集作「重龜椿鶴」，此從廣信書院本。

【箋注】

〔一〕題，據《宋故資政殿學士左通議大夫致仕東萊郡開國侯贈左光禄大夫辛公墓志銘》，辛次膺一子名種學，無女。右所謂族姑，如係辛助、辛勣之姑，則應爲次膺兄弟元膺、少膺之女。右詞作年無考，其或因辛勣過别，遂一併有慶壽詞之作也。

〔二〕觀音菩薩，見本書卷四《水龍吟·題雨巖巖類今所畫觀音補陀》詞（補陀大士虚空闕）箋注。

〔三〕只消得，只須。

感皇恩　慶嬸母王恭人七十①〔一〕

七十古來稀〔二〕，未爲希有②。須是榮華更長久。滿牀靴笏，羅列兒孫新婦〔三〕。精神渾似箇③，西王母〔四〕。　遥想畫堂，兩行紅袖。妙舞清歌擁前後〔五〕。大男小女，逐箇出來爲壽。一箇一百歲，一杯酒。

【校】

①題，四卷本丙集作「爲嬸母王氏慶七十」，此從廣信書院本。　②「希」，四卷本作「稀」。　③「似」，四卷本作「是」。

【箋注】

〔一〕題，嬸母王恭人，應即辛助、辛勣之母。《辛公墓志銘》：「男種學，右承議郎。」《菱湖辛氏族譜·隴西派下支分萊州世系》載次膺室王氏，贈新安郡夫人。又載一男種學，未載其室。然王恭人必種學夫人無疑也。

〔二〕「七十」句，見本書卷一《感皇恩》詞（七十古來稀闕）箋注。

〔三〕「滿牀」二句，滿牀靴笏，《舊唐書》卷七七《崔神慶傳》：「開元中，神慶子琳等皆至大官，羣從數十人，趨奏省闥。每歲時家宴，組珮輝映，以一榻置笏，重疊於其上。」羅列兒孫新婦，《世説新語·識鑑》：「周伯仁母，冬至舉酒，賜三子曰：『吾本謂渡江託足無所，爾家有相，爾等並羅列吾前，復何憂？』」王得臣《麈史》卷二《辨誤》：「按今之尊者斥卑者之婦曰新婦，卑對尊稱其妻及婦人凡自稱者，則亦然。則世人之語，豈盡無稽哉？而不學者輒易之曰媳婦，又曰室婦，不知何也。」知新婦即媳婦也。

〔四〕西王母，《太平廣記》卷五六《西王母》條：「西王母者，九靈太妙龜山金母也，一號太虛九光龜臺金母元君，乃西華之至妙洞陰之極尊。……爲極陰之元位，配西方，母養羣品，天上天下三界十方女子之登仙者得道者，咸所隸焉。……周穆王時，命八駿與七萃之士，使造父爲御，西登崑崙，而賓於王母。穆王持白珪重錦，以爲王母壽。」

〔五〕「遥想」三句，畫堂、紅袖，見本書卷五《瑞鶴仙·壽上饒倅洪莘之》詞（黄金堆到斗闕）箋注。妙舞清歌，盧照鄰《登封大酺歌四首》：「繁絃綺席方終夜，妙舞清歌歡未歸。」

破陣子

趙晉臣敷文幼女縣主覓詞〔一〕

菩薩叢中惠眼，碩人詩裏蛾眉〔二〕。天上人間真福相，畫就描成好靨兒〔三〕。行時嬌更遲。　勸酒偏他最劣〔四〕，笑時猶有些癡。更着十年君看取，兩國夫人更是誰〔五〕？殷勤秋水詞〔六〕。

【箋注】

〔一〕題，趙晉臣爲宋宗室，其幼女遂受封。《續資治通鑑長編》卷二一二：「熙寧三年六月癸酉，詔羣臣封爵至大國者，更不改封。其封妻者，隨夫郡國。上批宗室女封郡縣主，亦乖義理。遂詔中書編修條例官檢詳故事取旨，既而條例司言：……遂以太子女爲郡主，封郡；親王女爲縣主，封縣。其始，疑因避帝女之號去公字，以嫌故又不稱翁主，則稱主者，非復有主婚之義，猶曰主君而已。」其幼女既於酒席上覓詞，且又有勸酒最劣語，知其年齡當在十歲之上，笄年之前。

〔二〕「菩薩」二句，菩薩惠眼，《維摩經疏》卷三：「如來天眼見一切無量世界。……二乘惠眼，唯見升空。菩薩惠眼，具見二空，而不窮盡。」碩人詩裏蛾眉，《詩·衛風·碩人》：「螓首蛾眉，巧笑倩兮，美目盼兮。」

〔三〕「畫就」句，沈自南《藝林彙考·服飾篇》卷四：「靨，頰輔也。《洛神賦》：『明眸善睞，靨輔承權。』自吳宮有獺髓補痕之事。唐韋固妻，少時爲盜刃所刺，以翠掩之。女妝遂有靨飾。……温飛卿詞：『繡衫遮笑靨，煙草粘飛蝶。』……又：『笑靨嫩疑花拆，愁眉翠斂山横。』宋詞：『杏靨夭斜，梅鈿輕薄。』又：『小唇秀靨，團鳳眉心倩郎貼。』則知此飾，五代宋初爲盛。」

〔四〕「勸酒」句，「劣」，反訓詞，意即乖、好。

〔五〕兩國夫人，《宋史》卷二四六《宗室傳》：「魏惠憲王諱愷，……莊文太子薨，愷次當立，帝意未决，既而以恭王英武類己，竟立之。加愷雄武保寧軍節度使，追封魏王，判寧國府。妻華國夫人韋氏，特封韓魏兩國夫人，以示優禮。」按：此孝宗時事。宋代兼封兩國，始於元臣拜兩鎮節度使，韓琦、文彦博、吕頤浩三人皆拜兩鎮。渡江後，大將韓世忠、張俊、劉光世皆至三鎮。而政和以後，蔡京、童貫、秦檜封兩國公，於是三代及小君皆加兩國之贈。如紹興十二年，秦檜封兩國，請改封其母秦魏國夫人。此見於《建炎以來朝野雜記》甲集卷一二《兩鎮三鎮節度使》及《兩國公主兩國夫人》條。然在檜母之前，韓世忠夫人梁氏蓋已因軍功封兩國夫人矣。

〔六〕秋水詞，秋水，謂秋水觀主人，自稱也。

感皇恩　壽鉛山陳丞及之①〔一〕

富貴不須論，公應自有〔二〕。且把新詞祝公壽。當年仙桂，父子同攀希有。人言金殿上，他年又②〔三〕。　冠冕在前，周公拜手，同日催班魯公後〔四〕。此時人羨，緑鬢朱顔依舊。親朋來賀喜，休辭酒。

【校】

①題，四卷本丙集「鉛山」二字闕，此從廣信書院本。　②「又」，《六十名家詞》本作「久」。

【箋注】

〔一〕題，陳丞及之，《淳熙三山志》卷三一：「紹熙元年庚戌余復榜，陳擬字及之，羅源人，父與行，同榜。終通直郎。……陳與行字叔達，羅源人。子擬，同榜。終朝請大夫知興化軍。」（乾隆）《鉛山縣志》卷五《秩官》載宋代鉛山縣丞共二十六人，陳擬爲最後一人。其何時丞鉛山，尚難考證。今姑置於嘉泰二年稼軒出仕浙東之前。孫應時《燭湖集》卷二〇有《和陳及之》及《再和》七絶詩各五首，應即此人。

〔二〕「富貴」二句，《史記》卷七九《范睢蔡澤列傳》：「蔡澤者，燕人也。游學干諸侯，小大甚衆，不遇，而從唐舉相。……蔡澤知唐舉戲之，乃曰：『富貴吾所自有，吾所不知者，壽也，願聞之。』」

〔三〕「當年」四句，當年仙桂，謂陳擬父子同榜成進士。人言金殿上，他年又，則祝其父子再登金殿。按：稼軒作此詞時，雖距陳擬父子登第有年，然必尚未改秩。查自乾道以來，增教授，添縣丞及諸司屬官，皆延長選人年限之舉措。見趙彦衛《雲麓漫鈔》卷四《選人之制》條。而一旦選人得以改官，則須赴行在，臨軒召見，同班改秩，如同登第唱名。此見於曾丰《緣督集》卷一七《同班小録序》及劉克莊《後村先生大全集》卷九四《甲申同班小録序》所載。稼軒所云，當指此也。

〔四〕「冠冕」三句，《史記》卷三三《周魯公世家》：「周公卒，子伯禽固已前受封，是爲魯公。魯公伯禽之初受封，之魯三年而後報政周公。周公曰：『何遲也？』伯禽曰：『變其俗，革其禮，喪三年，然後除之，故遲。』」《公羊傳·文公十三年》：「周公何以稱大廟於魯？封魯公以爲周公也。周公拜乎前，魯拜乎後。曰：『生以養周公，死以爲周公主。』」

臨江仙

戲爲期思詹老壽〔一〕

七

手種門前烏桕樹〔二〕，而今千尺蒼蒼。田園只是舊耕桑。杯盤風月夜，簫鼓子孫忙。十五年無事客，不妨兩鬢如霜。緑窗剗地調紅妝〔三〕。更從今日醉，三萬六千場〔四〕。

【箋注】

〔一〕題，詹氏爲鉛山著姓。〔乾隆〕《鉛山縣志》卷七《寓賢》：「詹復字仲仁，崇安人，宋景祐五年進士，累官至中憲大夫，浙江副使。賦性恬静，操守廉潔。因金人有犯闕之意，奉親以歸，寓邑之永平橋東崇義鄉。」按：景祐爲宋仁宗年號，下距金人犯闕之靖康元年七十五年，詹復若果於靖康初寓居鉛山，當已近百歲矣。至嘉泰間則已一百六十餘年矣。且中憲大夫亦非宋官。知上述記載必有錯誤。然崇義鄉即詹家之稼軒鄉，今鄉民所藏《詹氏宗譜》記載，詹氏自北宋時居此，已三十餘代。詹老必與詹復相關，或即其子孫也。

〔二〕「手種」句，温庭筠《西洲曲》：「門前烏桕樹，慘澹天將曙。」烏桕樹，可參本書卷七《玉樓春》詞（三三兩兩誰家女閿）箋注。

〔三〕剗地，依舊。

〔四〕「三萬」句，見本書卷五《鵲橋仙·壽余伯熙察院》詞（豸冠風采閿）箋注。

鵲橋仙　贈鷺鷥〔一〕

溪邊白鷺，來吾告汝：溪裏魚兒堪數〔二〕。主人憐汝汝憐魚①，要物我欣然一處。　白沙遠浦，青泥別渚，剩有鰕跳鰍舞〔三〕。聽君飛去飽時來②，看頭上風吹一縷。

【校】

①「主人」句，《六十名家詞》本作「主憐汝汝又憐魚」，此從廣信書院本。　②「聽」，四卷本丁集作「任」。

【箋注】

〔一〕題，〔同治〕《鉛山縣志》卷五《物産》：「鷺，一名屬玉，水鳥也。林棲水食，羣飛成序，潔白如雪，喙長脚高，尾短，頂有長毛十數莖，毿毿然如絲，每欲捕魚則餌之。」

〔二〕魚兒堪數，蘇軾《臘日遊孤山訪惠勤惠思二僧》詩：「水清石出魚可數，林深無人鳥自呼。」陳師道《山口阻風》詩：「向晚風力微，湖清魚可數。」俞文豹《吹劍録》：「陳夢建《鷺》詩：『溪清水淺魚能幾，莫遣泥沙惡雪衣。』」

〔三〕「白沙」三句，白沙，地名，在河口鎮南八里鉛山河上，有白沙洲，即此。青泥，當亦地名，待考。剩有，猶有。

河瀆神

女城祠，效花間體①〔一〕

芳草緑萋萋〔二〕，斷腸絶浦相思。山頭人望翠雲旗，蕙肴桂酒君歸②〔三〕。　惆悵畫簷雙燕舞，東風吹散靈雨〔四〕。香火冷殘簫鼓，斜陽門外今古。

【校】

①題，四卷本丙集「祠」作「詞」，此從廣信書院本。　②「蕙肴桂酒」，四卷本作「蕙香佳酒」。

【箋注】

〔一〕題，女城祠，〔乾隆〕《鉛山縣志》卷一：「女城山，縣東三十里，山形如乳。」同書卷一五：「女城祠，縣東三十里女城山。世傳女仙孔氏八娘，唐肅宗乾元二年嘗賜冠帔，其説不經。或謂山形如乳，意其後名以聲訛，廟以山訛。」按：鉛山河會紫溪於五堡洲南，隨即分流，再會於洲北。女城山即獨立於河之東南。花間體，《直齋書録解題》卷二一：「《花間集》十卷，蜀歐陽炯作序，稱衛尉少卿字宏基者所集，未詳何人。其詞自温飛卿而下十八人，凡五百首，此近世倚聲填詞之祖也。詩至晚唐五季，氣格卑陋，千人一律，而長短句獨精巧高麗，後世莫及，此事之不可曉者。」朱彝尊《詞綜》發凡：「花間體製調即是題，如《女冠子》則詠女道士，《河瀆神》則爲送迎神曲，《虞美人》則詠虞姬是也。」右詞及《鷓鴣天》一首作年皆莫考，以其作於寓居鉛山期間，故附次於此卷之末。

〔二〕「芳草」句，毛熙震《浣溪沙》詞：「花榭香紅煙景迷，滿庭芳草緑萋萋。」

〔三〕「山頭」二句，雲旗，《楚辭·離騷》：「駕八龍之婉婉兮，載雲旗之委蛇。」蕙肴桂酒，《九歌·東皇太一》：「蕙肴蒸兮蘭藉，奠桂酒兮椒漿。」

〔四〕「東風」句，《九歌·東皇太一》：「杳冥冥兮羌晝晦，東風飄兮神靈雨。」

鷓鴣天　石門道中〔一〕

山上飛泉萬斛珠，懸崖千丈落鼪鼯〔二〕。已通樵徑行還碍，似有人聲聽却無。　閑略彴，遠浮屠〔三〕，溪南修竹有茅廬〔四〕。莫嫌杖屨頻來往，此地偏宜着老夫。

【箋注】

〔一〕題，右詞記蕊雲洞、石門源歸途，而以石門道爲題。石門源在今鉛山稼軒鄉，即詹家東南十里，以水出兩石門得名。而右詞首二句所記乃詹家以東二十二里徐巖塢之蕊雲洞。徐巖塢則在石門源東北十四里處。自徐巖至期思，石門正在半途。稼軒右詞所謂「溪南修竹有茅廬」者，蓋期思渡與五堡洲俱在溪南。與石門源在四五里間，可以杖屨頻來往者，如在徐塢巖，則有二十餘里之遠。知右詞題謂石門道中，乃詠蕊雲洞過石門乃至溪南之中途者。據「此地偏宜着老夫」語，亦應詠此也。

〔二〕「山上」二句，〔嘉慶〕《續修鉛山縣志》卷二：「蕊雲洞，縣東三十里。極山之巔，循澗六七里始至，始有飛瀑臨其前洞之口，如門者三，中倚一石巖屏狀，周旋可轉。最後懸一龍首，水出不竭，由外而内，類碧玉池中起蕊雲，縝密可玩。舊名徐塢，因其狀更今名。辛稼軒《鷓鴣天》詞……」杜甫《自閬州領妻子却赴蜀山行三首》詩：「轉石驚魑魅，抨弓落狖鼯。」餘參本書卷二《滿江紅·賀王帥宣子平湖南寇》詞（笳鼓歸來闋）箋注。

〔三〕略彴、浮屠，蘇軾《同王勝之游蔣山》詩：「略彴横秋水，浮屠插暮煙。」《東坡詩集注》卷二一：「略彴，横木橋也。」陸龜蒙詩：『頭經略彴冠微亞，腰插笭箵帶轟頻。』」

〔四〕「溪南」句，茅廬謂稼軒五堡洲秋水觀之居也。

西江月　示兒曹，以家事付之①〔一〕

萬事雲煙忽過，百年蒲柳先衰②〔二〕。而今何事最相宜？宜醉宜遊宜睡〔三〕。　早趁催科了納，更量出入收支。乃翁依舊管些兒，管竹管山管水。

【校】

①題，四卷本丙集作「以家事付兒曹示之」，此從廣信書院本。　②「百年」，四卷本作「一身」。

【箋注】

〔一〕題，右詞在廣信書院本同調詞中排列最後，當爲嘉泰間所作。

〔二〕「萬事」二句，雲煙忽過，《東坡全集》卷三六《寶繪堂記》：「既而自笑曰：吾薄富貴而厚於書，輕死生而重畫，豈不顛倒錯繆，失其本心也哉？自是不復好。見可喜者，雖時復蓄之，然爲人取去，亦不復惜也。譬之煙雲之過眼，百鳥之感耳，豈不欣然接之？去而不復念也。」蒲柳先衰，《世説新語・言語》：「顧悦與簡文同年，而髮蚤白。簡文曰：『卿何以先白？』對曰：『蒲柳之姿，望秋而落；松柏之質，經霜彌茂。』」

〔三〕「宜醉」句，陳與義《菩薩蠻・荷花》詞：「南軒面對芙蓉浦，宜風宜月還宜雨。」

醜奴兒

和鉛山陳簿韻二首①〔一〕

鵝湖山下長亭路，明月臨關〔二〕。明月臨關，幾陣西風落葉乾？　新詞誰解裁冰雪，筆墨生寒。筆墨生寒，會説離愁千萬般。

【校】

①題，四卷本丁集作「和陳簿」，此從廣信書院本。

【箋注】

〔一〕題，鉛山陳簿，〔乾隆〕《鉛山縣志》卷五《秩官》載宋代鉛山縣主簿共四十二人，其中陳姓才四人，即陳世京、陳某（闕名）、陳仲謂、陳幬。前二人排名在前，當爲北宋人，陳仲謂字謇叔，閩縣人，紹興十八年進士，見《紹興十八年同年小録》。右詞之陳簿不可能是此人。右詞所和者或即陳幬。〔雍正〕《江西通志》卷六《南安府》載嘉定十三年知軍陳幬築城完工。〔雍正〕《湖廣通志》卷四五亦載陳幬寶慶中知永州。右詞爲送陳簿任滿而歸時所賦，賦詞之年亦不可考。廣信書院本《和陳簿二首》在同調詞中排列最後，故編置於稼軒晚年再出之前。

〔二〕「鵝湖」二句，鵝湖山下長亭路，〔嘉靖〕《鉛山縣志》卷四：「鵝湖驛，在北門大義橋外。」同書卷六：「大義橋，在城北，去縣治一百另十步，一名萬安橋，砌石礅九座，高十丈，横闊十丈，上爲屋五十三間。」按：自鵝湖驛至鵝湖山，驛路十里。明月臨關，王安石《贈長寧僧首》詩：「欲倩野雲朝送客，更邀江月夜臨關。」

又

年年索盡梅花笑〔一〕，疏影黄昏。疏影黄昏，香滿東風月一痕。　清詩冷落無人寄，雪豔冰魂〔二〕。雪豔冰魂，浮玉溪頭煙樹村〔三〕。

【箋注】

〔一〕索盡梅花笑，杜甫《舍弟觀赴藍田取妻子到江陵喜寄三首》詩：「巡簷索共梅花笑，冷蕊疏枝半不禁。」

〔二〕雪豔冰魂，蘇軾《再用前韻》詩：「羅浮山下梅花村，玉雪爲骨冰爲魂。」

〔三〕浮玉溪，指信江。

辛棄疾詞編年箋注卷一〇

按：本卷所收詞共二十二首。起嘉泰三年癸亥（一二〇三），迄開禧三年丁卯（一二〇七），起知紹興府至鉛山即世期間所賦。

浣溪沙

常山道中即事①〔一〕

北隴田高踏水頻，西溪禾早已嘗新〔二〕。隔牆沽酒煮纖鱗②。　忽有微涼何處雨？更無留影霎時雲。賣瓜人過竹邊村③。

【校】

①題，四卷本丙集「即事」二字闕，此從廣信書院本。　②「煮」，四卷本闕。　③「人」，四卷本作「聲」。

【箋注】

〔一〕題，常山，歐陽忞《輿地廣記》卷二三《兩浙路》下《衢州》：「常山縣，本信安縣地。唐咸亨五年置常山縣，屬婺州。垂拱二年來屬，乾元元年屬信州，後復故。有常山。」〔光緒〕《常山縣志》卷一四：「自西門至草萍四十里，與江右玉山界。舊砌以石，爲車御重建，並禁車運，人樂平坦焉。」按：常山爲信上東行必經之途，西接信州之玉山縣。《縣志》卷一二《驛鋪》載常山縣西路十五里爲舒家塘鋪，五里蔣蓮鋪，十里白石鋪。稼軒嘉泰三年以朝請大夫、集英殿修撰起知紹興府兼兩浙東路安撫使，見《寶慶會稽續志》卷二。赴任途中，即走常山道，其時正值夏初季節（稼軒以是年六月十一日到任），遂有右詞即事之作。

〔二〕「北隴」二句，踏水，以水車車水灌田。《渭南文集》卷四三《入蜀記》一載：「過合路，居人繁夥，賣鮓者尤衆。道旁多軍中牧馬。運河水泛溢，高於近村地至數尺，兩岸皆車出積水。婦人兒童竭作，亦或用牛。婦人足踏水車，手猶績麻不置。」已嘗新，張舜民《打麥》詩：「貴人薦廟已嘗新，酒醴雍容會所親。」

漢宮春　會稽蓬萊閣觀雨①〔一〕

秦望山頭，看亂雲急雨，倒立江湖〔二〕。不知雲者爲雨，雨者雲乎〔三〕？長空萬里，被西風變滅須臾〔四〕。回首聽月明天籟，人間萬竅號呼〔五〕。　誰向若耶溪上，倩美人西去，麋鹿姑蘇〔六〕？至今故國人望，一舸歸歟〔七〕！歲云暮矣，問何不鼓瑟吹竽〔八〕？君不見王亭謝館，冷煙寒樹啼烏〔九〕。

【校】

①題，廣信書院本之右詞，原題「會稽蓬萊閣懷古」，所寫却爲雨中會稽。而次首原題爲「會稽秋風亭觀雨」，而全詞並無觀雨之意境。因知兩詞題末二字，乃爲誤倒，因以意徑相與調換。另據姜夔和詞之題，右詞亦應作蓬萊閣，而非秋風亭。

【箋注】

〔一〕題，右詞爲嘉泰三年夏，在紹興府所賦。《輿地紀勝》卷一〇《兩浙東路・紹興府》：「蓬萊閣，在郡設廳後，取微之詩也，名公多題詠。」《嘉泰會稽志》卷一：「設廳之後曰蓬萊閣，元微之《州宅》詩云：『我是玉皇香案吏，謫居猶得住蓬萊。』蓬萊之名取此。」同書卷九：「卧龍山，府治據其東麓，隸山陰。……國朝康定初，范文正公撰《清白堂記》云：『會稽府署，據卧龍山之北足，上有蓬萊閣。』」《寶慶會稽續志》卷一：「蓬萊閣在設廳之後，卧龍之下，章楶作《蓬萊閣》詩序云：『不知誰氏創始。』按閣乃吴越錢鏐所建，楶偶不知爾。淳熙元年，其八世孫端禮重修，乃特揭於梁間。……又四十八年，汪綱復修，綱自記歲月於柱云：『蓬萊閣，登臨之勝，甲於天下。』」

〔二〕「秦望」三句，秦望山頭，《輿地紀勝》卷一〇《兩浙東路・紹興府》：「秦望山，在會稽東南四十里。《會地記》云：『在州城南，爲衆峰之傑，秦始皇登之以望東海。』《十道志》云：『秦始皇登秦望山，使李斯刻石，其碑尚乃存。』」《寶慶會稽續志》卷一又載：「州宅後枕卧龍而面直秦望，自錢鏐再建，壞而復修，不知其幾。」〔萬曆〕《紹興府志》卷四：「秦望山在府城南四十里宛委山南，高出羣山之表。……《水經注》：『秦望山在州正南，爲衆峰之傑。陟境便見，自平地以趣山頂七里。』」陳與義《喜雨》詩：「秦望山頭雲，昨日鸞鳳舉。冥冥萬里風，淅淅三更雨。」倒立江湖，《杜詩詳注》卷二四《朝獻太清宫賦》：「九天之雲下垂，四海之水皆立。」蘇軾《有美堂暴雨》詩：「遊人腳底一聲雷，滿座頑雲撥不開。天外黑風吹海立，浙東飛雨過江來。」李流謙《遺興》詩：「海波倒立風霆峻，未省鱣鯨竟陸沉。」《容齋四筆》卷二《有美堂詩》條：「東坡在杭州，作《有美堂會客》詩，頷聯云：『天外黑風吹海立，浙東飛雨過江來。』讀者疑海不能立。黄魯直曰：『蓋是爲老杜所誤。』因舉《三大禮賦・朝獻太清宫》云『九天之雲下垂，四海之水皆立』以告之。二者皆句語雄峻，前無古人。」

〔三〕「不知」二句，《莊子・天運》：「意者其有機緘而不得已邪？意者其運轉而不能自止邪？雲者爲雨乎？雨者爲雲乎？」

〔四〕「長空」二句，長空萬里，蘇軾《念奴嬌・中秋》詞：「憑高眺遠，見長空萬里，雲無留跡。」變滅須臾，《維摩詰所説經・方便品》：「諸仁者如此身，明智者所不怙。……是身如夢，爲虚妄見。是身如影，從業緣現。是身如響，屬諸因緣。是身如浮雲，須臾變滅。」

〔五〕「回首」二句，《莊子・齊物論》：「子綦曰：『偃不亦善乎？而問之也，今者吾喪我，汝知之乎？汝聞人籟而未聞地籟，汝聞地籟而未聞天籟夫！』子游曰：『敢問其方？』子綦曰：『夫大塊噫氣，其名爲風。是唯無作，作則萬竅怒號。』」

〔六〕「誰向」三句，若耶溪，《嘉泰會稽志》卷一〇《會稽縣》：「若耶溪在縣南二十五里。溪北流，與鏡湖合。……李白詩云：『若耶溪邊採蓮女，笑隔荷花共人語。』李公垂詩云：『傾國佳人妖豔遠，鑿山良冶鑄爐深。』自注云：『若耶溪，乃西子採蓮、歐冶鑄劍之所。』」美人謂西子。向，從也，到也。美人西去，麋鹿姑蘇，《吴越春秋》等書皆謂越王得苧蘿山美女西施，獻之吴王闔廬，吴王爲築姑蘇臺，朝夕遊宴其上。迨勾踐滅吴，范蠡復取西施，泛舟五湖而去。然西子隨范蠡遊五湖，不見《吴越春秋》、《越絶書》等記載。麋鹿姑蘇，《史記》卷一一八《淮南衡山列傳》：「王日夜與伍被、左吴等案輿地圖，部署兵所從入。王曰：『上無太子，宫車即晏駕，廷臣必徵膠東王，不即常山王，諸侯並争，吾可以無備乎？且吾高祖孫，親行仁義，陛下遇我厚，吾能忍之萬世之後？吾寧能北面臣事豎子乎？』王坐東宫，召伍被與謀，曰：『將軍上。』被悵然曰：『上寬赦大王，王復安得此亡國之語乎？臣聞子胥諫吴王，吴王不用，乃曰：臣今見麋鹿游姑蘇之臺也。今臣亦見宫中生荆棘，露霑衣也。』」

〔七〕「至今」二句，故國，《吴越春秋》卷五《勾踐歸國外傳》注：「《會稽志》：『苧蘿山在諸暨縣南五里。』《輿地志》：『諸暨縣苧蘿山，西施、鄭旦所居。』《十道志》：『勾踐索美女以獻吴王，得之諸暨苧蘿山賣薪女也。西施山下有浣紗石。』」一舸，杜牧《杜秋娘》詩：「西子下姑蘇，一舸逐鴟夷。」

〔八〕「歲云」二句，歲云暮矣，《詩·小雅·小明》：「昔我往矣，日月方除。曷云其還？歲聿云暮。」楊炯《盈川集》卷九《杜袁州墓志銘》：「猗歟令德，秀於閨房。歲云暮矣，池樹荒涼。」鼓瑟吹竽，《詩·唐風·山有樞》：「子有酒食，何不日鼓瑟？且以喜樂，且以永日。」《戰國策·齊策》一：「臨淄甚富而實，其民無不吹竽鼓瑟，擊筑彈琴，鬥雞走犬，六博蹹踘者。」

〔九〕「君不」二句，王亭謝館，東晉王謝多寓居會稽。王羲之曾宴集山陰蘭亭，謝安遊宴於會稽東山。《嘉泰會稽志》卷一〇《山陰縣》：「蘭渚，在縣西南二十五里。舊經云：『山陰縣西蘭渚有亭，王右軍所置曲水賦詩，作序於此。』《水經注》云：『蘭亭一曰蘭上里，太守王羲之、謝安兄弟數往造焉。王廙之移亭在水中。晉司空何無忌臨郡起亭於山椒，極高，盡眺亭宇。雖壞，基陛尚存。』《世説》以《蘭亭叙》爲《臨河序》，賦詩者二十六人，不能賦，罰酒者一十六人。」〔萬曆〕《紹興府志》卷一〇：「謝車騎宅，《水經注》：『浦陽江自嶀山東北徑太湖，車騎將軍謝玄田居所在。』右濱長江，左傍連山，平陵修通，澄湖遠鏡，於江曲起樓，悉是桐梓，森聳可愛。」又：「上虞始寧園在東山下，謝靈運所棲也。……有故宅及墅，遂修營別業，傍山帶江，盡幽居之美。」冷煙寒樹啼烏，牛希濟《臨江仙》詞：「峭碧參差十二峰，冷煙寒樹重重。」王初《送王秀才謁池州吴都督》詩：「晴郊別岸鄉魂斷，曉樹啼烏客夢殘。」

【附録】

姜夔堯章和詞

漢宫春　次韻稼軒蓬萊閣

一顧傾吴，苧蘿人不見，煙杳重湖。當時事如對奕，此亦天乎？大夫仙去，笑人間千古須臾。有倦客扁舟夜泛，猶疑水鳥相呼。　秦山對樓自緑，怕越王故壘，時下樵蘇。只今倚闌一笑，然則非歟？小叢

解唱，倩松風爲我吹竽。更坐待千巖月落，城頭眇眇啼烏。（《白石道人歌曲》）

又

會稽秋風亭懷古①〔一〕

亭上秋風，記去年嫋嫋，曾到吾廬〔二〕。山河舉目雖異，風景非殊〔三〕。功成者去，覺團扇便與人疏〔四〕。吹不斷斜陽依舊，茫茫禹跡都無〔五〕。千古茂陵猶在②，甚風流章句，解擬相如〔六〕？只今木落江冷，眇眇愁余〔七〕。故人書報：莫因循，忘却蓴鱸〔八〕。誰念我新涼燈火，一編《太史公書》〔九〕？

【校】

①題，「懷古」二字與上闋題目調换。據丘崈、張鎡和詞題序，知亦爲秋風亭而作也。②「陵」，《六十名家詞》本、文淵閣《四庫全書》本《稼軒詞》皆作「林」。此據廣信書院本。

【箋注】

〔一〕題，秋風亭，《寶慶會稽續志》卷一：「秋風亭，在觀風堂之側，其廢已久。嘉定十五年汪綱即舊址再建，綱自記於柱云：『秋風亭，辛稼軒曾賦詞，膾炙人口，今廢矣。余即舊基面東爲亭，復創數椽於後，以爲賓客往來館寓之地，當必有高人勝士如宋玉、張翰來游其間，遊目騁懷，幸爲我留，其毋遽起悲吟思歸之興云。』」按：據《嘉泰會稽志》卷一，觀風堂在郡守宅之東北。《續志》不載秋風亭創自何人，而〔雍正〕《浙江通志》卷四五直以爲汪綱建，誤。其題柱只云其即舊基復創此亭，未嘗自稱首創此亭。據張鎡和詞小序，知即稼軒嘉泰三年夏秋所創。右詞有「新涼燈火」語，知其時尚在秋初。

〔二〕「亭上」三句，《楚辭·九歌·湘夫人》：「帝子降兮北渚，目眇眇兮愁余。嫋嫋兮秋風，洞庭波兮木葉下。」吾廬，謂稼軒在鉛山之居室。

〔三〕「山河」二句，見本書卷一《水龍吟·登建康賞心亭》詞（楚天千里清秋闋）箋注。

〔四〕「功成」二句，功成者去，《戰國策·秦策》三：「蔡澤入，則揖應侯。應侯固不快，及見之，又倨，應侯因讓之曰：『子常宣言代我相秦，豈有此乎？』對曰：『然。』應侯曰：『請聞其說。』蔡澤曰：『吁，何君見之晚也？夫四時之序，成功者去。夫人生手足堅强，耳目聰明聖智，豈非士之所願與？……此四子者，成功而不去，禍至於此。此所謂信而不能詘，往而不能反者也。』」陶潛《詠二疏》詩：「大象轉四時，功成者自去。」團扇與人疏，見本書卷五《朝中措·九日小集時楊世長將赴南宫》詞（年年團扇怨秋風闋）箋注。

〔五〕「吹不」二句，吹不斷，李白《望廬山瀑布二首》詩：「海風吹不斷，江月照還空。」茫茫禹跡，《左傳·襄公四年》：「於《虞人之箴》曰：『芒芒禹跡，畫爲九州。』」按：紹興府會稽郡，爲《禹貢》揚州之域。《史記》卷二《夏本紀》：「或言禹會諸侯江南，計功而崩，因葬焉，命曰會稽。會稽者，會計也。」《集解》：「禹冢在山陰縣會稽山上。會稽山本名苗山，在縣南，去縣七里。《越傳》曰：『禹到大越，上苗山，大會計，爵有德，封有功，因而更名苗山曰會稽。』」

〔六〕「千古」三句，茂陵，漢武帝陵，代指其人。《太平御覽》卷五九一：「武帝幸河東祠后土，顧瞻中流，與羣臣宴飲。上歡甚，乃自作歌《秋風辭》云：『秋風起兮白雲飛，草木黄落兮雁南歸。蘭有秀兮菊有芳，懷佳人兮不能忘。泛樓船兮濟汾河，横中流兮揚素波。簫鼓鳴兮發櫂歌，歡樂極兮哀情多。少壯幾時兮奈老何？』」解擬相如，《漢書》卷八九上《揚雄傳》：「先是，蜀有司馬相如，作賦甚弘麗温雅，雄心壯之，每作賦，常擬之以爲式。」解擬，能擬也。

〔七〕「只今」二句，木落江冷，杜甫《秋興八首》詩：「魚龍寂寞秋江冷，故國平居有所思。」崔信明有「楓落江冷」句。眇眇愁余，見「亭上秋風」句注。

〔八〕「故人」三句，故人，當指鉛山友人。蓴鱸，見本書卷一《木蘭花慢·滁州送范倅》詞（老來情味減闋）箋注。

〔九〕「誰念」二句，新涼燈火，韓愈《符讀書城南》詩：「時秋積雨霽，新涼入郊墟。燈火稍可親，簡編可卷舒。」《太史公書》，即司馬遷所作《史記》。

【附録】

丘密宗卿和詞

漢宫春　和辛幼安秋風亭韻，癸亥中秋前二日

聞説瓢泉，占煙霏空翠，中著精廬。旁邊吹臺燕榭，人境清殊。猶疑未足，稱主人胸次恢疏。天自與相

攸佳處，除今禹會應無。　選勝卧龍東畔，望蓬萊對起，巖壑屏如。秋風夜涼弄笛，明月邀予。三英笑粲，更吴天不隔尊爐。新度曲銀鈎照眼，争看阿素工書。（《丘文定公詞》）

張鎡公甫和詞

漢宫春　稼軒帥浙東，作秋風亭成，以長短句寄余。欲和久之，偶霜晴，小樓登眺，因次來韻，代書奉酬

城畔芙蓉，愛吹晴映水，光照園廬。清霜乍凋岸柳，風景偏殊。登樓念遠，望越山青補林疏。人正在秋風亭上，高情遠解知無。　江南久無豪氣，看規恢意概，當代誰如？乾坤盡歸妙用，何處非予？　騎鯨浪海，更那須採菊思鱸？應會得文章事業，從來不在詩書。（《南湖集》卷一〇）

姜夔堯章和詞

漢宫春　次韻稼軒

雲曰歸歟，縱垂天曳曳，終反衡廬。揚州十年一夢，俛仰差殊。秦碑越殿，悔舊遊作計全疏。分付與高懷老尹，管絃絲竹寧無？　知公愛山入剡，若南尋李白，問訊何如？年年雁飛波上，愁亦關予。臨皋領客，向月邊攜酒攜爐。今但借秋風一榻，公歌我亦能書。（《白石道人歌曲》）

又　答李兼善提舉和章〔一〕

心似孤僧，更茂林修竹，山上精廬。維摩定自非病，誰遣文殊〔二〕？　白頭自昔①，歎相逢語

密情疏〔三〕。傾蓋處論心一語〔四〕，只今還有公無？　最喜陽春妙句，被西風吹墮，金玉鏗如〔五〕。夜來歸夢江上，父老歡予。荻花深處，喚兒童炊火烹鱸〔六〕。歸去也絶交何必，更修山巨源書〔七〕？

【校】

①「昔」，《六十名家詞》本作「惜」，此從廣信書院本。

【箋注】

〔一〕題，李兼善提舉，名浹，湖州德清人，孝宗朝參知政事李彥穎之子。《水心集》卷一九《太府少卿福建運判直寶謨閣李公墓志銘》：「少卿諱浹，字兼善，有夙成之度。少游太學，諸生畏其能。授承務郎，監淮西惠民局。復鎖廳試禮部，詞致瓌特，有司異之，曰：『執政子也。』嫌弗敢上。……自是不復求試。……監六部門、軍器監主簿、太府丞、大宗正丞。再知嚴州，不行。……改知徽州。尋提舉浙東常平。會稽督零税急，械繫滿府縣，值公攝帥，盡釋之。士民歌呼，叉手至額，曰：『真李參政兒也。』以兵部郎召。」按：李浹後遷太府少卿，除直寶謨閣福建運判，嘉定二年十一月卒，年五十八。又按：《寶慶會稽續志》卷二《浙東提舉》：「李浹，嘉泰三年十月初八日，以朝散大夫到任。嘉泰四年二月二十日，磨勘轉朝請大夫。當年六月二十六日，召赴行在。」稼軒於嘉泰三年十二月二十八日召赴行在，則在紹興府，與李浹共事不足二月。稼軒被召，浙東後帥林采於嘉泰四年四月到任，浙東闕帥期間，李浹暫代帥事，則「會稽督零稅」云云，乃稼軒在浙東帥任内事，蓋頗招致物議也。右詞和李浹所作，當在嘉泰三年冬。

〔二〕「維摩」二句，見本書卷五《江神子·聞蟬蛙戲作》詞（簟鋪湘竹帳籠紗闋）箋注。定自，有如若意。此二句似言，維摩果若無病，何必遣文殊問疾。

〔三〕「白頭」二句，白頭自昔，《史記》卷八三《魯仲連鄒陽列傳》：「諺曰：『有白頭如新，傾蓋如故。』何則？知與不知也。」謝薖《和董彦光立春日二首》詩：「交情自昔白頭新，富貴移人或望塵。」語密情疏，黄庭堅《山谷集》卷二七《跋東坡論畫》：「情見於物，雖近猶疏。神藏於形，雖遠則密。是以儀天步晷而修短可量，臨淵揆水而淺深可測。此論則如語密而意疏，不如東坡得之濠上也。」

〔四〕「傾蓋」句，傾蓋一語，《孔叢子》卷上：「子思曰：『然吾昔從夫子於郯，遇程子於塗，傾蓋而語，終日而别，命子路將束帛贈焉，以其道同於君子也。』」論心，見本書卷六《念奴嬌·三友同飲借赤壁韻》詞（論心論相闋）箋注。

〔五〕「最喜」三句，陽春妙句，《文選》卷四五宋玉《對楚王問》：「客有歌於郢中者，其始曰《下里》《巴人》，國中屬而和者數千人；其爲《陽阿》《薤露》，國中屬而和者數百人；其爲《陽春》《白雪》，國中屬而和者不過數十人。引商刻羽，雜以流徵，國中屬而和者不過數人而已。是其曲彌高，其和彌寡。」金玉鏗如，韓愈《會合聯句》：「堅如撞羣金，眇若抽獨蛹。」一本堅作鏗。

〔六〕炊火烹鱸，鄭谷《淮上漁者》詩：「一尺鱸魚新釣得，兒孫吹火荻花中。」

〔七〕「歸去」二句，《六臣注文選》卷四三於嵇康《與山巨源絶交書》題下注：「山濤爲選曹郎，舉康自代，康答書拒絶，因自説不堪流俗而非薄湯武，大將軍聞而惡焉。……山濤爲吏部郎，欲舉康自代，康怨不知己，故作此書，自言不堪流俗而非湯武，大將軍聞而惡焉。」

又

答吴子似總幹和章〔一〕

達則青雲，便玉堂金馬〔二〕，窮則茅廬。逍遥小大自適，鵬鷃何殊〔三〕？君如星斗，燦中天密密疏疏〔四〕。荒草外自憐螢火，清光暫有還無。

千古季鷹猶在，向松江道我，問訊何如〔五〕？白頭愛山下去，翁定嗔予：人生謾爾，豈食魚必鱠之鱸〔六〕？還自笑君詩頓覺①，胸中萬卷藏書〔七〕。

【校】

①「頓」，《六十名家詞》本、文淵閣《四庫全書》本《稼軒詞》俱作「頻」。此從廣信書院本。按頓覺，唐宋人常用語。

【箋注】

〔一〕題，吴子似總幹，即稼軒慶元間寓居瓢泉之鉛山縣尉吴紹古。總幹，即總領所幹辦公事官。〔正德〕《饒州府志》卷四《安仁縣》：「吴紹古字子嗣，陸象山九淵門人，官承直郎，茶鹽幹官。」江東路有提舉茶鹽司，治所在池州，而右詞題謂總領所，未知孰是。右詞與前詞所賦時間或相同。

〔二〕玉堂金馬，見本書卷三《水調歌頭·和信守鄭舜舉蔗庵韻》詞（萬事到白髮）箋注。

〔三〕「逍遥」二句，《莊子·逍遥遊》：「窮髮之北，有冥海者，天池也。有魚焉，其廣數千里，未有知其修者，其名爲鯤。有鳥焉，其名爲鵬。背若泰山，翼若垂天之雲，摶扶摇羊角而上者九萬里，絶雲氣，負青天，然後圖南，且適南冥也。斥鷃笑之曰：『彼且奚適也？我騰躍而上，不過數仞而下，翱翔蓬蒿之間，此亦飛之至也，而彼且奚適也？』此小大之辨也。」郭象於《逍遥遊》篇下注：「夫小大雖殊，而放於自得之場，則物任其性，事稱其能，各當其分，逍遥一也，豈容勝負於其間哉？」又於此段之後注：「今言小大之辨，各有自然之素，既非跂慕之所及，亦各安其天性，不悲所以異，故再出之髮猶毛也。」

〔四〕「君如」二句，如星斗，强至《祠部集》卷二四《代回吕縉叔舍人啓》：「導宣上心，粲如星斗之揭；鼓動羣聽，嚴若雷霆之馳。」燦中天密密疏疏，《文苑英華》卷五李程《日五色賦》：「仰瑞景兮燦中天，和德輝兮光萬有。」黄庭堅《詠雪奉呈廣平公》詩：「夜聽疏疏還密密，曉看整整復斜斜。」

〔五〕「千古」三句，季鷹，張翰。張翰見秋風起，思吴中菰菜、蓴羹、鱸魚膾，遂命駕歸，見本書卷一《木蘭花慢·滁州送范倅》詞（老來情味減闋）箋注。問訊何如，杜甫《送孔巢父謝病歸游江東兼呈李白》詩：「南尋禹穴見李白，道甫問訊今何如。」

〔六〕「人生」二句，人生謾爾，隨意過此一生。謾爾，隨便也。食魚必鱠之鱸，《詩·陳風·衡門》：

「豈其食魚，必河之魴？豈其取妻，必齊之姜？豈其食魚，必河之鯉？豈其取妻，必宋之子？」

〔七〕胸中萬卷書，蘇轍《次韻吴興李行中秀才見寄并求醉眠亭》詩：「是非一醉了無餘，惟有胸中萬卷書。」秦觀《滿庭芳·茶》詞：「搜攬胸中萬卷，還傾動三峽詞源。」

上西平　會稽秋風亭觀雪〔一〕

九衢中，杯逐馬，帶隨車〔二〕。問誰解愛惜瓊華？何如竹外，静聽窣窣蟹行沙〔三〕。自憐是，海山頭種玉人家〔四〕。　紛如鬥，嬌如舞；纔整整，又斜斜〔五〕。要圖畫還我漁蓑〔六〕。凍吟應笑，羔兒無分謾煎茶〔七〕。起來極目，向彌茫數盡歸鴉〔八〕。

【箋注】

〔一〕題，右詞亦當作於嘉泰三年冬。

〔二〕「九衢」三句，九衢中，姚合《送馬戴下第客遊》詩：「昨來送君處，亦是九衢中。」杯逐馬，帶隨車，韓愈《詠雪贈張籍》詩：「隨車翻縞帶，逐馬散銀杯。」

〔三〕蟹行沙，趙與虤《娱書堂詩話》：「四明高端叔博學能詩，鄉里推重。嘗有《雨》詩一聯云：『灑窗蠶食葉，入竹蟹行沙。』人稱其工。又有對云：『人間桂子月中種，水底梅花堤上枝。』坎壈不仕，樓攻媿挽之云：『弟子皆藍綬，先生竟白袍。』」據樓鑰挽詩云云，知高端叔與稼軒同時而時代稍早。

〔四〕種玉人家，干寶《搜神記》卷一一：「楊公伯雍，洛陽縣人也。本以儈賣爲業，性篤孝，父母亡葬無終山，遂家焉。山高八十里，上無水，公汲水作義漿於坂頭，行者皆飲之。三年，有一人就飲，以一斗石子與之，使至高平好地有石處種之，云：『玉當生其中。』楊公未娶，又語云：『汝後當得好婦。』語畢不見，乃種其石。數歲，時時往視，見玉子生石上，人莫知也。有徐氏者，右北平著姓，女甚有行，時人求多不許，公乃試求徐氏，徐氏笑以爲狂，因戲云：『得白璧一雙來，當聽爲婚。』公至所種玉田中，得白璧五雙以聘，徐氏大驚，遂以女妻公。」

〔五〕「紛如」四句，鬥，競也。整整斜斜，黄庭堅《詠雪奉呈廣平公》詩：「夜聽疏疏還密密，曉看整整復斜斜。」

〔六〕「要圖」句，鄭谷《雪中偶題》詩：「江上晚來堪畫處，漁人披得一蓑歸。」蘇軾《謝人見和前篇二首》詩：「漁蓑句好應須畫，柳絮才高不道鹽。」

〔七〕「凍吟」二句，凍吟，孟郊《苦寒吟》：「調苦竟何言，凍吟成此章。」蘇軾《江上值雪效歐陽體限不以鹽玉鶴鷺絮蝶飛舞之類爲比仍不使皓白潔素等字》詩：「凍吟書生筆欲折，夜織貧女寒無幃。」「羔兒」句，見本書卷三《鷓鴣天·用前韻和趙文鼎提舉賦雪》詞（莫上扁舟訪剡溪闋）箋注。

〔八〕數盡歸鴉，見本書卷八《玉蝴蝶·杜仲高書來戒酒用韻》詞（貴賤偶然渾似闋）箋注。

滿江紅〔一〕

紫陌飛塵，望十里雕鞍繡轂〔二〕。春未老已驚臺榭，瘦紅肥緑〔三〕。睡雨海棠猶倚醉，舞風楊柳難成曲〔四〕。問流鶯能説故園無〔五〕？曾相熟。　巖泉上，飛鳧浴。巢林下，棲禽宿。恨荼蘼開晚，謾翻紅玉①〔六〕。蓮社豈堪談昨夢，蘭亭何處尋遺墨〔七〕？但羈懷空自倚鞦韆，無心蹴。

【校】

①「紅」，廣信書院本原作「船」，此據王詔校刊本、《六十名家詞》本、四印齋本改。

【箋注】

〔一〕題，此詞無題。據詞中諸語，知爲嘉泰四年春間在臨安奉朝請時所作。

〔二〕「紫陌」二句，紫陌飛塵，劉禹錫《戲贈看花諸君子》詩：「紫陌紅塵拂面來，無人不道看花回。」按：《資治通鑑》卷一五九：「東魏丞相歡入朝於鄴，百姓迎於紫陌。」注引《鄴都記》：「紫陌在鄴城西北五里。」李白《南都行》：「高樓對紫陌，甲第連青山。」賈至《早朝大明宫呈兩省寮友》詩：「銀燭朝天紫陌長，禁城春色曉蒼蒼。」唐人蓋用指都城街路。雕鞍繡轂，劉攽《燈夕都下》詩：「繡轂雕鞍驅不顧，丹臺絳闕到無因。」秦觀《水龍吟·贈妓婁東玉》詞：「小樓連苑横空，下窺繡轂雕鞍驟。」

〔三〕瘦紅肥緑，李清照《如夢令》詞：「昨夜雨疏風驟，濃睡不消殘酒。試問卷簾人，却道海棠依舊。知否？知否？應是緑肥紅瘦。」

〔四〕「睡雨」二句，海棠倚醉，《冷齋夜話》卷一《詩出本處》條：「東坡作《海棠》詩曰：『只恐夜深花睡去，高燒銀燭照紅妝。』事見《太真外傳》，曰：『上皇登沉香亭，詔太真妃子。妃子時卯醉未醒，命力士從侍兒扶掖而至。妃子醉顔殘妝，鬢亂釵横，不能再拜。上皇笑曰：豈是妃子醉，真海棠睡未足耳。』」楊柳曲，《折楊柳》原爲鼓吹胡樂，魏晉以來舊曲，見《古今注》中。《楊柳枝》，唐曲，見《雲溪友議》卷下。

〔五〕説故園，故園當指鉛山之園，應即下文巖泉、飛鳧等景物者。

〔六〕「恨荼」二句，荼蘼開晚，蘇軾《杜沂遊武昌以酴醿花菩薩泉見餉二首》詩：「酴醿不争春，寂寞開最晚。」謾翻紅玉，謂且將荼蘼作紅玉翻覆看。謾，權且。

〔七〕「蓮社」二句，蓮社昨夢，謂往日鉛山之閑居生涯。蓮社可見本書卷三《鷓鴣天·用前韻和趙文鼎提舉賦雪》詞（莫上扁舟訪剡溪閿）箋注。蘭亭尋遺墨，借言前此在會稽。王羲之與諸友上巳日宴集於山陰蘭亭，且作《蘭亭序》，有書跡傳世。

生查子〔一〕

梅子褪花時，直與黄梅接〔二〕。煙雨幾曾開？一春江裹活〔三〕。　富貴使人忙，也有閑時節。莫作路邊花，長教人看殺〔四〕。

【箋注】

〔一〕題，右詞無題。據詞中各句，知爲稼軒嘉泰四年知鎮江府之初所作。《嘉定鎮江志》卷一五《宋太守》條：「辛棄疾，朝議大夫、寶謨閣待制，嘉泰四年三月到。」

〔二〕「梅子」二句，陳元靚《歲時廣記》卷二《黄梅雨》：「《風土記》：『夏至雨名黄梅雨，霑衣服皆敗黦。』」《月令輯要》卷一〇《發黄梅》：「《增風土記》：『夏至前、芒種後雨爲黄梅雨。田家初插秧，謂之發黄梅。』」《老學庵筆記》卷六：「杜子美《梅雨》詩云：『南京犀浦道，四月熟黄梅。湛湛長江去，冥冥細雨來。茅茨疏易濕，雲霧密難開。竟日蛟龍喜，盤渦與岸回。』蓋成都所賦也。今成都乃未嘗有梅雨，惟秋半積陰，氣令蒸溽，與吴中梅雨時相類耳，豈古今地氣有不同耶？」

〔三〕「煙雨」二句，煙雨開，郭祥正《天竺峰》詩：「占盡湖山秀，最宜煙雨開。」一春江裏活，李賀《秦宫詩》：「皇天厄運猶曾裂，秦宫一生花底活。」陸游亦有《泛舟觀桃花》詩：「鄰曲一生花裏活，村翁疑是古遺民。」《秋雨頓寒偶書》詩：「自歎一生書裏活，莫年無力濟黎元。」與稼軒此詞，皆仿李賀句。

〔四〕「莫作」二句，路邊花，蔣吉《樵翁詩》：「獨入深山信腳行，慣當貙虎不曾驚。路旁花發無心看，惟見枯枝刮眼明。」人看殺，《世説新語·容止》：「衛玠從豫章至下都，人久聞其名，觀者如堵牆。玠先有羸疾，體不堪勞，遂成病而死。時人謂看殺衛玠。」注引《玠别傳》：「玠在羣伍之中，實有異人之望。齠齔時，乘白羊車於洛陽，市上咸曰：『誰家璧人？』於是家門州黨號爲璧人。」

又

題京口郡治塵表亭〔一〕

悠悠萬世功，矻矻當年苦〔二〕。魚自入深淵，人自居平土〔三〕。紅日又西沉，白浪長東去〔四〕。不是望金山，我自思量禹〔五〕。

【箋注】

〔一〕題，京口郡治，在北固山前峰。〔道光〕《京口山水志》卷一引《嘉定鎮江志》云：「北固山即今府治與甘露寺是。」（按：此所引見《嘉定鎮江志》卷六。）又謂：「蓋是山有三峰，前立郡治，後建甘露寺，中有玄武殿。」塵表亭，〔乾隆〕《鎮江府志》卷一六《府署》：「塵表亭在丹陽樓之北，舊曰娑羅亭，元祐中郡守林希於廣陵得娑羅二十本，植亭下，故名。後陳居仁易名曰塵表。舊亦謂之丹陽樓。」〔光緒〕《北固山志》卷二：「郡守宅在正峰腰，二堂後臺上，最後達頂。丹陽樓在浙西道院西，壬申守王循友建，淳祐己酉李迪重立。塵表亭，舊名婆羅，元祐中守林希於廣陵得婆羅三十本，植亭下。後陳居仁易名，在樓北隅。沈存中《丹陽樓》詩指此。」所載與之同，惟「娑羅」作「婆羅」。《府志》所記與《輿地紀勝·兩浙西路·鎮江府》之娑羅亭合。查范成大《吴船録》卷上謂「娑羅者，其木華如海桐，又似楊梅花，紅白色，春夏間開」，知作婆羅者亦誤。《北固山志》又載塵表亭之位置則曰：「舊有藏密、敬簡二堂，在宅堂内。旁有衛公閣、丹陽樓、塵表亭、壺中亭、梁香亭、晚山亭(後改爲書樓)、望海樓。」又按:陳居仁知鎮江府,據《嘉定鎮江志》卷一五,蓋以通奉大夫焕章閣待制,於紹熙五年十月到任,慶元二年五月改知福州。其字安行,福建興化軍人,本書卷六《西江月》詞(風月亭危致爽閣)題及箋注皆已及之。右詞亦應爲嘉泰四年所作,以詞中所反映之戰勝敵人、建立豐功偉業之强烈願望,與明年即開禧元年壯圖受挫頗有不同故也。

〔二〕「悠悠」二句,萬世功,此與前半闋後二句皆指夏禹平治水土事。《史記》卷五三《蕭相國世家》:「陛下雖數亡山東,蕭何常全關中,以待陛下,此萬世之功也。今雖亡曹參等百數,何缺於漢?漢得之,不必待以全,柰何欲以一旦之功,而加萬世之功哉?」矻矻,勞極貌。《漢書》卷六四下《王褒傳》:「工人之用鈍器也,勞筋苦骨,終日矻矻。」

〔三〕「魚自」二句,《孟子·滕文公》下:「當堯之時,水逆行,氾濫於中國。蛇龍居之,民無所定。……使禹治之,禹掘地而注之海,驅蛇龍而放之菹,水由地中行,江淮河漢是也。險阻既遠,鳥獸之害人者消,然後人得平土而居之。」《吴越春秋》卷四《越王無余外傳》:「萬民不附商均,追就禹之所,狀若驚鳥揚天,駭魚入淵。」

〔四〕「紅日」二句,紅日又西沉,陳子昂《登薊丘樓送賈兵曹入都》詩:「擊劍起歎息,白日忽西沉。」孫光憲《菩薩蠻》詞:「紅日欲沉西,煙中遥解觿。」秦觀《浣溪沙》詞:「枕上夢魂飛不去,覺來紅日又西斜。」白浪,孟浩然《揚子津望京口》詩:「北固臨京口,夷山近海濱。江風白浪起,愁殺渡頭人。」

〔五〕望金山，《輿地紀勝》卷七《兩浙西路・鎮江府》：「金山在江中，去城七里。舊名浮玉，唐李錡鎮潤州，表名金山，因裴頭佗開山得金，故名。」宋人多望金山之詩文。王安石《與寶覺宿龍華院三絶句》詩：「憶我小詩成悵望，金山只隔數重山。」劉炎《邇言》卷一二《志見》：「渡大江，望金山，緇衣環其上，恍然非凡致也。將纜舟而覽焉，風利不得泊。」按：《邇言》之作，書前有「宋嘉泰甲子正月朔日，括蒼劉炎子宣自序」。

南鄉子

登京口北固亭有懷〔一〕

何處望神州？滿眼風光北固樓〔二〕。千古興亡多少事？悠悠，不盡長江滚滚流〔三〕。
年少萬兜鍪，坐斷東南戰未休〔四〕。天下英雄誰敵手？曹劉。生子當如孫仲謀〔五〕。

【箋注】

〔一〕題，鎮江府北固樓在北固山上。〔道光〕《京口山水志》卷一：「北固山在城北一里。……一名北顧。《南史・梁宗室臨川王正義傳》：『武帝幸朱方，正義修廨宇以待輿駕。初，京城之西有别嶺入江，高數十丈，三面臨水，號曰北固。蔡謨起樓其中，以置軍實。是後崩壞，猶有小亭，登降甚狹。及上升之，下輦步進，正義乃廣其路，旁施欄楯，翌日，上幸，遂通小輿。上悦，登望久之，敕曰：此嶺不足須固守，然京口實乃壯觀。乃改曰北顧。』一名土山。」又引《嘉定鎮江志》：「北固山即今府治與甘露寺是，蓋山有三峰，前立郡治，後建甘露寺，中有玄武殿。……北固樓，或名爲亭，在山上。乾道己丑，守臣陳天麟重建，有記。嘉定甲戌，待制史彌堅命郡吏搜訪得之，碑裂爲三而失其一，然尚可讀也。記曰：『北固京口……上至梁，樓壞爲亭。武帝登望，……百餘年所謂亭者，邈不知何許。……於圖經。耆舊云：甘露即其地。其然……載别嶺入江，高數十丈，三面臨水，號曰北固。予觀京口諸山，起伏繚繞，出入府城，率如瓜蔓斿綴，今甘露最近江，屹立西鄉，而山南北……田，蓋昔江道也，與《南史》所云合矣。予於連滄觀之西爲亭面之，而復其舊，則甘露之爲北固，其亦安之而不辭矣。夫六朝之所以名山，蓋自固耳。其君臣厭厭若九泉下人，寧復有遠略？兹地控楚負吴，襟山帶江，登高北望，使人有焚龍庭空漠北之志。神州陸沉殆五十年，豈無忠義之士奮然自拔，爲朝廷快宿憤、報不共戴天之讎，而乃甘心恃江爲固乎？則予是亭之復，不特爲登覽也。』舊亭在郡圃，後紹熙壬子，殿撰趙彦逾徙亭於山，西向，規制狹小，至嘉泰壬戌，閣學黄由增廣之。」按：以上引文，今本《嘉定鎮江志》卷六多已殘缺，故徵引於此。己丑爲乾道五年，據《北固山志》，陳天麟乾道四年以敷文閣待制知鎮江府。壬戌則爲嘉泰二年。右詞亦嘉泰四年到鎮江守臣任上所賦，上距黄由增廣北固亭，爲時僅二年也。有懷者，懷斯亭之創建及前後修復之人也。

〔二〕「何處」二句，望神州，朱槔《感事》詩：「山川非晉土，悲泣效楚囚。一語强自慰，凄迷望神州。」滿眼風光，王銍《别張自彊燕子》詩：「都門别恨終難寫，滿眼風光思不堪。」陸游《小飲趙園》詩：「滿眼風光索彈壓，酒杯須似蜀江寬。」

〔三〕「千古」三句，千古興亡，楊傑《清軒》詩：「千古興亡無問處，好風惟共月明來。」不盡長江滾滾流，杜甫《登高》詩：「無邊落木蕭蕭下，不盡長江滾滾來。」蘇軾《次韻前篇》詩：「長江滾滾空自流，白髮紛紛寧少借！」

〔四〕「年少」二句，萬兜鍪，《左傳・僖公二十二年》：「八月丁未，公及邾師戰於升陘，我師敗績，邾人獲公胄，縣諸魚門。」注：「胄，兜鍪。」《疏》謂「兜鍪，首鎧也」。按：此蓋自詡少年時坐擁萬軍之英姿。坐斷東南，《後漢書》卷五二《杜茂傳》：「十五年，坐斷兵馬廩縑。」注：「斷，猶割截也。」右詞之坐斷，當即割據之意。《三國志・吴書》卷四《劉繇傳》有「坐斷三郡，委輸以自入」語，亦此意也。戰未休，王昌齡《箜篌引》：「將軍鐵驄汗血流，深入匈奴戰未休。」

〔五〕「天下」三句，《三國志・蜀書》卷二《先主傳》：「從曹公還許，表先主爲左將軍，禮之愈重。……是時，曹公從容謂先主曰：『今天下英雄，惟使君與操耳，本初之徒，不足數也。』」同書《吴書》卷二《孫權傳》：「十八年正月，曹公攻濡須，權與相拒月餘。曹公望權軍，歎其齊肅，乃退。」注引《吴曆》：「曹公出濡須，作油船夜渡洲上。權以水軍圍，取得三千餘人，其没溺者亦數千人。權數挑戰，公堅守不出。權乃自來，乘輕船從濡須口入，公軍諸將皆以爲是挑戰者，欲擊之。公曰：『此必孫權，欲身見吾軍部伍也。』……公見舟船器仗軍伍整肅，喟然歎曰：『生子當如孫仲謀，劉景升兒子，若豚犬耳。』」

瑞鷓鴣　京口有懷山中故人〔一〕

暮年不賦短長詞，和得淵明數首詩〔二〕。君自不歸歸甚易，今猶未足足何時〔三〕？　偷閑定向山中老，此意須教鶴輩知。聞道只今秋水上，故人曾榜《北山移》〔四〕。

【箋注】

〔一〕題，右詞與同調以下二首詞皆應作於嘉泰四年秋間，可參本卷同調《京口病中起登連滄觀偶成》詞（聲名少日畏人知闋）箋注。山中故人，謂鉛山親舊好友。

〔二〕「暮年」二句，稼軒謂其晚年甚少賦詞，僅和淵明數詩而已。然蘇軾盡和陶詩，效顰者亦不乏人。稼軒詩集中，雖多欽慕淵明之作，而和章則尚未一見。

〔三〕「君自」二句，君自不歸歸甚易，崔塗《春夕旅懷》詩：「自是不歸歸便得，五湖煙景有誰爭。」王安石《送吴顯道五首》詩：「眼中了了見鄉國，自是不歸歸便得。」《招元度》詩：「自是不歸歸便得，陸乘肩輿水乘舟。」蘇軾《和子由與顔長道同遊百步洪相地築亭種柳》詩：「劍關大道車方軌，君自不去歸何難。山中故人應大笑，築室種柳何時還。」未足足何時，見本書卷八《滿江紅·山居即事》詞（幾箇輕鷗闋）箋注。

〔四〕「偷閑」四句，山中老，郭祥正《送楊主簿次公》詩：「聞説名山心即飛，一生願向山中老。」鶴輩，南齊周彦倫隱於鍾山，後應詔出爲海鹽縣令，欲過鍾山，孔稚珪乃假山靈之意移之，使不許得至，故云《北山移文》。見《文選》卷四三《北山移文》題下注。《北山移文》中有「至於還飈入幕，寫霧出楹。蕙帳空兮夜鶴怨，山人去兮曉猿驚」諸語，此即猿鶴之輩也。秋水，指稼軒期思所居秋水觀、秋水堂。此蓋已決歸山之策，故先告知猿鶴輩，勿令再有驚怨也。

【附録】

韓淲仲止和詞

瑞鷓鴣　辛鎮江有長短句，因韻偶成，愧非禹步爾

南蘭陵郡《鷓鴣》詞，底用登臨更賦詩？貴不能淫非一日，老當益壯未多時。　人間天上風雲會，眼底眉前歲月知。只有海門橫北固，宦情隨牒想推移。（《澗泉詩餘》）

又

京口病中起登連滄觀，偶成〔一〕

聲名少日畏人知，老去行藏與願違〔二〕。山草舊曾呼遠志①，故人今又寄當歸②〔三〕。　何人可覓安心法？有客來觀杜德機〔四〕。却笑使君那得似，清江萬頃白鷗飛！

【校】

①「山」，《六十名家詞》本作「小」，此從廣信書院本。　②「又」，王詔校刊本、《六十名家詞》本、四印齋本作「有」。

【箋注】

〔一〕題，稼軒守京口，多病，見岳珂《桯史》卷三《稼軒論詞》條：「辛稼軒守南徐，已多病謝客。予來筮仕委吏，實隸總所，例於州家殊參辰，旦望贄謁刺而已。余時以乙丑南宫試，歲前蒞事僅兩旬，即謁告去。稼軒偶讀余《通名啓》而喜，又頗階父兄舊，特與其潔。余試既不利，歸官下，時一招去。」乙丑爲開禧元年。岳珂既於嘉泰四年十二月赴行在禮部試，明年春還官下，知稼軒在京口多病，蓋嘉泰四年秋冬間事。開禧元年爲禮部考試之年。連滄觀，《輿地紀勝》卷七《兩浙西路·鎮江府》：「連滄觀，在府治，乃一郡之勝絶處也。」《京口三山志選補》卷一四：「連滄觀在燕寢後山絶頂，舊曰望海樓，郡守胡世將易樓爲觀。王存觀焦山，愛而賦詠，有『連山擁滄江』之句，故名。」

〔二〕「聲名」二句，聲名少日，王庭珪《江虞仲生日》詩：「却來人間知幾載，少日聲名震寰海。」老去行藏與願違，李彌遜《山遊遇雨》詩：「老去行藏甘一壑，不須重廣畔牢愁。」嵇康《幽憤》詩：「事與願違，遘兹淹留。」王安石《次韻酬王太祝》詩：「塵上波瀾不自期，飄然身與願相違。」

〔三〕「山草」二句，山草舊曾呼遠志，山草即小草，又名遠志，見本書卷九《洞仙歌·趙晉臣和李能伯韻屬余同和》詞（舊交貧賤閼）箋注。寄當歸，《三國志·吴書》卷四《太史慈傳》：「慈長七尺七寸，美鬚髯，猨臂善射，弦不虚發。……曹公聞其名，遺慈書，以篋封之。發省，無所道，而但貯當歸。」蘇軾《寄劉孝叔》詩：「故人屢寄山中信，只有當歸無别語。」顧炎武《日知録》卷一三《辛幼安》條：「辛幼安詞：『小草舊曾呼遠志，故人今有寄當歸。』此非用姜伯約事也。《吴志》太史慈，東萊黄人也。後立功於孫策。曹公聞其名，遺慈書，以篋封之，發省，無所道，但貯當歸。幼安久宦南朝，未得大用，晚年多有淪落之感，亦廉頗思用趙人之意爾。觀其與陳同甫酒後之言，不可知其心事哉？」按：所謂姜伯約事，亦見《三國志・蜀書》卷一四《姜維傳》，注引孫盛《雜記》：「初，姜維詣亮，與母相失。復得母書，令求當歸。維曰：『良田百頃，不在一畝。但有遠志，不在當歸也。』」稼軒此詞用當歸故事，意僅在做官與退歸之間，與不共戴天之讎金國毫無關係。顧炎武所論的確甚誤。辛啓泰《稼軒詞抄存》卷後論及《日知録》此條所釋稼軒詞時，嘗有跋文論及：「公詞中『故人今有寄當歸』句，與蘇長公『山中故人應有招我歸來篇』句，意正相同。當歸故事，特泛用以對遠志，非指金言也。顧亭林以爲有廉頗思用趙人之意，而引稗説以證之，謬矣。公此詞作於知鎮江府時，年已六十餘，其仕宋亦幾四五十年，所不獲大用者，徒以不能事時宰相韓侂胄耳。初，公以《周易》筮，得離，爲南方，志遂以定，金固非嘗試之國也。其時金宰相亦未必不如韓侂胄也。以暮齒而違筮言，以直道而思他適，以舊人而切新圖，雖庸夫且知其不可，況公常與晦庵、同父諸賢道德仁義相切劘乎？余既斥稗説，因讀《日知録》，遂並書其後。」

〔四〕「何人」二句，覓安心法，《景德傳燈録》卷三《第二十八祖菩提達磨》：「師遂因與易名，曰慧可。光曰：『諸佛法印可得聞乎？』師曰：『諸佛法印，匪從人得。』光曰：『我心未寧，乞師與安。』師曰：『與汝安。』曰：『覓心了不可得。』師曰：『我與汝安心竟。』」蘇軾《和子由寄題孔平仲草庵次韻》詩：「逢人欲覓安心法，到處先爲問道庵。」觀杜德機，《莊子・應帝王》：「鄭有神巫曰季咸，知人之死生存亡，禍福壽夭，期以歲月旬日，若神。鄭人見之，皆棄而走。列子見之而心醉，歸以告壺子曰：『始吾以夫子之道爲至矣，則又有至焉者矣。』……明日，列子與之見壺子，出而謂列子曰：『嘻，子之先生死矣，弗活矣，不以旬數矣。吾見怪焉，見濕灰焉。』列子入，泣涕沾襟，以告壺子。壺子曰：『鄉吾示之以地文，萌乎不震不正，是殆見吾杜德機也。』」郭象注：「德機不發曰杜德，杜德機，塞吾德之機。」

又

膠膠擾擾幾時休〔一〕？一出山來不自由。秋水觀中山月夜①，停雲堂下菊花秋。　隨緣道理應須會〔二〕，過分功名莫强求。先去聲。自一身愁不了，那堪愁上更添愁②〔三〕？

【校】

①「山」，《花草稡編》卷一一、《六十名家詞》本作「秋」，此從廣信書院本。　②「更」，《花草稡編》作「又」。

【箋注】

〔一〕「膠膠」句，膠膠擾擾，見本書卷九《卜算子·用韻答趙晉臣敷文》詞（百郡怯登車闋）箋注。王安石《芙蓉堂二首》詩：「乞得膠膠擾擾身，五湖煙水替風塵。」

〔二〕「隨緣」句，《景德傳燈録》卷三〇《菩提達磨辯大乘入道四行》（弟子曇琳序）：「夫入道多途，要而言之，不出三種。一是理入，二是行入。……行入者，謂四行，其餘諸行悉入此中。何等四邪？一報冤行，二隨緣行，三無所求行，四稱法之行。……隨緣行者，衆生無我，並緣業所轉子，苦樂齊受，皆從緣生。若得勝報榮譽等事，是我過去宿因所感，今方得之，緣盡還無，何喜之有？得失從緣，心無增減，喜風不動，冥順於道，是故説言隨緣行。」

〔三〕「先自」二句，李綱《山月驛聞子規次韻》詩：「春枕夢回孤館悄，世故縈心愁不了。」先自，本自。杜甫《陪王使君晦日泛江就黄家亭子二首》詩：「非君愛人客，晦日更添愁。」

永遇樂

京口北固亭懷古〔一〕

千古江山，英雄無覓，孫仲謀處〔二〕。舞榭歌臺，風流總被，雨打風吹去〔三〕。斜陽草樹，尋常巷陌，人道寄奴曾住①〔四〕。想當年金戈鐵馬，氣吞萬里如虎〔五〕。元嘉草草，封狼居胥，贏得倉皇北顧〔六〕。四十三年，望中猶記，烽火揚州路〔七〕。可堪回首？佛貍祠下，一片神鴉社鼓〔八〕。憑誰問廉頗老矣，尚能飯否〔九〕？

【校】

①「寄奴」，文淵閣《四庫全書》本《稼軒詞》作「宋公」，此從廣信書院本。

【箋注】

〔一〕題，據下片「四十三年」諸語，知右詞作於開禧元年。詞中又有「神鴉社鼓」語，知作右詞時適逢社日。而稼軒於此年六月與祠，不及在鎮江過秋社，則右詞當作於是年二月春社期間。蓋開禧元年正月八日立春，見《宋會要輯稿·運曆》二之三二。春社爲立春後第五個戊日，知即是年二月二十日戊戌之後數日，爲稼軒賦此詞之時。題謂之「懷古」，詞即由懷念在京口開創王業之孫權、劉裕而起興也。

〔二〕「千古」三句，《輿地紀勝》卷七《兩浙西路·鎮江府》：「東漢末年，吴王孫權，初鎮丹徒，謂之京城，今州是也。後遷建業，於此置京口鎮。」《讀史方輿紀要》卷二五《鎮江府》：「漢建安十三年，孫權自吴徙治丹徒，號曰京城。十六年遷建業，復於此置京督。……蓋丹徒城憑山臨江，故有京口之名。」漢末，曹操以英雄自詡，又稱劉備爲英雄，又贊歎生子當如孫仲謀。見本卷《南鄉子·登京口北固亭有懷》詞（何處望神州）箋注。

〔三〕「舞榭」三句，舞榭歌臺，黄滔《黄御史集》卷一《館娃宫賦》：「舞榭歌臺，朝爲宫而暮爲沼；英風霸業，古人失而今人驚。」雨打風吹去，杜甫《三絶句》詩：「不如醉裏風吹盡，可忍醒時雨打稀？」白居易《微之宅殘牡丹》詩：「殘紅零落無人賞，雨打風吹花不全。」

〔四〕「尋常」二句，尋常巷陌，《輿地紀勝》卷七《兩浙西路·鎮江府》：「丹徒宫，在丹陽縣。《輿地志》云：『在城南，宋武帝微時宅，後築爲宫。』」《京口三山志選補》卷一四：「城南丹徒宫，宋武帝故宅。微時躬耕，及受命，藏農器以示後人。元嘉中，文帝幸舊宅，見而色慚。」邵雍《觀盛化吟》：「尋常巷陌猶簪紱，取次園亭亦管絃。」寄奴，宋武帝劉裕小字。《宋書》卷一《武帝紀》上：「高祖武皇帝諱裕，字德輿，小名寄奴，彭城縣綏里人。漢高帝弟楚元王交之後也。……

旭孫生混，始過江，居晉陵郡丹徒縣之京口里，官至武原令。混生東安太守靖，靖生郡功曹翹，是爲皇考。」

〔五〕「想當」二句，金戈鐵馬，此殆指劉裕於晉義熙五年、十二年兩次北伐事。據《宋書》卷一、卷二《武帝紀》，義熙五年三月，劉裕以車騎將軍、揚州刺史率師北伐鮮卑南燕慕容超，攻入齊地，平燕擒超。十二年八月，再以中外大都督、北雍州刺史率師北伐後秦，先後攻破洛陽、長安，執後秦主姚泓。《舊五代史》卷三〇《李襲吉傳》：「天復中，武皇議欲修好於梁，命襲吉爲書，以貽梁祖，書曰：『豈謂運由奇特，謗起奸邪。毒手尊拳，交相於暮夜；金戈鐵馬，蹂踐於明時。狂藥致其失歡，陳事止於堪笑。』」氣吞萬里如虎，釋覺範《贈少府》詩：「須臾耳熱仰天笑，氣吞萬里駒方驤。」張耒《王都尉惠詩求和逾年不報王屢來索而王許酒未送因次其韻以督之》詩：「猶令此老氣如虎，傲兀幾以醉爲異。」

〔六〕「元嘉」三句，元嘉草草，元嘉爲宋武帝子文帝劉義隆年號，共三十年。元嘉草率從事北伐以致失敗事，指元嘉七年十一月，命征南將軍檀道濟北伐，到彦之敗於滑臺，城陷，檀道濟引軍還。二十七年七月，又命寧朔將軍王玄謨伐北魏，攻滑臺不克，敗歸。封狼居胥，《讀史方輿紀要》卷四五《蒙古》：「狼居胥山，在漠北。漢霍去病出代二千餘里，與匈奴左賢王接戰，左賢王敗遁，乃封狼居胥山而還。」《史記》卷一一〇《匈奴列傳》：「漢驃騎將軍之出代二千餘里，與左賢王接戰。漢兵得胡首虜凡七萬餘級，左賢王將皆遁走，驃騎封於狼居胥山，禪姑衍，臨翰海而還。」《正義》：「積土爲壇於山上，封以祭天也，祭地曰禪。」按：狼居胥山，《歷代通鑑輯覽》卷一五注：「在漠北，今喀爾喀地。」《南史》卷一六《王玄謨傳》：「王玄謨字彦德，太原祁人也。……宋武帝臨徐州，辟爲從事史，與語異之。少帝末，謝晦爲荆州，請爲南蠻行參軍、武寧太守，晦敗，以非大帥見原。元嘉中，補長沙王義欣鎮軍中兵參軍，領汝陰太守，每陳北侵之謀。上謂殷景仁曰：『聞王玄謨陳説，使人有封狼居胥意。』」倉皇北顧，《宋書》卷九五《索虜傳》：「十一月，虜大衆南渡河。彦之敗退，洛陽、滑臺、虎牢諸城並爲虜所没。……己巳，上以滑臺戰守彌時，遂至陷没，乃作詩曰：『逆虜亂疆埸，邊將嬰寇仇。堅城效貞節，攻戰無暫休。……戎事諒未殄，民患焉得瘳。撫劍懷感激，志氣若雲浮。願想凌扶摇，弭旆拂中州。爪牙申威靈，帷幄騁良籌。華裔混殊風，率土浹王猷。惆悵懼遷逝，北顧涕交流。』」

〔七〕「四十」三句，稼軒自紹興三十二年正月，自山東奉耿京起義軍表南歸，至開禧元年春，爲時正四十三年。當年正值金帝完顔亮南侵兵敗，身殞揚州，金軍相繼北歸。稼軒一行人自楚州南下，經揚州到建康府行宫，朝見自行在前來視師之宋高宗。《建炎以來繫年要録》卷一九三載紹興末揚州路置烽火事始曰：「紹興三十一年十月辛亥，初，淮南轉運副使楊抗令州縣鄉村臨驛路十里置一烽火臺，其下積草數千束，又令鄉民各置長槍，催督嚴切，人甚苦之。」同書卷一九五又載同年十二月辛亥，平江府守臣洪遵言：「官拘舟船聚近海縣，募水手，留民兵，夾運河築烽臺，徒費無益。」烽火揚州路，蓋四十三年之後追憶紀實語也。

〔八〕「佛貍」二句，佛貍祠，佛貍爲後魏太武帝拓跋燾小名。《宋書》卷九五《索虜傳》：「明元皇帝子燾，字佛貍，代立。」佛貍祠在真州瓜步。元嘉二十八年，因王玄謨北伐失敗，後魏大舉渡河，十二月，拓跋燾兵進瓜步，欲自此渡江。《魏書》卷四《世祖紀》：「世祖太武皇帝諱燾。……太平真君十一年十有二月丁卯，車駕至淮，詔刈萑葦作筏數萬而濟。……淮南皆降。……癸未，車駕臨江，起行宫於瓜步山。……甲申，義隆使獻百牢以貢其方物，又請進女於皇孫以求和。帝以師婚非禮，許和而不許婚。」陸游《渭南文集》卷四四《入蜀記》二：「七月四日，風便，解纜掛帆，發真州。……有頃，風愈厲，舟行甚疾，過瓜步山。山蜿蜒蟠伏。臨江起小峰，頗巉峻。絶頂有元魏太武廟。廟前大木可三百年，一井已眢，傳以爲太武所鑿，不可知也。太武以宋文帝元嘉二十七年南侵至瓜步，建康戒嚴。太武鑿瓜步山爲蟠道，於其上設氈廬，大會羣臣，疑即此地。王文公所謂『叢祠瓜步認前朝』是也。梅聖俞題廟云：『魏武敗亡歸，孤軍駐山頂。』按：太武初未嘗敗，聖俞誤以佛貍爲曹瞞耳。」元王惲《狒貍祠（在瓜洲城）》詩：「江山照眼舒清眺，千古興亡墮眼前。瓜步市長連野戍，佛貍祠古慘荒煙。梔樓看取平吴日，父老空傳飲馬年。此日不須開濁浪，好風都屬往來船。」一片，猶言一派、滿地，盡是也。神鴉，《杜詩詳注》卷二三《過洞庭湖》詩：「護堤盤古木，迎櫂舞神鴉。」注引《岳陽風土記》：「巴陵鴉甚多，土人謂之神鴉，無敢弋者。」

〔九〕「憑誰」二句，《史記》卷八一《廉頗藺相如列傳》：「廉頗居梁，久之，魏不能信用。趙以數困於秦兵，趙王思復得廉頗，廉頗亦思復用於趙。趙王使使者視廉頗尚可用否，廉頗之仇郭開多與使者金，令毁之。趙使者既見廉頗，廉頗爲之一飯斗米，肉十斤，被甲上馬，以示尚可用。趙使還報王曰：『廉將軍雖老，尚善飯。然與臣坐，頃之三遺矢矣。』趙王以爲老，遂不召。」憑，由也。

【附録】

岳珂《桯史》之稼軒論詞

辛稼軒守南徐，已多病謝客。予來筮仕委吏，實隸總所，例於州家殊參辰，旦望贄謁刺而已。余時以乙丑南宫試，歲前莅事僅兩旬，即謁告去。稼軒偶讀余《通名啓》而喜，又頗階父兄舊，特與其潔。余試既不利，歸官下，時一招去。稼軒以詞名，每燕必命侍妓歌其所作，特好歌《賀新郎》一詞，自誦其警句曰：「我見青山多嫵媚，料青山見我應如是。」又曰：「不恨古人吾不見，恨古人不見吾狂耳。」每至此，輒拊髀自笑，顧問坐客何如，皆歎譽如出一口。既而又作一《永遇樂》，序北府事。首章曰：「千古江山，英雄無覓孫仲謀處。」又曰：「尋常巷陌，人道寄奴曾住。」其寓感慨者，則曰：「可堪回首，佛狸祠下，一片神鴉社鼓。憑誰問廉頗老矣，尚能飯否。」特置酒，召數客，使妓迭歌，益自擊節，徧問客，必使摘其疵，遜謝不可。客或措一二辭，不契其意，又弗答，然揮羽四視不止。余時年少，勇於言，偶坐於席側，稼軒因誦《啓》語顧問再四，余率然對曰：「待制詞句，脱去今古軫轍，每見集中有『解道此句，真宰上訴，天應嗔耳』之序，嘗以爲其言不誣。童子何知，而敢有議？然必欲如范文正以千金求《嚴陵祠記》一字之易，則晚進尚竊有疑也。」稼軒喜，促膝亟使畢其説。余曰：「前篇豪視一世，獨首尾二腔，警語差相似。新作微覺用事多耳。」於是大喜，酌酒而謂坐中曰：「夫君實中予痼。」乃味改其語，日數十易，累月猶未竟，其刻意如此。余既以一語之合，益加厚，頗取視其骫骳，欲以家世薦之朝，會其去，未果。（《桯史》卷三）

按：岳珂所謂《賀新郎》詞與此詞「首尾警語相似」及「用典多」二憾事，其實皆非。查今十二卷本此詞與其所引，無一字之異，則知稼軒果有「味改其語，日數十易，累月猶未竟」云云諸事，最後亦以爲不須改也。蓋此詞千鍾百煉，岳珂非能知音也。戴復古有《減字木蘭花·寄五羊鍾子洪》詞，下片云：「吴姬勸酒，唱得廉頗能飯否？西雨東晴，人道無情又有情。」又知此詞雖不改字，亦傳唱海内也。

羅大經景綸記事一條

辛幼安……又寄丘宗卿詞云：「千古江山，英雄無覓孫仲謀處。舞榭歌臺，風流總被雨打風吹去。斜陽草樹，尋常巷陌，人道寄奴曾住。想當年鐵馬，氣吞萬里如虎。元嘉草草，封狼居胥，贏得倉皇北顧。四十三年，望中燈火，猶記揚州路。可堪回首，佛貍祠下，一片神鴉社鼓。憑誰問，廉頗老矣，尚能飯不。」此詞集中不載，尤雋壯可喜。朱文公云：「辛幼安、陳同甫，若朝廷賞罰明，此等人皆可用。」（《鶴林玉露》甲編卷一）

姜夔堯章和詞

永遇樂　次稼軒北固樓韻

雲隔迷樓，苔封很石，人向何處？數騎秋煙，一篙寒汐，千古空來去。使君心在，蒼厓緑嶂，苦被北門留住。有尊中酒差可飲，大旗盡繡熊虎。　前身諸葛，來遊此地，數語便酬三顧。樓外冥冥，江臯隱隱，認得征西路。中原生聚，神京耆老，南望長淮金鼓。問當時依依種柳，至今在否？（《白石道人歌曲》卷四）

玉樓春

乙丑京口奉祠西歸，將至仙人磯〔一〕

江頭一帶斜陽樹〔二〕，總是六朝人住處。悠悠興廢不關心，惟有沙洲雙白鷺〔三〕。　仙人磯下多風雨，好卸征帆留不住〔四〕。直須抖擻盡塵埃，却趁新涼秋水去〔五〕。

【箋注】

〔一〕題，乙丑，即開禧元年。是年夏六月十九日，稼軒自知鎮江府改知隆興府。七月五日予宮觀。見《嘉定鎮江志》卷一五。應即爲未離任間，以臣僚論劾，罷其新任，遂奉祠而西歸。《宋會要輯稿·職官》七五之三七載：「開禧元年七月二日，新知隆興府辛棄疾予宮觀，理作自陳。以臣僚言棄疾好色貪財，淫刑聚斂。」其離任歸鉛山，當在是年七月中下旬間。稼軒此次西歸係溯江而上行。仙人磯，舊注謂「未詳所在」，實則據《景定建康志》卷四所附《沿江大閫所部圖》之下，仙人磯在建康府西南江上，北爲蔡家港，南爲馬家渡。查〔正德〕《江寧縣志》卷五：「江寧鎮在縣西南六十里。」實地踏查，仙人磯在江寧鎮西十里。瀕江處有巨石十數，延伸至江。遠處又有巨石十數，矗立大江中。巉巖峻峭，形態猙獰。其下水深流急，風濤洶湧。《渭南文集》卷四四《入蜀記》二，謂「凡山臨江，皆有磯」。仙人磯之得名，未詳。明人黄福撰《奉使安南水程日記》有云：「午至大勝驛，有仙人磯石横於中流，其勢巉巖，其流洶湧，舟人每爲之震讋。又有三山磯，三峰聯峙於岸，其峻秀可觀。是夕風雨横江，艤舟於岸。」見《粵西叢載》卷三。

〔二〕斜陽樹，項安世《家説》卷八《因諱改字》條：「歌者多因諱避輒改古詞本文，後來者不知其由，因以疵議前作者多矣。如蘇詞『亂石崩空』，因諱『崩』字，改爲『穿空』。秦詞『杜鵑聲裏斜陽樹』，因諱『樹』字，改爲『斜陽暮』，遂不成文。」

〔三〕「悠悠」二句，言沙洲白鷺不關心悠悠興廢，亦借指白鷺洲歷盡歷史滄桑耳。雙白鷺，蘇軾《再和潛師》詩：「惟有飛來雙白鷺，玉羽瓊枝鬥清好。」《次韻秦少章和錢蒙仲》詩：「二子有如雙白鷺，隔江相照雪衣明。」《景定建康志》卷一九：「白鷺洲在城之西，與城相望，周迴一十五里。酈道元《水經注》云：『江寧之新林浦西對白鷺洲。』《丹陽記》曰：『白鷺洲在縣西三里，洲在大江中，多聚白鷺，因以名之。』」

〔四〕「仙人」二句，按：仙人磯在烈山之東。《景定建康志》卷一九謂烈洲在城西南七十里，吴之舊津，内有小河，可泊船，商旅多停舟於此以避烈風，故以爲名。仙人磯下多風雨，可參前引《奉使安南水程日記》。

〔五〕「直須」二句，抖擻盡塵埃，白居易《答州民》詩：「宦情抖擻隨塵去，鄉思磨銷逐日無。」《遊悟真寺》詩：「抖擻塵埃衣，禮拜冰雪顔。」《讀鄂公傳》詩：「高卧深居不見人，功名抖擻似灰塵。」《王右丞集箋注》卷三：「抖擻，猶言振作。《釋氏要覽》：『……抖擻，謂三毒如塵，能坌污真心，此人能振掉除去故。』」新涼秋水，謂新生漸涼之秋水，秋水非謂期思舊居秋水觀或秋水堂。

瑞鷓鴣

乙丑奉祠，舟次餘干賦〔一〕

江頭日日打頭風，憔悴歸來邴曼容〔二〕。鄭賈正應求死鼠，葉公豈是好真龍〔三〕？孰居無事陪犀首，未辦求封遇萬松①〔四〕。却笑千年曹孟德，夢中相對也龍鍾〔五〕。

【校】

①「辦」，《六十名家詞》本作「辨」，此從廣信書院本。

【箋注】

〔一〕題，餘干，《輿地紀勝》卷二三《江南東路·饒州》：「餘干縣，在州東一百六十里。《寰宇記》云：『本越王勾踐之西界。』《元和郡縣志》云：『漢餘汗縣。』……隋開皇九年去水存干，名曰餘干。」（《太平寰宇記》卷一〇七作「州東南一百六十里」，謂在東南，應是。）按：稼軒此次西歸，蓋自京口溯江而上，自南康軍入鄱陽湖，再出湖口入餘干溪而直達鉛山，故有「舟次餘干」云云。

〔二〕「江頭」二句，打頭風，朱翌《猗覺寮雜記》卷上：「風之逆舟，人謂之打頭風。坡云：『卧聽三老白事，半夜南風打頭。』」元云：『江喧過雲雨，船泊打頭風。』『過雲雨』亦俗諺。」餘見本書卷六《小重山·三山與客泛西湖》詞（綠漲連雲翠拂空闋）箋注。歸來邴曼容，《漢書》卷七二《王貢兩龔鮑傳》：「初，琅邪邴漢，亦以清行徵用，至京兆尹。後爲太中大夫，王莽秉政，勝與漢俱乞骸骨。……於是勝、漢遂歸老於鄉里。漢兄子曼容，亦養志自修，爲官不肯過六百石，輒自免去。其名過出於漢。」所謂六百石，據漢衛宏《漢官舊儀》所載，漢代御史員、郎中令，丞相長史、中尉、内史丞及縣人口滿萬之令皆六百石，佩銅印。

〔三〕「鄭賈」二句，鄭賈求死鼠，《戰國策·秦策三》：「鄭人謂玉未理者璞，周人謂鼠未腊者璞。周人懷璞過鄭賈，曰：『欲買璞乎？』鄭賈曰：『欲之。』出其璞視之，乃鼠也，因謝不取。今平原君自以賢顯名於天下，然降其主父沙丘而臣之，天下之王尚猶尊之，是天下之王不如鄭賈之智也，眩於名不知其實也。」葉公豈好真龍，《新序》卷五《雜事》：「子張見魯哀公，七日而哀公不禮，託僕夫而去，曰：『臣聞君好士，故不遠千里之外，犯霜露，冒塵垢，百舍重趼，不敢休息以見君。七日而君不禮，君之好士也，有似葉公子高之好龍也。葉公子高好龍，鈎以寫龍，鑿以寫龍，屋室雕文以寫龍。於是夫龍聞而下之，窺頭於牖，拖尾於堂。葉公見之，棄而還走，失其魂魄，五色無主。是葉公非好龍也，好夫似龍而非龍者也。今臣聞君好士，故不遠千里之外以見君，七日不禮，君非好士也，好夫似士而非士者也。』」按：此二句皆嘲韓侂胄之用人，亦自傷其開禧間之際遇也。

〔四〕「孰居」二句，孰居無事陪犀首，《史記》卷七〇《張儀列傳》：「犀首者，魏之陰晉人也。名衍，姓公孫氏，與張儀不善。張儀爲秦之魏，魏王相張儀，犀首弗利。」同傳：「陳軫者，游説之士，與張儀俱事秦惠王，皆貴重争寵。……陳軫使於秦，過梁，欲見犀首。犀首謝弗見。軫曰：『吾爲事來，公不見軫，軫將行，不得待。』異日，犀首見之。陳軫曰：『公何好飲也？』犀首曰：『無事也。』曰：『吾請令公饜事可乎？』曰：『奈何？』」《莊子・天運》：「天其運乎？地其處乎？日月其争於所乎？孰主張是？孰維綱是？孰居無事，推而行是？」未辦求封遇萬松，萬、松，謂宋長萬與張伯松。《新序》卷八《義勇》：「宋閔公臣長萬以勇力聞。萬與魯戰，師敗，爲魯所獲，囚之宮中。數月歸之宋。宋閔公博，婦人在側。公謂萬曰：『魯君孰與寡人美？』萬曰：『魯君美。天下諸侯惟魯君耳，宜其爲君也。』閔公矜婦人妬，因言曰：『爾魯之囚虜爾，何知？』萬怒，遂搏閔公頰，齒落於口，絶吭而死。仇牧聞君死，趨而至，遇萬於門，攜劍而叱之。萬臂擊仇牧而殺之，齒著於門闔。」《公羊傳・莊公十二年》所記與此大致相同，有「伊牧聞君弑，趨而至，遇之於門，手劍而叱之，萬臂殺伊牧，碎其首」語。《漢書》卷九九上《王莽傳》：「居攝元年四月，安衆侯劉崇與相張紹謀曰：『安漢公莽專制朝政，必危劉氏。天下非之者乃莫敢先舉，此宗室恥也。吾帥宗族爲先，海内必和。』紹等從者百餘人，遂進攻宛，不得入而敗。紹者，張竦之從兄也。竦與崇族父劉嘉詣闕自歸，莽赦弗罪。竦因爲嘉作奏，曰：『……安衆侯崇，乃獨懷悖惑之心，操畔逆之慮，興兵動衆，欲危宗廟，惡不忍聞，罪不容誅。誠臣子之仇，宗室之讎，國家之賊，天下之害也。……願爲宗室倡始，父子兄弟負籠倚鍤，馳之南陽，豬崇宫室，令如古制。及崇社宜如亳社，以賜諸侯，用永監戒。……』於是莽大説。……封嘉爲師禮侯，嘉子七人皆賜爵關内侯。後又封竦爲淑德侯。長安爲之語曰：『欲求封，過張伯松；力戰鬥，不如巧爲奏。』」注謂伯松爲竦之字。未辨，不能也。按：此二句自嘲晚年既未急君之難而立功，亦未媚權臣而求封，僅如犀首無事飲酒而已也。

〔五〕「却笑」二句，涉及曹孟德典故，不詳。或謂曹操嘗有《龜雖壽》詩，自詡「老驥伏櫪，志在千里。烈士暮年，壯心不已」，當以此解嘲耳。李端《贈康洽》詩：「漢家尚壯今則老，髮短心長知奈何。華堂舉杯白日晚，龍鍾相見誰能免。君今已反我正來，朱顔宜笑能幾回。」

臨江仙〔一〕

老去渾身無着處，天教只住山林〔二〕。百年光景百年心〔三〕，更歡須歎息，無病也呻吟。試向浮瓜沉李處，清風散髪披襟〔四〕。莫嫌淺後更頻斟〔五〕，要他詩句好，須是酒杯深。

【箋注】

〔一〕題，右詞無題。然據詞意，知爲自知鎮江奉祠歸鉛山之後所作。

〔二〕「老去」二句，蘇軾《豆粥》詩：「我老此身無着處，賣書來問東家住。」《景純見和復次韻贈之二首》詩：「老去此身無處著，爲翁栽插萬松岡。」渾身，全身。唐宋以來俗語。《三朝北盟會編》

卷六六：「自初巡壁，雨雪交作，四日未嘗止。……皇后親付内府幣帛，與宫嬪作綿擁項，分賜將士。……兵士得擁項，有以手執之戲語者曰：『雖得此，奈渾身單寒何？』」住山林，王安石《北山三詠·覺海方丈》詩：「往來城府住山林，諸法翛然但一音。」

〔三〕「百年」句，邵雍《對花飲》詩：「百年光景留難住，十日芳菲去莫遮。」郭祥正《秀公見喜飯僧二首》詩：「百年光景逐飛螢，會脱塵勞只有僧。」杜甫《春日江村五首》詩：「乾坤萬里眼，時序百年心。」

〔四〕「試向」二句，見本書卷七《南歌子·新開池戲作》詞（散髮披襟處闋）箋注。

〔五〕「莫嫌」句，後，《詩詞曲語辭匯釋》解作呵或啊，語氣詞，余於本書卷五《最高樓·送丁懷忠教授入廣》詞中又釋作便，應亦通。

又

停雲偶作〔一〕

偶向停雲堂上坐，曉猿夜鶴驚猜。「主人何事太塵埃？」低頭還説向〔二〕：「被召又還來①。」　多謝北山山下老〔三〕，殷勤一語佳哉。「借君竹杖與芒鞋，徑須從此去，深入白雲堆〔四〕。」

【校】

①「還」，王詔校刊本、《六十名家詞》本、四印齋本作「重」，此從廣信書院本。

【箋注】

〔一〕題，右詞亦歸鉛山之作，借《北山移文》之猿鶴與隱湖山主人對話，申説歸來不復再出之意也。

〔二〕説向，説到、説與也。《朱子語類》卷一六《大學》：「子升問：『修身齊家章所謂親愛畏敬以下説，凡接人皆如此，不特是一家之人否？』曰：『固是。』問：『如何修身却專指待人而言？』曰：『修身以後，大概説向接物待人去，又與只説心處不同。要之，根本之理則一，但一節説闊一節去。』」卷一八《大學》：「問：『兩日看何書？』對：『看《或問》致知一段，猶未了。』曰：『此是最初下手處，理會得此一章分明，後面便容易。程子於此段節目甚多，皆是因人資質説，故有説向外處，有説向内處。』」

〔三〕北山山下老，借《北山移文》謂隱湖山下諸老，即鉛山諸友也。

〔四〕「借君」三句，竹杖芒鞋，蘇軾《初入廬山三首》詩：「芒鞋青竹杖，自掛百錢遊。」《與舒教授張山人參寥師同遊戲馬臺書西軒壁兼簡顔長道二首》詩：「竹杖芒鞋取次行，下臨官道見人情。」白雲堆，釋貫休《陪馮使君遊六首·登干霄亭》詩：「古桂林邊棋局濕，白雲堆裏茗煙青。」邵雍《依韻和壽安尹尉有寄》詩：「本酬壯志都無效，欲住青山却有緣。翠竹陰中開縹帙，白雲堆裏揖飛泉。」

瑞鷓鴣

期思溪上日千回，樟木橋邊酒數杯〔一〕。人影不隨流水去〔二〕，醉顔重帶少年來。疏蟬響澀林逾静〔三〕，冷蝶飛輕菊半開。不是長卿終慢世，只緣多病又非才〔四〕。

【箋注】

〔一〕「期思」二句，期思溪，即紫溪合流後之鉛山河。鉛山河源自縣南武夷山桐木關，又稱桐木水。〔乾隆〕《鉛山縣志》卷一：「桐木水，其源自建陽，二百九十里入鉛山，東北流，注會於分水，合於紫溪。」按：桐木水與紫溪於石塘鎮北匯合，又分繞五堡洲北流，再匯合，經永平流入信江。其自五堡洲以北東流之水即期思溪也。樟木橋，當指期思橋。〔乾隆〕《鉛山縣志》卷二：「期思橋，縣東三十里，因渡爲之。辛稼軒《期思橋》詞引曰：『舊呼奇獅或曰騎獅，皆非也。朱晦翁書。』按：期思橋在縣東南二十里，三乃二之誤。稼軒有《沁園春》詞，題稱『橋壞復成，父老請余賦，作《沁園春》以證之』。稼軒《沁園春》詞（有美人兮闋）見本書卷五。〔同治〕《鉛山縣志》卷五：「樟，木高數丈，葉小，似楠而尖，皆有赤黄茸毛，四時不凋，夏開細花，結小子，肌理細膩，錯綜多文，宜於雕鏤。」

〔二〕「人影」句，晁以道《秋思堙鬱忽蒙圓機寵示崇賦欣然開豁爲惠大矣率草謝之》詩：「幽恨不隨流水去，壯懷每共暮雲空。」趙汝愚《同林擇之姚宏甫遊鼓山》詩：「江月不隨流水去，天風直送海濤來。」

〔三〕「疏蟬」句，《顔氏家訓》卷上：「王籍《入若耶溪》詩云：『蟬噪林逾静，鳥鳴山更幽。』江南以爲文外斷絶，物無異議。」

〔四〕「不是」二句，長卿慢世，《世説新語・品藻》：「王子猷、子敬兄弟共賞《高士傳》人及贊，子敬賞井丹高潔，子猷云：『未若長卿慢世。』」注引嵇康《高士傳》：「司馬相如者，蜀郡成都人，字長卿。初爲郎，事景帝。梁孝王來朝，從遊説士鄒陽等，相如説之，因病免遊梁。後過臨卭，富人卓王孫女文君新寡，好音，相如以琴心挑之，文君奔之，俱歸成都。後居貧，至臨卭買酒舍，文君當壚，相如著犢鼻袴，滌器市中。爲人口吃，善屬文。仕宦不慕高爵，常託疾，不與公卿大事。終於家。其贊曰：長卿慢世，越禮自放。犢鼻居市，不恥其狀。託疾避官，蔑此卿相。乃賦《大人》，超然莫尚。」多病非才，《唐摭言》卷一一《無官受黜》條：「襄陽詩人孟浩然，開元中頗爲王右丞所知。……維待詔金鑾殿，一旦召之，商較風雅，忽遇上幸維所，浩然錯愕伏床下，維不敢隱，因之奏聞。上欣然曰：『朕素聞其人。』因得詔見，上曰：『卿將得詩來耶？』浩然奏曰：『臣偶不齎所業。』上即命吟，浩然奉詔拜舞，念詩曰：『北闕休上書，南山歸卧廬。不才明主棄，多病故人疏。』上聞之，憮然曰：『朕未曾棄人，自是卿不求進，奈何反有此作？』因命放歸南山，終身不仕。」蘇軾《喬太博見和復次韻答之》詩：「非才更多病，二事可並案。」按：稼軒晚年所作《和前人韻》詩亦有「昨日溪南雞酒社，長卿多病不能臨」句，與此詞意同，知皆爲自鎮江歸鉛山之後所作也。

玉樓春

有自九江以石中作觀音像持送者，因以詞賦之〔一〕

琵琶亭畔多芳草，時對香爐峰一笑〔二〕。偶然重傍玉溪東，不是白頭誰覺老〔三〕？補陀大士神通妙①，影入石頭光了了〔四〕。肯來持獻可無言②？長似慈悲顏色好。

【校】

①「補」，王詔校刊本、《六十名家詞》本、四印齋本作「普」，此從廣信書院本。②「肯」，王詔校刊本、《六十名家詞》本、四印齋本作「看」。

【箋注】

〔一〕題，右詞謂有自江州來，以其地之石雕作觀音像持獻者，故賦此詞。其事在何時，本無可考。《稼軒詞編年箋注》遂次於瓢泉之什之末，非確。今查此詞之廣信書院本雖次於同調《乙丑京口奉祠西歸將至仙人磯》詞之前，然必爲晚作無疑。詞中有「偶然重傍玉溪東」句，明爲重歸鉛山之語，知作於晚年重歸山林之時，故改編於此。《輿地紀勝》卷三〇《江南西路·江州》：「江州，尋陽郡，定江郡節度。……彭澤，州之西門，江州，國之南藩，九江一水，而名之曰九江。」

〔二〕「琵琶」二句，琵琶亭，《輿地紀勝》卷三〇《江南西路·江州》：「琵琶亭，在西門外，面大江。白居易爲江州司馬，夜送客湓浦口，聞鄰舟琵琶聲，遇商婦，爲《琵琶行》之地，故名其亭。」香爐峰，《輿地紀勝》卷三〇《江南西路·江州》：「香爐峰，在山西北。宋鮑照、唐李白有詩，孟浩然所謂『艤舟尋陽郭，始見香爐峰』是也。」

〔三〕「偶然」二句，玉溪，指信江。玉山縣在上饒東北，信江自玉山入上饒，再經鉛山入貴溪。稼軒所稱玉溪，並非專指流經玉山之信江水，殆用以統稱流經信上諸縣之信江而言也。不是白頭誰覺老，張元幹《冬夜有懷柯田山人四首》詩：「自憐歸未得，不是白頭新。」杜牧《早秋》詩：「銖秤與縷雪，誰覺老陳陳。」

〔四〕光了了，謂其石像極爲光亮。了了，即特别、非常之意。

歸朝歡

丁卯歲寄題眉山李參政石林〔一〕

見説岷峨千古雪，都作岷峨山上石〔二〕。君家左史老泉公①，千金費盡勤收拾②〔三〕。一堂真石室③，空庭更與添突兀④。記當時，《長編》筆硯，日日雲煙濕〔四〕。野老時逢山鬼泣，誰夜持山去難覓〔五〕。有人依樣入明光，玉堦之下巖巖立〔六〕。琅玕無數碧。風流不數平泉物⑤〔七〕。欲重吟，青葱玉樹，須倩子雲筆〔八〕。

【校】

①「左」，原作「右」，徑改。詳見箋注。②「費」，《六十名家詞》本作「未」，此從廣信書院本。③「石室」，王詔校刊本、《六十名家詞》本作「石石」。④「空庭」句，《六十名家詞》本作「閑庭更與天突兀」。⑤「泉」，廣信書院本原作「原」，此據王詔校刊本、《六十名家詞》本、四印齋本改。

【箋注】

〔一〕題，丁卯，即開禧三年。據「寄題」二字，知右詞作於鉛山。本年稼軒在行在所以龍圖閣待制奉在京宫觀。春夏之後，乃得歸鉛山。李參政，謂李壁，眉州丹稜人。《宋詩紀事》卷五六《李壁》：「壁字季章，燾子，用父任入官，後登進士第。寧宗朝，累遷權禮部尚書、直學士院、同知樞密院事，歷資政殿學士致仕，卒謚文懿，有《雁湖集》。」《宋史》卷三九八有傳。本傳載：「寧宗即位，徙著作佐郎兼刑部郎，權禮部侍郎，兼直學士院。時韓侂胄專國，建議恢復。宰相陳自强請以侂胄平章國事，遂召壁草制，同禮部尚書蕭逵討論典禮。」查稼軒嘉泰四年春初在行在奉朝請，《南宋館閣續録》卷九《同修國史·嘉泰以後》：「李壁，四年正月，以宗正少卿權。七月，以權兵部侍郎兼。八月，除禮部侍郎。開禧二年五月，爲權禮部尚書並兼。」知嘉泰四年初二人同朝，其相識或在此時。其參知政事，則見《宋史》卷二一三《宰輔表四》：「開禧二年七月癸卯，李壁自禮部尚書除參知政事。三年十一月甲戌，李壁罷參知政事。」李壁居第有石林堂。楊萬里《誠齋集》卷四二《題李季章中書舍人石林堂》詩：「紫微仙人今太白，不愛好官愛奇石。頃從道山歸雪山，一葉漁舟一横笛。船過宣池月滿空，乘雲飛上九華峰。十指一掇九芙蓉，和月擎取歸船中。歸到雁湖秋水碧，萬斛酒船觴九客。蟇頤諸峰作不速，不待折簡登几席。儂與石兄殊不疏，問訊别來安穩無？」陸游《劍南詩稿》卷六二亦有《寄題李季章侍郎石林堂》詩，其中有云：「我行新灘見益奇，千巖萬竇雷雨垂。古來豈無好事者，根株盤踞不可移。侍郎築堂聚衆石，坐卧對之旰忘食。千金博取直易爾，要是尤物歸精識。君不見牛奇章與李衛公，一生冰炭不相容。門前冠蓋各分黨，惟有愛石心則同。」據誠齋詩，李壁自秘書省官歸蜀，途中始於江行過宣州、池州時搜集九華山奇石，此以石林名堂之始。而據《南宋館閣續録》卷八《著作佐郎·慶元以後》，知爲慶元二年四月其自著佐出知閬州之時。則其石林堂自在眉州舊第無疑。誠齋詩爲嘉泰四年作，放翁詩則作於開禧元年。

〔二〕「見説」二句，岷峨，岷山在眉州北茂州，峨眉山則在眉州南嘉定府。王應麟《通鑑地理通釋》卷五：「岷山在茂州汶山縣，俗謂之鐵豹嶺，禹導江始於此。太史公西瞻蜀之岷山。」同卷：「峨眉大山在嘉州峨眉縣西七里，兩山相對，望之如峨眉。中峨眉在縣東南二十里。」按：《方輿勝覽》卷五三《成都府路·眉州》：「古犍爲之地，介岷峨之間。」

〔三〕「君家」二句，君家左史老泉公，老泉公謂蘇洵，此以蘇洵比李壁之父李燾。《宋史》之《李壁傳》載：「壁父子與弟𡌴皆以文學知名，蜀人比之三蘇云。」《方輿勝覽》卷五三《成都府路·眉州》：「老泉墓，蘇明允葬於蟇頤山東二十里，地名老翁泉。」然詞中原謂李燾爲右史，據《宋史》卷三八八《李燾傳》，李燾於乾道五年遷秘書少監兼權起居舍人、實録院檢討官，平生未嘗任起居郎。據宋人官制簡稱，右史謂起居郎，左史謂起居舍人，故詞中之右史，必爲左史之誤。燾本傳追述時亦有「燾爲左史時」語。《稼軒詞編年箋注》謂燾「曾屢爲史官，故稱右史」。此語誤。宋之起居郎與舍人，皆居殿螭之左右，掌記載皇帝言行，故又稱左右史。千金費盡，此謂石林堂創自李燾，故有「勤收拾」語，非僅謂李燾搜聚奇石也。《稼軒詞編年箋注》謂「據詞中語意，石林堂上衆石應爲李仁甫所搜聚，放翁則謂係季章所聚，亦不知孰是」。蓋奇石與石林堂均創自李燾，而李壁又續有搜集，故下句謂「更與添突兀」也。

〔四〕「記當」三句，《長編》，謂李燾所著《續資治通鑑長編》。燾本傳：「燾恥讀王氏書，獨博極載籍，搜羅百氏，慨然以史自任。本朝典故，尤悉力研覈。倣司馬光《資治通鑑》例，斷自建隆，迄於建康，爲編年一書，名曰《長編》。……起知遂寧府，七年，《長編》全書成，上之。詔藏秘閣。燾自謂此書寧失之繁，無失之略，故一祖八宗之事，凡九百七十八卷，卷第總目五卷，依熙寧修三經例，損益修换四千四百餘事，上謂其書無愧司馬遷。」

〔五〕誰夜持山，見本書卷七《玉樓春·戲賦雲山》詞（何人半夜推山去闋）箋注。

〔六〕「有人」二句，入明光，明光殿，見本書卷六《清平樂·壽趙民則提刑》詞（詩書萬卷闋）箋注。玉堦巖巖立，《世説新語·賞譽》：「王公目太尉巖巖清峙，壁立千仞。」同書《容止》：「嵇康身長七尺八寸，風姿特秀，見者歎曰：『蕭蕭肅肅，爽朗清舉。』或云：『肅肅如松下風，高而徐引。』山公曰：『嵇叔夜之爲人也，巖巖若孤松之獨立，其醉也，傀俄若玉山之將崩。』」

〔七〕「風流」句，平泉莊，唐宰相李德裕别墅，多奇石。《唐語林》卷七：「平泉莊在洛城三十里，卉木樹臺甚佳。……莊周圍十餘里，臺榭百餘所，四方奇花異草與松石，靡不置其後。石上皆刻支遁二字，後爲人取去。……怪石名品甚衆，各爲洛陽城族有力者取去。有禮星石、獅子石，好事者傳玩之。」自注：「平泉禮星石，縱廣一丈，厚尺餘，上有斗極之象。獅子石，高三四尺，孔竅千萬，遞相通貫，如獅子，首尾眼鼻皆全。」不數，不算，算不上。

〔八〕「青葱」二句，見本書卷一二《賀新郎·和徐斯遠下第謝諸公載酒相訪韻》詞（逸氣軒眉宇闋）箋注。

洞仙歌

丁卯八月病中作〔一〕

賢愚相去，算其間能幾？差以毫釐繆千里〔二〕。細思量義利，舜跖之分，孳孳者，等是雞鳴而起〔三〕。　味甘終易壞，歲晚還知，君子之交淡如水〔四〕。一餉聚飛蚊，其響如雷，深自覺昨非今是〔五〕。羡安樂窩中泰和湯，更劇飲無過，半醺而已〔六〕。

【箋注】

〔一〕題，稼軒於開禧三年夏歸鉛山，卒於是年九月十日。詩集有《丁卯七月題鶴鳴亭三首》及《偶作三首》，此詞爲八月病中所作，乃稼軒詞之絶筆也。

〔二〕「賢愚」三句，王楙《野客叢書》卷九《李陸娱老之趣》條：「士大夫晚年不問家事，自適其適，非其胸中能擺脱世累，未易及此。僕讀陸賈、李遷哲二傳，深喜其得娱老之趣。……二公臨老能自享如此，是非高見邪？其有斷斷焉計較口腹，疲精竭力，爲子孫作活，至老死而不知休者，人之賢愚，相去幾何哉？」《史記》卷一三〇《太史公自序》：「故《易》曰：『失之毫釐，差以千里。』」《集解》：「一云『差以毫釐』，一云『繆以千里』。」按：今《易》無此語，鄭玄《易緯·通卦驗》卷上作「正其本而萬物理，失之毫釐，差以千里」。

〔三〕「細思」四句，《孟子·盡心》上：「孟子曰：雞鳴而起，孳孳爲善者，舜之徒也。雞鳴而起，孳孳爲利者，跖之徒也。欲知舜與跖之分，無他，利與善之間也。」

〔四〕「味甘」三句，《禮記·表記》：「故君子之接如水，小人之接如醴。君子淡以成，小人甘以壞。」《莊子·山木》：「且君子之交淡若水，小人之交甘若醴。君子淡以親，小人甘以絶。彼無故以合者，則無故以離。」按：此數語蓋稼軒感慨其晚年再出之遭遇，以及世間之諸多非難語。謝枋得《祭辛稼軒先生墓記》有曰：「稼軒垂殁，乃謂樞府曰：『侂冑豈能用稼軒以立功名者乎？稼軒豈肯依侂冑以求富貴者乎？』」

〔五〕「一餉」三句，一餉聚飛蚊，《漢書》卷五三《中山靖王勝傳》：「夫衆喣漂山，聚蚊成雷。朋黨執虎，十夫橈椎。」韓愈《醉贈張秘書》詩：「雖得一餉樂，有如聚飛蚊。」昨非今是，陶潛《歸去來兮辭》：「實迷途其未遠，覺今是而昨非。」

〔六〕「羡安」三句，安樂窩，《宋史》卷四二七《道學》一《邵雍傳》：「初至洛，蓬蓽環堵，不芘風雨。躬樵爨以事父母，雖平居屢空，而怡然有所甚樂，人莫能窺也。及執親喪，哀毁盡禮。富弼、司馬光、吕公著諸賢退居洛中，雅敬雍，恒相從游，爲市園宅。雍歲時耕稼，僅給衣食。名其居曰安樂窩，因自號安樂先生。旦則焚香燕坐，晡時酌酒三四甌，微醺即止，常不及醉也。」泰和湯、半醺，《性理大全書》卷一三引邵雍《無名公傳》：「性喜飲酒，嘗命之曰太和湯。所飲不多，微醺而罷，不喜過醉。」又，邵雍《林下五吟》詩：「安樂窩深初起後，太和湯釅半醺時。」《太和湯吟》：「二味相和就甕頭，一般收口效偏優。同斟祇却因無事，獨酌何嘗爲有愁。纔沃便從真宰辟，半醺仍約伏羲遊。人間盡愛醉時好，未到醉時誰肯休。」

辛棄疾詞編年箋注附録

頌韓詞三首非辛稼軒所作考

辛更儒

多年以來，我一直認爲，傳誦已久的辛稼軒頌諛韓侂胄的三首詞：《西江月》（堂上謀臣帷幄闋）、《清平樂》（新來塞北闋）以及《六州歌頭》（西湖萬頃闋）並不是辛稼軒所作。爲此，早在一九八四年，我就在《北方論叢》上發表了題爲《辛稼軒頌韓詞辨僞》的論文（後收入《辛棄疾研究叢稿》，研究出版社二〇〇九年），但是，無論是一九九三年在我協助鄧廣銘先生完成的增訂本《稼軒詞編年箋注》中還是後來作爲定本再版的同書中，這三首詞也都赫然出現在辛稼軒晚年詞作的最後，雖然頗有附録含義在内，但有如此顯證的僞作不能剔除，畢竟不愜我意。現在，在撰成《辛棄疾詞編年箋注》之時，我終於把這三首詞從辛稼軒的著作中剔除出去，可以説，這確實了却了我的平生志願。

當年，在增訂《稼軒詞編年箋注》時，這三首詞和所有稼軒詞一樣作了較爲詳盡的箋注。如今在把三詞剔除之後，爲了給讀者一個交代，我還必須對這三首詞的内容和寫作背景再進行一次考證，以證實此三詞確實非辛稼軒所作。

一、《西江月》

堂上謀臣帷幄，邊頭猛將干戈。天時地利與人和，燕可伐與曰可。　此日樓臺鼎鼐，他時劍履山河。都人齊和《大風歌》，管領羣臣來賀。

這首詞本是辛稼軒的好友劉過所作，《龍洲集》和單行的《龍洲詞》中無不將它收入。而元人吴師道在《詩話》中也收入此詞，且與收在《龍洲集》集中的這首詞文字全同：「帷幄」作「尊俎」，「猛將」作「將士」，「此日」作「今日」，「他時劍履」作「明年帶礪」，「都人齊和」作「大家齊唱」，「管領羣臣」作「不日四方」。雖然有上述版本上的差别，但這只是在流傳中形成的異文而已，兩本所收的都是一篇詞作應是無疑的。

此詞上片「天時」一聯，用了《孟子·公孫丑》的典故：「天時不如地利，地利不如人和。」「沈同以其私問曰：『燕可伐與？』孟子曰：『可。』」而下片則用了《史記》卷八《高祖本紀》中「還歸過沛，留，置酒沛宫，悉召故人父老子弟縱酒，發沛中兒得百二十人，教之歌。酒酣，高祖擊筑，自爲歌詩曰：『大風起兮雲飛揚，威加海内兮歸故鄉。安得猛士兮守四方。』令兒皆和習之」的故實。

通觀全詞之意，很明顯，是在爲開禧間韓侂胄發動的北伐金國之舉的正當性和可行性作鼓吹。然而，這些頌諛之辭，施之於劉過則可，施之於四朝老臣辛稼軒則不可。劉過一生浪跡江湖，嘉泰三年正在行都，時值韓侂胄倡議北伐，劉過投向韓門，貢獻詩詞，參與宴樂，成爲標準的門客。其集中，投獻韓侂胄的詩詞就有十二首。不但稱之「師王」，比之爲韓忠獻（即其曾祖北宋宰相韓琦），且還有「華夷休戚，繫王顰笑」這樣的話（韓侂胄於慶元五年封平原郡王，嘉泰二年進太師，故劉過稱之「師王」）。以上所引，見劉過《呈陳總領五首》詩、《滿江紅·壽》詞）。是年冬，浙東安撫使辛稼軒曾約邀其到會稽訪問，因事未及行。四年春夏，劉過遂過京口，時辛稼軒知鎮江府，二人訂交。辛稼軒「館燕彌月，酬倡亹亹」（《桯史》卷二《劉改之詩詞》條）。早年，劉過曾有「十年曾此記來遊，有策中原一戰收」的詩句（《六合道中》詩），到了開禧改元之後，逢迎韓侂胄北伐的輿論需求，遂寫出「行定中原，錦衣歸相，分茅裂地」的詞句（《水龍吟》），這些都和《西江月》詞上片方言及北伐可行，而下片遽說到北伐勝利後，如漢高祖那樣得意歸鄉的心理完全一致。而辛稼軒，在嘉泰四年春出知鎮江府之初，雖也曾積極備戰，但他在鎮江的舉措，如派間諜偵伺金人實力和動向，招募沿邊土丁，欲創立一支北伐軍隊等等，都明顯帶有不相信韓侂胄等人鼓吹的輕易即可戰勝金人的輿論宣傳，而要用事實來澄清當時甚囂塵上的有害言論的目的。而《西江月》一詞所反映的思想水平和價值取向，全在於取媚於權臣韓侂胄，根本就與辛稼軒逆向而行，並無相同之處。

辛稼軒晚年再出，固然也是爲了恢復大業，但他鄙薄韓侂胄之爲人，不肯與之私交，因此，在開禧二年韓侂胄北伐之前後，從未被韓侂胄重用。《西江月》一詞不可能出自辛稼軒之手。

二、《清平樂》

新來塞北，傳到真消息。赤地居民無一粒，更五單于爭立。　維師尚父鷹揚，熊羆百萬堂堂。看取黄金假鉞，歸來異姓真王。

這首詞與見於劉過《龍洲集》和《龍洲詞》中的同闋，文字全同，無一字異文。

詞中有重要本事可尋。此詞開頭便言：「新來塞北，傳到真消息。」據其後二句所寫，從金人那裏傳來的消息就是敵國有災荒和内部争權之禍。葉紹翁《四朝聞見録》乙集《開禧兵端》條正好記載了此事：

韓侂胄亟欲興師北伐，先因生辰，使張嗣古假尚書入敵中，因伺虚實。張即韓之甥也。使事告旋，……亟問張以敵事。張曰：「以某計之，敵未可伐，幸太師勿輕信人言。」韓默然，風國信所奏嗣古詣金廷幾乎墜笏，免所居官。……韓後又遣李壁因使事往伺，壁歸，力以敵中「赤地千里，斗米萬錢，與韃爲讎，且有内變」相證。韓大喜，壁遂以是居政府。

查《宋史》卷三八《寧宗紀》二，開禧元年六月，遣李壁賀金主生辰（金章宗的天壽節定爲九月一日）。李壁使事歸來，路途可在四十日上下（此參考了《攻媿集》卷一一二《北行日録》的歸國行期），也就是説，其歸臨安，應在十月八日韓侂胄生辰稍後（韓之生日，據《桯史》卷一五《楊艮議命》條）。《永樂大典》卷一〇八七六虜字韻引李壁《雁湖集》的《開禧乙丑十月十二日使虜回上殿札子》，亦可證知李壁的行程。因而，李壁正是《清平樂》詞「新來塞北，傳到真消息」之人。

金國遭遇旱災事，見於《金史》卷一二《章宗紀》四，泰和四年（即宋嘉泰四年）二月，詔山東、河北旱，祈雨東北二嶽。四月、五月，又載「祈雨於社稷」，「以久旱，下詔責躬。……免時災州縣徭役及今年夏税」，「祈雨於北郊」。十二月，「敕陝西、河南饑民所鬻男女，官爲贖之」。可見金國災荒頗爲嚴重。這一消息逐漸傳到南宋境内，應在明年即開禧元年。李壁似乎就是始作俑者。而所謂「五單于争立」，用的是《漢書》卷九四《匈奴傳》呼韓邪等五單于争立故事，以喻指金世宗死後，立長子顯宗之子章宗，而屠殺諸叔，猜忌諸弟一事。此事之傳入南宋，雖未必就在開禧元年，但前一事即金國饑饉既然必在開禧元年，則可證明，《清平樂》這首壽韓詞，也只能是作於開禧元年。

考察辛稼軒晚年行蹤，知其於開禧元年六月自知鎮江府改知隆興府，以言者論列，罷新任而與宫觀，遂自鎮江起行歸鉛山，這有其《玉樓春·乙丑京口奉祠西歸將至仙人磯》及《瑞鷓鴣·乙丑奉祠歸舟次餘干賦》二詞爲證。此年秋冬，辛稼軒在鉛山期思家居，自然與李壁歸來所得到的新消息無緣，更無可能爲韓侂胄急欲北伐的壽誕賦寫賀詞，應當是毫無疑問的。

而劉過的行蹤，却能與此相吻合。《桯史》卷二《劉改之詩詞》條載：「廬陵劉改之過，以詩鳴江西。厄於韋布，放浪荆楚，客食諸侯間。開禧乙丑，過京口，余爲饟幕庾吏，因識焉。……暇日，相與蹠奇弔古，多見於詩。一郡勝處皆有之，不能盡憶，獨録改之《多景樓》一篇曰：『金焦兩山相對起，不盡中流大江水。一樓坐斷天中央，收拾淮南數千里。西風把酒閑來遊，木葉漸脱人間秋。』」開禧元年乙丑秋，劉過既在鎮江，而鎮江恰是李壁使金歸國後必經之地。且其回國到鎮江的時間又正與韓侂胄十月八日生日相近。查樓鑰《北行日録》，樓鑰於乾道五年十一月八日起行，六年正月一日在金燕京賀正旦畢，於五日入辭歸國。二十八日到淮上，二月七日抵鎮江丹陽館。自燕京到鎮江前後路途爲日四十二，抵臨安則爲二月十四日。李壁此次出使，其歸途至鎮江，亦應在開禧元年的十月八日之前。其出使金國的見聞，尤其在舉國正藴釀伐金之時，正是當時官員及士大夫關心的熱門話題，而此時劉過正周旋於鎮江的地方官和名士之中。可以想見，有關金國饑饉和内亂的消息，遂致劉過無比興奮，乃將此最新消息寫入投寄韓侂胄的壽詞中。因而，作此詞者曾爲韓侂胄宴席上的客人劉過，也自然順理成章。

嘉泰四年春，辛稼軒在知紹興府被召入見寧宗時，曾對金國形勢有一個判斷，見於《建炎以來朝野雜記》乙集卷一八《丙寅淮漢蜀口用兵事目》條的記載：

辛殿撰棄疾除紹興府，過闕入見，言金國必亂必亡，願付之元老大臣，務爲倉猝可以應變之計。

這本是辛稼軒被召時的一種預言，當時尚未有金人受災饑荒的報告。到了這年夏，辛稼軒在知鎮江任内得到派遣的間諜的敵情報告之後，對新任建康府學教授程珌討論過北伐的前途命運問題，曾有「虜之士馬尚若是，其可易乎」的話。這表明，辛稼軒始終是一個對國家的統一大業抱有負責態度的愛國志士。一年之後，當他已經被罷免，已經回到山間時，即使他真的得知李壁那些「赤地千里，斗米萬錢，與韃爲讎，且有内變」情報，也絶不可能轉向韓侂胄諂諛北伐，寫下「維師尚父鷹揚，熊羆百萬堂堂。看取黄金假鉞，歸來異姓真王」這樣的話來。然而，劉過一時諂諛權臣，却給他的好友辛稼軒帶來無窮的後患（辛棄疾與劉過爲友，只是欣賞其詩詞的豪放風格，二人政治上並非同道）。辛稼軒死後，主和派對其大加誣陷。《慶元黨禁》記載了時人的誣陷之辭：

辛棄疾因壽詞贊其用兵，則用司馬昭假黄鉞、異姓真王故事，由是人疑其有異圖。

辛啓泰在《辛稼軒年譜》中亦記載道：

先生因韓侂胄將用兵，值其生日，作詞壽之。……假鉞真王皆曹操、司馬昭秉政時事。先生卒後爲倪正甫所論，盡奪遺恩，即指此詞。

只因這首詞中用了《晉書》卷二《文帝紀》中司馬昭加假黄鉞的故實，以及漢唐封異姓假王，漢高祖有「即爲真王，何以假爲」的記載（《史記》卷九二《淮陰侯列傳》），遂致嫁禍於辛稼軒，成爲又一個不白之冤的公案。

這首詞無論是廣信書院本還是四卷本都没有收録，只有《吴禮部詩話》稱此詞爲「世傳辛幼安壽韓侂胄詞」，且已肯定爲劉過所作，故《稼軒集》中理應不收此詞，這更是此詞决非辛稼軒所作的重要依據。

三、《六州歌頭》

西湖萬頃，樓觀矗千門。春風路，紅堆錦，翠連雲，俯層軒。風月都無際，蕩空藹，開絶境，雲夢澤，饒八九，不須吞。翡翠明璫，争上金堤去，勃窣媻姍。看賢王高會，飛蓋入雲煙。白鷺振振，鼓咽咽。

記風流遠，更休作，嬉遊地，等閑看。君不見，韓獻子，晉將軍，趙孤存。千載傳忠獻，兩定策，紀元勳。孫又子，方談笑，整乾坤。直使長江如帶，依前是（扶）趙須韓。伴皇家快樂，長在玉津邊，只在南園。

這首詞用了甚多典故，寫參與韓侂胄南園盛會，頌揚其功業的情景。除了影宋鈔本《稼軒詞》丙集在卷的位置記載外，歷來却不曾有人引用或評述過這首詞。

上片先述寫南園盛會。《咸淳臨安志》卷八六載：「勝景園在長橋南，舊名南園，慈福以賜韓侂胄。後復歸御前。」陸游《放翁逸稿》卷上《南園記》載：「慶元三年二月丙午，慈福有旨，以别園賜今少師平原郡王韓公。其地實武林之東麓，而西湖之水匯於其下。天造地設，極山湖之美。公既受命，乃以禄入之餘，葺爲南園。」「看賢王高會」諸句表明，這首詞已作於慶元五年九月韓侂冑封王之後。「白鷺」二句，出自《詩・魯頌・有駜》：「夙夜在公，在公明明。振振鷺，鷺於下。鼓咽咽，醉言舞，於胥樂兮。」原用於頌揚魯僖公君臣相得之樂，這裏却被用作諂諛韓侂冑之辭。

下片純是議論，從韓獻子韓厥存活趙氏孤兒開始，直説到北宋的韓琦。「孫又子，方談笑，整乾坤。直使長江如帶，依前是扶趙須韓」諸句，把宋寧宗得繼光宗爲帝的擁立之功歸於韓侂冑一人，又只説「談笑整乾坤，使長江如帶」，未言及恢復開邊等事，可見這首詞的出現，必然還在慶元黨禁時期，亦即慶元六年至嘉泰二年初的二三年間。因其寫了春季的西湖高會，慶元五年秋其始封王，而嘉泰二年二月韓侂冑又廢除了黨禁，準備團結反對黨派，對金北伐，因此，此詞之作自不出此三年的春間。

辛稼軒在慶元元二年冬春間曾寫下一首《卜算子・飲酒不寫書》詞，上片四句：「一飲動連宵，一醉長三日。廢盡寒温不寫書，富貴何由得？」宋代有官人多勤於書札，以此爲聯絡交往的工具。當韓侂冑控制政權以後，辛棄疾就已經切斷了同韓侂冑及其黨徒的一切聯繫。其實，在慶元改元之初，辛稼軒本就是韓侂冑黨羽極力排擯的目標之一。來自韓黨的彈劾而見於《宋會要輯稿》的記載就有四次之多。辛稼軒對韓黨的深惡痛疾，其源即在於此。即使在慶元四年，因僞學逆黨籍公布，辛稼軒並未列名黨籍，因而被恢復職名宮觀之後，他也未嘗改變對韓黨的態度。在一首題爲「用韻答傅先之」的《念奴嬌》詞中，他寫道：「炙手炎來，掉頭冷去，無限長安客。丁寧黄菊，未消勾引蜂蝶。天上絳闕清都，聽君歸去，我自癯山澤。」不顧他人相勸，表示要堅守而不出山。嘉泰元年秋，他又作了數首《卜算子》詞，其中一首有句：「千古李將軍，奪得胡兒馬。李蔡爲人在下中，却是封侯者。」對韓侂胄專制下的用人極爲不滿。又寫道：「老我癡頑合住山，此地菟裘也。」完全是一種不與當權者合作的態度，這和《六州歌頭》所表現的意境，幾乎是風馬牛不相及的。所以，梁啓超於《跋稼軒集外詞》一文中寫道：「《六州歌頭》亦侂胄封王時媚竈之作，事同一律。集中有『戊午拜復職奉祠之命』《鷓鴣天》一詞……此種懷抱，此種意興，豈是作『看賢王高會，飛蓋入雲煙』等語之人耶？」因此，當下我們雖已無法弄清此詞的真正作者，但從上述角度看，這首詞根本不可能爲辛稼軒所作。

《吴禮部詩話》載：「『新來塞北……』又云：『堂上謀臣尊俎……』世傳辛幼安壽韓侂胄詞也。又有小詞一首，尤多俚談，不録。近讀謝疊山文，論李氏《繫年録》、《朝野雜記》之非，謂乾道間幼安以金有必亡之勢，願詔大臣預修邊備，爲倉卒應變之計，此憂國遠猷也。今摘數語而曰『贊開邊』，借西江劉過、京師人小詞，曰：『此幼安作也。』忠魂得無冤乎？故今特爲拈出。」江西劉過詞，應即《西江月》和《清平樂》，而京師人小詞，《詞苑叢談》卷一〇收入時作「京師人詞」，無「小」字，其即指《六州歌頭》，應即爲臨安人所作者。

至於四卷本何以收入此詞及劉過《西江月》一詞，以宋人所刻四卷本原面目已無從得見，其丙丁二集爲何人所編，皆已無任何資據可考，而清人的鈔本是否即宋刻本的原貌，也不得而知，因而這兩首的辨僞，也只能以上述理由爲據，今天已無法做出更清晰的論證了。

寫於二〇一二年十月十一日

有關辛稼軒生平事歷之文

稼軒記

洪邁

國家行在武林，廣信最密邇畿輔。東舟西車，蓬午錯出，勢處便近，士大夫樂寄焉。環城中外，買宅且百數，基局不能寬，亦曰避燥濕寒暑而已耳。

郡治之北可里所，故有曠土存，三面傅城，前枕澄湖如寶帶。其從千有二百三十尺，其衡八百有三十尺，截然砥平，可廬以居。而前乎相攸者皆莫識其處，天作地藏，擇然後予。濟南辛侯幼安最後至，一旦獨得之。既築室百楹，度財占地什四，乃荒左偏以立圃，稻田泱泱，居然衍十弓。意他日釋位而歸，必躬耕於是，故憑高作屋下臨之，是爲稼軒。而命田邊立亭曰植杖，若將真秉耒耨之爲者。東岡西阜，北墅南麓，以青徑款竹扉，錦路行海棠。集山有樓，婆娑有堂，信步有亭，滌硯有渚。皆約略位置，規歲月緒成之。而主人初未之識也，繪圖畀予，曰：「吾甚愛吾軒，爲我記。」

予謂侯本以中州雋人，抱忠仗義，章顯聞於南邦。齊虜巧負國，赤手領五十騎，縛取於五萬衆中，如挾㲋兔。束馬銜枚，間關西奏淮，至通晝夜不粒食。壯聲英概，懦士爲之興起，聖天子一見三歎息，用是簡深知。入登九卿，出節使二道，四立連率幕府。頃賴氏寇作，自潭薄於江西，兩地驚震，譚笑埽空之。使遭事會之來，挈中原還職方氏，彼周公瑾、謝安石事業，侯蓋饒爲之。此志未償，顧自詭跡，放浪林泉，從老農學稼，無亦大不可歟？

若予者倀倀一世間，不能爲人軒輊，乃當夫須襏襫，醉眠牛背，與蕘童牧孺肩相摩，幸未黎老時及見侯展大功名，錦衣來歸，竟廈屋潭潭之樂，將荷笠櫂舟，風乎玉溪之上，因圉隸内謁曰：「是嘗有力於稼軒者。」侯當輟食迎門，曲席而坐，握手一笑，拂壁間石細讀之，庶不爲生客。

侯名棄疾，今以右文殿修撰再安撫江南西路云。（祝穆《古今事文類聚》前集卷三六《民業部·農家類》）

辛棄疾諳曉兵事

朱熹

辛棄疾頗諳曉兵事。云：「兵老弱不汰可慮。向在湖南收茶寇，令統領揀人，要一可當十者。押得來便看不得，盡是老弱。」問何故如此？云：「只揀得如此，間有稍壯者，諸處借事去。州郡兵既弱，皆以大軍可恃，又如此！爲今之計，大段著揀汰，但所汰者又未有頓處。」

「某向見張魏公，説以分兵殺敵之勢：『只緣虜人調發極難，完顔要犯江南，整整兩年，方調發得聚。彼中雖是號令簡，無此間許多周遮，但彼中人纔逼迫得太急，亦易變，所以要調發甚難。只有沿淮有許多捍禦之兵。爲吾之計，莫若分幾軍趨關陝，他必擁兵於關陝；又分幾軍向西京，他必擁兵於西京；又分幾軍望淮北，他必擁兵於淮北。其他去處必空弱，又使海道兵擣海上，他又著擁兵捍海上。吾密揀精兵幾萬在此，度其勢力既分，於是乘其稍弱處，一直收山東。虜人首尾相應不及，再調發來添助，彼卒未聚，而吾已據山東。纔據山東，中原及燕京自不消得大段用力。蓋精鋭萃於山東，而虜勢已截成兩段去。又先下明詔，使中原豪傑自爲響應。』是時魏公答以：『某只受一方之命，此事恐不能主之。』」（《朱子語類》卷一一〇《論兵》）

辛稼軒畫像贊　陳亮

眼光有稜，足以照映一世之豪；背胛有負，足以荷載四國之重。出其毫末，翻然震動。不知鬢鬢之既斑，庶幾膽力之無恐。呼而來，麾而去，無所逃天地之間；撓弗濁，澄弗清，豈自爲將相之種？故曰真鼠枉用，真虎可以不用，而用也者，所以爲天寵也。（增訂本《陳亮集》卷一〇）

丙子輪對札子（其二）　程珌

臣聞自天地肇分以來，有中國則有戎狄也。而惟五胡雲擾，割據中原，則紊天地之常經，失華戎之大分，未有甚於此時者。然考其始興，稽其滅亡，率不過數十年。石勒、慕容儁各十餘年，苻健、姚秦三十餘年，元魏東西雖百餘年，而不能全有中原之地。故自元魏而後，奄地之廣，傳世之多，未有若女真者。肆我祖宗得請於上帝，假手韃靼，連歲屏除，岌岌之勢千鈞一髮矣。然一狄亡，一狄生，而又中原英豪與夫乘時姦夫，變出須臾，患生盤糾，風塵翕忽，平定難期。蓋中原腹心也，吴蜀荆襄四肢也，腹心受病，未有四肢獨安者，其可不重勤聖慮哉！

甲子之夏，辛棄疾嘗爲臣言：「中國之兵，不戰自潰者，蓋自李顯忠符離之役始。百年以來，父以詔子，子以授孫，雖盡僇之，不爲衰止。惟當以禁旅列屯江上，以壯國威。至若渡淮迎敵，左右應援，則非沿邊土丁，斷不可用。目今鎮江所造紅衲萬領，且欲先招萬人，正爲是也。蓋沿邊之人，幼則走馬臂弓，長則騎河爲盜，其視虜人，素所狎易。若夫通、泰、真、揚、舒、蘄、濡須之人，則手便犁鉏，膽驚鉦鼓，與吴人一耳，其可例以爲邊丁哉！招之得其地矣，又當各分其屯，無雜官軍。蓋一與之雜，則日漸月染，盡成棄甲之人。不幸有警，則彼此相持，莫肯先進。一有微功，則彼此交奪，反戈自戕，豈暇向敵哉？雖然，既知屯之不可不分矣，又當知軍勢之不可不壯也。淮之東西，分爲二屯，每屯必得二萬人乃能成軍。淮東則於山陽，淮西則於安豐，擇依山或阻水之地而爲之屯，令其老幼悉歸其中，使無反顧之慮，然後新其將帥，嚴其教閲，使勢合而氣震，固將有不戰而自屈者。」

又與臣言：「諜者，師之耳目也，兵之勝負與夫國之安危悉繫焉。而比年有司以銀數兩，布數匹給之，而欲使之捐軀深入，刺取虜之動息，豈理也哉？」於是出方尺之錦以示臣，其上皆虜人兵騎之數、屯戍之地，與夫將帥之姓名。且指其錦而言曰：「此已廢四千緡矣。」又言：「棄疾之遺諜也，必鉤之以旁證，使不得而欺。如已至幽燕矣，又令至中山，至濟南。中山之爲州也，或背水，或負山，官寺帑廪位置之方，左右之所歸，當悉數之。其往濟南也亦然。」又曰：「北方之地，皆棄疾少年所經行者，彼皆不得而欺也。」又指其錦而言曰：「虜之士馬尚若是，其可易乎？」蓋方是時，朝廷有其意而未有其事也。

明年乙丑，棄疾免歸。又明年丙寅，始出師。一出塗地，不可收拾：百年教養之兵，一日而潰；百年葺治之器，一日而散；百年公私之蓋藏，一日而空；百年中原之人心，一日而失。鄧友龍敗，朝廷以丘崇代之。臣從丘崇至於淮甸，目擊橫潰，爲之推尋其由，無一而非棄疾預言於二年之先者：所集民兵皆鉏犁之人，拘留維揚，物故幾半。臣言之崇，一日而縱去者不啻萬人，此蓋犯招兵不擇之忌也。禁旅、民兵，混而不分，争泗，攻壽，相戕殆盡，此蓋犯兵屯不分之忌也。兵數單寡，分佈不敷，人心既寒，望風争竄，此蓋犯軍勢不張之忌也。十月晦夜，虜人以筏濟兵，已滿南岸，而劉世顯等熟卧不知，遽報寖急，倉皇授甲。晨未及食，饑而接戰，一鼓大潰。至若烽亭，近在路隅，一聞邊聲，燧卒先遁，所至烽煙不舉，虜猝至前，率不能辨，此又犯諜候不明之忌也。丘崇經理曾未三月，而虜騎已渡淮矣。

夫往者之轍，來者之鑑也。覆而不鑑，則猶前轍耳。今日之事，固與前日大異：向也一於謀人，今焉專於自治。九重之所宵旰，廟堂之所經理，將帥之所舉行，無一日而或忘也。而來自邊方者，猶以爲兵屯未分焉，兵勢未張焉，所招之兵未皆壯勇焉。又言城築之事，春夏非時則土氣融液，板幹促迫則工力苟簡，異時恐不堅密焉。而臣區區之愚，竊謂邊方事宜誠難遥度。伏願陛下申詔諸將，使之相度山川形勢，覽觀丙寅覆轍，某城當築，某壕當浚，某堡當修，某寨當葺，上而川蜀，中而襄漢，下而兩淮，凡彼之所必攻，而我之所當備，其所可設伏也，某所當控扼也，某所可邀擊也，某地可持守也，酌其輕重，量其緩急。某所當屯若干也，某屯當增若干也，大綱細目，俾各以所見條具來上，而朝廷爲之斟酌而行之，如其所欲爲而責其成功。不及今無事之時，使之得以盡其所欲言，一旦有故，彼將曰：「某城朝廷所築也，某兵朝廷所屯也，某寨朝廷所修也，某池朝廷所浚也。力盡於不當爲之所，而功遺於所當用之地，非吾所與知也。」於是得以有辭矣。

昔之英主駕馭將帥，或面詰，或疏問，使之空臆盡言，因得以第其才能而占其成否，皆若是也。雖然，凡若是瑣瑣者，皆邊將事耳。若關宗社之大計，圖不世之偉功，則固有李德裕處回鶻之事而可以弭後患，种世衡自任邊方之責而不以累朝廷，此則未敢遽言也。蓋禮樂征伐自天子出，惟至神獨斷之。

李德裕有言：「跡疏而言親者危，地卑而意忠者忤。」臣不量其賤而冒昧及是，惟陛下幸赦之。

（《洺水集》卷二）

稼軒辛公贊

徐元杰

公名棄疾，字幼安。其先濟南人，徙於邑之期思。靖康之難，朝請公累族衆，不克南渡，常誨先生無忘國讎。紹興末，虜渝盟，乃與郡豪耿京，糾合義兵二十五萬，以圖克復。高宗勞師建康，亟入，條奏大計，上偉其忠，驟用之。會羣盜攻剽江右，先生毅然請行，衣繡，節制軍馬，期以一月盪平，果如其言。晚登禁從。所居有瓢泉、秋水，諫稿詞集行於世。

贊曰：摩空節氣，貫日忠誠。紳绶動色，草木知名。陽春白雪，世所共珍。秋水瓢泉，清哉斯

人。（《棵埜集》卷一一）

謝采伯記事一則

鶯粟，紅白二種，痔下者隨色用之，即愈。辛稼軒患此，已殆甚，一異僧以陳鶯粟煎全料人參敗毒散，吞下感通丸十餘粒，即愈。（《密齋續筆記》）

江東運司策問

謝枋得

景定中，江東轉運司行貢舉，引試北方士人一科。時疊山先生謝公枋得爲考試官，發策以中原爲問，問目筆力甚偉。當時遠近傳誦，今將五十年矣。故書中得舊本，恐失之，謾録於此：

問：事有利害不切身而傷懷，人有古今不同時而合志，吾亦不知其何心也。登治城，訪新亭，欲問神州在何處。自南渡百四十年，惟見青山一髮，眇眇愁予，耆老不足證矣。安得不夢寐東晉諸賢乎？衰草寒煙，猶帶齊梁光景，徒以重人黯然耳。不知秦淮舊月，曾見千載英雄肝膽乎？惜其遠而不可詰也。北來諸君，忠義之澤在心，慨歎黍苗，悲歌蒲柳，豈能忘情故都哉？本朝道德仁義之教，三代而後未有也。士大夫苟且媮惰無能遠，猶晉宋人物所不爲也。自隆興至端平三大敗，縉紳不敢問中原矣。兵端不可妄開，國事不可再誤。思目前之危急，舍分外之經營，兹猶可藉口。柏城澗水，草木自春，不知誰家墳墓乎？每歲寒食，夏畦馬醫之子，無不以麥飯灑其松楸者，長陵抔土，詎容置而不問哉？劉裕入長安，道洛謁五陵，時晉寄江左百十有三年矣。五胡雲擾，豈暇念晉陵廟？舜野禹穴，誰敢以疑心視之？此臣子不忍言之至痛也。由端平至今又三十年，八陵不復動淒愴。秦始皇、陳隱王之冢猶有人守之，三歲禋沛，義夫節婦墳墓亦禁樵採，況祖宗神靈所眷乎？士大夫沉於湖山歌舞之娛，何知有天下大義！諸君北風素心，豈隨末俗間斷哉！公卿談學問，自許孔孟；談功業，自許伊周。若限田，若鄉飲，若論秀，若舉逸，皆欲彷彿三代，此一事乃堪在晉人下哉？或謂本朝不能取中原者，其失有四：不保全名將，不信任豪傑，不招納降附，不先據中原。不知諸君所聞何如也。後來童穉，班荆輟音，固晉人所深恨。西北流寓，抱孫長息於東南，同父已知中原決不可復矣。一旦聞有北方豪俊試於漕闈，有司安得不驚喜也！猶記乾道壬辰，辛幼安告君相：「讎虜六十年必亡，虜亡而中國之憂方大。」紹定驗矣，惜乎斯人之不用斯世也。諸君亦有義氣如幼安者，百尺樓上，豈可不分半席乎？

或謂策問當設疑問難，今一筆說去，似非問目。然文氣振發，終是一篇好文字，其問目即藏於議論之中，但恐難爲對耳。（《隱居通議》卷二〇）

祭辛稼軒先生墓記

謝枋得

稼軒字幼安，名棄疾。列侍清班，久歷中外。五十年間，身事四朝，僅得老從官號名。稼軒垂殁，乃謂樞府曰：「侂胄豈能用稼軒以立功名者乎？稼軒豈肯依侂胄以求富貴者乎？」自甲子至丁卯而立朝署四年，官不爲邊閫，手不掌兵權，耳不聞邊議。後之誣公，以片隻字而文致其罪，孰非天乎？嘉定名臣無一人議公者，非腐儒則詞臣也。公論不明則人極不立，人極不立則天之心無所寄，世道如之何？

枋得先伯父嘗登公之門，生五歲，聞公之遺風盛烈而嘉焉。年十六歲，先人以《稼軒奏議》教之，曰：「西漢人物也。」讀其書，知其人，欣然有執節之想。乃今始與同志升公之堂，瞻公之像，見公之曾孫多英傑不凡，固知天於忠義有報矣。爲信陵置守冢者，慕其能得人也。祭田横墓而歎者，感其義高能得士也。謁武侯祠至不可忘，思其有志定中原而願不遂也。有疾聲大呼於祠堂者，如人鳴不平，自昏暮至三更不絶聲，近吾寢室愈悲，一寺數十人，驚以爲神。

公有英雄之才，忠義之心，剛大之氣，所學皆聖賢之事。朱文公所敬愛，每以「股肱王室，經綸天下」奇之，自負欲作何如人？昔公遇仙，以公其相乃青兕也。公以詞名天下。公初卜，得離卦，乃南方丙丁火，以鎮南也。後之誣公者，欺天亦甚哉！

二聖不歸，八陵不祀，中原子民不行王化，大讎不復，大耻不雪，平生志願百無一酬，公有鬼神，豈能無抑鬱哉？六十年來，世無特立異行之士，爲天下明公論，公之疾聲大呼於祠堂者，其意有所託乎？枋得倘見君父，當披肝瀝膽，以雪公之冤，復官，還職，恤典，易名，録後，改正文傳，立墓道碑，皆仁厚之朝所易行者。然後録公言行於書史，昭明萬世，以爲忠臣義士有大節者之勸。此枋得敬公本心，親國之事，亦所以爲天下明公論、扶人極也。言至此，門外聲寂然。枋得之心，必有契於公之心也。以隻雞斗酒酬於祠下。文曰：

嗚呼，天地間不可一日無公論，公論不明則人極不立，人極不立天地之心無所寄。本朝以仁爲國，以義待士大夫。南渡後宰相無奇才遠略，以苟且心術，用架漏規模，紀綱、法度、治兵、理財無可恃，所恃撫持社稷者，惟士大夫一念之忠義耳。以此比來，忠義第一人，生不得行其志，没無一人明其心，全軀保妻子之臣，乘時抵瞞之輩，乃苟富貴者，資天下之疑，此朝廷一大過，天下間一大冤，志士仁人所深悲至痛也。公精忠大義，不在張忠獻、岳武穆下。一少年書生，不忘本朝，痛二聖之不歸，閔八陵之不祀，哀中原子民之不行王化，結豪傑，志斬虜馘，挈中原還君父，公之志亦大矣。耿京死，公家比者無位，猶能擒張安國歸之京師，有人心天理者，聞此事莫不流涕。使公生於藝祖、太宗時，必旬日取宰相。入仕五十年，在朝不過老從官，在外不過江南一連帥。公没，西北忠義始絶望，大讎必不復，大恥必不雪，國勢遠在東晉下。五十年爲宰相者，皆不明君臣之大義，無實焉耳。

（《疊山先生文集》卷二）

同會辛稼軒先生祠堂記

謝枋得

唐虞五臣皆有帝王之才，三國英雄僅了將相之事。器不大不能以運天下。余談稼軒久，知其人。與同志會於金相寺，過其庵，可以想見夫器之大。夜宿祠堂前，公平日爲官但以隻雞斗酒爲膳，吾明日奠以隻雞斗酒。唐人謂「武侯祠堂不可忘」，悲其定中原、興漢室，有志而不遂也。天地間好功名必待真男子，儘多器大者得之。吾黨必有成稼軒之志者，毋忘此會。

同志者：闕大猷子遠、應君實伯誠、虞公著壽翁、南方應得人、王潛仲、胡子敬雲晁、藍國舉、張海潛、顏子宗、吴志道、袁太初、林道安、周人傑淑貞、吴仁壽、李仁叔、趙平民。外有稼軒之孫辛徽慶美如會。咸淳七年十月二十三記。（《疊山先生文集》卷七）

有宋南雄太守朝奉辛公壙志

辛衎

先君諱鞬，字仲武，家世濟南辛氏。自稼軒公仗義渡江，寓居信州鉛山縣之期思，因居焉。曾祖文郁，故任中散大夫，妣太令人孫氏。祖棄疾，故任中奉大夫、龍圖閣待制，累贈正議大夫，妣碩人趙氏、范氏。父秬，故任朝請大夫、直秘閣，贈中奉大夫，妣韓氏，贈令人。所生陳氏，封安人。

先君生於嘉定己巳四月二十三日。寶慶元年二月，以父任京西憲漕，該理宗皇帝登極恩，補將仕郎。紹定五年，銓試合格，授迪功郎、吉州永新縣主簿。未上，六年正月賞，循從事郎。適秘閣公有潼川憲節之命，私計不便，移籍，定差重慶府江津縣酒税。被臺檄攝尉，捕盗有功。端平元年秩滿，定差鎮江軍節度推官，未上。夔憲上前功於朝，嘉熙四年十月，特旨改承務郎，知嚴州浮安縣丞。淳祐二年三月，以父憂解官。四年六月，復隆興府新建縣丞。八年二月磨勘，轉承務郎。四月，知江州瑞昌縣事。九月磨勘，轉承事郎。寶祐元年四月磨勘，轉宣義郎。八月，堂差通判永州。開慶元年三月，以平劇賊鄭恩豪賞，轉宣教郎，敕差充提領犒賞酒庫所主管文字，未上。辟差兩浙運管。十月磨勘，轉通直郎。景定二年十一月磨勘，轉奉議郎。十二月，差知英德軍府事，未上。四年十二月，主管建康府崇禧觀。咸淳元年閏月，以度宗皇帝龍飛，該轉承議郎。九月，差知辰州軍州事，仍借紫，未上。以親老，改差江東安撫司參議官。四年二月磨勘，該轉朝奉郎。五年二月，丁生母憂。七年八月服闋，差知南雄州。先君至是年六十有三矣。早從秘閣公跋履襄蜀，險阻備嘗，及暮年而多病，無復榮進念。屢欲上致仕之章，未果。八年七月，卒於正寢。

先君娶魏氏，乃紹興名御史魏公矼之女孫也。先□□□□：衍、衢。□□，衍，衡州軍事判官。孫男三人：壽翁、關郎、進弟。先君卒之明年十有一月，奉柩遷□□□□，明年十有一月丙申，葬於山之麓，從治命也。

先君端簡嚴重，不言而躬行。事親孝，涖官廉，□□自政□□曲，和而不同。生一歲失母，問關求訪，垂晚歲得之。世皆□□壽昌事爲□，歷任□□州，及官輦下，清白一節，誠可以質諸鬼神。性雅節儉，處綺紈，欿然有韋布風，無一毫矜驕之顔，□三仕三已，喜愠不形之色。官四十年矣，位至二千石，先疇之外不加益。身死，家無遺貲。死之日，鉛人如悲親。則先君之大概可睹矣。不肖孤將求銘於當世之大手筆，遠日□彙次未□，□□其略，刻之幽宫云。

咸淳十年甲戌十一月，孤哀子衍泣血百拜謹記。

契家生奉議郎、直秘閣、廣南東路轉運判官兼提舉常平鹽事徐直諒書諱。（據原石拓片）

党承旨懷英辛尚書棄疾

劉祁

党承旨懷英，辛尚書棄疾，俱山東人。少同舍，屬金國初遭亂，俱在兵間。辛一旦率數千騎南渡，顯於宋。党在北方，擢第入翰林，有名，爲一時文字宗主。二公雖所趣不同，皆有功業寵榮，視前朝陶穀、韓熙載亦相况也。後辛退閑，有詞《鷓鴣天》云：「壯歲旌旗擁萬夫，錦襜突騎渡江初。燕兵夜娖銀胡簶，漢箭朝飛金僕姑。追往事，歎今吾，春風不染白髭鬚。却將萬字平戎策，換得東家種樹書。」蓋紀其少時事也。（《歸潛志》卷八）

宋兵部侍郎賜紫金魚袋稼軒公歷仕始末

辛公稼軒，名棄疾，字幼安，其先濟南，中州人。宋高宗紹興十年庚申五月十一日卯時生。十四歲領鄉薦。爲忠義軍節度使掌書記。三十有一年辛巳十二月，奉耿京表，詣行在，加升補承務郎、天平軍節度使掌書記。江陰軍簽判。廣德軍通判。司農寺簿。知滁州。江東帥參。倉部員外郎、倉部郎中。後爲江西提點刑獄。又除秘閣修撰、京西運使。知江陵府、湖北安撫。知隆興府、江西安撫。大理寺少卿。湖北運使。知潭州、湖南安撫。右文殿修撰、再知隆興府、江西安撫。福建提刑。大理寺卿。集英殿修撰，知福州、福建安撫。知紹興、浙東安撫。寶謨閣待制，知鎮江府。寶文閣待制，歷城縣開國男，知江陵府、湖北安撫。龍圖閣待制，尚書兵部侍郎。樞密都承旨。

官通奉大夫，贈光禄大夫。

初寓京口，後卜居廣信帶湖，爲煨燼所變，慶元丙辰，徙鉛山州期思市瓜山之下，所居有瓢泉、秋水。

開禧丁卯九月初十，終於家。卒之日，家無餘財，僅遺生平詞、詩、奏議、雜著書集而已。

紹定庚午，贈少保、光禄大夫，謚忠敏。奉敕葬鉛山鵝湖鄉洋源。立神道於官路，勒墓碑門石。

（《菱湖辛氏族譜》卷首）

按：據文中「徙鉛山州期思市瓜山之下」語，知右文爲元人所作。以元代宋後，改鉛山縣爲鉛山州也。

稼軒書院興造記

戴表元

廣信爲江、閩、二浙往來之交，異時中原賢士大夫南徙多僑居焉。濟南辛侯幼安居址闕地最勝，洪内翰所爲記稼軒者也。當其時，廣信衣冠文獻之聚既名聞四方，而徽國朱文公諸賢實來稼軒，相從遊甚厚。於是鵝湖東興，象麓西起，學者隱然視是邦爲洙泗闕里矣。然稼軒之居未久蕪廢，辛氏亦不能有之。辛未歲①，太守會稽唐侯震因豪民之訟，閱籍則其址爲官地。明年，乃議創築精舍以居生徒，纔成夫子燕居及道學儒先祠而唐侯去。其冬，鄱陽李侯雷初至，遂始竟堂寢齋廡門臺，諸役成而扁其額曰廣信書院，甲戌歲春也。

書院成之二十五年，是爲大德二年戊戌，官改廣信書院額還曰稼軒，而棟宇頽敝已甚。又五年，北譙朱侯霽至，展謁見之，作而曰：「茲復誰諉乎？」即屬山長新安趙君然明極力經理。初，書院之爲廣信也，計屋不啻二百楹，浮瓦鋪綴，不支風雨。及整頓完損，迄成堅廈。講廬齋房，儲倉膳庖，會朋之序，休客之次，通明之牖，備禮之器，於昔所有必補，凡今所無必具。植都門，繚周牆，甃文徑。余嘗以暇過趙君，岡巒迴環，榆柳掩鬱。長湖實帶横其前，重關華表翼其後，心甚羡之。問水堰，曰：「是中可種萬頭魚，今以蓄洩水處也。」問松臺，曰：「是稼軒遺跡，舊植柏千株，今增之成林也。」問桑圃官池，曰：「是稼軒所耕釣，今表而出之也。」問湖上門，曰：「是舊塗，自西循湖南東來，今始復也。」問新井，曰：「是舊甃，今得諸涯莽中，修浚而汲之，非新井也。」問地廣袤若何，曰：「是西北曠土，皆稼軒故物，爲營卒所侵。吾請於官得復，而萬户府又約束之，使無擾也。」問土役多寡、財計贏縮若何，曰：「吾力何以及之？此賴郡侯捐俸倡助，而諸人相與成之也。」問餘役尚幾何，曰：「吾所欲就何有極？使不以滿去，將專祠辛侯，别置小學，作一亭名倚晴，以眺靈山諸峰，一亭名魚樂，以俯西池，一亭名盪鷗，以復湖心之舊也。」

嗟夫，人嘗言有才不得位，及有位何嘗見其才，顧其志何如耳。一精舍之在廣信，於事未繫輕重，識者以是覘風化厚薄，吏治賢否。自唐、李二侯去，又廢幾何年，而僅遇今朱侯，其間豈皆無位而不爲乎？若趙君以一膻儒領空塾，能成賢守意，興重役，其才志彌不可及。謹爲摭實登載本末於石，以勸來者。（《剡源集》卷一）

①辛未，原作辛巳。按文中謂廣信書院成於甲戌，二十五年後爲元大德二年，則甲戌乃宋咸淳十年（一二七四），而辛

巳乃甲戌之前五十二年，與文意不合，因知辛巳乃辛未（咸淳七年，一二七一）之誤也。

辛幼安

于欽

辛幼安，濟南人。《宋名臣言行録》黜稼軒不取。朱文公稱曰：「稼軒帥湖南，賑濟榜祇用八字，雖只粗法，便見他有才。」況其忠英之氣見於辭翰者不一。嘗言曰：「雠虜六十年後必滅，虜滅而宋之憂方大。」其識如此。宋人既以傖荒遇之而不柄用，中原又止以詞人目之，爲可惜也，故識之。

《宋實録》載幼安贊韓侂胄用兵，侂胄敗，幼安獲罪於士論。非也。稼軒豪傑之士，枕戈待旦，有志於中原久矣。宋人舉國聽之，豈無所成？侂胄之敗，正陳同甫所謂「真虎不用，真鼠枉用」之所致，以此議公，可乎？（《齊乘》卷六《人物》）

辛殿撰小傳

王惲

棄疾字幼安，濟南人。姿英偉，尚氣節，少與泰安党懷英友善。肅慎氏既有中夏，誓不爲金臣子。一日，與懷英登一大丘，置酒曰：「吾友安此，吾將從此逝矣。」遂酌别而去。既歸宋，宋士夫非科舉莫進，公笑曰：「此何有？消青銅三百，易一部時文足矣。」已而果擢第。孝宗曰：「是以三百青凫，博吾爵者耶？其爲授觀文殿修撰。」及議邊事，主和者衆。公曰：「昔齊桓公雪九世之恥，《春秋》韙之。况我與金人不共戴天讎邪？今日之計，有戰伐而已。」時丞相侂胄當軸，與公議合，自是敗盟開邊，用兵於江淮間者數年，公力爲居多。開禧二年，除知紹興府，至陛辭，復以金人危亂，宜亟攻爲言，辭情慷慨，義形於色。繼侂胄再議恢復，乃以樞密都承旨召公於越，中道以疾卒，道號稼軒居士。今文集中壽南澗翁者，蓋侂胄也。初，公在北方時，與竹溪嘗遊泰山之靈巖，題名曰六十一上人，破辛字也。至元二十年，予按部來遊，其石刻宛在。（《玉堂嘉話》，又見《秋澗集》卷九四）

辛稼軒畫像贊

袁桷

妖雛殂江，八方沸騰。手提糢糊，仗義南興。閩越荆湘，是鎮是繩。智名勇功，蔑如浮雲。讒屢尼之，耳若不聞。聲裂金石，湛厥心君。運有南北，孰言一之？時有未完，矢詞窒之。卒全其歸，莫能蹟之。帶湖維居，喬木鬱新。目光背甲，佩兮振振。審象式瞻，宛其不泯。（《清容居士集》卷一七）

宋史辛棄疾傳

辛棄疾字幼安，齊之歷城人。少師蔡伯堅，與党懷英同學，號辛党。始筮仕，决以蓍，懷英遇坎，因留事金；棄疾得離，遂决意南歸。金主亮死，中原豪傑併起，耿京聚兵山東，稱天平節度使，節制山東、河北忠義軍馬，棄疾爲掌書記，即勸京決策南向。

僧義端者，喜談兵，棄疾間與之遊。及在京軍中，義端亦聚衆千餘，説下之，使隸京。義端一夕竊印以逃，京大怒，欲殺棄疾。棄疾曰：「匄我三日期，不獲，就死未晚。」揣僧必以虚實奔告金帥，急追獲之。義端曰：「我識君真相，乃青兕也，力能殺人，幸勿殺我。」棄疾斬其首歸報，京益壯之。

紹興三十二年，京令棄疾奉表歸宋。高宗勞師建康，召見，嘉納之，授承務郎、天平節度掌書記，併以節使印告召京。會張安國、邵進已殺京降金，棄疾還至海州，與衆謀曰：「我緣主帥來歸朝，不期事變，何以復命？」乃約統制王世隆及忠義人馬全福等，徑趨金營，安國方與金將酣飲，即衆中縛之以歸，金將追之不及。獻俘行在，斬安國於市，仍授前官，改差江陰簽判。棄疾時年二十三。

乾道四年，通判建康府。六年，孝宗召對延和殿。時虞允文當國，帝鋭意恢復，棄疾因論南北形勢及三國晉漢人才。持論勁直，不爲迎合。作《九議》並《應問》三篇、《美芹十論》獻於朝，言逆順之理，消長之勢，技之長短，地之要害，甚備。以講和方定，議不行。遷司農寺主簿。

出知滁州。州罹兵燼，井邑凋殘。棄疾寬征薄賦，招流散，教民兵，議屯田，乃創奠枕樓、繁雄館。

辟江東安撫司參議官，留守葉衡雅重之。衡入相，力薦棄疾慷慨有大略。召見，遷倉部郎官。提點江西刑獄，平劇盜賴文政有功，加秘閣修撰，調京西轉運判官。差知江陵府，兼湖北安撫。遷知隆興府，兼江西安撫。以大理少卿召，出爲湖北轉運副使，改湖南。尋知潭州，兼湖南安撫。盗連起湖湘，棄疾悉討平之。遂奏疏曰：「今朝廷清明，比年李全、賴文政、陳子明、李峒相繼竊發，皆能一呼嘯聚千百，殺掠吏民，死且不顧，至煩大兵翦滅。良由州以趣辦財賦爲急，吏有殘民害物之狀，而州不敢問。縣以並緣科斂爲急，吏有殘民害物之狀，而縣不敢問。田野之民，郡以聚斂害之，縣以科率害之，吏以乞取害之，豪民以兼並害之，盗賊以剽奪害之。民不爲盗，去將安之？夫民爲國本，而貪吏迫使爲盗。今年剿除，明年剗盪，譬之木焉，日刻月削，不損則折。欲望陛下，深思致盗之由，講求弭盗之術，無徒恃平盗之兵。申飭州縣，以惠養元元爲意，有違法貪冒者，使諸司各揚其職，無徒按舉小吏以應故事，自爲文過之地。」詔獎諭之。

又以湖南控帶二廣，與溪峒蠻獠接連，草竊間作，豈惟風俗頑悍，抑武備空虚所致。乃復奏疏曰：「軍政之敝，統率不一。差出占破，略無已時。軍人則利於優閑窠坐，奔走公門，苟圖衣食。以故教閲廢弛，逃亡者不追，冒名者不舉。平居則奸民無所忌憚，緩急則卒伍不堪征行，至調大軍，千里討捕，勝負未決，傷威損重，爲害非細。乞依廣東摧鋒、荆南神勁、福建左翼例，别創一軍，以湖南飛虎爲名，止撥屬三牙密院，專聽帥臣節制調度，庶使夷獠知有軍威，望風懾服。」詔委以規畫。乃度馬殷營壘故基，起蓋砦栅，招步軍二千人，馬軍五百人，傔人在外，戰馬鐵甲皆備。先以緡錢五萬，於廣西買馬五百匹，詔廣西安撫司歲帶買三十匹。時樞府有不樂之者，數沮撓之。棄疾行愈力，卒不能奪。經度費鉅萬計，棄疾善斡旋，事皆立辦。議者以聚斂聞，降御前金字牌，俾日下住罷。棄疾受而藏之，出責監辦者，期一月飛虎營栅成，違坐軍制。如期落成，開陳本末，繪圖繳進，上遂釋然。時秋霖幾月，所司言造瓦不易，問須瓦幾何，曰：「二十萬。」棄疾曰：「勿憂。」令厢官自官舍神祠外，應居民家取溝匵瓦二，不二日皆具，僚屬歎伏。軍成，雄鎮一方，爲江上諸軍之冠。

加右文殿修撰，差知隆興府，兼江西安撫。時江右大饑，詔任責荒政。始至，榜通衢曰：「閉糴者配，彊糴者斬。」次令盡出公家官錢銀器，召官吏、儒生、商賈、市民，各舉有幹實者，量借錢物，逮其責領運糴，不取子錢，期終月至城下發糴。於是連檣而至，其直自減，民賴以濟。時信守謝源明乞米救助，幕屬不從，棄疾曰：「均爲赤子，皆王民也。」即以米舟十之三予信。帝嘉之，進一秩。以言者落職，久之，主管沖佑觀。

紹熙二年，起福建提點刑獄。召見，遷大理少卿，加集英殿修撰，知福州，兼福建安撫使。棄疾爲憲時，嘗攝帥，每歎曰：「福州前枕大海，爲賊之淵。上四郡民頑獷易亂，帥臣空竭，急緩奈何？」至是，務爲鎮静。未期歲，積鏹至五十萬緡，榜曰備安庫。謂閩中土狹民稠，歲儉則糴於廣。今幸連稔，宗室及軍人入倉請米，出即糶之。候秋賈賤，以備安錢糴二萬石，則有備無患矣。又欲造萬鎧，招强壯，補軍額，嚴訓練，則盗賊可以無虞。事未行，臺臣王藺劾其用錢如泥沙，殺人如草芥，旦夕望端坐閩王殿。遂丐祠歸。慶元元年落職，四年復主管沖佑觀。

久之，起知紹興府，兼浙東安撫使。四年，寧宗召見，言鹽法。加寶謨閣待制，提舉佑神觀，奉朝請。尋差知鎮江府，賜金帶。坐繆舉，降朝散大夫，提舉沖佑觀。差知紹興府、兩浙東路安撫使。

辭免，進寶文閣待制。又進龍圖閣，知江陵府，令赴行在奏事。試兵部侍郎。辭免，進樞密都承旨，未受命而卒。賜對衣金帶，守龍圖閣待制致仕，特贈四官。

棄疾豪爽，尚氣節，識拔英俊。所交多海内知名士。嘗跋紹興間詔書曰：「使此詔出於紹興之前，可以無事讎之大恥，使此詔行於隆興之後，可以卒不世之大功。今此詔與讎敵俱存也，悲夫！」人服其警切。帥長沙時，士人或愬考試官濫取第十七名《春秋》卷，棄疾察之，信然。索亞牓《春秋》卷兩易之。啓名，則趙鼎也。棄疾怒曰：「佐國元勳，忠簡一人，胡爲又一趙鼎？」擲之地。次閲《禮記》卷，棄疾曰：「觀其議論，必豪傑士也，此不可失。」啓之，乃趙方也。

嘗謂：「人生在勤，當以力田爲先。北方之人，養生之具不求於人，是以無甚富甚貧之家。南方多末作以病農，而兼併之患興，貧富斯不侔矣。」故以稼名軒。

爲大理卿時，同僚吴交如死，無棺斂，棄疾歎曰：「身爲列卿，而貧若此，是廉介之士也。」既厚賻之，復言於執政，詔賜銀絹。

棄疾嘗同朱熹遊武夷山，賦《九曲櫂歌》。熹書「克己復禮」、「夙興夜寐」題其二齋室。熹殁，僞學禁方嚴，門生故舊至無送葬者。棄疾爲文往哭之，曰：「所不朽者，垂萬世名。孰謂公死？凛凛猶生！」

棄疾雅善長短句，悲壯激烈，有《稼軒集》行世。

紹定六年贈光禄大夫。咸淳間，史館校勘謝枋得過棄疾墓旁僧舍，有疾聲大呼於堂上，若鳴其不平，自昏暮至三鼓不絶聲。枋得秉燭作文，且且祭之，文成而聲始息。德祐初，枋得請於朝，加贈少師，謚忠敏。（《宋史》卷四〇一）

菱湖辛氏族譜之隴西派下支分濟南之圖

亮公十八世孫，第一世，惟叶公，大理評事。室王氏。生子一：師古。

第二世，師古公，儒林郎。室鄔氏。生子一：寂。

第三世，寂公，賓州司户參軍。室胡氏。生子一：贊。

第四世，贊公，朝散大夫，隴西郡開國男，亳州譙縣令，知開封府，贈朝請大夫。室崔氏夫人。贊公之子，第五世，文郁公，贈中散大夫。室孺氏，封令人。生子一，幼安公。

第六世，幼安公，諱棄疾，行第一，號稼軒。宋紹興十年庚申五月十一日卯時生。開禧丁卯年九月初十日卒，葬洋源。室趙氏，再室范氏，三室林氏。生子九：稹、秬、稏、穮、穰、穟、秸、褎、䆊。女二：長䅵，幼䆄。

第七世，稹公，諱稹，字兆祥，行九一。秬公，諱秬，字廣潤，行九二。稏公，諱稏，字望農，行九三。穮公，諱穮，字子尚，行九四。穰公，諱穰，字康功，行九五。穟公，諱穟，字君實，行九六。秸公，諱秸，字賓夫，行九七。褎公，諱褎，字仲舉，行九八。䆊公，諱䆊，行九九。（《菱湖辛氏宗譜》卷首）

濟南派下支分期思世系

始祖，第一世，稼軒公，諱棄疾，字幼安，號稼軒，行第一。宋紹興十年庚申歲五月十一日卯時生。十四歲領鄉舉，後爲忠義軍節度使掌書記。紹興三十一年辛巳十二月，奉表詣行在，奏補承務郎，充天平軍節度使掌書記。江陰軍簽判、廣德軍通判。司農寺簿，知滁州。江東帥參，倉部員外郎、倉部郎中。江西提刑。秘閣修撰、東京運使。知江陵府、湖北安撫。知隆興府、江西安撫。大理寺少卿。湖北運使，湖南運使。知潭州，安撫使。右文殿修撰、再知隆興府，江西安撫。福建提刑。大理寺卿。集英殿修撰、知福州，安撫。知紹興府、浙東安撫。寶謨閣待制、知鎮江府。寶文閣待制、尚書兵部侍郎。樞密都承旨。官止通奉大夫，贈光禄大夫。初寓京口，後卜居廣信帶湖，築居將成，丙辰火災，遷居鉛山州期思市。開禧丁卯年九月初十日卒於正寢。初室江陰趙氏，知南安軍修之女，卒於江陰，贈碩人。繼室范氏，蜀公之孫女，封令人，贈碩人。公與范碩人俱葬本里鵝湖鄉洋源，立庵名圓通。公生平出處、事跡見《行狀》、《年貌譜》，有《稼軒文集》行於世。生子九：長名稹，次名秬，三名䆉，四名穮，五名穰，六名穟，七名秸，八名褎，九名䆊。女二：長名穚，幼名穖。

第二世：九一公，諱稹，字兆祥，避難居興安之姚鋪，得其山曰𦤎坊，遂就居焉。生子三：奇、章、童。生女一，贅豐城縣進士李邇，後爲白玕李氏祖母。

九二公，諱秬，字廣潤，任撫州崇仁縣尉。避難下至臨川之廣東鄉七節橋九株松下，後見神山之勝概，有取曰辛墩，子侄遂定居焉。宋紹興己卯年生，室熊氏，司馬温公之女孫。生女一，適趙若璜。繼立浮興伍之子名立中，行十一。公再室李氏孺人。公葬何家樓，李氏孺人葬東山窠。生子四：三七、三八、三九、四十。

九三公，諱秠，字望農，官朝請大夫，直秘閣潼州提刑，任正議大夫。淳熙辛丑年四月十四日巳時生，淳祐壬寅年三月廿九日卒，葬北福寺。室熊氏，贈恭人。繼室范碩人女甥韓氏，生子四：韃、律、棣、肅。生女二：長適朝散大夫趙汝愚，幼早卒。（按：趙汝愚名當有誤。）

九四公，稼軒公四子諱穮，字子尚，仕至迪功郎、潭州衡縣尉。卒葬洋源。室聶氏，生子一：健。

九五公，稼軒公五子諱穰，字康功，仕至承務郎。卒葬隱湖。室祝氏，生子一：肇。

九六公，稼軒公六子諱穟，字君實，仕遺澤至承務郎。壽七十三，葬紫溪暨家。歲因兵火，改葬里之胡墠。室黄氏，復室王氏，三室丁氏，生子一：庸。

九七公，稼軒公七子諱秸，字賓夫，卒葬花園塢。室林氏，生子一：韋。

九八公，稼軒公八子諱褎，字仲舉，乙丑年生。黄樸榜及第，仕至從仕郎、平江府司户。庚戌年卒，乙未年葬信州之毛村。生子一：逮。

九九公，稼軒公九子名𥡴，早卒。

第三世，稹公子：奇公，遷南昌石亭，分辛坊超林塘里吴庫。

章公，遷居辜尾嶺。

童公，遷居永湖渡辜墩。

秬公子：三七公，秬公長子，諱康弼，字仲安，行第七，號明善。仕臨川府尹。宋淳熙乙未年生，葬寨里。室鴨塘湯氏孺人，葬茭塘。生四子：德煇、德烜、德燿、德燗。（按：臨川府尹語誤，淳熙前加宋字亦表明此二句文字爲元人所加。）

三八公，諱寧弼，字安生，室蔣氏。生子一：德榮。

三九公，諱細弼，淳熙辛丑生，爲伯友位祖。嘉定間爲撫州路千户鎮府。葬寨里。室鄧氏，生子二：大九，大十。（按：撫州元時升爲路，此與宋時所稱明顯不合，且淳熙八年下距元至元十二年改撫州爲路且一百七十年，知此諸語必誤。）

四十公，諱光弼，宋淳熙癸卯年生，室危氏，元初任翰林編修，右文殿直修撰，謫鄱陽，僑居興安石溪，後復分支，作鐵坑之祖。生子一：景嚴。（按：癸卯爲淳熙十年，下距元滅宋近百年，光弼不可能仕元，知此處誤。）

十一公，秬公繼立浮興之五子名立中，字正則，仕至文林郎，任福州福清丞，乙丑生，己巳卒，葬本里王家山。室弋陽陽吏部孫女，生子一：衢。生女二：長卒於家，幼適彭村祝。（浮興《里溪宗譜》作浮昇，五子，《宗譜》作五俱之子，辛啓泰《年譜》作伍俱之子。）

秬公子：十三公，諱韡，字仲武，仕奉正大夫，鎮江軍節度、江州瑞昌知縣。紹定二年三月，以平居賊鄭思升御史，再知南雄府，仕止忠議大夫。嘉定己巳年四月廿四日生，咸淳甲戌年七月卒，丙子年葬八都東山萬壽庵，有墓志。室三衢中丞魏矼女孫，生子二：衍、沖。（按：此條亦多有錯誤，可參出土墓志改正。）

十五公，諱律，字仲時，卒葬石原。

十七公，諱棣，字仲舉，仕至文林郎、台州寧海尉。嘉定壬午年生，咸淳戊辰年卒，葬隱湖。室胡氏，生子二：衕、衜。

十八公，諱肅，字仲恭，仕止文林郎、廣東帳官。咸淳乙酉年生，戊辰年卒，葬軫源。（按：乙酉爲寶慶元年，非咸淳。）

穮公子：十公，諱健，字剛中，開禧乙丑年生，嘉熙庚子年卒，葬洋源。室趙氏，生子一：衍。

穰公子：十九公，諱肇，字仲初，嘉定癸未生，早卒。

穟公子，十二公，諱庯，字仲登，己丑年生，黄檏榜及第，仕至從仕郎、平江司户。歿葬旌孝鄉。室劉氏，生子一：徽。

秸公子：十四公，諱韋，早卒。

裦公子：十六公，諱逮，嘉定壬午年生，咸淳庚午年卒，葬隱湖。

第四世，奇八公子：端公，字正甫，坪塘大使，室冷水危氏。

康公子：百十一公，諱德煇，光宗壬子生，葬茭塘，室徐氏，生子二：紹才、紹安。

百十七公，諱德烜，宋慶元戊午年生，室左氏，生子一：紹忠。

百十八公，諱德燿，宋嘉泰辛酉年生。德性明敏，隱處不仕，凡冠婚喪祭，行執古禮，鄉鄰重之。室蔡灣陳氏，宋嘉泰辛酉年生。俱葬樹嶺麥園窠。明洪武年創新庵祀之。生子三：紹孝、紹文、紹能。

康弼公子：百十九公，諱德燗，嘉泰甲子歲生，室左氏，生子一：紹賢。

寧弼公子：百十二公，諱德榮，宋光宗癸丑年生，室黄氏，生子一：紹穆。

細弼公子：百十六公，諱大九，人材奇偉，度量不凡，鄉里重之。室某氏，生子五。

大十公，諱大十，室危氏，生子五。

光弼公子：百四公，諱衢，字慶亨，室祝氏，生子一：壽龍。女三：長適李狀元，再適下落周，次適彭村，幼適徐。

鞬公子：百一公，諱衍，字慶長，仕至奉政大夫、監簿。嘉熙丁酉年生，大德甲申年卒。葬金相寺，立庵曰永思。室陳氏，繼室趙氏。生子六：壽翁、壽闕、壽明、壽康、壽昌出繼百七公爲嗣、壽椿。生女三，長適橋亭黄，次適余，幼適趙推官。

百五公，諱衡，字慶玉，淳祐甲午年生，咸淳乙丑年卒，葬未詳。

棣公子：百三公，諱衖，字慶通，淳祐癸卯年生，景炎丁丑年卒，葬金相寺。室洽陽余氏，生子二：壽元、壽崇。女一。

百七公，諱衛，字慶儒，卒葬金相寺前，繼立衍第五，生子一：昌壽。

肅公子：百八公，諱光祖，字慶元，仕至登仕郎，忠顯校尉。葬烏石源。室華氏，生子三：壽仁、壽棋、旺孫。

百九公，諱榮祖，字慶韶，葬軫源，室周氏，生子二：壽寶、壽孔。女二：長適趙，幼適余。

健公子：百二公，諱衍，字慶嘉，嘉熙戊戌年生，元貞乙未卒，葬瓢泉山。室洽陽余氏，繼室虞氏，生子一：壽宗。女三：長適余，次適徐，幼適傅。

庸公子：百六公，諱徽，字慶美，仕承德郎、江西招幹。續陳乞祖澤，任通仕郎歸。後除餘姚教諭。室三衢魏中丞女孫，生子一：壽南。女二：長適趙必大，次適東陽傅。（《菱湖辛氏族譜》卷首）

餘干里溪辛氏宗譜之自稼軒公派下世系五世相因之圖

稼軒公名棄疾，字幼安，行第一，號稼軒，謚忠敏。生於宋紹興庚申五月十一日卯時，歿於開禧丁卯年九月初十日午時，葬洋源。娶趙氏，續娶范氏，又娶林氏，生歿葬未詳。弱冠十四領鄉舉。靖康後南北不通，公志切公忠，公之倡義，心懷岳侯之復仇，聞金主亮弑，遂舉義旗，鳩義士耿京等，得忠義軍二十餘萬，斬叛將，復疆土，奉表行在。參謀幕府，安撫諸州，屢立偉功。不合當事，謝職杜門，與朱、陸、呂、劉四先生講學鵝湖。當事憚其骨鯁，起復難並，譖以辛字似帝，改辛未兹，遂致殞館，時開禧丁卯年九月初十日，暴薨於瓢泉水院。先娶江陰軍趙南安修之孫女、范碩人，生子九：稹、秬、秠、穮、穰、穟、秸、褎、䅭。生女二：秵、穖。理宗朝褒封光禄大夫、兵部、少保，謚忠敏，敕葬於鉛之七都圓通庵，驛路旁豎有金字碑，曰稼軒先生辛公神道。紹定庚午招魂葬公於龍湖塘，有石碑敕制。大元朝克取江西地，坊被胡兒毁碎。公生平事跡列前，著有《稼軒文集》行世，卷載史册，自立有家譜於子孫，以遺後世。

辛棄疾傳

辛棄疾字幼安，歷城人。紹興末，耿京據濟南，棄疾勸京南歸。會張安國殺京，棄疾縛安國，戮之於靈巖寺。遂南奔，夜行晝伏。孝宗召對，决意恢復，因作《九議》並《美芹十論》上之，以講和方定，議不行。遂著《杜鵑辭》，以勸其人心，極其衷至。尋守潭州。盗連起湖湘，棄疾悉討平之。朱文公嘗曰：「稼軒帥湖南，賑濟榜文只用八字，曰『劫禾者斬，閉糶者配』。雖只粗法，便見他有方略。」進樞密都承旨，臨卒，大呼：「殺賊！殺賊！」數聲而止。謚忠敏。謝疊山謂其慷慨大節，不在岳武穆之下，祀鄉賢。（康熙《濟南府志》卷三五《經濟傳》）

鉛山縣志事跡

稼軒辛公謚忠敏者，其先濟南人，徙居鉛山之期思。靖康之變，朝廷敕諭南遷，公慮族衆不克，每憤國仇，身任報復。紹興末，虜渝盟，乃結義士耿京等，糾合忠義軍二十五萬，以圖恢復。斬寇取城，報功行在。高宗勞師建康，陳大計八條奏聞，上偉其忠。參謀幕府。會逆寇攻剽江右，公毅然請行，衣繡節制軍馬，期以一月蕩平，果如其言。屢任安撫，輒建偉績。晚登禁從，不合當事，退處林泉。所居有瓢泉書院、秋水等閣，以寓其不得志之慨。因有《瓢泉秋水詞稿》遺後。

稼軒公墓，在鉛七都，創有圓通庵，驛路旁今神道碑存。（《菱湖辛氏族譜》卷首）

辛稼軒先生贊

浦源

勃然其氣，若縛張、邵而奮英勇也；肅然其容，若開宋主而陳《九議》也；毅然其色，若平江寇而深謀決策也；惻然其意，若江西救荒而立法通變也。是皆一節所施，所不得施者，歷四十年而不至大用，爲可恨也。贊曰：

朱綬貂蟬，冰玉其顔。凛凛英氣，見者膽寒。胡不將相，終老於閑？期思之居，山横水環。退而畝畎，有稼斯軒。笑歌詞章，清風莫攀。（〔乾隆〕《鉛山縣志》卷一二）

秋老屋稿軼事一則

朱照錦

辛稼軒先生因恢復之志未遂，没後精魂不泯，常在華柎山頂悲呼震天，經時不已，乃宋之忠臣也。後世文人祇以詞學稱，豈足以盡辛公哉？放翁亦然。（民國《續歷城縣志》卷五一）

舊本稼軒詞序跋文

稼軒詞序

范開

器大者聲必閎，志高者意必遠。知夫聲與意之本原，則知歌詞之所自出。是蓋不容有意於作爲，而其發越著見於聲音言意之表者，則亦隨其所蓄之淺深，有不能不爾者存焉耳。

世言稼軒居士辛公之詞似東坡，非有意於學坡也。自其發於所蓄者言之，則不能不坡若也。坡公嘗自言與其弟子由爲文，□多而未嘗敢有作文之意，且以爲得於談笑之間，而非勉强之所爲。公之於詞亦然，苟不得之於嬉笑，則得之於行樂。不得之於行樂，則得之於醉墨淋漓之際。揮毫未竟而客争藏去。或閑中書石，興來寫地，亦或微吟而不録，漫録而焚稿，以故多散逸。是亦未嘗有作之之意，其於坡也，是以似之。

雖然，公一世之豪，以氣節自負，以功業自許，方將斂藏其用，以事清曠，果何意於歌詞哉？直陶寫之具耳。故其詞之爲體，如張樂洞庭之野，無首無尾，不主故常。又如春雲浮空，卷舒起滅，隨所變態，無非可觀。無他，意不在於作詞，而其氣之所充，蓄之所發，詞自不能不爾也。其間固有清而麗、婉而嫵媚，此又坡詞之所無，而公詞之所獨也。昔宋復古、張乖崖方嚴勁正，而其詞乃復有穠纖婉麗之語，豈鐵石心腸者類皆如是耶？

開久從公游，其殘膏剩馥，得所霑焉爲多。因暇日裒集冥搜，才逾百首，皆親得於公者。以近時流布於海内者率多贋本，吾爲此懼，故不敢獨閟，將以祛傳者之惑焉。

淳熙戊申正月元日，門人范開序。（《稼軒詞》甲集）

辛稼軒集序

劉克莊

自昔南北分裂之際，中原豪傑率陷没殊域，與草木俱腐。雖以王景略之才，不免有失身苻氏之愧。

建炎省方畫淮而守者，百三十餘年矣。其間北方驍勇，自拔而歸，如李侯顯忠、魏侯勝，士大夫如王公仲衡、辛公幼安，皆著節本朝，爲名卿將。辛公文墨議論，尤英偉磊落。乾道、紹熙奏篇，及所進《美芹十論》、上虞雍公《九議》，筆勢浩蕩，智略輻湊，有《權書》、《衡論》之風。其所策完顔氏之禍，論請絶歲幣，皆驗於數十年之後。符離之役，舉一世以咎任事將相，公獨謂張公雖未捷，亦非大敗，不宜罪去。又欲使顯忠將精鋭三萬，出山東，使王任、開趙、賈瑞輩，領西北忠義爲前鋒，其論與尹少稷、王瞻叔諸人絶異。烏呼，以孝皇之神武，及公盛壯之時，行其説而盡其才，縱未封狼居胥，豈遂置中原於度外哉？機會一差，至於開禧，則向之文武名臣欲盡，而公亦老矣。余讀其書而深悲焉。

世之知公者，誦其詩詞而已。前輩謂有井水處，皆唱柳詞。余謂耆卿直留連光景，歌詠太平爾。公所作大聲鞺鞳，小聲鏗鍧，横絶六合，掃空萬古，自有蒼生以來所無。其穠纖綿密者，亦不在小晏、秦郎之下，余幼皆成誦。

公嗣子故京西憲稏，欲以序見屬，未遣書而卒。其子肅，具言先志。恨余衰憊，不能發斯文之光焰，而姑述其梗概如此。（《後村先生大全集》卷九八）

稼軒詞四卷

陳振孫

《稼軒詞》四卷，寶謨閣待制、濟南辛棄疾幼安撰。信州本十二卷，卷視長沙爲多。金亮之殞，朝廷乘勝取四十郡，未幾班師，復棄數郡。京東義士耿京據東平府，遣掌書記辛棄疾赴行在，京後爲裨將張安國所殺，棄疾擒安國以歸，斬之，見《朝野雜記》。（《直齋書録解題》卷二一）

論稼軒詞

陳模

蔡光工於詞，靖康間陷於虜中。辛幼安常以詩詞參請之，蔡曰：「子之詩則未也，他日當以詞名家。」故稼軒歸本朝，晚年詞筆尤高。嘗作《賀新郎》云：「緑樹聽鵜鴂。更那堪鷓鴣聲住，杜鵑聲切？啼到春歸無尋處，苦恨芳菲都歇。算未抵人間離别。馬上琵琶關塞黑，更長門翠輦辭金闕。看燕燕，送歸妾。將軍百戰身名裂。向河梁回頭萬里，故人長絶。易水蕭蕭西風冷，滿座衣冠似雪。正壯士悲歌未徹。啼鳥還知如許恨，料不啼清淚長啼血。誰伴我，醉明月？」此盡是集許多怨事，全與李太白《擬恨賦》手段相似。又止酒賦《沁園春》將止酒戒酒杯使勿近云：「杯汝來前，老子今朝，點檢形骸。甚長年抱渴，咽如焦釜；於今喜睡，氣似奔雷。漫説劉伶，古今達者，醉後何妨死便埋？渾如此，歎汝於知己，真少恩哉。更憑歌舞爲媒。算合作平生鴆毒猜。况怨無小大，生於所愛；物無美惡，過則爲災。與汝成言，勿留亟退，吾力猶能肆汝杯。杯再拜，道麾之即去，招則須來。」此又如《答賓戲》、《解嘲》等作，乃是把古文手段寓之於詞。賦築偃湖云：「疊嶂西馳，萬馬回旋，衆山欲東。正驚湍直下，跳珠倒濺；小橋横截，缺月初弓。老合投閑，天教多事，檢校長身十萬松。吾廬小，在龍蛇影外，風雨聲中。争先見面重重。看爽氣朝來三四峰。似謝家子弟，衣冠磊落；相如庭户，車騎雍容。我覺其間，雄深雅健，如對文章太史公。新堤路，問偃湖何日，煙水濛濛？」且説松而及謝家子弟，相如車騎，太史公文章，自非脱落故常者，未易闖其堂奥。劉改之所作《沁園春》，雖頗似其豪，而未免於粗。

近時宗詞者只説周美成、姜堯章等，而以稼軒詞爲豪邁，非詞家本色。紫巖潘牥云：「東坡爲詞詩，稼軒爲詞論。」此説固當。蓋曲者曲也，固當以委曲爲體。然徒狃於風情婉孌，則亦不足以啓人意，回視稼軒所作，豈非萬古一清風也？或云：「美成、堯章，以其曉音律，自能撰詞調，故人尤服之。」（《懷古録》卷中）

辛稼軒詞序

劉辰翁

詞至東坡，傾蕩磊落，如詩如文，如天地奇觀，豈與羣兒雌聲學語較工拙？然猶未至用經用史，牽《雅》、《頌》入《鄭》、《衛》也。自辛稼軒前，用一語如此者，必且掩口。及稼軒横豎爛漫，乃如禪宗棒喝，頭頭皆是。又如悲笳萬鼓，平生不平事，並盡巵酒，但覺賓主酣暢，談不暇顧，詞至此，亦足矣。然陳同父效之，則與左太沖入羣媪相似，亦無面而返。嗟乎，以稼軒爲坡公少子，豈不痛快靈傑可愛哉？而愁髩齲齒，作折腰步者，閹然笑之。《敕勒之歌》拙矣，「風吹草低」之句，與「大風起」語，高下相應，知音者少。顧稼軒胸中今古，止用資爲詞，非不能詩，不事此耳。

斯人北來，喑嗚鷙悍，欲何爲者？而讒擯銷沮，白髮横生，亦如劉越石陷絶失望，花時中酒，託之陶寫，淋漓慷慨，此意何可復道？而或者以流連光景、志業不終恨之，豈可向癡人説夢哉？爲我楚舞，吾爲若楚歌。英雄感愴，有在常情之外。其難言者，未必區區婦人孺子間也。世儒不知哀樂，善刺人，及其自爲，乃與陳後山等。嗟哉偉然，二大夫無異。吾懷此久矣，因宜春張清則取《稼軒詞》刻之，復用吾請。清則少遊杭浙，有奇志逸氣，必能仿佛爲此詞者。（《須溪集》卷六）

稼軒長短句序

李濂

稼軒辛忠敏公幼安，歷城人也。少與党懷英同師蔡伯堅。筮仕，决以蓍，懷英得坎，因留事金，稼軒得離，遂浩然南歸。紹興末，屢立戰功，嘗作《九議》暨《美芹十論》上之，皆切中時務。累官兵部侍郎、樞密都承旨。晚年解印綬，僑寓鉛山之期思，帶湖瓢泉，渚煙溪月，稼軒吟嘯其間，亦樂矣哉。

今鉛山縣南二十里許，有稼軒書院，而分水嶺下，厥墓在焉。

余家藏《稼軒長短句》十二卷，蓋信州舊本也，視長沙本爲多。序曰：

稼軒有逸才，長於填詞。平生與朱晦庵、陳同父、洪景盧、劉改之輩相友善。晦庵《答稼軒啓》有曰：「經綸事業，股肱王室之心；遊戲文章，膾炙士林之口。」劉改之氣雄一世，其寄稼軒詞有曰：「古豈無人，可以似吾稼軒者誰？」後百餘年，邯鄲張埜過其墓，而以詞酹之曰：「嶺頭一片青山，可能埋得淩雲氣？」又曰：「謾人間留得，陽春白雪，千載下，無人繼。」觀同時之所推獎，異代之所追慕，則稼軒人品之豪，詞調之美，概可見已。晦庵之殁，時黨禁方嚴，稼軒獨爲文往哭之。卒之日，家無餘財，僅遺平生著述數帙而已。烏呼，賢哉！

長短句凡五百六十八闋，余歸田多暇，稍加評點，間於登臺步壟之餘，負耒荷鋤之夕，輒歌數闋，神爽暢越，蓋超然不覺塵累之解脱也。惜乎世鮮刻本。開封貳郡歷城王侯詔，讀而愛之，曰：「余忝爲稼軒鄉後進，請壽諸梓，願惠一言以爲觀者先。」余聊摭稼軒之取重於當時後世者如此。其中妙思警句，則評附本篇云。

嘉靖丙申春二月，嵩渚山人李濂川父書於碧雲精舍。（《嵩渚文集》卷五六，題名據批點本補。）

内閣藏書目著録

《稼軒集》，四册，全。宋辛棄疾。長短句，又一册不全。（《内閣藏書目》卷二）

跋宋六十名家詞本稼軒詞　毛晉

蔡元工於詞，靖康中陷虜庭。稼軒以詩詞謁見，蔡曰：「子之詩則未也，他日當以詞名家。」故稼軒晚年，來卜築奇獅，專工長短句，累五百首有奇。但詞家争鬥穠纖，而稼軒率多撫時感事之作，磊落英多，絶不作妮子態。宋人以東坡爲詞詩，稼軒爲詞論，善評也。

古虞毛晉記。（《宋六十名家詞》）

澹生堂藏書目　祁承㸁

《辛稼軒詞》十二卷，二册，宋辛棄疾。（《澹生堂藏書目・集部》上）

稼軒詞提要

《稼軒詞》四卷（江蘇巡撫採進本），宋辛棄疾撰。棄疾有《南燼紀聞》，已著録。其詞慷慨縱横，有不可一世之概，於倚聲家爲變調。而異軍特起，能於翦紅刻翠之外，屹然别立一宗，迄今不廢。觀其才氣俊邁，雖似乎奮筆而成，然岳珂《桯史》記棄疾自誦《賀新涼》、《永遇樂》二詞，使座客指摘其失，珂謂《賀新涼》詞首尾二腔語句相似，《永遇樂》詞用事太多，棄疾乃自改其語，日數十易，累月猶未竟，其刻意如此云云，則未始不由苦思得矣。

《書録解題》載《稼軒詞》四卷，又云：「信州本十二卷，視長沙本爲多。」此本爲毛晉所刻，亦爲四卷，而其總目又注原本十二卷，殆即就信州本而合併之歟？其集舊多訛異，如二卷内《醜奴兒近》一闋，前半是本調，殘闕不全，自「飛流萬壑」以下，則全首係《洞仙歌》，蓋因《洞仙歌》五闋即在此調之後，舊本遂誤割第一首以補前詞之闕，而五闋之《洞仙歌》，遂止存其四。近萬樹《詞律》中辨之甚明，此本尚未及訂正，其中「歎輕衫帽，幾許紅塵」句，據其文義，「帽」字上尚有一「脱」字，樹亦未經勘及，斯足證掃葉之喻矣。今並詳爲勘定，其必不可通，而無别本可證者，則姑從闕疑之義焉。（《四庫全書總目》卷一九八）

書元大德己亥廣信書院刻本稼軒長短句卷首

黄丕烈

余素不解詞，而所藏宋元諸名家詞獨富。如汲古閣《珍藏秘本書目》所載原稿皆在焉。然皆精抄舊抄，而無有宋元槧本。頃從郡故家得此元刻《稼軒詞》，而歎其珍秘無匹也。《稼軒詞》卷帙多寡不同。以此十二卷者爲最善，毛氏亦從此抄出，惜其行款體例有不同耳。其間蕢據毛抄以增補闕葉，非憑空撰出者可比，而《洞仙歌》中缺一字，抄本亦無，因以墨釘識之。其十一卷中四之五一葉，亦即是卷七之八一葉之例，非文有脱落而故强就之也。是書得此補足，幾還舊觀。至於是書精刻，純乎元人松雪翁書，而俗子不知，妄作描寫，可謂浮雲之污。甚至强作解事，校改原文。如卷十中《爲人慶八十席上戲作》有云：「人間八十最風流，長貼在兒兒額上。」校者云：「下兒字當作孫。」澗蕢以爲「兒兒」或是奴家之稱，二語之意，當以八字作眉字解。知此，則改「兒」爲「孫」，豈不大可笑乎？本擬滅此幾字，恐損古書，故凡遇俗手描寫處，皆不滅其痕，後之明眼人當自領之。

嘉慶己未，黄丕烈識。（元刻本《稼軒長短句》卷首）

跋元大德刻本稼軒長短句　顧千里

《文獻通考》：「《稼軒詞》四卷。陳氏曰：『信州本十二卷，視長沙爲多。』」此元大德間所刊，以卷數考之，蓋出於信州本。《宋史·藝文志》云：「《辛棄疾長短句》十二卷。」亦即此也。

嘉慶己未，蕘圃買得於骨董肆，内缺三葉，出舊藏汲古閣抄本，命予補足。因檢卷中所有之字集而爲之，所無者僅十許字耳。既成，遂識數語於後。

七月廿二日，澗蕢書。（元刻本《稼軒長短句》卷末）

校刻稼軒詞記　王鵬運

光緒丁亥九月，從楊鳳珂同年假元大德州書院十二卷本，校毛刻一過。按毛本實出元刻，特體例既別，又併十二爲四，爲不同耳。元本所缺三葉，毛皆漏刻，又無端奪去《新荷葉》、《朝中措》各一闋。尤可笑者，元本第六卷缺處，《醜奴兒近》後半適與《洞仙歌》「飛流萬壑」一首相接，毛遂牽連書之，幾似《醜奴兒近》有三疊，令人無從句讀。又《鵲橋仙》壽詞「長貼在兒兒額上」句，校者妄書「下兒字當作孫」，爲顧澗薲、黄蕘圃所嗤，毛刻於此正改作「兒孫」，是以確知其出於此也。中間訛奪，觸處皆是。然亦有元本訛奪而毛刻是正之處。顧跋謂元本奪葉用汲古閣抄本校補，何以此本缺處又適與元刻相符，殊不可解。

往年刻雙白《漱玉詞》成，既擬續刊蘇辛二集，以無善本而止。今此本既已校正，聞鳳阿家尚有宋槧《眉山樂府》，倘再假我以畢此志，其爲益爲何如耶？

又，《稼軒詞》向以信州十二卷者爲足本，莫子偲《經眼録》有《跋萬載辛氏編刻稼軒全集》云：「詞五卷，校汲古閣本增多三十六闋。」按毛本雖云四卷，實併十二爲四，並非不足，其間缺漏，亦只較元本共少十闋，不知辛氏所補云何，附志以俟知者。

先冬三日，半塘老人記。（四印齋刻《稼軒長短句》）

校刊稼軒詞成率成三絶於後

王鵬運

曉風殘月可人憐，婀娜新詞競管絃。何似三郎催羯鼓，夙梧餘穢一時捐。

層樓風雨黯傷春，煙柳斜陽獨愴神。多少江湖憂樂意，漫呼青兕作詞人。

信州足本銷沉久，汲古叢編亥豕多。今日雕鐫撥雲霧，廬山真面問如何？（同上）

校刊稼軒詞成再記

王鵬運

是刻既成，適同里況夔笙孝廉來自蜀中，攜有萬載辛啓泰編刻《稼軒全集》，其長短句四卷，悉仍毛刻，詩文四卷，詞補遺一卷，則云自《永樂大典》抄出。補詞共三十六闋，内惟《洞仙歌·壽葉丞相》一闋已見元刻。近又見明人李濂評《稼軒詞》，爲萬歷間刻本，始知毛刻誤處皆沿襲於此，安得蕘圃所云毛抄舊本一爲讎勘也？半塘又記。（同上）

跋四卷本稼軒詞

梁啓超

《文獻通考》著録《稼軒詞》四卷（《宋史·藝文志》同），而引《直齋書録解題》注其下云：「信州本十二卷，視長沙爲多。」或誤以爲此四卷者即長沙本，實則直齋所著録乃長沙本，只一卷耳。十二卷之信州本，宋刻無傳，黄蕘夫舊藏之元大德間廣信書院本，今歸聊城楊氏，而王半塘四印齋據以翻雕者，即彼本也。可見《稼軒詞》在宋有三刻，一爲長沙一卷本，二爲信州十二卷本，三即四卷本。明清以來傳世者惟信州本，毛刻《六十一家詞》亦四卷，實乃割裂信州本以求合《通考》之卷數，毛氏常態如此，不足深怪，而使讀者或疑毛王二刻不同源，而毛刻即《通考》與宋志之舊，則大不可也。

近武進陶氏景印宋元本詞集，中有《稼軒詞》甲乙丙三集，其編次與毛王本全别，文字亦多異同，余讀之頗感興趣，顧頗怪其何以卷數畸零，與前籍所著録者悉無合也。嗣從直隸圖書館假得明吴文恪訥所輯《唐宋名賢百家詞》，其《稼軒集》正採此本，而丁集赫然在焉，乃拍案叫絶，知馬貴與所見四卷本固未絶於人間也。甲集卷首有淳熙戊申正月元日門人范開序，稱「開久從公游，暇日裒集冥搜，才逾百首，皆親得於公者。以近時流布於海内者率多贋本，吾爲此懼，故不敢獨閟，將以祛傳者之惑焉」。范開貫歷無考，然信州本有贈送酬和范先之之詞多首，而此本凡先之皆作廓之，蓋一人而有兩字，開與先與廓義皆相屬，疑即是人，誠從公游最久矣。戊申爲淳熙十五年，稼軒四十九歲，知甲集所載皆四十八歲以前作。稼軒年壽雖難確考，但六十八歲尚存，則集中有明證，乙丙丁三集所收，則戊申後十餘年間作也。其是否並出范開裒録，抑他人續輯，下文當更論之。

此本最大特色，在含有編年意味。蓋信州本以同調名之詞彙録一處，長調在先，短調在後，少作晚作，無從甄辨。此本閲數年編輯一次，雖每首作年難一一確指，然某集所收爲某時期作品，可略推見。

考稼軒以二十九歲通判建康府，三十一歲知滁州，三十五歲提點江西刑獄，三十七歲知江陵府，三十八歲移帥隆興（江西），僅三月被召内用，旋出爲湖北轉運副使，四十歲移湖南，尋知潭州兼湖南安撫，四十二三歲之間轉知隆興府兼江西安撫，五十間以言者落職，久之主管沖佑觀，五十二歲起福建提點刑獄，旋知福州兼福建安撫，五十四歲被召還行在，五十六歲落職家居，五十九歲復職奉祠，六十一二歲間起知紹興府兼浙東安撫，六十五歲知鎮江府，明年乞祠歸，六十七歲差知紹興府又轉江陵府，皆辭免，未幾遂卒。其生平仕歷大略如此。以上所考，據本傳，參以本集題注等，雖未敢謂十分正確，大致當不謬。

此本甲集編成在戊申元日，明見范序，其所收諸詞，皆四十八歲前官建康滁州湖北湖南江西時所作，既極分明。乙集於宦閩時之詞一首未見收録，可推定其編輯年當在紹熙二年辛亥以前，所收詞以戊申、己酉、庚戌等年爲大宗，亦間補收丁未以前之作。丙集自宦閩詞起收，其最末一首爲辛酉生日，蓋壬子至辛酉十年間，五十三歲至六十二歲之作，中間强半爲落職家居時也。丁集所收詞，時代頗爲廣漠難辨，似是雜補前三集之所遺。惟有一點極當注意者，稼軒晚年帥越、帥鎮江時諸名作，如《登會稽蓬萊閣》、《京口北固亭懷古》諸篇，皆未收録。（《北固亭懷古》詞云：「四十三年，望中猶記，烽火揚州路。」稼軒於紹興三十二年以忠義軍掌書記奉表歸朝，以嘉泰四年知鎮江府，相距恰四十三年。作此詞時年六十六，幾最晚作矣。）此決非棄而不取，實緣編集時尚未有此諸詞耳。然則丁集之編，當與丙集略同時，其年雖不能確指，要之四集皆在稼軒生存時已編成，則可斷言也。若欲爲《稼軒詞》編年，憑藉茲本，按歷年遊宦諸地之次第，旁考其來往人物，蓋可什得五六。就中江西一地，稼軒家在廣信，而數度宦隆興（南昌），故在江西所作詞及贈答江西人之詞，集中最多，其時代亦最難梳理，略依此本甲乙丙三集所先後收録，劃分爲數期，而推考其爲某期所作，雖未能盡正確，抑亦不遠也。

惟四集中丙丁集所甄採，似不如甲乙集之精嚴，其字句間與信州本有異同者，甲乙集多佳勝，丙丁集時或劣誤，似非同出一手編輯。若吾所忖度范廓之即范開之説果不謬，則似甲乙集皆范輯，丙丁集則非范輯。蓋辛范分攜，在紹熙元二年間，廓之赴行在，稼軒起爲閩憲，故丙集中即無復與廓之往還之作。廓之既不侍左右，自無從檢集篋稿，他人因其舊名而續之，未可知也。

信州本共得詞五百七十二首，此本四集合計，除其複重，共得四百二十七首，但其中却有二十首爲信州本所無者。（内四首辛敬甫補遺本有之。）丙集有《六州歌頭》一首，丁集有《西江月》一首，皆諛頌韓平原作。《西江月》之非辛詞，《吴禮部詩話》引謝疊山文已明辨之。《六州歌頭》當亦是嫁名。本傳稱：「朱熹殁，僞學禁方嚴，門生故舊至無送葬者，棄疾爲文往哭之。」時稼軒之年已六十一矣，其於韓不憚批其逆鱗如此，以生平澹榮利尚氣節之人，當垂暮之年而謂肯作此無聊之媚竈耶？范序謂懼流布者多贋本，此適足證丙丁集之未經范手釐訂爾。

戊辰中元，新會梁啓超。（《稼軒詞編年箋注》）

跋稼軒集外詞

梁啓超

此所謂集外者，謂信州十二卷本《稼軒長短句》所未收也。其目如下：

《生查子·和夏中玉》（一月霜天明）

《滿江紅》（老子當年）

《菩薩蠻》（稼軒日向兒曹說）

《菩薩蠻·和夏中玉》（與君欲赴西樓約）

《一翦梅》（塵灑衣裾客路長）

《一翦梅》（歌罷尊空月墜西）

《念奴嬌·謝王廣文雙姬詞》（西真姊妹）

《念奴嬌·三友同飲借赤壁韻》（論心論相）

《念奴嬌·贈夏成玉》（妙齡秀發）

《江城子·戲同官》（留仙初試砑羅裙）

《惜奴嬌·戲同官》（風骨蕭然）

《南鄉子·贈妓》（好箇主人家）此首亦見《稼軒詞》乙集。

《糖多令》（淑景鬥清明）此首亦見乙集。

《踏歌》（攧厥看精神）此首亦見甲集。

《眼兒媚·妓》（煙花叢裏不宜他）

《如夢令·贈歌者》（韻勝仙風漂渺）

《鷓鴣天·和陳提幹》（翦燭西窗夜未闌）

《踏莎行·春日有感》（萱草齊階）

《□□□·出塞春寒有感》（鶯未老）
《謁金門·和陳提幹》（山共水）
《鵲橋仙·送粉卿行》（轎兒排了）
《好事近·春日郊遊》（春動酒旗風）
《好事近》（花月賞心天）
《好事近》（春意滿西湖）
《水調歌頭·和馬叔度遊月波樓》（客子久不到）
《水調歌頭·鞏采若壽》（泰嶽倚空碧）
《賀新郎·和吴明可給事安撫》（世路風波惡）
《漁家傲·湖州幕官作舫室》（風月小齋模畫舫）
《霜天曉角·赤壁》（雪堂遷客）
《蘇武慢·雪》（帳暖金絲）
《緑頭鴨·七夕》（歎飄零離多會少）
《烏夜啼·戲贈籍中人》（江頭三月清明）
《品令》（迢迢征路）

右三十三首，見辛敬甫啓泰輯《稼軒集》（朱氏《彊村叢書·稼軒詞補遺》本），皆採自《永樂大典》者。原輯共三十六首，内《洞仙歌·壽葉丞相》一首已見信州本，《鷓鴣天》二首（天上人間酒最尊、有箇仙人捧玉卮）則誤採朱希真《樵歌》，今皆删去。

《南歌子》（萬萬千千恨）

右一首見《稼軒詞》甲集（陶氏涉園景宋本，乙丙集同）。甲集本有三首爲信州本所無，内《菩薩蠻》一首（稼軒日向兒童説）、《踏歌》一首（攧厥看精神）皆已見辛輯，不復録。

《浣溪沙·贈子文侍人名笑笑》（儂是嵚崎可笑人）

《鵲橋仙·贈人》（風流標格）

《行香子》（歸去來兮）

《一翦梅》（記得同燒此夜香）

《虞美人》（夜深困倚屏風後）

右五首見《稼軒詞》乙集。乙集原有八首爲信州本所無，内《糖多令》一首（淑景鬥清明）、《南鄉子》一首（好箇主人家）、《鵲橋仙》一首（轎兒排了），皆已見辛輯，不復録。

《六州歌頭》（西湖萬頃）

《西江月·題阿卿影像》（人道偏宜歌舞）

《清平樂》（春宵睡重）

《菩薩蠻·贈周國輔侍人》（畫樓影蘸清溪水）

右四首見《稼軒詞》丙集。

《祝英臺近》（緑楊堤芳草渡）

《鷓鴣天》（一片歸心擬亂雲）

《鷓鴣天》（欲上高樓去避愁）

《西江月》（堂上謀臣帷幄）

右四首見《稼軒詞》丁集（吴文恪《唐宋名賢百家詞》抄本）

《金菊對芙蓉·重陽》（遠水生光）

右一首見《草堂詩餘》。

凡四十八首，散在各本，最可收繕寫。《稼軒詞》自陳直齋即已推信州本爲最備，信州本有詞五百七十二首，益以此所録，都爲六百二十首，辛詞傳世者盡是矣。惟此四十八首在辛詞中價值何若，則有更待評量者。按《稼軒甲集》范開序稱「近時流布於海内者率多贋本」，甲集編成於淳熙戊申，時稼軒方在中年，而范開已有慨於贋本之混真，此後尚二十年，稼軒齒益尊，名益盛，則嫁名之作益多，蓋意中事耳。丁集所收《西江月》（堂上謀臣帷幄）一首，謝疊山已明辨其爲京師士人所作，不容以冤忠魂（見《吴禮部詩話》）。考韓侂胄下詔伐金，在開禧二年，此《西江月》决當作於彼時（據詞中「天時地利與人和，燕可伐與曰可」及「此日樓臺鼎鼐，明年帶礪山河」等語），依畢氏《續通鑑》，則稼翁已於開禧元年乙丑前卒，雖繫年未確，然翁於乙丑解鎮江（京口）帥任，奉祠西歸，兩見本集題注，翁蒞京口似未及一年，所以遽解職之原因雖不可確考，以理勢度之當是不贊開邊之議，故或自引退，或爲執政所排，歸後方飾巾待盡（翁蓋卒於開禧三年），安肯更學勢利市兒獻頌朝貴，此不待疊山之辨已可一言而決也。《六州歌頭》亦侂胄封王時媚竈之作，事同一律，集中於其年有戊午拜復職奉祠之命《鷓鴣天》一詞，文云：「老退何曾說着官，今朝放罪上恩寬。便支香火真祠俸，更綴文書舊殿班。扶病腳，洗衰顔，快從老病借衣冠。此身忘世渾容易，使世相忘却自難。」此種懷抱，此種意興，豈是作「看賢王高會，飛蓋入雲煙」等語之人耶？惟彼兩詞皆學稼軒而頗能貌襲者，意當時傳誦甚盛，編集者無識，率爾掺收，正乃范開所謂「吾爲此懼」耳。《永樂大典》所載佚詞，内失調名一首，題爲「出塞」字樣，稼軒生平無從出塞。又《漁家傲》一首，題有「湖州幕官」字樣，稼軒宦跡未到湖州，似皆屬贋鼎。自餘數十首，或妓席遊戲題贈，或朋輩酬應成篇，即使真出稼軒，在集中亦不爲上乘（諸佚詞中要以丁集之《祝英臺近》（緑楊堤青草渡）一首爲巨擘）。大抵辛詞傳本以范氏所編甲集爲最謹嚴可信，惜僅及中年之作，不能盡全豹，乙集倘亦出范手，但編成亦僅後四年耳（甲乙集所收出信州本外者共十一首，皆當認爲真辛詞）。信州本蓋輯於稼軒身後，故自少作以迄絶筆皆蒐採不遺。信州爲稼軒釣遊地，門人後學甚多，其慎擇或不讓范開，在宋代辛詞諸刻中當最爲完善。此諸佚詞或爲輯者所曾見而淘棄者，今重事掇拾，毋亦過而存之云爾。

戊辰秋，啓超記。（同上）

稼軒詞丁集校輯記

趙萬里

辛稼軒詞，自宋迄元，版本可考者得三本焉：一曰長沙坊刻一卷本，今已無傳，見《直齋書録解題》。二曰信州刻十二卷本，《直齋書録解題》、《宋史·藝文志》並著於録，傳世有元大德己亥廣信書院刊本。此本流傳最廣，明嘉靖間大梁李濂重刻之，毛氏汲古閣再刻之。毛本雖併爲四卷，然其章次與信州本合，其沿誤與李本同，蓋即自李本出，非真見原本也。《劉須溪集》卷六載《辛稼軒詞序》，稱宜春張清則取稼軒詞刻之，是宋末又有宜春張氏刻本。宜春於宋世屬袁州，或與信州本相近。三曰四卷本，馬端臨《通考》著於録。天津圖書館藏吴文恪訥《四朝名賢詞》本，以甲乙丙丁分卷，較信州本互有出入，蓋即《通考》所云之四卷本。武進陶氏嘗據影宋殘本刊入叢書中，而缺其丁集，今吴本丁集獨完，辛詞四卷本殆以此爲碩果矣。

余嘗據《花庵詞選》、《陽春白雪》、《全芳備祖》、《草堂詩餘》諸書所引以校四卷本及信州本，凡異於信州本者大都與四卷本合，且所載亦罕出四卷本外者，足徵四卷本乃當時通行本，而信州本爲晚出，無可疑也。

然辛詞除此三本外恐尚有他本。法式善自《永樂大典》録出佚詞，除《洞仙歌·爲葉丞相壽》一首已載信州本第六卷、四卷本甲集，《鷓鴣天》二首爲朱希真詞外，餘則見於四卷本者僅《菩薩蠻》（稼軒日向兒童説）、《南鄉子·贈妓》、《糖多令》（淑景鬥清明）、《踏歌》、《鵲橋仙·送粉卿行》等五首。其他《生查子》等二十八首，諸本俱未載。設《大典》所引非誣，則辛詞必尚有他刻。《劉後村大全集》九十八載《辛稼軒集序》中盛稱其詞：「橫絶六合，掃空萬古，穠纖綿密者，亦不在小晏、秦郎下。」是宋世《稼軒文集》必附載其詞，而《大典》所引殆據集本矣。惜法氏録自《大典》者僅佚詞數十首，至其他不佚諸闋，亦未據他本校之，其有無異同更不可知矣。兹迻録四卷本丁集全卷如後，明抄本多誤字，其顯見者悉爲改正。並據信州本校之，以補陶本之遺。

新會梁先生啓超嘗據以草《稼軒年譜》，且認爲有編年意味，有跋語考之甚詳。顧於自來辛詞版刻，迄未真切言之，故聊發其概焉。

萬里記。（《校輯宋金元人詞》）

跋毛抄本稼軒詞　夏敬觀

右毛鈔《稼軒詞》甲乙丙丁集四卷，明吴文恪公訥曾輯入《四朝名賢詞》，當與此同出一源。《稼軒詞》在清代二百餘年間，倚聲家幾於人手一編，大率毛氏汲古閣刊本最爲通行。萬載辛啓泰編刊全集，其長短句四卷悉仍毛刊，補遺一卷，云自《永樂大典》抄出。黄蕘圃獲元大德廣信書院刊本十二卷，其次第與毛刊無異，毛特變其體例，化十二卷爲四卷耳。顧澗薲爲蕘圃據毛抄增補缺葉，所謂毛抄，殆即刊汲古閣詞之底本歟？此甲乙丙丁四卷本，蕘圃蓋未之見也。元大德刊本，至光緒間，臨桂王氏四印齋、海豐吴氏石蓮庵始傳刊之。獨此四卷本最晚出，武進陶氏刊其前三卷，海寧趙萬里補印丁卷，顧皆未見毛抄原本也。

以毛刊、辛刊、王刊三本與此本對校，吴刊與王刊同。如《念奴嬌·賦雨巖》之「喚做真閑客」句，「客」字是叶，而三本均作「箇」，則失一韻。《烏夜啼》之「酒頻中」句，是用三國徐邈事，三本「頻」皆作「杯」。《玉樓春》之「日高猶苦聖賢中」句，亦是用徐邈事，王本知其誤而校正之矣，毛辛二刊本則「中」作「心」。《定風波》之「昨夜山公倒載歸」句，是用晉山簡事，三本「公」皆作「翁」，則不典矣。《稼軒詞》往往以鄉音叶韻，全集中不勝枚舉。《江神子·博山道中書王氏壁》詞，前結「不爭多」句，以「多」字入佳麻韻叶，此其例甚夥。如《玉蝴蝶·杜叔高書來戒酒》一首，用「多」、「何」、「呵」，《江神子》（簟鋪湘竹帳垂紗）一首，用「多」、「摩」、「何」、「麽」，《鷓鴣天》（自古高人最可嗟）一首，用「多」、「馳」，《上西平》（九衢中）一首，用「蓑」字，皆叶入佳麻韻。《江神子》（兩輪屋角走如梭）一首，用「沙」、「加」，《鷓鴣天》（困不成眠奈夜何）一首，用「家」字，皆叶入歌戈韻。而三本「不爭多」之「多」字，皆作「些」，以下半闋「晚寒些」之「些」字與上重複，則作「晚寒咱」，試問「晚寒咱」成何語句？又如《浣溪沙》之「臺倚崩崖玉滅瘢」句，是用《漢書·王莽傳》美玉可以滅瘢，此詞用元寒韻之「瘢」、「言」、「軒」，與真諄韻「顰」、「村」同叶，殆亦其鄉音如此。如《沁園春》（老子平生）一首，用「冤」、「園」入真諄韻亦其例。而三本「瘢」皆作「痕」，匪特不典，且忘「言」、「軒」亦在元寒韻。此類妄爲竄改之跡實不可掩。他若《沁園春》（杯汝知乎）一首，詞尾小注用邴原事四字，而毛辛二刊本則以此注冠於「甲子相高」一首之題上，云「用邴原事壽趙茂嘉郎中」，王氏知其非是而校正之矣。《稼軒詞》用典甚富，前一首末用邴原事固無須自注，此必後人所加，刊者誤冠次首題上，其跡猶可推想。又《感皇恩》題《讀莊子有所思》，三本皆作《讀莊子聞朱晦庵即世》，詳此詞未有追挽朱子之意，且朱子不言《老》《莊》，稼軒奈何於讀《莊子》時追念朱子耶？此六字不知從何而來，亦必後人妄增。此本兩題均無其語。略舉數端，已足證此抄之優於元大德刊本，微論毛辛兩刊矣。此外可借以校正三本之訛者尚不可勝數，備載校記，不復贅焉。

己卯臘盡，新建夏敬觀跋。（《稼軒詞編年箋注》）

又

張元濟

光緒季年，余爲涵芬樓收得太倉謏聞齋顧氏藏書，中有汲古閣毛氏精寫《稼軒詞》甲乙丙三集，詫爲罕見。取與所刊《宋六十一家詞》相校，則絶然不同。刊本以詞調長短爲次，此則以撰作先後爲次也。久思覆印，以缺丁集，不果行。未幾，雙照樓景印《宋金元明人詞》刊是三集，顧不言其所自來，而行款悉合，意必同出一源，然何以亦缺丁集，殆分散而始傳録者歟？吾友趙斐雲據抄明吴文恪輯本補印丁集，同一舊抄，滋多誤字，拾遺補闕，美猶有憾。去歲斐雲南來，語余：「近得某估得精寫丁集，爲虞山舊山樓趙氏故物，正可配涵芬樓本，且或爲一書兩析者。」余蹤跡得之，介吾友潘博山、顧起潛索觀，果如斐雲言，毛氏印記與前三集悉同，且原裝亦未改易，遂斥重金得之。龍劍必合，不可謂非書林佳話矣。婣婿夏劍丞精於倚聲，亟亟假閲，謂與行世諸本有霄壤之别，定爲源出宋槧。

余初不能無疑，回環覆誦，乃知毛氏寫校，即一點一畫之微，亦不肯輕率從事。丹鉛雜出，其爲字不成暨空格未填補者，凡數十見，蓋爲當時校而未竟之書。然即此未竟之工，尤足證其有獨具之勝。如乙集《最高樓》第三首《答晉臣》：「甚喚得雪來白倒雪，□喚得月來香殺月。」諸本空格均作「便」，而是本塗去者却是「便」字。《水龍吟》（第二見）第一首《過南劍雙溪樓》：「峽□□江對起。」諸本「峽」下二字均作「束蒼」，而是本塗去者，上爲「夾」，下却是「蒼」字。《鷓鴣天》第二首《席上再用韻》：「落日殘□更斷腸」，諸本空格均作「鴉」，而是本塗去者却是「鴉」字。又第三首《敗棋賦梅雨》：「漠漠輕□撥不開。」諸本空格均作「陰」，而是本塗去者却是「陰」字。丙集《木蘭花慢》第二首《題上饒郡圃翠微樓》：「笙歌霧鬢□鬟。」諸本空格均作「風」，而是本塗去者却是「風」字。《踏莎行·賦稼軒集經句》：「日之夕矣□□下。」諸本「夕矣」下二字均作「牛羊」，而是本塗去者却是「牛羊」二字。《雨中花慢·登新樓有感昌父斯遠仲止子似民瞻》：「舊雨常來，今□不來。」諸本空格均作「雨」，而是本塗去者却是「雨」字。揣其所以塗改之故，必爲誤書而非本字，諸本臆改適蹈其非。其他竄補，與既塗之字絶不同者爲數尤夥，原存空格亦大都填注，無跡可尋，以上文之例推之，絶不能與原書吻合。得見是本，殊令人有猶及闕文之感矣。

《稼軒詞》爲世推重，余既得此僅存之本，且賴良友之助得爲完璧，其何敢不公諸同好？劍丞既爲之書後，胡君文楷又取行世諸本勘其異同，撰爲校記，其爲是本獨有而不見於他本者，亦一一臚舉。今俱附印於後，俾閲者有所參覈。

范開序謂「裒集冥搜，才逾百首」，是編乃有四百三十九首。梁任公疑丙丁二集未經范手釐訂，然即甲乙二集亦已得二百二十五首，或范序專爲甲集而作，乙集而下，續序不無散佚。又諸家所刊在是編外者有詞一百七十九首，豈即出於范序所言「近時流布海内之贋本」歟？吾甚望他日或有更勝之本出，得以一釋斯疑也。

民國紀元二十有九年二月四日，海鹽張元濟。（同上）

稼軒詞版本源流再探索

辛更儒

一、論稼軒詞現存的四卷本和十二卷本系統

現存稼軒詞的版本，有四卷本和十二卷本兩個系統，分别是明代吴訥《唐宋名賢百家詞》本《稼軒詞》四卷和汲古閣影宋鈔本《稼軒詞》甲乙丙丁四卷本，元大德三年（一二九九）廣信書院所刻《稼軒長短句》十二卷本及其傳本。當代學者以現存版本推論稼軒詞的舊有版本，認爲自南宋以來，所流傳下來的不過如是兩個系統的版本而已，這一論點雖幾乎被視爲定論，但我認爲，鄧廣銘先生曾所斷言的「僅就現存各本而論，雖優劣互殊，究其本源均不出四卷本及十二卷本二者」

（《書諸家跋四卷本稼軒詞後》），以及在《稼軒詞編年箋注》的《例言》中所説的「辛詞刊本，系統凡二：曰四卷本，其總名爲《稼軒詞》，而分甲乙丙丁四集。……曰十二卷本，名曰《稼軒長短句》」諸語，還是可以商榷的。因爲據我的考察，在以上兩個系統的本子之外，宋代應當有第三種系統的稼軒詞刻本存在。

四卷本《稼軒詞》甲集編成於淳熙十五年（一一八八）正月，辛稼軒的門人范開作序，其中説：「開久從公遊，其殘膏剩馥，得所霑焉爲多。因暇日裒集冥搜，纔逾百首，皆親得於公者。以近時流布於海內者，率多贋本，吾爲此懼，故不敢獨閟，將以祛傳者之惑焉。」序文表明，甲集所收，是范開自淳熙九年遊學於稼軒之門以來，陸續所得到的稼軒詞，共一百零二首，編成之後的第二年，又蒐集到前未蒐集到的和淳熙十五年春間的近作九首，遂一併附於卷末。

四卷本乙丙丁三集是在甲集編成後陸續刊刻的，其所收並無一個確切的時間範圍，但大體上應先後刻成，其下限則一律斷在嘉泰三年（一二〇三）辛稼軒出任浙東安撫使之前。我們雖不知這三集編於誰人之手，也不知是否爲稼軒所過目，但范開離上饒赴臨安求官，事在淳熙十六年，范開不可能續編此三集却肯定無疑。

四卷本所收僅爲四百二十七首，既非全部稼軒詞，則其在稼軒身後必不能成爲最流行之本，這是情理之中的事。梁啓超跋文對乙丙丁三集所收頗有所疑，稱「丙集有《六州歌頭》一首，丁集有《西江月》一首，皆諛頌韓平原作。《西江月》之非辛詞，《吴禮部詩話》引謝疊山文已明辨之，《六州歌頭》當亦是嫁名」。他的懷疑是正確的,《六州歌頭》上片極力渲染韓侂胄在西湖高會的排場,與稼軒詞體不符。特别是辛稼軒與韓侂胄政治上的對立,在嘉泰二年之前已至行同陌路的地步,他怎麽可能在家居時寫出這樣一首詞來呢? 辛稼軒卒後受史彌遠專政的影響,被誣追隨韓侂胄開邊,在史彌遠病死之前(紹定六年,一二三三)一直得不到昭雪。今四卷本中有這兩首諛頌韓侂胄的詞,一定是長沙坊刻本在重刻時妄加補入。今傳四卷本有毛晉精鈔宋刊本,所謂宋刊,也就指應刻成於寧宗末或理宗初年的長沙坊刻本。

十二卷本《稼軒長短句》今雖有元大德廣信書院刻本,但陳振孫「信州本十二卷,視長沙爲多」一語却極重要(陳振孫《直齋書録解題》卷二一)。它證明,元本僅僅是宋信州本的翻刻本而已。梁啓超、鄧廣銘二先生均認爲十二卷本是稼軒卒後所刻,這一論點是正確的。但十二卷本大致刻於何時,却未深考。今查范開字廓之,四卷本稼軒詞中涉及到廓之姓字時,無不照直書寫,而元廣信本則都改成了「先之」。四卷本甲集《念奴嬌》(近來何處闋)有句「獨倚西風寥廓」,元廣信本則將「寥廓」改作「寥闊」。「廓」字,宋寧宗名擴,但「闊」字不是避諱字。元本的避諱承襲了宋信州本,由此推斷,信州本應在寧宗之世刻成。還有一個例證: 宋理宗即位前夕改名爲昀,按照慣例,凡與昀同音的字也都應避諱。但元廣信本却有三首《浣溪沙》詞,如「父老争言雨水匀」之類,都没有避理宗諱,《菩薩蠻》(香浮乳酪玻璃盞闋)也有「萬棵寫輕匀」句未避,足見信州本必然刊刻於理宗即位之前。

鄧廣銘先生於一九五八年改定的《書諸家跋四卷本稼軒詞後》一文中認爲：元大德廣信書院本《稼軒長短句》收有「丁卯八月病中作」之《洞仙歌》，丁卯即稼軒卒年，則其編刊必在稼軒卒後。「十二卷本編次體例頗精嚴，稍涉輕儇或拙濫之作，尚多擯而不録，更無論於贋鼎矣。」到了一九九一年修訂《稼軒詞編年箋注》畢，寫《增訂三版題記》時，他又指出，「細考這個版本（指廣信本）的淵源，知其必出自曾任京西南路提刑的嗣子辛稏所編定，由稼軒之孫辛肅請求劉克莊寫了序文（見《後村先生大全集》卷九八《辛稼軒集序》，《四部叢刊》初編本），嗣即在上饒予以刊行的那部只收詞而不收詩的《辛稼軒集》（《後村先生大全集》卷一七六《詩話》後集）。既是如此，則凡收録於廣信書院本中的全部辛詞，自不至有贋品羼入；而其中對同調各詞的編置次第，對於辛詞的編年也具有極大的參考價值。」

對於廣信本可以作爲大致編年的參考的意見，我是同意的，並且在爲鄧先生修訂《箋注》一書時即按此意見處理，使全部稼軒詞基本上有編年可考。但我對廣信本即《辛稼軒集》所收辛詞的底本一説却始終存有疑問。理由很簡單，十二卷本不論何人編定，既然爲宋寧宗避諱那麼嚴格，就一定是刊印在寧宗朝，而辛肅所刊《辛稼軒集》却刻成在理宗寶祐五年（一二五七）以後，按照宋代避諱的不成文規定，此時重刻稼軒十二卷本，則范廓之的「廓」字完全可以回改，而以闕末筆形式出現，不必再隨便地以「范先之」來代替。所以，以十二卷本爲家傳本，因而斷定它在各本中惟我獨尊的結論也未必準確。

二、論稼軒詞全集本

鄧廣銘先生曾説,「稼軒詞自來傳誦極廣,而歷代刻本實未多見。」儘管如此,他還是在《書諸家跋四卷本稼軒詞後》一文中搜羅了宋元之世的四種未見版本,説明在辛氏生前,其詞集必刊印多種版本,決非只有《稼軒詞》四卷本一種。范開於淳熙十五年正月便言及稼軒詞海内「多贋本」,亦可證知。這四本中,有三本刊印於稼軒身後(劉克莊作序的《辛稼軒集》全集本詞集、劉辰翁於《稼軒詞序》中所列宜春張清則刻本、元王惲《玉堂嘉話》卷五所新刊的《稼軒樂府》),雖然此三本鄧先生有「俱所不曉」的斷言,但我還是想對此進行一下深入探討。

劉辰翁《序》中所説的《稼軒詞》,我們的確全無所知。其餘二本,一爲《稼軒集》本,一爲《稼軒樂府》本。後者王惲謂是「新刊」,新刻印的本子並不一定就是新編。例如,元大德廣信書院本是源於宋代的信州十二卷本而並無任何改動,包括宋人的避諱字,由於不能確指爲何人而還原爲某字,故皆一仍其舊。《稼軒樂府》很可能也是這種情況,是源於宋代流行的某一本子。不過,對於此本,王惲另有一處提到它。其《秋澗樂府》有一首《感皇恩》詞,題目是:「與客讀《稼軒樂府全集》。」(元耶律鑄的《雙溪醉飲集》卷六亦有《鵲橋仙》詞,題稱「閬州得《稼軒樂府全集》」)王惲謂此書爲「全集」,可知必是元代存世最全的稼軒詞集本。

衆所周知,十二卷本《稼軒長短句》和四卷本《稼軒詞》各收詞五百七十二首和四百二十七首,和現存的六百二十九首之間尚各有數十首至一百首的未收詞。而現存的數目還僅僅是現尚能收集到的，必還有相當一部分詞作未被收集到。因此現存的十二卷本和四卷本充其量只能是精選本，遠説不上是足本或全本。

那麽，在稼軒没世之後有没有一個稼軒詞的足本或全集本流傳於世呢？有。此本也許就是《稼軒樂府全集》的祖本。

鄧廣銘先生曾説，「就現存各本而論，雖優劣互殊，究其本源均不出四卷本及十二卷本二者」。我以爲實際情況並非如此。自稼軒去世以迄於南宋滅亡，七十二年之間，筆記雜談所引，類書政書所録，總集詞選所引的稼軒詞表明，當時最流行的本子既不是四卷本，也不是十二卷本，而是一種包括全部稼軒詞的本子，這個本子的一些字句和四卷本或十二卷本都有不同，題目也差别很大，但今日所能見到的稼軒佚詞（指四卷本和十二卷本兩本之外的稼軒詞）則都收在這個本子之中，顯然，這是當時存在第三種系統稼軒詞的有力證據。

例如：編於慶元間的一種詞總集《草堂詩餘》前後四卷（《草堂詩餘》今存最早之本爲元至元三年即一三三七年的刊本，後來又有多种刊本出現，如《增修箋注妙選羣英草堂詩餘》即對原書有所增添，约刊於宋亡之前。此據文淵閣《四庫全書》本《類編草堂詩餘》），共收稼軒詞九首，其中的《蝶戀花》（誰向椒盤簪綵勝闋）有句云：「往日不堪長記省，爲花長抱新春恨。」後一句廣信本和四卷本俱作「爲花長把新春恨」；

《鷓鴣天》（枕簟溪堂冷欲秋闋）有句云：「紅蓮相倚深如怨，白鳥無言定是愁。」而廣信本和四卷本則作「紅蓮相倚渾如醉，白鳥無言定自愁」；

《祝英臺近》（寶釵分闋）有句云：「陌上層樓，十日九風雨。斷腸點點飛紅，都無人管，更誰勸流鶯聲住？」廣信本和四卷本俱作「怕上層樓……斷腸片片飛紅……」；

《水龍吟》（渡江天馬南來闋）上片末段云：「功名本是，真儒事，君知否？」廣信本後三字作「公知否」，四卷本同此本；

《沁園春》（三徑初成闋）有兩句是「身閑要早」和「東崗更葺茅齋」，而廣信本和四卷本則作「身閑貴早」和「東岡更葺茅齋」。

而此本的卷二收有《金菊對芙蓉》（遠水生光闋）一首，卷四收有《賀新郎》（瑞氣籠清曉闋）一首，爲兩本所不載，應當是稼軒佚詞。《稼軒詞編年箋注》於卷二收録了第一首，並在「編年」中寫道：「右《金菊對芙蓉》一闋，各本俱不收，惟見《草堂詩餘》後集《節序》門。《草堂詩餘》成書在慶元以前（見《四庫提要》），謂系稼軒所作，當可憑信。因附於帶湖期内諸作之後。」然而題爲「吉席」的《賀新郎》（瑞氣籠清曉闋）詞，同樣收於《草堂詩餘》，何以《箋注》拒收？《箋注》没有説明理由。查梁啓超《跋稼軒集外詞》列稼軒佚詞四十八首，其中即有《金菊對芙蓉》而無《賀新郎》，並説此四十八首「最可收繕寫」，然而這是否是説《賀新郎》不可信？另查《全宋詞》在所收稼軒詞之最後收録了這首《賀新郎》的全文：

瑞氣籠清曉。卷珠簾次第笙歌，一時齊奏。無限神仙離蓬島，鳳駕鸞車初到。見擁個仙娥窈窕。玉佩玎瑺風縹緲，望嬌姿一似垂楊嫋。天上有，世間少。　劉郎正是當年少。更那堪天教付與，最多才貌。玉樹瓊枝相映耀，誰與安排忒好。有多少風流歡笑。直待來春成名了，馬如龍緑樹欺芳草。同富貴，又偕老。

其後編者作按語云：「按此首不似辛棄疾作。惟『劉郎正是當年少』三句，宋人已歌之，見劉塤《水雲詩餘》，末句作『許多才調』，稍有不同。此首必宋人作，姑附於此。」既然梁啓超和唐圭璋等先生對此詞均有疑義，鄧廣銘先生疑未能定，故棄而不顧。但我以爲，宋人風俗，於迎娶新婦之際，要由司儀在門前念吉席歌詞，此情景可由宋代話本《花燈轎蓮女成佛記》的描寫中大致窺見。辛稼軒在帶湖期間爲鄉間父老寫下迎親詞，並非無此可能，且此詞同稼軒詞風並無多大差異。劉塤《謁金門》詞有小序稱：「臨汝有歌者稍慧，咸淳中，嘗與吟朋夜醉其樓，對予唱《賀新郎》詞，至『劉郎正是當年少，更好堪天教付與，許多才調』之句，笑謂予曰：『古曲名，今日恰好使得。』予因以此意作小詞題壁，明日遂行。後二年再訪之，壁間醉墨尚存，而人已他適矣。」可知此詞頗傳誦一時，不知何以「不似辛棄疾作」？

編成於理宗寶祐元年（一二五三）的《全芳備祖》和寶祐五年（一二五七）的《古今合璧事類備要》也都收了稼軒詞，前者收十三首，後者收八首，這二十一首詞都是賦詠花草的，與前引《草堂詩餘》有别。但值得注意的是其中的字句也多與廣信本和四卷本不同。

例如，這兩種書都引録了辛稼軒詠梅的《最高樓》、《瑞鶴仙》，詠牡丹的《鷓鴣天》，詠木犀的《清平樂》，詠櫻桃的《菩薩蠻》，詠水仙的《賀新郎》詞，兩本所引有與四卷本、廣信本都不相同之處，而兩本却大體相同。《最高樓》（花知否闋），《古今合璧事類備要》別集卷二一所引有句云：「清香怕有人知處。」《全芳備祖》前集卷一所引相同，而廣信本、四卷本丙集則均作「風流怕有人知處」；

《瑞鶴仙》（雁霜寒透幕闋），《事類備要》別集卷二一所引有句云：「想含章弄粉，豔妝難學。」《全芳備祖》卷一所引相同，而廣信本則作「含香弄粉」（此詞四卷本未收）；

《清平樂》（少年痛飲闋），《事類備要》別集卷三八所引有句云：「明月團圓高樹影，十里薔薇水冷。」《全芳備祖》前集卷一三所引相同，而廣信本則作「明月團團高樹影，十里水沉煙冷。」四卷本丙集亦與廣信本不同；

《清平樂》（月明秋曉闋），《事類備要》別集卷三八所引有句云：「折來休似年時，小窗能有高低。」《全芳備祖》前集卷一三所引相同，而廣信本則作「打來休似年時」。四卷本丁集與《事類備要》相同；

《賀新郎》（雲卧衣裳冷闋），《事類備要》別集卷八所引有句云：「羅襪塵生淩波去，湯沐煙波萬頃。……待和淚，勻殘粉。……記當時匆匆忘把，此花題品。……愁殢酒，又還醒。」《全芳備祖》前集卷二一所引相同，惟「勻殘粉」作「揾殘粉」。而廣信本、四卷本甲集分別作「羅襪生塵」、

「收殘粉」、「此仙題品」、「又獨醒」。

編成於理宗淳祐五年(一二四九)的《中興以來絶妙詞選》,收録了稼軒詞四十二首,是花庵《詞選》中收詞最多的一家。但從其編者黄升所採用稼軒詞的底本看,就既不是十二卷本《稼軒長短句》,也不是四卷本的《稼軒詞》系統。在這四十二首詞中,《草堂詩餘》所收與十二卷本和四卷本詞句有所不同的五首詞,即上舉《蝶戀花》(誰向椒盤簪綵勝闋)、《鷓鴣天》、《祝英臺近》、《水龍吟》、《沁園春》等五首,《絶妙詞選》同樣收入,而凡與十二卷本和四卷本相異之處,《絶妙詞選》基本上與《草堂詩餘》相同,不再一一羅列。可以證明,《絶妙詞選》所用的與《草堂詩餘》是一個本子。此本雖因所選與《事類備要》及《全芳備祖》只選花草類詞有所不同,因而二者所選基本不同無法加以參照,但還是有一首《最高樓》詞既爲《全芳備祖》前集卷一、《古今合璧事類備要》别集卷二二所收,又爲《絶妙詞選》所收,可以進行對比。其餘三十多首詞,除一部分與十二卷本、四卷本詞句完全一致不存在異文外,而多數詞與十二卷本、四卷本亦差異較大。

《最高樓》(花知否闋),《絶妙詞選》本與廣信本、四卷本丙集差異甚大,而《全芳備祖》、《事類備要》則僅有一處差異,即「清香怕有人知處」,與《詞選》本同,而廣信本、四卷本俱作「風流怕有人知處」。知《詞選》本所據也絶不是廣信本或四卷本。

此《詞選》本還有十六首,與廣信本或四卷本詞句差異較大。以下列舉其中重要的異文,以便説明它們並非屬於同一版本系列。

如《瑞鶴仙》（黄金堆到斗闋）《詞選》本有句云：「被常娥做了殷勤。」廣信本、四卷本乙集「常娥」均作「姮娥」；

《念奴嬌》（野棠花落闋），《詞選》本調名作《酹江月》，有句「一枕銀屏寒怯」、「垂楊立馬」、「曾經別」、「舊恨春江流不盡」，而廣信本、四卷本甲集前三句均作「一夜雲屏寒怯」、「垂楊繫馬」、「曾輕別」；最後一句廣信本作「舊恨春江流不斷」，四卷本作「舊恨春江流未斷」；

《水龍吟》（玉皇金殿微涼闋），《詞選》本的「金殿」，廣信本、四卷本甲集並作「殿閣」；「看公一試熏風手」、「錦衣如畫」，二本並作「重試熏風手」、「錦衣行畫」；

《水龍吟》（峽束滄江對起闋），「滄江」二字，廣信本、四卷本甲集並作「蒼江」；

《鷓鴣天》（枕簟溪堂冷欲秋闋），《詞選》本有句「紅蓮相倚渾如怨」，廣信本、四卷本甲集並作「紅蓮相倚渾如醉」；

《清平樂》（茅簷低小闋），《詞選》本有句「醉裏蠻音相媚好」，廣信本、四卷本甲集並作「醉裏吴音相媚好」。

從上面的一系列例證中可以看出，南宋晚期出現的各種詞選、類書所收入的稼軒詞，基本上是從屬於一個版本系列，而這個系統的本子却不是今日通行的元代廣信十二卷本或影宋的手鈔四卷本，它屬於一個我們今日並不瞭解的版本，這個版本系列有以下幾個特點：

（一）詞題往往較簡略，只有寥寥數字，不似四卷本有較長詞題，更不似廣信本有完整的時間、地點、人物及其姓字官稱及本事的説明；

（二）各本的異文基本相同，有的稍有差異，但重要異文均與廣信本、四卷本各集有明顯的差異；

（三）各本的異文頗有與四卷本相同而與廣信本不同者，或與廣信本相同而與四卷本不同者，但這並不説明各本來源於四卷本或廣信本；

（四）從以上各本所據的版本形成時間看，它應當晚於四卷本，或早於廣信本；

（五）《絶妙詞選》本有一首《鵲橋仙》詞，題中不避「廓之」的「廓」字，這只能説明，此本刻成時已到了理宗即位之後，因而「廓」字可以不用「先」或其他字代替，而只用闕筆避諱即可，故能恢復其本字，可見此本乃南宋後期的最流行本；

（六）稼軒詞凡不見於四卷本或廣信本的佚詞，應都出自此本，可知此本乃是所謂的足本或全集本。

按：劉克莊《辛稼軒集序》稱：「建炎省方畫淮而守者百三十餘年矣，其間……辛公文墨議論尤英偉磊落。……世之知公者，誦其詩詞。」自建炎元年（一一二七）下數一百三十年，爲宋理宗寶祐五年（一二五七）。劉克莊序文既有這樣一個時間限制，因知其作序時必在寶祐五年之後，而辛肅刊印的《辛稼軒集》問世也必然在此後。按照正常推理，辛稼軒的文集既收詞，就一定會選擇一個收詞最全的本子，而這個本子不可能是十二卷本，而只能是在淳祐之前就已經流傳的那個足本稼軒詞。元代王惲提到了一個《稼軒樂府全集》本，大概這個全集本的源頭，就是淳祐前刻成而被《稼軒集》收入的那個宋刊本。當然，這一點目前只是論證所得，還不能視爲定論。

三、明代流行的稼軒詞版本也並非十二卷本或四卷本

明初所編成的《文淵閣書目》卷二，記載了《辛稼軒詞》四種：即一部二册一種，一部三册一種，和一部四册二種。在詞家類目録中，稼軒詞版本之多，所收之全，是其他詞集所不能比擬的，這説明稼軒詞在明代流傳之廣。但細研究這並不記載卷數和具體書名的稼軒詞，似乎可以認爲，其必包括四卷本、十二卷本和全集本這三種版本。而全集本亦即足本在其中應有兩種。

明初有兩種類書收録稼軒詞，一種即《永樂大典》，另一種爲《詩淵》。今稼軒詞有部分佚詞出自《永樂大典》殘本，《生查子》（百花頭上開閿）出自《永樂大典》卷三八一〇梅字韻，《好事近》（日日過西湖閿）出自《永樂大典》卷二二六五湖字韻。兩首佚詞既均不見於四卷本和十二卷本，必出自稼軒詞的全集本。辛啓泰《稼軒集鈔存》尚有三十三首稼軒佚詞，採輯者法式善是從《永樂大典》各韻中採得的，但《大典》今日僅餘八百餘卷，無從查證這三十三首詞出自《大典》何卷何韻。

《詩淵》所收稼軒詞，有三首不見於今各本：《水調歌頭》（簪履競晴晝閿）見於影印本《詩淵》第四五一六頁；《感皇恩》（露染武夷秋閿）見於第四五七四頁；《鷓山溪》（畫堂簾卷閿）見於四五三七頁。這可見，《詩淵》所收稼軒詞，也全部來自稼軒詞的足本，而非四卷本或十二卷本。

《永樂大典》絶大多數卷册散佚，因而對於考證稼軒詞版本來説，並不能提供最有力的證據。但殘存者確也足以證明其版本出自十二卷本和四卷本之外。《大典》卷九七六三和九七六六巖字韻引録了稼軒的《定風波·用藥名賦招馬荀仲遊雨巖》、《滿江紅·遊南巖和范廓之韻賦》兩詞，其出處均題署爲《辛稼軒集》，這兩詞雖因字句與四卷本、十二卷本並無差異，不能證明其與二本的異同，但僅因其所注明的是稼軒文集，便足以與二本加以區别了。

而《大典》卷二二六五湖字韻引録稼軒《念奴嬌》（晚風吹雨闋）詞，其與十二卷本相異的詞句有：「慣聽笙歌席」，十二卷本作「慣趁笙歌席」；「看公一飲千石」，十二卷本作「看君一飲千石」。與四卷本相異的詞句有：「雲錦周遭紅碧」，四卷本作「雲錦紅涵湖碧」；「已作飛仙伯」，四卷本作「老作飛仙伯」。這些異文却與宋代《絶妙詞選》本的異文大致相同，表明《大典》所採用的本子，與《絶妙詞選》所採用的本子應爲同一系列。

《詩淵》影印本第六册收録稼軒詞十四首，除三首不見今本外，其餘十一首中，有六首與今十二卷本或四卷本詞句有所不同。如《水調歌頭》（上古八千歲闋），「冠蓋擁龍樓」與十二卷本同，而與四卷本「冠佩擁龍樓」異；

《水龍吟》（渡江天馬南來闋），「君知否」與十二卷本的「公知否」異，而與四卷本相同；

《沁園春》（甲子相高闋），「方頤鬚傑」從十二卷本，而與四卷本「方頤鬚磔」異；

《感皇恩》（春事到清明闋），「春色年年依舊」、「更持金盞起」，皆從十二卷本，而與四卷本「年年如舊」、「更持銀盞起」有異；

《感皇恩》（七十古來稀闋），「偏奈歲寒霜操」一句，十二卷本作「偏耐雪寒霜曉」，四卷本作「偏耐雲寒霜冷」；「但看雙鬢底」一句，十二卷本與四卷本俱作「看君雙鬢底」；「庭闈喜笑」一句，兩本俱作「庭闈嬉笑」；「更有一百歲」一句，兩本俱作「更看一百歲」；

《瑞鶴仙》（黄金堆到斗闋），「被嫦娥做了殷勤」一句，十二卷本、四卷本「嫦娥」俱作「姮娥」；而《絶妙詞選》本正作「常娥」，常娥即嫦娥，可知此本與《詞選》本必是同一系列版本。

以上論證了明初《永樂大典》和《詩淵》兩種類書所引録的稼軒詞與流傳的十二卷本、四卷本之間的差異，一是多收佚詞，二是詞句多有差異，表明在明初確有與十二卷本或四卷本不同的稼軒詞版本在世間流行，其即稼軒詞的足本或《辛稼軒集》本。

明代還有另外一種詞的總集收録了較多稼軒詞，它就是陳耀文所編撰的《花草粹編》二十二卷。陳耀文爲萬曆二十六年（一五九八）進士，則此書編成於明代中後期無疑。此書收録稼軒詞二十三首，其中一首不見於今各本稼軒詞，即卷一〇所收録的《杏花天》一詞（詞調原誤作《杏花風》）：

軟波拖碧蒲芽短，畫樓外花晴柳暖。今年自是清明晚，便覺芳情較嬾。春衫瘦東風剪剪，過花塢香吹醉面。歸來立馬斜陽岸，隔水歌聲一片。

這首詞於題下注作者爲「稼軒」，然而却不是辛稼軒的詞，而是史達祖所作，這在史達祖的《梅溪詞》或《花庵詞選》續集卷七中無不如此，應無疑問。

《花草粹編》本稼軒詞的版本同上引宋刊本《草堂詩餘》、《全芳備祖》、《古今合璧事類備要》及《絶妙詞選》基本上是同一系列的本子。例如，卷九所載《浪淘沙》（不肯過江東闋）有句云：「舜目重瞳堪痛恨，羽又重瞳。」「目」字十二卷本、四卷本俱作「蓋」，而《全芳備祖》却作「目」；

卷一〇所載《鷓鴣天》（枕簟溪堂冷欲秋闋）有句云：「紅蓮相倚深如怨，白鳥無言定是愁。」此與《草堂詩餘》所引全同，而十二卷本、四卷本却是「紅蓮相倚渾如醉，白鳥無言定自愁。」

卷一五《祝英臺近》（寶釵分闋）有句云：「陌上層樓，十日九風雨。斷腸點點飛紅，都無人管，倩誰喚流鶯聲住？」而十二卷本、四卷本「陌上」作「怕上」，「點點」作「片片」，「倩誰喚」十二卷本作「更誰勸」，四卷本作「倩誰喚」；《草堂詩餘》所引除「倩誰喚」作「倩誰勸」外，餘均同；《絶妙詞選》則「點點」、「倩誰喚」俱同此本；

另外，此本所收録的稼軒詞，多有爲其他宋詞選本所未收者，但其中某些詞句與十二卷本和四卷本又各不相同，其間的意義頗值得關注。例如，此書卷七載《山花子》（總把平生入醉鄉闋），有「大都三萬六千觴」、「微有些寒春雨好」等句，十二卷本、四卷本的詞調爲「添字浣溪沙」，而異文作「六千場」、「微有寒些」；

卷一一《瑞鷓鴣》（膠膠擾擾幾時休闋），有「秋水觀中秋月夜」、「那堪愁上又添愁」句，而十二卷本異文則作「山月夜」、和「更添愁」；

卷一二《錦帳春》（春色難留闋），有「把舊恨新愁相間」和「翠屏遠」句，而十二卷本和四卷本異文俱作「更舊恨」和「翠屏平遠」；

卷一六《最高樓》（吾衰矣闋），最後數句爲「咄豚奴，愁產業，豈佳兒」，這和十二卷本及四卷本作「便休休，更說甚，是和非」相去甚遠；

卷一七《滿江紅》（點火櫻桃闋），有句爲「抱古今遺恨」，十二卷本「抱」作「把」；

卷一八《水調歌頭》（落日古城角闋），有句爲「和風載離愁」，十二卷本作「和月載離愁」。

《花草粹編》所依據的稼軒詞本異於十二卷本和四卷本的文字，王詔校刊本曾據以校訂元大德十二卷本。如前舉「微有些寒」、「咄豚奴」等句，都曾被王詔校刊本作爲依據改正大德本。而後出的毛晉《宋六十名家詞》中的四卷本《稼軒詞》，所異於十二卷本的地方，則都是依據王詔校刊本。我曾在增訂本《稼軒詞編年箋注》卷三《最高樓・吾擬乞歸犬子以田產未置止我賦此罵之》（吾衰矣闋）的校語中增加了幾句話：「王詔校刊本及《六十家詞》本，末三句俱作『咄豚奴，愁產業，豈佳兒』，當是後人以詞中未有『罵』之內容而妄改。」這一論證是不確切的。從《花草粹編》所載録的稼軒此詞看，宋代全集本稼軒詞就應作「咄豚奴」三句，倒是當時流傳的其他本子如四卷本及十二卷本，因此三句罵語頗不雅致，而改成了「更休休」三句，可見王詔校刊本和《六十家詞》本僅僅是根據他本訂正原本而已，並不是全憑己意而擅改古書。（二〇〇五年第三期《中國典籍與文化》，收入《辛棄疾研究叢稿》。）

稼軒詞廣信書院本和四卷本原目次及補遺詞目次

一、元大德廣信書院本

卷一

哨遍（蝸角鬥爭）
又（一壑自專）
又（池上主人）
六州歌頭（晨來問疾）
蘭陵王（一丘壑）
又（恨之極）
賀新郎（雲卧衣裳冷）
又（著厭霓裳素）
又（高閣臨江渚）
又（鳳尾龍香撥）
又（柳暗凌波路）
又（把酒長亭説）
又（老大那堪説）
又（細把君詩説）
又（翠浪吞平野）
又（覓句如東野）
又（碧海桑成野）
又（緑樹聽鵜鴂）
又（下馬東山路）
又（曾與東山約）
又（拄杖重來約）
又（聽我三章約）

又（甚矣吾衰矣）
又（鳥倦飛還矣）
又（路入門前柳）
又（肘後俄生柳）
又（濮上看垂釣）
又（逸氣軒眉宇）

卷二

念奴嬌（野棠花落）
又（我來吊古）
又（晚風吹雨）
又（兔園舊賞）
又（近來何處）
又（少年橫槊）
又（對花何似）
又（風狂雨横）
又（江南盡處）
又（疏疏淡淡）
又（倘來軒冕）
又（道人元是）
又（洞庭春晚）
又（看公風骨）
又（爲沽美酒）
又（龍山何處）
又（君詩好處）
又（未須草草）
又（是誰調護）
沁園春（三徑初成）
又（佇立瀟湘）
又（老子平生）
又（有美人兮）
又（我試評君）
又（我醉狂吟）

又（疊嶂西馳）
又（有酒忘杯）
又（一水西來）
又（杯汝來前）
又（杯汝知乎）
又（甲子相高）
又（我見君來）

卷三

水調歌頭（落日塞塵起）
又（落日古城角）
又（我飲不須勸）
又（折盡武昌柳）
又（帶湖吾甚愛）
又（白日射金闕）
又（寄我五雲字）
又（官事未易了）
又（千里渥洼種）
又（造物故豪縱）
又（今日復何日）
又（千古老蟾口）
又（君莫賦幽憤）
又（上古八千歲）
又（上界足官府）
又（萬事到白髮）
又（酒罷且勿起）
又（寒食不小住）
又（文字覷天巧）
又（頭白齒牙缺）
又（日月如磨蟻）
又（相公倦台鼎）
又（長恨復長恨）
又（木末翠樓出）

又（説與西湖客）
又（萬事一杯酒）
又（四座且勿語）
又（十里深窈窕）
又（歲歲有黄菊）
又（喚起子陸子）
又（淵明最愛菊）
又（我亦卜居者）
又（我志在寥濶）
又（萬事幾時足）
又（高馬勿捶面）
玉蝴蝶（古道行人來去）
又（貴賤偶然渾似）

卷四

滿江紅（鵬翼垂空）
又（快上西樓）
又（美景良辰）
又（點火櫻桃）
又（可恨東君）
又（家住江南）
又（落日蒼茫）
又（笳鼓歸來）
又（漢水東流）
又（過眼溪山）
又（敲碎離愁）
又（倦客新豐）
又（風捲庭梧）
又（直節堂堂）
又（照影溪梅）
又（天與文章）
又（瘴雨蠻煙）
又（蜀道登天）

又（湖海平生）
又（塵土西風）
又（笑拍洪崖）
又（天上飛瓊）
又（曲几團蒲）
又（莫折荼蘼）
又（絶代佳人）
又（紫陌飛塵）
又（宿酒醒時）
又（漢節東南）
又（幾箇輕鷗）
又（半山佳句）
又（我對君侯）
又（老子平生）
又（兩峽嶄巖）
木蘭花（漢中開漢業）
又（老來情味減）
又（舊時樓上客）
又（路傍人怪問）
又（可憐今夕月）

卷五

水龍吟（楚天千里清秋）
又（渡江天馬南來）
又（玉皇殿閣微涼）
又（斷崖千丈孤松）
又（倚欄看碧成朱）
又（補陁大士虚空）
又（稼軒何必長貧）
又（被公驚倒瓢泉）
又（聽兮清珮瓊瑤些）
又（舉頭西北浮雲）
又（昔時曾有佳人）

又（只愁風雨重陽）
又（老來曾識淵明）
摸魚兒（更能消幾番風雨）
又（望飛來半空鷗鷺）
山鬼謠（問何年此山來此）
西河（西江水）
永遇樂（紫陌長安）
又（怪底寒梅）
又（烈日秋霜）
又（投老空山）
又（千古江山）
歸朝歡（山下千林花太俗）
又（萬里康成西走蜀）
又（我笑共工緣底怒）
又（見説岷峨千古雪）
一枝花（千丈擎天手）
喜遷鶯（暑風涼月）
瑞鶴仙（黄金堆到斗）
又（雁霜寒透幕）
又（片帆何太急）
聲聲慢（征埃成陣）
又（開元盛日）
又（東南形勝）
又（停雲靄靄）

卷六

八聲甘州（把江山好處付公來）
又（故將軍飲罷夜歸來）
雨中花慢（舊雨常來）
又（馬上三年）
漢宮春（春已歸來）
又（行李溪頭）
又（秦望山頭）

又（亭上秋風）
又（心似孤僧）
又（達則青雲）
滿庭芳（傾國無媒）
又（急管哀絃）
又（柳外尋春）
又（西崦斜陽）
六么令（酒羣花隊）
又（倒冠一笑）
醉翁操（長松之風）
醜奴兒近（千峰雲起）
洞仙歌（江頭父老）
又（冰姿玉骨）
又（飛流萬壑）
又（松關桂嶺）
又（婆娑欲舞）
又（舊交貧賤）
又（賢愚相去）
蓦山溪（小橋流水）
又（飯疏飲水）
最高樓（長安道）
又（西園買）
又（相思苦）
又（金閨老）
又（君聽取）
又（花知否）
又（花好處）
又（吾衰矣）
上西平（九衢中）
又（恨如新）

卷七

新荷葉（人已歸來）

又（春色如愁）
又（種豆南山）
又（物盛還衰）
又（曲水流觴）
又（曲水流觴）
御街行（闌干四面山無數）
又（山城甲子冥冥雨）
祝英臺近（寶釵分）
又（水縱橫）
婆羅門引（落花時節）
又（緑陰啼鳥）
又（龍泉佳處）
又（不堪鵾鴂）
又（落星萬點）
千年調（左手把青霓）
又（巵酒向人時）

粉蝶兒（昨日春如十三女兒學繡）
千秋歲（塞垣秋草）
江神子（賸雲殘日弄陰晴）
又（梨花着雨晚來晴）
又（玉簫聲遠憶驂鸞）
又（寶釵飛鳳鬢驚鸞）
又（梅梅柳柳鬬纖穠）
又（一川松竹任横斜）
又（簟鋪湘竹帳籠紗）
又（亂雲擾擾水潺潺）
又（暗香横路雪垂垂）
又（看君人物漢西都）
又（兩輪屋角走如梭）
又（五雲高處望西清）
青玉案（東風夜放花千樹）
感皇恩（春事到清明）

又（七十古來稀）
又（七十古來稀）
又（按上數編書）
又（富貴不須論）
行香子（好雨當春）
又（白露園蔬）
又（少日嘗聞）
又（雲岫如簪）
一剪梅（獨立蒼茫醉不歸）
又（憶對中秋丹桂叢）
踏莎行（夜月樓臺）
又（弄影闌干）
又（進退存亡）
又（吾道悠悠）

卷八

定風波（少日春懷似酒濃）
又（昨夜山翁倒載歸）
又（山路風來草木香）
又（仄月高寒水石鄉）
又（春到蓬壺特地晴）
又（聽我尊前醉後歌）
又（少日猶堪話別離）
又（莫望中州歎黍離）
又（金印纍纍佩陸離）
又（百紫千紅過了春）
又（野草閑花不當春）
破陣子（擲地劉郎玉斗）
又（醉裏挑燈看劍）
又（少日春風滿眼）
又（菩薩叢中惠眼）
又（宿麥畦中雉鷺）
臨江仙（老去惜花心已懶）

又（莫向空山吹玉笛）
又（鐘鼎山林都是夢）
又（小靨人憐都惡瘦）
又（逗曉鶯啼聲昵昵）
又（風雨催春寒食近）
又（住世都知菩薩行）
又（記取年年爲壽客）
又（春色饒君白髮了）
又（金谷無煙宫樹緑）
又（手種門前烏桕樹）
又（手撚黄花無意緒）
又（憶醉三山芳樹下）
又（冷雁寒雲渠有恨）
又（一自酒情詩興懶）
又（夜語南堂新瓦響）
又（六十三年無限事）

又（窄樣金杯教换了）
又（莫笑吾家蒼壁小）
又（鼓子花開春爛熳）
又（醉帽吟鞭花不住）
又（秖恐牡丹留不住）
又（老去渾身無着處）
又（偶向停雲堂上坐）
蝶戀花（老去怕尋年少伴）
又（點檢笙歌多醲酒）
又（淚眼送君傾似雨）
又（小小年華才月半）
又（莫向樓頭聽漏點）
又（燕語鶯啼人乍遠）
又（衰草斜陽三萬頃）
又（誰向椒盤簪綵勝）
又（九畹芳菲蘭佩好）

又（意態憨生元自好）
又（洗盡機心隨法喜）
又（何物能令公怒喜）
小重山（旋製離歌唱未成）
又（緑漲連雲翠拂空）
又（倩得薰風染緑衣）
南鄉子（隔户語春鶯）
又（攲枕艫聲邊）
又（無處着風光）
又（日日老萊衣）
又（何處望神州）

卷九

鷓鴣天（聚散匆匆不偶然）
又（別恨妝成白髮新）
又（樽俎風流有幾人）
又（晚日寒鴉一片愁）
又（陌上柔桑破嫩芽）
又（撲面征塵去路遥）
又（唱徹陽關淚未乾）
又（一榻清風殿影涼）
又（枕簟溪堂冷欲秋）
又（指點齋樽特地開）
又（着意尋春懶便回）
又（翠木千尋上薜蘿）
又（困不成眠奈夜何）
又（夢斷京華故倦遊）
又（趁得春風汗漫遊）
又（千丈陰崖百丈溪）
又（莫上扁舟訪剡溪）
又（戲馬臺前秋雁飛）
又（有甚閑愁可皺眉）
又（白苧新袍入嫩涼）

又（一夜清霜變鬢絲）
又（莫避春陰上馬遲）
又（木落山高一夜霜）
又（水底明霞十頃光）
又（山上飛泉萬斛珠）
又（漠漠輕陰撥不開）
又（句裏春風正剪裁）
又（千丈冰溪百步雷）
又（雞鴨成羣晚未收）
又（春日平原薺菜花）
又（水荇參差動緑波）
又（石壁虚雲積漸高）
又（攲枕婆娑兩鬢霜）
又（掩鼻人間臭腐場）
又（翰墨諸公久擅場）
又（自古高人最可嗟）

又（抛却山中詩酒窠）
又（點盡蒼苔色欲空）
又（病繞梅花酒不空）
又（桃李漫山過眼空）
又（出處從來自不齊）
又（晚歲躬耕不怨貧）
又（鬢底青青無限春）
又（老退何曾説着官）
又（緑鬢都無白髮侵）
又（泉上長吟我獨清）
又（不向長安路上行）
又（老病那堪歲月侵）
又（壯歲旌旗擁萬夫）
又（占斷雕欄只一株）
又（翠蓋牙籤幾百株）
又（濃紫深黄一畫圖）

又（去歲君家把酒杯）
又（上巳風光好放懷）
又（是處移花是處開）
又（莫殢春光花下遊）
又（誰共春光管日華）
又（歎息頻年廩未高）
又（秋水長廊水石間）
又（萬事紛紛一笑中）
瑞鷓鴣（暮年不賦短長詞）
又（聲名少日畏人知）
又（膠膠擾擾幾時休）
又（江頭日日打頭風）
又（期思溪上日千回）

卷一〇

玉樓春（往年籠從堂前路）
又（少年才把笙歌醆）
又（狂歌擊碎村醪醆）
又（君如九醖臺粘醆）
又（山行日日妨風雨）
又（人間反覆成雲雨）
又（何人半夜推山去）
又（青山不解乘雲去）
又（無心雲自來還去）
又（瘦筇倦作登高去）
又（風前欲勸春光住）
又（三三兩兩誰家婦）
又（悠悠莫向文山去）
又（有無一理誰差別）
又（客來底事逢迎晚）
又（琵琶亭畔多芳草）
又（江頭一帶斜陽樹）
鵲橋仙（朱顏暈酒）

又（小窗風雨）
又（豸冠風采）
又（松岡避暑）
又（八旬慶會）
又（溪邊白鷺）
又（少年風月）
西江月（千丈懸崖削翠）
又（秀骨青松不老）
又（宫粉厭塗嬌額）
又（風月亭危致爽）
又（且對東君痛飲）
又（貪數明朝重九）
又（明月别枝驚鵲）
又（剩欲讀書已嬾）
又（金粟如來出世）
又（畫棟新垂簾幕）

又（醉裏且貪歡笑）
又（八萬四千偈後）
又（一柱中擎遠碧）
又（萬事雲煙忽過）
又（粉面都成醉夢）
朝中措（籃輿嫋嫋破重岡）
又（緑萍池沼絮飛忙）
又（夜深殘月過山房）
又（年年黄菊灩秋風）
又（年年金蕊灩西風）
又（年年團扇怨秋風）
清平樂（柳邊飛鞚）
又（茅簷低小）
又（繞床饑鼠）
又（連雲松竹）
又（斷崖松竹）

又（靈皇醮罷）
又（月明秋曉）
又（東園向曉）
又（少年痛飲）
又（此身長健）
又（詩書萬卷）
又（清泉奔快）
又（清詞索笑）
又（雲煙草樹）
又（溪回沙淺）
好事近（明月到今宵）
又（和淚唱陽關）
又（綵勝鬭華燈）
又（雲氣上林梢）

卷一一

菩薩蠻（青山欲共高人語）

又（錦書誰寄相思語）
又（江搖病眼昏如霧）
又（鬱孤臺下清江水）
又（西風都是行人恨）
又（功名飽聽兒童説）
又（無情最是江頭柳）
又（送君直上金鑾殿）
又（人間歲月堂堂去）
又（香浮乳酪玻瓈盌）
又（阮琴斜掛香羅綬）
又（紅牙籤上羣仙格）
又（旌旗依舊長亭路）
又（萬金不換囊中術）
又（看燈元是菩提葉）
又（游人占却巖中屋）
又（君家玉雪花如屋）

又（葛巾自向滄浪濯）
卜算子（修竹翠羅寒）
又（紅粉靚梳妝）
又（欲行且起行）
又（盗跖儻名丘）
又（一以我爲牛）
又（夜雨醉瓜廬）
又（珠玉作泥沙）
又（千古李將軍）
又（百郡怯登車）
又（萬里籋浮雲）
又（剛者不堅牢）
又（一箇去學仙）
又（一飲動連宵）
醜奴兒（晚來雲淡秋光薄）
又（尋常中酒扶頭後）

又（煙蕪露麦荒池柳）
又（此生自斷天休問）
又（少年不識愁滋味）
又（近來愁似天來大）
又（鵝湖山下長亭路）
又（年年索盡梅花笑）
浣溪沙（未到山前騎馬回）
又（寸步人間百尺樓）
又（壽酒同斟喜有餘）
又（新葺茅簷次第成）
又（細聽春山杜宇啼）
又（北隴田高踏水頻）
又（花向今朝粉面匀）
又（歌串如珠箇箇匀）
又（父老争言雨水匀）
又（這裏裁詩話別離）

又（臺倚崩崖玉滅瘢）
又（妙手都無斧鑿瘢）
又（草木於人也作疏）
又（百世孤芳肯自媒）
又（梅子生時到幾回）
添字浣溪沙（豔杏妖桃兩行排）
又（句裏明珠字字排）
又（記得瓢泉快活時）
又（日日閑看燕子飛）
又（酒面低迷翠被重）
又（總把平生入醉鄉）
又（楊柳温柔是故鄉）
又（强欲加餐竟未佳）
虞美人（羣花泣盡朝來露）
又（翠屏羅幙遮前後）
又（一杯莫落他人後）
又（當年得意如芳草）
浪淘沙（身世酒杯中）
又（不肯過江東）
又（金玉舊情懷）
減字木蘭花（僧窗夜雨）
又（昨朝官告）
又（盈盈淚眼）

卷一二

南歌子（世事從頭減）
又（玄入參同契）
又（散髮披襟處）
醉太平（態濃意遠）
漁家傲（道德文章傳幾世）
錦帳春（春色難留）
太常引（一輪秋影轉金波）
又（君王着意履聲間）

又（仙機似欲織纖羅）
又（論公耆德舊宗英）
東坡引（玉纖彈舊怨）
又（君如梁上燕）
又（花梢紅未足）
夜游宫（幾箇相知可喜）
戀繡衾（夜長偏冷添被兒）
杏花天（病來自是於春嬾）
又（牡丹昨夜方開徧）
又（牡丹比得誰顔色）
唐河傳（春水）
醉花陰（黄花謾説年年好）
品令（更休説）
惜分飛（翡翠樓前芳草路）
柳梢青（姚魏名流）
又（白鳥相迎）

又（莫鍊丹難）
河瀆神（芳草緑萋萋）
武陵春（桃李風前多嫵媚）
又（走去走來三百里）
謁金門（遮素月）
又（山吐月）
又（歸去未）
酒泉子（流水無情）
霜天曉角（吴頭楚尾）
又（暮山層碧）
點絳唇（隱隱輕雷）
又（身後虚名）
生查子（昨宵醉裏行）
又（誰傾滄海珠）
又（去年燕子來）
又（溪邊照影行）

又（青山招不來）
又（青山非不佳）
又（高人千丈崖）
又（漫天春雪來）
又（梅子褪花時）
又（悠悠萬世功）
尋芳草（有得許多淚）
阮郎歸（山前燈火欲黄昏）
昭君怨（長記瀟湘秋晚）
又（夜雨剪殘春韭）
又（人面不如花面）
烏夜啼（江頭醉倒山公）
又（人言我不如公）
又（晚花露葉風條）
一落索（羞見鑑鸞孤却）
又（錦帳如雲處高）
如夢令（燕子幾曾歸去）
憶王孫（登山臨水送將歸）

二、四卷本

甲集

摸魚兒（更能消幾番風雨）
又（望飛來半空鷗鷺）
沁園春（三徑初成）
又（佇立瀟湘）
水龍吟（渡江天馬南來）
又（玉皇殿閣微涼）
又（楚天千里清秋）
滿江紅（笳鼓歸來）

又（瘴雨蠻煙）
又（蜀道登天）
又（快上西樓）
又（鵬翼垂空）
又（落日蒼茫）
又（過眼溪山）
又（湖海平生）
又（笑拍洪崖）
又（曲几蒲團）
水調歌頭（帶湖吾甚愛）
又（白日射金闕）
又（折盡武昌柳）
又（今日復何日）
又（君莫賦幽憤）
又（造物故豪縱）
又（落日塞塵起）
又（萬事到白髮）
又（上古八千歲）
賀新郎（雲卧衣裳冷）
念奴嬌（兔園舊賞）
又（對花何似）
又（我來弔古）
又（野棠花落）
又（晚風吹雨）
又（近來何處）
新荷葉（人已歸來）
又（春色如愁）
最高樓（長安道）
又（西園買）
洞仙歌（江頭父老）
又（飛流萬壑）
八聲甘州（把江山好處付公來）

聲聲慢（開無盛口）
江神子（梅梅柳柳鬥纖穠）
又（玉簫聲遠憶驂鸞）
又（一川松竹任横斜）
又（剩雲殘日弄陰晴）
六么令（酒羣花隊）
又（倒冠一笑）
滿庭芳（急管哀絃）
又（柳外尋春）
鷓鴣天（一榻清風殿影涼）
又（晚日寒鴉一片愁）
又（翠竹千尋上薜蘿）
又（唱徹陽關淚未乾）
又（撲面征塵去路遥）
又（枕簟溪堂冷欲秋）
醜奴兒（千峰雲起）
蝶戀花（衰草斜陽三萬頃）
又（點檢笙歌多釀酒）
又（九畹芳菲蘭佩好）
又（小小年華纔月半）
定風波（少日春懷似酒濃）
臨江仙（老去惜花心已嬾）
又（莫向空山吹玉笛）
又（鐘鼎山林都是夢）
菩薩蠻（稼軒日向兒童説）
又（鬱孤臺下清江水）
又（無情最是江頭柳）
又（青山欲共高人語）
又（香浮乳酪玻璃盌）
西河（西江水）
木蘭花慢（漢中開漢業）
又（老來情味減）

朝中措（緑萍池沼絮飛忙）
又（籃輿嫋嫋破重岡）
祝英臺令（寶釵分）
烏夜啼（江頭醉倒山公）
又（人言我不如公）
鵲橋仙（朱顔暈酒）
太常引（君王著意履聲間）
昭君怨（長記瀟湘秋晚）
採桑子（煙迷露麥荒池柳）
杏花天（病來自是於春嬾）
踏歌（攧厥）
一絡索（羞見鑑鸞孤却）
千秋歲（塞垣秋草）
感皇恩（春事到清明）
青玉案（東風夜放花千樹）
霜天曉角（吴頭楚尾）

南鄉子（攲枕艣聲邊）
阮郎歸（山前風雨欲黄昏）
南歌子（萬萬千恨）
小重山（倩得薰風染緑衣）
又（旋唱離歌唱未成）
西江月（千丈懸崖削翠）
減字木蘭花（盈盈淚眼）
清平樂（柳邊飛鞚）
又（茅簷低小）
又（斷崖修竹）
又（繞牀饑鼠）
又（連雲松竹）
生查子（昨宵醉裏行）
又（誰傾滄海珠）
山鬼謡（問何年此山來此）
聲聲慢（征埃成陣）

滿江紅（直節堂堂）
又（照影溪梅）
又（可恨東君）
又（塵土西風）
又（天上飛瓊）
又（折盡荼蘼）
又（天與文章）

乙集

滿江紅（絶代佳人）
又（敲碎離愁）
又（倦客新豐）
又（家住江南）
賀新郎（把酒長亭説）
又（老大猶堪説）
又（細把君詩説）
又（鳳尾龍香撥）
又（柳暗清波路）
水調歌頭（寄我五雲字）
又（酒罷且勿起）
又（我飲不須勸）
又（寒食不小住）
又（頭白齒牙缺）
又（上界足官府）
念奴嬌（少年握槊）
又（倘來軒冕）
又（道人元是）
又（江南盡處）
又（疏疏淡淡）
水龍吟（斷崖千丈孤松）
又（倚欄看朱成碧）
又（補陀大士虛空）
又（稼軒何必長貧）

又（聽兮清珮瓊瑶些）
最高樓（相思苦）
又（吾衰矣）
又（花好處）
又（金閨老）
瑞鶴仙（黄金堆到斗）
漢宫春（行李溪頭）
沁園春（有酒忘杯）
又（一水西來）
歸朝歡（我笑共工緣底怒）
水龍吟（舉頭西北浮雲）
又（只愁風雨重陽）
卜算子（百郡怯登車）
江神子（梨花著雨晚來晴）
又（寶釵飛鳳鬢驚鸞）
鷓鴣天（著意尋春嬾便回）

又（水底明霞十頃光）
又（漠漠□陰撥不開）
又（有甚閑愁可皺眉）
又（山上飛泉萬斛珠）
又（莫避春陰上馬遲）
又（白苧新袍入嫩涼）
又（莫上扁舟向剡溪）
又（千丈陰崖百丈溪）
又（陌上柔桑初破芽）
又（春日平原薺菜花）
又（千丈清溪百步雷）
又（攲枕婆娑兩鬢霜）
西江月（明月别枝驚鵲）
菩薩蠻（淡黄弓樣鞋兒小）
又（錦書誰寄相思語）
又（阮琴斜掛香羅綬）

朝中措（年年金蕊豔秋風）
鵲橋仙（小窗風雨）
又（松岡避雨）
臨江仙（風雨催春寒食近）
又（住世都無菩薩行）
定風波（山路風來草木香）
又（聽我尊前醉後歌）
又（仄月高寒水石鄉）
又（昨夜山公倒載歸）
又（春到蓬壺特地晴）
又（百紫千紅過了春）
浣溪沙（儂是嵚崎可笑人）
又（梅子熟時到幾回）
又（百世孤芳肯自媒）
又（未到山前騎馬回）
杏花天（牡丹比得誰顏色）
鵲橋仙（風流標格）
又（八旬慶會）
又（豸冠風采）
又（轎兒排了）
虞美人（一盃莫落吾人後）
又（翠屏羅幕遮前後）
又（夜深困倚屏風後）
又（羣花泣盡朝來露）
蝶戀花（意態憨生元自好）
又（誰向椒盤簪綵勝）
又（老去怕尋年少伴）
又（莫向樓頭聽漏點）
感皇恩（七十古來稀）
一枝花（千丈擎天手）
永遇樂（紫陌長安）
御街行（山城甲子冥冥雨）

又（闌干四面山無數）
生查子（溪邊照影）
漁家傲（道德文章傳幾世）
好事近（綵勝鬥華燈）
又（和淚唱陽關）
行香子（歸去來兮）
南歌子（玄入參同契）
又（世事從頭減）
清平樂（此身長健）
又（詩書萬卷）
又（清泉奔快）
浪淘沙（金玉舊情懷）
又（不肯過江東）
虞美人（當年得意如芳草）
新荷葉（物盛還衰）
生查子（青山非不佳）
西江月（宮粉厭塗嬌額）
糖多令（淑景鬥清明）
王孫信（有得許多淚）
一剪梅（記得同燒此夜香）
又（獨立蒼茫醉不歸）
玉樓春（往年龍墀堂前路）
又（山行日日妨風雨）
又（人間反覆成雲雨）
南鄉子（好箇主人家）
又（隔户語春鶯）
憶王孫（登山臨水送將歸）
柳梢青（姚魏名流）
惜分飛（翡翠樓前芳草路）

丙集

六州歌頭（西湖萬頃）
又（晨來問疾）

滿江紅（宿酒醒時）
又（幾箇輕鷗）
永遇樂（投老空山）
蘭陵王（一丘壑）
驀山溪（飯蔬飲水）
又（小橋流水）
滿庭芳（傾國無媒）
又（西崦斜陽）
最高樓（花知否）
又（君聽取）
江神子（亂雲擾擾水潺潺）
木蘭花慢（路傍人怪問）
又（舊時樓上客）
又（可憐今夕月）
聲聲慢（停雲靄靄）
八聲甘州（故將軍飲罷夜歸來）

水調歌頭（相公倦台鼎）
又（長恨復長恨）
又（我亦卜居者）
又（四坐且勿語）
水龍吟（昔時曾有佳人）
賀新郎（翠浪吞平野）
又（覓句如東野）
又（緑樹聽鵜鴂）
又（甚矣吾衰矣）
沁園春（我見君來）
又（杯汝來前）
又（杯汝知乎）
哨遍（蝸角鬥争）
又（一壑自專）
念奴嬌（未須草草）
又（爲沽美酒）

感皇恩（富貴不須論）
又（案上數編書）
又（七十古來稀）
南鄉子（無處著春光）
小重山（綠漲連雲翠拂空）
婆羅門引（落花時節）
又（綠陰啼鳥）
又（落星萬點）
行香子（好雨當春）
又（白露園蔬）
又（雲岫如簪）
粉蝶兒（昨日春如十三女兒學繡）
錦帳春（春色難留）
夜遊宮（幾箇相知可喜）
浪淘沙（身世酒杯中）
唐河傳（春水千里）
西江月（人道偏宜歌舞）
又（萬事雲煙忽過）
醜奴兒（少年不識愁滋味）
破陣子（少日春風滿眼）
又（宿麥畦中雉鷺）
定風波（少日猶堪話別離）
又（莫望中州歎黍離）
踏莎行（進退存亡）
漢宮春（春已歸來）
歸朝歡（山下千林花太俗）
玉蝴蝶（古道行人來去）
雨中花慢（舊雨常來）
臨江仙（一自酒情詩興嬾）
又（鼓子花開春爛漫）
玉樓春（三三兩兩誰家女）
南歌子（散髮披襟處）

品令（更休說）
武陵春（桃李風前多嫵媚）
鷓鴣天（聚散匆匆不偶然）
又（翰墨諸君久擅場）
又（萬事紛紛一笑中）
又（點盡蒼苔色欲空）
又（病繞梅花酒不空）
又（句裏春風正剪裁）
又（石壁虛雲積漸高）
又（自古高人最可嗟）
又（掩鼻人間臭腐腸）
又（誰共春光管日華）
又（占斷雕欄只一株）
又（翠蓋牙籤幾百株）
又（濃紫深紅一畫圖）
又（老病那堪歲月侵）
又（雞鴨成羣晚不收）
又（不向長安路上行）
又（是處移花是處開）
浣溪沙（寸步人間百尺樓）
又（細聽春山杜宇啼）
又（草木於人也作疏）
又（豔杏夭桃兩行排）
又（酒面低迷翠被重）
又（彊欲加餐竟未佳）
又（新葺茅簷次第成）
又（花向今朝粉面勻）
又（臺倚崩崖玉滅瘢）
又（總把平生入醉鄉）
又（北隴田高踏水頻）
新荷葉（曲水流觴）
生查子（漫天春雪來）

又(去年燕子來)
昭君怨(人面不如花面)
烏夜啼(晚花露葉風條)
朝中措(年年團扇怨秋風)
又(夜深殘月過山房)
河瀆神(芳草緑萋萋)
太常引(一輪秋影轉金波)
清平樂(少年痛飲)
又(東園向曉)
又(春宵睡重)
菩薩蠻(旌旗依舊長亭路)
又(畫樓影蘸清溪水)
又(萬金不換囊中術)
又(看燈元是菩提葉)
又(游人占却巖中屋)
又(葛貼自向滄浪濯)

柳梢青(莫鍊丹難)

丁集

賀新郎(濮上看垂釣)
又(下馬東山路)
又(逸氣軒眉宇)
又(路入門前柳)
又(曾與東山約)
又(拄杖重來約)
又(聽我三章約)
又(高閣臨江渚)
水龍吟(老來曾識淵明)
又(被公驚倒瓢泉)
水調歌頭(木末翠樓出)
又(萬事幾時足)
又(唤起子陸子)
又(十里深窈窕)

又（高馬勿捶面）
又（我志在寥闊）
念奴嬌（看公風骨）
又（龍山何處）
又（君詩好處）
新荷葉（曲水流觴）
又（種豆南山）
婆羅門引（龍泉佳處）
行香子（少日嘗聞）
江神子（簟鋪湘竹帳垂紗）
又（兩輪屋角走如梭）
沁園春（疊嶂西馳）
又（甲子相高）
喜遷鶯（暑風涼月）
永遇樂（怪底寒梅）
又（烈日秋霜）
歸朝歡（萬里康成西走蜀）
瑞鶴仙（片帆何太急）
玉蝴蝶（貴賤偶然）
滿江紅（我對君侯）
雨中花慢（馬上三年）
洞仙歌（婆娑欲舞）
又（舊交貧賤）
又（松關桂嶺）
鷓鴣天（欲上高樓去避愁）
又（一片歸心擬亂雲）
卜算子（修竹翠羅寒）
又（欲行且起行）
又（紅粉靚梳妝）
點絳唇（身後功名）
謁金門（遮素月）
又（山吐月）

東坡引（玉纖彈舊怨）
醉花陰（黄花謾説年年好）
清平樂（清詞索笑）
又（靈皇醮罷）
又（月明秋曉）
醉翁操（長松）
西江月（秀骨青松不老）
醜奴兒（鵝湖山下長亭路）
破陣子（擲地劉郎玉斗）
又（醉裏挑燈看劍）
千年調（左手把青霓）
祝英臺近（水縱横）
又（緑楊堤）
江神子（看君人物漢西都）
清平樂（雲煙草樹）
臨江仙（莫笑吾家蒼壁小）
又（記取年年爲壽客）
又（憶醉三山芳樹下）
又（夜雨南堂新瓦響）
南鄉子（日日老萊衣）
玉樓春（有無一理誰差別）
又（客來底事逢迎晚）
又（何人半夜推山去）
又（青山不會乘雲去）
又（少年才把笙歌）
又（君如九醖臺黏）
又（狂歌擊醉村醪）
鷓鴣天（趁得東風汗漫游）
又（歎自頻年廪未高）
又（戲馬臺前秋雁飛）
又（水荇參差動緑波）
又（出處從來自不齊）

又（秋水長廊水石間）
又（壯歲旌旗擁萬夫）
又（上巳風光好放懷）
又（去歲君家把酒杯）
鵲橋仙（溪邊白鷺）
西江月（畫棟新垂簾幕）
又（風月亭危致爽）
又（貪數明朝重九）
又（醉裏且貪歡笑）
又（一柱中擎遠碧）
又（堂上謀臣帷幄）
生查子（青山招不來）
又（高人千丈崖）
卜算子（盜跖倘名丘）
又（一箇去學仙）
又（一飲動連宵）
又（剛者不堅牢）
又（一以我爲牛）
又（夜雨醉瓜廬）
又（珠玉作泥沙）
又（千古李將軍）

三、補遺詞

生查子（一天霜月明）
滿江紅（老子當年）
菩薩蠻（與君欲赴西樓約）
一剪梅（塵灑衣裾客路長）
又（歌罷尊空月墜西）
念奴嬌（西真姊妹）

又（論心論相）
又（妙齡秀發）
江城子（留仙初試砑羅裙）
惜奴嬌（風骨蕭然）
眼兒媚（煙花叢裏不宜他）
如夢令（勝仙風縹緲）
鷓鴣天（剪燭西窗夜未闌）
踏莎行（萱草齊階）
出塞（鶯未老）
謁金門（山共水）
好事近（春動酒旗風）
又（花月賞心天）
又（春意滿西湖）
水調歌頭（客子久不到）
又（泰嶽倚空碧）

賀新郎（世路風波惡）
漁家傲（風月小齋模畫舫）
霜天曉角（雪堂遷客）
蘇武慢（帳暖金絲）
緑頭鴨（歎飄零）
烏夜啼（江頭三月清明）
品令（迢迢征路）以上俱《稼軒詞補遺》
好事近（醫者索酬勞）《清波別志》卷下
金菊對芙蓉（遠水生光）《草堂詩餘》後集卷下
賀新郎（瑞氣籠清曉）《類編草堂詩餘》卷四
沁園春（西浙悠悠）〔嘉靖〕《鉛山縣志》卷一二
西江月（憶昔錢塘話別）《草堂詩餘》續集卷上、《新編事文類聚翰墨全書》辛集卷八

中國古典文學基本叢書

辛棄疾詞編年箋注

中册

〔宋〕辛棄疾 著
辛更儒 箋注

中華書局

辛棄疾詞編年箋注卷四

按：本卷詞作共八十八首。起淳熙十四年丁未（一一八七），迄淳熙十五年戊申（一一八八），家居上饒帶湖所作。

滿江紅

送信守鄭舜舉被召①〔一〕

湖海平生，算不負蒼髯如戟〔二〕。聞道是君王着意②，太平長策〔三〕。此老自當兵十萬，長安正在天西北〔四〕。便鳳凰飛詔下天來〔五〕，催歸急。　車馬路，兒童泣。風雨暗，旌旗濕〔六〕。看野梅官柳，東風消息③〔七〕。莫向蔗庵追語笑④，只今松竹無顔色〔八〕。問人間誰管別離愁？杯中物〔九〕。

【校】

①題，四卷本甲集作「送鄭舜舉郎中赴召」，此從廣信書院本。《中興絶妙詞選》卷三無「信守」二字。②「君王」，《六十名家詞》本作「使君」。③「東」，《中興絶妙詞選》、《六十名家詞》本作「春」。④「語笑」，《中興絶妙詞選》、王詔校刊本、《六十名家詞》本作「笑語」。

【箋注】

〔一〕題，鄭舜舉，見本書卷三《水調歌頭·和信守鄭舜舉蔗庵韻》詞（萬事到白髮闋）箋注。鄭汝諧於淳熙十二年知信州，十三年底被召。《宋會要輯稿·職官》一〇之三九載：「淳熙十四年三月十五日，吏刑部言，令大理寺結絶公案批報，以革留滯之弊。以考功員外郎鄭汝諧申請吏部注擬磨勘陞改等事。」可知其到闕後即除考功員外郎。韓元吉卒於淳熙十四年五月，《南澗甲乙稿》卷七有《菩薩蠻·鄭舜舉别席侑觴》詞：「詔書昨夜先春到，留公一共梅花笑。青瑣鳳凰池，十年歸已遲。靈溪霜後水，的的清無比。比似使君清，要知清更明。」楊萬里《誠齋集》卷二有《立春後一日和張功父園梅未花之韻》詩，編於《丁未元日大慶殿拜表賀正》詩之前，知淳熙十四年丁未之立春在元日之前。鄭汝諧被召既在立春之前，韓詞又有「留公一共梅花笑」語，而稼軒送鄭氏赴召時，已是「野梅官柳」，透露「東風消息」之時，據此，知鄭氏被召之命，必在淳熙十三年底，而稼軒送别詞則作於淳熙十四年春正月矣。

〔二〕「湖海」二句，湖海平生，陳元龍湖海之士，語出《三國志·魏志》卷七《陳登傳》，見本書卷二《水調歌頭·淳熙丁酉自江陵移帥隆興》詞（我飲不須勸闋）箋注。張孝祥《清平樂·壽叔父》詞：「英姿慷慨，獨立風塵外。湖海平生豪氣在。」蒼髯如戟，《南史》卷二八《褚彦回傳》：「帝召彦回西上閣宿十日，公主夜就之，備見逼迫。彦回整身而立，從夕至曉，不爲移志。公主謂曰：『君鬚髯如戟，何無丈夫意？』」

〔三〕「聞道」二句，張孝祥《滿江紅·于湖懷古》詞：「邊書静，烽煙息。通軺傳，銷鋒鏑。仰太平天子，坐收長策。」

〔四〕「此老」二句，此老自當兵十萬，馬令《南唐書》卷二〇《黨與傳》：「俗説江南堅甲精兵雖數十萬，而長江天塹，險過湯池，可當十萬。國老宋齊丘，機變如神，可當十萬。周世宗欲取江表，故齊丘以反間死。斯言殆非君子之説，閭巷小人之語也。」陸游《南唐書》卷四《宋齊丘傳》所載同。前《水調歌頭·和信守鄭舜舉蔗庵韻》詞箋注引〔光緒〕《青田縣志》卷一〇《儒林》亦云：「辛稼軒見之，曰：『老子胸中兵百萬。』」長安正在天西北，《文獻通考》卷七六《郊社考》：「崇寧二年，禮部員外郎陳暘奏：『……地示之祭，先儒之説有二。或繫於崑崙，或繫於神州，皆有所經見。惟《爾雅》曰：西北之美者有崑崙之球，琳琅玕焉。《河圖括象》曰：崑崙東南萬五千里，曰神州。是崑崙不過域於西北，神州不過域於東南也。……欲望明推神考詔旨，列崑崙、神州於從享之位。』」張方平《縣齋懷京都》詩：「東南古縣介江皋，西北神州倚斗杓。」本書卷一《菩薩蠻·書江西造口壁》詞有「西北望長安」語。

〔五〕鳳凰飛詔，《白孔六帖》卷三八《鳳詔》：「後趙石季龍置戲馬觀，觀上安詔書，用五色紙，銜於木鳳口而頒之。今大禮、御樓肆赦亦用其事，自石季龍始也。」餘可參本書卷二《滿庭芳·遊豫章東湖再用韻》詞（柳外尋春闋）箋注。鄒浩《次韻和答稷臣見貽之句》詩：「瘴癘侵淩鬢欲華，鳳凰飛詔下天涯。」

〔六〕「車馬」四句，車馬路，白居易《過駱山人野居小池》詩：「門前車馬路，奔走無昏曉。」風雨暗，杜甫《遠遊》詩：「塵沙連越巂，風雨暗荆蠻。」旌旗濕，杜甫《對雨》詩：「不愁巴道路，恐濕漢旌旗。」

〔七〕「看野」二句，野梅官柳，杜甫《西郊》詩：「市橋官柳細，江路野梅香。」東風消息，張孝祥《鵲橋仙·以酒果爲黄子默壽》詞：「東風消息，西山爽氣，總聚君家戶牖。」

〔八〕「莫向」二句，蔗庵，見稼軒《和鄭舜舉蔗庵韻》詩、本書卷三《水調歌頭·和信守鄭舜舉蔗庵韻》詞箋注。追語笑，陳師道《春懷示鄰里》詩：「剩欲出門追語笑，却嫌歸鬢著塵沙。」無顏色，《史記》卷一一〇《匈奴列傳》注引《西河故事》：「匈奴失祁連、焉支二山，乃歌曰：『亡我祁連山，使我六畜不蕃息。失我焉支山，使我婦女無顏色。』」

〔九〕杯中物，陶潛《責子》詩：「天運苟如此，且進杯中物。」

又

病中，俞山甫教授訪別，病起寄之〔一〕

曲几團蒲①，記方丈君來問疾②〔二〕。更夜雨匆匆別去，一杯南北。萬事莫侵閑鬢髮，百年正要佳眠食。最難忘，此語重殷勤，千金值〔三〕。　西崦路，東巖石。攜手處，今塵跡③。望重來猶有④，舊盟如日〔四〕。莫信蓬萊風浪隔，垂天自有扶摇力〔五〕。對梅花一夜苦相思，無消息〔六〕。

【校】

①「團蒲」，四卷本甲集作「蒲團」，此從廣信書院本。　②「記方丈」，四卷本作「方丈裏」。　③「塵」，四卷本作

「陳」。④「重」，《六十名家詞》本作「東」。

【箋注】

〔一〕題，俞山甫，名南仲。《朱文公别集》卷三《與程沙隨可久迴書》：「廣西鹽法，近得詹丈書，極以爲便。……又蒙别紙垂喻俞廣文立二公祠之意，使爲記文，尤荷不鄙。但此事今日老丈在彼，晚學小生，豈當僭取而妄爲之？此決不敢承命。若廣文有請於門下，他日文成，區區得以題額，附名左方，亦云幸矣。幸達此意於廣文，敬泚筆以俟命也。」《朱文公續集》卷一《答黄直卿書》：「致仕文字，爲衆楚所咻，費了無限口頰，今方得州府判押。但求保官，更無人肯作。只有伯崇一員，或者以爲俞山甫必肯，近以書扣之，乃漠然不應。」詹丈即詹儀之，自淳熙十年始知廣西静江府兼廣西經略安撫使，任至十五年止。朱熹筆下之俞廣文，疑即任静江府教授之俞山甫。《淳熙三山志》卷三〇載：「淳熙八年辛丑黄由榜：俞南仲字山甫，福清人。」〔萬曆〕《福州府志》卷一六所載同。樓鑰《攻媿集》卷三四有《從政郎賀正使書狀官俞南仲循兩資》制詞：「敕具官某，朝廷選修聘之使，而使之自選其屬。爾以庠校之彦爲之少從，禮成而歸，賞可後乎？」據《金史》卷六二《交聘表》下，紹熙五年正月癸亥，宋翰林學士倪思、知閤門事王知新賀正旦。俞南仲使金爲書狀官應即此時。稼軒作病中俞山甫教授訪别詞，或值俞山甫自福州赴静江府教授任，途經信州，訪别稼軒。而南仲别去，久無消息，故稼軒病起而賦此詞。其時當在淳熙十四年，蓋已由冬入春矣。

〔二〕「曲几」二句，曲几團蒲，黄庭堅《以小團龍及半挺贈無咎並詩用前韻爲戲》詩：「曲几團蒲聽煮湯，煎成車聲繞羊腸。」方丈君來問疾，《維摩詰所説經·文殊師利問疾品》：「爾時，佛告文殊師利：汝行詣維摩詰問疾。……於是，衆中諸菩薩大弟子、釋梵四天王等，咸作是念：今二大士文殊師利、維摩詰共談，必説妙法。即時八千菩薩、五百聲聞、百千天人，皆欲隨從。於是文殊師利與諸菩薩大弟子衆及諸天人恭敬圍繞，入毗耶離大城。」白居易《齋戒滿夜戲招夢得》詩：「方丈若能來問疾，不妨兼有散花天。」

〔三〕「萬事」句至此，「萬事莫侵閑鬢髮，百年正要佳眠食」，此二語當是俞南仲留言，故謂之價值千金。重殷勤，胡鳴玉《訂譌雜録》卷三《鄭重》條：「鄭重有頻煩、殷勤二義，不作珍重、不敢輕忽解。」白居易《贈别崔五》詩：「平生已不淺，是日重殷勤。」

〔四〕舊盟如日，《詩·王風·大車》：「謂予不信，有如皦日。」注謂「我言之信如白日也」。《左傳·襄公二十三年》：「欒氏之力臣曰督戎，國人懼之。斐豹謂宣子曰：『苟焚丹書，我殺督戎。』宣子喜曰：『而殺之，所不請於君。焚丹書者，有如日。』」注：「言不負要盟如日。」《南齊書》卷三八《蕭穎胄傳》：「賞罰之信，有如皦日。」

〔五〕「莫信」二句，蓬萊風浪，《史記》卷二八《封禪書》：「自威、宣、燕昭使人入海求蓬萊、方丈、瀛州，此三神山者，其傳在勃海中，去人不遠，患且至，則船風引而去。……未至，望之如雲，及到三神山，反居水下，臨之，風輒引去，終莫能至云。」垂天、扶摇，《莊子·逍遥遊》：「鵬之背，不知其幾千里也。怒而飛，其翼若垂天之雲。……鵬之徙於南冥也，水擊三千里，摶扶摇而上者九萬里。」

〔六〕「對梅」二句，盧仝《有所思》詩：「美人兮美人，不知爲暮雨兮爲朝雲。相思一夜梅花發，忽到窗前疑是君。」

又

和廓之雪①〔一〕

天上飛瓊，畢竟向人間情薄〔二〕。還又跨玉龍歸去〔三〕，萬花摇落。雲破林梢添遠岫，月臨屋角分層閣②。記少年駿馬走韓盧，掀東郭〔四〕。　吟凍雁，嘲饑鵲。人已老，歡猶昨。對瓊瑶滿地③，與君酬酢〔五〕。最愛霏霏迷遠近，都收擾擾還空廓④。待羔兒飲罷又烹茶，揚州鶴〔六〕。

【校】

①題，廣信書院本「廓」作「范先」，此據四卷本甲集改。文淵閣《四庫全書》本「雪」前有「詠」字。②「臨」，廣信書院本原作「明」，據四卷本、《六十名家詞》本改。③「瓊瑶」，《六十名家詞》本作「瑶華」。④「廓」，廣信書院本、《六十名家詞》本作「闊」。

【箋注】

〔一〕題，右詞爲和范廓之詠雪之作，廣信書院本次於同調《遊南巖和范廓之韻》詞（笑拍洪崖闋）之後，又同載四卷本甲集，知作年相近。今編該詞於同調淳熙十四年送鄭舜舉赴召詞之後，雖不中，亦不遠矣。

〔二〕「天上」二句，飛瓊，許飛瓊乃西王母之侍女。《漢武帝内傳》：「王母乃命諸侍女王子登彈八琅之璈，又命侍女董雙成吹雲和之笙，石公子擊昆庭之金，許飛瓊鼓震靈之簧。」《太平廣記》卷七〇《許飛瓊》條，載唐進士許瀍詩：「曉入瑶臺露氣清，坐中惟有許飛瓊。塵心未盡俗緣在，十里下山空月明。」此謂飛瓊情薄，故降雪於人間也。

〔三〕玉龍，見本書卷三《念奴嬌·和韓南澗載酒見過雪樓觀雪》詞（兔園舊賞闋）箋注。

〔四〕「記少」二句，《戰國策·齊策》三：「韓子盧者，天下之疾犬也。東郭逡者，海内之狡兔也。韓子盧逐東郭逡，環山者三，騰山者五，兔極於前，犬廢於後，犬兔俱罷，各死其處。田父見之，無勞勌之苦，而擅其功。」按：此二句蓋自紀其少年時期乘雪狩獵生涯。

〔五〕「對瓊」二句，瓊瑶滿地，陳與義《秋夜獨酌》詩：「瓊瑶滿地我影横，添酒賦詩何可失。」酬酢，《古今事文類聚》續集卷一五《欲言即飲》條：「唐陽城爲諫議大夫，八年未肯去。方日夜劇飲，客欲諫止者，城揣知其情，强飲客，客辭，即自飲滿，客不得已與酬酢。或醉仆席中，或先醉卧客懷中，不能聽客語。」

〔六〕「待羔」二句，羔兒，酒也。《壽親養老新書》卷三《羊羔酒》：「米一石，如常法浸漿。肥羊肉七斤，麴十四兩，諸麴皆可。將羊肉切作四方塊，爛煮，杏仁一斤同煮，留汁七斗許，拌米飯麴，更用木香一兩同醞，不得犯水。十日熟，味極甘滑。此宣和化成殿方。」餘參本書卷三《鷓鴣天・用前韻和趙文鼎提舉賦雪》詞（莫上扁舟訪剡溪關）箋注。騎鶴上揚州，典出殷芸《小説》：「有客相從，各言所志。或願爲揚州刺史，或願多貲財，或願騎鶴上昇。其一人曰：『腰纏十萬貫，騎鶴上揚州。』欲兼三者。」蘇軾《於潛僧緑筠軒》詩：「若對此君仍大嚼，世間那有揚州鶴？」

洞仙歌

紅梅〔一〕

冰姿玉骨，自是清涼態①〔二〕。此度濃妝爲誰改？向竹籬茅舍〔三〕，幾誤佳期，招伊怪，滿臉顔紅微帶。　壽陽妝鑑裏〔四〕，應是承恩，纖手重匀異香在。怕等閑春未到，雪裏先開；風流噷，説與羣芳不解〔五〕。更總做北人未識伊，據品調難作，杏花看待〔六〕。

【校】

①「態」，原闕，《稼軒詞編年箋注》以臆徑補。

【箋注】

〔一〕題，右《洞仙歌》詠紅梅詞，廣信書院本置於訪得鉛山周氏泉同調詞之前，應即淳熙十四年所作，故次於此。

〔二〕「冰姿」二句，冰姿玉骨，《錦繡萬花谷》後集卷三八《梅世外佳人》條：「袁豐之居宅後，有六株梅，開時曾爲鄰屋煙氣所爍，乃團泥塞竈，張幕蔽風，久而又拆其屋，曰：『冰姿玉骨，世外佳人，但恨無傾城笑耳。』出《桂林記》。」清涼態，蘇軾《洞仙歌·僕七歲時見眉山老尼姓朱忘其名……乃爲足之》詞：「冰肌玉骨，自清涼無汗。」陸龜蒙佚詩句：「溪山自是清涼國，松竹合封蕭灑侯。」

〔三〕竹籬茅舍，謝逸《梅》詩：「城中桃李休相笑，林下清風汝未知。本是前村深處物，竹籬茅舍却相宜。」

〔四〕壽陽妝，《太平御覽》卷三〇《人日》條引《雜五行書》：「宋武帝女壽陽公主，人日卧於含章殿簷下，梅花落公主額上，成五出花，拂之不去。皇后留之，看得幾時，經三日洗之，乃落。宫女奇其異，競效之，今梅花妝是也。」

〔五〕「風流」二句，噉，同煞、殺，甚也。不解，不能也。

〔六〕「更總」三句，《詩話總龜》後集卷二七引《西清詩話》：「紅梅清豔兩絶，昔獨盛於姑蘇，晏元獻始移植西岡第中，特珍賞之。一日，貴游賂園吏，得一枝分接，由是都下有二本。公嘗與客飲花下，賦詩曰：『若更遲開三二月，北人應作杏花看。』客曰：『公詩固佳，特比擬何淺也？』公笑曰：『顧倫父安得不然？』一坐絶倒。王君玉聞盜花事，以詩遺公云：『館娃宫裏舊精神，粉瘦瓊寒露蕊新。園吏無端偷折去，鳳城從此有雙身。』自爾名園事培接遍都城矣。《苕溪漁隱》曰：王介甫《紅梅》詩云：『春半花纔發，多應不奈寒。北人初未識，渾作杏花看。』與元獻之詩暗合，然介甫句意俱工，勝元獻遠矣。」范成大《范村梅譜》：「紅梅，粉紅色，標格猶是梅，而繁密則如杏，香亦類杏。詩人有『北人全未識，渾作杏花看』之句。」總，縱，縱使。此三句蓋反荆公詩意，謂縱然作爲北人有所不識，然據其品調，亦難作杏花看待也。

鷓鴣天

元溪不見梅〔一〕

千丈冰溪百步雷①，柴門都向水邊開〔二〕。亂雲剩帶炊煙去，野水閑將日影來〔三〕。穿窈窕，過崔嵬②〔四〕，東林試問幾時栽？動摇意態雖多竹，點綴風流却欠梅③。

【校】

①「冰」，四卷本乙集作「清」，此從廣信書院本。②「過」，四卷本作「歷」。③「欠」，四卷本作「少」。

【箋注】

〔一〕題，元溪，應即源溪，在今黄沙鄉西北六里。元溪南流，入瀘溪。稼軒黄沙書院即在瀘溪南岸塔底。右詞乃春日即事諸作，姑次於淳熙十四年春初。

〔二〕「千丈」二句，步，周制，十步爲畝。張説《春雨早雷》詩：「河魚未上凍，江蟄已聞雷。」疑百步雷指江上聞雷也。水邊開，魏野《書潤師白蓮堂》詩：「猶恨東郊西寺遠，閉門難並水邊開。」

〔三〕「野水」句，王昌齡《長信秋詞五首》：「玉顔不及寒鴉色，猶帶朝陽日影來。」

〔四〕「穿窈」二句，陶潛《歸去來兮辭》：「既窈窕以尋壑，亦崎嶇而經丘。」杜牧《題茶山》詩：「柳村穿窈窕，松澗渡喧豗。」崔嵬，高山也。

水龍吟

題雨巖，巖類今所畫觀音補陀。巖中有泉飛出，如風雨聲①〔一〕

補陀大士虚空〔二〕，翠巖誰記飛來處②？蜂房萬點，似穿如礙，玲瓏窗户。石髓千年，已垂未落，嶙峋冰柱〔三〕。有怒濤聲遠，落花香在，人疑是，桃源路〔四〕。又説春雷鼻息，是卧龍彎環如許〔五〕。不然應是，洞庭張樂，湘靈來去〔六〕。我意長松，倒生陰壑，細吟風雨〔七〕。竟茫茫未曉，只應白髮，是開山祖〔八〕。

【校】

①題，「補」，王詔校刊本、《六十名家詞》本、四印齋本俱作「普」。詞首句並同。　②「誰記」，王詔校刊本、《六十名家詞》本、四印齋本俱作「記取」。

【箋注】

〔一〕題，博山雨巖，今尚在。在博山寺西南，山巖隆起，下有洞，内有天窗，山雨噴薄而下。稼軒友人韓淲涉及雨巖詩多首，《澗泉集》卷一二《朱卿入雨巖本約同遊一詩呈之》詩云：「雨巖只在博山隈，往往能令俗駕回。挈杖失從賢者去，住庵應喜謫仙來。中林卧壑先藏野，盤石鳴泉上有梅。蚤夕金華鹿田寺，斯遊重省又遐哉。」卷五《和韻趙十》詩：「能爲博山遊，想度丁公嶺。風乎雨巖幽，泉石景逾静。人誰無雅識，每每痼俗境。書傳所興起，更復史集訂。於其遊息間，趣味必雋永。」卷一四《十二月初九日雪尹子潛來》詩：「九峰庵上雪中眠，夜半寒枝落枕前。虚曠益知身老大，静深惟覺夢清圓。山圍漠漠無通路，田缺幽幽有暗泉。雅志能來得同榻，雨巖人必爲吟傳。」觀音補陀，觀音菩薩之説法道場爲補陀落迦山。山在明州昌國縣，今名普陀山。《雲麓漫鈔》卷二：「補陀落迦山，自明州定海縣招寶山泛海東南行，兩潮至昌國縣。自昌國縣泛海到沈家門，過鹿獅山，亦兩潮至山下。正南一山曰甎月巖，循山而東，曰善財洞，又東曰菩薩泉，又東曰潮音洞，即觀音示現之處。又東曰仙人跡，又東曰甘露潭，東即大海。南逾海曰善射醮，南亦大海。自甎月峰之上過一山，中有平地，四山包之，即補陁寺。……循甎月巖北至善財洞及觀音巖寺前路，循東到古寺基，過圜通嶺，即山之北，亦大海。此山在海中。初，高麗使王舜封船至山下，見一龜浮海面，大如山，風大作，船不能行。忽夢觀音，龜没浪浄，申奏朝廷，得旨建寺，乃元豐三年也。《華嚴經》云：『補陀洛迦山亦云小白花山，今此山皆白丁香花。』東南天水混合無邊際，自東即入遼東渤海、日本毛人、高麗、扶桑諸國，自南即入漳、泉、福建路云。觀音多現於洞中或於巖上，及山峰，變化不一，甚著靈驗。」《普陀洛迦山新志》卷二：「普陀洛迦山，在浙江定海陸空縣治東里許海中，爲《華嚴經·善財》第二十八參觀世音菩薩説法處。……按普陀洛迦，梵語也，有作補陀洛迦、補陁洛伽、補怛洛伽、補陀羅伽者，當爲翻譯梵語之異文，在華言爲小白華。」雨巖形類坐觀音。稼軒於淳熙十二年訪問博山寺，來往其間，爲時頗久，且在寺中設讀書堂。其於博山寺西南發現雨巖，自應在留寺中既久之後。右詞雖無確切作年可考，然以常理推之，必在淳熙十三年十四年之頃，以是詞作於春季，故將右詞與詠雨巖石浪詞次於淳熙十四年春諸作中。

〔二〕「補陀」句，補陀大士，即觀世音菩薩，阿彌陀佛侍者。唐避太宗李世民諱，省稱觀音菩薩。《妙法蓮花經·觀世音菩薩普門品》：「佛告無盡意菩薩：善男子，若有無量百千萬億衆生，受諸苦惱，聞是觀世音菩薩，一心稱名觀世音菩薩，即時觀其音聲，皆得解脱，以是名觀世音菩薩。」大士，即菩薩之稱。《華嚴經·入法界品》、《千手千眼觀世音菩薩廣大圓滿無礙大悲心陀羅尼經》皆謂補陀落迦山爲觀世音道場。按：鄧廣銘先生在《稼軒詞編年箋注》中，謂「稼軒此詞題中所稱之『觀音補陀』及首句所稱之『補陀大士』，當均指觀音菩薩而言。稼軒另有賦石中觀音像之《玉樓春》（琵琶亭畔芳草路闋）一首，其中亦有『補陀大士神通妙』句。合此數者觀之，稼軒蓋誤以補陀大士爲觀音菩薩之另一稱號也」。今查宋人著作，皆以補陀爲觀音之另一稱號。鄧先生所言實不然也。如《寶慶會稽續志》卷七：「明州定海縣補陀洛迦山，蓋觀音大士示現處，遠近致禱，或見善財童子、金剛神、達磨等相。」范成大《石湖詩集》卷九《晝錦行送陳福公判信州》詩：「君不見補陀大士海復山，隨喜却來觀世間。」又，《山堂肆考》卷一六六《長帶觀音像》條載：「長帶觀音，宋龍眠居士李公麟所作。……又補陀觀音像，蜀勾龍奭所作。具天人種種殊相，使人瞻之，敬心自起。」皆是也。虚空，謂有巖洞也。

〔三〕「蜂房」六句，蜂房、石髓，皆雨巖洞内外景觀，皆寫實也。釋覺範《石門文字禪》卷二一《信州天寧寺記》：「寺以羣居，而自爲户牖，犬牙相接，如蜂房螘穴，非相臣所以建請，集禪衲，演祖道，上延睿算之意。於是蟬蜕其卑陋而一新之也。」黄庭堅《題落星寺四首》詩：「蜂房各自開户牖，處處煮茶藤一枝。」洪适《雜詠上·蜂房》詩有「不須開户牖，薜荔爲穿房」語。

〔四〕「人疑」二句，《陶淵明集》卷五《桃花源記》：「晉太元中，武陵人捕魚爲業，緣溪行，忘路之遠近。忽逢桃花林，夾岸數百步，中無雜樹，芳草鮮美，落英繽紛，漁人甚異之。復前行，欲窮其林，林盡水源，便得一山，山有小口，髣髴若有光，便捨船從口入。初極狹，纔通人，復行數十步，豁然開朗，土地平曠，屋舍儼然，有良田美池桑竹之屬，阡陌交通，雞犬相聞。」雨巖外有王氏桃源酒壚，故有此語。

〔五〕「又説」二句，春雷鼻息，《昌黎集》卷二一《石鼎聯句詩序》：「道士倚牆睡，鼻息如雷鳴。」元稹《八駿圖詩》：「鼻息吼春雷，蹄聲裂寒瓦。」卧龍彎環，楊筠松《疑龍經·衛龍篇》：「有隨龍小溪澗，彎環抱體，常低徊。」

〔六〕「洞庭」二句，洞庭張樂，《莊子·天運》：「北門成問於黄帝曰：『帝張咸池之樂於洞庭之野，吾始聞之懼，復聞之怠，卒聞之而惑，蕩蕩默默，乃不自得。』帝曰：『女殆其然哉？吾奏之以人，徵之以天，行之以禮義，建之以太清。』」湘靈，《楚辭·遠遊》：「使湘靈鼓瑟兮，令海若舞馮夷。」

〔七〕「倒生」二句，陰壑，杜甫《遊龍門奉先寺》詩：「陰壑生虚籟，月林散清影。」細吟風雨，蘇軾《自普照遊二庵》詩：「長松吟風晚雨細，東庵半掩西庵閉。」

〔八〕開山祖，寺院之建，多擇山間，故以爲開山始創者爲開山祖師。

山鬼謠

雨巖有石，狀怪甚，取《離騷·九歌》，名曰山鬼，因賦《摸魚兒》，改今名①〔一〕

問何年此山來此？西風落日無語。看君似是羲皇上，直作太初名汝②〔二〕。溪上路③，算只有紅塵不到今猶古〔三〕。一杯誰舉？笑我醉呼君，崔嵬未起，山鳥覆杯去〔四〕。

須記取，昨夜龍湫風雨。門前石浪掀舞〔五〕。四更山鬼吹燈嘯，驚倒世間兒女〔六〕。依約處④，還問我清遊杖屨公良苦。神交心許。待萬里攜君，鞭笞鸞鳳，誦我《遠遊賦》⑤〔七〕。

石浪，庵外巨石也，長三十餘丈。

【校】

①調，廣信書院本原作「摸魚兒」，此從四卷本甲集改。題，「怪甚」，廣信書院本原作「甚怪」，據四卷本改。「改今名」，原作「改名山鬼謠」，亦據四卷本改。②「初」，《六十名家詞》本作「虚」。③「路」，《六十名家詞》本闕，文淵閣《四庫全書》本《稼軒詞》作「住」。④「約」，《六十名家詞》本作「然」。⑤「誦」，《六十名家詞》本作「送」。

【箋注】

〔一〕題，右詞詠雨巖石浪，自注有「庵外巨石，長三十餘丈」語。庵者，王氏庵也，地接雨巖。今雨巖至王氏庵山間之巨石，即爲稼軒名爲山鬼及石浪、石龍之長石尚存。自雨巖洞門口外，即有巨石迤邐盤折而下，卧於山中。稼軒謂爲三十餘丈，不誣也。形狀奇特瓌異，青碧可愛。稼軒因此石爲他處所未有，故名之石浪、石龍，又命之山鬼，均見其賦詠雨巖諸詞。查《楚辭·九歌·山鬼》有云：「若有人兮山之阿，被薜荔兮帶女蘿。……路險難兮獨後來，表獨立兮山之上。……石磊磊兮葛蔓蔓，怨公子兮悵忘歸。」總言山鬼幽處山林一隅，以狀其石之不遇於世。《永樂大典》卷九七六三巖字韻引徐安國《西窗集》之《遊雨巖有感》詩：「山鬼挽留堅不動，雷師驅策病難禁。何如穩卧寒巖底，一任蒼生屬意深。」爲現存詩文中，稼軒命名山鬼之後，惟一詠此石浪者。

〔二〕「看君」二句，羲皇上，見後《念奴嬌·賦雨巖效朱希真體》詞（近來何處閔）箋注。太初，周程本《子華子》卷上《陽城胥渠問》：「陽城胥渠因北宫子以見子華子，曰：『胥渠願有所謁也。夫太初胚胎，萬有權輿，風轉誰轉，三三六六，誰究誰使？』……子華子曰：『噫嘻，本何足以識之？請以嘗試言之，而子亦嘗試而聽之。夫混茫之中，是名太初，實生三氣。』」

〔三〕「溪上」二句，溪上，〔光緒〕《江西通志》卷五三謂博山「南臨溪流」。此溪謂永豐溪。〔同治〕《廣豐縣志》卷一之四載：「西行層疊起伏，至大王山、鶴山，與博山對峙，爲縣治左水口。」另據〔乾隆〕《廣豐縣志》卷二：「縣境之水清而駛，磷磷多石，總名永豐溪，一名乾豐。」博山既與鶴山隔溪相對，則此溪及《生查子》詞之「溪邊照影行」句，所指皆永豐溪也。紅塵不到，蘇紳《題膠山寺》詩：「紅塵不到處，青嶂此忘歸。」

〔四〕「笑我」三句，崔嵬，謂石浪。山鳥覆杯，謂酒杯爲山鳥撞翻。

〔五〕「昨夜」二句，龍湫，謂泉池也。〔乾隆〕《廣豐縣志》卷二所載，有松峰龍湫、巾石峰龍湫、黄尖山龍湫等。不知此地何名。掀舞，葉夢得《避暑録話》卷下：「翌日，忽大雨震電，暴風驟至。坐間草木掀舞，池水震蕩。」《墨莊漫録》卷八：「鎮江府兵火之餘，有石一株，在瓦礫中，勢如掀舞。色紺而澤，奇物也。」

〔六〕「四更」二句，山鬼吹燈，杜甫《山館》詩：「山鬼吹燈滅，厨人語夜闌。」驚倒兒女，蘇軾《送陳伯修察院赴闕》詩：「一日喧萬口，驚倒同舍兒。」

〔七〕「依約」句至此，依約，猶隱約也。鞭笞鸞鳳，見《水調歌頭·席上用王德和推官韻壽南澗》詞（上界足官府闋）箋注。《遠遊》，《楚辭》有《遠遊》篇。

生查子　獨遊雨巖①

溪邊照影行，天在清溪底。天上有行雲，人在行雲裏。　高歌誰和余？空谷清音起。非鬼亦非仙，一曲桃花水〔一〕。

【校】

①題，「獨」，四卷本乙集闕，此從廣信書院本。「雨」，《六十名家詞》本作「西」。

【箋注】

〔一〕「非鬼」二句，非鬼亦非仙，蘇軾《夜泛西湖五絶》詩：「湖光非鬼亦非仙，風恬浪静光滿川。」桃花水，《歲時廣記》卷一《桃花水》：「《水衡記》：『黄河水，二月三月名桃花水。』又顔師古《漢書音義》云：『《月令》：仲春之月，始雨水，桃始華。蓋桃方華時，既有雨水，川谷漲泮，衆流盛長，故謂之桃花水。』老杜詩云：『春岸桃花水。』」

蝶戀花

月下醉書雨巖石浪

九畹芳菲蘭佩好〔一〕。空谷無人，自怨蛾眉巧〔二〕。寳瑟泠泠千古調，朱絲絃斷知音少〔三〕。　冉冉年華吾自老〔四〕。水滿汀洲，何處尋芳草？唤起湘纍歌未了，石龍舞罷松風曉〔五〕。

【箋注】

〔一〕「九畹」句，《離騷》：「余既滋蘭之九畹兮，又樹蕙之百畝。」又：「扈江離與辟芷兮，紉秋蘭以爲佩。……户服艾以盈要兮，謂幽蘭其不可佩。」按：二百四十步爲畝，十二畝爲畹。

〔二〕「空谷」二句，空谷無人，杜甫《佳人》詩：「絶代有佳人，幽居在空谷。」自怨蛾眉，《離騷》：「衆女嫉余之蛾眉兮，謡諑謂余以善淫。」

〔三〕「寳瑟」二句，千古調，《藝文類聚》卷八一引《琴操》：「《猗蘭操》者，孔子所作也。孔子聘諸侯，莫能任，自衛反魯，隱谷之中，見香蘭獨秀，喟然歎曰：『夫蘭當爲王者香，今乃獨茂，與衆草爲伍。』乃止車援琴鼓之，自傷不逢時，託辭於香蘭云。」千古調者，當指此也。朱絲絃斷知音少，杜甫《寄岳州賈司馬六丈巴州嚴八使君兩閤老五十韻》詩：「貝錦無停織，朱絲有斷絃。」岳飛《小重山》詞：「欲將心事付瑶琴，知音少，絃斷有誰聽？」

〔四〕「冉冉」句，《離騷》：「老冉冉其將至兮，恐修名之不立。」張方平《都官紓葉郎中歸三衢》詩：「冉冉年華成老態，紛紛時事作閑愁。」

〔五〕「喚起」二句，湘纍，《揚子雲集》卷五《反離騷》：「因江潭而往記兮，欽弔楚之湘纍。」《漢書》卷八七上《揚雄傳》引此文，注：「諸不以罪死曰纍。荀息、仇牧皆是也。屈原赴湘死，故曰湘纍也。」石龍，謂石浪，以其形似長龍。

又

用前韻，送人行①〔一〕

意態憨生元自好。學畫鴉兒，舊日偏他巧〔二〕。蜂蝶不禁花引調，西園人去春風少〔三〕。

春已無情秋又老②。誰管閑愁？千里青青草〔四〕。今夜倩簪黄菊了③，斷腸明日霜天曉。

【校】

①題，四卷本乙集無「用前韻」三字，此從廣信書院本。　②「已」，《六十名家詞》本作「色」。　③「倩」，《六十名家詞》本作「情」。

【箋注】

〔一〕題，前韻詞，謂本卷《蝶戀花·月下醉書雨巖石浪》詞（九畹芳菲蘭佩好閱）。右詞既和賦雨巖石浪閱，則所作當亦在淳熙十四年。所送何人，已不可考。據詞意，當爲一女子。《稼軒詞編年箋注》：「疑稼軒此詞，爲送董姓侍者而賦」，可參。

〔二〕「意態」三句，意態憨生，《説郛》卷一三〇引顔師古《大業拾遺記》：「長安貢御車女袁寶兒，年十五，腰肢纖墮，騃憨多態，帝寵愛之特厚。時洛陽進合蔕迎輦花，云得之嵩山塢中，人不知名，採者異而貢之。會帝駕適至，因以迎輦名之。……其香氣穠芬馥，或惹襟袖，移日不散，嗅之令人不多睡。帝令寶兒持之，號曰司花女。時詔虞世南草《征遼指揮德音敕》於帝側，寶兒注視久之。帝謂世南曰：『昔傳飛燕可掌上舞，朕常謂儒生飾於文字，豈人能若是乎？及今得寶兒，方昭前事，然多憨態，今注目於卿，卿才人，可便嘲之。』世南應詔爲絶句曰：『學畫鴉黄半未成，垂肩嚲袖太憨生。緣憨却得君王惜，長把花枝傍輦行。』上大悦。」憨生，生爲語助詞。學畫鴉兒，蘇軾《浣溪沙·贈楚守田待制小鬟》詞：「學畫鴉兒正妙年，陽城下蔡困嫣然。」

〔三〕「蜂蝶」二句，蜂蝶不禁花引調，不禁，不耐。引調，引逗，調教。楊傑《和穆父待制竹堂》詩：「莫夾桃花引蜂蝶，實成須與鳳凰期。」《愛日齋叢鈔》卷四：「陳無咎題趙國一詞，曠達可喜，予記其文云：『一年一度，春來何時是了？花落花開渾是夢，只解把人引調。……』無咎號龍壇居士，越人目之爲仙，其詞氣頗不凡俗也。」西園，稼軒帶湖新居屢見西園之稱。此贈行之女子，或即西園侍女也。

〔四〕千里青青草，《後漢書》卷二三《五行志》：「獻帝踐阼之初，京師童謡曰：『千里草，何青青？十日卜，不得生。』」按：千里草爲董，十日卜爲卓。民謡射董卓二字。此所指或董姓侍女。

又

洗盡機心隨法喜〔一〕。看取尊前，秋思如春意〔二〕。誰與先生寬髮齒？醉時惟有歌而已〔三〕。　歲月何須溪上記？千古黄花，自有淵明比。高卧石龍呼不起，微風不動天如醉〔四〕。

【箋注】

〔一〕「洗盡」句，《莊子·天地》：「吾聞之吾師，有機械者必有機事，有機事者必有機心。機心存於胸中，則純白不備，純白不備則神生不定，神生不定者，道之所不載也。」《維摩詰所説經·佛道品》：「於是維摩詰以偈答曰：智度菩薩母，方便以爲父，一切衆導師，無不由是生。法喜以爲妻，慈悲心爲女。」蘇軾《和止酒》詩：「子室有孟光，我室惟法喜。」法喜，習法所生歡喜。

〔二〕秋思如春意，趙德麟《侯鯖録》卷四：「元祐七年正月，東坡先生在汝陰，州堂前梅花大開，明色鮮霽。先生王夫人曰：『春月色勝如秋月色。秋月色令人悽慘，春月色令人和悦，何如召趙德麟輩來飲此花下？』先生大喜曰：『吾不知子能詩耶，此真詩家語耳。』遂相召，與二歐飲，用是語作《減字木蘭》詞云：『春庭月午，摇落春醪光欲舞。步轉回廊，半落梅花婉娩香。輕風薄霧，都是少年行樂處。不似秋光，只共離人照斷腸。』」

〔三〕「誰與」二句，寬髮齒，鄧廣銘先生注云：「人老則齒落髮白，故多用齒髮爲年齡徵象。寬髮齒即寬延齒落髮白之期，亦即延年益壽之意。」醉時惟有歌，杜甫有《醉時歌》贈廣文館博士鄭虔。

〔四〕「高卧」二句，石龍，即雨巖石浪，見前《蝶戀花·月下醉書雨巖石浪》詞（九畹芳菲蘭佩好闋）箋注。呼不起，蘇軾《寄吴德仁兼簡陳季常》詩：「門前罷稏十頃田，清溪繞屋花連天。溪堂醉卧呼不醒，落花如雪春風顛。」微風不動天如醉，黄庭堅《二月丁卯喜雨吴體爲北門留守文潞公作》詩：「微風不動天如醉，潤物無聲春有功。」

又

何物能令公怒喜〔一〕？山要人來，人要山無意。恰似哀筝絃下齒，千情萬意無時已。

自要溪堂韓作記〔二〕。今代機雲①，好語花難比〔三〕。老眼狂花空處起，銀鈎未見心先醉〔四〕。

【校】

①「機雲」，《六十名家詞》本作「雲梯」，此從廣信書院本。

【箋注】

〔一〕「何物」句，《世説新語·寵禮》：「王珣、郗超並有奇才，爲大司馬所眷拔。珣爲主簿，超爲記室參軍。超爲人多鬚，珣狀短小。於時荆州爲之語曰：『髯參軍，短主簿，能令公喜，能令公怒。』」何物，什麽，什麽人。余嘉錫《世説新語箋疏》卷下之上《賢媛》載賈充語：「語卿道何物？」《箋疏》引吴承仕語：「何物即什麽，麽即物之聲轉。」按：《青瑣高議》後集卷二《王荆公》條載云：「吴夫人爲買一妾，荆公見之曰：『何物女子？』」此語猶今言：女子是什麽人。

〔二〕「自要」句，《稼軒詞編年箋注》有云：「韓愈有《鄆州溪堂》詩，見卷一《滿庭芳》（柳外尋春閿）『溪堂、韓碑』注。此處蓋兼指韓南澗。南澗從兄名元龍字子雲，仕終直龍圖閣，浙西提刑，與南澗俱以文學顯名當世，故下句擬之陸機、陸雲。」又於《編年》謂：「右《蝶戀花》二首，作年難考定。據後閿語意，疑是帶湖居第落成之後，賦此向南澗求作記文者。」所釋韓南澗及機、雲所擬皆甚是。然謂此二首詞皆求作帶湖新居記文，則所猜測應誤。蓋前閿已有「石龍高卧」語，而《山鬼謡·雨巖有石狀怪甚取〈離騷·九歌〉名曰山鬼因賦〈摸魚兒〉改今名》詞（問何年此山來此閿）已賦雨巖石浪形甚怪異，《蝶戀花·月下醉書雨巖石浪》詞（九畹芳菲蘭佩好閿）又有「唤起湘纍歌未了，石龍舞罷松風曉」語，山鬼、石浪、石龍皆指雨巖附近怪石，則此處之溪堂，决非帶湖新居某近水之堂，乃位於博山雨巖之前永豐溪上之堂，其名當爲巃嵸，見本書《玉樓春·席上贈别上饒黄倅》詞（往年巃嵸堂前路閿）題下小注：「巃嵸，雨巖堂名。」前閿詞所謂

「溪上」，指永豐溪，稼軒所求作溪堂之記，當指《龍蓯堂記》也。

〔三〕「今代」二句，機雲，《晉書》卷五四《陸機傳》載：「陸機字士衡，吴郡人也，祖遜，吴丞相；父抗，吴大司馬。機身長七尺，其聲如鐘，少有異才，文章冠世。……機天才秀逸，辭藻宏麗。張華嘗謂之曰：『人之爲文，常恨才少。而子更患其多。』弟雲。……字士龍，六歲能屬文，性清正，有才理。少與兄機齊名，雖文章不及機，而持論過之，號曰二陸。」花難比，洪适《憶城東來禽爲景孫弟》詩：「隱園野處花難比，祇恐人評棣萼圖。」

〔四〕「老眼」二句，老眼狂花，《海録碎事》卷六《狂花病葉》條引《醉鄉日月》：「或有勇於牛飲者，以巨觥沃之，既撼狂花，復凋病葉。飲流謂睚眦者爲狂花，謂目睡者爲病葉。」銀鈎，張彦遠《法書要録》卷一：「索靖字幼安，燉煌人，散騎常侍張芝姊之孫也。傳芝草而形異，甚矜其書，名其字勢曰銀鉤蠆尾。」心先醉，陶潛《擬古》詩：「未言心相醉，不在接杯酒。」劉禹錫《酬令狐相公杏花園下飲有懷見寄》詩：「未飲心先醉，臨風思倍多。」

鷓鴣天

春日即事，題毛村酒壚①〔一〕

春入平原薺菜花②〔二〕，新耕雨後落羣鴉。多情白髮春無奈，晚日青簾酒易賒〔三〕。閑意態，細生涯，牛欄西畔有桑麻。青裙縞袂誰家女？去趁蠶生看外家〔四〕。

【校】

①題，四卷本乙集作「遊鵝湖醉書酒家壁」，此從廣信書院本。《中興絶妙詞選》卷三作「春日即事」。按：廣信本詞題可從。四卷本題或可作詞注。此乃稼軒遊鵝湖歸，書春事於毛村酒家壁時之作，非書於鵝湖明矣。②「入」，廣信書院本原作「日」，此從四卷本。「薺」，《六十名家詞》本作「蒿」。

【箋注】

〔一〕題，毛村，〔同治〕《廣信府志》卷一之一《地理》載上饒至鉛山所經：「正南出府南門（陸路），轉西，由白鶴渡過信河，經汪家園三港渡、何葉街上宜橋（石橋）、毛村鋪、石溪（居民店鋪六十餘家），過木橋，抵鉛山界（五十里鉛山石溪，商民二百餘家，有塘汛），由太平橋（石橋），經鵝湖（石橋）雙頭抵鉛山縣。」因知毛村即在上饒前往鉛山鵝湖之山路上，其地在今上饒縣南茶亭鎮白沙周家村南四里。自此往南，入石馬廟而至鉛山石溪鄉。右詞與同調以下三詞，作年相接，當爲淳熙十四年春遊鵝湖歸途所作。

〔二〕薺菜，野生菜。〔雍正〕《浙江通志》卷一〇二：「薺菜，……薺和肝氣，明目，夜則血歸於肝，肝氣和則血脈流通，津液暢潤。東坡與徐十三薺羹書，以爲天然之珍，雖不甘於五味，而有味外之美。天生此物，以爲幽人山居之禄。」

〔三〕酒易賒，杜甫《對雪》詩：「金錯囊徒罄，銀壺酒易賒。」

〔四〕「青裙」二句，蘇軾《於潛女》詩：「青裙縞袂於潛女，兩足如霜不穿屨。」劉瞻《春郊》詩：「桑芽粒粒破春青，小葉迎風未展成。寒食歸寧紅袖女，外家紙上看蠶生。」

又①

着意尋春懶便回，何如信步兩三杯？山纔好處行還倦，詩未成時雨早去聲。催〔一〕。攜竹杖，更芒鞋〔二〕，朱朱粉粉野蒿開。誰家寒食歸寧女？笑語柔桑陌上來〔三〕。

【校】

①題，四卷本乙集作「鵝湖歸病起作」，此從廣信書院本。《中興絶妙詞選》卷三作「春行即事」。按：廣信本題作「鵝湖歸病起作」之同調詞，僅「枕簟溪堂」一闋，餘皆無題。四卷本題目皆誤。以右詞詞意推尋，無病起内容，故《絶妙詞選》詞題亦可從也。

【箋注】

〔一〕「詩未」句，杜甫《陪諸貴公子丈八溝攜妓納涼晚際遇雨》詩：「片雲頭上黑，應是雨催詩。」

〔二〕「攜竹」二句，蘇軾《與舒教授張山人參寥師同遊戲馬臺書西軒壁兼簡顔長道二首》詩：「竹杖芒鞋取次行，下臨官道見人情。」

〔三〕「誰家」二句，歸寧女，劉瞻《春郊》詩：「寒食歸寧紅袖女，外家紙上看蠶生。」柔桑陌上，蔡襄《四月清明西湖》詩：「芳草堤邊裙帶短，柔桑陌上髻鬟高。」

又①

翠木千尋上薜蘿②，東湖經雨又增波〔一〕。只因買得青山好，却恨歸來白髮多。　明畫燭，洗金荷〔二〕，主人起舞客高歌。醉中只恨歡娱少，無奈明朝酒醒何③。

【校】

①題，四卷本甲集作「鵝湖歸病起作」，此從廣信書院本無題。②「木」，四卷本作「竹」。③「無奈」句，四卷本作「明日醒時奈病何」。

【箋注】

〔一〕「翠木」二句，上薜蘿，洪朋《和答駒父見寄二首》詩：「竹落護松菊，疏村上薜蘿。」東湖，稼軒所居伎山，在帶湖之北，並不在所居之東，其稱爲東湖者，或其東段耶？增波，杜甫《贈李十五丈别》詩：「山深水增波，解榻秋露懸。」

〔二〕金荷，黄庭堅《八音歌贈晁堯民》詩：「金荷酌美酒，夫子莫留殘。」《戲答龍泉余尉問禪二小詩》：「重簾複幕鎖蛾眉，銀燭金荷醉舞衣。」《念奴嬌》詞有題：「八月十七日，同諸生步自永安城樓，過張氏小園待月，偶有名酒，因以金荷酌衆客。」《清平樂》詞：「冰堂酒好，只恨銀杯小。新作金荷工獻巧，圖要連臺拗倒。」據知所謂金荷，蓋酒杯也。

又

敗棋，罰賦梅雨①

漠漠輕陰撥不開②，江南細雨熟黄梅〔一〕。有情無意東邊日③〔二〕，已怒重驚忽地雷。雲柱礎〔三〕，水樓臺④，羅衣費盡博山灰〔四〕。當時一識和羹味，便道爲霖消息來〔五〕。

【校】

①題，四卷本乙集「罰」字闕，此從廣信書院本。②「陰」，汲古閣影鈔四卷本原作此字，又塗去不補。③「意」，《六十名家詞》本作「道」。④「樓」，《六十名家詞》本作「接」，文淵閣《四庫全書》本作「侵」。

【箋注】

〔一〕「漠漠」二句，漠漠輕陰撥不開，韓愈《同張水部籍遊曲江寄白二十二舍人》詩：「漠漠輕陰晚自開，青春白日映樓臺。」蘇軾《有美堂暴雨》詩：「遊人腳底一聲雷，滿座頑雲撥不開。」江南細雨熟黄梅，杜甫《梅雨》詩：「南京西浦道，四月熟黄梅。湛湛長江去，冥冥細雨來。」蘇軾《贈嶺上梅》詩：「不趁青梅嘗煮酒，要看細雨熟黄梅。」晁補之《贈楊景平》詩：「揚州行矣勿濡滯，江南細雨收黄梅。」

〔二〕「有情」句，劉禹錫《竹枝詞二首》：「楊柳青青江水平，聞郎江上唱歌聲。東邊日出西邊雨，道是無晴還有晴。」

〔三〕雲柱礎，《古今合璧事類備要》別集卷四一：「夏至前雨名黄梅，沾衣裳皆敗黦。又《埤雅》載云：『今江湘二浙，四五月間，梅又黄落，則水潤土溽，柱礎皆汗，蒸鬱成雨，謂之梅雨。』」按：今本《埤雅》無此條。

〔四〕「羅衣」句，吕大臨《考古圖》卷一〇：「按《漢朝故事》，諸王出閣則賜博山香爐。《晉東宫舊事》曰：『太子服用，則有博山香爐，象海中博山，下有槃貯湯，使潤氣蒸香，以象海之回環。』此器世多有之，形制大小不一。」徐兢《宣和奉使高麗圖經》卷三〇《博山爐》：「博山爐，本漢器也。海中有山，名博山，形如蓮花，故香爐取象。下有一盆，作山海波濤魚龍出没之狀，以備貯湯薰衣之用。蓋欲其濕氣相著，煙不散耳。」周邦彦《滿庭芳·夏日溧水無想山作》詞：「地卑山近，衣潤費爐煙。」

〔五〕「當時」二句，《尚書·説命》上：「若歲大旱，用汝作霖雨。」《説命》下：「若作和羹，爾惟鹽梅。」

又

戲題村舍〔一〕

雞鴨成羣晚未收①，桑麻長過屋山頭〔二〕。有何不可吾方羨，要底都無飽便休〔三〕。　新柳樹，舊沙洲，去年溪打那邊流。自言此地生兒女，不嫁余家即聘周②。

【校】

①「未」，四卷本丙集作「不」，此從廣信書院本。　②「余」，四卷本作「金」。

【箋注】

〔一〕題，右詞爲帶湖閑居時所作，作年無考。姑附於帶湖晚期諸作之間。周與余皆上饒大姓。

〔二〕「桑麻」句，陶潛《歸園田居六首》詩：「相見無雜言，但道桑麻長。」韓愈《寄盧仝》詩：「每騎屋山下窺瞰，渾含驚怕走折趾。」《五百家注昌黎文集》卷五：「屋山，屋危也。」黄庭堅《汴岸置酒贈黄十七》詩：「誰倚柁樓吹玉笛，斗杓寒掛屋山頭。」范成大《顔橋道中》詩：「一段農家好風景，稻堆高出屋山頭。」

〔三〕「有何」二句，有何不可，《世説新語·德行》：「陳仲舉……爲豫章太守，至，便問徐孺子所在，欲先看之。主簿白：『羣情欲府君先入廨。』陳曰：『武王式商容之閭，席不暇煖。吾之禮賢，有何不可？』」飽便休，黄庭堅《四休居士》詩並序：「太醫孫君昉字景初，爲士大夫發藥，多不受謝。自號四休居士。山谷問其説四休，笑曰：『麤茶淡飯飽即休，補破遮寒暖即休，三平二滿過即休，不貪不妬老即休。』山谷曰：『此安樂法也。』」

清平樂①〔一〕

斷崖修竹②，竹裏藏冰玉。路轉清溪三百曲，香滿黄昏雪屋〔二〕。　行人繫馬疏籬，折殘猶有高枝。留得東風數點，只緣嬌嬾春遲③〔三〕。

【校】

①題，四卷本甲集作「檢校山園書所見」，此從廣信書院本無題。　②「修」，廣信書院本、《六十名家詞》本作「松」，《歷代詩餘》卷一三作「疏」。　③「嬾」，廣信書院本、《六十名家詞》本、《歷代詩餘》作「嫩」。

【箋注】

〔一〕題，《清平樂》三首，四卷本或作「檢校山園書所見」，或無題，必皆帶湖寓居期間爲山鄉生活所作，姑彙集於此。

〔二〕「路轉」二句，蘇軾《梅花二首》詩：「幸有清溪三百曲，不辭相送到黄州。」雪屋，疑指雪樓。

〔三〕「留得」二句，柳枝低處已被行人折殘，則東風數點，謂春在柳枝高處。

又①

茅簷低小，溪上青青草〔一〕。醉裏吴音相媚好②〔二〕，白髮誰家翁媪？　大兒鋤豆溪東，中兒正織雞籠③。最喜小兒亡賴，溪頭卧剥蓮蓬④〔三〕。

【校】

①題，《中興絶妙詞選》卷三作「村居」，此從四卷本、廣信書院本無題。　②「吴」，四卷本甲集作「蠻」。　③「兒」，《中興絶妙詞選》作「男」。　④「卧」，廣信書院本作「看」。

【箋注】

〔一〕「茅簷」二句，杜甫《絶句漫興九首》詩：「熟知茅齋絶低小，江上燕子故來頻。」李嶠《送蘇伯達之官西安七首》詩：「静看河畔青青草，應有池塘春夢篇。」

〔二〕「醉裏」句，《隋書》卷二二《五行志》：「煬帝……又言習吴音，其後竟終於江都。」《姑蘇志》卷一三《風俗》：「吴音清柔，歌則窈窕洞徹，沉沉綿綿，切於感慕，故樂府有《吴趨行》、《吴音子》。又曰吴歈，皆以音擅於天下，他郡雖習之，不及也。」

〔三〕「大兒」四句，王融《三婦豔》詩：「大婦織縑綺，中婦織流黄。小婦獨無事，攜琴上高堂。」按：六朝人樂府詩以《三婦豔》爲題，所賦甚多。如陳後主所作有《三婦豔》詞十一首，謂「大婦正當壚，中婦裁羅襦。小婦獨無事，淇上待吴姝」。稼軒此四句仿此。亡賴，《漢書》卷一下《高帝紀》：「始大人常以臣亡賴，不能治産業，不如仲力。」注：「江淮之間，謂小兒多詐狡獪爲亡賴。」又作無聊，見吴玉搢《别雅》卷四：「《漢書·季布傳贊》：『其畫無俚之至耳。』……許慎曰：『賴也，此爲其計畫無所聊賴。』」後一釋義應是。

西江月

春晚〔一〕

剩欲讀書已嬾，只今多病長閑。聽風聽雨小窗眠，過了春光太半①〔二〕。往事如尋去鳥②，清愁難解連環③〔三〕。流鶯不肯入西園，去唤畫梁飛燕④。

【校】

①「太」，四庫全書本《稼軒詞》作「大」。　②「如」，《六十名家詞》本作「數」，此從廣信書院本。　③「清」，《六十名家詞》本作「消」。　④「去喚」，王詔校刊本、《六十名家詞》本、四印齋本作「喚起」。

【箋注】

〔一〕題，《稼軒詞編年箋注》次此詞於瓢泉之什中。然此詞有「西園」云云，顯爲淳熙帶湖之作。又有「多病長閑」語，與《最高樓》賦四時歌之「多病勝遊稀」語合，因附次於此。且《最高樓》詞賦牡丹，與右詞之作於春晚，於時序亦合也。

〔二〕「剩欲」四句，剩欲讀書，頗欲、還欲也。讀書嬾，《後漢書》卷一一〇上《邊韶傳》：「邊韶字孝先，陳留浚儀人也。以文學知名，教授數百人。韶口辯，曾晝日假卧，弟子私謿之曰：『邊孝先，腹便便。嬾讀書，但欲眠。』」聽風聽雨，曾幾《發宜興》詩：「觀水觀山都廢食，聽風聽雨不妨眠。」

〔三〕「往事」二句，去鳥，謝朓《宣城集》卷一《遊後園賦》：「孤蟬已散，去鳥成行。」劉長卿《會稽王處士草堂壁畫衡霍諸山》詩：「歸雲無處滅，去鳥何時還。」解連環，見本書卷六《漢宮春·立春日》詞（春已歸來闋）箋注。

定風波

用藥名，招婺源馬荀仲遊雨巖。馬善醫①〔一〕

山路風來草木香，雨餘涼意到胡牀〔二〕。泉石膏肓吾已甚〔三〕，多病。隄防風月費篇章。孤負尋常山簡醉②〔四〕，獨自。故應知子草《玄》忙③〔五〕。湖海早知身汗漫〔六〕，誰伴？只甘松竹共淒涼。

【校】

①題，「婺源」，四卷本乙集闕，此從廣信書院本。②「簡」，《六十名家詞》本作「間」。③「故應知」，《六十名家詞》本作「應知揚」。

【箋注】

〔一〕題，用藥名，右詞每句嵌一中藥名，乃木香、禹餘糧（雨餘涼）、石膏、防風、常山、梔子（知子）、海棗（海早）、甘松也。馬荀仲，《名醫類案》卷一〇：「程約字孟博，婺源人。世攻醫，精針法。同邑馬荀仲，自許齊名，約不然也。太守韓瑗嘗有疾，馬爲右脇下針之半入而針折，馬失色，曰：『是非程孟博不可。』約至，乃爲左脇下一針，須臾而折針出，疾亦愈，由是優劣始定。」〔道光〕《徽州府志》卷一四《方伎》引〔嘉靖〕《府志》所載同上，又引〔康熙〕《府志》云：「荀仲亦名醫，爲辛稼軒客，嘗贈之詞。」而其名及其他事歷，各志均不見載。

〔二〕「山路」二句，山路風來草木香，白居易《早夏遊平原回》詩：「夏早日初長，南風草木香。」劉攽《秋盡野次》詩：「丹椒結子菊花黄，山路秋高草木香。」到胡牀，趙長卿《鷓鴣天·深秋悲感》詞：「亭樹蕭蕭生莫涼，安排清夢到胡牀。」《晉書》卷二七《五行志》上：「泰始之後，中國相尚用胡牀、貊槃，及爲羌煮貊炙，貴人富室，必畜其器。」《資治通鑑》卷九七注：「胡牀，蓋今交椅之類。」

〔三〕泉石膏肓，《舊唐書》卷一九二《田遊巖傳》：「田遊巖，京兆三原人也。……後入箕山，就許由廟東築室而居，自稱許由東鄰。調露中，高宗幸嵩山，遣中書侍郎薛元超就問其母，遊巖山衣田冠出拜，帝令左右扶止之，謂曰：『先生養道山中，比得佳否？』遊巖曰：『臣泉石膏肓，煙霞痼疾。既逢聖代，幸得逍遥。』帝曰：『朕今得卿，何異漢獲四皓乎！』」

〔四〕尋常山簡醉，《世説新語·任誕》：「山季倫爲荆州，時出酣暢。人爲之歌曰：『山公時一醉，徑造高陽池。日莫倒載歸，酩酊無所知。復能乘駿馬，倒箸白接䍦。舉手問葛彊，何如并州兒？』高陽池在襄陽，彊是其愛將，并州人也。」山季倫名簡。崔峒《贈元秘書》詩：「也聞阮籍尋常醉，見説陳平不久貧。」

〔五〕「故應」句，蘇軾《張先生》詩：「熟視空堂竟不言，故應知我未天全。」吕南公《曉陪内翰步至北園曉風吹雨北園》詩：「花不能言草成恨，故應知我偶然來。」揚雄撰《太玄經》十卷。

〔六〕身汗漫，見本書卷三《滿江紅·送湯朝美司諫自便歸金壇》詞（瘴雨蠻煙闋）箋注。

又

再和前韻，藥名①〔一〕

仄月高寒水石鄉〔二〕，倚空青碧對禪房②。白髮自憐心似鐵，風月。使君子細與平章③〔三〕。

平昔生涯筇竹杖④，來往。却慚沙鳥笑人忙。便好剩留黄絹句，誰賦？銀鈎小草晚天涼〔四〕。

【校】

①題，廣信書院本「再和前韻」四字闕，此從四卷本乙集補。②「房」，四卷本作「牀」。③「使」，廣信書院本原作「史」，此據四卷本改。④「平昔」，四卷本作「已拚」。

【箋注】

〔一〕題，右詞所用藥名有：寒水石、空青、法子（髮自，即半夏）、蓮心（憐心）、使君子、筇竹、麤砂（慚沙）、硫黄（留黄）、小草等。

〔二〕仄月，《管子·白心》：「日極則仄，月滿則虧。極之徒仄，滿之徒虧。」仄，側也。《漁隱叢話》前集卷四八引《冷齋夜話》，謂黄庭堅和釋惠洪《清平樂》詞有云：「月仄金盆墮水，雁回醉墨書空。君詩秀絶雨園葱，想見衲衣寒擁。」《山谷詞》正作「月側」。

〔三〕「使君」句，王安石《和微之藥名勸酒》詩：「史君子細看流光，莫惜覓醉衣淋浪。」平章，見本書卷二《水調歌頭·淳熙己亥自湖北漕移湖南……席上留别》詞（折盡武昌柳闋）箋注。

〔四〕「使好」二句，剩留，多留，總留也。黄絹句，《世説新語·捷悟》：「魏武嘗過曹娥碑下，楊修從，碑背上見題作『黄絹幼婦外孫齏臼』八字，魏武謂修曰：『解不？』答曰：『解。』魏武曰：『卿未可言，待我思之。』行三十里，魏武乃曰：『吾已得。』令修别記所知。修曰：『黄絹，色絲也，於字爲絶。幼婦，少女也，於字爲妙。外孫，女子也，於字爲好。齏臼，受辛也，於字爲辤。所謂絶妙好辭也。』魏武亦記之，與修同，乃歎曰：『我才不及卿，乃覺三十里。』」銀鈎，草書之筆勢，見本卷《蝶戀花》詞（何物能令公怒喜閿）箋注。

最高樓

醉中，有索四時歌者，爲賦①〔一〕

長安道，投老倦遊歸〔二〕。七十古來稀。藕花雨濕前湖夜，桂枝風澹小山時〔三〕。怎消除？須殢酒，更吟詩。　也莫向竹邊辜負雪，也莫向柳邊辜負月②。閑過了，總成癡〔四〕。種花事業無人問，惜花情緒只天知③。笑山中，雲出早，鳥歸遲〔五〕。

【校】

①題，廣信書院本「者」字原闕，據四卷本甲集補。　②兩「辜」字，四卷本皆作「孤」。　③「惜花情緒」，四卷本作「對花風味」。

【箋注】

〔一〕題，右詞爲帶湖宴席上所作，所謂四時歌，蓋上片詠夏秋，下片詠春冬。據下闋賦牡丹詞，當作於淳熙十五年前，故一併彙録於此。

〔二〕「長安」二句，長安道，見卷八《鷓鴣天・博山寺作》詞（不向長安路上行閿）箋注。投老，謂到老也。《漢書》卷一〇六《仇覽傳》：「母守寡養孤，苦身投老，奈何肆忿於一朝，欲致子以不義乎？」倦遊，《史記》卷一一七《司馬相如列傳》：「今文君已失身於司馬長卿，長卿故倦遊。」

《集解》：「厭遊宦也。」

〔三〕「藕花」二句，前湖，謂帶湖。稼軒所居傍山，在帶湖之北，山之北即州城靈山門，故謂之前湖。小山應即傍山。

〔四〕總成，總，自也。

〔五〕「笑山」三句，《陶淵明集》卷五《歸去來兮辭》：「雲無心以出岫，鳥倦飛而知還。」

又

和楊民瞻，席上用前韻，賦牡丹①〔一〕

西園買，誰載萬金歸〔二〕？多病勝遊稀。風斜畫燭天香夜，涼生翠蓋酒酣時〔三〕。待重尋，居士譜，謫仙詩〔四〕。看黄底御袍元自貴，看紅底狀元新得意〔五〕。如斗大，笑花癡②〔六〕。漢妃翠被嬌無奈，吴姬粉陣恨誰知〔七〕？但紛紛，蜂蝶亂〔八〕，送春遲③。

【校】

①題，廣信書院本無「前」字，據四卷本甲集補。②「笑」，四卷本作「只」。③「送」，廣信書院本原作「笑」，此據四卷本改。

【箋注】

〔一〕題，楊民瞻，其姓字僅見於稼軒詞及韓淲《澗泉集》中。《澗泉集》卷六《聞民瞻久歸一詩寄之》詩：「我居溪南望城北，最高園臺竹樹碧。眼前帶湖歌舞空，耳畔茶山陸子宅。知君纔自天竺歸，那得緇塵染客衣。日攜研席過阿連，怡神散髮思采薇。」卷七《趙簿留飲望城裏海棠因思履道且寄民瞻》詩：「相望海棠思故人，最高臺是北城闉。看來先自花饒笑，興到從他酒入脣。語燕既歸鷩作社，盟鷗何在且行春。妙年秀發如君少，桃李紛紛只世塵。」卷一三《次韻民瞻》詩：「獨酌梅花醉似泥，市塵何敢近園扉。孤香藉雨知幽眇，冷豔排風與世違。燈火麗譙新氣象，琴尊高隱久光輝。隔江相望空華髮，燕子將來雁欲歸。」同卷《和民瞻所寄》詩：「老覺從遊易寂寥，夢思江海耿寒宵。元來冉冉乾坤裏，大抵悠悠歲月飄。南北一峰高可仰，東西二館隱誰招。園居好在帶湖水，冰雪春須積漸消。」右四詩大抵皆作於稼軒放棄帶湖新居之後，而帶湖故址尚仰民瞻不至蕪廢。趙蕃《淳熙稿》卷五《以歸來後與斯遠倡酬詩卷寄辛卿》詩亦載：「人家饋歲何所爲，紛紛酒肉相攜持。我曹餽歲復何有，酬倡之詩十餘首。緘封寄藁玄英方，從人笑癡我自狂。狂餘更欲誰送似，咫尺知音稼軒是。公乎比復何所作，想亦高吟動清酌。賓朋雜還孰爲佳，咸推楊范工詞華。我曹所樂雖小技，歷古更今不能廢。歲云暮矣勿歎窮，梅花爛漫行春風。」據其中「賓朋雜還」二句，知趙詩確作於淳熙間，故其所稱道稼軒座上之客曰楊、范，范必指范廓之，而楊則爲楊民瞻也。二人皆一併從遊於稼軒，雖相提並論，范寓居於浙東，而楊疑爲上饒人，惜其名無考耳。

〔二〕「西園」二句，萬金指牡丹。李肇《唐國史補》卷中：「京城貴遊，尚牡丹三十餘年矣。每春莫，車馬若狂，以不躭玩爲恥。執金吾鋪官圍外寺觀，種以求利，一本有直數萬者。元和末，韓令始至長安，居第有之，遽命斵去，曰：『吾豈效兒女子耶？』」西園已見。

〔三〕「風斜」二句，李濬《松窗雜録》：「太和開成中，有程修己者，以善畫得進謁。修己始以孝廉召入籍，故上不甚禮，以畫者流視之。會春暮，内殿賞牡丹花。上頗好詩，因問修己曰：『今京邑傳唱牡丹花詩，誰爲首出？』修己對曰：『臣嘗聞公卿間，多吟賞中書舍人李正封詩曰：國色朝酣酒，天香夜染衣。』上聞之，嗟賞移時。楊妃方恃恩寵，上笑謂賢妃曰：『妝鏡臺前，宜飲以一紫金盞酒，則正封之詩見矣。』」

〔四〕居士譜，謫仙詩，六一居士歐陽修著有《洛陽牡丹記》，李謫仙白曾作《清平調》三章。

〔五〕「看黄」二句，牡丹有御袍黄、狀元紅兩種。《説郛》卷一〇四載鄞江周氏《洛陽牡丹記》：「御袍黄，千葉黄花也。色與開頭大率類女真黄。元豐時，應天院神御花圃中，植山篦數百，忽於其中變化一種，因目之爲御袍黄。狀元紅，千葉深紅花也。色類丹砂而淺，葉杪微淡，近萼漸深，有紫檀心，開頭可七八寸，其色甚美，迥出衆花之上，故洛人以狀元呼之。惜乎開頭差小於魏花，而色深過之遠甚，其花出安國寺張氏家，熙寧初方有之，俗謂之張八花。」按：此乃周氏《牡丹記》，歐陽修所著者無此記載。

〔六〕如斗大，吴處厚《青箱雜記》卷七：「王文康公賦性質實重厚，作詩曰：『棗花至小能成實，桑葉惟柔解吐絲。堪笑牡丹如斗大，不成一事只空枝。』此亦質實重厚之詞也。」文康公即王溥也。

〔七〕「漢妃」二句，漢妃翠被疑爲遮花之翠幕。《漢書》卷九六下《西域傳贊》：「孝武之世，……興造甲乙之帳，落以隨珠和璧，天子負黼依，襲翠被，馮玉几而處其中。」吴姬粉陣，《史記》卷六五《孫子吴起列傳》：「孫子武者，齊人也，以兵法見於吴王闔廬。闔廬曰：『子之十三篇，吾盡觀之矣，可以小試勒兵乎？』對曰：『可。』闔廬曰：『可試以婦人乎？』曰：『可。』於是許之，出宫中美女得百八十人，孫子分爲二隊，以王之寵姬二人各爲隊長，皆令持戟。……婦人復大笑。孫子曰：『約束不明，申令不熟，將之罪也。既已明而不如法者，吏士之罪也。』……遂斬隊長二人以徇，用其次爲隊長，於是復鼓之。婦人左右前後跪起，皆中規矩繩墨，無敢出聲。於是孫子使使報王曰：『兵既整齊，王可試下觀之，惟王所欲用之，雖赴水火猶可也。』吴王曰：『將軍罷休就舍，寡人不願下觀。』」恨誰知，謂孫子斬其愛姬也。

〔八〕「但紛」二句，《漁隱叢話》後集卷二五：「王駕《晴景》云：『雨前初見花間蕊，雨後兼無葉底花。蛺蝶飛來過牆去，應疑春色在鄰家。』此《唐百家詩選》中詩也。余因閲荆公《臨川集》亦有此詩云：『雨來未見花間蕊，雨後全無葉底花。蜂蝶紛紛過牆去，却疑春色在鄰家。』《百家詩選》是荆公所選，想愛此詩，因爲改七字，使一篇語工而意足，了無鑱斧之跡，真削鐻手也。」李鷹《春日即事九首》詩：「藹藹花絮亂，紛紛蜂蝶多。今年春復爾，不飲奈愁何。」

菩薩蠻

雪樓賞牡丹席上，用楊民瞻韻〔一〕

紅牙籤上羣仙格①，翠羅蓋底傾城色〔二〕。和雨淚闌干，沉香亭北看〔三〕。東風休放去，怕有流鶯訴〔四〕。試問賞花人，曉妝匀未匀？

【校】

①「格」，《六十名家詞》本作「客」，此從廣信書院本。

【箋注】

〔一〕題，右雪樓賞牡丹詞，及下詞，皆席上用楊民瞻、范廓之韻所賦，故附次於《最高樓》賦牡丹詞之後。雪樓，或即伎山所創集山樓，稼軒移居帶湖新居之後改名。

〔二〕「紅牙」二句，牙籤，韓愈《送諸葛覺往隨州讀書》詩：「鄴侯家多書，插架三萬軸。一一懸牙籤，新若手未觸。」按：自韓詩以後，歷來皆以牙籤指架上圖書。而宋人始以其作花之標簽。葛勝仲《浣溪沙・木芍藥三首》詞：「鬥鴨欄邊曉露沾，華堂醉賞軸珠簾。插花人好手纖纖。遮護輕寒施翠幄，標題仙品露牙籤。詞人遺恨獨江淹。」即以牙籤書牡丹。《武林舊事》卷七《德壽宫起居注》條：「淳熙六年三月十五日，車駕過宫，恭請太上太后幸聚景園。……遂至錦壁賞大花，三面漫坡，牡丹約千餘叢，各有牙牌金字，上張碧油絹幕。」羣仙格當指牡丹花名。翠羅蓋，即翠幕。《武林舊事》之「上張碧油絹幕」即此也。陸友仁《吴中舊事》卷中：「吴俗好花，與洛中不異。其地土亦宜花，古稱長洲茂苑，以苑目之，蓋有由矣。吴中花木不可殫述，而獨牡丹芍藥爲好尚之最，而牡丹尤貴重焉。……至穀雨爲花開之候，置酒招賓就壇，多以小青蓋或青幕覆之，以障風日。」

〔三〕「和雨」二句，和雨淚闌干，白居易《長恨歌》：「玉容寂寞淚闌干，梨花一枝春帶雨。」沉香亭北，李白《清平調三章》：「解釋春風無限恨，沉香亭北倚闌干。」餘參本書卷三《賀新郎·賦琵琶》詞（鳳尾龍香撥闋）箋注。

〔四〕「東風」二句，放，教也。流鶯訴，釋覺範《和余慶長老春十首》詩：「葉雲誰剪芘花身，花底何人笑語頻？應是流鶯訴心事，窺牆欲見恨無因。」

念奴嬌

賦白牡丹，和范廓之韻①〔一〕

對花何似？似吳宮初教，翠圍紅陣〔二〕。欲笑還愁羞不語，惟有傾城嬌韻。翠蓋風流，牙籤名字，舊賞那堪省〔三〕！天香染露，曉來衣潤誰整〔四〕？　最愛弄玉團酥〔五〕，就中一朵，曾入揚州詠〔六〕。華屋金盤人未醒〔七〕，燕子飛來春盡。最憶當年，沉香亭北，無限春風恨〔八〕。醉中休問，夜深花睡香冷〔九〕。

【校】

①題，「廓」，廣信書院本原作「先」，據四卷本甲集改。

【箋注】

〔一〕題，右賦牡丹詞，四卷本甲集收之，當作於淳熙末，故次於和楊民瞻牡丹詞之後，以楊、范同著名於時也。

〔二〕「對花」三句，吴宫教陣，事見前《最高樓·和楊民瞻席上用前韻賦牡丹》詞箋注。

〔三〕「翠蓋」三句，翠蓋牙籤，見前《菩薩蠻·雪樓賞牡丹席上用楊民瞻韻》詞箋注。本卷《鷓鴣天·賦牡丹》詞（翠蓋牙籤幾百株闋）亦以此詠牡丹。翠蓋即翠幕也。省，記也。

〔四〕「天香」二句，天香，李正封詩，見前《最高樓》詞箋注。衣潤誰整，白居易《酬鄭侍御多雨春空過詩三十韻》詩：「鏡昏鸞滅影，衣潤麝消香。」周邦彦《滿庭芳·夏日溧水無想山作》詞：「地卑山近，衣潤費爐煙。」誰整，已見。

〔五〕弄玉團酥，《中華古今注》卷中：「粉自三代，以鉛爲粉。秦穆公女弄玉，有容德，感仙人蕭史，爲燒水銀，作粉與塗，亦名飛雲丹，傳以簫曲終而同上昇。」《事物紀原》卷三《輕粉》條：「《實録》曰，蕭史與秦穆公鍊飛雲丹，第二轉，與弄玉塗之，名曰粉，即輕粉也，此蓋其始也。」《全芳備祖》前集卷二五《茉莉花》：「風流不肯逐春光，削玉團酥素淡妝。疑是化人天上至，毗那一夜滿城香。《白氏集》。」按：此詩白集未見。

〔六〕「就中」二句，范攄《雲溪友議》卷中《辭雍氏》條：「崔涯者，吴楚之狂生也，與張祜齊名。每題一詩於倡肆，無不誦之於衢路。譽之則車馬繼來，毁之則杯盤失錯。……又嘲李端端：『黄昏不語不知行，鼻似煙窗耳似鐺。』獨把象牙梳插鬢，崑崙山上月初生。』端端得此詩，憂之，候涯使院飲回，遥見二子，躡屐而行，乃道傍再拜戰惕，曰：『端端祗候三郎、六郎，伏望哀之。』又重贈一絶句粉飾之，於是大賈居豪，競臻其户。或戲之曰：『李家娘子纔出墨池，便登雪嶺，何期一日黑白不均？』紅樓以爲笑樂，無不畏其嘲謔也。祜、涯久在維揚，天下晏清，篇詞縱逸，貴達欽憚，呼吸風生，頗暢此時之意也。贈詩曰：『覓得黄騮被繡鞍，善和坊裏取端端。揚州近日渾成差，一朵能行白牡丹。』」

〔七〕華屋金盤，蘇軾《寓居定惠院之東雜花滿山有海棠一株土人不知貴也》詩：「自然富貴出天姿，不待金盤薦華屋。」蔡松年《念奴嬌·次許丹房韻時將赴鎮陽聞北潭雜花已盡獨木芍藥方開》詞：「華屋金盤，哀絃清瑟，一曲春風坼。」

〔八〕「最憶」三句，李濬《松窗雜録》：「開元中，禁中初重木芍藥，即今牡丹也，得四本，紅紫淺紅通白者，上因移植興慶池東沉香亭前。會花方繁開，上乘月夜，召太真妃，以步輦從，詔特選梨園子弟中尤者，……上曰：『賞名花，對妃子，焉用舊樂詞爲？』遂命龜年持金花箋，宣賜翰林學士李白進《清平調》詞三章。白欣承詔旨，猶苦宿酲未解，因援筆賦之：『雲想衣裳花想容，春風拂檻露華濃。……解釋春風無限恨，沉香亭北倚闌干。』」

〔九〕「夜深」句，蘇軾《海棠》詩：「只恐夜深花睡去，高燒銀燭照紅妝。」

水調歌頭

慶韓南澗尚書七十①〔一〕

上古八千歲，纔是一春秋〔二〕。不應此日，剛把七十壽君侯〔三〕。看取垂天雲翼，九萬里風在下，與造物同游〔四〕。君欲計歲月〔五〕，嘗試問莊周②。醉淋浪，歌窈窕，舞温柔〔六〕。

從今杖屨南澗，白日爲君留〔七〕。聞道鈞天帝所，頻上玉巵春酒，冠蓋擁龍樓③〔八〕。快上星辰去，名姓動金甌〔九〕。

【校】

①題，四卷本「尚書」二字闕，此從廣信書院本。②「嘗」，四卷本作「當」。③「蓋」，四卷本作「珮」。

【箋注】

〔一〕題，韓元吉七十歲爲淳熙十四年。查《南澗甲乙稿》卷一四《繫辭解序》：「予生嘗有誓，年至六十，乃敢著書。淳熙戊戌歲，既六十有一，始志其自得者，作《繫辭解》。」戊戌爲淳熙五年，上推得知其生於北宋徽宗重和元年，至淳熙十四年則爲七十歲。另考陸游《劍南詩稿》卷一九有《聞韓無咎下世》詩，次於淳熙十四年夏諸詩間，知韓元吉之卒，必在稼軒賦此詞之後不久。

〔二〕「上古」二句，大椿以八千歲爲一春秋，出《莊子·逍遥遊》，見本書卷一《八聲甘州·壽建康師胡長文給事》詞（把江山好處付公來闋）箋注。

〔三〕剛把，剛，只也。

〔四〕「看取」三句，垂天雲翼、九萬里風在下，《莊子·逍遥遊》：「鵬之背，不知其幾千里也。怒而飛，其翼若垂天之雲。……鵬之徙於南冥也，水擊三千里，摶扶摇而上者九萬里，去以六月息者也。……風之積也不厚，則其負大翼也無力，故九萬里則風斯在下矣。」與造物同游，《莊子·天下》：「彼其充實不可以已，上與造物者遊，而下與外死生無終始者爲友。」

〔五〕計歲月，王希明《太乙金鏡式經》卷二：「歲計者，歲星之使也，謂計歲月日時之事也。」

〔六〕「醉淋」三句，醉淋浪，韓愈《醉後》詩：「淋浪身上衣，顛倒筆下字。」蘇軾《捕蝗至浮雲嶺山行疲苦有懷子由弟二首》詩：「久廢山行疲犖确，尚能村醉舞淋浪。」《和張子野見寄三絶句》詩：「狂吟跌宕無風雅，醉墨淋浪不整齊。」歌窈窕，歐陽修《定風波》詞：「粉面麗姝歌窈窕，清妙樽前，信任醉醺醺。」《東坡全集》卷三三《赤壁賦》：「舉酒屬客，誦明月之詩，歌窈窕之章。」窈窕之章，謂《詩·陳風·月出》有句：「月出皎兮，佼人僚兮，舒窈糾兮。」舞温柔，趙飛燕善舞，女弟合德得寵，漢成帝謂之温柔鄉。按：韓元吉晚年之風流如許，可參《劍南詩稿》卷一九《聞韓無咎下世》詩：「吴波漲緑迎桃葉，穠燭堆紅按柘枝。」

〔七〕白日爲君留，蘇軾《再用前韻賦》詩：「羅浮道人一傾蓋，欲繫白日留君顔。」留白日，即勿使時光流逝意。

〔八〕「聞道」三句，鈞天帝所，見本書卷一《八聲甘州·壽建康帥胡長文給事》詞（把江山好處付公來）箋注。頻上玉卮春酒，《漢書》卷一下《高帝紀》：「九年冬十月，淮南王、梁王、趙王、楚王朝未央宫，置酒前殿，上奉玉卮，爲太上皇壽。」《詩·豳風·七月》：「爲此春酒，以介眉壽。」擁龍樓，《漢書》卷一〇《成帝紀》：「初居桂宫，上嘗急召，太子出龍樓門，不敢絶馳道。」注：「《三輔黄圖》：桂宫在城中，近北宫，非太子宫。門樓上有銅龍，若白鶴飛廉之爲名也。」《稼軒詞編年箋注》謂：「宋孝宗本太祖之後，高宗無嗣，選入，遂得以外藩承大統。而能始終奉身以盡宫庭之孝，父子怡愉，同享高壽，最爲一時稱頌。稼軒詞中『聞道鈞天』以下三語，當亦指此。」所注甚確。

〔九〕「快上」二句，上星辰，戴埴《鼠璞》卷上《星履曳履》條：「六曹尚書用星履曳履，熟事也，二出處皆不可用。漢鄭崇爲尚書僕射，曳革履，上曰：『我識鄭尚書履聲。』乃僕射事。唐韋見素爲吏部侍郎，杜甫詩曰：『持衡留藻鑑，聽履上星辰。』乃吏部侍郎事。」韓元吉嘗爲吏部尚書，故用此典。杜詩題爲《上韋左相二十韻》。金甌，《新唐書》卷一〇九《崔琳傳》：「初，玄宗每命相，皆先書其名。一日，書琳等名，覆以金甌。會太子入，帝謂曰：『此宰相名，若自意之，誰乎？即中，且賜酒。』太子曰：『非崔琳、盧從愿乎？』帝曰：『然。』」

鷓鴣天

鵝湖歸，病起作①〔一〕

枕簟溪堂冷欲秋，斷雲依水晚來收〔二〕。紅蓮相倚渾如醉②，白鳥無言定自愁③〔三〕。　書咄咄，且休休〔四〕，一丘一壑也風流〔五〕。不知筋力衰多少，但覺新來嬾上樓〔六〕。

【校】

①題，《中興絶妙詞選》卷三作「秋意」，此從廣信書院本。　②「渾如醉」，《草堂詩餘》卷一作「深如怨」，《中興絶妙詞選》作「渾如怨」。　③「自」，《草堂詩餘》作「是」。

【箋注】

〔一〕題，右詞當作於淳熙十四年夏。

〔二〕「枕簟」二句，枕簟，《遼史》卷一〇六《卓行傳》：「官奴與歐里部人蕭哇友善。哇謂官奴曰：『仕不能致主澤民，成大功烈，何屑屑爲也？吾與若居林下，以枕簟自隨，觴詠自樂，雖不官無慊焉。』官奴然之。」枕簟爲古人枕席之具，亦可作枕卧解。陸游《老學庵筆記》卷三：「瀘州自州治東出芙蕖橋，……有亭，蓋梁子輔作守時所創也。正面南，下臨大江，名曰來風亭。亭成，子輔日枕簟其上。」王珪《夏夜宿江亭有懷》詩：「枕上月華清到曉，簟間風意冷如秋。」斷雲依水，鄭克己有《飄轉》詩：「斷雲依水定，薄月帶沙流。」陸游《夜還驛舍》詩亦云：「樓上鼕鼕初發更，斷雲收雨旋成晴。」

〔三〕「紅蓮」二句，渾如醉，皮日休《櫻桃花》詩：「晚來嵬峨渾如醉，惟有春風獨自扶。」白鳥，陸璣《毛詩草木鳥獸蟲魚疏》卷下《振鷺于飛》：「鷺，水鳥也，好而潔白，故謂之白鳥。……大小如鴟，青脚，高尺七八寸，尾如鷹尾，喙長三寸所，頭上有毛十數枚，長尺餘，毿毿然與衆毛異，甚好。將欲取魚時則弭之。」按：稼軒初歸帶湖，有盟鷗之《水調歌頭》詞，謂「既盟之後，來往莫相猜」，此言久疏舊盟，定知白鷺之愁怨也。

〔四〕「書咄」二句，書咄咄，《世説新語·黜免》：「殷中軍被廢，在信安，終日恒書空作字。揚州吏民尋義逐之，竊視，唯作『咄咄怪事』四字而已。」注引《晉陽秋》：「初，浩以中軍將軍鎮壽陽，羌姚襄上書歸降，後有罪，浩陰圖誅之。會關中有變，苻健死，浩僞率軍而行，云修復山陵，襄前驅，恐，遂反。軍至山桑，聞襄將至，棄輜重，馳保譙。襄至，據山桑，焚其舟實，至壽陽，略流民而還。浩士卒多叛。征西温乃上表黜浩，撫軍大將軍奏免浩，除名爲民。浩馳還謝罪，既而遷於東陽信安縣。」咄咄，歎詫聲。且休休，《舊唐書》卷一九〇下《文苑傳》下：「司空圖字表聖，本臨淄人。……圖有先人别墅在中條山之王官谷，泉石林亭，頗稱幽棲之趣。……晚年爲文，尤事放達。嘗擬白居易《醉吟傳》爲《休休亭記》，曰：『司空氏禎貽溪之休休亭，本名濯纓亭，爲陝軍所焚，天復癸亥歲復葺於壞垣之中，乃更名曰休休。休休也，美也，既休而具美存焉。蓋量其才一宜休，揣其分二宜休，耄且聵三宜休，又少而惰，長而率，老而迂，是三者皆非濟時之用，又宜休也。』……因爲《耐辱居士歌》，題於東北楹，曰：『咄咄，休休休，莫莫莫，伎倆雖多性靈惡。賴是長教閑處着。』」

〔五〕「一丘」句，《世説新語·品藻》：「明帝問謝鯤：『君自謂何如庾亮？』答曰：『端委廟堂，使百僚準則，臣不如亮；一丘一壑，自謂過之。』」卷下之上《巧藝》：「顧長康畫謝幼輿在巖石裏，人問其所以，顧曰：『謝云一丘一壑自謂過之，此子宜置丘壑中。』」

〔六〕「不知」二句，筋力、上樓，劉禹錫《秋日書懷寄白賓客》詩：「州遠雄無益，年高健亦衰。興情逢酒在，筋力上樓知。」俞文豹《吹劍録》：「古今詩人，間見層出，極有佳句，無人收拾，盡成遺珠。……陳秋塘詩：『不知筋力衰多少，但覺新來嬾上樓。』」况周頤《蕙風詞話》卷二載：「此二句乃稼軒詞《鷓鴣天》歇拍。稼軒倚聲大家，行輩在秋塘稍前，何至取材秋塘詩句？秋塘平昔以才氣自豪，亦豈肯沿襲近人所作！或者俞文豹氏誤記辛詞爲陳詩耶？此二句入詞則佳，入詩便稍覺未合。詞與詩體格不同處，其消息即此可參。」按：陳秋塘名籍事歷尚有可考。張端義《貴耳集》卷上：「秋塘陳敬甫善，有《雪篷夜話》三卷，淳熙間一豪士。嘗書貴家扇云：『春風一日歸深院，巫峽千山鎖暮雲。』有《滿江紅》詞曰：『三月風前花薄命，五更枕上春無力。』《上李季章啓》云：『父子太史公，提千古文章之印；玉堂真學士，躋中朝公輔之班。』《送輔漢卿過考亭》詩云：『聞説平生輔漢卿，武夷山下啜殘羹。』」蘇泂《泠然齋詩集》卷七《往回臨安口號八首》詩：「道傍舉首揖髯陳，領得秋塘句法新。歸飯客樓隨取別，隔橋相見兩詩人（敬父）。」韓淲《澗泉集》卷三《寄秋塘》詩：「寄語秋塘翁，謝借淵明詩。俄而兩三年，未嘗不誦之。翁昔遊錢湖，日日載酒嬉。我方坐筦庫，逐勢利奔馳。」韓淲授行在太平惠民劑局在慶元間，而「復綴守藏史，得近中書堂」則在開禧間（周文璞《方泉詩集》卷三《送澗泉》詩），可見本書卷八《賀新郎·韓仲止判院山中見訪席上用前韻》詞（聽我三章約闋）箋注。又《澗泉集》卷五《俞伯輝主簿同徐必大判院見過澗上納凉約鮑南仲教授小酌次韻南仲所賦兼懷林德久國録陳敬甫學士》詩：「嘉禾古名郡，機雲信奇士。流風千載下，誰復數餘子。近年西疇仙，游戲在朝市（德久）。文章陳仲弓，合著蓬萊裏。」陳文蔚、姜夔皆與之有唱和詩。知其籍在嘉興，是行輩真晚於稼軒者。以此可知，收入四卷本甲集之稼軒此二句決非抄襲陳詩者，俞文豹所載，當爲誤記。

西江月

賦丹桂①〔一〕

宫粉厭塗嬌額〔二〕，濃妝要壓秋花②。西真人醉憶仙家，飛珮丹霞羽化〔三〕。　十里芬芳未足，一亭風露先加。杏腮桃臉費鉛華，終慣秋蟾影下。

【校】

①題，廣信書院本原作「和楊民瞻賦牡丹韻」，此從四卷本乙集。《六十名家詞》本作「和楊民瞻賦丹桂韻」。②「要」，王詔校刊本、《六十名家詞》本、四印齋本作「再」。「壓」，《六十名家詞》本作「厭」。

【箋注】

〔一〕題，右詞雖和楊民瞻詞韻，然所詠非牡丹，而爲丹桂，故改從四卷本標題，其作時或亦在同年而時序入秋之後，今附次於此。

〔二〕「宫粉」句，王安石《與微之同賦梅花得香字三首》詩：「漢宫嬌額半塗黄，粉色凌寒透薄妝。」黄庭堅《酴醿》詩：「漢宫嬌額半塗黄，入骨濃薰賈女香。」

〔三〕「西真」二句，西真，西王母瑶池西真閣女也，見曾慥《類説》卷四六引《續清瑣高議》之《賢雞君傳》，參本書卷一《念奴嬌·謝王廣文雙姬》詞（西真姊妹閬）箋注。飛珮丹霞，俱仙人之裝束。李白《安州般若寺水閣納涼喜遇薛員外乂》詩：「忽逢青雲士，共解丹霞裳。」羽化，用鄭交甫空懷無佩典故，見本書卷三《賀新郎・賦水仙》詞（雲卧衣裳冷闋）箋注。

聲聲慢

嘲紅木犀。余兒時嘗入京師禁中凝碧池，因書當時所見①〔一〕

開元盛日，天上栽花，月殿桂影重重〔二〕。十里芬芳，一枝金粟玲瓏〔三〕。管絃凝碧池上〔四〕，記當時風月愁儂。翠華遠，但江南草木，煙鎖深宫〔五〕。　只爲天姿冷澹，被西風醖釀，徹骨香濃〔六〕。枉學丹蕉，葉底偷染妖紅②〔七〕。道人取次裝束，是自家香底家風〔八〕。又怕是，爲淒涼長在醉中。

【校】

①「嘲」，四卷本甲集原作「賦」，此從廣信書院本。　②「底」，四卷本作「展」。

【箋注】

〔一〕題，紅木犀，《明一統志》卷四六《寧波府》：「紅木犀，象山縣出，宋高宗時嘗移植禁中。」陳郁《藏一話腴》外編卷上：「明之象山士子史本，有木犀，忽變紅色，異香，因接本以獻闕下。高廟雅愛之，畫爲扇面，仍製詩以賜從臣榮薿。」凝碧池，《汴京遺跡志》卷八：「凝碧池在陳州門裏，繁臺之東南，唐爲牧澤，宋真宗時改爲池。」稼軒兒時嘗入京師，乃其十一歲時事。稼軒《九議》之五載：「某頃遊北方，見其治大臣之獄，往往以礬爲書，觀之如素楮然，置之水中則可讀。交通内外，類必用此。」稼軒所親見之金國治大臣獄事件，指金海陵帝完顏亮於天德二年（即紹興二十年),以白礬書假言,誅殺在汴京行臺之金左副元帥撒離喝及其家屬從黨一百二三十人之獄,可參《九議》之五。其年稼軒正隨同其祖父辛贊在金汴京行臺爲官。鄧廣銘先生以「陳州門爲開封外城南門之一,非皇城門,所記凝碧池之方位與稼軒所云在禁中者不合,不知何故」。按據《中州集》卷四所載酈權《木樨》詩有云:「惜哉不可曉,臨風爲嗟吁。尤憐元祐前,不及附歐蘇。末路益可惜,例進宣和初。仙根豈易致,百死不一甦。昔遊汴離宫,識此傾城姝。摩挲三品石,尚想狎客娱。」則凝碧池乃北宋離宫,故仍可謂之禁中也。酈權者,即稼軒兒時在亳州譙縣從學於劉瞻之學友,南宋紹興淮西兵變叛國之將酈瓊之子。右詞上片詠兒時所見汴京凝碧池黄木犀,下片嘲紅木犀,蓋以紅木犀雖不脱木犀香之家風,然畢竟又學丹蕉,於葉底偷染妖紅也。結語所謂淒凉長醉,乃不免於南宋高宗父子兩代難繼北宋繁華而有所嘲諷也。《稼軒詞編年箋注》編爲仕宦東南時期所作,非是。以廣信本次序,當作於淳熙末,故次於和楊民瞻韻賦木犀詞之後。

〔二〕「開元」三句,開元盛日,杜甫《憶昔二首》詩:「憶昔開元全盛日,小邑猶藏萬家室。」開元,唐玄宗年號,共二十九年,爲唐代極盛時期,此用以擬比北宋宣和盛時。據酈權詩,可知凝碧池栽木犀,爲北宋宣和初之事。月殿桂影,《酉陽雜俎》卷一《天咫》條:「舊言月中有桂,有蟾蜍,故異書言:月桂高五百丈,下有一人常斫之,樹創隨合。人姓吴名剛,西河人,學仙有過,謫令伐樹。……或言月中蟾桂,地影也,空處水影也,此語差近。」

〔三〕金粟，宋人多以此詠木犀。《愛日齋叢鈔》卷三：「楊廷秀《木犀》詩：『系從犀首名干木，派別黄金字子金。』後《鶴山集》亦賦此花云：『虎頭點點開金粟，犀首纍纍佩印章。明月上時疑白傅，清風席處越黄香。』集古人姓字爲對偶，又自注：『顧虎頭善畫金粟，用之正佳。』犀首配虎頭愈工，而誠齋詩句，殆爲花補傳也。」

〔四〕「管絃」句，《明皇雜録補遺》：「天寶末，羣賊陷兩京，大掠文武朝臣及黄門宫嬪樂工騎士，每獲數百人，以兵仗嚴衛，送於洛陽。……禄山尤致意樂工，求訪頗切。於旬日獲梨園弟子數百人。羣賊因相與大會於凝碧池，宴僞官數十人。大陳御庫珍寶，羅列於前後。樂既作，梨園舊人不覺歔欷，相對泣下。羣逆皆露刃持滿以脅之，而悲不能已。有樂工雷海清者，投樂器於地，西向慟哭。逆黨乃縛海清於戲馬殿，支解以示衆。聞之者莫不傷痛。王維時爲賊拘於菩提寺中，聞之賦詩曰：『萬户傷心生野煙，百官何日更朝天。秋槐落葉空宫裏，凝碧池頭奏管絃。』」按：稼軒祖父亦陷金之官者，故少年稼軒之傷懷有同於王維也。

〔五〕「翠華」三句，此記兒時感受，非作詞時感受也。時宋高宗遠在臨安，故有「江南草木煙鎖深宫」語。《稼軒詞編年箋注》謂「指宋徽宗、宋欽宗爲金人所虜北去事」，非是。翠華，司馬相如《上林賦》有「建翠羽之旗」語，蓋天子以翠羽飾旗。見《文選》卷八。鹿虔扆《臨江仙》詞：「翠華一去寂無蹤，玉樓歌吹，聲斷已隨風。」

〔六〕徹骨香，黄庭堅《觀王主簿家酴醾》詩：「風流徹骨成春酒，夢寐宜人入枕囊。」李綱《葉夢授送家園梅花且以絶句十五章見示次其韻》詩：「超然標格冠羣芳，妙質天教徹骨香。」張鎡《客有折秋香來桂隱者喜成七言呈以道》詩亦有「若非老樹從頭發，安得西風徹骨香」語。

〔七〕「枉學」二句，丹蕉即紅蕉，《桂海虞衡記》：「紅蕉花，葉瘦，類蘆箬，心中抽條，條端發花，葉數層，日拆一兩葉。色正紅，如榴花荔子，其端各有一點鮮緑，尤可愛，春夏開，至歲寒猶芳。」妖紅，韓愈《晚春》詩：「誰收春色將歸去，慢緑妖紅半不存。」妖一作夭，豔也。蘇軾《和述古冬日牡丹四首》詩：「一朵妖紅翠欲流，春光回照雪霜羞。」

〔八〕「道人」二句，道人取次裝束，薛能《黄蜀葵》詩：「嬌黄新嫩欲題詩，盡日含毫有所思。記得玉人初病起，道家裝束厭禳時。」王觀《揚州芍藥譜·取次妝》：「淡紅多葉也，色絶淡，條葉正類緋，多葉亦平頭也。」自家香底家風，釋曉瑩《羅湖野録》卷一：「太史黄公魯直，元祐間丁家艱，館黄龍山，從晦堂和尚遊，而與死心新老、靈源清老，尤篤方外契。晦堂因語次，舉孔子謂弟子『以我爲隱乎，吾無隱乎爾』、『吾無行，而不與二三子者，是丘也』，於是請公詮釋，而至於再。晦堂不然其説，公怒形於色，沉默久之。時當暑退涼生，秋香滿院。晦堂乃曰：『聞木犀香乎？』公曰：『聞。』晦堂曰：『吾無隱乎爾。』公欣然領解。」取次，隨意也。

鷓鴣天

重九席上作①〔一〕

戲馬臺前秋雁飛〔二〕，管絃歌舞更旌旗。要知黄菊清高處，不入當年二謝詩〔三〕。傾白酒，繞東籬，只於陶令有心期〔四〕。明朝九日渾瀟灑②，莫使尊前欠一枝。

【校】

①題，廣信書院本「作」字闕，此據四卷本丁集補。②「九日」，四卷本作「重九」。

【箋注】

〔一〕題，右詞爲帶湖閑居於重九席間所賦，姑繫於淳熙後期諸作中。俞弁《逸老堂詩話》卷下謂此詞「蓋爲菊解嘲也」。

〔二〕戲馬臺，《宋書》卷四六《張暢傳》：「元嘉二十七年，魏主拓跋燾南征，太尉江夏王義恭統諸軍出鎮彭城，虜衆近城數十里。……魏主既至，登城南亞父冢，於戲馬臺立氈屋。」《南齊書》卷九《禮志》：「宋武爲宋公，在彭城，九日出項羽戲馬臺，至今相承以爲舊準。」《太平寰宇記》卷一五《徐州》：「戲馬臺在縣南三里，項羽築戲馬臺於此。宋武北征至彭城，遣長史王虞等立第舍於項羽戲馬臺，作閣橋渡池。重九日，公引賓佐登此臺，會將佐百僚，賦詩以觀志。作者百餘人，獨謝靈運詩最工，曰：『季秋邊朔苦，旅雁繞霜雪。淒淒陽卉腓，皎皎寒潭潔。良辰感聖心，雲旗興暮節。鳴笳戾朱宮，蘭巵獻詩哲。餞宴光有孚，和樂隆所缺。』云云。宋於臺上置寺。」

〔三〕「不入」句，二謝謂謝靈運、謝朓。二謝無詠菊詩。

〔四〕「傾白」三句，白酒、東籬，《太平御覽》卷三二引《續晉陽秋》：「陶潛九月九日無酒，宅邊東籬下，菊叢中，摘盈把，坐其側。未幾，望見白衣人至，乃王弘送酒也，即便就醉而後歸。」陶潛《飲酒二十首》詩：「采菊東籬下，悠然見南山。」有心期，白居易《蓮石》詩：「莫言千里別，歲晚有心期。」賀鑄《題淵明軒》詩序：「陳傳道葺雙溝官舍，瀕水之北軒，索名於我，因命曰淵明軒。陳即日去職，予高斯人，爲賦是詩，寄題軒上。乙丑十月彭城作。」詩云：「淵明軒榜揭門眉，夫子高情俗不知。未仰秫秔供歲計，本於松菊有心期。」

又

重九席上再賦①

有甚閑愁可皺眉？老懷無緒自傷悲。百年旋逐花陰轉，萬事長看鬢髮知〔一〕。溪上枕，竹間棋〔二〕，怕尋酒伴嬾吟詩。十分筋力誇强健，只比年來病起時〔三〕。

【校】

①題，廣信書院本闕，此據四卷本乙集補。

【箋注】

〔一〕「百年」二句，旋逐花陰轉，鄭谷《寄贈孫路處士》詩：「酒醒蘚砌花陰轉，病起漁舟鷺跡多。」旋逐與長看對舉，則旋即旋轉頃刻之間，不久也。而長則久也，慢也。

〔二〕「溪上」二句，溪上枕，《世説新語·排調》：「孫子荆年少時欲隱，語王武子當枕石漱流，誤曰漱石枕流。王曰：『流可枕，石可漱乎？』孫曰：『所以枕流，欲洗其耳。所以漱石，欲礪其齒。』」

竹間棋，李商隱《即日》詩：「小鼎煎茶面曲池，白鬚道士竹間棋。」

〔三〕「十分」二句，筋力誇强健，白居易《侍中晉公欲到東洛先蒙書問期宿龍門思往感今輒獻長句》詩：「聞説風情筋力在，只如初破蔡州時。」筋力在，《芥隱筆記》引作筋力健。十分，猶言全部。年來，即年前也。

念奴嬌

賦雨巖，效朱希真體①〔一〕

近來何處，有吾愁，何處還知吾樂？　一點淒涼千古意，獨倚西風寥廓②〔二〕。並竹尋泉③，和雲種樹，喚做真閑客④〔三〕。此心閑處，未應長藉丘壑⑤。　休説往事皆非，而今覺是〔四〕，且把清尊酌⑥。醉裏不知誰是我，非月非雲非鶴。露冷松梢⑦，風高桂子，醉了還醒却〔五〕。北窗高卧，莫教啼鳥驚着〔六〕。

【校】

①題，四卷本甲集「效朱希真體」五字闕，此從廣信書院本。　②「廓」，廣信書院本作「闊」字，四卷本作「廓」，應是本字，廣信本源於宋寧宗時刻本，故改「廓」爲「闊」。　③「並」，王詔校刊本、《六十名家詞》本、四印齋本作「剪」。　④「客」，廣信書院本原作「箇」，此從四卷本改。　⑤「未」，四卷本作「不」。　⑥「清」，《六十名家詞》本作「酒」。　⑦「露冷松梢」，四卷本作「松梢桂子」。

【箋注】

〔一〕題，朱希真，名敦儒，《明一統志》卷二九《河南府》：「朱敦儒，河南人，父勃，紹聖諫官。敦儒志行高潔，累辭薦辟。避亂，客南雄州。紹興初，明橐言其深達治體，有經世才，召爲迪功郎，固辭。其故人勸之，始起。奏對稱旨，賜進士，累遷兵部郎官。敦儒素工詩及樂府，婉麗清暢，時人推重之。」朱敦儒，《宋史》卷四四七《文苑》七有傳。汪莘《方壺詩餘自序》論詞體三變，謂自東坡以後，二變而爲朱希真。有「多塵外之想，雖雜以微塵，而其清氣自不可没」諸語。

〔二〕「一點」二句，淒涼千古，韋應物《閶門懷古》詩：「淒涼千古事，日暮倚閶門。」沈與求《安次山挽詞》：「往事淒涼千古恨，舊交零落幾人還？」獨倚西風，鄭獬《樊秀才下第》詩：「獨倚西風倍惆悵，却憂車馬到門來。」

〔三〕真閑客，顏博文《王希深合和新香煙氣清灑不類尋常可以爲道人開筆端消息》詩：「皂帽真閑客，黄衣小病仙。」

〔四〕「休説」二句，《陶淵明集》卷五《歸去來兮辭》：「悟已往之不諫，知來者之可追。實迷途其未遠，覺今是而昨非。」

〔五〕「醉了」句，向子諲《洞仙歌·中秋》詞：「教夜夜人世十分圓，待拚却長年，醉了還醒。」

〔六〕「北窗」二句，北窗卧，《陶淵明集》卷七《與子儼等疏》：「常言五六月中，北窗下卧，遇涼風暫至，自謂是羲皇上人。」啼鳥驚，杜審言《妾薄命》詩：「啼鳥驚殘夢，飛花攪獨愁。」楊容華《新妝》詩：「啼鳥驚眠罷，房櫳乘曉開。」

又

雙陸，和陳仁和韻①〔一〕

少年橫槊②〔二〕，氣憑陵，酒聖詩豪餘事。袖手旁觀初未識③，兩兩三三而已〔三〕。變化須臾，鷗翻石鏡④，鵲抵星橋外。擣殘秋練，玉砧猶想纖指〔四〕。　堪笑千古爭心，等閑一勝，拚了光陰費。老子忘機渾謾與，鴻鵠飛來天際〔五〕。武媚宮中，韋娘局上〔六〕，休把興亡記。布衣百萬〔七〕，看君一笑沉醉。

【校】

①題，四卷本乙集作「雙陸和坐客韻」，此從廣信書院本。　②「橫」，四卷本作「握」。　③「袖」，四卷本作「縮」。　④「翻」，四卷本作「飛」。

【箋注】

〔一〕題，雙陸，《唐國史補》卷下：「今之博戲，有長行最盛。其具有局有子，子有黄黑各十五，擲采之骰有二，其法生於握槊，變於雙陸。天后夢雙陸而不勝，召狄梁公説之，梁公對曰：『宫中無子之象是也。』後人新意，長行出焉。又有小雙陸，圍透大點小點遊談鳳翼之名，然無如長行也。」又稱雙六，曹安《讕言長語》：「雙陸盤中，彼此内外各有六梁，故名雙六。雙六，最近古，號爲雅戲，始於西竺，流於曹魏，盛於梁、陳、魏、齊、隋、唐間。宋太宗播之聲詩，紀於奎文，雙六有光焉。」陳仁和，據以下送陳仁和自便東歸之《永遇樂》詞，四卷本以「送陳光宗知縣」爲題，知陳仁和即知仁和縣之陳光宗。《輿地紀勝》卷二《兩浙西路·臨安府》：「仁和縣，倚郭。……紹興二十七年敕仁和縣比開封府祥符縣。《臨安志》云：舊治在餘杭門内梅家橋之西，今移在大理寺之東。」《宋史全文續資治通鑑》卷二七下：「淳熙十三年冬十月甲戌朔。是月，仁和知縣陳德明坐贓污不法，免真決，刺面配信州，其元舉主葉翥、齊慶胄、郭棣各貶秩三等。」查《淳熙三山志》卷二九：「隆興元年癸未木待問榜，陳德明字光宗，寧德人。」周必大《益國文忠公集》卷一七一《乾道壬辰南歸録》，有乾道八年四月「癸卯，風順，午時次常州，太守右朝散大夫晁子健、通判左朝散郎葛郯、教授迪功郎陳德明……並相候」語，知嘗爲常州教授。另據《咸淳臨安志》卷五一《仁和縣令表》中，有虞汝翼、陳鞏、陳德明、朱贄等，未著到罷時間。同書卷五四：「仁和縣無倦堂，淳熙十一年令陳鞏建。」另據《益國文忠公集》卷一八《題陳去非帖》：「紹興乙亥歲，某初仕王畿，陳公之子本之爲郎爲監，家藏手澤甚富。每休務，輒求觀竟日。今踰三十年，本之之子仁和宰復示此軸。……淳熙丙午二月十三日。」丙午即淳熙十三年，本之之子仁和宰或即陳鞏。故《稼軒詞編年箋注》考證陳鞏與陳德明交代縣事最早應爲淳熙十三年春夏間，而此年十月陳德明即失官謫居信州，則其任仁和縣令最多不過半年。淳熙十四年正應在發配信州之時，故能與稼軒相識，且陪其遊戲，以解其憂也。

〔二〕少年橫槊，雙陸又稱握槊，葛立方《韻語陽秋》卷一七：「予謂雙陸之制，初不用棋，俱以黑白小棒槌，每邊各十二枚，主客各一色，以骰子兩隻擲之，依點數行，因有客主相擊之法。故趙摶《雙陸》詩云：『紫牙鏤合方如斗，二十四星銜月口。貴人迷此華筵中，運木手交如陣門。』」《南齊書》卷二八《桓榮祖傳》：「桓榮祖字華先，下邳人，五兵尚書崇祖，從父兄也。父諒之，宋北中郎府參軍。榮祖少學騎馬及射，或謂之曰：『武事可畏，何不學書？』榮祖曰：『昔曹操、曹丕上馬橫槊，下馬談論，此於天下可不負飲食矣。君輩無自全之伎，何異犬羊乎？』」稼軒自少年起即隨其祖父仕宦北方，且曾起義反金，故「少年橫槊」云云，亦夫子自道也。

〔三〕「袖手」二句，韓愈《祭柳子厚文》：「不善爲斲，血指汗顏。巧匠旁觀，縮手袖間。」兩兩三三，謂擲骰子。

〔四〕「變化」五句，此均狀雙陸遊戲情景。《漁隱叢話》前集卷五五引《遁齋閑覽》：「西頭供奉官錢昭度嘗作《詠方池》詩云：『東道主人心匠巧，鑿開方石貯漣漪。夜深却被寒星照，恰似仙翁一局碁。』有輕薄子見而笑曰：『此所謂一局黑，全輸也。』蓋唐廖凝有《詠白鷗》詩云『滿汀鷗不散，一局黑全輸』之句。」白居易《秋霽》詩：「月出砧杵動，家家擣秋練。」

〔五〕「老子」二句，機，謂機心。渾漫與，杜甫《江上值水如海勢聊短述》詩：「爲人性僻耽佳句，語不驚人死不休。老去詩篇渾漫與，春來花鳥莫深愁。」《杜詩詳注》卷一〇：「此一時拙於詩思而作也。少年刻意求工，老則詩境漸熟，但隨意付與，不須對花鳥而苦吟。……渾皆也，漫徒也。」鴻鵠飛來天際，《孟子·告子》上：「今夫奕之爲數小數也，不專心致志則不得也。奕秋，通國之善弈者也。使弈秋誨二人弈，其一人專心致志，惟弈秋之爲聽；一人雖聽之，一心以爲有鴻鵠將至，思援弓繳而射之，雖與之俱學，弗若之矣。」

〔六〕「武媚」二句，武媚宫中，《新唐書》卷七六《后妃傳》：「高宗則天順聖皇后武氏，并州文水人。……太宗聞士彠女美，召爲才人。……既見帝，賜號武媚。」《能改齋漫録》卷六《雙陸》條：「王建《宫詞》：『分明同坐賭櫻桃，收却投壺玉腕勞。各把沉香雙陸子，局中鬥疊阿誰高？』按《狄仁傑家傳》載武后語仁傑曰：『朕昨夜夢與人雙陸，頻不勝，何也？』對曰：『雙陸輸者，蓋謂宫中無子。此是上天之意，假此以示陛下，安可虚儲位哉？』今《新唐史》削去『宫中』兩字，止云雙陸不勝，無子也。余嘗與善博者論之，博局有宫，其字不可削，蓋削之則無以見宫中之意，故王建詩亦云。」韋娘局上，《新唐書》卷七六《后妃傳》：「中宗庶人韋氏，京兆萬年人。……帝復即位，后居中宫。是時，上官昭容與政事方敬暉等欲盡誅諸武，武三思懼，乃因昭容入請，得幸於后，卒謀暉等誅之。初，帝幽廢，與后約：『一朝見天日，不相制。』至是，與三思共御床博戲，帝從旁典籌，不爲忤。」

〔七〕「布衣」句，《晉書》卷八五《劉毅傳》：「後在東府聚樗蒲，大擲，一判應至數百萬。餘人並黑犢以還，唯劉裕及毅在後，毅次擲得雉，大喜，褰衣繞床叫，謂同坐曰：『非不能盧，不事此耳。』」《南史》卷一《宋高祖紀》：「先是，帝造游擊將軍何澹之，左右見帝光曜滿室，以告澹之，澹之以白玄，玄不以爲意。至是，聞義兵起，甚懼，或曰：『裕等甚弱，陛下何慮之深？』玄曰：『劉裕足爲一世之雄，劉毅家無擔石之儲，樗蒱一擲百萬，何無忌？』」按：玄者，桓玄也。杜甫《今夕行》：「君莫笑劉毅從來布衣願，家無儋石輸百萬。」

洞仙歌

訪泉於奇師村，得周氏泉，爲賦①〔一〕

飛流萬壑，共千巖爭秀〔二〕。孤負平生弄泉手〔三〕。歎輕衫短帽，幾許紅塵？還自喜，濯髮滄浪依舊〔四〕。　人生行樂耳，身後虛名，何似生前一杯酒〔五〕？便此地結吾廬，待學淵明，更手種門前五柳〔六〕。且歸去父老約重來，問如此青山，定重來否〔七〕？

【校】

①題，廣信書院本「奇師村」原作「期思」，此從四卷本甲集改。

【箋注】

〔一〕題，稼軒於寓居上饒期間，屢至鄰近山村，訪求有山泉之地，以便於居住。奇師村，舊稱名爲奇獅或碁師，在上饒西南鉛山縣東二十五里，見本書《沁園春》詞（有美人兮闋）題注。周氏泉，其地即原屬於周藻、周芸兄弟之產業，後爲稼軒所得，改名爲瓢泉者。〔同治〕《鉛山縣志》卷二《山川》：「瓢泉，在縣東二十五里，泉爲辛棄疾所得，因而名之。其一規圓如臼，其一直規如瓢，周圍皆石徑，廣四尺許，水從半山噴下，流入臼中，而後入瓢，其水澄渟可鑑。」按：瓢泉今存，在今鉛山縣稼軒鄉即詹家南十三里瓜山下，紫溪與鉛山河繞五堡洲再匯於此。實地勘察，瓢泉水自山中流入瓢中，而後入臼，《縣志》所載次序正好相反。右詞當爲淳熙十四年，稼軒至鉛山訪得周氏泉尚未改名之初，乃賦此詞以記之也。

〔二〕「飛流」二句，《世説新語·言語》：「顧長康從會稽還，人問山川之美，顧云：『千巖競秀，萬壑争流，草木蒙籠其上，若雲興霞蔚。』」

〔三〕「孤負」句，蘇軾《留别雩泉》詩：「還將弄泉手，遮日向西秦。」孤負，同辜負。

〔四〕「歎輕」四句，輕衫短帽，南宋文人流行服色。陸游《劍南詩稿》卷八一《湖上》詩：「寒食初過穀雨前，輕衫短帽影翩翩。」連文鳳《百正集》卷中《冬日早行》詩：「客裏間關去路賒，輕衫短帽朔風斜。」濯髮滄浪，見本書卷三《六幺令·再用前韻》詞（倒冠一笑闋）箋注。此四句蓋云：寓居上饒城中，尚不免沾惹些許紅塵，惟有移居更爲偏僻之期思村裏，方可稱之爲濯髮滄浪。

〔五〕「人生」三句，人生行樂耳，語出楊惲《報孫會宗書》，見本書卷二《水調歌頭·淳熙己亥自湖北漕移湖南》詞（折盡武昌柳闋）箋注。身後名不如生前一杯酒，語出《世説新語》，見卷八《水龍吟·次年南澗用前韻爲僕壽》詞（玉皇殿閣微涼闋）箋注。

〔六〕「便此」三句，陶潛《飲酒二十首》詩：「結廬在人境，而無車馬喧。」《讀山海經》詩：「衆鳥欣有託，吾亦愛吾廬。」《陶淵明集》卷五《五柳先生傳》：「先生不知何許人也，亦不詳其姓字。宅邊有五柳樹，因以爲號焉。」

〔七〕定重來否，定，竟，能也。

清平樂

檢校山園，書所見〔一〕

連雲松竹，萬事從今足〔二〕。拄杖東家分社肉，白酒牀頭初熟〔三〕。　西風梨棗山園，兒童偷把長竿。莫遣旁人驚去，老夫静處閑看。

【箋注】

〔一〕題，《雲麓漫鈔》卷一〇：「檢校，即檢點之義。未與正官，且令檢點其事，故杜子美有園官檢校之語，唐以前常言耳。」山園，稼軒所居伎山，故稱山園。

〔二〕「連雲」二句，蘇軾《借前韻賀子由生第四孫斗老》詩：「無官一身輕，有子萬事足。」稼軒謂有連雲松竹，故萬事自足，用蕭常《續後漢書》卷三五《李衡傳》語意：「衡每欲治産業，妻輒不聽。後密遣客十人於武陵龍陽洲上作宅，種甘橘千株，臨終敕其子曰：『汝母惡吾治家，故窮如是。吾州里有千頭木奴，不責汝衣食，歲止一匹絹，亦可足用。』」

〔三〕「拄杖」二句，分社肉，《史記》卷五六《陳丞相世家》：「里中社，平爲宰，分肉食甚均。」白酒牀頭，曾幾《寓居有招客者戲成》詩：「牀頭白酒新浮甕，案上黄詩屢絶編。」糟牀，壓取酒汁之具。

烏夜啼

山行，約范廓之不至①〔一〕

江頭醉倒山公〔二〕。月明中。記得昨宵歸路笑兒童。　溪欲轉，山已斷，兩三松。一段可憐風月欠詩翁〔三〕。

【校】

①題，「廓」，廣信書院本原作「先」，據四卷本甲集改。

【箋注】

〔一〕題，右約范廓之山行不至詞及以下和詞，姑附和本年初和范氏雪詞之後，疑所作時間不遠也。

〔二〕「江頭」句，山公即山簡，見本卷《定風波·用藥名招婺源馬荀仲遊雨巖》詞（山路風來草木香闋）箋注。

〔三〕一段風月，謂一片可觀之風景。

又

廓之見和，復用前韻①

人言我不如公〔一〕。酒杯中②。更把平生湖海問兒童③〔二〕。千尺蔓，雲葉亂，繫長松。却笑一身纏繞似衰翁。

【校】

①題，廣信書院本「廓」字原作「先」，「前」字原闕，皆據四卷本甲集改補。②「杯」，四卷本作「頻」。③「問」，廣信書院本原作「間」，據四卷本等改。

【箋注】

〔一〕「人言」句，《世説新語·方正》：「王述轉尚書令，事行便拜。文度曰：『故應讓杜許。』藍田云：『汝謂我堪此不？』文度曰：『何爲不堪？但克讓自是美事，恐不可闕。』藍田慨然曰：『既云堪，何爲復讓？人言汝勝我，定不如我。』」《漢書》卷三一《項籍傳》：「夫擊輕鋭，我不如公。坐運籌策，公不如我。」《新唐書》卷一三六《李光弼傳》：「夫辨朝廷之禮，我不如公。論軍旅勝負，公不如我。」按：歷來作此類言語者甚多，稼軒合諸語而用之。

〔二〕「更把」句，平生湖海，見本卷《滿江紅·送信守鄭舜舉被召》詞（湖海平生闋）箋注。

定風波

大醉，自諸葛溪亭歸，窗間有題字令戒飲者，醉中戲作①〔一〕

昨夜山公倒載歸②，兒童應笑醉如泥〔二〕。試與扶頭渾未醒〔三〕，休問。夢魂猶在葛家溪〔四〕。　欲覓醉鄉今古路③，知處。温柔東畔白雲西〔五〕。起向緑窗高處看，題徧。劉伶元自有賢妻〔六〕。

【校】

①題，廣信書院本作「大醉，歸自葛園，家人有痛飲之戒，故書於壁」，此從四卷本乙集。　②「公」，廣信書院本原作「翁」，此從四卷本改。　③「欲覓」句，四卷本作「千古醉鄉來往路」。

【箋注】

〔一〕題，諸葛溪亭，廣信書院本原作葛園。葛園無考，右詞有「葛家溪」語，蓋葛溪自靈山西發源，西南至弋陽入信江。而今横峰縣北有葛源鎮，弋陽縣則有葛溪鄉。不知稼軒所謂葛園的在何處。〔乾隆〕《上饒縣志》卷一三引明費弘《雙節詩序》，謂曰：「葛源在郡治西北數十里，其山水清奇，尤爲予所賞愛。」如果爲諸葛溪亭，則應在弋陽縣南。本卷《水龍吟》詞（被公驚倒瓢泉閿）題有諸葛元亮，亦不知即其寓居處否。右詞爲稼軒寓居帶湖期間遊覽山水時所作也。

〔二〕「昨夜」二句，李白《襄陽歌》：「落日欲没峴山西，倒著接䍦花下迷。襄陽小兒齊拍手，攔街争唱《白銅鞮》。傍人借問笑何事，笑殺山公醉似泥。」餘見本卷《定風波·用藥名招婺源馬荀仲遊雨巖》詞（山路風來草木香閿）箋注。

〔三〕與扶頭，白居易《早飲湖州酒寄崔使君》詩：「一榼扶頭酒，泓澄瀉玉壺。」王禹偁《回襄陽周奉禮同年因題紙尾》詩亦謂：「扶頭酒好無辭醉，縮項魚多且放饞。」則扶頭酒名，蓋因其醇厚易醉，醉即須人扶頭而命名。李之儀《故人李世南畫秋山林木平遠三首和韻》詩：「射雁歸來魚滿笥，甕中先與問扶頭。」汪應辰《贈人二首》詩：「遥想逃禪時一醉，人間春甕與扶頭。」

〔四〕葛家溪，《太平寰宇記》卷一〇七《弋陽》：「葛溪水，源出上饒縣靈山，過當縣李誠鄉，在縣西二里。昔歐冶子居其側，以此水淬劍，又有葛元冢焉，因曰葛水。」〔同治〕《弋陽縣志》卷二：「葛溪，縣東七十里，相傳有葛元冢在溪旁。元嘗修道溪旁，故里人得葬其冠履也，溪名蓋始於此。」

其源出靈山，合晚港入弋陽江。」

〔五〕「欲覓」三句，醉鄉路，《新唐書》卷一九六《王績傳》：「王績字無功，絳州龍門人。……時太樂署史焦革家善釀，績求爲丞，吏部以非流不許，績固請曰：『有深意。』竟除之。……所居東南有盤石，立杜康祠祭之，尊爲師，以革配，著《醉鄉記》，以次劉伶《酒德頌》。」黄庭堅《品令·茶詞》：「味濃香永，醉鄉路成佳境。」温柔鄉，白雲鄉，伶玄《趙飛燕外傳》：「合嬺諷后曰：『上久亡子，宫中不思千萬歲計邪？何不時進上求有子？』后德嬺計，是夜進合德。帝大悦，以輔屬體，無所不靡，謂爲温柔鄉。謂嬺曰：『吾老是鄉矣，不能效武皇帝求白雲鄉也。』」

〔六〕「劉伶」句，《世説新語·任誕》：「劉伶病酒，渴甚，從婦求酒。婦捐酒毁器，涕泣諫曰：『君飲太過，非攝生之道，必宜斷之。』伶曰：『甚善，我不能自禁，惟當祝鬼神，自誓斷之耳。便可具酒肉。』婦曰：『敬聞命。』供酒肉於神前，請伶祝誓，伶跪而祝曰：『天生劉伶，以酒爲名。一飲一斛，五斗解醒。婦人之言，慎不可聽。』」按：家人痛飲之戒，緑窗高處所題徧者，皆稼軒妻范氏之所爲也。

蝶戀花　戊申元日立春，席間作①〔一〕

誰向椒盤簪綵勝〔二〕？整整韶華，争上春風鬢〔三〕。往日不堪重記省〔四〕，爲花長把新春恨②。

春未來時先借問，晚恨開遲，早又飄零近。今歲花期消息定，只愁風雨無憑準〔五〕。

【校】

①題，廣信書院本原作「元日立春」，《中興絶妙詞選》卷三作「戊申元日立春」，此從四卷本乙集。②「長把」，王詔校刊本、《六十名家詞》本、四印齋本「長」作「常」，《中興絶妙詞選》、《類編草堂詩餘》卷二「把」作「抱」。

【箋注】

〔一〕題，戊申爲淳熙十五年。戊申元日立春，范成大《石湖詩集》卷二八有《元日立春感歎有作二首》詩：「元日兼春日，霜寒又雪寒。並煩傳菜手，同捧頌椒盤。疊膝稀穿履，扶頭懶正冠。五年如此度，寧得諱衰殘？（其一）元日兼春日，閑身是老身。行年申直戊，交運丑支辛。豈敢綦安佚，聊希刮鈍屯。童兒看書户，把筆已如神。（其二）」據「行年」句，知與稼軒右詞爲同日所作。《誠齋集》卷二三亦有《戊申元日立春題道山堂前梅花》詩，皆可證此年立春確在元旦。錢大昕《十駕齋養新録》卷一四《寶祐會天曆》條載：「宋《寶祐會天曆》，予訪之五十年，今春始於姑蘇吴氏得見之。朱錫鬯跋引農家諺，以元日立春爲百年罕遇。……夫元日立春，猶之天正朔旦冬至也。以古法十九年一章之率推之，本非罕覯之事。田家不諳推步，故有此諺，未可信以爲實也。」然北宋韓琦《至和乙未元日立春》詩已有「元日難逢是立春，普天誰不喜佳辰」句，知此日良可紀念，故詩人多詠之也。

〔二〕「誰向」句，《爾雅翼》卷一一《椒》：「正月一日以盤進椒，飲酒，則撮寘酒中，號椒盤焉。」龐元英《文昌雜録》卷三：「唐歲時節物，元日則有屠蘇酒、五辛盤、咬牙餳。……立春則有綵勝雞燕、生菜，今歲時遺問略同。」《山堂肆考》卷八《賜幡勝》：「《夢華録》：立春日，自郎官御史寺監長貳以上，皆賜春幡勝，以羅爲之。宰執親王近臣皆賜金銀幡勝，入賀訖，戴歸私第。又士大夫家剪綵爲小幡，謂之春幡，或懸於家人之頭，或綴於花枝之下，或剪爲春蝶春錢春勝以爲戲。東坡立春日亦簪幡勝過子由，諸子侄笑指云：『伯伯老人，亦簪花勝耶？』」

〔三〕「整整」二句，按：淳熙十五年，稼軒四十九歲，再過一年即五十歲整，故整整與争上語，蓋謂半百之年華，即將見於斑白之鬢髮矣。

〔四〕「往日」句，張先《天仙子·時爲嘉禾小倅以病眠不赴府會》詞：「送春春去幾時回？臨晚鏡，傷流景，往事悠悠空記省。」金段克己《滿江紅·新春敬用遁庵韻》詞「往事不堪重記省，舊愁未斷新愁又」句，蓋從稼軒詞出。記省，記憶追想也。

〔五〕「今歲」二句，《稼軒詞編年箋注》此詞之編年，爲余增訂時所補寫，有云：「王淮、周必大同爲丞相，自淳熙十四年二月起至十五年五月止，此間王淮擬除稼軒一帥之議見沮於周必大，遂以稼軒主管宫祠，以備緩急之用。稼軒罷歸六七年之後始得奉祠，故不能不深致歎息。此詞作於戊申元日，然借春花爲喻，以其開遲且又飄零過早，故有『往日不堪重記省，爲花長把新春恨』及『今歲花開消息定，只愁風雨無憑準』之句，蓋於此頗致其感慨也。」所謂「晚恨開遲，早又飄零近」，必指數年間，頗有多次起用之議而屢遭沮格也。當時所云「頗致其感慨」者，殆謂其自淳熙中被誣劾罷，至淳熙末始有湔洗之望。疑至戊申元日，來自朝中之消息，爲奉祠有日也。

臨江仙　探梅

老去惜花心已嬾，愛梅猶繞江村〔一〕。一枝先破玉溪春〔二〕。更無花態度，全是雪精神①〔三〕。　剩向青山餐秀色②〔四〕，爲渠著句清新。竹根流水帶溪雲。醉中渾不記，歸路月黄昏〔五〕。

【校】

①「是」，四卷本甲集作「有」，此從廣信書院本。　②「剩向」句，《全芳備祖》前集卷一「剩」作「勝」。「青」，四卷本、《全芳備祖》作「空」。

【箋注】

〔一〕「老去」二句，惜花心，王洋《詩去得仰之報云旦夕必有風雨可速相過走筆以詩報之》詩：「幕下郎君發醉吟，多如年少惜花心。」江村，據下句「玉溪春」，疑即鉛山河口鎮以東二十四里之江村，在玉溪之南，稍東即今鵝湖鎮。

〔二〕「一枝」句，玉溪即信江。信江源自玉山縣，故稱玉溪。宋人多以玉溪稱信江。

〔三〕「全是」句，毛滂《踏莎行·會寶園初見梅花》詞：「南枝微弄雪精神，東君早寄春音信。」

〔四〕餐秀色，陸機《日出東南隅行》：「鮮膚一何潤，秀色若可餐。」《説郛》卷一一〇《大業拾遺記》：「帝每倚簾視絳仙，移時不去。顧内謁者云：『古人言秀色若可餐，如絳仙，真可療饑矣。』」

〔五〕月黄昏，林逋《山園小梅二首》詩：「疏影横斜水清淺，暗香浮動月黄昏。」

水龍吟

題瓢泉①〔一〕

稼軒何必長貧？放泉簷外瓊珠瀉！樂天知命，古來誰會，行藏用舍〔二〕？人不堪憂，一瓢自樂，賢哉回也〔三〕。料當年曾問②，飯蔬飲水，何爲是，棲棲者〔四〕？　且對浮雲山上，莫匆匆去流山下〔五〕。蒼顔照影，故應零落③，輕裘肥馬〔六〕。繞齒冰霜，滿懷芳乳，先生飲罷。笑掛瓢風樹，一鳴渠碎，問何如啞〔七〕？

【校】

①題，廣信書院本「題」字闕，據四卷本乙集補。②「曾」，《六十名家詞》本作「嘗」，此從廣信書院本。③「零」，四卷本作「流」。

【箋注】

〔一〕題，瓢泉，即本卷《洞仙歌·訪泉於奇師村得周氏泉爲賦》詞（飛流萬壑闋）所賦詠之周氏泉。〔同治〕《鉛山縣志》卷二：「瓢泉，在縣東二十五里，泉爲辛棄疾所得，因而名之。其一規圓如臼，其一直規如瓢，周圍皆石徑，廣四尺許，水從半山噴下，流入臼中，而後入瓢，其水澄渟可鑑。」此泉今存，近山爲瓢，稍遠爲臼，與《縣志》所言有異。韓淲《瓢泉》詩：「鑿石爲瓢意若何，泉聲流出又風波。我來石上弄泉水，祇道希顔情味多。」有人據此謂此泉之臼爲稼軒自鑿，不然也。

〔二〕「樂天」三句，樂天知命，《易·繫辭》：「旁行而不流，樂天知命故不憂。」誰會，誰能也。梅堯臣《和歲除日》詩：「去日苦多誰會惜，殘陰全少頗能知。」此聯中，會與能相應並舉，可知也。行藏用舍，見本書卷三《踏莎行·賦稼軒集經句》詞（進退存亡闋）箋注。

〔三〕「人不」三句，《論語·雍也》：「子曰：賢哉回也。一簞食，一瓢飲，在陋巷，人不堪其憂，回也不改其樂，賢哉回也！」吴則虞釋此詞有云：「此詞即宋儒常教人『志伊尹之志，尋顔子之樂』者也。惟有經綸天下之心，而後可以登山臨水；惟有『己溺己饑』之志，而後可以『飯蔬飲水』。此詞力闡此義。」

〔四〕「料當」四句，《論語·述而》：「子曰：飯蔬食飲水，曲肱而枕之，樂亦在其中矣。」何爲是棲棲者，亦見本書卷三《踏莎行·賦稼軒集經句》詞箋注。

〔五〕「且對」二句，此與泉語也。據此二句可知，此泉當年在半山，故有莫流山下語。今泉在山腳路邊，滄桑變化使然。

〔六〕「故應」二句，《論語·雍也》：「赤之適齊也，乘肥馬，衣輕裘。」二句言晚年得泉，不屑於輕裘肥馬生涯矣。

〔七〕「繞齒」句至此，繞齒冰霜，蘇軾《寄高令》詩：「詩成錦繡開胸臆，論極冰霜繞齒牙。」掛瓢風樹，《蒙求集注》卷上引《逸士傳》：「許由隱箕山，無杯器，以手捧水飲之。人遺一瓢，得以飲，飲訖，掛於木上，風吹瀝瀝有聲，由以爲煩，遂去之。」

又

用瓢泉韻，戲陳仁和，兼簡諸葛元亮，且督和詞〔一〕

被公驚倒瓢泉，倒流三峽詞源瀉〔二〕。長安紙貴，流傳一字，千金争舍〔三〕。割肉懷歸，先生白笑，又何廉也！渠坐事失官①〔四〕。但銜杯莫問：人間豈有，如孺子，長貧者〔五〕？　誰識稼軒心事，似風乎舞雩之下〔六〕。回頭落日，蒼茫萬里，塵埃野馬〔七〕。更想隆中，卧龍千尺，高吟纔罷〔八〕。倩何人與問：雷鳴瓦釜，甚黄鐘啞〔九〕？

【校】

①小注，廣信書院本闕，此據四卷本丁集補。

【箋注】

〔一〕題，諸葛元亮，當亦上饒人。名無考。《永樂大典》卷二八一一梅字韻引徐安國《謝諸葛元亮送臘梅》詩：「嬌額塗黄自淺深，感時凝竚正關心。棲鸞恰似知人意，乞與釵頭一寸金。」又《謝諸葛元佐送臘梅》詩：「多病維摩眼嬾開，欲聘夫何欲速回。獨恨溪亭葛夫子，不攜詩酒與同來。」按：本卷《定風波》詞（昨夜山公倒載歸闋），四卷本乙集題作「大醉自諸葛溪亭歸」，與徐詩「溪亭葛夫子」語合。《澗泉集》卷五《諸葛解元家分韻》詩：「溪橫葛陂水，上有稚川宅。歡言一壺酒，未覺千歲隔。詩經茱菊節，人語風雨夕。雅俗調本殊，奚止相什百。」皆言葛溪，則諸葛元亮應即上饒弋陽縣人，但不知其兄弟何人嘗爲解元也。葛陂，據〔乾隆〕《廣信府志》卷三《弋陽縣》載，在縣南萬全鄉。

〔二〕「被公」二句，被公驚倒，公，指陳德明，其必有和稼軒題瓢泉詞。蘇軾《送陳伯修察院赴闕》詩：「一日喧萬口，驚倒同舍兒。」倒流三峽詞源瀉，杜甫《醉歌行》：「詞源倒流三峽水，筆陣獨掃千人軍。」

〔三〕「長安」三句，長安紙貴，《晉書》卷九二《左思傳》：「欲賦三都，會妹芬入宮，移家京師，乃詣著作郎張載，訪岷邛之事，遂構思十年。門庭藩溷，皆著筆紙。……及賦成，時人未之重。思自以其作不謝班張，恐以人廢言。安定皇甫謐有高譽，思造而示之，謐稱善，爲其賦序。張載爲注魏都，劉逵注吴蜀。……司空張華見而歎曰：『班張之流也，使讀之者盡而有餘，久而更新。』於是豪貴之家競相傳寫，洛陽爲之紙貴。」流傳一字，千金争舍，《史記》卷八五《吕不韋列傳》：「吕不韋乃使其客人人著所聞，……號曰《吕氏春秋》，布咸陽市門，懸千金其上，延諸侯游士賓客有能增損一字者，予千金。」

〔四〕「割肉」三句及小注，《漢書》卷六五《東方朔傳》：「伏日，詔賜從官肉。大官丞日晏不來，朔獨拔劍割肉，謂其同官曰：『伏日當早歸，請受賜。』即懷肉去。大官奏之，朔入，上曰：『昨賜肉不待詔，以劍割肉而去之，何也？』朔免冠謝。上曰：『先生起自責也。』朔再拜，曰：『朔來朔來，受賜不待詔，何無禮也！拔劍割肉，壹何壯也！割之不多，又何廉也！歸遺細君，又何仁也！』上笑曰：『使先生自責，乃反自譽。』復賜酒一石，肉百斤，歸遺細君。」按：陳德明坐贓污不法失官，故以東方朔事爲解嘲也。

〔五〕「人間」三句，《史記》卷五六《陳丞相世家》：「户牖富人有張負，張負女孫，五嫁而夫輒死，人莫敢娶，平欲得之。……負隨平至其家，家乃負郭窮巷，以弊席爲門，然門外多有長者車轍。張負歸，謂其子仲曰：『吾欲以女孫予陳平。』張仲曰：『平貧，不事事，一縣中盡笑其所爲，獨奈何予女乎？』負曰：『人固有好美如陳平而長貧賤者乎？』卒與女。」孺子，陳平字也。

〔六〕風乎舞雩，《論語·先進》：「莫春者，春服既成，冠者五六人，童子六七人，浴乎沂，風乎舞雩，詠而歸。」

〔七〕塵埃野馬，見本書卷三《水調歌頭·再用韻呈南澗》詞（千古老蟾口闋）箋注。

〔八〕「更想」三句，隆中、卧龍、高吟，《三國志·蜀志》卷五《諸葛亮傳》：「諸葛亮字孔明，琅邪陽都人也。……早孤，從父玄，……素與荆州牧劉表有舊，往依之。玄卒，亮躬耕隴畝，好爲《梁父吟》。……時先主屯新野，徐庶見先主，先主器之，謂先主曰：『諸葛孔明者，卧龍也，將軍豈願見之乎？』」注引《漢晉春秋》：「亮家於南陽之鄧縣，在襄陽城西二十里，號曰隆中。」又引《襄陽記》：「劉備訪世事於司馬德操，德操曰：『儒生俗士，豈識時務？識時務者在乎俊傑。此問自有伏龍、鳳雛。』備問爲誰，曰：『諸葛孔明、龐士元也。』」《晉書》卷八二《習鑿齒傳》：「西望隆中，想卧龍之吟；東眺白沙，思鳳雛之聲。」〔萬曆〕《襄陽府志》卷六《襄陽縣》：「隆中山，在縣西三十里，有隆中書院遺址，即孔明讀書處。有十景，曰三顧堂、六角井、古柏亭、躬耕田、梁甫巖、抱膝石、老龍洞、小紅橋、半月溪、野雲庵。」

〔九〕「倩何」三句，《楚辭·卜居》：「世溷濁而不清，蟬翼爲重，千鈞爲輕。黄鐘毁棄，瓦釜雷鳴。讒人高張，賢士無名。吁嗟默默兮，誰知吾之廉貞？」與問，爲問也。

減字木蘭花

宿僧房有作①〔一〕

僧窗夜雨，茶鼎薰爐宜小住〔二〕。却恨春風，勾引詩來惱殺翁。　狂歌未可，且把一尊料理我〔三〕。我到亡何，却聽儂家陌上歌②〔四〕。

【校】

①題，廣信書院本原闕，此據王詔校刊本、《六十名家詞》本、四印齋本補。　②「儂」，王詔校刊本、《六十名家詞》本、四印齋本作「農」。

【箋注】

〔一〕題，右詞及以下各詞，大都編入四卷本甲集，作年雖莫能確考，然最晚亦均在淳熙十四年。因依四卷本次第編置。右詞四卷本無載，《稼軒詞編年箋注》編於仕宦江淮兩湖之什中，然此詞無仕宦所作之確證，故移置於此。

〔二〕茶鼎薰爐，黄庭堅《題息軒》詩：「僧開小檻籠沙界，鬱鬱參天翠竹叢。萬籟參差寫明月，一家寥落共清風。蒲團禪板無人付，茶鼎薰爐與客同。」

〔三〕料理我，宋人《釣磯立談》：「邊南院之始爲將也，愛惜士卒，分甘絶苦。其所過之地，秋毫不犯。出入城邑，整齊而有容。時人從而目之曰邊菩薩，望其旄纛之所指，舉欣然相告曰：『是庶幾其料理我也。』」料理，猶照顧也。

〔四〕「我到」二句，《漢書》卷四〇《陳平傳》：「項王使項悍拜平爲都尉，賜金二十溢。居無何，漢攻下殷，項王怒，將誅定殷者，平懼誅，乃封其金與印使使歸。」注：「無何，猶言無幾時。」引申可作無事、無故解。蘇軾《陌上花三首》小序：「遊九仙山，聞里中兒歌陌上花。父老云：吴越王妃，每歲春必歸臨安，王以書遺妃曰：『陌上花開，可緩緩歸矣。』吴人用其語爲歌，含思宛轉，聽之淒然。而其詞鄙野，爲易之云。」

菩薩蠻　席上分賦，得櫻桃①

香浮乳酪玻璃盌，年年醉裏嘗新慣〔一〕。何物比春風？歌脣一點紅〔二〕。　江湖清夢斷，翠籠明光殿〔三〕。萬顆瀉輕勻②，低頭愧野人〔四〕。

【校】

①題，四卷本甲集作「坐中賦櫻桃」，此從廣信書院本。　②「瀉」，四卷本作「寫」。

【箋注】

〔一〕「香浮」二句，香浮乳酪，《五百家播芳大全文粹》卷八二載歐陽修《薦秦國夫人道場疏二首》，其後又有《追薦請長老升座疏》，未著作者，不知爲歐文否，其文曰：「進禪説羞，具法喜膳，香浮乳酪，味過醍醐，以般若供養，某所不能也。」元程文海《櫻桃》詩亦有「雨洗紅珠重，香浮乳酪寒」句。　嘗新見「江湖」二句箋注。

〔二〕「何物」二句，何物比，《東坡志林》卷八：「樂事可慕，苦事可畏，此是未至時心耳。及苦樂既至，以身履之，求畏慕者，初不可得，况既過之後，復有何物比之？尋聲捕影，繫風趁夢，此四者，猶有彷彿也。」郭震《蓮花》詩：「臉膩香薰似有情，世間何物比輕盈？」一點紅，蘇軾《書鄢陵王主簿所畫折枝二首》詩：「誰言一點紅，解寄無邊春。」

〔三〕「江湖」二句，清夢斷，蘇軾《予昔作壺中九華詩其後八年復過湖口則石已爲好事者取去乃和前韻以自解云》詩：「尤物已隨清夢斷，真形猶在畫圖中。」翠籠明光殿，杜甫《野人送朱櫻》詩：「西蜀櫻桃也自紅，野人相贈滿筠籠。數回細寫愁仍破，萬顆勻圓訝許同。憶昨賜霑門下省，退朝擎出大明宫。金盤玉筯無消息，此日嘗新任轉蓬。」韓愈《和水部張員外宣政衙賜百官櫻桃》詩：「漢家舊種明光殿，炎帝還書本草經。豈似滿朝承雨露，共看傳賜出青冥。香隨翠籠擎初重，色照銀盤瀉未停。食罷自知無所報，空然慚汗仰皇扃。」《五百家注昌黎文集》卷一〇：「漢有明光殿、徽音殿。顯揚殿前櫻桃六株，徽音殿前，乾元殿前並三株。」

〔四〕「萬顆」二句，萬顆瀉輕勻，合用杜詩韓詩語。「寫」，同瀉。張有《復古編》卷三：「寫，置物也，从宀，舄。别作瀉，非。悉也切。」低頭愧野人，杜甫《獨酌成詩》：「苦被微官縛，低頭愧野人。」

鷓鴣天

代人賦

晚日寒鴉一片愁〔一〕，柳塘新綠却温柔。若教眼底無離恨，不信人間有白頭。　腸已斷，淚難收，相思重上小紅樓。情知已被山遮斷①，頻倚闌干不自由〔二〕。

【校】

①「山」，《六十名家詞》本、四印齋本作「雲」，此從廣信書院本。

【箋注】

〔一〕「晚日」句，唐彦謙《長溪秋望》詩：「寒鴉閃閃前山去，杜曲黄昏獨自愁。」王安石《春江》詩：「春江渺渺抱牆流，煙草茸茸一片愁。」

〔二〕「情知」二句，《雲溪友議》卷下《温裴黜》條：「裴郎中諴，晉國公次弟子也。足情調，善談諧。……裴君《南歌子》詞云：……又曰：『簳臘爲紅燭，情知不自由。』」情知，明知。

又①

陌上柔桑破嫩芽②，東鄰蠶種已生些〔一〕。平岡細草鳴黄犢〔二〕，斜日寒林點暮鴉。　山遠近，路横斜，青旗沽酒有人家〔三〕。城中桃李愁風雨，春在溪頭薺菜花③〔四〕。

【校】

①題，廣信書院本原闕，四卷本乙集作「代人賦」。　②「桑破嫩」，四卷本作「條初破」，《中興絶妙詞選》卷三作「桑初破」，此從廣信書院本。　③「薺菜」，四卷本作「野薺」。

【箋注】

〔一〕「陌上」二句，陌上柔桑，周紫芝《日出東南隅行》：「春風淡蕩春雪淺，陌上柔桑青宛宛。」蠶種生些，《農桑集要》卷四《浴連》注：「臘日取蠶種籠掛桑中，任霜露雨雪飄凍，至立春收，謂之天浴。蓋蠶蛾生子有實有妄者，經寒凍後，不復狂生，唯實者生蠶，則强健有成也。」生些，言已生少許。

〔二〕「平岡」句，王安石《題舫子》詩：「愛此江邊好，留連至日斜。眠分黄犢草，坐占白鷗沙。」《光宅寺》詩：「蕭蕭新犢卧，冉冉暮鴉翻。」

〔三〕「青旗」句，白居易《杭州春望》詩：「紅袖織綾誇柿蔕，青旗沽酒趁梨花。」

〔四〕「城中」二句，城中桃李，劉禹錫《楊柳枝詞九首》：「城中桃李須臾盡，争似垂楊無限時。」謝逸

《梅》詩：「城中桃李休相笑，林下清風汝未知。」愁風雨，張耒《正月二十五日以小疾在告作三絶是日苦寒》詩：「見説櫻桃已爛開，坐愁風雨苦相催。」薺菜，〔同治〕《鉛山縣志》卷五《物産》：「薺菜，鉛俗名香板菜，田家不種，自生於園圃隙處，味香而甘。」

又

送歐陽國瑞入吴中〔一〕

莫避春陰上馬遲，春來未有不陰時〔二〕。人情展轉閑中看，客路崎嶇倦後知。　梅似雪，柳如絲，試聽别語慰相思。短篷炊飯鱸魚熟，除却松江枉費詩〔三〕。

【箋注】

〔一〕題，歐陽國瑞，姓字見朱熹跋語。《朱文公文集》卷八一《跋歐陽國瑞母氏錫誥》：「淳熙己亥春二月，熹以卧病鉛山崇壽精舍，邑士歐陽國瑞來見，且出其母太孺人錫號訓辭，及諸名勝跋語，俾熹亦題其後。熹觀國瑞器識開爽，陳義甚高，其必有進乎古人爲己之學，而使國人願稱焉，曰：『幸哉，有子如此矣。夫豈獨以其得乎外者爲親榮哉？』因竊不辭，而敬書其後如此，國瑞勉旃，無忽其言之陋也。」按：己亥爲淳熙六年。崇壽精舍即鉛山崇壽寺，見本卷《沁園春・崇壽院》詞（西浙悠悠閿）箋注。歐陽國瑞名與事歷俱不詳，其母或姓趙，以宗女而獲錫號。陳文蔚《克齋集》卷一六《送歐陽國瑞歸鉛山》詩云：「交遊無數竟誰同，雅羨夫君氣似虹。吾道久隨流俗弊，義居今見古人風。端能縱目秦淮上，邂逅論文楚水東。歸去梅花開也未，江頭葉葉剪霜風。」其中「端能」一聯所述，應即稼軒右詞題之入吴中事，或可斷言也。然據廣信書院本次第，此詞作年不應甚晚，而《克齋集》載詩皆編年，此詩編在紹熙二年七月間，時國瑞蓋已從吴中歸來，據此推考，其入吴中事，當在淳熙末年。故據廣信本次第，編置於同調（木落山高一夜霜闋）之前。《克齋集》同卷尚有《舟次蘭溪和歐陽國瑞韻》、《和歐陽國瑞韻》七律二首，前詩云：「客子經行處，吴江萬頃秋。風煙曉濃淡，雲樹遠稀稠。緩去花相送，重來鳥勸留。與君無楚粤，一笑況同舟。」歐陽國瑞事歷，僅見載於此。

〔二〕「莫避」二句，莫避春陰，常建《晦日馬鐙曲稍次中流作》詩：「晴天無纖翳，郊野浮春陰。」韓偓《春陰獨酌寄同年虞部李郎中》詩：「春陰漠漠土脈潤，春寒微微風意和。」未有不陰時，杜甫《人日兩篇》詩：「元日到人日，未有不陰時。」

〔三〕「短篷」二句，鱸魚熟，《吴中紀聞》卷三《張翰》條：「東晉張翰，吴人，仕齊王冏，不樂居其官，一日在京師，見秋風忽起，因作歌曰：『秋風起兮佳景時，吴江水兮鱸正肥。三千里兮家未歸，恨難得兮仰天悲。』」趙抃《和曾交見報代者》詩：「江東正是鱸魚熟，昨夜西風夢到家。」除却松江，范成大《四時田園雜興六十首》詩：「雪鬆酥膩千絲縷，除却松江到處無。」《方輿勝覽》卷二《江東路·平江府》：「松江，在吴江縣，一名笠澤。」

定風波①

少日春懷似酒濃，插花走馬醉千鍾〔一〕。老去逢春如病酒，唯有。茶甌香篆小簾櫳[二]。　捲盡殘花風未定，休恨。花開元自要春風[三]。試問春歸誰得見？飛燕。來時相遇夕陽中。

【校】

①題，四卷本甲集作「暮春漫興」，此從廣信書院本無題。

【箋注】

〔一〕「少日」二句，似酒濃，張耒《已醒》詩：「暇日如年永，閑愁似酒濃。」插花走馬醉千鍾，王安石《送吴顯道五首》詩：「落拓舊遊應記得，插花走馬月明中。」黄庭堅《飲城南即事》詩：「任他小兒拍手笑，插花走馬及嚴鼓。」韓駒《次韻師川見和》詩：「危坐正衿殊不慣，歸從短褐醉千鍾。」

〔二〕「茶甌」句，李之儀《寄題吴思道横翠堂》詩：「茶甌變乳隨湯泛，香篆縈雲盡日浮。」

〔三〕「花開」句，白居易《别柳枝》詩：「明日放歸歸去後，世間應不要春風。」

一落索　閨思

羞見鑑鸞孤却，倩人梳掠[一]。一春長是爲花愁，甚夜夜東風惡[二]？　行繞翠簾珠箔，錦牋誰託？玉觴淚滿却停觴，怕酒似郎情薄。

【箋注】

〔一〕「羞見」二句，鑑鸞孤，《白孔六帖》卷九四《舞鏡》條：「孤鸞見鏡，覩其影，謂爲雌，必悲鳴而舞。」唐人《青鸞鏡》詩：「青鸞不用羞孤影，開匣當如見故人。」梳掠，《清異録》卷下《膠煤變相》條：「瑩姐，平康妓也。玉浄花明，尤善梳掠，畫眉日作一樣。」白居易《嗟髮落》詩：「既不勞洗沐，又不煩梳掠。」

〔二〕「一春」二句，爲花愁，羅鄴《長安春雨》詩：「半夜五侯池館裏，美人驚起爲花愁。」甚東風惡，張元幹《醉落魄》詞：「惜花老去情猶著，客裏驚春，生怕東風惡。」甚，何，何至。

踏歌

攧厥。看精神壓一寵兒劣〔一〕。更言語一似春鶯滑。一團兒美滿香和雪〔二〕。去也。把春衫換却同心結。向人道不怕輕離别。問昨宵因甚歌聲咽？秋被夢，春閨月。舊家事對何人説〔三〕？告第一莫趁蜂和蝶①，有春歸花落時節〔四〕。

【校】

①「第一」，四卷本甲集原作「弟弟」，此據《稼軒詞抄存》改。

【箋注】

〔一〕「攧厥」二句，攧厥，通作顛蹶，本意爲傾覆，又引申作落魄、輕浮。《三國志・魏志》卷六《劉表傳》：「至於後嗣顛蹷，社稷傾覆，非不幸也。」《朱子語類》卷一〇四《自論爲學功夫》：「後生箇箇不肯去讀書，一味顛蹷，没理會處，可惜可惜。」卷一三七《戰國漢唐諸子》：「韓文公似只重皇甫湜，以墓志付之。李翺只令作行狀，翺作得行狀絮，但湜所作墓志又顛蹷。……蓋李翺爲人較樸實，皇甫湜較落魄。」此處可作輕浮狂蕩解。壓一龐兒劣，龐兒言臉龐兒，壓，壓制、壓倒。《南史》卷四八《陸慧曉傳》：「武帝第三子廬陵王子卿爲南豫州刺史，帝稱其小名，謂司徒竟陵王子良曰：『烏熊癡如熊，不得天下第一人爲行事，無以壓一州。』既而曰：『吾思得人矣。』乃使慧曉爲長史行事。」秦觀《品令》詞：「掉又懼，天然個品格，於中壓一。簾兒下時把鞋兒踢。語低低，笑咭咭。」劣，原意爲惡、壞，反訓則爲好也。張元幹《點絳唇》詞：「減塑冠兒，寶釵金縷雙綏結。怎教寧帖？眼兒惱裏劣。」

〔二〕「更言」二句，春鶯滑，白居易《琵琶行》：「間關鶯語花底滑，幽咽泉流水下灘。」香和雪，釋覺範《殘梅》詩：「殘香和雪隔簾櫳，只待江頭一笛風。」

〔三〕舊家事，謂舊時事。陳與義《和顏持約》詩：「多少巫山舊家事，老來分付水東流。」

〔四〕「告第」二句，趁，追逐也。花落時節，杜甫《江南逢李龜年》詩：「正是江南好風景，落花時節又逢君。」

生查子

山行，寄楊民瞻

昨宵醉裏行，山吐三更月〔一〕。不見可憐人，一夜頭如雪〔二〕。　今宵醉裏歸，明月關山笛〔三〕。收拾錦囊詩，要寄揚雄宅〔四〕。

【箋注】

〔一〕「山吐」句，杜甫《月》詩：「四更山吐月，殘夜水明樓。」蘇軾《江月五首》詩：「三更山吐月，棲鳥亦驚起。」

〔二〕「不見」二句，可憐人，杜甫《雨過蘇端》詩：「也復可憐人，呼兒具梨棗。」劉攽《酬韓相公》詩：「病卧湘山念所親，惟公長記可憐人。」頭如雪，白居易《勸我酒》詩：「洛陽兒女面似花，河南大尹頭如雪。」

〔三〕「明月」句，《樂府詩集》卷二一引《樂府解題》：「《關山月》，傷離别也。」古《木蘭詩》曰：『萬里赴戎機，關山度若飛。朔氣傳金柝，寒光照鐵衣。』按相和曲有《度關山》，亦類此也。」王昌齡《從軍行》：「更吹羌笛關山月，無那金閨萬里愁。」劉長卿《罪所留繫每夜聞長洲軍笛聲》詩：「只憐横笛關山月，知處愁人夜夜來。」

〔四〕「收拾」二句，錦囊詩，見本書卷三《江神子·和人韻》詞（梨花着雨晚來晴閿）箋注。揚雄宅，杜甫《夏日楊長寧宅送崔侍御常正字入京得深字》詩：「醉酒揚雄宅，升堂子賤琴。」《堂成》詩：「旁人錯比揚雄宅，嬾惰無心作《解嘲》。」《漢書》卷八七《揚雄傳》：「揚雄字子雲，蜀郡成都人也。其先出自有周伯僑者，……而揚季官至廬江太守，漢元鼎間避仇，復遡江上，處岷山之陽，曰郫，有田一壥，有宅一區。」《太平寰宇記》卷七二《劍南西道·益州》：「子雲宅在少城西南角，一名草玄堂。」

又

民瞻見和，復用前韻①

誰傾滄海珠，簸弄千明月〔一〕？　喚取酒邊來，軟語裁春雪〔二〕。　人間無鳳凰，空費穿雲笛〔三〕。　醉裏却歸來②，松菊陶潛宅〔四〕。

【校】

①題，廣信書院本「復用前」三字原作「再用」，此從四卷本甲集改。　②「裏」，四卷本作「倒」。

【箋注】

〔一〕「誰傾」二句，滄海珠，《新唐書》卷一一五《狄仁傑傳》：「黜陟使閻立本召訊，異其才，謝曰：『仲尼稱觀過知仁，君可謂滄海遺珠矣。』」杜甫《岳麓山道林二寺行》：「地靈步步雪山草，僧寶人人滄海珠。」簸弄明月，韓愈《别趙子》詩：「婆娑海水南，簸弄明月珠。」蘇軾《移合浦郭功甫見寄》詩：「莫趁明珠弄明月，夜深無數採珠人。」

〔二〕「軟語」句，《能改齋漫録》卷六《軟語》條：「杜子美詩：『夜闌聽軟語。』本《法華經》：『又以軟語。』一云言詞柔軟。」春雪謂《陽春》、《白雪》。

〔三〕「人間」二句，無鳳凰，《水經注》卷一八《渭水》：「秦穆公時有蕭史者，善吹簫，能致白鵠孔雀。穆公女弄玉好之，公爲作鳳臺以居之。積數十年，一旦隨鳳去，云雍宮世有簫管之聲焉。」穿雲笛，蘇軾《李委吹笛》詩小引：「元符五年十二月十九日，東坡生日也，置酒赤壁磯下，踞高峰，俯鵲巢，酒酣，笛聲起於江上。客有郭石二生，頗知音，謂坡曰：『笛聲有新意，非俗工也。』使人問之，則進士李委，聞坡生日，作新曲曰《鶴南飛》以獻。呼之使前，則青巾紫裘，要笛而已。既奏新曲，又快作數弄，嘹然有穿雲裂石之聲，坐客皆引滿醉倒。」蔡松年《念奴嬌·九日作》詞：「三弄胡牀，九層飛觀，喚取穿雲笛。」

〔四〕「松菊」句，司馬光《歸田詩》：「松菊陶潛宅，蓬蒿仲蔚家。」《明一統志》卷五二《九江府》：「陶潛宅，在德化縣西南九十里柴桑里。」

八聲甘州

夜讀《李廣傳》，不能寐，因念晁楚老、楊民瞻約同居山間，戲用李廣事，賦以寄之〔一〕

故將軍飲罷夜歸來，長亭解雕鞍。恨灞陵醉尉，匆匆未識，桃李無言〔二〕。射虎山横一騎，裂石響驚絃〔三〕。落魄封侯事①，歲晚田園②〔四〕。誰向桑麻杜曲？要短衣匹馬，移住南山。看風流慷慨，談笑過殘年〔五〕。漢開邊功名萬里，甚當時健者也曾閑〔六〕？紗窗外，斜風細雨，一陣輕寒③。

【校】

①「魄」，四卷本丙集作「託」，此從廣信書院本。②「園」，四卷本作「間」。③「陣」，四卷本作「障」。

【箋注】

〔一〕題，《李廣傳》，謂《史記》卷一〇九《李將軍列傳》。右詞上片即檃括其事。晁楚老，名籍均不詳。〔乾隆〕《上饒縣志》卷一一《寓賢》：「晁謙之字恭道，澶州人。渡江親族離散，極力收恤，因居信州。環居種竹，號竹院。官至敷文閣直學士，卒葬鉛山鵝湖，子孫因家焉。」《稼軒詞編年箋注》謂「晁楚老始末未詳，疑即謙之之後人也」。韓淲《澗泉集》卷四《晁十哥出舊藏書畫》詩：「因過竹院酒，共看竹院書。坐中半北客，南渡百年餘。……談諧各鋒起，才氣色敷腴。」卷八《晁家觀葉少藴朱希真詩帖尹家諸賢書尺》詩：「摩挲石林帖，太息巖壑詩。竹院茶話久，方齋酒行遲。南遊耆舊盡，北客子孫知。聚集麥秋日，飄流槐夏時。」卷九《竹院晁學士挽詩》：「主客文風在，家仍竹院名。有孫宜世禄，乃父今公卿。事至不如意，人應爲失聲。傷哉蒿里去，書劍竟何成？（其一）歎息通家舊，姻連豈異鄉。江南流寓久，濟北老成亡。健筆餘牋翰，高歌付酒觴。鵝湖玉溪路，無復見徜徉。（其二）」諸詩皆及竹院、北客，所與同賦者疑即晁楚老。右詞作年無確考，姑置於淳熙晚期諸作之中。

〔二〕「故將」句至此，《李將軍列傳》：「頃之，家居數歲。廣家與故潁陰侯孫屏野居藍田南山中，射獵，嘗夜從一騎出，從人田間飲，還至霸陵亭。霸陵尉醉，呵止廣，廣騎曰：『故李將軍。』尉曰：『今將軍尚不得夜行，何乃故也！』止廣宿亭下。……余睹李將軍，悛悛如鄙人，口不能道辭。及死之日，天下知與不知，皆爲盡哀。彼其忠實心誠，信於士大夫也。諺曰：『桃李不言，下自成蹊。』此言雖小，可以論大也。」按：霸上在長安東三十里，古曰滋水，秦繆公更名曰霸水。東至霸城十里，即芷陽，漢文帝之霸陵也。

〔三〕「射虎」二句，《李將軍列傳》：「廣出獵，見草中石，以爲虎而射之，中石没鏃，視之石也。因復更射之，終不能復入石矣。廣所居郡，聞有虎，嘗自射之。及居右北平射虎，虎騰傷廣，廣亦竟射殺之。」

〔四〕「落魄」二句，《李將軍列傳》：「諸廣之軍吏及士卒，或取封侯。廣嘗與望氣王朔燕語曰：『自漢擊匈奴，而廣未嘗不在其中。而諸部校尉以下，才能不及中人，然以擊胡軍功取侯者數十人，而廣不爲後人，然無尺寸之功以得封邑者，何也？豈吾相不當侯邪？且固命也？』」

〔五〕「誰向」句至此，杜甫《曲江三章章五句》詩：「自斷此生休問天，杜曲幸有桑麻田。故將移住南山邊。短衣匹馬隨李廣，看射猛虎終殘年。」《補注杜詩》卷二：「杜曲在長安。俗云：『城南韋杜，去天尺五。』言近京。第五倫曰：『吾杜曲有田，種麻藝桑，足免饑凍。』」

〔六〕「漢開」二句，高適《送李侍御赴安西行》詩：「功名萬里外，心事一杯中。」甚，此作豈有解。健者，《後漢書》卷一〇四《袁紹傳》：「紹勃然曰：『天下健者，豈惟董公！』」

昭君怨

送晁楚老遊荆門〔一〕

夜雨剪殘春韭〔二〕，明日重斟别酒。君去問曹瞞，好公安〔三〕。　試看如今白髮，却爲中年離别〔四〕。風雨正崔嵬〔五〕，早歸來。

【箋注】

〔一〕題，荆門，《輿地紀勝》卷七八《荆湖北路》：「荆門軍，同下州。星土分野，五代已前並同江陵府。……五代朱梁時，高氏割據，建爲荆門軍，治當陽，尋省。皇朝以荆南之荆門鎮爲軍。……今領縣二，治長林。」晁楚老遊荆門無考，姑附《八聲甘州》詞後。

〔二〕「夜雨」句，杜甫《贈衛八處士》詩：「夜雨剪春韭，新炊間黄粱。」

〔三〕「君去」二句，曹瞞，陸龜蒙《小名録》卷上：「魏武帝曹操字孟德，一小名阿瞞，故有《曹瞞傳》。」公安，《三國志・蜀志》卷二《先主傳》：「與曹公戰於赤壁，大破之，焚其舟船。先主與吴軍水陸並進，追到南郡。時又疾疫，北軍多死，曹公引歸。先主表琦爲荆州刺史，……琦病死，羣下推先主爲荆州牧，治公安。」注：「《江表傳》曰：『周瑜爲南郡太守，分南岸地以給備，備别立營於油江口，改名爲公安。』」同書《吴志》卷九《魯肅傳》：「備詣京見權，求都督荆州，惟肅勸權借之，共拒曹公。曹公聞權以土地業備，方作書，落筆於地。」公安，江陵府屬縣。《輿地紀勝》卷六四《荆湖北路・江陵府》：「公安縣，在府東一百里。《元和郡縣志》及《舊唐志》並云：『本漢孱陵縣地，左將軍劉備自襄陽來油口，城此而居之，時號左公。』《水經注》云：『以左公之所安，故號曰公安。』」按：公安縣實在江陵府南，而荆門在江陵之北，入荆門必經公安。

〔四〕中年離别，見本書卷二《水調歌頭・淳熙己亥自湖北漕移湖南周總領王漕趙守置酒南樓席上留别》詞（折盡武昌柳闋）箋注。

〔五〕「風雨」句，顔真卿《裴將軍》詩：「登高望天山，白雲正崔嵬。」韓愈《感春五首》詩：「策馬上橋朝日出，樓閣赤白正崔嵬。」言風雨崔嵬，稼軒始也。

又〔一〕

人面不如花面，花到開時重見。獨倚小闌干，許多山〔二〕。　落葉西風時候，人共青山都瘦〔三〕。說道夢陽臺①，幾曾來〔四〕？

【校】

①「道」，王詔校刊本、《六十名家詞》本、四印齋本俱作「到」，此從廣信書院本。

【箋注】

〔一〕題，右詞無題，姑依廣信本次序附於送晁楚老詞之後。

〔二〕「人面」四句，孟棨《本事詩·情感》：「博陵崔護，姿質甚美，而孤潔寡合。舉進士下第，清明日獨遊都城南，得居人莊，一畝之宫，而花木叢萃，寂若無人。扣門久之，有女子自門隙窺之，問曰：『誰耶？』以姓字對，曰：『尋春獨行，酒渴求飲。』女入，以杯水至，開門設牀命坐，獨倚小桃斜柯佇立，而意屬殊厚。妖姿媚態，綽有餘妍。崔以言挑之，不對，目注者久之。崔辭去，送至門，如不勝情而入。崔亦睠盼而歸。自後，絶不復至。及來歲清明日，忽思之，情不可抑，徑往尋之。門牆如故，而已鎖扃之，因題詩於左扉曰：『去年今日此門中，人面桃花相映紅。人面秖今何處去，桃花依舊笑春風。』」

〔三〕「人共」句，王建《寄上韓愈侍郎》詩：「詠傷松桂青山瘦，取盡珠璣碧海愁。」

〔四〕「説道」二句，《詩話總龜》卷三五：「濠州西有高唐館，俯近淮水。御史閻欽授宿此館，題詩曰：『借問襄王安在哉？山川此地勝陽臺。今朝寓宿高唐館，神女何曾入夢來。』有李和風者至此，又作詩曰：『高唐不是這高唐，淮上江南各異方。若向此中求薦枕，參差笑殺楚襄王。』」

小重山

茉莉〔一〕

倩得薰風染緑衣，國香收不起，透冰肌。略開些箇未多時①〔二〕。窗兒外，却早被人知。越惜越嬌癡。一枝雲鬢上，那人宜。莫將他去比荼蘪，分明是，他更韻些兒②〔三〕。

【校】

①「箇」，四卷本甲集作「子」，此從廣信書院本。②「韻」，四卷本作「的」。

【箋注】

〔一〕題，茉莉，李時珍《本草綱目》卷一四《茉莉》：「末利原出波斯，移植南海，今滇廣人栽蒔之。……弱莖繁枝，緑葉圓尖。初夏開小白花，重瓣無蕊，秋盡乃止。不結實，有千葉者，紅色者，蔓生者，其花皆夜開，芬香可愛。女人穿爲首飾，或合面脂。」

〔二〕「略開」句，些箇，一些。《詩詞曲語辭匯釋》：「箇，估量某種光景之辭，等於價或家。凡少則曰些兒箇。」

〔三〕「莫將」三句，荼蘼，《墨莊漫録》卷九：「酴醾花或作荼蘼，一名木香。有二品，一種花大而棘，長條而紫心者爲酴醾，一品花小而繁，小枝而檀心者爲木香，題詠者多。」韻些兒，《清波雜志》卷六：「頃得一小説，書王黼奉敕撰《明節和文貴妃墓志》云：『妃齒瑩潔如水晶，緣常餌絳丹而然。』又云：『六宫稱之曰韻。』蓋時以婦人有標致者爲韻。煇曾以此説叩於宣和故老，答曰：『雖當時語言文字，間或失持擇，恐不應直致是褻黷。然韻字蓋亦有説：宣和間，衣著曰韻纈，果實曰韻梅，詞曲曰韻令，乃梁師成爲鄆邸倡爲此讖。』」韻些兒，韻一些。

鵲橋仙

爲人慶八十，席上戲作①〔一〕

朱顔暈酒，方瞳點漆〔二〕，閑傍松邊倚杖。不須更展畫圖看〔三〕，自是箇壽星模樣②〔四〕。今朝盛事，一杯深勸，更把新詞齊唱。人間八十最風流，長貼在兒兒額上③〔五〕。

【校】

①題，四卷本甲集「上」作「間」，此從廣信書院本。②「自是」句，《六十名家詞》本作「是箇壽星的模樣」。③「長貼」句，四卷本「貼」作「帖」。「兒兒」，《六十名家詞》本作「兒孫」。

【箋注】

〔一〕題，右詞不知爲何人慶八十生日而作，以其收入四卷本甲集，姑彙録於此。

〔二〕方瞳點漆，王嘉《拾遺記》卷三：「老聃在周之末，居反景日室之山，與世人絶跡。惟有黄髮老叟五人，或乘鴻鶴，或衣羽毛，耳出於頂，瞳子皆方，面色玉潔，手握青筠之杖，與聃共談天地之數。及聃退跡爲柱下史，求天下服道之術，四海名士莫不争至。五老即五方之精也。」葛洪《神仙傳》卷一〇：「李根字子源，許昌人也。……根兩目瞳子皆方，按《仙經》説八百歲人瞳子方也。」《世説新語·容止》：「王右軍見杜弘治，歎曰：『面如凝脂，眼如點漆，此神仙中人。』」

〔三〕「不須」句，《雲溪友議》卷上《真詩解》條：「濠梁人南楚材者，旅遊陳潁歲久，潁守慕其儀範，將欲以子妻之。楚材家有妻，以受潁牧之眷深，忽不思義，而輒已諾之。……其妻薛媛善書畫，妙屬文，知楚材不念糟糠之情，别倚絲蘿之勢，對鏡自圖其形，並詩四韻以寄之。……詩曰：『……恐君渾忘却，時展畫圖看。』」

〔四〕壽星模樣，《文獻通考》卷八《祭星辰》謂壽星即南極老人星。《羣書考索》卷五九謂角亢星曰壽星。《天中記》卷二載：「嘉祐八年冬十一月，京師道人遊卜於市，莫知所從來。體貌古怪，不與常類。飲酒無算，未嘗覺醉。都人異之，相與諠傳，好事者潛圖其狀。」《記》言出康節題，未見所本，此後人作壽星圖之始也。

〔五〕「人間」二句，陳藻《丘叔喬八十》詩：「樂欲永千年，愁難禁一夕。大家於此且貪生，八十孩兒題向額。」吴潛《賀新郎·丁巳歲壽叔氏》詞：「只比兒兒額上壽，尚有時光如許。」劉辰翁《一剪梅·和敖秋厓爲小孫三載壽謝》詞：「人生總受業風吹，三歲兒兒。八十兒兒。深閨空谷把還持。啼看人知，啼怕人知。」周必大《嘉泰癸亥元日口占寄呈永和乘成兄》詩：「兄弟相看俱八十，研朱贏得祝嬰孩。」自注：「趙永年通判每云，朱書八十字於襁褓兒額上，欲其壽如此也。」按：吴潛、劉辰翁俱南宋晚期人，而周必大與稼軒同時，其詩詞中皆有於兒兒額上題寫八十字樣語句，知此祝福小兒長壽之舉乃南宋人習俗。趙永年於乾道五年任吉州通判，《誠齋集》卷四有《趙通判恭人周氏挽辭》，自注：「趙名永年，潁人，歸正。」知此題額本爲中原習俗，至南宋則普及於民間矣。是則兒兒即小兒也。黄丕烈《跋元大德刻稼軒詞》（見本書附録）謂近人顧千里以爲「兒兒或是奴家之稱，二語之意，當以八字作眉字解」，稱其「豈不大可笑乎」，甚是。

又

慶岳母八十①〔一〕

八旬慶會，人間盛事，齊勸一杯春釀。臙脂小字點眉間，猶記得舊時宫樣〔二〕。綵衣更着〔三〕，功名富貴，直過太公以上。大家着意記新詞，遇着箇十年便唱②。

【校】

①題，四卷本乙集作「爲岳母慶八十」，此從廣信書院本。　②「年」，四卷本作「字」。

【箋注】

〔一〕題，岳母，謂稼軒夫人范氏之母也。《漫塘集》卷三四《故公安范大夫及夫人張氏行述》涉及范邦彦之妻、范如山及其夫人張氏之母姑事跡有云：「通判殁，太夫人年高須養，復注監真州都酒務。……夫人張氏，家鉅鹿，少以同郡結姻。稟資孝敬，姑趙夫人，皇叔士經女，貴重，夫人事之惟謹甚。暑不敢挾扇，有以姑命至，必拱立而聽。」文中通判謂范邦彦，張氏之姑即邦彦之妻趙氏太夫人，稼軒之岳母也。按：《行述》謂「通判殁，太夫人年高須養」。范邦彦卒於乾道末或淳熙初，年七十四，見《至順鎮江志》卷一九。其夫人趙氏之年齡，當在六十五歲上下。其八十歲則應在紹熙改元之前。今姑次於淳熙十五年。時稼軒寓居上饒，右詞當遠道寄奉者，未必親至鎮江祝壽也。

〔二〕「臙脂」二句，可參前詞箋注。稼軒岳母乃宗室子，故記得舊時宮樣，知八十點額之習亦興於北宋宮中。

〔三〕綵衣更着，《白孔六帖》卷二五《綵衣爲戲》條：「老萊子年八十，衣綵衣，爲嬰兒，戲於父母之前。」

水龍吟

寄題范南伯家文官花。花先白，次緑，次緋，次紫。《唐會要》載學士院有之①〔一〕

倚欄看碧成朱，等閑褪了香袍粉〔二〕。上林高選，匆匆又换，紫雲衣潤〔三〕。幾許春風？朝擬倩流鶯説與，薰暮染，爲花忙損〔四〕。笑舊家桃李，東塗西抹〔五〕，有多少，淒涼恨？白髮憐君，儒冠曾誤，平生官記榮華易消難整。人間得意，千紅百紫②，轉頭春盡〔六〕。冷〔七〕。算風流未減，年年醉裏，把花枝問。

【校】

①題，廣信書院本「南伯」下有「知縣」二字，「次緑」二字闕，均從四卷本乙集。②「百」，王詔校刊本、《六十名家詞》本、四印齋本作「萬」。

【箋注】

〔一〕題，牟巘《陵陽集》卷一五《題范氏文官花》：「韓魏公守維揚，郡圃芍藥有腰金紫者四，置酒召同僚王岐公、荆公，而陳秀公亦與，四人皆先後爲首相，亦異矣。……京口鶴林寺花，久歸閬苑，近世盛稱。邢臺范氏文官花，粉碧緋紫見於一日之間，變態尤異於腰金紫。辛稼軒嘗爲賦《水龍吟》，『白髮儒冠誤』，蓋屬瀘溪令君。物不虚生，必有其應，應之遲，發必大。休寧令尹、瀘溪孫而稼軒外諸孫，刻其詞置花右，至今猶存，若有護持之者。其子雷卿，遂以斯文發祥，領學事，主文盟，文官之應不虚矣。人皆曰：『花，范氏瑞也。』夫以雷卿之賢，兩家百年忠義之脈，文物之傳，在其一身，宜造物以功名事業付之。花本出唐翰苑中，雷卿即爲翰林主人，花亦榮耀，吾方賀兹花之遭。然則花瑞范氏乎，范氏瑞花乎？」按：《全芳備祖》前集卷二七《錦帶花》條：「一名海仙花，一名文官花。此花出荆楚間，有花如錦，遂名錦帶，花條如郁李，春末方開，紅白二色。」此花今本《唐會要》卷五七《翰林院》未見記載。稼軒寄題范南伯文官花，當在范南伯慶元二年即世之前。然右詞作年甚早，廣信書院本列於淳熙十三年前後所作同調《題雨巖》詞（補陀大士虚空閿）之前，應即稼軒寓居帶湖中期所賦，以莫能確考，姑次於《鵲橋仙·慶岳母八十》詞之後。

〔二〕「倚欄」二句，王僧孺《夜愁示諸賓》詩：「誰知心眼亂，看朱忽成碧。」褪了香袍粉，謂白衣换緑服。

〔三〕「上林」三句，《三輔黄圖》卷四《苑囿》：「漢上林苑，即秦之舊苑也。《漢書》云：『武帝建元三年，開上林苑。』……《漢舊儀》云：『上林苑方三百里，苑中養百獸，天子秋冬射獵取之。帝初修上林苑，羣臣遠方各獻名果異卉三千餘種，植其中。』」《漢書》卷五七《司馬相如傳》謂相如作《上林賦》，賦奏，天子以爲郎。

〔四〕爲花忙損，李商隱《夜思》詩：「鶴應聞露警，蜂亦爲花忙。」忙損，極忙，忙壞了。

〔五〕東塗西抹，《唐摭言》卷三：「薛監晚年厄於宦途，嘗策羸赴朝，值新進士榜下綴行而出。時進士團所由輩數十人，見逢行李蕭條，前導曰：『迴避新郎君。』逢囅然，即遣一介語之曰：『報道莫貧相，阿婆三五少年時，也曾東塗西抹來。』」

〔六〕「人間」三句，吴處厚《青箱雜記》卷三：「孟郊《下第》詩曰：『棄置復棄置，情如刀劍傷。』又《甫及第》詩曰：『昔日齷齪不足嗟，今朝曠蕩思無涯。青春得意馬蹄疾，一日看盡長安花。』大凡進取得失，蓋亦常事，而郊器宇不宏，偶一下第，則其情隕穫如傷刀劍，以至下淚。既後登科，則其中充溢，若無所容，一日之間，花即看盡，何其速也！」

〔七〕「白髮」三句，蘇軾《次韻劉景文西湖席上》詩：「白髮憐君略相似，青山許我定相從。」儒冠曾誤，見本書卷二《阮郎歸·耒陽道中爲張處父推官賦》詞（山前燈火欲黄昏闋）箋注。杜甫《醉時歌》：「諸公衮衮登臺省，廣文先生官獨冷。」范南伯亦平生官冷，仕止盧溪令及公安令而已。可參《漫塘集》卷三四《故公安范大夫及夫人張氏行述》。

【附録】

張伯淳師道、陶安主静、蘇伯衡平仲等詩文

題范雷卿二卷

知瀘溪縣范君，今江浙儒學提舉曾大父也，細書密行，叙乃翁通判公世系及生平出處及所交游，下至妾媵幹力甚悉。蓋將狀公之行觀乎？……而知縣之賢似之，其言歸之初，换授品秩，已則欲因人言轉囑堂吏干榮進，而以不欺君父歸之。公南來無所於依，已則欲買田宅自安，而以不事産業歸之。公寧屈己以彰先美，此知縣所以過人者，愚故併發之。范氏故園，有花一本，先白次緑，而緋而紫，以文官得名。稼軒辛公爲賦長短句，殆與《麻姑壇》所記紅蓮變白變碧者，同一奇也。魯公之記，稼軒之詞，皆非煙火食語。范令尹於稼軒翁爲外孫，能追記於真跡散落之後。令尹之詞，雷卿又能表而出之，噫，故家

文獻，日就凋零。手澤存焉，寶藏弗墜，流芳餘美，暢茂敷腴，豹變當從今始。（張伯淳《養蒙集》卷五）

題范氏文官花二首（先碧次緋後紫）

卉木無情似有情，九天雨露賜恩榮。何緣顏色頻更换，别有春工染得成。（其一）

荔枝緑後緋還紫，金帶圍腰事亦常。天遣名花作奇讖，一門數世盛文章。（其二）（陶安《陶學士集》卷八）

范氏文官花詩序

京口范氏，自宋至今，爲郡望族。其先世嘗植文官花，以爲庭，實辛稼軒所爲賦《水龍吟》者也。……是花唐時惟學士院有之，其殊形異色。余固未嘗得見，竊誦諸賢之賦詠而想望焉，豈非范氏之嘉祥哉？……夫以造化所鍾之異，天下不多得之物，而又植於衣冠之族，又有名公卿如辛幼安者，本其所自而書之，製爲樂府以歌之，雖謂之美瑞可也。（蘇伯衡《平仲文集》卷四）

好事近[一]

醫者索酬勞，那得許多錢物？只有一箇整整，也盒盤盛得[二]。　下官歌舞轉悽惶[三]，賸得幾枝笛。覷著這般火色，告媽媽將息[四]。

【箋注】

〔一〕題，右詞無題。周煇《清波别志》卷三：「《稼軒樂府》，辛幼安酒邊游戲之作也。詞與音叶，好事者争傳之。在上饒，屬其室病，呼醫對脈。吹笛婢名整整者侍側，乃指以謂醫曰：『老妻平安，以此人爲贈。』不數日，果勿藥，乃踐前約。整整既去，因口占《好事近》云：『醫者索酬勞，……告媽媽將息。』一時戲謔，風調不羣，稼軒所編遺此。」煇字昭禮，一生遊歷江南各地，多記前言往行及耳目所接之事，著有《清波雜志》十二卷及《别志》三卷。《雜志》卷五《茶山詩》條載：「煇在上饒三四年，日從寓士遊，遍歷溪山奇勝。」其所記右詞應可信賴。《雜志》及《别志》自序署爲紹熙三年及五年所作，而文中記載稼軒所編，自應指《稼軒詞》甲集而言，則作年自當在淳熙十五年之前，無可疑矣。

〔二〕「只有」二句，此戲言整整之名義，猶謂整整一個東西，故下文又謂可以盒盤盛得。又按：整整之義，與正正相同，或許此女生得頗爲周正，故命以此名也。

〔三〕「下官」句，《漢書》卷四八《賈誼傳》：「古者大臣有坐不廉而廢者，不謂不廉，曰簠簋不飾；坐污穢淫亂、男女亡别者，不曰污穢，曰帷薄不修；坐罷軟不勝任者，不謂罷軟，曰下官不職。」《南史》卷七三《庾道愍傳》：「他日，彦回侍明帝，自稱下官。」《雲麓漫鈔》卷四：「古人多自稱下官，見於傳記不一。蓋漢晉諸侯之國，並於其主稱臣。宋孝武孝建中，始有制不得稱臣，止宜云下官。《文選》江文通《詣建平王書》是也。今人猶有言者。」

〔四〕「覷著」二句，火色，謂臉色，火候，情形也。《舊唐書》卷七四《馬周傳》：「中書侍郎岑文本謂所親曰：『吾見馬君論事多矣，……然鳶肩，火色騰上必速，恐不能久耳。』」王符《潛夫論》卷九

《志氏姓》亦載：「師曠對曰：『女色赤白，女聲清汗，火色不壽。』」媽媽，子女稱娘，又妾婦或侍女稱主母。《夷堅志》丁卷二《張次山妻》條：「洛陽張濤次山，宣和甲辰爲宿州户曹，喪其妻。是歲冬入京參選，因南至休暇日，游相國寺，於稠人中，與亡妾迎兒遇，驚問之曰：『爾死已久，何因得來此？』對曰：『見伏事媽媽在城西門外五里間一空宅居，官人可以明日飯後來彼相尋。迎兒當迎候於路。』」將息，休息、將養。

破陣子

贈行〔一〕

少日春風滿眼，而今秋葉辭柯。便好消磨心下事，也憶尋常醉後歌①。新來白髮多②。　明日扶頭顛倒，倩誰伴舞婆娑〔二〕？我定思君拚瘦損，君不思兮可奈何！天寒將息呵。

【校】

①「也」，四卷本丙集作「莫」，此從廣信書院本。　②「新來」，四卷本作「可憐」。

【箋注】

〔一〕題，右詞僅謂贈行，據詞意，或爲贈辭行侍女之作，而作年絕無可考，然詞中有「明日扶頭」云云，顯非慶元二年春止酒期遣去歌者之時，以無可考知，故次於遣去整整之詞後。

〔二〕「明日」二句，扶頭謂酒。姚合《答友人招遊》詩：「賭棋招敵手，沽酒自扶頭。」《詩・齊風・東方未明》：「東方未明，顛倒衣裳。」舞婆娑，見本書卷八《洞仙歌·開南溪初成賦》詞（婆娑欲舞閿）箋注。

滿江紅

稼軒居士花下與鄭使君惜別，醉賦，侍者飛卿奉命書①〔一〕

莫折荼蘼②，且留取一分春色③〔二〕。還記得青梅如豆④，共伊同摘〔三〕。少日對花渾醉夢⑤，而今醒眼看風月。恨牡丹笑我倚東風〔四〕，頭如雪⑥。　榆莢陣，菖蒲葉。時節換，繁華歇〔五〕。算怎禁風雨，怎禁鶗鴂⑦〔六〕？老冉冉兮花共柳，是棲棲者蜂和蝶〔七〕。也不因春去有閑愁，因離別。

【校】

①題，廣信書院本作「餞鄭衡州厚卿席上再賦」，此從四卷本甲集。鄧廣銘先生謂此題「着語未多，風流盡得」，而廣信書院本「非特意趣較遜，亦且失去一段故實矣」。　②「莫折」，四卷本作「折盡」。　③「且留取」，四卷本作「且留得」。　④「記得」，四卷本作「記取」，《六十名家詞》本作「待得」。「豆」，四卷本作「彈」。　⑤「渾」，四卷本作「昏」。　⑥「頭」，四卷本作「形」。　⑦「榆莢」六句，四卷本作「人漸遠，君休說。榆莢陣，菖蒲葉。算不因風雨，只因鶗鴂」。《六十名家詞》本「陣」作「錢」。

【箋注】

〔一〕題，鄭使君，即新任知衡州鄭如密。廣信書院本作「餞鄭衡州厚卿」。《稼軒詞編年箋注》於右詞編年中有大段考證：「鄭厚卿始末不詳。唯查淳熙七年後至稼軒卒前，衡州守之鄭姓者僅有鄭如崈一人，爲繼劉清之之後任者。《永樂大典》卷八六四七至四八衡字韻引有《宋衡州府圖經志》全文，其郡守題名中有：『鄭如崈，朝散郎，淳熙十五年四月到，紹熙元年正月罷。』《宋會要·職官》七二之五亦載鄭如崈罷職因緣云：『淳熙十六年十二月二十六日，詔知衡州鄭如崈放罷。以本路漕臣奏如崈於總領所合解大軍糧米，輒憑奏檢，固拒不解；於法合行給還民間之錢，輒貪利不顧，横欲拘没。故有是命。』『崈』與『厚』義甚相近，知厚卿必即如崈之字。據《衡州圖經志》所載其抵任年月，知右二詞必作於淳熙十五年春。其《滿江紅》一闋，見四卷本甲集，依范開序文所署年月推論，似可證其至晚亦當作於十四年内；然查甲集之編次，凡同調諸詞莫不彙集一處，唯《聲聲慢》、《滿江紅》二調，前後複出，卷尾《滿江紅》共七首，右『折盡荼蘼』闋即其中之一。凡此必爲甲集已經刊成之後，又陸續附入者，則右二詞固仍須爲十五年春季之作也。」所考極爲詳盡，當從之。惟鄭如崈事歷尚有可考處。〔雍正〕《江西通志》卷二〇載：「樂平縣署，……中和間遷今治，宋乾道八年縣令鄭如崈重新之。」《止齋集》卷四二《跋黄元章所藏山谷墨跡後》：「以余所見士大夫家山谷墨跡皆可寶，獨衡州守鄭如崈、醴陵丞李九齡與今元章所藏，乃其家世舊物。」同時人有鄭如岡者，據《經義考》卷三四所載鄭汝諧《易翼傳》之鄭如岡跋，如岡乃汝諧之子。如岡與如崈之後一字皆以山字爲序，疑如崈亦鄭汝諧之子侄輩。果如是，則如崈蓋亦浙東處州青田人，故赴衡州任必經信州也。飛卿，本書卷七《西江月・題阿卿影像》詞（人道偏宜歌舞閡）有句云：「有時醉裏喚卿卿，却被旁人笑問。」阿卿、卿卿、飛卿應即一人，姓無考。

〔二〕「莫折」二句，《墨莊漫録》卷九：「酴醿花或作荼蘼，一名木香。有二品，一種花大而棘，長條而紫心者爲酴醿，一品花小而繁，小枝而檀心者爲木香，題詠者多。」《嘉定赤城志》卷三六：「酴醿一名木香，有花大而獨出者，有花小而叢生者。叢生者尤香。舊傳洛京歲貢酒，其色如之。江西人採以爲枕衣。」〔乾隆〕《鉛山縣志》卷四《物産》：「酴醿，藤身，青莖多刺，每穎着三葉如品字，青跗紅萼，及開變白。香微而清，盤曲高架。一種色黄似酒，故半加西字。」宋祁《詠荼蘼》詩：「析酲疑破鼻，併豔欲留春。」按：荼蘼三月末開花，蘇軾《杜沂遊武昌以酴醿花菩薩泉見餉二首》詩有「酴醿不争春，寂寞開最晚」語，故稼軒有此二句。

〔三〕「還記」二句，青梅如豆，歐陽修《阮郎歸・踏青》詞：「南園春半踏青時，風和聞馬嘶。青梅如豆柳如眉，日長蝴蝶飛。」按：此詞《全唐詩》或作馮延巳作。按：據「共伊」句，似稼軒與鄭如密甚早相識。

〔四〕「恨牡」句，《貴耳集》卷下：「慈寧殿賞牡丹，……命小臣賦詞，俾貴人歌以侑玉巵爲壽，左右皆呼萬歲。詞云：『牡丹半坼初經雨，雕檻翠幕朝陽。嬌困倚東風，羞謝了羣芳。』……此康伯可樂府所載。」

〔五〕「時節」二句，賀鑄《故鄴》詩：「山川氣象變，朝市繁華歇。白露復青蕪，茫茫换時節。」

〔六〕「算怎」二句，《離騷》：「恐鵜鴂之先鳴兮，使夫百草爲之不芳。」算，又也。

〔七〕「老冉」二句，「老冉冉其將至兮」，語出《離騷》，見本卷《蝶戀花·月下醉書雨巖石浪》詞（九畹芳菲蘭佩好闋）箋注。「丘何爲是棲棲者」，語出《論語·憲問》，見本書卷三《踏莎行·賦稼軒集經句》詞（進退存亡闋）箋注。

水調歌頭

送鄭厚卿赴衡州

寒食不小住①，千騎擁春衫〔一〕。衡陽石鼓城下，記我舊停驂〔二〕。襟以瀟湘桂嶺，帶以洞庭青草②，紫蓋屹西南③〔三〕。文字起《騷》《雅》，刀劍化耕蠶〔四〕。　看使君，於此事，定不凡〔五〕。奮髯抵几堂上，尊俎自高談〔六〕。莫信君門萬里，但使民歌五袴，歸詔鳳凰啣〔七〕。君去我誰飲？明月影成三。

【校】

①「小」，《六十名家詞》本作「少」，此從廣信書院本。　②「襟以」二句，四卷本乙集二「以」字均作「似」。「青」，四卷本作「春」。　③「西」，四卷本作「東」。

【箋注】

〔一〕「寒食」二句，「寒食小住爲佳」，見本書卷二《霜天曉角·旅興》詞（吴頭楚尾闋）箋注。千騎謂郡守，見本書卷一《滿江紅·再用前韻》詞（照影溪梅闋）箋注。韓愈《送鄭涵校理序並詩》：

「壽觴嘉節過，歸騎春衫薄。」

〔二〕「衡陽」二句，淳熙六年，郴州民陳峒竊發，湖南帥王佐檄流人馮湛帶兵鎮壓，稼軒時爲湖南轉運副使，以供應軍需嘗親臨前敵。本書卷二《阮郎歸·耒陽道中爲張處父推官賦》詞（山前燈火欲黄昏闋）對此有箋注。衡陽爲其親至之地，故有此追憶語。《輿地紀勝》卷五五《荆湖南路·衡州》：「石鼓山，在城東三里，有東巖、西溪、朱陵後洞。酈道元《水經注》云：『臨蒸縣有石鼓，高六尺，湘水所徑，鼓鳴則有兵革之事。』」舊停驂，李綱《題弄水亭》詩：「高樓吹角增離恨，古驛停驂憶舊遊。」

〔三〕「襟以」三句，《戰國策·秦策》四：「王襟以山東之險，帶以河曲之利，韓必爲關中之侯。」瀟湘，《輿地紀勝》卷五五《荆湖南路·衡州》：「湘水，自陽海發源，至零陵而營水會之，二水合流，謂之瀟湘。瀟湘者，水清深之名也。」桂嶺，《清一統志》卷二八二《永州府》：「桂嶺在寧遠縣西南四十里，古多丹桂，因爲鄉名，桂水出焉。少西又有梅嶺。」洞庭青草，《輿地紀勝》卷六九《荆湖北路·岳州》：「洞庭湖，《皇朝郡縣志》云：『在巴陵縣西南，連青草，亘赤沙七八百里。』」《方輿勝覽》卷二三《湖南路·潭州》：「青草湖，《志》：『南曰青草，北曰洞庭，所謂重湖。』」《清一統志》卷二八一《衡州府》：紫蓋，「紫蓋峰在衡山縣西北二十里。《荆州記》：『衡山有三峰極秀，曰紫蓋、石囷、芙蓉。』」《衡山記》：『紫蓋常有白鶴集其上，神芝靈草生焉。有石室在其下，香爐臼杵丹竈俱存。』」劉歊《樹萱録》：『南嶽諸峰皆朝於祝融，獨紫蓋一峰勢轉東去。』」

〔四〕「文字」二句，騷雅，指《離騷》、《詩經》。「刀劍」句，可參本書卷一《滿江紅》詞（倦客新豐闋）箋注。按：淳熙六年湖南帥王佐鎮壓湖南民陳峒起義時，湖南轉運司曾主張適時恢復生産。《尚書王公墓志銘》載：「賊知湛至，而廣南守備已嚴，乃驅載所掠輜重由間道歸宜章。轉運司聞之，即移諸州，以爲賊已窮蹙，自守巢穴，毋以備禦妨農。」此二句又謂使盜賊轉化爲農民，亦其不誤農業生産之一貫主張也。

〔五〕「看使」三句，見本書卷一《念奴嬌·登建康賞心亭呈史留守致道》詞（我來弔古闋）箋注。

〔六〕「奮髯」二句，奮髯抵几，《漢書》卷八三《朱博傳》：「遷琅琊太守，齊部舒緩養名，博新視事，右曹掾史皆移病卧。博問其故，對言：『惶恐。』故事，二千石新到，輒遣吏存問致意，乃敢起就職。博奮髯抵几曰：『觀齊兒，欲以此爲俗邪？』乃召見諸曹史書佐及縣大吏，選視其可用者，出教置之，皆斥罷諸病吏，白巾走出府門，郡中大驚。」尊俎高談，《南史》卷九《陳紀》：「公論兵於廟堂之上，決勝於尊俎之間。」

〔七〕「莫信」三句，君門萬里，《舊唐書》卷一九〇《劉蕡傳》：「君門萬里而不得告訴，士人無所歸化，百姓無所歸命。」民歌五袴，《後漢書》卷六一《廉范傳》：「建初中，遷蜀郡太守。其俗尚文辯，好相持短長。范每厲以淳厚，不受偷薄之説。成都民物豐盛，邑宇逼側。舊制，禁民夜作，以防火災，而更相隱蔽，燒者日屬。范乃毁削先令，但嚴使儲水而已。百姓爲便，乃歌之曰：

『廉叔度，來何暮？不禁火，民安作。平生無襦今五袴。』」鳳凰銜詔，見本卷《滿江紅·送信守鄭舜舉被召》詞（湖海平生闋）箋注。

〔八〕「明月」句，李白《月下獨酌》詩：「花間一壺酒，獨酌無相親。舉杯邀明月，對影成三人。」

鷓鴣天

鄭守厚卿席上謝余伯山，用其韻〔一〕

夢斷京華故倦游，只今芳草替人愁〔二〕。《陽關》莫作三疊唱，越女應須爲我留〔三〕。

看逸韻，自名流，青衫司馬且江州〔四〕。君家兄弟真堪笑，箇箇能修五鳳樓〔五〕。

【箋注】

〔一〕題，余伯山，名禹績，上饒人。岳珂《桯史》卷一三《范碑詩跋》條：「趙履常崇憲所刊四説堂山谷《范滂傳》，余前記之矣。後見跋卷，乃太府丞余伯山禹績之六世祖若著倅宜州日，因山谷謫居是邦，慨然爲之經理舍館，遂遣二子滋、滸從之游。……率以夜遣二子奉几杖，執諸生禮。一日攜紙求書，山谷問以所欲，拱而對。……伯山前輩老成，嘗爲九江校官，余猶及同班行。」明周季鳳所作《山谷集序》，亦有「余禹績諸人謂其饑寒窮死無愧東都黨錮」語，見《山谷集》卷首。〔乾隆〕《鉛山縣志》卷九《選舉》：「淳熙二年乙未詹騤榜，余禹績，四十五都人。」另據卷二《坊鄉》，四十五都在上饒縣西南乾元鄉。而《永樂大典》卷六六九七江字韻《九江府志》之《碑碣門》載余禹績所撰《江州重建煙水亭記》，有云：「紹熙甲寅春，吳興沈公祖德，以列卿之望來蒞兹郡。……乃季秋，命役築堤，併湖拓基承宇。……乃命書其事云。紹熙甲寅孟冬望日記，文林郎充江州州學教授余禹績撰。」甲寅爲紹熙五年。《稼軒詞編年箋注》謂此詞作於紹熙初。有云：「右《鷓鴣天》二首，用同韻，當是同時作。前闋題中稱鄭守厚卿，知必作於鄭氏罷衡州守復歸上饒家居之時，非紹熙元年當即二年也。」此考未當。其一，鄭如崈非上饒人，其罷衡州守之後當歸其居地，而非上饒。其二，右詞乃鄭氏赴衡州任時途經上饒宴請信州友人，稼軒次余伯山之韻所賦，非鄭氏罷任時也。查右詞下半闋有「青衫司馬且江州」句，此明是余伯山未赴任時語，蓋謂其且將爲教授於江州也。是淳熙十五年余氏尚待闕之證，殆三四年後方得赴教授任也。因將右詞改編於稼軒送鄭如崈赴衡州任諸詞之後。次首同時所作，亦附於此。

〔二〕「夢斷」二句，故倦游，《史記》卷一一七《司馬相如列傳》：「今文君已失身於司馬長卿，長卿故倦游。」《集解》：「厭遊宦也。」替人愁，王安石《隴東西二首》詩：「祇有月明西海上，伴人征戍替人愁。」

〔三〕「陽關」二句，陽關三疊，蘇軾《和孔密州五絶·見邸家園留題》詩：「陽關三疊君須秘，除却膠西不解歌。」《施注蘇詩》卷一二：「漢於燉煌龍勒縣置陽關，後人因以《陽關》名曲。按先生《詩話》：『舊傳《陽關》三疊，然今世歌者，每句再疊而已。若通一首言之，又是四疊，皆非是。或每句二唱，以應三疊之説，則叢然無復節奏。余在密州，有文勛長官者，以事至密，自云得古本《陽關》，其聲宛轉淒斷，不類向之所聞。每句皆再唱，而第一句不疊，乃知古本三疊蓋如此。

及在黄州，偶讀樂天《對酒》詩云：相逢且莫推辭醉，聽唱《陽關》第四聲。注云：第四聲，勸君更盡一杯酒。以此驗之，則第一句不疊審矣。』」越女留，韓愈《劉生》詩：「洪濤春天禹穴幽，越女一笑三年留。」按：鄭如寯既爲處州青田人，故有越女云云也。

〔四〕「青衫」句，見本書卷一《滿江紅·贛州席上呈太守陳季陵侍郎》詞（落日蒼茫闋）箋注。

〔五〕「君家」二句，《宋朝事實類苑》卷六三引《楊文公談苑》：「韓浦、韓洎，晉公滉之後，咸有辭學。浦善聲律，洎能古文，意常輕浦，語人曰：『吾兄爲文，譬如繩樞草舍，聊庇風雨。予之爲文，是造五鳳樓手。』浦性滑稽，竊聞其言，因有親知遺蜀箋，浦題作一篇，以其箋貽洎曰：『十樣蠻箋出益州，寄來新自浣溪頭。老兄得此全無用，助爾添修五鳳樓。』」按：右所謂君家兄弟，蓋指余伯山兄弟也。自紹興二十七年四十五都人余禹成登第之後，至淳熙十四年余禹壽、余禹安登第，中間淳熙二年又余禹和、余禹績登第，余氏兄弟共五人登第，見〔乾隆〕《鉛山縣志》卷九《選舉表》，故真可謂之造五鳳樓。詳可參《漁家傲·爲余伯熙壽》詞（道德文章傳幾世闋）箋注。下半闋語余伯山也。

又

和人韻，有所贈〔一〕

趁得春風汗漫游①，見他歌後怎生愁〔二〕。事如芳草春長在，人似浮雲影不留〔三〕。眉黛斂，眼波流，十年薄倖謾揚州②〔四〕。明朝短櫂輕衫夢，只在溪南罨畫樓〔五〕。

【校】

①「春」，四卷本丁集作「東」，王詔校刊本、《六十名家詞》本、四印齋本作「西」，此從廣信書院本。②「謾」，王詔校刊本、《六十名家詞》本、四印齋本作「説」。

【箋注】

〔一〕題，右詞次前韻，贈别席上歌伎之作。

〔二〕「趁得」二句，汗漫游，見本書卷一《水調歌頭·和王正之右司吴江觀雪見寄》詞（造物故豪縱闋）箋注。見他歌後，《稼軒詞編年箋注》謂「『後』，即今口語之『啊』」。前已辨之。查前代詩人如隋李德林《相逢狹路間》：「流水琴前韻，飛塵歌後輕。」唐劉昚虚《海上詩送薛文學歸海東》詩：「日暮驪歌後，永懷空滄洲。」宋韋驤《和季春初牡丹花》詩：「曾經唐苑聲歌後，不是隋園剪綵來。」曾鞏《郊祀慶成》詩：「即祚謳歌後，欽柴禮數新。」李之儀《失題九首》詩：「紅淚半殘歌後燭，翠濤低湧夢回風。」皆不作啊字，仍應作前後之後解，或作罷解，可證知也。

〔三〕「事如」二句，事如芳草，王之相《春日書事呈歷陽縣蘇仁仲八首》詩：「情似長江流不斷，事如芳草剗還生。」人似浮雲，周紫芝《沈季卿出元具茨王相山詩卷相示兩翁雖存没異途而均爲不偶讀之良增慨歎爲題軸尾》詩：「人似浮雲忽吹散，老夫雖健鬢成絲。」

〔四〕「十年」句，杜牧《遣懷》詩：「落魄江湖載酒行，楚腰纖細掌中輕。十年一覺揚州夢，贏得青樓薄倖名。」

〔五〕罨畫樓，高似孫《緯略》卷七《罨畫》條：「《墨客揮犀》曰：『罨畫，今之生色也。余嘗謂五采彰施於五服，此固生色之始也。』」趙希鵠《洞天清録・金碧山水》條：「唐小李將軍始作金碧山水，其後王晉卿、趙大年，近日趙千里，皆爲之。大抵山水初無金碧，承墨之分，要在心匠布置如何耳。若多用金碧，如今生色罨畫之狀，而略無風韻，何取乎墨？其爲病，則均耳。」

蝶戀花

送祐之弟〔一〕

衰草斜陽三萬頃①，不算飄零，天外孤鴻影〔二〕。幾許淒涼先痛飲，行人自向江頭醒。

會少離多看兩鬢〔三〕，萬縷千絲，何況新來病！不是離愁難整頓②，被他引惹其他恨③。

【校】

①「斜」，四卷本甲集、《中興絶妙詞選》卷三作「殘」，此從廣信書院本。②「整頓」，廣信書院本原作「頓整」，此據四卷本、《中興絶妙詞選》改。③「其他」，《六十名家詞》本作「許多」。

【箋注】

〔一〕題，祐之弟，即辛次膺之孫辛助。王份《宋故資政殿學士左通議大夫致仕東萊郡開國侯贈左光禄大夫辛公墓志銘》：「公諱次膺，字起李，其先隋司隸大夫公義，葬東萊之萊陽。八世祖徙郡中之南城，今爲掖人。……壬戌冬，季弟調浮梁簿，同迎侍之任，因卜築於邑之南城。……男種學，右承議郎。孫助，將仕郎。」(見《江西出土墓志選編》)《菱湖辛氏族譜》之《隴西派下支分萊州世系》：「迎公次子助公，字祐之，行第五。終朝散郎、知荆門軍。本種學公子，過房。」《南澗甲乙稿》卷一六《跋辛起李得孫詩》：「辛公以直道勁節，意忤時相，閑廢退藏者十有餘年。既得一孫，賦詩自慰，優游平淡，氣恬而意新，有德之言也。然晚預大政，名德昭垂，以享高壽。今其孫頎然出而世其家矣，天之祐善顧可量耶？」陳傅良《止齋集》卷四二《跋辛簡穆公書》：「簡穆公行藏見國史，且天下能道之，余不復道。曩余守桂陽，歲旱，流言往往以郴桂間民略死徙矣。祐之時在長沙幕府，具以所聞言之故帥直徽猷閣潘公德鄜。潘公下其説兩郡，蓋甚侵余與丁端叔也。余二人頗恨，然忌幕府不敢白。已而識祐之，乃佳士耳。余既相得，會他郡巡檢下軍人廩不繼，屬祐之即其廬勞苦之。天大寒，彌兩月，雨雪没馬股，祐之崎嶇行盡闔郡，得軍中人之心以歸。余方恨賢勞，而祐之欣欣無一咎言，以是益知其人，苟便於民，雖極言不以爲口過；苟不便於身，雖忘言可也。簡穆公爲有後矣。」按：辛次膺於紹興九年奉祠退閑，見《宋史》卷三八三《辛次膺傳》。辛助爲其長孫，既生於其退閑之時，則應在紹興二十年前後。簡穆即辛次膺。以上二跋，一謂「今其孫頎然出而世其家矣」，一記辛祐之在湖南帥幕時事跡。潘德鄜名畤，其自知廣州進直徽猷閣知潭州，在淳熙十三年下半年。《朱文公文集》卷九四《直顯謨閣潘公墓志銘》：「除直秘閣知廣州，……進直徽猷閣知潭州。」《宋會要輯稿·食貨》二八之二五：「淳熙十三年七月四日，知廣州潘畤言。」而陳傅良知桂陽軍在淳熙十四年。丁端叔名逢，晉陵人，時知郴州。則陳傅良所記與辛助交往事，亦必在淳熙十四年。據以下《滿江紅·

和楊民瞻送祐之弟還侍浮梁》詞題，知辛助訪稼軒之後，即還浮梁侍親。可知其來訪稼軒，殆即湖南帥幕任滿，於歸途經行上饒時事。則稼軒送別諸作，皆應賦於淳熙十五年。

〔二〕「衰草」三句，衰草斜陽三萬頃，曹勛《轉調選冠子・宿石門》詞：「千里還是，關河冷落，斜陽衰草。」陳襲善《漁家傲》詞：「衰草斜陽無限意，誰與寄。」蘇軾《小飲公瑾舟中》詩：「此去澄江三萬頃，只應明月照還空。」孤鴻影，蘇軾《卜算子・黄州定惠院寓居作》詞：「時見幽人獨往來，縹緲孤鴻影。」

〔三〕會少離多，《九家集注杜詩》卷一〇《別唐十五誡因寄禮部賈侍郎》詩：「九載一相逢，百年能幾何。」注引《古詩》：「百年能幾何，會少別離多。」

鵲橋仙

和范廓之，送祐之弟歸浮梁①〔一〕

小窗風雨〔二〕，從今便憶，中夜笑談清軟。啼鴉衰柳自無聊，更管得離人腸斷〔三〕？　詩書事業，青氈猶在，頭上貂蟬會見〔四〕。莫貪風月卧江湖，道日近長安路遠〔五〕。

【校】

①題，四卷本乙集作「送祐之歸浮梁」，此從廣信書院本。然廣信本「廓」原作「先」，據《中興絶妙詞選》卷三《和廓之弟送祐之歸浮梁》之題徑改。

【箋注】

〔一〕題，浮梁，《輿地紀勝》卷二三《江南東路・饒州》：「浮梁縣，在州東北一百五十里。」〔雍正〕

《江西通志》卷一一《饒州府》：「最高山在浮梁縣南里許，宋辛次膺寓此。」同書卷九六：「辛次膺字起李，萊州人。幼孤，從母依外氏王聖美於丹徒，俊慧力學，日誦千言。甫冠，登政和二年進士第。歷官爲單父丞，值山東亂，舉室南渡，寓居浮梁縣之最高山。」

〔二〕「小窗」句，孫覿《別如老》詩：「小窗風雨夜，對此二榻横。」

〔三〕「啼鴉」二句，啼鴉哀柳，周邦彦《慶春宫·悲秋》詞：「衰柳啼鴉，驚風驅雁，動人一片秋聲。」更管得，哪管得。

〔四〕「詩書」三句，詩書事業，廖行之《題舅氏耕隱圖》詩：「詩書事業可公卿，垂上青冥却反耕。」青氈，見本書卷三《水調歌頭·席上用王德和推官韻壽南澗》詞（上界足官府闋）箋注。貂蟬，見本書卷二《水調歌頭·淳熙丁酉自江陵移帥隆興……席間次韻》詞（我飲不須勸闋）箋注。

〔五〕「莫貪」二句，貪風月，釋齊己《招湖上兄弟》詩：「忍貪風月當年少，不寄音書慰老夫。」日近長安遠，《世説新語·夙慧》：「晉明帝數歲，坐元帝膝上，有人從長安來，元帝問洛下消息，潸然流涕。明帝問何以致泣，具以東渡意告之。因問明帝：『汝意謂長安何如日遠？』答曰：『日遠，不聞人從日邊來，居然可知。』元帝異之。明日集羣臣宴會，告以此意，更重問之，乃答曰：『日近。』元帝失色曰：『爾何故異昨日之言邪？』答曰：『舉目見日，不見長安。』」

臨江仙

醉宿崇福寺，寄祐之弟。祐之以僕醉先歸①〔一〕

莫向空山吹玉笛，壯懷酒醒心驚。四更霜月太寒生。被翻紅錦浪，酒滿玉壺冰〔二〕。

小陸未須臨水笑，山林我輩鍾情〔三〕。今宵依舊醉中行。試尋殘菊處，中路候淵明〔四〕。

【校】

①題，四卷本甲集「祐之弟」三字闕，此據廣信書院本。

【箋注】

〔一〕題，〔嘉靖〕《廣信府志》卷一九《上饒縣》：「崇福院在乾元鄉，宋淳化中建。」按：據〔乾隆〕《上饒縣志》卷二，乾元鄉在縣西南。韓淲《澗泉集》卷一有《秋日郊行題崇福寺大井》詩，應即指此。同書卷七卷一九又有《崇福庵》詩，亦指崇福寺。查辛助歸浮梁，當自上饒乘舟至鄱陽，故崇福寺應在上饒西南信江畔，爲稼軒設宴送別之地。

〔二〕「被翻」二句，被翻紅錦浪，柳永《蝶戀花》詞：「酒力漸濃春思蕩，鴛鴦繡被翻紅浪。」李清照《鳳凰臺上憶吹簫》詞：「香冷金猊，被翻紅浪。」玉壺冰，鮑照《代白頭吟》：「直如朱絲繩，清如玉壺冰。」

〔三〕「小陸」二句，小陸臨水笑，《晉書》卷五四《陸雲傳》：「雲字士龍，六歲能屬文，性清正，有才理。少與兄機齊名，雖文章不及機，而持論過之，號曰二陸。……吴平，入洛，機初詣張華，華問雲何在，機曰：『雲有笑疾，未敢自見。』俄而雲至，華爲人多姿制，又好帛繩纏鬚，雲見而大笑不能自已。先是，嘗著縗絰上船，於水中顧見其影，因大笑落水，人救獲免。」我輩鍾情，《世説新語·傷逝》：「王戎喪兒萬子，山簡往省之，王悲不自勝。簡曰：『孩抱中物，何至於此？』王曰：『聖人忘情，最下不及情。情之所鍾，正在我輩。』」

〔四〕「中路」句，《南史》卷七五《陶潛傳》：「江州刺史王弘欲識之，不能致也。潛嘗往廬山，弘令潛故人龐通之齎酒具於半道栗里要之。潛有腳疾，使一門生二兒舉籃轝，及至，欣然便共飲酌，俄頃弘至，亦無忤也。」蘇軾《次韻答孫侔》詩：「但得低頭拜東野，不辭中路伺淵明。」

又

再用韻，送祐之弟歸浮梁①

鐘鼎山林都是夢，人間寵辱休驚〔一〕。只消閑處過平生。酒杯秋吸露，詩句夜裁冰。　記取小窗風雨夜，對牀燈火多情〔二〕。問誰千里伴君行。曉山眉樣翠②，秋水鏡般明〔三〕。

【校】

①題，四卷本甲集作「和前韻」，此從廣信書院本。　②「曉」，四卷本作「晚」。

【箋注】

〔一〕「鐘鼎」二句，鐘鼎山林，見本書卷三《水調歌頭·席上用王德和推官韻壽南澗》詞（上界足官府闋）箋注。寵辱休驚，《老子》：「寵辱若驚，貴大患若身。何謂寵辱若驚？寵爲下，得之若驚，失之若驚，是謂寵辱若驚。」

〔二〕「記取」二句，《漁隱叢話》前集卷三八引《王直方詩話》：「東坡喜韋蘇州詩『寧知風雨夜，復此對床眠』之句，故在鄭別子由云：『寒燈相對記疇昔，夜雨何時聽蕭瑟。』又初秋子由與坡相從彭城，賦詩云：『誤喜對牀尋舊約，不知飄泊在彭城。』子由使遼，在神水館賦詩云：『夜雨從來對榻眠，兹行萬里隔湖天。』坡在御史獄有云：『他年夜雨獨傷神。』在東府有云：『對牀定悠悠，夜雨今蕭瑟。』其同轉對有云：『對牀貪聽連宵雨。』又曰：『對牀欲作連夜雨。』又云：『對牀老兄弟，夜雨鳴竹屋。』此其兄弟所賦也。相約退休，可謂無日忘之，然竟不能成其約，其意見於《逍遥堂詩叙》云。」

〔三〕「曉山」二句，眉樣翠，楊萬里《曉霧》詩：「政是春山眉樣翠，被渠淡粉作糊塗。」秋水鏡，周紫芝《臨江仙》詞：「忍將秋水鏡，容易與君分。」

菩薩蠻〔一〕

西風都是行人恨，馬頭漸喜歸期近。試上小紅樓，飛鴻字字愁〔二〕。闌干閑倚處，一帶山無數。不似遠山横，秋波相共明〔三〕。

【箋注】

〔一〕題，右詞無題，四卷本未收。查廣信書院本次第，其與下一首皆置於同調《送祐之弟歸浮梁》詞之前，乃中年送人之作，雖不能確指所送亦必辛祐之，然據其排序，當列置其前後，似無不妥也。

〔二〕「試上」二句，小紅樓，晏幾道《御街行》詞：「塔兒南畔城兒裏，第三個橋兒外。瀕河西岸小紅樓，門外梧桐雕砌。」飛鴻字字愁，秦觀《減字木蘭花》詞：「困倚危樓，過盡飛鴻字字愁。」

〔三〕「不似」二句，遠山、秋波，以山水擬比眉眼。《西京雜記》卷二：「文君姣好，眉色如望遠山，臉際常若芙蓉，肌膚柔滑如脂。」張詠《筵上贈小英》詩：「不然何得膚如紅玉初碾成，眼似秋波雙臉横？」

又

功名飽聽兒童説，看公兩眼明如月〔一〕。萬里勒燕然，老人書一編〔二〕。　玉階方寸地，好趁風雲會〔三〕。他日赤松遊，依然萬户侯〔四〕。

【箋注】

〔一〕「看公」句，蘇軾《臺頭寺雨中送李邦直赴史館分韻得憶字人字兼寄孫巨源二首》詩：「看君兩眼明如鏡，休把春秋坐素臣。」

〔二〕「萬里」二句，萬里勒燕然，《後漢書》卷五三《竇憲傳》：「會南單于請兵北伐，乃拜憲車騎將軍，金印紫綬，官屬依司空。以執金吾耿秉爲副，發北軍五校、黎陽雍營、緣邊十二郡騎士及羌胡兵出塞。……憲分遣副校尉閻盤、司馬耿夔、耿譚，將左谷蠡王師子、右呼衍王須訾等精騎萬餘，與北單于戰於稽落山，大破之。虜衆崩潰，單于遁走。追擊諸部，遂臨私渠北鞮海，斬名王已下萬三千級，獲生口馬牛羊橐駝百餘萬頭。於是温犢須日逐温吾夫渠王柳鞮等八十一部率衆降者，前後二十餘萬人。憲秉遂登燕然山，去塞三千餘里，刻石勒功，紀漢威德，令班固作銘。」老人書一編，即老父所出《太公兵法》。見本書卷二《木蘭花慢·席上送張仲固帥興元》詞（漢中開漢業閱）箋注。

〔三〕「玉階」二句，玉階方寸地，《新唐書》卷一一二《員半千傳》：「咸亨中上書自陳：『……行年三十，懷志潔操，未蒙一官，不能陳力。歸報天子，陛下何惜玉陛方寸地，不使臣披露肝膽乎？』」風雲會，《漢書》卷一〇〇《叙傳》：「商鞅挾三術以鑽孝公，李斯奮時務而要始皇。彼皆躡風雲之會，履顛沛之勢，據徼乘邪，以求一日之富貴。」

〔四〕「他日」二句，《史記》卷五五《留侯世家》：「留侯乃稱曰：『家世相韓，及韓滅，不愛萬金之資，爲韓報讎彊秦，天下振動。今以三寸舌爲帝者師，封萬户，位列侯，此布衣之極，於良足矣。願棄人間事，欲從赤松子遊耳。』乃學辟穀，導引輕身。」

又

送祐之弟歸浮梁

無情最是江頭柳，長條折盡還依舊〔一〕。木葉下平湖，雁來書有無〔二〕？　雁無書尚可，好語憑誰和①〔三〕？風雨斷腸時，小山生桂枝〔四〕。

【校】

①「好」，四卷本甲集作「妙」，此從廣信書院本。

【箋注】

〔一〕「無情」二句，江頭柳，貫休《春送僧》詩：「不能更折江頭柳，自有青青松柏心。」長條折盡，白居易《青門柳》詩：「青青一樹傷心色，曾入幾人離恨中。爲近都門多送别，長條折盡減春風。」

〔二〕「木葉」二句，木葉下，《楚辭·九歌·湘夫人》：「嫋嫋兮秋風，洞庭波兮木葉下。」雁來書，唐人《濮陽女》詩：「雁來書不至，月照獨眠房。」張舜民《賣花聲》詞：「試問寒沙新到雁，應有來書。」

〔三〕「雁無」二句，尚可，還行，謂無書不算大事也。憑，任，讓也。

〔四〕「風雨」二句，風雨斷腸，韋莊《應天長》詞：「夜夜緑窗，風雨斷腸君信否。」小山生桂枝，《楚辭·招隱士》：「桂樹叢生兮山之幽，偃蹇連蜷兮枝相繚。……猨狖羣嘯兮虎豹嘷，攀援桂枝兮聊淹留。」黄庭堅《題子瞻寺壁小山枯木》詩：「却來獻納雲臺表，小山桂枝不相忘。」按：《楚辭》載淮南王劉安有《招隱士序》，謂淮南小山之所作也。張孝祥《和都運判院韻輒記即事》詩：「平生煙霞成痼疾，置在朝市殊不宜。夢尋歸路向何許，淮南小山生桂枝。」

滿江紅

和楊民瞻送祐之弟還侍浮梁①〔一〕

塵土西風，便無限淒凉行色。還記取明朝應恨，今宵輕别。珠淚争垂華燭暗，雁行欲斷哀筝切②〔二〕。看扁舟幸自澀清溪，休催發。　白石路③〔三〕，長亭側④。千樹柳，千絲結。

怕行人西去，櫂歌聲闋〔四〕。黄卷莫教詩酒污，玉階不信仙凡隔〔五〕。但從今伴我又隨君，佳哉月！

【校】

①題，四卷本甲集「楊」字闕，此從廣信書院本。②「欲」，四卷本作「中」。③「石」，四卷本作「首」。④「側」，四卷本作「仄」。

【箋注】

〔一〕題，還侍浮梁，謂辛助之歸浮梁，以其親在堂。此或指其母王氏。可參本書卷九《感皇恩·慶嬸母王恭人七十》詞（七十古來稀闋）箋注。

〔二〕「雁行」句，《禮記·王制》：「父之齒隨行，兄之齒雁行。」黄庭堅《宜陽别元明用觴字韻》詩：「千秋風雨鶺求友，萬里雲天雁斷行。」杜甫《送李八秘書赴杜相公幕》詩：「哀箏傷老大，華屋豔神仙。」文彦博《見山樓小飲偶作》詩：「哀箏一行雁，小字數鈎銀。」

〔三〕白石路，白石爲稼軒送别辛助之地。〔乾隆〕《上饒縣志》卷二：「白石潭在縣南三十里來蘇鄉冷水嶺下，岸多白石，因名。」同卷：「小陸路自縣往西南，由白鶴渡四十五里至乾元鄉石溪，本府鉛山縣交界。」據此可知，稼軒送别之白石路，必在上饒縣西南。

〔四〕櫂歌聲闋，郭祥正《集于昌齡之舍》詩：「既觀舞袖垂，又聽歌聲闋。」

〔五〕「黄卷」二句，黄卷詩酒污，《新唐書》卷一一五《狄仁傑傳》：「狄仁傑字懷英，并州太原人。

爲兒時，門人有被害者，吏就詰，衆爭辨對，仁傑誦書不置。吏讓之，答曰：『黄卷中方與聖賢對，何暇偶俗吏語耶？』」杜甫《謁文公上方》詩：「久遭詩酒污，何事忝簪裾。」玉階仙凡隔，《漢書》卷九七《外戚傳》：「孝成班倢伃，帝初即位，選入後宫。……趙氏姊弟驕妒，倢伃恐久見危，求共養太后長信宫，上許焉。倢伃退處東宫，作賦自傷悼，其辭曰：『……華殿塵兮玉階苔，中庭萋兮緑草生。』」邵雍《過温寄鞏縣宰吴秘丞》詩：「相望咫尺仙凡隔，不得同陪三月遊。」

朝中措

崇福寺道中歸，寄祐之弟①

籃輿嫋嫋破重岡〔一〕，玉笛兩紅妝。這裏都愁酒盡，那邊正和詩忙。　爲誰醉倒，爲誰歸去？都莫思量。白水東邊籬落，斜陽欲下牛羊〔二〕。

【校】

①題，廣信書院本原作「醉歸寄祐之弟」，此據四卷本甲集改。

【箋注】

〔一〕籃輿，方以智《通雅》卷三五：「筻輿，編輿也，晉以來謂之籃輿，或曰擔子，猶兜子也。」

〔二〕「斜陽」句，《詩·王風·君子於役》：「日之夕矣，羊牛下來。」

又

夜深殘月過山房，睡覺北窗涼〔一〕。起繞中庭獨步，一天星斗文章〔二〕。　朝來客話：「山林鐘鼎〔三〕，那處難忘？」「君向沙頭細問，白鷗知我行藏。」

【箋注】

〔一〕「睡覺」句，蘇軾《次韻許遵》詩：「此味只憂兒輩覺，逢人休道北窗涼。」

〔二〕「起繞」二句，起繞中庭，蘇轍《夏夜對月》詩：「大火直南方，萬物委爐炭。微雲吐涼月，中夜初一浣。老人氣如縷，枕簟亦流汗。披衣繞中庭，星斗嘒相粲。」星斗文章，杜牧《華清宫三十韻》詩：「雷霆馳號令，星斗煥文章。」

〔三〕山林鐘鼎，見本書卷三《水調歌頭·席上用王德和推官韻壽南澗》詞（上界足官府闋）箋注。

浪淘沙

山寺夜半聞鐘〔一〕

身世酒杯中，萬事皆空。古來三五箇英雄，雨打風吹何處是〔二〕，漢殿秦宫？　夢入少年叢〔三〕，歌舞匆匆。老僧夜半誤鳴鐘〔四〕。驚起西窗眠不得，捲地西風〔五〕。

【箋注】

〔一〕題，右詞及以下《南歌子》、《鷓鴣天》諸詞，皆夜宿山間或山寺聞鐘之作，作年或有早晚之差，然難細辨，大體均爲淳熙後期所作，故一併彙録於送別辛助諸詞之後。

〔二〕「古來」二句，三五箇英雄，言自古以來英雄亦不多見也。《寒山詩》：「大有好笑事，略陳三五箇。」雨打風吹，白居易《微之宅殘牡丹》詩：「殘紅零落無人賞，雨打風吹花不全。」

〔三〕「夢入」句，白居易《贈夢得》詩：「放醉卧爲春日伴，趁歡行入少年叢。」曾鞏《錢塘上元夜祥符寺陪咨臣郎中文燕席》詩：「白髮蹉跎歡意少，强顔猶入少年叢。」

〔四〕「老僧」句，王楙《野客叢書》卷二六《半夜鐘》：「歐公云：唐人有『姑蘇城外寒山寺，夜半鐘聲到客船』之句，説者云：『句則佳也，其如三更不是打鐘時？』《王直方詩話》引于鵠、白樂天、温庭筠半夜鐘句，以謂唐人多用此語。《詩眼》又引齊武帝景陽樓有三更鐘，丘仲孚讀書限中宵鐘，阮景仲守吴興禁半夜鐘爲證。或者以爲無常鐘。僕觀唐詩言半夜鐘甚多，不但此也。如司空文明詩曰：『杳杳疏鐘發，中宵獨聽時。』王建《宫詞》曰：『未卧嘗聞半夜鐘。』陳羽詩曰：『隔水悠揚半夜鐘。』許渾詩曰：『月照千山半夜鐘。』按許渾居朱方，而詩爲華嚴寺作，正在吴中，益可驗吴中半夜鐘爲信然。」《西溪叢語》卷下：「齊丘仲孚少好學讀書，常以中宵鐘鳴爲限。唐人張繼詩：『夜半鐘聲到客船。』則半夜鐘其來久矣。」

〔五〕「驚起」二句，西窗眠，陸龜蒙《引泉》詩：「寒聲入爛醉，聒破西窗眠。」捲地西風，李彌遜《次韻林褒然知縣留題筠莊因寄之二首》詩：「只愁捲地西風裏，幽夢圓時與子妨。」

南歌子 山中夜坐①

世事從頭減，秋懷徹底清〔一〕。夜深猶送枕邊聲②，試問清溪底事未能平③〔二〕？　月到愁邊白〔三〕，雞先遠處鳴。是中無有利和名，因甚山前未曉有人行？

【校】

①題，廣信書院本、四卷本乙集俱闕，此從王詔校刊本、《六十名家詞》本、四印齋本補。②「送」，四卷本作「道」。③「未」，四卷本作「不」。

【箋注】

〔一〕「世事」二句，從頭減，蘇軾《漁家傲·贈曹光州》詞：「婚嫁事稀年冉冉，知有漸，千鈞重擔從頭減。」徹底清，白居易《酬嚴中丞晚眺黔江見寄》詩：「晚後連天碧，秋來徹底清。」

〔二〕「試問」句，《昌黎集》卷一九《送孟東野序》：「大凡物不得其平則鳴。草木之無聲，風撓之鳴。水之無聲，風蕩之鳴。」

〔三〕「月到」句，黄庭堅《減字木蘭花·丙子仲秋黔守席上客有舉杜工部中秋詩曰今夜鄜州月閨中只獨看遥憐小兒女未解憶長安因戲作》詞：「想見牽衣，月到愁邊總未知。」

鷓鴣天

木落山高一夜霜，北風驅雁又離行〔一〕。無言每覺情懷好，不飲能令興味長〔二〕。頻聚散，試思量，爲誰春草夢池塘〔三〕？中年長作東山恨，莫遣離歌苦斷腸〔四〕。

【箋注】

〔一〕「木落」二句，木落山高，李正民《寄和叔》詩：「木落山高斷旅魂，可堪雲水隔煙村。」北風驅雁，《洛陽伽藍記》卷五《凝圓寺》條：「是時八月，天氣已冷，北風驅雁，飛雪千里。」鮑照《代白紵曲二首》：「窮秋九月荷葉黄，北風驅雁天雨霜。夜長酒多樂未央。」

〔二〕興味長，《晁氏客語》：「唐杜牧詣僧，僧不識，人言其名亦不省。故詩云：『家住城南杜曲傍，兩枝仙桂一時芳。山僧都不知名姓，始覺空門興味長。』」

〔三〕春草夢池塘，《南史》卷一九《謝惠連傳》：「惠連年十歲，能屬文，族兄靈運加賞之，云：『每有篇章，對惠連輒得佳語。』嘗於永嘉西堂思詩，竟日不就，忽夢見惠連，即得『池塘生春草』，大以爲工。嘗云：『此語有神功，非吾語也。』」按：謝靈運詩題爲《登池上樓》。

〔四〕「中年」二句，謝安對王羲之語，可參本書卷二《水調歌頭·淳熙己亥自湖北漕移湖南周總領王漕趙守置酒南樓席上留别》詞（折盡武昌柳閺）箋注。東山謂謝安也。莫遣，遣，使，讓也。

又 席上再用韻

水底明霞十頃光，天教鋪錦襯鴛鴦〔一〕。最憐楊柳如張緒，却笑蓮花似六郎〔二〕。　方竹簟，小胡牀〔三〕，晚來消得許多涼①〔四〕。背人白鳥都飛去〔五〕，落日殘鴉更斷腸。

【校】

①「來」，四卷本乙集作「風」，此從廣信書院本。

【箋注】

〔一〕「水底」二句，曾慥《類説》卷五七《池底鋪錦》條引《王直方詩話》：「王建宫詞：『魚藻宫中鎖翠娥，先皇行處不曾過。如今池底休鋪錦，菱角雞頭積漸多。』李石《開成承詔録》：『文宗論德宗奢靡云，聞得禁中老宫人，每引流泉，先於池底鋪錦。』則知建詩皆摭實，非鑿空語也。」

〔二〕「最憐」二句，楊柳如張緒，《南史》卷三一《張緒傳》：「劉悛之爲益州，獻蜀柳數株，枝條甚長，狀若絲縷。時舊宫芳林苑始成，武帝以植於太昌靈和殿前，常賞玩咨嗟，曰：『此楊柳風流可愛，似張緒當年時。』其見賞愛如此。」蓮花似六郎，《舊唐書》卷九〇《楊再思傳》：「時張易之兄司禮少卿同休，嘗奏請公卿大臣宴於司禮寺，預其會者皆盡醉極歡。同休戲曰：『楊内史面似高麗。』再思欣然，請剪紙自帖於巾，却披紫袍，爲高麗舞，縈頭舒手，舉動合節，滿座嗤笑。又易之弟昌宗，以姿貌見寵幸，再思又諛之曰：『人言六郎面似蓮花，再思以爲蓮花似六郎，非六郎似蓮花也。』其傾巧取媚也如此。」同書卷九六《宋璟傳》：「當時朝列，皆以二張内寵，不名官，呼易之爲五郎，昌宗爲六郎。」

〔三〕胡牀，《後漢書》卷一三《五行志》：「靈帝好胡服、胡帳、胡牀、胡坐、胡飯、胡箜篌、胡笛、胡舞，京都貴戚皆競爲之，此服妖也。」《晉書》卷二七《五行志》上：「泰始之後，中國相尚用胡牀貊槃，及爲羌煮貊炙，貴人富室，必畜其器。」蕭常《續後漢書音義》卷四：「胡牀，今繩牀也。」王觀國《學林》卷四《繩牀》條：「繩牀者，以繩貫穿，爲坐物，即俗謂之交椅之屬是也。……古人稱牀榻非特卧具也，多是坐物。王羲之東牀坦腹而食，庾亮登南樓據胡牀與佐史談詠，桓伊吹笛據胡牀三弄，管寧家貧坐藜牀欲穿，陳蕃爲豫章太守，徐孺子來特設一榻，去則懸之。沈休文詩曰：『賓至下塵榻。』漢沛公踞牀，使兩女子洗足。凡此皆坐物也。」

〔四〕消得，享受得。

〔五〕「背人」句，杜甫《歸雁二首》詩：「萬里衡陽雁，今年又北歸。雙雙瞻客上，一一背人飛。」温庭筠《渭上題三首》詩：「呂公榮達子陵歸，萬古煙波繞釣磯。橋上一通名利跡，至今江鳥背人飛。」

水調歌頭

送信守王桂發①〔一〕

酒罷且勿起，重挽使君鬚②〔二〕。一身都是和氣，别去意何如？我輩情鍾休問，父老田頭説尹，淚落獨憐渠〔三〕。秋水見毛髮，千尺定無魚〔四〕。　望青闕，左黄閣，右紫樞〔五〕。東風桃李陌上，下馬拜除書〔六〕。屈指吾生餘幾，多病妨人痛飲③〔七〕，此事正愁余。江湖有歸雁，能寄草堂無〔八〕？

【校】

①題，四卷本乙集作「送太守王秉」。②「使」，廣信書院本、四卷本作「史」，此從王詔校刊本、《六十名家詞》本、四印齋本改。③「妨」，四卷本作「故」。

【箋注】

〔一〕題，信守王桂發，據四卷本乙集題作「送太守王秉」，知其名秉，而明清《廣信府志》俱不載其名，其何時守信更無記載可以確考。然查自淳熙十四年正月鄭汝諧被召之後，繼任信州守臣的正應是王秉。據《宋會要輯稿·職官》七二之四九載：「淳熙十五年十月二十六日，新知信州姚述堯主管亳州明道宫，以言者謂其貪有實跡，乞行寢罷故也。」而淳熙十六年十一月二十一日則有知信州莫漳放罷，紹熙元年六月十二日則有信州守臣梁季珌論事，分見《宋會要輯稿·職官》七二之五四、七三之一。因知淳熙末、紹熙初知信州有人可考，其失考者惟淳熙十四年至十五年之間，此必王秉守信之時也。據右詞下半闋，知其在信州任内被召，其被召時間或在淳熙十五年夏秋之交。右詞之作，即在是年秋。王秉事跡，史籍别無可考。

〔二〕「酒罷」二句，謝安嘗捋桓伊鬚，曰：「使君於此不凡。」見本書卷一《念奴嬌·登建康賞心亭呈史留守致道》詞(我來弔古闋)箋注。蘇軾《游東西巖》(即謝安東山也)詩:「挽鬚起流涕,始知使君賢。」《慶源宣義王丈以累舉得官……有書來求紅帶既以遺之且作詩爲戲請黄魯直學士秦少游賢良各爲賦一首爲老人光華》詩:「青衫半作霜葉枯,遇民如兒吏如奴。吏民莫作官長看,我是識字耕田夫。妻啼兒號刺史怒,時有野人來挽鬚。拂衣自注下下考,芋魁飯豆吾豈無。」

〔三〕「我輩」三句,《世説新語·傷逝》:「王戎喪兒萬子,山簡往省之。王悲不自勝,簡曰:『孩抱中物,何至於此?』王曰:『聖人忘情,最下不及情。情之所鍾,正在我輩。』」杜甫《遭田父泥飲美嚴中丞》詩:「步屧隨春風,村村自花柳。田翁逼社日,邀我嘗春酒。酒酣誇新尹,畜眼未見有。……語多雖雜亂,説尹終在口。」

〔四〕「秋水」二句,《文選》卷四五東方朔《答客難》:「水至清則無魚,人至察則無徒。」梅堯臣《和永叔晉祠》詩:「豈惟俯可見毛髮,况乃了了看龜魚。」

〔五〕「望青」三句,青闕,顔延之《直東宫答鄭尚書》詩:「流雲藹青闕,皓月鑑丹宫。」儲光羲《和中書徐侍郎》詩:「青闕朝初退,白雲遥在天。」黄閣、紫樞,李賀《昌谷集》卷六《通南康守桂宗博啓》:「想朱轓皂蓋之華,知歡迎於竹馬;登黄閤紫樞之選,恐趣召於鋒車。」黄閣謂中書門下省,紫樞謂樞密院。

〔六〕「東風」二句,蘇軾《和子由踏青》詩:「東風陌上驚微塵,遊人初樂歲華新。」《蘇魏公文集》卷四二《辭免西京第二表》：「趣拜除書，即赴新任。」

〔七〕「多病」句，陳師道《贈王聿修商子常二首》詩：「長病忍狂妨痛飲，晚雲朝雨滯晴空。」

〔八〕「江湖」二句，歐陽修《谷正至始得先所寄書及詩不勝喜慰因書數韻奉酬聖俞》詩：「春江有歸雁，但使音書繼。」李彭《寄珍首座》詩：「坐看氤氲處，緜緜詩思俱。應作牛腰束，能寄草堂無。」

江神子

和陳仁和韻〔一〕

玉簫聲遠憶驂鸞，幾悲歡？帶羅寬〔二〕。且對花前，痛飲莫留殘〔三〕。歸去小窗明月在，雲一縷，玉千竿〔四〕。　吴霜應點鬢雲斑〔五〕。綺窗閑，夢連環〔六〕。説與東風，歸興有無間①〔七〕。芳草姑蘇臺下路，和淚看，小屏山〔八〕。

【校】

①「興」，四卷本甲集作「意」，此從廣信書院本。

【箋注】

〔一〕題，右詞所賦，據首三句，知爲陳德明謫居信州期間，其妻病故，因賦此詞以慰寬耳。

〔二〕「玉簫」三句，玉簫聲遠憶驂鸞，杜牧《傷友人悼吹簫妓》詩：「玉簫聲斷没流年，滿目春愁隴樹煙。豔質已隨雲雨散，鳳樓空鎖月明天。」江淹《别賦》：「駕鶴上漢，驂鸞騰天。暫遊萬里，少别千年。」韓愈《送桂州嚴大夫》詩：「遠勝登仙去，飛鸞不假驂。」帶羅寬，簡文帝《當壚曲》：「欲知心恨急，翻令衣帶寬。」

〔三〕「痛飲」句，庾信《舞媚娘》詩：「少年惟有歡樂，飲酒那得留殘。」

〔四〕玉千竿，王安石《金陵報恩大師西堂方丈二首》詩：「蕭蕭出屋千竿玉，靄靄當窗一炷雲。」李壁注：「謂對竹燒香也。」

〔五〕「吴霜」句，李賀《還自會稽歌》：「吴霜點歸鬢，身與塘蒲晚。」按：陳德明雖爲寧德人，然寓居於平江府。《八瓊室金石補正》卷一一六載袁説友《吴下同年會詩小序》：「説友繆司〔憲〕畿〔甸〕，適遇提舉郎中元善年兄持節倉事，相與思念同年之在吴門者，凡數人，邂逅相遇，不有尊酒論文之集，殆缺文也。乃以紹熙改元之五日，會於姑蘇臺。……説友遂賦唐律一首，稍紀其事，以爲異日佳話云。……期不至者，章仲濟、周晞稷、王文卿、陳光宗。」故有此句。

〔六〕「綺窗」二句，綺窗閑，侯寘《西江月》詞：「可庭明月綺窗閑，簾幕低垂不捲。」夢連環，韓愈《送張道士》詩：「昨宵夢倚門，手取連環持。」《五百家注昌黎文集》卷二一：「孫曰：持連環以示還意。」黄庭堅《次韻斌老冬至書懷示子舟篇末見及之作因以贈子真歸》詩：「昨宵連環夢，秣馬待明發。」

〔七〕「説與」二句，淳熙十五年秋九月辛丑，宋廷大饗明堂，大赦。陳德明有望遇赦還鄉，故有此二語，疑右詞即作於是年秋冬間，蓋寄希望於明春也。

〔八〕「芳草」三句，姑蘇臺，《太平寰宇記》卷九一《江南東道·蘇州》：「姑蘇臺，吴王夫差爲西施造以望越。按《吴地志》云：『闔閭十一年起臺於胥門姑蘇山，山南造九曲路，高三百尺。』《越絶書》云：『臺高見三百里。』故太史公云『登姑蘇，望五湖』是此。」《輿地紀勝》卷五《兩浙西路·平江府》：「姑蘇臺，在吴縣西三百里，一名姑胥山。《淮南子》又名姑餘山。闔閭就山起臺，三年聚財，五年乃成，高見三百里。」小屏山，温庭筠《酒泉子》詞：「日映紗窗，金鴨小屏山碧。」蔡伸《菩薩蠻》詞：「翠被小屏山，曉窗燈影殘。」屏山即屏風。

又

和陳仁和韻①〔一〕

寶釵飛鳳鬢驚鸞，望重歡，水雲寬。腸斷新來，翠被粉香殘②〔二〕。待得來時春盡也，梅結子③，笋成竿〔三〕。　湘筠簾捲淚痕斑〔四〕。珮聲閑，玉垂環。箇裏温柔④，容我老其間〔五〕。却笑生平三羽箭⑤，何日去，定天山〔六〕？

【校】

①題，廣信書院本原闕，據四卷本乙集補。　②「粉」，四卷本作「暗」，後塗去未補。此從廣信書院本。　③「結」，四卷本作「着」。　④「温柔」，王詔校刊本、《六十名家詞》本、四印齋本作「柔温」。　⑤「生平」，四卷本作「將軍」。

【箋注】

〔一〕題，詳右詞詞意，乃陳德明來信上有新歡之後所賦。

〔二〕「翠被」句，《左傳·昭公十二年》：「楚使蕩侯潘子帥師圍徐以懼吴。次於乾溪，翠被豹舄。」注：「以翠羽飾被。」何遜《嘲劉郎》詩：「稍聞玉釧遠，猶憐翠被香。」李商隱《夜冷》詩：「西亭翠被餘香薄，一夜將愁向敗荷。」

〔三〕「梅結」二句，梅結子，温庭筠《吴苑行》：「錦雉雙飛梅結子，平春遠緑窗中起。」筍成竿，李彌遜《永遇樂·初夏獨坐西山釣臺新亭》詞：「曲徑通幽，小亭依翠，春事才過。看筍成竿，等花着果，永晝供閑坐。」

〔四〕「湘筠」句，湘筠即湘竹，又稱斑竹。可參本書卷三《蝶戀花·客有燕語鶯啼人乍遠之句用爲首句》詞（燕語鶯啼人乍遠閿）箋注。

〔五〕「箇裏」二句，見本卷《定風波·大醉自諸葛溪亭歸》詞（昨夜山公倒載歸閿）箋注。

〔六〕「却笑」三句，《舊唐書》卷八三《薛仁貴傳》：「領兵擊九姓突厥於天山，將行，高宗内出甲，令仁貴試之。上曰：『古之善射有穿七札者，卿且射五重。』仁貴射而洞之，高宗大驚，更取堅甲以賜之。時九姓有衆十餘萬，令驍健數十人逆來挑戰。仁貴發三矢，射殺三人。自餘一時下馬請降，仁貴恐爲後患，並坑殺之。更就磧北安撫餘衆，擒其僞葉護兄弟三人而還。軍中歌曰：『將軍三箭定天山，戰士長歌入漢關。』九姓自此衰弱，不復更爲邊患。」

沁園春

戊申歲，奏邸忽騰報，謂余以病掛冠，因賦此〔一〕

老子平生，笑盡人間，兒女怨恩①〔二〕。況白頭能幾，定應獨往；青雲得意，見説長存〔三〕。

抖擻衣冠，憐渠無恙，合掛當年神武門〔四〕。都如夢，算能争幾許，雞曉鐘昏〔五〕？此心無有親冤②，況抱甕年來自灌園〔六〕。但淒涼顧影，頻悲往事；慇勤對佛，欲問前因〔七〕。却怕青山，也妨賢路，休鬥尊前見在身〔八〕。山中友，試高吟楚些，重與招魂〔八〕。

【校】

①「恩」，王詔校刊本、《六十名家詞》本作「根」，此從廣信書院本。②「親」，廣信書院本原作「新」，《歷代詩餘》卷八九引此詞，作「親」，《稼軒詞編年箋注》從之。

【箋注】

〔一〕題，奏邸，宋代有都進奏院。然稼軒以病掛冠之消息似非邸報所載（掛冠應指致仕）。趙升《朝野類要》卷四《朝報》條：「日生事宜也。每日門下後省編定，請給事判報，方行下都進奏院，報行天下。其有所謂内探、省探、衙探之類，皆衷私小報，率有漏泄之禁，故隱而號之曰新聞。」《宋會要輯稿·刑法》二之一二五：「紹熙四年六月十九日，臣僚言，朝廷大臣之奏議，臺諫之章疏，内外之封事，士子之程文，機密謀畫，不可漏洩，今乃傳播街市，書坊刊行，流布四遠，事屬未便，乞嚴切禁止。……十月四日，臣僚言，恭惟國朝，置建奏院於京都，而諸路州郡亦各有進奏吏，凡朝廷已行之命令，已定之差除，皆以達於四方，謂之邸報，所從久矣。而比來有司防禁不嚴，遂有命令未行，差除未定，即時謄播，謂之小報，始自都下，傳之四方，甚者鑿空撰造，以無爲有，流布近遠，疑誤羣聽。且常程小事傳之不實，猶未害也。倘事干國體，或涉邊防，妄有流傳，爲害非細。乞申明有司，嚴行約束，應妄傳小報，許人告首，根究得實，斷罪追賞，務在必行。又言，朝廷逐日自有門下後省定本，經宰執始可報行。近年有所謂小報者，或是朝報未報之事，或是官員陳乞未曾施行之事，先傳於外，固已不可，至有撰造命令，妄傳事端，朝廷之差除，臺諫百官之章奏，以無爲有，傳播於外。訪聞有一使臣及閤門院子，專以探報此等事爲生，或得於省院之漏洩，或得於街市之剽聞，又或意見之撰造，日書一紙，以出局之後，省部寺監知雜司及進奏官悉皆傳授，坐獲不貲之利。以先得者爲功，一以傳十，十以傳百，以至遍達於州郡監司，人情喜新而好奇，皆以小報爲先，而以朝報爲常，真僞亦不復辨也。」以上臣僚所言，皆謂淳熙中後期以來，民間小報與邸報並行之情。戊申爲淳熙十五年，不知此年何時，報上忽然刊載稼軒因病致仕消息，疑爲是年稼軒主管沖佑觀之前爲小報所編造而刊登者。

〔二〕兒女怨恩，見本書卷三《蝶戀花·用趙文鼎提舉送李正之提刑韻送鄭元英》詞（莫向樓頭聽漏點闋）箋注。

〔三〕「況白」四句，葉夢得《避暑録話》卷上：「白樂天與楊虞卿爲姻家，而不累於虞卿；與元稹、牛僧孺相厚善，而不黨於元稹、僧孺；爲裴晉公所愛重，而不因晉公以進。李文饒素不樂，而不爲文饒所深害者，處世如是，人亦足矣。推其所由得，惟不汲汲於進而志在於退，是以能安於去就愛憎之際，每裕然有餘也。……至甘露十家之禍，乃有『當君白首同歸日，是我青山獨往時』之句，得非爲王涯發乎？覽之使人太息。空花妄想，初何所有？而況寃親相尋，繳繞何已？樂天不唯能外世故，固自以爲深得於佛氏，猶不能曠然一洗，電埽冰釋於無所有之地，習氣難除至是。要之若飄瓦之擊，虚舟之觸，莊周以爲至人之用心也，宜乎。」所引白居易詩題爲《九年十一月二十一日感事而作》，題下自注：「其日獨遊香山寺。」全詩云：「禍福茫茫不可期，大都早退似先知。當君白首同歸日，是我青山獨往時。顧索素琴應不暇，憶牽黄犬定難追。麒麟作脯龍爲醢，何似泥中曳尾龜。」獨往，獨住青山也。青雲得意，用《史記》卷七九《范睢蔡澤列傳》中須賈「不意君能自致於青雲之上」語。

〔四〕「抖擻」三句，抖擻衣冠，白居易《寄山僧》詩（題下注：時年五十）：「眼看過半百，早晚掃巖扉。白首誰留住，青山自不歸。百千萬劫障，四十九年非。會擬抽身去，當風抖擻衣。」憐渠無恙，喜其無病。合掛神武門，《南史》卷七六《陶弘景傳》：「未弱冠，齊高帝作相，引爲諸王侍讀，除奉朝請。雖在朱門，閉影不交外物，唯以披閱爲務。朝儀故事，多所取焉。家貧，求宰縣不遂。永明十年，脱朝服掛神武門，上表辭禄，詔許之。」

〔五〕「都如」三句，梁啓超於所編《辛稼軒先生年譜》淳熙十五年後引此詞，且有大段解釋，謂曰：「先生落職，本緣被劾，而邸報誤爲引疾。……『都如夢，算能争幾許，雞曉鐘昏。』言邸奏竟爲我延長若干年做官生涯，然所差無幾，不足較也。」

〔六〕「此心」二句，親寃，《悟真篇注疏》卷中：「德行修逾八百，陰功積滿三千。均齊物我與親寃，始合神仙本願。」《五燈會元》卷一《六祖慧能大師》：「令韜曰：『如何處斷？』韜曰：『若以國法論理，須誅夷，但以佛教慈悲，冤親平等，况彼欲求供養，罪可恕矣。』柳守嘉歎曰：『始知佛門廣大。』遂赦之。」抱甕，《莊子·天地》：「子貢南遊於楚，反於晉。過漢陰，見一丈人，方將爲圃畦，鑿隧而入井，抱甕而出灌，搰搰然用力甚多，而見功寡。」

〔七〕「但凄」四句，凄涼顧影，蘇軾《永遇樂·寄孫巨源》詞：「醉捲珠簾，凄然顧影，共伊到明無寐。」慇勤對佛，《大唐西域記》卷一〇：「年方弱冠，王姬下降禮筵之夕，憂心慘悽，對佛像前殷勤祈請，至誠所感。」

〔八〕「却怕」三句，青山，用白居易「青山獨往」語意。妨賢路，《太平廣記》卷二五四《裴略》條：「此人走至屏牆，大聲語曰：『方今聖上聰明，闢四門以待士。君是何物，久在此妨賢路？』」休鬥尊前見在身，《詩話總龜》卷一四：「牛僧孺將赴舉時，投贄於劉夢得，對客展讀，飛筆塗竄其文。居三十年，夢得守汝，牛出鎮漢南，枉道汝水，雕旌信宿。酒酣，贈詩於夢得曰：『粉署爲郎二十春，向來名輩更無人。休論世上升沉事，且鬥尊前見在身。珠玉會應成咳唾，山川猶覺露精神。莫嫌恃酒輕言語，曾把文章謁後塵。』夢得方悟往年改文卷之事。」休鬥，猶言休比。尊前見在身謂能够飲酒健康之身，鬥則比較也。

〔八〕「山中」三句，梁啓超釋此數句云：「『却怕青山，也妨賢路』，極言憂讒畏譏，恐雖山居猶不免物議也。山友重與招魂，言本已罷官，奏邸又爲我再罷一次，山友不妨再賦招隱也。」楚些，《楚辭》之《招魂》篇，句尾皆押些字韻。

又

崇壽院①〔一〕

西浙悠悠，江東一派，山號觀音〔二〕。看池□□蓮，妙香天界〔三〕；橋環翠竹，像柏構林。枯木撑天，危巢障雨，此景人間何處尋？雷同道，□師傳大義，名重千金〔四〕。溪深路凹透好，洗耳清泉聽梵音〔五〕。仰崇壽彌高〔六〕，依稀有韻；閑雲静處，出入無□。四海五湖，長途一飽，題散虚廊攜手吟。閑相□②，一夕四美，水帶江襟〔七〕。

【校】

①調與題，右詞僅見〔嘉靖〕《鉛山縣志》卷一二，調題原無，均爲今所擬。②「吟閑」，原作「閑吟」，依韻乙正。

【箋注】

〔一〕題，〔嘉靖〕《鉛山縣志》卷一二：「崇壽院，在十八都觀音山。唐天祐間建，龐穎公有記。宋朱子淳熙間因丐祠候旨寓此，聞子規三絶。」其後引朱熹詩及辛稼軒此詞。〔乾隆〕《鉛山縣志》卷一五：「崇壽院，在十八都。唐大義開山結庵。昭宗大順中置，名保壽觀音院。太和五年更名安存，大中祥符元年改今名。有穎國公龐籍修院碑、讀書經綸堂、靈芝圖。」另本〔乾隆〕《鉛山縣志》又載：「崇聖院在縣南三十五里，大義禪師開山。」崇聖院應即崇壽院。按：明清兩代十八都在鉛山縣南旌孝鄉。據今鉛山縣當地人踏查，觀音山與崇壽寺皆在今紫溪鄉北之坑口村下源塢。淳熙十五年冬，稼軒好友陳亮自東陽來訪，稼軒與之同遊鵝湖，且會朱熹於紫溪。十日之内，極有可能於中途逗留崇壽院而賦寫此詞，故編次於與陳亮唱和諸詞之前。

〔二〕山號觀音，〔雍正〕《江西通志》卷四〇《廣信府》：「經綸堂，《名勝志》：『宋祥符間武城人龐籍侍其父爲鉛山税官，嘗肄業於觀音山之崇壽院，院有經綸堂，至今畫像存焉。』」

〔三〕妙香天界，《維摩詰所説經·香積佛品》：「有國名衆香，佛號香積，今現在，其國香比於十方諸佛世界，人天之香最爲第一。……爾時，維摩詰問衆香菩薩：『香積如來如何説法？』彼菩薩曰：『我土如來無文字説，但以衆香令諸天人得入律行，菩薩各各坐香樹下，聞斯妙香。』」又，《慈悲觀音寶懺法》卷中，有「南無天香山妙香硐妙海吉祥觀世音菩薩」之號。

〔四〕「□師」二句，〔乾隆〕《鉛山縣志》卷一五：「唐大義慧覺禪師，衢州須江人，姓徐氏，馬祖法嗣也。住鵝湖寺，元和二年詔入麟德殿，設齋，如諸大德論道，帝臨聽論議。……帝問曰：『何者是佛性？』師曰：『不離陛下所問。』帝默契，由是益重禪宗。元和十三年正月十七日歸寂，壽七十四，敕謚慧覺禪師。」

〔五〕「洗耳」句，洗耳，已見本卷《水龍吟·題瓢泉》詞（稼軒何必長貧閿）箋注。王勃《遊梵宇三覺寺》詩：「蘿幌棲禪影，松門聽梵音。」

〔六〕「仰崇」句，《論語·子罕》：「顔淵喟然歎曰：『仰之彌高，鑽之彌堅，瞻之在前，忽然在後，夫子循循然善誘人。』」

〔七〕「一夕」二句，四美，《王子安集》卷五《滕王閣詩序》：「睢園緑竹，氣凌彭澤之尊；鄴水朱華，光照臨川之筆。四美具，二難並。」按：謝靈運《擬魏太子鄴中詩集序》有「天下良辰、美景、賞心、樂事，四者難並」語。四美或指此。襟帶，《陳書》卷九《吴明徹傳》：「壽春者，古之都會，襟帶淮汝，控引河洛，得之者安。」

賀新郎

陳同父自東陽來過余，留十日，與之同遊鵝湖。且會朱晦庵於紫溪，不至，飄然東歸。既別之明日，余意中殊戀戀，復欲追路，至鷺鷥林，則雪深泥滑，不得前矣。獨飲方村，悵然久之，頗恨挽留之不遂也。夜半投宿吴氏泉湖四望樓，聞鄰笛悲甚，爲賦《乳燕飛》以見意。又五日，同父書來索詞，心所同然者如此，可發千里一笑①〔一〕

把酒長亭説。看淵明風流酷似，卧龍諸葛〔二〕。何處飛來林間鵲？蹙踏松梢殘雪②。要破帽多添華髮。剩水殘山無態度，被疏梅料理成風月〔三〕。兩三雁，也蕭瑟③。　佳人重約還輕別。悵清江天寒不渡，水深冰合。路斷車輪生四角，此地行人銷骨〔四〕。問誰使君來愁絶？鑄就而今相思錯，料當初費盡人間鐵〔五〕。長夜笛，莫吹裂〔六〕。

【校】

①題，四卷本乙集「吴氏泉湖」作「泉湖吴氏」，「乳燕飛」作「賀新郎」，此從廣信書院本。　②「殘」，四卷本作「微」。

③「蕭」,《六十名家詞》本作「瀟」。

【箋注】

〔一〕題,陳同父名亮,見本書卷三《破陣子·爲陳同甫賦壯詞以寄之》詞(醉裏挑燈看劍闋)箋注。陳亮於淳熙十五年十二月初訪稼軒於上饒,且會朱熹於紫溪。朱熹未至,陳亮遂飄然東歸。右詞送陳亮東歸所賦,當在淳熙十五年十二月上旬。詳考見本書所附《年譜》。右長序中,謂「陳同父自東陽來過余」,東陽與永康皆爲婺州屬縣,陳亮爲永康人,何以自東陽來訪稼軒,費考。然婺州於三國吴時爲東陽郡,此蓋用舊郡名,謂陳亮自婺州來過也。紫溪,〔乾隆〕《鉛山縣志》卷一:「紫溪市去縣治南四十五里,昔名鎮,今改爲市,人煙輳集,路通甌閩。」今爲紫溪鄉。鷺鷥林,地名不可考,當在上饒縣西南瀘溪附近。俞德鄰《佩韋齋集》所載《鷺鷥林》詩有「青煙楊柳岸,白酒鷺鷥林」。當户孤峰秀,環溪萬玉陰」句,史彌寧《友林乙稿》之《鷺鷥林》詩有「驛路逢梅香滿襟,攜家又過鷺鷥林」句,韓淲《澗泉集》卷七亦有《鷺鷥林》詩,有「明中山映樹,暗處水平溪」句,皆言其近水,當即上饒之鷺鷥林。據下文「獨飲方村」、「夜半投宿吴氏泉湖四望樓」諸語,考今之上饒,則鷺鷥林應在瀘溪南岸,松坪之北。方村,據新《上饒縣地名志》記載,在今上饒縣西南茶亭鎮南昆山村與松枰村之間,亦處瀘溪之南。吴氏泉湖,則在方村南二十五里,今鉛山縣境内稼軒鄉之馬鞍村,古名泉湖,吴氏居此,建有四望樓,早廢。今村中藏《讓裏吴氏宗譜》,卷首圖中即標明泉湖塘在村中。泉湖所在馬鞍村,西南距瓢泉十餘里。《乳燕飛》，即《賀新郎》詞調之别名，以蘇軾《賀新郎》詞首句爲「乳燕飛華屋」也。可發千里一笑，《東坡全集》卷七七《與彦正判官書》：「試以一偈問之：『若言琴上有琴聲，放在匣中何不鳴。若言聲在指頭上，何不於君指上聽？』録以奉呈，以發千里一笑也。」

〔二〕「把酒」三句，把酒長亭，劉子翬《送惠州使君范智聞》詩：「長亭把酒分攜易，暮角催人太瘦生。」卧龍，已見本書卷四《水龍吟·用瓢泉韻戲陳仁和兼簡諸葛元亮且督和詞》（被公驚倒瓢泉）箋注。

〔三〕「剩水」二句，剩水殘山，杜甫《陪鄭廣文遊何將軍山林十首》詩：「剩水滄江破，殘山碣石開。」釋惠洪《冷齋夜話》卷三《詩説煙波縹緲處》條：「予自并州還故里，館延福寺。寺前有小溪，風物類斜川，予兒童時戲劇處也。……又嘗暮寒歸，見白鳥，作詩曰：『剩水殘山慘淡間，白鷗無事釣舟閑。箇中着我添圖畫，便似華亭落照灣。』」按：此處剩水殘山，乃借指，殆謂大雪之後，未被雪所覆蓋之山水所餘無幾也。無態度，陳與義《陪粹翁舉酒於君子亭下海棠方開》詩：「去國衣冠無態度，隔簾花葉有輝光。」范純仁《題李子高虞部園四首》詩：「松竹漸成風月好，只應終日聽韶鈞。」成風月，謂成一風景也。此三句，似譏諷南宋跼蹐江南一隅而不成模樣也。明人韓昂《圖繪寶鑑續編》：「郭文通，永嘉人，善山水，布置茂密，長陵最愛之。有言馬遠、夏珪者，輒斥之曰：『是殘山剩水，宋僻安之物也。』」

〔四〕「路斷」二句，車輪生四角，見本書卷二《木蘭花慢·席上送張仲固帥興元》詞（漢中開漢業）

箋注。 銷骨，《史記》卷七〇《張儀列傳》：「臣聞之，積羽沉舟，羣輕折軸。衆口鑠金，積毀銷骨。」孟郊《答韓愈李觀别因獻張徐州》詩：「富别愁在顔，貧别愁銷骨。」元稹《别李十一五絶》詩：「聞君欲去潛銷骨，一夜暗添新白頭。」銷骨，言蝕骨之痛。

〔五〕「鑄就」二句，《資治通鑑》卷二六五：「天祐三年秋七月，朱全忠克相州。時魏之亂兵散據貝、博、澶、相、衛州，全忠分命諸將攻討，至是，悉平之，引兵南還。全忠留魏半歲，羅紹威供億，所殺牛羊豕近七十萬，資糧稱是。所賂遺又近百萬。比去，蓄積爲之一空。紹威雖去其逼，而魏兵自是衰弱。紹威悔之，謂人曰：『合六州四十三縣鐵，不能爲此錯也。』」孫光憲《北夢瑣言》卷一四《神告羅弘信》條亦載：「中和中，魏博帥羅弘信，……弘信卒，子紹威繼之，與梁祖通歡結親，情分甚至。先是，本府有牙軍八千人，豐其衣糧，動要姑息。時人云：『長安天子，魏府牙軍。』主使頻遭斥逐，由此益驕。紹威不平，有意翦滅，因與汴人計會。……夜會汴人，擐甲持戈，攻殺牙軍。牙軍覺之，排闥入庫，而弓甲無所施勇也。全營殺盡，仍破其家。人謂牙軍久盛，宜其死矣。紹威雖豁素心，而紀綱無有，漸爲梁祖陵制，竭其帑藏以奉之。忽患腳瘡，痛不可忍，意其牙軍爲祟，乃謂親吏曰：『聚六州四十三縣鐵，打一箇錯不成也。』」二者所記，略有不同。錯者，王莽鑄有錯刀錢，此喻鑄成錯誤也。按：此思陳亮，亦喻時局也。吴則虞《辛棄疾詞選集》釋云：「後闋收住議論，專寫追趕不及之情景。……『問誰使君來愁絶』一韻，設一假問，逼出『鑄就而今相思錯』二句，深慨今日之偏安半壁，皆由當初紹興和約及隆興和約所鑄成此大錯。」所言甚是，蓋由錯失追逐陳亮之誤所引發也。

〔六〕「長夜」二句，右詞小序有「夜半投宿吴氏泉湖四望樓，聞鄰笛悲甚」語。《文選》卷一六向秀《思舊賦》序：「余與嵇康、吕安居止接近，其人並有不羈之才，然嵇志遠而疏，吕心曠而放，其後各以事見法。……余逝將西邁，經其舊廬，於時日薄虞淵，寒冰淒然。鄰人有吹笛者，發聲寥亮，追思曩昔遊宴之好，感音而歎，故作賦。」《太平廣記》卷二〇四《李謩》條引《逸史》：「謩開元中吹笛爲第一部，近代無比。有故自教坊請假至越州，公私更醼，以觀其妙。……鄰居有獨孤生者，年老，久處田野，人事不知。茅屋數間，嘗呼爲獨孤丈。至是，遂以應命到會。……李生更有一笛，拂拭以進，獨孤視之曰：『此都不堪取，執者粗通耳。』乃换之曰：『此至入破必裂，得無悋惜否？』李生曰：『不敢。』遂吹，聲發入雲，四座震慄。李生蹙踖不敢動，至第十三疊，揭示謬誤之處，敬伏將拜。及入破，笛遂敗裂，不復終曲。李生再拜，衆皆帖息，乃散。」

【附録】

陳亮同甫和詞

賀新郎　寄辛幼安和見懷韻

老去憑誰説？看幾番神奇臭腐，冬裘夏葛。父老長安今餘幾，後死無讎可雪。猶未燥當時生髮。二十五絃多少恨，算世間那有平分月！征婦弄，漢宫瑟。　樹猶如此堪重别。只使君從來與我，話頭多合。行矣置之無足問，誰換妍皮癡骨。但莫使伯牙絃絶。九轉丹砂牢拾取，管精金只是尋常鐵。龍共虎，應聲裂！（增訂本《陳亮集》卷三九）

西江月

贈友人話别①〔一〕

憶昔錢塘話别，十年社燕秋鴻②〔二〕。今朝忽遇暮雲東〔三〕，對坐旗亭説夢。　破帽手遮西日〔四〕，練衣袖捲寒風。蘆花江上兩衰翁，消得幾番相送〔五〕？

【校】

①題，《草堂詩餘》續集卷上作「贈别」。此據《新編事文類聚翰墨全書》辛集目録。其卷八調下僅標「贈友」二字。

②「社燕」，原作「燕社」，此據《草堂詩餘》改。

【箋注】

〔一〕題，右詞今諸本稼軒詞未載，僅見於《翰墨全書》。《全書》於稼軒《賀新郎·陳同父自東陽來過余》詞（把酒長亭説闋）後接書此詞，此書於《賀新郎》與《西江月》詞題下均未著稼軒姓名，然前詞既爲稼軒所作，據此卷以前人次前作者之先例，亦知爲稼軒所作。而《草堂詩餘》署張先作，或誤。右詞若果爲稼軒所作，當作於送别陳亮之際。

〔二〕「憶昔」二句，錢塘話别，據稼軒與陳亮交往之跡推考，二人相識是在淳熙五年。此年春，稼軒自江西安撫使任内被召，入朝任大理少卿。而陳亮也於是年春間到臨安，三次上書宋孝宗，言恢復大計。宰執大臣欲予陳亮一官，陳亮則言：「吾欲爲社稷開數百年之基，寧用以博一官乎？」亟渡江而歸。見《宋史》卷四三六《儒林》六《陳亮傳》。十年社燕秋鴻，蘇軾《送陳睦知潭州》詩：「有如社燕與秋鴻，相逢未穩還相送。」按：自淳熙十五年上推十年，則正應爲淳熙五年。

〔三〕「今朝」句，杜甫《春日憶李白》詩：「渭北春天樹，江東日暮雲。」

〔四〕「破帽」句，破帽已見《賀新郎·陳同父自東陽來過余》詞箋注。杜牧《途中一絶》詩：「鏡中絲髮悲來慣，衣上塵痕拂漸難。惆悵江湖釣竿手，却遮西日向長安。」

〔五〕消得，經得起也。

賀新郎

同父見和，再用韻答之①〔一〕

老大那堪説②！似而今元龍臭味，孟公瓜葛〔二〕。我病君來高歌飲，驚散樓頭飛雪。笑富貴千鈞如髮〔三〕。硬語盤空誰來聽〔四〕？記當時只有西窗月。重進酒，換鳴瑟③。　事無兩樣人心別〔五〕。問渠儂神州畢竟〔六〕，幾番離合？汗血鹽車無人顧，千里空收駿骨〔七〕。正目斷關河路絶。我最憐君中宵舞〔八〕，道男兒到死心如鐵④。看試手，補天裂〔九〕！

【校】

①題，四卷本乙集作「同父見和再用前韻」，此從廣信書院本。　②「那」，四卷本作「猶」。　③「換鳴」，四卷本「換」

作「唤」。《六十名家詞》本「鳴」作「嗚」。　④「死」，《六十名家詞》本作「此」。

【箋注】

〔一〕題，右詞爲稼軒爲陳亮賦見懷詞後，陳亮步韻唱和，稼軒見和詞，乃再用韻答之。若陳亮來上饒相訪在是年十二月初，留之十日，五日後陳亮索詞，稼軒賦詞寄之，陳亮作答，稼軒得詞再和，則一來一往，必以半月爲期，則右詞之作，當在淳熙十五年歲終矣。

〔二〕「老大」三句，老大那堪説，張舜民《送何子温提刑奉使江東》詩：「老大豈堪愁桂玉，秋風依舊長鱸蓴。」《寒山詩》：「念此那堪説，隨緣須自憐。」元龍臭味，元龍，陳登字。陳登與劉備相互推崇，故以臭味相投語之，見《三國志・魏志》卷七《陳登傳》，可參本書卷一《水龍吟・登建康賞心亭》詞（楚天千里清秋闋）箋注。《左傳・襄公八年》：「今譬於草木，寡君在君，君之臭味也。」注：「言同類。」孟公瓜葛，陳遵字孟公，杜陵人。爲人放縱，不拘操行。以功封侯，長安列侯貴近皆貴重之，莫不相因到遵門。更始敗，被殺於朔方，見《漢書》卷九二《游俠傳》。《資治通鑑》卷二四五：「時宦官深怨李訓等，凡與之有瓜葛親，或暫蒙奬引者，誅貶不已。」注：「瓜葛，有所附麗，言非至親，或羣從中表相附麗，以叙親好，若瓜葛然。」

〔三〕「笑富」句，《昌黎集》卷一八《與孟尚書書》：「漢氏已來，羣儒區區修補，百孔千瘡，隨亂隨失，其危如一髮引千鈞。」

〔四〕「硬語」句，韓愈《薦士》詩：「横空盤硬語，妥帖力排奡。」

〔五〕「事無」句，鄭谷《十日菊》詩：「自緣今日人心别，未必秋香一夜衰。」

〔六〕問渠儂，劉一止《盧叔才相過夜話戲成一首》詩：「已知昔者非今者，莫問渠儂勝我儂。」餘參本書卷二《水調歌頭·淳熙丁酉自江陵移帥隆興到官之三月被召司馬監趙卿王漕餞别司馬賦水調歌頭席間次韻》詞（我飲不須勸闋）箋注。

〔七〕「汗血」二句，汗血鹽車，《漢書》卷六《武帝紀》：「四年春，貳師將軍廣利斬大宛王首，獲汗血馬來。」注：「大宛舊有天馬種，蹋石汗血，汗從前肩髆出，如血，號一日千里。」《戰國策·楚策》四：「夫驥之齒至矣，服鹽車而上太行，蹄申膝折，尾湛胕潰，漉汁灑地，白汗交流，中阪遷延，負轅不能上。伯樂遭之，下車攀而哭之，解紵衣以冪之，驥於是俛而噴，仰而鳴，聲達於天，若出金石聲者，何也？彼見伯樂之知己也。」收駿骨，《戰國策·燕策》一：「燕昭王收破燕，後即位，卑身厚幣，以招賢者，欲將以報讎。故往見郭隗先生。……郭隗先生曰：『臣聞古之君人，有以千金求千里馬者，三年不能得。涓人言於君，曰請求之。君遣之，三月得千里馬，馬已死。買其首五百金，反以報君。君大怒，曰：所求者生馬，安事死馬，而捐五百金？涓人對曰：死馬且買之五百金，況生馬乎？天下必以王爲能市馬，馬今至矣。於是不能期年，千里之馬至者三。今王誠欲致士，先從隗始。隗且見事，況賢於隗者乎？』」

〔八〕中宵舞，《晉書》卷六二《祖逖傳》：「與司空劉琨，俱爲司州主簿，情好綢繆，共被同寢。中夜，聞荒雞鳴，蹴琨覺曰：『此非惡聲也。』因起舞。逖、琨並有英氣，每語世事，或中宵起坐，相謂曰：『若四海鼎沸，豪傑並起，吾與足下當相避於中原耳。』」

〔九〕「看試」二句，試手，馮山《送范百禄子功學士知諫院二首》詩：「平生忠義傾心際，後日經綸試手初。」補天裂，見本書卷一《滿江紅·建康史帥致道席上賦》詞（鵬翼垂空閼）箋注。

【附録】

陳亮同甫和詞

賀新郎　酬辛幼安再用韻見寄

離亂從頭説。愛吾民金繒不愛，蔓藤纍葛。壯氣盡消人脆好，冠蓋陰山觀雪。虧殺我一星星髮。涕出女吴成倒轉，問魯爲齊弱何年月？丘也幸，由之瑟。　斬新换出旗麾别。把當時一椿大義，拆開收合。據地一呼吾往矣，萬里摇肢動骨。這話欛只成癡絶。天地洪爐誰扇鞴？算於中安得長堅鐵！淝水破，關東裂。（增訂本《陳亮集》卷三九）

辛棄疾詞編年箋注卷五

按：本卷所載詞共七十七首。起淳熙十六年己酉（一一八九），迄紹熙二年辛亥（一一九一），家居上饒帶湖所作。

水調歌頭

元日投宿博山寺，見者驚歎其老〔一〕

頭白齒牙缺①，君勿笑衰翁〔二〕。無窮天地今古，人在四之中。臭腐神奇俱盡，貴賤賢愚等耳，造物也兒童〔三〕。老佛更堪笑，談妙説虚空。坐堆豗，行答颯，立龍鍾〔四〕。有時三盞兩盞，淡酒醉濛鴻〔五〕。四十九年前事，一百八盤狹路〔六〕，拄杖倚牆東〔七〕。老境竟何似②？只與少年同。

【校】

①「齒牙」，《六十名家詞》本作「牙齒」，此從廣信書院本、四卷本乙集。②「老境」句，王詔校刊本、《六十名家詞》本「境」作「景」，「竟何似」，四卷本乙集作「何所似」。

【箋注】

〔一〕題，稼軒於淳熙十六年爲五十歲整。據右詞「四十九年前事」一語，知此元日即淳熙十六年元旦。杜旃仲高於去年十二月中旬以後來訪稼軒，此歲杪送杜仲高歸浙東，過永豐，夜宿博山寺，見者驚歎其老，遂賦此解嘲。

〔二〕「頭白」二句，齒牙缺，韓愈《赴江陵途中寄贈王二十補闕李十一拾遺李二十六員外三學士》詩：「自從齒牙缺，始慕舌爲柔。」笑衰翁，歐陽修《夜聞春風有感奉寄同院子華紫微長文景仁》詩：「少年自與芳菲競，莫笑衰翁擁弊袍。」

〔三〕「臭腐」三句，臭腐神奇，《莊子·知北遊》：「故萬物一也。是其所美者爲神奇，其所惡者爲臭腐，臭腐復化爲神奇，神奇復化爲臭腐，故曰通天下一氣耳。聖人故貴一。」貴賤賢愚，《列子·楊朱》：「生則有賢愚貴賤，是所異也。死則有臭腐消滅，是所同也。雖然，賢愚貴賤非所能也，臭腐消滅亦非所能也。故生非所生，死非所死，賢非所賢，愚非所愚，貴非所貴，賤非所賤。然而萬物齊生齊死，齊賢齊愚，齊貴齊賤。」白居易《浩歌行》：「天長地久無終畢，昨夜今朝又明日。鬢髮蒼浪牙齒疏，不覺身年四十七。……賢愚貴賤同歸盡，北邙冢墓高嵯峨。」造物也兒童，《新唐書》卷二〇一《杜審言傳》：「審言病甚，宋之問、武平一等省候何如，答曰：『甚爲造化小兒相苦，尚何言！』」

〔四〕「坐堆」三句，堆㕙，歐陽修《清明前一日韓子華以靖節斜川詩見招遊李園……因書所見奉呈聖俞》詩：「三日不出門，堆㕙類寒鴉。」黄庭堅《戲呈聞善》詩：「堆㕙病鶴怯雞羣，見酒特地生精神。」按：㕙音灰，堆㕙口語，言人困頓不堪。答颯，《南史》卷三三《鄭鮮之傳》：「時傅亮、謝晦位遇日隆，范泰嘗衆中讓誚鮮之曰：『卿與傅、謝俱從聖主有功關洛，卿乃居僚首，今日答颯，去人遼遠，何不肖之甚？』鮮之熟視不對。」答颯，亦萎靡不振也。龍鍾，杜甫《寄彭州高三十五使君適虢州岑二十七長史參三十韻》詩：「何太龍鍾極，於今出處妨。」《九家注杜詩》卷二〇：「按《廣韻》，龍鍾竹名，世言龍鍾，取此義也，謂其年老如竹之枝葉摇曳，而不能自禁持也。」

〔五〕「有時」二句，三盞兩盞淡酒，李清照《聲聲慢》詞：「三杯兩盞淡酒，怎敵他晚來風急？」濛鴻，《太平御覽》卷一《元氣》：「《三五曆記》曰：『未有天地之時，混沌狀如雞子，溟涬始芽，濛鴻滋萌。歲在攝提，元氣肇始。』」《雲笈七籤》卷二《混沌》：「《太始經》云：『昔二儀未分之時，號曰洪源，溟涬濛鴻，如雞子狀，名曰混沌玄黄。』」

〔六〕「一百」句，一百八盤，黄庭堅《竹枝詞二首》詩：「浮雲一百八盤縈，落日四十八渡明。」《山谷内集詩注》卷一二：「一百八盤及四十八渡，皆自峽中行黔中路名。山谷《書萍鄉縣廳》亦曰：『略江陵，上夔峽，過一百八盤，涉四十八渡。』」又，《新喻道中寄元明用觴字韻》詩：「一百八盤攜手上，至今猶夢繞羊腸。」陸游《入蜀記》卷四：「二十四日早抵巫山縣，在峽中亦壯縣也。市井勝歸峽，二郡隔山，南陵山極高大，有路如綫，盤屈至絶頂，謂之一百八盤，蓋施州正路。」《稼軒詞編年箋注》謂此泛指世路艱難，甚是。按：陳思編《稼軒先生年譜》，於開禧二年丙寅六十七歲時書「元日投宿博山寺，見者驚歎其老，來年將告老」。又於紹興二十七年丁酉十八歲時引本詞後片，然後記《畿輔通志》所載大房山形勢，引徐渭《上方記》，謂自歡喜臺拾級而上，凡九折，盡三百級。又引謝振定《遊上方記》，謂級盡即上方寺。

遂謂：「《水調歌頭》所謂一百八盤狹路，即發汗嶺至上方寺之路，梯以級計則三百，以盤計則百八。集中《玉樓春》云『十千一斗飲中仙，一百八盤天上路』，亦追憶此狹路也。按先生開禧元年初秋鎮江歸鉛山，三年秋卒，此詞當係二年元日之作。丙寅上推至本年丁酉，正五十年，故云四十九年前事。本年留燕山甚久。……暇日，又有大房山之遊，蓋因金主命太保昂赴上京奉遷始祖以下梓宫，八月金主如大房山，行視山陵，十月葬始祖以下十帝於大房山，此行實爲諦觀形勢之一大事也。」謂稼軒於紹興二十七年有遊大房山之舉，此純出臆斷。大房山雖有九折三百級，與一百八盤相去甚遠，何得便謂稼軒詞專指此山？且此詞載於《稼軒詞》乙集。梁啓超謂「乙集於宦閩時之詞一首未見收録，可推定其編輯年當在紹熙二年辛亥以前」（《跋四卷本稼軒詞》）。雖鄧廣銘謂此語不確，然亦謂「四卷本編刻於稼軒在世之時，故凡稼軒晚年帥浙東守京口諸作皆不及收録」（《書諸家跋四卷本稼軒詞後》），安得有稼軒晚年守京口以後之作品收入其中？陳思謂稼軒「一百八盤」句乃追憶四十九年前（即紹興二十七年）諦觀大房山之大事（稼軒是年諦觀大房山形勢，亦非有其事，乃陳思之構想耳），有牽强附會之嫌。而鄧注謂一百八盤「乃泛指，以喻世路及本人生活歷程之艱險，非實有所指」，應即就此類解釋而言也。

〔七〕「拄杖」句，牆東，《後漢書》卷一一三《逢萌傳》：「初，萌與同郡徐房、平原李子雲、王君公相友善，並曉陰陽，懷德穢行。房與子雲養徒各千人，君公遭亂獨不去，儈牛自隱。時人謂之論曰：

『避世牆東王君公。』」

賀新郎

用前韻，贈金華杜仲高①〔一〕

細把君詩説。恍餘音鈞天浩蕩②，洞庭膠葛〔二〕。千丈陰崖塵不到③，惟有層冰積雪。乍一見寒生毛髮〔三〕。自昔佳人多薄命〔四〕，對古來一片傷心月。金屋冷，夜調瑟〔五〕。去天尺五君家别〔六〕。看乘空魚龍慘淡，風雲開合〔七〕。起望衣冠神州路，白日消殘戰骨④。歎夷甫諸人清絶〔八〕。夜半狂歌悲風起，聽錚錚陣馬簷間鐵〔九〕。南共北，正分裂！

【校】

①題，四卷本乙集作「用前韻送杜叔高」，此從廣信書院本，説見解題。②「恍」，四卷本作「悵」。③「丈」，四卷本作「尺」。④「消」，四卷本、《六十名家詞》本作「銷」。

【箋注】

〔一〕題，右詞次稼軒與陳亮諸詞韻，爲杜仲高訪别送行者。〔光緒〕《蘭溪縣志》卷五：「杜汝霖字仁翁，紫溪鄉人，從安定胡瑗學，善古文，甚爲李公擇所稱。孫陵克傳家學，有子五：伯高、仲高、叔高、季高、幼高，皆博學能文，時人稱爲杜氏五高，亦稱金華五高。……仲高名旃，嘗占湖漕舉首，與吳獵、楊長孺善，從辛棄疾遊。著有《杜詩發微》、《癖齋集》。叔高名斿，嘗問道於朱子、辛棄疾諸人。朱子時遺書啓迪之。博學而困於知遇，故陸游贈詩有云

『文章一字無人識，胸次徒勞萬卷蟠』語。端平初，以布衣召入館閣校勘，年已八十有奇。陳亮嘗稱其詩：『如干戈森立，有吞虎食牛之氣，而左右發春妍以輝映。』又云：『仲高之詞，叔高之詩，皆入能品，非獨一門之盛，亦可謂一代之豪矣。』」按：杜氏五高，稼軒與仲高、叔高爲交遊之友。四卷本杜仲高作杜叔高，以其出現在前，故《稼軒詞編年箋注》改從之。然杜斿何時曾來上饒訪問，史書無載。而《蘭溪縣志》於《杜仲高小傳》後附録一篇《覆辛稼軒遊月巖》詩，有云：「霧靄蒙龍曉色新，半空依約認冰輪。婆娑弄影寒生露，中有釵横鬢亂人。」（此詩杜斿《癖齋小集》未收）月巖，據〔乾隆〕《上饒縣志》卷二所載：「石橋山在縣西二十里石橋鄉，脈由靈山來，其上平坦如橋，故名。山半一穴，嵌空穿透，中有老木扶疏，遠望如月，又名月巖。」此記載與杜斿詩句相合，知其所詠即上饒之月巖也。既有詩爲證，可知其確來上饒訪稼軒。而《朱文公文集》卷六〇《答杜叔高》稱：「辛丈相會，想極款曲。今日如此人物雖易可得，向使早向裏來有用心處，則其事業俊偉光明，豈但如今所就而已耶？」此書無明確年月可考，雖不能證明必慶元六年事，亦不能證明必淳熙十六年事。則本年來訪者，姑從廣信書院本，定爲杜斿。蓋廣信書院本出書在後，其糾正四卷本乙集、丙集一律作叔高之錯誤，則應視爲有據之所爲，故仍改從廣信書院本，以杜斿爲接受此詞者。稼軒送杜斿既在淳熙十五年歲杪，而此詞廣信書院本題作贈，而非四卷本之送，疑爲杜斿去後所追和者。陳亮同調詞（話殺渾閑説閟）見本詞所附。據詞中「却憶去年風雪」句，可知陳詞作於淳熙十六年正月。據其後「百世尋人猶接踵，歎只今兩地三人月」句，知杜斿爲繼陳亮之後接續訪稼軒於上饒者。據「兩地三人月」之句，知新年方過，而杜斿猶未歸婺州。時則陳亮在永康，而推測稼軒與杜斿仍在上饒，兩地三人共一月耳，故有「兩地三人月」云云。陳亮與杜氏兄弟一居永康，一居蘭溪，皆婺州屬縣，應知其行蹤甚詳。右詞作年，因此而定。

〔二〕「恍餘」二句，鈞天、洞庭，《莊子·天運》：「帝張咸池之樂於洞庭之野，吾始聞之懼，復聞之怠，卒聞之而惑，蕩蕩默默，乃不自得。……其聲能短能長，能柔能剛，變化齊一，不主故常。」參見本書卷一《八聲甘州·壽建康帥胡長文給事》詞（把江山好處付公來閿）箋注。恍，恍然也。膠葛，《文選》卷八司馬相如《上林賦》：「置酒乎顥天之臺，張樂乎膠葛之寓。」注：「言曠遠深貌也。」

〔三〕「千丈」三句，千丈陰崖，見本書卷三《鷓鴣天·徐衡仲惠琴不受》詞（千丈陰崖百丈冰閿）箋注。層冰積雪，《楚辭·九歌·湘君》：「桂櫂兮蘭枻，斲層冰兮積雪。」乍一見，剛一見。

〔四〕「自昔」句，蘇軾《薄命佳人》詩：「自古佳人多命薄，閉門春盡楊花落。」

〔五〕「金屋」二句，金屋，《漢武故事》：「若得阿嬌作婦，當作金屋貯之。」調瑟，《鹽鐵論》卷七《刺議》：「今富者鐘鼓五樂，歌兒數曹，中者鳴竽調瑟。」

〔六〕「去天」句，程大昌《雍録》卷七《韋曲杜曲薛曲》條：「韋曲在明德門外，韋后家在此，蓋皇子陂之西也。所謂『城南韋杜，去天尺五』者也。杜曲在啓夏門外，向西即少陵原也。杜甫詩曰：

『杜曲花光濃似酒。』」杜甫《贈韋七贊善》詩：「鄉里衣冠不乏賢，杜陵韋曲未央前。爾家最近魁三象，時論同歸尺五天。」

〔七〕「看乘」二句，看魚龍慘淡，化用温嶠事。《晉書》卷六七《温嶠傳》：「而後旋於武昌，至牛渚磯，水深不可測，世云其下多怪物。嶠遂燬犀角而照之，須臾，見水族覆火，奇形異狀，或乘馬車，著赤衣者。」風雲開合，歐陽修《文忠集》卷四六《祈雨祭漢高皇帝文》（滁州）：「神之召呼，風雲開闔。」蘇轍《欒城集》卷二四《黄州快哉亭記》：「蓋亭之所見，南北百里，東西一舍。濤瀾洶湧，風雲開闔。」

〔八〕「起望」三句，衣冠神州路，張元幹《賀新郎·送胡邦衡待制赴新州》詞：「夢繞神州路，悵秋風連營畫角，故宫離黍。」夷甫諸人清絶，王夷甫，即王衍。其清談誤國事，見本書卷三《水龍吟·甲辰歲壽韓南澗尚書》詞（渡江天馬南來闋）箋注。《建炎以來朝野雜記》乙集卷三《孝宗論士大夫微有西晉風》條：「淳熙四年夏，密院王季海、趙温叔因進呈，奏淮北近苦蝗，此却仍歲豐稔。……上曰：『近世士大夫多恥言農事。農事乃國之根本，士大夫好爲高論而不務實，却恥言之。』奏曰：『士大夫好高論，豈能過孟子？……』上曰：『今士大夫微有西晉之風，作王衍阿堵等語，豈知《周禮》言理財，《易》言理財，周公、孔子未嘗不以理財爲務。』奏曰：『捨周公、孔子、孟子不學，而學王衍，士大夫之有見識者，必不至此。曩時虚名之俗誠是太勝，自陛下行總核名實之政，身化臣下，頃年以來，士風爲之一變。……』上曰：

『然。近年亦稍變，然猶有未盡，且不獨此耳。士大夫諱言恢復，不知其家有田百畝，内五十畝爲人所强占，亦投牒理索否？士大夫於家事則人人甚理會得，至於國事則諱言之。』」

〔九〕「聽錚」句，《説郛》卷三一陳芬《芸窗私志》：「元帝時臨池，觀竹既枯，后每思其響，夜不能寢。帝爲作薄玉龍數十枚，以縷線懸於簷外，夜中因風相擊，聽之與竹無異。民間效之，不敢用龍，以什駿代，今之鐵馬，是其遺制。」王安石《和崔公度家風琴八首》詩：「疏鐵簷間掛作琴，清風纔到遽成音。」

【附録】

陳亮同甫和詞

賀新郎　懷辛幼安用前韻

話殺渾閑説。不成教齊民也解，爲伊爲葛？尊酒相逢成二老，却憶去年風雪。新著了幾莖華髮。百世尋人猶接踵，歎只今兩地三人月。寫舊恨，向誰瑟。　男兒何用傷離别，况古來幾番際會，風從雲合。千里情親長晤對，妙體本心次骨。卧百尺高樓斗絶。天下適安耕且老，看買犁賣劍平家鐵。壯士淚，肺肝裂。（增訂本《陳亮集》卷三九）

永遇樂

送陳仁和自便東歸。陳至上饒之一年，得子，甚喜①〔一〕

紫陌長安，看花年少，無限歌舞〔二〕。白髮憐君，尋芳較晚〔三〕，捲地驚風雨。問君知否？

鴟夷載酒，不似井瓶身誤〔四〕。細思量悲歡夢裏，覺來總無尋處。芒鞋竹杖，天教還了，千古玉溪佳句②〔五〕。落魄東歸，風流贏得，掌上明珠去〔六〕。起看青鏡，南冠好在，拂了舊時塵土〔七〕。向君道雲霄萬里，這回穩步〔八〕。

【校】

①題，四卷本乙集作「送陳光宗知縣」，此從廣信書院本。　②「溪」，《六十名家詞》本作「樓」。

【箋注】

〔一〕題，右詞送陳德明自便歸平江府之作。《稼軒詞編年箋注》置此詞於淳熙十四年，有「知陳氏之得旨自便及離信州東歸，必在淳熙十五年之前」語，顯誤。蓋淳熙十四年陳德明始謫來信州，不應未滿一年便得旨自便。且此年並非宋廷大禮肆赦之年，又因此年十月，太上皇高宗病逝，舉國發哀，陳德明豈得於此時得旨自便？查《宋史》卷三五《孝宗紀》三，淳熙十五年九月辛丑，宋廷大饗明堂，大赦。陳德明必因明堂大禮，遇赦方得自便。而南宋慣例，凡大禮所獲恩赦，率皆歷數月或半年以上方得落實兑現，因知稼軒送陳德明東歸，必已在淳熙十六年春。陳德明仕途雖甚坎壈，而個人生活却有意外收獲，即至上饒一年而得子。故又特於詞中著明以賀之，另據《八瓊室金石補正》所載，陳德明歸平江後，未參與袁説友等人之吴下同年詩會，而和韻賦詩：「舊交牢落寸心違，門掩蒼苔省見稀。幸遇星郎分刺舉，忝聯桂籍得歸依。公方闊步鳴先路，我獨冥行怨落暉。遥想登臺高會處，應憐烏鵲正南飛。」蓋自信上歸吴中之後，即閉門謝客，以終其身。

〔二〕「紫陌」三句，紫陌、看花，劉禹錫自朗州司馬徵還，都下作《贈看花諸君子》詩：「紫陌紅塵拂面來，無人不道看花回。」參見本書卷一《新荷葉・和趙德莊韻》詞（人已歸來闋）箋注。無限，不限。

〔三〕「白髮」二句，白髮憐君，蘇軾《次韻劉景文西湖席上》詩：「白髮憐君略相似，青山許我定相從。」尋芳晚，《唐才子傳》卷五《杜牧》：「太和末，往湖州，近城一女子，方十餘歲，約以十年後吾來典郡，當納之，結以金幣。洎周墀入相，牧上箋乞守湖州。比至，已十四年，前女子從人，兩抱雛矣。賦詩曰：『自恨尋芳去較遲，不須惆悵怨芳時。如今風擺花狼藉，緑葉成陰子滿枝。』」

〔四〕「鴟夷」二句，鴟夷，《揚子雲集》卷六《酒箴》：「子猶瓶矣，觀瓶之居。居井之眉，處高臨深。……身提黄泉，骨肉爲泥。自用如此，不如鴟夷。鴟夷滑稽，腹大如壺。盡日盛酒，人復借酤。」井瓶身誤，李白《寄遠十二首》詩：「金瓶落井無消息，令人行歎復坐思。」毛幵《玉樓春》詞小序：「來如春夢幾多時，去似朝雲無覓處。是歐陽永叔現成對子，平仲向稱詞家能品，亦肯襲人耶？」詞云：「金瓶落井翻相誤，可惜馨香隨手故。」

〔五〕「芒鞋」三句，芒鞋竹杖，貫休《寒月送玄士入天台》詩：「芒鞋竹杖寒凍時，玉霄忽去非有期。」蘇軾《自興國往筠宿石田驛南二十五里野人舍》詩：「芒鞋竹杖自輕軟，蒲薦松牀亦香滑。」玉溪，即信江。〔乾隆〕《廣信府志》卷二：「信江，唐李翱謂之信河，朱子謂之高溪。發源三清山麓冰玉洞龍潭，曰金沙溪，流一百二十里至玉山東津橋上，合大橋溪水，至玉虹橋上合下鎮溪水，匯爲大玉潭，即古所謂玉溪冰溪者。至西濟橋玉琊溪水會焉，其流始大。西經廣豐界至郡城南門外，西南流經鉛山之河口鎮，合諸溪之水亦曰大玉潭，過興安境，經弋陽、貴溪縣城至潭出境。……在玉山曰玉溪、冰溪，在上饒曰上饒江，弋陽曰弋陽江，曰葛溪，貴溪曰薌溪，隨地異名，皆此水也。」稼軒詞中，屢以玉溪稱信江。同時人之稱亦如此。如周煇《清波雜志》卷五《茶山詩》條：「煇在上饒三四年，日從高士遊，遍歷溪山奇勝。……煇嘗欲裒集賦詠爲一編，目爲《玉溪唱酬》，以侈一時人物之盛，因循不克成。」了，了却也。此三句謂陳德明正可藉此輯成其上饒詩編也。

〔六〕掌上明珠，張耒《馬周》詩：「馬周未遇虬鬚公，布衣落魄來新豐。」杜甫《戲作寄上漢中王二首》詩：「雲裏不聞雙雁過，掌上貪看一珠新。」自注：「王新誕明珠。」

〔七〕「起看」三句，起看清鏡，陸游《夢觀牡丹》詩：「忘却晨梳滿把絲，楝花嫌不似臙脂。起來一笑看清鏡，惟插梨花却較宜。」南冠，《左傳·成公九年》：「晉侯觀於軍府，見鍾儀，問之，曰：『南冠而縶者誰也？』有司對曰：『鄭人所獻楚囚也。』」注：「南冠，楚冠。」好在，《稼軒詞編年箋注》謂作且喜、幸而。《詩詞曲語辭匯釋》作存問之辭，轉爲無恙、依舊之義。按此句中，有慶幸之義，故作幸好、反正解皆可也，言陳德明此次東歸，雖未能全然去除罪名，而終至拂去幾多塵埃也。

〔八〕「向君」二句，雲霄萬里，高適《送桂陽孝廉》詩：「即今江海一歸客，他日雲霄萬里人。」穩步，晁以道《再和資道》詩：「高張射鵰手，穩步上天梯。」

定風波

施樞密聖與席上賦①〔一〕

春到蓬壺特地晴，神仙隊裏相公行〔二〕。翠玉相挨呼小字②，須記。笑簪花底是飛瓊〔三〕。總是傾城來一處，誰妒？誰攜歌舞到園亭③〔四〕？柳妒腰肢花妒豔，聽看④。流鶯直是妒歌聲〔五〕。

【校】

①題，四卷本乙集作「施樞密席上」，此從廣信書院本。②「字」，《六十名家詞》本作「子」。③「誰」，文淵閣《四庫全書》本作「惟」。④「看」，《六十名家詞》本作「着」。

【箋注】

〔一〕題，施樞密聖與，《宋史》卷三八五《施師點傳》：「施師點字聖與，上饒人。……弱冠游太學，試每在前列。……尋授以學職，以舍選奉廷對。……乾道元年，陳康伯薦賜對。……淳熙八年，兼權禮部侍郎，除給事中。……假翰林學士知制誥兼侍讀，使金。……十年，除端明殿學士、簽書樞密院事。入奏控免，上曰：『卿靖重有守，識慮深遠，朕欲用卿久矣。』復詔兼參知政事。除參知政事兼同知樞密院事。……十三年，辭兼同知樞密院事，權提舉國史院權提舉國朝會要。十四年除知樞密院事。師點惓惓搜訪人才，手書置夾袋中。謂蜀去朝廷遠，人才難以自見，蜀士之賢者，俾各疏其所知差次。其才行文學，每有除授，必列陳之。十五年春，以資政殿大學士知泉州，繼除提舉臨安府洞霄宫。」施師點何時歸上饒，《稼軒詞編年箋注》編於紹熙元年，且於此詞《編年》中稱：「據《宋史·施師點傳》及《宋宰輔編年録》，知施氏於罷樞密後，唯紹熙元年得家居上饒，次年春即除知隆興矣。」此言亦不確。查《宋宰輔編年録》卷一八：「淳熙十五年戊申，正月庚申，施師點罷知樞密院事，除資政殿大學士知泉州。……繼除提舉洞霄宫。光宗即位，下求言詔，謂曰：『卿乃壽皇元樞而沖人之舊學也。』」(民國)《泉州府志》卷二六載淳熙末泉州守臣甚詳，據知傅淇於淳熙十四年知，曾逮於淳熙十五年九月知。其間並無施師點，則知其雖有除命，未赴任間即予宫觀(可直接自行在歸上饒)，故數月後又有曾逮知泉州事。光宗即位於淳熙十六年二月，亦可證此。葉適《水心集》卷二四《故知樞密院事資政殿大學士施公墓志銘》亦有「以爲資政殿大學士知泉州，固辭州，提舉洞霄宫」。因知施師點乃於淳熙十五年春間離行在所歸上饒矣。淳熙十五年春夏以後、十六年與紹熙元年皆在上饒家居。鄧先生所考有誤。右詞雖不能確指作於何年春間，然作於淳熙十六年春，紹熙元年、二年春皆有可能，未必非在紹熙元年春也。今姑編次於淳熙十六年春，蓋歸上饒已一年矣。

〔二〕「春到」二句，蓬壺，王嘉《拾遺記》卷一：「三壺則海中三山也。一曰方壺，則方丈也。二曰蓬壺，則蓬萊也。三曰瀛壺，則瀛洲也。形如壺器，此三山上廣中狹，下方皆如工制，猶華山之似削成。」按：此似喻施氏所居。特地，特别。神仙隊，指侍女羣。

〔三〕「翠玉」三句，翠玉疑即侍女之名。相挨，《朱子語類》卷六五《易》有「他這位次相挨傍」語。邵雍《南園花竹》詩：「花行竹徑緊相挨，每日須行四五回。」知爲唐宋俗語。飛瓊，姓許，西王母侍女，見《漢武帝内傳》。

〔四〕「總是」三句，總是，縱使也。來一處，謂在一起。攜歌舞到園亭，周紫芝《竹坡詩話》：「有數貴人遇休沐，攜歌舞燕僧舍者。酒酣，誦前人詩：『因過竹寺逢僧話，又得浮生半日閑。』僧聞而笑之。貴人問師何笑，僧曰：『尊官得半日閑，老僧却忙了三日。』謂一日供帳，一日燕集，一日掃除也。」知宋人攜歌舞游於園林僧舍之常態也。

〔五〕「流鶯」句，韓愈《和武相公早春聞鶯》詩：「春風紅樹驚眠處，似妒歌童作豔聲。」

最高樓

送丁懷忠教授入廣。渠赴調都下，久不得書，或謂從人辟置，或謂徑歸閩中矣①〔一〕

相思苦，君與我同心。魚没雁沉沉〔二〕。是夢他松後追軒冕，是化爲鶴後去山林②〔三〕？對西風，直悵望③，到如今。　待不飲奈何君有恨，待痛飲奈何吾又病④。君起舞，試重斟。蒼梧雲外湘妃淚，鼻亭山下鷓鴣吟〔四〕。早歸來，流水外，有知音。

【校】

①題，四卷本乙集作「送丁懷忠」，此從廣信書院本。②「是夢」二句，「他」、「爲」，《六十名家詞》本俱闕。③「直」，《六十名家詞》本作「且」。④「又」，四卷本作「有」。

【箋注】

〔一〕題，丁懷忠教授，名朝佐，邵武軍人。洪邁《夷堅丁志》卷二《張注夢》條：「邵武人張注，紹興丁卯秋試，……既而不利，至乾道己丑以免舉再行，而同里丁朝佐亦預計諧，二人同登科。朝佐正生於丁卯。」而周必大《玉堂雜記》有丁朝佐序，自署「紹熙元年重五日，樵溪丁朝佐謹書」。樵溪即指邵武縣。其入廣，應爲廣南西路象州教授。趙蕃《淳熙稿》卷五送《丁懷忠朝佐赴象州教授二首》詩：「西山南浦昔相逢，桂林象郡今相送。……我今方從湖外歸，君行重向湖外去。」陳傅良《止齋集》卷六《送丁懷忠教授象州》詩：「二毛羈旅久，一飯瘴鄉輕。把酒時相屬，令人意自平。校官無簿領，帥閫甚聲名（應仲實帥廣西）。所恨冥冥雨，梅天不肯明。」趙蕃自湖南歸上饒，事在淳熙十五年秋，可參本書附録《年譜》之考證。應仲實名孟明，其帥廣西在淳熙十五年秋，十六年正月有奏論廣西鹽法，見《建炎以來朝野雜記》乙集卷一六《廣西鹽法》條。陳傅良淳熙十六年春亦正在湖南提舉任上，故右詞之送其遠赴廣西，當在淳熙十六年春。而題中自「渠赴調都下」各語，皆與送丁懷忠教授入廣語意不相連屬，其所言赴調都下，在赴廣之前，抑或在赴廣之後？假如此數語乃作詞同時所寫，則其事必在赴廣之前無疑。而右詞中有「追軒冕」、「去山林」句，正道其題中「或謂」二語語意。知其赴調乃在赴廣之前，而稼軒此次與之相見，必因匆遽，未及問其舊日行蹤，故著明於詞中也。丁朝佐入廣以後事歷，現據已知文獻新考如下：其紹熙元年夏赴調，周必大《玉堂雜記》有丁朝佐序稱：「朝佐頃者官桂陽，獲觀今丞相周公《鑾坡録》，愛而傳之。兹如武林，又得其《玉堂雜紀》，益聞所未聞。蓋中興以來，九重之德美，前輩之典刑，恩數之異同，典故之沿革，皆因事而見之，此尤不可不傳也。乃手鈔一通，藏於家。」署紹熙元年五月。知其於象州教授任上改除桂林教授。《玉堂雜記》此後又載紹熙辛亥仲夏一日眉山蘇森謹題一通，謂「丞相益公《玉堂雜紀》一編，森得之久矣，字畫間有舛誤，每苦其難讀。近訪丁懷忠，觀甘泉書藏，懷忠不知森有此書，出以相示」。辛亥爲紹熙二年。另據周必大《益國文忠公集》卷首所載《年譜》，周必大於淳熙十六年正月進左丞相，二月光宗受禪，五月乞解機政，除觀文殿大學士知潭州，改隆興府，皆未赴。紹熙二年八月判潭州，十一月到任。在潭州至四年十月改判隆興府，遂歸廬陵。其在潭期間，丁朝佐爲周必大所辟置，居幕中，校訂歐陽修《文忠公集》。而周必大爲此書作序，有云：「會郡人孫謙益老於儒學，刻意斯文。承直郎丁朝佐，博覽羣書，尤長考證。於是徧搜舊本，傍采先賢文集，與鄉貢進士曾三異等互加編校，起紹熙辛亥春，迄慶元丙辰夏，成一百五十三卷。」今宋本《文忠公集》多有丁朝佐留下之校語，可以爲證。《郡齋讀書志》趙希弁《附志》卷上《雜史類》：「《朝野遺事》

一卷，右趙子崧伯山所著，記中興以前凡一百二十有五事。……紹熙中，周益公帥長沙，命項安世、丁朝佐、楊長孺讎而刻之。」原「紹」字誤作「淳」，已據改。周必大罷潭帥在紹熙四年十月，丁朝佐此後當留廬陵，繼續完成《文忠公集》校訂，周必大謂其官承直郎，此官爲選人最高一階，距京官之承務郎僅差一階，知其前次赴調，爲赴行在覓差遣，非改官也。而其紹熙以後歷仕如何，史書無載。

〔二〕「魚没」句，郭祥正《中秋登白紵山呈同遊蘇寺丞》詩：「天高星稀魚雁沉，風静雲消絲管逐。」曹勛《寄溧水宰李仲鎮》詩：「不見李君久，水雲魚雁沉。」魚没雁沉，謂音信皆無。

〔三〕「是夢」二句，夢松，《三國志・吴志》卷三《孫晧傳》：「二年春二月，以左右御史大夫丁固、孟仁爲司徒、司空。」注引《吴書》：「初，固爲尚書，夢松樹生其腹上，謂人曰：『松字，十八公也，後十八歲，吾其爲公乎？』卒如夢焉。」《初學記》卷一一謂所引爲《吴録》。化鶴，陶潛《搜神後記》卷一：「丁令威本遼東人，學道於靈虚山，後化鶴歸遼，集城門華表柱。時有少年，舉弓欲射之，鶴乃飛，徘徊空中而言曰：『有鳥有鳥丁令威，去家千年今始歸。城郭如故人民非，何不學仙冢纍纍？』遂高上沖天。今遼東諸丁云：『其先世有升仙者，但不知名字耳。』」按：此用二丁事以切丁姓。夢他，與下句化爲對舉，他字當非指代詞彼。查負物爲他，音馱，此言其腹生松也。後，《稼軒詞編年箋注》據《詩詞曲語辭匯釋》解云：「『後』，略似今口語中之『啊』字，不作先後解。」然後字乃承接之詞，雖可釋爲呵或啊，然此處似不如釋作便，更使文義通暢。

〔四〕「蒼梧」二句，蒼梧雲，杜甫《同諸公登慈恩寺塔》詩：「回首叫虞舜，蒼梧雲正愁。」湘妃淚，《古列女傳》卷一《有虞二妃》條：「有虞二妃者，帝堯之二女也，長娥皇，次女英。……舜既嗣位，升爲天子，娥皇爲后，女英爲妃，……舜陟方死於蒼梧，號曰重華，二妃死於江湘之間，俗謂之湘君。」鼻亭山，《孟子·萬章》上注：「舜封象於有庳，或有人以爲放之。」《輿地紀勝》卷五八《荆湖南路·道州》：「象祠，《輿地廣紀》云：『營道縣亦虞時庳國之地，有象祠。唐元和中刺史薛伯高毁之，柳宗元作《斥庳亭神記》。』今舟度瀧險，過者必禱焉。」按：舜弟象日以殺舜爲事，舜即位，封象於有庳，又稱有鼻，《孟子·萬章》上謂「彼以愛兄之道來，故誠信而喜之」。《道州毁鼻亭神記》見《柳河東集》卷二八。鷓鴣吟，黄庭堅《戲詠零陵李宗古居士家馴鷓鴣二首》詩：「終日憂兄行不得，鷓鴣應是鼻亭公。」任淵注：「《漢書·昌邑王傳》曰：『舜封象於有鼻。』顔師古注曰：『有鼻，在零陵，今鼻亭是也。』」又按：柳子厚有《斥鼻亭神記》，蓋在道州。道州、永，實相接云。舜至蒼梧，不復能巡狩，而《孟子》謂象以愛兄之道來，故此詩因鷓鴣之聲以寄意。」

沁園春

期思舊呼奇獅，或云碁師，皆非也。余考之荀卿書云：「孫叔敖，期思之鄙人也。」期思屬弋陽郡，此地舊屬弋陽縣。雖古之弋陽、期思，見之圖記者不同，然有弋陽則有期思也。橋壞復成，父老請余賦，作《沁園春》以證之〔一〕

有美人兮，玉佩瓊琚〔二〕，吾夢見之。問斜陽猶照，漁樵故里；長橋誰記，今古期思？物化蒼茫，神遊彷彿，春與猿吟秋鶴飛〔三〕。還驚笑①，向晴波忽見，千丈虹霓。覺來西望崔嵬，更上有青楓下有溪〔四〕。待空山自薦，寒泉秋菊②；中流却送，桂櫂蘭旗〔五〕。萬事長嗟，百年雙鬢，吾非斯人誰與歸〔六〕？憑闌久，正清愁未了，醉墨休題〔七〕。

【校】

①「笑」，《六十名家詞》本作「嘯」，此從廣信書院本。②「泉」，《六十名家詞》本作「冰」。

【箋注】

〔一〕題，期思，《荀子·非相》：「楚之孫叔敖，期思之鄙人也。」注：「期思，楚邑名，今弋陽期思縣。鄙人，郊野之人也。」《呂氏春秋·不苟論》：「沈尹莖遊於郢五年，荆王欲以爲令尹。沈尹莖辭曰：『期思之鄙人，有孫叔敖者，聖人也。王必用之，臣不若也。』荆王於是使人以王輿迎叔敖，以爲令尹。十二年而莊王霸，此沈尹莖之力也，功無大乎進賢。」古之弋陽、期思，見之圖記者不同，〔同治〕《鉛山縣志》卷二六載邑人劉祖年《孫叔敖里居考》云：「舊沿革志載，孫叔敖生於鉛，又《期思橋志》引《荀子》語：『孫叔敖期思之鄙人也。』意以橋名當之，證其生於此地。』此説大爲可疑。考《左傳·僖公二十七年》蔿賈爲司馬，而若敖氏殺之。《宣十一年》載令尹蔿艾獵城沂。杜注：『艾獵即孫叔敖也。』《宣公四年》蔿賈爲司馬，而若敖氏殺之。……是孫叔敖世居楚，仕楚已彰彰可考。鉛山在春秋時既屬閩越，與孫叔敖自風馬牛不相及。……按《廣輿記》：『孫叔敖河南汝寧府光州人也。』汝寧春秋時沈蔡二國地，光州春秋時絃黄蔣三國地，皆楚屬小國，光州，漢名弋陽，乃汝寧之弋陽，非廣信之弋陽也。鉛山舊割地於信之弋陽，以弋陽字同，遂致沿誤耳。汝寧有期思城，在固始縣，春秋絃子邑即孫叔敖所産地，乃汝寧之期思城，非鉛山之期思橋也。」同書卷四《津梁》：「期思橋，去縣東三十里，因渡爲之，後橋圮，仍用渡。」按：〔乾隆〕《鉛山縣志》卷二謂期思橋在縣東三十里，三十爲二十之誤。蓋期思渡在舊縣今永平鎮東南二十餘里，渡鉛山河而西，即今吴氏祠堂所在地横畈，稼軒秋水堂舊址。右詞爲期思橋壞復成而作，據同調《答楊世長》詞題之考證，知作於淳熙十六年初。《稼軒詞編年箋注》次於紹熙三年，非是。

〔二〕「有美」二句，有美人兮，《詩·邶風·簡兮》：「山有榛，隰有苓，云誰之思？西方美人。彼美人兮，西方之人兮。」玉佩瓊琚，《詩·鄭風·有女同車》：「有女同車，顔如舜華。將翺將翔，佩玉瓊琚。彼美孟姜，洵美且都。」

〔三〕「物化」三句，物化，《莊子·齊物論》：「昔者莊周夢爲胡蝶，栩栩然胡蝶也。自喻適志與，不知周也。俄然覺，則蘧蘧然周也。……周與胡蝶，則必有分矣，此之謂物化。」神遊，見本書卷四《聲聲慢·滁州旅次登奠枕樓作和李清宇韻》詞（征埃成陣闋）箋注。春與猿吟秋鶴飛，《昌黎集》卷三一《柳州羅池廟碑》：「侯朝出遊兮暮來歸，春與猿吟兮秋鶴與飛。」

〔四〕「覺來」二句，西望，《魏書》卷五二《宗欽傳》：「世之圮矣，靈運未通。風馬殊隔，區域異封。有懷西望，路險莫從。」崔嵬，《詩·周南·卷耳》：「陟彼崔嵬。」《傳》：「土山之戴石者。」上有青楓，《楚辭·招魂》：「皋蘭被徑兮斯路漸，湛湛江水兮上有楓。」按：紫溪與鉛山河會於五堡洲之南，抱洲分流，再會於洲北，即期思橋、期思渡。鉛山河流經期思，故稱期思溪。右「上有青楓下有溪」語，即自期思渡西望期思嶺而言。

〔五〕「待空」四句，薦寒泉秋菊，蘇軾《書林逋詩後》：「不然配食水仙王，一盞寒泉薦秋菊。」桂櫂蘭旗，《楚辭·九歌·湘君》：「薜荔拍兮蕙綢，蓀橈兮蘭旌。……桂櫂兮蘭枻，斲冰兮積雪。」《梁書》卷五〇《謝幾卿傳》：「漾桂櫂於清池，席落英於曾岨。」胡宿《涼思》詩：「越水舊歌迷桂楫，楚江秋思繞蘭旗。」劉跂《送劉貢甫貶衡州》詩：「波平弭桂櫂，風清捲蘭旗。」

〔六〕「萬事」三句，萬事長嗟，王安石《愁臺》詩：「傾壺語罷還登眺，岸幘詩成却歎嗟。萬事因循今白髮，一年容易即黄花。」百年雙鬢，杜甫《戲題寄上漢中王三首》詩：「百年雙白鬢，一别五秋螢。」吾非斯人誰與歸，范仲淹《文正集》卷七《岳陽樓記》：「然則何時而樂耶？其必曰先天下之憂而憂，後天下之樂而樂乎？噫，微斯人吾誰與歸？」按：吴則虞先生釋此諸句云：「稼軒在湖南安撫、江西安撫、福建安撫任，皆治績卓卓，而三次被劾罷職，孫叔敖相楚亦三相而三罷。《史記》云：『故三得而不喜，知其才自得之也；三去相而不悔，知非己之罪也。』此詞云：『萬事長嗟，吾非斯人誰與歸。』正指此而云。」雖編年有誤，而以斯人喻孫叔敖，則大致不誤也。

〔七〕醉墨休題，王庭珪《送黄介可》詩：「漳川螺浦共家鄉，醉墨題詩尚掛牆。」

又

答余叔良〔一〕

我試評君，君定何如？玉川似之〔二〕。記李花初發，乘雲共語；梅花開後，對月相思〔三〕。相君高節崔嵬，是此處耕巖與釣溪〔六〕。被西風吹盡，村簫社鼓；青山留得，松蓋雲旗〔七〕。弔古愁濃，懷人日暮，一片心從天外歸〔八〕。新詞好，似淒涼楚些，字字堪題。白髮重來，畫橋一望，秋水長天孤鶩飛〔四〕。同吟處，看珮摇明月，衣捲青霓〔五〕。

【箋注】

〔一〕題，余叔良，叔良名無考，據右詞「相君高節崔嵬」句，知叔良或紹興二十年參知政事上饒人余堯弼之孫輩，寓居於上瀘。

〔二〕玉川，《新唐書》卷一七六《盧仝傳》：「盧仝居東都，愈爲河南令，愛其詩，厚禮之。仝自號玉川子，嘗爲《月蝕》詩以譏切元和逆黨，愈稱其工。」

〔三〕「記李」四句，李花初發，韓愈《寒食日出遊》詩：「李花初發君始病，我往看君花轉盛。走馬城西惆悵歸，不忍千株雪相映。」乘雲共語，韩愈《李花二首》詩：「誰將平地萬堆雪，剪刻作此連天花。日光赤色照未好，明月暫入都交加。夜領張徹投盧仝，乘雲共至玉皇家。」梅花開後，對月相思，盧仝《有所思》：「天涯娟娟姮娥月，三五二八盈又缺。……相思一夜梅花發，忽到窗前疑是君。」

〔四〕「秋水」句，見本書卷二《賀新郎·賦滕王閣》詞（高閣臨江渚閲）箋注。

〔五〕「看珮」二句，珮揺明月，《楚辭·九章·涉江》：「被明月兮珮寶璐，世溷濁而莫余知兮，吾方高馳而不顧。」衣捲青霓，《九歌·東君》：「青雲衣兮白霓裳，舉長矢兮射天狼。」

〔六〕「相君」二句，南宋上饒籍參知政事有余堯弼。《宋史》無傳，〔雍正〕《江西通志》卷八五：「余堯弼字致勳，上饒人，政和進士。授祁門令，務以德化人，民服其德量。指邑之祁山曰：『雖异是寘公腹中，不礙也。』累官簽書樞密院事、參知政事。嘗使金，專對有體，金主憚之。未幾，乞解機務，翛然林下，與漁樵伍，忘其貴且齒云。」〔乾隆〕《廣信府志》卷一六所載並同，惟傳後有跋云：「按《堯弼家乘》載，『敕建屋在城西』。今子孫居南鄉上瀘，由宋迄今，衣冠不替，實信之望族云。」余堯弼參知政事在紹興二十年三月，至二十一年十一月罷。見《宋宰輔編年録》卷一六。宋人稱宰相爲相君，亦尊稱參知政事爲相君或相公。如《翰苑新書》續集卷二洪咨夔《賀衛參政除端明啓》：「傳詔令於蕊珠，聳聞學士之拜；待漏聲於丹鳳，共徯相君之來。」（此啓《平齋文集》未載）《兩朝綱目備要》卷一〇：「侂胄在都堂，忽謂參政李壁曰：『聞永嘉人欲變此局面，相公知否？』」可證。耕巖與釣溪，黄庭堅《和中玉使君晚秋開天寧節道場》詩：「釣溪築野收多士，航海梯山共一家。」釣溪用吕尚事，築野用傅説事。《漢書》卷七二《王貢兩龔鮑傳》：「谷口鄭子真，不詘其志，耕於巖石之下。」此爲耕巖。

〔七〕「被西」四句，村簫社鼓，劉摯《秋收》詩：「連村簫鼓謝神貺，穀黍換酒無斗升。」汪藻《熊使君垂和漫興詩次答四首》詩：「逐客今年緣底事，村村簫鼓報秋成。」松蓋雲旗，《楚辭·九歌·少司命》：「入不言兮出不辭，乘回風兮載雲旗。」王之道《沙窩道中》詩：「山嶺梅花迎客笑，路傍松蓋與雲齊。」

〔八〕「一片」句，《詩話總龜》卷一〇引《郡閣雅談》：「劉禹昭字休明，婺州人。少師林寬，爲詩刻苦，不憚風雪。詩云：『句向夜深得，心從天外歸。』言不虚耳。」《青瑣高議》前集卷九《詩淵清格》條：「永叔嘗言苦吟句云：『一句坐中得，片心天外來。』兹所謂苦吟破的之句也。」

又

答楊世長〔一〕

我醉狂吟，君作新聲，倚歌和之〔二〕。算芬芳定向，梅間得意；輕清多是，雪裏尋思。朱雀橋邊，何人會道，野草斜陽春燕飛〔三〕？都休問，甚元無霽雨，却有晴霓〔四〕？　詩壇千丈崔嵬，更有筆如山雲作溪。看君才未數①，曹劉敵手；風騷合受，屈宋降旗〔五〕。誰識相如，平生自許，慷慨須乘駟馬歸。長安路，問垂虹千柱，何處曾題〔六〕？

【校】

①「看」，《六十名家詞》本作「著」，此從廣信書院本。

【箋注】

〔一〕題，楊世長，疑名修。本卷《朝中措·九日小集》詞，題下有「時楊世長將赴南宫」語。據知其事必在解試之年。查〔雍正〕《江西通志》卷五〇《選舉表》，淳熙末紹熙間上饒解試名單俱闕。而慶元五年己未曾從龍榜有上饒人楊修之名。修與長字意義相近，疑楊修即世長之名。而右《沁園春》三詞，廣信書院本次第皆列於紹熙五年稼軒自閩中歸信上所賦《靈山齊庵》詞之前，知必寓居帶湖期間所賦。紹熙間有兩榜，一爲紹熙元年，一爲紹熙四年。紹熙三年秋稼軒在閩憲任上，自不能送楊世長赴禮部考試，因知右詞必淳熙十六年解試之年所賦。

〔二〕「倚歌」句，《東坡全集》卷三三《赤壁賦》：「於是飲酒樂甚，扣舷而歌之。歌曰：『桂櫂兮蘭槳，擊空明兮泝流光。渺渺兮予懷，望美人兮天一方。』客有吹洞簫者，倚歌而和之。」

〔三〕「朱雀」三句，劉禹錫《烏衣巷》詩：「朱雀橋邊野草花，烏衣巷口夕陽斜。舊來王謝堂前燕，飛入尋常百姓家。」會道，能道。

〔四〕「甚元」二句，杜牧《樊川集》卷一《阿房宮賦》：「長橋卧波，未雲何龍？複道行空，不霽何虹？」宋之問《發端州初入西江》詩：「翠微懸宿雨，丹壑飲晴霓。」甚，何以。

〔五〕「看君」四句，曹劉，杜甫《壯遊》詩：「歸帆拂天姥，中歲貢舊鄉。氣劘屈賈壘，目短曹劉牆。」曹劉謂曹植、劉楨。屈宋，《新唐書》卷二〇一《杜審言傳》：「嘗語人曰：『吾文章當得屈、宋作衙官。』」屈爲屈原，宋謂宋玉。

〔六〕「誰識」句至此，《史記》卷一一七《司馬相如列傳》：「拜相如爲中郎將，建節，往使副使王然於壺充國。……蜀人以爲寵。」《索隱》引《華陽國志》：「蜀大城北十里，有昇仙橋、送客觀。相如初入長安，題其門云：『不乘赤車駟馬，不過汝下也。』」

江神子 賦梅，寄余叔良〔一〕

暗香横路雪垂垂〔二〕，晚風吹，曉風吹。花意争春，先出歲寒枝。畢竟一年春事了，緣太早，却成遲。　未應全是雪霜姿〔三〕。欲開時，未開時。粉面朱唇，一半點胭脂。醉裏謗花花莫恨〔四〕，渾冷澹，有誰知？

【箋注】

〔一〕題，右詞作年無考，姑依廣信書院本次第附於《答余叔良》之《沁園春》詞後，同調《聞蟬蛙戲作》作年接近，亦附次於此。

〔二〕「暗香」句，林逋《山園小梅》詩：「疏影横斜水清淺，暗香浮動月黄昏。」杜甫《和裴迪登蜀州東亭送客逢早梅相憶見寄》詩：「江邊一樹垂垂發，朝夕催人自白頭。」《補注杜詩》卷二一：「吴防《雪梅賦》：『照寒溪之豔豔，帶冷雪之垂垂。』想子美雪中見梅作也。今梅花中用垂垂字，但可雪中梅花即用之。」

〔三〕「未應」句，趙抃《鈐兵王閣使素芳亭賞梅花》詩：「春密未通桃李信，臘殘都放雪霜姿。」蘇軾《紅梅三首》詩：「故作小紅桃杏色，尚餘孤瘦雪霜姿。」

〔四〕「醉裏」句，釋覺範《予作海棠詩……請記其事》詩：「柳外一株何足道，戲語謗花今日悔。」蘇軾《西江月·再用前韻戲曹子方坐客云瑞香爲紫丁香遂以此曲辯證之》詞：「點筆袖沾醉墨，謗花面有慚紅。」

又

聞蟬蛙，戲作

斜日緑陰枝上噪，還又問，是蟬麽？爲官哪②〔一〕？心空喧静不争多〔二〕。病維摩，意云何。掃地燒香，且看散天花〔三〕。　簟鋪湘竹帳籠紗①，醉眠些，夢天涯。一枕驚回，水底沸鳴蛙。借問喧天成鼓吹，良自苦，

【校】

①「籠」，四卷本丁集作「垂」，此從廣信書院本。　②「哪」，《六十名家詞》本作「耶」。

【箋注】

〔一〕「水底」句至此，蘇軾《贈王子直秀才》詩：「水底笙歌蛙兩部，山中奴婢橘千頭。」鳴蛙可參本書卷二《滿庭芳·和洪丞相景伯韻》詞（傾國無媒闋）箋注。《晉書》卷四《惠帝紀》：「帝又嘗在華林園，聞蝦蟆聲，謂左右曰：『此鳴者爲官乎？私乎？』或對曰：『在官地爲官，在私地爲私。』」

〔二〕「心空」句，《梁書》卷五〇《王籍傳》：「王籍字文海，琅邪臨沂人。……除輕車湘東王諮議參軍，隨府會稽郡，境有雲門天柱山，籍嘗遊之，或累月不反。至若邪溪，賦詩，其略云：『蟬噪林

逾静，鳥鳴山更幽。』當時以爲文外獨絶。」晁迥《法藏碎金録》卷八：「禪源所云隨時隨處息業養神者，予因解之云：不拘晷刻之多少，不擇處所之喧静，但能攝念安心，皆是禪功分限。」不争多，差不多。

〔三〕「病維」四句，《維摩詰所説經·方便品》：「爾時毗耶離大城中，有長者名維摩詰。……其方便，現身有疾。」《問疾品》：「爾時，佛告文殊師利：『汝行詣維摩詰問疾。』……於是文殊師利與諸菩薩大弟子衆，及諸天人恭敬圍繞，入毗耶離城。……文殊師利既入其舍，見其室空，無諸所有，獨有一床。……文殊師利言：『居士此室，何以空無侍者？』維摩詰言：『諸佛國土，亦復皆空。』」《觀衆生品》：「時維摩詰室有一天女，見諸天人聞所説法，便現其身，即以天花散諸菩薩大弟子上。花至諸菩薩，即皆墮落，至大弟子，便著不墮。……結習未盡，花著身耳。結習盡者，花不著也。」

菩薩蠻

雙韻賦摘阮①〔一〕

阮琴斜掛香羅綬，玉纖初試琵琶手。桐葉雨聲乾，真珠落玉盤②〔二〕。　朱絃調未慣，笑倩春風伴③〔三〕。莫作别離聲，且聽雙鳳鳴。

【校】

①題，廣信書院本「雙韻」二字闕，據四卷本乙集補。　②「真」，王詔校刊本、《六十名家詞》本、四印齋本作「珍」。

③「春」，王詔校刊本、《六十名家詞》本、四印齋本作「東」。

【箋注】

〔一〕題，摘阮，陳元龍《格致鏡原》卷四六《阮咸》：「《國史纂異》：『有人破古冢，得銅器似琵琶，身正圓，人莫能辨。元行沖曰：此阮咸所作器也。命易以木而絃之，其聲亮雅，樂家謂之阮咸。』……《合璧事類》：『阮琴本阮咸所製，備五音，可彈琴操。蜀人蒯朗於古墓中得此器，以銅爲之，後依其製以木爲之，因名阮咸，又名月琴。近世方格小，爲雙韻，亦名阮。』」《都城紀勝·瓦舍衆伎》：「小樂器只一二人合動也。如雙韻合阮咸，稽琴合簫管。」雙聲謂聲母相同，疊韻謂韻母相同。右詞每聯皆用雙韻字，如「綬」與「手」等皆是，蓋已將雙聲與疊韻相混矣。《四庫全書總目》卷四二《切韻指掌圖提要》：「據嘉定癸亥董南一序云：『遞用則名音和，傍求則名類隔。同歸一母則爲雙聲，同出一韻則爲疊韻。』」摘，音惕，奏也。右詞作年無確考，據廣信書院本次第，與同調《贈張醫道服爲别且令餽河豚》一詞並置於本年初。

〔二〕「桐葉」二句，桐葉雨聲，王闢之《澠水燕談録》卷八：「楊侍讀徽之，以能詩聞。太宗知其名，索其所著，以百篇獻上。……《宿東林》云：『開盡菊花秋色老，落遲桐葉雨聲寒。』」真珠落玉盤，白居易《琵琶行》：「嘈嘈切切錯雜彈，大珠小珠落玉盤。」

〔三〕「朱絃」二句，春風指琵琶。王安石《明妃曲》：「明妃初嫁與胡兒，氈車百兩皆胡姬。含情欲説獨無處，傳與琵琶心自知。黄金桿撥春風手，彈看飛鴻勸胡酒。」黄庭堅《九日對菊有懷粹老在河上四首》詩，自注：「後二首爲琵琶女奴作。」其第四首云：「碧窗閑殺春風手，古柳啼鶯幾日回。」《次韻答曹子方雜言》詩：「往時盡醉冷卿酒，侍兒琵琶春風手。」右詩謂侍兒彈奏阮咸未慣，故請琵琶爲伴奏，此下二句所謂「雙鳳鳴」也。

又

贈張醫道服爲别，且令餽河豚〔一〕

萬金不换囊中術，上醫元自能醫國〔二〕。軟語到更闌，綈袍范叔寒〔三〕。江頭楊柳路，馬踏春風去。快趁兩三杯，河豚欲上來〔四〕。

【箋注】

〔一〕題，張醫，名籍事歷不詳。

〔二〕「上醫」句，《國語·晉語》八：「平公有疾，秦景公使醫和視之。出曰：『疾不可爲也。是謂遠男而近女，惑以生蠱，非鬼非食，惑以喪志，良臣不生，天命不佑，若君不死，必失諸侯。』……文子曰：『醫及國家乎？』對曰：『上醫醫國，其次疾人，固醫官也。』」

〔三〕「軟語」二句，軟語到更闌，杜甫《贈蜀僧閭丘師兄》詩：「夜闌接軟語，落月如金盆。」《能改齋漫録》卷六《軟語》：「杜子美詩：『夜闌聽軟語。』本《法華經》：『又以軟語。』一云言詞柔軟。」綈袍范叔寒，《史記》卷七九《范雎蔡澤列傳》：「范雎既相秦，秦號曰張禄，而魏不知，以爲范雎已死久矣。魏聞秦且東伐韓、魏，魏使須賈於秦。范雎聞之，爲微行，敝衣閒步之邸，見須賈。須賈見之而驚曰：『范叔固無恙乎？』范雎曰：『然。』須賈笑曰：『范叔有説於秦邪？』曰：『不也。雎前日得過於魏相，故亡逃至此，安敢説乎？』須賈曰：『今叔何事？』范雎曰：『臣爲人庸賃。』須賈意哀之，留與坐，飲食，曰：『范叔一寒如此哉？』乃取其一綈袍以賜之。」

〔四〕「河豚」句，蘇軾《惠崇春江曉景二首》詩：「竹外桃花三兩枝，春江水暖鴨先知。蔞蒿滿地蘆芽短，正是河豚欲上時。」

漁家傲

爲余伯熙察院壽。信之讖云：「水打烏龜石，三台出此時。」伯熙舊居城西，直龜山之北，溪水齧山足矣，意伯熙當之耶？伯熙學道有新功，一日語余云：「溪上嘗得異石，有文隱然，如記姓名，且有長生等字。」余未之見也。因其生朝，姑摭二事爲詞以壽之①〔一〕

道德文章傳幾世？到君合上三臺位〔二〕。自是君家門户事，當此際，龜山正抱西江水〔三〕。　三萬六千排日醉〔四〕，鬢毛只恁青青地。江裏石頭争獻瑞。分明是，中間有箇長生字。

【校】

①題，四卷本乙集「余伯熙察院壽」無「察院」二字，餘同，此從廣信書院本。

【箋注】

〔一〕題，余伯熙察院，伯熙當名禹和。察院即監察御史。禹和即余禹績伯山之兄弟行，皆淳熙二年進士登第。余伯熙兄弟居於上饒縣西南乾元鄉四十五都，題中稱其「舊居城西，直龜山之北」。上饒余氏，自紹興二十七年余禹成登第，至紹熙四年之四十年間，有七兄弟登第，即禹和、禹績（淳熙二年）、禹疇、禹安（淳熙十四年）、禹言（紹熙元年）、禹寧（紹熙四年），見〔乾隆〕《上饒縣志》卷九《選舉表》。《康熙字典》巳集熙字引《廣韻》，謂熙「和也」。因知伯熙即禹和之字。至其何時曾任監察御史，其生平事歷若何，則皆無可考查。烏龜石，〔乾隆〕《上饒縣志》卷二《山川》：「烏龜山在縣西五里開化鄉，諺云：『水打烏龜石，信州出狀元。』宋徐元杰嘗應其讖。」按：烏龜山今名五桂山，南臨信江，即今雙塔公園。右詞及下《鵲橋仙》詞作年皆無確考，故附於淳熙十五年謝余伯山之《鷓鴣天》詞後，而次於本年春。

〔二〕「到君」句，《後漢書》卷一〇四《袁紹傳》：「坐召三臺，專制朝政。」注：「漢官，尚書爲中臺，御史爲憲臺，謁者爲外臺，是謂三臺。」宋代監察御史又稱察院，隸御史臺。

〔三〕「自是」三句，自是君家門户事，《晉書》卷八二《孫盛傳》：「盛篤學不倦，自少至老，手不釋卷。著《魏氏春秋》、《晉陽秋》，並造《詩賦論難》復數十篇。《晉陽秋》詞直而理正，咸稱良史焉。既而桓温見之，怒謂盛子曰：『枋頭誠爲失利，何至乃如尊君所説？若此史遂行，自是關君門户事！』其子遽拜謝，謂請删改之。」西江，謂信江也。

〔四〕「三萬」句，李白《襄陽歌》：「百年三萬六千日，一日須傾三百杯。」

鵲橋仙　壽余伯熙察院①

豸冠風采，繡衣聲價〔一〕，曾把經綸少試。看看有詔日邊來，便入侍明光殿裏〔二〕。　東君未老，花明柳媚，且引玉船沉醉②〔三〕。好將三萬六千場〔四〕，自今日從頭數起。

【校】

①題，四卷本乙集作「賀余察院生日」，王詔校刊本、《六十名家詞》本、四印齋本「余」作「徐」，此從廣信書院本。

②「船」，四卷本作「巵」，《六十名家詞》本作「觥」。

【箋注】

〔一〕「豸冠」二句，豸冠，《後漢書》卷四〇《輿服志》：「法冠一曰柱後，高五寸，以纚爲展筩，鐵柱卷，執法者服之，侍御史、廷尉正監平也。或謂之獬豸冠。獬豸，神羊，能别曲直。楚王嘗獲之，故以爲冠。胡廣説曰：『《春秋左氏傳》有南冠而縶者，則楚冠也。秦滅楚，以其君服賜執法近臣，御史服之。』」繡衣，見本書卷二《水調歌頭・淳熙己亥自湖北漕移湖南》詞（折盡武昌柳闋）箋注。

〔二〕「看看」二句，日邊，見本書卷一《水調歌頭・壽趙漕介庵》詞（千里渥洼種闋）箋注。明光殿，《雍録》卷二《明光宫》：「尚書郎主作文書起草，更直於建禮門内，則近明光殿矣。建禮門内得神仙門，神仙門内得明光殿省中，省中皆胡粉塗壁，以丹漆地，謂之丹墀。尚書郎握蘭含雞舌香奏事。此之明光殿，約其方鄉，必在未央正宫殿中，不與北宫甘泉設爲奇玩者比，則臣下奏事之地也。」看看，將將，即將也。

〔三〕玉船，《武林舊事》卷七《乾淳奉親》條：「淳熙六年三月十五日，車駕過宫，恭請太上、太后幸聚景園。……上邀兩殿至瑶津少坐，進泛索，太上、太后並乘步輦，官裏乘馬，遍遊園中。……上親捧玉酒船上壽酒，酒滿玉船，船中人物皆能舉動如活，太上喜見顔色。」

〔四〕「好將」句，蘇軾《贈張刁二老》詩：「共成一百七十歲，各飲三萬六千場。」《滿庭芳》詞：「百年裏，渾教是醉，三萬六千場。」好，便也。

卜算子

尋春作①

修竹翠蘿寒②，遲日江山暮〔一〕。幽徑無人獨自芳〔二〕，此恨知無數。只共梅花語，嬾逐遊絲去。着意尋春不肯香〔三〕，香在無尋處。

【校】

①題，廣信書院本闕，此據王詔校刊本、《六十名家詞》本、四印齋本補。②「蘿」，廣信書院本、四卷本丁集原作「羅」，據王詔校刊本、《六十名家詞》本、四印齋本改。

【箋注】

〔一〕「修竹」二句，杜甫《佳人》詩：「天寒翠袖薄，日暮倚修竹。」《絶句二首》詩：「遲日江山麗，春風花草香。」

〔二〕「幽徑」句，歐陽修《竹間亭》詩：「雨多莓苔青，幽徑無人尋。」

〔三〕不肯香，王質《次虞樞密九日登高韻》詩：「年來莫是無知己，未遇淵明不肯香。」陳著《三次前韻二首》詩：「花本傷時不肯香，酒無賒處亦空忙。」

又

爲人賦荷花①

紅粉靚梳妝，翠蓋低風雨〔一〕。占斷人間六月涼，明月鴛鴦浦②〔二〕。　根底藕絲長，花裏蓮心苦。只爲風流有許愁，更襯佳人步〔三〕。

【校】

①題，四卷本丁集作「荷花」，此從廣信書院本。　②「明」，四卷本作「期」。

【箋注】

〔一〕「翠蓋」句，蘇軾《和文與可洋川園池三十首·横湖》詩：「貪看翠蓋擁紅妝，不覺湖邊一夜霜。」

〔二〕鴛鴦浦，柳永《甘草子》詞：「秋莫亂灑衰荷，顆顆真珠雨。雨過月華生，冷徹鴛鴦浦。」《明一統志》卷六二《岳州府》：「鴛鴦浦，在慈利縣治北。昔人詩：『桃花浪暖鴛鴦浦，柳絮風輕燕子巖。』」

〔三〕「只爲」二句，《南史》卷五《齊紀》：「又鑿金爲蓮華以帖地，令潘妃行其上，曰：『此步步生蓮華也。』」有許，有此。

又

聞李正之茶馬訃音①〔一〕

欲行且起行，欲坐重來坐。坐坐行行有倦時，更枕閑書卧。　病是近來身，嬾是從前我〔二〕。静掃瓢泉竹樹陰②，且恁隨緣過。

【校】

①題，四卷本丁集闕，此從廣信書院本。　②「静」，王詔校刊本、《六十名家詞》本、四印齋本作「净」。

【箋注】

〔一〕題，李正之茶馬，李正之名大正，見本書卷二《滿江紅·送李正之提刑入蜀》詞（蜀道登天闕）箋注。茶馬，即四川都大提舉茶馬司之簡稱。《宋會要輯稿·兵》二三之一九：「淳熙十四年五月十四日，都大主管四川茶馬李大正言：西和州買馬係本司選辟差官前去，通判略無干預，乞今後西和州通判更不推買馬之賞。從之。」《建炎以來繫年要録》卷一四八記四川茶馬司富甲天下，有注云：「淳熙十四年李大正裁減事可考。」據此知李正之自淳熙十二年入蜀任利路提刑之後，至十四年改任四川茶馬。韓淲《澗泉集》卷九《李正之丈提刑挽詞》前一首有云：「猶記登龍日，分明捉月仙。精神超物表，才術本天然。符節多遺愛，璽書行九遷。豈期歸蜀道，乃爾閟重泉。」知李正之三年茶馬任滿，於東歸途中遽卒，則其事當在淳熙十六年，最晚不晚於紹熙元年，因次於此。其同調二詞，既同載於四卷本丁集，廣信書院本又排列於右詞之前，殆與右詞作年不遠，亦彙録於此。《稼軒詞編年箋注》於右詞《編年》中有云：「詳詞中語意，與題語不相應，似非悼李氏之作，疑是另有聞訃之《卜算子》一首，原置右詞之前，當廣信書院本編刊時偶爾奪落也。」此語非是。查稼軒作聞訃悼詞不多，皆寫自家心態及聞訃情景，以示追悼之意，與他人寫法不同。如悼朱熹之《感皇恩》詞上半闋：「案上數編書，非《莊》即《老》。會説忘言始知道。萬言千句，不自能忘堪笑。今朝梅雨霽，青天好。」即同樣寫法。此之云云，乃疑不當疑也。

〔二〕「病是」二句，近來身，王建《貧居》詩：「近來身不健，時就六壬占。」從前我，陳藻《首正有感二首》詩：「聽説從前我未生，知書不許衩衣行。」

柳梢青

和范廓之席上賦牡丹①〔一〕

玉肌紅粉温柔，更染盡天香未休〔四〕。今夜簪花，他年第一，玉殿東頭〔五〕。

姚魏名流〔二〕，年年攬斷②，雨恨風愁。解釋春光〔三〕，剩須破費，酒令詩籌。

【校】

①題，四卷本乙集作「賦牡丹」，此據廣信書院本。又，「廓」字廣信書院本原作「先」字，據本書有關各詞徑改。②「攬」，《六十名家詞》本作「攪」。

【箋注】

〔一〕題，范廓之已見本書卷三《滿江紅·遊南巖和范廓之韻》詞（笑拍洪崖闋）箋注。右詞爲四卷本乙集所收。以其淳熙十六年有建康之遊，故將右詞及《雪樓小集》二詞彙置於送别詞之前。

〔二〕「姚魏」句，歐陽修《文忠文集》卷七二《洛陽牡丹記》：「姚黄者，千葉黄花，出於民姚氏家。此花之出，於今未十年，姚氏居白司馬坡，其地屬河陽，然花不傳河陽，傳洛陽。……魏家花者，千葉肉紅花，出於魏相仁浦家。始樵者於壽安山中見之，斲以賣魏氏，魏氏池館甚大，傳者云：『此花初出時，人有欲閲者，人税十數錢，乃得登舟渡池至花所。』」

〔三〕解釋春光，李白《清平調三首》：「解釋春風無限恨，沉香亭北倚闌干。」

〔四〕「更染」句，李濬《松窗雜録》：「春暮，内殿賞牡丹花。上頗好詩，因問修己曰：『今京邑傳唱牡丹花詩，誰爲首出？』修己對曰：『臣嘗聞公卿間多吟賞中書舍人李正封詩曰：國色朝酣酒，天香夜染衣。』上聞之，嗟賞移時。」

〔五〕「今夜」三句，簪花，《錢塘遺事》卷一〇載宋登第進士，賜聞喜宴後，不用謝恩，退皆簪花，乘馬而歸。玉殿東頭，龐元英《文昌雜録》卷三：「兩省官、文武百官，日赴文德殿東，兩相向對立，宰臣一員押班，聞傳不坐，則再拜而退，謂之常朝。」周必大《次韻楊廷秀待制二首》詩：「十年不侍殿東頭，臨水登山隱者流。」則知玉殿東頭即百官常朝時待朝處，亦進士殿試及唱名集合處也。

謁金門　和廓之五月雪樓小集韻①〔一〕

寶炬成行嫌熱②，玉腕藕絲誰雪③〔四〕。流水高山絃斷絕，怒蛙聲自咽〔五〕。遮素月，雲外金蛇明滅〔二〕。翻樹啼鴉聲未徹〔三〕，雨聲驚落月。

【校】

①題，廣信書院本原闕，此據四卷本丁集補。王詔校刊本、《六十名家詞》本、四印齋本俱作「無題」。②「炬」，四卷本作「蠟」。③「絲」，四卷本作「花」。

【箋注】

〔一〕題，雪樓，或即稼軒帶湖新居之集山樓。稼軒移居帶湖後，更名雪樓。稼軒詞中多及之。

〔二〕金蛇明滅，蘇軾《望海樓晚景五絕》詩：「横風吹雨入樓斜，壯觀應須好句誇。雨過潮平江海碧，電光時掣紫金蛇。」

〔三〕「翻樹」句，蘇軾《十二月十七日夜坐達曉寄子由》詩：「清風欲發鴉翻樹，缺月初升犬吠雲。」

〔四〕「玉腕」句，杜甫《陪諸貴公子丈八溝攜妓納涼晚際遇雨》詩：「公子調冰水，佳人雪藕絲。」

〔五〕「流水」二句，流水高山，琴曲也。見本書卷二《滿庭芳·和洪丞相景伯韻》詞（傾國無媒閿）箋注。廓之善鼓琴，見本卷《醉翁操》詞題。怒蛙，見《韓非子·内儲説》上：「越王慮伐吴，欲人之輕死也，出見怒鼃，乃爲之式。」

又

山吐月，畫燭從教風滅〔一〕。一曲瑶琴纔聽徹，金蕉三兩葉〔二〕。　驟雨微涼還熱，似欠舞瓊歌雪。近日醉鄉音問絶，有時清淚咽。

【箋注】

〔一〕「山吐」二句，山吐月，杜甫《月》詩：「四更山吐月，殘夜水明樓。」從教，從有自、任義，此可釋作自被。

〔二〕金蕉三兩葉，馮贄《雲仙雜記》卷一《酒器九品》條：「李適之有酒器九品：蓬萊盞、海川螺、舞仙盞、瓠子卮、幔捲荷、金蕉葉、玉蟾兒、醉劉伶、東溟樣。蓬萊盞上有山，象三島，注酒以山没爲限。舞仙盞有關捩，酒滿則仙人出舞，瑞香毬子落盞外。逢原記。」蔡襄《端明集》卷二八《羣玉殿曲宴記》：「是日，……宣諭以太平無事，卿等盡醉。乃索鹿頭酒，易以大杯。丞相韓公得金蕉葉，一飲空杯。」《古文類聚》續集卷一三引《東坡志林》：「吾兄子明飲酒三蕉葉，吾少時望見酒盞而醉，今亦能三蕉葉矣。」按：此條今本《東坡志林》失載。

定風波

席上送范廓之遊建康①〔一〕

聽我尊前醉後歌，人生無奈别離何〔二〕。但使情親千里近，須信。無情對面是山河〔三〕。　寄語石頭城下水〔四〕，居士。　而今渾不怕風波。　借使未成鷗鳥伴②，經慣③。

也應學得老漁蓑〔五〕。

【校】

①題，廣信書院本「廓」作「先」，「康」作「鄴」，此從四卷本乙集改。　②「借使」句，四卷本「成鷗鳥伴」四字作「如鷗鳥慣」，又「鳥」，王詔校刊本、《六十名家詞》本、四印齋本俱作「鷺」，此從廣信書院本。　③「經慣」，四卷本作「相伴」。

【箋注】

〔一〕題，據次首《醉翁操》長題，知右詞作於淳熙十六年，乃范廓之以宋廷甄録元祐黨籍家，遂赴行在，以家世告諸朝，且從便遊建康，因賦此詞送別，蓋與下詞作於同時也。

〔二〕「聽我」二句，醉後歌，杜甫《陪鄭廣文遊何將軍山林十首》詩：「自笑燈前舞，誰憐醉後歌。」無奈別離何，張謂《別韋郎中》詩：「不醉郢中桑落酒，教人無奈別離何。」

〔三〕「但使」三句，釋惠洪《禪林僧寶傳》卷二一《慈明禪師》：「慈明禪師出全州清湘李氏，諱楚圓。……依唐明嵩禪師。嵩謂公曰：『楊大年内翰知見高，入道穩實，子不可不見。』公乃往見大年。大年問曰：『對面不相識，千里却同風。』公曰：『近奉山門請。』大年曰：『真个脱空。』」

〔四〕「寄語」句，《景定建康志》卷一九《石頭城下水》條引《中朝故事》云：「李德裕博達，居廊廟日，有親知奉使於京口。李曰：『還日，金山下揚子江中零泉水，與取一壺來。』其人舉櫂，日醉而忘之。泛舟至石頭下，方憶，乃汲一瓶於江中，歸京獻之。李公飲後，訝歎非常，曰：『江表水味異於頃歲矣，此頗似建鄴石城下水。』其人謝過，不隱也。」《太平寰宇記》卷九〇《江南東道·昇州》：「右顯城，楚威王滅，起置金陵邑，即城也。後漢建安十七年，吴大帝乃加修理，改名石頭城，用貯軍粮器械。諸葛亮曾使建業，謂大帝曰：『鍾山龍盤，石城虎踞。』即此也。」

〔五〕「居士」句至此，居士，稼軒《新居上梁文》自稱也。老，杜甫《玉臺觀二首》詩：「更有紅顔生羽翰，便應黄髮老漁樵。」歐陽修《聖俞在南省監印進士試卷有兀然獨坐之歎因思去歲同在禮闈慨然有感兼簡子華景仁》詩：「顧我心情又非昨，祇思相伴老漁樵。」借使，即使也。

醉翁操

頃予從廓之求觀家譜，見其冠冕蟬聯，世載勳德。廓之甚文而好修，意其昌未艾也。今天子即位，覃慶中外，命國朝勳臣子孫之無見任者官之。先是，朝廷屢詔甄録元祐黨籍家，合是二者，廓之應仕矣。將告諸朝，行有日，請予作歌以贈。屬予避謗，持此戒甚力，不得如廓之請。又念廓之與予遊八年，日從事詩酒間，意相得歡甚，於其别也，何獨能恝然？顧廓之長於楚詞，而妙於琴，輒擬《醉翁操》，爲之詞以叙别。異時廓之綰組東歸，僕當爲買羊沽酒，廓之爲鼓一再行，以爲山中盛事云①〔一〕。

長松，之風，如公〔二〕，肯余從，山中？人心與吾兮誰同？湛湛千里之江，上有楓〔三〕。噫送子於東②，望君之門兮九重〔四〕。女無悦己，誰適爲容〔五〕？不龜手藥，或一朝兮取封③〔六〕。昔與遊兮皆童，我獨窮兮今翁。一魚兮一龍，勞心兮忡忡〔七〕。噫命與時逢，子取之食兮萬鍾④〔八〕。

【校】

①題，此題中，有「予」字四，廣信書院本俱作「余」；有「廓」字八，俱作「先」，皆從四卷本丁集改。又，「今天子」以下三句，廣信書院本作「時覃慶勳臣子孫無見任者命官之」，又，「朝廷」二字，廣信書院本原闕；又，「歌」原作「詩」，「廓之請」三字作「廓之之請」，皆從四卷本改補。②「於」，四卷本闕，據廣信書院本補。「東」，廣信書院本闕，據四卷本補。③「兮」，四卷本闕。④「取之食」，王詔校刊本、《六十名家詞》本、四印齋本作「之所食」。

【箋注】

〔一〕題，淳熙十六年二月初二，宋孝宗禪位，太子惇即皇帝位，是爲光宗。右詞有「今天子即位」、「廓之與予遊八年」語，廓之於淳熙九年來從稼軒遊學，至十六年恰爲八年，知即淳熙十六年春夏之後所作，時光宗雖即位而尚未改元也。光宗即位後，有大赦、百官進秩、優賞諸軍、蠲公私逋負等舉措，皆見《宋史》卷三六《光宗紀》，惟此所謂命國朝勳臣子孫之無見任者官之之詔未見史册記載。據鄧廣銘先生考證，范廓之乃范祖禹之後裔，見《〈稼軒詞甲集〉序文作者范開家世小考》一文。元祐黨籍，《宋史》卷一九《徽宗紀》一：「崇寧元年九月丁酉，治臣僚議復元祐皇后及謀廢元符皇后者罪，降韓忠彦、曾布官，追貶李清臣爲雷州司户參軍，黄履爲祁州團練副使，竄曾肇以下十七人。己亥，籍元祐及元符末宰相文彦博等、侍從蘇軾等、餘官秦觀等、内臣張士良等、武臣王獻可等，凡百有二十人，御書刻石端禮門。」《六藝之一録》卷九三載：「元祐黨籍凡三著，僕家舊有元祐姦黨碑，建炎間吕元直作相取去，最後者也。其間多是元符間臣僚文，曰：『皇帝嗣位之五年，旌别淑慝，明信賞刑，黜元祐害政之人，靡有佚罰，乃命有司夷考罪狀，第其首惡與其附麗者以聞，得三百九人，皇帝書而列之石，置於文德殿門之東壁，永爲萬世臣子之戒。』」范祖禹爲曾任待制以上官四十九人中之一人也。宋高宗即位後甄録元祐黨籍家，見於《宋史》之《高宗紀》各卷及《建炎以來朝野雜記》甲集卷五《褒録元祐黨籍》條：「紹興初，朝廷褒録元祐黨人，且擢用其子弟。」而孝宗朝未見記載。「屬予避謗」，稼軒淳熙間作詞多而作詩少，因何有詩之謗，其詳情如何，皆不得而知，僅見於本書卷三《水調歌頭・提幹李君索余賦秀野緑繞》詞（文字覷天巧闋）題下小注「余詩尋醫久矣」一語。「異時廓之綰組東歸」以下各語，想象廓之得官歸來情景也。據考，范廓之此行未能如願，《至元嘉禾志》卷二〇載竹洞翁所作《白龍潭記》，謂范廓之開禧、嘉定間久客宰相錢象祖之門，則於别去之後，未必得歸范氏南歸之後寓居地衢州矣。韓愈《寄盧仝》詩：「買羊沽酒謝不敏，偶逢明月耀桃李。」《史記》卷一一七《司馬相如列傳》：「臨邛中多富人，而卓王孫家僮八百人，程鄭亦數百人。二人乃相謂曰：令有貴客，爲具召之，并召令。……一坐盡傾，酒酣，臨邛令前奏琴，曰：『竊聞長卿好之，願以自娱。』相如辭謝，爲鼓一再行。」《索隱》：「古樂府《長歌行》、《短歌行》，皆曲引也。此言鼓一再行，謂一兩曲。」

〔二〕「長松」三句，《世説新語・言語》：「劉尹云：人想王荆産佳，此想長松下當有清風耳。」

〔三〕「人心」三句，人心與吾兮誰同，《楚辭·九章·抽思》：「何靈魂之信直兮，人之心不與吾心同。」湛湛千里之江上有楓，《楚辭·招魂》：「湛湛江水兮上有楓，目極千里兮傷春心。」

〔四〕「望君」句，《楚辭·九辯》：「豈不鬱陶而思君兮，君之門以九重。」

〔五〕「女無」二句，《文選》卷四一司馬遷《報任少卿書》：「蓋鍾子期死，伯牙終身不復鼓琴。何則？士爲知己者用，女爲悦己者容。」

〔六〕「不龜」二句，《莊子·逍遥遊》：「夫子固拙於用大矣。宋人有善爲不龜手之藥者，世世以洴澼絖爲事。客聞之，請買其方百金。聚族而謀曰：『我世世爲洴澼絖，不過數金。今一朝而鬻技百金，請與之。』客得之，以説吴王，越有難，吴王使之將，冬與越人水戰，大敗越人，裂地而封之。能不龜手，一也，或以封，或不免於洴澼絖，則所用之異也。」

〔七〕「一魚」二句，《楚辭·九歌·雲中君》：「思夫君兮太息，極勞心兮忡忡。」魚沉於淵，龍飛於天，殆雲泥異途之謂也。

〔八〕「噫命」二句，命與時逢，古有行與時違、身與時違、命與時違語，此反用之。萬鍾，《孟子·公孫丑》下：「他日，王謂時子曰：『我欲中國而授孟子室，養弟子以萬鍾，使諸大夫國人皆有所矜式，子盍爲我言之？』」

御街行

山中問盛復之提幹行期〔一〕

山城甲子冥冥雨，門外青泥路〔二〕。杜鵑只是等閑啼，莫被他催歸去。垂楊不語，行人去後，也會風前絮。　情知夢裏尋鵷鷺，玉殿追班處〔三〕。怕君不飲太愁生，不是苦留君住。白頭笑我①，年年送客，自喚春江渡②。

【校】

①「笑我」，四卷本乙集作「自笑」，此從廣信書院本。　②「喚」，《六十名家詞》本作「歎」。

【箋注】

〔一〕題，盛復之提幹，名庶。洪邁《夷堅志》支丁卷七《靈山水精》條：「水精出於信州靈山之下，惟以大爲貴，及其中現花竹象者。……麗水人盛庶字復之，名士也，曾仕於信，得二片，高四寸許，闊稱之，中有青葉成行，全如萱芽初抽之狀。盛君寶藏之，遇好事君子乃始出示。」（雍正）《浙江通志》卷一二六：「淳熙五年戊戌姚穎榜，盛庶，麗水人，福建提舉。」《宋會要輯稿·選舉》二二之一二、一三載慶元二年正月二十四日，命禮部侍郎木待問知貢舉，有司農寺丞盛庶點檢試卷；六月十日銓試，中有考校官司農寺丞盛庶。《稼軒詞編年箋注》於此詞編年有考證，謂「《夷堅志》支丁成書於慶元二年春間，其中謂盛復之『曾仕於信』，知其事必在慶元以前。洪邁於此條記事下注云，其事『得之張思順』，不云得之其子莘之，知盛氏之仕於信必猶在紹熙之前（洪莘之於紹熙初爲信州通判），故至晚當在淳熙末也」。考察盛庶以坑冶司幹官滯留信上，大致應在淳熙末紹熙初年間，故此編年似仍可從。下闋以同見於四卷本乙集，因附載於此後。

〔二〕「山城」二句，甲子冥冥雨，張鷟《朝野僉載》卷一：「諺云：春雨甲子，赤地千里。夏雨甲子，垂船入市。秋雨甲子，禾頭生耳。冬雨甲子，鵲巢下地，其年大水。」杜甫《雨》詩：「冥冥甲子雨，已度立春時。」青泥路，張説《張燕公集》卷一《畏途賦》：「青泥路，白馬關。雲足躡，霞手攀，忠臣往兮孝子還。」

〔三〕「情知」二句，尋鵷鷺，《職官分紀》卷一四《殿中侍御史》：「上官儀進西臺侍郎，同東西臺，三品。時以雍州司士參軍韋絢爲殿中侍御史，或疑非遷。儀曰：『此野人語耳。御史供奉赤墀下，接武夔龍，簉羽鵷鷺，豈雍州判佐比乎？』時以爲清言。」鵷鷺喻朝列整肅。追班，《宋史》卷一一〇《禮志》一三載紹興三十二年六月高宗禪位孝宗之禮儀，有云：「班權退，復追班，入詣殿下，立班。」知追班猶言補班或再班也。

又①

闌干四面山無數，供望眼〔一〕，朝與暮。好風吹雨過山來，吹盡一簾煩暑〔二〕。紗厨如霧，簟紋如水〔三〕，别有生涼處。　冰肌不受鉛華污〔四〕，更旎旎，真香聚〔五〕。臨風一曲最妖嬈，唱得行雲且住②〔六〕。藕花都放，木犀開後，待與乘鸞去〔七〕。

【校】

①題，《六十名家詞》本作「無題」，此從廣信書院本闕。　②「雲」，四卷本乙集作「人」。

【箋注】

〔一〕「闌干」二句，山無數，蘇舜欽《留題樊川李長官莊》詩：「門前翠影山無數，竹下寒聲水亂流。」供望眼，虞儔《姜總管相送至掃溪三十里夜雪中留別》詩：「已約好山供望眼，更煩飛雪送行舟。」

〔二〕煩暑，釋文瑩《玉壺野史》卷八：「文瑩頃游郢中二邑，僧壁尚有公之詩，《郢城新亭》曰：『每到新亭即厭歸，野香經雨長松圍。四簷山色消煩暑，一局棋聲下翠微。』」蔡襄《九日許當世以詩見率登高》詩：「正是秋風洗煩暑，力將衰颯上高臺。」

〔三〕「紗厨」二句，紗厨如霧，《金樓子》卷四：「白鳥，蚊也。齊桓公卧於柏寢，謂仲父曰：『吾國富民殷，無餘憂矣。一物失所，寡人猶爲之悒悒。今白鳥營營，饑而未飽，寡人憂之。』因開翠紗之幬，進蚊子焉。其蚊有知禮者，不食公之肉而退。」幬一本作厨，即蚊帳也。王之道《南歌子·書所見》詞：「角簟清冰滑，紗厨薄霧涼。」簟紋如水，蘇軾《南堂五首》詩：「掃地焚香閉閤眠，簟紋如水帳如煙。客來夢覺知何處，掛起西窗浪接天。」

〔四〕「冰肌」句，蘇軾《再和楊公濟梅花十絶》詩：「洗盡鉛華見雪肌，要將真色鬥生枝。」

〔五〕「更旎」二句，黄庭堅《子瞻繼和復答二首》詩：「迎燕温風旎旎，潤花小雨斑斑。」按：宋元之際詞人陳深《西江月·製香》詞有「龍沫流芳旎旎，犀沉鋸屑霏霏」語。

〔六〕「唱得」句，《列子·湯問》：「薛譚學謳於秦青，未窮青之技，自謂盡之，遂辭歸。秦青弗止，餞於郊衢，撫節悲歌，聲振林木，響遏行雲。薛譚乃謝求反，終身不敢言歸。」注：「二人並秦國之善歌者。」

〔七〕「待與」句，乘鸞用蕭史弄玉事。趙嘏《代人贈别》詩：「會須攜手乘鸞去，蕭史樓臺在玉京。」温庭筠《女冠子》詞：「早晚乘鸞去，莫相遺。」按：右詞殆贈歌者作，故以弄玉爲比也。

朝中措

九日小集，時楊世長將赴南宫①〔一〕

午年團扇怨秋風〔二〕，愁絶寶杯空②。山下卧龍丰度，臺前戲馬英雄〔三〕。　而今休也，花殘一似③，人老花同。莫怪東籬韻減，只今丹桂香濃〔四〕。

【校】

①題，四卷本丙集作「九日小集，世長將赴省」，此從廣信書院本。　②「寶」，《六十名家詞》本作「玉」。　③「一」，原作「人」，此據《六十名家詞》本改。

【箋注】

〔一〕題，南宫，宋代禮部也。《宋史》卷一五五《選舉志》：「宋之科目，有進士，有諸科，……熙寧以來，其法寖備。……禮部貢舉，設進士九經、五經、開元禮、三史、三禮、三傳、學究、明經、明法等科，皆秋取解，冬集禮部，春考試，合格及第者，列名放榜於尚書省。」楊世長將赴行在所禮部試，九月九日距其期已近。此淳熙十六年事也。

〔二〕「年年」句，班婕妤《怨歌行》：「新裂齊紈素，皎潔如霜雪。裁爲合歡扇，團團似明月。出入君懷袖，動摇微風發。常恐秋節至，涼風奪炎熱。棄捐篋笥中，恩情中道絶。」

〔三〕「山下」二句，謂文武皆能也。卧龍見本書卷四《水龍吟·用瓢泉韻戲陳仁和兼簡諸葛元亮且督和詞》詞（被公驚倒瓢泉閲）箋注。戲馬臺亦見本書卷四《鷓鴣天·重九席上作》詞（戲馬臺前秋雁飛閲）箋注。

〔四〕「只今」句，八月九月丹桂飄香季節，亦鄉薦得解之時，故有此二句。

又〔一〕

年年黄菊豔秋風，更有拒霜紅〔二〕。黄似舊時宮額〔三〕，紅如此日芳容。青青未老，尊前要看，兒輩平戎〔四〕。試釀西江爲壽，西江緑水無窮。

【箋注】

〔一〕題，右詞與下首詞與楊世長得解詞，皆以「年年」開頭，當爲同一時期所作，故皆次於此。

〔二〕拒霜紅，《淳熙三山志》卷四一：「拒霜，一名木芙蓉。秋開，色淡紅。一種百葉，朝開，純白，午後則漸紅如醉，謂之醉芙蓉。」

〔三〕「黄似」句，舊時宮額，見本書卷四《西江月·和楊民瞻賦牡丹韻》詞（宮粉厭塗嬌額閲）箋注。

〔四〕兒輩平戎，《世説新語·雅量》：「謝公與人圍棋，俄而謝玄淮上信至，看書竟，默然無言，徐向局。客問淮上利害，答曰：『小兒輩大破賊。』」

又①〔一〕

年年金蕊豔西風，人與菊花同。霜鬢經春重緑，仙姿不飲長紅。　焚香度日，從容笑語，儘調兒童②〔二〕。一歲一杯爲壽，從今更數千鍾。

【校】

①題，四卷本乙集題作「爲人壽」，此從廣信書院本無題。　②「焚香」三句，廣信書院本作「焚香度日儘從容，笑語調兒童」，此據文淵閣《四庫全書》本改。

【箋注】

〔一〕題，右詞與前詞似皆與一老婦人爲壽者。

〔二〕調兒童，蘇軾《和子由除夜元日省宿致齋三首》詩：「白髮門生幾人在，却將新句調兒童。」

清平樂　憶吴江賞木樨①〔一〕

少年痛飲〔二〕，憶向吴江醒。明月團團高樹影，十里水沉煙冷②〔三〕。　大都一點宫黄，人間直恁芬芳〔四〕。怕是秋天風露③，染教世界都香。

【校】

①題，四卷本丙集作「謝叔良惠木樨」，此從廣信書院本。　②「明月」二句，四卷本、《全芳備祖》前集卷一三作「明月團圓高樹影，十里薔薇水冷」。　③「秋」，四卷本作「九」。

【箋注】

〔一〕題，據四卷本詞題，右詞乃與余叔良酬答之詞，故相次編於淳熙十六年諸詞之後。據右題所云，知稼軒早年留連吴中，蓋嘗於秋天賞木樨於江上。

〔二〕少年痛飲，元稹《黄明府》詩：「少年曾痛飲，黄令苦飛觥。」

〔三〕「明月」二句，團團高樹影，李白《古朗月行》：「小時不識月，呼作白玉盤。又疑瑶臺鏡，飛在白雲端。仙人垂兩足，桂樹作團團。」水沉煙冷，水沉，香名。見陳敬《香譜》卷一《沉水香》條。蘇軾《九日舟中望見有美堂上魯少卿飲處以詩戲之》詩：「西閣珠簾卷落暉，水沉煙斷佩聲微。」曹勛《端午帖子》：「曲檻榴花絳色鮮，博山一縷水沉煙。」

〔四〕「大都」二句，大都，不過。直恁，如此。

鵲橋仙

己酉山行，書所見①〔一〕

松岡避暑，茆簷避雨，閑去閑來幾度？　醉扶怪石看飛泉②，又却是前回醒處。　東家娶婦，西家歸女，燈火門前笑語。　釀成千頃稻花香，夜夜費一天風露〔二〕。

【校】

①題，四卷本乙集「己酉」二字闕，此從廣信書院本。　②「怪」，四卷本作「孤」。

【箋注】

〔一〕題，己酉，即淳熙十六年。

〔二〕「釀成」二句，稻花香，許渾《晚自朝臺至韋隱居郊園》詩：「村徑繞山松葉暗，野門臨水稻花香。」一天風露，米友仁《臨江仙》詞：「一天風露重，人在玉壺清。」

菩薩蠻

送鄭守厚卿赴闕〔一〕

送君直上金鑾殿，情知不久須相見〔二〕。一日甚三秋〔三〕，愁來不自由。　九重天一笑，定是留中了〔四〕。白髮少經過，此時愁奈何？

【箋注】

〔一〕題，鄭守厚卿，據本書卷四《滿江紅·稼軒居士花下與鄭使君惜别》詞，知鄭厚卿即新衡州守鄭如密。其於淳熙十六年四月到衡州守任，稼軒於是年春在上饒送其赴任。據右詞首聯，疑爲送鄭守赴闕辭行語。蓋鄭守於淳熙十六年秋冬被召，途經上饒，故稼軒爲之送行。《稼軒詞編年箋注》次於紹熙元年，以爲鄭如密於淳熙十六年十二月罷衡州之後，慶元四年二月再罷知荆門軍之前八九年間所作。其罷衡州見《宋會要輯稿·職官》七二之五五：「淳熙十六年十二月二十六日，詔知衡州鄭如嵤放罷。以本路漕臣奏如嵤於總領所合解大軍錢米，輒憑奏檢固拒不解，於法合行給還民間之錢，輒貪利不顧，横欲拘没，故有是命。」再罷荆門軍見於《宋會要輯稿·職官》七四之二：「慶元四年二月二十四日，朝請大夫主管建寧府武夷山沖佑觀鄭如嵤放罷。以臣僚言如嵤昨知荆門軍，未赴，中風，其子公庠强其之官，並不出廳，凡狀牒並公庠代之，不問曲直，非錢不行。根刷坊場，監决流血，人不堪命。」據廣信書院本《菩薩蠻》次第，右詞則次於送辛祐之歸浮梁詞之後，紹熙三年仕閩以後詞之前，疑不應安排過晚。右詞或爲鄭如嵤於知衡州任内被召，赴闕途中過上饒時稼軒送别，因有此詞，其時或當在淳熙十六年十二月罷知衡州之前，蓋未到行在而於途中爲言者所論，故有《宋會要輯稿》之記載也。因將右詞次於淳熙十六年秋冬之季。同調《送曹君之莊所》一詞，原次第在右詞之後，遂一併附載於此。

〔二〕「送君」二句，金鑾殿，唐殿名。《雍録》卷四《唐翰苑位置》：「三殿者，麟德殿也，一殿而有三面，故名三殿也。……翰林院學士院皆在三殿西廊之外。其廊既爲重廊，其門必爲重門也。自翰苑穿廊而趨宣召，必由重門而入，故謂複門之召也。……寢殿既在翰苑之左，而金鑾殿又在學士院之左，則金鑾益近寢殿矣。自有金鑾殿後宣對，多在金鑾。則知其謹並寢殿矣。」情知，明知也。

〔三〕「一日」句，《詩·王風·采葛》：「一日不見，如三秋兮。」

〔四〕「九重」二句，天一笑，杜甫《能畫》詩：「每蒙天一笑，復似物皆春。」留中，守臣參見，留朝廷供職，不再任郡守。

又

送曹君之莊所〔一〕

人間歲月堂堂去，勸君快上青雲路〔二〕。聖處一燈傳①，工夫螢雪邊〔三〕。麯生風味惡，辜負西窗約〔四〕。沙岸片帆開，寄書無雁來〔五〕。

【校】

①「聖」，《六十名家詞》本作「堅」，此從廣信書院本。四卷本此首闕。

【箋注】

〔一〕題，曹君未詳，所之莊所亦未詳。

〔二〕「人間」二句，歲月堂堂去，薛能《春日使府寓懷二首》詩：「青春背我堂堂去，白髮欺人故故生。」王之道《次韻蔣守張進彦》詩：「休嗟歲月堂堂去，且喜旌麾得得來。」青雲路，《史記》卷七九《范睢蔡澤列傳》：「須賈頓首言死罪，曰：『賈不意君能自致於青雲之上。』」

〔三〕「聖處」二句，聖處一燈傳，佛教禪宗記録之書起於《景德傳燈録》。李綱《梁溪集》卷一三三《澧州夾山普慈禪院轉輪藏記》：「大迦葉以正法眼，展轉傳授，至於達摩，流通震旦，不立文字，直指心源，見性成佛。譬如一燈傳，百千燈光明相續，無有窮盡。」螢雪，《晉書》卷八三《車胤傳》：「胤恭勤不倦，博學多通。家貧，不常得油，夏月則練囊盛數十螢火以照書，以夜繼日少焉。」李瀚《蒙求集注》卷上《孫康映雪》條：「《孫氏世録》曰：『康家貧無油，常映雪讀書。少小清介，交遊不雜，後至御史大夫。』」

〔四〕「麯生」二句，麯生風味惡，麯生指酒。鄭綮《開天傳信記》：「道士葉法善，精於符籙之術。……嘗有朝客數十人詣之，解帶淹留，滿座思酒。忽有人叩門，云麯秀才。法善令人謂曰：『方有朝僚，未暇瞻晤，幸吾子異日見臨也。』語未畢，有一美措，傲睨而入，年二十餘，肥白可觀，笑揖諸公，居末席。抗聲談論，援引古人，一席不測，恐聳觀之。良久暫起，旋轉，法善謂諸公曰：『此子突入，語辯如此，豈非魃魅爲惑乎？試與諸公避之。』麯生復至，扼腕抵掌，論難鋒起，勢不可當。法善密以小劍擊之，隨手失墜於階下，化爲瓶榼，一座驚懾，遽視其所，乃盈瓶醲醞也。咸大笑飲之，其味甚嘉。座客醉而揖其瓶曰：『麯生風味，不可忘也。』」黄庭堅《醇道得蛤蜊復索舜泉舜泉已酌盡官酒不堪不敢送》詩：「商略督郵風味惡，不堪持到蛤蜊前。」西窗約，李商隱《夜雨寄北》詩：「君問歸期未有期，巴山夜雨漲秋池。何當共翦西窗燭，却話巴山夜雨時。」

〔五〕「寄書」句，黄庭堅《次韻答叔原會寂照房呈稚川》詩：「寄書無雁來，衰草漫寒塘。」

滿江紅

送徐撫幹衡仲之官三山，時馬會叔侍郎帥閩①〔一〕

絶代佳人，曾一笑傾城傾國〔二〕。休更歎舊時青鏡②，而今華髮〔三〕。明日伏波堂上客，老當益壯翁應説〔四〕。恨苦遭鄧禹笑人來〔五〕，長寂寂。詩酒社，江山筆。松菊徑，雲煙屐〔六〕。怕一觴一詠〔七〕，風流絃絶。我夢横山孤鶴去〔八〕，覺來却與君相别。記功名萬里要吾身，佳眠食〔九〕。

【校】

①題，廣信書院本作「送徐行仲撫幹」，此從四卷本乙集。然四卷本「會叔」二字原顛倒爲「叔會」，今徑改。②「青」，四卷本作「清」，此從廣信書院本。

【箋注】

〔一〕題，徐衡仲，已見。撫幹，即安撫司幹辦公事官。馬會叔，即馬大同。《景定嚴州續志》卷三：「馬大同字會叔，郡人，登紹興二十四年進士第。自爲小官，即以剛介聞。改秩，除國子監簿。對便殿，上與語，輒奏不然。明日，謂宰執曰：『夜來馬大同奏對，朕與之辨論，凡不然朕説者三，氣節可喜。』由是簡知孝廟，有大用意。後每對上，輒陳恢復大計。歷中外要官，必求盡職，以洗冤澤物爲己任。所至雖遐僻，童孺無不知公名，仕至户部侍郎。」《淳熙三山志》卷二二《秩官》：「馬大同，淳熙十六年四月，以朝散大夫直顯謨閣知，五月轉朝請大夫。紹熙元年十一月，大同被召，趙汝愚以敷文閣學士中奉大夫再知。」右詞當作於淳熙十六年秋冬。三山，謂福州也。張鎡《南湖集》卷六有《送徐衡仲歸侍次福建帥屬二首》詩，中有「三年林曲喜談叢，交薦俄聞得數公。竟覓一官蓮幕下，漫添千詠錦囊中」句，知徐衡仲之入福建帥幕，非馬大同所辟。

蓋其赴任時，適值其爲帥也。

〔二〕「絶代」二句，見本書卷二《滿江紅・席間和洪景盧舍人兼簡司馬漢章大監》詞（天與文章）箋注。

〔三〕「休更」二句，謝朓《冬緒羈懷》詩：「寒燈耿宵夢，清鏡悲曉髮。」杜甫《早發》詩：「僕夫問盥櫛，暮顔靦青鏡。」

〔四〕「明日」二句，《後漢書》卷五四《馬援傳》：「馬援字文淵，扶風茂陵人也。……嘗謂賓客曰：『丈夫爲志，窮當益堅，老當益壯。』……交阯女子徵側及女弟徵貳反，……於是璽書拜援伏波將軍。」按：此二句謂徐衡仲與馬會叔也。

〔五〕鄧禹笑人，《南史》卷二一《王融傳》：「融躁於名利，自恃人地，三十内望爲公輔。……及爲中書郎，嘗撫案歎曰：『爲爾寂寂，鄧禹笑人。』行遇朱雀桁，開路人填塞，乃搥車壁曰：『車中乃可無七尺，車前豈可乏八騶？』」按：《後漢書》卷四六《鄧禹傳》：「鄧禹字仲華，南陽新野人也。……光武即位於鄗，使使者持節，拜禹爲大司徒。策曰：『制詔，前將軍鄧禹，深執忠孝，與朕謀謨帷幄，決勝千里。孔子曰：自吾有回，門人日親。斬將破軍，平定山西，功效尤著。百姓不親，五品不訓，汝作司徒，敬敷五教，五教在寬。今遣奉車都尉授印綬，封爲酇侯，食邑萬户，敬之哉！』禹時年二十四。」

〔六〕「詩酒」四句，詩酒社，蘇軾《乘舟過賈收水閣收不在見其子三首》詩：「得意詩酒社，終身魚稻鄉。」江山筆，《新唐書》卷一二五《張説傳》：「爲文屬思精壯，長於碑志，世所不逮。既謫岳州，而詩益悽婉，人謂得江山助云。」松菊徑，《陶淵明集》卷五《歸去來兮辭》：「三徑就荒，松菊猶存。」雲煙屐，《南史》卷一九《謝靈運傳》：「靈運因祖父之資，生業甚厚。奴僮既衆，義故門生數百，鑿山浚湖，功役無已。尋山陟嶺，必造幽峻。巖嶂數十重，莫不備盡登躡。常著木屐，上山則去其前齒，下山去其後齒。嘗自始寧南山伐木開徑，直至臨海，從者數百，臨海太守王琇驚駭，謂爲山賊。」

〔七〕一觴一詠，「一觴一詠，亦足以暢叙幽情」，王羲之《蘭亭序》中語，見《晉書》卷八〇《王羲之傳》。

〔八〕「我夢」句，蘇軾《東坡全集》卷三三《後赤壁賦》：「時夜將半，四顧寂寥。適有孤鶴，横江東來，翅如車輪，玄裳縞衣，戛然長鳴，掠予舟而西也。須臾客去，予亦就睡。夢一道士羽衣翩躚，過臨皋之下，揖予而言曰：『赤壁之游樂乎？』問其姓名，俛而不答。嗚呼，噫嘻，我知之矣。疇昔之夜，飛鳴而過我者，非子也耶？道士顧笑，予亦驚悟。開户視之，不見其處。」

〔九〕「記功」二句，功名萬里，高適《送李侍御赴安西》詩：「功名萬里外，心事一杯中。」佳眠食，姜夔《絳帖平》卷四《宋太常卿孔琳書》：「得去月二示，知君所患，故爾不差，甚有幽悒。熱甚，比復何似？想已轉佳，眠食極勝也。」要，需也。

歸朝歡

寄題三山鄭元英巢經樓。樓之側有尚友齋，欲借書者就齋中取讀，書不借出①〔一〕

萬里康成西走蜀，藥市船歸書滿屋〔二〕。有時光彩射星躔，何人汗簡讎天禄〔三〕，好之寧有足〔四〕？請看良賈藏金玉。記斯文，千年未喪，四壁聞絲竹〔五〕。試問辛勤攜一束，何似牙籤三萬軸〔六〕。古來不作借人癡〔七〕，有朋只就雲窗讀②。憶君清夢熟。覺來笑我便便腹〔八〕。倚危樓，人間誰舞③，掃地八風曲〔九〕。

【校】

①題，四卷本丁集「三山鄭元英巢經樓」八字作「鄭元英文山巢經樓」，此從廣信書院本。②「雲」，王詔校刊本、《六十名家詞》本、四印齋本作「芸」。③「誰舞」，四卷本作「何處」。

【箋注】

〔一〕題，鄭元英之福州居址巢經樓、尚友齋俱無考。鄭元英於淳熙十一年與李大正同時入蜀，李大正卒於提舉茶馬任滿東歸途中，鄭元英之歸福州，最晚亦在淳熙末。稼軒應其請求，爲其二書閣賦詞，亦當不晚於紹熙初，因同《玉樓春》詞併附於淳熙十六年諸詞之後。

〔二〕「萬里」二句，萬里康成，《後漢書》卷六五《鄭玄傳》：「鄭玄字康成，北海高密人也。……通《京氏易》、《公羊春秋》、《三統曆》、《九章算術》，又從東郡張恭祖受《周官》、《禮記》、《左氏春秋》、《韓詩》、《古文尚書》，以山東無足問者，乃西入關，因涿郡盧植事扶風馬融。……玄自遊學十餘年，乃歸鄉里。」藥市，在成都，除賣藥外兼賣百貨。《説郛》卷六二趙抃《成都古今記》：「正月燈市，二月花市。……八月桂市，九月藥市。」《鐵圍山叢談》卷六：「往時川蜀俗喜行毒，而成都故事，歲以天中重陽時開大慈寺，多聚人物，出百貨，其間號名藥市者。」然古來記載，無言藥市售書者。殆以藥市代成都也。惟韓淲《澗泉集》卷四《近從校書得太玄今又得蜀本歐陽文》詩云：「本朝二百年，古文盛歐陽。……旦旦藥市游，夜夜隘巷藏。」又同書卷九《李正之丈提刑挽詞》之第二首有云：「耆舊今零落，風流近所無。歌詩到元白，字畫逼歐虞。爲約言猶在，收書德不孤。階庭知有子，慶澤自相符。」自注：「公作《墳約》，先公跋之。公在蜀收書，將爲義學。」知其時東南人士仕宦於蜀，多收其書以歸。

〔三〕「有時」二句，光彩射星躔，蔡襄《讀太平告身》詩：「綾紋金彩射星霞，潤墨新騰玉署麻。」王嘉《拾遺記》卷六：「劉向於成帝之末，校書天禄閣，專精覃思。夜有老人着黄衣，植青藜杖，扣閣而進。見向暗中獨坐誦書，老父乃吹杖端，爛然大明，因以照向。説開闢以前事，向因受五行洪範之文，恐辭説繁廣忘之，乃裂裳及紳，以記其言。至曙而去，向請問姓名，云：『我是太一之精，天帝聞金卯之子有博學者，下而觀焉。』乃出懷中竹牒，有天文地圖之書。」汗簡讎，《後漢書》卷九四《吴祐傳》：「吴祐字季英，陳留長垣人也。父恢，爲南海太守。祐年十二，隨從到官，恢欲殺青簡以寫經書。」注：「殺青者，以火炙簡，令汗，取其青，易書，復不蠹，謂之殺青，亦謂汗簡。義見劉向《别録》也。」《太平御覽》卷六一八引《劉向别傳》：「讎校者，一人持本，一人讀折，若怨家相對，故曰讎也。」

〔四〕「好之」句，《新唐書》卷九七《魏徵傳》：「若以爲足，今不啻足矣。以爲不足，萬此寧有足邪？」

〔五〕「記斯」三句，斯文未喪，《論語・子罕》：「天之將喪斯文也，後死者不得與於斯文也。天之未喪斯文也，匡人其如予何？」四壁絲竹，《漢書》卷五三《景十三王傳》：「恭王初好治宫室，壞孔子舊宅，以廣其宫。聞鐘磬琴瑟之聲，遂不敢復壞，於其壁中得古文經傳。」《水經注》卷二五《泗水》條：「漢武帝時，魯恭王壞孔子舊宅，得《尚書》、《春秋》、《論語》、《孝經》。時人已不復知有古文，謂之科斗書。漢世秘之，希有見者。於時聞堂上有金石絲竹之音，乃不壞。」

〔六〕「試問」二句，攜一束，韓愈《示兒》詩：「始我來京師，止攜一束書。」牙籤，見本書卷三《水調歌頭・提幹李君索余賦秀野緑繞二詩》詞（文字覷天巧闋）箋注。

〔七〕「古來」句，李乂《資暇集》卷下：「借書，借借書籍（上子亦反，下子夜反），俗曰借一癡，借二癡，索三癡，還四癡。又按《王府新書》，杜元凱遺其子書曰：『書勿借人。古人云：古諺借書一嗤，還書二嗤。』後人更生其詞至三四，因訛爲癡，嗤笑也。」

〔八〕「覺來」句，《後漢書》卷一一〇《邊韶傳》：「邊韶字孝先，陳留浚儀人也。以文學知名，教授數百人。韶口辯，曾晝日假卧，弟子私嘲之曰：『邊孝先，腹便便。嬾讀書，但欲眠。』韶潛聞之，應時對曰：『邊爲姓，孝爲字。腹便便，五經笥。但欲眠，思經事。寐與周公通夢，静與孔子同意。師而可嘲，出何典記？』嘲者大慚。」

〔九〕「掃地」句，《新唐書》卷一〇九《祝欽明傳》：「初，后屬婚，上食禁中。帝與羣臣宴，欽明自言能八風舞，帝許之。欽明體肥醜，據地搖頭睆目，左右顧眄，帝大笑。吏部侍郎盧藏用歎曰：『是舉五經掃地矣。』」《左傳·隱公五年》：「夫舞，所以節八音而行八風。」注：「八音，金石絲竹匏土革木也。八風，八方之風也。」

玉樓春

寄題文山鄭元英巢經樓〔一〕

悠悠莫向文山去，要把襟裾牛馬汝〔二〕。遥知書帶草邊行，正在雀羅門裏住〔三〕。　平生插架昌黎句，不似拾柴東野苦〔四〕。侵天且擬鳳凰巢，掃地從他鸜鵒舞〔五〕。

【箋注】

〔一〕題，文山，在福州侯官縣。〔乾隆〕《福州府志》卷五《侯官縣》：「象山在貴安山北，又有佛國山、火烽山、保福山、郡厲壇在焉。……北爲文山，宋隱士鄭育居此，太守黄裳訪之，壘石爲徑，榜曰文山，因名。」《侯官縣鄉土志》卷六：「文山在縣治西北九里，其水西入洪山江。……文山區無大溪浦，其山多雨後澗泉，乍流乍止，未聞以溪名者。」查黄裳於政和三年知福州，見《淳熙三山志》卷二二《太守題名》，則鄭育與之同時人。鄭元英始末雖無考，然或即鄭育之後裔也。

〔二〕「要把」句，韓愈《符讀書城南》詩：「人不通古今，馬牛而襟裾。」《五百家注昌黎文集》卷六：

「襟裾，衣也。……《孟子》：『飽食暖衣，逸居而無教，則近於禽獸。』」

〔三〕「遥知」二句，書帶草，《太平廣記》卷四〇八《書帶草》條：「鄭司農常居不其城南山中教授。黄巾亂乃避，遣生徒，崔琰、王經諸賢於此揮涕而散。所居山下草如薤葉，長尺餘許，堅韌異常。時人名作康成書帶。出《三齊記》。」雀羅門，《史記》卷一二〇《汲鄭列傳贊》：「夫以汲黯之賢，有勢則賓客十倍，無勢則否，况衆人乎？下邽翟公有言：『始翟公爲廷尉，賓客闐門。及廢，門外可設雀羅。翟公復爲廷尉，賓客欲往，翟公乃大署其門曰：一死一生，乃知交情。一貧一富，乃知交態。一貴一賤，交情乃見。』汲、鄭亦云，悲夫。」鄭，鄭當時也。

〔四〕「平生」二句，插架，用韓愈詩典故。見本書卷二《水調歌頭·提幹李君索余賦秀野緑繞二詩》詞（文字覷天巧閿）箋注。拾柴，孟郊《贈崔純亮》詩：「食薺腸亦苦，强歌聲無歡。出門即有礙，誰謂天地寬。」《忽不貧喜盧仝書船歸洛》詩：「書船平安歸，喜報鄉里閭。我願拾遺柴，巢經於空虚。」《唐摭言》卷六：「郊窮餓，不得安養其親，周天下無所遇。作詩曰：『食薺腸亦苦，……誰謂天地寬。』其窮也甚矣。」東野，孟郊字也。

〔五〕「侵天」二句，鳳凰巢，韓愈《南山有高樹行》：「南山有高樹，花葉何衰衰。上有鳳凰巢，鳳凰乳且棲。」鸜鵒舞，《晉書》卷七九《謝尚傳》：「善音樂，博綜衆藝，司徒王導深器之，比之王戎。常呼爲小安豐，辟爲掾，襲父爵咸亭侯。始到府通謁，導以其有勝會，謂曰：『聞君能作鴝鵒舞，一坐傾想，寧有此理不？』尚曰：『佳。』便著衣幘而舞，導令坐者撫掌擊節，尚俯仰在中，傍若無人，其率詣如此。」鸜鵒即鴝鵒，鳥名，即今之八哥也。

聲聲慢　送上饒黄倅秩滿赴調①〔一〕

東南形勝，人物風流，白頭見君恨晚。便覺君家叔度，去人未遠〔二〕。長憐士元驥足，道直須別駕方展〔三〕。問箇裏，待怎生銷殺，胸中萬卷？　況有星辰劍履，是傳家，合在玉皇香案〔四〕。零落新詩，我欠可人消遣。留君再三不住，便直饒萬家淚眼〔五〕。怎抵得，這眉間黄色一點〔六〕？

【校】

①題，「秩」，王詔校刊本、《六十名家詞》本、四印齋本俱作「職」，此據廣信書院本。

【箋注】

〔一〕題，上饒黄倅，信州通判黄某，其名各《廣信府志》及史籍均無考。據廣信書院本編排次第，右詞當作於稼軒寓居帶湖期間，因附於淳熙末。《稼軒詞編年箋注》以爲紹熙間洪莘之通判信州，則黄倅自應在淳熙末，恐非此理。蓋南宋時期，信州通判二員，非一員，見〔乾隆〕《廣信府志》卷九。

〔二〕「便覺」二句，君家叔度，《後漢書》卷八三《黄憲傳》：「黄憲字叔度，汝南慎陽人也。……潁川荀淑至慎陽，遇憲於逆旅，時年十四，淑竦然異之，揖與語，移日不能去。謂憲曰：『子吾之師表也。』既而前至袁閎所，未及勞問，逆曰：『子國有顔子，寧識之乎？』閎曰：『見吾叔度邪？』……同郡陳蕃、周舉常相謂曰：『時月之間，不見黄生，則鄙吝之萌復存乎心。』及蕃爲三公，臨朝歎曰：『叔度若在，吾不敢先佩印綬矣。』」去人未遠，《晉書》卷四五《郭奕傳》：「少有重名，山濤稱其高簡有雅量。初爲野王令，羊祜常過之，奕歎曰：『羊叔子何必減郭大業？』少還復往，又歎曰：『羊叔子去人遠矣。』」

〔三〕「長憐」二句，《三國志·蜀志》卷七《龐統傳》：「龐統字士元，襄陽人也。……先主領荆州，統以從事守耒陽令，在縣不治，免官。吴將魯肅遺先主書曰：『龐士元非百里才也，使處治中別駕之任，始當展其驥足耳。』」

〔四〕「况有」三句，星辰劍履，杜甫《上韋左相二十韻》詩：「持衡留藻鑑，聽履上星辰。」鄭尚書履聲，見本書卷三《太常引·壽韓南澗尚書》詞（君王着意履聲間闋）箋注。劍履則謂劍履上殿，此句蓋融合二義，謂其家世有重臣也。周必大《淩閣學景夏挽詩二首》云：「劍履星辰上，風流水石間。」即此意也。玉皇香案，元稹《以州宅誇於樂天》詩：「我是玉皇香案吏，謫居猶得住蓬萊。」

〔五〕「便直」句，直饒，雖説，有任憑義。萬家淚眼，謂其受民間愛戴也。

〔六〕眉間黄色一點，韓愈《鄆城晚飲贈副使馬侍郎馮宿李宗閔二員外》詩：「城上赤雲呈勝氣，眉間黄色見歸期。」蘇軾《次韻穆父舍人再贈之什》詩：「憐我白頭來仗下，看君黄氣發眉間。」《浣溪沙・有贈》詞：「惟見眉間一點黄，詔書催發羽書忙。從教嬌淚洗紅妝。」

玉樓春

席上贈别上饒黄倅。龍𧫴，雨巖堂名。通判雨，當時民謡。吏垂頭，亦渠攝郡時事①〔一〕

往年龍𧫴堂前路，路上人誇通判雨〔二〕。去年拄杖過瓢泉，縣吏垂頭民歎語②。學窺聖處文章古〔三〕，清到窮時風味苦。尊前老淚不成行〔四〕，明日送君天上去。

【校】

①題，四卷本乙集作「席上爲黄倅賦」，此從廣信書院本。「龍𧫴」以下諸語，王詔校刊本、《六十名家詞》本俱闕，四印齋本移詞後爲小注。　②「歎」，四卷本作「笑」。

【箋注】

〔一〕題，「龍𧫴」以下，皆爲題下注語。龍𧫴堂在永豐博山雨巖，當爲稼軒所命名，書册無載。通判雨，吏垂頭，爲黄倅在任時愛民及整肅吏政之政績。考淳熙末年，信州闕守，黄倅當暫代郡政，故爲吏民所推戴如此，上闋《聲聲慢》詞亦有「萬家淚眼」語，惜地方志及諸書全無記載。

〔二〕通判雨，謂所沾通判雨露之恩也。吕祖謙《詩律武庫》後集卷一〇《御史雨》条：「唐顔真卿，開元中遷監察御史，使河隴。時五原有冤獄，久不决，天且旱。真卿辯獄而雨，郡人呼爲御史雨。」通判雨意同此。

〔三〕「學窺」句，楊時《龜山集》卷二五《送吴子正序》：「自漢迄唐千餘歲，而士之名能文者，無過是數人。及考其所至，卒未有能倡明道學、窺聖人閫奧如古人者。」

〔四〕老淚不成行，沈遘《道中見新月寄内》詩：「行行見新月，淚下不成行。」

水調歌頭

送楊民瞻〔一〕

日月如磨蟻，萬事且浮休〔二〕。君看簷外江水，滚滚自東流①〔三〕。風雨瓢泉夜半，花草雪樓春到，老子已菟裘〔四〕。歲晚問無恙，歸計橘千頭〔五〕。夢連環，歌彈鋏，賦登樓〔六〕。黄雞白酒②，君去村社一番秋〔七〕。長劍倚天誰問？夷甫諸人堪笑，西北有神州〔八〕。此事君自了，千古一扁舟〔九〕。

【校】

①「滚滚」，廣信書院本原作「衮衮」，此據《六十名家詞》本改。②「雞」，《六十名家詞》本作「鶴」，此從廣信書院本。

【箋注】

〔一〕題，右詞題僅有「送楊民瞻」四字，未言其何以别去。然詞中用李白入京詩「黄雞白酒」典故，疑爲送楊民瞻入行在參加禮部試所作。蓋爲淳熙十六年冬季事。明年即紹熙元年爲禮部試之年，故稼軒送其赴試時多用關心天下大事鼓勵進取之語。惜上饒地方志不載宋代舉人，未能考知其名耳。

〔二〕「日月」二句，日月如磨蟻，《晉書》卷一一《天文志》：「《周髀》家云：天圓如張蓋，地方如棋局。天旁轉如推磨而左行，日月右行，隨天左轉，故日月實東行而天牽之以西没，譬之於蟻行磨石之上，磨左旋而蟻右去，磨疾而蟻遲，故不得不隨磨以左迴焉。」邵雍《皇極經世一元吟》詩：「天地如蓋軫，覆載何高極。日月如磨蟻，往來無休息。」浮休，《莊子·刻意》：「其生若浮，其死若休。」注：「泛然無所惜也。」

〔三〕「君看」二句，李白《送别》詩：「雲帆望遠不相見，日暮長江空自流。」蘇軾《次韻前篇》詩：「長江滚滚空自流，白髮紛紛寧少借。」

〔四〕「老子」句，《左傳·隱公十一年》：「冬十月，鄭伯以虢師伐宋，壬戌，大敗宋師，以報其入鄭也。……羽父請殺桓公，將以求大宰。公曰：『爲其少故也，吾將授之矣。使營菟裘，吾將老焉。』羽父懼，反譖公於桓公而請弒之。十一月壬辰，羽父使賊弒公，立桓公。」注：「菟裘，魯邑，在泰山梁父縣南，不欲復居魯朝，故别營外邑。」吕祖謙《左氏博議》卷三：「將之一字，是隱公貪慕顧惜之心形於言者也。當授即授，何謂將授？當營即營，何謂將營？投機之會，間不容髮，豈容有所謂將者耶？此所以招羽父之侮，起桓公之疑，而迄至於殺其身也。隱公遜國之義心如此之明，迹如此之顯，秋毫不盡，遽受大禍。」

〔五〕橘千頭，見本書卷二《水調歌頭·舟次揚州和楊濟翁周顯先韻》詞（落日塞塵起閡）箋注。

〔六〕「夢連」三句，夢連環，見本書卷四《江神子·和陳仁和韻》詞（玉簫聲遠憶驂鸞闋）箋注。歌彈鋏，見本書卷二《滿江紅》（漢水東流闋）箋注。賦登樓，見本書卷一《水調歌頭》（落日古城角闋）箋注。

〔七〕「黄雞」二句，黄雞白酒，李白《南陵别兒童入京》詩：「白酒新熟山中歸，黄雞啄黍秋正肥。呼童烹雞酌白酒，兒女歌笑牽人衣。」一番秋，吕本中《乾元副寺欲還雲門》詩：「溪山往時夢，江海一番秋。」

〔八〕「長劍」三句，長劍倚天，《藝文類聚》卷一九宋玉《大言賦》：「方地爲車，圓天爲蓋，長劍耿介倚天外。」夷甫諸人，見本書卷八《水龍吟·甲辰歲壽韓南澗尚書》詞（渡江天馬南來闋）箋注。西北有神州，史正志《新亭》詩：「龍盤虎踞阻江流，割據由來起仲謀。從此但誇佳麗地，不知西北有神州。」餘參本書卷四《滿江紅·送信守鄭舜舉被召》詞（湖海平生闋）箋注。

〔九〕「此事」二句，君自了，《晉書》卷四三《山濤傳》：「鍾會作亂於蜀，而文帝將西征，時魏氏諸王公並在鄴，帝謂濤曰：『西偏吾自了之，後事深以委卿。』」了，了斷也。千古一扁舟，范蠡載西子五湖之歸舟也。見本書卷二《破陣子·爲范南伯壽》詞（擲地劉郎玉斗闋）箋注。

又〔一〕

簪履競晴晝，畫戟插層霄〔二〕。紅蓮幕底風定〔三〕，香霧不成飄。螺髻梅妝環列，鳳管檀槽交奏，回雪舞纖腰①〔四〕。觴酒蕩寒玉，冰頰醉江潮。頌豐功，祝難老，沸民謡。曉庭梅蕊初綻，定報鼎羹調〔五〕。龍衮方思勳舊，已覆金甌名姓，行看紫泥褒〔六〕。重試補天手，高插侍中貂〔七〕。

【校】

①「舞」，原作「無」，據詞律徑改。

【箋注】

〔一〕題，右詞僅見於影印本《詩淵》第四六二一頁，無題。據詞意，當是祝壽之作，其人一度嘗爲近臣，故稼軒冀其「重試補天手，高插侍中貂」。雖所壽何人無考，然推其時間，當在孝宗朝，因附於淳熙末所作同調詞之後。

〔二〕「簪履」二句，簪履，《舊唐書》卷九一《桓彦範傳》，謂其則天時上疏論張昌宗，有「昌宗無德無才，謬承恩寵，自宜粉骨碎肌，以答殊造，豈得苞藏禍心，有此占相？陛下以簪履恩，久不忍加刑」語。《却掃編》卷下亦有「陛下聖心仁厚，天縱慈明，豈有股肱近臣，簪履舊物，肯忘軫惻，常俾流離，但恐一二執政之臣，記其往事，嫉之太甚」語，則簪履代指近臣也。畫戟，謂官高，立戟於私第。《新唐書》卷一五九《盧坦傳》：「舊制，官階勳俱三品，始聽立戟。」

〔三〕紅蓮幕，《南史》卷四九《庾杲之傳》：「庾杲之字景行，新野人也。……王儉謂人曰：『昔袁公作衛軍，欲用我爲長史，雖不獲就，要是意向如此，今亦應須如我輩人也。』乃用杲之爲衛將軍長史。安陸侯蕭緬與儉書曰：『盛府元僚，實難其選。庾景行泛渌水，依芙蓉，何其麗也？』時人以入儉府爲蓮花池，故緬書美之。」

〔四〕「螺髻」三句，螺髻見本書卷一《水龍吟·登建康賞心亭》詞（楚天千里清秋闋）箋注。梅妝，見本書卷四《洞仙歌·紅梅》詞（冰姿玉骨闋）箋注。樂器有雙鳳管。檀槽，指琴瑟琵琶等絃樂。回雪舞，釋文瑩《玉壺野史》卷四：「朱台符，眉州人，……凡有所作文字，其雕篆皆類於賦，章疏歌曲亦然。……嘗爲數闋，其略曰：『歌遏雲兮慘容，舞迴雪兮腰一搦。』」温庭筠《鴻臚寺有開元中錫宴堂樓臺池沼雅爲勝絶荒涼遺趾僅有存者偶成四十韻》詩：「縈盈舞回雪，宛轉歌繞梁。」

〔五〕鼎羹調，《尚書·説命》：「若作和羹，爾惟鹽梅。」釋貫休《酬韋相公見寄》詩：「鹽梅金鼎美調和，詩寄空林問訊多。」

〔六〕「龍衮」三句，龍衮，天子所服。覆金甌，見本書卷四《水調歌頭·慶韓南澗尚書七十》詞（上古八千歲闋）箋注。紫泥褒，衛宏《漢官舊儀》卷上：「皇帝六璽，皆白玉螭虎紐。……皆以武都紫泥封青布囊，白素裹，兩端無縫，尺一板中約署。」

〔七〕「重試」二句，補天，見本書卷一《滿江紅·建康史帥致道席上賦》詞（鵬翼垂空闋）箋注。侍中貂，《後漢書》卷四〇《輿服志》：「武冠一曰武弁大冠，諸武官冠之。侍中、中常侍加黄金璫，附蟬爲文，貂尾爲飾，謂之趙惠文冠。胡廣説曰：『趙武靈王效胡服，以金璫飾首，前插貂尾，爲貴職。秦滅趙，以其君冠賜近臣。』」

尋芳草

調陳莘叟憶内①〔一〕

有得許多淚，更閑却許多鴛被②。枕頭兒放處都不是，舊家時怎生睡〔二〕？　更也没書來，那堪被雁兒調戲？道無書却有書中意，排幾箇人人字〔三〕。

【校】

①調題，調，四卷本作「王孫信」，當是此調另名。題，王詔校刊本、《六十名家詞》本、四印齋本「調」作「嘲」，四卷本「莘」作「萃」，此據廣信書院本。　②「更」，四卷本作「又」。

【箋注】

〔一〕題，陳莘叟，名無考。陳傅良《止齋集》中多與莘叟唱和之作。《止齋集》卷八有《己未生朝謝莘叟兄送梅》詩、《晚移舟塘次值風而回莘叟兄有詩次韻》詩、《和莘叟兄詠張子房韻》詩，《謝送梅》詩：「無歲探梅不恨遲，緝齋今送兩三枝。」據知莘叟自號緝齋。《晚移舟塘》詩：「經春屏跡與誰同，苦雨衣篝亦自烘。方此欲爲官况事，依然不值世情風。蒙茸水國蒲荷蕩，馥郁田家橘柚叢。最是一年行樂處，翻成咄咄坐書空。」同書卷四〇有《送蕃叟弟移江西撫幹分韻詩引》，有云：「蕃叟入江西幕，同餞者十人。林宗、易自牧、沈仲一、徐一之、朱榖叔及之、黄敬之、余兄莘叟，分韻賦詩，某亦在分中，又爲之引。」據此，似陳莘叟爲陳傅良之同族兄，或亦爲温州瑞安人，平生未仕。沈遼《雲巢編》卷三有《奉簡莘叟》詩、《戲贈莘叟明之》詩，自注：「莘叟姓陳，明之姓張。」時代不同，此當是另外一人。稼軒詞《尋芳草》僅一首，收入四卷本乙集，其作年最晚當在紹熙前後，故編次於此。

〔二〕舊家時，舊時也。柳永《小鎮西》詞：「夜來魂夢裏，尤花殢雪。分明似舊家時節。」李清照《南歌子》詞：「舊時天氣舊時衣，祇有情懷不似舊家時。」

〔三〕人人，心愛人也。歐陽修《蝶戀花》詞：「翠被雙盤金縷鳳，憶得前春，有箇人人共。」

虞美人

壽趙文鼎提舉①〔一〕

翠屏羅幕遮前後，舞袖翻長壽。紫髯冠佩御爐香，看取明年歸奉萬年觴〔二〕。　今宵池上蟠桃席，咫尺長安日〔三〕。寶煙飛焰萬花濃，試看中間白鶴駕仙風〔四〕。

【校】

①題，四卷本乙集作「趙文鼎生日」，此從廣信書院本。

【箋注】

〔一〕題，趙文鼎名善扛，見本書卷三《蝶戀花·用趙文鼎提舉送李正之提刑韻送鄭元英》詞（莫向樓頭聽漏點闋）箋注。右詞作於紹熙元年初。詳考見下首詞。

〔二〕「紫髯」二句，紫髯冠佩，李白《司馬將軍歌》：「紫髯若戟冠崔嵬，細柳開營揖天子。」歸奉萬年觴，《後漢書》卷七七《班超傳》：「臣超區區，特蒙神靈，竊冀未便僵仆，目見西域平定，陛下舉萬年之觴，薦勳祖廟，布大喜於天下。」劉攽《中山詩話》：「自唐以來，試進士詩號省題。近年能詩者，亦時有佳句。……滕甫《西旅來王》云：『寒日邊聲斷，春風塞草長。傳聞漢都護，歸奉萬年觴。』」

〔三〕「今宵」二句，池上，此池指瑶池，亦借指趙善扛所居。〔嘉靖〕《廣信府志》卷四《上饒縣》：「南池，在城南，相傳爲州學之泮池，廣一里許，有菱蓮可愛。起居舍人王洋、曾逮、通判趙不慳、趙善扛嘗築以居，有古亭、新亭、荷池、南峰、半僧寮、水村等號，品題甚富。」據知趙善扛居於南池。趙蕃《章泉稿》卷一《憶趙蘄州文鼎》詩：「李令作州大如斗，公更蘄春方待守。幾宵春雨落連明，南池水滿春草生。」可證，故喻以瑶池。長安日，用日近長安遠典故，可參本卷《鵲橋仙·和范廓之送祐之弟歸浮梁》詞(小窗風雨闋)箋注。

〔四〕「寶煙」二句，疑所寫爲上元日之火樹煙花。

又

送趙達夫①〔一〕

一杯莫落他人後②，富貴功名壽。胸中書傳有餘香，看寫蘭亭小字記流觴③〔二〕。問誰分我漁樵席〔三〕？江海消閑日。看君天上拜恩濃④，却怕畫樓無處着春風⑤。

【校】

①題，廣信書院本原作「用前韻」，此從四卷本乙集改。　②「他」，四卷本作「吾」。　③「看寫」，王詔校刊本「看」字闕，《六十名家詞》本、四印齋本作「寫得」。　④「君」，廣信書院本原作「看」，此從四卷本改。　⑤「却怕」句，四卷本「怕」作「恐」，「春」作「東」。

【箋注】

〔一〕題，趙達夫，袁燮《絜齋集》卷一八《運判龍圖趙公墓志銘》：「公諱充夫，字可大，魏悼王之七世孫也。始名達夫，字兼善，孝宗爲更其名，公併字易焉。……考諱彦孟，朝散大夫，贈金紫光禄大夫。……自中原俶擾，金紫公避地婺源，娶都督孟公庾之女，遂從外舅寓居於信之鉛山。……以金紫蔭補官，主永福簿。丁父憂，服除，調太和丞，監青龍鎮，辟涔水檢踏官，知宜興縣，簽書淮南軍節度判官。知新喻縣，通判湖州。守臨汀、嘉禾、吴興三郡。奉祠。起知道州，辭不赴，仍賦祠禄。擢提舉淮東常平茶鹽公事，直秘閣福建轉運判官。告老，進直敷文閣，與祠。再告老，陞龍圖閣致其仕。」右詞送趙達夫知汀州時作。《永樂大典》卷七八九三汀字韻引《臨汀志》之《郡守題名》：「趙充夫，紹熙元年四月二十七日，以朝散郎。三年五月二十二日，知秀州。」右詞末句有「無處着春風」語，知即在紹熙元年春送其赴任時。或在赴任前召赴行在，故又有「看君天上拜恩濃」語也。《稼軒詞編年箋注》於此詞《編年》中考云：「疑當作於淳熙十二三年。……淳熙十一年冬有『用趙文鼎提舉送李正之提刑韻送鄭元英』之《蝶戀花》，右三詞當作於其後。但韓元吉卒於淳熙十四年夏，而《南澗甲乙稿》卷五有挽趙文鼎之七律一首，知趙文鼎之卒必在十四年之前，故約略推定其作年如上。《永樂大典》本《臨汀志》謂趙充夫於紹熙元年四月二十七日以朝散郎知汀州，三年五月二十五日除秀州，均不在淳熙年内，則此中送趙充夫之一首，殆爲送其赴湖州通判任而作也。」此長考，因韓元吉所作挽趙文鼎之詩，乃是挽趙文鼎之父，詳考已見於本書卷三《蝶戀花·用趙文鼎提舉送李正之提刑韻送鄭元英》詞（莫向樓頭聽漏點闋）之箋注。舉證既誤，結論難信。趙文鼎非卒於淳熙間，乃不易之結論，則鄧先生所考已失去依據，知所謂右詞作於淳熙間，爲送其通判湖州之説皆不能成立。因依其時序確定爲送其知汀州時所作，即在紹熙元年正二月耳。

〔二〕「看寫」句，看，待也。王羲之《蘭亭序》作於暮春，此句喻指趙達夫到任之時間。

〔三〕「問誰」句，分席，任廣《書叙指南》卷九：「流杯讌曰引池分席。」《古今合璧事類備要》前集卷五四《與奴分席》條：「任安、衛將軍舍人過平陽主家，主家設食，與騎奴同席而食，安拔佩刀，斷席别坐。」按：此條記事出於《史記》卷一〇四《田叔列傳》所附褚先生記事中。周紫芝《歸陂北用斜川韻》詩：「屢争漁樵席，共守狐鼠丘。」

又〔一〕

夜深困倚屏風後，試請毛延壽〔二〕。寶釵小立白翻香〔三〕，旋唱新詞猶誤笑持觴。四更山月寒侵席〔四〕，歌舞催時日。問他何處最情濃，却道小梅摇落不禁風。

【箋注】

〔一〕題，右詞無題，疑爲贈席上歌女者。

〔二〕毛延壽，《西京雜記》卷二：「畫工有杜陵毛延壽，爲人形醜好老少，必得其真。」

〔三〕「寶釵」句，蘇軾《翻香令》詞：「金爐猶暖麝煤殘，惜香更把寶釵翻。重聞處，餘熏在，這一番氣味勝從前。」謂用寶釵翻香。高觀國《霜天曉角》詞亦云：「爐煙浥濕，花露蒸沉液。不用寶釵翻炷，閑窗下，嫋輕碧。」

〔四〕「四更」句，見本書卷四《生查子・山行寄楊民瞻》詞（昨宵醉裏行闋）箋注。

又

賦茶蘼〔一〕

羣花泣盡朝來露，争怨春歸去①。不知庭下有茶蘼，偷得十分春色怕春知。　淡中有味清中貴，飛絮殘紅避②。露華微浸玉肌香③，恰似楊妃初試出蘭湯〔二〕。

【校】

①「怨」，四卷本乙集作「奈」，此從廣信書院本。　②「紅」，四卷本作「英」。　③「浸」，四卷本作「滲」。

【箋注】

〔一〕題，右詞廣信書院本次第，置於壽趙文鼎詞之前，然所賦茶蘼，茶蘼春末開。因次於壽字韻三首之後。

〔三〕「露華」二句，白居易《白氏長慶集》卷一二《長恨歌》所附陳鴻撰《長恨歌傳》：「上心忽忽不樂，時每歲十月，駕幸華清宮，内外命婦，熠燿景從。浴日餘波，賜以湯沐，春風靈液，淡蕩其間。上心油然，若有顧遇。左右前後，粉色如土。詔高力士潛搜外宫，得弘農楊玄琰女於壽邸。既笄矣，鬒髮膩理，纖穠中度，舉止閑冶，如漢武帝李夫人。别疏湯泉，詔賜澡瑩。既出水，體弱力微，若不任羅綺，光彩焕發，轉動照人，上甚悦。」《楚辭·九歌·雲中君》：「浴蘭湯兮沐芳，華采衣兮若英。」

浣溪沙

黄沙嶺〔一〕

寸步人間百尺樓①，孤城春水一沙鷗〔二〕。天風吹樹幾時休〔三〕？　突兀趁人山石狠〔四〕，朦朧避路野花羞。人家平水廟東頭〔五〕。

【校】

①「尺」，《六十名家詞》本作「十」，此從廣信書院本。

【箋注】

〔一〕題，黄沙嶺，〔乾隆〕《上饒縣志》卷二《山川》載：「黄沙嶺，在縣西四十里乾元鄉。高可十五里，邑境皆可俯視。」陳文蔚《克齋集》卷一〇《游山記》：「嘉定己巳秋九月，傅巖叟拉予與周伯輝，踐傅巖之約。癸巳，巖叟、伯輝發鉛山之東洋，予自水北往會於千田原歸福庵，因止宿焉。……乙未，朝雨不止且驟，二人者趨傅巖之意甚急，予以詩留之，巖叟和答，復有詩惠贈，日且午，豁然開霽，飯僕不及，二人亟命駕，不可遏矣。予遂趨而從之，度北岸橋，過黄沙辛稼軒之書堂，感物懷人，凝然以悲。入隱將峽。」黄沙嶺在北岸橋之北，與北岸橋南之稼軒書堂非在一地。右詞及下首《漫興作》在同調中作年甚早，廣信書院本皆置於仕宦七閩諸作之前，因次於紹熙元年春間諸作中。

〔二〕「寸步」二句，寸步、百尺樓，盧照鄰《昇之集》卷四《獄中學騷體》賦：「風嫋嫋兮木紛紛，凋落葉兮吹白雲。寸步千里兮不相聞，思公子兮日將曛。」李商隱《安定城樓》詩：「迢遞高城百尺樓，緑楊枝外盡汀洲。」百尺樓當用陳元龍高卧故典，可參本書卷一《水龍吟・登建康賞心亭》詞（楚天千里清秋闋）箋注。一沙鷗，杜甫《旅夜書懷》詩：「飄零何所似，天地一沙鷗。」按：前引《縣志》既謂登黄沙嶺，邑境可俯視，則此二句蓋寫稼軒登黄沙嶺頭，北望信州城所得印象及感悟。今登嶺北望，上饒猶歷歷在目也。

〔三〕天風吹樹，王安石《雙廟》詩：「北風吹樹急，西日照窗涼。」蘇軾《絶句三首》詩：「天風吹月入闌干，烏鵲無聲夜向闌。」

〔四〕「突兀」句，杜甫《青陽峽》詩：「突兀猶趁人，及兹歎冥漠。」趁人，謂逐人也。蘇軾《僧清順新作垂雲亭》詩：「路窮朱欄出，山破石壁狠。」按：此行走於五里黄沙嶺山路中所見，野花遍地，突兀而至之山石時見，今猶如此，予追蹤稼軒遺跡，嘗親歷其地也。

〔五〕平水廟，〔嘉靖〕《鉛山縣志》卷一二：「平水廟，在鉛山縣治東。劉煇記：『浮江而南，山腹水湑，古藤老木之下，率有祀祠，豈習俗習神而山魔木妖，因而憑狀沿人禍福以爲靈邪？……今南方平水者，亦廟而王之，不知是神能如山嶽河海以利民邪，抑不知止如魔妖沿禍福以爲靈邪？……鉛山邑北五里有廟處山之巔，則所謂平水王廟，興於天聖庚午中，乃伯父正國，因是神求祠於夢而諾之，寤而不欺神，乃市材僦匠而大其宇。章君友直伯益題其榜，家一祝以嚴其掌，植竹木以翼其旁，吾伯父於是神也，亦周矣哉！嘉祐丁酉秋七月煇自京師還，伯父命記其事，讓不克已，謹識其所始云。』」按：平水王廟，江東兩浙皆有之，蓋祀大禹也。《至順鎮江志》卷八：「平水大王廟，在京峴山。舊傳王爲后稷庶子，佐禹平水至會稽，誨人浚道，後祀之。至宋，胡文恭宿請登祀典。或云：禹平水土而人祠之，未詳也。」《鉛山縣志》所載，此鉛山平水廟。上饒之廟，地方志未載。黄沙嶺上原有祀廟，今遺址猶存，鄉人在此另建神廟，其地應即宋之平水廟址也。

又

漫興作①〔一〕

未到山前騎馬回，風吹雨打已無梅。共誰消遣兩三杯？　一似舊時春意思，百無是處老形骸②。也曾頭上戴花來③〔二〕。

【校】

①題，廣信書院本原闕，此據四卷本乙集補。　②「是」，《六十名家詞》本作「事」。　③「戴」，四卷本作「帶」。

【箋注】

〔一〕題，廣信本右詞列於同調詞之首，其次即黄沙嶺一詞，因知二詞當皆紹熙間經行黄沙道中所賦，因次於此。

〔二〕「一似」三句，宋制，春秋季仲及聖節、郊祀、籍田禮畢，凡國有大慶皆大宴，羣臣戴花，酒三行而後方退。見《宋史》卷一一三《禮志》。此憶及仕宦時節也。一似，謂僅如也。一似與下句百無對舉亦可知。

鷓鴣天

黄沙道中即事①〔一〕

句裏春風正剪裁，溪山一片畫圖開〔二〕。輕鷗自趁虚船去〔三〕，荒犬還迎野婦回。　松共竹②，翠成堆，要擎殘雪鬥疏梅〔四〕。亂鴉畢竟無才思〔五〕，時把瓊瑶蹴下來。

【校】

①題，四卷本丙集「即事」二字闕，此從廣信書院本。　②「松共」，四卷本作「松菊」。

【箋注】

〔一〕題，右詞作年亦無考，廣信書院本次第亦在瓢泉諸作之前，故次於《浣溪沙·黄沙嶺》詞後。

〔二〕「句裹」二句，句裹，宋人口語，謂言語裹、詩句中。《五燈會元》卷一四《明州天童宏智正覺禪師》條：「師曰：『石女喚回三界夢，木人坐斷六門機。』乃曰：『句裹明宗則易，宗中辨的則難。』」同書卷一五《婺州西塔顯殊禪師》條：「上堂：黄梅席上數如麻，句裹呈機事可嗟。」剪裁，謂安排也。蘇軾《吉祥寺花將落而述古不至》詩：「今歲東風巧剪裁，含情只待使君來。」《獨醒雜志》卷四：「汪彦章爲豫章幕官，一日，會徐師川於南樓，問師川曰：『作詩法門當如何入？』師川答曰：『即此席間杯棬果蔬，使令以至目力所及，皆詩也。君但以意剪裁之，馳驟約束，觸類而長，皆當如人意。切不可閉門合目，作鐫空忘實之想也。』」畫圖開，蘇軾《次韻子由書王晉卿畫山水二首》詩：「賴我胸中有佳處，一尊時對畫圖開。」

〔三〕「輕鷗」句，晁補之《次韻答葉學古》詩：「翻然摇兩槳，下上逐輕鷗。」虚船，《莊子·達生》：「方舟而濟於河，有虚船來觸舟。」

〔四〕「松共」三句，此謂松竹擎雪，要與疏梅争奇比豔。鬥仍應作比解。

〔五〕無才思，韓愈《晚春》詩：「楊花榆莢無才思，惟解漫天作雪飛。」

水龍吟

盤園任帥子嚴，掛冠得請，取執政書中語，以高風名其堂。來索詞，爲賦《水龍吟》。鄉林，侍郎向公告老所居，高宗皇帝御書所賜名也，與盤園相並云①〔一〕

斷崖千丈孤松，掛冠更在松高處。平生袖手，故應休矣，功名良苦〔二〕。笑指兒曹，人間醉夢，莫嗔鶯汝〔三〕。問黄金餘幾？旁人欲説，田園計②，君推去〔四〕。野馬塵埃，扶摇下視，蒼然如許〔七〕。恨當年《九老圖》中，忘却畫④，盤園路〔八〕。歎息薌林舊隱③，對先生竹窗松户〔五〕。一花一草，一觴一詠，風流杖屨〔六〕。

【校】

①題，廣信書院本作「盤園任子嚴安撫掛冠得請，客以高風名其堂，書來索詞，爲賦」。此從四卷本乙集改。②「計」，《六十名家詞》本作「記」，此從廣信書院本。③「林」，《六十名家詞》本此字在末句「盤園」之後。④「畫」，《六十名家詞》本作「花」。

【箋注】

〔一〕題，任帥子嚴，名詔，原上蔡人，南渡後退居臨江軍清江縣。本書卷一《和任帥見寄之韻三首》詩有箋注。盤園，任詔在清江居所名。〔同治〕《臨江府志》卷四謂任詔「退居清江，築圃於富壽岡之旁，扁曰盤園，堂曰高風」。同志卷二二《清江》載：「章山，晉羅浮道人章昉修真於此，故名，又曰富壽岡，宋郡守王師心得碑於此，始知古名富壽云。」按：富壽岡在城内府署西，爲郡之鎮山。見〔嘉靖〕《臨江府志》卷三。周必大《益國文忠公集》卷一六九《泛舟遊山録》載：「乾道三年十一月戊子，早至軍學，觀石刻，赴李守會。軍治據富壽岡，後園有清江臺，對閣皁山。山雖小，頗類康廬，江心又有蕭渚。晚别任子嚴，同遊盤園，飲於喜歸堂。」范成大《驂鸞録》亦載：「乾道九年閏正月十二日，風駛，盡帆力，舟如飛。宿臨江軍。……十三日，登富壽堂。城西有富壽岡盤繞，郡治以此爲形勝，因以名堂。……十四日，將登陸，家屬已行，獨冒微雨，遊薌林及盤園。薌林，故户部侍郎向公伯恭所作，本負郭平地，舊亦人家阡隴，故多古木修篁，廳事及薌林堂，皆爲樾蔭所遍，森然以寒。……盤園者，前湖南倅任詔子嚴所居，去薌林里許。其始，酒家之後有古梅盤結如蓋，可覆一畝，枝四垂，以木架之，如坐大酴醾下。子嚴以爲天生尤物，未買得之時，薌林尚無恙，亦極歎賞，勸子嚴作淩雲閣以瞰之，迄今方能鳩工。梅後坡壠畇畇，子嚴悉進築焉。地廣過薌林，種植大盛，桂徑梅坡，極其繁蕪，但亦乏水。當窪下處作池，積雨水而已。」向子諲字伯恭，神宗欽聖憲肅皇后向氏再從侄，紹興間以議迎金使忤秦檜，致仕家居清江十五年，所居號薌林。《宋史》卷三七七有傳。任詔掛冠得請時間，因其墓志銘不存，故未能準確考知。僅知其淳熙八年十月，以臣僚論列，罷新知台州，見《宋會要輯稿·職官》七二之三一。其申乞致仕，必在其後。而《益國文忠公集》卷一八《跋臨江軍任詔盤園高風堂記》載：「清江，江西一支郡耳，而士大夫未至者，必問向氏薌林如何，任氏盤園如何。……任侯子嚴出於名家，自少年已負儁聲，下筆輒數百言。位官所至辨治，蓋嘗親炙向公，不但慕藺相如於後世也。惟其才高志大，不肯少下人，以是屢起屢仆，在官之日少，閑居之日多。……數上書致仕，予頃在榻前，明言其才，願勿聽所請，仍畀祠禄，待他日之用，天子然之。而侯必欲希蹤向公，懇請勿已。後二年，竟伸其志，是可貴也。……紹熙改元二月既望。」周必大於淳熙十四年二月任右丞相，十六年二月光宗即位後，於五月罷左丞相，見《宋史》卷三五

《孝宗紀》三及卷三六《光宗紀》。任詔於周必大在位時申乞掛冠不允，其罷相後始遂其志，則右題所謂「掛冠得請」，必在紹熙元年。《稼軒詞編年箋注》次此詞於淳熙十三四年左右，當誤。若果如此，則右題中「取執政書中語」之執政，當即紹熙元年之參知政事葛邲及胡晉臣二人之一，以與稼軒皆非故交，僅稱其官而不名。薌林爲高宗御書，李幼武《宋名臣言行録》别集上卷一一《向子諲》：「每入覲，皆求歸，上高之，親書『薌林』二字以賜。」

〔二〕「平生」三句，袖手，見本書卷四《念奴嬌·雙陸和陳仁和韻》詞（少年横槊闋）箋注。良苦，《漢書》卷五四《李陵傳》：「咄，少卿良苦！」注：「言甚勞苦。」

〔三〕莫嗔驚汝，盧仝《村醉》詩：「昨夜村飲歸，健倒三四五。摩挲青莓苔，莫嗔驚著汝。」

〔四〕「問黄」四句，《漢書》卷七一《疏廣傳》：「廣既歸鄉里，日令家共具設酒食，請族人故舊賓客與相娱樂。數問其家金餘尚有幾所，趣賣以共具居。歲餘，廣子孫竊謂其昆弟老人廣所愛信者曰：『子孫幾及君時，頗立産業基阯，今日飲食費且盡，宜從丈人所勸，説君買田宅。』老人即以閑暇時爲廣言此計，廣曰：『吾豈老誖，不念子孫哉？顧自有舊田廬，令子孫勤力其中，足以共衣食，與凡人齊。今復增益之，以爲贏餘，但教子孫怠惰耳。賢而多財，則損其志；愚而多財，則益其過。且夫富者衆之怨也，吾既亡以教化子孫，不欲益其過而生怨。又此金者，聖主所以惠養老臣也。故樂與鄉黨宗族共饗賜，以盡吾餘日，不亦可乎？』」

〔五〕竹窗松户，李嘉祐《與從弟正字從兄兵曹宴集林園》詩：「竹窗松户有佳期，美酒香茶慰所思。」

〔六〕「一花」三句，一花一草，梅堯臣《依韻和孫待制新栽竹》詩：「一花一草公休詠，慣作蘭臺侍從詩。」一觴一詠，《晉書》卷八〇《王羲之傳》引《蘭亭序》：「一觴一詠，亦足以暢叙幽情。」風流杖屨，釋道潛《喜不羣不疑見訪》詩：「山中爽氣知多少，半逐風流杖屨來。」

〔七〕「野馬」三句，《莊子・逍遥遊》：「野馬也，塵埃也，生物之以息相吹也。天之蒼蒼，其正色耶？其遠而無所至極耶？其視下也，亦若是則已矣。」

〔八〕「恨當」三句，《新唐書》卷一一九《白居易傳》：「自號醉吟先生，爲之傳。暮節惑浮屠道尤甚，至經月不食葷，稱香山居士。嘗與胡杲、吉旼、鄭據、劉真、盧真、張渾、狄兼謨、盧貞燕集，皆高年不事者，人慕之，繪爲《九老圖》。」

【附録】

項安世平甫詩

高風臺歌

臺之高不知其幾仞兮，但見燕雀仰視如冥鴻。風之來兮不知其幾里兮，但見南海北海聲逢逢。我時醉卧洞庭之北巴山東，耳邊澒洞呼洶怖殺儂。起來欠伸拍鴻蒙，問誰作此狡獪變化驚盲聾？乃是清江江上盤園翁。翁本自與時人同，袍帶靴笏從兒童。亦嘗受牒作小史，亦嘗建纛稱元戎。偶然興盡自返盤園中，意行倦止由心胸，豈與郢中小兒論雌雄？兒曹顛倒雞著籠，金朱眯眼視夢夢。仰見騄驥脱鞅行青空，便欲俎豆老子配食蜚廉宫。紛紛俗論安足窮？二三君子人中龍。南安太守甲第高，袖有桂館之香風。章茂獻作記。廬陵相公名位高，筆有造化之春風。周丞相作跋。雨巖居士卧榻高，句有湖海之美風。辛幼安作詞。三君合謀奏天公，急羈此老勿使慵。國於羊角九萬里，奄有九霄寒露之空濛。封師巽伯爲附庸，不許抗表辭官封。向來掛冠冠愈穹，老子一笑朱顔紅。（《平庵悔稿》卷八）

卜算子

齒落〔一〕

剛者不堅牢，柔底難摧挫①。不信張開口角看②，舌在牙先墮〔二〕。　已闕兩邊廂，又豁中間箇。説與兒曹莫笑翁，狗竇從君過〔三〕。

【校】

①「底」，四卷本丁集作「者」，王詔校刊本、《六十名家詞》本、四印齋本作「的」，此從廣信書院本。②「角」，四卷本、廣信書院本作「了」。

【箋注】

〔一〕題，右詞作年無考，以稼軒淳熙十六年元日所賦《水調歌頭》詞有「頭白齒牙缺」句，而本詞下半闋有「已闕兩邊廂，又豁中間箇」云云，故次於本年。

〔二〕「剛者」四句，見本書卷三《滿江紅·送湯朝美司諫自便歸金壇》詞（瘴雨蠻煙闋）箋注。

〔三〕「狗竇」句，《世説新語·排調》：「張吴興年八歲，虧齒，先達知其不常，故戲之曰：『君口中何爲開狗竇？』張應聲答曰：『正使君輩從此中出入。』」

踏莎行　庚戌中秋後二夕，帶湖篆岡小酌①〔一〕

夜月樓臺，秋香院宇，笑吟吟地人來去〔二〕。是誰秋到便淒涼？當年宋玉悲如許〔三〕。隨分杯盤，等閑歌舞〔四〕，問他有甚堪悲處？思量却也有悲時，重陽節近多風雨〔五〕。

【校】

①題，廣信書院本「夕」字原闕，此據《六十名家詞》本、四印齋本補。

【箋注】

〔一〕題，庚戌即宋光宗紹熙元年。帶湖篆岡，見載於洪邁《稼軒記》，疑爲古城嶺即伎山之另名。

〔二〕「笑吟」句，沈端節《西江月》詞：「招愁買恨帶人疑，一味笑吟吟地。」

〔三〕「是誰」二句，《楚辭章句》卷八宋玉《九辯》：「悲哉秋之爲氣也，蕭瑟兮草木摇落而變衰。」

〔四〕「隨分」二句，邵雍《林下五吟》詩：「隨分杯盤俱是樂，等閑池館便成遊。」隨分，隨便，隨意。等閑，平常。

〔五〕「重陽」句，釋惠洪《冷齋夜話》卷四《滿城風雨近重陽》條：「黄州潘大臨工詩，多佳句，然甚貧。東坡、山谷尤喜之，臨川謝無逸以書問有新作否，潘答書曰：『秋來景物，件件是佳句，恨爲俗氛所蔽翳。昨日閑卧，聞攪林風雨聲，欣然起，題其壁曰：滿城風雨近重陽。忽催租人至，遂敗意，止此一句奉寄。』聞者笑其迂闊。」

又　賦木犀〔一〕

弄影闌干，吹香巖谷，枝枝點點黄金粟。未堪收拾付薰爐，窗前且把《離騷》讀〔二〕。奴僕葵花，兒曹金菊，一枝風露清涼足。傍邊只欠箇姮娥，分明身在蟾宫宿①。

【校】

①右詞，趙長卿《惜香樂府》卷五亦載此詞，題作《木犀》。「枝枝」句作「風亭糝作黄金屋」，「金菊」作「黄菊」，「清涼」作「淒涼」，「傍邊」作「足邊」，「身在」作「勝在」。

【箋注】

〔一〕題，右詞及《清平樂》二首皆賦木犀，作年無確考，姑依廣信書院本《踏莎行》編序附於紹熙元年中秋詞之後。

〔二〕「窗前」句，《世説新語·任誕》：「王孝伯言，名士不必須奇才，但使常得無事，痛飲酒，熟讀《離騷》，便可稱名士。」

清平樂　賦木樨詞①

月明秋曉，翠蓋團團好。碎剪黄金教恁小②〔一〕，都着葉兒遮了。　折來休似年時③，小窗能有高低〔二〕？ 無頓許多香處〔三〕，只消三兩枝兒。

【校】

①題，廣信書院本作「木樨」，此從四卷本丁集。 ②「教」，《六十名家詞》本作「敎」，此從廣信書院本。 ③「折」，廣信書院本原作「打」，據四卷本、《全芳備祖》前集卷一三改。

【箋注】

〔一〕恁小，這般小。

〔二〕「小窗」句，能有高低，猶言能有多高。

〔三〕無頓，頓，放也。《朱子語類》卷八七《樂記》：「如有帽却無頭，有箇鞋却無腳，雖則是好，自無頓放處。」卷八九《冠昏喪》：「大夫亦自有始祖之廟，今皆無此，更無頓處。」皆作存、放解。

又

再賦①

東園向曉，陣陣西風好。唤起仙人金小小〔一〕，翠羽玲瓏裝了。 一枝枕畔開時，羅幃翠幕垂低②。恁地十分遮護，打窗早有蜂兒〔二〕。

【校】

①題，四卷本丙集闕，此從廣信書院本。 ②「垂低」，四卷本作「低垂」。

【箋注】

〔一〕「唤起」句，金小小，《稼軒詞編年箋注》此三字旁有專名綫，且注謂「未詳」，蓋解作人名。查金小小應非仙人名。清朱彝尊《臨江仙·金指環》詞有云：「殷勤搓粉爲君拈。愛他金小小，曾近玉纖纖。」（見《曝書亭集》卷二八）謂即小小金環也。則右詞之金小小，亦當作小小金粟仙人解也。

〔二〕「恁地」二句，恁地，如此。十分遮護，謂折枝木樨由羅幃翠幕加意遮擋保護。李商隱《水齋》詩：「卷簾飛燕還拂水，開户暗蟲猶打窗。」

醉花陰①〔一〕

黄花漫説年年好，也趁秋光老。綠鬢不驚秋，若鬥尊前〔二〕，人好花堪笑。　蟠桃結子知多少，家住三山島〔三〕。何日跨歸鸞？滄海飛塵②〔四〕，人世因緣了。

【校】

①題，廣信書院本原作「爲人壽」，此從四卷本丁集無題。　②「塵」，廣信書院本作「飛」，此據四卷本改。

【箋注】

〔一〕題，右詞或作壽詞，作年無考，亦無同調詞可參，姑附於紹熙初。

〔二〕若鬥尊前，鬥，比較也。見本卷《沁園春·戊申歲奏邸忽騰報謂余以病掛冠因賦此》詞（老子平生閿）箋注。

〔三〕「蟠桃」二句，《壽親養老新書》卷二：「任静江經略安撫日……壽母詞云：『滿二望三時（中春三十日生），春景方明媚。又見蟠桃結子來，王母初筵啓無數。』」按：此任静江或指任昊，北宋康定元年知桂州，見《續資治通鑑長編》卷一二八。三山島，謂瀛洲、方壺、蓬萊三神山。

〔四〕滄海飛塵，《神仙傳》卷三《王遠》條：「麻姑自説：『接待以來，已見東海三爲桑田。向到蓬萊，水又淺於往昔，會時略半也，豈將復還爲陵陸乎？』方平笑曰：『聖人皆言，海中行復揚塵也。』」

西江月　夜行黄沙道中〔一〕

明月别枝驚鵲〔二〕，清風半夜鳴蟬。稻花香裏説豐年〔三〕，聽取蛙聲一片。　七八箇星天外，兩三點雨山前〔四〕。舊時茆店社林邊，路轉溪橋忽見〔五〕。

【箋注】

〔一〕題，黄沙道，上饒南四十里有黄沙嶺鄉，茅店村在其北，自此向北有古道通上饒，西南通鉛山，宋代青石所鋪古道猶存，在山間盤旋而下，長約五里。此即詞題之黄沙道。右詞作年無考，以廣信書院本次於同調詞《三山作》後，知時間相近，故編於紹熙元年。

〔二〕「明月」句，王勃《子安集》卷一《寒梧棲鳳賦》：「游必有方，駭南飛之驚鵲；音能中吕，嗟入夜之啼烏。」方干《送葉秀才赴舉兼呈吕少監》詩：「尊盡離人看北斗，月寒驚鵲繞南枝。」蘇軾《杭州牡丹開時僕猶在常潤周令作詩見寄次其韻復次一首送赴闕》詩：「天静傷鴻猶戢翼，月明驚鵲未安枝。」别枝，謂鵲離枝也。錢起《哭辛霽》詩：「流水辭山花别枝，隨風一去絶還期。」花别枝亦離枝之意。

〔三〕「稻花」句，許渾《晚自朝臺至韋隱居郊園》詩：「村徑繞山松葉暗，野門臨水稻花香。」吕陶《寒食》詩：「傳聞里巷嬉遊俗，盡説豐年勝去年。」

〔四〕「七八」二句，何光遠《鑑誡録》卷五《容易格》條：「王蜀盧侍郎延讓吟詩，多著尋常容易言語，時輩稱之爲高格。……此容易之甚矣，然於數篇見境尤妙。有《松門寺》云：『山寺取涼當夏夜，共僧蹲坐石階前。兩三條電欲爲雨，七八箇星猶在天。衣汗稍停牀上扇，茶香時潑澗中泉。通宵聽論蓮華義，不藉松窗半覺眠。』」按：諸書皆謂「兩三條電」二句詩爲五代盧延遜（即盧延讓）所作。清錢大昕《十駕齋養新録》卷一六《詩詞蹈襲》條載：「『兩三條電欲爲雨，七八箇星猶在天。』唐人袁郊詩也。元詩載文宗皇帝自集慶路入正大統，途中偶吟，亦有『二三點露滴如雨，六七箇星猶在天』之句，此好事者偷竊古人句假託爲之。」蓋誤。

〔五〕「舊時」二句，茆店，在今黄沙嶺鄉北一里溪邊，今茅店村名猶在。此溪由北而南流入瀘溪。

清平樂

題上盧橋〔一〕

清溪奔快①，不管青山礙〔二〕。十里盤盤平世界②，更着溪山襟帶。古今陵谷茫茫，市朝往往耕桑〔三〕。此地居然形勝，似曾小小興亡。

【校】

①「溪」，廣信書院本原作「泉」，此從四卷本乙集。②「十」，四卷本作「千」。

【箋注】

〔一〕題，上盧橋，未見上饒地方志記載。上饒有瀘溪，源於武夷山，北流至清溪鎮入信江。今上瀘鎮距上饒五十里，上盧橋當在附近。蓋位於瀘溪上游，方出羣山，驟見平地也。上瀘在黄沙嶺南通鉛山道中，故次右詞於此。

〔二〕「清溪」二句，王安石《江》詩：「靈源開闢有，贏縮但相隨。逆折山能礙，奔流海與期。」

〔三〕「古今」二句，《詩·小雅·十月之交》：「百川沸騰，山冢崒崩。高岸爲谷，深谷爲陵。」韓偓《亂後春日途經野塘》詩：「季重舊遊多喪逝，子山新賦極悲哀。眼看朝市成陵谷，始信昆明是劫灰。」

東坡引〔一〕

花梢紅未足，條破驚新緑〔二〕。重簾下徧闌干曲。有人春睡熟，有人春睡熟。　鳴禽破夢，雲偏目蹙。起來香腮褪紅玉。花時愛與愁相續。羅裙過半幅①，羅裙過半幅。

【校】

①「半幅」，廣信書院本、《六十名家詞》本原作「一半」，此據王詔校刊本、四印齋本改。

【箋注】

〔一〕題，右詞無題，其與以下諸詞皆爲春季所作，《稼軒詞編年箋注》均編置於帶湖諸作之末，今先將諸春詞編次於紹熙二年春。

〔二〕「花梢」二句，强至《瓦亭偶書》詩：「沙擁河聲時斷續，花梢紅少已多青。」賀鑄《再遊西城辛西二月賦》：「柳條破眼已堪攀，鷺下城隅水一灣。」按：桓寬《鹽鐵論》卷八《水旱》條：「當此之時，雨不破塊，風不鳴條。」

醉太平

春晚

態濃意遠，眉顰笑淺，薄羅衣窄絮風軟〔一〕。鬢雲欺翠捲。南園花樹春光暖，紅香徑裏榆錢滿。欲上鞦韆又驚嬾〔二〕，且歸休怕晚。

【箋注】

〔一〕「態濃」三句，態濃意遠，杜甫《麗人行》：「態濃意遠淑且真，肌理細膩骨肉勻。」薄羅衣，李之儀《臨江仙·病中存之以長短句見調因次其韻》詞：「起來初試薄羅衣，多情海燕，還傍舊梁飛。」

〔三〕欲上鞦韆，韋莊《浣溪沙》詞：「欲上鞦韆四體慵，擬交人送又心忪。畫堂簾幕月明風。」

烏夜啼

晚花露葉風條，燕飛高。行過長廊西畔小紅橋〔一〕。　歌再唱，人再舞，酒纔消。更把一杯重勸摘櫻桃〔二〕。

【箋注】

〔一〕小紅橋，白居易《新春江次》詩：「鴨頭新緑水，雁齒小紅橋。」

〔二〕摘櫻桃，元稹《追昔遊》詩：「醉摘櫻桃投小玉，嬾梳叢鬢舞曹婆。」

如夢令

賦梁燕

燕子幾曾歸去？只在翠巖深處。重到畫梁間，誰與舊巢爲主？深許，深許，聞道鳳凰來住〔一〕。

【箋注】

〔一〕「聞道」句，《竹書紀年》卷上：「帝黄服齋於中宫，坐於玄扈洛水之上，有鳳凰集。不食生蟲，不履生草，或止帝之東園，或巢於阿閣。」

水調歌頭

送施樞密聖與帥江西。信之讖云：「水打烏龜石，方人也大奇。」方人也，實施字①〔一〕

相公倦台鼎，要伴赤松遊〔二〕。高牙千里東下②，笳鼓萬貔貅〔三〕。試問東山風月，更著中年絲竹③〔四〕，留得謝公不？孺子宅邊水，雲影自悠悠〔五〕。占古語，方人也，正黑頭〔六〕。穹龜突兀，千丈石打玉溪流。金印沙堤時節，畫棟珠簾雲雨，一醉早歸休〔七〕。賤子親再拜④：西北有神州〔八〕。

【校】

①題，廣信書院本「大奇」之後「方人也」三字原闕，據四卷本丙集補。四卷本「施樞密聖與」作「施聖與樞密」，「江西」作「隆興」。②「下」，《六十名家詞》本作「夏」。③「年」，文淵閣《四庫全書》本作「郎」。④「親」，廣信書院本原作「祝」，據四卷本改。

【箋注】

〔一〕題，施樞密聖與帥江西，《水心集》卷二四《故知樞密院資政殿大學士施公墓志銘》：「光宗內禪，……知隆興府。……半歲，復求去，不許。紹熙三年二月乙未，薨於豫章，年六十九。」據此記載，疑施氏到隆興府僅半年有餘，則其自當在紹熙二年夏赴任。烏龜石，〔乾隆〕《上饒縣志》卷二：「烏龜山在縣西南五里開化鄉，諺云：『水打烏龜石，信州出狀元。』宋徐元杰嘗應其讖。」按：南宋時，烏龜石之讖語不止一種，稼軒此處謂「方人也大奇」，謂應施師點，而本卷《漁家傲》（道德文章傳幾世閱）於小序中又記載「三台出此時」之語，蓋皆民間附會之言耳。

〔二〕「相公」二句，相公倦台鼎，韓愈《送鄭涵校理》詩：「相公倦台鼎，分正新邑洛。」伴赤松遊，見本書卷三《太常引・壽韓南澗尚書》詞（君王着意履聲間闋）箋注。

〔三〕「高牙」二句，牙謂牙旗，太守之儀仗。笳鼓，見本書卷二《滿江紅・賀王帥宣子平湖南寇》詞（笳鼓歸來闋）箋注。萬貔貅，羅隱《感德叙懷寄上羅鄴王三首》詩：「百萬貔貅趨玉帳，三千賓客珥金貂。」按：宋代帥臣兼諸路兵馬都總管，故有此語。

〔四〕「試問」二句，東山風月，見本書卷一《念奴嬌・登建康賞心亭呈史留守致道》詞（我來弔古闋）箋注。中年絲竹，見本書卷二《水調歌頭・淳熙己亥自湖北漕移湖南》詞（折盡武昌柳闋）箋注。

〔五〕「孺子」二句，孺子宅，《太平寰宇記》卷一〇六《江南西道・洪州》：「徐孺子宅，在州東北三里。按《洞仙傳》云：孺子少有高節，追美梅福之德，仍於福宅東立宅。」〔嘉靖〕《江西通志》卷四《孺子亭》：「《豫章續志》云：『孺子亭即孺子宅也，在州東北二里許。』」按：《後漢書》卷八三《徐穉傳》：「徐穉字孺子，豫章南昌人也。」雲影自悠悠，《王子安集・滕王閣》詩：「閑雲潭影日悠悠，物换星移幾度秋。」

〔六〕正黑頭，《晉書》卷六五《王珣傳》：「珣字元琳，弱冠與陳郡謝玄爲桓温掾，俱爲温所敬重。嘗謂之曰：『謝掾年四十必擁旄杖節，王掾當作黑頭公，皆未易才也。』」

〔七〕「金印」三句，金印沙堤，《漢書》卷一九《百官公卿表》：「相國、丞相，皆秦官，金印紫綬。」《唐國史補》卷下：「凡拜相禮，絶班行，府縣載沙填路，自私第至子城東街，名曰沙堤。」畫棟珠簾，見本書卷二《賀新郎·賦滕王閣》詞（高閣臨江渚闋）箋注。范仲淹《依韻酬光化李簡夫屯田》詩：「附郭田園能置否？與君乘健早歸休。」

〔八〕「賤子」二句，賤子，《漢書》卷九二《樓護傳》：「成都侯商子邑，爲大司空，貴重。商故人皆敬事邑，唯護自安如舊節。邑亦父事之，不敢有闕。時請召賓客，邑居樽下，稱賤子上壽。」《野客叢書》卷一九《賤子具陳》條：「杜子美《上韋左丞》詩曰：『丈人試静聽，賤子請具陳。』甫昔少年日，早充觀國賓。』云云。此詩正用鮑照《東武吟》意，照曰：『主人且勿喧，賤子歌一言。僕本寒鄉士，出身蒙漢恩。』云云。前此應休璉詩嘗曰：『避席跪自陳，賤子實空虚。』而與杜同時如王維亦曰：『賤子跪自陳，可爲帳下否？』」西北神州，參本書卷四《滿江紅·送信守鄭舜舉被召》詞（湖海平生闋）箋注。

好事近

中秋席上和王路鈐〔一〕

明月到今宵，長是不如人約〔二〕。想見廣寒宫殿，正雲梳風掠〔三〕。夜深休更唤笙歌，簷頭雨聲惡。不是小山詞就，這一場寥索〔四〕。

【箋注】

〔一〕題，右《和王路鈐》詞及《送李致一》、《和城中諸友韻》同調詞，在廣信書院本中，皆編次於紹熙三年正月《和王道夫元夕立春》詞之前，故附置於紹熙二年秋諸詞之後。王路鈐，名籍無考，路鈐爲路級兵馬鈐轄之簡稱。

〔二〕「明月」二句，言中秋無月。長是，終是。

〔三〕「想見」二句，廣寒宫殿，《侯鯖録》卷三：「張文潛作《七夕歌》，爲東坡所稱，詞云：『……猶勝嫦娥不嫁人，夜夜孤眠廣寒殿。』」梳掠，白居易《嗟髮落》詩：「既不勞洗沐，又不勞梳掠。」

〔四〕「不是」二句，《錦繡萬花谷》前集卷七《木犀》條：「小山叢桂，劉安《招隱士》曰：『桂樹叢生兮寂寂幽。』劉安即淮南王，其徒有大小山。《文選》。」

又

送李復州致一席上和韻①〔一〕

和淚唱《陽關》〔二〕，依舊字嬌聲穩。回首長安何處？怕行人歸晚。　垂楊折盡只啼鴉，把離愁勾引。却笑遠山無數，被行雲低損。

【校】

①題，四卷本乙集闕，此從廣信書院本。

【箋注】

〔一〕題，李復州致一，〔嘉靖〕《沔陽州志》卷三孝宗光宗朝守臣不載一人。其名籍事歷均無考。然詳詞意，此爲稼軒送李氏還朝所作，姑附《中秋》詞之後。復州，南宋荆湖北路所屬，今湖北沔陽縣。

〔二〕陽關，見本書卷二《鷓鴣天·送人》詞（唱徹陽關淚未乾闋）箋注。

又

和城中諸友韻

雲氣上林梢，畢竟非空非色〔一〕。風景不隨人去，到而今留得。　老無情味到篇章，詩債怕人索。却喜近來林下，有許多詞客〔二〕。

【箋注】

〔一〕「雲氣」二句，雲氣上林梢，《史記》卷八《高祖本紀》：「吕后與人俱求，常得之，高祖怪問之，吕后曰：『季所居，上常有雲氣。』」《正義》：「《京房易兆候》云：『何以知賢人隱四方？常有大雲五色，具而不雨，其下有賢人隱矣。』故吕后望雲氣而得之。」非空非色，唐玄奘《般若波羅蜜多心經》：「色不異空，空不異色。色即是空，空即是色。受、想、行、識，亦復如是。」

〔二〕「却喜」二句，《雲谿友議》卷中《思歸隱》條：「江西韋大夫丹，與東林靈澈上人爲忘形之契，篇什唱和，月居四五焉。……偶爲《思歸》絶句詩一首，以寄上人。……予謂韋亞台歸意未堅，果爲高僧所誚。……亞相丹《寄盧山上人澈公》詩曰：『王事紛紛無暇日，浮生冉冉只如雲。已爲平子歸休計，五老巖前必共君。』澈奉酬詩曰：『年老身閑無外事，麻衣草座亦容身。相逢盡道休官去，林下何曾見一人？』」

東坡引

閨怨①〔一〕

玉纖彈舊怨〔二〕，還敲繡屏面。清歌自送西風雁。雁行吹字斷，雁行吹字斷。夜深拜月②〔三〕，瑣窗西畔。但桂影空階滿，翠帷自掩無人見。羅衣寬一半，羅衣寬一半。

【校】

①題，廣信書院本原闕，此據王詔校刊本、《六十名家詞》本、四印齋本補。②「夜深」句，《六十名家詞》本「拜」後有「半」字。

【箋注】

〔一〕題，右詞及以下諸詞，作年無確考，姑仍舊例，附於紹熙二年秋諸詞之後。

〔二〕玉纖彈，温庭筠《菩薩蠻》詞：「玉纖彈處真珠落，流多暗濕鉛華薄。春露浥朝花，秋波浸晚霞。風流心上物，本爲風流出。看取薄情人，羅衣無此痕。」

〔三〕拜月，宋代女子有七夕拜月之俗。胡銓《菩薩蠻・辛未七夕戲答張慶符》詞：「玉人偷拜月，苦恨匆匆别。此意願天憐，今宵長似年。」陳淵《七夕閨意戲范濟美三首》詩：「衡陽新雁幾時歸，惆悵佳人萬事非。蓬首西風還拜月，夜涼贏得露沾衣。」

又

君如梁上燕，妾如手中扇。團團清影雙雙伴。秋來腸欲斷，秋來腸欲斷。黄昏淚眼，青山隔岸。但咫尺如天遠。病來只謝傍人勸。龍華三會願，龍華三會願〔一〕。

【箋注】

〔一〕「龍華」句，《荆楚歲時記》：「四月八日，諸寺設齋，以五色香水浴佛，共作龍華會。」徐陵《孝穆集箋注》卷五《東陽雙林寺傅大士碑》：「雖三會濟濟，華林之道未孚；千尺巖巖，穰佉之化猶遠。」注：「《賢愚經》：彌勒出家學道，成最正覺三會，説法，得蒙度者，悉我遺法，種福衆生，皆得在彼三會之中。」黄庭堅《山谷集》别集卷七《青城山方廣院求化疏》：「粥飯之供，蔭覆十方。凡爲當來，龍華三會。聽法之人，隨喜結緣。」《能改齋漫録》卷一七《馮相三願詞》條：「南唐宰相馮延巳有樂府一章，名《長命女》，云：『春日宴，緑酒一杯歌一遍，再拜陳三願。一願郎君千歲，二願妾身長健，三願如同梁上燕，歲歲長相見。』」

憶王孫

秋江送别，集古句①

登山臨水送將歸，悲莫悲兮生别離〔一〕。不用登臨怨落暉〔二〕。昔人非，惟有年年秋雁飛〔三〕。

【校】

①題，廣信書院本闕，四卷本乙集作「集句」，此從《六十名家詞》本。

【箋注】

〔一〕「登山」二句，《楚辭·九辯》：「悲哉秋之爲氣也，蕭瑟兮草木摇落而變衰。憭慄兮若在遠行，登山臨水兮送將歸。」同書《九歌·少司命》：「悲莫悲兮生别離，樂莫樂兮新相知。」

〔二〕「不用」句，杜牧《九日齊安登高》詩：「但將酩酊酬佳節，不用登臨怨落暉。」

〔三〕「昔人」二句，蘇軾《陌上花三首》詩：「陌上花開蝴蝶飛，江山猶是昔人非。」李嶠《汾陰行》：「不見只今汾水上，惟有年年秋雁飛。」

念奴嬌

瓢泉酒酣，和東坡韻①〔一〕

倘來軒冕〔二〕，問還是，今古人間何物？舊日重城愁萬里，風月而今堅壁。藥籠功名，酒壚身世，可惜蒙頭雪〔三〕。浩歌一曲，坐中人物三傑②。休歎黄菊凋零③，孤標應也〔四〕，有梅花争發。醉裏重揩西望眼，惟有孤鴻明滅〔五〕。萬事從教④，浮雲來去，枉了衝冠髮〔六〕。故人何在？長庚應伴殘月⑤〔七〕。

【校】

①題，四卷本乙集作「用東坡赤壁韻」，此從廣信書院本。　②「三」，四卷本作「之」。　③「休」，四卷本作「堪」。

④「萬」，四卷本作「世」。　⑤「庚」，四卷本作「歌」。

【箋注】

〔一〕題，東坡韻，指蘇軾《念奴嬌·赤壁懷古》詞（大江東去闋）。稼軒步東坡此調詞凡三首，據次首《和洪莘之通判丹桂詞》，知爲紹熙元年或二年秋間所作。吴則虞先生以爲紹熙二年起福建提刑所作，似有其理。蓋稼軒紹熙二年有閩憲之命，而三年春間方始赴任。而右詞蓋傳聞起廢之後所作，故首句以「倘來軒冕」爲起始。然稼軒所和雖東坡赤壁舊韻，却非關懷古，乃自抒胸臆，頗多升沉知遇之感也。

〔二〕倘來軒冕，《莊子·繕性》：「古之所謂得志者，非軒冕之謂也，謂其無以益其樂而已矣。今之所謂得志者，軒冕之謂也。軒冕在身，非性命也，物之倘來寄也。寄之，其來不可圉，其去不可止，故不爲軒冕肆志，不爲窮約趨俗，其樂彼與此同，故無憂而已矣。」張九齡《南還湘水言懷》詩：「歸去田園老，倘來軒冕輕。」

〔三〕「藥籠」三句，藥籠功名，《舊唐書》卷一〇二《元行沖傳》：「元行沖，河南人，後魏常山王素連之後也。……舉進士，累轉通事舍人。納言狄仁傑甚重之，行沖性不阿順，多進規誡。嘗謂仁傑曰：『下之事上，亦猶蓄聚以自資也。譬貴家儲積，則脯腊膎胰以供滋膳，參术芝桂以防痾疾。伏想門下賓客，堪充旨味者多，願以小人備一藥物。』仁傑笑而謂人曰：『此吾藥籠中物，何可一日無也？』」酒壚身世，《史記》卷一一七《司馬相如列傳》：「相如與俱之臨邛，盡賣其車騎，買一酒舍酤酒，而令文君當壚。相如身自著犢鼻褌，與保庸雜作，滌器於市中。」《世説新語·傷逝》：「王濬沖爲尚書令，著公服，乘軺車，經黄公酒壚下過，顧謂後車客：『吾昔與嵇叔夜、阮嗣宗共酣飲於此壚，竹林之遊，亦預其末。自嵇生夭、阮公亡以來，便爲時所羈紲，今日視此雖近，邈若山河。』」司馬相如經歷，與稼軒不合，其或用嵇、阮、王共遊典故乎？蔡松年《念奴嬌·田唐卿九江人人品高勝落筆不凡……作〈念奴嬌〉以寄之》詞：「藥籠功名，酒壚身世，不得文章力。」蒙頭雪，蘇軾《行宿泗間見徐州張天驥次舊韻》詩：「更欲河邊幾來往，祇今霜雪已蒙頭。」《王子立去歲送子由北歸往返百舍今又相逢贛上戲用舊韻作詩留别》詩：「聞道年來丹伏火，不愁老去雪蒙頭。」

〔四〕「休歎」二句，李廌《秋菊》詩：「孤標雖獨步，呈秀此何遲。」吕南公《伏覩教場後庭新移梅樹輒賦小詩呈獻内翰太中》詩：「田地縱然非舊壤，冰霜猶可見孤標。」

〔五〕「醉裏」二句，西望眼，韓愈《奉和虢州劉給事使君三堂新題二十一詠·西山》詩：「新月迎宵掛，晴雲到晚留。爲遮西望眼，終是嬾回頭。」孤鴻明滅，朱敦儒《好事近·漁父》詞：「晚來風定釣絲閑，上下是新月。千里水天一色，看孤鴻明滅。」

〔六〕「萬事」三句，從教，憑任。衝冠髮，《史記》卷八一《廉頗藺相如列傳》：「相如奉璧西入秦，秦王坐章臺見相如。相如奉璧奏秦王，秦王大喜，傳以示美人及左右，左右皆呼萬歲。相如視秦王無意償趙城，乃前曰：『璧有瑕，請指示王。』王授璧，相如因持璧却立，倚柱怒，髮上衝冠。」

〔七〕「長庚」句，《詩·小雅·大東》：「東有啓明，西有長庚。」韓愈《東方半明》詩：「東方半明大星没，獨有太白配殘月。」蘇軾《送張軒民寺丞赴省試》詩：「人競春蘭笑秋菊，天教明月伴長庚。」

又

再用前韻，和洪莘之通判丹桂詞①〔一〕

道人元是，道家風，來作煙霞中物〔二〕。翠幰裁犀遮不定〔三〕，紅透玲瓏油壁。借得春工，惹將秋露，薰做江梅雪。我評花譜，便應推此爲傑。　憔悴何處芳枝，十郎手種，看明年花發〔四〕。坐斷虛空香色界②，不怕西風起滅〔五〕。别駕風流，多情更要，簪滿常娥髮③〔六〕。等閑折盡，玉斧重倩修月〔七〕。

【校】

①題，四卷本乙集作「用前韻和丹桂」，此從廣信書院本。《六十名家詞》本無「前」字。②「坐斷」，四卷本「斷」作「對」，《六十名家詞》本「坐」作「生」。③「常」，四卷本作「姮」，《六十名家詞》本作「嫦」。

【箋注】

〔一〕題，前韻，指同調詞《瓢泉酒酣和東坡韻》詞（倘來軒冕闋）。洪莘之名榟，洪邁之長子。洪邁《容齋四筆》卷一四《劉夢得謝上表》條有「劉夢得數表……邁長子榟常稱誦之語」。《夷堅支景》卷五《吕德卿夢》條：「吕德卿自贛州石城宰滿秩赴調，夢人持榜子來謁曰：『前信州通判洪朝奉。』其字廣長二寸許，蓋其大兒也。前此無一面之雅，叙次但云：『以家君於門下託契，故願識面。今亦將相與周旋矣。』覺而熟念不能測。時大兒已除倅福州，既還鄉里，後數月，被受甲寅覃霈遷秩之命。告中乃載云：『洪梓等五人擬官如右。』遂同轉朝散郎，始憶前夢。」同志支丁卷七《信州鹿鳴燕》條：「紹熙三年秋，信州解試，揭榜畢，當作鹿鳴燕以享隨計之士。……明日市中大火，延燒民舍數百間，自午至中夜乃止。……遂罷此燕，但致錢酒以贐行。時大兒通判州事，張振之監贍軍酒庫。」甲寅即紹熙五年，是年七月，光宗禪位寧宗。寧宗即位之後，有大赦、百官進秩一級、賞諸軍等詔命，見《宋史》卷三七《寧宗紀》一。所謂「甲寅覃霈遷秩之命」即指此而言，洪莘之由朝奉郎遷朝散郎，即所謂進秩一級也。因知其信州通判任滿，當在紹熙四年。右詞和其所作丹桂詞，最早當在紹熙二年秋，蓋三年春稼軒已赴福建提刑任，無緣再和其詞矣。

〔二〕「道人」三句，道家風，丹桂即紅木犀，丹桂之道家風氣，見本書卷四《聲聲慢·嘲紅木犀余兒時嘗入京師禁中凝碧池因書當時所見》詞（開元盛日闕）箋注。煙霞物，《五燈會元》卷八《泉州招慶院省僜淨修禪師》條：「示執坐禪者曰：『大道分明絶點塵，何須長坐始相親。……或遊泉石或闤闠，可謂煙霞物外人。』」邵雍《對花飲》詩：「人言物外有煙霞，物外煙霞豈足誇。」

〔三〕「翠幰」句，盧照鄰《長安古意》詩：「隱隱朱城臨玉道，遥遥翠幰没金堤。」幰，車幃。右詞指花幕。裁犀，當指花幕之紋飾。王安中《觀僧舍山茶》詩：「緑裁犀甲層層葉，紅染猩唇豔豔花。」

〔四〕「十郎」二句，十郎手種，《宋朝事實類苑》卷一一《竇尚書》條：「竇儀，開寶中爲翰林學士。……儀弟儼、侃、偁、僖並舉進士。父禹鈞，范陽人，爲左諫議大夫致仕，諸子皆成名。士風家法，爲時之表焉。馮道贈禹鈞詩云：『燕山竇十郎，教子有義方。靈椿一株老，丹桂五枝芳。』人多傳誦。」朱弁《曲洧舊聞》卷八：「政和以後，花石綱寖盛。晁伯宇有詩云：『森森月裏栽丹桂，歷歷天邊種白榆。雖未乘槎上霄漢，會須沉網取珊瑚。』人多傳誦。伯宇名載之，少作《閔吾廬賦》，魯直以示東坡，曰：『此晁家十郎，作年未二十也。』東坡答云：『此賦信奇麗，信是家多異材耶？』」明年花發，紹熙三年秋爲解試之年，本卷《瑞鶴仙》詞題「爲壽上饒倅洪莘之，時攝郡事，且將赴漕舉」，是則洪氏雖已爲通判，然猶欲經科舉取得功名，故有意於明年參加漕試，稼軒右詞作於紹熙二年秋，遂有看明年丹桂花發語也。

〔五〕「坐斷」二句，坐斷，猶言占據。起滅，《弘明集》卷五釋慧遠《明報應論》：「假於異物，託爲同體。生若遺塵，起滅一化。」

〔六〕「別駕」三句，別駕風流，別駕乃漢官，即宋代之通判。蘇軾《與梁左藏會飲傅國博家》詩：「風流別駕貴公子，欲把笙歌暖鋒鏑。」秦觀《次韻裴秀才上太守向公二首》詩：「使君英妙開蓮幕，別駕風流出粉闈。」簪滿常娥髮，謂簪滿桂花也。

〔七〕「玉斧」句，見本書卷一《滿江紅·中秋寄遠》詞（快上西樓闋）箋注。

瑞鶴仙　壽上饒倅洪莘之，時攝郡事，且將赴漕舉①〔一〕

黄金堆到斗。怎得似長年，畫堂勸酒〔二〕？　蛾眉最明秀。向水沉煙裏，兩行紅袖，笙歌擱就②〔三〕。争説道明年時候。被姮娥做了慇懃③，仙桂一枝入手〔四〕。　知否？風流別駕，近日人呼文章太守〔五〕。天長地久，歲歲上，廼翁壽〔六〕。記從來人道，相門出相，金印纍纍儘有〔七〕。但直須周公拜前，魯公拜後〔八〕。

【校】

①題，四卷本乙集、《中興絶妙詞選》卷三作「上洪倅壽」，此從廣信書院本。　②「擱」，廣信書院本原作「擁」，此據四卷本、《中興絶妙詞選》改。　③「姮」，《中興絶妙詞選》、《詩淵》四六三二頁作「常」。

【箋注】

〔一〕題，洪莘之以通判攝郡守事，當在紹熙二年二月以後。《宋會要輯稿·職官》六一之五六：「紹熙二年正月十五日，詔知秀州章沖與知信州張稜兩易。」然不知何種原因，章沖並未到信州就任守臣，其或被論，或奉祠，總之，此後即有王自中繼知信州之事。至本年七月，稼軒已爲知信州王自中賦壽詞，可知其到任必在此年秋前。是則洪莘之攝郡守一事，必在章沖罷免之後至王自中接任之前，亦即此年春夏之數月内。詳可參此後《清平樂》詞箋注。

〔二〕「黄金」三句，黄金堆到斗，蘇軾《遊靈隱寺得來詩復用前韻》詩：「君不見錢塘湖錢王壯觀今已無，屋堆黄金斗量珠。」畫堂勸酒，鄭獬《贈朱省郎》詩：「置酒畫堂晚，勸我白玉杯。」《漢書》卷一〇《成帝紀》：「生甲觀畫堂。」注：「宫殿中通有綵畫之堂室。」

〔三〕「向水」三句，水沉，香也。兩行紅袖，元稹《遭風二十韻》詩：「唤上驛亭還酩酊，兩行紅袖拂樽罍。」《本事詩》載杜牧在洛陽會上，吟詩道：「忽發狂言驚滿座，兩行紅粉一時迴。」一本紅粉作紅袖。擱就，邵雍《首尾吟一百三十五首》詩：「花枝好處安詳折，酒盞滿時擱就持。」黄庭堅《歸田樂引》詞：「是人驚怪，冤我忒擱就。」擱就，貼近温柔也。

〔四〕「被姮」二句，《晉書》卷五二《郤詵傳》：「累遷雍州刺史。武帝於東堂會送，問詵曰：『卿自以爲何如？』詵對曰：『臣舉賢良，對策爲天下第一，猶桂林之一枝，崑山之片玉。』帝笑，侍中奏免詵官，帝曰：『吾與之戲耳，不足怪也。』」按：晉以桂林一枝自況，至唐，遂以擢桂謂爲登第。做了，做完。

〔五〕「知否」三句，風流别駕，已見。文章太守，歐陽修《朝中措·平山堂》詞：「文章太守，揮毫萬字，一飲千鍾。」

〔六〕「天長」三句，天長地久，《後漢書》卷八九《張衡傳》：「天長地久歲不留，俟河之清祇懷憂。」迺翁，謂洪邁。

〔七〕「相門」二句，相門出相，《史記》卷七五《孟嘗君列傳》：「文曰：『君用事相齊，至今三王矣，齊不加廣而君私家富累萬金，門下不見一賢者。文聞將門必有將，相門必有相。』」《鐵圍山叢談》

卷三：「魯公久位鼎臺，厭機務勞，自政和後，蓋數悔歎，亦患才難，網羅者未盡善。常曰：『相門出相，我閱人多矣，罔敢不力？』」魯公，即蔡京也。洪莘之伯父洪适，曾於乾道元年十二月拜尚書右僕射同平章門下事，故有「相門出相」語。金印纍纍，《漢書》卷九三《佞幸·石顯傳》：「顯與中書僕射牢梁、少府五鹿充宗結爲黨友，諸附倚者皆得寵位。民歌之曰：『牢邪石邪？五鹿客邪？印何纍纍，綬若若邪？』言其兼官據執也。」

〔八〕「但直」二句，《公羊傳·文公十三年》：「傳世室者何？周公稱大廟，魯公稱世室，羣公稱宫。……周公何以稱大廟於魯？封魯公以爲周公也。周公拜乎前，魯拜乎後。」注：「魯公，周公子伯禽。」按：《史記》卷三三《魯周公世家》：「封周公旦於少昊之虚曲阜，是爲魯公。周公不就封，留佐武王。……卒相成王，而使其子伯禽代，就封於魯。」

清平樂

壽信守王道夫①〔一〕

此身長健，還却功名願。枉讀平生三萬卷〔二〕，滿酌金杯聽勸。　男兒玉帶金魚，能消幾許詩書〔三〕？料得今宵醉也，兩行紅袖争扶〔四〕。

【校】

①題，四卷本乙集作「壽道夫」，此從廣信書院本。

【箋注】

〔一〕題，信守王道夫，名自中。《宋史》卷三九〇《王自中傳》：「王自中字道甫，温州平陽人。少負奇氣，自立崖岸，繇是忤世。乾道四年議遣歸正人，自中伏麗正門争論。……坐斥徽州，放還，淳熙中登進士第。主舒州懷寧簿、嚴州分水令。樞密使王藺薦，召對，帝壯其言，將改秩爲藉田令，又俾舉所知，且嚮用矣，以諫疏罷。……通判郢州，道除知光化軍，改信州。丁内艱，服闋還朝，光宗即位，迎謂曰：『朕得卿名於壽皇，留爲郎可乎？』言者不置，主管沖佑觀，起知邵州、興化軍，命下而自中已病，慶元五年八月卒，年六十。」按：王自中，陳傅良《止齋集》卷五〇有《王道甫壙志》，葉適《水心集》卷二四有《陳同甫王道甫墓志銘》，魏了翁《鶴山大全集》卷七六有《宋故藉田令知信州王公墓志銘》。《王公墓志銘》載：「紹熙二年入見，光宗皇帝云：『聞卿有忠直之譽。』又問：『常時作郡，來當爲何官？』欲留之。公謝曰：『朝列有不相樂者。』帝曰：『朕嗣位之日，壽皇言卿可用，令朕記取。』公固辭，翌日，帝謂宰執曰：『王自中以母老，再三不肯留，近郡孰闕守？』以常、信對，遂差知信州。爲政簡静，知大體，六邑多逋負，公爲寬補解之緡，嚴當上之數，皆感激思奮，課更以最。期年被命奏事，丁太安人憂。」據知王自中守信當在紹熙二年。增訂本《陳亮集》卷二九載陳亮《三部樂》詞，題爲「七月二十六日壽王道甫」。據知王自中生日在七月，稼軒本年七月既爲自中作壽，則其到信守任上，必在此前，應在是年夏秋之間也。

〔二〕「枉讀」句，陳師道《寄送定州蘇尚書》詩：「枉讀平生三萬卷，貂蟬當復自兜鍪。」

〔三〕「男兒」二句，玉帶金魚，韓愈《示兒》詩：「開門問誰來，無非卿大夫。不知官高卑，玉帶懸金魚。」消，消受，謂得詩書之力也。

〔四〕「料得」二句，元稹《遭風二十韻》詩：「唤上驛亭還酩酊，兩行紅袖拂樽罍。」杜牧《寄杜子二首》詩：「不識長楊事北胡，且教紅袖醉來扶。」

一落索

信守王道夫席上，用趙達夫賦金林檎韻〔一〕

錦帳如雲高處，不知重數。夜深銀燭淚成行，算都把心期付〔二〕。　莫待燕飛泥污，問花花訴。不知花定有情無？似却怕新詞妒。

【箋注】

〔一〕題，金林檎，《格致鏡原》卷七六《林檎》條：「《廣志》：『林檎似赤柰子，亦名黑檎，一名來禽，言味甘熟，來衆禽也，北人呼爲頻婆果。』劉楨《京口記》：『南國多林檎。』……李時珍《本草》：『其類有金林檎、紅林檎、水林檎、蜜林檎、黑林檎，皆以色味得名，紺珠：俗名花紅，大者名沙果。』」周必大有詩，題爲：「八月十八日，與客小集賞嵓桂，而紅梅、海棠、金林檎盛開。明日江西美賦四絶句，走筆次韻。」按：《吴郡志》卷三〇亦載：「金林檎以花爲貴。……今所在園亭皆有此花，雖已多而其貴重自若，亦須至八九月始熟，是時已無夏果，人家亦以飣盤。」據知金林檎開花在八月。紹熙二年八月趙達夫已在汀州郡守任上，右詞之用其韻，殆其近所寄詞者也。

〔三〕「夜深」二句，夜深銀燭，和凝《宮詞》百首：「金殿夜深銀燭晃，宮嬪來奏月重輪。」心期，心中期待也。

金菊對芙蓉

重陽〔一〕

遠水生光，遥山聳翠，霽煙深鎖梧桐〔二〕。正零瀼玉露〔三〕，淡蕩金風。東籬菊有黄花吐，對映水幾簇芙蓉〔四〕？重陽佳致，可堪此景，酒釅花濃！　追念景物無窮。歎年少胸襟①，忒煞英雄〔五〕。把黄英紅萼，甚物堪同。除非腰佩黄金印，座中擁紅粉嬌容。此時方稱情懷，盡拚一飲千鍾〔六〕。

【校】

①「年少」，《草堂詩餘》卷四原作「少年」，萬樹《詞律》卷一六載康與之同調詞後有注：「『正金風』以下，與後『上秦樓』以下，同稼軒。於『把枕前囑付』句，作『歎年少胸襟』，平仄全異，想不拘。」據改。

【箋注】

〔一〕題，以下二題，見《草堂詩餘》卷四，以廣信書院本及四卷本未收，作年無考，故附於帶湖家居詞之末。

〔二〕「遠水」三句，柳永《訴衷情近》詞：「雨晴氣爽，竚立江樓望處。澄明遠水生光，重疊暮山聳翠。遥認斷橋幽徑，隱隱漁村，向晚孤煙起。」

〔三〕「正零」句，《詩·鄭風·野有蔓草》：「野有蔓草，零露瀼瀼。」瀼瀼，盛貌。秦觀《滿庭芳》詞：「紅蓼花繁，黄蘆葉亂，夜深玉露初零。」

〔四〕「東籬」二句，張先《訴衷情》詞：「數枝金菊對芙蓉，零落意忡忡。」《禮記·月令》：「季秋之月，……鴻雁來賓，爵入大水爲蛤，鞠有黄華。」

〔五〕忒煞，特别。《朱子語類》卷二三《論語》：「陳少南要廢《魯頌》，忒煞輕率。」

〔六〕一飲千鍾，歐陽修《朝中措·平山堂》詞：「文章太守，揮毫萬字，一飲千鍾。」秦觀《望海潮》詞：「最好揮毫萬字，一飲拼千鍾。」

賀新郎

吉席〔一〕

瑞氣籠清曉。捲珠簾次第笙歌，一時齊鬧①。無限神仙離蓬島，鳳駕鸞車初到〔二〕。見擁箇仙娥窈窕。玉珮玎璫風縹緲，望嬌姿一似垂楊裊②。天上有，世間少。　劉郎正是當年少。更那堪天教付與，最多才貌〔三〕。玉樹瓊枝相映耀〔四〕，誰與安排忒好。有多少風流歡笑，直待來春成名了。馬如龍綠綬欺芳草〔五〕。同富貴，又偕老。

【校】

①「鬧」，《草堂詩餘》卷四原作「奏」，此據《曲譜》卷八引此詞改。　②「望」，《詞譜》卷三六引此詞作「正」，此從《草堂詩餘》。

【箋注】

〔一〕題，吉席，《太平廣記》卷三五三《何四郎》條引《玉堂閑話》：「是故將相之第，幼女方擇良匹，實慕英賢，可就吉席。」劉塤《謁金門》詞小序：「臨汝有歌者稍慧，咸淳中，嘗與吟朋醉其樓，對予唱《賀新郎》詞，至『劉郎正是當年少，更好堪天教付與，許多才調』之句，笑謂予曰：『古曲名，今日恰好使得。』予因以此意作小詞題壁，明日遂行。後二年再訪之，壁間醉墨尚存，而人已他適矣。然舊詞多有見之者，姑録於此。」詞見《水雲詩餘》。可知稼軒此詞流傳一時。

〔二〕「無限」二句，無限神仙，顧況《送李秀才遊嵩山》詩：「嵩山石壁掛飛流，無限神仙在上頭。」鳳駕鸞車，蘇軾《蘇幕遮·詠選仙圖》詞：「整金盆，輪玉笋，鳳駕鸞車，誰敢争先進。」

〔三〕「劉郎」三句，劉郎才貌，劉郎有才，爲宋人多用。梅堯臣《和劉原甫省中新菊》詩：「劉郎才筆豪，移榻吟在傍。」黄裳《懷古堂有感》詩：「彭老真筌無處問，劉郎才思有誰同。」天教付與，周紫芝《次韻沈季鄉題醉山堂》詩：「地勝豈無神物護，天教付與老翁閑。」

〔四〕「玉樹」句，李煜《破陣子》詞：「鳳闕龍樓連霄漢，玉樹瓊枝作煙蘿，幾曾識干戈？」柳永《蝶戀花》詞：「玉樹瓊枝，迤邐相偎傍。」

〔五〕「馬如」句，此謂進士及第情景。《錢塘遺事》卷一〇《擇日唱第》條載：「賜進士袍笏，……往往皆不暇脱白襴，而便就加緑袍於其上。……唱第既出，至大門外，人備車馬以須。……狀元榜眼探花，須與上馬，蓋臨安自備馬以待之也。」

生查子　有覓詞者，爲賦①〔一〕

去年燕子來，繡户深深處②。花徑得泥歸③，都把琴書污〔二〕。　今年燕子來，誰聽呢喃語？不見捲簾人，一陣黄昏雨。

【校】

①題，四卷本丙集闕，此從廣信書院本。　②「繡户」，四卷本作「簾幕」。　③「花」，四卷本作「香」。

【箋注】

〔一〕題，以下同調詞四首，作年無考，姑次於帶湖諸作之後。

〔二〕「去年」四句，杜甫《絶句漫興九首》詩：「熟知茅齋絶低小，江上燕子故來頻。銜泥點污琴書内，更接飛蟲打著人。」

又　獨遊西巖①〔一〕

青山招不來，偃蹇誰憐汝〔二〕？歲晚太寒生，喚我溪邊住〔三〕。　山頭明月來，本在天高處②。夜夜入清溪，聽讀《離騷》去。

【校】

①題，四卷本丙集闕，此從廣信書院本。　②「天高」，四卷本作「高高」。

【箋注】

〔一〕題，〔乾隆〕《上饒縣志》卷二《山川》：「西巖在縣南六十里永樂鄉，巖石拔起，空洞如屋，小石螺懸石屋上。四時滴水，味甘冷，有石鐘，相傳昔懸巖上，今墮地。宋洪駒父題詩石壁，今滅没不可讀。」按：今西巖位於上饒縣南鐵山鄉，爲石灰巖溶洞，碧溪經此北流。

〔二〕「青山」二句，蘇軾《越州張中舍壽樂堂》詩：「青山偃蹇如高人，常時不肯入官府。」

〔三〕「歲晚」二句，太寒生，生字舊釋爲語助詞，當爲甚、很之類副詞，如寒得很之類。溪邊，即碧溪邊也。

又

獨遊西巖①

青山非不佳，未解留儂住〔一〕。赤腳踏層冰②〔二〕，爲愛清溪故③。　朝來山鳥啼，勸上山高處。我意不關渠④〔三〕，自在尋詩去⑤。

【校】

①題，四卷本丙集闕，此從廣信書院本。　②「層冰」，四卷本作「滄浪」。　③「清」，廣信書院本原作「青」，此從四

卷本改。④「我」，廣信書院本原作「裁」，此從四卷本改。⑤「在尋詩」，四卷本作「要尋蘭」。

【箋注】

〔一〕「青山」二句，非不佳，《晉書》卷六五《王珉傳》：「珉字季琰，少有才藝，善行書，名出珣右。時人爲之語曰：『法護非不佳，僧彌難爲兄。』僧彌，珉小字也。」留儂住，李德裕《登崖州城作》詩：「獨上高樓望帝京，鳥飛猶是半年程。青山似欲留人住，百匝千遭繞郡城。」未解，未能也。

〔二〕「赤腳」句，杜甫《早秋苦熱堆案相仍》詩：「南望青松架短壑，安得赤腳踏層冰。」

〔三〕不關渠，唐宋人俗語，不關他事也。杜甫《戲作俳諧體遣悶二首》詩：「治生且耕鑿，只有不關渠。」黄庭堅《送薛樂道知鄖鄉》詩：「鄖鄉縣古民少訟，但問自己不關渠。」

又

重葉梅〔一〕

百花頭上開〔二〕，冰雪寒中見。霜月定相知，先識春風面〔三〕。主人情意深，不管江妃怨〔四〕。折我最繁枝，還許冰壺薦〔五〕。

【箋注】

〔一〕題，范成大《范村梅譜》：「重葉梅花頭甚豐，葉重數層，盛開如小白蓮，梅中之奇品。花房獨出而結實多雙，尤爲瓌異。極梅之變化，工無餘巧矣。」《姑蘇志》卷一四：「重葉梅葉重數層，花房獨出，盛開如小蓮花，梅中之奇品也，結實多雙，尤爲瓌異。」按：右詞僅見於《永樂大典》卷三八一〇梅字韻，諸書所不載。故附次於同調諸詞之後。

〔二〕「百花」句，孔平仲《談苑》卷二：「王曾在青州爲舉人時，或令賦梅花詩。曾詩云：『而今未説和羹用，且向百花頭上開。』識者已許曾必狀元及第，仕宦至宰相。」

〔三〕「先識」句，杜甫《詠懷古跡五首》詩：「畫圖省識春風面，環珮空歸月夜魂。」

〔四〕「主人」二句，曹鄴《梅妃傳》：「梅妃姓江氏，莆田人。……開元中，高力士使閩粤，妃笄矣。見其少麗，選歸侍明皇，大見寵幸。……性喜梅，所居闌檻，悉植數株。上榜曰梅亭。梅開賦賞，至夜分尚顧戀花下，不能去。上以其所好，戲名曰梅妃。……會太真楊氏入侍，寵愛日奪，上無疏意，而二人相疾，避路而行。……太真忌而智，妃性柔緩，亡以勝。後竟爲楊氏遷於上陽東宫。……妃以千金壽高力士，求詞人，擬司馬相如爲《長門賦》，欲邀上意。力士方奉太真，且畏其勢，報曰：『無人解賦。』妃乃自作《樓東賦》。……上在花萼樓，會夷使至，命封珍珠一斛，密賜妃，妃不受，以詩付使者曰：『爲我進御前也。』曰：『柳葉雙眉久不描，殘妝和淚污紅綃。長門自是無梳洗，何必珍珠慰寂寥。』」

〔五〕「折我」二句，折我最繁枝，蘇軾《再和楊公濟梅花十絶》詩：「湖面初驚片片飛，尊前吹折最繁枝。」冰壺，王昌齡《芙蓉樓送辛漸二首》詩：「洛陽親友如相問，一片冰心在玉壺。」

辛棄疾詞編年箋注卷六

按：本卷詞共四十七首。起宋光宗紹熙三年壬子（一一九二）正月，迄紹熙五年甲寅（一一九四）底。紹熙三年夏，稼軒起爲福建提刑。五年秋，罷福建安撫使歸信州。

好事近

席上和王道夫賦元夕立春①〔一〕

綵勝鬥華燈，平把東風吹却②〔二〕。唤取雪中明月，伴使君行樂。　紅旗鐵馬響春冰，老去此情薄〔三〕。惟有前村梅在，倩一枝隨着〔四〕。

【校】

①題，四卷本乙集作「元夕立春」。此據廣信書院本。　②「把」，四卷本作「地」。

【箋注】

〔一〕題，王道夫即王自中，信州守臣。本書卷五《清平樂·壽信守王道夫》詞（此身長健闋）已詳考其生平及守信起迄，此不多贅。按：王自中以紹熙二年知上饒，明年正月正在任内。此所謂席上，當指紹熙三年帶湖元夕宴請王自中之筵席。增訂《稼軒詞編年箋注》考云：「據陳垣氏《中西回史日曆》，紹熙二年之冬至爲十一月二十七日，是則紹熙三年正月十五恰應爲立春日也。」而《宋會要輯稿·運曆》一之三〇載：「紹熙二年十月十一日立冬，十一月二十七日冬至，三年正月十四日立春。」與鄧注所推算相差一日，不知何故。但稼軒以時人記時事，所載應不誤。

〔二〕「綵勝」二句，綵勝，已見本書卷四《蝶戀花・戊申元日立春席間作》詞（誰向椒盤簪綵勝闕）箋注。此二句言，綵勝欲與花燈鬥勝，却都被東風吹去。鬥者，比也，争也。平把，平謂憑空，把，做義，此謂都被風吹却也。下句謂元夕將只有雪中明月伴人行樂，可以見證此意也。

〔三〕「紅旗」二句，謂老來仕宦興致闌珊。紅旗鐵馬，均地方守臣出行儀仗。蘇軾《上元夜》詩：「前年侍玉輦，端門萬枝燈。璧月掛罘罳，珠星綴觚稜。去年中山府，老病亦宵興。牙旗穿夜市，鐵馬響春冰。」《施注蘇詩》卷三五注云：「中山府，定州也。《南部新書》云：『軍前大旗，謂之牙旗。』又先生《定州》詩云：『鐵騎曉出冰河裂。』二句正指帥定武軍時事。」《東坡全集》卷首《年譜》載：「紹聖元年甲戌，先生年五十九，知定州。」

〔四〕「惟有」二句，自嘲身在江湖，出行皆無舊日爲官時排場，元夕使從人折梅一枝，聊應景耳。

念奴嬌

和信守王道夫席上韻〔一〕

風狂雨横，是邀勒園林，幾多桃李〔二〕？待上層樓無氣力，塵滿欄干誰倚？就火添衣，移香傍枕，莫捲珠簾起。元宵過也，春寒猶自如此！　爲問幾日新晴，鳩鳴屋上，鵲報簷前喜〔三〕。揩拭老來詩句眼，要看拍堤春水〔四〕。月下憑肩，花邊繫馬〔五〕，此興今休矣。溪南酒賤，光陰只在彈指〔六〕。

【箋注】

〔一〕題，據右詞「元宵過也」句，知右詞作於信守王自中席上，蓋當元夕立春之稍後也。

〔二〕「風狂」三句，風狂雨横，歐陽修《蝶戀花》詞：「雨横風狂三月暮，門掩黄昏，無計留春住。」邀勒，本意爲勒索，《續資治通鑑長編》卷一五一：「富弼言：『近見元昊所上誓書及表奏，……順却於元約事外，别有詰難邀勒，所宜多方容納。』」查稼軒同時人詩中，有李洪《慈感寺泛舟》詩：「春風邀勒梅都謝，夜雨淋浪柳尚妍。」此謂春風摧殘，使梅花都謝。而范成大有詩，題爲「雨後東郭排岸司申，梅開方及三分，戲書小絶，令一面開燕」。後二句爲：「司花好事相邀勒，不著笙歌不肯春。」此春風與司春之東君，不但可以迫使花落，也主張花開。而右詞作於元夕剛過，桃李未開，則所謂風雨邀勒者，必非使桃李敗謝，乃催開意也。蓋此處邀勒者，從索求意引申而出，有迫使之意，乃促其匆忙開花也。

〔三〕「爲問」三句，陸璣《詩疏》卷下：「鵓鳩灰色無繡項，陰則屏逐其匹，晴則呼之。語曰『天將雨，鳩逐婦』是也。」歐陽修《感春雜言》：「鳴鳩兮屋上，雀噪兮簷間。」《開元天寶遺事》卷四《靈鵲報喜》條：「時人之家，聞鵲聲者皆爲喜兆，故謂靈鵲報喜。」爲問，設問語，猶言當問。李適之《罷相作》詩：「爲問門前客，今朝幾箇來？」一本爲作借。

〔四〕拍堤春水，韓琦《上巳西溪同日清明》詩：「拍堤春水展輕紗，元巳清明景共嘉。」歐陽修《浣溪沙》詞：「堤上遊人逐畫船，拍堤春水四垂天。綠楊樓外出鞦韆。」

〔五〕「月下」二句，憑肩，並肩也。《楊太真外傳》卷下：「昔天寶十載，侍輦避暑驪山宫。秋七月，牽牛織女相見之夕，上憑肩而望，因仰天感牛女事，密相誓心。」花邊繫馬，吴大年《臨江仙·聞郡守移傳薌林》詞：「竹裏行厨草草，花邊繫馬匆匆。使君移傳意何窮。兒童隨騎火，猿鶴避歌鐘。」

〔六〕「溪南」二句，溪南酒賤，溪指玉溪。信州治所在州南廣信門内。門外即玉溪，今稱信江。韓愈《醉後》詩：「人生如此少，酒賤且勤置。」曾鞏《北風》詩：「江頭酒賤且就醉，勿復著口問陶甄。」彈指，《弘明集》卷一二王謐《答桓太尉》：「况佛教喻一生於彈指，期要終於永劫。」《大佛頂首楞嚴經》卷五：「我觀世間六塵變壞，惟以空寂修於滅盡，身心乃能度百千劫，猶如彈指。」

又〔一〕

洞庭春晚，舊相傳恐是①，人間尤物〔二〕。收拾瑶池傾國豔，來向朱欄一壁〔三〕。透户龍香，隔簾鶯語〔四〕，料得肌如雪。月妖真態，是誰教避人傑②〔五〕？　酒罷歸對寒窗，相留昨夜，應是梅花發〔六〕。賦了高唐猶想像，不管孤燈明滅〔七〕。半面難期，多情易感，愁幾點星星髮③〔八〕。繞梁聲在，爲伊忘味三月〔九〕。

【校】

①「舊相傳」，廣信書院本原作「□舊傳」，此從文淵閣《四庫全書》本《稼軒詞》據《詞譜》改補。②「人」，當是「仁」之誤。③「愁幾」，「幾」字原闕，此據《六十名家詞》本補。文淵閣《四庫全書》本無「愁」字。

【箋注】

〔一〕題，右詞蓋再次《念奴嬌·再用前韻和洪莘之通判丹桂詞》（道人元是閬）韻，無題，無本事可考。據詞意，疑爲贈某一聞其聲未見其面之女子者。而詞中有「應是梅花發」語，則已入紹熙三年正月矣。

〔二〕「洞庭」三句，疑用洞庭龍女故事。《古今事文類聚》前集卷三四《洞庭君女》條略引如下：「唐柳毅下第，歸至涇陽，見一婦人牧羊，曰：『妾洞庭君小女也。嫁涇川次子，爲婢所惑，得罪舅姑，毀黜至此。聞君將還，敢寄尺牘於洞庭之陰。有大橘樹，君擊樹三，當有應者。』毅如其言，見千門萬户曰靈虚殿，一人被紫執圭，取書進之。洞庭君泣曰：『老夫之罪，使懦弱罹害。』言未畢，有赤龍長萬丈，擘天飛去，俄而祥風慶雲，幢節玲瓏。紅妝千百中，有一人即前寄書者。乃宴毅於碧雲宫，宴罷辭去。後再取盧氏，貌類龍女。妻曰：『予即洞庭君女也。涇上之辱，君能救之，兹奉閨房，永以爲報。』同歸洞庭，莫知其跡。」傳文甚長，見《太平廣記》卷四一九引《異聞集》。尤物，《左傳·昭公二十八年》：「夫有尤物，足以移人。苟非德義，則必有禍。」

〔三〕「收拾」二句，瑶池，《太平廣記》卷五六引《集仙録》：「西王母者，……母養羣品，天上天下，三界十方女子之登仙者，得道者，咸所隸焉。所居宫闕，……金城千重，玉樓十二。瓊華之闕，光碧之堂，九層玄臺，紫翠丹房，左帶瑶池，右環翠水。」來向朱欄一壁，蓋謂某花自瑶池移來。

〔四〕「透户」二句，龍香，龍涎香。隔簾鶯，《梁書》卷二八《夏侯亶傳》：「晚年頗好音樂，有妓妾十數人，並無被服姿容。每有客，常隔簾奏之，時謂簾爲夏侯妓衣也。」

〔五〕「月妖」二句，袁郊《甘澤謡·素娥》條：「素娥者，武三思之姬人也。……左右有舉素娥者，曰相州鳳陽門宋媪女，善彈五絃，世之殊色。三思乃以帛三百段往聘焉。素娥既至，三思大悦，遂盛宴以出素娥。公卿大夫畢集，唯納言狄仁傑稱疾不來。三思怒，於座中有言。宴罷，有告仁傑者。明日謝謁三思曰：『某昨日宿疾暴作，不果應召，然不覩麗人，亦分也。他後或有良宴，敢不先期到門？』素娥聞之，謂三思曰：『梁公彊毅之士，非款狎之人，何必固抑其性？再燕不可無，請不召梁公也。』三思曰：『儻阻我燕，必族其家。』後數日復宴，客未來，梁公果先至。三思特延梁公坐於内寢，徐徐飲酒，待諸客，請先出素娥，略觀其藝。遂停杯設榻召之。有頃蒼頭出曰：『素娥藏匿，不知所在。』三思自入召之，皆不見，忽於堂奥隙中聞蘭麝芬馥，乃附耳而聽，即素娥語音也。細於屬絲，纔能認辨，曰：『請公不召梁公。今固召之，某不復生也。』三思問其繇，曰：『某非他怪，乃花月之妖，上帝遣來，亦以多言蕩公之心，將興李氏。今梁公乃時之正人，某固不敢見。某嘗爲僕妾，寧敢無情？願公勉事梁公，勿萌他志，不然武氏無遺種矣。』言訖更問，亦不應也。」梁公，狄仁傑追封梁國公。人傑，即仁傑。南宋人洪邁《容齋四筆》卷一六《李嶠楊再思》條文淵閣《四庫全書》本作「來俊臣陷狄人傑等獄」、趙彦衛《雲麓漫鈔》卷一〇清鈔本作「狄人傑見白雲孤飛」，知人傑即狄仁傑也。

〔六〕「相留」二句，盧仝《有所思》：「相思一夜梅花發，忽到窗前疑是君。」

〔七〕「賦了」二句，賦了高唐猶想像，蘇軾《滿庭芳·佳人》詞：「報道金釵墜也，十指露春笋纖長。親曾見，全勝宋玉，想像賦高唐。」按：《唐摭言》卷一三《敏捷》載：「張祜客淮南，幕中赴宴。時杜紫微爲支使，南座有屬意之處，索骰子賭酒，牧微吟曰：『骰子巡巡裹手拈，無因得見玉纖纖。』祜應聲曰：『但知報道金釵落，髣髴還應露指尖。』」坡語出此。孤燈明滅，沈與求《戊申初寒偶作》詩：「舟行畏塗侵夜泊，孤燈明滅何處村。」

〔八〕「半面」三句，半面難期，《北齊書》卷三四《楊愔傳》：「聰記强識，半面不忘。」多情易感，黄庭堅《滿庭芳》詞：「鴛鴦頭白早，多情易感，紅蓼池塘。」星星髮，《藝文類聚》卷一七左思《白髮賦》：「星星白髮，生於鬢垂。」

〔九〕「繞梁」二句，繞梁聲在，《列子·湯問》：「昔韓娥東之齊，匱糧，過雍門，鬻歌假食。既去，而餘音繞梁欐，三日不絕，左右以其人弗去。」忘味三月，《論語·述而》：「子在齊聞《韶》，三月不知肉味。」韶，韶樂也。

最高樓　慶洪景盧内翰七十①〔一〕

金閨老，眉壽正如川〔二〕。七十且華筵。樂天詩句香山裏，杜陵酒債曲江邊〔三〕。問何如，歌窈窕，舞嬋娟〔四〕？　更十歲太公方出將，又十歲武公方入相②〔五〕。留盛事，看明年。直須腰下添金印，莫教頭上欠貂蟬。向人間，長富貴，地行仙〔六〕。

【校】

①題，四卷本乙集作「爲洪内翰慶七十」。《中興以來絶妙詞選》卷三作「洪内翰慶七十」。此從廣信書院本。②「方」，四卷本、《絶妙詞選》作「才」。

【箋注】

〔一〕題，洪邁生於北宋宣和五年，至紹熙三年，爲壽七十，見錢大昕《洪文敏公年譜》。然洪邁生日諸書無考。右詞既作於本年，時邁子莘之尚在信州通判任，右詞必稼軒春間所作，因其子莘之爲壽也。

〔二〕「金閨」二句，金閨老，謝朓《始出尚書省》詩：「惟昔逢休明，十載朝雲陛。既通金閨籍，復酌瓊筵醴。」江淹《文通集》卷一《别賦》：「雖淵雲之墨妙，嚴樂之筆精。金閨之諸彦，蘭臺之羣英。」閨一作門。《文選注》卷一六：「金閨，金馬門也。《史記》曰：『金門官者署，承明、金馬著作之庭。』東方朔曰：『公孫弘等待詔金馬門。』」眉壽如川，《詩·豳風·七月》：「爲此春酒，以介眉壽。」《疏》：「人年老者，必有豪毛秀出者，故知眉謂豪眉也。」《小雅·天保》：「如川之方至，以莫不增。」《箋》：「川之方至，謂其水縱長之時也，萬物之收皆增多也。」蘇軾《次韻鄭介夫二首》詩：「收取桑榆種梨棗，祝君眉壽似增川。」

〔三〕「樂天」二句，樂天詩句香山裏，《新唐書》卷一一九《白居易傳》：「東都所居履道里，疏沼種樹，構石樓，香山鑿八節灘，自號醉吟先生，爲之傳。暮節惑浮屠道尤甚，至經月不食葷，稱香山居士。嘗與胡杲、吉皎、鄭據、劉真、盧真、張渾、狄兼謨、盧貞燕集，皆高年不事者，人慕之，繪爲《九老圖》。居易於文章精切，然最工詩。」樂天，白居易字也。《明一統志》卷二九《河南府》：「香山寺在府城西南龍門，唐白居易記。龍門十寺，遊觀之盛，香山爲冠。」杜陵酒債曲江邊，杜甫《曲江二首》詩：「酒債尋常行處有，人生七十古來稀。」又《自京赴奉先縣詠懷五百字》詩：「杜陵有布衣，老大意轉拙。」康駢《劇談録》卷下《曲江》條：「曲江池本秦世隑洲，開元中疏鑿，遂爲勝境。其南有紫雲樓、芙蓉苑，其西有杏園、慈恩寺，花卉環周，煙水明媚，都人遊翫，盛於中和上巳之節。」

〔四〕「歌窈」二句，歌窈窕，歐陽修《定風波》詞：「粉面麗姝歌窈窕，清妙尊前。」蘇軾《赤壁賦》：「誦明月之詩，歌窈窕之章。」舞嬋娟，王安石《送春》詩：「武陵山下朝買船，風吹宿霧山花鮮。萬家笑語横青天，綺窗羅幕舞嬋娟。」

〔五〕「更十」二句，太公出將，《史記》卷三二《齊太公世家》：「吕尚蓋嘗窮困年老矣，以魚釣奸周西伯。……周西伯獵，果遇太公於渭之陽，與語大説，曰：『自吾先君太公曰：當有聖人適周，周以興，子真是邪？吾太公望子久矣。』故號之曰太公望。」注引《説苑》：「吕望年七十，釣於渭渚。」按：史未言太公師於周之年齡，亦未言及爲將與武王伐紂之年齡也。武公入相，《史記》卷三七《衛康叔世家》：「武公即位，修康叔之政，百姓和集。四十二年，犬戎殺周幽王，武公將兵往，佐周平戎，甚有功，周平王命武公爲公。」《國語·楚語》上：「昔衛武公，年數九十有五矣，猶箴儆於國曰：『自卿以下，至於師長，士苟在朝者，無謂我老耄而舍我，必恭恪於朝，朝夕以交戒我。』」注：「武公，衛僖公之子，共伯之弟，武公和也。」

〔六〕「直須」以下五句，金印、貂蟬均已見。地行仙，見本書卷三《水調歌頭·席上用王德和推官韻壽南澗》詞（上界足官府闕）箋注。

水調歌頭

題永豐楊少游提點一枝堂〔一〕

萬事幾時足，日月自西東〔二〕。無窮宇宙，人是一粟太倉中〔三〕。一葛一裘經歲，一鉢一瓶終日，老子舊家風〔四〕。更着一杯酒，夢覺大槐宫〔五〕。記當年，嚇腐鼠，歎冥鴻〔六〕。衣冠神武門外，驚倒幾兒童〔七〕？休説須彌芥子，看取鯤鵬斥鷃，小大若爲同〔八〕。君欲論齊物〔九〕，須訪一枝翁。

【箋注】

〔一〕題，永豐楊少游，名歷均無考。提點，宋代諸路刑獄、坑冶鑄錢司均設提點官，然提點刑獄通稱提刑，此提點應即提點坑冶鑄錢公事之簡稱。南宋於江浙荆湖福建兩廣六路設坑冶鑄錢司，下設贛州、饒州兩分司。據右詞下片所載，楊少游早已掛冠居於永豐家中。然其名與一生事歷既無考，而其掛冠之日及其所居一枝堂，永豐方志亦未見記載。《稼軒詞編年箋注》於此詞《編年》考云：「《朱文公文集・旌忠愍節廟碑》云：『紹熙三年十月，王道夫請建旌忠愍節廟，旋召還。四年五月後，芮、潘兩令又更調而去。』又《與潘文叔明府書》：『辛幼安過此，極談佳政。』陳亮《龍川文集・信州永豐縣社壇記》：『吾友潘友文文叔之始作永豐也，……稼軒辛幼安以爲文叔愛其民如古循吏，而諸公猶詰其驗，……』據知紹熙二、三年間潘氏正在永豐縣令任。甚疑稼軒於赴閩憲前曾有永豐之行，而此詞或即賦於其時也。」以稼軒右詞爲過永豐時所賦，甚確。然稼軒出仕閩憲，若從瓢泉起行，則應南下經紫溪入崇安。綜合此詞之後所載《浣溪沙》詞之廣信書院本與四卷本兩詞題，則知稼軒赴任之前乃自帶湖過永豐，然後自永豐赴瓢泉，途中經泉湖也。右詞即此行中所作，故次於《壬子春赴閩憲别瓢泉》詞之前。

〔二〕「萬事」二句，幾時足，趙善璙《自警編》卷五：「詩人類以棄官歸隱爲高，而謂軒冕榮貴爲外物，然鮮有能踐其言者。……予嘗於驛壁間，見人題兩句云：『人生待足何時足，未老得閑方是閑。』予深味其言，服其精當，而媿未能行也。此與夫所謂『一日看除目，三年損道心』者異矣。」

日月自西東，程俱《癸巳歲除夜誦孟浩然歸終南舊隱詩有感戲效沈休文八詠體作·青陽逼歲除》詩：「萬化豈有極，一生常轉蓬。誰知元不動，日月自西東。」

〔三〕「無窮」二句，無窮宇宙，《王子安集》卷五《滕王閣序》：「天高地迥，覺宇宙之無窮；興盡悲來，識盈虚之有數。」一粟太倉中，《莊子·秋水》：「計中國之在海内，不似稊米之在太倉乎？」《赤壁賦》：「寄蜉蝣於天地，眇滄海之一粟。」

〔四〕「一葛」三句，一葛一裘，《昌黎文集》卷二一《送石洪處士赴河陽參謀序》：「先生居嵩邙瀍穀之間，冬一裘，夏一葛，朝夕飯一盂，蔬一盤，人與之錢則辭，請與出游，未嘗以事免，勸之仕則不應。」一鉢一瓶，《景德傳燈録》卷二二《泉州後招慶和尚》條：「問：『如何是和尚家風？』師曰：『一瓶兼一鉢，到處是生涯。』」杜荀鶴《送僧赴黄山沐湯泉兼參禪宗長老》詩：「聞有湯泉獨去尋，一瓶一鉢一無金。」貫休《陳情獻蜀皇帝》詩：「一瓶一鉢垂垂老，千水千山得得來。」

〔五〕夢覺大槐宫，唐人傳奇，謂有吴楚游俠之士東平淳于棼者，家住廣陵郡東十里，所居宅南有大古槐一株。淳于生日，與羣豪飲其下，夢見二紫衣使者跪拜，謂槐安國王邀生。行數十里，有郛郭城堞車輿人物，至則以次女瑶芳奉事之，且拜南柯太守。凡二十年，郡政大理，生有五男二女。公主卒，生請解郡政，暫歸本里，遂梦醒。斜日未隱於西垣，餘尊尚湛於東牖。起尋夢中所至，槐下有蟻穴而已。見《太平廣記》卷四七五《淳于棼》條。

〔六〕「嚇腐」二句，嚇腐鼠，《莊子·秋水》：「鵷鶵發於南海，而飛於北海，非梧桐不止，非練實不食，非醴泉不飲。於是鴟得腐鼠，鵷鶵過之，仰而視之，曰：『嚇！』」冥鴻，見本書卷三《水調歌頭·和信守鄭舜舉蔗庵韻》詞（萬事到白髮闋）箋注。

〔七〕「衣冠」二句，衣冠神武門，見本書卷五《沁園春·戊申歲奏邸忽騰報謂余以病掛冠因賦此》詞（老子平生闋）箋注。驚倒兒童，蘇軾《送陳伯修察院赴闕》詩：「一日喧萬口，驚倒同舍兒。」吴則禮《有懷介然偶作因寄之》詩：「唤醒飽睡真痴絶，驚倒羣兒要語奇。」

〔八〕「休説」三句，須彌芥子，《維摩詰所説經·不思議品》：「維摩詰言：『諸佛菩薩有解脱名，不可思議。若菩薩住是解脱者，以須彌之高，内芥子中，無所增減。須彌山王本相如故，而四天王、忉利諸天，不覺不知，已之所入，於此衆生，亦無所嬈。……我今略説菩薩不可思議解脱之力，若廣説者，窮劫不盡。』」鯤鵬斥鷃，《莊子·逍遥遊》：「窮髮之北，有冥海者，天池也。有魚焉，其廣數千里，未有知其修者，其名爲鯤。有鳥焉，其名爲鵬，背若泰山，翼若垂天之雲，摶扶摇羊角而上者九萬里，絶雲氣，負青天，然後圖南，且適南冥也。斥鷃笑之，曰：『彼且奚適也？我騰躍而上，不過數仞而下，翱翔蓬蒿之間，此亦飛之至也，而彼且奚適也？』此小大之辨也。」若爲，如何也。

〔九〕論《齊物》，《莊子》有《齊物論》篇，題下注：「夫自是而非彼，美己而惡人，物莫不皆然，然故是非雖異而彼我均也。」

浣溪沙

壬子春，赴閩憲，别瓢泉①〔一〕

細聽春山杜宇啼〔二〕，一聲聲是送行詩。朝來白鳥背人飛〔三〕。　對鄭子真巖石卧，赴陶元亮菊花期②〔四〕。而今堪誦《北山移》〔五〕。

【校】

①題，四卷本丙集作「泉湖道中赴閩憲别諸君」。　②「赴」，四卷本作「趁」。

【箋注】

〔一〕題，壬子即紹熙三年。據右題，稼軒赴閩憲任蓋自瓢泉啓行。而四卷本丙集之題，有「泉湖道中赴閩憲，别諸君」語，蓋與上饒諸友相别於泉湖道中也。此泉湖，即淳熙十五年冬，稼軒送陳亮來訪投宿之吴氏四望樓所在地。見本書卷五《賀新郎·陳同父自東陽來過余》詞（把酒長亭説）箋注。泉湖村即今鉛山縣稼軒鄉之馬鞍山村，在瓢泉東北，爲上饒入鉛山之途中。

〔二〕「細聽」句，王安石《出城訪無黨因宿齋館》詩：「生涯零落歸心嬾，多謝慇懃杜宇啼。」郭祥正《客問》詩：「行止無勞問，空山杜宇啼。」

〔三〕「朝來」句，見本書卷五《鷓鴣天·席上再用韻》詞（水底明霞十頃光）箋注。張九成《二十六日復出城》詩：「吟餘尚多思，白鳥背人飛。」按：《毛詩草木鳥獸蟲魚疏》卷下：「鷺，水鳥也。好而潔白，故謂之白鳥。」此所謂白鳥，應即稼軒寓居帶湖之初，賦《盟鷗》之《水調歌頭》詞中之鷗鷺。稼軒寓居帶湖十年，一旦奉詔赴閩憲之任，不免有愧不如歸去之語，故自嘲白鳥背人而飛也。

〔四〕「對鄭」二句，《揚子·法言》卷四《問神》：「谷口鄭子真，不屈其志，而耕乎巖石之下，名震於京師。」《高士傳》卷中《鄭樸》條：「鄭樸字子真，谷口人也。修道静默，世服其清高。成帝時，元舅大將軍王鳳以禮聘之，遂不屈。揚雄盛稱其德。……馮翊人刻石祠之，至今不絶。」按：《漢書》卷七二《王貢兩龔鮑傳》：「其後谷口有鄭子真，蜀有嚴君平，皆修身自保，非其服弗服，非其食弗食。成帝時，元舅大將軍王鳳以禮聘子真，子真遂不詘而終。」注引《三輔決録》：「子真名樸，君平名尊，則君平、子真皆其字也。」杜甫《九日曲江》詩：「晚來高興盡，摇蕩菊花期。」陶元亮菊花期，謂陶淵明九日把菊也。沈雄《古今詞話》之《詞話》卷上：「周雪客曰：稼軒對句，如『對鄭子真巖石卧，赴陶元亮菊花期』，生硬不可按歌。」按：此以單字領句入聯，稼軒偶一爲之，無不可。至劉後村，則多用於七律，方不足爲法也。

〔五〕「而今」句，《六臣注文選》卷四三孔稚珪《北山移文》題下注：「鍾山在都北，其先周彦倫隱於此山，後應詔出爲海鹽縣令，欲却過此山，孔生乃假山靈之意移之，使不許得至，故云《北山移文》。」《宋史》卷四五七《隱逸·种放傳》：「种放字明逸，河南洛陽人也。……父卒，數兄皆干進，獨放與母俱隱終南豹林谷之東明峰。結草爲廬，僅庇風雨，以講習爲業。……屢得召對。……放屢至闕下，俄復還山。人有詒書嘲其出處之跡，且勸以棄位居巖谷，放不答。……

表徙居嵩山天封觀側，遣内侍就興唐觀基起第賜之，假踰百日，續給其奉。然猶往來終南，按視田畝。每行必給驛乘，在道或親詬驛吏，規算糧具之直，時議浸薄之。嘗曲宴，令羣臣賦詩，杜鎬以素不屬辭，誦《北山移文》以譏之。」王安石《松間》詩：「偶向松間覓舊題，野人休誦《北山移》。」題下注：「被召將行作。」王明清《玉照新志》卷一：「章聖朝，种明逸抗疏辭歸終南舊隱，上命設燕禁中，令廷臣賦詩以寵其行，獨翰林學士杜鎬，辭以素不習詩，誦《北山移文》一遍。明逸不懌，云：『野人焉知大丈夫之出處哉？』熙寧中，王荆公進用，時有王一介中甫者，以詩詆之云：『草廬三顧動幽蟄，蕙帳一空生曉寒。』荆公不以爲忤，但賦絶句云：『莫向空山覓舊題，野人休誦《北山移》。丈夫出處非無意，猿鶴從來自不知。』」

臨江仙

和信守王道夫韻，謝其爲壽。時僕作閩憲①〔一〕

記取年年爲壽客，只今明月相隨〔二〕。莫教絃管便生衣。引壺觴自酌，須富貴何時〔三〕？入手清風詞更好，細書白璽烏絲〔四〕。海山問我幾時歸，棗瓜如可啖，直欲覓安期〔五〕。

【校】

①題，四卷本丁集作「和王道夫信守韻謝其爲壽時作閩憲」。此據廣信書院本。

【箋注】

〔一〕題，右詞爲紹熙三年五月作，時稼軒爲福建提刑。

〔二〕「記取」二句，爲壽客，龔明之《吴中紀聞》卷四《花客詩》條以菊爲壽客。明月相隨，高適《賦得還山吟送沈四山人》詩：「白雲勸盡杯中物，明月相隨何處眠。」

〔三〕「莫教」三句，絃管生衣，謂久疏歌舞，故絃管爲塵網所封。蘇軾《次韻劉貢父李公擇見寄二首》詩：「何人勸我此間來，絃管生衣甑有埃。」引壺觴自酌，《歸去來兮辭》：「攜幼入室，有酒盈尊。引壺觴以自酌，眄庭柯以怡顔。」須富貴何時，《漢書》卷六六《楊惲傳》：「人生行樂耳，須富貴何時？」

〔四〕「入手」二句，清風詞，《詩・大雅・烝民》：「吉甫作誦，穆如清風。」蘇籀《觀胡文恭樞密全集偶成一首》詩：「韜涵白圭玷，揮灑清風詞。」白繭烏絲，蘇軾《文與可有詩見寄云待將一段鵝溪絹掃取寒梢萬尺長次韻答之》詩：「爲愛鵝溪白繭光，掃殘雞距紫毫鋩。」《唐國史補》卷下：「宋、亳間有織成界道絹素，謂之烏絲欄、朱絲欄，又有繭紙。」入手，到手也。

〔五〕「海山」三句，海山問我，《太平廣記》卷四八《白樂天》條引《逸史》：「唐會昌元年，李師稷中丞爲浙東觀察使。有商客遭風飄蕩，不知所止，月餘至一大山，瑞雲奇花，白鶴異樹，盡非人間所覩。……至一院，扃鐍甚嚴，因窺之，衆花滿庭，堂有裀褥，焚香階下。客問之，答曰：此是白樂天院，樂天在中國未來耳。乃潛記之，遂别之歸。旬日至越，具白廉使，李公盡録以報白公。先是，白公平生惟修上乘業，及覽李公所報，乃自爲詩二首，以記其事，及答李浙東云：『近有人從海上回，海山深處見樓臺。中有仙籠開一室，皆言此待樂天來。』又曰：『吾學空門不學仙，恐君此語是虚傳。海山不是吾歸處，歸即應歸兜率天。』」棗瓜，見安期，《史記》卷二八《封禪書》：「少君言上曰：『祠竈則致物，致物而丹沙可化爲黄金，黄金成，以爲飲食器，則益壽，益壽而海中蓬萊仙者乃可見，見之以封禪，則不死黄帝是也。臣常游海上，見安期生，安期生食巨棗大如瓜，安期生仙者，通蓬萊中，合則見人，不合則隱。』於是天子始親祠竈，遣方士入海，求蓬萊安期生之屬，而事化丹沙諸藥齊爲黄金矣。」

賀新郎

三山雨中遊西湖，有懷趙丞相經始①〔一〕

翠浪吞平野〔二〕。挽天河誰來照影？卧龍山下〔三〕。煙雨偏宜晴更好，約略西施未嫁〔四〕。待細把江山圖畫〔五〕。千頃光中堆灩澦，似扁舟欲下瞿塘馬〔六〕。中有句，浩難寫〔七〕。詩人例入西湖社〔八〕。記風流重來，手種緑陰成也②〔九〕。陌上遊人誇故國，十里水晶臺榭。更複道横空清夜〔一〇〕。粉黛中洲歌妙曲③，問當年魚鳥無存者〔一一〕。堂上燕，又長夏〔一二〕。

【校】

①題，四卷本丙集作「福州遊西湖」。此據廣信書院本。②「陰成」，四卷本、四印齋本、《六十名家詞》本俱作「成陰」。③「粉黛」句，「洲」，四卷本闕，據廣信書院本補。「妙」，廣信書院本作「何」，兹從四卷本改。

【箋注】

〔一〕題，三山，《輿地紀勝》卷一二八《福建路·福州》：「三山，南豐《道山亭記》：『城之中三山，西曰閩山，東曰九仙山，北曰粵王山，三山者鼎峙立。』」按：閩山又名烏石山。此三山乃稱郡城之名也。西湖，《輿地紀勝》同卷：「西湖，《元和志》云：『在閩縣西二里。』」〔乾隆〕《福州府志》卷五：「西湖在城西北三里。晉太守嚴高所鑿，引西諸山溪水注之。閩王審知築羅城及西北夾城，皆取土於湖旁。湖周至四十里。王璘因築臺爲水晶宫。宋淳熙中，帥守趙汝愚建閣湖上，仍舊名曰澄瀾。」趙丞相，即趙汝愚。《宋史》卷三九二《趙汝愚傳》：「趙汝愚字子直，漢恭憲王元佐七世孫，居饒之餘干縣。……汝愚早有大志，每曰『丈夫得汗青一幅紙，始不負此生』。擢進士第一，簽書寧國軍節度判官，召試館職，除秘書省正字。孝宗方鋭意恢復，始見即陳自治之策，孝宗稱善，遷校書郎。……遷著作郎知信州，易台州，除江西轉運判官，入爲吏部郎兼太子侍講，遷秘書少監兼權給事中。……以集英殿修撰帥福建。……進直學士制置四川兼知成都府。……光宗受禪，趣召，未至殿中侍御史范處義論其稽命，除知潭州，辭改太平州，進敷文閣學士知福州，紹熙二年召爲吏部尚書。」按：據《宋史》卷二一三《宰輔表》四，趙汝愚於紹熙四年三月始除同知樞密院，其除右丞相，則在紹熙五年八月寧宗即位之後。右詞作於稼軒任福建提刑時，於時趙汝愚未爲丞相，丞相之稱必編集時所追改。又，趙汝愚第一次爲閩帥，在淳熙九年七月至十二年十二月。第二次則在紹熙元年十一月至二年十月。均見《淳熙三山志》卷二二。趙丞相經始，謂趙汝愚首次帥閩，倡議疏浚西湖事。〔同治〕《餘干縣志》卷一八劉光祖《宋丞相忠定趙公墓志銘》：「閩謀帥，公以集殿修撰出鎮。念當去國，孳孳以數千言進戒。……州有二湖附郭，田數萬畝，旱則湖可溉，澇則可泄，故無兇歲。或租其瀦水之澤，各封域之，官其入不之禁，湖以塞。公奏罷之，浚西湖，使與南湖通。築長堤，植杉柳，創六閘堰以時瀦泄，遂爲一方永遠之利。」《歷代名臣奏議》卷一〇八《集英殿修撰帥福建趙汝愚論福州便民事疏》：「契勘本州元有西湖，在城西三里，迤邐並城南流，接大壕，通南湖，瀦蓄水澤，灌溉民田，事載《閩中記》甚詳。父老相傳，舊時湖周回十數里，天時旱暵，則發其所聚，高田無乾涸之憂，時雨泛漲，則泄而歸浦，卑田無淹浸之患，民不知旱勞而長享豐年之利。……歲月浸久，填淤殆盡，各立封畛，以爲己物，或塞爲魚塘，或築成園圃，甚至於違法立券，相售如祖業然。……今來若不申明朝廷，誠恐向後轉見湮廢，難以興復，並湖之民，永被其害。欲乞聖慈特降指揮，行下本州，告示有田之家，許於農事之隙，稍循舊跡開浚，令附城爲壕，上下流注，雖未能盡復古來丈尺，庶幾西湖與南湖通接，負郭之田，盡沾水利而長享有年之效。」

〔二〕「翠浪」句，强至《依韻奉和經略司徒侍中過湫馬上始見終南》詩：「翠入重城朝自潤，勢吞平野夏猶寒。」

〔三〕「挽天」二句，挽天河照影，杜甫《洗兵馬》：「安得壯士挽天河，淨洗甲兵長不用。」張孝祥《西江月·蘄倅李君達才當靖康建炎之間以諸生起兵河東屢摧强敵蓋未知其事重爲感歎賦此》詞：「西湖西畔晚波平，袖手時來照影。」臥龍山，〔乾隆〕《福州府志》卷五：「臥龍山，去城五里，一名伏龍山，有三石如品字，名品石巖，石圓而聳，扣之則諸山響應，又名應石。有箋經臺、翠楚亭，遺愛亭。」

〔四〕「煙雨」二句，煙雨偏宜晴更好，蘇軾《飲湖上初晴後雨二首》詩：「水光瀲灧晴方好，山色空濛雨亦奇。欲把西湖比西子，淡妝濃抹總相宜。」約略，大概。

〔五〕把江山圖畫，黄庭堅《王厚頌二首》詩：「夕陽盡處望清閑，想見千巖細菊斑。人得交游是風月，天開圖畫即江山。」洪邁《容齋隨筆》卷一六《真假皆妄》條：「江山登臨之美，泉石賞翫之勝，世間佳境也，觀者必曰如畫。故有江山如畫、天開圖畫即江山、身在畫圖中之語。」

〔六〕「千頃」二句，《太平寰宇記》卷一四八《山南東道·夔州》：「灩澦堆周圍二十丈，在州西南二百步蜀江中心，瞿唐峽口。冬水淺，屹然露百餘尺，夏水漲，没數十丈。其狀如馬，舟人不敢進。又曰：猶與，言舟子取途不決水脈，故曰猶與。諺曰：『灩澦大如襆，瞿唐不可觸。灩澦大如馬，瞿唐不可下。灩澦如大鼈，瞿唐行舟絶。灩澦大如龜，瞿唐不可窺。』」按：福州西湖中亦有孤山，詞中灩澦或指此。

〔七〕「中有」二句，《朱文公文集》卷二七《與趙帥書》：「去冬見議開湖事，熹謂須先計所廢田若干，所溉田若干，所用工料若干，灼見利多害少，然後爲之。後來但見匆匆興役，至今議者猶以費多利少爲疑。浮説萬端，雖不足聽，然恐亦初計之未審也。大抵集衆思者易爲力，專己智者難爲功。此等事，但呼官吏之可與謀者條畫而算計之，其贏縮利害，可以一日而決，不必閉閤深念，徒弊精神而又未必盡乎利病之實也。」别集卷二《與林景伯書》：「趙帥進職因任，可喜。但聞開湖事，都下亦頗紛紛，人之多言，亦可畏也。」卷三《與林擇之書》：「趙帥久不得書，湖事想已畢。自此宜且安静，勿興功役爲佳，相見亦可力勸之也。」據此三書，可知當趙汝愚開湖經始之初，亦頗爲人言所議論。右詞所謂「中有句，浩難寫」，蓋指此也。

〔八〕「詩人」句，《都城紀勝・社會》條：「文士則有西湖詩社。此社非其他社集之比，乃行都士夫及寓居詩人，舊多出名士。」《夢粱録》卷一九《社會》：「文士有西湖詩社，此乃行都縉紳之士及四方寓流儒人，寄興適情，賦詠膾炙人口，流傳四方，非其他社集之比。」按：此臨安之西湖詩社，福州有無，史書無載。

〔九〕「記風」二句，趙汝愚淳熙九年帥閩時疏浚西湖，至紹熙元年再帥七閩，爲時已經八九年矣，前此所植杉柳，蓋已緑樹成陰。杜牧《歎花》詩：「狂風落盡深紅色，緑葉成陰子滿枝。」

〔一〇〕「陌上」三句，陌上遊人詩故國，蘇軾《陌上花三首》詩：「陌上花開蝴蝶飛，江山猶是昔人非。遺民幾度垂垂老，遊女長歌緩緩歸。」韓維《和微之宴張大夫家園》詩：「敢論懷黄誇故國，聊欣垂白上華筵。」吴任臣《十國春秋》卷九一《閩嗣王世家》：「嗣王名延翰，字子逸，太祖長子也。……自稱大閩國王，立宫殿，置百官，威儀文物皆擬天子制，……自是驕淫奢侈，跨城西西湖築室十餘里，號曰水晶宫。每攜後庭游宴，從子城複道以出。」十里水晶臺榭，複道，《十國春秋》卷九四《惠宗后陳氏傳》：「后陳氏，福唐人也。……小字金鳳，冒姓陳，即惠宗后也。……太祖選良家女充後宫，時金鳳年十七，性度窈窕，善歌舞，太祖召爲才人，其寵幸與黄夫人比。

嘗築水晶宫於西湖旁，列亭榭十餘里。金鳳時扈從，由子城複道中出遊。」《淳熙三山志》卷四：「舊記，西湖在州西三里，蓄水成湖，可蔭民田，僞閩又益廣之，迤邐南流，接城西大壕，直通南蓮池。父老相傳，閩時湖周回十數里，築室其上，號水晶宫。時攜後庭遊，不出莊陌，乃由子城複道，跨羅城而下，不數十步至其所。今宫跡猶存，民田其上，而湖盡爲民田及菱池矣。」

〔二〕「粉黛」二句，粉黛中洲歌，《十國春秋》卷九四《陳皇后傳》注引《外傳》：「三月上巳，延鈞修禊桑溪，金鳳偕後宫雜衣文錦，列坐水次，流觴娛暢。沉麝之氣，環珮之香，達於遠近。途中絲竹管絃，更番迭奏。端陽日，造綵舫數十於西湖，每舫載宫女二十餘人，衣短衣，鼓楫争先，延鈞御大龍舟以觀。金鳳作《樂遊曲》，使宫女同聲歌之。曲曰：『……西湖南湖鬥綵舟，青蒲紫蓼滿中洲。波渺渺，水悠悠，長奉君王萬歲遊。』」魚鳥無存，秦觀《鷓鴣天》詞：「一春魚鳥無消息，千里關山勞夢魂。」

〔三〕「堂上」二句，趙汝愚於紹熙二年十月被召，稼軒於三年春赴閩憲任，去年堂上之燕，至此又度一長夏，故知右詞必作於此年夏也。

感皇恩〔一〕

露染武夷秋，千巒聳翠①。練色泓澄玉清水〔二〕。十分冰鑑，未吐玉壺天地〔三〕。精神先付與，人中瑞〔四〕。　青瑣步趨，紫微標致〔五〕。鳳翼看看九千里②〔六〕。任揮金椀〔七〕，莫負涼颸佳致。瑶臺人度曲，千秋歲〔八〕。

【校】

①「巒」，《詩淵》第四五七五頁原作「鑾」，乃筆誤，徑改。此詞諸本失收。②「千」，原作「十」，徑改，詳見箋注。

【箋注】

〔一〕題，右詞無題，僅見載《詩淵》一書之壽諸通判詞中。據右詞首句，知所壽者或爲建寧府通判，或籍在建陽之任通判者。頗疑爲前者。《朱文公續集》卷一《答黄直卿書》：「牒試中間，辛憲、湯倅過此，皆欲爲問，既而皆自有客，不復得開口。其僞冒者固不容復動念，知却劉倅之請，甚善。」此書爲紹熙三年秋，建陽牒試期間，稼軒巡部至此之時所作。書中所及湯倅、張倅，或爲建寧府通判，或爲福州通判，以二地之方志俱不見載，名已無考。疑其中一人或即稼軒右詞所壽者。

〔二〕練色，《後漢書》卷一〇六《循吏傳》：「天下已定，務用安静。……身衣大練，色無重綵。」《論衡·累害》：「清受塵，白取垢。青蠅所污，常在練素。」據此，知練色即白色也。

〔三〕「十分」二句，《東坡全集》卷一一五《元祐三年端午貼子詞·皇太后閤六首》：「水殿開冰鑑，瓊漿凍玉壺。」

〔四〕人中瑞，《舊唐書》卷一七六《鄭肅傳》：「子洎，咸通中累官尚書郎，出爲刺史。洎子仁規、仁表，俱有俊才，文翰高逸。……仁表擢第，後從杜審權、趙隲爲華州河中掌書記，入爲起居郎。仁表文章尤稱俊拔，然恃才傲物，人士薄之。自謂門地人物文章具美，嘗曰：『天瑞有五色雲，人瑞有鄭仁表。』」

〔五〕「青瑣」二句，青瑣步趨，《漢書》卷九八《元后傳》：「曲陽侯根，驕奢僭上，赤墀青瑣。」注：「青瑣，天子門制也。……青瑣者，刻爲連瑣文而以青塗之也。」《爾雅注疏·釋宫》：「堂下謂之步，門外謂之趨。」紫微，《舊唐書》卷八《玄宗紀》上：「十二月庚寅朔，大赦天下，改元爲開元。内外官賜勳一轉。改尚書左右僕射爲左右丞相，中書省爲紫微省。……開元元年十二月癸丑，紫微令張説爲相州刺史。」

〔六〕「鳳翼」句，《文選》卷四五宋玉《對楚王問》：「故鳥有鳳而魚有鯤。鳳凰上擊九千里，絶雲霓，負蒼天，足亂浮雲，翱翔乎杳冥之上，夫蕃籬之鷃，豈能與之料天地之高哉？」

〔七〕「任揮」句，杜甫《崔駙馬山亭宴集》詩：「客醉揮金椀，詩成得繡袍。」

〔八〕「瑶臺」二句，蘇軾《賀新郎》詞，有「枉教人夢斷瑶臺曲。又却是，風敲竹」。《花草粹編》卷二四有注云：「《耆舊續聞》云：陸辰州云，此詞後擷用榴花事。晁以道家有東坡真跡，晁云：『東坡有妾名朝雲、榴花。朝雲死於嶺外，惟榴花獨存。觀浮花浪蕊都盡，伴君幽獨可見矣。』近觀顧景蕃續注，因悟白團扇、瑶臺曲，皆侍妾故事。東坡用此，乃知辰州得榴花事於晁氏爲不妄。」

鷓鴣天

三山道中〔一〕

抛却山中詩酒窠，却來官府聽笙歌〔二〕。閑愁做弄天來大，白髮栽埋日許多〔三〕。新劍戟，舊風波〔四〕。天生予嬾奈予何〔五〕？此身已覺渾無事，却教兒童莫恁麽〔六〕。

【箋注】

〔一〕題，據「抛却」二句，知右詞爲稼軒任閩憲時所作也。

〔二〕「抛却」二句，白居易《霓裳羽衣歌》：「便除庶子抛却來，聞道如今各星散。今年五月至蘇州，朝鐘暮角催白頭。貪看案牘常侵夜，不聽笙歌直到秋。」蘇軾《浣溪沙・荷花》詞：「天氣乍涼人寂寞，光陰須得酒消磨。且來花裏聽笙歌。」

〔三〕「閑愁」二句，做弄，口語，同捉弄。《朱子語類》卷三《鬼神》：「人心平鋪著便好，若做弄便有鬼怪出來。」白髮栽埋，王安石《偶成二首》詩：「年光斷送朱顔老，世事栽培白髮生。」

〔四〕「新劍」二句，劍戟，《後漢書》卷八七《李雲傳》：「下有司逮雲，詔尚書都護劍戟送黄門北寺獄。」卷一〇七《周紆傳》：「召司隸校尉河南尹，詣尚書譴問，遣劍戟士收紆，送廷尉詔獄。」舊風波，林概《離席》詩：「往事一春空物態，閑情千里舊風波。」按：稼軒淳熙二年嘗任江西提刑，至淳熙八年自江西帥改任浙西提刑時被劾罷官，閑居十年。至紹熙間再任提刑，故謂之新劍戟、舊風波。

〔五〕「天生」句，《論語・述而》：「天生德於予，桓魋其如予何？」

〔六〕「此身」二句，此身已覺渾無事，蘇軾《歸宜興留題竹西寺》詩：「此生已覺都無事，今歲仍逢大有年。」莫恁麽，唐宋口語，莫如此，莫那樣。吴衡照《蓮子居詞話》卷四：「『此身已覺渾無事，且教兒童莫恁麽。」『恁麽』亦作『甚麽』，見《朱子語類》；亦作『什麽』，見《唐摭言》；亦作『只麽』，見黄山谷詩；亦作『者麽』，見《元典章》。皆『恁麽』之轉聲。」

水調歌頭

三山用趙丞相韻，答帥幕王君，且有感於中秋近事，併見之末章[一]

説與西湖客，觀水更觀山[二]。淡妝濃抹西子，唤起一時觀[三]。種柳人今天上，對酒歌翻《水調》，醉墨捲秋瀾[四]。老子興不淺[五]，歌舞莫教閑。看尊前，輕聚散，少悲歡。城頭無限今古，落日曉霜寒。誰唱黄雞白酒[六]？猶記紅旗清夜，千騎夜臨關[七]。莫説西州路，且盡一杯看[八]。

【箋注】

[一] 題，趙丞相韻，趙汝愚原詞不存，《永樂大典》卷二二六五湖字韻載林淳《定齋詩餘》之《水調歌頭·次趙帥開西湖韻》詞三首，用韻與右詞全同，知趙氏原唱爲淳熙十年經始福州西湖開浚事而賦。今蔡戡《定齋集》卷二〇亦有《水調歌頭》一首，題爲「送趙帥鎮成都」，蓋步趙汝愚舊韻送其帥蜀所作，而稼軒右詞，則爲任閩憲時，追次原韻所作。帥幕王君，疑即王次春。楊萬里《誠齋集》卷一一九《朝請大夫將少監趙公行狀》，載趙像之後任福建提刑時事，有云：「拜福建路提點刑獄公事。建臺之始，風采一新。浦城縣獄有以平民爲大辟者，其人誣伏，其獄未上，公平反之。劾其令，免所居官，一路讋服。又劾帥屬王次春於遏密中呼營妓歌舞飲酒，其人甚口，

人皆爲公危之，公不顧也，竟墮其語穽而去。」趙像之任閩憲，爲繼盧彦德者，其到任當在紹熙五年歲初，可參本卷《滿江紅·盧國華由閩憲移漕建安》詞（宿酒醒時闋）並《清平樂·壽趙民則提刑》詞（詩書萬卷闋）箋注。此中之帥屬王次春，應即稼軒詞題中之「帥幕王君」。所謂「遏密」，當指國喪中禁絶音樂歌舞一類活動也，紹熙五年六月太上皇孝宗崩逝，至七月寧宗即位。《趙公行狀》所載「帥屬王次春於遏密中呼營妓歌舞飲酒」事，應即發生於此期間。王次春，錢塘人，乾道八年壬辰黄定榜進士，見〔雍正〕《浙江通志》卷一二五。王氏其他事歷别無可考。右詞作於紹熙三年九月，其時閩帥林枅遽卒，題中「中秋近事」，當即詞之下片「猶記」四句所云云也。

〔二〕「説與」二句，西湖客，即王次春也。觀水更觀山，黄庭堅《題胡逸老致虚庵》詩：「觀水觀山皆得妙，更將何物污靈臺。」曾幾《發宜興》詩：「觀水觀山都廢食，聽風聽雨不妨眠。」

〔三〕「淡妝」二句，淡妝句，見前《賀新郎·三山雨中遊西湖有懷趙丞相經始》詞（翠浪吞平野闋）箋注。一時觀，謂同時觀也。

〔四〕「種柳」三句，種柳人，謂趙汝愚。前《賀新郎·三山雨中遊西湖有懷趙丞相經始》詞題注引劉光祖《宋丞相忠定趙公墓志銘》，載趙汝愚前守福州，浚西湖，植杉柳事。自紹熙二年趙汝愚召爲吏部尚書之後，至稼軒賦右詞之時，其所居皆在行在所，故謂之「人今天上」。醉墨捲秋瀾，何薳《春渚紀聞》卷六《牛酒帖》條：「先生在東坡，每有勝集，酒後戲書，以娱坐客，見於傳録者多矣。獨畢少董所藏一帖，醉墨瀾翻，而語特有味云。」

〔五〕老子興不淺，見本書卷二《水調歌頭·淳熙己亥自湖北漕移湖南》詞（折盡武昌柳闋）箋注。

〔六〕「誰唱」句，李白《南陵别兒童入京》詩：「白酒新熟山中歸，黄雞啄黍秋正肥。呼童烹雞酌白酒，兒女歌笑牽人衣。」蘇軾《秋興三首》詩：「黄雞白酒雲山約，此計當時已浩然。」

〔七〕「猶記」二句，此記林枅事，即題中所謂「中秋近事」也。蓋紅旗千騎，皆用太守巡行事。白居易《劉十九同宿》（時淮寇初破）詩：「紅旗破賊非吾事，黄紙除書無我名。惟共嵩陽劉處士，圍棋賭酒到天明。」紅旗，見本卷《好事近·席上和王道夫賦元夕立春》詞（綵勝鬥華燈闋）箋注。千騎，見本書卷一《滿江紅·再用前韻》詞（照影溪梅闋）箋注。杜甫《秦州雜詩二十首》：「無風雲出塞，不夜月臨關。」

〔八〕「莫説」二句，莫説西州路，《晉書》卷七九《謝安傳》：「安雖受朝寄，然東山之志，始末不渝，每形於言色。及鎮新城，盡室而行，造泛海之裝，欲須經略粗定，自江道還東。雅志未就，遂遇疾篤，上疏請量宜旋旆。……詔遣侍中慰勞，遂還都。聞當輿入西州門，自以本志不遂，深自慨失，因悵然謂所親曰：『昔桓温在時，吾常懼不全。忽夢乘温輿行十六里，見一白雞而止。乘温輿者，代其位也。十六里止，今十六年矣。白雞主酉，今太歲在酉，吾病殆不起乎？』乃上疏遜位。……尋薨，時年六十六。……羊曇者，太山人，知名士也，爲安所愛重。安薨後，輟樂彌年，行不由西州路。嘗因石頭大醉，扶路唱樂，不覺至州門。左右白曰：『此西州門。』曇悲感不已，以馬策扣扉，誦曹子建詩曰：『生存華屋處，零落歸山丘。』慟哭而去。」按：右四句涉及稼軒任福建提刑時與福建安撫使林枅之關係，一旦林枅病卒，帥憲緊張關係即告結束。《稼軒詞編年箋注》右詞之《編年》爲余所增補，其涉及右詞之本事有云：「稼軒任閩憲，閩帥爲林枅（此據《三山志》卷二二《郡守》）。朱熹《答劉晦伯書》有云：『林帥固賢，然近聞其與憲司不協，……抑爲州者固得以捍制使者，而使者果樹不可以察縣耶？……使渠自作監司，能堪此耶？』黄榦《與晦庵朱先生書》亦云：『劉仲則來訪，云渠見攝帥幕，帥於同列多不相下，……渠欲得先生道其姓名於辛憲。……』據上引二書，知稼軒按行州縣，且亦爲林枅所牽制，帥幕劉仲則至欲因朱熹以結識稼軒，則稼軒於林氏任帥時未必得與王姓幕僚相唱酬也。又據後章『西州路』二句，疑此詞作於本年九月林氏卒後稼軒攝帥之際。『西州路』爲羊曇悼謝安故實，詞題答王君者，殆指此二句。」《淳熙三山志》卷二二：「紹熙三年九月，枅卒。」所言大致應是，故再附記於此。

又

壬子三山被召，陳端仁給事飲餞席上作①〔一〕

長恨復長恨，裁作《短歌行》〔二〕。何人爲我楚舞，聽我楚狂聲②〔三〕？余既滋蘭九畹，又樹蕙之百畮，秋菊更餐英〔四〕。門外滄浪水，可以濯吾纓〔五〕。一杯酒，問何似，身後名〔六〕？人間萬事，毫髮常重泰山輕〔七〕。悲莫悲生離别，樂莫樂新相識〔八〕，兒女古今情。

富貴非吾事，歸與白鷗盟〔九〕。

【校】

①題，四卷本丙集作「壬子被召端仁相餞席上作」，〔乾隆〕《福建通志》卷七八作「三山被召陳端仁飲餞」。此從廣信書院本。②「狂」，《四庫》本作「歌」。

【箋注】

〔一〕題，壬子，紹熙三年。據以下《西江月》詞題「癸丑正月四日，自三山被召，經從建安，席上和陳安行舍人韻」，知稼軒在閩憲任上被召，在紹熙三年歲杪。陳端仁給事，即陳峴，《宋史》無傳，事跡散見諸書。《建炎以來朝野雜記》乙集卷一三《蜀帥聘幣不入私家者三人》條：「先是，陳端仁爲帥，馮廷式爲成都漕。端仁有聘幣，廷式例以元物易封而報之，端仁大恨。至用他事劾廷式於朝，壽皇知之而不信也。」查《宋會要輯稿·職官》七二之二五：「淳熙九年七月十七日，四川制置使兼知成都府陳峴放罷，以侍御史張大經論其紹納趨附，貪墨無厭。」因知陳峴字端仁。而《淳熙三山志》卷二九載：「紹興二十七年丁丑王十朋榜，陳峴，誠之之子，字改仁。」謂之字改仁，當誤。陳峴於淳熙元年五月知平江府，二年二月改兩浙運判，五年七月被召，見《吴郡志》卷七、一一。淳熙六年使金賀正旦，見《宋史》卷三五《孝宗紀》三。淳熙七年爲給事中，見《宋史》卷四七〇《佞幸·張説傳》。淳熙八年爲福建提舉市舶，見《宋史》卷一八三《食貨志》下五。樓鑰《攻媿集》卷二八《繳陳峴差知静江府》：「峴之處家，醜聲甚彰，棄妻之訟，人憤其冤。峴之居官，污聲尤著。帥蜀之跡，最不可掩。前後章疏，指陳實事，臣不敢復論。頃除鄂渚守臣，公議尚且不容，隨即寢罷。桂林重鎮，控制南方，非有才具，不足以應事機，非有廉節，不足以服遠民，其可使峴居之乎？閑廢雖久，衆尚齗齗。臣若不言，亦必有論之者。」樓鑰任詞臣，在紹熙三年。據知陳峴自淳熙九年罷蜀帥之後，至紹熙三年始終閑居於家，中間一度被命知鄂州，旋遭論劾，隨即寢罷。其經歷與稼軒大體爲近，然陳峴乃有用之才，故稼軒以「人間萬事，毫髮常重泰山輕」爲之惜也。

〔二〕「長恨」二句，長恨復長恨，《後漢書》卷一〇《馬皇后紀》：「欲令瞑目之日，無所復恨，何意老志復不從哉？萬年之日長恨矣。」《短歌行》，《樂府詩集》卷三〇魏武帝《短歌行二首》六解引《古今樂録》，謂王僧虔《技録》云：「《短歌行·仰瞻》一曲，魏氏遺令，使節朔奏樂，魏文製此辭，自撫箏和歌。」又引《樂府解題》曰：「《短歌行》，魏武帝『對酒當歌，人生幾何』、晉陸機『置酒高堂，悲歌臨觴』，皆言當及時爲樂也。」

〔三〕「何人」二句，爲我楚舞，《史記》卷五五《留侯世家》：「召戚夫人，指示四人者，曰：『我欲易之，彼四人輔之，羽翼已成，難動矣，吕后真而主矣。』戚夫人泣，上曰：『爲我楚舞，吾爲若楚歌。』歌曰：『鴻雁高飛，一舉千里。羽翮已就，横絶四海。横絶四海，當可奈何？雖有矰繳，尚安所施？』歌數闋，戚夫人嘘唏流涕，上起去，罷酒。」楚狂聲，《論語·微子》：「楚狂接輿，歌而過孔子，曰：『鳳兮鳳兮，何德之衰？往者不可諫，來者猶可追。已而已而，今之從政者殆而。』」

〔四〕「余既」三句，《楚辭·離騷》：「余既滋蘭之九畹兮，又樹蕙之百畮。……朝飲木蘭之墜露兮，夕餐秋菊之落英。」

〔五〕「門外」二句，《孟子·離婁上》：「有孺子歌曰：『滄浪之水清兮，可以濯我纓。滄浪之水濁兮，可以濯我足。』孔子曰：『小子聽之，清斯濯纓，濁斯濯足矣，自取之也。』」餘參本書卷三《六幺令·再用前韻》詞（倒冠一笑閿）箋注。

〔六〕「一杯」三句，見本書卷三《水龍吟·次年南澗用前韻爲僕壽》詞（玉皇殿閣微涼閿）箋注。

〔七〕「毫髮」句，《莊子·齊物論》：「天下莫大於秋毫之末，而太山爲小。」《漢書》卷六二《司馬遷傳》：「人固有一死，死有重於太山，或輕於鴻毛，用之所趨異也。」曾丰《贈筆工周永年》詩：「借不中書非所歎，秋毫元重泰山輕。」

〔八〕「悲莫」二句，《楚辭·九歌·少司命》：「悲莫悲兮生別離，樂莫樂兮新相知。」

〔九〕「富貴」二句，富貴非吾事，《歸去來兮辭》：「富貴非吾願，帝鄉不可期。懷良辰以孤往，或植杖而耘耔。」歸與白鷗盟，黄庭堅《登快閣》詩：「萬里歸船弄長笛，此心吾與白鷗盟。」

水龍吟

過南劍雙溪樓①〔一〕

舉頭西北浮雲，倚天萬里須長劍〔二〕。人言此地，夜深長見，斗牛光焰〔三〕。我覺山高，潭空水冷，月明星淡〔四〕。待燃犀下看，憑欄卻怕，風雷怒，魚龍慘〔五〕。

峽束蒼江對起②，過危樓欲飛還斂〔六〕。元龍老矣，不妨高卧，冰壺涼簟〔七〕。千古興亡，百年悲笑，一時登覽。問何人又卸，片帆沙岸③，繫斜陽纜？

【校】

①題，王詔校刊本、四印齋本、《六十名家詞》本「劍」作「澗」，《中興絶妙詞選》卷三「過」作「題」。②「蒼」，《唐宋名賢百家詞》四卷本乙集、《中興絶妙詞選》作「滄」，汲古閣景鈔四卷本原作「蒼」，後塗去「蒼」，未改。③「岸」，《中興絶妙詞選》作「際」。

【箋注】

〔一〕題，南劍，《輿地紀勝》卷一三三《福建路》：「南劍州，劍浦郡軍事。三國以前並同建寧府，三國孫吳置建安郡，以南平屬焉。晉武平吳，易南平縣爲延平縣，宋明帝廢延平縣，五代王審知以爲延平鎮。審知之子延翰改爲永平鎮。……南唐分延平、劍浦、富沙三縣，置劍州。皇朝平江南，地歸版圖，續以利州路亦有劍州，乃加爲南劍州，隸福建路。」雙溪樓，《輿地紀勝》同卷《南劍州》：「雙溪閣在劍津之上。陳瓘詩云：『歲久謾傳龍變化，潭深誰覩劍鋒鋩。』」（弘治）《八閩通志》卷七四：「南平縣雙溪樓，在府城東。……雙溪閣在府城外劍津上。」按：稼軒右題所言雙溪樓，應即在劍溪之雙溪閣。李綱《梁溪集》卷七《雙溪閣》詩云：「淩虚高閣枕雙溪，四出飛簷鳥翼齊。山鎖煙光青合匝，水分丁字碧淒迷。蟠虬舊化張公劍，翥鳳今留魯國題。放逐因能窮勝賞，登臨那惜醉如泥。」《讀史方輿紀要》卷九七《福建·延平府》：「劍溪在城東南，即建江也，自建寧府南流至此，亦曰劍津，……又爲東溪。……又有西溪，源出汀州府境。……東西二溪合流，俗呼丁字水。」因知雙溪樓即雙溪閣，《通志》及延平各志均誤爲二也。右詞作年，詞題未有確載。《稼軒詞編年箋注》謂在閩中按部時所作，不確。查稼軒赴閩憲，自福州赴召，以及自太府卿赴閩帥、行部至建寧府，罷閩帥返上饒，皆途經南劍州。則右詞非必行部所作。據右詞「潭空水冷」句，知右詞當作於冬季。詞中充滿進取之語，乃稼軒紹熙四年冬自閩中被召歸時所作也。蓋此次入見，乃宋光宗即位後稼軒首次朝覲，入見中奏進《論荆襄上流爲東南重地》札子，用以激勵光宗有所作爲。札子論及天下離合大勢，與詞中「千古興亡，百年悲笑」語合，知必爲先後所作也。

〔二〕「舉頭」二句，西北浮雲，《古詩十九首》：「西北有高樓，上與浮雲齊。」曹丕《雜詩》：「西北有浮雲，亭亭如車蓋。」倚天長劍，《古文苑》卷二宋玉《大言賦》：「至宋玉曰：『方地爲車，圓天爲蓋。長劍耿耿倚天外。』」《莊子·説劍》：「上抉浮雲，下絶地紀，此劍一用，匡諸侯，天下服矣。」

〔三〕「人言」三句，《晉書》卷三六《張華傳》：「初，吴之未滅也，斗牛之間常有紫氣。……及吴平之後，紫氣愈明。華聞豫章人雷焕妙達緯象，乃要焕宿，屏人曰：『可共尋天文，知將來吉凶。』因登樓仰觀，焕曰：『僕察之久矣，惟斗牛之間頗有異氣。』華曰：『是何祥也？』焕曰：『寶劍之精，上徹於天耳。』……問曰：『在何郡？』焕曰：『在豫章豐城。』華曰：『欲屈君爲宰，密共尋之，可乎？』煥許之。華大喜，即補煥爲豐城令。煥到縣，掘獄屋基，入地四丈餘，得一石函，光氣非常。中有雙劍，並刻題，一曰龍泉，一曰太阿。其夕，斗牛間氣不復見焉。……遣使送一劍並土與華，留一自佩。……華得劍，寶愛之，常置坐側。……華誅，失劍所在。煥卒，子華爲州從事，持劍行經延平津，劍忽於腰間躍出，墮水，使人没水取之，不見劍，但見兩龍各長數丈蟠縈，有文章，没者懼而反。須臾光彩照水，波浪驚沸，於是失劍。華歎曰：『先君化去之言，張公終合之論，此其驗乎？』」〔嘉靖〕《延平府志》卷二：「劍潭，一名劍津，又名龍津，在郡城東南，建寧、邵武二水合流之所。晉雷煥得二劍於豐城，一與張華留，一自佩。華死失劍所在，其後煥子佩劍經此，劍躍入水化爲龍，即其處也。」

〔四〕「我覺」三句，山高，〔嘉靖〕《延平府志》卷二載南平縣劍津里有九峰山，爲郡境諸峰之冠。所謂潭空者，即劍潭也。曹操《短歌行》：「月明星稀，烏鵲南飛。」

〔五〕「待燃」四句，《晉書》卷六七《温嶠傳》：「嶠借資蓄，具器用，而後旋於武昌。至牛渚磯，水深不可測。世云其下多怪物，嶠遂燬犀角而照之，須臾，見水族覆火，奇形異狀，或乘馬車著赤衣者。嶠其夜夢人謂己曰：『與君幽明道别，何意相照也？』」《文苑英華》卷一二五李子卿《興唐寺聖容瑞光賦》：「殷爾而風雷怒，矗然而雲霧蒸。」魚龍即《晉書》之水族。元王惲《送劉侍御》詩有「燃犀牛渚魚龍慘，霜落吴江草樹寒」句。

〔六〕「峽東」二句，峽東蒼江對起，杜甫《秋日夔府詠懷奉寄鄭監李賓客一百韻》詩：「峽束滄江起，巖排古樹圓。」欲飛還斂，張彔父《寄興園池鶴上劉相公》詩：「欲飛還斂翼，詎敢望乘軒。」按：此二句之峽束，當指嵢峽。〔嘉靖〕《延平府志》卷二：「嵢峽，在郡城南長安北里，兩岸青山迴合，溪流轉折而去。」

〔七〕「元龍」三句，元龍、高卧，見本書卷一《水龍吟·登建康賞心亭》詞(楚天千里清秋闋)箋注。冰壺涼簟，黄庭堅《避暑李氏園二首》詩：「荷氣竹風宜永日，冰壺涼簟不能回。」

西江月

癸丑正月四日，自三山被召，經從建安，席上和陳安行舍人韻〔一〕

風月亭危致爽，管絃聲脆休催〔二〕。主人只是舊情懷，錦瑟旁邊須醉〔三〕。　玉殿何須儂去，沙堤正要公來〔四〕。看看紅藥又翻階〔五〕，趁取西湖春會。

【箋注】

〔一〕題，癸丑爲紹熙四年。建安，《輿地紀勝》卷一二九《福建路·建寧府》：「建寧府，建州建安郡，建寧軍節度。……國朝平江南，初屬江南轉運使，其後隸兩浙南路，尋以隸福建路，又陞爲建寧軍。中興以來，以孝宗潛邸，陞爲建寧府。」同卷又載，建寧府爲福建路轉運司、提舉常平茶事司治所。陳安行舍人，名居仁。樓鑰《攻媿集》卷八九《華文閣直學士奉政大夫致仕贈金紫光禄大夫陳公行狀》：「本貫興化軍莆田縣崇業鄉孝義里，陳公居仁字安行，年六十有九狀。……公以建炎己酉生於奉化。……取漕薦，紹興二十一年登進士科。……隆興元年，孝宗修《高廟聖政》，妙選僚屬。時參政范公成大爲和劑局，與公皆自莞庫中兼檢討官。二年考滿，當改秩，既已進卷，丞相壽春魏公使金，公嘗學事之，辟公爲書狀官。……除樞密院檢詳諸房文字，……三年至中書門下省檢正諸房公事。……借吏部尚書，差淳熙十一年賀金國生辰國信使正。……使還，除起居郎。入謝，上曰：卿端静自文，將處卿以清要久矣。……會西掖暫闕，即令攝事。曰：『朕亟欲觀陳某詞命。』兼同詳定一司敕令。……明年春，兼權中書舍人。……遭内艱，……服闋，除集英殿修撰知鄂州。……紹熙三年，進焕章閣待制，……秩滿，移建寧府。」按：據〔嘉靖〕《建寧府志》卷五《守臣題名》，紹熙三年知建寧府爲鄭僑、陳居仁，另據《淳熙三山志》卷二二《守臣題名》，鄭僑於紹熙三年十一月知福州。因知陳居仁之知建寧府，亦必在紹熙三年十一月十二月間。稼軒紹熙四年正月赴召途中過建寧府時，陳居仁正在郡守任上，因次韻賦此詞。

〔二〕「風月」三句，風月亭危，據《輿地紀勝》及〔弘治〕《八閩通志》卷七三《建寧府宫室》所載，建寧府治中有碧雲樓、建安堂、玉仙堂等，無名亭者，僅一幔亭在府治後，則風月非亭名，言郡圃樓高也。致爽，《世説新語·簡傲》：「王子猷作桓車騎參軍，桓謂王曰：『卿在府久，比當相料理。』初不答，直高視，以手版拄頰云：『西山朝來，致有爽氣。』」管絃聲脆，白居易《小曲新詞二首》：「霽色鮮宫殿，秋聲脆管絃。」

〔三〕「錦瑟」句，杜甫《曲江對雨》詩：「何時詔此金錢會，暫醉佳人錦瑟傍。」

〔四〕「沙堤」句，見本書卷五《水調歌頭·送施樞密聖與帥江西》詞（相公倦台鼎闋）箋注。

〔五〕「看看」句，謝朓《直中書省》詩：「紅藥當階翻，蒼苔依砌上。」看看，眼看。

又

用韻，和李兼濟提舉〔一〕

且對東君痛飲，莫教華髮空催。瓊瓌千字已盈懷，消得津頭一醉〔二〕。休唱《陽關》別去，只今鳳詔歸來。五雲兩兩望三台〔三〕，已覺精神聚會。

【箋注】

〔一〕題，李兼濟提舉，《朱文公續集》卷二《答蔡季通書》：「北方之傳果爾，趙已罷去。蓋新用李兼濟爲諫官，一章便行，未知誰代其任，此可深慮。」趙即趙汝愚，罷去指其罷相。《宋史》卷三七《寧宗紀》一：「慶元元年二月戊寅，以右正言李沐言，罷趙汝愚爲觀文殿大學士知福州。」同書卷三九二《趙汝愚傳》：「侂胄欲逐汝愚而難其名，或教之曰：『彼宗姓，誣以謀危社稷，則一網無遺。』侂胄然之，擢其黨將作監李沐爲正言。沐，彥穎之子也。嘗求節度使於汝愚，不得，奏汝愚以同姓居相位，將不利於社稷，乞罷其政。汝愚出浙江亭待罪，遂罷右相，除觀文殿學士知福州。臺臣合詞乞寢出守之命，遂以大學士提舉洞霄宮。」按：李沐，爲湖州德清人李彥穎字秀叔之子，彥穎《宋史》卷三八六有傳，謂其淳熙初簽書樞密院事、參知政事。又謂「子沐，慶元中與一時臺諫排趙汝愚，善類一空，公論醜之」。是則兼濟應即李沐之字。又按：《趙汝愚傳》

謂李沐求節度使於宰相趙汝愚而不得，遂立僞學僞黨論以逐趙、朱，此十年黨禍之起源也。韓侂胄自以迎立寧宗有功，嘗求節度使於宰相趙汝愚，此語大謬。李沐何人，焉能求節鉞於趙汝愚？此《宋史·趙汝愚傳》剪裁舊史文字不當，移韓侂胄事於李沐所致此誤也。《稼軒詞編年箋注》引此而不爲之辨，僅謂李沐「即慶元黨事之首難者」，又言「李氏在黨案未發之先，固亦甚負時譽之一人也」。《寶慶會稽續志》卷二《提舉題名》載：「李沐，紹熙二年四月十七日以朝奉郎到任，當年九月十六日改江東提舉。」（乾隆）《福建通志》卷二一《提舉題名》，李沐在陳圮之後，與張濤、宋之端俱紹熙間任。而陳圮紹熙元年十一月尚在福建提舉任上，見《宋會要輯稿·職官》七三之三。是其自江東提舉改福建提舉自在紹熙二年九月之後，稼軒紹熙四年正月被召途經建寧府時，李沐正在提舉任上，福建提舉常平司置司建安，因得賦此詞。

〔二〕「瓊瓌」二句，瓊瓌，見本書卷二《水調歌頭·和趙景明知縣韻》詞（官事未易了闋）箋注。消得，經受得。

〔三〕「五雲」句，杜甫《送李八秘書赴杜相公幕》詩：「南極一星朝北斗，五雲多處是三台。」《晉書》卷一一《天文志》：「三台六星，兩兩而居。起文昌，列抵太微，一曰天柱，三公之位也。在人曰三公，在天曰三台，主開德宣符也。」

賀新郎

和前韻①〔一〕

覓句如東野。想錢塘風流處士，水仙祠下〔二〕。更憶小孤煙浪裏②，望斷彭郎欲嫁〔三〕。是一色空濛難畫。誰解胸中吞雲夢，試呼來草賦看司馬。須更把，上林寫〔四〕。雞豚舊日漁樵社〔五〕。問先生：帶湖春漲，幾時歸也？爲愛琉璃三萬頃，正卧水亭煙榭〔六〕。對玉塔微瀾深夜③〔七〕。雁鶩如雲休報事，被詩逢敵手皆勍者〔八〕。春草夢，也宜夏〔九〕。

【校】

①題，四卷本丙集無此三字。此從廣信書院本。②「憶」，四卷本作「隱」。③「澂」，四卷本作「微」。按：兩字通用。《六十名家詞》本作「澂」。

【箋注】

〔一〕題，和前韻，右詞爲和同調《三山雨中遊西湖》詞而作。《稼軒詞編年箋注》以爲右詞作於紹熙三年夏，甚誤。蓋下片有「問先生：帶湖春漲，幾時歸也」等語，明爲紹熙四年春稼軒在臨安行在所任太府卿時所作，故移置於此。

〔二〕「覓句」三句，覓句如東野，蘇軾《書林逋詩後》：「詩如東野不言寒，書似西臺差少肉。」東野，孟郊字也。孟郊作詩艱奇苦澀，爲韓愈所敬重。錢塘風流處士，指林逋。而蘇軾與稼軒皆謂林逋詩亦如東野。水仙祠，《咸淳臨安志》卷三二：「三賢堂，孤山竹閣舊有白樂天、林和靖、蘇東坡三像，後廢。乾道五年周安撫淙，即水仙王廟之東廡祠焉。」卷七一：「水仙王廟，在西湖第三橋北。」田汝成《西湖遊覽志餘》卷八：「和靖祠堂，舊在孤山故廬，後徙蘇堤三賢祠中，此蓋因子瞻詩語爲之也。詩云：『吴儂生長湖山曲，呼吸湖光飲山淥。不論世外隱君子，傭兒販婦皆冰玉。先生可是絶俗人，神清骨冷無由俗。我不識君曾夢見，瞳子瞭然光可燭。遺篇妙字處處有，步繞西湖看不足。詩如東野不言寒，書似西臺差少肉。平生高節已難繼，將死微言猶可録。自言不作封禪書，更肯悲吟白頭曲。我笑吴人不好事，好作祠堂傍修竹。不然配食水仙王，一盞寒泉薦秋菊。』此詩景慕和靖甚切，但祠堂修竹亦不失體，而遽以吴人不好事病之，頗牽强矣。」

〔三〕「更憶」二句，小姑、彭郎，《歸田録》卷下：「江南有大小孤山，在江水中，嶷然獨立。而世俗轉孤爲姑，江側有一石磯，謂之澎浪磯，遂轉爲彭郎磯，云彭郎者，小姑婿也。」蘇軾《李思訓畫長江絶島圖》詩：「舟中賈客莫漫狂，小孤前年嫁彭郎。」《渭南文集》卷四五《入蜀記》：「過澎浪磯、小孤山。二山東西相望，小孤屬舒州宿松縣。……又有别祠在澎浪磯，屬江州彭澤縣。三面臨江，倒影水中，亦占一山之勝。舟過磯，雖無風亦浪湧，蓋以此得名也。昔人詩有『舟中估客莫漫狂，小姑前年嫁彭郎』之句，傳者因謂小孤廟有彭郎像，澎浪廟有小姑像，實不然也。」小姑山在江西彭澤縣北大江之中，彭郎磯在江北岸。此蓋因臨安西湖之孤山而聯想耳。

〔四〕「誰解」四句，吞雲夢，《文選》卷七司馬相如《子虚賦》：「臣聞楚有七澤，嘗見其一，未覩其餘也。臣之所見蓋特其小小者耳，名曰雲夢。雲夢者，方九百里，其中有山焉。其山則盤紆茀鬱，隆崇崒崒，岑崟參差，日月蔽虧。……且齊東陼鉅海，南有琅邪，觀乎成山，射乎之罘，浮渤澥，游孟諸，邪與肅慎爲鄰，右以暘谷爲界，秋田乎青丘，傍徨乎海外，吞若雲夢者八九於其胸中，曾不蔕芥。」呼來草賦看司馬，《史記》卷一一七《司馬相如傳》：「蜀人楊得意爲狗監，侍上，上讀《子虛賦》而善之，曰：『朕獨不得與此人同時哉？』得意曰：『臣邑人司馬相如自言爲此賦。』上驚，乃召問相如。相如曰：『有是，然此乃諸侯之事，未足觀也，請爲天子游獵賦。』賦成奏之，上許令尚書給筆札。……推天子諸侯之苑囿，其卒章歸之於節儉，因以風諫奏之天子，天子大說。其辭曰：『……楚則失矣，齊亦未爲得也。……君未睹夫巨麗也，獨不聞天子之上林乎？』」按：司馬相如既作《子虛賦》，復奏《上林賦》，此藉喻既已詠福州西湖，又詠寫杭州西湖也。解，能也。

〔五〕「雞豚」句，韓愈《南溪始泛三首》詩：「願爲同社人，雞豚燕春秋。」

〔六〕「爲愛」二句，琉璃三萬頃，杜甫《渼陂行》：「天地黤慘忽異色，波濤萬頃堆琉璃。」水亭煙樹，程垓《南歌子》詞：「水亭煙樹晚涼中，又是一鈎新月静房櫳。」

〔七〕「對玉」句，瀲，應即微字。蘇軾《江月五首》詩：「一更山吐月，玉塔卧微瀾。正似西湖上，湧金門外看。」鄧廣銘《稼軒詞編年箋注》謂：「辛詞此句即用蘇詩意，謂福州西湖亦似杭州西湖也。『玉塔』非實指某塔，乃指月有在水中之倒影而言。查慎行注蘇詩，謂玉塔指惠州豐湖旁之大聖塔，非是。陸游《入蜀記》七月十六日：『是夜月白如晝，影入溪中，摇蕩如玉塔，始知東坡玉塔卧微瀾之句爲妙也。』又元好問《濟南雜詩》：『白煙消盡凍雲凝，山月飛來夜氣澄。且向波間看玉塔，不須橋畔覓金繩。』此均可證知玉塔爲指月在水中倒影爲達詁也。」鄧先生又在《增訂三版題記》中説：「在注釋稼軒作於福州的《賀新郎》（覓句如東野閑）中的『對玉塔微瀾深夜』句時，……據此可知『玉塔』乃指月在水中之倒影。遂使蘇詩辛詞俱獲確解。繼又指明查慎行注蘇詩謂玉塔指惠州豐湖旁之大聖塔之非是，這也解除了讀者的另一誤解：當時有一讀者自福州來信説，《淳熙三山志》卷七《公廨》門載：『澄瀾閣，舊西湖樓基，待制趙公汝愚創建。』澄亦作澂，則辛詞中之『微瀾』或即原作『澂瀾』云云。今既知辛詞此句確由蘇詩脱化而來，又知『玉塔』確爲月在水中之倒影，則澂瀾閣之説自無法成立，因玉塔無法卧樓閣中也。」按：上述話語皆指鄧先生對上海古籍出版社所聘審稿之陳振鵬先生對「玉塔微瀾」句之解釋而言。然無論原注與陳之修訂意見，皆謂此詞之玉塔微瀾指福州西湖之月影，與此詞作於臨安實不符。蓋稼軒此句所寫即杭州西湖之月影，而非福州西湖。

〔八〕「雁鶩」二句，雁鶩如雲，謂衆多文書吏。《昌黎文集》卷一三《藍田縣丞廳壁記》：「丞之職，所以貳令於一邑，無所不當問。其下主簿尉，主簿尉乃有分職。丞位高而偪，例以嫌不可否事。文書行吏抱成案詣丞，卷其前，鉗以左手，右手摘紙尾，雁鶩行以進。」休報事，韓愈《柳巷》詩：「吏人休報事，公作送春詩。」皆勍者，《左傳·僖公二十二年》：「子魚曰：『君未知戰。勍敵之人，隘而不列，天贊我也。阻而鼓之，不亦可乎？猶有懼焉。且今之勍者，皆吾敵也。』」

〔九〕「春草」二句，見本書卷五《鷓鴣天》詞（木落山高一夜霜閑）箋注。

水調歌頭

題張晉英提舉玉峰樓〔一〕

木末翠樓出，詩眼巧安排〔二〕。天公一夜，削出四面玉崔嵬〔三〕。疇昔此山安在？應爲先生見晚①，萬馬一時來〔四〕。白鳥飛不盡，却帶夕陽回〔五〕。　勸公飲②，左手蟹，右手杯〔六〕。人間萬事變滅，今古幾池臺。君看莊生達者，猶對山林皋壤，哀樂未忘懷〔七〕。我老尚能賦，風月試追陪。

【校】

①「晚」，四卷本丁集作「挽」。　②「公」，王詔校刊本、四印齋本作「君」。

【箋注】

〔一〕題，張晉英提舉，名濤，常州武進人。《咸淳毗陵志》卷一一：「紹興三十二年上舍釋褐，賜出身，張濤。」《夷堅志》支乙卷八《駱將仕家》條：「淳熙癸卯歲，張晉英濤自西外宗教授入爲敕令删定官，挈家到都城，未得官舍，僦冷水巷駱將仕屋暫處。」癸卯爲淳熙十年。〔乾隆〕《福建通志》卷二一《提舉常平茶鹽公事》：「陳杞、李沐、張濤、宋之端，俱紹熙間任。」《攻媿集》卷三九《福建提舉張濤提點坑冶鑄錢制》：「敕，具官某，國家分道遣使，各揚乃職。惟貨泉之寄，總六道百郡之權，歸於一大有司，視漢之鍾官辯銅其重甚矣，非得通儒，不以輕畀。以爾抱負不凡，詞章精贍，出入朝行，見謂老成。使於二部，皆有聲績。舉以命汝，其爲朕謹調度，察姦欺，使邦財阜通，朕豈久汝於外哉！」此當爲紹熙五年事。《宋會要輯稿·選舉》二二之九載紹熙元年正月，張濤爲宗正丞，同門二二之一三則載慶元二年正月，張濤爲左司郎中。蔡戡《定齋集》卷一七《張晉英侍郎挽詩》：「當代推耆舊，如公能幾人。典刑唐閣老，風采漢廷臣。直筆書青史，巍冠侍紫宸。壺公非不遇，猶未究經綸。（其一）賈傳年方少，詞場屢策勳。賢關馳雋譽，仕路藹清芬。德望三朝重，聲名四海聞。仙遊向何許，地下亦修文。（其二）」其平生事歷，可考者僅此，卒年無載。玉峰樓，（乾隆）《福建通志》卷六三《建寧府·建安縣》：「玉峰樓在宋提舉司後，城壕之北。舊有多美樓、悠然堂，皆提舉王柜所作。紹熙四年，提舉張濤合而一之，作玉峰樓。樓下有室，提舉周頡扁其前曰思賢，吴挺扁其後曰歲寒。又臨濠有醒心亭，倚樓有緑静亭。」右詞應爲紹熙四年秋自行在出爲福建安撫使途中過建安時所賦。福建路提舉司在建安，已見本卷《西江月·癸丑正月四日自三山被召經從建安席上和陳安行舍人韻》詞（風月亭危致爽閎）箋注。

〔二〕「詩眼」句，蘇軾《僧清順新作垂雲亭》詩：「天功争向背，詩眼巧增損。」

〔三〕玉崔嵬，王安石《次韻和甫詠雪》詩：「奔走風雲四面來，坐看山壟玉崔嵬。」釋覺範《次韻空印遊山九首》詩：「萬層翠巘玉崔嵬，獨自憑闌日幾回。」

〔四〕「疇昔」三句，此山安在，見晚，《史記》卷一一二《平津侯主父列傳》：「主父偃者，齊臨菑人也。學長短縱横之術，晚乃學《易》、《春秋》、百家言，游齊諸生間，莫能厚遇也。……上書闕下，朝奏，暮召入見。……是時，趙人徐樂、齊人嚴安，俱上書言世務各一事。……書奏天子，天子召見三人，謂曰：『公等皆安在？何相見之晚也！』」一時來，謂一同來也。

〔五〕「白鳥」二句，飛不盡，郭祥正《金山行》：「鳥飛不盡暮天碧，漁歌忽斷蘆花風。」帶夕陽，黄滔《别友人》詩：「鳥帶夕陽投遠樹，人衝臘雪往邊沙。」余靖《山館》詩：「樹藏秋色老，禽帶夕陽歸。」

〔六〕「左手」二句，見本書卷三《水調歌頭·湯朝美司諫見和用韻爲謝》詞（白日射金闕）箋注。

〔七〕「君看」三句，《莊子·知北遊》：「聖人處物不傷物，不傷物者，物亦不能傷也。唯無所傷者，爲能與人相將迎。山林與？皋壤與？使我欣欣然而樂與？樂未畢也，哀又繼之。哀樂之來，吾不能禦；其去，弗能止。悲夫，世人直謂物逆旅耳。」

瑞鶴仙

南劍雙溪樓①〔一〕

片帆何太急〔二〕？望一點須臾，去天咫尺。舟人好看客〔三〕。似三峽風濤，嵯峨劍戟〔四〕。溪南溪北，正遐想幽人泉石。看漁樵指點危樓，却羨舞筵歌席。　歎息。山林鐘鼎〔五〕，意倦情遷，本無欣戚。轉頭陳跡。飛鳥外，晚煙碧。問誰憐舊日，南樓老子，最愛月明吹笛〔六〕。到而今撲面黄塵，欲歸未得。

【校】

①題，王詔校刊本、四印齋本、《六十名家詞》本「劍」作「澗」，《中興絶妙詞選》卷三「南」上有「題」字。

【箋注】

〔一〕題，右詞當爲紹熙四年秋稼軒自太府卿出爲福建安撫使，赴任過南劍州劍津雙溪樓時所作。《淳熙三山志》卷二二《郡守題名》：「辛棄疾，紹熙四年八月，以朝散大夫集英殿修撰知。」

〔二〕「片帆」句，蘇軾《南康望湖亭》詩：「八月渡長湖，蕭條萬象疏。秋風片帆急，暮靄一山孤。許國心猶在，康時術已虚。岷峨家萬里，投老得歸無。」

〔三〕「舟人」句，《唐摭言》卷一三《矛楯》條：「令狐趙公鎮維揚，處士張祜常與狎讌。公固視祜，改令曰：『上水船，風又急。帆下人，須好立。』祜應聲答曰：『上水船，船底破。好看客，莫倚桅。』」蘇軾《送楊傑》詩：「過江風急浪如山，寄語舟人好看客。」

〔四〕「似三」二句，此謂三溪之險。韓愈《昌黎文集》卷二一《送區册序》：「陽山，天下之窮處也。陸有丘陵之險，虎豹之虞。水有江流悍急，横波之石廉利侔劍戟，舟上下失勢，破碎淪溺者，往往有之。」〔嘉靖〕《延平府志》卷二：「三溪，在郡城南。西溪，……東溪，……南流一百二十里，至劍潭，遂合流而下，俗呼爲丁字水者，曰南溪。又九十里與尤溪合，直抵福州而入於大海，謂之三溪。」

〔五〕山林鐘鼎，見本書卷三《水調歌頭・席上用王德和推官韻壽南澗》詞（上界足官府闕）箋注。

〔六〕「問誰」三句，南樓在武昌，本書卷二《水調歌頭·淳熙己亥自湖北漕移湖南》詞（折盡武昌柳闋）箋注可參。月明吹笛，黄庭堅《念奴嬌·八月十八日同諸生步自永安城樓……客有孫彦立善吹笛援筆作樂府長短句文不加點》詞：「老子平生，江南江北，最愛臨風笛。孫郎微笑，坐來聲噴霜竹。」

西江月

三山作〔一〕

貪數明朝重九，不知過了中秋。人生有得許多愁，只有黄花如舊。　萬象亭中殢酒，九仙閣上扶頭〔二〕。城鴉唤我醉歸休，細雨斜風時候〔三〕。

【箋注】

〔一〕題，右詞亦帥閩時所作也。詞中所及萬象亭、九仙閣，皆帥府燕寢之亭閣可知。紹熙五年七月二十九日，稼軒在閩帥任上爲諫官劾罷，當不及在福州過重九也，因知右詞必紹熙四年九月初所作。

〔二〕「萬象」二句，萬象亭，《淳熙三山志》卷七《府治》：「萬象亭，燕堂之北。紹興十四年葉觀文夢得創，十六年薛殿撰弼修，立石。」韓元吉《南澗甲乙稿》卷一《萬象亭賦》序：「紹興十有三年，石林先生自建康留鑰移帥長樂。惟公以文章道學伯天下，推其緒餘，見於政事。時閩人歲饑，餘盜且擾。曾未易歲，既懷且威，倉廩羨赢，野無燧煙，民飽而歌。乃闢府治燕寢後，築臺建亭，盡攬四山之勝，字曰萬象。公時以宴閑臨之，命賓客觴酒賦詩，以紀一時之盛。」九仙閣，《淳熙三山志》卷七《府治》：「九仙樓，樓下東衣錦閣，西五雲閣，舊小廳之西南有清風樓、爽心閣，即此也。樓舊有之閣，嘉祐八年元給事絳創，熙寧間更名九仙樓、賞心閣。宣和元年孫龍圖竢於閣西增名五雲，五年俞提刑向權州事，以余太宰典鄉郡，於閣東更賞心名衣錦。」許渾《送別》詩：「莫殢酒杯閑過日，碧雲深處是佳期。」白居易《早飲湖州酒寄崔使君》詩：「一榼扶頭酒，泓澄瀉玉壺。」

〔三〕「城鴉」二句，城鴉喚我醉，李彭《遠明閣飲》詩：「滕閣風流今未遠，南樓氣味喚仍回。城鴉欲曙衆客醉，木末闌干懸斗魁。」細雨斜風，李羣玉《南莊春晚二首》詩：「南村小路桃花落，細雨斜風獨自歸。」

滿江紅

和盧國華〔一〕

漢節東南，看駟馬光華周道〔二〕。須信是七閩還有，福星來到〔三〕。庭草自生心意足，榕陰不動秋光好〔四〕。問不知何處着君侯？蓬萊島。　還自笑，人今老。空有恨，縈懷抱。記江湖十載，厭持旌纛〔五〕。濩落我材無所用，易除殆類無根潦〔六〕。但欲搜好語謝新詞，羞瓊報〔七〕。

【箋注】

〔一〕題，盧國華，〔同治〕《麗水縣志》卷一〇：「盧彦德字國華，知廣德軍建平縣。舊籍有絶户物力錢，抑民代輸絹匹，民苦之，多逃亡。彦德至，大搜隱漏，所入三倍於舊，遂以充賦。削虚户二千有餘，逃者復歸。兩守蜀郡，再歷憲漕，並歷聲績。召爲户部郎官，除福建轉運判官，官至朝請大夫。」〔雍正〕《浙江通志》卷一二五：「紹興二十四年甲戌張孝祥榜，盧彦德，麗水人。」《益國文忠公集》卷一四五《同諸司列薦陳自修蘇森奏狀（紹熙三年）》：「宣義郎通判潭州蘇森，文定輸四世孫，開爽練達，恪守家法。作邑佐州，吏事甚長。昨本路提刑盧彦德兼權帥漕，首以名聞。」陳傅良有《送盧郎中國華赴閩憲》詩：「相望千里馬牛風，聯事湖湘各已翁。造次便呼兒女見，綢繆略與弟兄同。百年又是梅花發，萬事何如荔子紅。欲附使軺嗟不及，却憐身在俊躔中。」此是陳傅良紹熙三年底在湖南轉運判官任上送别湖南提刑盧彦德改福建提刑時所作，而周必大是年以前宰相判潭州。《止齋集》卷一四又有《福建提刑盧彦德奏泉州同安縣尉鍾安老增强盜希賞本州録事參軍從政郎鄭繼功符同結録更不駁正繼功特降兩資放罷制》。右詞爲紹熙四年秋稼軒帥閩時和福建提刑盧彦德之詞。

〔二〕「漢節」二句，漢節，《漢書》卷六《武帝紀》：「泰山琅邪羣盜徐勃等阻山攻城，道路不通，遣直指使者暴勝之等衣繡衣，杖斧，分部逐捕。」同書卷九〇《酷吏傳》：「乃使光禄大夫范昆、諸部都尉及故九卿張德等，衣繡衣，持節，虎符發兵以興擊。」周道，《詩·檜風·匪風》：「匪風發兮，匪車偈兮。偈偈疾驅，非有道之車。顧瞻周道，中心怛兮。」考證謂「周道，適周之道」。

〔三〕「須信」二句，七閩，《周禮·職方氏》：「掌天下之圖，以掌天下之地，辨其邦國都鄙，四夷、八蠻、七閩、九貉、五戎、六狄之人民，與其財用九穀、六畜之數，要周知其利害。」疏：「以閩爲正叔熊居濮，如蠻，後子從分爲七種，故謂之七閩也。」福星，秦觀《淮海集》卷三六《鮮于子駿行狀》：「及二聖臨御，圖任老成。於是拜温公爲門下侍郎，起范公帥環慶，復除公爲京東轉運使。温公曰：『子駿不當使外，顧東土承使者聚斂之後，民不聊生，煩子駿往救之耳。』比公行，又謂所親曰：『福星往矣，安得百子駿，布在天下乎？』」按：子駿名侁。

〔四〕「榕陰」句，《淳熙三山志》卷四二《物産》：「榕，州以南爲多，至劍、建則無之，以其擁腫不中繩墨，名以榕。或曰其蔭覆寬廣，宜以榕名。慶曆中王守詩云：『清陰隨日遠，翠影共煙浮。』廣蔭均榮賤，安人異品流。幄帷臨大道，冠蓋俯高樓。避暑疑無夏，當風别得秋。』熙寧中程大卿師孟多命植此，自爲詩：『三樓相望枕城隅，臨去重栽木萬株。試問國人行往處，不知還憶使君無。』」

〔五〕「記江」二句，杜甫《冬狩行》：「飄然時危一老翁，十年厭見旌旗紅。」稼軒於乾道八年知滁州，此後屢任提刑、漕使、安撫使，至淳熙八年被劾罷，十年間行跡遍東南。

〔六〕「濩落」二句，濩落我材無所用，《莊子·逍遥遊》：「魏王貽我大瓠之種，我樹之成，而實五石，以盛水漿，其堅不能自舉也。剖之以爲瓢，則瓠落無所容。非不呺然大也，吾爲其無用而掊之。」王先謙《莊子集解》卷一：「瓠落，猶廓落也。……平淺不容多物。」蘇軾《蒜山松林中可卜居余欲僦其地地屬金山故作此詩與金山元長老》詩：「魏王大瓠無人識，種成何啻實五石。不辭破作兩大尊，只憂水淺江湖窄。我材濩落本無用，虚名驚世終何益。」殆類，猶如也。無根潦，韓愈《符讀書城南》詩：「潢潦無根源，朝滿夕已除。」注：「潢，積水。潦，暴疾之水。」

〔七〕瓊報，《詩·衛風·木瓜》：「投我以木桃，報之以瓊瑶。非報也，永以爲好也。」

菩薩蠻

和盧國華提刑①〔一〕

旌旗依舊長亭路，尊前試點鶯花數〔二〕。何處捧心顰？人間别樣春〔三〕。功名君自許，少日聞雞舞〔四〕。詩句到梅花，春風十萬家。時籍中有放自便者。

【校】

①題，四卷本丙集無題，此從廣信書院本。

【箋注】

〔一〕題，右詞乃紹熙四年冬所作。時帥府點檢樂籍，伎女有放出自便者，盧彦德賦詞以賀，稼軒和而答之。《侯鯖録》卷八載：「錢唐一官妓，性善媚惑，人號曰九尾野狐。東坡先生適是邦，闕守權攝，九尾野狐者，一日下狀解籍，遂判云：『五日京兆，判斷自由。九尾野狐，從良任便。』復有一名娼亦援此例，遂判云：『敦召南之化，此意誠可佳。空冀北之羣，所請宜不允。』」可知宋代歌妓除籍，須由郡守核準。

〔二〕「旌旗」二句，旌旗句謂帥守巡視。尊前句謂點檢樂籍。

〔三〕「何處」二句，捧心顰，《莊子・天運》：「西施病心而矉其里，其里之醜人，見而美之，歸亦捧心而矉其里。其里之富人見之，堅閉門而不出，貧人見之，挈妻子而去之走。」别樣春，彭汝礪《老兒挈幼小將及鄧因寄君時弟》詩：「阿那含果多生葉，優鉢羅花别樣春。」

〔四〕聞雞舞，見本書卷五《賀新郎・同父見和再用韻答之》詞(老大那堪説闋)箋注。

定風波

三山送盧國華提刑，約上元重來①〔一〕

少日猶堪話别離，老來怕作送行詩。極目南雲無過雁②〔二〕。君看。梅花也解寄相思〔三〕。無限江山行未了〔四〕。父老③。不須和淚看旌旗。後會丁寧何日是④？須記。春風十里放燈時⑤〔五〕。

【校】

①題，四卷本丙集作「送盧提刑約上元重來」。此從廣信書院本。②「過雁」，廣信書院本原作「雁過」，此從四卷本、四印齋本。雁爲押韻字。③「老」，原本、王詔校刊本、《六十名家詞》本俱作「母」，兹據四卷本、四印齋本改。

④「是」，四卷本原闕。⑤「里」，四卷本作「日」。

【箋注】

〔一〕題，據本卷以下《滿江紅》詞題，知盧彦德乃自閩憲改除閩漕。《止齋集》卷一八原有《新除福建提刑盧彦德改江東提刑制》，制詞雖由陳傅良起草，然據右詞及以下諸詞題，知盧彦德改除江東提刑未赴，旋即改除福建路轉運判官。自福州移司建安，故有此送别詞。據詞中「梅花」、「春風」語，知在紹熙四年冬，時稼軒帥閩。

〔二〕「極目」句，《藝文類聚》卷二〇陸機《思親賦》：「悲桑梓之悠曠，愧烝嘗之弗營。指南雲以寄款，望歸風而效誠。」江總《於長安歸還揚州九月九日行薇山亭賦韻》詩：「心逐南雲逝，形隨北雁來。故鄉籬下菊，今日幾花開。」杜甫《贈王二十四侍御契四十韻》詩：「書成無過雁，衣故有懸鶉。」

〔三〕「梅花」句，盧仝《有所思》詩：「相思一夜梅花發，忽到窗前疑是君。」

〔四〕無限江山，李煜《浪淘沙》詞：「獨自莫憑闌，無限江山。别時容易見時難。」

〔五〕「後會」三句，後會丁寧，柳永《夜半樂》詞：「到此因念繡閣輕抛，浪萍難駐，後約丁寧竟何據。」「春風十里，杜牧《贈别二首》詩：「春風十里揚州路，捲上珠簾總不如。」

又

再用韻。時國華置酒，歌舞甚盛

莫望中州歎黍離，元和盛德要君詩〔一〕。老去不堪誰似我？歸卧。青山活計費尋思〔二〕。

誰築詩壇高十丈？直上。看君斬將更搴旗〔三〕。歌舞正濃還有語：記取。鬚髯不似少年時。

【箋注】

〔一〕「莫望」二句，黍離，《詩·王風》之篇名也。《毛詩序》：「黍離，閔宗周也。周大夫行役，至於宗周，過故宗廟，宫室盡爲禾黍。閔周室之顛覆，彷徨不忍去，而作是詩也。」箋：「宗周，鎬京也，謂之西周，周王城也。」元和盛德要君詩，《東雅堂昌黎集注》卷一《元和聖德詩並序》，於題下注：「此詩元和二年作。《憲宗紀》：永貞元年八月即位，明年正月改元元和。楊惠琳據夏州叛。三月辛巳，夏州兵馬使周承全斬惠琳，傳首以獻。九月辛亥，高崇文奏收成都，擒劉闢以獻。十月壬午淄青李師道、十一月戊申武寧張愔皆受命。二年正月己丑朔，上親獻太清宫太廟。辛卯，祀昊天上帝於郊丘，還宫，大赦天下。公時爲國子博士，分教東都，此詩所以作也。」

〔二〕「老去」三句，老去不堪，李新《攤破浣溪沙》詞：「幾度珠簾捲上鈎，折花走馬向揚州。老去不堪尋往事，上心頭。」吴芾《拙者有重陽詩以陽字韻歲和一篇復繼前作》詩：「老去不堪逢節物，愁來聊復近壺觴。」誰似我，釋皎然《七言山居示靈澈上人》詩：「外物寂中誰似我，松聲草色共無機。」青山活計，活計爲口語，生活、生涯也。《壽親養老新書》卷二引趙龍圖《自詠·念奴嬌》云：「吾今老矣，好歸來，了取青山活計。」

〔三〕「看君」句，《史記》卷九九《劉敬叔孫通列傳》：「漢王方蒙矢石争天下，諸生寧能鬥乎？故先言斬將搴旗之士。」同書卷一二九《貨殖列傳》：「壯士在軍，攻城先登，陷陣却敵，斬將搴旗，前蒙矢石，不避湯火之難者，爲重賞使也。」

又

自和

金印纍纍佩陸離，河梁更賦斷腸詩〔一〕。莫擁旌旗真箇去。何處？玉堂元自要論思〔二〕。且約風流三學士〔三〕。同醉。春風看試幾槍旗〔四〕。從此酒酣明月夜。耳熱。那邊應是説儂時〔五〕。

【箋注】

〔一〕「金印」二句，金印纍纍，見本書卷五《瑞鶴仙·壽上饒倅洪莘之》詞（黄金堆到斗閎）箋注。佩陸離，《楚辭·離騷》：「高余冠之岌岌兮，長余佩之陸離。」注：「陸離，猶參差衆貌也。」河梁詩，《藝文類聚》卷二九載李陵《贈蘇武》詩：「攜手上河梁，遊子暮何之。徘徊岐路側，悢悢不能辭。」李白《涇川送族弟錞》詩：「愧無海嶠作，敢闕河梁詩。」

〔二〕「莫擁」三句，莫擁旌旗，王建《寄杜侍御》詩：「學通儒釋三千卷，身擁旌旗二十年。」玉堂論思，蘇軾《次韻蔣穎叔》詩：「豈敢便爲雞黍約，玉堂金殿要論思。」

〔三〕「且約」句，《澠水燕談録》卷五：「初，歐陽文忠公與趙少師槩同在中書，嘗約還政。後再相會及告老，趙自南京訪文忠公於潁上文忠公所居之西堂曰會老。仍賦詩，以志一時盛事。時翰林呂學士公著方牧潁，職兼侍讀及龍圖，特置酒於堂，宴二公。文忠親作口號，有『金馬玉堂三學士，清風明月兩閑人』之句。」按：歐陽修詩題爲《會老堂致語》，見《文忠集》卷一三一。

〔四〕「春風」句，葉夢得《避暑録話》卷下：「草茶極品惟雙井，顧渚亦不過各有數畝。……近歲寺僧求之者多，不暇精擇，不及劉氏遠甚。余歲求於劉氏，過半斤則不復佳。蓋茶味雖均，其精者在嫩芽。取其初萌如雀舌者，謂之槍；稍敷而爲葉者，謂之旗。旗非所貴，不得已，取一槍一旗，猶可，過是則老矣。此所以爲難得也。」

〔五〕「從此」三句，酒酣、耳熱，《漢書》卷六六《楊惲傳》：「家本秦也，能爲秦聲。婦趙女也，雅善鼓瑟。奴婢歌者數人，酒後耳熱，仰天拊缶，而呼烏烏。」又，《藝文類聚》卷二六曹丕《與吴質書》：「每至觴酌流行，絲竹並奏，酒酣耳熱，仰而賦詩。當此之時，忽然不自知樂也。」民間口語相傳，謂被人念叨即兩耳發熱。

滿江紅

盧國華由閩憲移漕建安①，陳端仁給事同諸公餞別，

余爲酒困，卧青涂堂上，三鼓方醒。國華賦詞留別②，席上和韻。

青涂，端仁堂名也〔一〕

宿酒醒時，算只有清愁而已。人正在青涂堂上，月華如洗。紙帳梅花歸夢覺，蓴羹鱸鱠秋風起〔二〕。問人生得意幾何時，吾歸矣。

君若問，相思事，料長在，歌聲裏。這情懷只

是，中年如此〔三〕。明月何妨千里隔，顧君與我如何耳③〔四〕！向尊前重約幾時來？江山美。

【校】

①「盧國」句，四卷本丙集作「盧憲移漕建寧」，此從廣信書院本。②「國華」，四卷本作「盧」。③「如何」，四卷本作「何如」。

【箋注】

〔一〕題，陳端仁給事，生平已見。青涂堂，劉克莊《後村先生大全集》卷三七《四和宿囊山》詩之第二首：「白公自號老居士，疏傅史稱賢大夫。膾鯽不妨留客飲，擘麟何必享天厨。清池澡沐端溪石，素壁彰施洛社圖。帝賜後村奎畫在，作堂安用扁青涂。」自注：「陳端仁給事家有青涂堂。」

〔二〕「紙帳」二句，紙帳梅花，朱敦儒《鷓鴣天》詞：「添老大，轉癡頑，謝天教我老來閑。道人還了鴛鴦債，紙帳梅花醉夢間。」林洪《山家清事·梅花紙帳》條：「法用獨牀，傍植四黑漆柱，各掛以半錫瓶，插梅數枝。後設黑漆板，約二尺，自地及頂，欲靠以清坐。左右設橫木，亦可掛衣。角安斑竹書貯一，藏書三四，掛白麈，以上作大方目，頂用細白楮衾作帳罩之，前安小踏牀於左，植緑漆小荷葉一，冥香鼎，燃紫藤香，中只用布單、楮衾、菊枕、蒲褥，乃相稱『道人還了鴛鴦債，紙帳梅花醉夢間』之意。古語云服藥千朝，不如獨宿一宵。儻未能以此爲戒，宜亟移去梅花，毋污之。」高濂《遵生八箋》卷八《紙帳》條：「用藤皮繭紙纏於木上，以索纏緊，勒作皺紋，不用糊，以綫折縫縫之。頂不用紙，以稀布爲頂，取其透氣。或畫以梅花，或畫以蝴蝶，自是分外清致。」蓴羹，見本書卷一《木蘭花慢·滁州送范倅》詞（老來情味減）箋注。

〔三〕「這情」二句，見本書卷二《水調歌頭·淳熙己亥自湖北漕移湖南》詞（折盡武昌柳）箋注。

〔四〕「明月」二句，明月千里隔，《文選》卷一三謝莊《月賦》：「美人邁兮音塵闕，隔千里兮共明月。」顧君與我如何耳，《漢書》卷四〇《陳平傳》：「呂嬃常以平前爲高帝謀執樊噲，數讒平，曰：『爲丞相不治事，日飲醇酒戲婦人。』平聞，日益甚。呂太后聞之私喜，面質呂嬃於平前曰：『鄙語曰：兒婦人口不可用。顧君與我何如耳？無畏呂嬃之譖。』」

鷓鴣天〔一〕

點盡蒼苔色欲空，竹籬茅舍要詩翁〔二〕。花餘歌舞歡娱外，詩在經營慘澹中〔三〕。　聽軟語，笑衰容，一枝斜墜翠鬟鬆〔四〕。淺顰深笑誰堪醉①？看取蕭然林下風②〔五〕。

【校】

①「深笑」，四卷本丙集作「輕笑」。　②「蕭」，廣信書院本作「瀟」，此從四卷本改。

【箋注】

〔一〕題，右詞無題，寫閑適之情，當作於紹熙五年春。

〔二〕「點盡」二句，點盡，謂花落遍也。秦觀《滿庭芳》詞：「憑闌久，金波漸轉，白露點蒼苔。」色欲空，謂無花也。竹籬茅舍，王安石《清平樂》詞：「雲垂平野，掩映竹籬茅舍。」要詩翁，孫覿《送智海上人》詩：「苦要詩翁談生活，穿雲涉水到西徐。」稼軒「要詩翁」，亦張孝祥《浣溪沙》詞「暮雨不堪巫峽夢，西風莫障庾公塵。扁舟湖海要詩人」意。

〔三〕「花餘」二句，杜甫《丹青引》：「詔謂將軍拂絹素，意匠慘澹經營中。」花餘，同下句詩在相對舉，餘，多也。

〔四〕翠鬢鬆，秦觀《阮郎歸》詞：「宮腰裊裊翠鬟鬆，夜堂深處逢。」

〔五〕「看取」句，《世説新語·賢媛》：「謝遏絶重其姊，張玄常稱其妹，欲以敵之。有濟尼者並遊張、謝二家，人問其優劣，答曰：『王夫人神情散朗，故有林下風氣。顧家婦清心玉映，自是閨房之秀。』」蘇軾《題王逸少帖》詩：「謝家夫人淡丰容，蕭然自有林下風。」看取，猶且看，取，語助。

又

用韻賦梅。三山梅開時，猶有青葉甚盛，余時病齒①〔一〕

病繞梅花酒不空，齒牙牢在莫欺翁〔二〕。恨無飛雪青松畔，却放疏花翠葉中。　冰作骨，玉爲容，當年宮額鬢雲鬆②〔三〕。直須爛醉燒銀燭，横笛難堪一再風〔四〕。

【校】

①題，廣信書院本「用」後有「前」字，無「甚盛」字，兹從四卷本丙集改。　②「當」，廣信書院本作「常」，此據四卷本改。

【箋注】

〔一〕題，余時病齒，王執中《鍼灸資生經》卷六《牙疼》條載：「辛幼安舊患傷寒，方愈，食青梅，既而牙疼甚。有道人爲之灸，屈手大指本節後陷中，灸三壯。初灸，覺病牙癢；再灸，覺牙有聲；三壯疼止。今二十年矣，恐陽溪穴也。」注：「治齒痛，手陽明脈入齒縫中，左疼灸右，右疼灸左。」王執中字叔權，温州瑞安人，乾道五年進士，官至將作丞。見〔弘治〕《温州府志》卷一三。此書作者首刊於澧州，據右引「二十年」語，知在嘉定初，其所言稼軒牙疼一事，一本「幼安」作「帥」。因知此事在稼軒爲閩帥期間。與右詞題中記事吻合，蓋可信也。陽溪穴，《醫宗金鑑》卷八一：「從合谷穴循行手腕中上側兩筋間，陷中，張大指，次指取之，陽溪穴也。」按：所謂三壯，據《説郛續》卷一四都卬《三餘贅筆》，艾一灼謂之一壯。

〔二〕「病繞」二句，酒不空，《後漢書》卷一〇〇《孔融傳》：「及退閑職，賓客日盈其門。常歎曰：『坐上客常滿，尊中酒不空，吾無憂矣。』」齒牙牢在，韓愈《贈劉師服》詩：「羨君齒牙牢且潔，大肉硬餅如刀截。」

〔三〕「當年」句，宫額謂壽陽公主梅花妝，見本書卷四《洞仙歌·紅梅》詞（冰姿玉骨閺）箋注。秦觀《河傳》詞：「常記那回，小曲闌干西畔。鬢雲鬆，羅襪剗。」

〔四〕「直須」二句，燒銀燭，蘇軾《海棠》詩：「只恐夜深花睡去，更燒高燭照紅妝。」横笛，《白孔六帖》卷六二《笛》：「發山陽之聲，《折楊柳》、《落梅花》之曲。」一再風，黄庭堅《寺齋睡起》詩：「桃李無言一再風，黄鸝唯見緑匆匆。」此言梅花不禁風吹。

又

桃李漫山過眼空，也曾惱損杜陵翁①〔一〕。若將玉骨冰姿比，李蔡爲人在下中〔二〕。　尋驛使，寄芳容，隴頭休放馬蹄鬆〔三〕。吾家籬落黄昏後，剩有西湖處士風〔四〕。

【校】

①「曾」，王詔本、四印齋本、《六十名家詞》本俱作「宜」，此從廣信書院本。

【箋注】

〔一〕「桃李」二句，桃李漫山，蘇軾《寓居定惠院之東雜花滿山有海棠一株土人不知貴也》詩：「江城地瘴蕃草木，只有名花苦幽獨。嫣然一笑竹籬間，桃李漫山總粗俗。」惱損杜陵翁，杜甫《江畔獨步尋花七絶句》：「江上被花惱不徹，無處告訴只顛狂。」又，《漫興九首》有云：「手種桃李非無主，野老牆低還是家。恰似春風相欺得，夜來吹折數枝花。」又云：「腸斷春江欲盡頭，杖藜徐步立芳洲。顛狂柳絮隨風舞，輕薄桃花逐水流。」皆言其惱春情懷。

〔二〕「若將」二句，玉骨冰姿，蘇軾《西江月・梅花》詞：「玉骨那愁瘴霧，冰肌自有仙風。」稼軒亦用指梅花。李蔡在下中，《史記》卷一〇九《李將軍列傳》：「廣之從弟李蔡，與廣俱事孝文帝。景帝時，蔡積功勞至二千石，孝武帝時至代相，以元朔五年爲輕車將軍，從大將軍擊右賢王有功中率，封爲樂安侯。元狩二年中，代公孫弘爲丞相。蔡爲人在下中，名聲出廣下甚遠，然廣不得爵邑，官不過九卿。而蔡爲列侯，位至三公。」按：此以桃李與梅花比。

〔三〕「尋驛」三句，驛使寄梅，已見本書卷二《沁園春·送趙景明知縣東歸再用前韻》詞（佇立瀟湘闋）箋注。馬蹄鬆，范成大《早晴發廣安軍晚宿萍池村莊》詩：「泥乾馬蹄鬆，路坦亭堠速。」

〔四〕「吾家」二句，吾家謂帶湖新居。籬落、黄昏，皆指林逋詠梅詩。林逋《梅花三首》詩：「雪後園林纔半樹，水邊籬落忽横枝。」《山園小梅二首》詩：「疏影横斜水清淺，暗香浮動月黄昏。」剩有，即總有、頗有。西湖處士即林逋。

又〔一〕

指點齋尊特地開，風帆莫引酒船回〔二〕。方驚共折津頭柳，却喜重尋嶺上梅〔三〕。　催月上，唤風來，莫愁瓶罄耻金罍〔四〕。只愁畫角樓頭起，急管哀絃次第催〔五〕。

【箋注】

〔一〕題，右詞無題，據詞中語意，疑爲稼軒仕閩時所作，故次於此。

〔二〕「指點」二句，齋尊，疑即高齋尊酒。引酒船回，《史記》卷二八《封禪書》：「此三神山者，其傳在渤海中，去人不遠，患且至，則船風引而去。」參本書卷三《水調歌頭·九日遊雲洞和韓南澗尚書韻》詞（今日復何日闋）箋注。蘇軾《寄吴德仁兼簡陳季常》詩：「稽山不是無賀老，我自興盡回酒船。」

〔三〕「方驚」二句，唐宋折柳送人，尋梅寄人，皆常用典故，疑右詞之嶺上，乃尋常之嶺頭，並非指庾嶺而言也。

〔四〕「莫愁」句，《詩·小雅·蓼莪》：「瓶之罄矣，維罍之恥。」

〔五〕「只愁」二句，畫角樓頭，蔡襄《廣陵》詩：「樓頭畫角催殘日，城上寒鴉噪晚風。」急管哀絃，劉敞《劉永年部署清燕堂》詩：「椎牛釃酒捐長日，急管哀絃舞豔姝。」

瑞鶴仙

賦梅〔一〕

雁霜寒透幕〔二〕。正護月雲輕，嫩冰猶薄。溪奩照梳掠。想含香弄粉，豔妝難學①。玉肌瘦弱，更重重龍綃襯着〔三〕。倚東風一笑嫣然，轉盼萬花羞落〔四〕。寂寞。家山何在？雪後園林，水邊樓閣〔五〕。瑶池舊約，鱗鴻更仗誰託②〔六〕。粉蝶兒只解，尋桃覓柳③，開遍南枝未覺〔七〕。但傷心冷落黄昏④，數聲畫角〔八〕。

【校】

①「想含」二句，「香」，《古今合璧事類備要》別集卷二二、《全芳備祖》前集卷一作「章」。「豔」，《絶妙好詞箋》卷一作「靚」。此從廣信書院本。　②「鱗鴻」，《花草粹編》卷二二、《六十名家詞》俱作「鄰翁」。　③「桃」，《全芳備祖》、《絶妙好詞》作「花」。　④「落」，《絶妙好詞》作「淡」。

【箋注】

〔一〕題，右題詠梅，作年無考，據下片「家山」以下諸語，知爲稼軒仕宦時所作。稼軒同調詞共三首，右詞次於《壽上饒倅洪莘之》詞（黄金堆到斗閑）之後，仕閩所作《南劍雙溪樓》詞（片帆何太急閑）之前，知亦在閩地所作，因編置於紹熙五年春。

〔二〕雁霜，謝朓《宣城集》卷一《臨楚江賦》：「明沙宿莽，石路相懸。於是霧隱行，雁霜眇。」《爾雅翼》卷一七《雁》：「今北方有白雁，似鴻而小，色白，秋深乃來，來則霜降，河北謂之霜信。蓋白露降五日而鴻雁來，寒露五日而候雁來，候雁之來在霜降前十日，所以謂之霜信也。唐杜甫詩曰：『故國霜前白雁來。』蓋謂此爾。」韓偓《半醉》詩：「雲護雁霜籠淡月，雨連鶯曉落殘梅。」

〔三〕重重龍綃，《述異志》卷上：「南海有龍綃宫，泉先織綃之處。綃有白之如霜者。」蘇鶚《杜陽雜編》卷上：「載寵姬薛瑶英，攻詩書，善歌舞。仙姿玉質，肌香體輕，雖旋波、摇光、飛燕、緑珠不能過也。……及載納爲姬，處金絲之帳，却塵之褥。……衣龍綃之衣，一襲無一二兩，摶之不盈一握。載以瑶英體輕不勝重衣，故於異國以求是服也。惟賈至、楊公南與載友善，故往往得見歌舞。至因贈詩曰：『舞怯銖衣重，笑疑桃臉開。方知漢武帝，虚築避風臺。』」

〔四〕「倚東」二句，一笑嫣然，《文選》卷一九宋玉《登徒子好色賦》：「東家之子，增之一分則太長，減之一分則太短。……嫣然一笑，惑陽城，迷下蔡。」萬花羞落，《新五代史》卷一五《唐家人傳》：「淑妃王氏，邠州餅家子也，有美色，號花見羞。」

〔五〕「雪後」二句，雪後園林，見前《鷓鴣天》詞（桃李漫山過眼空闋）箋注。按：此二句疑指稼軒故鄉濟南舊居語。

〔六〕「瑶池」二句，瑶池，已多見。鱗鴻，鯉魚、鴻雁，皆信使也。

〔七〕「開遍」句，黄庭堅《虞美人·宜州見梅作》詞：「天涯也有江南信，梅破知春近。夜闌風細得香遲，不道曉來開遍向南枝。」

〔八〕數聲畫角，釋惠洪《鳳棲梧》詞：「爆暖釀寒空杳杳，江城畫角催殘照。」劉弇《海山樓晚望》詩：「城上兩三聲畫角，天涯千萬里斜暉。」

念奴嬌

戲贈善作墨梅者①〔一〕

江南盡處，墮玉京仙子，絶塵英秀〔二〕。彩筆風流偏解寫，姑射冰姿清瘦〔三〕。笑殺春工，細窺天巧，妙絶應難有。丹青圖畫，一時都愧凡陋。　還似籬落孤山，嫩寒清曉，祇欠香沾袖〔四〕。淡竚輕盈誰付與，弄粉調朱纖手〔五〕。疑是花神，揭來人世，占得佳名久〔六〕。松篁佳韻，倩君添做三友〔七〕。

【校】

①題，《唐宋名賢百家詞》本四卷本乙集作「贈妓，善作墨梅」，汲古閣景鈔本「妓」作「奴」，又塗去右旁而未改。此從廣信書院本。

【箋注】

〔一〕題，右詞贈畫墨梅者，據首句「江南盡處」，知作於福州。蓋閩地最近嶺南，故稱爲江南盡處。因編置於此。

〔二〕「江南」三句，江南盡處，釋惠洪《桐川王野夫相訪洞山既去作此兼簡直夫》詩：「江南盡處山作堆，雨餘青碧數峰開。」玉京仙子，李紳《重臺蓮》詩：「終恐玉京仙子識，却將歸種碧池峰。」晏殊《漁家傲》詞：「待得玉京仙子到，憑向道，紅顔只合長年少。」

〔三〕「姑射」句，見本書卷三《蝶戀花·用趙文鼎提舉送李正之提刑韻送鄭元英》詞（莫向樓頭聽漏點闋）箋注。

〔四〕「還似」三句，《詩話總龜》卷二一引《冷齋夜話》：「衡州花光仁老，以墨寫梅花，魯直歎曰：『如嫩寒春曉，行孤山籬落間，但欠香耳。』」按：今本《冷齋夜話》闕此條。

〔五〕「弄粉」句，周邦彦《丹鳳吟》詞：「弄粉調朱柔素手，問何時重握。」按：稼軒所贈畫者，應爲一女子。

〔六〕「揭來」二句，揭，或作發語辭，或作副詞，《詩詞曲語辭匯釋》作來到解，愚意此詞作副詞却解爲當。即如此二句，乃疑是花神却來人世也。占得佳名，羅隱《金錢花》詩：「占得佳名繞樹芳，依依相伴向秋光。」

〔七〕「松篁」二句，梅與松竹稱歲寒三友，在宋代已形之圖畫。

又

題梅①〔一〕

疏疏淡淡，問阿誰堪比，太真顔色②〔二〕？笑殺東君虛占斷，多少朱朱白白〔三〕！雪裏温柔，水邊明秀，不借春工力。骨清香嫩，迥然天與奇絶〔四〕。嘗記寶籞寒輕〔五〕，瑣窗人睡起。玉纖輕摘。漂泊天涯空瘦損，猶有當年標格。萬里風煙，一溪霜月，未怕欺他得。不如歸去，閬苑有箇人憶③〔六〕。

【校】

①題，廣信書院本作「韻梅」，四卷本乙集作「梅」，此從王詔校刊本、四印齋本、《六十名家詞》本。②「太」，廣信書院本、四卷本作「天」，此從王詔校刊本、四印齋本、《六十名家詞》本。③「閬苑」句，廣信書院本、王詔校刊本、四印齋本、《六十名家詞》本「苑」作「風」，此從四卷本。「憶」，廣信諸本俱作「惜」，此從四卷本。

【箋注】

〔一〕題，右題梅之作，據下片「漂泊天涯」句，知爲仕宦閩地所作，故一併附著於此。

〔二〕「疏疏」三句，疏疏淡淡，晁補之《鹽角兒·亳社觀梅》詞：「占溪風，留溪月，堪羞損山桃如血。直饒更疏疏淡淡，終有一般情別。」阿誰，誰人，俗語，流行於魏晉南北朝間。《能改齋漫録》卷二《阿誰停待》條：「《傳燈録》：『宗風嗣阿誰。』阿誰，俗語也。《龐統傳》：『向者之論，阿誰爲是？』」太真，楊玉環也。

〔三〕「笑殺」二句，朱朱白白，韓愈《感春三首》詩：「晨遊百花林，朱朱兼白白。」殺，同煞。占斷，占領、包攬。

〔四〕天與奇絶，黄庭堅《劉邦直送水仙花》詩：「得水能仙天與奇，寒香寂寞動冰肌。」天與，謂天賦與也。

〔五〕寶籞，顧野王《重修玉篇》卷一四：「籞，魚吕切，《説文》曰：『禁苑也。』《漢書》注：『籞者，折竹以繩，綿連禁籞，使人不得往來。』」

〔六〕閬苑，《太平廣記》卷五六引《集仙録·西王母》條：「位配西方，母養羣品。天上天下三界十方女子之登仙者、得道者，咸所隸焉。所居宫闕在龜山、春山西那之都，崑崙之圃，閬風之苑，金城千重，玉樓十二。」

行香子

三山作①〔一〕

好雨當春，要趁歸耕。況而今已是清明〔二〕。小窗坐地〔三〕，側聽簷聲。恨夜來風，夜來月，夜來雲。

花絮飄零，鶯燕丁寧〔四〕，怕妨儂湖上閑行。天心肯後〔五〕，費甚心情？放霎時陰，霎時雨，霎時晴。

【校】

①題，四卷本丙集作「福州作」。

【箋注】

〔一〕題，右詞首聯言及要趁當春歸耕之意，自應作於紹熙五年。紹熙四年春稼軒在行在任太府卿，秋除閩帥，則右詞作於五年春無可疑矣。稼軒於紹熙四年底所作《與曾無玷札子》，已萌生退歸之意。此札子之末曾言及：「棄疾求閑得劇，衰病不支。冠蓋如雲，朝求夕索。少失其意，風波洶湧，平陸江海。吁，可畏哉！棄疾至日前，欲先遣孥累西歸，單騎留此，即上祠請。或者謂送故迎新，耗蠹屬耳，理有未安。少俟來春，當伸此請，故應有望於門下宛轉成就之賜也。」可知紹熙五年春間，蓋其心情極爲闌珊低落之時也。

〔二〕「好雨」三句，好雨當春，杜甫《春夜喜雨》詩：「好雨知時節，當春乃發生。」《稼軒詞編年箋注》於此句之後引梁啓超《稼軒年譜》紹熙五年之大段考證，謂右詞云：「發端云：『好雨當春，要趁歸耕，況而今已是清明。』直出本意，文義甚明。次云：『小窗坐地，側聽簷聲。恨夜來風，夜來月，夜來雲。』謂受讒迫擾，不能堪忍也。下半闋云：『花絮飄零，鶯語丁寧，怕妨儂湖上閑行。』尚慮有種種牽制，不得自由歸去也。次云：『天心肯後，費甚心情。放霎時陰，霎時雨，霎時晴。』謂只要俞旨一允，萬事便了。却是君意難測，然疑間作，令人悶殺也。此詩人比興之指，意内言外，細繹自見。先生雖功名之士，然其所惓惓者，在雪大恥，復大讎，既不得所藉手，則區區專閫虚榮，殊非所願。……蓋已知報國夙願不復能償，而厭棄此官抑甚矣。」梁氏所説，大體爲是，因亦彙録於此。

〔三〕「小窗」句，坐地，《稼軒詞編年箋注》謂地字爲語助詞，坐地即坐着。按：《晉書》卷一〇〇《蘇峻傳》：「裸剥士女，皆以壞席苫草自鄣，無草者坐地，以土自覆。」《南史》卷五一《梁宗室傳》：「或遇風雨，仆卧中路，坐地號慟。」《朱子語類》卷一〇四《自論爲學工夫》：「道理須是日中理會，夜裏却去静處，坐地思量，方始有得。」史書皆席地而坐之義，而口語則凡坐，皆可云坐地。

〔四〕「鶯燕」句，杜甫《絶句漫興九首》詩：「即遣花開深造次，便覺鶯語太丁寧。」楊巨源《早春即事呈劉員外》詩：「馬蹄經歷應須遍，鶯語丁寧已怪遲。」

〔五〕天心肯後，梁啓超解爲「只要俞旨一允」，則肯後，亦應允了之意也。

好事近〔一〕

春意滿西湖，湖上柳黄時節。瀕水霧窗雲户，貯楚宫人物〔二〕。　一年管領好花枝，東風共披拂。已約醉騎雙鳳，翫三山風月。

【箋注】

〔一〕題，右詞僅見於《稼軒詞抄存》卷四，無題。據「翫三山風月」語，知爲帥閩所作，因置於紹熙五年春。

〔二〕楚宫人物，此詞既遊西湖所作，其所能聯想之楚宫，或即因湖中孤山而及，疑即三峽巫山縣之楚宫。《太平寰宇記》卷一四八《山南東道·夔州·巫山縣》：「楚宫在縣西北二百步，在陽臺古城内，即襄王所遊之地。陽雲臺高一百二十丈，南枕長江。楚宋玉賦云：遊陽雲之臺，望高堂之觀。即此。」楚宫人物，謂宋玉也。李商隱《過楚宫》詩：「巫峽迢迢舊楚宫，至今雲雨暗丹楓。微生盡戀人間樂，只有襄王憶夢中。」

添字浣溪沙

三山戲作〔一〕

記得瓢泉快活時，長年耽酒更吟詩。驀地捉將來斷送，老頭皮〔二〕。　繞屋人扶行不得，閑窗學得鷓鴣啼〔三〕。却有杜鵑能勸道：不如歸〔四〕！

【箋注】

〔一〕題，右詞乃稼軒爲閩帥時所作。蓋其萌生棄官歸去之念始於爲帥時。而右詞有「不如歸」之語，可考也。《稼軒詞編年箋注》皆次於爲閩憲時應誤，稼軒何得於起復之初便有不如歸去之感耶？

〔二〕「記得」四句，快活，宋人俗語。孔平仲《談苑》卷四：「太祖大燕，雨暴作，上不悦。趙普奏曰：『外面百姓正望雨，官家大燕何妨？只是損得此陳設，濕得此樂官衣裳，但令雨中作雜劇更可笑，此時雨難得，百姓快活時，正好飲酒燕樂。』太祖大喜，宣令雨中作樂。」斷送老頭皮，趙德麟《侯鯖録》卷六：「真宗東封，訪天下隱者，得杞人楊璞，能爲詩，召對，自言不能。上問：『臨行有人作詩送卿否？』璞言：『獨臣妻有詩一首云：更休落魄貪杯酒，亦莫猖狂愛詠詩。今日捉將官裏去，這回斷送老頭皮。』上大笑，放還山。」《東坡全集》卷一〇二《志林》貪字作耽。

〔三〕「繞屋」二句，繞屋人扶，王禹偁《聞鴞》詩：「翩翾雜鳥雀，繞屋率爲常。」杜甫《暮秋枉裴道州手札率爾遣興寄遞呈蘇涣侍御》詩：「附書與裴因示蘇，此生已愧須人扶。」鷓鴣啼，鷓鴣鳴叫若行不得也哥哥。

〔四〕「却有」二句，不如歸，杜鵑鳴叫聲也。

最高樓

吾擬乞歸，犬子以田産未置止我，賦此罵之①〔一〕

吾衰矣，須富貴何時〔二〕？富貴是危機〔三〕。暫忘設醴抽身去，未曾得米棄官歸〔四〕。穆先生，陶縣令，是吾師。　待葺箇園兒名佚老，更作箇亭兒名亦好〔五〕。閑飲酒，醉吟詩。千年田换八百主，一人口插幾張匙〔六〕？咄豚奴，愁産業，豈佳兒②〔七〕！

【校】

①題，廣信書院本、小草齋本作「名了」。此從四卷本乙集、王詔校刊本、四印齋本、《六十名家詞》本。②「咄豚」三句，廣信書院本作「便休休，更説甚，是和非」，四卷本「便」作「休」。此據《花草粹編》卷一六、王詔校刊本、《六十名家詞》本改。

【箋注】

〔一〕題，稼軒欲辭官而歸，事見前《行香子·三山作》詞（好雨當春閿）箋注。題中所及「犬子以田産未置止我」事，考稼軒至紹熙五年，除長子辛稹、次子辛秬皆已成人外，其三子辛穮年僅十三歲，其四子辛穮、五子辛穰或僅數歲而已。辛秬生於紹興二十九年，至此已三十八歲，辛稹當在四十歲上下，以購置田産爲由止稼軒不得辭歸者，即此二子也。

〔二〕「吾衰」二句，吾衰矣，《論語·述而》：子曰：「甚矣吾衰也，久矣吾不復夢見周公。」須富貴何時，見本書卷二《水調歌頭·淳熙己亥自湖北漕移湖南》詞（折盡武昌柳闋）箋注。

〔三〕「富貴」句，《晉書》卷八五《諸葛長民傳》：「長民弟黎民，輕狡好利，固勸之曰：『黥、彭異體而勢不偏全，劉毅之誅，亦諸葛氏之懼，可因裕未還以圖之。』長民猶豫未發，既而歎曰：『貧賤常思富貴，富貴必履危機。今日欲爲丹徒布衣，豈可得也？』」蘇軾《宿州次韻劉涇》詩：「晚覺文章真小技，早知富貴有危機。」

〔四〕「暫忘」二句，暫忘設醴抽身去，《漢書》卷三六《楚元王傳》：「初，元王敬禮申公等。穆生不嗜酒，元王每置酒，常爲穆生設醴。及王戊即位，常設，後忘設焉。穆生退曰：『可以逝矣。醴酒不設，王之意怠，不去，楚人將鉗我於市。』稱疾卧。」未曾得米棄官歸，《宋書》卷九三《隱逸·陶潛傳》：「以爲彭澤令，公田悉令吏種秫稻。妻子固請種秔，乃使二頃五十畝種秫，五十畝種秔。郡遣督郵至，縣吏白，應束帶見之。潛歎曰：『我不能爲五斗米，折腰向鄉里小人。』即日解印綬去職，賦《歸去來》。」

〔五〕「待葺」二句，名佚老，劉攽《中山詩話》：「陳文惠堯佐以使相致仕，年八十。有詩云：『青雲岐路遊將偏，白髮光陰得最多。』」構亭號佚老，後歸政者往往多效之。」按：佚老語出《莊子·大宗師》：「夫大塊載我以形，勞我以生，佚我以老，息我以死。」《淳熙三山志》卷七：「嘉祐八年，元給事絳於逍遥堂西作流觴亭，亭西北作佚老庵。」名亦好，戎昱《長安秋夕》詩：「遠客歸去來，在家貧亦好。」喻良能有亦好園、亦好亭，其《香山集》中多詠之，如卷八《八月十四日亦好亭遲月不至分韻得秋字》、卷一二《題亦好亭集句》詩。

〔六〕「千年」二句，千年田换八百主，《景德傳燈録》卷一一《韶州靈樹如敏禪師》條：「有僧問：『……如何是和尚家風？』師云：『千年田，八百主。』僧云：『如何是千年田，八百主？』師云：『郎當屋舍勿人修。』」一人口插幾張匙，范成大《丙午新正書懷十首》詩：「窮巷閑門本閴然，强將爆竹聒階前。人情舊雨非今雨，老境增年是減年。口不兩匙休足穀，身能幾屐莫言錢。埽除一室空諸有，龐老家人總解禪。」自注：「吴諺云：『一口不能著兩匙。』」《黄氏日抄》卷六七：「《丙午新正》詩，石湖年六十一矣。有云：『人情舊雨非今雨，老境增年是減年。口不兩匙休盡穀，生能幾屐莫言錢。』自此皆退閑消遣之作矣。」

〔七〕「咄豚」三句，豚奴猶言豚兒。按：明人編《花草粹編》所引稼軒詞，皆來源於宋人所編《稼軒集》，其作「咄豚奴」而不作「便休休」諸語，當有其來歷。《稼軒詞編年箋注》取後者，並謂「末三句俱作『咄豚奴，愁産業，豈佳兒』，當是後人以詞中未有駡之内容而妄改」，語不確。

滿江紅〔一〕

老子當年，飽經慣花期酒約〔二〕。行樂處輕裘緩帶，繡鞍金絡〔三〕。明月樓臺簫鼓夜，梨花院落鞦韆索〔四〕。共何人對飲五三鍾？顔如玉。　嗟往事，空蕭索。懷新恨，又飄泊。但年來何待，許多幽獨？海水連天凝遠望，山風吹雨征衫薄。向此際羸馬獨駸駸〔五〕，情懷惡。

【箋注】

〔一〕題，右詞僅見於《稼軒詞抄存》卷四，他本不載，調下無題。據「海水連天」語，知作於福州，因次於此。

〔二〕花期酒約，劉弇《試院次韻奉酬趙達夫記室惜春之什》詩：「愁城恨壘挨排到，酒約花期賭當遲。」

〔三〕「行樂」二句，輕裘緩帶，《晉書》卷三四《羊祜傳》：「以祜爲都督荆州諸軍事。……祜在軍，常輕裘緩帶，身不被甲。鈴閤之下，侍衛者不過十數人。」繡鞍金絡，鮑照《代結客少年場行》：「驄馬金絡頭，錦帶佩吴鈎。」駱賓王《上吏部侍郎帝京篇》：「寶蓋雕鞍金絡馬，蘭窗繡柱玉盤龍。」

〔四〕「明月」二句，簫鼓夜，張孝祥《水調歌頭·桂林集句》詞：「家種黄柑丹荔，户拾明珠翠羽，簫鼓夜沉沉。」梨花院落，晏殊《無題》詩：「梨花院落溶溶月，柳絮池塘淡淡風。」

〔五〕「向此」句，吕陶《和義夫出文谷》詩：「羸馬駸駸不厭驅，望中天勢接晴蕪。」

清平樂

壽趙民則提刑。時新除，且素不喜飲〔一〕

詩書萬卷，合上明光殿〔二〕。案上文書看未遍，眉裏陰功早見〔三〕。十分竹瘦松堅，看君自是長年。若解尊前痛飲，精神便是神仙〔四〕。

【箋注】

〔一〕題，趙民則提刑，名像之，宋宗室，寓居筠州高安。《紹興十八年同年小録》：「第三十三人，趙像之字民則，小名壽卿，小字行成，年二十一，三月十七日生。……本貫玉牒所。」楊萬里《誠齋集》卷一一九《朝請大夫將作少監趙公行狀》：「公諱像之，字民則，秦悼王之六世孫也，今居高安。……登紹興十八年之乙科，年二十有一，爲宗子第三人。授修職郎撫州司户參軍。……再轉潭之攸縣令。……後帥張公孝祥至，得公箋記，手之不釋，以示幕下士曰：『吾當薦士，無出趙令右者矣。』即剡薦書，且招公入府，爲十日飲。……詔侍從舉宗室文學政事可謂中外之用者各二人，吏部尚書蕭公燧，首以公應詔，除知郢州。公見孝宗，論事剴切。……未幾，即拜福建路提點刑獄公事。建臺之始，風采一新。浦城縣獄有以平民爲大辟者，其人誣伏，其獄未上，公平反之，劾其令，免所居官，一路讋服。」〔雍正〕《江西通志》卷七一：「趙像之字明則，高安人，紹興進士。授臨川司户，較藝廬陵，得周益公、楊誠齋爲門生，仕至軍器少監。像之爲詩文平淡簡遠，雖持節秉旄，而家猶貧焉。」按：趙像之除閫憲，乃繼盧彦德之後，當在紹熙五年初。右詞則在紹熙五年三月其生日之前所賦，蓋壽其六十七歲誕辰也。題中謂趙氏「素不喜飲」。然據楊萬里所著《行狀》，其在乾道初張孝祥帥湖南時，亦嘗應邀爲帥幕十日飲，則非素不能飲，因年老止酒不飲耳。

〔二〕「詩書」二句，詩書萬卷，屢見。明光殿，《三輔黄圖》卷二：「桂宫，漢武帝造，周回十餘里。《漢書》曰：『桂宫有紫房，複道通未央宫。』《關輔記》云：『桂宫在未央北，中有明光殿。土山複道，從宫中西上城。』」應劭《漢官儀》：「尚書郎給青縑白綾，被以錦被，……給尚書史二人，女侍史二人，皆選端正從直，女侍執香爐燒爐，從入臺中護衣，奏事明光殿。」

〔三〕眉裏陰功，蘇軾《送蔡冠卿知饒州》詩：「知君决獄有陰功，他日老人酬魏顆。」按：趙像之在閫憲任上治獄之功，應即楊萬里《行狀》中所著浦城之獄諸事。

〔四〕「十分」四句，十分，特别也。仲并《上孟郡王生辰三首》詩：「飽參平日安心法，自是長年却老方。」若解，若能也。

一枝花

醉中戲作〔一〕

千丈擎天手，萬卷懸河口〔二〕。黄金腰下印，大如斗〔三〕。更千騎弓刀，揮霍遮前後〔四〕。百計千方久。似鬥草兒童，贏箇他家偏有〔五〕。算枉了，雙眉長恁皺。白髮空回首。那時閑説向〔六〕，山中友。看丘隴牛羊〔七〕，更辨賢愚否？且自栽花柳。怕有人來，但只道今朝中酒〔八〕。

【箋注】

〔一〕題，據「千騎弓刀」句，知右詞爲稼軒在閩帥任上所作。因編次於此。

〔二〕「千丈」二句，擎天手，王十朋《狄仁傑》詩：「武火方炎李欲灰，忠良何力可能回。斗南人有擎天手，爲向虞淵取日來。」懸河口，《晉書》卷五〇《郭象傳》：「郭象字子玄，少有才理，好老莊，能清言。太尉王衍每云：『聽象語，如懸河瀉水，注而不竭。』」晁補之《復用前韻答唐公唐公有一日紙貴傳都城之句且訟其不知我也並呈魯直成季明略》詩：「諸公辯壯懸河口，唾落紛紛珠百斗。」

〔三〕「黄金」二句，見本書卷一《西江月·爲范南伯壽》詞（秀骨青松不老闋）箋注。

〔四〕「更千」二句，千騎弓刀，千騎爲郡守之稱，屢見。晁補之《摸魚兒·東皋寓居》詞：「青綾被，莫憶金閨故步，儒冠曾把身誤。弓刀千騎成何事？荒了邵平瓜圃。」揮霍，《北堂書鈔》卷一五三《零雪揮霍》條：「陸機《感時賦》云：『敷層雲之葳蕤，墜零雪之揮霍。冰冽冽而寢興，風漫漫而妄作。』」揮霍，輕捷揮灑狀。

〔五〕「似鬥」二句，鬥草，高承《事物紀原》卷九：「《荆楚歲時記》曰：『競採百藥，謂百草以蠲除毒氣，故世有鬥草之戲。』」兒童羸，魏野《春日述懷》詩：「妻喜栽花活，兒誇鬥草贏。」劉弇《輦下春懷十絶呈趙達夫》詩：「數歇賣花聲過耳，誰家鬥草事關身。」

〔六〕説向，説與也。

〔七〕丘隴牛羊，《古樂苑》卷五〇載《樂辭》：「愛惜加窮袴，防閑託守宫。今日牛羊上丘隴，當年近前面發紅。」黄生《義府》卷下《窮袴》條謂：「晉無名氏《樂辭》：……蓋女子幼時情事尚帶羞澀，至盛年則不復然。譬之丘隴牛羊，所便其進前，惟恐不速矣。以其爲上隴之牛羊，此窮袴守宫之所不能已也。」

〔八〕中酒，《漢書》卷四一《樊噲傳》：「項羽既饗軍士，中酒。」注：「張晏曰：『酒酣也。』師古曰：『飲酒之中也，不醉不醒，故謂之中。』」

賀新郎

又和〔一〕

碧海桑成野①〔二〕。笑人間江翻平陸，水雲高下〔三〕。自是三山顔色好，更着雨婚煙嫁。料未必龍眠能畫〔四〕。擬向詩人求幼婦，倩諸君妙手皆談馬〔五〕。須進酒，爲陶寫。　回頭鷗鷺瓢泉社〔六〕。莫吟詩莫抛尊酒，是吾盟也〔七〕。千騎而今遮白髮，忘却滄浪亭榭〔八〕。但記得灞陵呵夜〔九〕。我輩從來文字飲，怕壯懷激烈須歌者〔一〇〕。蟬噪也，緑陰夏。

【校】

①「桑成野」，《六十名家詞》本、四印齋本作「成桑野」，此從廣信書院本及王詔校刊本。

【箋注】

〔一〕題，右詞爲和紹熙三年夏所作同調《三山雨中遊西湖有懷趙丞相經始》詞而作，據「千騎而今」句，知作於紹熙五年夏。蓋稼軒爲憲時有懷趙汝愚經營西湖修浚事而賦遊湖詞，至四年春在臨安有和詞，至此再帥福州而賦三和詞，已一再用其韻。《稼軒詞編年箋注》將三詞均置於爲憲時，甚誤。

〔二〕「碧海」句，滄海成桑田，見本書卷五《醉花陰·爲人壽》詞（黄花漫説年年好闋）箋注。

〔三〕「笑人」二句，江翻平陸，陶潛《停雲》詩：「停雲靄靄，時雨濛濛。八表同昏，平陸成江。」水雲高下，黄裳《延平閣閑望十首》詩：「歌管東西誰共樂，水雲高下自相通。」袁默《與剛中適甫遊惠山》詩：「雨過山前翠欲飛，水雲高下正含暉。」

〔四〕「自是」三句，顔色好，《能改齋漫録》卷八《葛敏修用陳況詩》條：「唐吴融亦有『深感卞峰顔色好，晚雲纔散又當門』之句。」按：此詩《笠澤叢書》卷一作陸龜蒙作，題爲《自遣》。着，使、讓也。雨婚煙嫁，謂煙雨混合狀。龍眠居士，北宋畫家李公麟自號。李公麟字伯時，舒州人，《宋史》卷四四四《文苑》六有傳。《宣和畫譜》卷七：「李公麟字伯時，舒城人也。熙寧中登進士第。……公麟少閲視，即悟古人用筆意，作真行書有晉宋楷法風格，繪事尤絶，爲世所寶。博學精識，用意至到。……尤工人物，能分別狀貌，使人望而知其廊廟館閣、山林草野、閭閻臧獲、臺輿皂隸，至於動作態度、顰伸俯仰、小大美惡，與夫東西南北之人，才分點畫，尊卑貴賤，咸有區別。……從仕三十年，未嘗一日忘山林，故所畫皆其胸中所蘊。……官至朝奉郎致仕，卒於家。至今四方士大夫稱之不名，以字行，又自號龍眠居士。」

〔五〕「擬向」二句，求幼婦，見本書卷四《定風波·再和前韻藥名》詞（仄月高寒水石鄉閬）箋注。皆談馬，吴處厚《青箱雜記》卷七：「徐鉉父延休，博物多學，嘗事徐温爲義興縣令。縣有後漢太尉許馘廟，廟碑即許劭記。歲久字多磨滅，至開元中，許氏諸孫重刻之。碑陰有八字云：『談馬礪畢，王田數七。』時人不能曉。延休一見，爲解之曰：『談馬即言午，言午，許字。礪畢必石卑，石卑，碑字。王田乃千里，千里，重字。數七是六一，六一，立字。』此亦楊修辯虀臼之比也。」

〔六〕鷗鷺瓢泉社，稼軒寓居帶湖期間，嘗賦盟鷗之《水調歌頭》，又有題瓢泉之《水龍吟》諸詞，當時文士頗多唱和，故可謂之鷗鷺瓢泉之詞社。

〔七〕「莫吟」二句，莫吟詩，稼軒寓居帶湖之初，嘗賦《水調歌頭》，和李子永提幹，題中有「余詩尋醫久矣」語。淳熙末年，又於送范廓之之《醉翁操》詞題中著明廓之「行有日，請予作詩以贈，屬予避謗，持此戒甚力，不得如廓之請」，此所謂「莫吟詩」之爲盟也。莫拋尊酒，白居易《詠懷》詩：「蘇杭自昔稱名郡，牧守當今當好官。兩地江山踏得遍，五年風月詠將殘。幾時酒盞曾拋却，何處花枝不把看？　白髮滿頭歸得也，詩情酒興漸闌珊。」

〔八〕遮白髮，王禹偁《病中書事上集賢錢侍郎五首》詩：「猶賴紫垣直，聊遮白髮多。」滄浪亭榭，《吴郡志》卷一四：「滄浪亭在郡學之南，積水彌數十畝，傍有小山，高下曲折，與水相縈帶。《石林詩話》以爲錢氏時廣陵王元璙池館，或云其近戚中吴軍節度使孫承佑所作。既積土爲山，因以瀦水。慶曆間蘇舜欽子美得之，傍水作亭曰滄浪。」蘇舜欽《學士集》卷一三《滄浪亭記》：「予以罪廢，無所歸，扁舟南遊，旅於吴中，始僦舍以處。……一日過郡學東，顧草樹鬱然，崇阜廣水，不類乎城中。……予愛而徘徊，遂以錢四萬得之，構亭北碕，號滄浪焉。」此以喻指帶湖新居也。

〔九〕灞陵呵夜，見本書卷四《八聲甘州·夜讀李廣傳不能寐因念晁楚老楊民瞻約同居山間戲用李廣事賦以寄之》詞（故將軍飲罷夜歸來闋）箋注。

〔一〇〕「我輩」二句，文字飲，韓愈《醉贈張秘書》詩：「長安衆富兒，盤饌羅羶葷。不解文字飲，惟能醉紅裙。」壯懷激烈，岳飛《滿江紅》詞：「怒髮衝冠，憑闌處瀟瀟雨歇。抬望眼仰天長嘯，壯懷激烈。」

鷓鴣天〔一〕

欲上高樓去避愁〔二〕，愁還隨我上高樓。　經行幾處江山改，多少親朋盡白頭〔三〕？　歸休去，去歸休，不成人總要封侯〔四〕。　浮雲出處元無定，得似浮雲也自由。

【箋注】

〔一〕題，右詞廣信書院本未載，僅見四卷本之丁集，無題。據詞中「經行幾處」二句，疑作於紹熙五年秋七月宋光宗禪位寧宗之際，因憂疑時局而慮及出處，遂作此詞，故編次於此。

〔二〕避愁，庾信《愁賦》：「閉門欲驅愁，愁終不肯去。深藏欲避愁，愁已知人處。」

〔三〕「經行」二句，江山改，陶潛《擬古九首》詩：「種桑長江邊，三年望當採。枝條始欲茂，忽值山河改。」盡白頭，王建《醉後憶山中故人》詩：「暗想山中伴，如今盡白頭。」

〔四〕不成，不一定。

小重山

三山與客泛西湖①〔一〕

綠漲連雲翠拂空。十分風月處，着衰翁〔二〕。垂楊影斷岸西東。君恩重，教且種芙蓉〔三〕。

十里水晶宮〔四〕。有時騎馬去，笑兒童。殷勤却謝打頭風〔五〕。船兒住，且醉浪花中。

【校】

①題，四卷本丙集作「與客遊西湖」。

【箋注】

〔一〕題，據右詞「教且種芙蓉」語，疑爲紹熙五年七月底聞爲右正言黄艾論劾罷閩帥時所作。《宋會要輯稿·職官》七三之五八：「紹熙五年七月二十九日，知福州辛棄疾放罷，以臣僚言其殘酷貪饕，姦贓狼藉。」《後村先生大全集》卷一四九《黄柳州墓志銘》：「父艾，刑部侍郎，贈少師，爲紹熙名臣。……初，少師公在諫垣，論擊辛卿棄疾，辛銜切骨。」

〔二〕「緑漲」三句，翠拂空，虞儔《和孫尉登空翠堂鼓琴酌茗有懷泠令二首》詩：「樓畔晴嵐翠拂空，天教我輩一尊同。」十分，特别也。着，安置也。

〔三〕「君恩」二句，君恩重，趙抃《宿房公湖偶成》詩：「浙東歸去君恩重，乞得蓬萊與鑑湖。」種芙蓉，《四朝聞見録》乙集《張于湖》條：「張烏江人，寓居蕪湖，捐己田百畝，匯而爲池。圜種芙蕖、楊柳，鷺鷗出没，煙雨變態，扁堂曰歸去來。」

〔四〕十里水晶宫，見本卷《賀新郎·三山雨中遊西湖有懷趙丞相經始》詞（翠浪吞平野闋）箋注。

〔五〕打頭風，《猗覺寮齋雜記》卷上：「風之逆舟，人謂之打頭風。坡云：『卧聽三老白事，半夜南風打頭。』元云：『江喧過雲雨，船泊打頭風。』過雲雨亦俗諺。」按：歐陽修《歸田録》卷二謂打有考擊之義，應讀如滴耿反，即頂音。蓋打頭風即迎頭吹打之風也，不必作拘泥解釋。

柳梢青

三山歸途，代白鷗見嘲〔一〕

白鳥相迎，相憐相笑，滿面塵埃。華髮蒼顔，去時曾勸，聞早歸來〔二〕。　而今豈是高懷，爲千里蓴羹計哉〔三〕？好把《移文》，從今日日，讀取千回〔四〕。

【箋注】

〔一〕題，《宋會要輯稿·職官》七三之五八：「紹熙五年七月二十九日，知福州辛棄疾放罷，以臣僚言其殘酷貪饕，姦贓狼藉。」右詞即稼軒罷閩帥後，於歸上饒途中所作。白鷗，稼軒寓居帶湖時與之訂盟者。紹熙三年春，稼軒赴閩憲任，曾作《浣溪沙》詞，有「細聽春山杜宇啼，一聲聲是送行詩。朝來白鳥背人飛」語。右自作白鷗見嘲語爲詞也。

〔二〕「華髮」三句，華髮蒼顏，張元幹《蝶戀花》詞：「時把青銅閑自照，華髮蒼顏，一任旁人笑。」聞早，趁早，及早也。

〔三〕「而今」二句，稼軒之去閩帥而歸，乃爲言者論劾所致，非出自身陳請，故自嘲非是高懷，亦非爲千里蓴羹而歸也。千里蓴羹，見本書卷二《六幺令·用陸氏事送玉山令陸德隆侍親東歸吳中》詞（酒羣花隊闋）箋注。

〔四〕「好把」三句，《移文》謂《北山移文》。好，宜也。

沁園春

再到期思卜築①〔一〕

一水西來，千丈晴虹，十里翠屏〔二〕。喜草堂經歲，重來杜老〔三〕；斜川好景，不負淵明〔四〕。老鶴高飛，一枝投宿〔五〕，長笑蝸牛戴屋行。平章了，待十分佳處，著箇茅亭。青山意氣崢嶸，似爲我歸來嫵媚生〔六〕。解頻教花鳥，前歌後舞〔七〕；更催雲水，暮送朝迎。酒聖詩豪，可能無勢，我乃而今駕馭卿〔八〕。清溪上，被山靈却笑，白髮歸耕〔九〕。

【校】

①「再到」，廣信書院本原闕，此據四卷本乙集。

【箋注】

〔一〕題，右詞乃自閩帥罷任歸來後所作，以題中有「再到期思卜築」語，知非作於寓居帶湖時期。又據詞中「喜草堂經歲，重來杜老」，以及「爲我歸來嫵媚生」諸語，知稼軒歸來後，曾先事經營鉛山草堂，則可知，其期思溪五堡洲之居，蓋於紹熙五年秋冬著手修建，其事必非待到明年慶元元年，故次右詞於此。《菱湖辛氏族譜》卷首《僑居目類》載《期思位》：「惟叶公五世孫稼軒公，由濟南寓京口，復卜上饒帶湖，因遭回禄，徙居鵝湖之西期思渡瓜山五寶洲中，今屬廣信府鉛山縣崇義鄉十都。」

〔二〕「一水」三句，一水西來，〔同治〕《鉛山縣志》卷三：「桐木水源於桐木關下，合東坑、西坑出清潭，出王村流入祝公橋下水口。至雞公灣東流入下渠，由梧桐灣過沙阪繞石塘，達崩洪。而厚田至九都，而胡村阪北流及鵝湖山下，復西流過縣北關，繞城西下清風峽，及下篁碧水會，乃過梅溪出楊林港入於信河。」按：所謂桐木關水，即鉛山河。紫溪源於縣西南一百四十里，與鉛山河匯於五堡洲，繞今永平鎮北入於信江。其環繞五堡洲北至期思渡横畈村段，乃自西南流向東北，故稼軒謂之「一水西來」，其即詞中之期思溪。所謂「千丈晴虹」者，蓋指圍繞五堡洲西側之紫溪水，其環彎之勢如雨後之虹。又，本書卷五《沁園春·期思舊呼奇獅》詞「向晴波忽見，千丈虹霓」，指期思溪上所建新橋，亦通。另據實地考察，期思溪東北流段，山脈起伏，連綿數里，青翠如屏，即右詞之所稱「十里翠屏」者。《菱湖辛氏族譜·期思世系》謂之期思嶺，即今當地人謂横畈後山者，然未見舊志記載。

〔三〕「喜草」二句，杜甫有《草堂》詩，爲廣德二年作。草堂在成都浣花里，楊子琳之亂，甫去草堂，亂後復歸也。《補注杜詩》卷一〇：「公以寶應元年秋，避成都之亂，去草堂，入梓州，殆是草堂方畢工而遂去也。是年七月，徐知道反，大將赴朝廷，謂嚴武以召，去爲京兆尹。廣德二年，武再鎮蜀，公復往依之。於是始歸草堂。」杜甫離草堂往梓州，至重歸草堂，前後相隔一年之久。詩中有「舊犬喜我歸，低徊入衣裾。鄰舍喜我歸，沽酒攜胡蘆。大官喜我來，遣騎問所須。城郭喜我來，賓客隘村墟。天下尚未寧，健兒勝腐儒」諸語。

〔四〕「斜川」二句，《陶淵明集》卷二有《遊斜川》詩，序云：「辛丑正月五日，天氣澄和，風物閑美，與二三鄰曲，同遊斜川。臨長流，望曾城，魴鯉躍鱗於將夕，水鷗乘和以翻飛。彼南皋者，名實舊矣，不復乃爲嗟歎。若夫曾城，傍無依接，獨秀中皋。遥想靈山，有愛嘉名。欣對不足，率爾賦詩。悲日月之遂往，悼吾年之不留。各疏年紀鄉里，以記其時日。」

〔五〕「老鶴」二句，老鶴高飛，《唐才子傳》卷七：「盧延讓字子善，范陽人也，有卓絶之才。……《贈元上人》云：『高僧解語牙無水，老鶴能飛骨有風。』」一枝投宿，《莊子·逍遥遊》：「鷦鷯巢於深林，不過一枝。偃鼠飲河，不過滿腹。」

〔六〕「青山」二句，意氣峥嵘，趙鼎臣《送宋宏甫出守邠州》詩：「今年别我西入關，意氣峥嵘喜動顔。」嫵媚生，《新唐書》卷九七《魏徵傳》：「徵曰：『臣以事有不可，故諫，若不從輒應，恐遂行之。』帝曰：『第即應須别陳論，顧不得。』徵曰：『昔舜戒羣臣：爾無面從，退有後言。若面從可，方别陳論，此乃後言，非稷禼所以事堯舜也。』帝大笑曰：『人言徵舉動疏慢，我但見其嫵媚耳。』徵再拜曰：『陛下導臣使言，所以敢然，若不受，臣敢數批逆鱗哉？』」

〔七〕「解頻」二句，《太平御覽》卷四六七引《尚書大傳》：「惟丙午，王還師，師乃鼓譟，師乃慆。前歌後舞。」蘇軾《再用前韻》詩：「麻姑過君急灑掃，鳥能歌舞花能言。」

〔八〕「酒聖」三句，酒聖詩豪，黄庭堅《和舍弟中秋月》詩：「少年氣與節物競，詩豪酒聖難争鋒。」可能無勢、駕馭卿，《陶淵明集》卷五《晉故征西大將軍長史孟府君傳》：「君諱嘉，字萬年，江夏鄂人也。……再爲江州别駕、巴丘令、征西大將軍譙國桓温參軍。君色和而正，温甚重之。……門無雜賓，嘗會神情獨得，便超然命駕，徑之龍山，顧景酣宴，造夕乃歸。温從容謂君曰：『人不可無勢，我乃能駕御卿。』」可能，作當然或應當解。

〔九〕「被山」二句，《文選》卷四三《北山移文》：「世有周子，雋俗之士。既文既博，亦玄亦史。然而學道東魯，習隱南郭。偶吹草堂，濫巾北岳。誘我松桂，欺我雲壑。雖假容於江皋，乃纓情於好爵。其始至也，將欲排巢父，拉許由，傲百氏。……及其鳴騶入谷，鶴書赴隴，形馳魄散，志變神動。爾乃眉軒席次，袂聳筵上。焚芰製而裂荷衣，抗塵容而走俗狀。至於還飈入幕，寫霧出楹。蕙帳空兮夜鶴怨，山人去兮曉猨驚。昔聞投簪逸海岸，今見解蘭縛塵纓。於是南嶽獻嘲，北隴騰笑。列壑爭譏，攢峰竦誚。慨游子之我欺，悲無人以赴弔。」《稼軒詞編年箋注》謂其「所嘲、笑、譏、誚者皆針對周顒之雖假步於山扃，實情投於魏闕也。今稼軒自福建安撫使罷任而再至期思卜築，爲先官後隱，與周顒之先隱後官不同，故山靈只能笑其白髮歸耕也」。

浣溪沙

席上趙景山提幹賦溪臺，和韻①〔一〕

臺倚崩崖玉滅瘢②〔二〕，青山却作捧心顰〔三〕。遠林煙火幾家村。　引入滄浪魚得計，展成寥闊鶴能言〔四〕。幾時高處見層軒？

【校】

①題，四卷本丙集作「偶趙景山席上用賦溪臺和韻」，此從廣信書院本。　②「瘢」，王詔校刊本、《六十名家詞》本、四印齋本俱作「痕」。下闋首句同此。近人夏敬觀於《跋毛鈔本稼軒詞》中云：「稼軒詞往往以鄉音叶韻，全集中不勝枚舉。……如《浣溪沙》之『臺倚崩崖玉滅瘢』句，……用元寒韻之瘢、言、軒，與真諄韻顰、村同叶，殆其鄉音如此。……三本瘢皆作痕，匪特不典，且忘言、軒亦在元寒韻，此類妄爲竄改之跡實不可掩。」甚是。

【箋注】

〔一〕題，趙景山提幹，名籍不詳。〔乾隆〕《鉛山縣志》卷五載宋代提點坑冶司檢踏官凡十人，趙師晛爲最後一人，不知其即趙景山否。王質《雪山集》卷一四《趙景山程德紹視早有詩成編》詩：「相隨騎尾紫游繮，各佩牛腰古錦囊。過眼風煙都領略，聚頭燈火更平章。鵲枝賦罷驕橫槊，蚓鼎聯成倦倚牆。三讀軒渠仍伎癢，亦撩草夢到池塘。」方岳《秋崖集》卷三八《跋趙景山村田集》：「宋魏諸王孫，率以詩名後世，至唐盛矣。賀、白其巨擘也。怒鯨横鶩，捲海倒流，而其盛止於詩。本朝出其才與天下共麟趾之，彦滋盛獨，詩乎哉？四靈清語不枯，秀語不迂，抑紫芝其尤也。續遺響於寂寥，發妙彈於孤曠，將從村田叟問之。」其事歷别無可考。坑冶司設幹辦公事、檢法官等屬官。溪臺，〔乾隆〕《廣信府志》卷五：「溪山臺，府城外南屏山，下臨高溪，今廢。」又：「百花莊，城南南山巔，宋太守張良朋創，上有溪山臺，曾南豐所嘗遊歷地。」疑即右詞之溪臺。據廣信書院本次第，右詞在同調詞中位列瓢泉諸詞中，作年最晚當在慶元間，《稼軒詞編年箋注》列於帶湖諸作中，非是，因移置稼軒重歸上饒之後。

〔二〕玉減瘢，《漢書》卷九九上《王莽傳》：「始莽就國，南陽太守以莽貴重，選門下掾宛孔休守新都相。休謁見莽，莽盡禮自納，休亦聞其名，與相答。後莽疾，休候之，莽緣恩意，進其玉具寶劍，欲以爲好。休不肯受。莽因曰：『誠見君面有瘢，美玉可以滅瘢，欲獻其瑑耳。』即解其瑑，休復辭讓，莽曰：『君嫌其賈邪？』遂椎碎之，自裹以進休，休乃受。」注：「瘢，創痕也。」

〔三〕捧心顰，《莊子·天運》：「西施病心而矉其里，其里之醜人見而美之，歸亦捧心而矉其里。其里之富人見之，堅閉門而不出。貧人見之，挈妻子而去之走。彼知美矉，而不知矉之所以美。」

〔四〕「引入」二句，魚得計，《莊子·徐無鬼》：「於蟻棄知，於魚得計，於羊棄意。」鶴能言，見本書卷五《最高樓·送丁懷忠教授入廣》詞（相思苦闋）箋注。

又

筆墨今宵光有豔，管絃從此悄無言。主人席次兩眉軒〔三〕。

妙手都無斧鑿瘢，飽參佳處却成顰〔一〕。恰如春入浣花村〔二〕。

【箋注】

〔一〕「飽參」句，韓愈《將至韶州先寄張端公使君借圖經》詩：「曲江山水聞來久，恐不知名訪倍難。願借圖經將入界，每逢佳處便開看。」蘇軾《夜直玉堂攜李之儀端叔詩百餘首讀至夜半書其後》詩：「玉堂清冷不成眠，伴直難呼孟浩然。暫借好詩消永夜，每逢佳處輒參禪。」

〔二〕「恰如」句，杜甫《蕭八明府實處覓桃栽》詩：「奉乞桃栽一百根，春前爲送浣花村。河陽縣裏雖無數，濯錦江邊未滿園。」《補注杜詩》卷二一：「上元元年作。……此必經營草堂乘就時求之，不然亦是上元二年歲下作。」

〔三〕「主人」句，《文選》卷四三《北山移文》：「爾乃眉軒席次，袂聳筵上。」《六臣注文選》卷四三：「軒舉也，舉眉謂喜也，次側也。」

蘇武慢　雪〔一〕

帳暖金絲，杯乾雲液，戰退夜風飈颯①〔二〕。障泥繫馬，掃路迎賓〔三〕，先借落花春色。歌竹傳觴，探梅得句，人在玉樓瓊室〔四〕。唤吴姬學舞，風流輕薄，弄嬌無力〔五〕。　塵世换老盡青山，鋪成明月，瑞物已三尺〔六〕。豐登意緒，婉娩光陰〔七〕，都作暮寒堆積。回首驅羊舊節，入蔡奇兵〔八〕，等閑陳跡。總無如現在，尊前一笑，坐中贏得。

【校】

①「風」，《稼軒詞抄存》卷四原闕，據朱孝臧校本知空一字，逕補風字。

【箋注】

〔一〕題，右詞僅見《稼軒詞抄存》，他本俱不見載。據「塵世换」一語，疑爲紹熙五年冬所作。蓋稼軒於是年秋被劾罷閩帥，重歸上饒。因次於此。

〔二〕「帳暖」三句，帳暖金絲，蘇鶚《杜陽雜編》卷上：「載寵姬薛瑶英，攻詩書，善歌舞，仙姿玉質，肌香體輕。雖旋波、摇光、飛燕、緑珠不能過也。瑶英之母趙娟，亦本岐王之愛妾也。後出爲薛氏之妻，生瑶英，而幼以香啗之，故肌香也。及載納爲姬，處金絲之帳，却塵之褥。」雲液，見本書卷六《滿江紅·中秋寄遠》詞（快上西樓闋）箋注。戰退、風飈颯，《耆舊續聞》卷六：「華山狂子張元，天聖間坐累終身，嘗作雪詩云：『七星仗劍攪天池，倒捲銀河落地機。戰退玉龍三百萬，斷鱗殘甲滿天飛。』」《文選》卷一〇潘岳《征西賦》：「吐清風之飉戾，納歸雲之鬱蓊。」

〔三〕「障泥」二句，障泥，見本書卷三《蝶戀花·繼楊濟翁韻餞范南伯知縣歸京口》詞（淚眼送君傾似雨闋）箋注。掃路迎賓，《開元天寶遺事》卷一《掃雪迎賓》條：「巨豪王元寶每至冬月大雪之際，令僕夫自本家坊巷口掃雪爲徑路，躬親立於坊巷前，迎揖賓客，就本家具酒炙宴樂之，爲暖寒之會。」

〔四〕「人在」句，王珪《和景彝正月二十八日偶書》詩：「未有燕回羅幕上，不知人在玉樓間。」

〔五〕「唤吴」三句，吴姬學舞，釋齊己《和李書記》詩：「吴姬舞雪非真豔，漢后題詩是怨紅。」嬌無力，白居易《長恨歌》：「侍兒扶起嬌無力，始是新承恩澤時。」

〔六〕「塵世」三句，塵世换、老盡青山，歐陽修《夢中作》詩：「棋罷不知人换世，酒闌無奈客思家。」蔡松年《念奴嬌》詞：「雲海茫茫人换世，幾度梨花寒食。」周紫芝《吴師魯挽詞》：「少日詞華豹一斑，暮年白髮老青山。」瑞物三尺，《文選》卷一三謝惠連《雪賦》：「盈尺則呈瑞於豐年，袤丈則表沴於陰德。」注：「《左氏傳》曰：『凡平地尺爲大雪。』毛萇《詩傳》曰：『豐年之冬，必有積雪。』」

〔七〕「婉娩」句，《禮記·内則》：「女子十年不出，姆教婉娩聽從。」注：「婉謂言語也，娩之言媚也，媚謂容貌也。」《稼軒詞編年箋注》謂「猶言光陰明媚，或大好光陰也」。此言是。

〔八〕「回首」二句，驅羊舊節，《漢書》卷五四《蘇武傳》：「單于愈益欲降之，乃幽武，置大窖中，絕不飲食。天雨雪，武卧齧雪，與旃毛並咽之，數日不死，匈奴以爲神。乃徙武北海上無人處，使牧羝，羝乳，乃得歸。別其官屬常惠等，各置他所。武既至海上，廩食不至，掘野鼠，去草實而食之，杖漢節牧羊，卧起操持，節旄盡落，積五六年。」入蔡奇兵，《舊唐書》卷一三三《李愬傳》：「愬益知賊中虚實，陳許節度使李光顔勇冠諸軍，賊遂以精卒抗光顔，由是愬乘其無備，十月將襲蔡州。其月七日，使判官鄭澥告師期於裴度，十日夜以李祐率突將三千爲先鋒，李忠義副之。愬自帥中軍三千，田進誠以後軍三千殿而行。初出文成柵，衆請所向，愬曰：『東六十里止。』至賊境曰張柴砦，盡殺其戍卒，令軍士少息，繕羈靮甲冑，發刃彀弓，復建旆而出。是日陰晦雨雪，大風裂旗旆，馬慄而不能躍。士卒苦寒，抱戈僵仆者道路相望。其川澤梁徑險夷，張柴已東，師人未嘗蹈其境，皆謂投身不測。初至張柴，諸將請所止，愬曰：『入蔡州，取吴元濟也。』」

辛棄疾詞編年箋注卷七

按：本卷詞共七十七首。起宋寧宗慶元元年乙卯(一一九五)正月，迄慶元三年丁巳(一一九七)底，自上饒移居鉛山瓢泉期間所賦。

祝英臺近

與客飲瓢泉，客以泉聲喧静爲問。余醉，未及答，或者以「蟬噪林逾静」代對，意甚美矣。翌日，爲賦此詞以褒之①〔一〕

水縱横，山遠近，拄杖占千頃。老眼羞明②，水底看山影〔二〕。試教水動山摇，吾生堪笑，似此箇青山無定〔三〕。　一瓢飲〔四〕，人問翁愛飛泉③，來尋箇中静。繞屋聲喧，怎做静中境④〔五〕。我眠君且歸休〔六〕，維摩方丈，待天女散花時問〔七〕。

【校】

①題，四卷本丁集「未及答」之前闕「醉」字，「以褒之」作「褒之也」，此從廣信書院本。②「明」，四卷本作「將」。③「問」，《六十名家詞》本作「間」。④「境」，《六十名家詞》本作「鏡」。

【箋注】

〔一〕題，右詞之作，當在慶元元年初。紹熙五年秋七月，稼軒罷閩帥。九月，以御史中丞謝深甫論劾，稼軒降職。十二月，謝深甫再劾稼軒。此兩次論劾，均見於《宋會要輯稿·職官》七三之一九：「紹熙五年九月二十七日，朝散大夫集英殿修撰辛棄疾降充秘閣修撰，朝議大夫焕章閣待制提舉江州興國宫馬大同降充集英殿修撰，罷祠。以御史中丞謝深甫言，二人交結時相，敢爲貪酷，雖已黜責，未快公論。……十二月九日，中書舍人陳傅良與宫觀，以御史中丞謝深甫言其芘護辛棄疾，依託朱熹。」此慶元黨禁之前奏也。右詞上片「水底看山影。試教水動山摇，吾生堪笑，似此箇青山無定」云云，即當此風雨欲來之際，正不知其前途有何凶險者之言也。故以稼軒瓢泉詞作之開篇編次於此。杜甫《甘林》詩：「喧静不同科，出處各天機。」白居易《答劉戒之早秋别墅見寄》詩：「城中與山下，喧静闇相思。」《梁書》卷五〇《王籍傳》：「除輕車湘東王諮議參軍，隨府會稽。郡境有雲門天柱山，籍嘗遊之，或累月不反。至若邪溪，賦詩，其略云：『蟬噪林逾静，鳥鳴山更幽。』當時以爲文外獨絶。」

〔二〕「老眼」二句，羞明，《詩人玉屑》卷六《點石化金》條：「王君玉謂人曰：『詩家不妨間用俗語，尤見工夫。雪止未消者，俗謂之待伴，嘗有《雪》詩：待伴不禁鴛瓦冷，羞明常怯玉鈎斜。待伴、羞明，皆俗語，而採拾入句，了無痕纇，此點瓦礫爲黄金手也。』」《銀海精微》卷下：「車前飲，《治肝經》：『積熱，上攻眼目，逆順生翳，血灌瞳人，羞明怕日，多淚，宜服之。』」水底看山，蕭慤《春日曲水》詩：「山頭望水雲，水底看山樹。」

〔三〕青山無定，原謂青山在水中動蕩不已。吴則虞釋此諸句云：「此詞假禪理以言遭際也。……山光既在水中，水動則山摇，山亦飄盪不定，不覺失笑。青山也不能鎮静而自爲摇動；轉悟吾生正如青山之摇動而不能鎮静。此中意境，應有所寄，恐指屢次落職，出處無常而言。」

〔四〕一瓢飲，見本書卷四《水龍吟·題瓢泉》詞（稼軒何必長貧闋）箋注。

〔五〕怎做静中境，吕希哲《雜記》卷下：「子進居先公之喪，在舊第極北小堂中誦經。籬之外即李氏故宅，今衆家居之，歌哭鬥氣，與夫雞犬牛馬之聲喧然雜入於耳。子進聽之，如聽谷響焉，不以入心。所以能爾者，以我無預於彼之利害休戚故也。若夫室中之聲，亦如是者，其得道之人乎？」程俱《初秋偶題》詩：「宜搜静中境，安得此佳句。」

〔六〕「我眠」句，見本書卷三《醜奴兒》詞（此生自斷天休問闋）箋注。

〔七〕「維摩」二句，見本書卷五《江神子·聞蟬蛙戲作》詞（簟鋪湘竹帳籠紗闋）箋注。

水龍吟

用些語再題瓢泉，歌以飲客，聲韻甚諧，客皆爲之釂①〔一〕

聽兮清珮瓊瑶些。明兮鏡秋毫些〔二〕。君無去此，流昏漲膩，生蓬蒿些〔三〕。虎豹甘人，渴而飲汝，寧猿猱些〔四〕？大而流江海，覆舟如芥，君無助，狂濤些〔五〕！路險兮山高些。愧余獨處無聊些②〔六〕。冬槽春盎，歸來爲我，製松醪些〔七〕。其外芳芬③，團龍片鳳，煮雲膏些〔八〕。古人兮既往，嗟余之樂，樂簞瓢些〔九〕。

【校】

①題，四卷本乙集「皆」字闕，此從廣信書院本。②「愧」，廣信書院本原即此字，各本俱同。《稼軒詞編年箋注》改

作「塊」，乃誤判此字。③「芳芬」，王詔校刊本、《六十名家詞》本、四印齋本作「芬芳」。

【箋注】

〔一〕題，稼軒於淳熙末寓居帶湖期間曾作《水龍吟・題瓢泉》詞（稼軒何必長貧闋），見本書卷四。右詞謂「再題瓢泉」，蓋自閩中歸來後，感慨世路仕途之險惡，認定松醪雲膏之芳芬，故再作此詞。則右詞當作於慶元元年春。所謂些語，《楚辭・招魂》，句尾皆用些字。沈括《夢溪筆談》卷三《辯證》：「楚詞《招魂》尾句皆曰些，今夔峽湖湘及南北江獠人，凡禁呪句尾皆稱些（蘇箇反），此乃楚人舊俗，即梵語薩嚩訶也（薩音桑葛反，嚩無可反，訶從去聲），三字合言之，即些字也。」釂，音爵，飲酒盡杯也。

〔二〕「聽兮」二句，清珮瓊瑶，謂山水注入瓢泉之水聲。柳宗元《河東集》卷二九《至小丘西石潭記》：「從小丘西行百二十步，隔篁竹，聞水聲，如鳴珮環。」明兮鏡秋毫，《孟子・梁惠王》：「明足以察秋毫之末，而不見輿薪。」

〔三〕「君無」三句，君無去此，《楚辭・招魂》：「魂兮歸來，君無上天些。」流昏漲膩，杜牧《樊川集》卷一《阿房宫賦》：「渭流漲膩，棄脂水也。」蘇軾《浣溪沙・端午》詞：「輕汗微微透碧紈，明朝端午浴芳蘭。流香漲膩滿晴川。」生蓬蒿，《戰國策・秦策》五：「王一日山陵崩，子傒立，士倉用事，王后之門，必生蓬蒿。」劉長卿《南楚懷古》詩：「君看章華宫，處處生蓬蒿。」

〔四〕「虎豹」三句，虎豹甘人，《楚辭・招魂》：「虎豹九關，啄害下人些。……魂兮歸來，君無下此幽都些。土伯九約，其角觺觺些。……參目虎首，其身若牛些。此皆甘人，歸來歸來，恐自遺災些。」注：「甘美也，災害也，言此物食人以爲甘美，往必自害不旋踵也。」猿猱飲，《管子·牧民》：「墜岸三仞，人之所大難也，而猿猱飲焉。」注：「猿遇墜岸而能飲，喻智者逢禍而能息也。」

〔五〕「大而」四句，此言瓢泉不須流入江海，以推波助瀾，顛覆舟楫。覆舟如芥，《莊子·逍遥遊》：「水之積也不厚，則負大舟也無力。覆杯水於坳堂之上，則芥爲之舟。置杯焉則膠，水淺而舟大也。」

〔六〕獨處無聊，《説郛》卷二五《遁齋閑覽·作邀僧夜話詩》條：「許義方妻劉氏，每以端潔自許。義方嘗出經年，忽一日歸，語其妻曰：『獨處無聊，得無時與鄰里親戚往還乎？』劉曰：『自君之出，惟閉户自守，足未嘗履閾。』」

〔七〕「冬槽」三句，冬槽春盎，槽，謂酒坊。盎，五齊之一，酒名，見《周禮·天官冢宰》。韓維《伏蒙三哥以某再領許昌賦詩爲寄謹依嚴韻》詩：「預裝白酒留春盎，旋剪紅葩出洛城。」松醪，亦酒名。李商隱《志喜》詩：「慢行成酩酊，鄰壁有松醪。」《李義山詩集注》卷一：「《本草》：『松葉、松節、松膠，皆可爲酒，能已疾。』裴鉶《傳奇》酒名松醪春。」《東坡志林》卷五：「裴鉶作《傳奇》，記裴航事，亦有酒名松醪春，乃知唐人名酒，多以春。」《東坡全集》卷三三有《中山松醪賦》。

〔八〕「團龍」二句，團龍片鳳，龍團、鳳團茶。蔡絛《鐵圍山叢談》卷六：「建溪龍茶，始江南李氏，號北苑龍焙者，在一山之中間，其周遭則諸茶地也。居是山號正焙，一出是山之外，則曰外焙。正焙外焙，色香必迥殊，此亦山秀地靈所鍾之有異色已？龍焙又號官焙，始但有龍鳳大團二品而已。仁廟朝，伯父君謨名知茶，因進小龍團，爲時珍貴，因有大團小團之别。」張舜民《畫墁録》：「至本朝，建溪獨盛，採焙製作，前世所未有也。士大夫珍尚鑑别，亦過古先。丁晉公爲福建轉運使，始製爲鳳團，後又爲龍團，貢不過四十餅，專擬上供，雖近臣之家，徒聞之而未嘗見也。」按：以片鳳稱鳳團茶，僅見於此詞。煮雲膏，《雲笈七籤》卷一〇五《清靈真人裴君傳》：「授裴君流星夜光之章，十明之符，食黄琬紫精之粭，飲月華雲膏，於是與五夫人夕夕共遊，此所謂奔月之道矣。」白居易有詩，題爲「聞微之江陵卧病，以大通中散、碧腴垂雲膏寄之，因題四韻」。

〔九〕樂簞瓢，見本書卷四《水龍吟·題瓢泉》詞（稼軒何必長貧閿）箋注。

鷓鴣天

送元濟之歸豫章①〔一〕

欹枕婆娑兩鬢霜，起聽簷溜碎喧江〔二〕。那邊玉筯銷啼粉②，這裏車輪轉别腸〔三〕。　詩酒社，水雲鄉，可堪醉墨幾淋浪③〔四〕？晝圖却似歸家夢，千里河山寸許長〔五〕。

【校】

①題，四卷本乙集作「送元省幹」，此從廣信書院本。　②「節」，廣信書院本原作「筯」，此據四卷本改。　③「堪」，《六十名家詞》本作「看」。

【箋注】

〔一〕題，元濟之，或名汝楫。《歷代名臣奏議》卷一四七《吏部尚書趙汝愚奏薦張漢卿元汝楫狀》：「承節郎元汝楫，嘗監復州酒税，課亦登辦。時郡中公使庫有煮醞酸腐，太守責令酒務變賣，汝楫辭曰：『在城拍户，困於省額，不聊生矣，豈能認無用之酒，陪無名之錢乎？』堅拒不受。太守怒，押汝楫下簽廳供責，吏稍侵之，汝楫曰：『我直彼曲，何供之有？』遂取印曆，一抹而歸，今躬耕畎畝蓋二十餘年矣。……伏望聖慈，特將驚漢卿、汝楫並與堂除差遣一次，仍令吏部取索印紙，重別换給。」按：濟之與楫有聯，濟之當即汝楫之字也。趙汝愚以紹熙二年九月自知福州召爲吏部尚書。元汝楫自監復州酒税辭歸，當在乾道末或淳熙初年，後經趙汝愚薦舉，堂除省幹，故四卷本題爲「送元省幹」。此或爲紹熙間事。右詞殆送其自省幹任滿歸豫章時所作。以次首有「二月東湖」語，故次於慶元元年春正月。省幹，宋代泛指隸屬於尚書省之低級官吏。如《夷堅志》甲卷六《資聖土地》條，謂徐以寧以吉州監贍軍酒庫，爲人稱徐省幹。史浩《鄮峰真隱漫録》卷二九《六老會致語》亦有監場省幹語。而周必大《益國文忠公集》卷一六五《歸廬陵日記》，載隆興元年罷官出國門，相送者有范至能省幹。參以《攻媿集》卷八九《華文閣直學士奉政大夫贈金紫光禄大夫陳公行狀》，知范成大自和劑局管庫官兼聖政所檢討官，故亦稱爲省幹。

〔二〕「攲枕」二句，婆娑兩鬢，孫覿《致政中奉胡公挽詞》：「此翁矍鑠丹心在，老子婆娑兩鬢催。」簷溜碎喧江，孟郊《雨中寄孟刑部幾道聯句》：「簷瀉碎江喧，街流淺溪邁。」

〔三〕「那邊」二句，玉筯，淚水。參見本書卷一《菩薩蠻》詞（江摇病眼昏如霧閱）箋注。車輪轉别腸，《太平御覽》卷二五《古樂府歌詩》：「秋風蕭蕭愁殺人，出亦愁，入亦愁。胡地多飇風，樹木何修修！離家日趨遠，衣帶日趨緩。心思不能言，腸中車輪轉。」孟郊《遠遊聯句》：「别腸車輪轉，一日一萬周。」

〔四〕醉墨淋浪，蘇軾《和張子野見寄三絶句》詩：「狂吟跌宕無風雅，醉墨淋浪不整齊。」

〔五〕「畫圖」二句，《稼軒詞編年箋注》：「意謂畫家能將千里江山縮寫於寸幅之中，亦猶離家千里之旅客可於夢中迅速返抵家鄉也。」

江神子

送元濟之歸豫章

亂雲擾擾水潺潺，笑溪山，幾時閑？更覺桃源，人去隔仙凡。桃源乃王氏酒壚，與濟之送别處①〔一〕。萬壑千巖樓外雪〔二〕，瓊作樹，玉爲欄。　倦遊回首且加餐〔三〕。短篷寒，畫圖間。見説嬌顰，擁髻待君看〔四〕。二月東湖湖上路，官柳嫩，野梅殘〔五〕。

【校】

①小注，四卷本丙集闕，此從廣信書院本。

【箋注】

〔一〕「更覺」二句及小注，桃源、人去隔仙凡，劉義慶《幽明録》：「漢明帝永平五年，剡縣劉晨、阮肇共入天台山取穀皮，迷不得返。經十餘日，……漸見蕪菁葉從山腹流出，甚鮮新，復一杯流出，有胡麻糁。相謂曰：『此處去人徑不遠。』度出一大溪，溪邊有二女子，資質妙絶。見二人持杯出，便笑曰：『劉、阮二郎捉向所流杯來。』晨、肇既不識之，二女便呼其姓，如似有舊。相見忻喜，問：『來何晚？』即因要還家。……有羣女來，各持三五桃子，笑而言：『賀女婿來。』酒酣作樂，劉、阮忻怖交並。至暮，令各就一帳宿，女往就之。言聲清婉，令人忘憂。至十日後欲求還去，女云：『君已來此，乃宿福所招，與仙女交接，流俗何所樂哉？』遂住半年。……晨、肇求歸不已，……集會奏樂，共送劉、阮，指示還路，既出，親舊零落，邑屋全異，無復相識。問得七世孫，傳聞上世入山，迷不得歸。」曹唐《劉晨阮肇遊天台》詩：「不知何地歸依處，須就桃源問主人。」按：據小注語，此所謂桃源，蓋指永豐縣西南博山寺之王氏酒壚。本書卷三《江神子·博山道中書王氏壁》詞（一川松竹任横斜闋）有句：「比着桃源溪上路，風景好，不争多。」然元濟之來訪，稼軒送之歸豫章，而與之作别於帶湖東南之博山，令人不解。蓋博山南即永豐溪，於上饒西匯於信江。稼軒或與之作博山之遊，尋便登舟上溯，亦可歸豫章也。

〔二〕萬壑千巖，見本書卷四《洞仙歌·訪泉於奇師村得周氏泉爲賦》詞（飛流萬壑闋）箋注。

〔三〕「倦遊」句，張元幹《水調歌頭·癸酉虎丘中秋》詞：「倦遊回首，向來雲卧兩星周。」杜甫《揚旗》詩：「吾徒且加餐，休適蠻與荆。」

〔四〕「見説」二句，《趙飛燕外傳》所附《伶玄自叙》：「哀帝時，子于老休，買妾樊通德。通德，嫕之弟子，不周之子也，有才色，知書，慕司馬遷《史記》，頗能言趙飛燕姊弟故事。子于閑居，命言，厭厭不倦。子于語通德曰：『斯人俱灰滅矣，當時疲精力，馳騖嗜欲蠱惑之事，寧知終歸荒田野草乎？』通德占袖顧視燭影，以手擁髻，悽然泣下，不勝其悲。」

〔五〕「二月」三句，東湖，見本書卷二《鷓鴣天·離豫章别司馬漢章大監》詞（聚散匆匆不偶然闋）箋注。官柳、野梅，杜甫《西郊》詩：「市橋官柳細，江路野梅香。」

行香子〔一〕

歸去來兮，行樂休遲。命由天富貴何時〔二〕。百年光景，七十者稀。奈一番愁，一番病，一番衰。　名利奔馳，寵辱驚疑，舊家時都有些兒〔三〕。而今老矣，識破關機。算不如閑，不如醉，不如癡。

【箋注】

〔一〕題，右詞無題，據詞意，知爲閩中歸來之後所作，故次於此。

〔二〕「歸去」三句，歸去來兮，陶潛辭賦名。休遲，歐陽修《阮郎歸》詞：「情似舊，賞休遲，看看壠上吹。」「命由天富貴何時，《論語·顏淵》：「死生有命，富貴在天。」《漢書》卷六六《楊惲傳》：「人生行樂耳，須富貴何時？」」

〔三〕「寵辱」二句，《老子》：「寵辱若驚，貴大患若身。何謂寵辱？辱爲下，得之若驚，失之若驚，是謂寵辱若驚。」舊家時，舊時，前時。

浣溪沙

別成上人，併送性禪師①〔一〕

梅子熟時到幾回②〔二〕？桃花開後不須猜〔三〕。重來松竹意徘徊〔四〕。　慣聽禽聲應可譜③，飽觀魚陣已能排〔五〕。晚雲挾雨喚歸來④〔六〕。

【校】

①「成」，《六十名家詞》本作「澄」，此從廣信書院本、四卷本乙集。　②「熟」，廣信書院本作「生」，此從四卷本。

③「應」，四卷本作「渾」。　④「雲」，王詔校刊本、《六十名家詞》本、四印齋本作「風」。

【箋注】

〔一〕題，成上人，疑即成禪師。《羅湖野録》卷一、《五燈會元》卷一四皆有記載。然不詳是否即與稼軒交遊之成上人。若作澄上人，則王之道《相山集》卷三《題澄上人頤庵》詩：「春風入城郭，古寺花開時。廣庭積雨過，紅紫初紛披。偶逢頤庵人，强丐頤庵詩。是庵清而虛，底事名爲頤。南陵有徐子，頃嘗吏於斯。作字妙羲獻，學易深坎離。慎言與節飲，卦象不可欺。君看命名意，往往只在兹。」王之道即淳熙八年彈劾稼軒之監察御史王藺之父，年輩略早於稼軒。然頤庵澄上人事歷亦不詳。上人者，本爲佛弟子之稱。性禪師，周孚《蠹齋鉛刀編》卷三〇《銘性上人朴庵文》，王灼《頤庵文集》卷三亦有《送性上人》詩，《北磵集》卷六則有《吴江性上人擬濠上游》詩，事歷均不詳。右詞作年無考，據韓淲和章稱稼軒爲辛卿，及稼軒右詞之「重來」語，則應在自閩地歸來之後所作，或即其歸來之初，因次於此。

〔二〕「梅子」句，《景德傳燈録》卷七：「明州大梅山法常禪師者，襄陽人也。姓鄭氏，幼歲從師於荆州玉泉寺，初參大寂，問如何是佛，大寂云：『即心即佛。』師即大悟。唐貞元中，居於天台山餘姚南七十里梅子真舊隱。……大寂聞師住山，乃令一僧到問云：『和尚見馬師得箇什麽，便住此山？』師云：『馬師向我道即心即佛，我便向遮裏住。』僧云：『馬師近日佛法又别。』師云：『作麽生别？』僧云：『近日又道非心非佛。』師云：『遮老漢惑亂人未有了日，任汝非心非佛，我只管即心是佛。』其僧回，舉似馬祖，祖云：『大衆，梅子熟也。』（僧問禾山大梅，恁麽道意作麽生，云真師子兒。）自此學者漸臻，師道彌著。」《五燈會元》卷三於「梅子熟也」後有「龐居士聞之，欲驗師實，特去相訪，纔相見，士便問：『久嚮大梅，未審梅子熟也未？』師曰：『熟也。你向甚麽處下口？』士曰：『百雜碎。』師伸手曰：『還我核子來。』」云云，可補《傳燈録》未著。按：此馬師、馬祖即大寂也。

〔三〕「桃花」句，《景德傳燈録》卷一一：「福州靈雲志勤禪師，本州長溪人。初在溈山，因桃花悟道，有偈曰：『三十年來尋劍客，幾逢落葉抽幾枝。自從一見桃花後，直到如今更不疑。』」

〔四〕「重來」句，劉言史《贈成鍊師四首》詩：「花冠蕊帔色嬋娟，一曲清簫淩紫煙。不知今日重來意，更住人間幾百年。」

〔五〕魚陣，謂魚羣變化，如同戰陣。皮日休《報恩寺南池聯句》詩：「坐來魚陣變，吟久菊香多。」

〔六〕「晚雲」句，王安石《江上》詩：「江北秋陰一半開，晚雲含雨却低徊。」吴幵《優古堂詩話·二十八字媒》條：「『白藕作花風已秋，不堪殘睡更回頭。晚雲帶雨歸飛急，去作西窗一夜愁。』此趙德麟細君王氏所作也。德麟既鰥居，因見此篇，遂與之爲親。余以爲二十八字媒也。」

【附録】

韓淲仲止和詞

浣溪沙　和辛卿壁間韻

只恐山靈俗駕回，海鷗飛下莫驚猜。機心消盡重徘徊。　宿雨乍晴千澗落，曉雲微露兩山排。新苗時冀好風來。（《澗泉詩餘》）

又

種梅菊①〔一〕

百世孤芳肯自媒，直須詩句與推排〔二〕。不然喚近酒邊來②。　自有淵明方有菊③，若無和靖即無梅。只今何處向人開。

【校】

①題，廣信書院本原闕，此據四卷本乙集補。②「近」，《六十名家詞》本作「起」。③「淵明」，廣信書院本、《六十名家詞》本原作「陶潛」，此據四卷本改。

【箋注】

〔一〕題，右詞廣信書院本次第，與前詞並列，大體上應爲慶元二年之前尚在帶湖時所作，故彙編於慶元元年。

〔二〕「百世」二句，肯，豈也。推排，口語，估算、考評。南宋晚期賈似道曾行使經界推排法。

浪淘沙

賦虞美人草〔一〕

不肯過江東〔二〕，玉帳匆匆。只今草木憶英雄①〔三〕。唱着虞兮當日曲〔四〕，便舞春風。兒女此情同，往事朦朧。湘娥竹上淚痕濃〔五〕，舜蓋重瞳堪痛恨②，羽又重瞳〔六〕！

【校】

①「只」，四卷本乙集、《全芳備祖》後集卷一一、《花草稡編》卷九作「至」，此從廣信書院本。②「蓋」，《全芳備祖》、《花草稡編》、《六十名家詞》本作「目」。

【箋注】

〔一〕題，右詞作年無考，依廣信書院本次第，作年應在慶元之初。虞美人草，《夢溪筆談》卷五《樂律》：「高郵人桑景舒，性知音，聽百物之聲，悉能占其災福，尤善樂律。舊傳有虞美人草，聞人作《虞美人曲》，則枝葉皆動，他曲不然。景舒試之，誠如所傳，乃詳其曲聲，曰：『皆吳音也。』他日取琴試用吳音製一曲，對草鼓之，枝葉亦動。……今《虞美人操》盛行於江湖間，人亦莫知其如何者爲吳音。」《朱子語類》卷八七《小戴禮》：「如虞美人草，聞人歌《虞美人》詞與吳詞則自動。」《蜀中廣記》卷六一：「虞美人草，亦謂之舞草，獨莖三葉，狀如决明。一葉在莖端，兩葉居莖半而相對。人或近之，抵掌謳曲，必動摇如舞也。《酉陽雜俎》、《益州草木記》以爲雅州名山縣出，行人唱《虞美人曲》，則應拍而舞。《蜀志補罅》以爲潼川州紫蓋山出，動中音節，移植他所則否。唐人舊曲云：『帳中草草軍情變，月下旌旗亂。攬衣推枕愴離情，遠風吹下楚歌聲正三更。烏騅欲上重相顧，豔態花無主。手中蓮鍔凛秋霜，九泉歸去是仙鄉恨茫茫。』按此屬詠虞美人事，而宋景文獨以虞當作娱，意其草柔纖爲歌氣所動，故或動摇美人，以爲娱樂耳。」

〔二〕「不肯」句，《史記》卷七《項羽本紀》：「於是項王乃欲東渡烏江。烏江亭長檥船待，謂項王曰：『江東雖小，地方千里，衆數十萬人，亦足王也。願大王急渡，今獨臣有船，漢軍至，無以渡。』項王笑曰：『天之亡我，我何渡爲？且籍與江東子弟八千人渡江而西，今無一人還，縱江東父兄憐而王我，我何面目見之？縱彼不言，籍獨不愧於心乎？』」李清照《烏江》詩：「生當作人傑，死亦爲鬼雄。至今思項羽，不肯過江東。」

〔三〕「玉帳」句至此，《碧雞漫志》：「曾子宣夫人魏氏作《虞美人草行》，有云：『三軍散盡旌旗倒，玉帳佳人坐中老。香魂夜逐劍光飛，青血化爲原上草。』」

〔四〕「唱着」句，《項羽本紀》：「項王軍壁垓下，兵少食盡，漢軍及諸侯兵圍之數重。夜聞漢軍四面皆楚歌，項王乃大驚曰：『漢皆已得楚乎？是何楚人之多也！』項王則夜起飲帳中，有美人名虞，常幸從，駿馬名騅，常騎之。於是項王乃悲歌忼慨，自爲詩曰：『力拔山兮氣蓋世，時不利兮騅不逝。騅不逝兮可奈何？虞兮虞兮奈若何！』歌數闋，美人和之，項王泣數行下。」

〔五〕「湘娥」句，見本書卷三《蝶戀花·客有和燕語人啼人乍遠之句用爲首句》詞（燕語鶯啼人乍遠闋）箋注。

〔六〕「舜蓋」二句，《項羽本紀》：「吾聞之周生曰：『舜目蓋重瞳子。』又聞項羽亦重瞳子。羽豈其苗裔邪？何興之暴也！」

虞美人

賦虞美人草

當年得意如芳草，日日春風好。拔山力盡忽悲歌，飲罷虞兮從此奈君何〔一〕。　人間不識精誠苦，貪看青青舞。驀然斂袂却亭亭①，怕是曲中猶帶楚歌聲〔二〕。

【校】

①「驀然」句,「袂」,《全芳備祖》後集卷一一作「袨」,「亭亭」,《全芳備祖》作「無音」。

【箋注】

〔一〕「拔山」二句,見上闋《浪淘沙·賦虞美人草》詞(不肯過江東闋)箋注。

〔二〕「怕是」句,《項羽本紀》於「美人和之」語後注引《楚漢春秋》,謂虞美人之歌爲:「漢兵已略地,四面楚歌聲。大王意氣盡,賤妾何聊生?」

玉樓春〔一〕

風前欲勸春光住,春在城南芳草路。未隨流落水邊花,且作飄零泥上絮〔二〕。鏡中已有星星誤〔三〕,人不負春春自負。夢回人遠許多愁,只在梨花風雨處。

【箋注】

〔一〕題,右詞無題,與下一首皆即事之作,以詞有「春在城南」語,知尚居於帶湖時,姑次於慶元元年春。

〔二〕「未隨」二句,水邊花,黄庭堅《木蘭花令·庾元鎮四十兄庭堅四十年翰墨故人庭堅假守當塗元鎮窮不出入州縣席上作樂府長句勸酒》詞:「庾郎三九常安樂,使有萬錢無處著。徐熙小鴨水邊花,明月清風都占却。」泥上絮,《冷齋夜話》卷六《東坡稱賞道潛詩》條:「東吴僧道潛有標致,……坡移守東徐,潛往訪之,館於逍遥堂,士大夫争欲識面。東坡饌客罷,與俱來,而紅妝擁隨之。東坡遣一妓前，乞詩，潛援筆而成，曰：『寄語巫山窈窕娘，好將魂夢惱襄王。禪心已作沾泥絮，不逐春風上下狂。』一座大驚，自是名聞海内。」

〔三〕星星誤，《藝文類聚》卷一七左思《白髮賦》：「星星白髮，生於鬢垂。雖非青蠅，穢我光儀。」嚴維《書情獻相公》詩：「年來白髮欲星星，誤却生涯是一經。」

又

三三兩兩誰家女①〔一〕？聽取鳴禽枝上語。提壺沽酒已多時，婆餅焦時須早去〔二〕。醉中忘却來時路，借問行人家住處。只尋古廟那邊行，更過溪南烏桕樹〔三〕。

【校】

①「女」，廣信書院本原作「婦」，此據四卷本丙集改。

【箋注】

〔一〕「三三」句，張詠《二月二日游寶歷寺馬上作》詩：「春游千萬家，美女顏如花。三三兩兩映花立，飄飄似欲乘煙霞。」柳永《夜半樂》詞：「岸邊兩兩三三，浣紗遊女。」

〔二〕「提壺」二句，黄庭堅《演雅》詩：「提壺猶能勸沽酒，黄口只知貪飯顆。」任淵《山谷内集詩注》卷一：「提壺，鳥名。梅聖俞《四禽言》曰：『提壺蘆，沽美酒，風爲賓，樹爲友。山花撩亂目前開，勸爾今朝千萬壽。』」婆餅焦，亦禽言。釋道潛《千頃廨院觀司馬才仲遺墨次韻》詩：「濛濛春雨暗村橋，竹裏禽啼婆餅焦。」

〔三〕烏桕樹，〔同治〕《鉛山縣志》卷五《物産》：「烏桕，樹高數仞，葉似梨杏，五月開細花，黄白色，冬月結白子，可以壓油燃燈，爲利甚溥。」

添字浣溪沙〔一〕

日日閑看燕子飛，舊巢新壘畫簾低。玉曆今朝推戊己，住銜泥①〔二〕。　先自春光留不住〔三〕，那堪更着子規啼。一陣晚香吹不斷，落花溪。

【校】

①「住」，王詔校刊本、《六十名家詞》本、四印齋本作「却」，此從廣信書院本。

【箋注】

〔一〕題，右詞無題，與賞山茶同調詞皆家居生活之作，因次於慶元元年。

〔二〕「玉曆」二句，李石《續博物志》卷六：「燕銜土避戊己日，則巢固而不傾。」《爾雅翼》卷一五《燕》：「燕之來去皆避社。又戊己日不取土，以戊己字書其巢上，則去之，豈社主於土？戊己又土位，土尅水，燕之所爲避歟？《説文》：燕作巢，避戊己。」

〔三〕先自，本自，已自。

又①　與客賞山茶，一朵忽墮地，戲作〔一〕

酒面低迷翠被重，黄昏院落月朦朧〔二〕。墮髻啼妝孫壽醉，泥秦宫〔三〕。　試問花留春幾日，略無人管雨和風。瞥向緑珠樓下見，墜殘紅〔四〕。

【校】

①調，四卷本丙集作「浣溪沙」，此從廣信書院本。

【箋注】

〔一〕題，山茶，〔乾隆〕《上饒縣志》卷三：「山茶開於雪時，有單葉千葉之異，别有深紅者，名寶珠。」

〔二〕「酒面」二句，酒面低迷，酒面謂山茶之紅花。翠被謂緑葉。謝逸《菩薩蠻》詞：「花影轉廊腰，紅添酒面潮。」低迷，模糊。黄昏院落，指帶湖篆岡。本書卷五《踏莎行·庚戌中秋後二夕帶湖篆岡小酌》詞：「夜月樓臺，秋香院宇，笑吟吟地人來去。」

〔三〕「墮髻」二句，《後漢書》卷六四《梁冀傳》：「冀妻孫壽，爲襄城君兼食陽翟租，歲入五千萬，加賜赤紱，比長公主。壽色美而善爲妖態，作愁眉啼妝、墮馬髻、折腰步、齲齒笑，以爲媚惑。冀亦改易輿服之制作，……壽性鉗忌，能制御冀，冀甚寵憚之。……冀愛監奴秦宫，官至太倉令，得出入壽所。壽見宫，輒屏御者，託以言事，因與私焉。宫内外兼寵，威權大震。」泥，同昵。軟纏之意。元稹《遣悲懷三首》詩：「顧我無衣搜藎篋，泥他沽酒拔金釵。」

〔四〕「瞥向」二句，《晉書》卷三三《石崇傳》：「時趙王倫專權，崇甥歐陽建與倫有隙。崇有妓曰緑珠，美而豔，善吹笛。孫秀使人求之，崇時在金谷別館，方登涼臺，臨清流，婦人侍側。使者以告崇，盡出其婢妾數十人以示之。……使者曰：『君侯服御麗則麗矣，然本受命指索緑珠，不識孰是？』崇勃然曰：『緑珠吾所愛，不可得也。』……崇竟不許，秀怒，乃勸倫誅崇、建。崇、建亦潛知其計，乃與黄門郎潘岳陰勸淮南王允、齊王冏以圖倫、秀。秀覺之，遂矯詔收崇及潘岳、歐陽建等。崇正宴於樓上，介士到門，崇謂緑珠曰：『我今爲爾得罪。』緑珠泣曰：『當效死於官前。』因自投於樓下而死。」

又

答傅巖叟酬春之約①〔一〕

春意纔從梅裏過，人情都向柳邊來。咫尺東家還又有，海棠開。

豔杏妖桃兩行排，莫攜歌舞去相催〔二〕。次第未堪供醉眼，去年栽〔三〕。

【校】

①題，四卷本丙集作「偶作」，此從廣信書院本。

【箋注】

〔一〕題，傅巖叟，名爲棟，鉛山人。陳文蔚《克齋集》中涉及傅巖叟之處頗多，卷一〇《傅講書生祠堂記》載：「鉛山傅巖叟，幼親師學，肄儒業，抱負不凡，壯而欲行愛人利物之志，命與時違，抑而民間嗷嗷。……歲己未，穀頻年不熟，民間嗷嗷。……遇歲歉若霖潦，鄰里艱食，則捐金粟以賑之。……歲己未，穀頻年不熟，民間嗷嗷。

弗信。……遇歲歉若霖潦，鄰里艱食，則捐金粟以賑之。……歲己未，穀頻年不熟，民間嗷嗷。州家以爲憂，檄永豐丞林君汝皋至邑勸分。父老相率詣林自言，謂公不待勸分，先已捐直發廪，且能遍諭鄉之諸豪，謂閉糴非所以恤災。林以是深相歸重。會先是，邑之多士亦以白令尹，父老之言益信，即以事聞之郡，郡聞之臺。既覈得其實，則轉以申省。時稼軒辛公有時望，欲諷廟堂奏官之。巖叟以非其志辭，辛不能奪，議遂寢。節目具存，尚可覆也。……人感之深，即其所居之側玉虚道宫闢室，肖容而表敬焉。……巖叟雖無軒冕之榮，開徑延賓，竹深荷净，暇時勝日，飲酒賦詩，自適其適，不知有王公之貴，豈非憂人之憂，故能樂己之樂，是不可以不書，因亦附見云。巖叟名爲棟，嘗爲鄂州州學講書。嘉定四年歲重光協洽閏月戊子，上饒陳某記。」右詞爲傅巖叟報謝春約詞之答詞，據「去年」句，知尚作於鉛山營建居第之初。因次於慶元元年春。

〔二〕「豔杏」二句，豔杏妖桃，柳永《剔銀燈》詞：「豔杏夭桃，垂楊芳草，各鬥雨膏煙膩。」歌舞相催，李白《過汪氏别業二首》詩：「酒酣欲起舞，四座歌相催。」

〔三〕「次第」二句，供醉眼，劉敞《閏月朔日寄府公給事二首》詩：「韶華供醉眼，未負黑頭翁。」自注：「紅翠，府公宅歌舞者名。」次第，匆匆也。《詩詞曲語辭匯釋》謂此二句「意言去年新栽之桃杏，匆匆急就，未堪供賞也」。

又

用韻謝傳巖叟瑞香之惠〔一〕

句裏明珠字字排，多情應也被春催〔二〕。怪得名花和淚送〔三〕，雨中栽。　赤腳未安芳斛穩，蛾眉早把橘枝來〔四〕。報道錦薰籠底下，麝臍開〔五〕。

【箋注】

〔一〕題，〔雍正〕《浙江通志》卷一〇三：「瑞香花，譜出明州，又名睡香，處處庭院植之。王十朋《瑞香花》詩：『長向春前臘後開，要將風味鬥梅魁。』」

〔二〕「多情」句，歐陽澈《春意五絶》詩：「多情苦被春催柳，帶眼無端覺屢移。」

〔三〕「怪得」句，李德裕《會昌一品集》別集卷九《平泉山居草木記》後，引《劇談録》：「有題平泉詩曰：『隴右諸侯供語鳥，日南太守送名花。』」陳師道《謝王立之送花》詩：「過雨生泥風作塵，馬蹄聲裏度芳辰。城南居士風流在，時送名花與報春。」怪得，難怪。

〔四〕「赤腳」二句，赤腳謂婢，蛾眉謂侍女。韓愈《寄盧仝》詩：「一奴長鬚不裹頭，一婢赤腳老無齒。」芳斛，未見，疑爲斛形插花器具。

〔五〕「報道」二句，《咸淳臨安志》卷五八：「瑞香，舊真覺院有此花。東坡詩云：『幽香結淺紫，來自孤雲峰。骨香不自知，色淺意殊深。』云云。今馬塍種最多，大者名錦薰籠。」釋覺範《次韻真覺大師瑞香花》詩：「淺色鬧花堂，清寒薰夜香。應持燕尾剪，破此麝臍囊。」

菩薩蠻[一]

淡黄弓樣鞋兒小[二]，腰肢只怕風吹倒。驀地管絃催，一團紅雪飛[三]。曲終嬌欲訴，定憶梨園譜[四]。指日按新聲，主人朝玉京。

【箋注】

〔一〕題，《菩薩蠻》二首，右無題，廣信書院本未收，見於四卷本之乙丙二集，皆爲席間主人侍姬而作者。據「朝玉京」句，殆所送者爲赴行在之人。其作年疑莫能考，故次於止酒之前。

〔二〕弓樣鞋兒小，舒亶《卜算子·苔》詞：「留得佳人蓮步痕，宫樣鞋兒小。」向子諲《菩薩蠻》詞：「襪兒窄剪鞋兒小，文鴛並影雙雙好。」按：弓樣鞋，舞鞋也。《宋史全文》卷一〇：「治平元年六月戊午，淮陽郡王府翊善王陶爲潁王府翊善，淮陽郡王府記室參軍韓維爲諸王府記室參軍，侍講孫思恭爲諸王府侍講。潁王性謙虚，眷禮宫僚，遇維尤厚。一日侍王坐，近侍以弓樣靴進，維進曰：『王安用舞靴？』王亟令毁去。」《庶齋老學叢談》卷中下：「曹東畎赴省，陸行良苦，以詞自慰其足云：『……我去轉得官歸，恁時賞你，穿對朝靴。安排你在轎兒裏，更選箇弓樣鞋，夜間伴你。』」後與稼軒同時之詩人劉克莊，其《同孫季蕃游浄居庵》詩亦有「弓樣展來靴尚窄，黛痕剜出頂新涼」句，可知宋代之弓樣鞋，如上絃月，頭上翹，便於舞蹈旋轉，非元明以後女子纏足之尖頭鞋也。

〔三〕「驀地」二句，《西湖遊覽志餘》卷一六：「與淑真同時有魏夫人者，亦能詩，嘗置酒以邀淑真，命小鬟隊舞，因索詩，以飛雪滿羣山爲韻。淑真醉中，援筆賦五絶云：『管絃催上錦裀時，體態輕盈祇欲飛。』」

〔四〕梨園譜，《唐會要》卷三四：「開元二年，上以天下無事，聽政之暇，於梨園自教法曲，必盡其妙，謂之皇帝梨園弟子。」

又

贈周國輔侍人〔一〕

畫樓影蘸清溪水，歌聲響徹行雲裏。簾幕燕雙雙，緑楊低映窗。曲中特地誤，要試周郎顧〔二〕。醉裏客魂消，春風大小喬〔三〕。

【箋注】

〔一〕題，周國輔，應爲上饒人。《福建金石志》卷一一《韓元豹等鳥石山題名》：「潁川韓元豹德文、浚儀趙崇復仁翁、延平余談原中、廬陵周必賢君舉、上饒周瑋德輔，暇日把酒道山，小憩竹石之下，坐待月華，一笑而去。僧妙觀同遊。嘉定壬申重陽復前七日。」壬申爲嘉定五年。疑上饒之周德輔，或即國輔之兄弟行。

〔二〕「曲中」二句，見本書卷四《菩薩蠻·雙韻賦摘阮》詞（阮琴斜掛香羅綬闋）箋注。

〔三〕「春風」句，《三國志·吴書》卷九《周瑜傳》：「以瑜恩信著於廬江，出備牛渚，後領春穀長頃之策，欲取荆州，以瑜爲中護軍，領江夏太守，從攻晥，拔之。時得橋公兩女，皆國色也。策自納大橋，瑜納小橋。」注引《江表傳》：「策從容戲瑜曰：『橋公二女雖流離，得吾二人作婿，亦足爲歡。』」疑此周國輔侍女，亦如大小橋，同爲姊妹也。

蘭陵王

賦一丘一壑〔一〕

一丘壑，老子風流占却〔二〕。茅簷上，松月桂雲，脈脈石泉逗山脚〔三〕。尋思前事錯，惱殺，晨猿夜鶴〔四〕。終須是，鄧禹輩人，錦繡麻霞坐黄閣〔五〕。　長歌自深酌。看天闊鳶飛，淵静魚躍〔六〕，西風黄菊香噴薄。悵日暮雲合，佳人何處？紉蘭結佩帶杜若〔七〕。入江海曾約①〔八〕。　遇合，事難託〔九〕。莫擊磬門前，荷蕢人過〔一〇〕。仰天大笑冠簪落〔一一〕。待説與窮達，不須疑着。古來賢者，進亦樂，退亦樂〔一二〕。

【校】

①「曾」，《六十名家詞》本、《四庫全書》本俱作「會」，此從廣信書院本。

【箋注】

〔一〕題，一丘一壑，猶言一山一水。《漢書》卷一〇〇上《叙傳》：「班氏之先與楚同姓，令尹子文之後也。……穉生彪，彪字叔皮，幼與從兄嗣共遊學，家有賜書，内足於財，好古之士，自遠方至。父黨揚子雲以下莫不造門。嗣雖修儒學，然貴老、嚴之術。桓生欲借其書，嗣報曰：『若夫嚴子者，絶聖棄智，修生保真，清虚澹泊，歸之自然。獨師友造化，而不爲世俗所役者也。漁釣於一壑，則萬物不奸其志。棲遲於一丘，則天下不易其樂。不絓聖人之罔，不齅驕君之餌，蕩然肆志，談者不得而名焉，故可貴也。』」《晉書》卷四九《謝鯤傳》：「每與畢卓、王尼、阮放、羊曼、桓彝、阮孚等縱酒，敦以其名高，雅相賓禮，嘗使至都，明帝在東宫見之，甚相親重，問曰：『論者以君方庾亮，自謂何如？』答曰：『端委廟堂，使百僚準則，鯤不如亮，一丘一壑，自謂過之。』」據詞中「尋思」、「惱殺」三句，知右詞作於閩中一行歸來未久。則右詞當作於瓢泉居第再次卜築之後，應在慶元元年秋。另據詞中「脈脈石泉」語，知稼軒所謂一丘一壑，應即指瓢泉所對之瓜山與五堡洲之間紫溪水，亦即《祝英臺近》詞「水縱横，山遠近，拄杖占千頃」數語所涵蓋之瓢泉居址也。吴則虞謂爲「帶湖所作之樓名」，誤。

〔二〕「老子」句，占却，占盡，謂占盡風流也。

〔三〕「脈脈」句，石泉，瓢泉也。逗，近也，到也。杜甫《將别巫峽贈南卿兄瀼西果園四十畝》詩：「殘生逗江漢，何處狎樵漁。」逗，一作逼。《杜詩詳注》卷二一：「《説文》：『逗，投合也。』」龔頤正《芥隱筆記·老杜用受字進字逗字》條：「老杜『受』字『進』字『逗』字，最用工夫。……『殘生逗江漢』、『遠逗錦江波』。」陰鏗詩，有『行舟逗遠樹』。」

〔四〕晨猿夜鶴，見本書卷二《沁園春·帶湖新居將成》詞（三徑初成闋）箋注。

〔五〕「鄧禹」二句，《後漢書》卷四六《鄧禹傳》：「光武即位於鄗，使使者持節，拜禹爲大司徒。……

禹時年二十四。」《南齊書》卷四七《王融傳》：「融自恃人地，三十内望爲公輔。直中書省，夜歎曰：『鄧禹笑人。』」可參本書卷一《滿江紅・送徐撫幹衡仲之官三山》詞（絶代佳人閟）箋注。錦繡麻霞坐黄閣，李賀《秦宫詩》：「禿衿小袖調鸚鵡，紫繡麻霞踏哮虎。」一本「麻霞」作「麻𩋾」。《箋注評點李長吉歌詩》卷三：「言踏虎，則麻霞必履舄屬。《説文》：『鞋跟曰𩋾。』……《唐文粹》，兩本作『霞』，一本作『𩋾』。夏商以草爲鞋，周以麻。」黄閣，三公府廳事。此三句謂黄閣非我等所坐，只有鄧禹輩人才能坐上公輔之位也。

〔六〕「看天」二句，《詩・大雅・旱麓》：「鳶飛戾天，魚躍於淵。豈弟君子，遐不作人。」

〔七〕「悵日」三句，日暮雲合，江淹《休上人怨别》詩：「西北秋風至，楚客心悠哉。日暮碧雲合，佳人殊未來。」紉蘭結佩帶杜若，《楚辭・離騷》：「扈江離與辟芷兮，紉秋蘭以爲佩。」注：「紉，索也，蘭，香草也，秋蘭芳佩飾也。」又同書《九歌・湘君》：「采芳洲兮杜若，將以遺兮下女。」同書《山鬼》：「君思我兮不得閑，山中人兮芳杜若。」杜若一名杜衡，香草。

〔八〕「入江」句，《東坡全集》卷五一《上皇帝書》：「驅鷹犬而赴林藪，語人曰：『我非獵也。』不如放鷹犬而獸自馴。操綱罟而入江海，語人曰：『我非漁也。』不如捐綱罟而人自信。」

〔九〕「遇合」二句，遇合，《史記》卷一二五《佞幸列傳》：「諺曰：『力田不如逢年，善仕不如遇合。』固無虚言，非獨女以色媚，而仕宦亦有之。」難託，王安石《君難託》詩：「嫁時羅衣羞更著，如今始悟君難託。君難託，妾亦不忘舊時約。」

〔一〇〕「莫擊」二句，《論語·憲問》：「子擊磬於衛，有荷蕢而過孔氏之門者，曰：『有心哉，擊磬乎！』既而曰：『鄙哉硜硜乎！莫己知也，斯己而已矣。深則厲，淺則揭。』子曰：『果哉，末之難矣。』」注：「蕢，草器也。」

〔一一〕「仰天」句，《史記》卷一〇八《滑稽列傳》：「威王八年，楚大發兵加齊，齊王使淳于髡之趙，請救兵，齎金百斤，車馬十駟。淳于髡仰天大笑，冠纓索絶。……髡曰：『……臣見其所持者狹，而所欲者奢，故笑之。』」

〔一二〕「待説」句至此，《莊子·讓王》：「古之得道者，窮亦樂，通亦樂，所樂非窮通也。道德於此，則窮通爲寒暑風雨之序矣。」

卜算子

飲酒不寫書〔一〕

一飲動連宵，一醉長三日〔二〕。廢盡寒温不寫書①，富貴何由得〔三〕？　請看冢中人，冢似當年筆②〔四〕。萬札千言只恁休，且進杯中物〔五〕。

【校】

①「温」，四卷本丁集作「暄」，此從廣信書院本。　②「年」，《六十名家詞》本作「時」。

【箋注】

〔一〕題，右詞及同調皆用「且進杯中物」爲結句之二詞，當作於同時，即慶元元年冬。稼軒於慶元二年冬移居瓢泉五堡洲居地，其時正因病止酒。而因酒致疾，當即慶元元年冬及慶元二年春間事，因次三詞於此。

〔二〕「一飲」二句，一飲連宵，白居易《和祝蒼華（蒼華髮神名）》詩：「痛飲困連宵，悲吟饑過午。」一醉三日，韋莊《中酒》詩：「一醉不知三日事，任他童稚作漁樵。」

〔三〕「廢盡」二句，寒温，《世説新語·品藻》：「王黄門兄弟三人，俱詣謝公。子猷、子重多説俗事，子敬寒温而已。」吴坰《五總志》：「崇寧乙酉，先子責居荆南，張才叔還自英州，感慨道舊之餘，詢諸故人，才叔曰：『魯直每有書來，寒温而已。』」據此得知，古人或相見，或通書信，嘘問寒温乃最基本禮節。慶元改元以來，韓侂胄控制政權，貶逐趙汝愚，推行黨禁，以打擊趙、朱一黨。稼軒當此之際，乃斷絶同當權者之聯繫，雖託之爲飲酒不寫書，實因政見之不同耳。富貴何由得，杜甫《題柏學士茅屋》詩：「富貴必從勤苦得，男兒須讀五車書。」謂富貴乃從勤苦讀書而得，蓋古時事。近自慶元以來，士大夫附和黨禁學禁，取媚韓侂胄以取富貴者衆，固與富貴必自勤苦得有異矣。

〔四〕「請看」二句，《唐國史補》卷中：「長沙僧懷素好草書，自言得草聖三昧，棄筆堆積，埋於山下，號曰筆冢。」《太平廣記》卷二〇七引《尚書故實》：「永公住吴興永欣寺，積學書，後有禿筆頭十甕，每甕皆數千。人來覓書並請題額者如市，所居户限爲穿穴，乃用鐵葉裹之，謂爲鐵門限。後取筆頭瘞之，號爲退筆冢。」

〔五〕「萬札」二句，陶潛《責子》詩：「天運苟如此，且進杯中物。」只恁，只此。

又

飲酒成病

一箇去學仙，一箇去學佛。仙飲千杯醉似泥〔一〕，皮骨如金石。　不飲便康强，佛壽須千百。八十餘年入涅槃〔二〕，且進杯中物。

【箋注】

〔一〕醉似泥，《能改齋漫録》卷七《醉如泥》條：「後漢周澤，時人爲之語曰：『生世不諧，作太常妻。一歲三百六十日，三百五十九日齋，一日不齋醉如泥。』按稗官小説，南海有蟲無骨，名曰泥。在水中則活，失水則醉如一堆泥然。」李白《襄陽歌》：「傍人借問笑何事，笑殺山公醉似泥。」

〔二〕「八十」句，釋迦牟尼本古印度迦毗羅衛國浄飯王之子，二十九歲出家修道，覺悟成佛。八十歲時於拘尸那迦城示寂。佛家謂死爲涅槃。《法藏碎金録》卷四：「涅槃者，亦梵語也。原其理，得寂滅樂，非世間悦樂之樂也。」《景德傳燈録》卷一《釋迦牟尼佛》：「爾時世尊至拘尸那城，告諸大衆：『吾今背痛，欲入涅槃。』即往熙連河側娑羅雙樹下，右脇累足，泊然宴寂。」

又

飲酒敗德①

盗跖儻名丘，孔子還名跖②。跖聖丘愚直到今③，美惡無真實④〔一〕。　簡策寫虚名⑤，螻蟻侵枯骨。千古光陰一霎時，且進杯中物。

【校】

①題，《六十名家詞》本作「飲酒」，此從廣信書院本。②「還」，王詔校刊本、《六十名家詞》本、四印齋本作「如」。③「到」，四卷本丁集作「至」。④「無真實」，《六十名家詞》本作「元無别」。⑤「策」，四卷本作「册」。

【箋注】

〔一〕「盗跖」四句，《莊子·盗跖》：「孔子與柳下季爲友，柳下季之弟名曰盗跖。盗跖從卒九千人，横行天下，侵暴諸侯，穴室樞户，驅人牛馬，取人婦女，貪得忘親，不顧父母兄弟，不祭先祖，所過之邑，大國守城，小國入保，萬民苦之。……往見盗跖。……盗跖大怒曰：『……今子修文武之道，掌天下之辯，以教後世。縫衣淺帶，矯言僞行，以迷惑天下之主而欲求富貴焉。盗莫大於子，天下何故不謂子爲盗丘，而乃謂我爲盗跖？』」

醜奴兒〔一〕

近來愁似天來大〔二〕，誰解相憐？誰解相憐，又把愁來做箇天。　都將今古無窮事，放在愁邊。放在愁邊，却自移家向酒泉〔三〕。

【箋注】

〔一〕題，右詞無題，據詞意，知爲止酒之前痛飲潦倒之作，故次於此。

〔二〕愁似天來大，廖行之《點絳唇·和梁從善》詞：「過客情那可，愁似天來大。」

〔三〕移家向酒泉，《漢書》卷二八下《地理志》下：「酒泉郡。武帝太初元年開。……其水若酒，故曰酒泉也。……舊俗傳云，城下有金泉，泉味如酒。」杜甫《飲中八仙歌》：「汝陽三斗始朝天，道逢麴車口流涎，恨不移封向酒泉。」

水龍吟

愛李延年歌、淳于髡語，合爲詞，庶幾《高唐》、《神女》、《洛神賦》之意云〔一〕

昔時曾有佳人，翩然絶世而獨立。未論一顧傾城，再顧又傾人國，寧不知其，傾城傾國，佳人難得①。看行雲行雨，朝朝暮暮，陽臺下，襄王側〔二〕。堂上更闌燭滅，記主人留髡送客。合尊促坐，羅襦襟解，微聞薌澤〔三〕。當此之時，止乎禮義，不淫其色〔四〕。但啜其泣矣，啜其泣矣，又何嗟及〔五〕？

【校】

①「佳人難得」，「人」後廣信書院本原有「再」字，此據四卷本丙集删。

【箋注】

〔一〕題，李延年歌，即「北方有佳人」之歌，見《漢書》卷九七《外戚傳》，可參本書卷二《滿江紅·席間和洪景盧舍人兼簡司馬漢章大監》詞（天與文章闋）箋注。淳于髡語，見以下箋注。《高唐》、《神女賦》，皆宋玉所作。《洛神賦》，爲曹植作。右詞隱括李延年《佳人歌》與淳于髡語，當必作於止酒期之前痛飲潦倒之際，故附於《卜算子》三詞之後。

〔二〕「看行」四句，《文選》卷一七宋玉《高唐賦》：「昔者楚襄王與宋玉遊於雲夢之臺，望高唐之觀，其上獨有雲氣，崪兮直上，忽兮改容，須臾之間，變化無窮。……昔者先王嘗遊高唐，怠而晝寢，夢見一婦人曰：『妾巫山之女也，爲高唐之客，聞君遊高唐，願薦枕席。』王因幸之。去而辭曰：『妾在巫山之陽，高丘之阻。旦爲朝雲，暮爲行雨。朝朝暮暮，陽臺之下。』旦朝視之，如言，故爲立廟，號曰朝雲。」注：「朝雲行雨，神女之美也。」

〔三〕「堂上」句至此，《史記》卷一二六《滑稽列傳》：「淳于髠者，齊之贅婿也。長不滿七尺，滑稽多辯，數使諸侯，未嘗屈辱。……威王八年，楚大發兵加齊，齊王使淳于髠之趙請救兵，齎金百斤，車馬十駟。淳于髠仰天大笑。冠纓索絶。……楚聞之，夜引兵而去。威王大説，置酒後宫，召髠賜之酒，問曰：『先生能飲幾何而醉？』髠對曰：『臣飲一斗亦醉，一石亦醉。』威王曰：『先生飲一斗而醉，惡能飲一石哉？其説可得聞乎？』髠曰：『……若乃州閭之會，男女雜坐，行酒稽留，六博投壺，相引爲曹，握手無罰，目眙不禁，前有墮珥，後有遺簪，髠竊樂此飲，可八斗而醉二參。日暮酒闌，合尊促坐，男女同席，履舃交錯，杯盤狼藉，堂上燭滅，主人留髠而送客，羅襦襟解，微聞薌澤，當此之時，髠心最歡，能飲一石。』」

〔四〕「止乎」二句，《毛詩·周南·關雎序》：「至於王道衰，禮義廢，政教失，國異政，家殊俗，而變風變雅作矣。……故變風發乎情，止乎禮義。發乎情，民之性也。止乎禮義，先王之澤也。……

《周南》、《召南》，正始之道，王化之基，是以《關雎》樂得淑女以配君子，憂在進賢，不淫其色。哀窈窕，思賢才，而無傷善之心焉，是《關雎》之義也。」

〔五〕「但啜」三句，《詩·王風·中谷有蓷》：「中谷有蓷，嘆其濕矣。有女仳離，啜其泣矣。啜其泣矣，何嗟及矣。」

賀新郎

和徐斯遠下第謝諸公載酒相訪韻①〔一〕

逸氣軒眉宇〔二〕。似王良輕車熟路，驊騮欲舞〔三〕。我覺君非池中物，咫尺蛟龍雲雨〔四〕。時與命猶須天付②〔五〕。蘭珮芳菲無人問，歎靈均欲向重華訴〔六〕。空壹鬱③，共誰語〔七〕。兒曹不料揚雄賦。怪當年《甘泉》誤説，青葱玉樹〔八〕。風引船回滄溟闊，目斷三山伊阻〔九〕。但笑指吾廬何許，門外蒼官三百輩④，盡堂堂八尺鬚髯古〔一〇〕。誰載酒，帶湖去？

【校】

①題，廣信書院本「相訪」二字原闕，此據四卷本丁集補。②「付」，廣信書院本原作「賦」，此據四卷本改。③「壹」，《六十名家詞》本作「鬱」，此從廣信書院本。④「三」，四卷本作「千」。

【箋注】

〔一〕題，此謂徐斯遠因落第後，諸友載酒相訪，有回謝之詞，故次其韻。其事在何年，《稼軒詞編年箋注》謂據劉宰文推知在慶元二年。查慶元二年丙辰爲省試之年。劉宰《漫塘集》卷一九《送洪季揚揚祖教授横州序》：「紹熙庚戌，余與嚴陵洪叔誼兄弟同登進士第。慶元乙卯，又與叔誼同校文上饒，事竟，復同塗歸。」其校文上饒在慶元元年。卷六《回艾節幹慶長書》又載：「徐斯遠尚友好學，安貧守道，不愧古人。頃歲校文上饒，惟以親得此人爲喜，所惠詩文三册。」則徐斯遠領鄉薦必在慶元元年秋，翌年赴行在省試不利，遂歸上饒，其或在慶元二年春。右詞即徐斯遠落第後所作。徐斯遠名文卿，玉山人。《直齋書録解題》卷一五：「《蕭秋詩集》一卷，玉山徐文卿斯遠作。《蕭秋詩》四言九章，章四句，趙蕃昌甫而下和者十三人，紹熙辛亥也。趙汝談履常亦與焉。後三十三年，嘉定癸未，乃序而刻之。文卿晚第進士，未授官而死，有詩見《江湖集》。」方回《瀛奎律髓》卷二三《雨後到南山村家》詩後跋：「樟丘徐文卿字斯遠，信州玉山人，嘉定四年進士。與趙昌父、韓仲止聲名伯仲。前詩中四句俱雅淡，後詩五六工。」徐斯遠與趙蕃、韓淲並稱，語見《朱子語類》卷一四〇《論文》下：「或問趙昌父、徐斯遠、韓仲止，曰：『昌父較懇惻。』又問三兄詩文，曰：『斯遠詩文雖小，畢竟清。』（文蔚）」又見劉宰《回艾節幹慶長書》，謂三人爲「信上三君子」。《水心集》卷一二《徐斯遠文集序》：「斯遠盡平生，文纔二十餘首，首輒精善，疑其親自料揀，應留者止此爾。……斯遠有物外不移之好，負山林沉痼之疾，而師友問學，小心抑畏，異方名聞之士，未嘗不遐歎長想，千里而同席也。……斯遠與趙昌父、韓仲止扶植遺緒，固窮一節，難合而易忤，視榮利如土梗，以文達志，爲後生法。凡此皆强於善者之所宜知也。」

〔二〕「逸氣」句，《魏書》卷七二《路思令傳》：「思略弟思令，字季儁。……時天下多事，思令乃上疏曰：『……竊以比年以來，將帥多是寵貴子孫，軍幢統領亦皆故義託附、貴戚子弟，未經戎役。至於銜杯躍馬，志逸氣浮，軒眉攘腕，便以攻戰自許。及臨大敵，怖懼交懷，雄圖鋭氣，一朝頓盡。』」

〔三〕「似王」二句，王良輕車熟路，《淮南子・覽冥訓》：「昔者王良、造父之御也，上車攝轡，馬爲整齊而斂諧，投足調均，勞逸若一，心怡氣和，體便輕畢。安勞樂進，馳鶩若滅。左右若鞭，周旋若環，世皆以爲巧，然未見其貴者也。」注：「王良，晉大夫御無恤子良也。所謂御良也。一名孫無政，爲趙簡子御。」韓愈《昌黎集》卷二一《送石洪處士赴河陽參謀序》：「先生居嵩、邙、瀍、穀之間，冬一裘，夏一葛，朝夕飯一盂，蔬一盤。……與之語道理，辨古今事當否，論人高下，事後當成敗，若河決下流而東注，若駟馬駕輕車就熟路，而王良、造父爲之先後也。」驊騮，《荀子・性惡》：「驊騮、騹驥、纖離、緑耳，此皆古之良馬也。然而前必有銜轡之制，後有鞭策之威，加之以造父之馭，然後一日而致千里也。」驊騮，爲周穆王八駿之一。

〔四〕「我覺」二句，《三國志・吴書》卷九《周瑜傳》：「劉備以梟雄之姿，而有關羽、張飛熊虎之將，必非久屈爲人用者。愚謂大計宜徙備置吴，盛爲築宫室，多其美女玩好，以娱其耳目，分此二人，各置一方，使如瑜者得挾與攻戰，大事可定也。今猥割土地以資業之，聚此三人俱在疆場，恐蛟龍得雲雨，終非池中物也。」

〔五〕「時與」句，韓愈《駑驥》詩：「駑駘謂騏驥，餓死余爾羞。有能必見用，有德必見收。孰云時與命，通塞皆自由。」曹松《言懷》詩：「此道須天付，三光幸不私。」蘇軾《與毛令方尉游西菩寺二首》詩：「人生此樂須天付，莫遣兒郎取次知。」

〔六〕「蘭珮」二句，《楚辭·離騷》：「名余曰正則兮，字余曰靈均。……扈江離與辟芷兮，紉秋蘭以爲佩。……佩繽紛其繁飾兮，芳菲菲其彌章。……濟沅湘以南征兮，就重華以陳詞。」

〔七〕「空壹」二句，壹鬱，同抑鬱。《文選》卷六〇賈誼《弔屈原賦》：「已矣，國其莫吾知兮，子獨壹鬱其誰語？」共誰語，韓愈《送文暢師北遊》詩：「詭製怛巾襪，幽窮共誰語。」曾鞏《送歐陽員外歸覲滁州舍人》詩：「深秋影雖清，孤懷共誰語。辱子問吾廬，煇如就賓廡。」

〔八〕「兒曹」三句，兒曹，謂左思輩。不料，有不知不明之義。左思於《三都賦序》中妄評揚雄諸賦，猶如考官不知徐斯遠程文之妙，故藉左思事以貶之。則不料，乃謂其不能明了其賦也。青葱玉樹，揚雄《甘泉賦》語。《揚子雲集》卷五《甘泉賦》：「翠玉樹之青葱兮，璧馬犀之瞵瑞。」《文選》卷四左思《三都賦序》：「然相如賦《上林》而引盧橘夏熟，揚雄賦《甘泉》而陳玉樹青葱，班固賦《西都》而歎以出比目，張衡賦《西京》而述以遊海若，假稱珍怪，以爲潤色。若斯之類，匪啻於茲。考之果木，則生非其壤，校之神物，則出非其所。於辭則易爲藻飾，於義則虛而無徵。」王灼《碧雞漫志》：「按《國史纂異》：『雲陽縣多漢離宫，故地有樹似槐而葉細，土人謂之玉樹。』揚雄《甘泉賦》『玉樹青葱』，左思以爲『假稱珍怪』者，實非也，似之而已。予謂雲陽既有玉樹，即《甘泉賦》中未必假稱。」

〔九〕「風引」二句，《史記》卷二七《封禪書》：「自威、宣、燕昭，使人入海求蓬萊、方丈、瀛州，此三神山者，其傳在渤海中，去人不遠，患且至，則船風引而去。蓋嘗有至者，諸仙人及不死之藥皆在焉。其物禽獸盡白，而黄金銀爲宫闕，未至，望之如雲，及到，三神山反居水下，臨之，風輒引去，終莫能至云。」

〔一〇〕「門外」二句，蒼官，樊宗師《絳守居園池記》：「東鶩窮角池研雲曰柏，有柏蒼官，青士擁列，與槐朋友。」王安石《紅梨》詩：「歲晚蒼官纔自保，日高青女尚横陳。」蒼官謂松柏。蘇軾《同王勝之遊蔣山》詩：「夾路蒼髯古，迎人翠麓偏。」《三月二十日開園三首》詩：「鬱鬱蒼髯真道友，絲絲紅萼是鄉人。」小注：「蒼髯松也，紅萼海棠。」

【附録】

黄機幾叔和詞

乳燕飛　次徐斯遠韻寄稼軒

興潑元同宇。唤君來浮君大白，爲君起舞。滿袖斑斑功名淚，百歲風吹急雨。愁與恨憑誰分付？醉裏狂歌空漫觸，且休歌只倩琵琶訴。人不語，絃自語。　詩成更將君自賦。渺樓頭煙迷碧草，雲連芳樹。草樹那能知人意？悵望關河夢阻。有心事箋天天許。繡帽輕裘真男子，政何須紙上分今古。未

辦得，賦歸去。（《竹齋詩餘》）

按：黄機生平無考。僅岳珂《桯史》卷二《劉改之詩詞》條載：「廬陵劉改之過，以詩鳴江西，厄於韋布，放浪荆楚，客食諸侯間。開禧乙丑，過京口，余爲鑣幕庾吏，因識焉。廣漢章以初升之、東陽黄幾叔機、敷原王安世遇、英伯邁，皆寓是邦，暇日，相與蹠奇弔古，多見於詩。」

西江月〔一〕

粉面都成醉夢，霜髯能幾春秋〔二〕。來時誦我《伴牢愁》，一見尊前似舊〔三〕。　詩在陰何側畔，字居羅趙前頭〔四〕。錦囊來往幾時休，已遣蛾眉等候〔五〕。

【箋注】

〔一〕題，右詞無題，疑爲稼軒妻范氏病殁所作。稼軒續娶范氏，事在乾道九年或淳熙元年。蓋乾道八年稼軒守滁州，始與范如山交往，而其女弟遂歸稼軒。范氏卒於慶元二年移居鉛山之前，右詞當爲追憶之作。《稼軒詞編年箋注》以爲遣去歌者，然其下片既謂之能詩善書，恐非侍女歌伎身份，又謂已遣蛾眉等候，則其身份自明，絶非侍女，屬悼亡之作無疑矣。

〔二〕「粉面」二句，都成醉夢，錢起《哭辛霽》詩：「音徽寂寂空成夢，容範朝朝無見時。」《鑑誡録》卷五《徐后事》條引蜀僧遠公《傷廢國》詩：「兩朝帝業都成夢，陵樹蒼蒼噪暮鴉。」能幾春秋，吴芾《同日和黄繁昌韻》詩：「君若更辭花下醉，問君能有幾春秋。」

〔三〕「來時」二句，疑爲憶范氏來歸時情景，言其相見之初，即誦我《伴牢愁》之作，知其能與自己同甘共苦者。蓋以之爲知音也。《漢書》卷八七上《揚雄傳》：「又怪屈原文過相如，至不容，作《離騷》自投江而死，悲其文，讀之未嘗不流涕也。以爲君子得時則大行，不得時則龍蛇，遇不遇命也，何必湛身哉？乃作書，往往摭《離騷》文而反之，自岷山投諸江流，以弔屈原，名曰《反離騷》。又旁《離騷》作重一篇名曰《廣騷》，又旁《惜誦》以下至《懷沙》一卷，名曰《畔牢愁》。」注：「畔，離也，牢，聊也，與君相離，愁而無聊也。」《稼軒詞編年箋注》引此傳後加按云：「稼軒此句當即用揚雄事，誤『畔』爲『伴』，蓋傳鈔傳刻致然。」查晁補之《雞肋集》卷三六《離騷序・變離騷序》上：「雄又旁《離騷》作《廣騷》，旁《惜誦》而下作《畔牢愁》，雄誠與原異，既反之，何爲復旁之？」因知後人蓋以《畔牢愁》爲旁《九章》之作，乃推廣相和《九章》之義，非反之也。則《漢書》注畔爲離之非是。故唐宋人《畔牢愁》多有作《伴牢愁》者。杜牧《寄浙東韓八評事》詩：「夢寐幾回迷蛺蝶，文章應解《伴牢愁》。」宋人如林逋、劉攽、秦觀、趙鼎、李洪諸人詩亦皆作《伴牢愁》，可知非稼軒之誤，亦非傳鈔傳刻人之誤也。

〔四〕「詩在」二句，陰何側畔，杜甫《解悶》詩十二首：「陶冶性靈存底物，新詩改罷自長吟。孰知二謝將能事，頗學陰何苦用心。」陰即陰鏗，何謂何遜，南朝詩人。羅趙前頭，《晉書》卷三六《衛恒傳》：「恒字巨山，少辟司空齊王府，轉太子舍人、尚書郎、秘書丞、太子庶子、黃門郎。恒善草隸書，爲《四體書勢》曰：『……羅叔景、趙元嗣者，與伯英並，時見稱於西州，而矜巧自與，衆頗惑之。故英自稱，上比崔杜不足，下方羅趙有餘。』」蘇軾《次韻孫莘老見贈時莘老移廬州因以別之》詩：「龔黄側畔難言政，羅趙前頭且眩書。」按：據本書卷四《定風波・大醉自諸葛溪亭》詞（昨夜山公倒載歸闋）中「起向緑窗高處看，題徧，劉伶元自有賢妻」語，知范氏善書，而能詩則未見。

〔五〕「錦囊」二句，此憶帶湖閑居期間稼軒遊歷上饒附近山水，凡所賦詠，得范氏助力頗多之情景。蓋稼軒寓居帶湖七八年間，長年累月遊山玩水，賦詩作歌，每次歸來，范氏皆如李賀之母，早遣蛾眉相迎候，爲之董理詩囊。《新唐書》卷二〇三《文藝》下《李賀傳》：「爲人纖瘦，通眉，長指爪，能疾書。每旦日出，騎弱馬，從小奚奴，背古錦囊。遇所得，書投囊中。未始先立題，然後爲詩。如他人牽合程課者，及暮歸，足成之，非大醉弔喪，日率如此，過亦不甚省。母使婢探囊中，見所書多，即怒曰：『是兒要嘔出心乃已耳？』」稼軒用李賀事，知詞中「已遣蛾眉等候」者，必其夫人范氏無疑也。餘可參本書卷三《江神子・和人韻》詞（梨花着雨晚來晴闋）箋注。

添字浣溪沙　簡傅巖叟①〔一〕

總把平生入醉鄉，大都三萬六千場〔二〕。今古悠悠多少事，莫思量。　微有寒些春雨好②〔三〕，更無尋處野花香。年去年來還又笑，燕飛忙。

【校】

①題，四卷本丙集無題，此從廣信書院本。②「寒些」，王詔校刊本、《六十名家詞》本、四印齋本俱作「些寒」。

【箋注】

〔一〕題，據次闋小注，知右詞蓋慶元二年止酒之初所作。其具體時間則應在此年春二三月間。

〔二〕「大都」句，王楙《野客叢書》卷一七《周孔醒醉》條：「僕嘗效程子山作酒榜，其間一聯云：『一月二十有九日，笑人世之太狂；百年三萬六千場，容我生之長醉。』」餘參本書卷五《鵲橋仙·壽余伯熙察院》詞（豸冠風采闋）箋注。大都，不過。

〔三〕寒些，《楚辭·招魂》：「冬有穾夏，夏室寒些。」

又

用前韻謝傅巖叟饋名花鮮蕈〔一〕

楊柳温柔是故鄉，紛紛蜂蝶去年場〔二〕。大率一春風雨事〔三〕，最難量。　滿把攜來紅粉面，堆盤更覺紫芝香〔四〕。幸自麯生閒去了〔五〕，又教忙。纔止酒。

【箋注】

〔一〕題，此謝傅巖叟相送名花鮮蕈，必止酒之初，且遣去歌者時所作也。

〔二〕「楊柳」二句，楊柳温柔，韓愈《鎮州初歸》詩：「別來楊柳街頭樹，擺撼春風祇欲飛。還有小園桃李在，留花不發待郎歸。」《唐語林》卷六：「韓退之有二妾，一曰絳桃，一曰柳枝，皆能歌舞。……柳枝後踰垣遁去，家人追獲。及《鎮州初歸》詩曰：『别來楊柳街頭樹，擺弄春風只欲飛。……』自是專寵絳桃矣。」按：右詞以楊柳爲温柔鄉，疑即用韓詩意。紛紛蜂蝶，朱淑真《鷓鴣天》詞：「獨倚闌干晝日長，紛紛蜂蝶鬥輕狂。」

〔三〕「大率」句，郭祥正《雨中喜君儀要温老希聖同見過二首》詩：「萬里鄉園别，一春風雨多。」大率，大概。

〔四〕紫芝香，沈佺期《送韋商州弼》詩：「故交從此去，遥憶紫芝香。」紫芝，靈芝也。

〔五〕麯生，見本書卷四《菩薩蠻·送曹君之莊所》詞（人間歲月堂堂去闋）箋注。

歸朝歡

靈山齊庵菖蒲港，皆長松茂林，獨野櫻花一株，山上盛開，照映可愛。不數日，風雨催敗殆盡。意有感，因效介庵體爲賦，且以《菖蒲緑》名之。丙辰歲三月三日也①〔一〕

山下千林花太俗，山上一枝看不足。春風正在此花邊，菖蒲自蘸清溪緑〔二〕。與花同草木，問誰風雨飄零速？莫悲歌②，夜深巖下，驚動白雲宿〔三〕。　病怯殘年頻自卜，老愛遺篇難細讀③〔四〕。苦無妙手畫於菟，人間雕刻真成鵠〔五〕。夢中人似玉，覺來更憶腰如束〔六〕。許多愁，問君有酒，何不日絲竹〔七〕？

【校】

①題，四卷本丙集「靈山」二字闕，「櫻」作「梅」，此從廣信書院本。②「悲」，四卷本作「怨」。③「篇」，四卷本作「編」。

【箋注】

〔一〕題，靈山，〔乾隆〕《上饒縣志》卷二：「靈山在城西北七十里，道書列爲第三十三福地，邑之鎮山也。山有七十二峰，高數百丈，綿亘數百里。上有龍池，東北峰挺立，宛如人形，下有石井石室。西峰絶頂有葛仙壇遺址，溪五派，西流入上饒江。」齊庵，上饒地方志無載。據《上饒志》所載，靈山七十二峰名俱在，與齊庵名接近者，最西爲齊眉峰，應即稼軒右題之齊庵所在。《縣志》謂齊眉峰「兩峰並峙，如列眉」。按：靈山諸庵院，皆以峰名命名。如《縣志》卷首《縣治圖》及卷二之七十二峰所載，即有翠峰庵、雲仙庵、仙臺庵、員山庵、中臺庵、東臺庵、西臺庵等，皆以峰名庵。齊眉峰下亦應有齊眉庵，稼軒所謂齊庵必指此而言。其位置應在今上饒縣茗洋關水庫附近。因其地爲横峰縣芩港水之上游，故右詞有「菖蒲港長松茂林」及野櫻花之描述。野櫻花，徐光啓《農政全書》卷五八：「野櫻桃，生鈞州山谷中，樹高五六尺，葉似李，葉更尖，開白花，似李子花，結實比櫻桃又小，熟則色鮮紅，味甘微酸。」介庵體，謂稼軒好友趙彦端之詞體。趙彦端以介庵爲號，本書卷一《水調歌頭·壽趙漕介庵》詞（千里渥洼種闋）箋注可參。右詞自注丙辰歲三月三日，慶元二年也。

〔二〕「菖蒲」句,《救荒本草》卷三《菖蒲》條:「菖蒲一名堯韭,一名昌陽。……今池澤處處有之,葉似蒲而匾有脊,一如劍刃。其根盤屈有節,狀如馬鞭。榦大根傍引三四小根,一寸九節者良,節尤密者佳。……又一種名蘭蓀,又謂溪蓀,根形氣色,極似石上菖蒲,葉正如蒲,無脊,俗謂之菖蒲,生於水次,失水則枯。」趙彦端《看花回》詞:「最好是風梳雨沐,看波面垂楊蘸緑。」

〔三〕「夜深」二句,陶潛《擬古九首》詩:「青松夾路生,白雲宿簷端。」

〔四〕「老愛」句,遺篇,《南澗甲乙稿》卷二一《直寶文閣趙公墓志銘》謂趙彦端有遺集十卷,自號《介庵居士集》。《直齋書録解題》卷一八:「《介庵集》十卷,左司郎官趙彦端德莊撰,乾、淳間名士也。嘗宰餘干,趙忠定其邑人,初冠多士,德莊在朝,往謁謝。德莊語之曰:『謹勿以一魁先置胸中。』可謂名言。」趙彦端卒於淳熙二年,至慶元二年,已二十一年矣。

〔五〕「苦無」二句,《後漢書》卷五四《馬援傳》:「初,兄子嚴、敦,並喜譏議,而通輕俠客。援前在交阯還,書誡之曰:『……龍伯高敦厚周慎,口無擇言。謙約節儉,廉公有威,吾愛之重之,願汝曹效之。杜季良豪俠好義,憂人之憂,樂人之樂,清濁無所失,父喪致客,數郡畢至。吾愛之重之,不願汝曹效也。效伯高不得,猶爲謹敕之士,所謂刻鵠不成尚類鶩者也。效季良不得,陷爲天下輕薄子,所謂畫虎不成反類狗者也。』」《左傳·宣公四年》:「楚人謂乳穀,謂虎於菟。」

〔六〕「夢中」二句,人似玉,趙彦端《虞美人·劉帥生日》詞:「酒中倒卧南山緑,起舞人如玉。」腰如束,《文選》卷一九宋玉《登徒子好色賦》:「眉如翠羽,肌如白雪。腰如束素,齒如含貝。」秦觀

《贈女冠暢師》詩：「瞳人剪水腰如束，一幅烏紗裹寒玉。」

〔七〕「許多」三句，中年傷於哀樂，正賴絲竹陶寫，見《世説新語·言語》。可參本書卷二《水調歌頭·淳熙己亥自湖北漕移湖南周總領王漕趙守置酒南樓席上留别》詞（折盡武昌柳闋）箋注。

沁園春

靈山齊庵賦。時築偃湖未成〔一〕

疊嶂西馳，萬馬回旋，衆山欲東〔二〕。正驚湍直下，跳珠倒濺；小橋横截，闕月初弓。老合投閑〔三〕，天教多事，檢校長身十萬松〔四〕。吾廬小，在龍蛇影外，風雨聲中〔五〕。争先見面重重。看爽氣朝來三數峰①〔六〕。似謝家子弟，衣冠磊落〔七〕；相如庭户，車騎雍容〔八〕。我覺其間，雄深雅健，如對文章太史公〔九〕。新堤路，問偃湖何日，煙水濛濛。

【校】

①「數」，《六十名家詞》本作「四」，此從廣信書院本。

【箋注】

〔一〕題，靈山齊眉兩峰之間有溪流，即涔港溪之上流。稼軒於慶元二年春欲在此攔河築堤形成偃塞湖。此役築而未成，抑欲築不成，皆不可考。然右詞歇拍既有「新堤路」三字，則是已動工築堤，奈工程浩大，人力財力不足，遂不得不放棄也。今茗洋關水庫即在其地修建，湖面浩淼，遠非當年稼軒設計之規模。

〔二〕「疊嶂」三句，蘇軾《遊徑山》詩：「衆峰來自天目山，勢若駿馬奔平川。中塗勒破千里足，金鞭玉鐙相回旋。」

〔三〕「老合」句，白居易《履道西門二首》詩：「亦知軒冕榮堪戀，其奈田園老合歸。」韓愈《昌黎文集》卷一二《進學解》：「動而得謗，名亦隨之。投閑置散，乃分之宜。」

〔四〕「檢校」句，《昌黎文集》卷三三《唐故正議大夫尚書左丞孔公墓志銘》：「孔世三十八，吾見其孫，白而長身。寡笑與言，其尚類也，莫與之倫。」杜牧《樊川集》卷一《晚晴賦》：「行者如迎，偃者如醉。高者如達，低者如跂。松數十株，切切交風。如冠劍大臣，國有急難，庭立而議。竹林外裹兮，十萬丈夫，甲刃摐摐。」檢校，檢閱也。葉嘉瑩教授論及右詞此句，認爲以長身加於十萬松之上，是直欲將十萬松視爲十萬長身勇武之壯士，乃稼軒自憾不能指揮十萬大軍去恢復中原之悲慨。可參其《論辛棄疾詞》，見其與繆鉞先生合著之《靈谿詞説》。

〔五〕龍蛇影外，風雨聲中，《詩話總龜》後集卷二八引《王直方詩話》：「或有稱《詠松》句，云『影摇千尺龍蛇動，聲撼半天風雨寒』者，一僧在坐，曰：『未若雲影亂鋪地，濤聲寒在空。』或以語聖俞，聖俞曰：『言簡而意不遺，當以僧語爲優。』」按：龍蛇影，風雨聲，均狀雨中松影松聲也。白居易《長慶集》卷四三《草堂記》：「夾澗有古松老杉，大僅十人圍，高不知幾百尺，修柯戛雲，低枝拂潭，如幢竪，如蓋張，如龍蛇走。」前《歸朝歡》詞題謂：「靈山齊庵菖蒲港，皆長松茂林。」

〔六〕「争先」二句，争先見面，陳師道《寄鄧州杜侍郎紘》詩：「南陽老幼如雲屯，連日城東候使君。後者排前旁捷出，争先見面作慇懃。」爽氣朝來，《世説新語·簡傲》：「王子猷作桓車騎參軍，桓謂王曰：『卿在府久，比當相料理。』初不答，直高視，以手版拄頰云：『西山朝來，致有爽氣。』」

〔七〕「似謝」二句，《晉書》卷七九《謝玄傳》：「安嘗戒約子侄，因曰：『子弟亦何豫人事，而正欲使其佳？』諸人莫有言者，玄答曰：『譬如芝蘭玉樹，欲使其生於庭階耳。』」磊落，謂衣冠錯落也。

〔八〕「相如」二句，《史記》卷一一七《司馬相如列傳》：「相如之臨邛，從車騎，雍容閑雅甚都。」

〔九〕「雄深」二句，《新唐書》卷一六八《柳宗元傳》：「宗元少時嗜進，謂功業可就。既坐廢，遂不振。然其才實高，名蓋一時。韓愈評其文曰：『雄深雅健，似司馬子長，崔、蔡不足多也。』」子長，漢太史公司馬遷字，故稼軒謂「如對文章太史公」。楊萬里《誠齋集》卷八〇《江西宗派詩序》：「東坡云：『江瑶柱似荔子。』又云：『杜詩似太史公書。』不惟當時聞者嘸然，陽應曰諾而已。」陳模《懷古録》卷中《論稼軒詞》有云：「『賦築偃湖云：『疊嶂西馳，……』且説松而及謝家子弟、相如車騎、太史公文章，自非脱落故常者，未及闖其堂奥。」

又

弄溪賦〔一〕

有酒忘杯，有筆忘詩〔二〕，弄溪奈何？看縱横斗轉，龍蛇起陸〔三〕；崩騰决去，雪練傾河。

嫋嫋東風，悠悠倒影①，摇動雲山水又波。還知否，欠菖蒲攢港，緑竹緣坡〔四〕。長松誰剪嵯峨，笑野老來耘山上禾。算只因魚鳥，天然自樂；非關風月，閑處偏多。芳草春深，佳人日暮，濯髮滄浪獨浩歌〔五〕。徘徊久，問人間誰似②，老子婆娑〔六〕？

【校】

①「影」，四卷本乙集作「景」，此從廣信書院本。　②「問人間誰似」，《六十名家詞》本作「人間有誰似」。

【箋注】

〔一〕題，廣信書院本右詞緊次於前《靈山齊庵賦》，知爲同時所作。弄溪，未詳，疑亦在靈山，或即洘港溪也。

〔二〕「有酒」二句，《莊子·外物》：「筌者所以在魚，得魚而忘筌。蹄者所以在兔，得兔而忘蹄。言者所以在意，得意而忘言。吾安得夫忘言之人，而與之言哉？」

〔三〕「龍蛇」句，《陰符經解》：「天發殺機，龍蛇起陸。人發殺機，天地反覆。」《舊五代史》卷一三《朱暄等傳贊》：「夫雲雷構屯，龍蛇起陸。勢均者交鬥，力敗者先亡。」按：龍蛇起陸，喻豪傑乘時而起也。

〔四〕「欠菖」二句，菖蒲攢港，前《歸朝歡》詞即詠靈山齊庵菖蒲港，右詞詠弄溪，弄溪必在菖蒲港。緑竹緣坡，《古文苑》卷一七黄香《責髯奴詞》：「我觀人鬚，長而復黑，冉弱而調，離離若緣坡之竹，鬱鬱若春田之苗。」

〔五〕「芳草」三句，芳草春深，錢起《仲春宴王補闕城東小池》詩：「王孫興至幽尋好，芳草春深景氣和。」李羣玉《湘陰江亭却寄友人》詩：「幽花夜落騷人浦，芳草春深帝子祠。」佳人日暮，見本卷《蘭陵王·賦一丘一壑》詞（一丘壑闋）箋注。濯髮滄浪，見本書卷三《六幺令·再用前韻》詞（倒冠一笑闋）箋注。

〔六〕「問人」二句，《文選》卷一九宋玉《神女賦》：「既姽嫿於幽靜兮，又婆娑乎人間。」《晉書》卷六六《陶侃傳》：「未亡一年，欲遜位歸國，佐吏等苦留之。及疾篤，將歸長沙，軍資器仗、牛馬舟船，皆有定簿。封印倉庫，自加管鑰，以付王愆期，然後登舟，朝野以爲美談。將出府門，顧謂愆期曰：『老子婆娑，正坐諸君輩。』」

又

將止酒，戒酒杯使勿近①〔一〕

杯汝來前②，老子今朝，點檢形骸〔二〕。甚長年抱渴③，咽如焦釜；於今喜睡④，氣似奔雷〔三〕？汝説劉伶⑤，古今達者，醉後何妨死便埋〔四〕。渾如許⑥，歎汝於知己，真少恩哉〔五〕！更憑歌舞爲媒。算合作人間鴆毒猜⑦〔六〕。況怨無小大⑧，生於所愛；物無美惡，過則爲災〔七〕。與汝成言，勿留亟退，吾力猶能肆汝杯〔八〕。杯再拜，道麾之即去，召亦須來⑨〔九〕。

【校】

①題，《中興絶妙詞選》卷三「使勿近」三字闕，此從廣信書院本。　②「來前」，王詔校刊本、《六十名家詞》本、四印

齋本作「前來」。　③「渴」，《中興絶妙詞選》作「病」。　④「睡」，廣信書院本原作「眩」，此從四卷本丙集改。《六十名家詞》本作「溢」。　⑤「汝」，《六十名家詞》本作「漫」。　⑥「許」，四卷本、《中興絶妙詞選》作「此」。　⑦「人間」，四卷本、《中興絶妙詞選》作「平居」。　⑧「況怨」句，「怨」，《中興絶妙詞選》作「愁」，《六十名家詞》本作「疾」。「小大」，四卷本作「大小」。　⑨「召亦」，四卷本作「召則」，《中興絶妙詞選》作「召即」，《六十名家詞》本作「有召」。

【箋注】

〔一〕題，右詞皆告酒杯語，令其勿近前，作於止酒初始。稼軒之止酒，尚在上饒帶湖，起於慶元二年春間。《添字浣溪沙·用前韻謝傅巖叟饋名花鮮蕈》詞上半闋有云：「楊柳温柔是故鄉，紛紛蜂蝶去年場。大率一春風雨事，最難量。」詞之歇拍有小注云：「纔止酒。」可以爲證。則右詞自當作於本年三月間。

〔二〕「杯汝」三句，杯汝來前，此效韓愈《昌黎文集》卷一二《進學解》語意。《進學解》云：「國子先生晨入太學，招諸生立館下，誨之曰：……言未既，有笑於列者，曰：『先生欺余哉！……暫爲御史，遂竄南夷；三年博士，冗不見治。命與仇謀，取敗幾時？冬暖而兒號寒，年登而妻啼飢。頭童齒豁，竟死何裨？不知慮此，而反以教人爲？』先生曰：『吁，子來前！夫大木爲宗，細木爲桷。……』」點檢形骸，《莊子·德充符》：「今子與我遊於形骸之内，而子索我於形骸之外，不亦過乎？」韓愈《贈劉師服》詩：「丈夫命存百無害，誰能點檢形骸外。」

〔三〕「甚長」四句，抱渴，《歷代名臣奏議》卷四二孔文仲《對策》：「其尊之也，若抱渴而需飲；其賤之也，若辭闇而即明。」焦釜，《戰國策·齊策》：「且夫救趙之務，宜若奉漏甕沃焦釜。」李流謙

《偶成》詩：「小溪淺涸如焦釜，一雨朝來萬馬犇。」按：流謙與稼軒同時，未知右詩與稼軒詞孰爲先後。犇雷，陳與義《後三日再賦》詩：「不奈長安小車過，睡鄉深處作奔雷。」劉伶《酒德頌》：「兀然而醉，慌爾而醒。静聽不聞雷霆之聲，熟視不見泰山之形。」見《世説新語・文學》注所引。

〔四〕「汝説」三句，《世説新語・文學》：「劉伶著《酒德頌》，意氣所寄。」注引《名士傳》：「伶字伯倫，沛鄴人。肆意放蕩，以宇宙爲狹。常乘鹿車，攜一壺酒，使人荷鍤隨之，云：『死便掘地以埋。』土木形骸，遨遊一世。」

〔五〕「渾如」三句，《昌黎文集》卷三六《毛穎傳》：「太史公曰：……穎始以俘見，卒見任使。秦之滅諸侯，穎與有功，賞不酬勞，以老見疏，秦真少恩哉！」渾如許，果然如此。

〔六〕「更憑」二句，《楚辭・離騷》：「吾令鴆爲媒兮，鴆告余以不好。」《後漢書》卷七八《霍諝傳》：「霍諝字叔智，魏郡鄴人也。少爲諸生，明經，有人誣諝舅宋光於大將軍梁商者，以爲妄刊章文，坐繫洛陽詔獄。掠考困極，諝時年十五，奏記於商曰：『……豈有觸冒死禍，以解細微，譬猶療饑於附子，止渴於酖毒，未入腸胃，已絶咽喉，豈可爲哉？』」算，總括詞，略同蓋、當。

〔七〕過則爲災，《左傳・昭公元年》：「六氣曰陰陽風雨晦明也，分爲四時，序爲五節，過則爲菑。」

〔八〕「與汝」三句，成言，《左傳・襄公二十七年》：「壬戌，楚公子黑肱先至，成言於晉。丁卯，宋向戌如陳，從子木成言於楚。」注：「時令尹子木止陳，遣黑肱就晉大夫成盟，載之言，兩相然可。」

吾力猶能肆，《論語・憲問》：「公伯寮愬子路於季孫，子服景伯以告，曰：『夫子固有惑志於公伯寮，吾力猶能肆諸市朝。』」

〔九〕麾之即去，召亦須來，《史記》卷一二〇《汲鄭列傳》：「最後病，莊助爲請告，上曰：『汲黯何如人哉？』助曰：『使黯任職居官，無以踰人。然至其輔少主，守城深堅，招之不來，麾之不去，雖自謂賁、育，亦不能奪之矣。』上曰：『然。古有社稷之臣，至如黯，近之矣。』」

水調歌頭

將遷居不成，有感，戲作。時以病止酒，且遣去歌者，末章及之①〔一〕

我亦卜居者，歲晚望三間〔二〕。昂昂千里，泛泛不作水中鳧〔三〕。好在書攜一束，莫問家徒四壁，往日置錐無〔四〕？借車載家具，家具少於車〔五〕。　舞烏有，歌亡是，飲子虛〔六〕。二三子者愛我，此外故人疏〔七〕。幽事欲論誰共？白鶴飛來似可，忽去復何如〔八〕。衆鳥欣有託，吾亦愛吾廬〔九〕。

【校】

①題，廣信書院本「有感」二字原闕，此據四卷本丙集補。

【箋注】

〔一〕題，遷居，稼軒於慶元二年秋冬之際遷居鉛山，右詞有「遷居不成」之語，當在慶元二年春季。

且云「以病止酒」，又云「遣去歌者」，亦是年春夏間事。

〔二〕「我亦」二句，王逸《楚辭章句》卷六：「《卜居》者，屈原之所作也。屈原履忠貞之性而見嫉妬，念讒佞之臣承君順非而蒙富貴，己執忠直而身放棄，心迷意惑，不知所爲，乃往至太卜之家，稽問神明，決之蓍龜，卜己居世，何所宜行，冀聞異筴以定嫌疑，故曰卜居也。」《史記》卷八四《屈原賈生列傳》：「屈原至於江濱，被髪行吟澤畔，顔色憔悴，形容枯槁。漁父見而問之曰：『子非三閭大夫歟，何故而至此？』」《集解》：「《離騷序》曰：『三閭之職，掌王族三姓曰昭、屈、景。』」

〔三〕「昂昂」二句，《楚辭·卜居》：「寧昂昂若千里之駒乎？將氾氾若水中之鳧乎？與波上下，偷以全吾軀乎？」

〔四〕「好在」三句，書攜一束，韓愈《示兒》詩：「我始來京師，止攜一束書。辛勤三十年，以有此屋廬。」家徒四壁，《史記》卷一一七《司馬相如列傳》：「飲卓氏，弄琴，文君竊從户窺之，心悦而好之，恐不得當也。既罷，相如乃使人重賜文君侍者，通殷勤，文君夜亡奔相如。相如乃與馳歸，家居徒四壁立。」置錐無，《荀子·王霸》：「仲尼無置錐之地。」《景德傳燈録》卷一一《袁州仰山慧寂禪師》：「師問香嚴：『師弟近日見處如何？』嚴曰：『某甲卒，説不得。』乃有偈曰：『去年貧，未是貧。今年貧，始是貧。去年無卓錐之地，今年錐也無。』師曰：『汝只得如來禪，未得祖師禪。』」好在，幸好也。

〔五〕「借車」二句，孟郊《借車》詩：「借車載家具，家具少於車。借者莫彈指，貧窮何足嗟。百年徒役走，萬事盡隨花。」按：本年稼軒帶湖居第雪樓燬於火，故前謂之「家徒四壁」，此謂之「家具少於車」也。

〔六〕「舞烏」三句，《司馬相如列傳》：「相如以子虚，虚言也，爲楚稱。烏有先生者，烏有此事也，爲齊難。無是公者，無是人也，明天子之義，故空藉此三人爲辭，以推天子諸侯之苑囿，其卒章歸之於節儉，因以風諫奏之天子，天子大説。其辭曰：『楚使子虚使於齊，齊王悉發境内之士，備車騎之衆，與使者出田。田罷，子虚過詫烏有先生，而無是公在焉。』」按：稼軒謂當此之際，平日之歌舞痛飲，皆化爲烏有也。

〔七〕「二三」二句，二三子者，《論語・述而》：「子曰：二三子以我爲隱乎？吾無隱乎爾。吾無行，而不與二三子者，是丘也。」故人疏，東方朔《七諫・怨思》：「故人疏而日忘兮，新人近而俞好。」

〔八〕「幽事」三句，欲論誰共，杜甫《秋日夔州詠懷寄鄭監李賓客一百韻》詩：「共誰論昔事，幾處有新阡。」白鶴飛來，稼軒寓居帶湖之初，作《水調歌頭・盟鷗》詞，有「凡我同盟鷗鷺，今日既盟之後，來往莫相猜。白鶴在何處，嘗試與偕來」語，見本書卷八。此因雪樓焚燬，欲遷新居，故又提白鶴，而有相疑之語也。

〔九〕「衆鳥」二句，陶潛《讀山海經》詩：「孟夏草木長，繞屋樹扶疏。衆鳥欣有託，吾亦愛吾廬。」此謂歌者皆有所歸也。

杏花天〔一〕

多病起日長人倦，不待得酒闌歌散。副能得見荼甌面①，却早安排腸斷〔二〕。

牡丹昨夜方開徧，畢竟是今年春晚。荼蘼付與薰風管，燕子忙時鶯嬾。

【校】

①「副」，《六十名家詞》本、四印齋本作「甫」，此從廣信書院本。

【箋注】

〔一〕題，右詞無題。據「多病起」以下各句，知亦止酒期間所作，時在慶元二年晚春，因並嘲牡丹詞附次於此。

〔二〕「副能」二句，副能，又作甫能，《詩詞曲語辭匯釋》解作方纔，《稼軒詞編年箋注》所釋與之相同。據毛滂《最高樓·散後》詞之下片：「分散去輕如雲與夢，剩下了許多風與月，侵枕簟，冷簾櫳。副能小睡還驚覺，略成輕醉早醒鬆。」及秦觀《鷓鴣天》詞下片：「無一語，對芳尊，安排腸斷到黄昏。甫能炙得燈兒了，雨打梨花深閉門。」則此副能當作剛剛解。安排腸斷，疑指設酒也。

又

嘲牡丹

牡丹比得誰顏色，似宮中太真第一〔一〕。漁陽鼙鼓邊風急，人在沉香亭北〔二〕。買栽池館多何益？莫虛把千金拋擲〔三〕。若教解語應傾國①，一箇西施也得〔四〕。

【校】

①「應傾」，四卷本乙集作「傾人」，此從廣信書院本。

【箋注】

〔一〕「似宮」句，太真，唐玄宗貴妃楊氏未進幸前，衣道士服，號太真，既見，動移上意，宮中呼爲娘子，禮數實同皇后。見《舊唐書》卷五一《后妃傳》。李白《宮中行樂詞八首》：「宮中誰第一，飛燕在昭陽。」

〔二〕「漁陽」二句，漁陽鼙鼓，白居易《長恨歌》：「漁陽鼙鼓動地來，驚破霓裳羽衣曲。」沉香亭北，見本書卷四《念奴嬌·賦白牡丹和范廓之韻》詞（對花何似闋）箋注。

〔三〕「買栽」二句，買栽池館，羅鄴《牡丹》詩：「落盡春紅始著花，花時比屋事豪奢。買栽池館恐無地，看到子孫能幾家。」把千金拋擲，《本事詩·情感》：「李相紳鎮淮南，張郎中又新罷江南郡。……張與楊虔州齊名友善，楊妻李氏即鄘相之女，有德無容，楊未嘗意，敬待特甚，張嘗語楊曰：『我少年成美名，不憂仕矣。唯得美室，平生之望斯足。』楊曰：『必求是，但與我同好，必諧君心。』張深信之，既婚，殊不愜心。……張色解，問君室何如，曰：『特甚。』張大笑，遂如初。張既成家，乃詩曰：『牡丹一朵直千金，將謂從來色最深。今日滿闌開似雪，一生辜負看花心。』」

〔四〕「若教」二句，解語傾國，《開元天寶遺事》卷三《解語花》條：「明皇秋八月，太液池有千葉白蓮，數枝盛開，帝與貴戚宴賞焉。左右皆歎羨，久之，帝指貴妃示於左右曰：『爭如我解語花？』」羅鄴《牡丹花》詩：「若教解語應傾國，任是無情亦動人。」一箇西施，《唐摭言》卷一〇《海叙不遇》條：「盧汪門族甲於天下，因官家於荆南之塔橋。舉進士二十餘上，不第，滿朝稱屈。嘗賦一絶，頗爲前輩所推，曰：『惆悵興亡繫綺羅，世人猶自選青娥。越王解破夫差國，一箇西施已太多。』」以上之解，皆能也。解語，猶言能言能語。一箇西施也得，也得一個西施。

謁金門〔一〕

歸去未？風雨送春行李。一枕離愁頭徹尾〔二〕，如何消遣是？ 遥想歸舟天際〔三〕，緑鬢瓏璁慵理。好夢未成鶯唤起，粉香猶有殢〔四〕。

【箋注】

〔一〕題，右詞無題。據詞意，似爲止酒期間别姬之作。以其始於慶元二年春季，因亦次於「遷居不成」詞作之後。

〔二〕頭徹尾，《二程遺書》卷一八：「不誠無物，誠者物之終始，猶俗説徹頭徹尾，不誠更有甚物也？」

〔三〕「遥想」句，謝朓《之宣城出新林浦向板橋》詩：「天際識歸舟，雲中辨江樹。」黄庭堅《和答元明黔南贈别》詩：「歸舟天際常回首，從此頻書慰斷腸。」

〔四〕「粉香」句，猶有殢，謂有所留滯也。張伯端《悟真篇注疏》原序：「如其未明本性，則猶殢於幻形。」

鵲橋仙

贈人〔一〕

風流標格，惺鬆言語，真箇十分奇絶〔二〕。三分蘭菊七分梅①，鬥合就一枝風月〔三〕。笙簧未語，星河易轉，涼夜厭厭留客〔四〕。只愁酒盡各西東，更把酒推辭一霎。

【校】

①「七」，四卷本乙集原作「十」，徑改。右詞各本失收，無從參校。

【箋注】

〔一〕題，右詞題謂「贈人」，據詞中語意，知即止酒之初，遣去歌者之作。以下姑將此類别姬詞彙集於此。

〔二〕「風流」三句，風流標格，蘇軾《荷華媚·荷花》詞：「霞苞霓荷碧，天然地别是風流標格。」惺鬆言語，周邦彦《望江南》詞：「無箇事，因甚斂雙蛾？淺淡梳妝疑見畫，惺鬆言語勝聞歌，何況會婆娑。」惺鬆，清輕也。十分，特別也。

〔三〕「三分」二句，右詞蓋爲遣去之所有歌者置酒之作，故有三分七分云云之語，鬥合，謂拼湊，組合也。

〔四〕厭厭留客，《詩·小雅·湛露》：「厭厭夜飲，不醉無歸。」厭厭，安也。

又

送粉卿行〔一〕

舊時轎兒排了，擔兒裝了，杜宇一聲催起。從今一步一回頭，怎睚得一千餘里〔二〕？　舊時行處，舊時歌處，空有燕泥香墜。莫嫌白髮不思量，也須有思量去裹〔三〕。

【箋注】

〔一〕題，粉卿，應即阿卿，歌者名。本書卷四《滿江紅》詞（莫折荼蘼）題爲「稼軒居士花下與鄭使君惜別，醉賦，侍者飛卿奉命書」，稼軒送鄭如崈赴知衡州任爲淳熙十五年事，至慶元二年已歷九年，知粉卿者，頗爲稼軒所寵愛，而亦在遣中。飛卿亦即阿卿、粉卿。蓋皆暱稱也。

〔二〕睚得，《朱子語類》卷一三六《歷代》：「謝安之與苻堅，如近世陳魯公之於完顔亮，幸而睚得它死耳。」睚，目光有怨恨之意。然《詩詞曲語辭匯釋》謂「睚，猶捱也。今人所云捱時候、捱工夫之捱」。此與《語類》用意合。待考。

〔三〕「也須」句，須，應該。思量去裹，謂思量之去處。《二程遺書》卷二上《元豐己未呂與叔東見二先生語》：「今日卓然不爲此學者，惟范景仁與君實爾。然其所執理，有出於禪學之下者。一日做身主不得，爲人驅過去裏。」《二程外書》卷一二《傳聞雜記》：「温公初起時，欲用伊川。伊川曰：『帶累人去裏。使韓、富在時，吾猶可以成事。』」《道山清話》：「或曰：『他運既當限，只得此來，怎奈何朝廷去裏？』」

西江月　題阿卿影像〔一〕

人道偏宜歌舞，天教只入丹青。喧天畫鼓要他聽，把着花枝不應。　何處嬌魂瘦影，向來軟語柔情。有時醉裏喚卿卿，却被傍人笑問。

【箋注】

〔一〕題，阿卿既爲粉卿、飛卿之同名，故詞中亦稱之爲卿卿。

臨江仙　侍者阿錢將行，賦錢字以贈之〔一〕

一自酒情詩興嬾，舞裙歌扇闌珊〔二〕。好天良夜月團團〔三〕。杜陵真好事，留得一錢看〔四〕。　歲晚人欺程不識，怎教阿堵留連〔五〕？楊花榆莢雪漫天〔六〕。從今花影下，只看緑苔圓〔七〕。

【箋注】

〔一〕題，侍者阿錢，《書史會要》卷六《宋》：「田田、錢錢，辛棄疾二妾也。皆因其姓而名之，皆善筆札，常代棄疾答尺牘。」

〔二〕「一自」二句，酒情詩興嬾，白居易《詠懷》詩：「白髮滿頭歸得也，詩情酒興漸闌珊。」舞裙歌扇，黄庭堅《鷓鴣天・坐中有眉山隱客史應之和前韻即席答之》詞：「身健在，且加餐，舞裙歌板盡情歡。黄花白髮相牽挽，付與傍人冷眼看。」趙彦端《芰荷香・席上用韻送程德遠罷金溪》詞：「樂事從今一夢，縱錦囊空在，金椀誰揮？舞裙歌扇，故應閑瑣幽閨。」

〔三〕「好天」句，柳永《女冠子》詞：「好天良夜，無端惹起千愁萬緒。」《少年遊》詞：「好天良夜，深屏香被，怎忍便相忘。」韓愈《夕次壽陽驛題吴郎中詩後》：「不見園花兼巷柳，馬頭惟有月團團。」

〔四〕「杜陵」二句，杜甫《空囊》詩：「囊空恐羞澀，留得一錢看。」

〔五〕「歲晚」二句，程不識，《史記》卷一〇七《魏其武安侯列傳》：「彊與俱飲，酒酣，武安起爲壽，坐皆避席伏。已，魏其侯爲壽，獨故人避席耳，餘半膝席。灌夫不悦，起行酒，至武安，武安膝席曰：『不能滿觴。』夫怒，因嘻笑曰：『將軍貴人也，屬之。』時武安不肯行酒，次至臨汝侯，臨汝侯方與程不識耳語，又不避席。夫無所發怒，乃駡臨汝侯曰：『生平毁程不識不直一錢，今日長者爲壽，乃效女兒呫囁耳語！』武安謂灌夫曰：『程、李俱東西宫衛尉，今衆辱程將軍，仲孺獨不爲李將軍地乎？』灌夫曰：『今日斬頭陷胸，何知程、李乎？』」按：魏其侯即竇嬰，武安侯爲田蚡，臨汝侯乃灌賢，而程不識，武帝時與李廣俱爲衛尉。廣未央衛尉，不識長樂衛尉。阿堵，《世説新語·規箴》：「王夷甫雅尚玄遠，常嫉其婦貪濁，口未嘗言錢字。婦欲試之，令婢以錢繞牀不得行，夷甫晨起，見錢閡行，呼婢曰：『舉却阿堵物。』」

〔六〕「楊花」句，韓愈《晚春》詩：「楊花榆莢無才思，惟解漫天作雪飛。」文彦博《行及白馬寺奉留守相公手翰且云名園例惜好花以俟同賞因成小詩》：「公書苦惜春光晚，柳絮榆錢撲面飛。」榆莢又稱榆錢。

〔七〕緑苔圓，《初學記》卷二七：「《廣志》曰：『空室無人行，則生苔蘚。或青或紫，一名圓蘚，一名緑錢。』」

又

諸葛元亮席上見和，再用韻①〔一〕

夜雨南堂新瓦響，三更急雨珊珊〔二〕。交情莫作碎沙團②。死生貧富際，試向此中看〔三〕。記取他年《耆舊傳》，與君名字牽連〔四〕。清風一枕晚涼天〔五〕。覺來還自笑，此夢倩誰圓〔六〕？

【校】

①題，四卷本丁集「諸葛」二字闕，此從廣信書院本。　②「碎」，四卷本作「細」。

【箋注】

〔一〕題，諸葛元亮，僅知爲信州弋陽縣人，本書卷四《水龍吟·用瓢泉韻戲陳仁和兼簡諸葛元亮且督和詞》（被公驚倒瓢泉閡）箋注有考證。

〔二〕「夜雨」二句，夜雨南堂新瓦響，蘇軾《南堂五首》詩：「他年雨夜困移牀，坐厭愁聲點客腸。一聽南堂新瓦響，似聞東塢小荷香。」雨珊珊，張耒《春詞二首》詩：「一陣春寒花上起，畫廊連夜雨珊珊。」

〔三〕「交情」三句，交情、碎沙團，蘇軾《二人再和亦再答之》詩：「親友如摶沙，放手還復散。」死生貧富，《史記》卷一二〇《汲鄭列傳》贊：「夫以汲黯之賢，有勢則賓客十倍，無勢則否，况衆人乎？下邽翟公有言，始，翟公爲廷尉，賓客闐門。及廢，門外可設雀羅。翟公復爲廷尉，賓客欲往，翟公乃大署其門曰：『一死一生，乃知交情。一貧一富，乃知交態。一貴一賤，交情乃見。』汲鄭亦云，悲夫！」

〔四〕「記取」二句，《耆舊傳》，《郡齋讀書志》後志卷一：「《襄陽耆舊記》五卷，右晉習鑿齒撰。前載襄漢人物，中載其山川城邑，後載其牧守。《隋·經籍志》曰《耆舊記》，《唐·藝文志》曰《耆舊傳》，觀其書記録叢脞，非傳體也，名當從《經籍志》云。」按：《三國志·蜀書》卷五《諸葛亮傳》注引《襄陽記》，所記皆諸葛亮隱居襄陽城西二十里隆中之事。名字牽連，元亮當爲諸葛氏之字，其名無考。以其字與諸葛亮名同，故謂之名字牽連。

〔五〕「清風」句，李綱《夢室》詩：「清風一枕北窗下，遊徧江南多少山。」韓琦《再題觀魚軒》詩：「重到觀魚面北軒，正當游泳晚凉天。」

〔六〕「此夢」句，吴箕《常談》：「《傳燈録》：『潙山謂仰山云：我適來得一夢，汝試爲我原看。』原，或作圓。《南唐近事》：『馮僎舉進士，時有徐文，幼能圓夢。』山谷詩：『松風佳客共，茶夢小僧圓。』」按：圓夢，謂占卜夢境也。

又

再用圓字韻

窄樣金杯教换了①，房櫳試聽珊珊〔一〕。莫教秋扇雪團團〔二〕。古今悲笑事，長付後人看。　記取桔槔春雨後，短畦菊艾相連〔三〕。拙於人處巧於天。君看流水地，難得正方圓〔四〕。

【校】

①「教换」，《六十名家詞》本、文淵閣《四庫全書》本《稼軒詞》作「休教」，此從廣信書院本。

【箋注】

〔一〕「窄樣」二句，窄樣金杯，謂小酒杯也。吕本中《海陵夜作》詩：「想渠當此夜長時，撫劍雖長酒杯窄。」陸游《過林黄中食柑子有感學宛陵先生體詩》：「故山饒氛霧，可使酒杯窄。」房櫳，《漢書》卷九七下《孝成班倢伃傳》：「廣室陰兮帷幄暗，房櫳虚兮風泠泠。」注：「櫳，疏檻也。」此指窗櫺。二句言止酒之後，小酒杯亦棄置不用，近來只坐窗間静聽雨聲珊珊也。

〔二〕「莫教」句，《十國春秋》卷五〇：「慧妃徐氏，青城人，幼有才色，父國璋納於後主，後主嬖之，拜貴妃，別號花蕊夫人。又升號慧妃，嘗與後主登樓，以龍腦末塗白扇，墜地，爲人所得，蜀人争效其制，名曰雪香扇。」餘參本書卷五《朝中措·九日小集時楊世長將赴南宫》詞(年年團扇怨秋風闋)箋注。

〔三〕「記取」二句，桔槔，佘靖《和邃卿張學士暑夕》詩：「荃葛野裳交羽扇，桔槔鄰圃響蔬畦。」桔槔，水車也。菊艾，指艾葉菊，范成大《范村菊譜》：「艾葉菊，心小葉單，緑葉尖長，似蓬艾。」

〔四〕「拙於」三句，拙於人處巧於天，《能改齋漫録》卷一四《有機事必有機心》條：「《莊子》曰：子貢過漢陰，一丈人方爲圃畦，鑿隧而入井，抱甕而出灌。子貢曰：『有機於此，日浸百畦。』園者笑曰：『夫有機事，必有機心，吾羞不爲。』劉向《説苑》曰：衛有五丈夫，負缶入井灌韭，終日一區。鄧析過，下車教曰爲機事，後輕前重，命曰桔槔。終日灌百區。五丈夫曰：『吾師言，有機智之巧，必有機智之心，我不爲也。』」流水地，《世説新語·文學》：「殷中軍問：『自然無心於禀受，何以善人少，惡人多？』諸人莫有言者。劉尹答曰：『譬如瀉水著地，正自縱横流漫，略無正方圓者。』一時絶歎，以爲名通。」

鷓鴣天〔一〕

一夜清霜變鬢絲，怕愁剛把酒禁持〔二〕。玉人今夜相思不？想見頻將翠枕移。　真箇恨，未多時，也應香雪減些兒〔三〕。菱花照面須頻記，曾道偏宜淺畫眉〔四〕。

【箋注】

〔一〕題，右詞無題，然亦遣送歌者侍者之作，故一併附次於此。

〔二〕「一夜」二句，一夜清霜變鬢絲，謝薖《與江君佐遊五福寺觀竹二首》詩：「一夜清霜羣木落，獨留孤節與君看。」朱熹《送建陽陳丞伯厚還鄉》詩：「括蒼雲壑入秋夢，閩嶺風霜侵鬢絲。」酒禁持，秦觀《阮郎歸》詞：「日長早被酒禁持，那堪更別離。」剛把，纔把。

〔三〕「也應」句，蘇軾《三部樂・情景》詞：「今朝置酒強起，問爲誰減動，一分香雪？」

〔四〕「菱花」二句，菱花，《爾雅翼》卷六：「昔人取菱花六觚之象以爲鏡。」淺畫眉，本書卷二《鷓鴣天》詞（尊俎風流有幾人闋）揭拍二句云：「玉人好把新妝樣，淡畫眉兒淺注唇。」知淡眉爲時世妝也。

玉樓春

客有游山者，忘攜具，而以詞來索酒，用韻爲答。余時以病不往①〔一〕

山行日日妨風雨，風雨晴時君不去。牆頭塵滿短轅車〔二〕，門外人行芳草路。　城南東野應聯句，好記琅玕題字處〔三〕。也應竹裏着行厨，已向甕間防吏部②〔四〕。

【校】

①題，四卷本乙集「余時以病」作「時余有事」，此從廣信書院本。　②「間」，四卷本作「頭」，王詔校刊本、《六十名家詞》本、四印齋本作「邊」。

【箋注】

〔一〕題，此止酒期内事。據詞中「芳草路」句，則猶在慶元二年夏間。

〔二〕「牆頭」句，自言久不出行。《能改齋漫録》卷六《短轅車》條：「《晉書·王導傳》：『蔡謨曰，但見短轅犢車，長柄麈尾。』按《後漢·馬援傳》：『乘下澤車。』注云：『行澤者欲短轂，行山者欲長轂。短轂則利，長轂則安。』短轂者，短轅也，蓋本於《周禮·冬官》車人爲車云。」羅虬《比紅兒》詩：「重門深掩幾枝花，未勝紅兒莫大誇。玉柄不能探物理，可能虚上短轅車。」

〔三〕「城南」二句，城南東野聯句，韓愈、孟郊《城南聯句》見載《昌黎集》卷八。琅玕題字處，韓愈《贈張十八助教》詩：「喜君眸子重清朗，攜手城南歷舊遊。忽見孟生題竹處，相看淚落不能收。」

〔四〕「也應」二句，竹裏行厨，杜甫《嚴公仲夏枉駕草堂兼攜酒饌得寒字》詩：「竹裏行厨洗玉盤，花邊立馬簇金鞍。」甕間防吏部，《世説新語·任誕》：「畢茂世云：『一手持蟹螯，一手持酒杯，拍浮酒池中，便足了一生。』」注引《晉中興書》：「畢卓字茂世，新蔡人。少傲達，爲胡毋輔之所知。太興末，爲吏部郎，嘗飲酒廢職。比舍郎釀酒熟，卓因醉夜至其甕間，取飲之。主者謂是盜，執而縛之。知爲吏部也，釋之，卓遂引主人燕甕側，取醉而去。」蘇軾《成伯家宴造坐無由輒欲效顰而酒已盡入夜不欲煩擾戲作小詩求數酌而已》詩：「隔籬不唤鄰翁飲，抱甕須防吏部來。」前言出行當備具，後言索酒已盡也。

又

再和

人間反覆成雲雨，鳧雁江湖來又去〔一〕。十千一斗飲中仙，一百八盤天上路〔二〕。　舊時楓落吴江句①，今日錦囊無着處〔三〕。看封關外水雲侯，剩按山中詩酒部〔四〕。

【校】

①「落」，四卷本乙集作「葉」，此從廣信書院本。

【箋注】

〔一〕「人間」二句，反覆成雲雨，杜甫《貧交行》：「翻手作雲覆手雨，紛紛輕薄何須數。」韓愈《寄崔二十六立之》詩：「由來人間事，翻覆不可知。」鳧雁江湖，沈與求《八月十七日扁舟渡錢塘江》詩：「鳧雁江湖真我輩，龍蛇山澤定何人。」

〔二〕「十千」二句，十千一斗，白居易《自勸》詩：「十千一斗猶賒飲，何况官供不著錢。」彭汝礪《再用前韻呈察院學士》詩：「其力十百倍凡鉛，功成不數飲中仙。」按：杜甫有《飲中八仙歌》。一百八盤天上路，黄庭堅《次韻楙宗送别二首》詩：「一百八盤天上路，去年明日送流人。」《渭南文集》卷四八《入蜀記》六：「二十四日早，抵巫山。縣在峽中，亦壯縣也。市井勝歸峽二郡，隔江，南陵山極高大，有路如綫，盤屈至絶頂，謂之一百八盤，蓋施州正路。黄魯直詩云：『一百八盤攜手上，至今歸夢繞羊腸。』即謂此也。」

〔三〕「舊時」二句，楓落吴江，《舊唐書》卷一九〇上《文苑·鄭世翼傳》：「鄭世翼，鄭州滎陽人也。……弱冠有盛名，武德中，歷萬年丞、揚州録事參軍，數以言辭忤物，稱爲輕薄。時崔信明自謂文章獨步，多所淩轢。世翼遇諸江中，謂之曰：『嘗聞楓落吴江冷。』信明欣然示百餘篇，世翼覽之未終，曰：『所見不如所聞。』投之於江，信明不能對，擁楫而去。」按：楓落吴江句，借言舊日所作堪被人輕視之詩詞。錦囊無着處，見本卷《西江月》詞（粉面都成醉夢閑）箋注。無着處，謂其所作今亦無人爲之整理也。

〔四〕「看封」二句，《職官分紀》卷五〇：「陳有郡王、嗣王、藩王、開國郡公、開國縣公、侯、伯、子、男、沐食侯、鄉亭侯、關内侯、關外侯，凡十三等。」稼軒既自嘲被放逐，僅能受封爲關外水雲侯。關外侯既爲末等，且所管乃爲水與雲等自由自在之物，而山中之詩酒部，仍爲其所屬，知皆戲謔語也。看，將也。看與剩對舉，剩乃待、緩之意。《稼軒詞編年箋注》謂「『剩』作『多』解」。宋代各路使臣按視所屬州邑，稱曰按部」。謂作多解不確。客來索酒，稼軒以病不往，故雖封爲關外水雲侯，然猶應待按或緩按山中詩酒部也。

沁園春

城中諸公載酒入山，余不得以止酒爲解，遂破戒一醉，再用韻〔一〕

杯汝知乎？酒泉罷侯，鴟夷乞骸〔二〕。更高陽入謁，都稱虀臼〔三〕；杜康初筮，正得雲雷〔四〕。細數從前，不堪餘恨①，歲月都將麯糵埋〔五〕。君詩好，似提壺却勸，沽酒何哉〔六〕？

君言病豈無媒，似壁上雕弓蛇暗猜〔七〕。記醉眠陶令，終全至樂；獨醒屈子，未免沉菑〔八〕。欲聽公言，慚非勇者，司馬家兒解覆杯〔九〕。還堪笑，借今宵一醉，爲故人來。用邴原事②〔一〇〕。

【校】

①「餘」，四卷本丙集作「余」，此從廣信書院本。　②小注，四卷本闕。

【箋注】

〔一〕題，右詞爲止酒期間所作，乃用《將止酒戒酒杯使勿近》詞之韻者。據「城中諸公載酒入山」語，此詞之作，尚在未移居鉛山之前。蓋稼軒帶湖居址雪樓，即在上饒城近靈山門内之佉山上，雖經焚燬，仍必居於附近，故知右詞乃慶元二年秋移居之前所賦。解，釋也。

〔二〕「酒泉」二句，酒泉，見本卷《醜奴兒》詞（近來愁似天來大闋）箋注。蓋杜詩有「恨不移封向酒泉」語，而自家既已止酒，則酒泉侯業已省罷。鴟夷，酒器。乞骸，退休也。《漢書》卷九二《游俠·陳遵傳》載揚雄《酒箴》：「鴟夷滑稽，腹如大壺。盡日盛酒，人復借酤。常爲國器，託於屬車。出入兩宫，經營公家。繇是言之，酒何過乎？」注：「鴟夷，韋囊，以盛酒，即今鴟夷幐也。」《史記》卷一一二《平津侯主父列傳》：「君不幸罹霜露之病，何恙不已？乃上書歸侯，乞骸骨，是章朕之不德也。」

〔三〕「更高」二句，高陽入謁，高陽謂酈食其。《史記》卷九七《酈生陸賈列傳》：「初，沛公引兵過陳留，酈生踵軍門上謁，曰：『高陽賤民酈食其，竊聞沛公暴露，將兵助楚討不義，敬勞從者，願得望見，口畫天下便事。』使者入通，沛公方洗，問使者曰：『何如人也？』使者對曰：『狀貌類大儒，衣儒衣，冠側注。』沛公曰：『爲我謝之，言我方以天下爲事，未暇見儒人也。』使者出謝曰：『沛公敬謝先生，方以天下爲事，未暇見儒人也。』酈生瞋目按劍，叱使者曰：『走復入言沛公，吾高陽酒徒也，非儒人也。』」虀臼，見本書卷四《定風波·再和前韻藥名》詞（仄月高寒水石鄉闋）箋注。《曹娥碑》之「虀臼」二字，射辭字。此二句謂酒徒辭酒也。

〔四〕「杜康」二句，杜康，古釀酒者。《周易·屯卦》：「象曰：雲雷，屯，君子以經綸。」注：「始於險難，至於大亨，利貞。」此二句言，釀酒之杜康筮卜，得大亨之屯，乃造酒飲酒者終受歡迎之象也。

〔五〕「歲月」句，麯糵，《尚書·説命》下：「若作酒醴，爾惟麯糵。」注：「酒醴須麯糵以成。」

〔六〕「似提」二句，見本卷《玉樓春》詞（三三兩兩誰家女闋）箋注。

〔七〕「似璧」句，見本書卷三《水調歌頭·嚴子文同傳安道和前韻因再和謝之》詞（寄我五雲字闋）箋注。

〔八〕「記醉」四句，醉眠陶令，見本書卷三《醜奴兒》詞（此生自斷天休問闋）箋注。獨醒屈子，見本書卷三《臨江仙·即席和韓南澗韻》詞（風雨催春寒食近闋）箋注。

〔九〕「欲聽」三句，非勇者，《史記》卷六七《仲尼弟子列傳》：「伐小越而畏彊齊，非勇也。夫勇者不避難。」司馬家兒，謂晉元帝。《世説新語・規箴》：「元帝過江，猶好酒，王茂弘與帝有舊，常流涕諫，帝許之，命酌酒一酣，從是遂斷。」注引鄧粲《晉紀》：「上身服儉約，以先時務。性素好酒，將渡江，王導深以諫，帝乃令左右進觴，飲而覆之，自是遂不復飲。克己復禮，官修其方，而中興之業隆焉。」解覆杯，能覆杯也。

〔一〇〕「還堪」三句及小注，《三國志・魏書》卷一一《邴原傳》：「太祖征吴，原從行，卒。」注引《原别傳》：「原舊能飲酒，自行之後，八九年間，酒不向口。單步負笈，苦身持力。至陳留則師韓子助，潁川則宗陳仲弓，汝南則交范孟博，涿郡則親盧子幹。臨别，師友以原不飲酒，會米肉送原。原曰：『本能飲酒，但以荒思廢業，故斷之耳。今當遠别，因見貺餞，可一飲燕。』於是共坐飲酒，終日不醉。」

臨江仙

和葉仲洽賦羊桃〔一〕

憶醉三山芳樹下，幾曾風韻忘懷。黄金顔色五花開。味如盧橘熟，貴似荔枝來〔二〕。

聞道商山餘四老，橘中自釀秋醅〔三〕。試呼名品細推排〔四〕。重重香肺腑①，偏殢聖賢杯〔五〕。

【校】

①「肺腑」，四卷本丁集作「腑臟」，此從廣信書院本。

【箋注】

〔一〕題，葉仲洽，陳文蔚《克齋集》卷一四《和葉仲洽喜雨》詩：「一旱不問下與高，風吹日炙同煎熬。悲鳴鴻雁不飲啄，向人終日聲嗷嗷。千里赤地天不管，毫髮微功矜桔槔。乘除自古有成説，霖潦一春多發洩。渴苗欲死俟沾溉，到此翻令成澤竭。不眠耿耿抱幽恨，離畢中宵起占月。仰天浩嘆如何理，引手欲挽天河水。鵝湖作鎮縣東隅，山巔忽有雲峰起。朝隮何事故要勒，雨未崇朝還又止。農家與苗相爲命，情不願蘇惟願死。愁腸欲斷成寸寸，頃刻風雷驚動散。爲霖三日澤已均，發墨千山雲不斷。騷人賦詩喜欲狂，自寫長箋幾脱腕。東西倒懸今少解，懽情隨雨亦滂沛。祇愁西北望雲霓，虎狼久矣爲民害。請看麟史書伐邢，一日興師當問罪。詩成聊寫閔雨志，畎畝拳拳有深愛。」葉仲洽姓字僅見於此，據右詩「鵝湖」諸語，知葉氏殆鉛山縣人，名及生平俱無可考。羊桃，范成大《桂海虞衡志·志果》：「五稜子，形甚詭異，瓣五出，如田家碌碡狀。味酸，久則微甘，閩中謂之羊桃。」張世南《遊宦紀聞》卷五：「三山荔子，丹時最可觀。……果中又有黄澹子、金斗子、菩提果、羊桃，皆他處所無。又作楊桃。」《淳熙三山志》卷四一：「《臨海異物志》：『楊桃其色青黄，核如棗核，生晉安侯官縣，可蜜藏之。有五瓣，或謂之五瓣子。』」《嘉定赤城志》卷三六：「楊桃，《臨海異物志》云：『色青黄，其核似棗，蓋今山棗，又一名羊桃。《本草》云藤梨，或名獼猴桃。』」據右詞「憶醉」句，知作於帥閩歸來之後，以次闋有「近來渾止酒」語，故次於慶元二年秋止酒期内。

〔二〕「味如」二句，盧橘熟，《文選》卷八司馬相如《上林賦》：「於是乎盧橘夏熟，黄甘橙榛。」注：「《伊尹書》曰：『箕山之東，青鳥之所有，盧橘夏熟。』」《爾雅翼》卷一二《盧橘》：「張勃《吴録》，以爲建安郡中有橘，冬月於樹上覆裹之，至明年春夏，色變青黑，味尤絶美，以爲相如所引盧橘，盧，黑色也。」荔枝來，《新唐書》卷七六《后妃·玄宗貴妃楊氏傳》：「妃嗜荔枝，必欲生致之，乃置騎傳送，走數千里，味未變已至京師。」杜牧《過華清宫絶句三首》詩：「一騎紅塵妃子笑，無人知是荔枝來。」

〔三〕「聞道」二句，牛僧孺《玄怪録》卷三《巴邛人》條：「有巴邛人，不知姓名，家有橘園。因霜後，諸橘盡收，餘有兩大橘，如三斗盎，巴人異之，即令攀橘下。輕重亦如常橘，剖開，每橘有二老叟，鬚眉皤然，肌體紅潤，皆相對象戲。身長尺餘，談笑自若，剖開後亦不驚怖，但與决賭。……又有一叟曰：『……橘中之樂，不減商山，但不得深根固蒂，爲愚人摘下耳。』」

〔四〕細推排，《續資治通鑑長編》卷三九〇：「免役法根究人户家業，以緡錢率之。又官司有故爲假借之意，故難得其實。今鄉村人户，只是分爲五等，推排家業之大概，易得其實也。兼等第亦不須特行排定，緣著令鄉村，三年一次造簿，只可申戒州縣，遇依條造簿年歲，子細推排等第，不可漏落。」此推排，應爲推算排定之意。

〔五〕「偏殢」句，《三國志·魏書》卷二七《徐邈傳》：「魏國初建，爲尚書郎。時科禁酒，而邈私飲至於沉醉。校事趙達問以曹事，邈曰：『中聖人。』達白之太祖，太祖甚怒。渡遼將軍鮮于輔進曰：『平日醉客謂酒清者爲聖人，濁者爲賢人。邈性修慎，偶醉言耳。』竟坐得免刑。後領隴西太守，轉爲南安。文帝踐阼，歷譙相、平陽、安平太守，潁川典農中郎將，所在著稱，賜爵關内侯。車駕幸許昌，問邈曰：『頗復中聖人不？』邈對曰：『昔子反斃於穀陽，御叔罰於飲酒，臣嗜同二子，不能自懲，時復中之。然宿瘤以醜見傳，而臣以醉見識。』帝大笑。」殢，極困也。

又

冷雁寒雲渠有恨，春風自滿余懷。更教無日不花開〔一〕。未須愁菊盡，相次有梅來。多病近來渾止酒，小槽空壓新醅〔二〕。青山却自要安排：不須連日醉，且進兩三杯。

【箋注】

〔一〕「更教」句，《漁隱叢話》前集卷二九引《西清詩話》：「歐公守滁陽，築醒心、醉翁兩亭於琅琊幽谷，且命幕客謝某者，雜植花卉其間。謝以狀問名品，公即書紙尾云：『淺深紅白宜相間，先後仍須次第栽。我欲四時攜酒去，莫教一日不花開。』其清放如此。」

〔二〕「多病」二句，多病止酒，黄庭堅《王立之以小詩送並蔕牡丹戲答》詩：「多病廢詩仍止酒，可憐雖在與誰同。」小槽壓新醅，羅隱《江南行》：「水國多愁又有情，夜槽壓酒銀船滿。」蘇轍《放榜後次韻毛守見招》詩：「佳句徑蒙探古錦，小槽仍報滴新醅。」王庭珪《雪中以酒送歐陽廣明袁叔明》詩：「小槽新壓甕頭春，盛欲招呼雪閉門。」

玉樓春

戲賦雲山〔一〕

何人半夜推山去？四面浮雲猜是汝〔二〕。常時相對兩三峰，走遍溪頭無覓處。　西風瞥起雲橫度，忽見東南天一柱〔三〕。老僧拍手笑相誇：且喜青山依舊住。

【箋注】

〔一〕題，雲山，今名雲頂山，在石塘鎮與紫溪之間，今屬紫溪鄉。山上有雲頂庵。此據鉛山當地人考察得知，舊志未載。

〔二〕「何人」二句，半夜推山去，《莊子·大宗師》：「夫藏舟於壑，藏山於澤，謂之固矣。然而夜半有力者，負之而走，昧者不知也。」黄庭堅《湖口人李正臣蓄異石九峰東坡先生名曰壺中九華……感歎不足因次前韻》詩：「有人夜半持山去，頓覺浮嵐暖翠空。」四面浮雲，李邦直《題惠山寺》詩：「氣如蒸炊出山背，倏忽四面浮雲奔。」釋覺範《次韻雲庵老人題妙用軒》詩：「風揭松聲去，雲推山色來。」

〔三〕「西風」二句，歐陽修《百子坑賽龍》詩：「四山雲霧忽晝合，瞥起直上拏空虛。」瞥起，疾起也。東南天一柱，英將鄉東北有天柱山，雖爲鉛山之東南，然距雲山遠，右詞恐非指此。

又

用韻答傅巖叟、葉仲洽、趙國興①〔一〕

青山不解乘雲去②，怕有愚公驚着汝〔二〕。人間踏地出租錢〔三〕，借使移將無着處。　三星昨夜光移度，妙語來題橋上柱〔四〕。黄花不插滿頭歸〔五〕，定向白雲遮且住。

【校】

①題，四卷本丁集作「用韻答仲洽、國興、巖叟」，此從廣信書院本。②「解」，四卷本作「會」。

【箋注】

〔一〕題，趙國興，即趙士礽之孫，趙不迂之子侄輩，其名即善鄭。稼軒有和國興詞作多首。

〔二〕「青山」二句，《列子·湯問》：「太行、王屋二山，方七百里，高萬仞，本在冀州之南，河陽之北。北山愚公者，年且九十，面山而居，懲山北之塞，出入之迂也，聚室而謀曰：『吾與汝畢力平險，指通豫南，達於漢陰，可乎？』雜然相許。……遂率子孫荷擔者三夫，叩石墾壤，箕畚運於渤海之尾。鄰人京城氏之孀妻有遺男，始齔，跳往助之，寒暑易節，始一反焉。河曲智叟笑而止之曰。……愚公長息曰：『汝心之固，固不可徹，曾不若孀妻弱子。雖我之死，有子存焉，子又生孫，孫又生子，子又有子，子又有孫，子子孫孫無窮匱也。而山不加增，何苦而不平？』河曲智叟亡以應。操蛇之神聞之，懼其不已也，告之於帝，帝感其誠，命夸娥氏二子負二山，一厝朔東，一厝雍南，自此冀之南，漢之陰，無隴斷焉。」

〔三〕人間踏地出租錢，《新唐書》卷五四《食貨志》：「武宗即位，鹽鐵轉運使崔珙又增江淮茶税，是時茶商所過州縣有重税，或掠奪舟車，露積雨中，諸道置邸以收税，謂之踏地錢，故私販益起。」蘇軾《魚蠻子》詩：「人間行路難，踏地出賦租。」

〔四〕「三星」二句，三星，《詩·唐風·綢繆》：「綢繆束薪，三星在天。今夕何夕，見此良人。」按：三星謂參星，即心星也。此用指傅、葉、趙三客也。題橋上柱，《太平御覽》卷七三：「昇仙橋，在成都縣北十里，即司馬相如題橋柱，曰：『不乘駟馬高車，不復過此橋。』」《華陽國志》卷三：「城北十里有昇仙橋，有送客觀。司馬相如初入長安，題其門曰：『不乘高車駟馬，不過汝下也。』」《水經注》卷三三所載與此同，惟又載：「後入邛蜀，果如志焉。」

〔五〕「黄花」句，杜牧《九日齊山登高》詩：「人世難逢開口笑，菊花須插滿頭歸。」

又

無心雲自來還去，元共青山相爾汝〔一〕。霎時迎雨障崔嵬，雨過却尋歸路處。　侵天翠竹何曾度，遥見屹然星砥柱。今朝不管亂雲深，來伴仙翁山下住。

【箋注】

〔一〕「無心」二句，無心雲自來還去，王安石《即事二首》詩：「雲從鍾山起，却入鍾山去。借問山中人，雲今在何處。雲從無心來，還向無心去。無心無處尋，莫覓無心處。」杜甫《醉時歌》：「忘形到爾汝，痛飲真吾師。」相爾汝，韓愈《聽穎師彈琴》詩：「昵昵兒女語，恩怨相爾汝。」按：爾汝，《孟子·盡心》下：「人能充無受爾汝之實，無所往而不爲義也。」爾汝原爲輕賤之稱，引申有親近之義。

又

瘦筇倦作登高去，却怕黄花相爾汝①。嶺頭拭目望龍安②〔一〕，更在雲煙遮斷處。　思量落帽人風度，休説當年功紀柱〔二〕。謝公直是愛東山，畢竟東山留不住〔三〕。

【校】

①「怕」，《六十名家詞》本作「把」，此從廣信書院本。　②「安」，《六十名家詞》本作「山」。

【箋注】

〔一〕「嶺頭」句，龍安，〔乾隆〕《鉛山縣志》卷一五：「華嚴寺，縣東十里。唐昭宗時建，舊名龍安院，後更今名，有著作郎袁谷碑，歲久傾圮。」〔同治〕《鉛山縣志》卷七《寺觀》：「華嚴寺，在縣東十里。唐光化中建龍安院，宋治平四年改賜今名。」《克齋集》卷一七《公美約同遊龍安寺僧留小飲歸途一絶》詩：「幾年無便到招提，沙路徐行趁碧溪。花竹禪房成小款，笑談不覺到斜西。」

按：龍安院，其遺址在今永平鎮東稼軒鄉（詹家）西北四里湖村畈。

〔二〕「思量」二句，落帽人風度，見本書卷二《沁園春·送趙景明知縣東歸再用前韻》詞（佇立瀟湘闋）箋注。功紀柱，《水經注》卷三六：「俞益期箋曰：『馬文淵立兩銅柱於林邑岸北，有遺兵十餘家不反，居壽泠岸南而對銅柱，悉姓馬，自婚姻，今有二百户。交州以其流寓，號曰馬流，言語飲食，尚與華同。山川移易，銅柱今復在海中，正賴此民以識故處也。』《林邑記》曰：『建武十九年，馬援樹兩銅柱於象林南界，與西屠國分漢之南疆也。土人以之流寓，號曰馬流，世稱漢子孫也。』」《嶺外代答》卷二《占城國》：「占城，漢林邑也，境上有馬援銅柱。」

〔三〕「謝公」二句，謝公愛東山，東山留不住，見本書卷一《念奴嬌·登建康賞心亭呈史留守致道》詞（我來弔古闋）箋注。

漢宮春

即事〔一〕

行李溪頭，有釣車茶具，曲几團蒲〔二〕。兒童認得，前度過者籃輿〔三〕。時時照影，甚此身偏滿江湖？悵野老行歌不住，定堪與語難呼〔四〕。　一自東籬搖落，問淵明歲晚，心賞何如。梅花政自不惡〔五〕，曾有詩無？知翁止酒，待重教蓮社人沽〔六〕。空悵望風流已矣，江山特地愁余〔七〕。

【箋注】

〔一〕題，右詞有「梅花不惡」語，又有「止酒」語，知即慶元二年底所賦。

〔二〕「行李」三句，《新唐書》卷一九六《隱逸·陸龜蒙傳》：「初，病酒，再朞乃已。其後客至，挈壺置杯，不復飲。不喜與流俗交，雖造門不肯見，不乘馬，升舟設蓬席，齎束書、茶竈、筆牀、釣具往來。時謂江湖散人，或號天隨子、甫里先生。自比涪翁、漁父、江上丈人。」按：陸龜蒙《甫里集》卷五有《漁具》詩，其序云：「天隨子漁於海山之顔有年矣，矢漁之具，莫不窮極其趣。……

今擇其任詠者作十五題以諷。噫，矢魚之具也如此，余既歌之矣。矢民之具也如彼，誰其嗣之？」漁具中有釣車，釣車即纏繞釣綫之釣輪。而卷六有《和茶具十詠》，即茶塢、茶人、茶筍、茶籝、茶舍、茶竈、茶焙、茶鼎、茶甌、煮茶。曲几團蒲，見本書卷四《滿江紅·病中俞山甫教授訪別病起寄之》詞（曲几團蒲閱）箋注。行李，行人也。

〔三〕籃輿，《通雅》卷三五《器用》：「筸輿，編輿也。晉以來謂之籃輿，或曰擔子，猶兜子也。」

〔四〕「悵野」二句，《列子·天瑞》：「林類年且百歲，底春被裘，拾遺穗於故畦，並歌並進。孔子適衛，望之於野，顧謂弟子曰：『彼叟可與言者，試往訊之。』子貢請行，逆之壠端，面之而歎曰：『先生曾不悔乎，而行歌拾穗？』林類行不留，歌不輟。子貢叩之不已，乃仰而應曰：『……死之與生，一往一反，故死於是者，安知不生於彼？故吾知其不相若矣，吾又安知營營而求生非惑乎？亦又安知吾今之死，不愈昔之生乎？』」

〔五〕自不惡，《北史》卷二三《于栗磾傳》：「帝益器重之，歎曰：『元儼決斷威恩，深自不惡。』」

〔六〕「知翁」二句，《陶淵明集》卷三有《止酒》詩。《說郛》卷五七《東林蓮社十八高賢傳·不入社諸賢傳》：「陶潛字淵明，一字元亮，晉大司馬侃之曾孫。少懷高尚，著《五柳先生傳》以自況。……嘗往來廬山，使一門生二兒舁籃輿以行。時遠法師與諸賢結蓮社，以書招淵明，淵明曰：『若許飲則往。』許之，遂造焉，忽攢眉而去。」

〔七〕「空悵」二句，《太平御覽》卷三二引《續晉陽秋》：「陶潛九月九日無酒，宅邊東籬下，菊叢中，擿盈把，坐其側。未幾，望見白衣人至，乃王弘送酒也，即便就醉而後歸。」特地，特別。

驀山溪

趙昌父賦一丘一壑，格律高古，因效其體〔一〕

飯疏飲水，客莫嘲吾拙。高處看浮雲，一丘壑中間甚樂〔二〕。功名妙手，壯也不如人〔三〕。今老矣，尚何堪？堪釣前溪月。　病來止酒，辜負鸕鷀杓〔四〕。歲晚念平生，待都與鄰翁細説〔五〕。人間萬事，先覺者賢乎？深雪裏，一枝開，春事梅先覺〔六〕。

【箋注】

〔一〕題，趙昌父，劉宰《漫塘集》卷三二《章泉趙先生墓表》：「先生姓趙氏，諱蕃，字昌父。其先自杭徙汴，由汴而鄭，南渡居信之玉山。曾祖暘，朝散大夫直龍圖閣，提舉江州太平觀。……龍圖殁葬玉山之章泉，先生因家焉，故世號章泉先生。用龍圖致仕恩，入仕饒之浮梁尉、福之連江簿，皆不赴。爲吉之太和簿、辰之司理參軍，最後監衡之安仁贍軍酒庫，已至，未上而歸，遂奉祠家居，積祠庭之考至三十有三。今天子御極之元年，歲在乙酉，宰相以先生名聞，有旨除太社令，三辭不拜，特改奉議郎直秘閣，主管建昌軍仙都觀。又三辭，不允，越三年，差主管華州雲臺觀。蓋先生自乙酉至是歲，辭官不獲，屢上休致之請，皆不允，而先生請不已。明年夏四月，始得旨，轉承議郎依前直秘閣致仕，又閲月，而先生逝矣，實紹定某年某月某日，壽八十有七。」按：右《墓表》之乙酉，乃理宗寶慶元年，越三年爲紹定元年，明年即紹定二年，趙蕃卒於是年五月。

趙蕃自衡州奉祠，即隨劉清之爲清江之遊，其事在淳熙十五年。其歸玉山，當在劉清之淳熙十六年九月卒後（《宋名臣言行録》外集卷一四）。故「三十有三」一語乃指其自衡州歸清江至嘉定十七年，共三十三年間奉祠之數，至理宗即位，則以太社令召矣。而右詞既謂賦稼軒期思之一丘一壑，顯然當作於慶元二年稼軒移居鉛山之後，詞中又有「深雪裏，一枝開，春事梅先覺」語，知作詞時已至慶元三年初春。趙蕃爲稼軒移居五堡洲新居，已賦詩矣，又賦瓢泉之一丘一壑詞，稼軒謂之格律高古，則其不但以詩名世，詞作格調亦甚高古，惜今但見其詩，其詞則惟存二首，見於《中興以來絶妙詞選》卷四，並此原詞皆無從考見。一丘一壑，見本卷《蘭陵王・賦一丘一壑》詞（一丘壑閺）箋注。

〔二〕「飯疏」四句，飯疏飲水、浮雲，《論語・述而》：「子曰：飯疏食，飲水，曲肱而枕之，樂亦在其中矣。不義而富且貴，於我如浮雲。」按：此自許退居山林之語也。《中興以來絶妙詞選》卷四：「趙昌甫名蕃，號章泉，負天下重望，屢召不起。劉後村所謂『一生官職監南岳，四海詩名仰玉山』者此也。」按：劉克莊原詩題爲《寄趙昌父》，見載於《後村先生大全集》卷一，爲後村嘉定八年前後所作。全詩云：「世上久無遺逸禮，此翁白首不彈冠。一生官職監南嶽，四海詩盟主玉山。經歲著書人少見，有時入郭俗争看。何因樵服供薪水，得附高名野史間。」對趙蕃疏食飲水之高節敬仰已極。稼軒蓋以趙蕃爲同調也。中間，其間，宋人多用於散文。《朱文公文集》卷二八《答趙帥論舉子倉事》：「似此之弊，不一而足，不但折支價錢而已。故中間甚不得已，而改爲三月一支之法。」

〔三〕「功名」二句，功名妙手，謂巧於仕宦。壯不如人，《左傳·僖公三十年》：「佚之狐言於鄭伯曰：『國危矣，若使燭之武見秦君，師必退。』公從之。辭曰：『臣之壯也，猶不如人，今老矣，無能爲也已。』公曰：『吾不能早用子，今急而求子，是寡人之過也。然鄭亡，子亦有不利焉。』許之。」

〔四〕辜負鸕鷀杓，李白《襄陽歌》：「鸕鷀杓，鸚鵡杯，百年三萬六千日，一日須傾三百杯。」黄庭堅《戲答王子予送淩風菊二首》詩：「病來孤負鸕鷀杓，禪板蒲團入眼中。」《説郛》卷八〇《謝氏詩源》：「金母召羣仙宴於赤水，命謝長珠鼓拂雲之琴，舞驚波之曲。坐有碧金鸚鵡杯、白玉鸕鷀杓，杯乾則杓自挹，欲飲則杯自舉。故太白詩云『鸕鷀杓，鸚鵡杯』，非指廣南海螺杯杓也。」

〔五〕「待都」句，蘇軾《還舊居和夢歸白鶴山居作》詩：「夢與鄰翁言，憫然憐我衰。」

〔六〕「人間」五句，《論語·憲問》：「子曰：不逆詐，不億不信，抑亦先覺者是賢乎？」深雪裏一枝開，見本書卷六《好事近·席上和王道夫賦元夕立春》詞（綵勝鬥華燈閧）箋注。鄭谷《咸通十四年府試木向榮》詩：「庾嶺梅先覺，隋堤柳暗驚。」按：稼軒以紹熙五年罷官退歸上饒帶湖，而淳熙末趙蕃即因辭官不就奉祠玉山，右數語云云，蓋以去官之先後推奬趙蕃爲賢者也。

清平樂 呈趙昌甫。時僕以病止酒。昌甫日作詩數篇，末章及之①〔一〕

門前萬斛春寒，梅花可雲煙草樹〔二〕，山北山南雨。溪上行人相背去，惟有啼鴉一處。

嘹摧殘〔三〕？使我長忘酒易，要君不作詩難。

【校】

①題，四卷本丁集「趙昌甫」作「昌父」，此從廣信書院本。另廣信書院本「日」、「章」俱闕，據四卷本補。

【箋注】

〔一〕題，右詞亦作於慶元三年初。稼軒之以病止酒，起於慶元二年春末，迄本年春初，尚猶未已。

〔二〕雲煙草樹，《太平廣記》卷三六《李清》條引《集異記》：「山川景象，雲煙草樹，宛非人世。」《詩人玉屑》卷一〇《不能變態》條引《丹陽集》：「僧祖可作詩多佳句。……然讀書不多，故變態少，觀其體格，亦不過雲烟草樹、山川鷗鳥而已，而徐師川極稱其詩，不知何也。」按：今本葛勝仲《丹陽集》此條未載。

〔三〕「門前」二句，趙蕃《章泉稿》卷一《梅花二首》詩：「我家繞屋碧玉椽，下有獨樹爭嬋娟。平安無使信莫傳，疏枝冷蕊空淒然。」其《梅花用東坡惠州韻呈子進昆仲》詩亦有「欲拈墮蕊每攀樹，要看落影長開門」句，知其居所之門前有梅。可嘹，同可煞，疑問詞，可能也。

又〔一〕

春宵睡重，夢裏還相送。枕畔起尋雙玉鳳〔二〕，半日才知是夢。　一從賣翠人還，又無音信經年〔三〕。却把淚來做水，流也流到伊邊〔四〕。

【箋注】

〔一〕題，右詞無題。據詞意，知爲留戀侍者之作。以詞有「春宵」云云，又知與呈趙昌甫之作爲同時。

〔二〕雙玉鳳，張祜《壽州裴中丞出柘枝》詩：「青娥十五柘枝人，玉鳳雙翹翠帽新。」玉鳳謂釵。

〔三〕「一從」二句，稼軒遣去歌者，爲慶元二年春間事，至此蓋已經年。賣翠人指何不詳。《建炎以來繫年要録》卷一八三：「紹興二十九年十二月己未，幹辦内東門司謝琢罷，日下押出門，以盜賣翠錢入己也。」《江湖後集》卷二〇載李龏《東家》詩：「東家買金鈿，西家買翠鈿。」疑即買賣翠鈿之類婦女飾物者也。

〔四〕「却把」二句，《花草稡編》卷六載無名氏《轉調賀聖朝》詞：「相思到了，不成模樣，收淚千行。把從前淚來做水，流也流到伊行。」

浣溪沙　瓢泉偶作①〔一〕

新葺茅簷次第成，青山恰對小窗横〔二〕。去年曾共燕經營。　病怯杯盤甘止酒②，老依香火苦翻經〔三〕。夜來依舊管絃聲。

【校】

①題，四卷本丙集闕，此從廣信書院本。②「怯」，廣信書院本作「却」，此據四卷本改。

【箋注】

〔一〕題，右詞爲慶元三年在瓢泉作。稼軒之止酒，起於慶元二年，而右詞當作於三年春。

〔二〕「新葺」二句，瓢泉在瓜山下，瓜山即詞中之青山。本卷《蘭陵王·賦一丘一壑》詞有「茅簷上，松月桂雲，脈脈石泉逗山腳」諸語。稼軒於瓢泉周圍面對瓜山亦葺有茅屋。次第，《詩詞曲語辭匯釋》謂略具規模。即指稼軒瓢泉茅屋之修建完工已經差不多。

〔三〕「病怯」二句，病怯杯盤，蘇軾《次韻樂著作送酒》詩：「少年多病怯杯觴，老去方知此味長。」依香火，秦觀《題法海平闍黎》詩：「因循移病依香火，寫得彌陀七萬言。」

南歌子

新開池，戲作〔一〕

散髮披襟處，浮瓜沉李杯①〔二〕。涓涓流水細侵階。鑿箇池兒喚箇月兒來。　畫棟頻搖動，紅蕖盡倒開②。鬥匀紅粉照香腮，有箇人人把做鏡兒猜③〔三〕。

【校】

①「杯」，《六十名家詞》本作「時」。②「蕖」，四卷本丙集作「葵」，此從廣信書院本。③「有箇」句，「人人」，《歷

代詩餘》作「人兒」。「做」，《歷代詩餘》作「箇」。

【箋注】

〔一〕題，此新開池，疑即稼軒期思嶺下秋水堂前池沼，今鉛山當地人稱爲蛤蟆塘。右詞亦作於移居五堡洲之後。

〔二〕「散髮」二句，散髮披襟處，《世説新語·德行》：「王平子、胡毋彦國諸人，皆以任放爲達。或有裸體者。」注引王隱《晉書》：「魏末，阮籍嗜酒荒放，露頭散髮，裸袒箕踞。其後貴游子弟阮瞻、王澄、謝鯤、胡毋輔之之徒，皆祖述於籍，謂得大道之本。故去巾幘，脱衣服，露醜惡，同禽獸。」同書卷上之下《文學》：「王逸少作會稽，初至，支道林在焉。……因論《莊子·逍遥遊》，支作數千言，才藻新奇，花爛映發。王遂披襟解帶，留連不能已。」柳永《過澗歇》詞：「月觀風亭，水邊石上，幸有散髮披襟處。」浮瓜沉李，《文選》卷四二曹丕《與朝歌令吴質書》：「高談娱心，哀箏順耳。馳騁北場，旅食南館。浮甘瓜於清泉，沉朱李於寒水。白日既匿，繼以朗月。」

〔三〕「鬥匀」二句，鬥，疑作亂解，胡亂也。人人，猶云人兒。

鷓鴣天

登一丘一壑偶成〔一〕

莫殢春光花下遊，便須準備落花愁〔二〕。百年雨打風吹却，萬事三平二滿休〔三〕。　將擾擾，付悠悠，此生於世百無憂〔四〕。新愁次第相抛舍，要伴春歸天盡頭。

【箋注】

〔一〕題，右詞亦遷居鉛山未久之事，故次於效趙昌父賦一丘一壑之《驀山溪》諸詞之後。

〔二〕「莫殢」二句，殢春，李廌《對春》二首詩：「半陰半晴惱亂我，不禁春意惟殢春。」晁補之《金鳳鈎·送春》詞：「一簪華髮，少歡饒恨，無計殢春且住。」殢者，極困也。準備，謂安排也。落花愁，徐寅《依温飛卿華清宫二十二韻》詩：「重來芳草恨，往事落花愁。」

〔三〕「百年」二句，雨打風吹，吕本中《春日二首》詩：「要須及熱蘆灣去，莫看風吹雨打時。」三平二滿休，陳叔方《潁川語小》卷下：「俗言三平二滿，蓋三遇平，二遇滿，皆平穩得過之日。」《山谷集》卷八《四休居士詩》序：「太醫孫君昉字景初，爲士大夫發藥，多不受謝，自號四休居士。山谷問其説，四休笑曰：『粗茶淡飯飽即休，補破遮寒暖即休，三平二滿過即休，不貪不妬老即休。』山谷曰：『此安樂法也。』」

〔四〕百無憂，蘇軾《虔州八境圖八首》詩：「坐看奔湍繞石樓，使君高會百無憂。」

又〔一〕

石壁虚雲積漸高，溪聲繞屋幾週遭〔二〕。自從一雨花零落①，却愛微風草動摇。　呼玉友，薦溪毛〔三〕，殷勤野老苦相邀②。杖藜忽避行人去，認是翁來却過橋。

【校】

①「落」，四卷本丙集作「亂」，此從廣信書院本。　②「苦」，《六十名家詞》本作「著」。

【箋注】

〔一〕題，右詞無題，據詞意，應爲移居期思之後所作，以季節相近，故次於「登一丘一壑」詞之後。

〔二〕「石壁」二句，積漸，逐漸累積。李覯《野意亭》詩：「晴來海色依稀辨，醉後鄉愁積漸微。」溪聲繞屋，蘇軾《寄吴德仁兼簡陳季常》詩：「門前罷稏十頃田，清溪繞屋花連天。」

〔三〕「呼玉」二句，玉友，張表臣《珊瑚鉤詩話》卷三：「近時以黄柑醖酒，號洞庭春色。以糯米藥麴作白醪，號玉友，皆奇絶者耳。」薦溪毛，《左傳·隱公三年》：「苟有明信，澗溪沼沚之毛，蘋蘩藴藻之菜，筐筥錡釜之器，潢汙行潦之水，可薦於鬼神，可羞於王公。」

臨江仙

昨日得家報，牡丹漸開，連日少雨多晴，常年未有。僕留龍安蕭寺，諸君亦不果來，豈牡丹留不住爲可恨耶？因取來韻，爲牡丹下一轉語①〔一〕

祇恐牡丹留不住，與春約束分明②。未開微雨半開晴。要花開定準，又更與花盟。　魏紫朝來將進酒，玉盤盂樣先呈〔二〕。鞓紅似向舞腰横〔三〕。風流人不見，錦繡夜間行〔四〕。

【校】

①題，《六十名家詞》本「可」、「下」、「轉」字俱闕，此從廣信書院本。四卷本此詞闕。　②「春」，《六十名家詞》本

作「君」。

【箋注】

〔一〕題，據「僕留龍安蕭寺」語，知右詞亦慶元三年春間所作。龍安院，已見前《玉樓春》詞（瘦笻倦作登高去闋）箋注。諸君，指居住永平諸友，如趙國興、傅巖叟等人。龍安院在永平東南。（同治）《鉛山縣志》卷五：「牡丹，羣花中推爲第一，錢思公謂爲花王。歐陽修花譜所載凡十數種，以姚黄魏紫爲上。鉛人養此花者，向亦有平頭紫、水月白、玉樓春諸種，近日只多玉樓春，而紫色白色者難得。」據此可見鉛山向有種養牡丹風氣。下一轉語，轉語謂又一説。《宋名臣言行録》外集卷八《楊時》：「又不去頂門上下一轉語，而隨其後，屑屑與辨，使其説傳，則吾之説不行矣。」《景德傳燈録》、《五燈會元》用轉語處尤多。

〔二〕「魏紫」二句，魏紫，歐陽修《文忠集》卷七二《洛陽牡丹記》：「魏家花者，千葉肉紅花，出於魏相仁浦家。始樵者於壽安山中見之，斵以賣魏氏。……其後破亡，鬻其園，今普明寺後林池，乃其地。……花傳民家甚多，人有數其葉者，云至七百葉。」又《同狀元行老學士秉道先輩遊太平寺浄土院觀牡丹中有淡黄一朵特奇爲作》詩：「醉中眼纈自斕斑，天雨曼陀照玉盤。一朵淡黄微拂掠，鞓紅魏紫不須看。」《將進酒》，漢短簫鐃歌二十二曲之一。此用其字面語。玉盤盂，裴士淹《白牡丹》詩：「長安年少惜春殘，争認慈恩紫牡丹。别有玉盤乘露冷，無人起就月中看。」蘇軾《玉盤盂二首》詩序：「東武舊俗，每歲四月，大會於南禪資福兩寺，以芍藥供佛，而今歲最盛，凡七千餘朵，皆重跗累萼，繁麗豐碩。中有白花，正圓如覆盂，其下十餘葉稍大，承之如盤，姿格絶異，獨出於七千朵之上，云得之於城北蘇氏園中，周宰相莒公之别業也。而其名俚甚，乃爲易之。」詩有句：「兩寺妝成寶纓絡，一枝争看玉盤盂。」

〔三〕「鞓紅」句，《洛陽牡丹記》：「鞓紅者，單葉深紅花，出青州，亦曰青州紅。故張僕射齊賢有第西京賢相坊，自青州以馲駝馱其種，遂傳洛中，其色類腰帶鞓，故謂之鞓紅。」

〔四〕「錦繡」句，見本書卷三《水龍吟·次年南澗用前韻爲僕壽》詞（玉皇殿閣微涼闋）箋注。

念奴嬌

和趙國興知録韻①〔一〕

爲沽美酒，過溪來，誰道幽人難致〔二〕。更覺元龍樓百尺，湖海平生豪氣〔三〕。自歎年來，看花索句，老不如人意。東風歸路，一川松竹如醉。　怎得身似莊周，夢中蝴蝶，花底人間世〔四〕。記取江頭三月暮，風雨不爲春計。萬斛愁來，金貂頭上，不抵銀瓶貴〔五〕。無多笑我，此篇聊當《賓戲》〔六〕。

【校】

①題，四卷本丙集無「知録」二字，此從廣信書院本。

【箋注】

〔一〕題，趙國興，已見《玉樓春》詞箋注。廣信書院本題稱之「知録」，應即〔雍正〕《江西通志》卷五〇所載趙善鄉之韶州參軍，亦即韶州録事參軍。然《通志》謂國興慶元五年方登第，如録參之官乃其登第之後所除，則稼軒諸詞之知録，蓋後來編集時所追加。右詞亦當作於慶元三年春。

〔二〕「爲沽」三句，沽美酒，王安石《定林院昭文齋》詩：「苦勸道人沽美酒，不應無意引陶潛。」按：據陳文蔚《克齋集》諸詩，知趙國興寓居鉛山石井。卷一四有詩題爲《石井偶書呈同來者》，題下注：「趙國興書堂。」卷一六《上巳遊惠泉和趙國興韻》詩亦有「酒罷啜茶留石井，興餘隨月步江堤」句。又同卷《用趙國興梅韻自賦》詩有「西郊有客枕溪居，特爲孤芳小結廬」句。〔乾隆〕《鉛山縣志》卷一：「石井，縣北四里，巨石間有竇湧泉，匯爲井，上結巖覆之。」查石井在今永平鎮東北四里，東距鵝湖山亦四里。有小溪自山下發源，經石井西流入於鉛山河。然右詞既謂趙國興過溪來訪，則此溪非不知名小溪，當謂鉛山河是也。幽人難致，《劉峻集·東陽金華山棲志》：「近代江治中奮迅泥滓，王徵士高拔風塵，龍盤鳳棲，咸萃兹地。良由碧湍素石，可致幽人者哉？」

〔三〕「更覺」二句，元龍樓見本書卷一《水龍吟·登建康賞心亭》詞（楚天千里清秋闋）箋注。湖海平生豪氣，張孝祥《水調歌頭·和龐佑父》詞：「湖海平生豪氣，關塞如今風景，剪燭看吴鉤。」

〔四〕「怎得」三句，《莊子·齊物論》：「昔者莊周夢爲胡蝶，栩栩然胡蝶也。自喻適志與，不知周也。俄然覺，則蘧蘧然周也，不知周之夢爲胡蝶，與胡蝶之夢爲周與？周與胡蝶，則必有分矣。」

《莊子》又有《人間世》篇。

〔五〕「萬斛」三句，萬斛愁，《庾開府集》卷一載佚文《愁賦》：「誰知一寸心，乃有萬斛愁。」金貂，《晉書》卷四九《阮孚傳》：「孚字遥集，其母即胡婢也。……初辟太傅府，遷騎兵，屬避亂渡江，元帝以爲安東參軍。蓬髮飲酒，不以王務嬰心。時帝既用申、韓以救世，而孚之徒未能棄也。雖然，不以事任處之。轉丞相從事中郎，終日酣縱，恒爲有司所按，帝每優容之。……遷黄門侍郎、散騎常侍，嘗以金貂换酒，復爲所司彈劾，帝宥之。」銀瓶，酒具。杜甫《少年行》：「馬上誰家白面郎，臨階下馬坐人牀。不通姓字粗豪甚，指點銀瓶索酒嘗。」

〔六〕「無多」二句，無多笑我，《漢書》卷七七《蓋寬饒傳》：「擢爲司隸校尉，刺舉無所回避，小大輒舉，所劾奏衆多。……公卿貴戚及郡國吏繇使至長安，皆恐懼，莫敢犯禁，京師爲清。平恩侯許伯入第，丞相御史將軍中二千石皆賀，寬饒不行。許伯請之，乃往，從西階上，東鄉特坐，許伯自酌曰：『蓋君後至。』寬饒曰：『無多酌我，我乃酒狂。』丞相魏侯笑曰：『次公醒而狂，何必酒也？』」賓戲，《文選》卷四五班固《答賓戲》序：「永平中爲郎，典校秘書，專篤志於儒學，以著述爲業。或譏以無功，又感東方朔、揚雄自喻以不遭蘇、張、范、蔡之時，曾不折之以正道，明君子之所守，故聊復應焉，其辭曰《賓戲》。」

木蘭花慢①

題上饒郡圃翠微樓〔一〕

舊時樓上客，愛把酒，對南山②〔二〕。笑白髮如今，天教放浪，來往其間。登樓更誰念我，却回頭西北望層欄。雲雨珠簾畫棟，笙歌霧鬢風鬟③〔三〕。近來堪入畫圖看〔四〕。父老願公歡。甚拄笏悠然，朝來爽氣〔五〕，正爾相關。難忘使君後日，便一花一草報平安〔六〕。與客攜壺且醉，雁飛秋影江寒〔七〕。

【校】

①調，廣信書院本闕「慢」字，據各本補。下兩闋同。②「對」，四卷本丙集作「向」，此從廣信書院本。③「風」，四卷本作「雲」。

【箋注】

〔一〕題，「翠微樓，〔乾隆〕《廣信府志》卷五：「翠微樓，縣治南，宋慶元間知州趙伯瓚建，今廢。」按：同書卷三《公署》載：「廣信府署在廣信門内，唐乾元初始建，宋皇祐間圮於水，知州事張衡修葺。紹興間知州事何潤重建，劉子翼建儀門。淳熙間知州事王從、林枅相繼修葺。署中有翠微樓、中和、坐嘯、宣化、覽悟、西山諸亭，元末悉燬於兵。」據此，知翠微樓在郡城南門廣信門北之知州衙内。而宋代上饒縣治在州治城外。趙伯瓚，字廷瑞，慶元間守信州。右詞既首云「舊時樓上客」，則賦詞時當已移居鉛山，自應在慶元三年秋。

〔二〕「愛把」二句，韓愈《把酒》詩：「擾擾馳名者，誰能一日閑。我來無伴侶，把酒對南山。」按：右詞之南山，當指自翠微樓南望，面上饒江之南屏山。

〔三〕「雲雨」二句，雲雨珠簾畫棟，王勃《滕王閣》詩：「畫棟朝飛南浦雲，珠簾暮捲西山雨。」霧鬢風鬟，蘇軾《題毛女真》詩：「霧鬢風鬟木葉衣，山川良是昔人非。」

〔四〕「近來」句，《雲溪友議》卷上《真詩解》條：「濠梁人南楚材者，旅遊陳潁，歲久，潁守慕其儀範，將欲以子妻之。……其妻薛媛善書畫，妙屬文，知楚材不念糟糠之情，别倚絲蘿之勢，對鏡自圖其形，並詩四韻以寄之。……詩曰：『……恐君渾忘却，時展畫圖看。』」

〔五〕「甚拄」二句，見本卷《沁園春·靈山齊庵賦》詞（疊嶂西馳闋）箋注。甚，正也。

〔六〕報平安，見本書卷一《千秋歲·金陵壽史帥致道》詞（塞垣秋草闋）箋注。

〔七〕「與客」二句，見本書卷二《木蘭花慢·席上送張仲固帥興元》詞（漢中開漢業闋）箋注。

又

寄題吴克明廣文菊隱①〔一〕

路傍人怪問〔二〕：此隱者，姓陶不？甚黄菊如雲，朝吟暮醉，唤不回頭〔三〕。縱無酒成悵望，只東籬搔首亦風流〔四〕。與客朝餐一笑，落英飽便歸休〔五〕。古來堯舜有巢由，江海去悠悠〔六〕。待説與佳人，種成香草，莫怨靈修〔七〕。我無可無不可，意先生出處有如丘〔八〕。聞道問津人過，殺雞爲黍相留〔九〕。

【校】

①題，四卷本丙集作「題廣文克明菊隱」，此從廣信書院本。

【箋注】

〔一〕題，吳克明廣文菊隱，即吳中。江西新城人，淳熙間進士，精隸法，有時名。《夷堅志》支乙卷一〇有小傳，《江西通志》亦有載。而菊隱，則應爲吳中建昌軍新城縣舊居之園，《新城縣志》亦無考。右詞或慶元中所作，因次於題翠微樓詞之後。

〔二〕「路傍」句，杜甫《兵車行》：「道旁過者問行人，行人但云點行頻。」陳師道《寄鄧州杜侍郎》詩：「道傍過者怪相問，共言杜母真吾親。」

〔三〕唤不回頭，《漁隱叢話》前集卷五七《雪竇》條：「雪竇顯禪師，嘗作偈云：『三分光陰二早過，靈臺一點不揩磨。貪生逐日區區去，唤不回頭争奈何。』世人貪着愛境，以妄爲真，迷而弗返，讀此偈者，宜如何哉？」

〔四〕「縱無」二句，見本卷《漢宫春·即事》詞（行李溪頭闋）並參卷三《水調歌頭·九日遊雲洞和韓南澗尚書韻》詞（今日復何日闋）箋注。

〔五〕「與客」二句，《楚辭·離騷》：「朝飲木蘭之墜露兮，夕餐秋菊之落英。」便歸休，鄭谷《送吏部曹郎中免官南歸》詩：「賢人知止足，中歲便歸休。」

〔六〕「古來」二句，《漢書》卷七二《鮑宣傳》：「堯舜在上，下有巢由。」按：《高士傳》卷上有巢父、許由傳，謂堯讓天下於許由，由以告巢父，巢父曰：「汝何不隱汝形，藏汝光？若非吾友也。」擊其膺而下之。由悵然不自得，乃過清泠之水，洗其耳，拭其目。江海去，曾鞏《人情》詩：「早晚抽簪江海去，笑將風月上扁舟。」釋道潛《次韻曾子開侍郎話别》詩：「抗論儀曹肯折旋，一麾江海去飄然。」

〔七〕「種成」二句，種成香草，張守《伯恭要賦薌林》詩：「遊遍雲山行樂耳，種成香草賦歸歟。」怨靈修，《楚辭·離騷》：「怨靈修之浩蕩兮，終不察乎民心。」靈修謂楚懷王。

〔八〕「我無」二句，我無可無不可，《論語·微子》：「子曰：不降其志，不辱其身，伯夷、叔齊與？謂柳下惠、少連，降志辱身矣。……我則異於是，無可無不可。」有如丘，《論語·公治長》：「子曰：十室之邑，必有忠信如丘者焉，不如丘之好學也。」

〔九〕「聞道」二句，《論語·微子》：「長沮、桀溺耦而耕。孔子過之。使子路問津焉。」又：「子路從而後，遇丈人，以杖荷蓧。子路問曰：『子見夫子乎？』丈人曰：『四體不勤，五穀不分，孰爲夫子？』植其杖而芸。子路拱而立，止子路宿，殺雞爲黍而食之。」

又

中秋飲酒將旦，客謂前人詩詞，有賦待月，無送月者，因用《天問》體賦〔一〕

可憐今夕月，向何處，去悠悠？是别有人間，那邊纔見，光影東頭①〔二〕？是天外空汗漫，但長風浩浩送中秋〔三〕？飛鏡無根誰繫？姮娥不嫁誰留②〔四〕？謂經海底問無由③，恍惚使人愁〔五〕。怕萬里長鯨，縱横觸破，玉殿瓊樓〔六〕。蝦蟆故堪浴水，問云何玉兔解沉浮〔七〕？若道都齊無恙，云何漸漸如鈎〔八〕？

【校】

①「影」，四印齋本作「景」，此從廣信書院本。 ②「姮」，四卷本丙集作「嫦」。 ③「經」，四卷本作「洋」。

【箋注】

〔一〕題，右詞賦送月，爲同調詞中最後一首，其前一首即寄吴中者，蓋止酒期結束之後所作，知必賦於慶元三年或其後，因次於此。前人待月之作，李白有《掛席江上待月有懷》詩，釋皎然有《遊溪待月》詩，獨孤及有《陪王員外北樓待月》詩，陸龜蒙有《中秋待月》詩，皆著明於題中，題中不及者，前人詩詞則甚多。客謂前人無送月詩，則不確。如許渾有《歲暮自廣江至新興往復中題峽山寺四首》詩：「南浦驚春至，西樓送月沉。」宋祁《江上送客》詩：「十里長皋五里亭，天涯送月淚緣纓。」胡宿《井桐》詩：「隔簾人不寐，又送月西傾。」類似詩句亦頗不少，客之見聞蓋不廣也。然詩題中著送月詩者的爲鮮見。《天問》體，王逸《楚辭章句》卷三：「屈原放逐，憂心愁悴，彷徨山澤，經歷陵陸，嗟號旻昊，仰天歎息。見楚有先王之廟，及公卿祠堂，圖畫天地山川神靈，琦瑋僪佹，及古賢聖怪物行事，周流罷倦，休息其下。仰見圖畫，因書其壁，呵而問之，以渫憤懣，舒瀉愁思。」

〔二〕「可憐」六句，此問月去向何方也。疑人間别有天地，月於此間落，而於彼處升也。地爲球形，月繞地球運行，此天體科學道理，八百餘年前人類尚未知曉，然而頗有先知先覺者提出感性疑問。如《文選》卷一九張華《勵志》詩：「太儀斡運，天迴地游。」李善注：「《河圖》曰：『……地常動不止，而人不知，譬如閉舟而行，不覺舟之運也。』」自稼軒作此詞後三百餘年，西方有哥白尼提出日心説（見其所著《天體運行論》），論證月球繞地球運行之原理。右詞六句，乃以感性認知，對傳統地平説提出質疑，正如王國維於《人間詞話》中所云，乃「詞人想象，直悟月輪繞地之理，與科學家密合，可謂神悟」。可憐，本爲可愛，亦爲可惜，此言惜月之西沉也。

〔三〕「是天」二句，汗漫，見本書卷二《水調歌頭·和王正之右司吴江觀雪見寄》詞（造物故豪縱閿）箋注。長風浩浩，范成大《魚復浦泊舟望月出赤甲山山形斷缺如鼉龍坐而張頤月自缺中騰上山頂》詩：「長風浩浩挾之出，影落半江沉復翻。」

〔四〕「飛鏡」二句，飛鏡無根，李白《把酒問月》詩：「皎如飛鏡臨丹闕，緑煙滅盡清輝發。」王安石《客至當飲酒二首》詩：「客至當飲酒，日月無根株。」《能改齋漫録》卷一七《王輔道詞》條：「『日月無根天不老，浮生總被銷磨了。陌上紅塵常擾擾，昏復曉，一場大夢誰先覺。……』王寀輔道侍郎《漁家傲》詞也，歌之使人有遺世之意。」姮娥不嫁誰留，姮娥原爲后羿妻，私竊不死藥，飛升入月爲月精，故孤獨無偶也。《後漢書》卷二〇《天文志》注：「羿請無死之藥於西王母，姮娥竊之以奔月。將往，枚筮之於有黄。有黄筮之曰：『吉。翩翩歸妹，獨將西行。逢天晦芒，毋驚毋恐，後且大昌。』姮娥遂託身於月，是爲蟾蜍。」

〔五〕「謂經」二句，盧仝《月蝕》詩：「爛銀盤從海底出，出來照我草屋東。天色紺滑凝不流，冰光交貫寒曈曨。初疑白蓮花，浮出龍王宫。」恍惚，《漢魏六朝百三家集》卷一八蔡邕《琴賦》：「於是歌人恍惚以失曲，舞者亂節而忘形。」《後漢書》卷五八下《馮衍傳》注謂：「恍惚猶輕忽也。」

〔六〕「怕萬」三句，萬里長鯨，見本書卷一《摸魚兒·觀潮上葉丞相》詞（望飛來半空鷗鷺闋）箋注。玉殿瓊樓，謂月。《酉陽雜俎》卷二《壺史》：「翟天師名乾祐，峽中人，……曾於江岸與弟子數十翫月。或曰：『此中竟何有？』翟笑曰：『可隨吾指觀。』弟子中兩人，見月規半天，樓殿金闕滿焉，數息間不復見。」

〔七〕「蝦蟆」二句，蝦蟆，《淮南子·精神訓》：「日中有踆烏，而月中有蟾蜍。」《埤雅》卷二《蟾蜍》：「蝦蟆，一名蟾蜍。」《藝文類聚》卷一傅咸《擬天問》：「月中何有？白兔搗藥，興福降祉。」「云何」句，問白兔何以能於水裏沉浮。

〔八〕「若道」二句，都齊無恙，謂蝦蟆與白兔浴水之後皆安全無事也。都齊，完全也。如鈎，駱賓王《翫初月》詩：「既能明似鏡，何用曲如鈎。」孫逖《夜到潤州》詩：「客行凡幾夜，新月再如鈎。」

永遇樂

檢校停雲新種杉松，戲作。時欲作親舊報書，紙筆偶爲大風吹去，末章因及之①〔一〕

投老空山，萬松手種〔二〕，政爾堪歎。何日成陰，吾年有幾？似見兒孫晚〔三〕。古來池館，雲煙草棘，長使後人悽斷②〔四〕。想當年良辰已恨，夜闌酒空人散〔五〕。停雲高處，誰知老子③，萬事不關心眼〔六〕？夢覺東窗，聊復爾耳④〔七〕，起欲題書簡。霎時風怒，倒翻筆硯。天也只教吾嬾〔八〕。又何事催詩雨急⑤，片雲斗暗〔九〕？

【校】

①題，四卷本丙集「因」字闕，此從廣信書院本。②「悽」，王詔校刊本、《六十名家詞》本、四印齋本作「淒」。③「老」，《六十名家詞》本作「者」。④「耳」，王詔校刊本、《六十名家詞》本、四印齋本作「爾」。⑤「雨急」，廣信書院本原作「急雨」，此據四卷本改。

【箋注】

〔一〕題，停雲新種杉松，查稼軒作停雲堂，既在移居期思之後，而新種杉松，更應在堂之初成時。故當猶在慶元三年。今鉛山當地人士多以停雲堂在瓢泉背後之瓜山頂上，然瓜山從未出現稼軒詩詞中，更無瓜山種松竹之記載。稼軒《書停雲堂壁》詩：「斜陽草舍迷歸路，却與牛羊作伴歸。」瓜山近在咫尺，不當歸途迷路，賴牛羊引導方能回舍。可知停雲堂既爲稼軒期思重要建築之一，其布局特點乃在分散於五堡洲之周圍。余於增訂《稼軒詞編年箋注》時，於《玉樓春·隱湖戲作》詞（客來底事逢迎晚闋）箋注中指出：「稼軒所居瓢泉，即在鉛山縣東二十五里處，蓋與隱湖相鄰。此詞有『多方爲渴泉尋遍，何日成陰松種滿』二句，與前『停雲新種杉松』之《永遇樂》詞中『何日成陰』云云，所指正爲一事，因知停雲堂應爲稼軒在隱湖山上所葺造之建築。」此諸語不誤，故停雲堂仍應以在隱湖山爲是。

〔二〕「投老」二句，投老，到老也。《漢書》卷一〇六《循吏·仇覽傳》：「母守寡養孤，苦身投老。」王安石《呈陳和叔》詩：「後會縱多無此樂，山林投老一傷神。」《次張唐公韻》詩：「憶昨同追八馬蹄，約公投老此山棲。」萬松手種，蘇軾《寄題刁景純藏春塢》詩：「白首歸來種萬松，待看千尺舞霜風。」

〔三〕「何日」三句，白居易《栽松二首》詩：「小松未盈尺，心愛手自移。蒼然澗底色，雲濕煙霏霏。栽植我年晚，長成君性遲。如何過四十，種此數寸枝。得見成陰否，人生七十稀。」

〔四〕「雲煙」二句，蘇軾《予少年頗知種松手植數萬株皆中梁柱矣都梁山中見杜輿秀才求學其法戲贈二首》詩：「露宿泥行草棘中，十年春雨養鬅龍。」悽斷，《北齊書》卷三《文襄紀》：「數日前，崔季舒無故於北宮門外，諸貴之前，讀鮑明遠詩曰：『將軍既下世，部曲亦罕存。』聲甚悽斷，淚不能已。」悽，同淒。

〔五〕夜闌酒空人散，楊无咎《蝶戀花》詞：「來往悠悠重記省，夜闌人散花移影。」徐鉉《江舍人宅筵上有妓唱和州韓舍人歌辭因以寄》詩：「深夜酒空筵欲散，向隅惆悵鬢堪斑。」

〔六〕「萬事」句，王維《酬張少府》詩：「晚年惟好静，萬事不關心。」王僧孺《夜愁示諸賓》詩：「誰知心眼亂，看朱忽成碧。」

〔七〕「夢覺」二句，東窗，陶淵明《停雲》詩：「有酒有酒，閑飲東窗。願言懷人，舟車靡從。」聊復爾耳，《世説新語·任誕》：「阮仲容步兵居道南，諸阮居道北。北阮皆富，南阮貧。七月七日，北阮盛曬衣，皆紗羅錦綺。仲容以竿掛大布犢鼻裈於中庭，人或怪之，答曰：『未能免俗，聊復爾耳。』」按：此稼軒效陶淵明之語也，故以東窗爲聊復爾耳也。

〔八〕吾嬾，黄庭堅《辱粹道兄弟寄書久不作報以長句謝不敏》詩：「病癖無堪吾嬾書，交親情分豈能疏。」

〔九〕「又何」二句，催詩雨，杜甫《陪諸貴公子丈八溝攜妓納涼晚際遇雨》詩：「片雲頭上黑，應是雨催詩。」斗，同陡，頓也。

聲聲慢

隱括淵明停雲詩①〔一〕

停雲靄靄，八表同昏，盡日時雨濛濛。搔首良朋，門前平陸成江。春醪湛湛獨撫，恨彌襟閑飲東窗。空延佇，恨舟車南北，欲往何從。　歎息東園佳樹，列初榮枝葉，再競春風。日月於征，安得促席從容。翩翻何處飛鳥②，息庭柯好語和同③〔二〕。當年事，問幾人親友似翁。

【校】

①「隱」，廣信書院本原作「隱」，此從四卷本丙集。　②「翻」，四卷本、王詔校刊本、《六十名家詞》本、四印齋本俱作「翩」，此從廣信書院本。　③「柯」，四卷本作「樹」。

【箋注】

〔一〕題，稼軒作停雲堂，隱括陶潛《停雲》詩，皆應爲慶元三年事。右詞除歇拍二句外，所用均《停雲》詩語。

〔一〕首句至此，《陶淵明集》卷一《停雲》詩小序：「停雲，思親友也。尊酒新湛，園列初榮。願言不從，歎息彌襟。」全詩四首云：「靄靄停雲，濛濛時雨。八表同昏，平路伊阻。靜寄東軒，春醪獨撫。良朋悠邈，搔首延佇。（其一）停雲靄靄，時雨濛濛。八表同昏，平陸成江。有酒有酒，閑飲東窗。願言懷人，舟車靡從。（其二）東園之樹，枝條再榮。競用新好，以招余情。人亦有言，日月於征。安得促席，説彼平生。（其三）翩翩飛鳥，息我庭柯。斂翮閑止，好聲相和。豈無他人，念子實多。願言不獲，抱恨如何。（其四）」原《陶淵明集》於詩中多有小注，不知作於何人。「八表」二句後原注：「二句蓋寓飇回霧塞，陵遷谷變之意。」「競用」二句後原注：「謂相招以事新朝也。」稼軒賦此詞時，正當韓侂胄專權，故屢藉此詩以譏諷時政。吴則虞謂此詞「思舊日部曲之作」，非是也。

玉樓春

隱湖戲作〔一〕

客來底事逢迎晚，竹裏鳴禽尋未見〔二〕。日高猶苦聖賢中①，門外誰酣蠻觸戰〔三〕。　多方爲渴泉尋徧②，何日成陰松種滿〔四〕。不辭長向水雲來，只怕頻頻魚鳥倦③。

【校】

①「中」，《六十名家詞》本作「心」，此從廣信書院本。　②「泉尋」，四卷本丁集作「尋泉」，此從廣信書院本。

③「頻頻」，四卷本作「頻繁」。

【箋注】

〔一〕題，〔同治〕《鉛山縣志》卷三：「隱湖山，縣東二十里崇義鄉。」隱湖今在鉛山稼軒鄉南十二里，距五堡洲約五六里。山下有泉水湧出，形成小溪，東流入於鉛山河。

〔二〕「客來」二句，底事，何事。竹裏鳴禽，謂婆餅焦也。釋道潛《千頃廨院觀司馬才仲遺墨次韻》詩：「濛濛春雨暗村橋，竹裏禽啼婆餅焦。」

〔三〕「日高」二句，聖賢中，見本卷《臨江仙·和葉仲洽賦羊桃》詞（憶醉三山芳樹下闋）箋注。《莊子·則陽》：「有國於蝸之左角者，曰觸氏。有國於蝸之右角者，曰蠻氏。時相與争地而戰，伏屍數萬，逐北旬有五日而後反。」按：慶元三年前後，乃韓侂胄黨羽與趙汝愚、朱熹等理學門派鬥争正酣之時，稼軒雖置身於雲水之間，而尚不忘世事也，故有此語。

〔四〕「多方」二句，稼軒自淳熙九年移居帶湖之後，至此十餘年間，爲渴尋泉，始終未歇。至此，於隱湖種松，而有「何日成陰」之歎。可參前《永遇樂》詞箋注。白居易《種柳三詠》詩：「白頭種松桂，早晚見成林。」

驀山溪

停雲竹徑初成〔一〕

小橋流水，欲下前溪去。喚取故人來①，伴先生風煙杖屨。行穿窈窕，時歷小崎嶇〔二〕。斜帶水，半遮山，翠竹栽成路。

一尊遐想，剩有淵明趣〔三〕：山上有停雲，看山下濛濛細雨〔四〕。野花啼鳥，不肯入詩來〔五〕，還一似，笑翁詩，自没安排處②。

【校】

①「取」，廣信書院本原作「起」，據四卷本丙集改。　②「自」，四卷本作「句」。

【箋注】

〔一〕題，停雲堂既在隱湖山上，而遍種松竹，事必在慶元三年，右詞栽竹初成事也。

〔二〕「行穿」二句，《陶淵明集》卷五《歸去來兮辭》：「既窈窕以尋壑，亦崎嶇而經丘。」

〔三〕「一尊」二句，《詩人玉屑》卷一三《詩人以來無此句》條：「荆公嘗言其詩有奇絶不可及之語。如『結廬在人境，而無車馬喧。問君何能爾，心遠地自偏』。由詩人以來，無此句也。然則淵明趣向不羣，詞彩精拔，晉宋之間，一人而已。」剩有，猶有。

〔四〕「看山」句，陶潛《停雲》詩：「靄靄停雲，濛濛時雨。」

〔五〕「野花」二句，野花啼鳥，陳摶《歸隱》詩：「攜取舊書歸舊隱，野花啼鳥一般春。」蘇軾《歸宜興留題竹西寺》詩：「山寺歸來聞好語，野花啼鳥亦欣然。」入詩來，王安石《送程公闢得謝歸姑蘇》詩：「白傅林塘傳畫去，吴王花鳥入詩來。」

又〔一〕

畫堂簾捲，賀燕雙雙語。花柳一番春，倚東風彫紅縷翠。草堂風月，還似舊家時〔二〕。歌扇底，舞裀邊，壽斝年年醉。兵符傳壘，已涖葵丘戍[三]。兩手挽天河[四]，要一洗蠻煙瘴雨。貂蟬冠冕，應是出兜鍪[五]。餐五鼎，夢三刀，侯印黄金鑄[六]。

【箋注】

[一] 題，右詞無題，僅見《詩淵》一書，爲他集所未見。據「夢三刀」及「蠻煙瘴雨」句，知爲稼軒在鉛山時爲某人居官廣南祝壽所作。以作年絶無可考，故次於同調詞賦停雲竹徑之後。

[二] 「草堂」二句，謂鉛山草堂，猶如帶湖屏居時節。舊家時，舊時。柳永《小鎮西》詞：「久離缺夜，來魂夢裏，尤花殢雪。分明似舊家時節，正歡悦。」

[三] 葵丘戍，《左傳·莊公八年》：「齊侯使連稱、管至父戍葵丘，瓜時而往，曰：『及瓜而代。』」注：「葵丘，齊地。臨淄縣西有地名葵丘。」

[四] 挽天河，見本書卷六《賀新郎·三山雨中遊西湖有懷趙丞相經始》詞（翠浪吞平野闋）箋注。

[五] 「貂蟬」二句，見本書卷二《破陣子·爲范南伯壽》詞（擲地劉郎玉斗闋）箋注。

[六] 「餐五」三句，餐五鼎，《史記》卷一一二《平津侯主父列傳》：「主父曰：『臣結髮游學四十餘年，身不得遂，親不以爲子，昆弟不收，賓客棄我。我阨日久矣，且丈夫生不五鼎食，死即五鼎烹耳。吾日暮途遠，故倒行暴施之。』」夢三刀，《晉書》卷四二《王濬傳》：「濬夜夢懸三刀於卧屋梁上，須臾又益一刀。濬驚覺，意甚惡之。主簿李毅再拜，賀曰：『三刀爲州字，又益一者，明府其臨益州乎？』及賊張弘殺益州刺史皇甫晏，果遷濬爲益州刺史。」侯印黄金鑄，《漢書》卷一

九上《百官公卿表》：「爵一級曰公士，……十九關内侯，二十徹侯，皆秦制，以賞功勞。徹侯，金印紫綬。避武帝諱曰通侯，或曰列侯。」

浣溪沙

種松，竹未成①〔一〕

草木於人也作疏，秋來咫尺異榮枯②〔二〕。空山歲晚孰華予③〔三〕。孤竹君窮猶抱節，赤松子嫩已生鬚④〔四〕。主人相愛肯留無。

【校】

①題，《六十名家詞》本「竹」字闕，此從廣信書院本。②「異」，四卷本丙集作「共」。③「歲晚」，四卷本作「晚翠」。④「嫩」，《六十名家詞》本作「嬾」。

【箋注】

〔一〕題，此亦詠隱湖種松種竹事。據「秋來」句，知爲慶元三年秋作。

〔二〕「草木」二句，作疏，陳師道《寄黄充》詩：「不見動經月，來亦不須臾。人事已好乖，可復自作疏。」咫尺異榮枯，杜甫《自京赴奉先縣詠懷五百字》詩：「朱門酒肉臭，路有凍死骨。榮枯咫尺異，惆悵難再述。」

〔三〕「空山」句，《楚辭·九歌·山鬼》：「留靈修兮憺忘歸，歲既晏兮孰華予。」

〔四〕「孤竹」二句，孤竹君窮猶抱節，《史記》卷六一《伯夷列傳》：「伯夷、叔齊，孤竹君之二子也。」

注引《括地志》：「孤竹古城在盧龍縣南十二里，殷時諸侯孤竹國也。」庾信《詠畫屏風詩二十五》首：「蒲低猶抱節，竹短未空心。」白居易《婦人苦》詩：「有如林中竹，忽被風吹折。一折不重生，枯死猶抱節。」赤松子嫩已生鬚，《史記》卷五五《留侯世家》：「願棄人間事，欲從赤松子游耳。」《索隱》：「赤松子，神農時雨師，能入火自燒，崑崙山上隨風雨上下也。」按：生鬚，謂松已種成，而抱節，謂竹未活。然《蓦山溪》詞已謂竹徑初成，必竹徑初栽時情景，及秋來按視，則所栽竹已枯死矣。

鷓鴣天

和章泉趙昌父〔一〕

萬事紛紛一笑中，淵明把菊對秋風〔二〕。細看爽氣今猶在，惟有南山一似翁〔三〕。　情味好，語言工，三賢高會古來同①〔四〕。誰知止酒停雲老，獨立斜陽數過鴻〔五〕。

【校】

①「會」，《六十名家詞》本作「致」，此從廣信書院本。

【箋注】

〔一〕題，右詞當爲慶元三年秋間作。章泉，〔雍正〕《江西通志》卷一一《廣信府·玉山縣》：「縣南有仙巖，宋趙章泉以之名集。」〔乾隆〕《玉山縣志》卷二：「仙巖在八都。……釋氏就巖名澄心院。」同書卷一二：「澄心院一名仙巖寺，在招善鄉。」其下引韓祥《澄心院銘跋》：「仙巖澄心院，在章泉東十里，寶慶乙酉，住持僧宗英請於章泉先生，得銘焉。」按：玉山縣招善鄉在縣治東南，領六都至八都。所謂仙巖，應即金仙巖。據〔嘉靖〕《廣信府志》卷二，在玉山縣東南六十里。〔同治〕《玉山縣志》卷一：「章泉，在八都雙峰山下，趙蕃以爲號。」而八都在縣治東南，距城四十里。韓淲《澗泉集》卷一二有《次韻趙路分分寄昌甫》詩：「金仙寺下章泉山，幽討幽尋夢亦清。」章泉之具體位置，往所未詳，今據此可以考出，大致應在玉山縣東南，頗近永豐縣。戴復古《石屏詩集》卷二《玉山章泉本章氏所居趙昌甫遷居於此章泉之名遂顯》詩：「茲山自開闢，有此一泓泉。姓自章而立，名因趙以傳。源從番水出，地與瑞峰連。寄語山中友，臨流著數椽。」自注：「欲使結一亭於泉上。」

〔二〕「萬事」二句，萬事紛紛一笑中，王安石《柘岡》詩：「萬事紛紛只偶然，老來容易得新年。」蘇軾《和邵同年戲贈賈收秀才三首》詩：「傾蓋相歡一笑中，從來未省馬牛風。」淵明把菊，《學林》卷七《李瀚蒙求》條：「唐李瀚撰《蒙求》五百九十八句，每句著一人，每人著一事，非博學不能爲此。然其疵在於一人而分作二句。……既曰陶潛歸去，又曰淵明把菊。」朱松《答國鎮見迓之什》詩：「淵明把菊對清秋，醉裏詩豪萬象流。」

〔三〕「細看」二句，細看爽氣，西山爽氣用王徽之子猷典故，見本卷《沁園春・靈山齊庵賦》詞（疊嶂西馳闕）箋注。南山，《漢書》卷六六《楊惲傳》：「惲，宰相子，少顯朝廷，一朝以晻昧語言見廢，内懷不服。報會宗書曰：『……田彼南山，蕪穢不治。種一頃豆，落而爲萁。人生行樂耳，須富貴何時？』」」一似，頗似，好像。

〔四〕「三賢句」，三賢謂陶潛、王徽之、楊惲。高會，猶言高懷、高情。

〔五〕「誰知」二句，止酒停雲老，自謂。二句猶如自許風流不減陶、王、楊三人也。獨立斜陽數過鴻，蘇軾《縱筆三首》詩：「溪邊古路三叉口，獨立斜陽數過人。」

滿庭芳

和章泉趙昌父①〔一〕

西崦斜陽，東江流水，物華不爲人留〔二〕。錚然一葉②，天下已知秋〔三〕。屈指人間得意，問誰是騎鶴揚州〔四〕。君知我，從來雅興③，未老已滄洲〔五〕。　無窮身外事，百年能幾，一醉都休〔六〕。恨兒曹抵死，謂我心憂〔七〕。況有溪山杖屨，阮籍輩須我來游〔八〕。還堪笑，機心早覺，海上有驚鷗〔九〕。

【校】

①題，四卷本丙集作「和昌父」，此從廣信書院本。②「錚」，廣信書院本原作「琤」，此據四卷本改。③「興」，四卷本作「意」。

【箋注】

〔一〕題，右詞或與前《鷓鴣天》詞爲同一時期所作。

〔二〕「西崦」三句，西崦，杜甫有《赤谷西崦人家》詩，《杜詩詳注》卷七引《地理志》：「秦州有崦嵫山，在赤谷之西，故曰西崦。」而林逋《翠微亭在金陵清涼寺》詩則有「旅懷何計是，西崦又斜暉」句，則以西崦爲西山也。東江，則謂信江，自玉山縣西入上饒而後入鉛山。不爲人留，陸游《春晚》詩：「社後燕如歸客至，春殘花不爲人留。」

〔三〕「錚然」二句，《淮南子·説山》：「以小明大，見一葉落，而知歲之將暮。睹瓶中之冰，而知天下之寒。」《漁隱叢話》前集卷三：「唐子西《語録》云：唐人有詩云：『山僧不解數甲子，一葉落知天下秋。』」韓愈《秋懷》詩：「霜風吹梧桐，衆葉著能乾。空堦一片下，琤若摧琅玕。」蘇軾《永遇樂·夜宿燕子樓夢盼盼因作此詞》：「寂莫無人見，沉沉三鼓，錚然一葉，黯黯夢雲驚斷。」

〔四〕「問誰」句，騎鶴揚州，見殷芸《小説》。

〔五〕未老已滄洲，《梁書》卷二一《張充傳》載其致王儉書：「若乃飛竿釣渚，濯足滄洲。獨浪煙霞，高卧風月。悠悠琴酒，岫遠誰來？」《南史》卷二六《袁粲傳》：「粲負才尚氣，愛好虛遠。雖位任隆重，不以事務經懷。獨步園林，詩酒自適。家居負郭，每杖策逍遥，當其意得，悠然忘反。……嘗作五言詩，言『訪跡雖中宇，循寄乃滄洲』，蓋其志也。」滄洲，江湖隱者所居。劉長卿《送張判官罷使東歸》詩：「白首辭知己，滄洲憶舊居。」

〔六〕「無窮」三句，無窮身外事，杜甫《絶句漫興九首》詩：「莫思身外無窮事，且盡生前有限杯。」百年能幾，杜甫《别唐十五誡因寄禮部賈侍郎》詩：「九載一相逢，百年能幾何。」韓愈《讀皇甫湜公安園池詩書其後》詩：「百年能幾時，君子不可閑。」一醉都休，張耒《送徐任》詩：「少年壯氣青雲上，投老生涯一醉休。」

〔七〕「恨兒」二句，抵死，總是，老是。謂我心憂，《詩·王風·黍離》：「彼黍離離，彼稷之苗。行邁靡靡，中心摇摇。知我者謂我心憂，不知我者謂我何求。」

〔八〕「阮籍」句，《晉書》卷四九《阮籍傳》：「阮籍字嗣宗，陳留尉氏人也。……籍容貌瓌傑，志氣宏放，傲然獨得，任性不羈。……或登臨山水，經日忘歸。博覽羣籍，尤好莊老，嗜酒能嘯，善彈琴，當其得意，忽忘形骸。」阮籍輩，謂竹林同遊者。可參《水調歌頭·席上爲葉仲洽賦》詞（高馬勿捶面闋）箋注。

〔九〕「機心」二句，見本書卷一《水調歌頭·和王正之右詞吴江觀雪見寄》詞（造物故豪縱闋）箋注。

臨江仙〔一〕

手撚黄花無意緒，等閑行盡回廊〔二〕。捲簾芳桂散餘香。枯荷難睡鴨，疏雨暗添塘①。憶得舊時攜手處，如今水遠天長。羅巾浥淚别殘妝。舊歡新夢裏〔三〕，閑處却思量。

【校】

①「添」，廣信書院本原作「池」，據《六十名家詞》本改。

【箋注】

〔一〕題，右詞無題，據「等閑」句，知爲移居五堡洲之後所賦，下片「舊歡」云云，亦遣去歌者之語，因置於慶元三年。

〔二〕「手撚」二句，手撚黄花，舒亶《蝶戀花》詞：「深炷薰爐扃小院，手撚黄花，尚覺金猶淺。」行盡回廊，按：稼軒賦五堡洲所在秋水觀，有「秋水長廊水石間」語，見本書卷八《鷓鴣天·吴子似過秋水》詞。等閑，尋常，隨意也。

〔三〕舊歡新夢，《北夢瑣言》卷八《張曙起小悼》條：「唐張禕侍郎朝望甚高，有愛姬早逝，悼念不已。因入朝未回，其猶子右補闕曙，才俊風流，因增大阮之悲。乃製《浣溪紗》，其詞曰：『枕障薰爐隔繡幃，二年終日兩相思。好風明月始應知。天上人間何處去？舊歡新夢覺來時。黄昏微雨畫簾垂。』」

鷓鴣天

寄葉仲洽〔一〕

是處移花是處開〔二〕，古今興廢幾池臺。背人翠羽偷魚去，抱蕊黄鬚趁蝶來〔三〕。掀老甕，撥新醅〔四〕，客來且盡兩三杯。日高盤饌供何晚，市遠魚鮭買未回〔五〕。

【箋注】

〔一〕題，葉仲洽已見。右詞既有「客來且盡兩三杯」句，必是止酒期結束之後所作。

〔二〕是處移花是處開，白居易《移牡丹栽》詩：「紅芳堪惜還堪恨，百處移將百處開。」是處，此處。此處花既開，而與之相對，則他處荒廢之池臺可見也。

〔三〕「背人」二句，翠羽偷魚，白居易《題王家莊臨水柳亭》詩：「翠羽偷魚入，紅腰學舞迴。」黄鬚趁蝶，陳與義《清明二首》詩：「街頭女兒雙髻鴉，隨蜂趁蝶學夭邪。」黄鬚，蜂也，趁，逐也。

〔四〕「掀老」二句，白居易《長慶集》卷七〇《醉吟先生傳》：「吟罷自哂，揭甕撥醅，又引數杯，兀然而醉。既而醉復醒，醒復吟。」

〔五〕「日高」二句，杜甫《客至》詩：「盤餐市遠無兼味，尊酒家貧只舊醅。」稼軒所居期思五堡洲，北距詹家十二里，南距石塘五里，故有市遠之語。

踏莎行

和趙國興知録韻〔一〕

吾道悠悠，憂心悄悄〔二〕，最無聊處秋光到。西風林外有啼鴉，斜陽山下多衰草。　長憶南山，當年四老，塵埃也走咸陽道〔三〕。爲誰書到便幡然，至今此意無人曉〔四〕。

【箋注】

〔一〕題，右詞慶元中感慨時事之作也。

〔二〕「吾道」二句，吾道悠悠，杜甫《發秦州》詩：「大哉乾坤内，吾道長悠悠。」憂心悄悄，《詩·邶風·柏舟》：「憂心悄悄，愠于羣小。」悄悄，憂貌。《箋》：「羣小，衆小人在君側者。」

〔三〕「長憶」三句，《史記》卷五五《留侯世家》：「上欲廢太子，立戚夫人子趙王如意。大臣多諫爭，未能得堅決者也。吕后恐，不知所爲。人或謂吕后曰：『留侯善畫計策，上信用之。』吕后乃使建成侯吕澤劫留侯，曰：『君常爲上謀臣，今上欲易太子，君安得高枕而卧乎？』……留侯曰：『此難以口舌争也。顧上有不能致者，天下有四人，四人者，年老矣，皆以爲上慢侮人，故逃匿山中，義不爲漢臣。然上高此四人。今公誠能無愛金玉璧帛，令太子爲書，卑辭安車，因使辯士固請，宜來，來以爲客，時時從入朝，令上見之，則必異而問之，問之，上知此四人賢，則一助也。』於是吕后令吕澤使人奉太子書，卑辭厚禮，迎此四人。……漢十二年，上從擊破布軍歸，疾益甚，愈欲易太子。留侯諫，不聽。……及燕置酒，太子侍，四人從太子，年皆八十有餘，鬚眉皓白，衣冠甚偉。上怪之，問曰：『彼何爲者？』四人前對，各言名姓，曰東園公、角里先生、綺里季、夏黄公。上乃大驚曰：『吾求公數歲，公辟逃我，今公何自從吾兒游乎？』四人皆曰：『陛下輕士善罵，臣等義不受辱，故恐而亡匿。竊聞太子爲人仁孝，恭敬愛士，天下莫不延頸欲爲太子死者，故臣等來耳。』上曰：『煩公幸卒調護太子。』……上起去，罷酒，竟不易太子者，留侯本招此四人之力也。」杜甫《兵車行》：「車轔轔，馬蕭蕭，行人弓箭各在腰。耶孃妻子走相送，塵埃不見咸陽橋。」莊南傑《傷哉行》：「車馳馬走咸陽道，石家舊宅空荒草。」

〔四〕「爲誰」二句，殷芸《小説》卷二載張良《與四皓書》，有云：「仰惟先生秉超世之殊操，身在六合之間，志淩造化之表。……蓋皇極須日月以揚光，后土待嶽瀆以導滯。而當聖世，鸞鳳林棲，不翔乎太清，騏驥獄遁，不步於郊莽。非所以寧八荒而慰六合也。不及省侍，展布腹心，略寫至言，想料翻然，不猜其意。張良白。」按：此書膚淺，非漢人語，然小説作者既爲南北朝人，則必其時之擬作也。而流傳後世，蓋謂張良以此書招致四皓也。故元稹作《四皓廟》詩，論議此事，可爲參考：「四賢胡爲者，千載名氛氲。顯晦有遺跡，前後疑不倫。……漢業日已定，先生名亦振。不得爲濟世，宜哉爲隱淪。如何一朝起，屈作儲貳賓。安存孝惠帝，摧頓戚夫人。捨大以謀細，虬盤而蠖伸。惠帝竟不嗣，吕氏禍有因。雖懷安劉志，未若周與陳。皆落子房術，先生道何屯。出處貴明白，故吾今有云。」

水調歌頭

席上爲葉仲洽賦〔一〕

高馬勿捶面，千里事難量。長魚變化雲雨，無使寸鱗傷〔二〕。一壑一丘吾事，一斗一石皆醉〔三〕，風月幾千場。鬚作蝟毛磔〔四〕，筆作劍鋒長。　我憐君，癡絶似，顧長康〔五〕。綸巾羽扇顛倒，又似竹林狂〔六〕。解道澄江如練①，準備停雲堂上，千首買秋光〔七〕。怨調爲誰賦，一斛貯檳榔〔八〕。

【校】

①「澄」，廣信書院本原作「長」，此據四卷本丁集改。

【箋注】

〔一〕題，右詞亦慶元三年秋所賦。

〔二〕「高馬」四句，杜甫《三韻三篇》詩：「高馬勿捶面，長魚無損鱗。辱馬馬毛焦，困魚魚有神。君看磊落士，不肯易其身。」千里，謂千里馬也。寸鱗，小魚也。

〔三〕「一壑」二句，一壑一丘吾事，陳與義《山中》詩：「風流丘壑真吾事，籌策廟堂非所知。」李彌遜《題興教寺》詩：「一丘一壑真吾事，三沐三薰悟昨非。」餘見本卷《蘭陵王·賦一丘一壑》詞（一丘壑闋）箋注。一斗一石皆醉，見本卷《水龍吟·愛李延年歌淳于髡語合爲詞庶幾高唐神女洛神賦之意云》詞（昔時曾有佳人闋）箋注。

〔四〕「鬚作」句，《晉書》卷九八《桓温傳》：「温豪爽有風概，姿貌甚偉。面有七星，少與沛國劉惔善，惔嘗稱之曰：『温眼如紫石稜，鬚作蝟毛磔，孫仲謀、晉宣王之流亞也。』」

〔五〕「癡絶」二句，蘇軾《次韻韶守狄大夫見贈二首》詩：「才疏正類孔文舉，癡絶還同顧長康。」餘見本書《水調歌頭·和信守鄭舜舉蔗庵韻》詞（萬事到白髮闋）箋注。

〔六〕「綸巾」二句，綸巾羽扇顛倒，《詩·齊風·東方未明》：「東方未明，顛倒衣裳。」周邦彦《隔浦蓮近拍·中山縣圃姑射亭避暑作》詞：「浮萍破處，簾花簷影，顛倒綸巾羽扇。」竹林狂，《世説新語·任誕》：「陳留阮籍、譙國嵇康、河内山濤三人，年皆相比，康年少亞之。預此契者，沛國劉伶、陳留阮咸、河内向秀、琅邪王戎七人，常集於竹林之下，肆意酣暢，故世謂竹林七賢。」賀鑄《送潘景仁之官嶺外兼寄桂林從叔》詩：「想見步兵應訪問，仲容無復竹林狂。」按：吴則虞注云：「東漢末及晉人皆不喜着公服，綸巾羽扇不僅武侯一人，顧榮羽扇，謝萬綸巾，皆然也。」

〔七〕「解道」三句，謝朓《晚登三山還望京邑》詩：「餘霞散成綺，澄江浄如練。」李白《金陵城西樓月下吟》詩：「解道澄江浄如練，令人長憶謝玄暉。」解道，即能道也。準備，安排也。

〔八〕「怨調」二句，怨調，岑參《秦筝歌送外甥蕭正歸京》詩：「汝不聞秦筝聲最苦，五色纏絃十三柱。怨調慢聲如欲語，一曲未終日移午。」一斛貯檳榔，《南史》卷一五《劉穆之傳》：「穆之少時家貧，誕節嗜酒食，不修拘檢。好往妻兄家乞食，多見辱，不以爲耻。其妻江嗣女，甚明識，每禁不令往。江氏後有慶會，屬令勿來。穆之猶往，食畢求檳榔，江氏兄弟戲之曰：『檳榔消食，君乃常饑，何忽須此？』妻復截髮市殽饌，爲其兄弟以餉穆之，自此不對穆之梳沐。及穆之爲丹陽尹，將召妻兄弟，妻泣而稽顙以致謝。穆之曰：『本不匿怨，無所致憂。』及至，醉，穆之乃令厨人以金柈貯檳榔一斛以進之。」

最高樓

聞前岡周氏旌表有期①〔一〕

君聽取：尺布尚堪縫，斗粟也堪舂。人間朋友猶能合，古來兄弟不相容〔二〕。《棣華》詩，悲二叔，弔周公〔三〕。　長歎息脊令原上急，重歎息豆萁煎正泣，形則異，氣應同〔四〕。周家五世將軍後，前岡千載義居風②〔五〕。看明朝，丹鳳詔，紫泥封〔六〕。

【校】

①題，四卷本丙集「前岡」二字闕，此從廣信書院本。　②「岡」，四卷本作「江」。

【箋注】

〔一〕題，稼軒有《題前岡周氏敬榮堂》詩，與右詞俱作於慶元四年旌表前岡周氏之前，故次於慶元三年諸詞之後。

〔二〕「尺布」四句，《史記》卷一一八《淮南衡山列傳》：「淮南厲王長者，高祖少子也。……及孝文帝初即位，淮南王自以爲最親，驕蹇，數不奉法。上以親故，常寬赦之。……當是時，薄太后及太子、諸大臣皆憚厲王。厲王以此歸國，益驕恣，不用漢法。出入稱警蹕，稱制，自爲法令，擬於天子。六年，令男子但等七十人與棘蒲侯柴武太子奇謀，以輂車四十乘反谷口，令人使閩、越、匈奴。事覺，治之，使使召淮南王。……袁盎諫上曰：『上素驕淮南王，弗爲置嚴傅相，以故至此。且淮南王爲人剛，今暴摧折之，臣恐卒逢霧露病死，陛下爲有殺弟之名，奈何？』上曰：『吾特苦之耳。』……乃不食死。……孝文十二年，民有作歌歌淮南厲王曰：『一尺布，尚可縫。一斗粟，尚可舂。兄弟二人，不能相容。』」

〔三〕「棣華」三句，《詩·小雅·常棣》：「常棣之華，鄂不韡韡。凡今之人，莫如兄弟。」《箋》：「周公弔二叔之不咸，而使兄弟之恩疏。召公爲作此詩而歌之，以親之。」按：管叔，周文王第三子，周公爲四子，蔡叔爲五子。

〔四〕「長歎」四句，脊令原上急，《詩·常棣》：「脊令在原，兄弟急難。每有良朋，況也永歎。」《傳》：「脊令，雝渠也。」《箋》：「雝渠水鳥，而今在原，失其常處，則飛則鳴，求其類，天性也。」豆萁煎正泣，《世説新語·文學》：「文帝嘗令東阿王七步中作詩，不成者行大法。應聲便爲詩曰：『煮豆持作羹，漉菽以爲汁。萁在釜下燃，豆在釜中泣。本自同根生，相煎何太急？』帝深有慚色。」氣應同，《周易·九五》：「子曰：同聲相應，同氣相求。」王弼《周易略例·明爻通變》：「同聲相應，高下不必均也。同氣相求，體質不必齊也。」

〔五〕「周家」二句，韓元吉《鉛山周氏義居記》：「有祠號將軍者，最其始祖也。」前岡，在鉛山舊治南七里，今稼軒鄉之鳥林村。

〔六〕「丹鳳」二句，丹鳳詔，《事物紀原》卷二《鳳詔》：「後趙石季龍置戲馬觀，觀上安詔書，用五色紙銜於木鳳口而頒之。」紫泥封，《白孔六帖》卷三六《制誥》：「鳳詔，丹鳳封五色詔。紫泥，掛詔書。」